万葉から江戸まで

王朝文化辞典

山口明穂
鈴木日出男
編

朝倉書店

はじめに

太平洋戦争中、召集された日本兵士の中には、『万葉集』を持ち戦地に臨んだ人がいたと聞く。戦場に出れば、兵士の多くは二度と生きては帰れないことを覚悟していたに違いない。その人が『万葉集』を持ったということは、『万葉集』に日本の心があり、戦場でそれを読めば、心慰められるものがあったからに違いない。

いうまでもないが、『万葉集』は、七世紀末に編纂された現存する日本最古の歌集である。開巻劈頭に雄略天皇の「籠もよ　み籠持ち　掘串《ふくし》もよ　み掘串持ち」という歌がある。野に出た天皇がたまたま出会った少女に寄せた淡い思いを綴った歌であり、自らを飾らない、率直な気持が吐露されている。この歌に示されるように、『万葉集』には、人間感情の自由な発露がある。以下、四千余首の歌が収められるが、その中には天皇の皇威を讃えた歌もあり、何気ない男女の恋の思いを述べた歌、家族の死を悼む歌、讃酒歌、更に地方の風物を描いた歌や、九州防備の兵として心ならずも駆り出された防人の歌、家族との辛い別れを歌った歌、それでも兵に呼ばれ勇んで出で立つ歌など、様々な思いの込められた歌が集められている。

『万葉集』は大らかに、かつ、素朴に自らの心情を歌った歌が多く、そこに共感されるものがあったからではないだろうか。殊に、防人の歌は、それぞれの人の置かれた状況に通うものがあり、それだけ心惹かれたのかも知れない。いずれにしても、『万葉集』が日本最古の古典として大きな位置を占める存在であることを示している。言い換えれば日本人の心の原点であったともいえる。

平安時代以降も、それぞれの時代に合わせてすぐれた作品が出る。当時の男性中心という社会世相を反映し、『源氏物語』を頂点にした、女性の優れた文学が世に出た。女性の目から見た鋭い社会批判があり、また、人と人との人情の機微が語られる。『源氏物語』蛍巻の中で「日本紀などはたゞかたそばぞかし（日本紀など歴史を説く書はほんの片端のものだ）」と光源氏に語らせているが、物語こそが事の次第を後の時代に伝える働きをするという紫式部の強い自負の思いであろう。確かに、『源氏物語』を読めば、感嘆おく能わざる描写と随所で出会うが、それを味わうだけでも『源氏物語』を読んだ喜びが大きい。これも古典の大きな価値といえる。

鎌倉時代以降には、時の変転する時代の中での、『方丈記』『徒然草』『平家物語』がある。無常観という日本の重大な思想は、この中に存分に語られる。生死を間にしての武士の遣り取りには、深く感動するものがあるし、『方丈記』『徒然草』には、深い思想と、人はどう生きるかというものが理解できる。この時代には、能という日本独自の世界が作り出された。この能が後世文芸に及ぼした影響は大きく、例えば黒澤映画の中には能が分からずに理解出来ない作品があることからも、その影響の深さが分かる。

以下、江戸時代以降も、近松・西鶴・芭蕉とすぐれた文学が作られて行くが、それぞれに深い味わいがある。この時代には、他に、洒落本・人情本・滑稽本などが作られるが、これらの作品が、人情のうがちがあり、日本の近代文学に与えた影響は計り知れない。

古典を日本精神の拠り所として読んでみたい。古典が我々の心の故郷というだけでなく、それによって、我々の祖国である日本がどういう国であるか、理解する手がかりが得られるからである。戦後、国際化が叫ばれた時代があり、今ではそのことは極めて当然の事となってはいるが、我々が意外に日本を知らぬことに気づかされる。国際化にとって最も大事な自分の国を知る事に十分ではないことを思い知らされる。古典を読んで、その精神を知る努力をしたい。

古典の理解には、古語辞典を調べることで十分であると考える人もあろう。確かに、最近の古語辞典は細かい点にまでの記述があり、古典がかなりの段階まで理解できるように配慮されている。しかし、古語辞典の求める主旨は、当該の古語の例を正しい現代語の表現に置き換える手がかりを得ることにある。それはそれで大事なことであり、なおざりにしてはならないことであるが、古典をその精神から読み解く時には、その読み方では、満ち足らないものがあることを感ぜざるを得ない。

古典の世界で何気なく使われた一語、例えば「ほととぎす」は単なる鳥の名ではなく、昔を思い出すよすがであり、誰でもが早くその初音を聞きたく思っていたなど、人々の関心の持ちかたなどの知識が得られたならば､文学の理解にも深みが出るに違いない。日本は四季の変化に富む。各季節に様々な花が咲く。草木の花に寄せる人々の思いなど、古語辞典では得にくい知識を持つことが大事である。自然の事物を自己の感情の中に取り入れ描いた例が多い。他の国の言葉に比べ、日本語は表現者の心情をもとにする傾向が強く、それだけ、理解は簡単ではない。本書で試みた事は、そのような問題を解明し、表現者がその語によって表そうとした内容を、表現者の心情も含めて理解する手がかりになるようにということであった。それによって古典作品を正確に、より楽しく理解して行きたいという意図に基づいている。いわば、古典と文化辞典とでもいえるような内容としたかったのである。

本書は古典を読解するための辞典ではないので、選定した項目は、古語辞典の採録する一般語とは異なり、様々な分野の中で、文学作品の素材となる景物を中心にしたものとなっているが、偏に以上の編集意図に基づいたからである。本書をもとに古典への関心が更に一層広がるならばこの上ない幸せである。

なお、本書が出来るにあたっては、多くの人の協力を得た。改めて感謝申し上げたい。また、朝倉書店編集部には企画から完成まで一方ならぬ御世話になった。合わせて感謝したい。

二〇〇八年九月

山口明穂
鈴木日出男

編者

山《やま》口《ぐち》 明《あき》穂《ほ》
鈴《すず》木《き》 日《ひ》出《で》男《お》

執筆者（五十音順）

東《あずま》 俊《とし》也《や》
池《いけ》田《だ》 和《かず》臣《おみ》
池《いけ》田《だ》 節《せつ》子《こ》
石《いし》田《だ》 千《ち》尋《ひろ》
今《いま》井《い》 久《ひさ》代《よ》
大井《おおい》田《だ》 晴《はる》彦《ひこ》
大《おお》浦《うら》 誠《せい》士《じ》
大《おお》屋《や》 多《た》詠《え》子《こ》
奥《おく》村《むら》 英《えい》司《じ》
兼《かね》岡《おか》 理《り》恵《え》
河《かわ》添《ぞえ》 房《ふさ》江《え》
神《かん》田《だ》 龍《りゅう》之《の》介《すけ》
木《き》谷《たに》 眞《ま》理《り》子《こ》
合《ごう》山《やま》 林《りん》太《た》郎《ろう》
小《こ》山《やま》 香《か》織《おり》
佐《さ》藤《とう》 信《しん》一《いち》
白《しら》石《いし》 佳《よし》和《かず》
新《しん》谷《たに》 正《まさ》雄《お》
杉《すぎ》田《た》 昌《まさ》彦《ひこ》
鈴《すず》木《き》 日《ひ》出《で》男《お》
鈴《すず》木《き》 宏《ひろ》子《こ》
高《たか》木《ぎ》 和《かず》子《こ》
高《たか》桑《くわ》 枝《え》実《み》子《こ》
高《たか》田《だ》 祐《ひろ》彦《ひこ》
高《たか》野《の》 奈《な》未《み》
竹《たけ》下《した》 円《まどか》
鉄《てつ》野《の》 昌《まさ》弘《ひろ》
中《なか》嶋《じま》 真《しん》也《や》
長《なが》瀬《せ》 由《ゆ》美《み》
深《ふか》沢《さわ》 了《のり》子《こ》
藤《ふじ》本《もと》 宗《むね》利《とし》
本《ほん》間《ま》 洋《よう》一《いち》
松《まつ》岡《おか》 智《とも》之《ゆき》
水《みず》谷《たに》 隆《たか》之《ゆき》
光《みつ》延《のぶ》 真《しん》哉《や》
室《むろ》城《き》 秀《ひで》之《ゆき》
室《むろ》田《た》 知《ち》香《か》
安《やす》村《むら》 史《ふみ》子《こ》
山《やま》口《ぐち》 明《あき》穂《ほ》
吉《よし》田《だ》 幹《みき》生《お》
吉《よし》野《の》 朋《とも》美《み》
吉《よし》野《の》 瑞《みず》恵《え》

凡例

一、各項目の記述について

1　見出しの表記は現代仮名遣いとし、適宜（　）内に歴史的仮名遣いを並記した。配列は現代仮名遣いに従っている。

2　年号は原則として元号（西暦）で示した。

例：延喜一三（九一三）

3　人物の生没年は巻末の人名索引にまとめて記載した。

一、用例について

1　原則として、「用例」（出典）として示した。

例：「万代を松にぞ君を祝ひつる千年のかげに住まむと思へば」（古今・賀・素性）

2　原則として以下のものを底本とした。

①和歌（万葉集を除く）　新編国歌大観（角川書店）

②万葉集　日本古典文学大系（岩波書店）

③源氏物語　新編日本古典全集（小学館）

④今昔物語集　新日本古典文学大系（岩波書店）

⑤枕草子　日本古典文学大系（岩波書店）

上記以外の古典作品は原則として「日本古典文学大系」（岩波書店）に従った。

3　用例中の表記は、読みやすさ・利用の便を考慮し、適宜改めた箇所があり、必ずしも原文のままではない。

4　出典は、用例のうしろに（　）を付け、原則として以下の書式で出典名等を明示した。

①和歌については、（出典名略称・部立・作者）。

例：（古今・恋二・小野小町）

②万葉集については、（万・巻数・日本古典文学大系の歌番号・作者）。

例：（万・一・三〇・柿本人麻呂）

③上代歌謡については、（出典名略称・日本古典文学大系〈古代歌謡集〉の歌番号）。

例：（記・二）

④宇津保物語・源氏物語・大鏡・栄花物語・堤中納言物語・増鏡等については、（出典名略称・巻名（章名））。

例：（源・桐壺）（大鏡・道長）

⑤伊勢物語・大和物語・平中物語については、（出典名略称・話番号）。

例：（伊勢・八五）

⑥枕草子については、（枕・段名）。

例：（枕・うつくしきもの）

⑦今昔物語集については、（今昔・巻数・説話番号）。

例：（今昔・一・一五）

⑧平家物語については、（出典名略称・巻数・章名）。

例：（平・三・僧都死去）

⑨徒然草については、（徒然・段数）。

例：（徒然・五七）

⑩謡曲・浄瑠璃・歌舞伎・落語等については、（謡曲（浄瑠璃・歌舞伎…）・曲名（題目））。

例：（浄瑠璃・傾城反魂香）

⑪御伽草子・仮名草子・浮世草子・読本・洒落本・人情本・滑稽

本・赤本・黒本・黄表紙・合巻等については、（御伽草子（仮名草子・浮世草子…）・作品名）。

例：（洒落本・遊子方言）

⑫近現代の作品については、（作者名・作品名）。

例：（森鷗外・雁）

一、主な古典文学作品の略称は、以下のとおりである。

○古事記　→　記　　○日本書紀　→　紀
○万葉集　→　万　　○日本霊異記　→　霊異記
○古今和歌集　→　古今（以下勅撰和歌集は同様）
○竹取物語　→　竹取（落窪・伊勢・平中・大和・宇津保・栄花・堤中納言・浜松中納言・狭衣・とりかへばや・松浦宮・保元・平治・宇治拾遺・曽我等も同様）
○土佐日記　→　土佐（蜻蛉・更級・十六夜も同様）
○源氏物語　→　源　　○枕草子　→　枕
○夜の寝覚　→　寝覚　　○今昔物語集　→　今昔
○平家物語　→　平　　○徒然草　→　徒然
○和漢朗詠集　→　朗詠
○和名類聚抄　→　和名抄　　○類聚名義抄　→名義抄
○色葉字類抄　→　字類抄

一、本辞典では検索の利便と、採録したことばがどのような範囲に及ぶものかを明示するために、巻頭に分類目次を掲げた。重複して分類されている言葉もある。また、巻末には辞典としてよりよく活用できるように、事項・人名・歌に分けて索引を付した。

一、各項目の関連がわかるように、文中に出現した本辞典の見出し語が本文欄外に表示してある。なお、見出しと表記が異なる場合は（　）や「→」で併記してある（例、「襲（重ね）」「僧→出家」）。

一、現在の市町村などの表示については、現在も進行中の「平成の大合併」を踏まえ、新旧を並記しているところもあり、必ずしも統一されてはいない。また、見逃しているところもあるかもしれない。ご海容賜りたい。

一、本書の項目選択や編集・校正などにあたって、次の書籍をおもに参考とした。

白石大二・新間進一・広田栄太郎・松村　明 編『古典読解辞典』東京堂出版、一九五三年。
西沢正史 編『古典文学鑑賞辞典』東京堂出版、一九九九年。
尾形　仂 編『新編俳句の解釈と鑑賞事典』笠間書院、二〇〇〇年。
井上宗雄・武川忠一 編『新編和歌の解釈と鑑賞事典』、笠間書院、二〇〇〇年。
秋山　虔 編『王朝語辞典』東京大学出版会、二〇〇〇年。
久保田　淳・馬場あき子 編『歌ことば歌枕大辞典』角川書店、一九九九年。
市古貞次 監修『国書人名辞典』（全五巻）岩波書店、一九九八年。
三省堂編修所 編『コンサイス日本人名事典　改訂新版』三省堂、一九九三年。

分類目次

■人全般

【人】

性／世代　男（おとこ）107、女（おんな）116／児・稚児（ちご）338、童（わらわ）550、少女（おとめ）109、大人（おとな）108、嫗（おうな）94、翁（おきな）101

家族・親族　妹（いも）55、嫁（よめ）534、婿（むこ）495、妻（つま）351、親（おや）115、継母（ままはは）474、傅（めのと）499

職能・身分・その他　海人（あま）25、尼（あま）25、戎（えびす）88、縁者（えんじゃ）90、京童（きょうわらわ）181、公家（くげ）188、家司（けいし）202、験者（げんじゃ）206、斎院（さいいん）225、斎宮（さいぐう）226、座主（ざす）233、式部（しきぶ）250、出家（しゅっけ）265、仙人（せんにん）300、僧兵（そうへい）305、ただ人（ただびと）323、天人（てんにん）359、盗賊（とうぞく）362、内親王（ないしんのう）369、なほ人（なおびと）371、入道（にゅうどう）386、女房（にょうぼう）387、禰宜（ねぎ）392、橋姫（はしひめ）411、聖（ひじり）430、武士（ぶし）443、法皇（ほうおう）456、巫女（みこ）479、親王（みこ）480、門跡（もんせき）512

集団　源氏（げんじ）205、平家（へいけ）455

【心情／身体】

愛（あい）1、悪（あく）9、粋（いき）38、後見（うしろみ）69、有心（うしん）70、空・虚（うつせ）74、恨み（うらみ）82、形見（かたみ）140、願（がん）160、義理（ぎり）184、褻（け）202、懸想（けそう）203、心（こころ）214、好き（すき）281、魂（たましい）333、徳（とく）363、恥（はじ）410、煩悩（ぼんのう）464、幻（まぼろし）473、無心（むしん）496、野暮（やぼ）515、夢（ゆめ）527／胴（どう）360、腹（はら）417、胸（むね）497

【人生と生活】

悪（あく）9、遊び（あそび）20、井戸（いど）49、命（いのち）54、後見（うしろみ）69、老い（おい）91、賀（が）118、会話（かいわ）121、影（かげ）127、義理（ぎり）184、才（ざえ）227、陣（じん）276、旅（たび）330、中宿（なかやど）372、涙（なみだ）379、光（ひかり）427、病（やまい）517、闇（やみ）520、世（よ）529

遊戯　遊び（あそび）20、蹴鞠（けまり）204、碁（ご）207、双六（すごろく）285、物合せ（ものあわせ）504

【飲食】

稲（いね）53、瓜（うり）83、粥（かゆ）153、栗（くり）197、柑子（こうじ）210、酒（さけ）231、塩（しお）244、鯛（たい）311、藻塩（もしお）502、餅（もち）502、湯漬け・水飯（ゆづけ）527、若菜（わかな）546

五穀*　粟（あわ）33、黍（きび）178、米（こめ）223、稗（ひえ）424、豆（まめ）474、麦（むぎ）494

＊補註：五穀の定義は、時代や国によって一定しない。穀物全般の総称として用いられることもある。現代では「黍または稗」で五穀。

【衣服／装い】

衣冠束帯（いかんそくたい）37、糸（いと）49、色（いろ）58、重ね（かさね）132、狩衣（かりぎぬ）156、沓（くつ）191、十二単衣（じゅうにひとえ）264、袖（そで）307、直衣（なおし）370、錦（にしき）383、袴（はかま）406、紐（ひも）436／総角（あげまき）10、扇（おうぎ）92、鏡（かがみ）124、挿頭（かざし）131、鬘・葛・蘰（かずら）136、櫛（くし）189、香（こう）208

【道具と器具】

網代（あじろ）18、卯槌（うづち）74、鏡（かがみ）124、鐘（かね）147、紙（かみ）149、薬玉（くすだま）191、琴（こと）217、硯（すずり）288、薪（たきぎ）319、人形（ひとがた）433、武具（ぶぐ）441、衾（ふすま）446、枕（まくら）466

【乗り物】

網代車（あじろぐるま）18、駕籠（かご）129、車（くるま）198、輿（こし）215、船（ふね）450

【建物と住居】

泉殿（いずみどの）44、門田（かどた）145、河原院（かわらのいん）160、寝殿（しんでん）277、釣殿（つりどの）353、塀（へい）453、御垣原（みかきはら）476、母屋（もや）509、門（もん）511、邸（やしき）513、遣水（やりみず）521

門　応天門（おうてんもん）93、朱雀（門）（すざく）285、羅生門（らしょうもん）536

屋内　障子（しょうじ）268、陣（じん）276、簾（すだれ）288、前栽（せんざい）299、曹司（ぞうし）303、局（つぼね）350、妻戸（つまど）351、殿上（てんじょう）357、戸（と）360、床（とこ）364、内宴（ないえん）369、軒（のき）399、柱（はしら）412、廂（ひさし）429、屏風（びょうぶ）437、襖（ふすま）447、廊（ろう）542

■文化

【四季の景物】

春　白馬（あおうま）3、鶯（うぐいす）65、梅（うめ）79、霞（かすみ）135、雁（かり）155、桜（さくら）229、正月（しょうがつ）267、内宴（ないえん）369、子の日（ねのひ）394、歯固め（はがため）405、春雨（はるさめ）421、藤（ふじ）442、水（みず）481、柳（やなぎ）515、山吹（やまぶき）519、若菜（わかな）546

夏　葵（あおい）2、鮎（あゆ）29、石伏（いしぶし）41、卯の花（うのはな）76、更衣（こうい）209、五月雨（さみだれ）237、蝉（せみ）297、橘（たちばな）325、撫子（なでしこ）377、藤（ふじ）442、蛍（ほたる）460、不如帰（ほととぎす）462、山吹（やまぶき）519

秋　朝顔（あさがお）12、盂蘭盆（うらぼん）82、荻（おぎ）100、女郎花（おみなえし）114、雁（かり）155、菊（きく）170、霧（きり）183、蟋蟀（きりぎりす）184、鹿（しか）246、鈴虫（すずむし）287、七夕・棚機（たなばた）328、露（つゆ）352、野分（のわき）401、萩（はぎ）406、藤袴（ふじばかま）446、松虫（まつむし）471、紅葉（もみじ）507、夕（ゆう）521

冬　網代（あじろ）18、霰（あられ）31、葛（くず）190、更衣（こうい）209、式部（しきぶ）250、霜（しも）259、千鳥（ちどり）339、追儺（ついな）342、豊明（とよのあかり）367、紅葉（もみじ）507、雪（ゆき）525

【色】

藍（あい）1、青（あお）2、茜（あかね）5、色（いろ）58、黄（き）168、紅（くれない）199、黒（くろ）200、朱（しゅ）263、白（しろ）275、鈍色（にびいろ）385、紫・紫草（むらさき）497

【仏教】

愛（あい）1、尼（あま）25、印（いん）62、縁者（えんじゃ）90、閻魔（えんま）90、戒（かい）120、加持祈祷（かじきとう）133、観音（かんのん）166、極楽（ごくらく）213、座主（ざす）233、三途の川（さんずのかわ）241、三世（さんぜ）241、地獄（じごく）251、出家（しゅっけ）265、精進（しょうじん）269、真言（しんごん）276、末の世（すえのよ）280、誦経（ずきょう）283、宿世（すくせ）284、僧兵（そうへい）305、天台（てんだい）359、道心（どうしん）361、仁王会（にんおうえ）389、念仏（ねんぶつ）396、彼岸（ひがん）428、聖（ひじり）430、仏名（ぶつみょう）449、法華経（ほけきょう）458、仏（ほとけ）461、煩悩（ぼんのう）464、薬師（やくし）513、病（やまい）517、龍王（りゅうおう）539、六道（ろくどう）542

【信仰・民俗】

稲荷（いなり）51、祈り（いのり）55、戎（えびす）88、鬼（おに）110、陰陽道（おんみょうどう）117、方違え（かたたがえ）139、葛城（かつらぎ）144、神（かみ）150、神奈備（かんなび）166、褻（け）202、験（げん)204、庚申(こうしん)210、言忌み(こといみ)218、斎院(さいいん)225、斎宮(さいぐう)226、榊(さかき)228、標縄・注連縄・七五三縄(しめなわ)259、住吉(すみよし)290、仙人(せんにん)300、祟り(たたり)324、霊(たま)331、魂(たましい)333、天人(てんにん)359、禰宜(ねぎ)392、野の宮(ののみや)400、橋姫(はしひめ)411、祓え(はらえ)418、人形(ひとがた)433、変化(へんげ)456、幻(まぼろし)473、御阿礼・御生・御形(みあれ)475、巫女(みこ)479、禊(みそぎ)482、喪(も)500、物忌(ものいみ)504、物の怪(もののけ)506、社(やしろ)514、黄泉(よみ)534、龍(りゅう)538、龍王(りゅうおう)539

【寺社】

石山(いしやま)42、伊勢(いせ)45、稲荷(いなり)51、石清水(いわしみず)59、雲林院(うりんいん)83、鹿島(かしま)133、鐘(かね)147、神山(かみやま)151、賀茂(かも)153、祇園(ぎおん)169、貴船(きふね)179、清水(きよみず)182、鞍馬(くらま)197、高野(こうや)212、極楽寺(ごくらくでら)214、大覚寺(だいかくじ)312、豊浦寺(とようらでら)367、仁和寺(にんなじ)390、念仏寺(ねんぶつてら)397、長谷・泊瀬・初瀬(はせ)412、比叡山(ひえい)424、法性寺(ほっしょうじ)461、妙法寺(みょうほうじ)493、門跡(もんせき)512、社(やしろ)514

■制　度

【皇室・皇族】

院(いん)62、公(おおやけ)99、雲居(くもい)195、三后(さんこう)240、宣旨(せんじ)300、東宮(とうぐう)361、内宴(ないえん)369、内親王(ないしんのう)369、女院(にょういん)387、法皇(ほうおう)456、親王(みこ)480、行幸(みゆき)492

【位階・官職、姓】

位階(いかい)36、真人(まひと)473、朝臣(あそん)21／上達部(かんだちめ)165、蔵人(くろうど)200、検非違使(けびいし)203、宰相(さいしょう)226、相国(しょうこく)268、受領(ずりょう)291、大臣(だいじん)313、大納言(だいなごん)314、博士(はかせ)404／大将(たいしょう)312、中将(ちゅうじょう)339、少将(しょうしょう)269／采女(うねめ)75、式部(しきぶ)250、姓氏(せいし)293、殿上(てんじょう)357、舎人(とねり)366、女房(にょうぼう)387／除目(じもく)260、申文(もうしぶみ)500、禄(ろく)542／氏(うじ)67、源氏(げんじ)205、平家(へいけ)455

【機関】

律令(りつりょう)537／鴻臚館(こうろかん)213、荘園(しょうえん)266、神泉苑(しんせんえん)277、大宰府(だざいふ)322

【儀式・行事】

白馬(あおうま)3、初冠(ういこうぶり)63、盂蘭盆(うらぼん)82、賀(が)118、元服(げんぷく)206、更衣(こうい)209、庚申(こうしん)210、五節(ごせち)216、除目(じもく)260、節会(せちえ)296、七夕・棚機(たなばた)328、朝拝(ちょうはい)341、追儺(ついな)342、司召(つかさめし)342、踏歌(とうか)360、豊明(とよのあかり)367、内宴(ないえん)369、仁王会(にんおうえ)389、子の日(ねのひ)394、年中行事(ねんじゅうぎょうじ)395、賭射 (賭弓)(のりゆみ)401、歯固め (はがため)405、祓え(はらえ)418、雛(ひな)435、仏名(ぶつみょう)449、祭(まつり)472、裳着(もぎ)502

■文芸・文学

【文芸全般】

歌枕（うたまくら）72、絵（え）84、鏡物（かがみもの）124、歌舞伎（かぶき）148、冠付（かむりづけ・かんむりづけ）151、黄表紙（きびょうし）179、狂歌（きょうか）180、狂言（きょうげん）180、草双紙（くさぞうし）189、合巻（ごうかん）209、滑稽本（こっけいぼん）217、寂び（さび）236、詩（し）242、撓（しおり）246、芝居（しばい）257、洒落本（しゃれぼん）262、随筆（ずいひつ）279、説話（せつわ）297、川柳（せんりゅう）302、草子地（そうしじ）304、月並（つきなみ）346、日記（にっき）384、人情本（にんじょうほん）390、能（のう）397、道行文（みちゆきぶみ）486、無心（むしん）496、物語（ものがたり）505、幽玄（ゆうげん）523、謡曲（ようきょく）531、龍宮（りゅうぐう）539、連歌（れんが）540、和歌（わか）544、侘び（わび）549

【和歌】

歌合（うたあわせ）71、縁語（えんご）89、思川（おもいがわ）114、掛詞（かけことば）127、歌体（かたい）138、歌論（かろん）158、季語（きご）171、句切れ（くぎれ）187、沓冠（くつかぶり）192、腰折れ（こしおれ）215、字余り歌（じあまりうた）243、秀歌（しゅうか）263、序詞（じょことば）272、題詠（だいえい）312、長高（ちょうこう）340、枕詞（まくらことば）467、和歌（わか）544

【俳諧・連歌】

有心（うしん）70、軽み（かるみ）157、季語（きご）171、切字（きれじ）186、句切れ（くぎれ）187、指合（さしあい）232、雑俳（ざっぱい）234、去嫌（さりきらい）239、秀句（しゅうく）263、談林（だんりん）336、付合（つけあい）348、貞門（ていもん）354、独吟（どくぎん）363、俳諧（はいかい）403、俳論（はいろん）404、連歌（れんが）540、連歌論（れんがろん）541

【ことば】

吾妻鏡（東鑑）体（あずまかがみたい）20、往来物（おうらいもの）95、をこと点（おことてん）105、会話（かいわ）121、雅語（がご）129、仮名（かな）145、漢語（かんご）161、漢字（かんじ）163、漢文（かんぶん）167、擬古文（ぎこぶん）172、句読点（くとうてん）192、詞（ことば）219、心内語（しんないご）278、宣命体（せんみょうたい）301、俗語（ぞくご）305、濁点（だくてん）319、立文（たてぶみ）327、文字（もじ）502、和語（わご）547

【書誌】

奥書（おくがき）103、活字（かつじ）141、紙（かみ）149、切れ（きれ）185、外題（げだい）203、古筆（こひつ）221、錯簡（さっかん）233、散佚物語（さんいつ）240、色紙（しきし）249、辞書（じしょ）252、紙魚（しみ）258、写本（しゃほん）261、消息・消息文（しょうそく）270、抄物（しょうもの）271、草子（そうし）302、底本（そこほん）307、祖本（そほん）309、題簽・題箋（だいせん）314、定本（ていほん）354、手鑑（てかがみ）354、内題（ないだい）370、柱（はしら）411、判（はん）422、版本（はんぽん）422

■歌　枕

あ行　明石（あかし）3、県の井戸（あがたのいど）4、秋篠（あきしの）8、秋津野（あきづの）9、浅香の浦（あさかのうら）13、安積の沼（あさかのぬま）13、朝倉山（あさくらやま）14、朝日山（あさひやま）14、浅間山（あさまやま）15、あしたの原（あしたのはら）17、安達が原（あだちがはら）23、阿太の大野（あだのおおの）23、阿武隈川（あぶくまがわ）24、天之川（あまのがわ）26、天橋立（あまのはしだて）26、年魚市潟（あゆちがた）29、愛発（あらち）31、安良礼松原（あられまつばら）31、生きの松原（いきのまつばら）39、生野（いくの）40、石山（いしやま）42、泉川（いずみがわ）43、石上（いそのかみ）46、猪名野（いなの）50、印南野（いなみの）51、稲荷（いなり）51、妹背山（いもせやま）56、入佐山（いるさやま）57、岩瀬の森（いわせのもり）60、浮島（うきしま）64、浮島が原（うきしまがはら）65、浮田の森（うきたのもり）65、歌枕（うたまくら）72、打出の浜（うちでのはま）73、宇津谷（うつのや）74、姥捨て（うばすて）77、有耶無耶（うやむや）80、絵島（えじま）85、老蘇の森（おいそのもり）92、大荒木の森（おおあらきのもり）95、大堰川（おおいがわ）96、大原野（おおはらの）99、大淀（おおよど）100、岡の水門（おかのみなと）100、息長川（おきながかわ）102、小塩山（おしおやま）106、男山（おとこやま）108、思川（おもいがわ）114

か行　帰山（かえるやま）123、鏡山（かがみやま）125、香具山（かぐやま）126、可古島（かこのしま）130、風越の峰（かざこしのみね）130、笠取山（かさとりやま）132、春日（かすが）134、鹿背山（かせやま）138、交野（かたの）140、勝間田の池（かつまたのいけ）142、桂川（かつらがわ）144、紙屋川（かみやがわ）151、唐崎（からさき）154、唐泊・韓亭（からどまり）155、企救の浜（きくのはま）171、象潟（きさがた）173、象山（きさやま）173、北野（きたの）175、衣笠山（きぬがさやま）177、貴船（きふね）179、清滝（きよたき）181、熊野（くまの）193、久米（くめ）194、栗栖野（くるすの）198、巨瀬（こせ）216、木幡（こばた）221、昆陽（こや）223、小余綾の磯（こゆるぎのいそ）224、衣川（ころもがわ）224

さ行　差出の磯（さしでのいそ）232、佐野（さの）235、佐保山（さほやま）236、小夜の中山（さよのなかやま）238、更級（さらしな）239、塩竈（しおがま）245、塩津山（しおつやま）245、塩山（しおのやま）246、志賀（しが）247、然菅の渡（しかすがのわたり）248、志賀島（しかのしま）248、信楽（しがらき）249、賤機山（しずはたやま）253、信田の森（しのだのもり）255、信夫（しのぶ）255、標茅が原（しめじがはら）258、白川・白河（しらかわ）273、白河関（しらかわのせき）273、白根（しらね）274、白山（しらやま）275、末の松山（すえのまつやま）279、菅田の池（すがたのいけ）281、隅田川（すみだがわ）290、住吉（すみよし）290、関の清水（せきのしみず）295、袖師の浦（そでしのうら）308、袖の浦（そでのうら）308、園原（そのはら）309

た行　高砂（たかさご）317、高師の浜（たかしのはま）317、高角山（たかつのやま）318、武隈（たけくま）321、田子の浦（たごのうら）322、玉津島（たまつしま）334、玉の井（たまのい）334、田蓑の島（たみののしま）334、千坂の浦（ちさかのうら）339、筑波嶺（つくばね）347

な行　長柄（ながら）373、那古の海（なごのうみ）374、難波（なにわ）378、ならしの岡（ならしのおか）381、楢の小川（ならのおがわ）381、布引（ぬのびき）391、野島崎（のじまざき）399、野中の清水（のなかのしみず）400

は行　箱崎（はこざき）408、平野（ひらの）438、二見の浦（ふたみのうら）448

ま行　三上山（みかみやま）478、水無瀬（みなせ）487、男女川（みなのがわ）488、御裳濯川（みもすそがわ）489、宮城野（みやぎの）490、三輪（みわ）493、最上川（もがみがわ）501、守山（もりやま）510

や行　八橋（やつはし）514、雪消の沢（ゆきげのさわ）527、由良（ゆら）529、与謝（の海）（よさ）531、吉野（よしの）532、淀川（よどがわ）534

わ行　和歌の浦（わかのうら）547

■生物

【植物】

藍（あい）1、茜（あかね）5、葦（あし）16、粟（あわ）33、稲（いね）53、瓜（うり）83、荻（おぎ）100、楓（かえで）122、柏（かしわ）134、鬘・葛・蘰（かずら）136、桂（かつら）143、黍（きび）178、桐（きり）183、葛（くず）190、栗（くり）197、柑子（こうじ）210、榊（さかき）228、紫檀（したん）253、柴（しば）256、杉（すぎ）282、芹（せり）298、竹（たけ）320、橘（たちばな）325、常夏（とこなつ）364、菜（な）369、梨（なし）375、萩（はぎ）406、芙蓉（ふよう）452、酸漿（ほおずき）457、真木（まき）466、松（まつ）468、豆（まめ）474、檀（まゆみ）475、葎（むぐら）494、紫・紫草（むらさき）497、紅葉（もみじ）507、柳（やなぎ）515、葦・葭（よし）532、蓬（よもぎ）535、蘭（らん）536、龍胆（りんどう）540、若菜（わかな）546、蕨（わらび）549

花

葵（あおい）2、朝顔（あさがお）12、優曇華（うどんげ）75、卯の花（うのはな）76、梅（うめ）79、女郎花（おみなえし）114、桔梗（ききょう）169、菊（きく）170、紅（くれない）199、桜（さくら）229、撫子（なでしこ）377、花（はな）415、浜木綿（はまゆう）417、薔薇（ばら）417、藤（ふじ）442、藤袴（ふじばかま）446、山吹（やまぶき）519、夕顔（ゆうがお）522、忘れ草（わすれぐさ）548、吾亦紅（われもこう）551

＊植物の中でもその花が取り上げあられることが多いものを花の項目に分けた。

【獣】

鼬（いたち）46、犬（いぬ）52、猪（いのしし）53、牛（うし）66、馬（うま）77、狼（おおかみ）97、亀（かめ）152、狐（きつね）177、麒麟（きりん）185、熊（くま）192、犀（さい）225、鹿（しか）246、貂（てん）357、虎（とら）367、鵺（ぬえ）391、猫（ねこ）392、鼠（ねずみ）393、羊（ひつじ）432、龍（りゅう）538

【鳥】

鵜（う）63、鶯（うぐいす）65、鴛鴦（おし）105、鵲（かささぎ）131、雁（かり）155、雉（きじ）174、水鶏（くいな）187、雀（すずめ）287、鷹（たか）316、千鳥（ちどり）339、燕（つばめ）349、鶴（つる）353、鳰（にお）382、鶏（にわとり）389、箱鳥（はこどり）408、鳩（はと）414、不如帰（ほととぎす）462、都鳥（みやこどり）492

【魚・貝】

鮎（あゆ）29、石伏（いしぶし）41、空・虚（うつせ）74、鰹（かつお）141、鯨（くじら）190、鯉（こい）207、鮭（さけ）232、鱸（すずき）286、鯛（たい）311、氷魚（ひお）426、鮒（ふな）449
貝（かい）119

【虫などの小動物】

蚕（かいこ）120、蛙（かえる）122、蜻蛉（かげろう）128、蟋蟀（きりぎりす）184、蜘蛛（くも）195、紙魚（しみ）258、鈴虫（すずむし）287、蝉（せみ）297、蝶（ちょう）340、蜂（はち）414、螇・蜉蝣（ひおむし）426、蛇・大蛇（へび・おろち）455、蛍（ほたる）460、松虫（まつむし）471

■時間と空間

【四季】
春（はる）419、夏（なつ）375、秋（あき）7、冬（ふゆ）451

【時間と暦】
時間　鐘（かね）147
一日　朝（あさ）11、昼（ひる）439、夕（ゆう）521、日暮れ（ひぐれ）428
月　朔日（ついたち）342、月（つき）344
年　正月（しょうがつ）267、七夕・棚機（たなばた）328、彼岸（ひがん）428、暮れ（くれ）199
干支（えと）87
世　世（よ）529、末の世（すえのよ）280、宿世（すくせ）284

【方角】
乾（いぬい）52、丑寅（うしとら）69、巽・辰巳（たつみ）327、未申・坤（ひつじさる）433

【都・宮】
飛鳥（あすか）19、京（きょう）179、後宮（こうきゅう）209、信楽（しがらき）249、神泉苑（しんせんえん）277、朱雀（すざく）285、内裏（だいり）315、都（みやこ）490、羅生門（らしょうもん）536

【空間】
市（いち）46、極楽（ごくらく）213、里（さと）234、地獄（じごく）251、世界（せかい）293、関（せき）294、天（てん）356、鄙（ひな）434、道（みち）484、都（みやこ）490、山里（やまざと）517、龍宮（りゅうぐう）539

■自　然

【気象】
雨（あめ）27、嵐（あらし）29、霰（あられ）31、陽炎（かげろう）128、風早（かざはや）132、霞（かすみ）135、風（かぜ）137、霧（きり）183、雲（くも）195、雲居（くもい）195、五月雨（さみだれ）237、潮（しお）244、時雨（しぐれ）250、霜（しも）259、垂氷（たるひ）335、露（つゆ）352、氷柱（つらら）352、長雨（ながあめ）371、逃げ水（にげみず）382、虹（にじ）382、野分（のわき）401、春雨（はるさめ）421、晴れ（はれ）421、光（ひかり）427、霙（みぞれ）483、村雨（むらさめ）499、靄（もや）509、夕立（ゆうだち）524、雪（ゆき）525

【天体】
明星（あかほし）5、昴（すばる）289、月（つき）343、天（てん）356、日（ひ）423、北斗七星（ほくとしちせい）457、星（ほし）459

【地形】
池（いけ）40、海（うみ）78、浦（うら）81、音無（おとなし）109、小野（おの）111、尾上（おのえ）112、門田（かどた）145、川（かわ）159、川口（河口）（かわぐち）159、坂本（さかもと）229、島（しま）257、田（た）311、高砂（たかさご）317、高角山（たかつのやま）318、津（つ）341、沼（ぬま）391、野（の）397、畑（はたけ）413、堀江（ほりえ）464、水脈（みお）476、汀（みぎわ）478、水無瀬（みなせ）487、森（もり）510、山（やま）516

【山】

安積山（あさかやま）13、朝倉山（あさくらやま）14、朝日山（あさひやま）14、浅間山（あさまやま）15、足柄（あしがら）16、嵐山（あらしやま）30、有馬（ありま）32、粟田山（あわたやま）35、因幡（いなば）50、妹背山（いもせやま）56、入佐山（いるさやま）57、宇津谷（うつのや）74、畝傍山（うねびやま）75、姥捨て（うばすて）77、大江山（おおえやま）96、小倉山（おぐらやま）104、小塩山（おしおやま）106、男山（おとこやま）108、音羽山（おとわやま）110、帰山（かえるやま）123、鏡山（かがみやま）125、香具山（かぐやま）126、風越の峰（かざこしのみね）130、笠取山（かさとりやま）132、鹿背山（かせやま）138、葛城（かつらぎ）144、神山（かみやま）151、亀山（かめやま）152、神奈備（かんなび）166、象山（きさやま）173、北山（きたやま）176、衣笠山（きぬがさやま）177、草香山（くさかやま）188、熊野（くまの）193、倉橋山（くらはしやま）196、くらぶ山（くらぶやま）196、鞍馬（くらま）197、黒髪山（くろかみやま）201、高野（こうや）212、木幡（こばた）221、塩山（しおのやま）246、賤機山（しずはたやま）253、白根（しらね）274、白山（しらやま）275、末の松山（すえのまつやま）279、鈴鹿（すずか）286、袖振山（そでふるやま）309、高角山（たかつのやま）318、竜田（たつた）326、手向山（たむけやま）335、筑波嶺（つくばね）347、床の山（とこのやま）364、鳥部野（とりべの）368、西山（にしやま）384、白山（はくさん）407、箱根山（はこねやま）408、比叡山（ひえいさん）424、東山（ひがしやま）426、比良（ひら）438、富士山（ふじのやま）444、二上山（ふたがみやま）448、船岡（ふなおか）449、巻向山（まきむくやま）466、待兼山（まちかねやま）468、待乳山（まつちやま）470、松尾山（まつのおやま）470、三笠山（みかさやま）477、三上山（みかみやま）478、耳成山・耳梨山（みみなしやま）489、三室山（みむろやま）489、三輪（みわ）493、吉野（よしの）532、鷲の峰（わしのみね）548

大和三山　畝傍山（うねびやま）75、香具山（かぐやま）126、耳成山・耳梨山（みみなしやま）489

【峠】

宇津谷（うつのや）74、倶利伽羅（くりから）197、薩埵（さった）233、小夜の中山（さよのなかやま）238、塩津山（しおつやま）245、十国峠（じっこくとうげ）253、大菩薩（だいぼさつ）315、鳥居（とりい）368、針の木（はりのき）419、洞が峠（ほらがとうげ）463、和田峠（わだとうげ）548

【関】

足柄（あしがら）16、安宅（あたか）22、有耶無耶（うやむや）80、函谷関（かんこくかん）163、清見潟（清見が関）（きよみがた）182、関（せき）294、勢多（せた）295、箱根山（はこねやま）408

三関　愛発（あらち）31、逢坂（おうさか）93、鈴鹿（すずか）286、不破（ふわ）452

＊九世紀初頭に逢坂関が愛発関に代わった

奥州三関　白河関（しらかわのせき）273、勿来関（なこそのせき）374、念珠関（ねずのせき）393

【丘】

芦屋（あしや）17、雷の丘（いかずちのおか）37、春日（かすが）134、片岡（かたおか）139、佐保山（さほやま）236、ならしの岡（ならしのおか）381

【原・野】

浅茅が原（あさじがはら）14、あしたの原（あしたのはら）17、化野（あだしの）22、安達が原（あだちがはら）23、阿太の大野（あだのおおの）23、安良礼松原（あられまつばら）31、生きの松原（いきのまつばら）39、生野（いくの）40、猪名野（いなの）50、印南野（いなみの）51、浮島が原（うきしまがはら）65、大原野（おおはらの）99、小野（おの）111、大原（おはら）112、交野（かたの）140、北野（きたの）175、栗栖野（くるすの）198、巨瀬（こせ）216、嵯峨野（さがの）228、標茅が原（しめじがはら）258、園原（そのはら）309、高円（たかまど）318、飛火野（とぶひの）366、鳥部野（とりべの）368、ははそ原（はそがら）416、みかの原（みかのはら）477、宮城野（みやぎの）490、武蔵（野）（むさし）496、紫野（むらさきの）498

【森】
岩瀬の森（いわせのもり）60、磐手の森（いわてのもり）61、浮田の森（うきたのもり）65、老蘇の森（おいそのもり）92、大荒木の森（おおあらきのもり）95、信田の森（しのだのもり）255、糾の森（ただすのもり）323

【川】
芥川（あくたがわ）10、網代（あじろ）18、阿武隈川（あぶくまがわ）24、安倍川（あべがわ）24、天之川（あまのがわ）26、生田（いくた）39、率川（いさかわ）41、いさら川（いさらがわ）41、五十鈴川（いすずがわ）43、泉川（いずみがわ）43、井手（いで）47、大井川（おおいがわ）96、大堰川（おおいがわ）96、息長川（おきながかわ）102、音無（おとなし）109、思川（おもいがわ）114、桂川（かつらがわ）144、紙屋川（かみやがわ）151、黄瀬川（きせがわ）174、木曽（木曽川）（きそ）174、木津川（きづがわ）176、清滝（きよたき）181、衣川（ころもがわ）224、差出の磯（さしでのいそ）232、三途の川（さんずのかわ）241、然菅の渡（しかすがのわたり）248、白川・白河（しらかわ）273、鈴鹿（すずか）286、隅田川（すみだがわ）290、瀬田（せた）295、瀬見の小川（せみのおがわ）298、芹川（せりがわ）299、高瀬川（たかせがわ）318、竜田（たつた）326、玉川（たまがわ）332、多摩川（たまがわ）332、筑後川（ちくごがわ）337、長良川（ながらがわ）373、名取川（なとりがわ）377、楢の小川（ならのおがわ）381、初瀬川（はつせがわ）414、ひの川（ひのかわ）435、檜隈川（ひのくまがわ）435、富士川（ふじがわ）444、御手洗川（みたらしがわ）484、水無瀬（みなせ）487、男女川（みなのがわ）488、御裳濯川（みもすそがわ）489、最上川（もがみがわ）501、淀川（よどがわ）534

橋　浅水の橋（あさんずのはし）15、轟の橋（とどろきのはし）365

【沼、池、湖】
安積の沼（あさかのぬま）13、大沢の池（おおさわのいけ）98、勝間田の池（かつまたのいけ）142、象潟（きさがた）173、昆陽（こや）223、猿沢の池（さるさわのいけ）239、菅田の池（すがたのいけ）281、浜名湖（はまなこ）416、広沢の池（ひろさわのいけ）439、琵琶湖（びわこ）439

【水の景観：滝・清水・出で湯など】
音無（おとなし）109、那智の瀧（なちのたき）375、布引（ぬのびき）391／朧の清水（おぼろのしみず）113、関の清水（せきのしみず）295／雪消の沢（ゆきげのさわ）527／有馬（ありま）32、伊香保（いかほ）37、出で湯（いでゆ）48

【海・灘】
有磯海（ありそうみ）32、阿波の鳴門（あわのなると）35、海（うみ）78、音戸（おんど）116、小余綾の磯（こゆるぎのいそ）224、潮（しお）244、那古の海（なごのうみ）374、波（なみ）378、鳴門（なると）381、ひびきの灘（ひびきのなだ）436

【海辺の景観：浦・浜・潟など】
阿漕が浦（あこぎがうら）11、浅香の浦（あさかのうら）13、年魚市潟（あゆちがた）29、出見の浜（いでみのはま）48、清見潟（清見が関）（きよみがた）182、袖師の浦（そでしのうら）308、袖の浦（そでのうら）308、田子の浦（たごのうら）322、檀の浦（だんのうら）336、千賀の浦（ちがのうら）337、千坂の浦（ちさかのうら）339、津（つ）341、奈呉の浦（なごのうら）374、吹上の浜（ふきあげのはま）441、二見の浦（ふたみのうら）448、松帆の浦（まつほのうら）470、松浦（まつら）471、澪標（みおつくし）476、三熊野の浦（みくまののうら）479、御津（みつ）487、和歌の浦（わかのうら）547

【島・岬】
淡路島（あわじしま）34、浮島（うきしま）64、隠岐島（おきのしま）102、雄島（おしま）106、可古島（かこのしま）130、鬼界が島（きかいがしま）169、志賀島（しかのしま）248、橘の小島（たちばなのこじま）326、玉津島（たまつしま）334、松島（まつしま）469
鐘の岬（かねのみさき）147

■国名

【国名】
秋津島（あきつしま）9

【外国名】
唐（から）154、百済（くだら）191、高麗（こうらい）212、新羅（しらぎ）274、天竺（てんじく）357

【旧国名】
蝦夷（えぞ・えみし）85
東山道　陸奥（みちのく）485、陸前（りくぜん）537、陸中（りくちゅう）537、出羽（でわ）356、上野（こうずけ）211、下野（しもつけ）261、信濃（しなの）254、飛騨（ひだ）432、美濃（みの）488、近江（おうみ）94
東海道　常陸（ひたち）432、上総（かずさ）135、下総（しもうさ）260、安房（あわ）33、武蔵（野）（むさし）496、相模（さがみ）229、甲斐（かい）118、伊豆（いず）43、駿河（するが）292、遠江（とおとうみ）363、三河（みかわ）478、尾張（おわり）115、伊勢（いせ）45、志摩（しま）257、伊賀（いが）35
北陸道　越後（えちご）86、佐渡（さど）235、越中（えっちゅう）87、加賀（かが）123、能登（のと）400、越前（えちぜん）86、若狭（わかさ）546
畿内　山城（やましろ）518、摂津（せっつ）296、河内（こうち）211、和泉（いずみ）43、大和（やまと）519
山陰道　丹後（たんご）335、丹波（たんば）336、但馬（たじま）323、因幡（いなば）50、伯耆（ほうき）457、出雲（いずも）44、石見（いわみ）61、隠岐島（おきのしま）102
山陽道　播磨（はりま）419、美作（みまさか）488、吉備（きび）178、備前（びぜん）431、備中（びっちゅう）433、備後（びんご）440、安芸（あき）6、周防（すおう）281、長門（ながと）372
南海道　紀伊（きい）168、淡路島（あわじしま）34、讃岐（さぬき）235、伊予（いよ）57、阿波（あわ）33、土佐（とさ）365
西海道　筑紫（つくし）346、筑後（ちくご）337、筑前（ちくぜん）338、豊前（ぶぜん）447、豊後（ぶんご）453、肥前（ひぜん）431、肥後（ひご）429、日向（ひゅうが）437、大隅（おおすみ）99、薩摩（さつま）234、対馬（つしま）349、壱岐（いき）38

■地域名

あ行

明石（あかし）3、県の井戸（あがたのいど）4、赤間（あかま）6、阿騎（あき）6、秋篠（あきしの）8、秋津野（あきづの）9、足柄（あしがら）16、芦屋（あしや）17、飛鳥（あすか）19、東（あずま）19、安宅（あたか）22、化野（あだしの）22、天橋立（あまのはしだて）26、愛発（あらち）31、有馬（ありま）32、伊香保（いかほ）37、生田（いくた）39、石上（いそのかみ）46、井手（いで）47、稲荷（いなり）51、伊良虞（いらご）57、入間の郡（いるまのこおり）58、岩倉（いわくら）59、磐余（いわれ）61、浮島（うきしま）64、宇治（うじ）68、宇陀（うだ）71、絵島（えじま）85、江戸（えど）88、逢坂（おうさか）93、大坂（おおさか）97、愛宕（おたぎ）106、音無（おとなし）109、小野（おの）111、尾上（おのえ）112、大原（おはら）112、尾駮（尾鮫・尾駁）（おぶち）113、音戸（おんど）116

か行

風早（かざはや）132、鹿島（かしま）133、春日（かすが）134、片岡（かたおか）139、葛城（かつらぎ）144、賀茂（かも）153、唐崎（からさき）154、猟路の小野（かりじのおの）157、川口（河口）（かわぐち）159、祇園（ぎおん）169、木曽（木曽川）（きそ）174、貴船（きふね）179、清滝（きよたき）181、熊野（くまの）193、久米（くめ）194、倶利伽羅（くりから）197、栗栖野（くるすの）198、巨瀬（こせ）216、昆陽（こや）223

さ行

嵯峨野（さがの）228、坂本（さかもと）229、佐野（さの）235、更級（さらしな）239、塩竈（しおがま）245、志賀（しが）247、信楽（しがらき）249、信夫（しのぶ）255、朱雀（すざく）285、鈴鹿（すずか）286、須磨（すま）289、住吉（すみよし）290、瀬田（せた）295、勢多（せた）295

た行

高砂（たかさご）317、高円（たかまど）318、武隈（たけくま）321、武生（たけふ）321、竜田（たつた）326、玉の井（たまのい）334、田蓑の島（たみのしま）334、千賀の浦（ちがのうら）337、筑紫（つくし）346、椿市（つばいち）349、床の山（とこのやま）364、鳥羽（とば）366、鳥部野（とりべの）368

な行

長柄（ながら）373、奈良（なら）380、奈良坂（ならさか）380、野中の清水（のなかのしみず）400

は行

長谷・泊瀬・初瀬（はせ）412、浜寺（はまでら）416、東山（ひがしやま）426、比良（ひら）438、平野（ひらの）438、深草（ふかくさ）440、伏見（ふしみ）446、船岡（ふなおか）449、船坂（ふなさか）450、布留（ふる）452

ま行

松島（まつしま）469、松浦（まつら）471、みかの原（みかのはら）477、三島江（みしまえ）480、水駅（みずうまや）482、御津（みつ）487、水無瀬（みなせ）487、紫野（むらさきの）498、守山（もりやま）510

や行

八橋（やつはし）514、由良（ゆら）529、吉野（よしの）532

＊収録したすべての地名ではなく、地域的な広がりをもって立項された（旧国名を除く）地域を掲げた。

あ

愛　あい

漢語　男・女　仏教→仏・煩悩

仏教上の、物への執着の意。仏教の伝来とともに移入された漢語である。「愛執」「愛着」「愛欲」などの「愛」も、この意。主君から臣下へ、親から子へ、男から女へといった、上から下への意識が強く、自分が気に入った相手をかわいがる自己中心的な執着であるため、仏教では煩悩として戒められる感情であった。今日の「愛」に相当する、異性への特別な感情の意では「思ひ」「こころざし」などの語が用いられた。『万葉集』山上憶良《やまのうえのおくら》の「子等を思ふ歌」（五・八〇二）の題詞には、釈迦の教えの「愛は子に過ぎたりといふこと無し」を受けて「世間《よのなか》の蒼生《あをひとくさ》の、誰か子は愛《うつく》しびずあらめや」とあり、子への愛着の歌が載せられる。また、仏教的な執着の意では、「愛に纏《まと》はるること葛《かづら》の旋《はびこ》るが如し」（性霊集・二）などといった例もある。

世　葛

『源氏物語』夢浮橋《ゆめのうきはし》巻で、浮舟と薫の関係を知った横川《よかわ》の僧都《そうず》は、「もとの御契り過《あやま》ちたまはで、愛執の罪をはるかしきこえたまひて……」と浮舟に手紙を送る。浮舟への思いから薫が負うであろう仏教上の「愛執の罪」が消えるような生き方を浮舟に勧めたものだが、結果として、浮舟に還俗を勧めたものか、勧めないものか、解釈には両説あるところである。

手紙→消息

また、『堤中納言物語《つつみちゅうなごんものがたり》』「虫めづる姫君」で、「この虫どもを朝夕に愛し給ふ」と、姫君の毛虫への執着が語られるのは、もはや直接的には仏教的な文脈ではない。『今昔物語集』には、通っている女のもとから帰宅した夫に対して、本妻が、「今夜正《まさ》しく女の彼《か》の許《もと》に行きて、二人臥して愛しつる顔よ」（三一・十）と言う例があり、ここでは「情を交わす」の意で用いられている。とはいえ、「愛」の語が恋人や近親者への親愛の感情を表すようになったのは、明治時代以降、love の訳語として「愛」が採択されてからである。「色」「情」によって表現される近世以前の男女関係とは異質な、一対一の男女の精神的な結びつきを重んじる意識は、明治時代以降の小説において称揚されたものであった。

朝・夕　色

（高木和子）

藍　あい

タデ科の一年草。また、それを用いた染料やその色。蓼《たで》藍《あい》や山藍《やまあい》などがある。藍と紅《くれない》（呉藍）の二つで染めた色を二藍《ふたあい》という。『枕草子』「指貫《さしぬき》は」の段に「夏は、二藍」とあり、「下襲《したがさね》は」の段にも「夏は、二藍、白襲《しらがさね》」とあるように、二藍は夏によく着用された。若い人が身につける色であったらしく、『源氏物語』藤裏葉《ふじのうらば》巻では、二藍の直衣《なおし》姿で内大臣家の花の宴に出掛けようとする夕霧に、光源氏は「非参議《ひさんぎ》のほど、何となき若人《わかうど》こそ、二藍はよけれ」とたしなめ、自分の着物を持たせる。

色　紅　襲（重ね）・夏　直衣

大嘗祭などの神事に奉仕する者が着用する小忌衣《おみごろも》は、白

祭

布に山藍で文様を摺染《すりぞ》めにした。「あしひきの山ゐにすれる衣をば神に仕ふるしるしとぞ思ふ」（拾遺・雑秋・紀貫之）は小忌衣を詠み込んだ和歌。山藍は転じて「やまゐ」ともいい、「山ゐにすれる衣」は山藍で染められた小忌衣を意味する。小忌衣はまた「山藍の袖」ともいわれる。

青
水

ことわざの「青は藍より出でて藍より青し」は、『荀子《じゅんし》』勧学篇に基づく。青色は植物の藍から採られるが、その色はもとの植物よりも濃い。そのことから、弟子が師匠より優れていることをいう。『荀子』ではさらに、「冰《こほり》は水之《これ》を為《な》して水より寒し」と続けられる。これは、氷は水から作られるが水よりも冷たい、という意味である。（東　俊也）

青　あお（あを）

色

五色《ごしき》（青黄赤白黒）の一つ。古代の「青」は緑色・灰色・黒青色など広い範囲の色をさし、実際の色を特定するのが困難なことも多い。原義としては、「アオ」は朦朧な〈漠〉という状態を示す語であり、〈顕〉を示す「シロ」と対比関係にあったとされる。もう一つ「アカ」〈明〉と「クロ」〈暗〉という系列もあり、「青」は「赤」の対にあり、「白」と「黒」の中間に位置する、とも説明される。

土佐
松・浪・雪
白馬・和歌

『土佐《とさ》日記』では、黒崎という土地を通った際に、「ところの名は黒く、松の色は青く、磯の浪《なみ》は雪のごとくに、貝の色は蘇芳《すはう》に、五色《ごしき》にいまひと色ぞ足らぬ」と記されており、ここでは松の葉の緑色を「青」と表現する。正月七日の宮廷行事に白馬節会《あおうまのせちえ》があるが、その際に詠まれた和歌に大伴家持《おおとものやかもち》の「水鳥の鴨《かも》の羽《は》色の青馬《あをうま》を今日《けふ》見る人は限りなしといふ」（万・二十・四四九四）がある。節会には本来青毛《あおげ》の馬を用いたが、醍醐《だいご》天皇のころから白馬を用いるようになったという。このあたりにも、「青」がさす色の広さをうかがうことができよう。

節会
萩
露
山

「青」を詠み込んだ印象的な和歌として、他にも『源氏物語』若菜《わかな》上巻「目に近く秋や来ぬらん見るままに青葉の山もうつろひにけり」「水鳥の青羽《あをは》は色も変はらぬを萩の下こそ気色ことなれ」という、紫の上と光源氏の贈答歌を挙げることができる。紫の上の和歌は「秋の露は移しにありけり水鳥の青葉の山の色づく見れば」（万・八・一五四三・三原王）を踏まえているが、これらの和歌における「青」も実際の色を特定することは難しい。紫の上の和歌に関しては、常緑の「青葉」が「うつろふ」ことによって、変わらないと信じていた源氏の心変わりを表現している。（東　俊也）

葵　あおい（あふひ）

葛
梨・黍・葛・秋

現在の葵は江戸時代以降に栽培されるようになった、大型の花を愛でる「立葵《たちあおい》」であるが、古くは二葉葵《ふたばあおい》・冬葵《ふゆあおい》をさした。冬葵は葉を食用、実を薬用とした。「梨棗黍《なつめきみ》に粟継ぎ延ふ葛《くず》の後にも逢はむと葵花咲く」（万・十六・作者未詳）と歌われたのは冬葵である。梨・棗・黍・葛と秋の収穫を歌った後に「逢ふ日」の意味をかけて食用の葵を詠み込む。『和名抄』には「葵……味甘無毒者也」としている。

賀茂・祭・葉

葵が特に人々の関心の対象になったのは、その名としての言葉もあるが、賀茂神社の祭礼にその葉が飾られたこと

車　衣冠　かざし（挿頭）　神

によろう。祭礼では、社前・桟敷・牛車などの簾や、行列に供奉する官人達の衣冠など至るところに飾られた。この葵は、ハート形一対の葉を出す二葉葵である。古くからの神事であり、『枕草子』に「葵、いとをかし。神代よりして、さるかざしとなりけん、いみじうめでたし。もののさまもいとをかし」と記されている。「逢ふ日」への連想は誰もがもったらしく、『源氏物語』（葵）では、偶然に出会った源典侍《げんのないしのすけ》と光源氏との間で「はかなしや人のかざせるあふひゆゑ神の許しの今日を待ちける」「かざしける心ぞあだに思ほゆる八十氏人《やそうじびと》になべてあふひを」の歌が交わされる。源氏に会えたのは神の許しを得たと喜ぶ典侍に、源氏は、あだな心で多くの人に会えたと喜んでいるのでは、と辛辣に切り返す。

光源氏の正妻の女三宮《おんなさんのみや》に恋慕し続けた柏木《かしわぎ》は、葵祭の御《ご》禊《けい》の日に長年の望みを達し、「くやしくぞつみ犯《をか》しけるあふひ草神の許せるかざしならぬに」（若葉下）とその罪を詮無く反省する。光源氏から見捨てられた中将の君（源氏の侍女）が「さもこそはよるべの水に水草ゐめ今日のかざしよ名さへ忘るる」（幻）と葵祭をかけて誘って来た時、すでに紫の上を失っていた源氏は、「おほかたは思ひすててし世なれどもあふひはなほや罪犯すべき」と、男女の出会う罪深さをいう（幻）。

（吉野瑞恵）

白馬　あおうま

正月　馬・青・春　節会・内裏

正月七日、天皇が豊楽殿《ぶらくでん》や紫宸殿《ししんでん》に出御し、左右馬寮《うまづかさ》が牽《ひ》く白馬を見、群臣に宴を賜る行事。正月七日の宴は景行天皇五一年の記事（紀）にすでに見えるが、青馬を牽くのは、天平宝字二年（七五八）に詠まれた「水鳥の鴨の羽色の青馬を今日見る人は限りなしといふ」（万・二十・大伴家持）の歌が初見で、承和元年（八三四）から恒例となる。中国では、馬は陽の獣、青は春の色とされ、年頭にこれを見ることで一年の邪気が払われると考えられていた。儀式では二一頭の馬が牽かれるが、これも三と七を陽数とする考えによる。

古くは「青馬」、平安時代中期から「白馬」の表記が一般的となる。「降る雪に色も変はらで牽くものを誰あを馬と名づけ初めけむ」（兼盛集）は、名と実のずれを衝いた点に面白みがある。「今日はあを馬を思へどかひなしただ波の白きのみぞ見ゆる」（土佐）も「あを馬」→「波の白き」という色彩の連想によりつつ、海上にあって都の晴れの儀式に参加できない無念さをにじませる。『源氏物語』少女《おとめ》巻には「良房《よしふさ》の大臣と聞こえける、いにしへの例になずらへて、白馬牽き、節会の日々、内裏の儀式をうつして」とあるが、良房のような人臣の私邸で行われた史実はなく、僭越にもなりかねない源氏の挙行を正当化する叙述とみられる。ともあれ、太政大臣とはいえ臣下である源氏が催すところに、彼の絶大な権勢が誇示されているのである。

（大井田晴彦）

明石　あかし

播磨・歌枕

現在の兵庫県明石市。播磨《はりま》国の歌枕。明石海峡を隔てて

淡路島・新羅　馬　和歌　都　霧　詩　春　須磨

淡路島をのぞむ。『日本書紀』には新羅征討のために出立した当麻皇子《たいまのみこ》の妻舎人姫王《とねりのひめみこ》（欽明《きんめい》天皇皇女）が「赤石」で亡くなったため皇子は引き返したとされ（推古紀）、「大化改新詔」に「西自赤石櫛淵以来（西は赤石の櫛淵より以来）」と畿内国の西端とされた（孝徳紀）。古代から陸海の交通の要所で、陸路の山陽道には駅家《うまや》が置かれ、『延喜式《えんぎしき》』には馬三十疋が常置されたとある。

和歌においても交通の要所ならではの表現が目立ち、「明石潟」「明石の浦」「明石の沖」「明石の瀬戸」「明石の浜」「明石の門《と》」などの形で詠まれ、都を離れて下る不安や、都に近づく喜びが歌われた。「天離《あまざか》る夷《ひな》の長道《ながぢ》ゆ恋ひ来れば明石の門《と》より大和島見ゆ　一本に云ふ、家門《やど》のあたり見ゆ」（万・三・二五五・柿本人麻呂）の場合は、陸路ながら都に近づく歌で喜びに満ちているが、都から遠ざかる折は、「留《とも》火《しび》の明石大門に入る日にか漕ぎ別れなむ家のあたり見ず」（三・二五四・同）と海路でこの地を通る悲痛さがにじむ。『古今集』にも「ほのぼのと明石の浦の朝霧に島がくれ行く舟をしぞ思ふ」（羇旅・読人知らず）と旅の歌が詠まれ、これを受けて「ほのぼの」「朝霧」「島がくれ」などとの連想が定着した。菅原道真《すがわらみちざね》も、讃岐守から帰京の折にもここで作詩したが、大宰権帥《だざいのごんのそつ》として左遷されて下る折の感慨は、またひとしおであったろう。『大鏡』時平伝には、道真が明石の駅《むまや》に宿を取って、駅の長の悲しむさまを見て作ったという、「駅長莫驚時変改　一栄一落是春秋（駅長驚くことなかれ　時の変改　一栄一落是れ春秋）」の詩が載るが、道真は再びこの地を通って都へ帰る春を期待したかどうか。

『源氏物語』で光源氏が須磨の地から暴風雨をきっかけに明石の地に落ち延びるのも、道真の史実を踏まえた展開である。光源氏を迎えた明石の入道は、元の明石の地の国守で、在任期間を終えても明石の地にとどまり、蓄財して娘と貴人との結婚を願った。明石巻、光源氏が明石の君を訪ねる八月十三夜の場面が印象的で、以後、月の名所となった。「月のあかかりけるころあかしにまかりて月をみて……」といった詞書のもとに「ありあけの月もあかしのうらかぜになみばかりこそよると見えしか」（金葉・秋・二一六・平忠盛）などと詠まれ、「月」「明し」「明石」の連想が定着する。

蛸・鯛・牡蠣などの海産物のほか、明石焼（陶器）などが特産。万葉の人麻呂歌にちなんで作られた柿本神社には、東経一三五度の日本標準時子午線の通過標柱がある。

（高木和子）

月　井戸　山吹　都　春　かはづ→蛙・　和歌

県の井戸　あがたのいど（あがたのゐど）

京都一条通《いちじょうどおり》の北、東洞院通《ひがしのとういんどおり》の西角（京都御苑内）にあった井戸。勅撰集では、『後撰集』に「都人《みやこびと》来ても折らなんかはづ鳴く県《あがた》の井戸の山吹《やまぶき》の花」（春下・橘公平女）と詠まれる。「県」には「田舎」という意味があり、「県の井戸」は「都人」がわざわざ訪れる土地として詠まれている。都との対比を直截に詠んだのが、「山吹の花もてはやす人もなし県の井戸は都ならねば」（新葉・雑上・妙光寺内大臣家中納言）である。後鳥羽院にも「かはづ鳴く県の井戸に春暮れて散りやしぬらん山吹の花」（続後撰・春下）という歌があるが、これらの和歌を見ればわかるように、一首の中

歌枕・井出

に「山吹」「かはづ」を詠み込むことが多い。これら二つの歌材を詠む歌枕といえば、他に「井出」があるが、こちらの詠まれ方は、「かはづ鳴く井出の山吹散りにけり花の盛りにあはましものを」（古今・春下・読人知らず）の強い影響下にある。「井」という共通点から、同様の詠みぶりとなっている。『枕草子』「家は」の段にもその名が挙げられている。

（東　俊也）

茜　あかね

夏・秋　紅

アカネ科の蔓性多年草。山野に自生し、夏から秋にかけて淡黄色の小花を咲かせる。根は太くヒゲ状で、この根を乾燥させ、酢につけたあと真水で煮出して色素を抽出し、染料として用いる。また「茜根《せんこん》」と称する漢方薬として止血・解熱・強壮作用がある。「茜……和名阿加禰　以て緋に染むべきものなり」（和名抄）「茜　アカネ・アケ」（観智院本／名義抄）とあり、『延喜式《えんぎしき》』縫殿寮《ぬいどのりよう》式の「緋」は茜をさし、「茜色」といえば黄味を帯びた赤色をいう。赤系統の植物性染料には茜・蘇芳《すおう》・紅《くれない》があるが、茜は最も古くから用いられた染料であった。

和歌　月　枕詞・日・昼

和歌では「あかねさす日は照らせれどぬばたまの夜渡る月の隠らく惜しも」（万・二・一六九・柿本人麻呂）「あかねさす昼は物思ひぬばたまの夜はすがらに哭のみし泣かゆ」（万・十五・三七三二・中臣宅守）のように、「あかねさす」という枕詞として、茜色に照り輝くという意味から「日」「昼」に、あるいは「……あかねさす君が心し忘れかねつも」（万・十六・三八五七・佐為王近習婢）と、照り映えるほど美しいという意味から「君」にも冠された。さらに「あかねさす紫野行き標野《しめの》行き野守は見ずや君が袖振る」（万・一・二十・額田王）の「紫」は紫が赤みを帯びるためという説もあるが、「紫」にかかる他例はなく、日に照って光り輝いている意かともされる。原文表記は「茜草刺」。一方、大海人《おおあまの》皇子の返歌「紫のにほへる妹を憎くあらば人妻ゆゑに我恋めやも」（万・一・二一）の初句の原文表記は「紫草能」で、「茜草」「紫草」と両歌呼応した植物名表記になっている。「あかねさす」は中古以降枕詞として用いなくなり、中世和歌でも万葉語と認識された上で「赤く照り映える」の意味で用いるようになる。実際、赤系統の色として平安文学で主流となるのは茜よりも赤味が強い「紅」である。『源氏物語』で色名として「あかね」は例がなく、「あかねさす」の枕詞をもつ歌一首のみである。茜は上代を彩る色といえよう。

紫野　紫　武者→武士・山吹

「武者の好むもの　紺よ紅山吹濃き蘇芳、あかね寄生樹の摺り」（梁塵秘抄・二・四句神歌）と「赤糸縅鎧《あかいとおどしよろい》」などにも用いられた茜だが、染色に手間がかかるため中世末には衰退する。しかし江戸時代、宮崎安貞《みやざきやすさだ》の『農業全書』には「茜根」の栽培・染色法が詳述され、また徳川吉宗《とくがわよしむね》は茜の復興を目指すべく「染殿《そめどの》」を設置した。茜染めは現在では岩手県南部地方などでわずかに行われているものの、原料の茜は中国などからの輸入に負うところが大きい。（兼岡理恵）

明星　あかほし

星

明け方、東天に輝く金星のこと。明《あけ》の明星《みようじよう》。『和名抄』はこれを歳星《さいせい》（木星）としているが誤り。また、宵に西空に見えるそれは夕星《ゆふつづ》。

枕詞

『万葉集』では「明星の　明くる朝《あした》は」（万・五・九〇四・作者未詳）と、枕詞の例が唯一。意味および語音の両方から以下に掛かる。『古今著聞集《ここんちよもんじゆう》』巻五「隆信贈和歌于実国事」の「あかぼしのあかで入にしあか月をこよひの月に思ひいでずや」は、明の明星の実意をもつ一方、「飽く」に掛かる枕詞として働いている。

月

この歌は神楽歌「明星」も踏まえている。夜明けに神々を送る星の段の曲名である。その一部は「明星《あかぼし》は　明星《みようじよう》はくはや　ここなりや　何しかも　今夜《こよひ》の月の　只《た》だここに坐《ま》すや」（神楽・七十）。明星と月がともに東の空に出ていることに興を感じてのもの。「大将殿、『明星』謡ひ給へる」（狭衣・三）の例は、この神楽歌をさす。「かをとめしさか木のこゑにさよふけて身にしみはつるあかほしの空」（夫木抄・冬三・藤原定家）も、空の明星とともに神楽歌のそれが踏まえられている。

（新谷正雄）

赤間　あかま

長門・周防

長門《ながと》国の地名。現在の山口県下関市。周防《すおう》国の上関に対して、長門国の赤間関を下関と称した。早鞆渡《はやとものわたり》を隔てて豊前《ぶぜん》国門司《もじ》に対し、九州への交通の要所であった。壇《だん》の浦《うら》合戦があった地として有名である。元暦《げんりやく》二年（一一八五）三月二四日、源平最後の戦いがあり、平氏は滅亡した。

豊前・壇の浦

源平→源氏、平家・和歌

和歌に詠まれることはほとんどなく、源俊頼《としより》の「君恋ふとおさふる袖は赤間にて海に知られぬ波ぞ立ちける」（散木奇歌集）や慈円《じえん》の「涙ゆゑ袖も赤間の関なれどころは紅葉に枝かくせども」（拾玉集）が見られる程度である。二首ともに、赤間の「赤」によって袖を濡らす血涙を表現している。

涙・袖・紅葉

（東　俊也）

安芸　あき

山陽道八か国の一つ。現在の広島県西部。芸（藝）州ともいう。市杵島姫命《いちきしまひめ》・田心姫命《たごりひめ》・湍津姫命《たぎつひめ》の三神を祀る厳島《いつくしま》神社が有名である。安芸守《あきのかみ》となった平清盛《たいらのきよもり》は海路守護神として厳島神社を尊信し、それ以後平家一門はこの社を信仰した。後白河《ごしらかわ》法皇や高倉《たかくら》上皇も参詣し、時代が下ってからは足利尊氏《あしかがたかうじ》や義満《よしみつ》も参詣している。海路の守護神として海賊や漁民の信仰を集めたが、その他に商人なども参詣した。近世に入ると厳島詣は民衆化し、門前町は非常な賑わいを見せた。

平家

また、厳島神社に奉納された平家納経《へいけのうきよう》は国宝の指定を受けており、その歴史的、美術的価値は極めて高い。当時四八歳の清盛は、『法華経』二八品と『無量義経《むりようぎきよう》』『観普賢経《かんふげんきよう》』、『般若心経《はんにやしんぎよう》』『阿弥陀経《あみだきよう》』、および清盛自筆の願文を加え、以上の三三巻に当時最高の装飾を施して奉納した。清盛はその数年後に太政大臣にまで昇っており、この平家納経は、権力を我が物にした平家の興隆を象徴しているといえる。

大臣

（東　俊也）

阿騎　あき

奈良県宇陀市《うだし》大宇陀区《おおうだく》の地。壬申《じんしん》の乱の際、天武《てんむ》天皇は

吉野
草壁《くさかべ》皇子とともに吉野を出て、「菟田《うだ》の吾城《あき》（阿騎）」を通り東国に抜けたと伝えられる（紀・天武）。現在、阿騎神社がある。

野
『万葉集』には「軽皇子《かるのみこ》の安騎の野に宿りましし時、柿本朝臣人麻呂の作る歌」（一・四五―九）と題する長短歌五首の歌がある。後に文武《もんむ》天皇となる軽皇子が、その父草壁皇子を偲び、阿騎の野に遊猟した時のものである。「けころもを時かたまけて出でましし宇陀の大野は思ほえむかも」（万・二・一九一・皇子尊宮舎人）は、阿騎でのかつての草壁皇子の狩を歌ったものであろう。

炎
月
馬
短歌三首目は「東《ひむかし》の野に炎《かぎろひ》の立つ見えてかへり見すれば月傾きぬ」である。大きく黎明《れいめい》の阿騎の景をとらえ、万葉歌の中でも著名な歌の一つとなっている。同じく四首目は、「日並皇子《ひなみしのみこ》の命《みこと》の馬並《な》めて御猟立たしし時は来向《きむか》ふ」である。人麻呂の作歌意図がここに明確であり、天皇と並んで政治を執り行った草壁皇子に重ね、天武皇統を承継する皇子として、軽皇子を位置づけたものである。（新谷正雄）

秋　あき

・
白
陰暦では、七月（文月《ふみつき》・孟秋・初秋）、八月（葉月《はつき》・仲秋）、九月（長月《ながつき》・季秋・晩秋）。五行説では、西の方角、白の色に通ずる。

花・桜・春
「花紅葉」という言葉があり、花（桜）に代表される春と、紅葉に代表される秋が、四季のなかで重視されるのは、その基底に農業生産の始まりと終りという意識が作用しているからであろう。実りの秋が歓びの季節ととらえられて当然であるが、平安時代の貴族たちには逆に、悲哀の季節として受けとめられるようになる。平安時代初め盛んに作られた漢詩のなかにも「秋は哀《かな》しむべし」の発想が多くみられる。それが和歌の発想としても、「月見れば千々《ちぢ》にものこそ悲しけれ我が身一つは秋にはあらねど」（古今・秋上・大江千里）「奥山にもみぢ踏みわけ鳴く鹿の声聞く時ぞ秋は悲しき」（古今・秋上・読人知らず）などと詠まれ、やがて、秋は悲哀の季節という発想が時代の通念となっていく。秋は物思う悲しみの時節だと意識されるようになるのである。

和歌
山・もみぢ（紅葉）・鹿

秋は夜が長い。『万葉集』以来、それへの強い意識が、秋の恋歌の主要な発想の一つとなってきた。「秋の夜を長しと言へど積りにし恋を尽きせば短くありけ」（十・二三〇三）では、恋の感動を尽くすには秋の夜長でも不十分だとする。「あしびきの山鳥の尾のしだり尾の長々し夜をひとりかも寝む」（拾遺・恋三・柿本人麻呂）は、『万葉集』では作者未詳の歌とするが、秋の長夜の独り寝のわびしさを詠んだ歌である。

また『新古今集』の時代になると、秋の夕暮に格別の情緒を見出すようになる。「心なき身にもあはれは知られけり鴫《しぎ》立つ沢の秋の夕暮」（新古今・秋上・西行）のほか、定家・寂蓮の名歌をあわせて、三夕《さんせき》の歌と呼んでいる。いずれも、秋の夕べの静寂の美を表現した。

夕

秋の年中行事としては、七月七日が乞巧奠《きっこうでん》、牽牛・織女の二星が年に一度だけ逢うという七夕《たなばた》のことである。十五日は盂蘭盆会《うらぼんえ》、釈迦の弟子目連《もくれん》が、餓鬼《がき》道に堕《お》ちたのを救った故事にちなんで、死者の冥福を祈る法会。また八月十五

年中行事
七夕
盂蘭盆会

月・石清水

夜、仲秋の観月がなされる。同日は、石清水《いわしみず》八幡宮の例祭でもあり、放生会《ほうじょうえ》（捕えた生き物を放ち逃がしてやる）が行われた。そして九月は、九日が重陽の節《せち》、いわゆる菊の節句である。宮中では菊の宴が催され、長寿を祈って酒に菊花を浮かべて飲む。また菊花に綿をかぶせて、それで顔をぬぐうと延命の効果があるともいわれた。

菊

『古今集』の秋部の冒頭に「秋来ぬと目にはさやかに見えねども風の音にぞおどろかれぬる」（藤原敏行）とあり、風の気配にだけ秋の到来を感じた、というように、ここでも二つの季節が切れ目なく、なめらかに移っているとしている。また逆に、秋の終りを「長月の有明の月」で表すことが、特に恋歌に多い。「今来むと言ひしばかりに長月の有明の月を待ち出でつるかな」（古今・恋四・素性）は、男である作者が女の立場で詠んだ歌で、あの人を待っているうちに九月も終りに近い有明の月が出てしまった、というのである。

風

露・霧・野分・朝顔・萩・荻・女郎花・藤袴・菊・紅葉・雁・松虫・鈴虫・きりぎりす

秋の景物としては、自然現象では露・霧・野分《のわき》（八月の台風）など、植物では朝顔・萩・荻・女郎花・薄《すすき》・藤袴・菊・紅葉など、動物では鹿・来る雁・松虫・鈴虫・きりぎりす、などが掲げられる。いずれも和歌の重要な歌言葉となっている。

斎宮

秋が物思いの悲しみの季節として意識されるところから、物語では人と人との別れが秋に設定されることが多い。『源氏物語』賢木《さかき》巻で、六条御息所《ろくじょうのみやすどころ》が娘の斎宮《さいぐう》に同行して伊勢に下ることになり、源氏が御息所と別れを惜しむべく嵯峨野の野宮《ののみや》を訪れる。「はるけき野辺を分け入りたまふよりいとものあはれなり。秋の花みなおとろへつつ、浅茅が原もかれがれなる虫の音に、松風すごく吹きあはせて……」とある。その荒寥とした風景を背景に、翌朝の源氏が御息所に、「あかつきの別れはいつを露けきをこは世に知らぬ秋の空かな」と訴えかける。

同じ物語の御法《みのり》巻で、紫の上が死んだのも、仲秋八月、萩が秋風に吹きつけられ、枝葉の露がばらばらこぼれる時分であった。「おくと見るほどぞはかなきともすれば風にみだるる萩のうは露」と詠んだ彼女は、その言葉のままに「消えゆく露の心地して」ついに死去してしまった。それは八月十四日未明のこと、その夜から翌十五日の暁にかけて火葬された。あたかも、かぐや姫の昇天を思わせる紫の上の死である。

（鈴木日出男）

秋篠　あきしの

大和

大和《やまと》国の地名。現在の奈良市秋篠町。西大寺の北にあたり、秋篠寺《あきしのでら》がある。『古今集』をはじめとする三代集においてこの地が和歌に詠まれることはなく、「秋篠」を歌言葉として定着させたのは、西行の「秋篠や外山《とやま》の里や時雨《しぐ》るらん生駒《いこま》の嶽《たけ》に雲のかかれる」（新古今・冬）であったらしい。秋篠の西には生駒山がある。北村季吟《きたむらきぎん》『八代集抄』が「大和の方より見し景気なるべし」とするように、作者は奈良の都から生駒山の方角を眺めているのであろう。後ろに控える「生駒の嶽」に対し、秋篠を「外山の里」と称す。西行以前の詠歌としては、藤原教長《のりなが》の「秋篠は折ならずとや春はただ霞のうちに立ち隠るらん」（教長集）がある。これは地名の「秋篠」と季節の「秋」を掛けたもので、秋

和歌

時雨

奈良・都

霞

秋

春

と春の対比を詠み込む機知的な和歌となっている。また、新古今集時代の歌人、藤原良経《よしつね》は「式部史生秋篠月清」と号した。『秋篠月清集』はその良経の家集である。

（東　俊也）

秋津島　あきつしま

大和
枕詞

大和《やまと》国、日本国の異称。また豊饒《ほうじょう》の国の意の呼び名で「大和国」に掛かる枕詞。本来は大和の一地方、現御所《ごせ》市室《むろ》の旧地名である。

『日本書紀』神武三一年条には、蜻蛉《あきつ》（とんぼ）に関わるその名の起源譚が載る。また『古事記』の雄略《ゆうりやく》条の歌謡九七歌では、国名としての秋津島の名が確かめられている。これらは文脈の中で日本国の名の意味をもたされているが、本来は大和一国を意味していた。『古今集』真名序《まなじょ》に見られる「秋津洲《しま》」が、当初より日本の国名として用いられた早い例であろう。

『万葉集』では「……うまし国そ　蜻蛉島　大和の国は」（万・一・二・舒明天皇）のように、すべて枕詞としての例である。日本紀竟宴和歌《にほんぎきょうえんわか》の「とびかける天のいはふね尋ねてぞあきつしまには宮はじめける」（新古今・神祇・三統理平）は神武天皇橿原宮《じんむてんのうかしわらのみや》即位を詠み、大和国の意である。歌における日本国の意のものは、「あきつしまこぎはなれゆくからふねはいくへかはるのかすみへだつる」（為忠家初度百首・藤原俊成）など、平安時代後期に下る。

（新谷正雄）

秋津野　あきつの

大和・紀伊・歌枕

大和・紀伊《きい》国の歌枕。『歌枕名寄《うたまくらなよせ》』に載る。

大和のそれは、奈良県吉野郡吉野町の吉野川南岸、喜佐《きさ》谷川《だにがわ》の西側一帯の地をさす。記紀の雄略《ゆうりやく》条には、同天皇の狩猟時のこととして、その名の起源譚が蜻蛉《あきつ》（とんぼ）に関わらせ語られている。古代、行幸の地であったが、持統《じとう》天皇の吉野行幸に際しては、「……吉野の国の　花散らふ　秋津の野辺に　宮柱　太敷きませば……」（万・一・三六・柿本人麻呂）と歌われた。

行幸
吉野

一方、紀伊のそれは、「常ならぬ人国山の秋津野の杜若《かきつはた》をし夢に見るかも」（万・七・一三四五・作者未詳）が、一般的に和歌山県田辺市秋津町のそれと見られている。しかしこれには異説もあり、確実ではない。

雲

また「かくのみし恋ひや渡らむ秋津野に棚びく雲の過ぐとは無しに」（万・四・六九三・大伴千室）なども、大和、紀伊いずれか不明だが、雲とともに詠まれたものは、吉野と雲の関連から、吉野のそれかと思われる。後代の雲の歌には「人の世のならひをしれとあきつのにあさゐる雲のさだめなきかな」（続千載・哀傷・後宇多院）などがある。

（新谷正雄）

悪　あく

我が国においては、古代より、人間が生きていく上でその生命や生存を脅かすものを「悪」として捉える傾向が強かった。精神・物質の両面において、生存する環境を安定させより良くする要素をもつものを清浄・美あるいは吉・正・福とし、反対にその環境を乱し悪くする要素をもつものを不浄・汚（醜）・凶・邪・禍とした。「悪」はいわば「きたない」ものであり、そうした「きたない」ものを取り除いて、人間が生きる上で好ましい本来の「きれい」な状態に復旧することこそが肝要であるという思想的指向が、我が国の神祇信仰において禊《みそぎ》や祓《はらえ》などの宗教的儀式を生んだのである。

禊・祓

　こうした思想的源泉をもつ日本人にとって、「悪」を唯一絶対の「善」の対極に位置する「絶対悪」、あるいは「根源悪」ととらえることは困難であった。「きたない」ものは浄化しさえすれば「きれい」なものになるのであるから、「悪」は見方や立場・状況などの変化によりいくらでも「善」に転化しうるのである。日本思想の歴史的潮流において、「善」「悪」はあくまでも相対的に捉えられることが多かった。「善人なをもて往生をとぐ、いはんや悪人をや」（歎異抄・三）と説く、親鸞《しんらん》のいわゆる悪人正機説などは、その一つの典型であるといえよう。

禊・祓

　また、一切の「凶事」を「禍津日神《まがつひのかみ》」の所為と考える本《もと》居宣長《おりのりなが》も、「凶事」をもたらす同神とそれを解除する「瀬織津日咩《せおりつひめ》」は同一の神であると主張し、「同事の来ると往くとのけじめ」（大祓詞後釈）にすぎないと説いている。また、江戸時代においては、朱子学の隆盛により文学を「勧善懲悪」という観点から評価する文芸思想が流行していた。

（杉田昌彦）

芥川　あくたがわ（あくたがは）

摂津・歌枕・川

　摂津《せっつ》国の歌枕。大阪府高槻市内を流れる川の名、また同市内の地名。男（在原業平《ありわらのなりひら》）が女（後の二条后《にじょうのきさき》）を「盗み出でて」、「芥川といふ河を率ていきければ」（伊勢・六）という話は有名である。一方、『源平盛衰記《げんぺいじょうすいき》』巻三六「忠度《ただのり》名所名所を見る」では「河には……芥河とかや」とあり、名所の一つに挙げられている。

男・女

　歌では同音の「飽く」に掛けられ、「男が女を飽きる」の意で用いられる。「人をとくあくた河てふつのくにの名にはたがはぬ物にぞ有りける」（拾遺・恋五・承香殿中納言）のごとくである。また「はつかにも君をみしまのあくた川あくとや人のおとづれもせぬ」（夫木抄・雑六・伊勢）も同趣向だが、「みしま」には「見し間」と芥川の属する「三島」郡とが掛けられている。

波・謡曲　須磨　掛詞

　「芥」に掛け、「散り」「塵《ちり》」との関連でも歌に詠まれる。「をしめただちりなむ後はあくた川それともみえじ花のしら浪」（新葉・春下・読人知らず）などである。謡曲「忠度」の、須磨への道行き詞章にある「塵の憂き世の芥川」も同様の掛詞である。

（新谷正雄）

総角　あげまき

男・童

　男子の髪型の一つで、古代の幼童の髪の結い方の名。髪を中央から左右に分け、両耳の上で巻いて輪を作り、角のように突き出したもの。同じく男子の髪型の一つである「みづら」と似ているが、「みづら」は耳のあたりで垂らしたものをいう。『日本書紀』崇峻《すしゆん》天皇即位前紀に、「古《いにし》へのひと、童の年一五、六の間は束髪於額《ひさごはな》にし、一七、八の間は分けて角子《あげまき》にす」とある。また、髪を総角に結った少年やその年頃のこともさし、「(日本武尊《やまとたけるのみこと》は)未だ総角にも及《いた》らぬに、久しく征伐に煩《なつ》み」(紀・景行)「崩れがちなるめぐりの垣を、馬牛などの踏みならしたる道にて、春夏になれば、放ち飼ふ総角の心さへぞめざましき」(源・蓬生)などと用いられている。なお「総角」は江戸時代まで、宮方や摂関家の幼童の晴の髪型となっていた。

また、『源氏物語』では、八の宮の一周忌法要の飾りによせて薫が詠んだ歌「総角に長き契りを結びこめ……」から、これを巻名ともしている。ここでの「総角」は、名香の糸を総角結びにしたことをいう。（長瀬由美）

馬・牛・春・夏・心　糸

阿漕が浦　あこぎがうら

伊勢《いせ》国の歌枕。三重県津市の東方に位置する阿漕町の海岸一帯をいい、伊勢神宮に供える神饌の漁場として禁漁地とされた。「逢ふことをあこぎの島に引く鯛のたび重なら ば人も知りなむ」(古今六帖・三・読人知らず)の歌が有名であり、この歌から「阿漕が浦」はたび重なること、たび重なって人に知られることと結びついた。ただし、「阿漕が浦」は当初から伊勢国にあると理解されていたわけでなく、『夫木抄《ふぼくしよう》』には「あこぎのしま、紀伊」と記され、『歌枕名《うたまくらな》寄《よせ》』には「未勘国」に入っている。中世に入って、「伊勢の海あこぎが浦に引く網も度重なれば人もこそ知れ」(源平盛衰記・八)と歌われるようになり、また、この禁漁地でたびたび密漁を行った漁夫が捕らえられる内容の謡曲「阿漕」が作られるなど、「阿漕が浦」と伊勢国とが結び付けられていったらしい。さらにこうした謡曲や伝説から、江戸時代以降、「あこぎ」の語には、どこまでもむさぼること、しつこくずうずうしいこと、という意味が派生した。（長瀬由美）

伊勢・歌枕　鯛　紀伊　謡曲

朝　あさ

夜が明けてからしばらくの時間帯をさす。古代の時間意識は、まず昼と夜に大別されるが、「あした」は夜の最後、「あさ」は昼の最初に相当し、時間的には両者は重なり合っている。実際の用例では、「あさけ」「あさぼらけ」「あした」が単独で歌語的に用いられ、「あさ」は朝霞・朝日などの複合語として用いるか、「我あさごと夕ごとに見る竹の中におはするにて知りぬ」(竹取)のように、「夕」との対で用いられるのがほとんどである。

男女の恋愛の場面では、朝は「後朝《きぬぎぬ》の別れ」の時間帯であり、女が男の帰るのを見送る時でもある。「むばたまの今宵な明けそ明け行かば朝行く君を待つ苦しきに」(拾遺・恋二・人麻呂)のように、男を見送る朝がつらいがゆえに、夜の明けないことを祈るのである。その朝の到来を知らせるのは、鶏の鳴き声であった。「むかし、をとこ、逢ひがたき女にあひて、物がたりなどするほどに、鳥の鳴きければ、いかでかは鳥のなくらむ人知れず思ふ心はまだ夜深きに」(伊勢・五三)は、まだ去りがたい人の心を知らずに朝

昼　霞・日　竹　夕　女・男　鶏

を告げる鶏鳴を、怨みに思った主人公の歌である。
一方で、夜は鬼の活動する、非日常の時間帯でもある。『源氏物語』夕顔《ゆうがお》巻で、光源氏に廃院に連れ出された夕顔の女は、物の怪に取り憑かれてしまう。「夜の明くるほどの久しさ、千夜を過ぐさむ心地したまふ」という光源氏にとっては、この時ばかりは、「からうじて鳥の声はるかに聞こゆる」と、朝の訪れを待ちこがれたのであった。

鬼　物の怪

『枕草子』には、「冬はつとめて」（春はあけぼの）と、冬の季節感を最も強く意識できる冬の早朝の宮中を活写する。恋や魔の、非日常の時間帯は終わり、人間が主として活動する日常の始まりである。（奥村英司）

冬

朝顔　あさがお（あさがほ）

『万葉集』に秋の七草の名を並べたてた歌「萩の花尾花《をばな》 葛花《くずばな》なでしこの花　女郎花《をみなへし》また藤袴《ふぢばかま》朝顔の花」（八・一五三七〈旋頭歌〉山上憶良）がある。しかし「朝顔」がどんな植物かその実体は確かでない。平安時代の辞書類では、桔梗《ききよう》または木槿《むくげ》だとするが、『枕草子』『源氏物語』の時代以降は、今日の朝顔（ヒルガオ科の一年生つる草）とみてよいだろう。その種子は牽生子《けんごし》と呼ばれ、薬用とされた。

秋・萩・葛花・なでしこ・女郎花・藤袴

貴族たちの邸宅には観賞用に植えられ、『源氏物語』でも、六条御息所《ろくじようのみやすどころ》に召使われている少年たちが早朝これを摘む姿を「指貫《さしぬき》（袴）の裾露げに、花の中にまじりて朝顔折りてまゐるほどなど、絵に描かまほしげなり」（夕顔）と語り、大和絵のような美しさだとする。

邸（やしき）　袴　絵

この「朝顔」が早朝露を置いたまま開花しては昼は露も消え花もしぼんでしまうところから、人の世のはかなさ、この世の無常を連想させることが多い。『方丈記《ほうじようき》』冒頭に「その主《あるじ》と栖《すみか》と無常を争ふさま、いはば朝顔の露に異《こと》ならず」とあるのは、その典型例である。

露

また「朝顔」は、寝起きの異性の素顔をも連想させ、情交を暗示する言葉ともなる。『伊勢《いせ》物語』の歌に「我ならで下紐《したひも》解くな朝顔の夕影待たぬ花にはありとも」（三七）とある。私以外には下紐を解くな、あなたが朝咲いて夕方まで待たない朝顔の花のように心変りしそうな人だとしても、の意。ここには「朝顔」の、はかなさ、情交、の二つのイメージが重なっている。

夕

『建礼門院右京大夫集《けんれいもんいんうきようだいぶしゆう》』に、平家滅亡後、戦死した恋人の平資盛《すけもり》との仲を回顧して、目の前の朝顔の花に託して詠んだ二首がある。「身の上をげに知らでこそ朝顔の花をほどなきものといひけめ」「有明の月に朝顔見しをりも忘れがたきをいかで忘れむ」。前者は、かつて自分たちの身の上のはかなさを知らなかったので、朝顔の花をただ盛りの短いものにたとえたりしたのだろう、の意。後者は、有明の月の下で、朝顔の花が、そしてあの男《ひと》の朝の顔を見た時のことが鮮かに脳裡にこびりついて、今もなお忘れられない、の意。前者ははかないものの象徴、後者は恋しい人の寝起きの素顔をさしている。

平家　月

後世、「朝顔」は庶民の間で観賞用の植物として、広く愛好されるようになる。そして、俳諧の重要な季題ともなる。「朝顔や一輪深き淵のいろ」（蕪村）は、この花の特徴を的確に描いている。一輪の深い藍《あい》色が底知れぬ淵の色だ、というのである。「朝顔に釣瓶《つるべ》とられてもらひ水」（千代尼）

俳諧　藍

夏

もよく知られた句で、朝顔を通して夏の生活実感が捉えられていよう。（鈴木日出男）

浅香の浦　あさかのうら

摂津・歌枕・住吉・海

摂津《せっつ》国の歌枕。大阪市住吉区浅香町から堺市浅香山町に至る、新大和川《しんやまとがわ》をはさんだ一帯の地域。古くは低地帯で海に接していた。『万葉集』に「夕さらば潮満ち来なむ住吉の浅香の浦に玉藻刈りてな」（二・一二一・弓削皇子）とあるのが早い例で、「住吉の」と冠されているところから、浅香の浦が住吉の地域に含まれていたことが知られる。歌枕としてはその後平安時代にはほとんど詠まれることがなくなっていたが、中世以降、「いかならむ人の心もすみよしの浅香の浦の春のあけぼの」（順徳院集）「住吉の浅香の浦のみをつくしさてのみ下に朽ちやはてなむ」（続後撰集・恋一・行能）など再び詠まれるようになった。詠まれ方としては、「住吉」に「（住み）良し」、「浅香」に「浅（し）」を掛けて、相手の心が（住み）良いのか浅いのか迷うものが多い。江戸時代にも「住の江の岸の松風吹きけらし浅香の浦に玉藻なみよる」（桂園一枝拾遺・香川景樹）などと歌われている。（長瀬由美）

心　春　住の江→住吉・風

安積の沼　あさかのぬま

陸奥・歌枕・沼

陸奥《みちのく》国の歌枕。福島県郡山市日和田町にあったという沼。『古今集』に「みちのくの安積の沼の花かつみかつ見る人に恋ひやわたらむ」（恋四・読人知らず）と歌われて以来、「花かつみ」の名所として数多く和歌に詠まれている。また「花かつみかつ見る人の心さへ安積《あさか》の沼になるぞわびしき」（信明集）のように、「安積」に「浅（し）」を掛け、「心が浅い」の意をこめて詠まれることが多い。この「花かつみ」については、『能因歌枕』『俊頼髄脳《としよりずいのう》』など平安時代後期の歌学書は、おおむね「薦《こも》」（まこも。イネ科の多年草で沼や沢に群落して自生する）の別名だとしている。『俊頼髄脳』によれば、昔陸奥国には菖蒲がなく、五月五日にも人家では都のように菖蒲を葺くことはせず、「花かつみ」（＝まこも）を葺いたのだという。ただし、平安時代中期の和歌には「苦しきに何求むらむあやめ草安積の沼におふとこそ聞け」（小大君集）などとあり、「花かつみ」が「あやめ草（菖蒲）」の別名と理解されていたことが知られる。（長瀬由美）

和歌　心

安積山　あさかやま

陸奥・歌枕

陸奥《みちのく》国の歌枕。福島県郡山市日和田《ひわだ》町東北方の山。一説に猪苗代湖《いなわしろこ》東方の額取山《ひたとりやま》とも。芭蕉『奥の細道』には「檜《ひ》皮《はだ》（日和田）の宿を離れてあさか山（安積山）有。路より近し」とある。『万葉集』には「安積山影さへ見ゆる山の井の浅き心をわが思はなくに」（十六・三八〇七）とある。葛城王《かつらぎのおおきみ》が陸奥国司の無礼な接待に怒ったが、前采女《さきのうねめ》がこれを歌い機嫌を直したという。

『大和《やまと》物語』一五五段には、下句を「あさくは人を思ふものかは」として載る。大納言の娘を男が奪い、安積山まで逃げ庵を作る。ある日、女が山の井で自身の衰えた姿を見て恥じ、この歌を詠み息絶え、そして男も思い死にした、

采女　大納言・男・女

という話である。これらの話は広く流布し、『今昔物語集』『十訓抄《じっきんしょう》』『古今著聞集《ここんちょうもんじゅう》』など諸書に引かれている。また歌も『古今集』仮名序に「うたのちちはのやうにてぞ手ならふ人のはじめにもしける」とされている。「安積山」は同音の「朝」「浅」、また説話から「山の井」などとともに詠まれることが多かった。

（新谷正雄）

朝

朝倉山　あさくらやま

筑前《ちくぜん》国の歌枕。現在の福岡県朝倉市鳥屋山の南の山か。『夫木抄《ふぼくしょう》』に『古今六帖《ここんろくじょう》』歌として収められる、「昔見し人をぞ我はよそに見じ朝倉山の雲井はるかに」（読人知らず）によって知られていたらしく、『枕草子』に「朝倉山、よそに見るぞをかしき」（山は）とあるのをはじめ、「ほととぎす雲井はるかに名乗ればや朝倉山のよそに聞くらん」（高陽院七番歌合・大江匡房）「名乗るなり雲井はるかにほととぎす朝倉山のたそかれの空」（正治後度百首・後鳥羽院）のように、「よそ」「雲井はるか」と詠まれる。また、「名乗る」という語が詠み込まれることが多いのは、『新古今集』に「朝倉や木《き》の丸《まろ》殿に我が居れば名乗りを《を》しつつ行くは誰が子ぞ」（雑中・天智天皇）というかたちで収められる、神楽歌の「朝倉」と同所として認識されていたためらしい。それゆえ、「名乗る」鳥である「ほととぎす」と詠みあわされることも多かった。あるいは、「朝暗（し）」と掛け、「めづらしなあさくら山の雲井よりしたひ出でたる明星《あかほし》の影」（山家集）のように詠まれることもある。

（小山香織）

歌枕　雲　ほととぎす　明星・影

浅茅が原　あさじがはら

ちがやの生えた野原。「浅茅原」「浅茅生《あさじふ》」ともいう。『万葉集』では、「茅花《つばな》抜く浅茅が原のつぼすみれ今盛りなりわが恋ふらくは」（八・一四四九・大伴田村大嬢）と、広く雑草の生えた野原をいうが、平安時代中期以降、「古里は浅茅が原と荒れ果てて夜すがら虫の音をのみぞなく」（後拾遺・秋上・道命）のように、荒れ果てた邸宅の象徴とされた。『源氏物語』でも、故桐壺更衣《きりつぼのこうい》邸、末摘花《すゑつむはな》邸、須磨《すま》に流謫《るたく》した光源氏の留守邸が、「浅茅が原」「浅茅生の宿」といわれる。また、六条御息所《ろくじょうのみやすどころ》と光源氏の野宮の別れに、「浅茅が原もかれがれなる虫の音に、松風すごく吹きあはせて」（賢木）とあるのは、「長月も幾有明になりぬらん浅茅の月のいとどさびゆく」（新古今・秋下・慈円）などのような、枯れ果てた浅茅に、冷えさびた秋の情趣を見出す歌の先蹤となっていよう。その他、『新古今集』以降、はかなさのたとえとなる「浅茅が露」、末世の意を響かせる「浅茅が末」などの表現も定着する。なお、「浅茅生」は、「浅茅生の小野の篠原忍ぶれどあまりてなどか人の恋しき」（後撰・恋一・源等）のように、「小野」の枕詞としても詠まれた。

（小山香織）

野　邸（やしき）　須磨　野宮　風　月　秋　小野・枕詞

朝日山　あさひやま

山城《やましろ》国の歌枕。現在の京都府宇治《うじ》市、平等院と宇治川を隔てた対岸にある山。「朝日の山」ともいう。「朝日山麓を

山城・歌枕　山

かけてゆふだすき明け暮れ神を祈るべきかな」(実方集)「月影の夜とも見えず照らすかな朝日の山を出でやしぬらん」(能因集)のように、「朝日」に「夕」「月」「夜」などを対応させて詠まれはじめたが、『新古今集』にも採られた「麓をば宇治の川霧立ちこめて雲井に見ゆる朝日山かな」(堀川百首・公実)以降、「朝日山いつしか春の景色にて霞を流す宇治の川波」(正治初度百首・小侍従)「朝日山まだ影暗きあけぼのに霧の下ゆく宇治の柴舟」(風雅・秋下・資明)など、宇治川の景物と詠まれることが多くなった。また、「朝日山峰の紅葉を見渡せばよもの梢に照りまさりけり」(経盛歌合・為親)のごとく、「朝日」が「照る」ことを前提として、紅葉を詠むことも多い。なお、「朝日」の連想から、「朝日山小高き松の蔭清く君に千歳を見するなりけり」(範永集)のように、賀の歌に詠まれることも多かった。(小山香織)

浅間山　あさまやま

信濃《しなの》国の歌枕。現在の長野県と群馬県の県境にある活火山。「浅間の山」「浅間の嶽」ともいう。活火山であるため、その「煙」が詠まれることが多い。『伊勢《いせ》物語』の東下りの条でも、主人公昔男が、「信濃なる浅間の嶽にたつ煙をちこち人の見やはとがめぬ」(八)と詠んでいる。なお、「煙」は「恋」の「思ひ(火)」によって立つものとされるため、浅間山の煙も、「いつとてか我が恋やまむちはやぶる浅間の嶽の煙絶ゆとも」(拾遺・恋一・読人知らず)のように、燃える恋の思いを託す景物として詠まれることが多かった。また、「雲晴れぬ浅間の山のあさましや人の心を見てこそやまめ」(古今・誹諧歌・中興)のように、「あさま」から同音反復で「あさまし」を導く詠み方も多い。実際に浅間山を目にして詠まれた和歌は少ないが、現在の長野県信濃町柏原《かしわばら》で晩年を過ごした小林一茶の句、「有明や浅間の霧が膳をはふ」(七番日記)は、おそらく一茶の実際の体験をふまえたものであろう。

(小山香織)

浅水の橋　あさんずのはし(あさんづのはし)

越前《えちぜん》国の歌枕。北陸道の途中、現在の福井県福井市を流れる朝六《あさむ》ツ川《つがわ》に架かっていた橋。「あさうづ」「あさみづ」「あさむつ」などともいい、「朝水」「麻生津」などともあてる。催馬楽の「朝津《あさむつ》の橋の　とどろとどろと　降りし雨の　古りにし我を　誰ぞこの　仲人たてて　御許《みもと》の容姿《かたち》　消息し　訪ひに来るや」によって、早くから知られていたらしく、『枕草子』の「橋は」の段では、「あさむづの橋」が最初に挙げられている。和歌でも、「降りし雨のやがてをやまぬ五月雨にふみも通はぬあさむつの橋」(公衡百首)「あさむつの橋は忍びて渡れどもとどろとどろと鳴るぞ侘しき」(歌枕名寄)など、催馬楽をふまえたものが多い。定家の「ことづてむ人の心もあやふさにふみだにも見ぬあさむつの橋」(拾遺愚草)は、公衡歌をふまえたものか。なお、延元三年(一三三八)、新田義貞《にったよしさだ》戦死の報を、勾当内侍《こうとうのないし》が受け取ったのが、「浅津の橋を渡り給ふ処」であったとされる(太平記・二十・義貞首懸獄門事付勾当内侍事)。また、松《まつ》尾芭蕉《おばしょう》に、時刻をいう「朝六ツ」と掛けた「あさむつや月見の旅の明はなれ」(其俤)という句があり、『奥の細道』

にも「あさむづの橋をわたりて」とある。（小山香織）

葦　あし

秋・紫

イネ科の多年草。水辺に群生し、高さは二メートルに達し、葉は笹の葉形。秋、小さい紫色の花を穂状に咲かせる。「悪し」と音が通じることを嫌って、「よし」とも呼ばれる。

摂津・難波・淀川・河口・和歌

葦は摂津《せっつ》国の難波《なにわ》（淀川の河口付近）の景物として知られていた。群生するため、和歌の中では、「津の国の難波の葦のめもはるにしげきわが恋人知るらめや」（古今・恋二・紀貫之）のように、「繁き」を導くことがある。百人一首にも採られている「難波潟《なにわがた》短き葦の節《よ》の間も逢はでこの世をすぐしてよとや」（新古今・恋一・伊勢）では、葦の節が短いことから、「節」と「世」「夜」を掛けている。動物と組み合わせた「葦鴨《あしがも》」「葦鶴《あしたづ》」という語も歌語として用いられた。

世

『大和《やまと》物語』には、芦刈説話として知られる話がある（一四八）。摂津国に住む男女の悲話で、貧しさのあまり都に宮仕えに出た妻が、宮仕え先の主人と結婚して裕福になり、葦を売って生計を立てているもとの夫と再会するという話である。自分の貧しい姿を恥じて逃げ去ったもとの夫は、「君なくてあしかりけりと思ふにもいとど難波の浦ぞすみ憂き」という歌を妻に贈り、歌を見た妻は泣き崩れたという。芦刈は貧しさの象徴になっている。この話は、後に謡曲「芦刈《あしかり》」にもなっている。また、「芦刈り小舟」は、「玉江漕ぐ葦刈り小舟さしわけて誰を誰とか我は定めむ」（後撰・雑四・読人知らず）のように、秋の景物として歌にも詠まれている。「葦の丸屋《まろや》」は、葦で屋根を葺いた粗末な小屋をさす歌語で、平安時代の末期から用いられるようになった。田園の閑寂な風景を歌った「夕されば門田《かどた》の稲葉おとづれて葦の丸屋に秋風ぞ吹く」（金葉・秋・源経信）は、百人一首にも採られている有名な歌である。（吉野瑞恵）

都　妻　謡曲　秋　門田

足柄　あしがら

相模

相模《さがみ》国足柄山《あしがらやま》を中心とする地域の称。現在の神奈川県南足柄市付近をいう。「相摸の国足柄の岳坂より、東の諸の縣《あがた》は惣《す》べて我姫《あづま》の国と称ひき」（常陸国風土記・総記）とあるように、足柄坂すなわち足柄峠付近は、都とは異郷の地である東国との境界であった。また足柄坂以東の国々を「坂東」とも称した。

都　東国→東（あずま）

足柄坂は古来東海道の難所で、「足柄の坂を過ぎて死《みまか》れる人を見て作る歌」（万・九・一八〇〇、田辺福麻呂家集・題詞）とあるように命を落とす者もあり、「鳥が鳴く東の国の恐《かしこ》きや神の御坂」（前掲歌）「足柄の御坂畏《かしこ》み」（万・十四・三三七一・東歌）と表現された。

『更級《さらしな》日記』では、「足柄山といふは、四五日かねて、おそろしげに暗がりわたれり」という中に「あそび三人、いづくよりともなく出で来たり」と、どこからともなく遊女が現れ「そらに澄みのぼりてめでたくうたを歌ふ」と、恐ろしい足柄の地に忽然と現れた遊女の姿を鮮やかに描いている。

箱根　富士山

足柄路は古代には箱根越えの唯一の官道だったが、延暦二一年（八〇二）富士山噴火によりふさがれて、箱根路が開かれ、鎌倉時代に入ると「足柄山は道遠しとて、箱根路にか丶るなりけり」(十六夜)と、箱根路が主流になった。

また足柄山は良材が取れる地として「足柄小舟」の名ができたり、「鳥総《とぶさ》立て足柄山に船木伐り樹に伐り行きつあたら船材を」(万・三・三九一・沙弥満誓)と詠まれたりした。足柄山の杉で作った船は船足が速いことから足軽山、すなわち「あしからの山」になったという起源譚もある(続歌林良材集・下河辺長流)。この他にも、後三年役の際、源義光《よしみつ》が奥州へ参陣する途上、足柄山で豊原時秋《とよはらときあき》に笙の秘曲を伝授したという伝説(付近には笛吹石がある)や、金時山《きんときやま》で坂田金時《さかたのきんとき》(源頼光《よりみつ》の四天王の一)が成長したといういわゆる「金太郎伝説」など、様々な物語が伝えられる地である。

船　物語

(兼岡理恵)

あしたの原　あしたのはら

大和《やまと》国の歌枕。現在の奈良県北葛城郡王寺町《きたかつらぎぐんおうじちょう》あたりの野原。「片岡のあしたの原」と続けてしばしば詠まれ、「あすからはわかなつまむとかたをかの朝の原はけふぞやくめる」(拾遺・春・人麻呂)ほか、「若菜」「霞」「雪」などを詠み込んだ初春の歌が多い。また「霧立ちて雁ぞなくなる片岡の朝の原は紅葉しぬらむ」(古今・秋下・読人知らず)のように初秋の歌として「雁」「紅葉」「女郎花《おみなえし》」「霧」などの語とともに詠まれてもいる。歌数は多くはないものの初冬の歌もあり、総じて季節の浅い時期の歌が多い。さらに「あした」という語にひかれて、時が詠み込まれることもある。「いつしかといそぐ心のさき立ちてあしたのはらを今日こゆるかな」(重之集)は「あした」から「今日」を詠み込み、「よやどりのあしたの原のをみなへしうつりがにてや人はとがめむ」(赤染衛門集)は「夜」が明けた「あした」の意を重ねている。

大和・歌枕・野　若菜・霞・雪　霧・雁　紅葉　雁・女郎花　冬

(竹下　円)

芦屋　あしや

摂津《せっつ》国菟原《うばら》郡、六甲山地を背後に大阪湾に面した海岸沿いの平地と丘。現在の芦屋市よりは広域をさし、「あしのやのこやのわたりにひはくれぬいづちゆくらんこまにまかせて」(後拾遺・羇旅・能因)などでは「昆陽《こや》」(現在の伊丹市)までも含んでいる。温暖で風光明媚な地域。古代から栄えた様子は、打出小槌《うちでこづち》遺跡・朝日《あさひ》が丘《おか》遺跡・阿保《あぼ》親王塚古墳など多数の遺跡の存在からうかがえる。『延喜式《えんぎしき》』に畿内摂津国三駅の一つとされ、駅馬十二疋を常置したとされる。『万葉集』巻九では、芦屋の菟原処女《うないおとめ》の伝承が田辺福麻呂《たなべのさきまろ》や高橋虫麻呂《たかはしのむしまろ》の長歌に歌われる。菟原壮士《うないおとこ》と千沼壮士《ちぬおとこ》(小竹田壮士《しのだおとこ》)の二人の男に求愛され、男たちの争いに堪えかねて死んだ女の悲話で、女は実は千沼壮士に心惹かれていたが共同体を越えた通婚が阻まれたため死んだと解される。『大和《やまと》物語』一四七段の生田川《いくたがわ》伝説、謡曲「求塚」にも形を変えて伝承され、神戸市東灘区御影塚町に処女塚《おとめづか》、その東西の東灘区住吉宮町と灘区都通に求女塚《もとめづか》とされる地がある。また、『伊勢《いせ》物語』八七段では昔男が「蘆屋《あしや》の里《さと》」に所領があって住み、布引《ぬのびき》の滝を見に逍遥する。この章段の「蘆の屋のなだの鹽焼《しほやき》いとまなみ黄楊《つげ》の小櫛《をぐし》もさ丶ず来にけり」「晴る丶夜の星か河邊の螢かもわが住むかたの海《あ》人《ま》のたく火か」などの歌が名高い。またこの章段に基づき、

摂津　昆陽　馬　処女　男　女　生田・謡曲　布引　櫛　星・螢・海女

在原業平《ありわらのなりひら》の父阿保親王が芦屋の浜の打出で死去し、その墓所を阿保親王塚古墳とする伝承も生じたが、古墳の成立年代とは合わない。西国への道筋として度々合戦の舞台となり、南北朝時代には足利尊氏《あしかがたかうじ》と楠木正成《くすのきまさしげ》の打出での合戦、尊氏と弟直義《ただよし》の衝突などが伝えられる。羽柴秀吉《はしばひでよし》の大坂城築城に際しては、採石され石材が積み出された。

明治時代末以降、阪神間の高級住宅街として発展し、谷《たに》崎潤一郎《ざきじゅんいちろう》も住んだ。『細雪』では昭和十三年の阪神大水害の様子も描かれる。現在も芦屋の地には谷崎潤一郎記念館がある。

（高木和子）

網代　あじろ

川　山城・宇治川・近江・氷魚　春　冬　日・掛詞　月

魚をとるために、川に設ける柵。数百の杭を、網を引く形に打ち、その端に簀《す》を取り付けたもの。『延喜式』内膳司に「山城国近江国《やましろのくにおうみのくに》氷魚《ひお》網代各一処氷魚始九月迄十二月卅日貢之」とあるように、山城国の宇治川《うじがわ》や近江《おうみ》国の田上川《たなかみがわ》で氷魚をとるものが有名である。「十月になりて、五六日のほどに宇治へ参でたまふ。『網代をこそ、このごろは御覧ぜめ』と聞こゆる人々あれど」（源・橋姫）と宇治の名物として登場する。『枕草子』に「すさまじきもの……春の網代」（すさまじきもの）とあるように、冬の景物である。

「かずならぬ身をうぢ河のあじろ木におほくの日をもすぐしつるかな」（拾遺・恋三・読人知らず）のように「氷魚」と「日を」の掛詞を用いることが多い。また、「氷魚」が「寄る」という縁で用いられることもあり、「月影のたなかみ河にきよければ網代にひをのよるも見えけり」（拾遺・雑秋・清原元輔）は、さらに「寄る」に「夜」を掛けたものである。

（竹下　円）

網代車　あじろぐるま

竹・網代　車　簾　女房　須磨　涙　簾

牛車の一つ。薄く削った竹や檜《ひのき》などを編んだ網代を車の屋形に張った車。表面には彩色をほどこし、文様を描いた。「あみしろぐるま」の転で、「あんじろぐるま」ともいう。また、単に、「網代」ということもあった。

もっとも一般的な車で、多く、四位五位以下の者が常用した。貴人が人目を忍んで出かける際に用いられることもあった。『源氏物語』で、朱雀院が出家した後、二条宮に退出していた朧月夜《おぼろづきよ》のもとにひそかに訪れる際、光源氏は、昔の忍び歩きが思い出されるような粗末な網代車に乗って出かけている（若菜上）。また、女性の外出の際にも用いられた。『落窪《おちくぼ》物語』では、中納言邸で部屋に閉じ込められた姫君を救出に行く際、少将が、いつも乗っているのとは違う車に朽葉《くちば》色の下簾《したすだれ》を懸けて出かけた。中納言邸で見咎められた時には、御達《ごたち》（上級の女房）が来たのだと言って言いのがれている。この車は、とても美しい網代車であったことが語られている（二）。光源氏も、須磨に下向する前に、女車のようにしたてた粗末な網代車に乗ってこっそりと左大臣邸を訪れて、人々の涙をさそっている（源・須磨）。女車のようにといっても、特別な女性用の車があるわけではなく、『落窪物語』の例のように、車の前後の簾の内側に懸けた下簾を外に垂らしたり、簾の下から女性の衣の袖や裾を出したりすることによって、それとわかるようにしたのである。

左大臣源高明《たかあきら》が、安和《あんな》の変によって大宰権帥《だざいのごんのそつ》として左遷される際、屋敷を取り囲んだ検非違使《けびいし》たちに、今は左大臣ではないのだからといって、むりやり網代車に乗せられて連れて行かれた（栄花・月の宴）。

検非違使

網代車の一種には、屋形の形や文様などによって、網代廂《ひさし》の車、八葉《はちよう》の車、半蔀《はじとみ》の車もあり、上皇・親王・摂関など身分の高い人たちが乗った。（室城秀之）

親王

飛鳥　あすか

大和・歌枕・奈良

大和国《やまと》の歌枕。奈良県高市郡明日香村《たかいちぐんあすかむら》。『古事記』履中《りちゆう》条に見られる「近飛鳥《ちかつあすか》」は大阪府羽曳野市《はびきのし》飛鳥。また『万葉集』の「平城《なら》の明日香」（六・九九二）は、奈良市元興寺《がんごうじ》付近の地をさしている。以下、現明日香村、歌枕としてのそれについてである。

神名火

かはづ→蛙

川

世

飛鳥は推古《すいこ》、斉明《さいめい》、天武《てんむ》天皇などの皇居の地であり、記紀に歴史的地名として、また歌謡（紀・一一八）に「飛鳥川」の名が見られる。平城遷都（七一〇）の後、遠い飛鳥の地は「故郷《ふるさと》」と呼ばれた。「……故郷の　神名火山《かむなびやま》に　明け来れば　柘《つみ》のさ枝に……」（万・十・一九三七・作者未詳）の「故郷」は飛鳥をいう。『万葉集』には、飛鳥川が多く詠まれている。「今日もかも明日香の川の夕さらず河蝦《かはづ》鳴く瀬の清《さや》けかるらむ」（万・三・三五六・上古麻呂）は自然詠としてのものである。その他、「飛鳥川」に「明日《あす》」が掛けられたり（七・一三〇二）、川の流れが速さの比喩に使われた例（十一・二七一三）があり、さらに時の流れと世の移ろいを歌ったもの（七・一一二六）がある。

散文も含め、後代に大きな影響を与えたのは「世の中はなにか常なる飛鳥川昨日の渕ぞけふは瀬になる」（古今・雑下・読人知らず）である。飛鳥川の淵瀬の転変の激しさが世の無常に重ねられている。これを本歌とした歌は多いが、「渕やさは狭《せ》にはなりけるあすかがはあさきをふかくなすよなりせば」（後拾遺・恋二・赤染衛門）は恋歌に取り入れられた例である。「世」は男女関係を意味し、「淵瀬」が思いの深さ、浅さに掛けられている。「飛鳥川の淵瀬」が散文に用いられた例には、「河は、飛鳥川。淵瀬もさだめなく、いかならんとあはれなり」（枕・河は）「飛鳥川の淵瀬常ならぬ世にしあれば……」（徒然・二五）などがある。「飛鳥川・淵瀬・無常」の枠組による歌の一方に、「飛鳥川瀬々に浪よるくれなゐやかづらき山の木がらしの風」（新古今・秋下・藤原長方）といった歌がある。これは自然詠を装いつつ、新しい飛鳥川像を目指したものといえよう。（新谷正雄）

男・女

浪

山・風

東　あずま（あづま）

日本列島には、東西に、かなり異なった文化が古くから並存したといわれている。大陸との関係が深く、より早くから国家の形態を整えた西側から見た、東側の地域がアヅマである。『古事記』では、倭建《やまとたける》命が「東方の十二の道」の平定を景行《けいこう》天皇に命じられ、「蝦夷《えみし》等を言向《ことむ》け、山河の荒ぶる神等を平《たいら》げ和《やわ》し」た後、「足柄《あしがら》の坂」の上で、落命した妻弟橘比売《おとたちばなひめ》を偲んで、「あづまはや」と言ったのが、アヅマの名の起こりとされる。これによれば、アヅマは、

蝦夷

足柄

駿河・遠江・信濃　伊勢・伊賀・美濃・愛発・鈴鹿・不破・関　女

足柄峠以東の関東ということになるが、文献によっては、その範囲はより広い。たとえば、『万葉集』巻十四は、全巻「東歌」の巻だが、前半「勘国歌《かんこく》」（どの国の歌か判明する歌）の部には、駿河《するが》・遠江《とおとうみ》・信濃《しなの》が含まれている。また柿本人麻呂《かきのもとのひとまろ》の高市《たけち》皇子挽歌（万・二・一九九）では、壬申《じんしん》の乱の際、皇子の父天武《てんむ》天皇が「鳥が鳴く吾妻の国のみ軍《いくさ》を召し賜《たま》」うたと歌われているが、『日本書紀』によれば、実際に天武が入った「東国」は、伊勢《いせ》・伊賀《いが》・美濃《みの》などであった。ここでは、愛発《あらち》・鈴鹿《すずか》・不破《ふわ》の三関の向こう側がアヅマと把握されている。

その三関が、畿内で事変があった時、東国に逃亡し、その軍事力を利用されることを防ぐために置かれていたように、東国は、中央政府の制御が完全には及ばない地域であった。一方、その軍事力を、積極的に対外防衛に用いようとしたのが、東国からの防人《さきもり》派遣である。『万葉集』巻二十には、天平勝宝七年（七五五）の防人の歌が、大伴家《おおとものやか》持《もち》によって収集し載せられている。アヅマにかかる「鳥が鳴く」という枕詞は、異説もあるが、東国人の言葉が、鳥のさえずりのように聞こえることに由来するのだろう。中央の人々のアヅマ観は、そのような異文化への違和感と差別に色づけられていた。東歌や防人歌の収集は、一面では、「文化後進地域」アヅマにまで、やまと歌の文化が及んでいることを誇示する営為でもあっただろう。そうした見方は、平安時代以降も長く引き継がれた。『伊勢《いせ》物語』東下《あずまくだ》りの諸段の落魄感や、陸奥《みちのく》国の女の野蛮な歌（十四）、あるいは『更級《さらしな》日記』の書き出し「あづま路の道のはてよりも、なほ奥つ方に生ひ出でたる人、いかばかりかはあやしかりけむを」などに、その典型を見ることができる。

（鉄野昌弘）

吾妻鏡（東鑑）体　あずまかがみたい（あづまかがみたい）

日記　漢文　会話・和歌

『吾妻鏡』は鎌倉時代後期に幕府自身で編纂した編年体の歴史記録。本書成立の過程は、現在のところ、諸説あり確定しない。蒙古襲来のあった文永・弘安の役に一時中断され、その後編纂が再開され、十四世紀初頭に終了したと考えられている。全体五二巻とする説もあるが、実際はそれよりも多かったと考えられる。記事は治承《じしょう》四年（一一八〇）の源頼政《よりまさ》の挙兵から文永三年（一二六六）の六代将軍宗尊《むねたか》親王の帰京までが書かれ、鎌倉において日々見聞きしたことを日記形式で記された形をとるが、実際は種々の資料を駆使したらしい。本書は当時の日用文体である、漢文体ではあるが、正規の漢文からはかなり崩れた、いわゆる変体漢文である。日本語で発想された内容を漢文形式で執筆したものであるが、会話・和歌を引用し、難読語には和訓注記を用いる、時には万葉仮名・平仮名・片仮名を使用する、「候」「間」など本来の漢文とは異なる日本的用字法もある、「御」「参」「仰」「被」「令」など漢文にはない敬語表記などもある。当時の記録体として一般的なものであり、「吾妻鏡体」と呼ばれるようになった。

（山口明穂）

遊び　あそび

好き・心

自分の好きな行為をすることで、心を慰めること。語源

神　詩　碁

については諸説あるが、古代、死者の霊魂の復活を行った呪術者を、「遊部《あそびべ》」と呼んだことから、本来神を祀る行為に関わるものであったという説がある。平安時代には、「遊び」の内容は貴族の管弦、詩歌、舞楽などの享受を意味するようになるが、本来、神楽などで神を祀るために行われた音楽や舞楽が、その原点にあると推測できる。『伊勢物語』四五段で、「宵は遊びをりて」とあるのは、死者の葬送のための楽の演奏であり、古代的な意味合いを残している。『枕草子』で、「あそびは夜。人の顔見えぬほど」（遊びは）と言っているのも、音楽をさしているが、夜は神の行動する時間であり、神楽が夜行われたということとも結びついていよう。一方、続く章段では、「あそびわざは、小弓。碁。さまあしけれど鞠《まり》もをかし」（遊びわざは）とあって、その他の貴族の遊技に内容が拡がってもいる。ヨハン・ホイジンガは、『ホモ・ルーデンス』において、日本語の「遊ばす」という敬語に着目し、日本の「遊び」が、身分の高い人の自発的な行いであると説いた。

神の行為から貴族へと下降してきた「遊び」は、平安時代末の今様、「遊びをせんとや生まれけむ　戯れせんとや生まれけん　遊ぶ子どもの声聞けば　わが身さへこそ揺るがるれ」（梁塵秘抄）になると、「戯れ」と並置され、幼児の行為を表しており、現代用いられている意味に近くなってくる。

ロジェ・カイヨワは、『遊びと人間』の中で、「遊び」を、競争・偶然・模擬・眩暈《げんうん》の四つに分類している。そして、模擬・眩暈から、競争・偶然への移行に文明化の過程をみる。日本文化に即していえば、神楽とは神の模擬であり、原初的な「遊び」だが、『枕草子』にいう碁や蹴鞠などは競争という文明化された「遊び」ということになろう。

一方、平安時代には遊女を「遊び」と称するようになった。古代の遊女は、売春だけでなく、歌舞により人を楽しませる芸能者でもあった。『源氏物語』には、「遊女《あそび》どもの集ひ参れる、上達部《かんだちめ》と聞こゆれど、若やかに事好ましげなるは、みな目とどめたまふべかめり」（澪標）とあり、光源氏が住吉神社に参詣する途中、集まってきた遊女に、身分の高い上達部まで関心を寄せていることから、遊女の芸能の水準の高さがうかがえる。『更級日記』には、作者が少女時代、上京の途中足柄山《あしがらやま》で遊女に出会ったことが記されているが、その芸は「五十ばかりなる一人、二十ばかりなる、十四五なるとあり。庵の前にからかさをささせてすゑたり」と、老若三人の遊女が、大傘をささせ、その前で「声すべて似るものなく、空にすみのぼりてめでたく歌をうたふ」といった様子であった。こうして彼らによって広められたのが今様などの歌謡であり、中世の白拍子《しらびょうし》につながっていくのである。

（奥村英司）

蹴鞠　上達部　住吉　足柄

朝臣　あそん

古代の姓《かばね》の一。もとは天皇が臣下を親しみ呼ぶ「吾兄《あせ》臣《おみ》」（あるいは「あさおみ」）。なお、「あそ」は敬愛の意を表し、朝廷の臣《おみ》の意を合わせたとも）から「あそみ」となり「あそん」に転じたものかという。「あそみ」は上代語、「あそん」は平安時代以降の用語とするのが一般だが、中世・近世には「あっそん」ともいう。天武十三年（六六四）

真人

十月一日に、諸氏の族姓を改めて八色《やくさ》の姓（真人《まひと》・朝《あそみ》・宿《すく》禰《ね》・忌寸《いみき》・道師《みちのし》・臣《おみ》・連《むらじ》・稲置《いなき》）が制定されたが、その第二位。当初は継体《けいたい》天皇以後の皇別氏族に与えられた真人よりもさらに遠い皇別の有力氏族五二氏に与えられた称であったが、たとえば、橘《たちばなの》宿禰諸兄《もろえ》が朝臣を下賜された（天平勝宝二年（七五〇））ことでも知られるように、奈良時代中期以降は「朝臣」を賜与される者が増えて新たな朝臣氏族も誕生し、平安時代になると、皇族の臣籍降下《しんせきこうげ》した者や皇胤ならびに皇族と姻戚関係にある一族、地方の豪族出身者にまで授けられるようになり、次第に単に身分を表す儀礼的な敬称となっていった。和文脈では「藤原敏行の朝臣の、業平の朝臣の家なりける女をあひしりて」（古今・七〇五）と姓名の次に記されることが一般で、漢文脈では「参議源昇朝臣」「五位藤原朝臣春仁」（宮滝御幸記略）などとも記されるが、漢文体文書などの位署では位官の高卑に関わりなく姓と名の間に朝臣を入れて表記するのが通常である。

漢文

姓

石田吉貞は、勅撰集の作者表示に関して、三位以上は姓の後に記し（藤原朝臣）、四位は名まで書いた後に記し（在原業平朝臣）、五位は姓と名の間に記し（藤原朝臣某）ていることを明らかにしている（百人一首評解）。（本間洋一）

安宅　あたか

関・謡曲

現在の石川県小松市安宅町にあったとされる。梯川《かけはしがわ》左岸に関所址がある。謡曲「安宅」の舞台として有名であるが、それ以前も陸海交通の要地であり、『延喜式《えんぎしき》』には安宅駅が置かれたとある。

謡曲「安宅」は四番目物で、山伏に変装した源義経一行が弁慶らと奥州へ向かう途中、安宅の関にさしかかった時のこと、関守富樫《とがし》はこの一行を怪しみ、勧進帳を読み上げるよう求めるが、弁慶は即座に持ち合わせの経巻を勧進帳に見立てて寄付募集の旨を読み上げ難局を切り抜ける。さらに見とがめられた義経を弁慶は打ちすえ、その疑いを晴らすというものである。この「勧進帳」のくだりは特に有名で、「木曽」の「願書」、「正尊」の「起請文」とあわせて「三読物《よみもの》」という。また、謡曲「安宅」をもとにして、三世並木五瓶《なみきごへい》らにより、歌舞伎十八番の一つ「勧進帳」が作られた。このように謡曲「安宅」や曲舞《くせまい》「富樫」などを歌舞伎・浄瑠璃に取り入れたものを「安宅物」と呼ぶ。さらに『安宅』の内容は音曲《おんぎょく》などにも広く取り入れられている。（竹下　円）

歌舞伎

化野　あだしの

山城・歌枕

山城《やましろ》国葛野《かどの》郡の歌枕。「徒野」「仇野」とも書く。現在の京都市右京区嵯峨《さが》、小倉山《おぐらやま》の東北麓一帯。京の葬送地といえば、洛東の鳥部山《とりべやま》、洛北の蓮台野《れんだいの》などが知られるが、洛西の当地もその一つであった。ただし、天禄三年（九七二）に行われた「女四宮歌合」において判者源順《したごう》が、「あだし野は、野の名高からねばにや、有りどころ知る人少なし」と述べているように、貴族の間でその名が知られるようになってきたのはようやく平安時代中期ごろのことであったらしい。当地の化野念仏寺は、空海が創建、法然が念仏道

鳥部（野）

歌合

野

念仏寺

嵯峨野
女郎花
風
露
世
信濃

場として再建したという寺。現在境内には約八千もの小さな石仏や石塔が立ち並ぶが、これは明治時代、周辺から出土したものを集め、供養するようになったものである。

「あだ・あだし」には、移ろいやすい、浮気な、はかない、といった意味がある。平安時代の和歌では、「化野」の「あだし」に、浮気な、の意を詠み込むものが多い。嵯峨野の景物「女郎花《をみなへし》」は「をみな」（＝女）を連想させるが、これを取り合わせて、「あだし野の風になびくな女郎花われしめ結《ゆ》はん道遠くとも」（源・手習）「あだし野の心も知らぬ秋風にあはれかたよる女郎花かな」（堀河百首・藤原基俊）などと詠むのである。中世になっても同様な詠み方は見られるが、その一方で「あだし」に、はかない、の意を詠み込むようになる。はかない命を連想させる「露」と取り合わせて、「誰とてもとまるべきかはあだし野の草の葉ごとにすがる白露」（西行法師家集）などと詠む。この伝統のうえに立って、『徒然草』（七）の「あだし野の露きゆる時なく、鳥部山の烟《けぶり》立ちさらでのみ住みはつる習《なら》ひならば、いかに、もののあはれもなからん。世は定めなきこそ、いみじけれ」も、さらには『曽根崎心中《そねざきしんじゆう》』の「此の世のなごり。夜もなごり。死《しに》に行く身をたとふれば　あだしが原の道の霜。一足《あし》づつに消えて行く」も、綴られているのである。

『父の終焉日記』は、小林一茶《いっさ》が故郷信濃《しなの》で父の最期を看取った日々を記したものだが、五月二三日条「暁、灰寄せなりとて、おのおの卯木《うつぎ》の箸折りて、あだし野に向かふ」の「あだし野」は、地名ではなく、火葬の地、の意味で用いられていようか。

（木谷眞理子）

安達が原　あだちがはら

陸奥・歌枕
鬼
檀

現在の福島県二本松《にほんまつ》市、安達太良山《あだたらやま》東麓付近の地域。「安達の原」ともいい、陸奥《みちのく》国の歌枕である。ここの黒塚《くろづか》に鬼が籠っているという伝説は有名であった。『大和物語』の「みちのくのあだちのはらのくろづかにおにこもれりときくはまことか」（大和・五八、拾遺・雑下・平兼盛）はこの伝説を踏まえ、戯れに源重之《しげゆき》の妹たちを鬼にたとえたものである。謡曲「黒塚」は、別名「安達原」ともいい、これもこの伝説を下敷きにしている。「いかさまこれは音に聞く、安達が原の黒塚に、籠もれる鬼の住みかなり」（黒塚）。また近《ちか》松半二《まつはんじ》らの浄瑠璃「奥州安達原」もある。

檀《まゆみ》の名所でもあり、「みちのくのあだちの檀《まゆみ》わがひかばすゑさへ寄り来《こ》しのびしのびに」（古今・神遊）をはじめとして、「白真弓《しらまゆみ》」を詠み込んだ歌も多い。「みちのくのしのぶのたかをてにすゑてあだちのはらをゆくはたがこぞ」（万代・冬・能因）のように狩の場としての安達ケ原を詠んだものもある。

（竹下　円）

阿太の大野　あだのおおの（あだのおほの）

大和・歌枕・野・萩・女郎花・葛・風
秋

大和《やまと》国の歌枕。奈良県五條市《ごじようし》の宇智《うち》にある野。萩、女郎《おみな》花《えし》、葛、茅《かや》の名所として知られる。「真葛原《まくずはら》なびく秋風吹くごとに阿太の大野の萩の花散る」（万・十・読人知らず）が、早い例である。「秋風」に「萩の花」が散る風景を詠む。以後、秋という季節を背景に詠まれる例が多かった。「野

露　鹿

草露ヲ帯ビタリといへることをよめる」という詞書をもつ「真《ま》葛《くず》はふ阿太の大野の白露を吹きな乱りそ秋の初風《はつかぜ》」（金葉・三・秋・長実）では、葛の這《は》う野に秋風が吹き荒ぶ景が詠まれている。また、「牡鹿《をしか》なく阿太の大野にをみなへしうたてもこよひつゆふしにけり」（夫木抄・十二・秋部三・藤原宗国）では、鹿が鳴く秋の野辺に咲く女郎花が詠まれ、「露むすぶ阿太の大野のしのすすきなにまねくらん袖ぬらせとや」（俊成五社百首・春日社・薄）では、秋の景物である薄《すすき》が招き、「秋ふかき阿太の大野の露じもにかやがうら葉もうつろひにけり」（久安百首・秋二十首）は、「かや」の「うつろひ」を背景に、「秋ふかき」阿太の大野が詠ぜられている。さらに「風わたる阿太の大野のくずかづらながきうらみにしかぞなくなる」（夫木抄・十二・為家）は、「鹿」が「しか」（然）にかけられ、「阿太」が「あだ」（徒）にかけられた例である。（佐藤信一）

阿武隈川　あぶくまがわ（あぶくまがは）

陸奥・歌枕　蝦夷

陸奥《みちのく》国の歌枕。福島県と栃木県との境の三本槍岳に流れを発し、北に流れ、宮城県の荒浜で太平洋に注ぐ。流れの曲折・峡谷・滝の景勝地が多い。河口の北方に蝦夷に備えて多賀城が築かれたのが奈良時代であり、『万葉集』にはまだ例がない。「阿武隈に霧立ちくもり明けぬとも君をば遣らじ待てばすべなし」（古今・二十・大歌所御歌・みちのくうた）と登場するが、その景を詠むのではなく、「逢ふ」を掛け、しかもそれが遥か離れたところにあることから、逢うに難いの印象を与え、それだけ逢う希望が膨らんだとする。「世とともに阿武隈川の遠ければそこなる影を見ぬぞわびしき」（後撰・九・恋一・読人知らず）はその両要素を備える。当時の人にとって実際に目にすることはない、それだけ好奇心の対象の存在だったのであろう。「陸奥の阿武隈川のあなたにや人忘れずの山やさがしき」（古今六帖・読人知らず）など、「逢ふ」「遠し」の二重の意味を含めたものもある。「阿武隈の　あひみてだにと　思ひつつ」（蜻蛉・上）は陸奥守である父藤原倫寧《ともやす》を思っての叙述である。「君が住む阿武隈川は名のみしてよそながらのみ恋や渡《わた》るかな」（六百番歌合・恋五・藤原経家）「東路と聞くにいとどぞ頼まるるあぶくま河に逢ふ瀬ありやと」（建礼門院右京大夫集）も同様である。多くの歌の題材になるが、「霧」「埋もれ木」の語とともに使われることが多い。「武隈の松、阿武隈を申す名所々々を過ぎて」（義経記）「とかくして越行ままに阿武隈川を渡る」（奥の細道）とあるのは話の展開から当然である。（佐藤信一）

東（あずま）　霧　松

安倍川　あべがわ（あべかは）

静岡県を流れる川。「吸付若莨《たばこ》の煙富士を見る女郎町、安倍川のさはぎ三嶋屋《みしまや》が格子の前に立かさなり」（武道伝来記・四・一）と、「女郎町」とあり、殷賑《いんしん》さがうかがわれる。焼いた餅に黄粉をまぶしたものを安倍川餅といい、当地の名産品であった。「安倍川で馬は黄粉を浴びて行」（柳樽・三・三六）も、これにちなんで街道を行く馬にも黄粉《きなこ》がかかると詠じたものである。「安倍川の餅は山吹の面影ありて清らかに、岩淵《いわぶち》の小豆餅はふじの覚束《おぼつか》なきに似よらでいとむくつけ也。」（鶉衣）とあるように、当時広く好まれた嗜好

川　馬

紙

品であった。また、安倍川で産する紙のことをも意味するようになる。「此人、親代にはわづかの身袋なりしが、安部川紙子に縮緬《ちりめん》を仕出し、又はさまぐの小紋を付、此所の名物となり、諸国に売ひろめ、はじめは壱人なれば、卅余年には千貫目といはれける。」(日本永代蔵・三)とあるのは、安倍川紙が当地の名物になるにいたった沿革を解くものである。　(佐藤信一)

海人　あま

海　大和　須磨・志賀・志摩　伊勢　豊前・豊後

漁業に従事する者。漁民は、陸に暮らす人々、特に海のない大和《やまと》の人たちからは、一種の異人と捉えられていたらしい。『万葉集』では、須磨《すま》・野島《のじま》・志賀《しが》・志摩《しま》など各地の地名を冠して「……の海人」と呼ばれるとともに、彼らの行う、塩焼き、スズキ釣り、アワビや真珠の素もぐり漁、網引など様々な漁労が、珍しい風俗として歌われている。そしてそれは多く旅愁の表現につながってゆく。すなわち、そのような異郷を旅する者である自己を、海人に見立てるのである。伊勢《いせ》国に流された麻績王《おみのおおきみ》(天武紀によれば因幡《いなば》へ流罪)の歌とされる「打《う》ち麻《そ》を麻績王海人なれや伊良虞《いらご》の島の玉藻刈ります」(一・二三)や、柿本人麻呂《かきのもとのひとまろ》の羇旅《きりよ》歌の一首「荒たへの藤江《ふぢえ》の浦にすずき釣る海人とか見らむ旅行く我を」(三・二五二)などにその典型を見ることができる。一方、巻十六に、「豊前《ぶぜん》国白水郎《あま》の歌」(三八七六)「豊後《ぶんご》国白水郎の歌」(三八七七)などを載せている(「白水郎」は、中国の海民の称を借りたもの)のは、和歌形式がそうした異人にも共有されていたことを示す意図があったのだろう。同じく巻十六に載る「筑前《ちくぜん》国志賀《しか》白水郎の歌」(三八六〇—九)は、人に代わって荒海に漕ぎ出して遭難した海人荒雄《あらお》の話に取材して、山上憶良《やまのうえのおくら》が創作した作品と見られる。

隠岐・鄙

さて、そうした自己と海人との落差を前提に、自己を海人にたとえる傾向は、平安時代にも引き継がれる。小野篁《おののたかむら》が、隠岐《おき》に流されて、「思ひきや鄙《ひな》の別れに衰へて海人の縄たき漁《あさ》りせむとは」(古今・雑下)と歌うのは、麻績王の歌と同趣であろうし、失脚して須磨に退隠した在原行平《ありわらのゆきひら》が、「わくらばに問ふ人あらば須磨の浦にもしほたれつつわぶと答へよ」(同)と歌ったのも、海人という言葉こそないが、漁民に自己をなぞらえていることは明らかだろう。その行平の須磨退去を踏まえた『源氏物語』須磨巻でも、光源氏の置かれた状況が、歌の中に繰り返される「海人」の語によって浮き彫りにされている。そして同じころ、娘斎宮に付いて伊勢に下っていた六条御息所《ろくじょうのみやすどころ》もまた、「うきめ刈る伊勢をの海人を思ひやれもしほたるてふ須磨の浦にて」と、自虐的に自らを海人に比喩するのであった。　(鉄野昌弘)

須磨　斎宮

尼　あま

女　出家　百済　僧

具足戒《ぐそくかい》を受けて出家した女性。「比丘尼」とも。『敏達紀《びだつき》』によれば、六世紀に最初の出家者となり、正式の受戒のために百済に留学したのは、善信尼《ぜんしんに》をはじめとする女性たちであった。彼女たちのような初期の官尼の地位は、僧とほぼ対等であったが、九世紀以降は制度的には女性が排除されるようになった。一方で、国家の統制を受けない私的な得度受戒が増加した。貴族層の女性の出家が増えたのもこ

出家

の時期であるが、出家の理由としては、摂関期には自分自身の老年や病気、院政期には夫の死後の追善供養を挙げることができる。

平安時代の物語でも、出家する女性はしばしば登場する。

妻（つま）

『伊勢物語』（十六）では、「年ごろあひ馴れたる妻《め》、やうやう床離れて、つひに尼になりて、姉のさきだちてなりたる所へ行くを」と、女性が長年結婚生活を送ったすえに、出家して夫のもとを離れる姿が描かれている。『源氏物語』の主要な登場人物では、藤壺《ふじつぼ》・六条御息所・空蟬《うつせみ》・朧月《おぼろづき》夜《よ》・女三宮《おんなさんのみや》・浮舟《うきふね》が出家している。藤壺・女三宮・浮舟の場合は、男女関係に由来する苦悩から逃れるための出家であり、出家は夫や恋人との離別を意味した。帚木《ははきぎ》巻では、夫に不満をもった女性がなかば衝動的に出家し、その後、家に帰ろうにも短く切った髪を後悔する話も語られる。この時代の貴族層の女性の出家姿は、尼削ぎ《あまそぎ》と呼ばれる肩の辺りで切りそろえた髪形で、出家後も自宅で修行を続けることが多かった。

物語

物語だけではなく、日記文学の中にも印象的な尼が登場する。鎌倉時代の宮廷女性の自伝的な作品、『とはずがたり』である。後深草《ごふかくさ》院の愛人であった二条は、院の弟をはじめとする様々な男性との恋愛を経たすえに、宮廷から放逐される。その後、三二歳のころに出家をして尼となり諸国を旅した。二条の父親は、死の床で十五歳の娘に「思ふによらぬ世の習ひ、もし君にも世にも恨みもあり、世に住む力なくは、急ぎて真《まこと》の道に入りて、わが後生《ごしょう》をも助かり、二つの親の恩をも送り、一蓮《ひとつはちす》の縁と祈るべし。……それも、

親

髪をつけて好色《こうしょく》の家に名を残しなどせむ事は、かへすがへす憂かるべし。ただ世を捨てて後は、いかなるわざも苦しからぬことなり」という遺言を残した。

また、『徒然草』一八四段に登場する松下禅尼《まつしたのぜんに》（執権・北条時頼《ほうじょうときより》の母）は、倹約に努め、「女性なれども聖人の心に通へり。天下を保つ程の人を、子にて持たれける、誠に、ただ人にはあらざりけるとぞ」と評されている。

心

（吉野瑞恵）

天之川　あまのがわ（あまのがは）

河内・歌枕

河内《こうち》国の歌枕。生駒山を源に、現在の大阪府枚方《ひらかた》市禁野《きんや》で淀川に合流する。現在でも「天野川《あまのがわ》」と呼ばれる。

淀川

『伊勢物語《いせものがたり》』八二段で、渚《なぎさ》の院周辺を逍遥する惟喬《これかた》親王一行が、淀川と合流するところにいたって、「天の河のほとりに至るを題にて」、右馬頭（業平《なりひら》）が、「狩りくらし棚《たな》機《ばた》つ女に宿借らむ天の川原に我は来にけり」（古今・羇旅・在原業平）「むかしきく天の河原を尋ねきて跡なき水をながむばかりぞ」（新古今・雑中・藤原良経）など、空にある天の川に結びつけて作られている。

女

（奥村英司）

天の川　あまのがわ（あまのがは）　⇩七夕《たなばた》・棚機

天橋立　あまのはしだて

丹後・歌枕

丹後《たんご》国の歌枕。京都府宮津《みやづし》市の江尻《えじり》から与謝の海を東西に分けて北に延びる約三キロメートルの砂洲《さす》。日本三景の

東北↓うしとら・里
天（てん）

一つ。『丹後国風土記』に「郡家《こほりのみやけ》の東北《うしとら》の隅の方に速石《はやし》の里あり。この里の海に長大《とほ》き前《さき》あり。長さ一千二百二十九丈、……名をば天橋立《あまのはしだて》といひ、……然《しか》云ふは、国生みたまひし大神伊射奈藝《いざなぎ》の命《みこと》、天《あめ》に通行《かよ》はむとして橋《はし》を作り立てたまふ。故《かれ》、天の橋立《はしだて》と云ふ。」とある。

和歌
松
紅葉
みやこ（都）・歌合
生野
文↓消息
才
露・命

和歌の用例で早いものとしては「恋ひわたる人にみせばや松のはのしたもみちするあまのはしだて」（金葉・八・恋部下・源師俊）があるが、これは題詠の詠目であった。この歌は『袋草紙《ふくろぞうし》』によると、「天橋立」「紅葉」「恋」の「三首の題をもつて一首の和歌を詠」んだもの。ただこの歌枕を改めて著名なものにしたのは「大江山いくののみちの遠ければふみもまだみず天の橋立」（金葉・九・雑部上・小式部内侍、百人一首、十訓抄、四句「まだふみもみず」、袋草子、四句「まだふみもみず」）であろう。詠歌事情は「和泉式部保昌にぐして丹後にはべりけるころ、みやこに歌合侍りけるに、小式部内侍うたよみにとられて侍りけるを定頼卿つぼねのかたにまうできて、『歌はいかがせさせ給ふ。丹後へ人はつかはしてけんや、つかひまうでこずや、いかに心もとなくおぼすらん』などたはぶれてたちけるをひきとめてよめる」と詞書にある。この話は『十訓抄《じっきんしょう》』（上・三・二）『袋草子』上巻にも載せる。「いくの」に「生野」と「行く」、また「ふみ」に「文」と「踏み」が掛けられている。小式部内侍《こしきぶのないし》の、母・和泉《いずみ》式部に勝るとも劣らない和歌の才を語る挿話になっている。また、「わびしきことなれど、露の命絶えぬかぎりは、食物もよう侍り。……天の橋立の丹後和布《たごめ》」（堤中納言・よしなしごと）とあるのは、名産の若布《わかめ》に言及したものである。

邸
寝殿

また、丹後の天橋立を模して作った大中臣輔親《おおなかとみのすけちか》の六条南院の邸の別称。「南院（海橋立《あまのはしだて》なり。）は輔親卿の家なり。月を見んが為に、寝殿の南庇を差さずと云々」（袋草子・上）とある。時代は降るが、林鵞峰《はやしがほう》の『日本国事跡考《にほんこくじせきこう》』「丹後国」には「天の橋立一つの名は成相一州の美景なり。嘗て浮屠《ふと》有りて文殊楼を立つ俗に伝ふ海より龍燈を挑《かか》ぐ」とある。

（佐藤信一）

雨　あめ

古典文学の世界では、雨が恋と密接に結びついている点に注意される。通い婚の習俗の中で、人間の都合と関係なく降る雨は逢瀬を妨げる重大な障害となり、恋の成否さえも左右しかねないからでもある。

物語・心
女
春
心・月

恋と雨をめぐる様々な歌や物語がある。「心なき雨にもあるか人目守《も》る乏《とも》しき妹に今日だに逢はむを」（万・十二・三一二二・作者未詳）は、今夜こそ恋しい女に逢えるはずだったのに、無情な雨が降って邪魔をするというもの。女の側からも「韓衣《からころも》君にうち着せ見まく欲り恋ひそ暮らしし雨の降る日を」（万・十一・二六八二・作者未詳）のような歌がある。女は恋人のために美しい衣装を縫った、この衣を着たあの人はどんなに素敵かしら、その姿を見たいと思いつつ雨の降る日を過ごしたというのである。雨が降りだしたことで逆に恋人を自分のところに引き止めておけるという発想もある。いわゆる「遣らずの雨」である。「今更に君はい行《ゆ》かじ春雨の情を人の知らずあらなくに」（万・十・一九一六・作者未詳）。恋人の心が離れていってしまうと「月夜には来ぬ人待たるかき曇り雨も降らなむわびつつも寝む」（古今・恋五・読人知らず）のように、いっそ雨が降ってくれればはかない期待を抱いて待たずにすむのに、という歌も詠まれた。

雨は障害となるだけではない。恋人が雨を冒して訪ねてくれたなら、それは愛情のなによりの証となる。『落窪《おちくぼ》物語』では、少将道頼《みちより》と姫の結婚第三夜目に雨が降る（三夜連続して通うことが婚姻成立の要件である）。少将はあまりの豪雨にくじけそうになるが、側近の励ましもあり、雨の中を果敢に出かけていって姫に逢う。濡れねずみ泥まみれの婿姿こそが、もっとも素晴らしい花婿なのである。『伊勢《いせ》物語』一〇七段では、雨の降る日に女（実は女に成り代わった業《なり》平《ひら》）が「かずかずに思ひ思はず問ひがたみ身を知る雨は降りぞまされる」と歌う。歌意は、愛されているかどうか口にだして尋ねることはできないので、我が身の運命を知っている雨が降りつのって真実を教えてくれようとしている、というもの。雨の日の行動が、男の愛の試金石になる男のである。歌を見た男はずぶ濡れになって女のもとにとんできた。女の賭けは勝利を収めたのである。「身を知る雨」は、その後王朝女流文学の中で「見し人に忘られてふる袖にこそ身を知る雨はいつもをやまね」（後拾遺・恋二・七〇三・和泉式部）のように悲しみの涙のイメージを帯びた歌言葉天として好まれていく。雨は天から降って人の世をひとしなみに濡らしていく。「おのがじしふれどもあめの下なれば袖袖ばかりこそわかず濡れけれ」（和泉式部集）は、本意でなく別れてしまった恋人に雨の降る日に贈った歌。私もあな涙たも同じ雨（「天」を掛ける）の下で、涙の雨に袖を濡らしていますね、というものである。雨のしめやかな情感が、離れ離れになった二人の間につかのまの共感の回路を開いているのである。

雨をめぐる表現には、漢詩文の影響を受けたものも多い。雨中の花の姿もその一つである。菅原道真《すがわらのみちざね》『菅家文草《かんけぶんそう》』には「暮春《ぼしゅん》の尤物《いうぶつ》　雨中の花……蜀錦《しょくきむ》波に霑《うる》ひて晩の岸に花依れり　呉娃《ごわ》汗を點《さ》して　晴れたる沙に立てり」（五・三四〇）という詩句が見られる。大意は、晩春の最も素晴らしい見物は雨の中の花である、夕方の岸辺で蜀江の錦が波に夕濡れているようであり、晴れた砂州で呉の国の美女が汗に濡れているようだ、というもの。和歌の美意識では雨にう和歌たれた花はしおれて散ってしまう。艶麗な雨中の花は漢詩文由来のものである。『枕草子』「木の花は」段にも、「楊《やう》貴妃《きひ》の、帝の御使に会ひて泣きたる顔に似せて、「梨花《りくわ》一梨枝《し》　春　雨を帯びたり」などいひたるは、おぼろけならじと思ふに、なほいみじうめでたきことは、たぐひあらじとおぼえたり」と、雨に濡れた梨の花と美女の泣き顔を重ねる漢詩句を思い重ねることで、梨の花のよさを見いだす一漢詩→詩節が見られる。雨の音を聴くことも、漢詩文に触発されたものである。「夜もすがら何事をかは思ひつる窓うつ雨の音をききつつ」（和泉式部日記）のような歌の背景には、白《はく》楽天《らくてん》「上陽白髪人《じやうやうはくはつじん》」の「秋の夜長し　夜長うして寝《いぬ》ること秋なければ天も明けず　耿耿《かうかう》たる残《のこ》んの灯の壁に背けたる影　蕭蕭《せうせう》たる暗き雨の窓を打つ声」という詩句が影響を与えている。

雨は降るべき時に適切な量だけ降らなければ困る。雨乞いの話は様々な説話集の中に見られるし、大雨になるのも困る。建暦元年七月の大雨のとき、源実朝《さねとも》は「時によりすぐれば民のなげきなり八大龍王雨やめたまへ」（金槐集《きんかいしゅう》）と詠んだ。悲劇の将軍というイメージの強い実朝だが、ここでは堂々たる為政者ぶりを発揮している。（鈴木宏子）

鮎　あゆ

秋・川
海・春
新羅
夏・季語
鵜

アユ科の淡水魚。北海道南部以南の河川に棲み、秋に川で産卵する。稚魚は一度海に下り、春、川をさかのぼる。『日本書紀』には、神功皇后《じんぐう》が松浦の玉嶋《たましま》里の川でこの魚を釣り、新羅《しらぎ》征討の勝敗を占ったことが記される。『万葉集』「松浦《まつら》川に遊ぶ序」はその鮎釣りの故事をふまえて、松浦の川で鮎を釣る少女を詠む。食用として珍重され、『源氏物語』常夏《とこなつ》巻では、西川の鮎を光源氏の前で調理する場面があり、『雑談集《ぞうだんしゅう》』には剃刀《かみそり》といって鮎の白干を食べる法師が書かれる。『徒然草』一八二段は天皇の供御として「鮎の白乾」を挙げ、『醒睡笑《せいすいしょう》』巻一は、高貴な食べものの典型例として鮎を用いる。清流に住む習性から、玉川の水を「井の内に鮎を汲む」（滑・東海道中膝栗毛）と表したように、水の清浄さを示す指標ともなる。俳諧において、鮎自体は夏の季語であるが、若鮎は春、さび鮎・落ち鮎は秋など四季にわたっている。春に遡上する若鮎をとらえる鮎汲《あゆく》み、夏の鵜飼《うかい》などの捕獲方法もよく知られる。（高野奈未）

年魚市潟　あゆちがた

尾張・歌枕
海
松浦
鶴（つる）
朝
潮
風

尾張《おわり》国の歌枕。名古屋市熱田区・南区あたりにあった入り海。古くは、『日本書紀』景行五一年八月四日条に「初め、日本武尊《やまとたけるのみこと》の佩《は》かせる草薙横刀《くさなぎのたち》は、是今し尾張国の年魚市郡の熱田社に在り。」とある。本居宣長《もとおりのりなが》は「海辺の潟と混れて、かの年魚市縣《あゆちがた》、松浦潟などの縣をも、たゞ潟《かた》とのみ心得て、後にはたゞ、海辺の地名にのみ云ことのごとくなれども、右に挙たる如く、古は海なき国々の地名にも、某縣《なにがた》と云るが多きをや」（古事記伝・二九）と疑問を提示する。しかし、「桜田へ鶴《たづ》鳴き渡る年魚市潟潮干にけらし鶴鳴き渡る」（万・三・雑歌・高市黒人）「年魚市潟潮干にけらし知多の浦に朝漕ぐ舟も沖に寄る見ゆ」（万・七・雑歌）のように、潮の満ち引きとともに詠じられることが多かったようであり、入り海であることは動くまい。以降も、「あゆちがたしほみちぬらしさくらだのほむけの風にたづなきわたる」（夫木抄・二二・雑部四・公朝）は、『万葉集』の黒人《くろひと》の表現に学んだものであろう。黒人が潮が引くと鶴が訪れると詠むのに対して、潮が満ちるとともに鶴の飛来する様子を詠じている。（佐藤信一）

嵐　あらし

風・山・京
霞・春日・里・梅
梅
冬

荒く吹く風。三方に山を控えた京都では風は山から吹き下すものである。「嵐（和名阿良之）孫愐切韻云、嵐、山下出風也。」（和名抄・一）とされる。「霞立つ春日の里の梅の花山の嵐に散りこすなゆめ」（万・八・大伴村上）「衣手にあらしの吹きて寒き夜を君来まさずば独りかも寝む」（万・十三）は、実体としての嵐を詠んだものであろう。ただ、『万葉集』の「嵐」は、冬や春に吹く激しい風である。『古今集』

以降になると「嵐」は少数の例外「梅が香をよはの嵐の吹きためて真木の板戸のあくる待ちける」（後拾遺・一・春上・大江嘉言）などを除いて、秋から冬にかけてのものとされる。「吹くからに秋の草木のしをるればむべ山かぜをあらしといふらむ」（古今・五・秋歌下・文屋康秀、百人一首）「秋山のあらしのこゑをきく時はこのはならねど物ぞかなしき」（拾遺・三・秋・遍昭）こうした「嵐」のイメージは「嵐山」にも及び、秋から冬にかけての季節を背景に詠まれるようになる。和歌では、「かれはててわれよりほかに問ふ人もあらしの風をいかが聞くらむ」（和泉式部日記）のように、「非《あら》じ」と掛けて用いられることも多い。

秋
和歌

前掲の文屋康秀《ふんやのやすひで》の歌は、「山かぜをあらしといふ」とあるように字解となっている。ここから想起されるのは、さきの『和名抄』の「山下」から「風」が吹くという記載である。これらと似た例が、「中将、「ここならでは、いづくをかは」。いらへ、「されど、『野にも山にも』とこそ言ふなれ」。中将、「それは、嵐ならむや」。兵衛、「されど、『山風』とこそ聞こゆなれ」。中将、「されど、今は、皆、木枯らしになりにたりや」。」（宇津保・内侍のかみ）という仲忠と女房・兵衛との会話である。これらの表現の根底に、漢字に対する深い関心があったことが察せられる。

漢字

また、「……枕をそばだてて四方の嵐を聞き給ふ。……」（源・須磨）とあるのは、須磨《すま》に退去した光源氏に、自らの孤独を噛みしめているものといえよう。

須磨

（佐藤信一）

嵐山　あらしやま

山城・歌枕・山・桂川

山城《やましろ》国の歌枕。京都市西部の山。北に桂川が流れ、嵐峡と呼ばれる峡谷があり、山水が美しいことで有名。「あらじ」と掛詞になることが多い。古くは「嵐の山」と呼ばれた。「とふ人も今はあらしの山かぜに人松虫のこゑぞかなしき」（拾遺・三・秋・読人知らず）や、「あさまだき嵐の山のさむければ紅葉の錦きぬ人ぞなき」（拾遺・秋・公任）が、勅撰集での早い用例である。藤原公任《きんとう》の歌の詞書に「嵐の山のもとをまかりたりけるに、もみぢのいたくちり侍りければ」とあるように、紅葉の名所であった。「あらし山さがしくくだる谷もなくかじきのみちをつくるしら雪」（夫木抄・雑部十七・西行）は、冬の例。このように秋から冬を背景に「嵐山」が語られるのは「嵐」のもつ季節感が『古今集』以降になって、秋から冬にかけてのものとされることに由来するものであった。

掛詞
松虫
紅葉
雪
冬
秋

また、「たちよればうき事はみなあらしやまときはかきはのかげもたのもし」（恋路ゆかしき・二）は、「有らじ」から導かれた例である。「紅葉ノ錦ヲ衣《キ》テ帰、嵐ノ山ノ秋ノ暮」（太平記・二・俊基朝臣再関東下向事）とあるのも、秋を背景に語られる。もちろん謡曲「嵐山」に「千本の桜を嵐山に移し置かれ」とあるように春を背景とする例もないではない。亀山《かめやま》院の時代に、吉野から桜が移植されたため、「ハアそふかいな。それでも、京の小室やあらし山には、年中さくらが、ちんとあるがな」（滑・東海道中膝栗毛・五下）と、桜の名所にもなったのである。

錦
謡曲
春
吉野・桜
京

（佐藤信一）

愛発　あらち

近江・歌枕　越前・山　雪　月　不破・勿来　山　都・越後・風　秋

近江国《おうみのくに》の歌枕。福井県の地名。愛発山、愛発関で知られる。愛発山は近江と越前《えちぜん》との境にある山の総称である。有乳山、荒血山、荒道山、荒茅山、阿良知山とも書かれる。

歌枕としても有名である。「八田野《やたの》の浅茅《あさぢ》色付く愛発山峰の沫雪寒く降るらし」（万・十・冬雑歌）が早い例である。「人ごころあらちの山になるときぞちぎりこしぢのみちはくやしき」（古今六帖・二・山）は、「人ごころあら」の「あら」から「愛発」を導き出すことによって揶揄的に用いられた例である。「うちたのむ人のこころはあらちやまこしぢくやしきたびにもあるかな」（金葉・九・雑部上・読人知らず）にも同じ技法が用いられている。また、「あらち山雪ふりつもる高ねよりさえてもいづる夜はの月かな」（金葉・異本歌・源雅光）とあるのは、万葉以来の雪の風景に月を配したものである。

その峠に、不破《ふわ》・勿来《なこそ》と並ぶ三関として有名な愛発関があった。難所だったようで、『義経記《ぎけいき》』巻七によると、義経らがここを通りかかった際に、義経は「此山は余りに巌石にて候程に……足を踏み損じて血を流す間、あら血の山とは申しけるなり」と言った。これに対して弁慶が、龍宮の宮という女神が懐妊して愛発山で出産した際に「その時産のあら血をこぼさせ給ひけるによりて、あら血の山とは申し候へ」と述べたことが語られている。また、『太平記《たいへいき》』巻二六「上杉畠山刑戮の事」に上杉重能と畠山直宗が、越前に配流された際の道行文に「都より思ひ越後の秋の風、音は荒丘の山越えて……」と、両者の死出の旅路を吹く秋風の音とともに描かれている。（佐藤信一）

霰　あられ

氷　袖・妹　葉

冬季、白く小さい粒状に凍って降り落ちる氷の粒。『新撰字鏡《しんせんじきょう》』『和名抄《わみょうしょう》』では「雹」にも「あられ」の和訓が当てられ、夏季の雹をも「あられ」といっていたらしい。「いかに見よと難面《つれなく》うしをうつ霰」（羽笠・冬の日・追加）の「打つ」、「我が袖に霰たばしる巻き隠し消《け》たずてあらむ妹《いも》が見むため」（万・十）「もののふの矢並つくろふ籠手の上に霰たばしる那須の篠原」（金槐集）の「たばしる」は、霰が降るさまの激しさを表している。

霰は、さびしげな暮らしぶりを強調するものでもあった。『源氏物語』若紫《わかむらさき》巻で、「霰降り荒れて、すごき夜」に幼い姫君（紫の上）の屋敷を訪れていた光源氏は、姫を見捨てて帰りがたく思い宿直人となって一泊していく。

神楽歌に「深山《みやま》には霰降るらし……」とあるなど、「深《み》山《やま》」との結びつきが強い。また、笹の葉の上に積もった霰ははかなく優美なものととらえられていた。（松岡智之）

安良礼松原　あられまつばら

難波・歌枕・松　住吉（すみよし）

難波《なにわ》国の歌枕。大阪市住之江区安立《あんりゅう》町にあった松原。『八雲御抄《やくもみしょう》』五、「名所部」「原」にその名がある。「あられ打つあられ松原住吉《すみのえ》の弟日娘《おとひをとめ》と見れど飽かぬかも」（万・一・雑歌・長皇子）のように「霰」との音通で導かれているが、

波　千鳥　冬　雪　風

鎌倉時代になると初句の「あられうつ」が改変され、「みぞれふりあられ松原住よしのおとひむすめと見れどあかぬかも」（夫木抄・十七・冬部二・読人知らず）とされる。また、『建保《けんぽう》名所百首』「冬・住吉浦（摂津《せっつ》国）」にまとまって採られている。そこでは、「うら風のあられ松原吹きまよひ玉よせかへる住吉の波」や、「さよふけてあられ松ばら住吉の浦ふく風に千鳥なくなり」のように「浦風」が吹く風景が描かれている。この他には「冬も今は日かずつもりの浦さえて雪にもなりぬあられ松ばら」と冬の雪を背景として詠まれている。「あられ」「みぞれ」「雪」が降り、「風」が吹きすさぶ荒涼とした景が描かれているといえよう。

（佐藤信一）

有磯海　ありそうみ

心

岩石に荒波が打ち寄せる海辺。「有り」にかけて用いることが多い。「わが恋はよむともつきじありそうみのはまのまさごはよみつくすとも」（古今・仮名序）「有そ海の浜のまさごとたのめしは忘るる事のかずにぞ有りける」（古今・十六・哀傷・読人知らず）のように数多いものとして、「はまのまさご」とともに詠まれる例がある。これは「むかしより思ふ心はありそ海の浜のまさごは数もしられず」（大和・一一八）のように、「心」が「あり」、砂のように尽きることはないと詠む技法に結実する。他には「あはでのみ思へばくるし有磯海のうらみやせましかひはなくとも」（古今六帖・三・うら）「有磯海のうらめしくこそ思ほゆれかたかひをのみ人のひろへば」（古今六帖・三・かひ）のように、「浦」から「恨み」「恨めし」を導き出す序になる例がある。また、「我も思ふ人も忘るな有磯海の浦吹く風のやむ時もなく」（後撰・十八・雑四・ひとしきのみこ）とあるように風の吹き荒ぶ荒涼とした風景を想起させたものでもあった。

風　歌枕・越中　葛

これは、大伴家持《おおとものやかもち》の「かからむとかねて知りせば越の海の荒磯の波も見せましものを」（万・十七）などから生まれた歌枕でもある。この場合は、越中《えっちゅう》国高岡渋谿《たかおかしぶたに》の海辺をさす。葛《くず》の名所とされる。後代、「わせの香や分入右《わけいる》は有磯海」（奥の細道・黒部）などと詠まれている。

（佐藤信一）

有馬　ありま

京　摂津　山　雨　猪名野・霧　風

兵庫県南東部にあった郡。六甲山地の北西麓にあり、古くより京から近い良質の温泉地として知られた。『日本書紀』には舒明三年九月に天皇が「幸津国有間温湯」し、十二月まで滞在した記事がある。『摂津国風土記』に「有馬の郡《こほり》、又、塩之原山《しほのはら》あり。此の山の近くに塩の湯あり。此の辺《ほとり》なるに因りて名を為す」とある。「摂津国……有馬（阿利万）」（和名抄・五）とある。『万葉集』にも、尼理願《あまりがん》の死に際して詠まれた大伴坂上郎女《おおとものさかのうえのいらつめ》の「……わが泣く涙　有馬山雲ゐたなびき雨に降りきや」（三・挽歌）や、「しなが鳥猪名野《いなの》を来れば有馬山夕霧立ちぬ宿《やどり》は無くて」（七・雑歌。『新古今』では第二句「猪名野をゆけば」）などと詠まれている。この地は、「心地も例ならず覚え給ければ、風などいひければ、有馬へと出で立ち給へど、」（栄花・二七）と、湯治の地であったことがうかがえる。「捨つる身までも有馬山、隠れかねたる世の中の。」（能・忠度・世阿弥）は、「あり」ということばから「有馬山」を導き出す叙述である。また、後白河以下多くの人が訪れ、「湯山三吟百韻」の行われた地でもある。「有馬山」を詠じたものとしては「有馬山猪名の笹原風吹けば、いでそよ人を忘れやはする」（後拾遺・恋二・大弐三位・百人一首）があげられよう。（佐藤信一）

安房　あわ（あは）

千葉県南西部（房総半島南部）の旧国名。東海道の中国。養老二年（七一八）上総《かずさ》国より安房《あわ》・平群《へぐり》・長狭《ながさ》・朝夷《あさひな》の四郡を分かち一国とされたが、その後上総への編入・分立を繰り返し、領域が定まったのは天平宝字元年（七五七）である。『万葉集』で題詞に「上総の周淮《すゑ》の珠名娘子《たまなをとめ》を詠む一首」とある一方、歌では「しなが鳥安房に継ぎたる梓《あづさ》弓周淮《ゆみすゑ》の珠名は胸別のゆたけき吾妹……」（万・九・一七三八・高橋虫麻呂）と詠まれているのも、当国の成立事情を物語っている。

地名の由来は、阿波《あわ》国（徳島県）の忌部《いんべ》が居住したことから安房となり、また天富命《あめのとみのみこと》が太玉命《ふとだまのみこと》を祀った社が当国一宮である安房坐神社《あわにいますじんじゃ》（延喜式）とされている（古語拾遺）。「上総国に至りて、海路より淡水門を渡りたまふ」（紀・景行）とあるように、相模・三浦半島から海を渡って安房へ入り、上総・下総《しもうさ》・常陸《ひたち》と向かうのが古代の東国へのルートだった。（兼岡理恵）

上総　阿波　海　常陸

阿波　あわ（あは）

国名。南海道六か国の一つ。上国である。現在の徳島県の地域一帯をさす。「阿波。（国府在㆓名東郡㆒。……）」（和名抄・五）とある。また、「養老二年五月庚子《七日》……但し、阿波国は境土相接ぎて往還甚だ易し。請はくは此の国に就きて通路とせむことを。」（続日本紀・八・元正）とあるように、土佐《とさ》国に行くのに伊予《いよ》国から行くと道のりが遠く山も険しいので、平坦な阿波国から行くべきことが奏上された。また、和歌の用例には「眉の如雲井に見ゆる阿波の山かけて漕ぐ舟泊知らずも」（万・六・船王）がある。ところで、「権の守は甲斐。越後。筑後。阿波。」（枕・権の守は）とあるが、このように権守のあるのは大国・上国に限られた。ここからも、阿波が大国であったことが知られる。「粟国は大宜《おほげ》都比売《つひめ》と謂ひ……」（記・上）とあり、「粟国即阿波国なり、……古に殊に多く作し物なり、故粟のよく出来る国なる故の名なるべし」（本居宣長・古事記伝・五）と注されている。（佐藤信一）

土佐・伊予・　山　和歌　粟

粟　あわ（あは）

イネ科の一年草。インド原産。古くから食用に栽培されてきた。『和名抄』では、食用となる穀類の中にその名が見える。五月―六月頃に種を蒔き、九月ごろ、花穂に多数の緑色の小花をつける。実った種子は黄色または赤色。粟飯として食べるほか、餅・飴・酒などの原料となる。貴重

餅・酒

な五穀の一つで、『古事記』『日本書紀』の五穀の起源を語る条では、稲・麦などとともにそれぞれを掌る食物神の屍体から生じたとしている。また、畑に栽培される穀類であるため、『日本書紀』では「陸田種子《はたけつもの》」と呼ばれる。

『万葉集』では、多く恋歌で粟を蒔くことが歌われ、東歌「足柄《あしがら》の箱根の山に粟蒔《ま》きて實《み》とはなれるを逢はなくもあやし」（万・十四・三三六四・作者未詳）のように、「粟」に「逢は」の意が込められることが少なくない。箱根の山に蒔いた粟は実を結んだのに、恋人には「逢はなく（＝「粟無く」を掛ける）」て不審だ、の意。平安時代以降の和歌では、ごく少数例しか見出せなくなる。「山河にふかるる笛のあればこそつつみの滝にあはもまくらめ」（重之集）は、寒い谷間で音楽を奏すると暖かい風が吹いて米や粟が生じたという故事をふまえた特異な例。また、「くるはるにあはまくことはおもへどもくれぬるとしのをしくやはあらぬ」（国基集）は、万葉以来の詠みぶりである。

江戸時代には秋の季語として俳諧に詠まれた。芭蕉《ばしよう》の「粟稗《ひえ》にまづしくもなし草の庵《いほ》」（笈日記）は、熟した粟と稗が身を養うだけの簡素な生活を示し、草庵の主が簡素ではあるが事足りた清閑の暮らしを楽しむさまを表現している。

（高桑枝実子）

稲・麦　畑　箱根　風　秋・季語・俳諧・稗

淡路島　あわじしま（あはぢしま）

瀬戸内海、大阪湾《おおさかわん》と播磨灘《はりまなだ》との間にある島。東端は明石に接し、西南端は阿波《あわ》の鳴門《なると》に迫る。地名の由来は、「阿波（への）路」「淡道」「粟路」「吾恥《あはち》」など諸説ある。縄文・弥生時代の遺跡が残る。『古事記』の国生み神話では、伊《い》邪《ざ》那岐命《なきのみこと》と伊《い》邪《ざ》那美命《なみのみこと》の男女二神が最初に生んだ地が「淡《あは》道《ぢ》之《の》穂《ほ》之《の》狭《さ》別島《わけのしま》」である。また仁徳《にんとく》記には、仁徳天皇が黒比売《くろひめ》を慕って吉備《きび》国に下る途中、淡路で詠んだという歌謡「おしてるや　難波《なには》の埼《さき》よ　出《い》で立ちて　我が国見れば　淡島《あはしま》　淤能碁呂島《おのごろしま》　檳榔《あぢまさ》の　島も見ゆ　佐気都島《さけつしま》見ゆ」（記・五三）を伝える。風光明媚な景勝地で海の幸・山の幸に恵まれ、『延喜式《えんぎしき》』内膳司《ないぜんじ》に海産物・塩・鳥獣の肉などを天皇家に献上した記録がある。「御食《みけ》つ国《くに》」（万・六・九三四・山部赤人）と呼ばれる所以で、「御食向《みけむか》ふ」は淡路の枕詞。淡路の海人は大和政権の航海や軍事に奉仕し、『応神《おうじん》紀』二二年条や『仁徳《にんとく》紀』即位前には、水手《かこ》として吉備や韓国に派遣されたと記される。奈良時代後期以降は、淳仁《じゆんにん》天皇や早良《さわら》親王など天皇家の人々の配流の地となった。和歌においては、「淡路島門《と》渡る船の楫間《かぢま》にもわれは忘れず家をしそ思ふ」（万・十七・三八九四）「淡路にてあはとはるかに見し月のちかき今夜は心からかも」（躬恒集、新古今・雑上・凡河内躬恒）などと、船旅の途上の景や淡路の地からの景が詠まれるほか、対岸からの淡路の眺めが歌われた。『源氏物語』明石巻「あはと見る淡路の島のあはれさへ残るくまなく澄める夜の月」とは、前掲の凡河内躬恒《おおしこうちのみつね》歌を踏まえて明石の地からの景を歌ったものである。『百人一首』にも入集する「あはぢしまかよふちどりのなくこゑにいくよねざめぬすまのせきもり」（金葉・冬・源兼昌）は『源氏物語』の諸歌を踏まえたとおぼしい。中世に起源をもつこの地の人形操りが、後に近世の人形浄瑠璃に発展した。

（高木和子）

播磨・島　阿波・鳴門　吉備　難波　海・山　塩　和歌　月　明石

粟田山　あわたやま

山　雲　逢坂　京　石山　月　打出の浜　杉　常陸

京都市東山区華頂山《かちようざん》から山科区《やましなく》日ノ岡《ひのおか》までの山の総称。『古今集』の墨滅歌、巻十「物名部」に「染殿、粟田」の題で「憂きあをばよそめとのみぞのがれゆく雲のあはたつ山の麓に」とある。藤原良房《よしふさ》の邸宅である染殿と、のちに清和《せいわ》上皇藤原基経《もとつね》の別邸の粟田院を詠んでいる。

三条通りを東行すると京都七口の一、粟田口になる。東国への交通の要衝で、「粟田山より駒牽く、そのわたりなる人の家にひきいれて、みるところあり」(蜻蛉・中)とある。また、保元《ほうげん》の乱では崇徳《すとく》上皇のもとに参じる兵を朝廷方がここで抑えている(保元)。「あはたやまこゆともこゆとおもへども猶あふ坂ははるけかりけり」(古今六帖・二・山)では、越えることが可能な山であり、まだ遠い逢坂のことを想起させている山であるともいえよう。「いきもてゆけば、粟田山といふ所にぞ、京よりまつもちて、人きたる。」(蜻蛉・中・天禄元年)も、そのことを明らかにしている。『赤染衛門《あかぞめえもん》集』「足曳の山路はくらくなりぬとも月をまつにてこえむとぞ思ふ」の詞書に「石山よりかへりしに、粟田山にて、日暮れて松持たる者、遅れにけりとて、とまりたるに、月もいまだいでぬほどにて」とあるように月明りでも容易に越えられる山とされている。「打出《うちで》の浜来る程に、「殿は粟田山越え給ひぬ」とて、御前の人々、道も避りあへず来こみぬれば、関山に皆下り居て、ここかしこの杉の下に車どもかき下ろし、木隠れにゐかしこまりて過ぐし奉る。」(源・関屋)は、常陸《ひたち》から帰京する空蟬《うつせみ》が、逢坂で源氏と出会う場面である。空蟬は、源氏が粟田山を越えたというのを聞いて、やり過ごそうとするのである。

(佐藤信一)

阿波の鳴戸　あわのなると

鳴門・住よし・松・嵐・浪　船・風　潮　仏　心・世

鳴門海峡の異称。「鳴戸」は渦巻く海水の立てる音をいう。「住よしの松のあらしにかよふなりあはの鳴門の浪の音まで」(夫木抄・二二・雑四・慈鎮)はその大きな音をいう。「其日ノ暮程ニ、阿波ノ鳴戸ヲ通ル処ニ、俄ニ風替リ塩向フテ、此船更ニ不㆓行遣㆒。」(太平記・十八)とあるように、風向きや潮の流れが急変する難所であった。道歌の「よのなかを渡りくらべて今ぞ知るあはのなるとに浪かぜもなし」や「仏の御心に衆生のうき世を見給ふもかゝる事にやと、無常迅速のいそがはしさも、我身にかへり見られて、あはの鳴戸は波風もなかりけり。」(芭蕉・更科紀行)は、これまで過してきた世の荒波に比べれば鳴戸の水流など何でもないというもの。

また、「阿波の水門《みと》」ともいう。「あめかぜふかず。かいぞくはよるあるきせざなりときゝて、よなかばかりにふねをいだして、阿波の水門をわたる。」(土佐・一月三十日)は、紀貫之《きのつらゆき》が海賊に襲われるのではないかと不安を抱きながら海峡を渡ったことを語るものである。

(佐藤信一)

伊賀　いが

東海道十五か国の一つ。三重県の一部。阿俳《あはい》・山田《やまだ》・伊賀・名張《なばり》の四郡よりなる(和名抄)。このうち名張は「わが背子は何処行くらむ奥つもの隠《なばり》の山を今日か越ゆらむ」（万・一・四三・当麻真人麻呂）「暮《よひ》に逢ひて朝面無み隠にか日《け》長く妹が盧せりけむ」（万・一・六十・長皇子）のように早くから歌に詠まれた。「ふりはへ、さかしらめきて、心しらひのやうに思はれはべらんも、今さらに伊賀たうめにやとつつましくてなん」（源・東屋）とあるように、人をたばかり、仲立ちする女性に「伊賀たうめ」の語が使われた。また、「伊賀者」で、伊賀国の地侍、また本能寺の変に際して、徳川《とくがわ》家康《いえやす》を警護して浜松まで帰らせたのが伊賀国の郷士であったことから江戸幕府の下士のことをいう。伊賀国から多く出たことから忍者のことも「伊賀者」という。

（佐藤信一）

位階　いかい（ゐかい）

律令
親王（みこ）

律令制度下における官人の序列を示す等級。官位令によると、親王には一品《ぽん》から四品《ほん》が授けられ、諸王・諸臣《み》には一位から初位までが与えられる。一位から三位まではそれぞれ正《しょう》・従《じゅ》の別があり、四位から八位までは正・従に加えて上・下の別もあり、初位には大・小と上・下の別があるから、都合三十階あることになる（ただし、これらの内《ない》位《い》に対して、正五位上より小初位下にいたる二十階には主に地方豪族が任じられる官職に授けられた外位《げい》も設けられていた）。なお、すべての官職は上記の各階に分けられ配されている。例を挙げるなら、正五位の者なら、それと同一の位階に格付けされた左中弁（正五位相当官の一）などに任ずるというのが原則ということになる。これを官位相当制というが、実際は必ずしもそうならないことも多い。たとえば「従四位下行木工頭」とある場合は、官の相当位（木工頭は従五位上相当）が本人の位（従四位下）より低いので「行《こう》」を使用しており、その反対であれば「守《しゅ》」と位署《いしょ》されることになる。公卿《くぎょう》と呼ばれるのは四位・参議以上。四・五位の人および六位の蔵人《くろうど》で昇殿を許された者を殿上人《てんじょうびと》（「くものうへびと」とも）と呼び、五位以下で昇殿を許されていない者は地下《ぢげ》と呼ばれた。また、位階は帯びてはいるものの官職に就いていない者は散位《さんい》（散官）と称した。その他、父親か祖父が親王もしくは五位以上にあった者の場合には、二一歳に達すると従五位下以下従八位下以上の位階が与えられるという特典もあった（これを蔭位《おんい》と称し、親王の子は従四位下、諸王の子は従五位下、一―五位の子は従五位下―従八位下、一―三位の孫には正六位上―正七位上が与えられることになっていた）。

公卿→公家
蔵人
殿上

正五位下右近衛少将小野好古《おののよしふる》は、藤原純友《すみとも》の乱の追討使となり西下していた。折しも「四位にもなるべき年」と思い期待されてしかたなかったが、都からの便りの奥に「玉くしげふたとせあはぬ君が身をあけながらやはあらむと思ひし」と添えられた和歌を見て悲しく涙したという（大和・四）。「あけ」には五位の朝服である緋袍《あけのころも》が掛けられており（位により朝服の色が異っていたことは衣服令に見える）、彼の願いの叶わなかったことがほのめかされていたのである。

都

（本間洋一）

雷の丘　いかずちのおか（いかづちのをか）

明日香（飛鳥）
行幸・神

奈良県高市郡《たかいちぐん》明日香《あすか》村《むら》。飛鳥川をはさみ甘樫丘《あまかしのおか》の北にある比高十メートルほどの丘。小丘だが、同地への天皇（持《じ》統《とう》か）行幸に際し詠まれた「大君は神にし座せば天雲の雷の上に廬らせるかも」（万・三・二三五・柿本人麻呂）では、天皇を現人神として称えるため、天の雷に見立てられている。なお左注の異伝には類歌があり、天武《てんむ》天皇の子、忍壁《おさかべ》皇子への献歌とされている。

『霊異記』上・一話「雷を捉ふる縁」は、雷の丘の名の起源説話である。随身小子部《ずいじんちいさこべの》栖軽《すがる》が雄略《ゆうりやく》天皇の命を受け雷神をとらえたので、そのとらえた場所が雷の丘と呼ばれることになったという。栖軽の死後、その場所に墓が作られたが、雷神はこれを憎み、雷として碑に落ちた。しかし雷神は裂けた碑にはさまれてしまい、再び栖軽にとらえられたことになったため、碑文も「生きても死にても雷を捕えし栖軽が墓」とされたという話である。なお『日本書紀』雄略七年七月条にはこの類話があり、そこでは雄略天皇が「蜾蠃《すがる》」に「雷」の名を賜ったとある。（新谷正雄）

伊香保　いかほ

上野・歌枕
沼
児（ちご）
和歌
歌枕
五月雨
駿河

上野《こうずけ》国の歌枕。群馬県渋川市・伊香保町周辺。『万葉集』東歌では「伊香保ろ」「伊香保嶺」と榛名山《はるなさん》や、「伊香保の沼」と榛名湖が詠まれ、また伊香保は現在でも雷の発生が多い地域であるが「伊香保嶺に雷な鳴りそね我が上には故は無けども児らによりてそ」（万・十四・三四二一・東歌）と歌われている。平安時代以降、和歌の用例は減るが「伊香保のや伊香保の沼のいかにして恋しき人を今ひと目見む」（拾遺・恋四・読人知らず）のように「いかに」を導く同音反復の序詞として用いられ、また「伊香保の沼」は歌枕として「まこもかる伊香保の沼のいかばかり浪こえぬらん五月雨のころ」（建保名所百首・夏・順徳院）と詠まれている。

伊香保温泉は古来有名で、飯尾宗祇は「伊香保といふ名所の湯あり」として「中風のために良しなど聞きて」訪れるが、湯に入ることもなく当地で発病、駿河《するが》で帰らぬ人となっている（宗長・宗祇終焉記）。（兼岡理恵）

衣冠束帯　いかんそくたい（いくわんそくたい）

男
襲（重ね）
位階・色
令→律令・紫
黒

平安時代以降、男性官人が宮廷などの公的な場において着用する装束の称。朝廷の儀式や行事をはじめ、参内の際に着る正装を「束帯」あるいは「昼《ひ》の装束《さうぞく》」といい、宮中での宿直《とのゐ》などの折に着るやや略式のものを「衣冠《いくわん》」あるいは「宿直装束《とのゐさうぞく》」と称した。

束帯は袍《ほう》・表袴《うえのはかま》・下襲《したがさね》を中心に構成される装束。袍は「上《うへ》の衣《きぬ》」とも称される盤領《あげくび》（詰め襟のような丸い襟）の衣服で、位階によって色が定まっているところから位袍《いほう》とも呼ばれる。令制による色の定めでは、一位は深紫《こき》、二・三位浅《うす》紫、四位は深緋《あけ》、五位浅緋、六位深緑、七位浅緑、八位深縹《はなだ》、初位浅縹とされたが、後に随時改められて平安時代中期には四位以上は橡《つるばみ》（黒）、五位緋、六位縹となっていった。身分の上下が誰の目にも顕にされるために、しばしば不遇の嘆きの種になったであろうことは、『源氏物語』少女《おとめ》巻における夕霧少年の「浅葱《あさぎ》」(六位)への忿懣からもうかがえる。また文官武官の別もあり、武官は両腋を縫い合わせずに開けた闕腋《けってき》の袍、文官は縫腋《ほうえき》の袍を用いた。袍の下には下襲を着け、その下には衵《あこめ》を、さらにその下には単《ひとえ》を着る。下襲は後身頃の裾を長く引いた姿が特徴。この裾を「裾《きょ》」または「尻《しり》」と称し、身分が高いほど長く引いた。色目としては、『枕草子』「下襲は」段に「冬はつつじ。桜。掻練襲《かいねりがさね》。蘇芳《すはう》襲。夏は、二藍《ふたあゐ》。白襲《しらがさね》」と見える。特に上位の人の黒い束帯姿では、華やかさを添える部分であったらしく、『源氏物語』葵《あおい》巻には、斎院御禊《ごけい》に供奉する上達部が下襲の色に心を砕いたと見える。この下襲と袍の間に半臂《はんぴ》という袖無しの胴衣を着るのが正式。しかし外から見えないために省略されることが多かったらしく、『今鏡《いまかがみ》』藤浪・上には宴席で肩を脱いだ殿上人の中で、藤原教通《のりみち》のみが故実に則って半臂を着ていて面目を施したとある。束帯の袴は表袴を用い、通常は白色固紋《かたもん》の表地に紅の裏。表袴の下には紅の大口袴《おおくちばかま》を着用する。この他には冠、袍の腰に巻く石帯《せきたい》(「石の帯」とも)と、石帯に下げる魚《ぎょ》袋《たい》などが主要な付属物である。

斎院　上達部　殿上　袴

この束帯から下襲を省き、表袴に代えて指貫《さしぬき》を着用したのが衣冠で、本来は宿直する際に用いた略式の正装。『枕草子』「雪高う降りて今もなほ降るに」の段には、「五位も四位も色うるはしう若やかなるが、袍《うへのきぬ》の色いときよらにて、革の帯のかたつきたるを、宿直姿にひきはこえて、紫の指貫も雪にさへ映えて」とある。雪景色の白に緋や黒の位袍の色が鮮やかで、その腰には昼の間締めていた石帯の跡がついている。どこか昼の装束の端然とした雰囲気を残しつつ、着崩れたしどけなさが独特の色気を漂わせている。

雪　昼

衣冠と束帯の中間に、袍・下襲に指貫を合わせる布袴《ほうこ》という略式正装がある。また束帯よりもさらにくだけた服装が、直衣に冠を着けた冠直衣《かんむりのうし》。これに下襲を加えたのは直衣布袴。『源氏』花宴《はなのえん》巻で右大臣家に招かれた光源氏の服装がこれで、束帯の諸人の中で高貴さを強調する「大君姿《おほきみすがた》」の優美さは特に印象的。

直衣(なおし)

(藤本宗利)

壱岐　いき

西海道の下国。長崎県に含まれる島で、古くは壱岐島国分寺があったことが知られ、現在、遺跡からその所在地も知られている。

島

(山口明穂)

粋　いき

近世後期の江戸で成立した美意識。粋は洒落本《しゃれぼん》において「いきなる身ぶり」「いきなり」というように遊郭へ通う男性の言語・挙措・衣裳・髪型などのこざっぱりとした好ましさをさす。そこには「趣向《いき》といふ事は俗にゐゝ思ひつきといふ義也」(洒・大通法語)「俗間の流行に走る者を京坂に粋《すい》と云ふ。江戸にてこれを意気と云ひ、その人を通人と云ふ」(守貞謾稿・十)というように流行の先端をいくという自負が込められている。また、粋には「意気」の表記もあり、洒落本には姿態の形容ではなく、「心いき」という

江戸・洒落本　男　心

用例も見える。その多くは深川芸者の気風の良さをさす。「羽織芸者」とも呼ばれたように、男装が深川芸者の風俗であった。「心いき」という用例は、男性の衣裳の形容としての粋の転化といえる。次第に姿態の粋と心意気の潔さが結びつき、深川と切り離せないものになる。たとえば、寛政十年（一七九八）の洒落本『傾城買二筋道《けいせいかいふたすじみち》』の吉原の遊女と客の会話には「（すま）……ほんとうわね、深川にいゝした。（五郎）なに深川にいた。どふりで。（すま）人がわるいとい、なんすのかへ。（五郎）イヤいきだといふ事よ」とある。このような深川芸者の粋を定着させたのが、為永《ためなが》春水《しゅんすい》の人情本《にんじょうぼん》である。「此土地（深川）の風俗たる、意気と情の源にて、凡《およそ》浮世の流行を、思ひ辰巳《たつみ》（深川は江戸城の南東、すなわち巽にあたる）の伊達衣裳、模様の好《この》染色《み》も、実婦《げにふ》多川《たがわ》（深川）が魁にて」（人・春色梅児誉美・三・九）「貴君は全体婦多川（深川）の唄女とかいふ意気なのでないとお気には入らないと」（人・春色英対暖語・二・五）。九鬼周造は『「いき」の構造』で、人情本などによって、粋という美意識は媚態・意気地・諦めの三つの徴表からなるとし、粋を「垢抜して（諦）、張のある（意気地）、色っぽさ（媚態）」と定義している。なお「いき」は「大通」「当世」「好意」「好雅」などとも表記し、粋を「すい」と読むと上方で遊郭での遊びに通じることをさす。　（大屋多詠子）

人情本　辰巳

生きの松原　いきのまつばら

筑前・歌枕　松

　筑前《ちくぜん》国の歌枕。現在の福岡市西区の今津湾《いまづわん》（博多湾の一部）沿岸に延びる松原。地名の由来について、神功皇后《じんぐう》朝鮮出兵の際、松の枝を逆さに立て、征討が成功するならば「枝生きよ」と祈ったところ、松が根付いたという伝承がある（貝原益軒・筑前国続風土記）。

松　筑紫・掛詞

　筑紫《つくし》の代表的歌枕で、「生き」と「行き」を掛詞とし「昔見しいきの松原こと問はばわすれぬ人も有りとこたへよ」（拾遺・別離・橘倚平）のように、筑紫あるいは九州へ下向する人への餞の歌に詠み込まれた。

　文明十二年（一四八〇）、この地を訪れた飯尾宗祇《いいおそうぎ》は「（松は）大きさ一丈ばかりにて皆浦風に傾げたるもあはれなり」「御神の生きよとて差し給ひけん松は早う朽ちて、その根を人まもりにかけしなど語るも、昔恋しき催しなり」と記している（筑紫道記）。この松林は昭和四十年代、大規模なマツクイムシの被害を受けたが、植樹によって古くからの歌枕が保存され、また『蒙古襲来絵詞』にも描かれた元寇の際の防塁が、現在松林内に復元されている。（兼岡理恵）

生田　いくた

摂津　布留　若菜・歌枕　小野　平家　男・女

　神戸市の地名、摂津《せっつ》国八田部郡三ノ宮付近の古名。生田神社の所在地。「社は布留《ふる》の社。生田の社。」（枕・社は）とある。その周辺の野辺は、若菜摘みの名所で、歌枕としての「生田の小野」が知られる。また、生田神社の境内にある森は「生田の森」と呼ばれる。「東は生田の森を大手の木戸口とぞさだめける。」（平・九）とあるように、平家が都にした福原の東大手門に相当する。「すみわびぬわが身投げてむ津の国の生田の川は名のみなりけり」（大和・一四七）は、生田の川のほとりで二人の男に言い寄られた女性が、死の間際に詠んだとされる伝説の歌である。「生田」の「生」は名前ばかりであるとする。他に「いくたび」を導き出す序の働きをすることもあり、「つのくにのいくたの池のいくたびかつらき心を我に見すらん」(拾遺・十四・恋四・読人知らず)などと詠まれている。「恋ひわびぬちぬのますらをならなくにいくたの川にみをやなげまし」(千載・十二・恋二・藤原道経)は、前出の『大和《やまと》物語』の伝説を詠じたもの。

池　心

(佐藤信一)

生野　いくの

丹波《たんば》国の歌枕。兵庫県朝来《あさご》郡《ぐん》の地名。「生野と号《なづ》くる所以は、昔、此処に荒ぶる神ありて、往来の人を半ば殺しき。此に由りて、死野と号けき。以後、品太《ほむだ》の天皇、勅りたまひしく、「此は悪しき名なり」とのりたまひて、改めて生野と為せり。」(播磨国風土記・神前郡)は、生野という地名の起源を語るものである。また、京都府福知山市の地名。この場合は、地理的に近いことから、「大江山」とともに詠まれる場合が多い。京都から山陰に向かう際に通る。「大江山生野の道のとほければふみもまだみず天《あま》の橋立《はしだて》」(百人一首、金葉・九・雑部上・小式部内侍、十訓抄・上、四句「まだふみもみず」)は、「行く」と「生く」の掛詞を用いたもの。この掛詞を用いる技法は、後代高く評価された。それは、「大江山秋のいく野の夕露は形見に置ける物にぞありける」(久安五年六月二十八日右衛門督家成家歌合・能輔)の判詞に、「右歌は「大江山いく野の道遠ければ」とよめるこそ聞きよけれ。秋といふ文字の挿まりて、いかにぞや聞ゆれども、中頃の上手のよみたる事なれば、定めてよく侍らん。又、かたみの露も置き溜りてぞ候つらんかし。」とあることからもうかがわれる。

丹波・歌枕　播磨　大江山　天の橋立・ふみ→消息　掛詞　露　秋　露

(佐藤信一)

池　いけ

寝殿造の図には、寝殿の南側の庭に池が描かれるのが一般である。そのように、貴族の家の庭に池は不可欠の物であり、『作庭記』にその間の事情を見ることができる。『徒然草』にある「亀山殿の御池に大堰《おおい》川の水をまかせられんとて」(五一段)なども池を作る当時の習慣の一つの例であろう。「我が宿の池の藤波咲きにけり山不如帰《ほととぎす》何時か来鳴かむ」(古今・夏・読人知らず)は周囲の景物とともに庭の景色を詠んだものであり、「池の水の天の川にや通ふらん空なる月のそこに見ゆるは」(後拾遺)は我が池の美しさを自慢する意図があろう。また、中には、源融《とおる》の河原院《かわらのいん》で塩釜に似せて塩水を汲み上げて作ったような贅を凝らした池もあった。しかし、貴族の庭が如何に広いとしても、そこに作られた池が自然の池に敵う筈はない。奈良の猿沢《さるさわ》の池や洛北の大沢の池などの四季それぞれの美しさは格別であり、殊に大沢の池は月見とは切り離せない所であった。『枕草子』に「池は、かつまたの池、磐余《いわれ》の池、贄野《にえの》の池」(池は)とあるように、池に対する関心は大きかったに違いない。中世になると、水を引かず、石を組んでの石庭が多くの寺院に作られ、池への関心が思索的になる。

寝殿　大堰川　不如帰　月　河原院・塩釜　奈良・猿沢の池・大沢の池　かつまたの池・磐余

(奥村英司)

率川　いさかわ（いさかは）

川・春日・猿沢の池・妹　冬　社（やしろ）　閻羅・鬼　馬　牛

奈良市の川。春日山《かすがやま》から猿沢《さるさわ》の池《いけ》の南を西に流れ佐保川《さほがわ》に注ぐ。「はねかづら今する妹をうら若みいざいさかはの音のさやけさ」(万・七・作者未詳）では、「いざ」と重ねれ「サ」音を重ねることで音律的な美を構築している。ところで、「冬十月の丙申の朔戊申（十三日）に、都を春日の地に遷す。……是を率川宮と謂ふ。率川、此をば伊社箇波と云ふ。」(紀・開化）は、開化《かいか》天皇のころに宮殿が建てられた地であったことを語る。また、畔に率川社があった。率川社は、後世に子守宮《こもりのみや》とされる神社である。「吾聞かくは、率川の社の許の相八卦読にして、汝と同じく戊寅の年の人有り、汝に替ふ宜き者なり。」(霊異記・中・二四）は、「閻羅王の使の鬼の、召さるる人の賂を得て免しし縁」の一節で、楢磐嶋《ならのいわしま》という水運業に従事していた主人公が、病のため馬で帰国しようとしたところ、鬼に会った。命を取られると聞き、命乞いをしたところ、牛と引き替えにして率川社にいた人相見を身替わりにして、その命を奪うというものである。その舞台として率川が選びとられた。(佐藤信一）

いさら川　いさらがわ（いさらがは）

川　吉野　近江　和歌

小さな川。また、「不知哉川《いさやがわ》」の変化した名。「世にある人、聞く事を賢しとし、見る事を卑しとすることわざによりて、近き世の歌に心をとゞむこと難くなんあるべき。しかはあれど、後見ん為に、吉野川よしといひ流さん人に、近江のいさら川いさゝかにこの集をえらべり。」(後拾遺・序）とあるのは、「吉野川よし」といった古典的な和歌観に対して、「近き世」を、言挙げしたものだろうが、それによれば近江《おうみ》を流れる川である。なお「いぬかみやとこのやまなるいさやかはいさとを聞こせわが名もらすな」(万・一一・二七一九・作者未詳）の「いさやがは」は「いさらがは」のこととのもいわれている。このように、「いさ」を導き出す序となることが多い。「いとかく世の例になりぬべき有様、漏らし給ふなよ、ゆめゆめ。いさら川なども馴れ馴れしや」(源・朝顔）も、もともと右の「いぬかみや」の歌によるもの。「わが名もらすな」を言外に含める表現である。(佐藤信一）

石伏　いしぶし

琵琶湖　京・大坂・近江・相模・伊豆・駿河・上総・下総・陸奥　鮎　鮒

ハゼ科やカジカ科の淡水魚の一種。また琵琶湖沿岸地域での「よしのぼり」の呼称ともされる。よしのぼりは、はぜの一種で、ごりとも呼ばれる。「性、伏沈して石間に在る」(和名抄）とあるように、石の下に隠れていることが多いことからこの名がある。『物類称呼《ぶつるいしょうこ》』「杜父魚　かじか」の項に、「京大坂にていしもち」「加茂川にてごり」「近江にて……いしぶし」「相模及伊豆駿河上総下総陸奥其外国々にてかじかと云」とあるなど、地域ごとに特有の呼び名があり、いしぶし・かじか・ごり・いしもち・はぜは同一もしくは類似のものとみなされてもいた。「鮎一籠、鮠、石斑《いしぶ》魚《し》、小鮒入れさせ、荒巻など添へさせて、藤壺の若宮の御許に、手づから、往来月日書きて、せむ立てて、御名し給へり。」(宇津保・国譲中）「西川より奉る鮎、近き川のいしぶしやうのもの、御前にて調じてまゐらす」（源・常夏）とあるように、鮎とならんで好まれた食用魚である。

（高野奈未）

石山　いしやま

近江・歌枕・琵琶湖
観音

近江国《おうみ》の歌枕。現在の滋賀県大津市石山町で、琵琶湖《びわこ》の南端に位置する。石山寺《いしやまでら》の所在地として知られる。石山寺は奈良時代に良弁《ろうべん》によって創建されたと伝えられる。平安時代には真言密教の寺となって、観音の霊験で知られるようにもなり、十世紀ごろから天皇や貴族たちの間で石山詣が盛んになった。『大和《やまと》物語』一七二段には、宇多《うだ》天皇がたびたび参詣したため、天皇を接待するための経済的な負担に苦しんだ近江の国司が、「民疲れ、国ほろびぬべし」と嘆いた、とある。

女
仏
夢

女性たちの参詣も盛んで、『蜻蛉日記《かげろう》』中巻には、夫・藤原兼家《かねいえ》の女性関係に悩む藤原道綱母《みちつなのはは》が、侍女の勧めで石山寺に参詣する場面がある。家を走り出て、「(賀茂川の)河原には死人《しにびと》も臥せりと見聞けど、恐しくもあらず。」とあるほど切迫した感情に駆られての徒歩の旅であった。寺に到着した彼女は涙ながらに仏にわが身の上を訴え、まどろんだ明け方に、法師が銚子に水を入れて持ってきて彼女の右膝にかける夢を見たという。道綱母にとって石山詣は、閉塞した夫婦関係から一時的に身を引き離し、高所にある御堂からあたりの自然をはるかに見下ろすことによって、我が身を浄化するという意味をもったのである。『更級《さらしな》日記』にも、二度の石山詣が記されており、菅原孝標女《すがわらのたかすえのむすめ》も参籠中に見た夢を書き残している。空間的にも社会的にも限られた世界で生活していた平安時代の貴族女性にとって、逢坂《おうさか》関を越えて琵琶湖に至り、瀬田川を上って石山寺に至る道中は、日常生活の中で凝り固まった心が、自然の中でやわらかく解きほぐされていく過程でもあっただろう。また、参籠して霊夢を得るというのも、石山詣の重要な目的の一つであったと考えられる。

逢坂・瀬田
心

石山寺はまた、『源氏物語』起筆伝説でも名高い。十四世紀に成立した『源氏物語』の注釈書である『河《か》海抄《かいしょう》』は、物語の執筆事情を次のように記している。上東門院《じょうとうもんいん》・彰子《しょうし》に新しい物語を執筆するように命じられた紫式部が、石山寺に参籠して祈っていた折、八月十五夜の月が琵琶湖の水面に映っているのを見ていると、心が澄み渡っていくままに物語の構想が思い浮かんだので、忘れないうちにと仏前の大般若経《だいはんにゃきょう》の料紙にまず須磨《すま》・明石《あかし》巻から書きはじめた、というのである。

和歌
秋
月
歌合

和歌の題材としての石山については、石山参詣の際に詠まれた和歌は多いが、石山の地名そのものを詠み込んだ和歌は少ない。「都にも人や待つらん石山の峰に残れる秋の夜の月」（新古今・雑上・藤原長能）は、その中の代表的なもので、「暮れがたきけふにてしりぬ石山の山の岩ほを祈るしるしは」（公任集）は、石山での歌合の折に詠まれた歌である。石山寺の景に月を配した「石山秋月《いしやまのしゅうげつ》」は、琵琶湖の風景を中国の洞庭湖《どうていこ》の瀟湘八景《しょうしょうはっけい》になぞらえた近江八景の一つになっており、歌川広重《うたがわひろしげ》の浮世絵にも描かれている。

（吉野瑞恵）

伊豆　いず

静岡県南東部（伊豆半島）と伊豆諸島の旧国名。東海道の下国。天武九年（六八〇）、駿河《するが》国より分置。令制で流刑地とされ、古くより多くの重罪人が配流された地である。史上早い例は、大津《おおつ》皇子謀叛に連座した蠣杵道作《ときのみちつくり》（紀・持統称制前紀）、以下麻続王《おみのおおきみ》の子（紀・天武）、文武三年（六九九）、衆人を呪術によって妖惑したとして流罪になった役小角《えんのおづぬ》など（続日本紀）。神亀元年（七二四）六月三日には遠流の地とされた（続日本紀）。また平治の乱後、蛭《ひる》が嶋《しま》（現在の韮《にら》山《やま》）に配流となった源頼朝《よりとも》は、治承四年（一一八〇）平家打倒の兵を挙げるが、その際、戦勝祈願した伊豆権現は、箱根権現とともに鎌倉将軍家や執権北条家の崇敬と庇護をうけた。当地を訪れた阿仏尼《あぶつに》は「あはれとや三島の神の宮柱たゞこゝにしもめぐり来にけり」と詠んでいる（十六夜）。幕府が鎌倉に開かれると、京—鎌倉を往来する人々が増加し、中世の紀行文に伊豆国の記述が多く見られるようになる。また近代では、伊豆半島中央の山間部・天城峠《あまぎとうげ》付近が川端康成『伊豆の踊子』の舞台となり、現在川端康成のレリーフと踊り子の碑がある。

（兼岡理恵）

駿河
平家
京

五十鈴川　いすずがわ（いすずかは）

三重県伊勢市神路山《かみじやま》から、伊勢神宮の神域を流れ、二手に分かれ伊勢湾に注ぐ川。御裳濯川《みもすそがわ》ともいう。『垂仁《すいにん》紀』に垂仁《すいにん》天皇の皇女倭姫命《やまとひめのみこと》が天照大神の教えで五十鈴川の川上に斎宮《さいぐう》を立てたとある。「いすず河そらやまだきに秋のこゑしたついはねの松のゆふかぜ」（新古今・十九・神祇・大中臣明親）などと詠まれている。「剰我ヲ訴訟シツルガ悪キトテ、五十鈴川ヲセイテ魚ヲ捕リ、神路山ニ入テ鷹ヲ仕フ。悪行日来ニ重畳セリ。」（太平記・三六）と、悪行を語るのに魚を漁獲したことが語られるのは、五十鈴川が神域であると認識されていたゆえであろう。その認識は、「ヤレふれ〳〵、いすゞ川、ふれや〳〵ちはやふる、神のおにはのあさ清めするやさゝらの、ゑいさら〳〵、ゑいさらさ、ソレてんちうじや、はりひぢじや。」（滑・東海道中膝栗毛・五編追加）とあるように、後代にも受け継がれている。（佐藤信一）

伊勢
川
斎宮・秋
鷹

和泉　いずみ（いづみ）

五畿内の一。大阪府の南西部に当たる地域。泉井上神社に霊泉湧出から名づけられ、和銅六年（七一三）の詔により「和泉」の表記にしたという。天平宝字元年（七五七）に河内国から分離して一国となった。仁徳《にんとく》天皇の古墳がある百舌鳥古墳群や歌枕「高師浜《たかしのはま》」「信田《しのだ》の森」はこの国にある。和泉式部は夫橘　道　貞《たちばなのみちさだ》が和泉守であったことからの命名である。

（山口明穂）

河内
高師浜・信田の森

泉川　いずみがわ（いづみがは）

現在の木津川《きづがわ》の古名。伊賀《いが》国に源を発して西流し、京都府南部に入り、北流して淀川《よどがわ》に合流する。山城《やましろ》国の歌枕。『日本書紀』によれば、崇神《すじん》十年に輪韓《わから》川が挑《いどみ》川と改名され、

木津川・伊賀
淀川・山城・
歌枕

真木　長谷・橋　みかの原

それが転訛して泉川となったという。『万葉集』では「大君の　命畏《みことかしこ》み　見れど飽かぬ　奈良山越えて　真木《まき》積む泉の川の　速き瀬を　竿さし渡り……」（万・十三・三二四〇）と、道行き表現の中にしばしば歌われており、大和から山城・近江方面への旅の境界の一つであった。平安時代には、主に長谷《はつせ》詣の折に通ることが描かれる。木津には泉橋が架けられたが、『日本三代実録』に「泉河渡口、河水急流、橋梁易レ破、毎レ遭二洪水一、行路不レ通」とあるように、しばしば橋が壊れた。平安時代以降は、「都出でて今日みかの原いづみ河川風寒し衣かせ山」（古今・羇旅）の歌で有名となり、「みかの原わきて流るる泉川いつ見きとてか恋しかるらむ」（古今六帖）のように恋歌の序として歌われ、近辺の「みかの原」「鹿背《かせ》山」「狛《こま》」「柞《ははそ》の森」などの地名とともに詠まれることが多くなった。（大浦誠士）

泉殿　いずみどの（いづみどの）

寝殿・邸（やしき）　五月雨・ホトトギス（不如帰）・月・琴　池　釣殿

寝殿造で、邸内に泉が湧く場合に、そこに建てる殿舎。「泉屋《いづみや》」「泉廊」などともいわれるが、用例も少なく、その形状についてはよくわかっていない。『宇津保物語』楼《ろう》の上・下巻には、五月雨の空にホトトギスが鳴き渡り、ほのかに月の見える夜、仲忠《なかただ》や尚侍《ないしのかみ》・いぬ宮の三人が弾く琴を、「こなたかなたの人は、泉殿に出でて聞く」とある。この邸の場合、「東の対《たい》の南の端には、広き池流れ入りたり。その上に釣殿《つりどの》建てられたり」（楼の上・上）とあり、「西の対の南の端に」は「念誦堂《ねんずだう》建てたり」とあるので、泉殿の位置は不明ながら、必ずしも釣殿と対をなして池に臨んで建てられるものでないことは明らかである。『源氏物語』帚木《ははきぎ》巻には、紀伊守《きのかみ》の中川の邸で「人々、渡殿《わたどの》より出でたる泉にのぞきゐて酒飲む」と見えて、渡殿の一画が泉殿にあてられていることがわかる。いずれにしろ、蒸し暑い京の夏を涼しく過ごすための、風情ある建物であるには違いない。しかし、それとともに「釣殿・泉殿、殿閣棟を並べ」（太平記・二六・師直師泰奢侈《もろなおもろやすしゃし》の事）とあることが、奢侈の象徴と描かれていることも注意される。（藤本宗利）

酒　京　夏

出雲　いずも（いづも）

蛇（へび）　大和　島　和歌

島根県東部の旧国名。山陰道《さんいんどう》の上国。大国主神《おおくにぬしのみこと》の国作りを中心とする出雲神話の舞台として、記紀に素戔嗚尊《すさのおのみこと》（須佐之男命）の八岐大蛇退治、日本武尊《やまとたけるのみこと》の出雲建征伐、大国主神の国譲りなどが語られる一方、『出雲国風土記』にはこれらの神話は登場せず、大和《やまと》とは別の神話体系をもつとされる。地名の由来は、八束水臣津野命《やつかみずおみつぬのみこと》が「八雲《やくも》立つ」と言ったことにより「八雲立つ出雲」とする（出雲国風土記・総記）。八束水臣津野命は、朝鮮半島や近辺の島々を引いて島根半島を生成した「国引き」神であり（出雲国風土記・意宇郡）、在地神・八束水臣津野命が国名の命名者となっている点が、出雲国独自の伝承であることをうかがわせる。

一方、記紀で素戔嗚尊（須佐之男命）が須勢理比売《すせりひめ》（須世理毘売）と結婚した際の歌「八雲立つ出雲八重垣妻ごみに八重垣作るその八重垣を」（記・一）は『古今集仮名序』で和歌の始源とされ、「八雲」といえば「和歌」をさすようになった。「たのみこし八雲の道も絶えはてぬ君もいづ

隠岐　柱

ものうらめしの世や」（壬二集）は、承久の乱で隠岐へ配流となった後鳥羽《ごとば》上皇に、藤原家隆《いえたか》が贈ったもので、君の不在とともに「八雲の道」、すなわち和歌の道も絶えたと嘆く歌である。

出雲一宮である出雲大社は「雲太、和二、京三」（口遊《くちずさみ》・源為憲）と唱えられるように（和＝大和の東大寺大仏殿、京＝平安京の大極殿）、当時最大の建造物で、高さは社伝によれば上古三二丈（約九六・八メートル）、中古十六丈（約四八・四メートル）あったという。平成十二年（二〇〇〇）、境内から巨大な心柱が発掘されたことも、巨大神殿の存在を物語っていよう。出雲大社は「私もよき男を持たしてくださりませと申。それは出雲の大社に頼め。」（浮・好色五人女）と縁結びの神として信仰を集め、現在も良縁を求めて参拝する人々が絶えない。十月には全国の神々が男女の縁結びの相談をするため出雲に集まることから、出雲では「神有月《かみありづき》」、他国では「神無月」と称すという伝承がある。

一方、出雲の山間部は、砂鉄と、木炭の材料である豊富な森林を源にして、近世後半より日本有数の踏鞴《たたら》製鉄の地であった。すでに『出雲国風土記』仁多郡横田郷条に「諸の郷より出すところの鐵《まがね》堅くして、尤《もつと》も雑《くさぐさ》の具《もの》を造るに堪ふ」とあるが、現在では雲南市吉田村「菅谷たたら」などに歴史遺産として保存されるのみとなった。（兼岡理恵）

伊勢　いせ

現在の三重県中部、伊勢市の一帯をさし、伊勢神宮の鎮座地として知られる。平安時代の文学では、伊勢というと斎宮《さいぐう》が連想される。斎宮の制度は八世紀の天武《てんむ》天皇の時代に整備され、六六〇年余り続いた。斎宮は結婚していない皇女・女王（皇孫）の中から選ばれ、二年余りの潔斎期間を経て、多くの官人や女房たちを従えて伊勢に下り、伊勢神宮の重要な祭の際に奉仕した。『伊勢物語』六九段は、主人公とされる在原業平《ありわらのなりひら》と、伊勢の斎宮とが禁を犯して恋におちる話で、読者の想像力を刺激したらしく、後世には二人の間に秘密の子が生まれていたという伝説も生まれた。『伊勢物語』の書名の由来に関しては古来から様々な説があるが、伊勢の斎宮との恋を描いたこの章段が物語の中心になっているため、という説が最も有力である。平安時代の伊勢神宮は国家祭祀の対象であり、一般の人々にその存在を知られてはいなかった。

江戸時代には庶民の間で集団的な伊勢参りが流行し、文政十三年（一八三〇）には、四百万人を越える人々が伊勢に参拝したといわれている。伊勢参りの人々を組織するために活躍したのは、御師《おし》と呼ばれる神職である。彼らは各自の持ち分の地域を回り、伊勢参りの人々を組織し、参拝の折には自分の家を宿として提供した。井原西鶴《いはらさいかく》の『世間《せけん》胸算用《むねさんよう》』（一）には、「太夫《たゆう》殿」（＝御師）が、伊勢暦をはじめとする土産の品を毎年持参し、それに対して代金を払う様子が描かれている。人々は御師ごとに伊勢講という集団をつくって伊勢参りをしたのである。筑前《ちくぜん》国の商家の主婦だった小田宅子《おだいえこ》は、天保十二年（一八四一）五三歳の時に、友人とともに伊勢参詣に出かけた折の旅日記『東路《あずまじ》日記』を残している。この時の旅は、厳島《いつくしま》神社・大坂・伊勢・善光寺・日光・江戸・鎌倉などをめぐる五か月の長旅であっ

斎宮　女房　筑前　日記　大坂　江戸

女

た。経済的余裕がある階層に限られるにしても、当時の女性たちの行動力がしのばれよう。（吉野瑞恵）

石上　いそのかみ

大和・歌枕

大和《やまと》国の歌枕。奈良県天理市石上町《てんりしいそのかみ》から布留《ふる》町一帯の地。古く安康《あんこう》、仁賢《にんけん》天皇の皇居があった。国宝七支刀《しちしとう》のある石上神宮、また僧正遍昭《へんじょう》、子の素性《そせい》法師ゆかりの石上寺もこの地にある。

香山→香具山

記紀には歴史的地名として載る。「石上溝《うなで》を掘る」（紀・履中）、「香山《かぐやま》の西より、石上山に至る」いわゆる「狂心《たぶれこころ》の渠《みぞ》」を掘るという記事（紀・斉明）、「石上池の辺《ほとり》に、須弥《すみの》山《やま》を作る」（同）などである。また石上神宮は、神宝を物部《ものの》《べ》氏が管理し、また武器貯蔵庫としての役割を果たすなど、特殊な性格をもっていたことが知られる（紀・垂仁）。

桜　神　布留

歌では、「いその神ふるの山べの桜花うゑけむ時をしる人ぞなき」（後撰・春中・僧正遍昭）「いその神ふりにしこひのかみさびてたたるに我はねぎぞかねつる」（拾遺・恋四・藤原忠房）というように、地名「布留」と連接されたり、その同音の「古る」「経る」「降る」を導き出す言葉として用いられた。また古びたイメージをもつ土地、古さの象徴として詠まれることもあった。（新谷正雄）

鼬　いたち

貂

イタチ科の哺乳類。貂《てん》よりもやや小さく、主に夜行性であり、悪臭を放つ。生活に身近な生き物であったためか、その細かなしぐさが諺になり、また、文学作品に取り込まれている。『源氏物語』手習《てならい》巻では、夜中に寝所を起き出し、浮舟《うきふね》を不審そうに見る尼君について「鼬とかいふなるものがさるわざする、額に手を当てて」と記されている。鼬が人に会うと、手を目の上にかざして疑い深そうに見るという「鼬の目陰《まかげ》」の言い伝えに基づいた描写である。東屋《あずまや》巻では、北の方が「鼬のはべらむやうなる心地のしはべれば」と発言している。解釈に諸説あるが、浮舟のことを心配して落ち着かない自らの心境を、鼬がせわしなく動き回るさまに喩えているとされる。平安時代に流行した「茨小木《うばらこぎ》の下にこそ、鼬が笛吹き猿舞《かな》で……」（梁塵秘抄・二）という歌謡は、鼬を擬人化しユーモラスに描いている。重大事の予兆を示す動物とも見なされており、鳥羽殿《とばどの》で鼬が走り騒いだことについて、安部清明《あべのせいめい》が三日のうちに吉事凶事の両方が起こるだろうと占ったところ、以仁王《もちひとおう》が蜂起したという逸話はよく知られている（平・四・鼬之沙汰）。

尼

（合山林太郎）

市　いち

海柘榴市→椿

物資や金銭の交換の行われる場所。古代では、海柘榴《つば（き）》市《いち》、軽《かる》の市、餌香《えか》の市などが知られる。これらはいずれも人の集まりやすい、衢（チマタ＝道の又、交差点）に立てられている。たとえば、海柘榴市は初瀬《はつせ》川と横大路・山田道・上つ道など、軽の市は高取《たかとり》川と山田道と下《しも》つ道など、餌香《えが》の市は大和川と高野《こうや》街道・大坂道などが交わるあたりである。柿本人麻呂《かきのもとのひとまろ》の「泣血哀慟歌《きゅうけつあいどうか》」（万・二・二〇七）では、

市　初瀬川　高野

妻・袖

亡き妻を求めて「吾妹子《わぎもこ》のやまず出《い》で見し軽の市に」立ってみたが、「道行く人も一人だに似てし行かねば」、仕方なく、妻の名を呼んで袖を振ったことが歌われている。市は、顔も知らないよそ者同士が集まる場所であったのである。逆にいえば、それまで知らなかった者が知り合う場所でもある。「泣血哀慟歌」の亡き妻と「吾」とは、軽の辺りで見知ったらしいし、海柘榴市では歌垣が行われて、男女が歌を掛け合ったと見られる（紀・武烈《ぶれつ》即位前紀、万・十二・二九五一など）。

念仏　聖

『大和《やまと》物語』一〇三段でも、「平中《へいちゅう》が色好みけるさかりに、市に行きけり。なかごろは、よき人々市にいきてなむ、色好むわざはしける」と語られている。一方、人が集まるということは、布教やショー・セレモニーの場としても恰好の地ということになろう。空也《くうや》は、市の中に住んで、念仏を説いたので、市の聖《ひじり》と呼ばれた（発心集・七）。

馬・唐（から）　律令　賀茂

また海柘榴市では、大化前代から見せしめのための刑罰が行われたり（敏達紀）、飾り馬を並べて唐からの使者を迎えたり（推古紀）している。それは、市が古くから政治上でも重要な場所であったことを示す。平城京でも平安京でも、東西に官市が置かれ、律令に基づいて（関市令）、市司によって管理された。それによれば、取引する者は、市に居住し、籍帳に登録され、指定された商品の売買に携わった。東西の市は、月の前半・後半に分けて交互に開かれ、毎日正午から日没まで営業した。しかし、平安京の西市ははやくからすたれ、東市も平安時代末期までには、新しく興った賀茂川《かもがわ》沿いの町座に取って代わられる。市はやはり民衆の自由な欲求と意思に支配されるのである。

（鉄野昌弘）

井手　いで（ゐで）

山城　木津川・玉川　行幸・山吹　かはづ→蛙

山城《やましろ》国綴喜《つづき》郡の地名である。現在の京都府綴喜《つづき》郡井手《いで》町にあたり、木津川《きづがわ》に注ぐ玉川《たまがわ》が形成する扇状地にある。古来、大和街道の交通の要衝であった。綴喜郡誌によれば、奈良時代に橘諸兄《たちばなのもろえ》が営んだ別荘「相楽別業《さがらのべつごう》」のあった場所であるという。「相楽別業」には、天平十二年（七四〇）に聖武《しょうむ》天皇の行幸が二度行われている（続日本紀）。山吹の花の名所として知られ、山吹とともに詠まれる歌が圧倒的に多い。『古今集』に「かはづ鳴く井手《ゐで》の山吹散りにけり花のさかりにあはましものを」（古今・春下）と詠まれているのをはじめとして、「あぢきなく思ひこそやれつれづれとひとりや井手の山吹の花」（後拾遺・雑二・和泉式部）など、多くの用例が見られる。物語でも、「山城の井手の玉水手にむすびたのみしかひもなき世なりけり」（伊勢・一二二）などと見え、『源氏物語』でも和歌に詠まれている。

和歌

『大和物語』には「ゐでといふわたり」とあり、井手渡りを詠んだ歌も、『金葉集』『金槐集《きんかいしゅう》』などに見られる。また、『源平盛衰記《げんぺいじょうすいき》』によれば、以仁王《もちひとおう》も井手渡りを渡っている。

「井手の玉川」はいわゆる六玉川の一つに数えられ、鎌倉時代以降、『建礼門院右京大夫集《けんれいもんいんうきょうだいぶしゅう》』や『長秋詠藻《ちょうしゅうえいそう》』などに見える。

（大浦誠士）

出見の浜　いでみのはま

住吉
摂津・歌枕
柴・未通女→少女
秋・月
千鳥

大阪市住吉区住吉大社《すみよしたいしゃ》の西方の、昔海岸であったあたりとされる。現在は埋め立てによって陸地となっているが、日本最古の灯台を再建した高燈籠《たかどうろう》付近かといわれる。出《い》で海を見る浜の意であろうか。古代の住吉には、出見の浜の他に粉浜《こはま》や名児《なご》の浜があり、これらを総称して住吉の浜という。摂津《せっつ》国の歌枕である。後出『万葉集』の「出見浜」は「いづみのはま」とも訓まれ、その場合は大阪府南部の和泉の浜となる。

『万葉集』では「住吉の出見の浜の柴な刈りそね未通女《をとめ》等《ら》が赤裳《あかも》の裾の濡れて行く見む」（万・七・一二七四）と歌われている。乙女たちの赤裳を見たいという願望は、個人的なものというより、集団的な男たちの願望であろう。このような歌が歌われるのは、出見の浜が歌垣などの行われた場所であったためかと推測される。右の歌は『柿本人麻呂《かきのもとのひとまろ》歌集』に載っていた歌であり、かなり古い時代から歌に詠まれる地名であったことが知られる。『夫木抄《ふぼくしょう》』や『五代《ごだい》集歌枕《しゅううたまくら》』には「すみよしのいでみのはま」とされ、右の『万葉集』の歌の小異歌が載せられている。

平安時代以降の歌では、「秋の夜は月の光もすみよしの出見の浜の有明の月」（壬二集）「有明の月も出見の浜風に声すみのぼる千鳥鳴くなり」（宝徳二年十一月仙洞歌合）のように、「有明の月」とともに詠まれる特徴が見られる。

（大浦誠士）

出で湯　いでゆ

伊予
行幸
有馬
筑紫・筑前
陸奥

天然に湧出する温泉で病を癒す効果が語られる。文献上最も古い記事は伊予《いよ》温湯、現在の道後温泉である。『伊予国風土記』は、景行《けいこう》・仲哀《ちゅうあい》天皇の温泉行幸を記し、聖徳太子が訪れ、碑を湯岡に立てたとも記している。また、『古事記』仲哀天皇崩後の悲恋物語で、軽《かる》太子が同母妹軽大郎《かるのおおいら》女《つめ》と心中したのも伊予温湯であった。

紀温湯《きのゆ》（和歌山県白浜温泉）も古くから文献に見られ、『日本書紀』斉明《さいめい》四年条には、斉明天皇をはじめとして、中大兄《なかのおおえ》皇子らの紀温湯行幸の記事が見られる。この時、有間皇子が謀反の罪で捕縛・護送され、中大兄の尋問を受けたのも、紀温湯であった。有間《ありま》皇子は護送の途次、岩代の地で二首の歌（万・二・一四一、一四二）を詠んでいる。『万葉集』にも紀温湯、伊予温湯への温泉行幸に関わって詠まれた歌が多く載せられている。

大伴坂上郎女《おおとものさかのうえのいらつめ》が有馬温泉で療養中の石川命婦《いしかわのみょうぶ》に尼理願《あまりがん》の死を知らせる歌を贈った記事も『万葉集』に見られ（万・三・四六〇、四六一）、当時、皇族・貴族層では、温泉が療養の地としてしばしば利用されていたことが知られる。有馬温泉は平安時代に入ってからも、『宇津保《うつほ》物語』『栄花《えいが》物語』『古今著聞集《ここんちょもんじゅう》』など、様々な文学作品に登場している。

平安時代には、有名な温泉の数が増加すると同時に、地域的な広がりも見られるようになる。『古今集』に「源実が筑紫へ湯浴みむとてまかりける」とあるのは、筑前《ちくぜん》国の武蔵《むさし》温泉のことと見られ、『大和《やまと》物語』には陸奥《みちのく》国の名取温泉の記事が見えるなど、有名な温泉は全国的な広がりを見せる。『八雲御抄《やくもみしょう》』にも名所として「温泉」の項目が立てられ、温泉が歌題の一つとなっていたことが知られる。

（大浦誠士）

糸　いと

細長く伸ばした絹・麻などの繊維に縒《よ》りをかけたもの。布を織るための経《たて》と緯《ぬき》に用いたり、布と布を縫い合わせるのに用いたりする。縫うためには糸を針にすげて用いるが、小さな針穴に通すのは根気のいる作業で、『枕草子』「心もとなきもの」の段に、「とみのもの縫ふに、なま暗うて針に糸すぐる」とあるのは、体験者なら誰しも共感するところ。また「短くてありぬべきもの」の段の筆頭に、「とみのもの縫ふ糸」が掲げられているのも、経験に即した表現として興味深い。『枕草子』には他にも「うるはしき糸の練《ね》りたる、あはせ繰《ぐ》りたる」を「心ゆくもの」段に挙げたり、「色々の糸を組み下げて」薬玉を飾ったとたんに、「皆、糸を引き取りて、もの結ひなどして、しばしもなし」（節は）と述べられたりと、当時の生活の中に糸が深く関わっていたことをうかがわせる記述が多い。

薬玉

一方源義家《よしいえ》の「衣《ころも》の経《たて》は綻《ほころ》びにけり」に対して、安倍貞任《あべのさだとう》が付けた「年をへし糸の乱れの苦しさに」という連歌（古今著聞集・九・三三六）は、「衣・経・綻び・綜《へ》し・糸」など織物の縁語で仕立てられている。義家の句には衣川《ころもがわ》の館《たて》の陥落の意が響かせてあるが、和歌の用例はこのように染織関係の縁語・掛詞を伴うことが多い。また「青柳の糸縒《よ》り掛くる春しもぞ乱れて花の綻びにけり」（古今・春上・紀貫之）のように柳の枝をたとえる例、「流れくるもみぢ葉見れば唐錦《からにしき》滝の糸もて織れるなりけり」（拾遺・冬・貫之）のように滝の水の比喩とする例が目立って多い。いずれも前述のごとく、「縒り掛くる・乱れ・綻び」「唐錦・織れる」など、織物の縁語が用いられていることに注意。

衣川　和歌　縁語・掛詞　柳・もみぢ　唐・錦

比喩としてはまた、「（女三宮《おんなさんのみや》の）御髪の裾までけざやかに見ゆるは、糸を縒り掛けたるやうになびきて」（源・若菜上）のように、美しい髪のたとえにも用いられている点にも注意すべきである。

（藤本宗利）

井戸　いど（ゐど）

地下水を得るために地中に掘られた穴。「井」は、水のわき出す場所、「ど」は「所」「処」の意。日本では、弥生時代に、素掘のものや、丸太をくりぬいて井筒として入れたものが造られはじめた。奈良時代以降、大型のものに上屋がつけられ、周囲に洗い場などが整備される。「井戸端会議」という言葉があるように、井戸は水を汲み物を洗うなどの生活の場であると同時に、そこに集まる人々の交渉の場でもあった。『伊勢《いせ》物語』二三段は、井戸のもとで遊んでいた子供達が、恋心を育み結ばれる。「筒井つの井筒にかけしまろがたけ過ぎにけらしな妹見ざるまに」はその男の求愛の歌であるが、井筒にお互いの成長を刻みつけることで成長していったのである。

水　妹

一方、伝承の世界では、水場は死と結びついている。『万葉集』所載の、下総国《しもうさ》の真間《まま》の手児奈《てごな》の伝承は、複数の男

下総・男

女

性から求愛された美女の死を語るものであるが、その伝承の地を訪れた高橋虫麻呂《たかはしむしまろ》は、「葛飾の真間の井見れば立ち平し水汲ましけむ手児奈し思ほゆ」（九・一八〇八）と、井戸の水汲みをする手児奈の姿を想像して歌に詠んだ。手児奈がどのような死に方をしたのかは不明であるが、他の同様の伝承では、女が入水自殺をすることから、この「真間の井」が、手児奈の死と結びついたものとして、この伝承を象徴する場となっていると思われる。『大和《やまと》物語』一五五段は、都から陸奥《みちのく》に、男に拉致された女が、山の井に映った自分の衰えた容姿に衝撃を受け、自ら死を選ぶという話で、この話でも山の井は直接の死の場所ではないが、女の自死と密接に結びついている。

都・陸奥

汚れた井戸に溜まったごみなどをきれいにすることを、「晒井《さらしい》」「井浚《いざらえ（い）》」などと言って俳句の初夏の季語とされる。小林一茶《こばやしいっさ》に、「新しい水湧く音や井の底に」（七番日記）の句があるが、きれいになった井戸の底から美しい清水が湧き出す感動を句にしている。

夏・季語

（奥村英司）

猪名野　いなの（ゐなの）

摂津・歌枕

野

摂津《せっつ》国の歌枕。兵庫県川西《かわにし》市、伊丹《いたみ》市、尼崎《あまがさき》市、大阪府池田市、豊中《とよなか》市を含む猪名川《いながわ》流域の野。神楽歌「猪名野」は「おもしろき鴫《しぎ》が羽《は》の音や」と鴫猟を歌う、また『延喜《えんぎ》式《しき》』巻四八では牧があったことが知られ、古く狩猟、放牧の地であった。

「吾妹子に猪名野は見せつ名次山角《なすぎやまつの》の松原いつか示さむ」（万・三・二七九・高市黒人）は、摂津国への比較的気楽な旅。「しなが鳥猪名野を来れば有間山夕霧立ちぬ宿《やどり》は無くて」（万・七・一一四〇・作者未詳）は陸路、西国に下る際のものか。なおこの「しなが鳥」は水鳥カイツブリのことで、「猪名」に掛かる枕詞であり、有馬山《ありまやま》は猪名野とともに詠まれる歌枕である。

枕詞

平安時代以降、「しながどりゐな野のをざさうちなびきしのに吹きしく秋の夕風」（新千載・秋上・藤原師信）のように「小笹」「風」、その他「霧」「霜」といった景物とともに詠まれた。また「かもめこそよがれにけらしゐなのなるこやのいけ水うはごほりせり」（後拾遺・冬・僧都長算）の「昆陽《こや》池」は当地の歌枕。

風・霧・霜

昆陽

（新谷正雄）

因幡　いなば

鳥取県西部の旧国名。山陰道の上国で、古くは「稲葉」「稲羽」とも。『古事記』では出雲《いずも》神話の一つとして「稲羽の素兎《しろうさぎ》」の話を伝える。淤岐《おき》（隠岐）の島から因幡の気多《けた》崎《のさき》へ渡ろうとした素兎が、和邇《わに》（サメ）を騙したため皮をはがれ、八十神《やそがみ》に教わった治療法のためさらに傷が悪化したのを大穴牟遅神《おおあなむじのかみ》に助けられ、大穴牟遅神《おおあなむじのかみ》の八上比売《やかみひめ》との結婚を事挙げしたという伝承である。兎は「兎神」となり、現在遺称地として白兎《はくと》海岸・白兎《はくと》神社がある。

出雲

隠岐

神

和歌では「因幡の山」「因幡の峰」（現在の鳥取県鳥取市国府《こう》町の宇倍《うべ》山とされる）が「立ち別れ因幡の山の峰におふる松としきかば今かへりこむ」（古今・離別・在原行平）のように、「いなば（因幡・往なば）」「まつ（松・待つ）」と掛詞にして詠まれた。「忘れなむ松となな告げそなかなかに

松

掛詞

風
歌枕
露

因幡の山の峰の秋風」(新古今・羇旅・藤原定家)と新古今時代に流行した歌枕である。また自分を残して因幡へ行った男を恨んで詠んだ「打ちすてて君しいなばの露の身は消えぬばかりぞありと頼むな」(後撰・離別・むすめ)のように、「いなば」と「稲葉」を掛詞にし、「露」とともに詠んだ歌もある。

雪
正月

ちなみに『万葉集』の最後を飾る「新《あらた》しき年の始めの初春の今日降る雪のいや重け吉事」(万・二十・四五一六・大伴家持)は、天平宝字三年(七五九)正月、家持《やかもち》因幡国司赴任の翌年、国庁における初めての正月宴で詠まれた歌で、現在因幡国庁跡のある鳥取県鳥取市国府町に、その歌碑がある。

(兼岡理恵)

印南野　いなみの

播磨・歌枕・明石・野
島

播磨《はりま》国の歌枕。加古川《かこがわ》を中心に、加古川市から明石市にかけての野。『播磨国風土記』加古郡、印南郡条には、『万葉集』「中大兄三山歌」(一・十三—五)とからむ三山相闘の伝承、また南毗都麻《なびつま》(島の名。「隠《な》び妻」の意を併せもつ)の地名起源説話が載る。

行幸
つゆ(露)
風・袖

畿内を西に出た最初の地であり、『万葉集』では羇旅《きりょ》歌に多く詠まれた。また「印南野の浅茅《あさぢ》押しなべさ寝る夜のけ長くあれば家し偲はゆ」(万・六・九四〇・山部赤人)は、その畿外への聖武《しょうむ》天皇行幸の際の従駕歌である。以後も、赤人《あかひと》歌に見られた「浅茅」が、「いなみのや浅茅がつゆを吹く風にさぬるこよひの袖はぬれつつ」(文保三年御百首・藤原実前)と歌われたが、「花すすきしたにかよひしさをしかも声ほにいだすいなみのの原」(夫木抄・秋二・土御門院)のように鹿なども詠み込まれた。また「をみなへし我にやどかせいなみののいなといふともここをすぎめや」(拾遺・別・大中臣能宣)のごとく、同音の「否《いな》」に掛けて歌われることも多かった。

(新谷正雄)

稲荷　いなり

山城・歌枕・伏見
社(やしろ)

山城《やましろ》国の歌枕。現在も、京都市伏見《ふしみ》区に伏見稲荷大社《ふしみいなりたいしゃ》として信仰を集めている。東山連峰の最南端にあたり、上中下三社に分かれる。

夢
狼
命
神
屏風
山・春・霞
屏風

『日本書紀』巻十九、欽明《きんめい》天皇即位前紀には、幼少の天皇が夢で重用すべしというお告げを受けた、秦大津父《はたのおおつち》なる人物を訪ねたところ、その人は稲荷山で二匹の狼が戦っているところにでくわしたとき、争いをやめるよう諭したので、双方とも命が助かった、ということを語った。天皇はこの人を神の引き合わせによるものと考え、即位後は大津父を大蔵省の重職に据えたという。また、『山城国風土記』の記述や、『稲荷大社由緒記集成』によれば、秦伊侶具《はたのいろぐ》なる人物が、和銅四年(七一一)二月七日の壬午《みずのえうま》の日に、稲荷神が鎮座したのが由来とされ、そこから二月の初午の日に稲荷詣が行われるようになった。大津父と伊侶具との関係は不明だが、伏見稲荷と秦氏との密接な関係が推測される。初午の稲荷詣は、月次屏風の題材となって、「ひとりのみわが越えなくにいなり山春の霞のたちかくすらむ」(貫之集)のように屏風歌としても詠まれた。また、『枕草子』「うらやましげなるもの」段では、中社に向かう急な坂道を、平然と追い抜いていく人たちを描写している。

和歌では、「稲荷山」「稲荷の神」の形で詠まれることが多く、また、上中下の三社から、「三つ」に「見つ」を掛けて詠まれることもある。「稲荷山社《やしろ》の数を人問はばつれなき人をみつと答へむ」（拾遺・雑恋・平貞文）などがその例であり、掛詞を介して稲荷の景から、恋の歌に転じたものである。また、参詣のしるしとして神木の杉の小枝をもらうことから、「春日野《かすがの》の若菜かとこそ思ひしに稲荷の山の杉もつみけり」（赤染衛門集）のように「杉」が題材ともなり、「稲荷山しるしの杉の年ふりて三つの御社神さびにけり」（千載・雑下・有慶僧都）のように「しるしの杉」の形で詠まれた。

春日・若菜　杉

（奥村英司）

犬　いぬ

イヌ科の哺乳類。嗅覚、学習能力に優れ、古くから警護や狩猟のための家畜として飼われた。古典文学に登場するのは、舶来種との雑種化が進んでいない、より純粋な日本犬（柴犬、紀州犬など）である。

犬の主人に対する忠実さを述べた逸話は多く、蘇我《そが》氏によって殺害された捕鳥部万《ととりべのよろず》の首を埋葬し、その屍を離れずに餓死したという白犬の話（紀・崇峻）は、有名である。また、同情を誘いやすい動物でもあり、一条《いちじょう》天皇の愛猫「命婦《みょうぶ》のおとど」を威嚇したため打擲された哀れな翁丸《おきなまろ》の話（枕・うへにさぶらふ猫は）はよく知られている。他の身近な動物と同じく仏教の転生譚や奇異譚にも、多数、素材として採られており、読経を聞いた犬が人間に生まれ変わる話（今昔・十四・二一）や、捨てられた赤ん坊に、鬼神、あるいは菩薩の化身と思われる白犬が乳を飲ませる話（今昔・十九・四四）などがある。

猫　仏教→仏

和歌や物語の世界において、とくに大きな影響を与えたのは、『源氏物語』浮舟《うきふね》巻における犬についての描写である。浮舟に逢うため宇治を訪れた匂宮《におうのみや》は、薫《かおる》の敷いた警備に阻まれ、目的を達することができないまま帰途につくが、その間、「里びたる声したる犬どもの出で来てののしるもいと恐ろしく……夜はいたく更けゆくに、このもの咎めする犬の声絶えず、人々追ひ避けなどするに」などと、犬の吠え声によって緊張を強いられる。後世、寂蓮《じゃくれん》や定家《ていか》、京極《きょうごく》派の歌人によって、この情景を下敷きにした和歌が詠まれており、「おともなくよはふけすみて遠近の里の犬こそ声あはすなれ」（玉葉・雑一・為子《ためこ》）などの作例がある。

和歌　宇治　里

このほか、野生の犬は神獣ともみなされており、たとえば、北山で女と暮らし、人間からの攻撃を避け、さらに深山の奥に消えたという白犬の逸話が伝えられている（今昔・三一・十五）。滝沢馬琴《たきざわばきん》の読本『南総里見八犬伝《なんそうさとみはっけんでん》』では、怪犬八房《やつふさ》が敵将の首を取り、伏姫《ふせひめ》との間に子を設ける。馬琴は、中国の槃瓠《ばんこ》説話を典拠とする旨を明記しているが、日本古来の野犬についてのイメージとのつながりも考えられよう。

北山・女

（合山林太郎）

乾　いぬい（いぬゐ）

十二支による方角表示のうちの一つ。戌と亥の中間で、北西にあたる。『今昔物語集』巻二七・四には、都の僧都《そうず》

都

夕
殿《どの》という場所で、夕暮になると乾の角にある大榎に、赤い単衣《ひとえぎぬ》が飛び登るという怪異が起こり、その単衣を射た侍が、祟りで死ぬという話がある。『平家物語』剣巻《つるぎのまき》に記された、渡辺綱《わたなべのつな》の一条戻橋《もどりばし》の伝説では、綱によって手を切り落された鬼女は、都の北西の愛宕《おたぎ》へと飛び去っている。
愛宕

なお愛宕山には、天狗が住むとも考えられていた。このように乾は、不吉なものが去来する方位とされるが、その根源には、祖霊神が来訪する神聖な方位として、畏れ崇められたという民俗的背景があろう。「辰巳井戸に乾蔵」という諺があるように、家相的には蔵を建てるのによい方角とされ、宝物が納められる場所でもあった。『宇津保《うつほ》物語』において、俊蔭《としかげ》は琴を家の乾の隅に秘蔵したことを遺言し（俊蔭）、仲忠《なかただ》は京極廃邸の北西の隅の蔵を開け、貴重な書物を手にする（蔵開）。また、浮世草子『日本永代蔵《にほんえいたいぐら》』巻一・三には、「「渋団扇は貧乏まねく」といへ共、此家の宝物とて、乾の隅におさめをかれし」という用例も見られる。
辰巳・井戸
邸

（光延真哉）

稲　いね

イネ科の一年草。縄文時代後期から主食として栽培されてきた。『和名抄』では、食用となる穀類の第一番目に記されている。夏に茎先に小穂をつけ、秋に熟して下垂した穂に米の実を結ぶ。栽培場所により水稲と陸稲、成熟時期により早稲《わせ》・中稲《なかて》・晩稲《おくて》の別がある。米飯として食べるほか、餅・菓子・酒などの原料となる。貴重な五穀の一つで、『古事記』『日本書紀』の五穀の起源を語る条では食物神の屍体から生じ、また、水田に栽培される穀類であるために『日本書紀』では「水田種子《たなつもの》」と呼ばれる。
夏・秋
餅・酒
田

日本人の農耕の中心となる身近な作物であるため、稲を詠む歌は非常に多い。『万葉集』では、東歌の「稲舂《つ》けば皹《かか》る吾《あ》が手を今夜《こよひ》もか殿の若子《わくご》が取りて嘆かむ」（万・十四・三四五九・作者未詳）など農民の労働歌に多く歌われ、また「秋の田の穂」「早稲」などの名称で恋歌に詠まれたりする。平安時代以降も、田に実った稲穂や、「かりてほす山田のいねのこきたれてなきこそわたれ秋のうければ」（古今・雑上・坂上是則）のように刈り取って干された稲が、「秋風」「雁」などとともに晩秋の景物として多く詠まれた。また、「あふみのや坂田のいねをかけつみて道ある御世《みよ》のはじめにぞつく」（新古今・賀・藤原俊成）など、大嘗会に供える稲を舂《つ》く際の稲舂き歌も勅撰集に多く見られる。

風・雁

（高桑枝実子）

猪　いのしし（ゐのしし）

イノシシ科の哺乳類。「ゐ」「しし」、また「ゐのこ」ともいう。豚の原種で牙があり、全身に黒褐色の粗い毛がある。「しし」は、肉または狩猟対象の獣一般をいう語で、鹿をもさすため、猪を「ゐのしし」、鹿を「かのしし」といって呼び分けた。前後左右を顧みずまっしぐらに突進するものとされ、「猪武者《いのししむしや》」の語もある。

鹿

古来日本人に馴染みの深い動物で、雄略《ゆうりやく》天皇が即位前、「近江《おうみ》の来田綿《くたわた》の蚊屋野《かやの》に、猪《ゐのしし》鹿《かのしし》多《さは》に有り」とたばかり市辺押磐皇子《いちのべのおしはのみこ》を狩りに連れ出して、「猪《しし》有り」と叫んで皇子を射殺したことや（紀・雄略）、猪の首を切るように憎い
近江

と思う者を斬りたいといった崇峻《すしゅん》天皇を蘇我馬子《そがのうまこ》が謀殺したことなど（紀・崇峻）、記紀にはしばしば猪が登場する。猪が山の神あるいはその使いとして登場する例も多く、たとえば『古事記』では、倭建《やまとたける》を死に誘おうとしたものとして、伊吹山神の化身の白猪が記されている（景行）。

猛々しい印象をもたれた猪であるが、和歌ではよく「ふす猪《ゐ》の床《とこ》」として用いられる。「かるもかきふすゐのとこのいをやすみさこそねざらめかからずもがな」（後拾遺・恋四・和泉式部）は恋の歌としてよく知られ、寂蓮《じやくれん》のいう「歌のやうにいみじき物なし。ゐのしゝなどいふおそろしき物も、ふすゐの床などいひつれば、やさしき也」（八雲御抄・六）は、『徒然草』などに引用され、和歌の優美な表現を示したものとして著名である。　（水谷隆之）

命　いのち

生命、寿命のこと。古典の時代の人々の寿命は現在に比べると短く、四十歳が老いの入り口と考えられていた。この年齢に達すると四十賀（算賀《さんが》。以後十年ごとの祝賀となる）という長寿の祝いが行われた。まれには藤原俊成《しゆんぜい》（定《てい》家の父）のような長命の人もいて、後鳥羽《ごとば》院主催の九十賀が催された。命が強く意識されるのは、人の生死に関わる場面である。

『万葉集』の「天の原振り放け見れば大君の御寿《みいのち》は長く天《あま》足らしたり」（万・二・一四七）は、天智《てんぢ》天皇が重病に倒れたときに妻である倭大后《やまとのだいごう》が詠じた歌。はるか天空を振り仰ぐと大君の命は空に満ちあふれていると、天皇の命が永久であることを、願望ではなく確かな事実として表現している点が古代的である。『源氏物語』桐壺《きりつぼ》巻において、死を覚悟しつつ宮中から退出していく桐壺更衣は天皇に「かぎりとて別るる道の悲しきに生かまほしきは命なりけり」と歌いかける。「生かまほしき」には「行かまほしき」が掛かる。私が行きたい（生きたい）のは、死出の道ではなく最愛のあなたとともに生きる命の道だったのだと願いをこめて歌っている。命や死を思うことは、恋とも密接に結びついている。「命やはなにぞは露のあだものを逢ふにし換へば惜しからなくに」（古今・恋二・紀友則）は、逢うことができるなら命を引き換えにしても惜しくはないというもの。恋のためなら死んでもよいという発想は、古典和歌の中にしばしば見られる。もっとも、いったん恋がかなうと今度は末長く一緒に生きたいという願いも生じる。百人一首でも知られる「君がため惜しからざりし命さへ長くもがなと思ひぬるかな」（後拾遺・恋二・藤原義孝）は、そうした心の変化を的確に捉えている。年齢を重ねるにつれて、今まで生きながらえてきた自分の命をしみじみと実感することが多くなる。

「年たけてまた越ゆべしと思ひきや命なりけり佐夜《さよ》の中山」（新古今・羇旅・西行）は、西行が六九歳で奥州に下向した時の歌。彼は二十代の末にも奥州行きを経験しており、ほぼ四十年ぶりに再び佐夜の中山を越えることになった。「命なりけり」には過ぎ去った歳月の重みと命への感動がこもっている。命が長いことは人間の切実な願いであるが、逆に人生は無常であるからこそ味わい深いとする考え方もある。『徒然草』七段では「世はさだめなきこそ、いみじけれ」と述べ、さらに「命長ければ辱《はぢ》多し。長くとも四十《よそぢ》にたらぬほどにて死なんこそ、めやすかるべけれ」と続けている。

（鈴木宏子）

祈り　いのり

神仏に祈るのは何らかの願いごとをもった時である。本来は「斎宣《いの》る」の意かといわれる。人知をこえた大きな存在の前で、人間は祈りを捧げる。老母がいつまでも健在であってほしいと祈る「世の中にさらぬ別れのなくもがな千代もと祈る人の子のため」（伊勢・八四）は、時代をこえた共感をよぶ歌である。「哭沢《なきさは》の神社《もり》に神酒《みわ》据ゑ祈れども我が大君は高日知らしぬ」（万・二・二〇二・檜隈女王）は、祈りの甲斐なく大切な皇子が亡くなったときに神を恨んだ歌である。恋と結びついた祈りも多い。『万葉集』の「いかにして恋止むものぞ天地《あめつち》の神を祈れど我《あれ》や思ひ増す」（十三・三三〇六・作者未詳）は、苦しい恋心を止めてくれと祈るが効果がないというもの。『伊勢《いせ》物語』六五段にも、恋心に翻弄される若い男が「いかにせむ、わがかかる心やめたまへ」と神仏に祈願するくだりがある。「憂かりける人を初瀬《はつせ》の山おろしよはげしかれとは祈らぬものを」（千載・恋二・源俊頼、百人一首）は「祈れども逢はざる恋」という題で詠まれた歌である。「初瀬」は長谷観音《はせかんのん》のこと。自然も人間の意のままにならない。『土佐《とさ》日記』二月五日条には「祈り来る風間と思ふをあやなくに鷗さへだに波と見ゆらむ」という歌がある。船路の平穏を祈った甲斐があって波風が穏やかなのに、どうして鷗が白い波頭のように見えるのだろうかというもの。

人間は出世栄達や長命など現世の幸せを祈り、また後世において極楽往生を遂げることを祈る。讃岐《さぬき》国の源大夫《げんだゆう》は殺生を生業とする悪人であったが、ある時法師の説経を聴いて信心をおこした。源大夫は七日七晩「阿弥陀仏よや、をいをい」と呼びかけつつ西にむかって歩き、そのまま死んだが、口からは蓮華の花が咲いていた。祈りの力によって往生を遂げたのである（今昔・十九・十四）。『源氏物語』若菜《わかな》下巻で紫の上は、「あなたの生涯は並はずれて幸運なものであったよ」と語りかける源氏に対して、「のたまふやうに、ものはかなき身には過ぎにたるよそのおぼえはあらめど」とうなずきながらも、「心にたへぬもの嘆かしさのみうち添ふや、さはみづからの祈りなりける」と述べる。源氏という稀有の存在とともに生きる中で、心に秘めつづけた憂愁こそが自分の人生の支えであったというのである。

（鈴木宏子）

神・仏　世　長谷　波　命　極楽・讃岐　花　心

妹　いも

元来は、年齢の上下を問わず兄弟から見た姉妹の意味であり、姉妹の側からやはり年齢の上下を問わず兄弟を呼ぶ「兄《せ》」と、対をなす語である。主に奈良時代以前の和歌に用いられた。「言《こと》問《と》はぬ木すら妹と兄《せ》ありといふをただ独子《ひとりご》にあるが苦しさ」（万・六・一〇〇七・市原王）は「妹」と「兄」を本来の兄弟の意味で用いる例であるが、その他は圧倒的に恋の歌において男性から妻や恋人に対して親愛の情をこめた呼称である。

和歌　男・妻

女

恋歌を中心とした男女の相互呼称は、君臣の関係を擬制的に男女の関係に持ち込む「君・子」と、古代の濃密な兄妹の関係を擬制的に男女の関係に持ち込む「兄・妹」とがあったが、『万葉集』などの歌での使用状況は、男性から女性へは「妹」、女性から男性へは「君」を用いる偏りが見られる。また、女性に対する呼称である「妹」と「子」においては、「妹」の方がより親密な関係を示す表現性をもっていた。「妹と言はば無礼《なめ》し恐《かしこ》しかすがに懸《か》けまく欲《ほ》しき言《こと》にあるかも」（万・十二・二九一五）では、相手の女性を「妹」と呼んだら無礼で恐れ多い、と歌われ、女性を「妹」と呼ぶことが男女の関係において特別な意味をもっていたことを示している。また、「我」を冠して「我妹《わぎも》」という形で用いられたり、さらに「子」を付けて「我妹《わぎも》子《こ》」の形で用いられることが多いのも、「妹」を自分と関係の深い愛しい存在とする意識による。やや例外的なものとしては、大伴田村大嬢《おおとものたむらのおおいらつめ》が妹の坂上大嬢《さかのうえのおおいらつめ》に贈った「白雲のたなびく山の高高に我が思ふ妹を見むよしもがも」（万・四・七五八・大伴田村大嬢）のように女性同士の贈答歌で用いられた例もあり、伝説上の女性を「妹」と呼んだ例もあるが、いずれも数は少なく、対象に対する親愛の情を表すものと見られる。

雲・山

『古事記』の国生み神話で、伊耶那岐《いざなき》（男神）に対して伊耶那美《いざなみ》（女神）が「妹伊耶那美神」と記されることについては、二神の結婚を兄妹の結婚と見て、東南アジアなどに見られる兄妹婚の神話・伝承とのつながりを見る説と、「妹」を単に女性を示す指標と見て、兄妹婚を否定する説とがある。

平安時代以後は、『万葉集』のように頻繁には用いられなくなる。これは「妹」が日常的に用いられる言葉ではなくなり、歌にのみ用いられる言葉となったためであろう。『拾遺集』には十九例と比較的多くの「妹」の用例が見られるが、平安時代の歌は三例のみであり、柿本人麻呂《かきのもとのひとまろ》詠とされる歌（九例）や万葉歌の引用と見られる読人知らずの歌（五例）など、古風な歌に集中している。平安時代の歌人の歌においても、「花見ると家路におそく帰るかな待ち時過ぐと妹やいふらむ」（後拾遺・春上・兼盛）や「風に散る花橘に袖しめて我が思ふ妹が手枕《たまくら》にせむ」（千載・夏・基俊）など、やや古風さを漂わせる歌語として用いられた。

花　風

（大浦誠士）

妹背山　いもせやま

和歌山県伊都《いと》郡かつらぎ町を流れる紀ノ川《きのかわ》の北岸にある背山《せのやま》と南岸にある妹山《いもやま》の二山の称。一説には、奈良県吉野郡吉野町を流れる吉野川《よしのがわ》（紀ノ川の上流）両岸の山であるとされるが、『能因歌枕《のういんうたまくら》』など平安時代の歌学書には紀伊《きい》国の歌枕とある。

吉野　紀伊　歌枕

和歌では、多く男女の恋に寄せて詠まれる。上代では「妹背」は夫婦をいうため、「後《おく》れゐて戀《こ》ひつつあらずは紀伊《きの》国《くに》の妹背《いもせ》の山にあらましものを」（万・四・五四四・笠金村）「吾妹子《わぎもこ》にわが戀ひ行けば羨しくも並《なら》び居《を》るかも妹と背の山」（万・七・一二一〇・作者未詳）のように、夫婦仲良く並び立つ妹背山を羨望して詠むことが多い。平安時代に入ると、「流れては妹背の山のなかにおつるよしのの河のよし

河（川）

雲
雲・霧

や世中《よのなか》」（古今・恋五・読人知らず）のように二山に寄せて思い通りにならない男女の恋が詠まれるが、「妹背」が兄妹をさすようになるため、次第に「むつまじきいもせの山の中にさへへだつる雲のはれずもあるかな」（後撰・雑三・読人知らず）のように兄妹の恋を詠むことが多くなる。また、これらの例のように、妹背山の間を川や雲・霧などが裂いたり隔てたりすることが多く詠まれた。

（高桑枝実子）

伊予　いよ

淡路島・秋津洲
行幸
碁

愛媛県の旧国名。南海道の上国。「伊余」「夷与」とも。国生み神話では淡路州（淡路島）、大日本豊秋津洲《おおやまととよあきづしま》（本州）の次に「伊予二名州」（記では「伊豫之二名島」「愛比売《えひめ》」）が生まれたとされる。古来「伊予の湯」（現在の道後《どうご》温泉）が有名で、天皇行幸も数多い。舒明十一年（六三九）十二月に「伊予温湯宮に幸す」（紀）と見えるのがその早い例。『伊予国風土記』（釈日本紀《しゃくにほんぎ》）によれば景行《けいこう》天皇・仲哀《ちゅうあい》天皇・聖徳太子・斉明《さいめい》天皇が訪れ、法興六年（推古四年・五九六）には、聖徳太子が伊社邇波《いさにわ》岡に石碑を立てたという伝承があるが、碑文のみが伝わり碑は現存しない。また伊予は神亀元年（七二四）中流と定められた流刑地でもあったが、同母妹・軽大郎女《かるのおおいらつめ》と通じた軽《かる》太子は伊予湯に流罪となっている（紀・允恭）。伊予の温泉と関連して「伊予の湯桁」は、温泉に渡した桁から、物の数が多いたとえとして用いられた。『源氏物語』では、「指をかがめて、十、二十、三十、四十など数ふるさま、伊予の湯桁もたどたどしかるまじう見ゆ」（源・空蟬）と、空蟬《うつせみ》と碁の勝負をしていた軒端荻《のきばのおぎ》がすらすらと碁の目を数える様子が表現されている。

（兼岡理恵）

伊良虞　いらご

島
伊勢
命・浪（波）
鷹

愛知県渥美半島西端、田原市の地名。『万葉集』で「麻《をみ》続王《のおほきみ》の伊勢国の伊良虞の島に流さるる時」（万・一・二三・作者未詳）とあることから、伊勢説（五代集歌枕《ごだいしゅううたまくら》・八雲《やくも》御抄《みしょう》・歌枕名寄《うたまくらなよせ》など）もある。なお伊良虞岬の灯台の背後の丘には、前述の万葉歌「打ち麻を麻績王海人なれや伊良虞の島の玉藻刈ります」「うつせみの命を惜しみ浪にぬれ伊良虞の島の玉藻刈りをす」（万・一・二四・麻続王）の歌碑がある。

また伊良虞はサシバ（鷹の一種）の渡りが有名で、「巣鷹渡る伊良虞が埼を疑ひてなほ木にかへる山がへりかな」（山家集・西行）をふまえ、松尾芭蕉《まつおばしょう》も「鷹一つ見付けてうれしいらご埼」（笈の小文）と詠み、伊良虞岬にその句碑がある。さらに近代では、柳田国男が当地に滞在した折、拾ったヤシの実の話を題材にして島崎藤村は『椰子の実』を作った。

（兼岡理恵）

入佐山　いるさやま

但馬・歌枕
丹後
和歌

『八雲御抄』には但馬《たじま》国の歌枕、『夫木抄《ふぼくしょう》』には但馬国もしくは丹後《たんご》国の山とある。現在の兵庫県豊岡《とよおか》市の北にある此隅山《このすみやま》とする説が有力だが不詳。

和歌では、その名に「射る」を響かせ、「梓弓《あづさゆみ》いるさの

秋　月・影　枕詞　掛詞・里

山は秋ぎりのあたるごとにや色まさるらむ」(後撰・秋下・源宗于)「梓弓いるさの山にまどふかなほのみし月の影や見ゆると」(源・花宴)のように枕詞「梓弓」に続くことが多い。また、「入《い》る」と掛詞にして「里分《さとわ》かぬかげをば見れど行《ゆ》く月のいるさの山を誰《たれ》かたづぬる」(源・末摘花)などと詠まれ、また催馬楽にも「婦《いも》と我《あれ》と　いるさの山の　山蘭《やまあららぎ》　手《て》な取《と》り觸《ふ》れそや」(婦と我)と歌われた。これらの『源氏物語』の和歌の影響で院政期以降は著名な歌枕となり、「夕づくよいるさの山のこがくれにほのかにもなくほととぎすかな」(千載・夏・藤原宗家)のように枕詞「夕月夜《ゆふづくよ》」を冠して詠まれることも多くなる。

夕

(高桑枝実子)

入間の郡　いるまのこおり(いるまのこほり)

武蔵

武蔵《むさし》国、現在の埼玉県南西部にあった郡。荒川の支流である入間川《いるまがわ》の流域で、入間市・入間郡・狭山《さやま》市の一部分・川口市の一部分にわたる一帯とされる。

郡名「入間」は、『万葉集』東歌に「入間道(伊利麻治《いりまぢ》)」(万・十四・三三七八・作者未詳・武蔵国歌)と見え、『和名抄《わみょうしょう》』には「入間(伊留末《いるま》)」と見える。

里

『伊勢物語』「たのむの雁《かり》」段には、武蔵国までやって来た男が歌を贈った女は「住《す》む所なむ入間《いるま》の郡《こほり》、みよし野《の》の里《さと》なりける」(伊勢・十)とある。『伊勢物語』の武蔵国を舞台とする話の中で「入間の郡」が唯一登場する郡名であることから、入間郡が武蔵国を代表する、いかにも東国らしい土地であったことが想像される。

川

郡内を流れる入間川は、狂言『入間川』の舞台として有名。狂言の中心となる、物事を反対に言う逆詞《さかさことば》「入間詞《いるまことば》」の語源は、昔、入間川の水が逆流していたという伝説に基づくとも、南東に流れる川が多い関東平野の中で入間川は逆の北東に流れることに基づくともいわれる。また、俳諧では「真薦《まこも》」「五月雨《さみだれ》」が景物とされた。

俳諧　五月雨

(高桑枝実子)

色　いろ

色彩。物の映発する色合いをいい、「形」とともに、その物の視覚的印象を左右する重大な要素となる。草花や鳥獣、衣服・紙・什器などばかりでなく、山川などの景物に対しても、その外観を描写する時には、色彩に言及することが多いが、実際には赤・青・白など具体的な色名が用いられる場合がほとんどである。「何色にか、色ある御衣《おんぞ》どものゆたち(=狩衣《かりぎぬ》などの袖の腋《わき》の、縫い付けずに開けてある部分)より多くこぼれ出でて」(大鏡・伊尹)は、衣服の色合いの華やかさをさし、「なりあしく、ものの色よろしくて」(枕草子・めでたきもの)は逆に並一通りの、映えない色彩をいう。いずれの場合も「色」の本質が、衣服自体の美を増加させるものであることを示している。また「髪色に、こまごまとうるはしう」(枕・野分のまたの日)のように形容動詞として特に髪の美しさを表す。それはいっそう抽象的な性格を帯びた形で、「今の世の中、色につき」(古今・仮名序)のように、色彩の意味を離れて華やかな美しさそのものをさすことにもなる。その美しさの心象が人間関係の上に投影されると、「心の色なく、情《なさけ》おくれ」(徒然・一四一)のように、優しさや人情味の厚いことを表し、さら

紙・山・川　青・白　狩衣　心

紫
襲（重ね）
紅
喪
鈍色

に多く「色好む」の形で恋愛の情趣などをも意味する。他に人の表情や顔色、物事の気配・様子などを表すのにも用いる。

一方、色彩としての用例で注目されるのは、単に「色」といって特に紫をさす場合であろう。「あてなるもの　薄色に白襲の汗衫」（枕・あてなるもの）は淡紫色、「色濃き衣《きぬ》に、白き袙《あこめ》着たらむやうに」（更級）は濃紫色をさす。ただし搔《かい》練《ねり》など特定の衣服の場合には「濃き」は濃紅を意味する。また濃紫や濃紅はみだりに着用することはかなわず、勅許を得て公的な場でこれらの色を着られることを「色許さる」という。その他、喪が明けて服色が元に戻ることを「色あらたまる」「色替る」ということにも注意。この場合の「色」は喪服の鈍《にび》色をさす。

（藤本宗利）

岩倉　いわくら（いはくら）

京
太皇太后→三后

京都東北部の地域。平安時代、王城鎮護のために京都周辺の磐座《いわくら》の下に一切経を埋めたことに由来するといわれる。巨岩が残る山住神社《やまずみじんじゃ》には九世紀に朝廷の信仰のあったことが確認される。十世紀後半、藤原文範《ふみのり》によって大雲寺《だいうんじ》が創建され、園城寺《おんじょうじ》の別院として藤原佐理《さり》の子文慶《もんけい》が初代別当となった。寺内の観音院は太皇太后昌子《しょうし》の尊崇が厚く隆盛を見た。やがて、山門・寺門の対立により寺門派の余《よ》慶《けい》が移り住んでから発展したが、衰退と再興をくり返した。応仁の乱後には、実相院《じっそういん》が移され、大雲寺をしのぐ勢威となる。『源氏物語』若紫巻の「なにがし寺」には、大雲寺のイメージと重なるところがある。のちに、成尋《じょうじん》阿闍梨がいたことでもよく知られる。また、古く小野《おの》と呼ばれた地域の一部であり、静かな山懐に寺院や別荘が多く建てられる環境であった。具平《ともひら》親王や紫式部の大叔父為雅《ためまさ》、道綱母《みちつなのはは》などが岩倉に花見に出かけたこともあり、それは文範の別荘かといわれる。幕末には、一時岩倉具視《いわくらともみ》が身をひそめていたところでもある。

小野

（高田祐彦）

石清水　いわしみず（いはしみづ）

普通名詞の「石清水」は、岩間から湧き出る清水の意で、「石清水言はぬものから木隠《こがく》れてたぎつ心を人は知らなむ」（伊勢集）などと詠まれる。しかし石清水といえば、京都府八幡《やわた》市の石清水八幡宮をさすことが多い。八幡宮の鎮座する男山の山腹より清水が湧き出ていることから、この名がある。『徒然草』は、石清水八幡宮に詣でたつもりが、男山の麓にある摂社・宮寺を拝んで帰ってきてしまった僧の話を伝える（五二）。

僧→出家
豊前
神
行幸・伊勢
源氏
元服

石清水八幡宮は、奈良大安寺の僧行教《ぎょうきょう》の奏請により、貞観二年（八六〇）清和天皇が豊前国の宇佐八幡宮を勧請、鎮護国家を祈ったのが起源で、祭神は応神天皇・神宮皇后・比咩大神《ひめのおおかみ》である。はじめより皇室の崇敬篤かったが、天元二年（九七九）円融《えんゆう》天皇が初めて行幸してからは、伊勢《いせ》に次ぐ宗廟として崇敬された。源氏、特に清和源氏もまた祖神として仰いだことから、武神的性格が強まり、中世には各地に八幡宮が勧請された。源義家《よしいえ》はこの地で元服の式を挙げたことから「八幡太郎」を称する。もちろん一般の尊崇も篤く、たとえば『源氏物語』では、藤原氏である玉鬘《たまかずら》

長谷

が詣でている（玉鬘）。しかし玉鬘は石清水に詣でた後、長《は》谷《せ》寺に参詣、その折に亡母の侍女右近に再会する。石清水よりも長谷寺のほうが、物語においてはるかに重い役割を果たしているのである。ところが鎌倉時代の『石清水物語』

武士

になると、東国武士である主人公が石清水に参籠祈願した結果、恋い慕う姫君と契りを結ぶに至る、といった物語の展開が見られるようになる。

祭

石清水放生会《ほうじょうえ》は八月十五日に、石清水臨時祭は三月中午の日に、それぞれ行われた。臨時祭は、天慶五年（九四二）、平将門《まさかど》・藤原純友《すみとも》の乱平定の報賽《ほうさい》として行われたのが起源。

賀茂

賀茂の葵祭を北祭、石清水臨時祭を南祭というほど、注目を集めた行事で、清少納言もそのすばらしさを記している（枕・なほめでたきこと）。

石清水八幡宮の神主は紀氏一族が世襲したが、紀貫之の『土佐日記』をみると、「東《ひむがし》の方に山の横ほれるを見て人に問へば、「八幡《やはた》の宮」といふ。これを聞きて、喜びて人々拝みたてまつる」と、作者の素姓を韜晦した書きぶりになっ

松

ている。「松も生ひてまた苔むすに石清水行く末遠く仕へまつらん」（貫之集）はその貫之の作で、石清水臨時祭の東《あずま》遊《あそび》の歌である。「石清水」の歌はこのように、その名にちなんで「万代」「絶えず」などと永遠をうたい、「清き流れ」「澄む」「汲む」などと詠み、あるいは「石」と「言は」を掛ける。たとえば「限りても君が齢《よはひ》はいは清水流れむ世に

歌合

は絶えじとぞ思ふ」（顕輔集）。また、しばしば社頭歌合が

月

催され、「石清水清き流れの絶えせねば宿る月さへ隈なかりけり」（千載・神祇・能蓮法師）などの詠が残る。

（木谷眞理子）

岩瀬の森　いわせのもり（いはせのもり）

森

現在の奈良県生駒郡《いこまぐん》斑鳩町《いかるがちょう》稲葉《いなば》車瀬《くるませ》の森。また、同郡三郷町《さんごうちょう》立野《たつの》付近ともいわれる。大和《やまと》国の歌枕である。『能《のう》

大和・歌枕

因歌枕《いんうたまくら》』は摂津国ともし、『八雲御抄《やくもみしょう》』では摂津《せっつ》、信濃《しなの》に

摂津・信濃

竜田

も岩瀬の森があることを注しているが、竜田川《たつたがわ》とともに詠む歌の多いことを考えると、大和国と考えてよいであろう。

神奈備

『万葉集』では、「神奈備《かむなび》の岩瀬の杜《もり》の呼子鳥《よぶこどり》いたくな鳴きそ我が恋まさる」（万・八・一四一九・鏡王女）「神奈備の岩瀬の杜のほととぎす毛無《けなし》の岡にいつか来鳴かむ」（万・八・一四六六・志貴皇子）などに見られるように、「呼子鳥」「ほととぎす」とともに歌われて、季節歌巻に収められている。

ほととぎす（不如帰）

また、神の宿る場所（「神奈備」）として歌われているのも

竜田

特徴である。平安時代以降は、「竜田川立ちなば君が名を惜しみ岩瀬の森の言はじとぞ思ふ」（後撰・恋六・元方）「今日こそはいはせの森の下紅葉色に出《い》づればちりもしぬら

紅葉

め」（金葉・恋下・兼昌）のように、「言は」の意を掛けて歌われる例が多く見られるほか、万葉集の歌を踏襲して「ほととぎす」や「呼子鳥」も多く歌われている。『夫木抄《ふぼくしょう》』には、「祐子内親王家名所歌合《ゆうしないしんのうけめいしょうたあわせ》」の「いはせのもりのせみ」

蟬

の題による「思ふことといはせの森に鳴く蟬の声めづらしく人の聞くらむ」のほか、蟬を詠む歌も載せている。

（大浦誠士）

磐手の森　いわてのもり（いはてのもり）

みちのく（陸奥）・森

「みちのくのいはでのもり」とも「津の国のいはでのもり」とも歌われる。前者は岩手山の東方、岩手県岩手郡の森をいう。一説に同郡玉山村渋民《たまやまむらしぶたみ》にある森かとされる。『大和《やまと》物語』一五二段には、「陸奥国、磐手郡」から献上された鷹に「磐手《いはで》」と名付けて大切にしていた帝が、鷹がいなくなった由の奏上を受けて、「いはで思ふぞ言ふにまされる」とだけ口にしたという話が載り、世の人は様々に上の句を付けたという。『古今六帖《こきんろくじょう》』の「心には下行く水のわきかへりいはで思ふぞ言ふにまされる」は、その一例と見られ、人口に膾炙した句であったことが知られる。『大和物語』の逸話は鷹の名に掛けて心に思うことを言わずにいるつらい心情を「言はで」との掛詞で表現しているが、地名「磐手」も主に恋歌において人知れぬ恋のつらさを「言はで」との掛詞によって表す歌が多い。「人知れぬ涙の川のみなかみや磐手の山の谷の下水」（千載・恋一・顕昭）は人知れぬ恋のつらさに流す涙の水源を「磐手（＝言はで）の山」の谷を人知れず流れる水としている。「いはてのもり」の形でも、「思ふこといはでのもり」「思ふともいはでのもり」「かくとだにいはでのもり」など、心に抱く思いを打ち明けられないがゆえの苦しさを歌う歌が多く見られる。

鷹　掛詞　涙・川　心

他方、「津の国のいはでのもり」は、大阪府高槻市安満《たかつきしあま》付近にある森とされており、地区内の磐手社神社《いわてのもりじんじゃ》（旧安満神社）をさすこともある。

（大浦誠士）

石見　いわみ（いはみ）

出雲　伯耆

島根県西部の旧国名。山陰道《さんいんどう》の中国。出雲《いずも》国との境界に位置する三瓶《さんべ》山は、『出雲国風土記』国引き神話で、伯耆《ほうき》大山《だいせん》とともに、島根半島をつなぎとめる杭となった山である。『万葉集』では、題詞に「柿本朝臣人麻呂、石見国より妻に別れて上り来る時の歌」とある「石見相聞歌」（万・二・一三一―九）や、「柿本朝臣人麻呂、石見国に在りて臨死らむとする時に、自ら傷みて作る歌」とある「鴨山の岩根し枕けるわれをかも知らにと妹が待ちつつあらむ」（万・二・二二三）によって、人麻呂に縁の深い地とされる。

妻　妹

和歌では「石見潟《いわみがた》」が歌枕として「つらけれど人にはいはず石見潟怨みぞ深き心ひとつに」（拾遺・恋五・読人知らず）のように、「石見潟」を「言ふ」「言ひ難し」と掛詞に用いたり、「恨み」を引き出す語として「浦」「浪」などとともに詠まれた。

和歌・歌枕　掛詞　恨み・浦・浪

なお明治の文豪・森鷗外は石見の津和野《つわの》出身で、十一歳の出郷以来故郷へは戻らなかったが、その遺言には「石見人森林太郎トシテ死セント欲ス」とある。

（兼岡理恵）

磐余　いわれ（いはれ）

大和・歌枕・香具山

大和国の歌枕。奈良県桜井市西部から香具山《かぐやま》東北部にかけての地。履中《りちゅう》天皇ほかの皇居が置かれた。また神武《じんむ》天皇神倭伊波礼毘古命《かむやまといわれびこのみこと》（記）の伊波礼は、地名「磐余」と見るのが一般的である。『万葉集』では全五例中四例が挽歌の部立にある。「ももづたふ磐余の池に鳴く鴨を今日のみ見てや雲隠りなむ」（万・三・四一六・大津皇子）は、自らの死に臨んだ時の作である。なお「磐余池」は人造池（紀・履中）。現存しない。

平安時代以降、「いはれののはぎのあさつゆわけゆけばこひせしそでの心地こそすれ」（後拾遺・秋上・素意法師）のように、萩、露などとともに「磐余野」が、また「なき事をいはれの池のうきぬなはくるしき物は世にこそありけれ」（拾遺・恋二・読人知らず）のように「ぬなは（蓴菜《じゆんさい》）」とともに「磐余池」が詠まれた。さらに、この例のように、「人に言はれ」る意を掛けても用いられた。「さらでだに色めきたりといはれのに風にをれふすをみなへしかな」（夫木抄・秋二・待賢門院安芸）のごとくである。（新谷正雄）

印　いん

両手の位置や指をさまざまに組み合わせることによって、仏や菩薩のそれぞれの悟りや誓願を表したもの。「印《いん》契《げい》」「印相《いんぞう》」「手印《しゆいん》」などともいう。阿弥陀如来《あみだにょらい》像は、多く、蓮弁《れんべん》の上に結跏趺坐《けっかふざ》して、親指と人差し指で輪を作り、残りの指を組み合わせている。これが阿弥陀如来の印で、九《く》品《ほん》のうち上品上生《じようぼんじようしよう》を表している。しかし、『更級日記』の作者菅原孝標女《すがわらのたかすえのむすめ》が天喜《てんぎ》三年（一〇五五）十月十三日の夜の夢に見た阿弥陀如来は、「御手片つ方をば広げたるやうに、いま片《かた》つ方には印《いん》を作り給ひたる」姿で現れている。阿弥陀如来が来迎する場合には、生前の功徳によって上品上生から下品下生《げぼんげしよう》までの九種類の印があり、片手を広げ、片手で印を作るのは、上品下生、中品下生《ちゆうぼんげしよう》、下品下生のいずれかだという。そのどれかはわからないが、孝標女が迎えられるのは上品上生ではなかったことになる。

真言宗などで、修行者が祈禱《きとう》する時にも印を結んだ。『徒然草』（五四）には、仁和寺《にんなじ》の僧たちが児《ちご》を誘い出して遊んだ際、事前に破子《わりご》などを箱に収めて埋めておいて、児の目の前で印をおおげさに結んで祈禱の力によってそれを出そうとしたが見つからなかったというエピソードが書かれている。埋めたのを見ていた人がこっそりと盗んだからだった。『源氏物語』では、浮舟を見つけた横川《よかわ》の僧都の弟子たちが、魔物かといぶかしんで、印を作って退散させようとした（手習）。変化を退散させるためには、不動の印を結び、尊勝陀羅尼《そんしようだらに》などを唱えるという。

また、陰陽道でも、呪文を唱える時に印を結んでいる。播磨《はりま》国から老僧が安倍晴明《あべのせいめい》に陰陽道を習うために訪れた際、自分を試しに来たのだと悟った晴明は、老僧が従えていた二人の童を式神《しきじん》だと見破って、袖の内で印を結んで呪文を唱えて、二人の式神を消した（今昔・二四・十六、宇治拾遺・十一・三）。（室城秀之）

院　いん（ゐん）

周囲に垣や塀をめぐらした大きな構えの建物をいうのが元来の意。特に、上皇・法皇・女院《にようゐん》の御所を「院」と称し、転じて、上皇・法皇・女院そのものを指す語になった。上皇とは、譲位した天皇のことで、太上《だいじよう》《たじよう》天皇の略称。出家すると法皇になる。女院は三后（皇后・皇太后・太皇太后）

雲　池　萩・露　世　風　仏　（加持）祈禱　仁和寺・僧→　出家　変化　陰陽道　播磨　袖　法皇・女院　三后

で女院号の宣下を受けた者。天皇が譲位後院と称することは嵯峨天皇に始まる。また、斎院《さいいん》およびその居所をさすこともある。

斎院

『源氏物語』では、光源氏は、第一部の最後で、「太上天皇に准《なずら》ふ御位得たまうて、御封加はり、年官、年爵などみな添ひたまふ。……院司《いんじ》どもなどなり、さまことにいつくしうなり添ひたまへば」（藤裏葉）と、准太上天皇《じゅんだいじょうてんのう》になり、六条院と呼ばれている。源氏は臣下であるから、太上天皇にはなりえないが、待遇を太上天皇と同じにして、准太上天皇とした。これは、紫式部の創作した地位で、史実にはない。院司とは、上皇の家政機関の職員のことで、院政期に向けて組織は拡大して、院庁とよばれた。院の蔵人、院の殿上人《てんじょうびと》などもある。

蔵人
殿上

院が歴史上一番権勢を揮ったのは、院政時代、十一世紀末の白河上皇に始まり、鳥羽《とば》・後白河《ごしらかわ》・後鳥羽《ごとば》上皇までの約一五〇年間である。院の専制的性格は、保元・平治の乱、承久の変の原因にもなった。後白河院が源平の争乱に強い影響力を行使したことは、『平家物語』や説話集に描かれている。一方、彼らは、政治力だけではなく文化的にも優れていた。白河院は、歌壇活動を盛んにし、『後拾遺集』『金葉集』を撰集させた。後白河院は、今様を集成して『梁塵《りょうじん》秘抄《ひしょう》』を編集したほか、『千載集』を撰集させた。また、『年中行事絵巻《ねんじゅうぎょうじえまき》』を作らせた。後鳥羽院は優れた歌人で、『新古今集』の撰集に大きな役割を果たした。（池田節子）

説話

鵜　う

ウ科に属する水鳥の総称。鵜には多くの種類があるが、日本では川鵜と海鵜が一般的である。長く鋭いくちばしをもち、水に潜って魚を丸のみにするという特性を利用して、古来より鵜飼に用いられている。文学の素材としてはこの鵜飼が重要な位置を占め、鵜を用いた漁は「婦負川《めひがは》の早き瀬ごとに篝《かがり》さし八十伴《やそとも》の男は鵜川《うかは》立ちけり」（万・十七・四〇二三）など、すでに『万葉集』に見ることができる。篝火のもと行われる鵜飼は、その景が鑑賞の対象にもなっていて、「鵜飼ひ、かずをつくして、ひとかわうきてさわぐ。「いざ、ちかくてみん」とて、岸づらにものたて、しきなどとりもていきて、おりたれば、あしのしたに、鵜飼ひちがふ。……れいの夜ひとよ、ともしわたる。」（蜻蛉・中）とあるように、貴族にとって、夏の心惹かれる風景であった。中世には、謡曲『鵜飼』に見られるように、仏教的視点から鵜飼は殺生戒《せっしょうかい》を犯すと考えられるようにもなる。（高野奈未）

川・海
夏・心
謡曲・仏教→
仏

初冠　ういこうぶり

元服して初めて冠をつけること。『伊勢物語』初段の冒頭、「昔、男、初冠して、奈良の京、春日の里にしるよしして狩にいにけり」は著名。元服は、大人社会への仲間入りであり、官僚貴族としての本格的な開始を意味する。『宇津《うつ》保物語』の俊蔭《としかげ》は、十二歳、同じく仲忠《なかただ》は十六歳、また光

元服
奈良・春日

源氏は十二歳で元服している。それはまた、物語では、一人前の男性として子供とは異なった存在になり、女性との恋が語られるにふさわしい存在になったということでもある。恋物語の主人公の出発点に元服を置くという一つの型があったものと思われる。『伊勢物語』の場合は、初冠してただちに「女はらから」に恋の歌を贈るという端的な形で語られ、光源氏は、元服で大人になることによって藤壺《ふじつぼ》の御簾の中に入ることはできなくなり、一段と恋心が募ることになる。十代で元服することが多いが、おもしろい例として、平宗盛《むねもり》の次男義宗《よしむね》が三歳で元服している（平・十一・副将被斬）。これは、宗盛が、源氏を倒した暁には、長男清《きよ》宗《むね》を大将軍、義宗を副将軍にしようと考えていたが、義宗が早く母を亡くしたので、元服を早くとりおこなったためである。

元服は通過儀礼として通常誰しもが行うが、『源氏物語』の薫《かおる》は、みずからの出生の疑惑のため早くから出家への憧れをもち、「元服はものうがりたまひけれど、すまひはてず（拒否しきれず）」（源・匂宮）という物語の主人公として特異な出発点をもった。

また、叙爵（五位に叙せられること）のことを「初冠」というともされるが、表現としては、「冠賜ひて」「冠得て」などの形になる。光源氏は夕霧《ゆうぎり》に官僚社会を生き抜く力を身につけさせるため、あえて六位から始めさせ、夕霧は十分な学問を修めてから叙爵、侍従に任官した（源・少女）。一条《いちじょう》天皇が鍾愛の猫に冠を賜い、命婦《みょうぶ》のおとどと呼ばれていたというおもしろい例もある（枕・上にさぶらふ御猫は）。

（高田祐彦）

浮島　うきしま

湖沼の水面に植物や泥炭が島状に浮かび、動いて見えるもの。また、陸奥《みちのく》国の歌枕。所在は現在の宮城県塩竈《しおがま》市の浦の島とも、同多賀城《たがじょう》市ともいわれる。『拾遺集』の「定めなき人の心にくらぶればただ浮島は名のみなりけり」（拾遺・雑恋・順）が初出であり、「しほがまの前に浮きたる浮島のうきて思ひのある世なりけり」（古今六帖）「定めなき波にただよふ浮島はいづれの方をよるべとか見る」（風情集）など、人の心の浮薄さや世の不安定さと結びつけられて歌われるものが多い。塩竈から松島にかけて、松島湾に浮かぶ多くの島々は現在も有名な景勝の地であるが、その島々の頼りない姿を人の心や人の世のはかなさと重ねた表現である。また、「世の中はなほうきしまのあだ浪にむかしをかけて濡るる袖かな」（明日香井集）に見られるように、「憂き」と掛けても用いられた。松島湾の島には多く松が見られることから、中世には「浮島の松」という形で詠まれる歌も見られる。後鳥羽《ごとば》院の「しほがまの浦の干潟のあけぼのに霞に残る浮島の松」（遠島御歌合・一）はその例である。

中世以降に見られるものとして「信太《しだ》の浮島」があり、こちらは茨城県稲敷郡桜川村《いなしきぐんさくらがわむら》、霞ヶ浦南岸の台地状の島をいう。『常陸《ひたち》国風土記』信太郡の条に「乗浜の里の東に浮島の村有り」と記されており、古くから知られた景勝地であった。

（大浦誠士）

駿河・歌枕　沼　足柄　雪　松　浮島　富士山

浮島が原　うきしまがはら

駿河《するが》国の歌枕。「うきしまのはら」ともいわれる。静岡県東部、沼津市から富士市にかけての愛鷹山《あしたかやま》の南方にある旧浮島沼付近一帯の低湿地とされている。現在はかつての沼沢の面影は残っていない。また、源頼朝と義経とが初めて対面した地ともいわれる（義経記）。

比較的新しい歌枕で、「つれなきを思ひしづめる涙にはわが身のみこそ浮島がはら」（肥後集）や源仲正《なかまさ》の「恋すれば涙の海にただよひてこころは常に浮島のはら」（夫木抄）あたりが早い例である。右の歌や西行の「いつとなきおもひはふじのけぶりにて打ちふす床や浮島がはら」（山家集）などに見られるように、「うき」を「憂き」に掛けて恋の思いを詠む歌が多い。後には、近隣の「富士」や「足柄《あしがら》の関」とともに名所詠として詠まれる叙景的な歌も見られるようになる。「このごろの不二《ふじ》のしら雪いかなれや猶時しらぬ浮島の松」（最勝四天王院障子和歌・富士・源通光）は、「浮島」だけで浮島が原をさしたことが知られる例であるが、陸奥国の歌枕「浮島」との区別が判然としない歌もある。

浮島が原から見る富士山の姿は雄大で、江戸時代には街道一と謳われ、『東海道中膝栗毛《とうかいどうちゅうひざくりげ》』にも描き出されている。

（大浦誠士）

山城・歌枕　大和　男・女　心　大荒木の森　岩瀬の森　森

浮田の森　うきたのもり

『八雲御抄《やくもみしょう》』『五代集歌枕《ごだいしゅううたまくら》』は山城国《やましろのくに》の歌枕とする。『万葉集』の「かくしてやなほや守らむ大荒木の浮田の社の標《しめ》にあらなくに」（万・十一・二八三九）の「浮田の社」は大和《やまと》国、今の奈良県五條《ごじょう》市、荒木山《あらきさん》南の荒木神社のこととされる。「標」は空間を外と区別して神聖化するための指標であると同時に、恋の歌では男女の関係を象徴的に表す景物としても歌われており、右の歌は浮田の森の神聖性を象徴する「標」を対比的に持ち出すことで、恋の思いを詠んだ歌である。以後、歌では平安時代後期の「逢《あ》ふ事のなきを浮田の森にすむ呼子鳥《よぶこどり》こそ我が身なりけれ」（金葉二・異本歌・為真）あたりまで用例が見られない。右の『金葉集』の歌や「人心うきたの森にひく標のかくてやがてやまむとすらむ」（長秋詠藻）のほか、「人心《ひとごころ》浮田の森」「心浮田の森」「人を浮田の森」「わが身浮田の森」など、「浮田」と「憂き」を掛詞として恋のつらさを歌う歌が多く見られる。

大多数の歌が「標」を同時に歌うのは、『万葉集』の歌の影響であろう。平安時代には『万葉集』の歌の「大荒木」が山城国の「大荒木《おおあらき》の森」（今の京都市伏見区与杼《よど》神社《じんじゃ》）と混同されることもあったようである。『枕草子』（森は）に「森は、浮田の森、殖槻《うえつき》の森、岩瀬《いわせ》の森、立ち聞きの森。」とあり、平安時代の森の代表として数えられているが、『枕草子』の「浮田の森」は山城の「大荒木の森」をさすものと思われる。

（大浦誠士）

春

鶯　うぐいす（うぐひす）

鶯は古く『万葉集』以来、春の鳥として歌に多く詠まれ

野
てきた。「あしひきの山谷越えて野づかさに今は鳴くらむ鶯の声」（万・十七・三九一五・山部赤人）は、今ごろは戸外の野で鳴いているだろう、とする推量の形で、かえって鶯への、ひいては春への憧れと期待が強く込められている。

山
この歌のように、鶯は冬じゅう山で春の到来を待ち、春とともにいくつもの山や谷を飛び越えて人里にやってくる、とされた。

命
後世「春告鳥」と表記されることからも知られるように、春を告げてくれる鳥であり、生命の甦《よみがえ》りを象徴する鳥である。

梅
春のはじめから鳴き出す鶯が、同じように春のはじめに咲き出す梅の花とともに歌に詠まれることは、『万葉集』の時代から多かった。『古今集』以後になると、その傾向がいっそう著しくなる。謡い物である催馬楽《さいばら》の一首にもこうある。「青柳を　片糸に縒《よ》り　や　おけや　鶯のおけや　鶯の　縫ふといふ笠は　おけや　梅の花笠や」（「や」「おけや」は囃《はやし》言葉）。青柳の枝を縒《よ》り糸に見立て、さらに梅の花を笠に見立てて、それを縫うのは鶯だとする歌である。

神
天空を飛び舞う鶯と地上を彩る梅の花という構図は、あたかも神が人間世界にもたらすかのように、生命の甦りの季節としての春の光景である。『源氏物語』の儀礼や宴席の場に、この歌が幾度となく謡《うた》われている。

鶯は春を待つ段階からはじまり、逝《ゆ》く春を惜しむ晩春の段階にまでいたる。「鶯の鳴く野辺ごとに来て見ればうつろふ花に風ぞ吹きける」（古今・春下・読人知らず）の「うつろふ花」は散る桜花をいうのであり、晩春の景を詠んでいる。鶯の登場は春を通している。

賀茂・斎院・紫野・ほととぎす
『枕草子』「鳥は」の段では、この鶯を、「『年たちかへる』など、をかしき言《こと》に、歌にし文に作るなるは。なほ春のうちならましかば、いかにをかしからまし」と記している。「あらたまの年立ちかへる朝《あした》より待たるるものは鶯の声」（拾遺・春・素性）の、春を待つ気持ちを強調した歌を引用して、やはり鳴くのが春のうちだけだったら、どんなによかっただろうに、と評する。その後続の叙述によれば、夏の賀茂祭のころ、斎院《さいいん》が紫野《むらさきの》に帰る行列を見物していると、その時節にふさわしい時鳥《ほととぎす》がにわかに鳴き出した、すると鶯もそれをうまくまねて木々の中で声をあわせて鳴き出す、そのことじたいは実におもしろいが、もともと春の鳥なのに、どうしたものかと思わずにはいられない、というのである。

俳諧
餅
近世の俳諧にも、春の句として鶯が多く詠まれている。「鶯や餅に糞《ふん》する縁の先」（芭蕉）「鶯や君来ぬ宿の経机」（太祇）「鶯のあちこちとする小家がち」（蕪村）などとある。

（鈴木日出男）

牛　うし

馬
古くから農耕・運搬などに用いられ、馬とともに日本の代表的な家畜の一つとして重んじられてきた。力の強いこと、よだれをよく垂らすこと、角のあることなどが特徴とされ、また歩みの遅いことではよく馬と対照される。「桃《とう》林《りん》」「黒牡丹《こくぼたん》」などの異名もある。仏教の影響で食肉は禁じられたが、牛を神の供犠《くぎ》とする中国風の習慣も時には見られたらしく、『日本霊異記《にほんりょういき》』中・五には、聖武《しょうむ》天皇の代、

摂津
摂津《せっつ》国の男が「漢神《からかみ》の祟《たたり》」を免れるため、毎年牛を一頭ず

つ殺して祀った話がある。

神・仏

　京都広隆寺《こうりゅうじ》の摩多羅神《まだらじん》を祀る「牛祭」など、牛にまつわる祭礼や行事は数多く、古来神仏と深い関わりをもっている。『今昔物語集』巻十二・二四や『栄花物語《えいが》』（みねの月）などに記される、迦葉仏《かしょうぶつ》が牛となって寺の造営のために働く説話はよく知られ、特に西日本では大日如来の化身とされ信仰がさかんである。天神ゆかりの動物としても知られる。なお、天満宮の神牛の像が多く臥牛であるのは、菅《すが》原道真《わらのみちざね》の遺骸を運ぶ途中、車を引く牛が座りこんで動かなくなったため、その場所に廟を建てて埋葬したのを大宰府天満宮の発祥とする伝説による（承久本・北野天神縁起絵巻）。

車

大宰府

稲

　仏教説話では、盗みの報いで死後牛に転生する話が多く記され、子の稲十束を盗んだために死後牛となった父親の話（霊異記・上・十）や、寺の薪一束を盗んだためにその寺の牛に生まれ変わった男の話（同・上・二十）などがある。牛を結縁のきっかけとするものもある。『今昔物語集』巻七・三は、仏法を信じない震旦の老婆が牛を追って心ならずも寺まで行き、経文の一句を耳にして、死後忉利天《とうりてん》に生まれたとするもの。「牛に引かれて善光寺参り」の諺がある江戸時代に流布した善光寺の牛の伝説もよく知られる。なお、狂言「横座《よこざ》」にあるように、牛を引くときには「サセイ、ホウセイ」と声をかける。そして牛はやはり、「モウ」と鳴く。

（水谷隆之）

氏　うじ（うぢ）

現在、氏といえば、姓を同じくする血縁集団をいうのが普通である。また「氏」の字義も、その意味である。しかし、古代、ウヂという和語で称されるのは、必ずしも自然発生的で純粋な血縁集団ではない。そもそも、日本列島の住民は、中国大陸の民と異なって、血統を表す「姓《せい》」を原則としてもたなかった。族外婚（同姓不婚）の原則や、祖先崇拝の信仰をもたないので、「姓」の必要性が薄かったのである。大化前代におけるウヂの名は、ほとんどが蘇《そ》我《が》・平群《へぐり》・巨勢《こせ》など地域名か、物部《もののべ》・中臣《なかとみ》・忌部《いんべ》など職業名かのどちらかである。後者は、大王に奉仕する伴造《とものみやつこ》の集団、前者は大王と連合する地域豪族の集団であることを表し、ともに大和朝廷を構成する組織だった。したがって、ウヂは国家支配の生み出した人為的な体制という側面が強い。ただしその支配層は、同じ遠祖をもつという伝承を共有する直系・傍系の血縁者から組織され、族長位も血縁をたどって継承されたと想定されるので、全く血縁と関係がないわけではない。

姓→姓氏

律令

　そして、大化改新の後、中国との直接交渉が再開され、律令制が導入されると、ウヂはその性格を大きく変えることになった。つまり大王に対する奉仕や連合の集団であったウヂは、非血縁の隷属者を切り離されて、血縁によって組織・継承される律令官人の出身母体となり、ウヂの名は、その血統を表示する「姓」として天皇から付与されるものとなった。その過程では、真人《まひと》・朝臣《あそみ》・宿祢《すくね》など「八色《やくさ》の姓《かばね》」の称号を与えて、諸氏族を整理・序列化している（天《てん》武《む》十三年（六八四））。真人は皇統に近縁の氏族、朝臣は地域豪族、宿祢は旧伴造氏族に与えられており、大化前代からの出自を保存しようとしていることがわかる。『古事記』

真人・朝臣

神

には、登場する神や皇族に、どの氏族の遠祖であるかを示す注記がおびただしくついているが、それはこの書が、新たな体制の権威付けのために、「邦家《ほうか》の経緯《けいい》、王化《おうか》の鴻基《こうき》」を語ることを目的とすることを示すのであろう。そのようにして、ウヂの名が、血統を、天皇が評価し、与えるものになることによって、それは体制内で新たな意味をもつようになった。奈良時代の宣命には、「明《あか》き浄《きよ》き心を以て祖《おや》の名を戴《いただ》き持ちて天地《あめつち》と共に長く遠く仕へ奉れ」（続日本紀・十一、天平十五年（七四三））といった表現が頻出する。そして、それに答えるように、大伴家持《おおとものやかもち》は、「おぼろかに心思ひて空言《むなこと》も祖《おや》の名絶つな、大伴の氏と名に負《お》へるますら男《を》の伴《とも》」（万・二十・四四六五）云々と、自らのウヂの名を歌い上げたのであった。かように血統と職掌とを表裏させた体制は、平安時代になって、伝統的な諸氏族が衰え、源平藤橘《げんぺいとうきつ》といった新しい姓をもつ氏族にとって代わられても、基本的に維持された。のみならず、それらの氏族が家々に分立し、ウヂの名よりも家の名（名字《みょうじ》）の方が表立って用いられるようになっても、その観念自体は、家代々の職業という形で、永く引き継がれていったのである。　（鉄野昌弘）

源平→源氏・平家

宇治　うじ（うぢ）

京・奈良

京都の南、奈良との中間にあたる水陸交通の要地であり、山と川を備えた風光明媚な土地として古来名高い。

山・川

宇治川《うじがわ》は、「宇治川の水泡さかまきゆく水のことかへらずぞ思ひそめてし」（万・十一・二四三〇）のように、急流として知られる。神話の世界では、記紀に大山守皇子《おおやまもりのみこ》の死や菟道稚郎子《うじのわきいらつこ》の入水などの悲劇が伝承される。やがて、その悲劇は『源氏物語』の浮舟《うきふね》の物語に再現する。

初瀬

初瀬詣の中宿の地であり、『蜻蛉《かげろう》日記』や『更級《さらしな》日記』に描かれる風景は印象深い。いくつかの風物をあげると、まず川霧は、宇治十帖の数々の場面や「朝ぼらけ宇治の川霧絶え絶えにあらはれわたる瀬々の網代木《あじろぎ》」（千載・冬・定頼、百人一首）などで知られる。冬の景物である網代についていえば、早く「もののふの八十氏川の網代木のいさよふ波のゆくへ知らずも」（万・三・二六六・人麻呂）という歌がある。柴舟も独特の風情であり、「暮れてゆく春のみなとはしらねども霞に落つる宇治の柴舟」（新古今・春下）は寂蓮《じゃくれん》の名歌である。中世以後、水車も名物となり、『徒然草』（五一）や『閑吟集《かんぎんしゅう》』などに出る。

霧
冬・網代
波
柴・春

橋

宇治橋は、しばしば流失をくりかえしたが、「忘らるる身を宇治橋の中絶えて人もかよはぬ年ぞへにける」（古今・恋五・読人知らず）のような恋の中絶えの象徴となり、これも宇治十帖の恋の苦悩の世界へつながる。また、「さむしろにころもかたしき今宵もや我を待つらむ宇治の橋姫」（古今・恋四・読人知らず）に詠まれる橋姫も、特に歌学の世界で様々な伝承となっていった。

橋姫

京

平安京からはほどよい距離にあるため、源融《とおる》、藤原師《もろ》氏《うじ》、道長《みちなが》など、貴族達の別荘が営まれ、道長は舟遊びにしばしば出かけている。道長の別荘は頼通《よりみち》に受け継がれ、永承七年（一〇五二）には平等院《びょうどういん》とされる。早く、喜撰《きせん》法師の「わが庵は都のたつみしかぞ住む世をうぢ山と人はいふなり」（古今・雑下、百人一首）の歌にもあるように、世を「憂し」と思う人の住む隠遁の地というイメージもあり、平安

都・鹿・世

時代中期には寺院も点在していた。

仏教→仏

　宇治の文学的イメージという点では、宇治十帖が果たした役割は決定的である。寂寥感に満ちた自然、仏教信仰、恋と〈死〉など、先行の文学を吸収するとともに、後代の文学を大きく先取りした。

説話

　奈良と京都を結ぶ交通の要衝であったため、人の往来が激しかったが、そこから、説話の集積する地ともなった。『宇治拾遺物語』の序文には、平等院傍らの南泉坊《なんせんぼう》に仮寓した源隆国《みなもとのたかくに》が、道行く人からの聞書を『宇治大納言物語』としてまとめ、『宇治拾遺』はその増補にあたるとしている。

　戦乱の場としては、源平合戦の宇治川の先陣争いや承久の乱の衝突、信長の槇島《まきしま》攻めなどが知られる。

　また、宇治茶は南北朝時代以降知られ、足利将軍家や有力守護の保護によって普及した。

（高田祐彦）

丑寅　うしとら

陰陽道
鬼
夢
都
比叡

　十二支による方角表示のうちの一つ。丑と寅の中間で、北東にあたる。「艮」とも表記される。陰陽道《おんようどう》では鬼門《きもん》とされ、不吉な方位と考えられた。一般に鬼が「牛角・虎褌」の姿で造型されるのは、鬼門が「丑・寅」であることによるともいわれる。『大鏡《おおかがみ》』忠平において、藤原忠平《ただひら》の太刀の石突《いしづき》をつかんだ鬼は、忠平の武勇に怖れをなして、この方角へと逃げ去る。また、『今昔物語集』巻二四・十四には、陰陽師《おんみょうじ》の弓削是雄《ゆげのこれお》が、伴世継《とものよつぎ》の悪夢を占って「汝ヲ殺害セムト為ル者ハ家ノ丑寅ノ角ナル所ニ隠レ居タル也」と助言し、法師が捕縛されるという話がある。丑寅の方角に神仏を祀って災厄を避けることを鬼門除けといい、都の北東に位置する比叡山延暦寺《ひえいざんえんりゃくじ》は、王城の守護として信仰された。江戸では、上野の東叡山寛永寺《とうえいざんかんえいじ》が同様の役割を果たし、『誹風柳樽』三九編には、「此うへの（上野）無ひ結構な鬼門ン除ヶ」という句がある。

（光延真哉）

後見　うしろみ

童
東宮
女房

　相手の後ろについて面倒を見る人。親子・夫婦・主従関係など広い人間関係に用いられ、日常的・実務的な世話役や、幼少の為政者に対する補佐役などの意味となる。上代には用例が認められず、平安時代中期以降の文献に見られる語で、公私にわたる人間関係が、複雑な網の目のように相互的に重複的に結ばれていた摂関時代の社会の特徴があらわれた語である。後世、音読して「こうけん」とも呼ばれた。「後見」の関係は、本来、永続が願われたものらしい。『落窪《おちくぼ》物語』で、実母を亡くした女主人公落窪の君が唯一頼りにできたのは「後見」の童であって、この童は継母に重用されて「阿漕《あこぎ》」と名づけられても落窪の君を裏切らない。逆に、『源氏物語』橋姫《はしひめ》巻冒頭では、八宮《はちのみや》が一時は東宮候補として期待されながら実現せず「後見」にまで見放された、という失意の人生が語られる。前者は女房、後者は政治的補佐役と、実態としては異なる立場であるが、「後見」という私的な保護関係への期待や、「後見」の不在と政治的社会的基盤の弱さの関係が理解できる。しっかりとした「後見」が不在で将来が懸念される状態は「うしろめたし」、「後見」を得て将来に不安がなくなった場合は「う

出家
妻

しろやすし」と形容された。『蜻蛉日記《かげろうにっき》』で夫との関係に悩む作者が、「人となして、うしろやすからん女などにあづけてこそ……」（中・天禄元年六月）と、息子の成人・結婚までは出家を思い留まるところには、社会的にも庇護する力のある家の妻が期待されているのであろう。

斎宮

『源氏物語』光源氏の母桐壺更衣《きりつぼのこうい》は「はかばかしき後見しなければ」（桐壺）と後宮では力弱く、光源氏も東宮にはなれなかった。しかし、光源氏自身は「朝廷の御後見」として公的に政権を支えるほか、紫の上・末摘花《すえつむはな》・藤壺《ふじつぼ》・斎宮女御《さいぐうのにょうご》といった王統の女たちを私的に「後見」し、王統の者の没落を未然に防ぐという役割を果たしていく。また、花散里《はなちるさと》や明石《あかし》の君などの女君は光源氏とは直接的に「後見」関係では規定されず、光源氏の子女の「後見」をすることで間接的に光源氏と結び留められ、その社会的立場が保証される形となっている。（高木和子）

有心　うしん

無心・心
難波
宣旨

「無心」の対語。訓読した形の「心あり」とも。本来は、対象へ深い関心と理解を寄せることをいい、「心あらむ人に見せばや津の国の難波わたりの春のけしきを」（後拾遺・春上・能因）のように情趣を解する優美な心があること、あるいは思慮深いことをさす。関白藤原頼通《よりみち》女寛子《かんし》の立后の折に宣旨に任命された源経長《つねなが》の妹は、「おとなびて、有心にものし給ふ人」だったので出仕などできないと言ったという（栄花・根合）。思慮分別があるゆえに我が身のほどを考え謙遜したのだろう。ただし「有心」が行き過ぎると、それは気取りにもなり、無粋と見なされた。『枕草子』「小白川といふ所は」段では、藤原済時《なりとき》邸の法華八講の折、女車に口上を述べるよう義懐《よしちか》中納言に遣わされた使者が、女の返事を言うのにもったいぶった様子だったので、同座の道隆《みちたか》中将が「とく言へ。あまり有心すぎて、しそこなふな」と述べたという。

和歌
歌合
題詠

和歌では、前掲の能因《のういん》詠のように歌に詠み込む場合もあるが、歌合判詞の評語としてまず注意される。歌題への深い理解が歌に表現されているか否かは歌合の、題詠歌の本質に関わることだからである。たとえば、源俊頼《としより》は天治元年（一一二四）に催された『永縁奈良房歌合《ようえんならぼう》』で、「山桜昼見る色のあかなくに夜さへ花のかげにむつれぬ」（桜二番右・牛君）の第二句を「頗る《すこぶ》幼げ」としつつ、「あかぬ名残に夜睦《むつ》るるなど心あり」と評して勝とした。難を差し引いてなお、桜への沈潜の深さを評価したのである。また藤原俊成《しゅんぜい》は、建久四年（一一九三）成立の『六百番歌合』で、息子定家《ていか》の「悲しきは境《さかひ》異なる中として亡き魂《たま》までもよそに浮かれん」（遠恋一七番左）を、死者の魂という「砕けた」題材だが「心あるにや侍らん」と評して勝とした。幽冥《ゆうめい》境を異にする相手を思う心の深さを評価したのだろう。

桜
魂

歌合判詞の評語としての蓄積を背景にしながらも、定家『毎月抄《まいげつしょう》』は、「有心」を単に一首中に現れた情趣の深さや着想の深さ、対象への心深さではなく、詠歌態度から言及する点で一線を画している。同書は、和歌の十の風体を説く中で、「有心体」を「歌の本意」とし、その風体は「よくよく心を澄まして其の一境《いつけい》に入《いり》ふしてこそ」稀に詠めるものだという。つまり、雑念を払い歌境に深く沈潜して詠むという作歌時の心の働き、態度こそがまず重要なのだ。そして、そのようにして得た題意への深い理解を、取捨選択した古歌の詞を用い、題意に叶う場面を主体的に構成して一首に表現した風体こそが『毎月抄』のいう「有心体」なのである。同書は恋と述懐《しゆつかい》題はひたすらこの体で詠むことを説くが、「何《いづれ》の体も実は心のなき歌は悪《わろ》き」「何の体にも唯《ただ》有心様を存ずべき」とも述べ、結局はあらゆる歌に「心ある」ことを要求する。狭義にも広義にも「有心」をとらえるのは、『毎月抄』が、表現された一首の風体ではなく詠歌姿勢を論じていることから当然だろう。

連歌論・能

この「有心体」論は、『愚見抄《ぐけんしよう》』『三五記《さんごき》』などの定家仮託偽書の歌論を中心に、さらに何体にも分類されながら最高位の体として継承され、連歌論・能楽論にも大きな影響を与えてゆく。特に、和歌連歌修行を心の修行、かつ仏道修行であると考えた心敬《しんけい》は、その連歌論書『さゝめごと』で「幽玄体」を連歌道修行の根本と説く中で、姿詞《すがたことば》の優美さではなく、作者の、あらゆるものを優美に見る心（心の艶）が肝要とし、有心体を心の修行によって得られる高貴至極の風体とした。心敬の連歌論は、詠歌主体の心のありようを問題の根本に据える姿勢において、『毎月抄』の論に深く通じている。

詞

心

なお、『毎月抄』は「余りに又深く心を入れむとてねぢすぐせば」「心なきよりもうたてう見苦しき事に侍り」と、「有心」をめざすあまりに技巧を凝らしすぎると「無心」より見苦しい歌になるとも指摘する。『無名抄《むみようしよう》』『八雲御《やくもみ》抄《しよう》』などほぼ同時代の歌論に同様の言説が見いだされ、歌論によって「有心」の内容理解には差違があるものの、「有心」と「無心」が紙一重の関係と認識されていたのは、語義と同じなのであった。

歌論

（吉野朋美）

宇陀　うだ

奈良

奈良県宇陀市および宇陀郡。記紀の神武《じんむ》東征の場面にその名が多く見られ、歌謡にも「宇陀の　高城《たかき》に　鴫羂《しぎわな》張る……」（記・九、紀・七）とある。その他、仁徳《にんとく》記では、女《め》鳥王《どりのみこ》・速総別王《はやぶさわけのみこ》とが「宇陀の蘇邇《そに》」で殺され、天武《てんむ》紀壬申の乱には「菟田郡家《うだのこおりのみやけ》」などの名が見られる。宇陀野は狩猟の地で、推古《すいこ》紀十九年五月には薬猟《くすりがり》の記事がある。『万葉集』には草壁皇子《くさかべのみこ》の狩猟を詠んだ巻二・一九一歌があり、「宇陀の野の秋萩しのぎ鳴く鹿も……」（万・八・一六〇九・丹比真人）と、鹿が詠まれたのもこのためであろう。『和歌初学抄』「所名」には「うだの　タカヾリニヨム」とある。また「倭の宇陀の真赤土《まはに》のさ丹《に》着かば……」（万・七・一三七六・作者未詳）とあり、染料にする赤土の産地でもあった。

秋・萩・鹿

皇極《こうぎよく》紀三年三月には、菟田郡の人が菟田山の雪中の紫の茸を食し、無病で長寿を得た、とある。また『日本《にほん》霊異記《りよういき》』上・十三話には、やはり宇太郡の女が仙草を食べ、天に飛んで行ったという話がある。宇陀が特殊な地と見られていたことを推測させる。

雪・紫

（新谷正雄）

歌合　うたあわせ（うたあはせ）

左右二組に分かれて、与えられた題によって和歌を詠み、優劣を競う催し。歌合の歴史は九世紀末に遡り、現存する

和歌

最古の歌合は、元慶八年（八八四）から仁和三年（八八七）に在原行平《ありわらのゆきひら》によって主催された「在民部卿家歌合《ざいみんぶきょうけうたあわせ》」である。十世紀初頭に『古今集』が成立し和歌の地位が上昇するにつれて頻繁に行われるようになった。

女房・春・夏　殿上　酒　色

晴儀歌合《せいぎうたあわせ》の典型とされるのが天徳四年（九六〇）三月三十日「内裏歌合」で、詳細な記録が残っている。まず主催者である村上《むらかみ》天皇が左右の方人《かとうど》（歌合に出席するチームの構成員）となる女房たちを選び、春夏の景物と恋の計十二の歌題を設定した。それに基づいて、左右それぞれが当代一流の歌人たちに詠歌を依頼し、準備を進めた。当日、天皇をはじめ、講師《こうし》（歌を朗吟する役）を務める貴族など左右の方人となる女房と殿上人、大勢が集まった。場所は清涼殿《せいりょうでん》の西廂《にしびさし》。女房は左方は赤系統、右方は青系統の衣裳に身を包んでいる。音楽が奏でられ酒肴も用意された。歌は一首ずつ趣向を凝らした州浜《すはま》や文台《ぶんだい》に載せて披露された。判者は左大臣藤原実頼《さねより》が務めたが、迷う場合は天皇の意を汲んで決定した。夜を徹しての勝負の結果、左方が勝利を収めた。百人一首でも名高い平兼盛《かねもり》「忍ぶれど色にいでにけり我が恋はものや思ふと人の問ふまで」と壬生忠見《みぶのただみ》「恋すてふ我が名はまだき立ちにけり人知れずこそ思ひそめしか」（ともに拾遺・恋一、百人一首）は、この歌合でつがえられ、兼盛の歌が勝ちになった。鎌倉時代の説話集『沙石集《しゃせきしゅう》』には、自信作が負けたことを知った忠見が落胆のあまり不食の病になって死んだという話があるが、忠見の死は事実ではなく、どちらも素晴らしいために生じた伝説であるらしい。

絵　院

平安時代の歌合は晴れやかな遊宴の場であり、和歌を中心に書道・絵画・工芸・音楽などの文化の粋を結集する総合芸術の場でもあったが、院政期になると次第に王朝的な遊宴性が払拭され、和歌そのものの文芸性を追求する傾向が生じた。歌合の文芸性が頂点に達したのは『新古今集』の時代で、「六百番歌合《ろっぴゃくばんうたあわせ》」や「千五百番歌合《せんごひゃくばんうたあわせ》」などが行われた。「千五百番歌合」は歌合史上最大規模の催しで、主催者は後鳥羽院《ごとば》。藤原定家《ていか》、家隆《いえたか》ら『新古今集』を代表する三十名の歌人を集め、春三〇〇番、夏二二五番、秋三〇〇番、冬二二五番、祝七五番、恋二二五番、雑一五〇番の計一五〇〇番からなる。判者も後鳥羽院以下十名が務めた。完成は建仁三年（一二〇三）初頭と推定されている。

（鈴木宏子）

歌枕　うたまくら

和歌　竜田・山　紅葉　佐保山・秋・春・吉野・雪・花・井出・山吹・蛙　飛鳥

歌枕には、大別して三つの意味がある。第一は、和歌に詠まれる、特定のイメージを帯びた地名のこと。たとえば竜田山《たつたやま》は奈良県生駒郡斑鳩町竜田付近にある山である。この山自体は季節に関わらず存在し四季おりおりの姿を示すが、和歌の世界では紅葉の名所という固定化したイメージによって歌われる。また竜田山は平城京の西に位置する山であり、東にある佐保山と対をなし、五行説の上から秋、春に配されていた。同様に吉野山は雪と花の名所、井出は山吹と蛙の名所というように、ある地名が特定の景物と結合している例が多々ある。イメージの固定化は景物との結びつきだけではない。飛鳥川《あすかがわ》は奈良県高市郡明日香村を流れる川であるが、「世の中は何かつねなる飛鳥川昨日の淵ぞ今日は瀬になる」(古今・雑下・読人知らず)という古歌によって、変転きわまりない無常のイメージを象徴する歌枕となった。歌枕は畿内の地名を主とするが、東国の地名もまた多い。末《すえ》の松山《まつやま》は宮城県多賀城市八幡にあった山であるが(往時は海岸付近であったらしいが現在は地形が変わっている)、「君をおきてあだし心を我が持たば末の松山波も越えなむ」(古今・東歌《あずまうた》・読人知らず)によって、「末の松山を波が越す」といえば、絶対にありえないことや、心変わりをすることのたとえとなった。実際に末の松山を見た都人は稀であったはずだが、和歌から豊かな想像力を働かせていたのである。平安時代も後期になると、能因《のういん》法師のように、歌枕を実見する旅に出かける歌人も登場した。イメージの世界を実体化しようとする試みである。

末の松山
心・波

第二は、地名も含む和歌に詠まれることば万般のこと。『梁塵秘抄《りょうじんひしょう》』一に「春の初めの歌枕　霞たなびく吉野山、鶯佐保姫《さほひめ》翁草《おきなぐさ》、花を見捨てて帰る雁……」とある。

霞
雁

第三は、歌語の解説書のこと。『源氏物語』玉鬘《たまかずら》巻に「よろづの草子歌枕、よく案内知り見つくして、その中の言葉を取り出づるに、詠みつきたる筋こそは変らざるべけれ」とあるのがその例で、現存する『能因歌枕《のういんうたまくら》』のほかにも、『四条大納言歌枕』などの書物があったらしい。　(鈴木宏子)

内　うち　⇩内裏《だいり》

打出の浜　うちでのはま

現在の滋賀県大津《おおつ》市膳所《ぜぜ》付近の琵琶湖岸にある浜。近江《おうみ》国の歌枕。平安時代、都から東国・北国へ向かう途上、必ず通過する地であった。『枕草子』にも、「浜は、有度浜。長浜。吹上の浜。打出の浜。諸寄の浜。千里の浜、広う思ひやらる」(枕・浜は)と見える。石山寺への参詣の道筋にあたるため、『蜻蛉《かげろう》日記』『源氏物語』『更級《さらしな》日記』などの物語・日記類の石山詣の場面にしばしば登場する。『蜻蛉日記』の石山詣の場面には、「関うち越えて、打出の浜に死にかへりていたりたれば、先立ちたりし人、舟に菰屋形《こもやかた》引きてまうけたり。ものもおぼえずはひ乗りたれば、はるばるとさし出だしてゆく。」と見られ、都方面から逢坂《おうさか》の関を越えたところに位置する船着き場であったことが知られる。

琵琶湖・近江
歌枕・都
石山
逢坂
関

和歌では「口に出して言う」意味の「うち出づ」と関わらせて歌うものが多い。「近江なる打出の浜のうち出でつつ恨みやせまし人の心を」(拾遺・恋五)「山ながらうくはうくとも都へはなにかうちでの浜も見るべき」(和泉式部集)。また、浜に寄せる実景としての波と、「波がうつ」「波がうち出づ」ということばの連想から、「白波の打出の浜の秋風に鹿の初音をそへて聞くかな」(能宣集)のほか、「沖つ波打出の浜」「春の波打出の浜」など、「波」と関わらせて

和歌
波
風・鹿
春・波

志賀

詠む歌も見られる。「志賀の山」「志賀の浦」とともに詠まれることも多かった。

（大浦誠士）

空・虚　うつせ

貝

住吉（すみよし）

枕詞・序詞

蟬

空であること。空虚。古典文学の場合、「うつせがい（空貝・虚貝）」や「うつせみ（空蟬・虚蟬）」などのかたちで用いられることが多い。うつせ貝は、海辺などにある中身のなくなった貝殻のことで、和歌表現においては「住吉《すみのえ》の浜に寄るといふうつせ貝実なき言もちあれ恋ひめやも」（万・十一・作者未詳）のごとく、「実なし」「むなし」や、あるいは離ればなれになった二枚貝の殻を連想することにより「あはず」「われる」などを言い起こす枕詞や序詞のようにも使われる。うつせみは、「うつしおみ（現臣）」が「うつそみ」となり、さらに「うつせみ（現身）」となったものといわれ、もともとはこの世に生きている人や現世・この世の意味で用いられた。しかしながら、「空蟬」「虚蟬」の表記の定着により、蟬の脱け殻や蟬そのものの意と捉えられることにより、「うちはへてねをなきくらす空蟬のむなしき恋も我はするかな」（後撰・夏・作者未詳）のように、しだいに和歌の中などにおいては世の無常やはかなさを言い表すようになっていった。

（杉田昌彦）

卯槌　うづち

正月

正月上の卯の日に、宮中の糸所で調進された槌。桃の木を、一寸（約三センチ）×一寸×三寸くらいの直方体に切り、穴をあけ、五尺（約一・五メートル）の五色の糸を垂らしたもの。腰につけたり帳台にかけたりして邪気を払った。民間にも広まり、平安時代には多く贈答がなされた。『枕草子』「職の御曹司《みぞうし》におはしますころ」の段に、大斎院が中宮に「卯槌二つを、卯杖のさまに頭などを包みて……うつくしげに飾りて」贈ったとあるように、卯杖の変型であったとみられる。「正月十よ日のほど」の段では、桃の木にのぼった男の子に童女が「卯槌の木のよからむ、切りておろせ」と呼びかける情景がほほえましく描かれている。

斎院

中宮→三后

（大井田晴彦）

宇津谷　うつのや

歌枕・駿河

現在の静岡市とその西隣の岡部町の境にある宇津谷峠のことであるが、古典文学には「宇津の山」の形で現れる。駿河《するが》国の歌枕。『伊勢《いせ》物語』の東下りの段で、男が駿河国にさしかかった時、知り合いの修行者と出会い、「駿河なる宇津の山べのうつつにも夢にも人にあはぬなりけり」（伊勢・九）という歌をその修行者に託した話で有名である。

夢

「旅寝する夢路はゆるせ宇津の山関とは聞かず守《も》る人もなし」（新古今・羇旅・家隆）や「宇津の山うつつ悲しき道絶えて夢に都の人は忘れず」（秋篠月清集）のように、「夢」と「現《うつ》つ」を詠む歌が圧倒的に多いのは『伊勢物語』の右の歌の影響による。その宇津の山を越える道は、やはり『伊勢物語』に「わが入らむとする道はいと暗う細きに、蔦《つた》かへでは茂り……」（伊勢・九）と、蔦や楓《かえで》の茂った薄暗い細道として描かれており、その影響から「茂りあふ蔦も楓も

都

楓

跡ぞなき宇津の山辺は道細くして」（秋篠月清集）のように「蔦」「楓」が詠まれるほか、「都にも今や衣をうつの山夕霜はらふ蔦の下道」（新古今・羇旅・定家）「踏み分けし昔は夢か宇津の山あととも見えぬ蔦の下道《したみち》」（続古今・羇旅・雅経）のように、「蔦の下道」という歌語も生まれた。『東関紀《とうかんき》行《こう》』の「東路はここをせにせん宇津の山あはれも深し蔦の下道」、『十六夜日記』の「我が心うつつともなし宇津の山夢にも遠き都恋ふとて」などは、旅の途次、実際に宇津の山を越える時に詠まれた歌である。　（大浦誠士）

霜

優曇華　うどんげ

「優曇」は梵語 udumbara の音訳で、「優曇波羅《うどんばら》」「優曇《うどん》鉢華《ばつげ》」の略。ウドンバラの花とはインドの神話に登場する想像上の花とされるが、ヒマラヤ山麓やデカン高原に実在するクワ科の常緑樹 Ficus Glomerata のことともいう。これは無花果《いちじく》の一種で、くぼんだ花托の中に咲く花が外からは見えないため、花は毎年咲くにもかかわらず三千年に一度しか咲かないものとされ、その折に転輪聖王《てんりんじょうおう》が世に出現するといわれた。『竹取物語』では、かぐや姫への求婚者の一人のくらもちの皇子が、蓬萊の玉の枝を、鍛冶匠たちに作らせて上京したところ、「優曇華の花持ちて上り給へり」と騒がれた。『今昔物語集』巻三一・三三の竹取翁説話では、求婚者への難題の一つが優曇華の花を取ってくることとなっており、その珍しさと人々の好奇心がうかがえる。また、稀有な事柄や出来事、それに出会った喜びの形容として用いられ、『源氏物語』若紫《わかむらさき》巻では北山の僧都《そうず》は、「優曇華の花待ち得たる心地して深山桜に目こそうつらね」と、類まれな優れた人物である光源氏に出会った感動を歌っている。　（高木和子）

花　桜

畝傍山　うねびやま

大和《やまと》国の歌枕。奈良県橿原《かしわら》市畝傍町の標高一九九メートルの山。大和三山の一つ。妻争いの歌「香具山は　畝火《うねび》ヲヲシと　耳梨と　相あらそひき……」（万・一・十三・天智天皇）では、「ヲヲシ」の意とともに、三山の性が問題で、その山容をどう見るか、ということともかかわる。

記紀では初代神武《じんむ》天皇が「畝火の白檮原宮《かしはらのみや》」（記・神武）で即位。これは近江荒都歌にも「玉襷《たまたすき》　畝火の山の　橿原の　日知《ひじり》の御代ゆ……」（万・一・二九・柿本人麻呂）と歌われている。そして神武は「畝傍山東北陵に葬」られた（紀・神武）。また崩御《ほうぎょ》後、多芸志美美《たぎしみみ》命の謀反の際、皇后伊須《いす》気余理比売《けよりひめ》が「畝火山　晝《ひる》は雲とゐ　夕されば　風吹かむとぞ　木の葉さやげる」（記・二二）などと歌い、謀反をその息子たちに知らせた。平安時代以降、歴史とは離れて歌に詠まれる。「うねびやま峰の木ずゑも色づきてまてどおとせぬかりがねのこゑ」（大弐高遠集）は秋の、「春かけて雪はふれども玉だすきうねびの山にうぐひすぞなく」（夫木抄・雑二・権僧正公朝）は春の景を歌う。　（新谷正雄）

大和・歌枕　香具山　耳梨　皇后→三后　晝（昼）・雲・夕・風・葉　秋・雪　うぐひす（鶯）　春

采女　うねめ

後宮の下級の女官。「うねべ」とも。また「婇」とも表

令→律令

記する。大化前代には、国造《くにのみやつこ》や県主《あがたぬし》が、朝廷への忠誠心を表すものとして、子女を人質的に貢進した。令制によって、各国の郡ごとに、郡少領《こおりのすけのみやつこ》以上の、十三歳から三十歳までの子女のうち、容姿端麗の者を出仕させて、天皇に近侍するようになった。平安時代以降、国ごとの貢進となり、代々采女として神事や祭事に関わるようになると、地方ごとの貢進は形骸化し、宮中での地位も低下する。その後は名目上、江戸時代まで存続した。

天皇に近侍するがゆえに、恋愛関係となる者も多かったが、「又伊賀采女宅子娘《やかこのいらつめ》有り。伊賀皇子を生む。後の字《みな》を大友皇子と曰す」（紀・天智）と、采女の子であった大友皇子が、壬申の乱で敗れたのは采女の地位の低さゆえであると説明している。一方で、臣下との恋愛から入水した采女もおり、柿本人麻呂は、吉備津《きびつ》の采女の死に際して、長歌と、短歌二首（万・二・二一七—九）を詠んでいる。

節会

平安時代になると、宮廷儀礼を司る地位となり、形骸化していく。『枕草子』「えせものの所得るをり」段には、その例の一つに、「節会《せちえ》の御まかなひの采女」が挙げられており、宮中での地位が一段と低下していることが知られる。

説話

猿沢池

その一方で、前代の天皇や臣下との恋のモチーフは説話化され、『大和《やまと》物語』一五〇段は、「ならの帝」に仕える采女が、帝の愛情を得られなかったことに絶望して、猿沢《さるさわ》池に入水する。それを知った帝は悼み、柿本人麻呂《かきのもとのひとまろ》に歌を詠ませた、という話になっている。なお、その采女を祀った「采女の宮」は、猿沢池のほとりに後ろ向きに立っており、そこから江戸時代には相手に背を向ける意味で「采女の宮」を使うようになった。「振られ客うねめの宮で夜をあかし」（柳樽）は、その例である。

（奥村英司）

卯の花　うのはな

花

和歌・夏・ほととぎす・雪

ユキノシタ科の落葉低木。陰暦四月（卯月）に白い花が群がって咲く。別名ウツギ。和歌では、夏の花として時鳥《ほととぎす》と組み合わせて詠まれるほか、花の白さが雪、白波、月光に見立てられたり、「卯の花」の「う」から同音の繰り返しによって「憂し」が導きだされたりする。垣根に咲く花として捉えられることが多い。早く『万葉集』に「卯の花の散らまく惜しみほととぎす野に出《で》山に入り来鳴き響《とよ》す」（万・十・一九五七・作者未詳）のような歌がある。『古今集』の「ほととぎす我とはなしに卯の花の憂き世の中に鳴きわたるらむ」（古今・夏・凡河内躬恒）は、同音の繰り返しによって「憂し」を導きだしたもの。「時わかず降れる雪かと見るまでに垣根もたわに咲ける卯の花」（後撰・夏・読人知らず）「白波の音せで立つと見えつるは卯の花咲ける垣根なりけり」（後拾遺・夏・読人知らず）は見立ての例である。『枕草子』「五月の御精進《さうじ》のほど」の段には、清少納言たち女房が賀茂の奥に時鳥の歌を詠みにいく話が語られる。歌は詠めなかったものの「卯の花のいみじう咲きたるを折りて、車の簾《すだれ》、かたはらなどにさしあまりて、おそひ、棟などに、長き枝を葺《ふ》きたるやうにさしたれば、ただ卯の花の垣根に牛をかけたるとぞ見ゆる」という風狂の態で帰途についたという。

野・山

世

女房・賀茂

車

簾

牛

『奥の細道』では、白河関で「卯の花の白妙に、茨の花咲きそひて、雪にもこゆる心地ぞする」という、雪景色か

白河関

と見まがう卯の花の景が描かれる。これを見て曽良《そら》は「卯の花をかざしに関の晴着かな」という句を詠む。これは、古人が名歌を詠んだ地である白河関に敬意を表して、衣裳を改めないまでも、せめて卯の花を折り取って髪に挿そう、というものである。明治二九年に音楽教科書に採用された唱歌「夏は来《き》ぬ」（佐佐木信綱《ささきのぶつな》作詞・小山作之助作曲）には、古典の中で培われた初夏の美しさが集約されている。「卯の花のにほふ垣根に／ほととぎす早も来鳴きて／忍び音もらす夏は来ぬ」。

（鈴木宏子）

夏

乳母　うば

⇨傅《めのと》

姥捨て　うばすて

信濃《しなの》国の歌枕。「おばすて」とも。諸説あり、長野市篠《しの》ノ井《のい》の「小長谷山《おはつせ》」が訛ったものとする説が有力。その後、長野県戸倉町と上山田町の間の冠着山《かむりき》の別称を「姨捨山」というようになったらしい。

『大和物語』一五六段によれば、年老いた姑を疎んじた嫁によって、母を山に捨てることを命ぜられた男が、寺詣に行くと偽って母親を連れだし、この山の峰に置き去りにして帰宅した。だが、山にかかる月を見て一晩中眠ることもできず、「わが心なぐさめかねつさらしなやをばすて山にてる月を見て」（古今・雑上・読人知らず）と詠んで、母を迎えに行った。その後、この山を「姨捨山」と称した、という。『更級《さらしな》日記』には、この歌を踏まえて「月も出でで闇にくれたる姨捨になにとて今宵たづね来つらむ」と、夫に死なれた老残の身を、作者が卑下して詠んだ歌があり、作品名の由来ともなっている。また、「こむといひし月日をすぐすをばすての山のはつらきものにぞありける」（後撰・恋一・読人知らず）は、男の訪れを待つ間に年老いていく女の嘆きを詠んでいる。

姨捨山の説話は、『今昔物語集』巻三十や、謡曲「姨捨」の題材にもなっている。松尾芭蕉《まつおばしょう》は、『更科《さらしな》紀行』の冒頭、『古今集』（雑上）の歌をふまえ、「さらしなの里、おばすて山の月見ん事、しきりにす、むる秋風の心に吹さはぎて」と記し、旅の目的地としている。また、この一帯にひろがる棚田に映る月を、「田毎《たごと》の月」と称し「この蛍田毎の月にくらべみん」（笈の小文）のように句に詠まれている。

食料不足のため、一定の年齢の老人を捨てるという風習は各地にあったらしく、そうした話を総称して「棄老伝説」という。

（奥村英司）

信濃・歌枕
嫁
山
月
男
女
里
秋・風・心
蛍・田

馬　うま

ウマは「馬」の字音「マ」に由来するといわれ、平安時代以後には通例「むま」と表記される。歌語としては「こま」が主に用いられ、『古今集』では詞書で「むま」、歌本文で「こま」と使い分けられている。

古来、馬は神聖な動物とされ、正月七日に宮中で行われた白馬節会《あおうまのせちえ》や、現在も上賀茂神社で行われて有名な五月の競べ馬、また稲荷の初午など、各種の年中行事や祭礼に用いられたほか、神の乗り物として、神社に神馬や絵馬が奉

白馬・節会
稲荷・年中行事・神

観世音→観音
霊（たま）
僧→出家
蛇
武士
大宰府
宇治

納された。馬を神仏の化身、あるいは人の生まれ変わりとする例も多い。『今昔物語集』巻五・一には馬を観世音の化身とする話があり、類話が『宇治拾遺物語』巻六・九などにみえる。『古今著聞集《ここんちょもんじゅう》』巻二十には、阿波の智願上人の乳母が死後馬となって上人の前に現れる話があり、『源《げん》平盛衰記《ぺいじょうすいき》』巻三七は、ひよどり越えの坂落としの際、畠山《はたけやま》重忠《しげただ》が愛馬をいたわり、これを背負って下りたという有名な逸話について、観世音菩薩が馬に姿を変えて人に仕え、亡父が馬となって子につくすなどの仏説を引いて重忠の行動を讃えている。馬の霊性はまた、聖徳太子の乗る馬が進まなくなったので怪しんで見ると異相の僧が飢えて臥していたという片岡山飢者説話（沙石集・五末・十など）や、菊池入道が櫛田《くしだ》の宮を過ぎる時、乗った馬が立ちすくみ進まないので神殿の扉を二矢射たところ、大蛇が矢に当たって死んでいたという話（太平記・十一・筑紫合戦事）などにも伝えられるところである。

中世・近世では、東国の武士が競って駿馬《しゅんめ》を求め、これを愛育したことから、名馬の伝説も数多い。『古今著聞集』巻二十には、藤原広嗣《ひろつぐ》が大宰府に下った折り、一口に七声続けざまにいななく駿馬を手に入れ、大宰府と奈良の朝廷を瞬時に移動して政治を執り行ったとあり、『平家物語』巻九「宇治川先陣」では、生喰《いけずき》・摺墨《するすみ》という名馬をそれぞれ佐々木高綱《ささきたかつな》と梶原景季《かじわらかげすえ》が駆り、宇治川で先陣を争う。説経「小栗判官《おぐりはんがん》」の、人喰い馬の鬼鹿毛《おにかげ》を小栗がみごとに乗りこなす場面も著名である。

（水谷隆之）

海　うみ

海は、その広さ大きさのゆえに、天や地と並んで世界を構成する根源に属するものであった。したがって、海は、多くの神話や伝承、信仰に支えられている。わたつみの神の海中の宮殿は、海幸・山幸神話や浦島伝承で知られるほか、平家滅亡の折、安徳《あんとく》天皇とともに入水した二位尼のことばにもあった（平・十・先帝身投）。海の神には、航海の無事を祈って人間の生け贄や供物が捧げられた。日本武尊《やまとたけるのみこと》が走水《はしりみず》（現在の浦賀水道）で海の神の怒りにふれた時、后弟《おと》橘比売《たちばなひめ》が犠牲になり、海に入って尊を助けた話がある（景行記）。また、海の彼方には常世が存在するという信仰もあり、これは捕陀落《ふだらく》信仰や蓬莱《ほうらい》信仰とも結びつく。大祓《おおはらえ》の祝詞《のりと》によれば、罪や穢れは川から海に流された後、根《ね》の国に運ばれる。こうしたことから、海辺は一種の境界ともなる。豊玉姫《とよたまひめ》は、浜辺の出産で自らの正体を明らかにしてしまい、須磨《すま》に流された光源氏が亡き桐壺院の霊と出会うのも海辺であった。

海は多く畏怖や恐怖の対象である。『竹取物語』の大伴大納言は南の海に漕ぎ出したものの、暴風雨のため明石の浜に打ち上げられ、命からがら逃げだす。『土佐《とさ》日記』でも、淀川にたどり着くまでは、海賊や海そのものに脅えつづけた。『枕草子』には、海の豹変する恐ろしさや海人への同情が見られる。また、海は逃げ出すことのできない場であり、騙されて筑紫《つくし》行きの舟に乗った『狭衣《さごろも》物語』の飛鳥井《あすかい》の姫君は入水を選び、『山椒大夫《さんしょうだゆう》』で親子が別れ別れにさ

天
平家
神
須磨
明石
淀川
海・海人
筑紫

れるのも、舟に乗ることによってであった。

朝・月

『万葉集』には「廬原《いほはら》の清見《きよみ》の崎の三保《みほ》の浦のゆたけき見つつもの思ひもなし」（三・二九六・田口益人）「珠洲《すず》の海に朝開きして漕ぎ来れば長浜の浦に月照りにけり」（十七・四〇二九・家持）など、海の風景を詠んだ歌が多く見られる。また、「ともしびの明石大門《あかしおほと》に入らむ日や漕ぎ別れなむ家のあたり見ず」（三・二五四・人麻呂）のように、旅路の不安や悲しみ、望郷の思いを詠む歌も多い。平安時代になると、海の風景が歌に詠まれることはまれになり、もっぱら観念的に海が捉えられるようになる。「しきたへの枕の下に海はあれど人を見るめはおひずぞありける」（古今・恋一・友則）は、涙の比喩であり、「海松布《みるめ》」を掛けている。なお、「近江の海夕波千鳥なが鳴けば心もしのにいにしへ思ほゆ」（万・三・二六六・人麻呂）のように、「海」で琵琶湖をさすことも多い。

枕

涙

千鳥

琵琶湖

『古今六帖《こきんろくじよう》』の項目にも「海」が見られるが、平安時代後期からは題詠によって詠まれることも増える。著名な「わたの原漕ぎ出でて見ればひさかたの雲居にまがふ沖つ白波」（詞花・雑下・忠通、百人一首）は、「海上遠望」という題で詠まれた歌合の歌である。ただし、源実朝《みなもとのさねとも》の有名な「大海の磯もとどろに寄する波割れて砕けて裂けてちるかも」（金槐集・雑）は、万葉ぶりを目指した実景に即した歌。後世、俳諧は、「荒海や佐渡に横たふ天の川」（奥の細道）や「春の海ひねもすのたりのたりかな」（蕪村句集）のような新たな風景を発見してゆく。

題詠

歌合

俳諧・佐渡・天の川→七夕・春

（高田祐彦）

梅　うめ

春・花

春のはじめに花を咲かせる梅は、もともと中国渡来の植物であった。『万葉集』の時代、特に奈良時代以後の官人たちの多くは、その持ち前の詩文的な教養と感覚を刺激されながら、格別にこれを愛好して数多くの花の詩歌を詠んだ。

大宰府

大伴旅人《おおとものたびと》が赴任先の大宰府の官邸で、天平二年（七三〇）正月に梅花の宴を催した。そこで官人たちの詠んだ梅の歌が、三十数首も残されている。その折の旅人自身の作「わが苑《その》の梅の花散るひさかたの天より雪の流れ来るかも」（五・八二二）は、梅の花の白さを雪の白さと見立てることで、花びらが流れるように舞い散るとする。事実以上の華麗さを、雪のうちから咲き出る梅の花の生命の幻想の美として描き出している点に、特に注目されよう。

雪

白

もとより、この時代の梅がほとんど白梅であったところから、雪の白さを連想する詠みぶりがすでに一般的であった。この宴の作も多く、どこかで雪が降っているのにここでは白梅が咲いているとか、その花の白さは雪のようだとか詠んでいる。そのように白さゆえに梅を雪を見立てようとする発想は、漢詩の技法に学んだものである。これは、詩文の教養を身につけた男子官僚たちの嗜好から出ているとみなければならない。そこから、白梅と雪を関連づけて、さらに冬の底から春が胚胎するという印象を与える発想と表現を発達させてきた。

漢詩→詩

『古今集』にも、雪のなかから梅が咲き出すという春の

鶯　筑紫　紅　桜　薫物→香

生命の甦《よみがえ》りを詠んだ歌が多い。「春立てば花とや見らむ白雪のかかれる枝に鶯ぞ鳴く」（春上・素性）の、実際の雪を白梅と見紛うとする表現も、雪の底に春の再生を見出す発想によっているが、この歌のように梅と鶯の組み合わせを詠むのも、平安時代以後一般化した。

また、梅の花の色よりも、花の香が注目されるようになる。「春の夜の闇はあやなし梅の花色こそ見えね香やは隠るる」（古今・春上・躬恒）は、春の夜の闇は筋道の通らぬものの、梅の花は色こそ見えないが香りは隠れようもないのだから、の意。『大鏡《おおかがみ》』に、菅原道真《すがわらのみちざね》が筑紫《つくし》の大宰府に左遷されることになり自邸を離れる折、次の歌を残したという。「東風《こち》吹かばにほひ起こせよ梅の花主《あるじ》なしとて春を忘るな」。これも梅の香を詠んでいる。庭先の梅の木に呼びかけて、花の香を東風に託して筑紫まで届けてくれ、というのである。

平安時代もなかばになると、白梅よりも紅梅が観賞の主流になる。『枕草子』「木の花は」の段にも、「濃きも薄きも紅梅」とある。『源氏物語』末摘花《すえつむのはな》巻で、源氏が正月、自邸二条院に紅梅が盛んに咲いているのを眺め、零落の姫君末摘花の鼻の赤さを思い起こしては笑いをかみころして、「紅《くれなゐ》の花ぞあやなくうとまるる梅の立ち枝《たえ》はなつかしけれど」と詠む。梅の高く伸びた枝はなつかしいが、その花の赤さはわけもなくいやなもの、という意である。

梅は桜などに比べると、開花の期間が長い。正月なかばに咲きはじめて、翌月のなかばぐらいまでは咲きつづき、桜の咲き出すまで長持ちする。『源氏物語』梅枝《うめがえ》巻で、明石の姫君の入内《じゆだい》を前に源氏の趣向で、六条院で薫物合《たきものあはせ》の試みが行われた。「二月の十日、雨すこし降りて、御前近き紅梅盛りに、色も香も似るものなきほどに……」とあり、二月中旬に紅梅が今を盛りににおっている。これは、多様な薫物の香と戸外の梅の香がたがいに和する趣である。

雨　月　俳諧

『伊勢《いせ》物語』四段に、男がひそかに通っていた相手の女（藤原高子《たかいこ》、二条の后）がにわかに姿を隠してしまった、という話がある。男は、女が入内したと知っても、その恋を忘れがたく、一年後、女のいない空っぽの邸にやってきた。「またの年の正月に、梅の花盛りに、去年《こぞ》を恋ひて行き、立ちて見、ゐて見、見れど、去年に似るべくもあらず」とあり、男は泣きながら、「月やあらぬ春や昔の春ならぬわが身一つはもとの身にして」と詠む。月があの時とは同じではないのか、春は昔のままの春ではないのか、わが身一つだけはもとのままなのに、ぐらいの意。「（梅の）花」を「春」と替えて時の変化を強調し、何もかもが変わってしまったという感慨を詠んでいる。華麗な梅花のもとで、青春のはかなさを思う絶唱である。

近世の俳諧でも、梅を詠んだ名作が多い。「梅が香にのっと日の出る山路かな」（芭蕉）「梅一輪一輪ほどの暖かさ」（嵐雪）「二もとの梅に遅速を愛すかな」（蕪村）「夜の梅寝《い》ねんとすれば匂ふなり」（白雄）など。

（鈴木日出男）

有耶無耶　うやむや

陸奥　出羽　歌枕

現在の宮城県（陸奥国《みちのくのくに》）南西部の柴田郡川崎町《しばたぐんかわさきちょう》付近、山形県（出羽国《でわのくに》）との境にあった関所という。現在地は未詳。「うやむやの関」の形で用いられる。陸奥国の歌枕。「むやむやの関」（綺語抄、八雲御抄、和歌童蒙抄、和歌色葉）「ふやふやの関」（歌林良材集）「いなむやの関」（八雲御抄）など、様々な形で出てくる。平安時代に置かれた関所で、『綺語抄《きごしょう》』には「武士のいづさいるさにしをりするとやとやとりのむやむやの関」という古歌の引用が見られるが、平安時代後期より前の例は見られない。この古歌を本歌として「東路のとやとやとりのあけぼのにほととぎす鳴くうやむやの関」（夫木抄）のように「とやとやとり」とともに詠まれることが多い。言葉の繰り返しのおもしろさに興味がもたれたのであろう。*この地には旅人を食う鬼がいたので、地蔵（または観音）が鳥に化け、鬼がいる時は「うや」、いない時は「むや」の鳴き声で旅人に教えたという伝説がある。『奥の細道』には、「西はむやむやの関、路をかぎり、東に堤を築て秋田に通ふ道遥に……」（奥の細道・象潟）と、象潟《きさがた》で関を見たことを記しているが、この関は山形県と秋田県との境付近の関と思われる。　（大浦誠士）

武士　ほととぎす　鬼　観音　象潟

＊久保田　淳・馬場あき子編『歌ことば歌枕大辞典』（角川書店・一九九九）

浦　うら

浦とは、海や湖が湾曲して陸地に入り込んだところ、つまり入り江のことをいう。また広く海岸や海辺、水際のことも浦という。『万葉集』の柿本人麻呂《かきのもとのひとまろ》「石見《いはみ》相聞歌」は「石見の海　角《つの》の浦廻《うらみ》を　浦なしと　人こそ見らめ　潟なしと　人こそ見らめ……」（万・二・一三一）と、石見の海岸の光景から歌いはじめ、磯に生えた海藻の揺れ動く様子から、寄り添って寝た妻の姿を想起する。山部赤人《やまべのあかひと》「田子の浦ゆうち出でて見ればま白にぞ富士の高嶺に雪は降りける」（万・三・三一八）は、駿河湾越しに雪を頂いた富士山を遠望するもの。前方に富士が見え右手には海が広がる。田子の浦は興津《おきつ》の東方から由比《ゆい》を経て蒲原《かんばら》にいたる海岸のことである。平安京の人々は実際に海岸を見ることは少なかったに違いない。海辺の景はもっぱら恋歌の中に比喩《ひゆ》として登場し、「浦」は「うら（み）」と掛詞で使われることが多い。「逢ふことのなぎさにし寄る波なればうらみてのみぞ立ちかへりける」（古今・恋三・在原元方）は、寄せては返す波のように恋人のもとに通うが逢うことができずに虚しく帰る男を歌う。「（逢ふことの）な（無）」と「渚」、「浦見」と「恨み」が掛けてある。同じ状況を女の側から詠じたのが「みるめなき我が身をうらと知らねばや離れなで海《あ》人《ま》の足たゆく来る」（古今・恋三・小野小町）である。我が身を「海松布《みるめ》なき浦」つまり海草一つない入り江に、男を海人にたとえたこの歌では、荒涼とした海辺の景がそのまま不毛な愛の表象となっている。

古典文学の世界で有名な浦には、『源氏物語』須磨《すま》巻で光源氏が謫居《たつきょ》し「須磨にはいとど心づくしの秋風に、海は少し遠けれど、行平《ゆきひら》の中納言の、関吹き越ゆると言ひけん浦波、夜々はげにいと近く聞こえて、またなくあはれなるものは、かかる所の秋なりけり」と語られる須磨の浦、「ほのぼのと明石の浦の朝霧に島がくれ行《ゆ》く船をしぞ思ふ」（古今・羇旅・読人知らず）の明石の浦、平家滅亡の地となった壇の浦がある。

（鈴木宏子）

海　石見　妻　駿河・富士山　田子の浦　うらみ（恨み）・掛詞　波　男　女　海人　須磨・心・風　秋　明石・朝・霧・島・平家　壇の浦

盂蘭盆　うらぼん

霊（たま）

陰暦七月十三日から三日間、先祖の霊に果物や飲食物を供え、冥福を祈る行事。盆会《ぼんえ》・精霊祭《しょうりょうまつり》・霊祭《たままつり》などともいう。梵語ウラブンナの音写で、倒懸《とうけん》（逆さに吊されること）の意。餓鬼道で倒懸に苦しむ亡母を救うため、衆僧を供養した目連《もくれん》の説話（仏説盂蘭盆経）に基づく。

推古十四年（六〇六）から四月八日・七月十五日に設斎するようになり（紀）、奈良時代には東大寺、大安寺、石山寺などで七月十五日に行われていた。平安時代、貴族の間では、亡き父母のために氏寺に参拝し供養する、拝盆《はいぼん》行事が定着し、庶民の間にも広まる。『蜻蛉《かげろう》日記』には「十五六日になりぬれば、盆するほどになりにけり。見れば、あやしきさまに荷なひ戴き、さまざまに急ぎつつ集まるを、もろともに見て、あはれがりも笑ひもす」と山寺に参詣する庶民のさまが描かれている（上・応和二年）。また、「七月十よ日にもなりぬれば、世の人の騒ぐままに、盆のこと、年ごろは、政所にものしつるも、離れやしつらむ」（中・天禄元年）「例のごと調じて、政所の送り文添へてあり」（下・天禄三年）と、夫藤原兼家《かねいえ》の政所《まんどころ》から供物が用意されたことが記されている。『枕草子』には、不孝な男が父の盆供養を行うのを見た道命《どうみょう》が、「わたつみに親おし入れてこの主の盆する見るぞあはれなりける」と詠んだ逸話を載せる（衛門の尉なりける者の）。

世

いわゆる盆踊りは、室町時代ころから文献に見られるようになる。当初の念仏踊りから次第に娯楽性を強め、現代へと続いている。

念仏

（大井田晴彦）

恨み　うらみ

「うらみ」には「怨」や「恨」などの漢字があてられる。「怨」は実現してもよいはずの願望が満たされないやるせなさを、「恨」は実現不可能であることを自覚した後悔や無念さをいうと区別されている。和語の「うらみ」は、双方を包みこんだ感情である。「うらむ」の類義語にサ変動詞「怨ず」があるが、これはあとをひかない感情をいい、あてこする、いやみを言う、などの訳語が相当する。

『古事記』には「是に大后、大く恨み怒りまして、其の御船に載せし御綱柏《みつながしは》は、悉に海に投げ捨てたまひき」（仁徳）という一節がある。「大后」は仁徳《にんとく》天皇の皇后である石之《いわの》日売《ひめ》のこと。石之日売が天皇の酒宴に必要な御綱柏を求めて紀伊《きい》国まで出かけている間に、天皇は八田若郎女《やたのわきいらつめ》と交わり昼夜戯れていた。これを聞いて激怒した石之日売は、せっかく持ってきた御綱柏をすべて海に投げ捨ててしまったという。石之日売の「恨み」は憤怒と結びついた激情であるが、古典和歌の「うらみ」は、満たされない恋心から生まれた感情をいい、離れていこうとする恋人にやわらかくまとわりつく洗練された雅語である。そして多くの場合「浦見」や「裏」と掛詞になっている。「逢ふことのなぎさにし寄る波なればうらみてのみぞ立ちかへりける」（古今・恋三・在原元方）は恋を訴えても相手が応じてくれない場合で、「うらみ」と「浦見」が掛詞となる。「秋風の吹きうら返す葛《くず》の葉のうらみてもなほうらめしきかな」（古今・恋五・平

海　皇后→三后　紀伊　雅語・浦　掛詞・秋　葛・葉

貞文）は、離れていった恋人への恋心を断ちがたい場合で、「うらみて」に葛の葉の翻った「裏」が掛かる。「うらみ」の感情が我が身にむかうこともある。「逢ふことの絶えてしなくはなかなかに人をも身をもうらみざらまし」（百人一首、拾遺・恋一・藤原朝忠《あさただ》）は、いっそ逢瀬が全くなかったなら、相手のことも我が身をもうらむことはあるまいものを、と歌っている。

（鈴木宏子）

瓜　うり

ウリ科のつる性植物、またその果実の総称。古くから食用として栽培されていたと見え、『和名抄《わみょうしょう》』にも、白瓜、熟瓜、冬瓜、胡瓜などが見られる。『万葉集』で山上憶良《やまのうえのおくら》は「瓜食《は》めば　子ども思ほゆ　栗食《は》めば　まして偲はゆ……」（万・五・八〇二・山上憶良）と、子供たちを偲ばせる食べ物として、「栗」と並んで「瓜」を挙げている。ただ、『万葉集』には憶良の歌一例のみである。『枕草子』には、「うつくしきもの、瓜にかきたるちごの顔。」（枕・うつくしきもの）と記されており、平安時代に入っても瓜が賞翫されていた様子がうかがえる。「瓜」を介して和歌が贈答されることもしばしばあったが、催馬楽《さいばら》「山城の　狛《こま》のわたりの　瓜作り……我を欲しと言ふ　いかにせむ……なりやしなまし……瓜たつまでに」（山城）による歌が多い。「音に聞く狛の渡りの瓜作りとなりかくなりなる心かな」（拾遺・雑下）に見られるように、山城《やましろ》の狛（現在の京都府相良郡山城《さがらぐんやましろ》町上狛《ちょうかみこま》、精華町下狛《せいかちょうしもこま》付近一帯）が瓜の産地とされ、「瓜作り」の形で歌われることが多いのは、催馬楽の影響による。

栗　和歌

また、「瓜」の縁語として、「なる」「たつ」「つら（面・蔓）」が詠み込まれる傾向があるのも、同様に催馬楽の影響によるものと思われる。

（大浦誠士）

縁語

雲林院　うりんいん

京都市北区の紫野《むらさきの》、現在の大徳寺《だいとくじ》のあたりにあった寺院。「うんりんいん」とも。九世紀初頭、淳名《じゅんな》天皇が離宮として紫野院《むらさきのいん》を創建、のちに「雲林院」と改称され、仁明《にんみょう》天皇皇子常康《つねやす》親王に継承されて僧正遍照《へんじょう》に譲られた。元慶八年（八八四）、元慶寺《がんぎょうじ》の別院となった天台宗の寺院である。春の桜、夏の樗《おうち》、秋の紅葉の名所として和歌にも詠まれ、「雲林」（千載・雑中・良暹）ともいわれた。『古今集』に「雲林院にてさくらの花のちりけるを見てよめる」との詞書のもとに「桜ちる花の所は春ながら雪ぞふりつつきえがてにする」（春下・承均）の歌が入集している。また『源氏物語』賢木《さかき》巻では、藤壺《ふじつぼ》に求愛を拒否された光源氏がここで出家さながらの生活をし、土産として紅葉の枝を藤壺に贈った。謡曲『雲林院』はここを舞台に業平と二条后を偲ぶもので、雲林院を二条后の別荘跡とする俗説に基づくようである。『大鏡』冒頭にみられる菩提講は、源信《げんしん》が始めたとされ（中右記・承徳二年（一〇九八）五月一日条）、都人の参詣で賑わった。後醍醐《ごだいご》天皇のころ、大徳寺に付属し禅宗となった。

（高木和子）

紫野　春・桜・夏・秋・紅葉・和歌　出家

絵　え（ゑ）

絵は三次元の物や空間を、二次元に写し取る。だから、「わが妻も絵に描きとらむ暇《いづま》もが旅行く吾《あれ》は見つつしのはむ」（万・二十・四三二七・物部古麻呂）と歌われるように、妻を随行できない防人《さきもり》も、絵ならば携行可能なのである。

妻

しかし二次元の画面上に写し描かれた物には、命がなく、音もなく、動きも変化もない。つまり、時間が流れていない。また、いくら広い風景を写したところで、あくまでも画面の枠によって囲われた限定的な空間である。絵を見ながら、そうした特徴に注目して詠んだ歌に、「咲きそめし時よりのちはうちはへて世は春なれや色の常なる」（古今・雑上・紀貫之）などがある。

命　世・春・色

だが画家の入神の技により、あるいは鑑賞者の想像力により、絵は時に命を宿し、音をたて、動きだし、空間は広がってゆく。たとえば、画中の馬が夜ごとに絵から抜け出て稲を食べた、などと語ることで、画家の名手ぶりを伝える説話や物語は少なくない（古今著聞集など）。『雨月《うげつ》物語』「夢応《むおう》の鯉魚《りぎよ》」の、魚の絵が巧みな主人公は、自身が描き出した世界に没入して、大小の魚とともに水中を泳ぎまわる夢を見る。また、後述する平安時代の屏風歌、たとえば「斎院屏風に、山道行く人ある所」という詞書をもつ歌「散り散らず聞かまほしきをふる里の花見て帰る人も逢はなん」（拾遺・春・伊勢）は、画中の「山道行く人」の立場から詠まれたものだが、ここには時間が流れ、山道はふる里へと延びてゆく。

馬　説話・物語　夢・屏風

この世のものには必ず乱れや汚れ、衰えなどがあるはずだが、絵に描く時にはそうした汚点を拭いさり理想的な完壁さで表すことが多い。そうした絵の特徴を踏まえてであろう、文学作品のなかには、「絵に描いたようだ」「絵にも描けない」「絵に描きたい」等々の表現がしばしば出てくる。大抵の場合、理想的な美しさを言おうとしているのだが、その人工的なまでの美しさにはかすかな違和感がつきまとう。たとえば『紫式部日記』で行事のさまを絵にたとえた表現は、行事の美しさ・めでたさを表しているのだが、しかし一方で、その絵のような情景のなかに身の置き所がない紫式部自身のほろ苦い感情がにじみ出てもいる。

絵は、見る者の心を映し出す。たとえば『源氏物語』で浮舟《うきふね》は、匂宮《におうのみや》が「逢えない時はこれをごらん」と言って描いてくれた「いとをかしげなる男女もろともに添ひ臥したる絵《かた》」を時々取り出して眺めているが、そこには浮舟の匂宮に惹かれてしまう心が語り出されている（浮舟）。

心

ここまで絵というものの特徴と、その文学における生かし方の例を粗述してきたことになるが、次に文学と絵画の関わり方について述べよう。文学作品のなかに「絵」という言葉や物が出てくることもあるが、また、絵画作品をもとにして文学作品を創ることもある。後者について詳しく見よう。

たとえば、ある種の絵画によって学んだものの見方や視点の位置、目に焼きつけられた光景や形などを、文学の創作に生かす場合がある。『紫式部日記』に見られる俯瞰的な視座からの行事描写には、行事絵の影響が指摘されているし、『万葉集』の「春の苑紅《そのくれなゐ》にほふ桃の花下照る道に出

紅・桃

で立つ乙女」（十九・四一三九・大伴家持）という歌には樹下美人図の影響が指摘されている。

和歌

また、平安時代の九世紀末から十一世紀初頭にかけて、四季折々の自然景の中に人物・人事が描かれている、和歌を伴ったやまと絵屏風が流行した。その和歌の多くは、すでに見た伊勢《いせ》歌のように、画中人物の立場にたって詠まれている。画中人物になって歌を詠むためには、その場の状況や人物の個性など、様々なことを想像しなければならない。ここに物語の萌芽がある。しかし屏風絵は本来風景画であったため、物語を自由に想像するには向いていなかった。そこで十世紀後半になると、小さな紙に、屏風のなかの一情景を抜き出すなどして描き、これを見ながら、人々は和歌を詠み、物語を創り出すようになる。このような物語や物語の断片が、『源氏物語』のような長編物語の制作に際しても、生かされたはずである。たとえば、垣間見場面は当時の絵にしばしば描かれており、それらを見ながら創作された物語も数多くあったと考えられるが、その蓄積のうえに、『源氏物語』若紫《わかむらさき》巻の、光源氏が北山で垣間見をして美少女（のちの紫の上）を発見する場面なども創られたのである。このように「絵」という言葉も物も出てこないが、絵の影響について考える必要のある作品や場面は数多くある。

草双紙

以上は、文学のなかの絵画、ということについて述べてきたが、文学を絵画化する、ということも昔から行われてきた。また、たとえば現代のマンガや絵本のように、文字表現と絵画表現とが切っても切れぬ関係にあるタイプの作品もある。前述の屏風絵や、絵巻、詩画軸、草双紙などである。

（木谷眞理子）

絵島　えじま（ゑじま）

淡路島　歌枕　千鳥・浦・月　雪　播磨・須磨

淡路島《あわじしま》の北東部にある景勝地であり、南東方向から遠く望むと離島のように見える。淡路国の歌枕。付近の海岸は「絵島の浦」と呼ばれた。「千鳥鳴く絵島の浦に澄む月を波にうつして見る今宵かな」（山家集・西行）「小夜《さよ》千鳥吹飯《ふけい》の浦にをとづれて絵島が磯に月かたぶきぬ」（千載・雑上・家基）に見られるように、月の名所として名高く、『平家物語』にも「淡路の瀬戸をおし渡り、絵島が磯の月を見る」（平・五・月見）と絵島の月が描かれている。「播磨潟須磨《はりまがたすま》の月よめ空さへて絵島が崎に雪降りにけり」（千載・雑上・親隆）のように、対岸の「播磨潟」「須磨」や「吹飯《ふけい》の浦」（大阪府泉南郡岬町深日《せんなんぐんみさきちょうふかひ》付近の海岸）などとともに詠まれた。国生みに際して、伊耶那岐《いざなき》と伊耶那美《いざなみ》の引き抜いた矛先の滴でできたという淤能碁呂島《おのごろしま》の伝説が残っている場所でもある。

（大浦誠士）

蝦夷　えぞ・えみし

越後　陸奥・出羽　勿来・白河・念珠・関

大和朝廷に従わない越後以北の東北・北海道にかけての地域。陸奥《みちのく》・出羽《でわ》二国はそのために設けられたもの。征夷大将軍は奥羽平定の為に設けられた令外官《りょうげのかん》であり、延暦十三年（七九四）に大伴弟麻呂《おおとものおとまろ》が任命されたのが最初。勿来《なこそ》・白河《しらかわ》・念珠《ねず》のいわゆる奥羽三関も、北から服従せぬ者の流入するのを防ぐためのもの。奥羽平定に出た源義《よし》家《いえ》の「吹く風を勿来の関と思へども道も狭に散る山桜かな」（千載・春下・一〇三）は勿来関で詠まれたとされる。義家は武人であるとともに和歌に秀でていた。前九年の合戦（康平五年（一〇六二）まで）は奥州の豪族安倍氏を討った戦闘。その際に義家・安倍貞任《あべのさだとう》との間で「衣の館はほころびにけり」（義家）「年を経し糸の乱れの苦しさに」（貞任）（古今著聞集）と合戦の最中に連歌が詠まれている。また、捕虜となった弟宗任《むねとう》も京の公家に梅の花を示され「この花の名は知っているか」と失礼な仕草をされた時にも、「我が国の梅の花とは見つれども大宮人はいかゝいふらむ」とやり返した話が伝えられている。当時の奥州人の間に京に匹敵する文化のあったことが知られる。

江戸時代の蝦夷地は現在の北海道に当たり、その地の先住民であるアイヌの間には口承で伝わる叙事詩集ユーカラのあったことが知られる。（山口明穂）

風・桜　和歌　糸　連歌　公家・梅　京

越後　えちご（ゑちご）

佐渡を除く新潟県全域の旧国名。北陸道の上国。国府は上越市直江津。国分寺は上越市西本町。北は出羽《でわ》国、東は陸奥《みちのく》国、南は上野《こうずけ》・信濃《しなの》国に接し、東は親不知《おやしらず》の嶮を挟んで越中国と接する、北東から南西に長い国域となっている。北西は日本海に面し、佐渡が遠望される。

大化改新以前、越後以北の住民は蝦夷《えみし》と呼ばれていたが、大化三年（六四七）には渟足柵《ぬたりのさく》、翌四年には磐舟柵《いわふねのさく》が設置され、中央政府による拓殖が進められた。七世紀末、持統天皇の時に、越国《こしのくに》が越前、越中、越後に分割された。南北朝・室町時代には上杉氏が守護として支配。江戸時代には長岡、椎谷、高田、糸魚川、新発田、村上、村松、与板、黒川、三日市、三根山の十一藩が治めた。

『奥の細道』の紀行で松尾芭蕉《まつおばしょう》も北境の鼠の関を越えて越後に入り、九日をかけて市振《いちぶり》の関まで旅をしている。暑気や雨天の労苦で病にかかり、越後路の記述は「事をしるさず」とされるが、その旅中に吟じた「荒海や佐渡によこたふ天の川」の句は有名である。（大浦誠士）

佐渡　出羽　陸奥・上野・信濃　越前・越中　関　病　天の川→七夕

越前　えちぜん

福井県中・北部、敦賀市以北の旧国名。北陸道の大国。国府は武生（現在越前市）に置かれた。七世紀末、持統天皇の時代に越国が越前、越中、越後に分割された。はじめは加賀《かが》・能登《のと》国を含んでいたが、元正《げんしょう》天皇の時に能登国が、嵯峨《さが》天皇の時に加賀国が分割され、平安時代初期に越前国の境域が確定した。北東は白山山脈を境界として加賀・飛《ひ》驒《だ》国に接し、南は屏風山脈が美濃《みの》国との分水嶺をなしている。

「越」という名は外来民族が多く居住していたことによるともいわれるように、新羅系渡来人の秦《はた》氏や百済系渡来人の漢《あや》氏も多く越前一帯に居住していた。武烈《ぶれつ》天皇の崩後、応神《おうじん》天皇五世の子孫といわれる継体《けいたい》天皇が、越前国三国《みくに》から迎えられたのも、渡来系氏族の経済力が背後にあったものと思われる。

『万葉集』巻十五には、罪を得て越前国味真野に配流となった中臣宅守《なかとみのやかもり》とその恋人である狭野弟上娘子《さののおとがみのおとめ》の贈答歌

越中・越後　加賀・能登　嵯峨　飛驒・美濃

（万・十五・三七二三―三七八五）が多く残されている。『源氏物語』の作者である紫式部は、父の越前国守任官に伴って越前に下り、国府の武生でしばらく暮らした経験をもち、『源氏物語』にも越前の地名が登場する。

　鎌倉時代には道元を開祖とする曹洞宗の総本山である永平寺が開かれた。南北朝時代には、南北両軍が越前国で激突し、新田義貞《にったよしさだ》が戦死している（太平記）。戦国時代には朝倉氏が権力を掌握した。また同じころ、蓮如《れんによ》が吉崎に道場を開いて以降は、北陸一向宗の中心ともなった。

（大浦誠士）

越中　えっちゅう（ゑつちゆう）

越前・越後　能登　信濃・飛騨　加賀

　富山県全域の旧国名。北陸道に属す。七世紀末、持統天皇の時代に、越国《こしのくに》が越前、越中、越後に分割された。国府は高岡市。奈良時代には、能登国が一時越中国に併合されたが（七四一年）、天平宝字元年（七五七）に能登国が再置され、国域が確定した。東は越後・信濃国、南は飛驒国、西は能登・加賀国に接し、北は富山湾を挟んで能登半島が遠望される。東の境には白馬・立山の連峰が聳え、壮観をなす。設置当初の国の等級は中国であったが、奈良時代の官制では上国としての扱いを受けており、平安時代初期、延暦二三年（八〇四）に正式に上国となった。

都　地獄　説話　倶利伽羅・平家

　『万葉集』の編纂に大きな役割を果たした大伴家持《おおとものやかもち》は、天平十八年（七四六）に越中国守として赴任し、都とは異なる越中の風土に触れて多くの歌を残している。平安時代になると、立山が地獄のある霊山として広く知られるようになり、多くの修行者や参詣者が集まった。『今昔物語集』にも、立山の地獄を描いた説話が載っている。寿永二年（一一八三）に越中国に入った木曽義仲《きそよしなか》は、越中と加賀との国境砺波山で平家の軍勢と衝突し、倶利伽羅《くりから》峠の戦いで、平家軍を撃破した（平）。

　鎌倉時代に比企・名越氏、室町時代には畠山氏が守護となり、江戸時代には加賀藩前田氏が領有した。

（大浦誠士）

干支　えと

陰陽道　辰巳

「兄《え》」「弟《と》」の意。古代中国の暦法で、十干《じっかん》（甲《こう》・乙《おつ》・丙《へい》・丁《てい》・戊《ぼ》・己《き》・庚《こう》・辛《しん》・壬《じん》・癸《き》）と十二支（子《ね》・丑《うし》・寅《とら》・卯《う》・辰《たつ》・巳《み》・午《うま》・未《ひつじ》・申《さる》・酉《とり》・戌《いぬ》・亥《ゐ》）を順に組み合わせ、年・月・日それぞれに当てたもの。甲子、乙丑……から……壬戌、癸亥までの十（干）と十二（支）による六十の組み合わせで一巡する。漢代以降、十干は五行信仰（木火土金水《もくかどこんすい》）と習合し、陽の兄と陰の弟に当てられる。日本では、甲《きのえ》・乙《きのと》・丙《ひのえ》・丁《ひのと》・戊《つちのえ》・己《つちのと》・庚《かのえ》・辛《かのと》・壬《みずのえ》・癸《みずのと》とも訓む。記紀をはじめ『万葉集』でも干支で年月を表す。平安時代中期以降、陰陽道と結びついて、年月日の干支から、改元や諸事の吉凶、人の性格や運命を占った。江戸時代に出版された庶民の生活指南書である大雑書《おおざつしょ》にも年月日の干支や吉凶が記される。

　単に十二支をもさし、その場合時刻や方角、年回りをいうのに用いる。「申の刻ばかりに」（源・須磨）「辰巳は、殿のおはすべき町なり」（源・少女）「今より支干《ゑと》一周を待ば、重盛が命数既尽なん」（読・雨月・白峰）

（大屋多詠子）

江戸　えど

武蔵

現在の東京の中央部。武蔵《むさし》国豊島《としま》・荏原《えばら》・葛飾《かつしか》三郡にわたる。地名は大江に臨み「江の門戸」に当たることに由来するという説がある。江戸の語は『吾妻鏡《あづまかがみ》』治承《じしよう》四年（一一八〇）八月二六日の条の江戸太郎重長《しげなが》の名が初出で、地名から氏を名乗ったとされる。室町時代に入ると扇谷《おうぎがやつ》の上杉定正の家臣、太田道灌《おおたどうかん》が長禄元年（一四五七）に築城、その後、天正十八年（一五九〇）に徳川家康《とくがわいえやす》が入城、慶長八年（一六〇三）に江戸幕府を開き、城下町が発展した。広義では、江戸とは江戸城を中心として四里、およそ東は本所・深川、西は代々木村、南は南品川町、北は板橋・千住までの御府内《ごふない》をいう。町数は「八百八町」といわれるが、享保ごろには約二倍に増加、このころにはすでに町人人口だけでも五十万を越え、武家・寺社人口を合わせると百万人以上とされる。江戸は、参勤交代で江戸詰の武士や上方から下ってきた江戸店の商人など諸国の人が集まる場所であったが、次第に江戸を根生《ねお》いとした町人の間に「金の魚虎《しやちほこ》をにらんで、水道の水を産湯に浴て、御膝元に生れ出ては……江戸っ子の根性骨」（洒・通言総籬）というような江戸っ子の意識が生じた。江戸っ子の自負は、お江戸・大江戸という美称をはじめ、江戸前・江戸紫といった語にも表れている。江戸っ子が話すのが江戸言葉であるが、江戸歌舞伎は早くから江戸言葉で演じられたのに対し、文学作品での江戸言葉の利用は、宝暦二年（一七五二）の静観坊《じようかんぼう》好阿《こうあ》の談義本『当世下手談義《いまようへただんぎ》』や宝暦十三年（一七六三）の平賀源内《ひらがげんない》の談義本『根南志具佐《ねなしぐさ》』などと、やや下る。当初は八文字屋本など上方からの下り本が主流であったためであるが、宝暦以降流行した洒落本、黄表紙、川柳などは江戸の風俗を江戸言葉で映し出している。また、狭義には「今日は江戸へ参りました」（洒・遊子方言・発端）のように新吉原・深川などから神田・日本橋辺をさして江戸と呼んだ。

武士　紫　歌舞伎　洒落本・黄表紙・川柳

（大屋多詠子）

戎　えびす

いわゆる「東夷《とうい》・南蛮《なんばん》・北狄《ほくてき》・西戎《せいじゆう》」という中国における異民族の概念に基づく語で、「夷」の字をあてることも多い。「えみし（蝦夷）」の音が転じたもので、もとは東日本に住む民族のことをさしたが、平安時代中期以降、この意を表す語として新たに「えぞ」が用いられるようになると、都から離れた土地の人のことを、粗暴、野蛮などの蔑みの念を込めていう場合に使われるようになった。『源氏物語』東屋《あずまや》巻では、かつて東国に任官していた常陸介《ひたちのすけ》（浮《うき》舟《ふね》の義父）を、無教養の人間として描き、「夷めきたる人」としている。あるいは「あづまえびす」の語があるように、特に荒々しい東国武士のこともさし、『徒然草』八十段の「夷は弓ひく術知らず、仏法知（り）たる気色し、連歌し、管絃を嗜み合へり」は、本来の道から外れた当時の武士への批判となっている。また、未開の民による洗練されていない和歌は、「夷歌《えびすうた》」と呼ばれた。『古今集』仮名序の古注において、記紀に見られる「ひなぶり（夷振、夷曲）」という音数律の整わない古代の歌を、「夷歌」としたことから

えぞ（蝦夷）　都　武士　連歌　和歌

狂歌

生じた語で、近世では、みやびな和歌に対する自嘲的な意識の下、狂歌の別称ともなった。（光延真哉）

恵比須　えびす

神

七福神の一人で、多く大黒《だいこく》と対にして信仰される神。その由来については、大国主命《おおくにぬしのみこと》の子の事代主命《ことしろぬしのみこと》とする説や、伊奘諾尊《いざなぎのみこと》・伊奘冉尊《いざなみのみこと》の子の蛭子《ひるこ》とする説がある。また、夷三郎《えびすさぶろう》とも呼ばれるが、これは、恵比須信仰の中心地となった摂津《せっつ》国（兵庫県）の西《にしの》宮戎社《みやえびすしゃ》で祀られていた蛭子と、その本社である同国の広田《ひろた》社《しゃ》で「三郎殿」として祀られていた事代主命とを混同して、中世に生じた呼称であり、蛭子が『日本書紀』で第三子（『古事記』では第一子）とされているためとするのは俗説である。右手に釣竿を持ち、鯛を左脇に抱えた姿で造型されるが、この釣竿の針は、「のぞむ金銀珠玉、いづれも〳〵ほしい物を、心のまゝに釣とるつり針」（虎寛本狂言・えびす大こく）であり、狂言「釣針《つりばり》」において主人は、西宮戎社の霊夢によって賜った釣針を使って、妻と腰元を釣り上げている。もとは漁業、航海の神であったが、後に商売、福徳の神として信仰される。近世では、一月十日（江戸では二十日）と十月二十日に、「恵比須講」という祭礼が主に商家で催され、特に上方では、一月十日の西宮戎社や大坂今《いま》宮社《みやしゃ》の祭り（「十日戎《とおかえびす》」と呼ぶ）が大いに賑わった。また、西宮戎社の末社の百太夫《ひゃくだゆう》社への信仰が結びついて、人形遣いの神ともされ、近世、首に掛けた箱の中で恵比須神の人形を舞わせる「恵比須舁《かき》」と呼ばれる門付芸《かどづけげい》が、新年に上方を中心にして行われた。（光延真哉）

摂津

霊・妻

縁語　えんご

和歌

まつほ（松帆）の浦・夕・塩

和歌の表現技法の一つ。たとえば、『百人一首』で知られる藤原定家の名歌「来ぬ人をまつほの浦の夕《ゆふ》なぎに焼くや藻塩《もしほ》の身もこがれつつ」。この歌のように、海辺で塩を焼く景として「焼く」「藻塩」「こがる」などの言葉を配して、関連の深い語群を意識的に配する技法のことを縁語という。この縁語として関連づけられる語群は、自然の景を表すことが多く、それが他方の心情を表す文脈と対応させられる関係になることが多い。ちなみに、右の歌は、いくら待っても来ない人を待つ自分は、松帆《まつほ》の海辺の夕なぎのころに焼く藻塩ではないが、身もこがれつつ、いつまでも待ちつづけている、の意となる。

心

掛詞

また、その縁語群のどの語かが掛詞になっていることが多いが、縁語だけが単独に用いられることもある。たとえば、掛詞とともに用いられた歌「冬枯れの野辺とわが身を思ひせばもえても春を待たましものを」（古今・恋五・伊勢）では、「思ひ」「火」・「萌《も》え」「燃え」が二組の掛詞、さらに「火」と「燃え」が縁語になっている。

冬枯れ

春

また、「青柳《あをやぎ》の糸よりかくる春しもぞ乱れて花のほころびにける」（古今・春上・紀貫之）では、掛詞が用いられないが、「糸」の語を中心に、「縒《よ》る」「乱る」「ほころぶ」が縁語となっている。縫うための「糸」があるのに、花が「ほころぶ」（咲く意）という、言葉の対照のおもしろさをねらった表現である。（鈴木日出男）

糸

縁者　えんじゃ

仏教→仏　女房　出家　仁和寺

「縁」とは、仏教語で、原因から結果を生じさせる働き、因縁、の意であり、そこから、物事の結びつき、人と人との関係、縁故などの意となった。『源氏物語』手習《てならい》巻では、横川《よかわ》の僧都《そうず》は、意識不明の浮舟に行き合わせたことを、「縁に従ひてこそ導きたまはめ」と、宿縁によるものと理解しており、ここでの「縁」は仏道上のものである。また、藤《ふじの》裏葉《うらば》巻では、内大臣は母大宮の法事の日、夕霧《ゆうぎり》に「今日の御法の縁をも尋ね思さば、罪ゆるしたまひてよや」と和解を申し出る。内大臣は大宮の息子、夕霧は大宮の孫であり、仏事をともにする「縁」によって内大臣の娘雲居雁《くもいのかり》との結婚を許す意向であり、この「縁」には、仏教的な意味と、係累の意味が重ねられている。また宿木《やどりき》巻で、「世を背きたまへる宮の御方に、縁を尋ねつつ参り集まりてさぶらふも」とあるのも、女三宮《おんなさんのみや》のもとに手づるを求めて、女房として仕えようとする女たちが多いという意味であるが、女三宮は出家者であるから、やはり仏教語としての響きもうかがえる。

『方丈記』には、仁和寺《にんなじ》の隆暁法印《りゅうぎょうほういん》は飢饉で死んだ人々を見るたびに、額に阿字を書いて、「縁を結ばしむるわざ」、すなわち、成仏するための仏縁を結ばせたとある。このように、「縁」の語は、仏教的な文脈を意識させることが多いが、「縁者」は、仏教的文脈を離れて、縁があって結ばれている人や、より広く親戚関係にある人々のことをいうようになった。「彦七が縁者に禅僧の有けるが来て申けるは」（太平記・二三、大森彦七事）などとあるのはその例である。さらに近世には、とくに婚姻によって親戚になった人のことを親類と区別していう。また、「縁者の証拠」「縁者の証人」は、縁者はひいきして公正ではないから証人になる資格がないことである。

（高木和子）

閻魔　えんま

地獄　神　黄

冥界の王。地獄の王。「閻魔大王」「閻魔法王」「閻羅王」。もともと、インドの神話でYamaといわれた神。手綱・抑制・禁止などの意で、遮止・静息などとも訳す。また、死者の霊を捕縛する「縛」の意、平等に罪を判定する「平等」の意、インドの神話で兄妹の双生児だったため「双」の意ともされる。死後の世界を司った神だが、仏教では六欲天のうちの第三位の夜摩天《やまてん》、あるいは閻魔王となった。閻魔王は十八の将と八万の獄卒を従えて餓鬼道を主宰し、地獄道を主宰するとされ、死者が生前に犯した罪の軽重をはかって賞罰を定めた。冠をかぶり黄赤色の衣を着て、眼を怒らせ、手に捕縛の縄を持つ姿が一般に知られる。地蔵信仰と習合しつつ中国で道教の影響を受け、裁判官である十王の一つとして信仰されて日本に伝わった。

『日本霊異記《にほんりょういき》』中・十九話においては、優婆夷《うばい》（在家の信者）は、その美しい声で読む般若心経を閻羅王が所望したために急死したが、かつて写した経が、黄色い着物を着た三人の者に変じて、その利益から救われて三日後に生還した。また下・九話では、藤原広足《ふじわらのひろたり》の突然の病死は、広足の子を宿して死んだ女の嘆きのために閻羅王が招いたもの

印

とされ、広足は女の供養を約束して三日後に現世に戻された。広足の頭を撫でてまじないの印をした閻羅王の右手の指は、十抱え余りもあったという。ここでは「我は閻羅王、汝が国に地蔵菩薩と称《い》ふ、是れなり」とあり、地蔵信仰との習合も認められる。『宇治拾遺物語』でも、病死した男が閻魔の庁に召されたが、生前のいささかの地蔵への帰依から許されて蘇生している（四四）。『今昔物語集』には、小野篁《おののたかむら》を閻魔王宮に仕える臣とする説話がある（二十・四五）。「閻魔帳」は人間の生前の罪を記録する閻魔の帳面、「閻魔顔」は恐い顔つきのことで、「借る時の地蔵顔、済《な》す時の閻魔顔」（虎寛本狂言・八句連歌）といわれた。（高木和子）

老い　おい

大荒木の森　馬　冬・春　夏

年をとること。また植物などが衰え枯れかかり、季節が終わりに向かうという意味にも援用される。たとえば「大《おほ》荒木《あらき》の森の下草老いぬれば駒もすさめず刈る人もなし」（古今・雑上・八九二）は、大荒木の森の下草は枯れかかってしまったので、馬も食べたがらず、刈る人もいない、の意。枯れかかった植物を、老いて人から顧みられなくなった自分によそえている。また「山べに冬若く、野辺に春老いたり」（宇津保・春日詣）は、山間部はまだ雪深く冬が始まったばかりのようだが、平野はすっかり春も終わり、もう夏が近いかのようだ、の意。山と野の季節のずれを、対句仕立てで大げさに表現している。

翁・嫗　和歌

人はどこから生まれどこへ去るのか。その不思議を問うとき、「向こう」から来たばかりの幼児と、去る直前の老人に、ある種の神秘性を感じはじめる。幼児と老人は、ともに青壮年を縛る社会秩序や義務から解き放たれており、時に聖性を重ね見られてきた。また現実に長寿が稀な古代社会において、老人は若い世代のうかがい知れぬ歴史を負う、知識情報の宝庫でもある。二百数十年間五代の天皇に仕えたという建内宿禰《たけうちのすくね》（紀・仁徳）、持統《じとう》天皇に「否《いな》と言へど強《し》ふる志斐《しひ》のが強語《しひがた》りこのころ聞かずて朕《あれ》恋ひにけり（否と言っても無理に話す志斐の話をこの頃聞かないので心寂しい）」（万・三・二三六）と歌われた志斐嫗《しいのおうな》、人を寄せつけぬ不思議な俊蔭《としかげ》邸の秘密を語った翁と嫗（宇津保・蔵開上）、『大鏡』の語り手大宅世継《おおやけのよつぎ》と夏山繁樹《なつやまのしげき》、いずれも若者の知らぬ過去を知る老人たちであった。また承和十二年（八四五）正月十日、当時一一三歳の尾張連浜主《おわりのむらじはまぬし》が「長寿楽」を舞い和歌を献上した（続日本後紀）。翁の舞は正史に特筆すべき祝福性を有していたのである。

月　掛詞　日・光　雪

一方でやはり、衰えという負の側面も逃れがたいのが「老い」である。「老い痴《し》らふ」「老い惚《ほ》る」のごとく現実の老いは愚かしく時に醜く、悲しく切ない。志斐嫗の強語《しい》りも、たまに聞きたくなる知恵を秘めつつ、普段は無理強いに頑迷な話を語る老人である。また、老いを悲しみ嘆く歌は数多い。「おほかたは月をも愛《め》でじこれぞこの積もれば人の老いとなるもの」（古今・雑上・在原業平）は、「月」と「月日」を重ね、月を愛でまい、愛でる月日が重なると「老い」になるのだ、の意。老いていく人間の哀しさを、掛詞の機知に絡めて巧みに詠んでいる。一方「春の日の光にあたる我なれど頭《かしら》の雪となるぞわびしき」（古今・春上・文屋康秀）も、新春の光を浴びながら私の頭は雪の如く白くなるばかりなのがつらい、と歌う。こうした嘆老の念は、たとえば仏教のように宗教的救済を必要とする根源苦にまでその悲しみを突き詰めることなく、むしろある種の滑稽さ、軽みを伴った自嘲にとどまる。（今井久代）

老蘇の森　おいそのもり

近江・歌枕

森

縁語

ほととぎす

都

近江国《おうみのくに》の歌枕。滋賀県蒲生郡安土町《がもうぐんあづちちょう》東老蘇《おいそ》、奥石《おいそ》神社の森とされる。『老曽神社本紀』によれば、この地は「地裂け水湧く不毛の地」だったが、孝霊《こうれい》天皇の時、石辺大連翁が神助を得、作られた森だという。

「忘れにし人をぞさらにあふみなる老曽《おいそ》の杜《もり》とおもひいでつる」（古今六帖・五・読人知らず）のように「老曽」と「老い」を掛け、「思ひいづ」「忘れず」などと詠まれたり、「森」の縁語として「なげき」「下草」「朽ち葉」という語がともに歌われた。また「東路の思ひ出にせむほととぎすおいそのもりの夜半の一声」（後拾遺・夏・大江公資）のように「ほととぎす」もよく詠み込まれたが、この歌は相模守の任を終えた作者が上京の際に詠んだもので、このように都と東国の途上の地であるため「東路の老曽の社」とも歌われ、散文でも『東関紀行《とうかんきこう》』『小島《こじま》のくちずさみ』など中世の紀行文に見られる地である。（兼岡理恵）

扇　おうぎ（おふぎ）

風

夏

竹・紙・糸

桜

歌枕

秋

あおいで風をおこし、涼をとるための具。平安時代初期に日本で創案されたものとされ、中国の団扇《だんせん》に対して、折り畳みのできる形状のものをいう。鎖夏《しょうか》の目的のほかに、顔を隠したり拍子を打ったり、後世では舞踊の小道具とされたりと、さまざまの用途に使われた。

檜《ひのき》の細長い薄板を重ねて上部を糸で綴じ、その下部を金属の要で留めた「檜扇《ひあふぎ》」と、木や竹の細い骨に紙や絹糸などを張った「蝙蝠《かはほり》扇」（開いた形がコウモリに似るところからの称）とに大別される。檜扇には、男性用と女性用とがあり、束帯《そくたい》や裳《も》・唐衣《からぎぬ》の正装時に持った。薄板八枚を基本に、三重・五重と重ねる。ただし死に通じる四という数を忌み、それぞれ二五枚・三九枚とするのが通例。『源氏物語』花宴《はなのえん》巻で、思いがけぬ逢瀬の形見に取り交わした朧月夜の姫君の扇は、「桜の三重がさね」の優美な品。「桜の」は表面に桜花が描かれていたことをいい、このように絵を施した装飾的な女扇を、特に「衵《あこめ》扇」とも称す。

対して、蝙蝠扇は鎖夏の実用向きで、夏扇とも称される。こちらも扇面に絵や詩歌をあしらった。『大鏡《おおかがみ》』伊尹《これただ》伝には殿上人《てんじょうびと》が帝に献上すべく、金銀細工や蒔絵・彫物を施した骨に、珍しい詩歌や歌枕の絵の紙を張って、華美を競ったことが見えている。また『平家物語』巻十一には、那須《なす》与一《よいち》の弓の名声を高からしめた扇の的の話が見え、こちらは赤地に金の日輪を現したもの。軍扇としては他に、鉄骨に漆紙を張って両面に日月の意匠をあしらったものが、多くの武人に好まれた。

班婕妤《はんしょうよ》『怨歌行《えんかこう》』の故事にちなみ、秋（「飽き」を想起させる）には捨てられる身の象徴となる扇は、特に男女間での贈答を忌まれた。一方では、「あふぎ」に「逢ふ」の意を掛け、再会の呪物として旅人への餞にしたり、別れに臨んで取り交わしたり（源氏・花宴巻、謡曲『班女』）、末広がりの形状によそえて祝儀の引出物とされたりもした。

（藤本宗利）

逢坂　おうさか（あふさか）

京・近江
都

京都と近江《おうみ》を結ぶ、現在の滋賀県大津市にあたる坂道の一帯を逢坂といい、都から東国へ向かう際に必ず通る交通の要所とされた。『枕草子』「ゆくすゑはるかなるもの」段には、「陸奥国《みちのく》へ行く人の、逢坂越ゆる程。」とある。はやく『孝徳紀《こうとく》』にも「狭狭波《ささなみ》の合坂山」という名が見え、逢坂関は平安時代には鈴鹿《すずか》・不破《ふわ》とともに三関と称された。

鈴鹿・不破
馬

また、逢坂関は、「駒迎へ」の行事でも知られるようになる。これは、毎年八月、東国の御牧《みまき》から朝廷に献上される馬を、官人たちが逢坂関まで迎えに行く行事で、「逢坂の関の清水にかげ見えて今や引くらん望月《もちづき》の駒」（拾遺・秋・紀貫之）のように、和歌の題材ともなった。

和歌
常陸

『源氏物語』関屋《せきや》巻の巻名は、石山寺に参詣する光源氏の一行と、常陸《ひたち》国から帰京してきた空蟬《うつせみ》の一行とが、逢坂関の関屋《せきや》（関所の番小屋）のあたりですれ違うことに由来する。お互いに相手のことを忘れられない二人の偶然の再会が、紅葉の逢坂関を背景に、印象的に描かれている。これは、『後撰集』の「これやこの行くも帰るも別れつつ知るも知らぬもあふさかの関」（雑一・蟬丸、百人一首では、「別れつつ」を「別れては」とする）と共通する感慨だろう。蟬丸に関しては、逢坂関に庵を造って住んでいた琵琶の名手の蟬丸のもとに、源博雅《ひろまさ》が三年間通い続けて、「流泉《りゅうせん》」「啄《たく》木《ぼく》」という秘曲を伝授されたという伝説が、『江談抄《こうだんしょう》』第三、『今昔物語集』巻二四・二三に見える。

あづま（東）

また、「逢ふ」という語の連想から、「逢坂関を越える」は、男女が結ばれることを意味するようになり、恋歌で盛んに用いられるようになった。「人知れぬ身はいそげども年を経てなどこえがたき逢坂の関」（後撰・恋三・藤原伊尹）と「あづまぢにゆきかふ人にあらぬ身はいつかはこえむ逢坂の関」（後撰・恋三・小野好古女）は、「逢坂関を越える」ことを望む男と、それを拒む女との、かけひきの贈答である。

（吉野瑞恵）

応天門　おうてんもん

京・門

平安京大内裏八省院南面の正門。『拾芥抄《しゅうがいしょう》』中・十九では、声点で「天」が濁音であることを示している。延暦十二年（七九三）の創建である。「然レバ、外門ノ額ヲ書畢ヌ。亦、應天門ノ額打付テ後、是ヲ見ルニ、初ノ字ノ點既ニ落失タリ。驚テ、筆ヲ抛テ點ヲ付ツ。諸ノ人、是ヲ見テ手ヲ抃《ウチ》テ是ヲ感ズ。」（今昔・十一・九）では、応天門の額の字を書いた空海が、「應（応）」の字の第一画の点が落ちているのに気付き、筆を投げて文字に点を付けた故事を語るものである。また、「応天門の額は、大師の書きしところなり。その応天門の額は、応の字の上の点は故《ことさら》に落せり。額を上げし後に、遥に筆を投げて書けり。」（本朝神仙伝・九）という、点が抜けたのは、空海の故意があってのこととする異伝もある。

この門は、貞観八年（八六六）の応天門の変で消失した。

「今は昔、水の尾の御門の御時に、應天門やけぬ。人のつけたるになんありける。」（宇治拾遺・十・一）と、単なる失火ではなく放火であったとされている。犯人は伴善男《とものよしお》であった（宇治拾遺・同前、保元・中、神皇正統記・清和）。貞観十三年（八七一）に再建される。その際には、「応天門火災之後、修復既訖。令下明経文章等博士議中応天門可レ改レ名歟、又名二応天門一、其議何拠上。」（三代実録・貞観十三・十・二一）と、応天門の改名論を巡って博士たちの間で論争がわき起こった。なお、この応天門放火事件は後に『伴大納言絵巻《ばんだいなごんえまき》』に活写された。

（佐藤信一）

嫗　おうな

翁　少女　妻　女

老婆の意。「おみな」から平安時代の始めごろに「おうな」に転じた。翁と同様に老醜の悲哀と同時にある種の神聖さを帯びる「嫗《おうな》」であるが、それを最も端的に示すのが嫗の恋愛であろう。たとえば『雄略記』の赤猪子《あかいこ》物語などがその典型である。雄略《ゆうりやく》天皇が偶然出会った少女（赤猪子）に妻に迎えると約束しつつ忘れてしまい、「嫗《おみな》」になった赤猪子が訴え出た話である。この時老女の赤猪子と並ぶ雄略は壮年として語られる。雄略には、超越性、不老に加えて女性の一生を掌握してしまう力の神話的な力がこめられていようが、一気に老女と化す赤猪子の方も、愚直な真情に留まらない神《かみ》さびた不可侵性を思わせる。雄略は赤猪子の真情に涙しつつ老女相手に共寝はできぬと歌う。このように、老醜の滑稽さを嘲笑されつつ、侵しがたい何かを感じさせる老女の恋の挿話は、『伊勢《いせ》物語』六三段のつくも髪、『大和《やまと》物語』一二六段などに見える老齢の遊女檜垣《ひがき》の御《ご》、『源氏物語』の源典侍《げんのないし》などに見てとることができる。

（今井久代）

近江　おうみ（あふみ）

浜名湖　琵琶湖　千鳥　歌枕　美濃　黄

滋賀県の旧国名。東山道《とうさんどう》の大国。「淡海《あはうみ》（あふみ）」「近淡海《ちかつあふみ》」とも。地名は、浜名湖《はまなこ》を「遠つ淡海＝遠江」とするのに対し、琵琶湖を「近つ淡海＝近江」とする。琵琶湖を中央にたたえ、東山・東海・北陸道の水上交通の要衝であった。六六七年には天智天皇により近江大津宮《おうみおおつのみや》が置かれたが、壬《じん》申《しん》の乱後荒廃、その様子を柿本人麻呂《かきのもとのひとまろ》は「淡海の海夕波千鳥汝が鳴けば情もしのに古思ほゆ」（万・三・二六六）と歌い、この歌をふまえ「近江の海」を懐旧の念をあらわす歌枕として用いたり、「あふみ」に「逢《あ》ふ身」を掛けて「今日別れ明日はあふみと思へども夜やふけぬらむ袖の露けき」（古今・離別・紀利貞）のように詠まれた。

三井《みい》晩鐘・石山《いしやま》秋月・堅田《かたた》落雁・粟津《あわづ》晴嵐・矢橋《やばせ》帰帆・比良《ひら》暮雪・唐崎《からさき》夜雨・勢田《せた》夕照を八景とする「近江八景」は、琵琶湖南岸の景勝を中国の「瀟湘八景《しょうしょうはっけい》」に準えたもので、明応九年（一五〇〇）近衛政家《このえまさいえ》の撰とされ、多くの詩歌・画の題材となった。また美濃《みの》国との境界にある伊吹山《いぶきやま》は、黄色の染料となる刈安《かりやす》の産地で『正倉院文書』にもすでに「近江苅安」と見え、優れた刈安が現在でも摂取できるという。

（兼岡理恵）

往来物　おうらいもの（わうらいもの）

「往来」は手紙のこと。本来、手紙・文章の作法書（手紙・文章の模範例文集）をいった。往来物の最も古い物は藤原明衡《あきひら》の『明衡《めいこう》往来』（十一世紀中葉成立。『明衡消息』『雲州往来』『雲州消息』とも）である。その後、鎌倉・室町時代には種々のものができたが、その中、室町時代初期に作られた『庭訓《ていきん》往来』は、長期にわたって広く利用されたもので往来物の代表といってもよい。『庭訓往来』は一月から十二月までの毎月の往・返各二通に八月の一通が加えられた総計二五通の書状が収められている。往来物でこのように月別に模範例文を収める方式は鎌倉時代前期に作られた『十二月《じゅうにがつ》往来』で採られたものであって、『庭訓往来』はそれを踏襲したといってよい。本書は単に模範例文を示すだけでなく、各手紙の中には数多くの語彙を集め類別した、いわゆる単語集が収められている。たとえば「三月《さんがつ》状往」では農業関係に触れつつ、そこに農機具・農作物更に屋敷構えを述べた後、寝殿造の各部名を載せている。そして、これが各状で行われている。このような編纂方式は、充分に配慮された方針の下に行われたことは間違いなく、さらに利用者が模範例文を学ぶとともに日常生活の中で必要となる語彙集を理解するといったことを目標としたに違いない。ただし、このような形はこれ以前、『新札《しんさつ》往来』（南北朝時代撰）などでも行われており、この点も『庭訓往来』の創造したものとはいえない。平安時代から室町時代までに三十数種の往来物が編纂されているが、これらをこれ以後の物と区別し「古往来」と呼ぶ。江戸時代になると、○○往来の名の付くものは沢山に作られるが、古往来と称されるものとは性格も異なり、寺子屋での教材となるものまでもその中に入り、従来の書簡作法書の性格とは異なるものとなる。

（山口明穂）

屋敷→邸・寝殿

大荒木の森　おおあらきのもり（おほあらきのもり）

山城《やましろ》国の歌枕。現在の京都市伏見《ふしみ》区淀水垂《よどみずたれ》町付近と推定される。一方「斯《か》くしてやなほや老いなむみ雪降る大荒木野の小竹《しの》にあらなくに」（万・七・一三四九・作者未詳）を根拠に、大和国、現在の奈良県五條《ごじょう》市今井《いまい》町の荒木《あらき》神社付近とする説もある。

「森は……大荒木の森」（枕・森は）とされる当地は、「大荒木の杜の下草おひぬれば駒もすさめず刈る人もなし」（古今・雑上・読人知らず）の歌から、「生ひ」と「老ひ」を掛け、訪れる人もなく「下草」が生い茂り「大荒木」に荒れ果てた状況に、恋人の訪れがないことを表現する歌枕として用いられた。『源氏物語』では、源典侍《げんのないしのすけ》の持つ派手な扇にこの歌が書かれ、それを見た源氏は「うたての心ばへや」と評して「森こそ夏の」と戯れかける（源・紅葉賀）。これは「ほととぎす来鳴くを聞けば大荒木の森こそ夏の宿りなるらめ」（信明集）をふまえ、大荒木の森（源典侍）こそ、ほととぎす（群がる男）の宿、あなたのもとを訪れる男はたくさんいるでしょう、と老いてなお好き心の衰えぬ典侍をからかっている場面である。

また「斯くしてやなほや守らむ大荒木の浮田の杜の標《しめ》に

山城・歌枕・伏見・雪
老ひ（老い）
扇
森・夏
ほととぎす
好き・心

浮田の杜（森）

あらなくに（万・十一・二八三九・作者未詳）から「浮田の杜」「標」と結びつけて詠まれることもあった。（兼岡理恵）

駿河・遠江・川

橋

大井川　おおいがわ（おほゐがは）

駿河《するが》・遠江《とおとうみ》両国の境をなす川。現在の静岡県中央部を南流して、駿河湾に注ぐ。東海道を行く者はこの川を渡らねばならないが、『更級日記《さらしな》』に「大井川といふ渡《わたり》あり。水の、世の常ならず、すり粉《こ》などを、濃くて流したらむやうに、白き水、速く流れたり」とあり、また『十六夜日記《いざよい》』に「今日は大井川といふ川を渡る。水いと浅《あ》せて、聞きしには違《たが》ひてわづらひなし」とあるように、古くから急流・難所として知られた。江戸時代にはさらに、幕府の防備政策上、橋も渡し船も設けられなかったため、東海道第一の難所といわれるようになる。旅行者は浅瀬を自分で渡ることも禁じられ、水の深浅に応じて公定の賃銭を払い、川越人足《かわごしにんそく》の担ぐ輦台《れんだい》（蓮台）もしくは肩車に乗って渡河したのである。しかし水深が人足の肩を越すと川留《かわどめ》となり、東岸の島田宿あるいは西岸の金谷《かなや》宿に逗留せざるをえなかった。川明けまでは三日から五日、時に一か月も待つことがあり、路銀を使い切って難儀する旅行者もいた。「箱根八里は馬でも越すが、越すに越されぬ大井川」と俗謡にも歌われている。（木谷眞理子）

箱根（山）・馬

大堰川　おおいがわ（おほゐがは）

歌枕・桂川・嵐山

山城《やましろ》国の歌枕。現在の京都府を流れる桂川《かつらがわ》の上流、嵐山《あらしやま》あたりまでの名。大井川とも。現在は亀岡盆地《かめおかぼんち》から嵐山まで保津川《ほづかわ》と名を変え、嵐山付近で再び大堰川の名になる。紅葉の名所として知られ、行幸がしばしば行われた。延喜七年の宇多院による大堰川御幸の際は紀貫之《きのつらゆき》や凡河内躬恒《おおしこうちのみつね》らが供奉した。この時に詠まれた歌に付された序が「大井川行幸和歌序」で、紀貫之によって記された。紅葉を詠み込んだ歌としては「いろいろのこのはながるる大井河しもは桂のもみぢとや見ん」（拾遺・秋・壬生忠岑）などがある。そのほか「大井河うかべる舟のかがり火にをぐらの山も名のみなりけり」（後撰・雑三・在原業平）など、大堰川で行われていた鵜飼《うかい》のさまを詠んだ歌もみられる。

紅葉・行幸

小倉山

鵜

また、有名な藤原公任《きんとう》の「三船《さんせん》の誉」（三舟《さんしゅう》の才《ざえ》）の話はこの川で船遊が催された際のことであるということが『大鏡』ほかにみえる。夏目漱石『虞美人草』では保津川下りが語られる。（竹下　円）

川

大江山　おおえやま（おほえやま）

山

丹波

山城

京都府福知山《ふくちやま》市大江町と与謝郡与謝野町《よさぐんよさのちょう》の境にある山（標高八三三メートル）。別称・仙丈ヶ岳《せんじょうがたけ》。あるいは丹波《たんば》と山城の境界にあたる大枝山《おおえ》（標高四七〇メートル。現在の京都市西京区大枝と亀岡市寺條町にまたがる）という説もある。

丹後

文→消息

生野

丹波と丹後《たんご》の境界で、和泉《いずみ》式部が夫・丹後守《たんごのかみ》藤原保昌《やすまさ》に従い下向した際、小式部内侍《こしきぶのないし》が詠んだ「大江山いくのの道の遠ければ文もまだ見ず天の橋立」（金葉・雑上・小式部内侍、百人一首では第四句「まだふみも見ず」）のように、地名「生《いく》野《の》」（現在の京都府福知山市）を「行く」の掛詞として、ともに詠まれることが多かった。

掛詞

源頼光《みなもとのよりみつ》の酒呑童子退治の伝説の地として知られ、山頂の鬼嶽稲荷神社をはじめ、周辺には鬼の岩屋など伝説にちなむ地名が多い。　（兼岡理恵）

鬼

狼　おおかみ（おほかみ）

イヌ科の哺乳類。野生し、群をなして人畜を襲う。古典文学に登場するのは、明治期に絶滅したニホンオオカミと考えてよい。恐ろしい動物の一つであり、「かひなき身をば、熊狼にも施し侍りなん」（源・若菜上）などと、人を食う獣として言及されるほか、残忍な人間のことを「狼に衣《ころも》」の諺で言い表す。また、具体的な生態として、人間の死体を食べる、あるいは、多数が肩車をし合うことによって、木に登った人間を追いつめるなどの姿が描かれている（合巻・猨猴著聞水月談《さるちよもんすいげつものがたり》）。

イヌ（犬）

もっとも、ただの猛獣と考えられていたわけではなく、忠誠心や神性も認められていた。『日本書紀』には、山城《やましろ》国の秦大津父《はたのおおつち》に喧嘩を仲裁してもらった二匹の狼が、天皇の夢に現れ、彼の出世の糸口を作ったという逸話が見える（欽明）。滝沢馬琴《たきざわばきん》の読本『椿説弓張月《ちんせつゆみはりづき》』には山雄《やまお》・野風《のかぜ》という狼が登場するが、やはり、二匹の間の争いを止めてもらったことをきっかけに源為朝《ためとも》に仕えるようになり、最後には自らの命を犠牲にして、主人の窮地を救う。狼には山道などで人の後を付ける習慣があり、「送り狼」として知られるが、口に刺さった骨を抜いてもらった礼として、三年間、隠し妻のもとに通う男に付き添い警護した狼の話も見える（仮・御伽物語《おとぎものがたり》・四・三）。　（合山林太郎）

夢

命

妻

大坂　おおざか（おほざか）

中世より見える地名。古くは難波・浪速、中世には小坂《おざか》とも呼ばれたが、「蓮如上人消息」に「摂津東成郡生玉之庄内大坂」とあり、石山本願寺建立後には大坂と呼ばれたことがわかる。門前町として栄えたが、織田信長《おだのぶなが》との合戦で本願寺は焼失し、天正十一年（一五八三）に豊臣秀吉《とよとみひでよし》がこの地に大坂城を築く。古代から大和川・淀川で奈良・京都に通じる水運の要所でもあり、堺や伏見から商人が移住して商業地として栄えた。大坂の陣の後、江戸幕府がこの地を天領として、河川や運河の改修、開削を行った結果、八百八橋あるとも「出船《でぶね》千艘入船《いりふね》千艘」ともいわれる水の都となり、水運を通じて各国の物産が集散した。天満橋・天神橋と並んで浪花三大橋と呼ばれた難波橋の北詰の西には「諸侯の御蔵やしき甍を列ねて巍々《ぎぎ》たり」（摂津名所図会大成・十三上）というように諸藩の蔵屋敷が集中し、諸藩は蔵物の売買・出納を行う蔵元や掛屋に商人を用いた。彼らは本両替であることが多く、諸藩の金融機関の役割を担った。難波橋の南詰の北浜《きたはま》の近く、大川町には蔵元も勤めた豪商淀屋が立てた米市があり、北浜米市・淀屋米市と呼ばれ、その賑わいが井原西鶴《いはらさいかく》の浮世草子『日本永代蔵《にっぽんえいたいぐら》』巻一に描かれている。米市は元禄一年（一六八八）に堂島に移ったが、寛保三年（一七四三）には両替商によって金相場会所が設けられ、以後、北浜は「金相場の浜」と呼ばれた。

難波

淀川・奈良・京・伏見

橋・水

米

一方、堂島《どうじま》は、米市場が北浜から移転する以前は、北の遊里として近松門左衛門《ちかまつもんざえもん》の心中物の舞台ともなったが、米市場が移転し遊里が曽根崎新地《そねざきしんち》に移ると、米相場の中心地として栄えた。天領の町人は「天下の町人」と呼ばれたが、三都の一つとして日本経済の中心を担った大坂は「天下の台所」といわれた。西鶴は「諸国をめぐりけるに、今もまだ、かせいで見るべき所は大坂《ざか》、北濱、流れありく銀もありといへり」（浮・日本永代蔵・一）と記している。なお、「大阪」の表記は文政ごろから見られるが、江戸時代は通常「大坂」であり、「おおざか」と読んだ。

（大屋多詠子）

大沢の池　おおさわのいけ（おほさはのいけ）

嵯峨・大覚寺

池

山城国《やましろ》葛野《かどの》郡。現在の京都市右京区嵯峨《さが》、大覚寺《だいかくじ》の東にある池。九世紀前半、嵯峨《さが》天皇によって営まれた離宮嵯峨院の、庭園の池であった。嵯峨天皇は遊猟のついでに度々立ち寄り、詩宴を催した。この離宮はのちに嵯峨上皇の御所となり、崩御後は子女に伝えられた。広大な敷地の北東の一部は、嵯峨天皇の皇女で淳和《じゆんな》天皇の皇后正子が寺に改め、大覚寺となった。

菊

この池を詠んだ歌としては、「一本《ひともと》と思ひしものをおほさはの池の底にも誰《たれ》か植ゑけむ」（寛平御時菊合・紀友則）と、「根蓴菜《ねぬなは》の寝ぬ名の多く立ちぬればなほ大沢の生けらじや世に」（後拾遺・雑二・読人知らず）という、平安時代中期の二首がよく知られている。前者は、大沢の池を象った洲浜に菊を植え、それに詠み添えたもの。「一」と「おほ（多）」が照応する。後者は、「寝」に「根」、「生け」に「池」を掛け、「ねぬな」と「おほ」を二回繰り返す。

嵯峨院では、大沢の池の北に滝が作られ（のちに名《な》古《こ》曽《その》滝《たき》と呼ばれるようになる）、滝殿（滝に臨んだ建物）も設けられていたという。「滝の糸は絶えて久しくなりぬれど名こそ流れてなほ聞えけれ」（拾遺・雑上・藤原公任、千載・雑上、百人一首では初句「滝の音は」）でよく知られる。『今昔物語集』巻二四第五は「滝殿ノ石モ此《この》川成ガ立タル也ケリ」とし、西行《さいぎよう》は「大覚寺の金岡が立てたる石を見て」歌を詠んでいる（山家集）。百済川成《くだらのかわなり》は九世紀の前半に、巨勢金岡《こせのかなおか》は九世紀の後半に、それぞれ活躍した高名な画家。当時の画家は作庭も手がけたのである。伝承の真偽はともかく、後世の人々にとって嵯峨院の庭園が輝かしいものとして想像されていたことは確かであろう。それだけに、その荒廃は人々の胸を打った。藤原俊成《しゆんぜい》にも、「かはらずすめ」の隠題歌ながら、「大沢の池のけしきは古りゆけどかはらずすめる秋の月かな」（正治初度百首・一一九五）の詠がある。

月

鎌倉時代後期になると後宇多《ごうだ》院が大覚寺を再興、ここを御所としたため少し華やぎを取り戻し、「幾千代も君ぞ見るべき大沢の池のみぎはに咲ける白菊」（文保百首・源有忠）「一本の菊も栄えて大沢の流れをそへる君が万代」（続現葉和歌集・源有忠）などの歌が作られた。「菊」は、前掲の紀友則歌を踏まえつつ、大覚寺統（後宇多の父・亀山《かめやま》天皇からの皇統）を象徴するものとして詠まれている。月の名所としても有名である。

（木谷眞理子）

大隅　おおすみ（おほすみ）

日向
西海道の中国。鹿児島県東部の大隅半島を中心に種子島・屋久島・薩南諸島、奄美諸島を含む地域。七一三年（和銅六）に日向国より分離された。古くから島津氏が力を持ったが、戦国時代に守護大名としての島津氏の支配が確立し、以後、その体制が続いた。（山口明穂）

大原野　おおはらの（おほはらの）

歌枕・小塩山
山城《やましろ》国の歌枕。現在の京都市西京区大原野。小塩山《おしおやま》の東麓に広がる丘陵地。当地の大原野神社は、長岡京の遷都に伴い、藤原氏の氏神である奈良の春日明神《かすがみようじん》を勧請したのが始まりで、社殿は藤原冬嗣の造営による。平安時代、藤原氏の繁栄とともに貴顕が盛んに参詣した。「姫小松《ひめこまつ》大原山のたねなれば千年《ちとせ》はただにまかせてをみん」（後拾遺・賀・清原元輔）は藤原氏の子女の誕生を祝する歌であるが、このように慶賀の歌に詠まれることが多い。また、当地はしばしば狩場となった。「雉子《きぎす》鳴く大原山の桜花かりにはあらでしばし見しかな」（実方集）は、大原野へ小鷹狩《こたかがり》に行ったときの詠である。また『源氏物語』行幸《みゆき》巻で、冬十二月冷泉帝がこの大原野に行幸する場面が設定されてた。これに参加した玉鬘《たまかずら》の目と心を通して、帝の麗姿をはじめとして行幸のはなやかさが印象的に描き出されている。

春日　桜　鷹　行幸　心

比叡
平安時代も半ばを過ぎ、隠遁志向が高まってくると、比叡山麓の大原がより有名となってくるが、当地にも「世の中を背《そむ》きにとては来《こ》しかどもなほ憂きことは大原の里」（新古今・雑中・読人知らず）などの詠があり、二つの大原は混同されがちであった。（木谷眞理子）

里

公　おおやけ（おほやけ）

大きな家の意で、宮殿・朝廷・政府をさし、また天皇・皇后・国家・社会をも広く意味するようになった。

大臣
「おほやけの固めとなりて、天下をたすくる方にて見れば、またその相たがふべし」（源・桐壺）という予言の「おほやけの固め」とは、政道を支える大臣や摂政関白を意味するが、光源氏の抜群の資質は、そうした臣下の枠に収まるものでないという。苦慮を重ねる父帝は「ただ人にておほやけの御後見をするなむ行く先も頼もしげ」と思い、臣籍降下を決意する。

後見

世
対語「私」と組み合わされる例も多い。「公私の営みしげき身こそふさはしからね、いかで思ふこととしてしがな」（源・薄雲）という、世の煩わしさを逃れて風流な生活を楽しみたいとする源氏の思いは、やがて六条院として実現する。「いはけなかりしほどより、思ふ心ことにて、何事をも人にいま一際まさらむと、公私のことに触れて、なのめならず思ひ上りしかど」（源・柏木）は、短い生涯を振り返る柏木《かしわぎ》の言葉。

心

形容詞「おほやけし」「おほやけおほやけし」は公的、表向きである、の意。「才なども、おほやけおほやけしき方も、遅れずぞはべるべき」（源・浮舟）は、公人としての薫《かおる》を賞賛する叙述だが、形式主義として非難される場合もある。「ことわりの世の別れに、おほやけおほやけしき作法ばかりのことを孝じたまひし」（源・夕霧）は、大宮の葬儀を子の内大臣が型どおりに行い、真心がなかったことをいう。

女房　斎宮

「おほやけごと」は、公務、宮中の儀式。また、主人に関すること。六条御息所《ろくじょうのみやすどころ》の女房、中将の君は源氏への返歌を「おほやけごとにぞ聞こえなす」（源・夕顔）。源氏への個人的な感動を胸に封じ込め、女房の立場に徹するのである。「かの宮（斎宮）にすきごといひける女、わたくしごとにて」歌を贈った（伊勢・七二）とあるのと対照的である。

斎院

「おほやけ腹」とは、自分に関わりないのに立腹すること。「すずろに心やましう、おほやけ腹とか、よからぬ人のいふやうに、憎くこそ思うたまへられしか」（紫式部日記）は、風流気取りで人を見下した、齋院の女房の手紙を目にした紫式部の腹立ちのさまである。（大井田晴彦）

大淀　おおよど（おほよど）

伊勢・歌枕

伊勢《いせ》国の歌枕。現在の三重県多気郡明和町《たきぐんめいわちょう》大淀と伊勢市東大淀付近の伊勢湾に面する浜。地名の由来は、倭姫命《やまとひめのみこと》が当地を訪れた際「風浪無くして、海の塩大与度《おほよど》に与度美《よどみ》て」いたことにより（倭姫命世記）、またその際に定めた「大与度社《おほよど》」は、現在の竹大与度神社とされている。

斎宮・禊　浦・松

斎宮の禊所で、「大淀のみそぎいくよになりぬらん神さびにたる浦のひめ松」（拾遺・神楽・源兼澄）と詠まれたが、この歌の詞書に「恒徳公家障子」とあるように、平安から中世には屏風絵の歌題となった歌枕である。また『伊勢物語』六九―七五段「斎宮章段《さいぐうしょうだん》」の一舞台であり、「大淀の松はつらくもあらなくにうらみてのみもかへる浪かな」（伊勢・七二）にちなんだ「大淀の松」は、「業平《なりひら》松」とも称され県の天然記念物となっている。（兼岡理恵）

浪

岡の水門　おかのみなと（をかのみなと）

筑前・歌枕　日向　船

筑前《ちくぜん》国の歌枕。現在の福岡県遠賀《おんが》郡蘆屋町《あしやまち》遠賀川《おんががわ》河口付近。「筑紫国岡水門《おかのみなと》」（紀・神武即位紀）「塢舸水門」（筑前国風土記）とある。「水門」は港。神武《じんむ》天皇が日向《ひゅうが》より東征途中寄港したことが「神武即位前紀」に見え、「大船を容るるに堪ふ」古代の良港であった。神功皇后熊襲《じんぐうこうごうくまそ》征討の際、岡水門で船が進まなくなり、浦の男女二神、大倉主《おおくらぬし》と菟夫羅《つぶら》媛《ひめ》を祀ることでようやく進むことができたという伝承がある（紀・仲哀）。

枕詞　雁

「みずくきの」という枕詞を冠し、「天霧らひ日方吹くらし水茎の岡の水門に波立ちわたる」（万・七・一二三一・作者未詳）と詠まれたが、平安時代にはあまり詠まれず、院政期から中世の万葉復古の中で、前掲歌を摂取して「水茎の岡のみなとの波の上に数かきすててかへる雁がね」（新拾遺・雑・素暹法師）などと詠まれた。（兼岡理恵）

荻　おぎ（をぎ）

葦　秋・風・雁

イネ科の多年草で、水辺や湿地などに生え、葦《あし》や薄《すすき》に似る。「葦辺《あしべ》なる荻の葉さやぎ秋風の吹きくるなへに雁鳴き渡る」（万・秋雑歌・二一三四）は、風にそよぐ荻が秋の到来

葉　露　世

を告げるという趣向の嚆矢《こうし》の作。以後「荻の葉のそよぐ音こそ秋風の人に知らるるはじめなりけれ」（貫之集・一〇〇）「いつも聞く風をば聞けど荻の葉のそよぐ音にぞ秋はきにける」（同・三八五）「吹く風のしるくもあるかな荻の葉のそよぐ中にぞ秋は来にける」（同・五一二）「荻の葉のそよと告げずは秋風を今日から吹くと誰かいはまし」（躬恒集・七〇）などと古今集歌人に詠まれて定着することになるが、実は『古今集』に荻の歌は一首も採られていない。『後撰集』では「荻の葉の秋と告げつる風のわびしさ」（二二〇・読人知らず）「山里の物のさびしさは荻の葉なびくごとにぞ思ひやらるる」（二六六・左大臣）などとあって、秋に人を心細くさせるもの、哀れな秋の深まりを感得させるものという情意も表現されている。

荻は前掲歌でも知られるように「荻の葉」として詠まれることが圧倒的に多く、『後拾遺集』には「荻の上葉」（三二一）も見え、『新古今集』ではすでに定着した表現となる。さらに「荻の葉わきに結ぶ白露」（詞花・一〇八・大江嘉言）「こぼれやしぬる露の白玉」（後拾遺・三〇七・橘為義）と露のはかない清澄さを添えて、「風はやみ荻の葉毎におく露の遅れ先立つほどのはかなさ」（新古今・一八四九・具平親王）と無常観を揺曳させる作ともなる。「荻吹く風」（後拾遺・三二九）や「荻の上風《うはかぜ》」（千載・二三三）のそよぐことから「そよ」（それだよ）を掛けて詠むこともある。「秋風の吹くにつけてもとはぬかな荻の葉ならば音はしてまし」（後撰・八四六・中務）「世の常の秋風ならば荻の葉にそよとばかりの音はしてまし」（新古今・一二二二・安法法師女）などと恋歌にもよく詠まれている。

漢詩→詩　雪・月　俳諧

平安時代の漢詩では「蘆荻《ろてき》」「荻浦《てきほ》」「荻花《てきか》」の熟語で詠まれることが多く、「荻花漫乱三秋雪」（大江朝綱・草木凝㆓秋色㆒）「荻浦応㆑迷㆓寒月落㆒」（藤原顕光・水清似㆓晴漢㆒）の如く白い花穂を雪や月光にたとえる表現は、和歌の世界にはほとんど見えないようだ。なお、秋風に吹かれて発する「荻の声」は連句や俳諧以後に用いられるようになった表現とみてよいだろう。

（本間洋一）

翁　おきな

男　山・神　能　歌舞伎　老い

年老いた男性のこと。折口信夫は、古くは老人（翁）の姿をした山の神（「まれびと」）が里人に祝福を授けに訪れるという信仰があったと考え、それが能楽の「翁舞《おきなまい》」の起源だとした（「翁の発生」）。「翁舞」は「式三番《しきさんば》」とも呼ばれ、現在では「千歳」「翁」「三番叟《さんばそう》」の順に翁面をつけて舞う演目である。正月その他特別な会に先立つ祝福の楽として行われ、戯曲的な筋はなく、三人の舞手による祭儀的歌舞である。この伝統は歌舞伎にも受け継がれ、顔見世初日より三日間、または正月元日や劇場新築に際して「式三番」を演ずる「翁渡《おきなわたし》」や、旅興行で初日の前日に「式三番」を演じた「翁揃《おきなぞろえ》」などの風習があった。確かに「翁」はある部分神に通じる存在と考えられていたようで、『大鏡《おおかがみ》』などの歴史の語り手として翁が登場するのも、長寿ゆえの知識ばかりでなく、翁を神聖視する感覚に裏打ちされていよう。

一方で「翁」には、老いのもたらす醜さ、滑稽さも付きまとう。「翁」と呼ぶとき、尊仰以上に揶揄が込められ、

馬　斎宮　心

またそれゆえに親しみを感じさせるし、「翁」の自称では自負心は深く秘められ自嘲が色濃い。『伊勢《いせ》物語』では、実年齢とは関係なく、時に業平《なりひら》を「翁」「馬の頭なりける翁」「乞食翁《かたゐ》」と呼ぶ。『伊勢』の業平は、二条后や斎宮と通じ、悲運の惟喬《これたか》親王に親近し、また種々の女性と恋に落ちる。体制への反逆児とも見え、また時流に取り残された女好きとも見える、英雄性を秘めつつも滑稽な業平であるが、老醜と聖性を負う「翁」の呼称がその二重性を軽やかにかたどっている。一方「うたての翁やとむつかしくうるさき御心そふらむ」（源・若菜下）は、密通した女三宮《おんなさんのみや》に自制しきれず口うるさい説教を続ける自らを恥じ、いやな爺《じじい》と不快に鬱陶しくお思いでしょう、と光源氏が「翁」と自嘲する場面。自らの老耄を完膚なきまで嘲りながら、宮をも傷つける語ではある。翁は確かに醜悪だが、「うたて」「むつかし」と切り捨てえない尊厳も秘めているのである。

（今井久代）

息長川　おきながかわ

近江・歌枕・琵琶湖　鳰　枕詞　心

近江《おうみ》国の歌枕。琵琶湖の東岸、滋賀県米原市《まいばらし》醒井《さめがい》付近を西流し、琵琶湖に注ぐ天野川《てんの》かという。壬申《じんしん》の乱の際、「男依等、近江の軍と、息長の横河に戦ひ破りつ」（紀・天武）と戦地になったことがみえる。

「鳰鳥《にほどり》の息長川は絶えぬとも君に語らむ言尽きめやも」（万・二十・四四五八・馬史国人）とあるように、「鳰鳥」（カイツブリ）は水に潜るのに息が長いので「息長」の枕詞となり、さらに「絶えぬ」を導く。「息長川」は「絶えぬ心」を表す歌枕として、「氷ゐて息長川の絶えしより通ひしにほの跡を見ぬかな」（拾遺愚草・藤原定家）のように詠まれた。

物の怪

『源氏物語』では、源氏が「なにがしの院」に夕顔を連れて行く途上「息長川と契りたまふことよりほかなし」（源・夕顔）と、二人の仲の絶えぬことを誓い続けるが、その翌晩夕顔《ゆうがお》は物の怪に襲われ命を落とし、儚くも二人の永遠の別れとなるのだった。

（兼岡理恵）

隠岐島　おきのしま

島　和歌

島根県北東部、日本海にある諸島。三つの島を中心とする島前《どうぜん》と、一つの大きな島を中心とする島後《どうご》の総称で、「隠岐之三子島《おきのみつごのしま》」（記・上）とも呼ばれ、「大八島《おほやしま》」の一つ。隠岐国は最も重い遠流の地の一つ。『百人一首』にも収められた「わたのはらやそしまかけてこぎいでぬと人にはつげよあまのつり舟」（古今・羇旅・小野篁《おののたかむら》）は、隠岐に流された時の和歌である。隠岐を語る上で欠かせないのは、承《じょう》久《きゅう》の乱後流され、この地で生涯を終え、「隠岐院」とも称された後鳥羽《ごとば》院である。院が当地で詠んだ「われこそは新《にゐ》島守《しまもり》よ隠岐の海のあらき波かぜ心してふけ」（後鳥羽院遠島百首・九七）は、『増鏡《ますかがみ》』第二の名称「新島守」にもなっている。和歌に造詣の深かった院は、隠岐で『新古今集』の追加・削除を行う。「隠岐本」として知られる。なお、後鳥羽院の降誕から書き出される『増鏡』は、隠岐に流された後醍醐《ごだいご》天皇が京都に帰還する元弘三年（一三三三）まで記される。『増鏡』における隠岐は重要な意味をもつ。

（中嶋真也）

奥書　おくがき

写本

肉筆本の末尾に、書き手（原作者・転写者・校合者など）が、その本の成立や書写の由来などについて記したもの。書写の年紀、書写の目的、親本の性格、伝来、伝授などが記される。

内容によって、本奥書（親本に付されていた奥書をそのまま転記したもの。「本云《ほんにいう》」「本奥云《ほんおくにいう》」などで始まるものが多い）・書写奥書（転写の際に付した奥書）・校合《きょうごう》奥書（他本の本文との異同を加えた際の奥書）・相伝奥書（書物を人に与える際の奥書）・勘注奥書（注や考証を付した際の奥書）などと、分けて呼ぶこともある。

奥書によって、原本の場合にはその成立の事情が、また、転写本の場合には伝本の系統が、明らかになる場合もある。ちなみに、本文の伝来を詳細に記しているような奥書をもつ写本の場合、その本文は、むしろ本文伝来の過程でより整えられた形に鍛錬され昇華されているということも考えられる。また、本奥書のみ記されている場合は、本奥書の年紀をもって書写時の年紀であると誤認せぬよう、注意が必要である。

原本の奥書の例に、藤原定家《ていか》自筆『源氏物語奥入《おくいり》』の奥書がある。それには「此愚本救数多旧手跡之本抽彼是／用捨短慮所及雖有琢磨之志未及九牛／之一毛井蛙之浅才寧及哉只可招嘲弄／纔雖有堪加事又是不足言未及尋得／以前依不慮事□此本披露於美／夷遐迩門々戸々書写預誹謗云々／雖後悔無詮懲前事毎巻奥／所注付僻案切出為別紙之間哥等多／切失了旁難耻辱之外無他向／後可停止他見　非人桑門明静」と記されており、第一次奥入から第二次奥入への成長過程が編者自身の手によって説明されている。

書写奥書の例には次のようなものがある。『紀家集《きけしゅう》』巻末に「延喜十九年正月廿一日／江朝綱記之」と、書写年次と大江朝綱《おおえのあさつな》の署名がある。東大寺切《とうだいじぎれ》本『三宝絵詞《さんぼうえことば》』には「保安元年六月七日書うつし／おはりぬ」とある。元永本『古今集』の巻上末尾には「元永三年七月廿四日」とある。天治本『万葉集』巻十三には、「天治元年六月廿五日辰時書写了以肥後前司本也／件本諸家本委比校了云々」とある。藤原定信《さだのぶ》筆「唐紙和漢朗詠集切」には、「同日未刻染筆／申時終功／定信」とある。総じて平安時代書写本の奥書は簡略である。藤原定家書写の『土佐日記』の末尾には、「文暦二年乙未五月十三日乙巳老病中／雖眼如盲不慮之外見紀氏自筆／本蓮華王院宝蔵／料紙白紙不打無境高一尺一寸三分許広／一尺七寸二分許紙也廿六枚無軸／表紙続白紙一枚端聊折返不立竹無軸／有外題　土左日記貫之筆／其書様和歌非別行定行に書之／聊有闕字哥下無闕字而書後詞／不堪感興自書写之昨今二ケ日／終功／桑門明静／紀氏／延長八年任土左守／在国載五年六年之由／承平四甲午五乙未年事歟／今年乙未歴三百一年不朽／損其字又鮮明也／不読得所々多只任本書也」とあり、書写にいたった経緯、親本である紀貫之筆原本の装丁・料紙・本文の書写様式など、詳細な情報を得ることができる。

元暦《げんりゃく》校本『万葉集』の巻二十末尾には、本文とは別筆で「元暦元年六月九日以或人校合了／右近権少将（花押）」とある。平安末期書写の本に、鎌倉時代の元暦元年（一一八四）、右近権少将《うこんのごんのしょうしょう》が校合を加えたという、校合奥書である。

藤原基俊《もととし》筆「多賀切」（『和漢朗詠集』の断簡）の巻末部分に、「永久四年孟冬二日扶老眼点了／愚叟基俊」とある。基俊が永久四年（一一一六）十月に訓点を加えたという、加点奥書である。高野切本『古今集』巻二十の末尾に、「此集撰者之筆跡之由／古来称所云々尤為奇／珍者乎一覧之次聊記之／（花押）」とある。後奈良《ごなら》天皇が紀貫之筆であることを証した、加証奥書である。藤原定家筆冷泉《れいぜい》家相伝本『古今集』の末尾には、まず定家自身の手になる嘉禄二年（一二二六）四月九日の書写奥書があり、その後に「此本付属大夫為相／于時頽齢六十八桑門融覚（花押）」と、藤原為《ため》家《いえ》が鍾愛の幼な児藤原為相《ためすけ》にこの本を与える由の相伝奥書がある。

本奥書の例。三条西家《さんじようにしけ》旧蔵『伊勢物語』（学習院大学現蔵）の奥には、「天福二年正月廿日己未申刻凌桑門之盲目連日風雪之中遂此書写為授鍾愛之孫女也　同廿二日校了」という定家の奥書がある。それゆえ定家筆本と伝えられてきたが、この奥書は本奥書の転写であり、この本は室町時代の書写本である。

奥書は、たんに書写の日付や書写者を記録することから、その写本の社会的な価値を高めるためのものに変わっていったといえる。尾州家河内本《びしゆうけかわちぼん》『源氏物語』の奥書「正嘉二年五月六日以河州李部親行之／本終一部書写之功畢／越州刺史平（花押）」、これはこの写本が親行筆の河内本原本を写した証本であることを、正当な本文を伝えていることを証するためのものである。数多ある定家との関わりを記す歌書の奥書なども、定家の名によってその写本の価値を高めんとする意図があろう。

（池田和臣）

小倉山　おぐらやま（をぐらやま）

京都市右京区の山。小蔵、雄蔵、小椋とも書く。標高二九二・三メートル。ふもとには大堰川《おおいがわ》が流れ、川を隔てて嵐山を見ることのできる景勝の地であった。早く『万葉集』にも「夕されば小倉の山に鳴く鹿は今夜は鳴かずい寝《ね》にけらしも」（万・八・一五一一・舒明天皇）という歌が見える。これは大和《やまと》国の小倉山（現在の奈良県桜井市あたり）を詠んだものであるが、平安時代以降の小倉山の歌にも影響を与えており、「夕月夜《ゆふづくよ》小倉の山に鳴く鹿の声のうちにや秋は暮るらむ」（古今・秋下・紀貫之）のように、小倉山といえば鹿の名所であるという通念が生まれた。この歌では「小倉」にほの暗いという意の「小暗し」が掛かっている。「夕月夜」は小倉山の枕詞と見る説と、実景と見る説とがある。小倉山は紅葉の名所でもあり、延喜七年（九〇七）宇多《うだ》法皇の大堰川御幸の際には「小倉山峰のもみぢ葉心あらばいまひとたびのみゆき待たなむ」（百人一首、拾遺・雑秋・藤原忠平）という歌が詠まれている。『枕草子』「山は」の段は「山は、をぐら山、かせ山、みかさ山」と小倉山を筆頭にあげているが、名称の面白さに着目した選択であるらしい。

平安京の貴族はしばしば、この小倉山に遊んだり山荘を営んだりした。藤原道長《みちなが》は大堰川を逍遥したときに、作文の舟、管弦の舟、和歌の舟を浮かべて、その道に優れた人々を分乗させたという。いずれの道にも秀でた藤原公任《きんとう》は、和歌の舟を選んで「小倉山嵐の風の寒ければもみぢの錦着ぬ人ぞなき」という名歌を詠んで喝采を博したが、同じこ

山　大堰川　嵐山　鹿　大和　秋　枕詞　もみぢ（紅葉）・心・みゆき（行幸）　和歌　錦

漢詩→詩

となら作文の舟に乗ってすぐれた漢詩を作るべきであったと悔やんだという（大鏡・二）。公任の「三舟の才」として知られる逸話である。藤原定家《ていか》が「百人一首」を編んだ小倉山荘もこの地にあった。小倉山荘跡は、現在の厭離庵《おんりあん》の南西、往生院《おうじょういん》町の東あたりといわれる。

（鈴木宏子）

をこと点　おことてん

漢字　仮名

漢文を訓読する際の読み方を示すために、文字（漢字）の余白に書き込まれた記号の一種。をこと点の名称は、訓点の一種博士家点で右上に付された点が「を」、その下に付されたものが「こと」となることからそれを続けてできた。しかし、古くは漢字の左下の点が「て」、そこから右回りに隅の点が「に・を・は」となることから「てにをは点」の名称も使われた。をこと点で表記する語は、漢文訓読という性格上、助詞・助動詞や、用言の活用語尾が多く、時には名詞・副詞の類の和訓もある。をこと点は中国唐代の資料に四声（中国語の四種類のアクセント）を朱で示したものがあり、それに影響されたとする説が強い。最初華《け》厳宗《ごんしゅう》・法相宗《ほっそうしゅう》・三論宗《さんろんしゅう》などの僧の間に始まったとされ、最古の文献として九世紀初頭の物と推定される正倉院聖語蔵《しょうそういんしょうごぞう》『華厳経』古点、同『惟摩伽経《ゆいまかきょう》』古点、同『阿毘達磨雑集《あびだるまざつしゅう》論《ろん》』古点などがある。当時は仮名文字が創案されておらず、漢字の余白に万葉仮名で書かれた。しかし、字画の複雑さが意識され、をこと点や片仮名の母体となるような漢字の省筆が使われるようになった。これが発達した物が片仮名である。点の付し方の違いは個々の文献によってあるが、八種類に分類できるとされる。をこと点の付け方は、胡粉（白点）・朱（朱点）が多く、時には墨（黒点）や角筆といわれる筆記具の尖端などを用いた点（角点）もあった。

白・朱・黒

（山口明穂）

鴛鴦　おし（をし）

夏　冬

カモ目カモ科の水鳥。オシドリ。夏季に山間部で繁殖し、秋以降、平野部に出て人目についたため、古典文学では主に冬の鳥とされている。

霜

つがいまたは小群でいることが多く、夫婦一体の象徴とされた。『和名抄《わみょうしょう》』には「雌雄未ダ嘗テ相離レズ。人其ノ一ツヲ得バ、則チ其ノ一ツヲ思ヒテ死ス」とある。『枕草子』には「水鳥、鴛鴦《をし》あはれなり。かたみにゐかはりて、羽の上の霜払ふらん程など」（鳥は）とあり、羽に付いた霜を仲良く払うさまが「あはれ」と評されている。鴛鴦の雌雄一体が強調されたのには、『詩経』「鴛鴦」や『白氏文集』「長恨歌」など、漢詩からの影響も大きい。また、「鴛鴦の衾《ふすま》」「鴛鴦の瓦」など夫婦円満の祝意を込めた装飾・文様にも用いられた。

池・心　和歌

本来つがいでいるものとされたことから、逆に「ひとり寝《ぬ》る我にて知りぬ池水につがはぬ鴛《をし》の思ふ心を」（千載・恋三・公実）のように、一羽でいる鴛鴦に独り身の寂しさを託した和歌が多く詠まれていった。

（松岡智之）

小塩山　おしおやま

山城・歌枕・大原野　后→三后　鷹・行幸　雪　ほととぎす

山城《やましろ》国の歌枕。現在の京都市西京区大原野《おおはらの》の地の西にある山。麓にある大原野神社は、藤原氏の祖神天児屋命《あめのこやねのみこと》などを祀り、藤原氏出身の后の行啓も多かった。神話によれば、天児屋命は他の神々と力を合わせ天の岩屋に籠った天《あま》照大神《てらすおおみかみ》を引き出し、また天孫降臨《てんそんこうりん》の供をしたという。これをふまえて、二条后藤原高子《たかいこ》の行啓では在原業平《ありわらのなりひら》が、「大原や小塩の山も今日こそは神代《かみよ》のことも思ひ出づらめ」（古今・雑上）と、藤原氏と皇室の、また高子と業平の、長く深い関わりを詠んでいる。藤原氏の子女の成人儀式を祝した紀貫之《きのつらゆき》の歌「大原や小塩の山の小松原はや木高かれ千代の影見む」（後撰・慶賀）は、小塩山といえば松という連想を定着させた。また平安時代前期、当地はしばしば狩場となった。鷹狩のための大原野行幸を描く『源氏物語』行幸《みゆき》巻には、「小塩山みゆきつもれる松原に今日ばかりなる跡やなからむ」の詠が見えるが、このように雪を取り合わせて詠むこともある。平安時代末期以降は貫之歌の影響からしばしば「小松が原」が詠み込まれ、さらには業平歌の影響から「神代」もよく詠み込まれる。たとえば「一声もをしほの山の郭公《ほととぎす》神代《かみよ》もかくやつれなかりけん」（新葉集・夏・懐邦親王）であるが、このように「小塩山」に「惜し」をかけて詠む歌も少なくない。　（木谷眞理子）

雄島　おじま（をじま）

島　和歌　袖　海人　涙　浪・月　千鳥　昼　松島

宮城県、松島湾《まつしまわん》北西部の島。陸に最も近い島で現在は渡《と》月橋《げつきょう》で結ばれている。「雄島の（が）磯」とも表された。「まつしまやをじまのいそにあさりせしあまのそでこそかくはぬれしか」（後拾遺・恋四・源重之）が、現存文学作品の初出でかつ著名。この和歌を本歌に、またそれに切り返すように詠んだ「みせばやなをじまのあまの袖だにもぬれにぞぬれし色はかはらず」（千載・恋四・殷富門院大輔）は『百人一首』にも採られた。この二例のように「海人《あま》」を詠み込み、さらにその濡れた「袖」から旅愁や恋の涙を想起させる和歌が多い。「松しまやをじまが磯による浪の月の氷にちどり鳴くなり」（俊成卿女集・十二）のように「月」や「千鳥」とともに印象深い景を詠出した和歌もあった。松尾芭蕉《まつおばしょう》は、『奥の細道』において、「雄嶋が磯は地つゞきて海に出《いで》たる嶋也」と地続きであると述べ、「月海にうつりて、昼のながめ又あらたむ」と松島と月の取り合わせの美しさを実感している。　（中嶋真也）

愛宕　おたぎ

山城　京　内裏　都

山城国に愛宕郡愛宕郷があった。愛宕郡は山城国の北東部、平安京郊外の北から東にかけての地域である。平安京内はいずれの郡にも属さないが、もともとは、内裏を含む多くの部分が葛野《かどの》郡、そして左京の過半が愛宕郡であったらしい。しかし中世になると、「愛宕郡に都を立て」た（義

里

摂津

経記・六）という認識が見られるようになる。すなわち、「わが国の数の郡《こほり》のうちにしも愛宕の里の大宮所《おほみやどころ》」（夫木抄・権僧正公朝）と詠み、また福原遷都に際して、「百年《ももとせ》を四返《よかへ》りまでに過ぎこしに愛宕の里は荒れやはてなん」（源平盛衰記・十六）と嘆くのである。

愛宕郷については、六波羅の付近かとされるが、異論もある。いずれにしても、愛宕は平安京の葬送地の一つであった。『源氏物語』でも、光源氏の母桐壺更衣《きりつぼのこうい》はこの地で火葬されている。また『平家物語』も、「同七日、愛宕にて煙《けぶり》に成したてまつり、骨《こつ》をば円実法眼頸《ゑんじつほふげんくび》にかけ、摂津国へ下り、経《きやう》の島にぞ納めける」（六・入道死去）と、当地において平清盛《きよもり》が火葬されたことを語っている。（木谷眞理子）

男　おとこ（をとこ）

女

大人

海女（海人）

海

「男（をとこ）」は、「女（をみな・をんな）」に対応する語で、成人した男性一般をさす。『伊勢《いせ》物語』二三段に、幼馴《おさなな》じみの二人がそれぞれ、「大人になりければ、男《をとこ》も女《をんな》も恥ぢかはして」、結婚したとある。また、その性差が強調される配偶関係や情愛関係においては夫・愛人などの意を表す。『枕草子』の、海女《あま》がその夫とともに漁をさす様子を描いた章段（日のいとうららかなるに）に、「舟に男《をとこ》は乗りて、歌などうち謡《うた》ひて、この栲縄《たくなは》を海に浮けて歩《あり》く」とあり、海中には潜《もぐ》らない夫を気楽なものだと述べている。

出家

漢字・仮名

「男」はこうした用い方以外にも、男の児、従者や下男、あるいは出家に対する在俗の男などをも表す。また、表記する文字について「男手《をとこで》」という言葉がある。「女手《をんなで》」に対して、男性の書く文字のことで、漢字の楷書、真名《まな》（「仮名」に対する）ともいう。

この「をとこ」の類義語に「をのこ」がある。男女の関係には無関係に、広く男子一般をさすことになる。「をのこやも空しくあるべき万代《よろづよ》に語り継ぐべき名は立てずして」（万・六・九七八・山上憶良）は、男子たるもの名声を残すべきだとする士大夫《したいふ》の理念に立った表現である。

物語

物語、特に恋愛の場面では、その人物の固有名詞などを用いずに、単に「男」の語だけでその人物を表そうという場合が少なくない。これは、物語の重要な語り口の一つである。

『伊勢物語』の各章段の冒頭がほとんど、「昔、男ありけり」の形式で統一されている点も、注意されよう。これは、男と女の関係を語ろうとする意図から出ているとみなければならない。これに限らず、物語のなかで特に男女関係を強調する場面では、あえて社会的な呼称などを用いずに、単に「男」「女」と呼ぶことが多い。社会的な位相や関係を超えて、一個の男、一個の女としての存在を表そうとするのである。

『源氏物語』賢木《さかき》巻で、光源氏が藤壺《ふじつぼ》宮の寝所にしのびこもうとする場面に、「（源氏が藤壺に）まねぶべきやうなく聞こえつづけたまへど、宮いとこよなくもて離れきこえたまひて、はてはては御胸をいたう悩みたまへば、……男は、憂《う》しつらしと思ひきこえてたまふこと限りなきに」とある。抑制的に振る舞おうとする藤壺が「宮」という社会的な呼称で語られるのに対して、理不尽の恋におぼれている源氏を「男」と呼んでいる。こうした呼称の相違が、この場の二人のあり方の違いとなっている。

（鈴木日出男）

男山　おとこやま（をとこやま）

山　歌枕　石清水　女郎花　松　仁和寺　神

普通名詞であれば、一対の山のうち、険しい方を男性に見立てていう語となるが、歌枕の場合、京都府八幡《やわた》市北部にある山のことで、山頂に石清水八幡宮がある。「をみなへしうしと見つつぞゆきすぐるをとこ山にしたてりと思へば」（古今・秋上・布留今道）のように「男」から「女郎花《をみなへし》」と対比させたり、「今こそあれ我も昔はをとこ山さかゆく時もありこしものを」（古今・雑上・読人知らず）のように、一人前の男の意を掛けられることもあった。また、石清水《いわしみず》八幡宮《はちまんぐう》のある山として祝意を込め、「をとこ山さしそふ松の枝ごとに神も千とせをいはひそむらん」（拾遺愚草・九九九・藤原定家）のようにも詠まれた。『徒然草』五二段では、仁和寺《にんなじ》の法師が石清水八幡宮の摂社を山頂の本社と勘違いしている。「神へまゐるこそ本意《ほい》なれと思ひて、山までは見ず」と述べるが、その「山」が男山である。現在は男山ケーブルのおかげで山頂へ迷わず辿り着くことはできる。

（中嶋真也）

大人　おとな

児　女房　女　妻・男　童　老い

「産まれたる児《ちご》の大人になるほど」（枕・ゆくすゑはるかなるもの）のように、生物的な、小児に対しての成人をいう場合もあるが、古語の場合、成人式を終えたという、社会的区切りに応じた用法も多い。十二歳の光源氏が「大人になりたまひて後は」と語られる（源・桐壺）のは、成人式（元服）を終えたことを示す。『落窪《おちくぼ》物語』巻二の「あこぎはおとなになりて、衛門といふ」は、女童《めのわらわ》だった阿漕《あこぎ》を一人前の女房とし、「あこき」「いぬき」の愛称的な名から、父兄や夫の官職名を援用した召し名に変えたことをいう。また「大人」は精神的な成熟をも意味する。「そもそも女人は人にもてなされて大人にもなりたまふ」（源・若紫）は、北山の僧都《そうず》が、光源氏から幼い少女（僧都の妹の孫。後の紫の上）に妻問いしたいと相談され、女性は男に関わるなかで大人となるものだから、と一般論で言葉を濁したものである。この「大人」は精神的成熟を含むと考えられる。「清げなる大人二人ばかり、さてはわらはべぞ出で入り遊ぶ」（源・若紫）の場合、女童に対しての女房が「大人」となる。なお女房のうち若輩者は「若き人」「若人」と呼ばれ、上流貴族の子弟の秀麗さに敏感な、少々軽薄な存在として描かれる。一方年輩者は「老人《おいびと》」で、その老耄さや時代遅れな頑迷ぶりが揶揄の対象となり、また『源氏物語』橋姫《はしひめ》・総角《あげまき》巻あたりになると身も蓋もない現実主義者で、大君と薫を無理矢理結びつけようと活躍する。このどちらでもない「大人」は、単なる女房の意にとどまらず、前に見た精神的成熟の意も含んで、穏当で思慮深い、頭に立つ女房の意を含むものと考えられる。

鎌倉時代以降によく見られる用法として、一族、集団のなかの主だった者や年長者、いわゆる長老、宿老を「大人」と呼ぶものがある。村落の自治組織の指導者層や、譜代の長老、家老などを呼ぶ。名主や町の総取り締まりを「大人」と呼ぶ方言も残っている。

（今井久代）

音無　おとなし

川・山・里　熊野　神　豊前・歌枕　都

音無の川、滝、山、里がある。このうち音無川は、和歌山県東牟婁郡本宮町あたりを流れ熊野川《くまのがわ》に合流する川で、『後拾遺集』雑四の詞書に「熊野にまゐりてあす出でなんとし侍りけるに、人々、しばしは候ひなむや、神も許したまはじなどいひ侍りけるほどに、音無川のほとりに頭白き烏の侍りければ詠める」という記述がある。ただし『能因《のういん》歌枕《うたまくら》』では豊前《ぶぜん》国の歌枕としている。

「わくらばになどかは人の問はざらん音無川に住む身なりとも」(新古今・雑中・行尊《ぎようそん》)は、熊野で修行しているときに都の人に贈った歌。歌意は、音無川のほとりに住む私であるとはいっても、たまには手紙をくれないのはどうしたか、というので、音無川に音信がない意味の「音なし」を掛けている。滝、山、里も音無川の近辺かと考えられるが、具体的な場所ははっきりしない。特定の場所をさすというよりも「音がしない、音が聞こえない、音信がない」といったイメージを地名のかたちで具体化したものと捉えるべきかもしれない。『拾遺集』には音無の里、音無の川を詠んだ歌が並んでいる。「恋ひわびぬ音をだに泣かむ声立てていづこなるらん音無の里」(拾遺・恋二・読人知らず)は、恋を堪え忍ぶ気力も失せてしまい今はもう声をあげて泣きたいが、音無の里はいったいどこにあるのだろうか、の意。音が聞こえない音無の里で、聞く耳をはばかることなく泣きたいというのである。「音無の川とぞつひに流れける言はで物思ふ人の涙は」(拾遺・恋二・清原元輔)は、恋心を口に出さずにいた自分の涙は、その態度にふさわしく、せせらぎの音一つしない音無の川となってあふれでた、というもの。音無の滝は『枕草子』「滝は」の段の冒頭に名が挙がる。「こほりみな水といふ水は閉《と》ぢつれば冬はいづくも音無の里」(和泉式部集)は、百首歌中の冬歌で、氷結した冬の静けさを詠じたものである。

冬

(鈴木宏子)

少女　おとめ(をとめ)

海人　風・波・女　神　五節

「をとめ」という語は、奈良時代ごろまでは、適齢期の少女、あるいは宮廷や神宮に仕える未婚の若い女性、の意で用いられた。『万葉集』の「風のむた寄せ来る波にいさりする海人《あま》をとめらが裳《も》の裾濡れぬ」(十五・三六六一)は、風とともに寄せる波に魚を捕《と》る女たちの裳の裾が濡れてしまった、の意。これは漁をする若い女性たちをいう。また、「大夫《ますらを》は御狩《みかり》に立たしをとめらは赤裳裾引く清き浜びを」(六・一〇〇一・山部赤人)は、男子官人たちは狩りにおいでになり、少女たちは赤裳の裾を引いて歩く、清い浜辺を、の意。この「をとめ」は若い官女たち。このような「をとめ」の語には、汚れのない若い女性の清らかさがイメージされていよう。『万葉集』には、複数の男たちから同時に求婚されて、一人との結婚を決められず自ら死を選ぶという伝説がいくつもある。その女たちの名を、「勝鹿《かつしか》の真間《まま》の娘子《をとめ》」とか「菟原処女《うなひをとめ》」と呼んでいるのも、その処女としての清らかさのイメージゆえであろう。

この「をとめ」の語は、平安時代になると、神に仕える女という意味あいが強まり、ほとんど五節《ごせち》の舞姫のことをいうようになる。これは、十一月中旬の新嘗祭《しんじょう》（宮中での豊祝の祭）に、公卿と国司の未婚の娘が二人ずつ舞姫として選ばれ、その舞いを天皇の御覧に供する行事である。「天《あま》つ風雲の通ひ路《ぢ》吹き閉ぢよをとめの姿しばしとどめむ」（古今・雑上・遍照）は、その五節の儀の舞姫を天女に見立てた歌として、よく知られている。これは、空吹く風よ、雲の通り道を閉じてくれ、天女の舞い姿をしばらく地上にとどめておこう、の意である。

雲

『源氏物語』少女《をとめ》巻で、源氏の子息夕霧《ゆうぎり》が、惟光《これみつ》の娘の舞姫になったその美しい姿に懸想した。また源氏自身も、かつて交渉のあった昔の舞姫をなつかしく回想して、「をとめごも神《かん》さびぬらし天《あま》つ袖ふるき世の友よはひ経《へ》ぬれば」と詠んだ。昔の舞姫も今では年をとってしまっただろうか、天つ袖を振って舞ったころの昔の友である私も、こんなに齢《よわい》を重ねてしまったのだから、の意。巻名の「少女」も、この歌によっている。

（鈴木日出男）

袖

音羽山　おとわやま（おとはやま）

京都市山科区《やまなしく》と滋賀県大津市《おおつし》との境にある山。東海道新幹線音羽山トンネルが通り、北は逢坂山《おうさかやま》に連なる。京都から東国へ向かう者はこの山を越えた。和歌では「音」を響かせ「おとは山けさこえくれば郭公こずゑはるかに今ぞなくなる」（古今・夏・紀友則）のように「ほととぎす」の名所として詠まれたり、「おとは山おとにききつつ相坂の関のこなたに年をふるかな」（古今・恋一・在原元方）のように「噂」の意味になる「音に聞き」と詠み込み、「逢ふ」を響かせる「逢坂関《あふさか》」と対比させ一首をなすものも多い。山中から発する川や滝もあり、「音羽川」「音羽の滝」も和歌に詠まれた。「ありとのみおとにききつつおとはがはわたらば袖にかげもみえなん」（新古今・恋一・読人知らず）。比叡山にも「音羽の滝」はあったようで（古今・雑上・壬生忠岑、凡河内躬恒）、山号が「音羽山」である京都市東山区清水寺《きよみずでら》にも「音羽の滝」があり、現在も行列ができる観光の名所である。

（中嶋真也）

山　逢坂　ほととぎす　川・和歌　比叡　清水

鬼　おに

死者の霊魂。変化のもの。上代には「鬼」を「おに」と訓ずる確かな例はない。『和名抄《わみようしよう》』に「鬼人死魂神也」とあるように本来は死者の霊魂の意で、『日本霊異記《にほんりよういき》』上・三話で夜ごとに出現する「鬼」は、寺の悪しき奴《やつこ》を埋めた衢《ちまた》に行くから、死者の霊魂の意と取れる。同書中・二四、二五話には閻羅《えんま》王の使いの鬼も見られ、仏教的な意味と解せる。しかし次第に、超自然的な力をもつ存在、変化《へんげ》のもの、怪物の意となる。『古今集』の仮名序に「めに見えぬおに神をもあはれとおもはせ」とあるのは、和歌が変化のものの心をも動かすという意味である。また、「鬼」は人を食うものとされ、『出雲国風土記』には「目一鬼来而食佃人之男（目一つの鬼来りて、佃《たつく》る人の男を食《くら》ひき）」（大原郡）とされる。『日本霊異記』中・三三話では、「万《よろず》の子《こ》」という娘に「彩《しみ》の帛《きぬ》三つの車」を贈った男が結婚初夜に娘を食い、後には指と頭が残ったとある。鬼に人が食われる話は類型的で、『今昔物語集』巻二七・八には、武徳殿松《ぶとくでんまつ》

霊（たま）・魂・変化　閻羅・仏教→仏・変化　和歌　男

女房

原《ばら》を女房が三人で歩いていると、一人の女が男に話しかけられ、しばらくして連れが探すと手足のみが残っていたとの話があり、『日本三代実録《にほんさんだいじつろく》』『扶桑略記《ふそうりやつき》』には仁和三年（八八七）八月十七日のこととして載る。『今昔』巻二七や『古今著聞集《ここんちよもんじゆう》』巻十七・変化には、鬼に会った話や、宮中に鬼の足跡があった話など、鬼の怪異の話が多数載る。

女

また、有名な『伊勢《いせ》物語』六段では、女を連れて男が逃げる途上、女を蔵に入れて夜を守り過ごしたものの、女は鬼に食われてしまう。ここでは、鬼が食った痕跡である肉体の一部は残らず、鬼は実は女の兄弟だと示唆される。『源氏物語』夕顔《ゆうがお》巻では素性もわからない女と恋に落ちて、人気のない某の院に女を誘い出した光源氏は、「鬼なども我をば見ゆるしてん」と自負するが、ひたすらもの怖じする女は物の怪に襲われて死に、鬼に食われる話の変型が認められる。

物の怪

鬼の色については、『扶桑略記』延長六年（九二八）四月二五日の条には鬼の足跡に青と赤の毛が混じっていたとあり、赤鬼青鬼のイメージの先蹤が見られる。また、『今昔』巻二七・十三では鬼は朱色の顔で、巻二十・七では黒い鬼が赤い物を着ており、『宇治拾遺物語』巻一・三では赤鬼が青い物を着、黒鬼が赤い物を着ている。また、羅生門《らしようもん》の鬼は有名で、『平家物語』劒巻や謡曲「羅生門」には、渡《わた》辺綱《なべのつな》が鬼の片腕を切り落とす武勇伝が、『御伽草子《おとぎぞうし》』「酒呑童子」には源頼光《みなもとのよりみつ》らによる大江山《おおえやま》の鬼退治の話が残る。

青

朱

羅生門

大江山

（高木和子）

小野　おの（をの）

本来この言葉は、野をさす普通名詞である。それだけに「小野」という地名は全国各地に多い。なかでも有名なのは、比叡山《ひえいざん》西麓の小野である。『和名抄』には、山城《やましろ》国愛宕《おたぎ》郡のうちに「小野」の郷名があり、現在の京都市左京区一乗寺辺りから八瀬《やせ》・大原に及ぶ広い地域を含んでいた。しかし平安時代の人々が単に「小野」といった場合は、上高野《かみたかの》を中心とするさほど広くない地域をさしたようである。

野

山城・愛宕

大原

比叡山西麓のこの小野は、ここまでなら山籠りの僧も下りてくることができる一方、山の結界には入れぬ女人でも立ち入ることのできる地、聖と俗の境界の地であった。たとえば『源氏物語』夕霧《ゆうぎり》巻で、病に悩む一条御息所《いちじようのみやすどころ》が娘の落葉宮《おちばのみや》とともに小野の山荘へ移ったのは、山籠り中の懇意の僧を招いて祈禱《きとう》させるためである。この山荘はいまの修《しゆ》学院《がくいん》辺りと考えられる。

比叡山

山・女

病

（加持）祈禱

俗界でもなく、比叡山とも異なる小野は、貴人などの隠棲の地となる。『伊勢物語』は、出家した惟喬《これたか》親王が住む小野を、雪に降り込められたモノトーンの世界として描き出す（八三、八五）。後冷泉《ごれいぜい》天皇の皇后藤原歓子《かんし》も落飾ののち小野に幽居している。そこを白河《しらかわ》院が雪見のために訪れた話は、『今鏡《いまかがみ》』などに見られ、「小野雪見御幸絵巻《おののゆきみごこうえまき》」にも描かれている。

出家

雪

しかしまた夕霧巻の例からわかるように、小野は平安貴族の別荘地でもあった。落葉の宮に会うべく小野へ向かう夕霧は、「八月中《なか》の十日ばかりなれば、野辺のけしきもを

山里
京

かしきころなるに、山里のありさまのいとゆかしければ」（夕霧）という、別荘へ遊びに行くような気分でいる。京を離れての解放感や京にはない興趣を期待する夕霧と、母の病気治療のため小野に滞在する落葉宮との間には、そもそも深い断絶があったといえようか。

『源氏物語』手習《てならい》巻では、浮舟《うきふね》が小野に住むことになる。彼女は小野の風景を見て、かつて住んでいた東国を思い出す。京の人にとって小野は、モノトーンの聖俗の境域、あるいは郊外の別荘地であり、いずれにせよ非日常的な場所であった。しかし京に居場所のない浮舟にとって小野は、和やかな日常を送るべき場所として期待されているのである。

和歌

のちしだいに小野は、大原の周辺のみをさし、和歌においても大原と同様に詠まれるようになる。すなわち、「大原や小野の炭竈《すみがま》雪ふりて心細げに立つ煙《けぶり》かな」（堀河百首・源師頼）のように、「炭竈」「煙」「雪」などが景物として固定してくるのである。

連歌においては、『源氏物語』夢浮橋《ゆめのうきはし》巻の「小野には、いと深く茂りたる青葉の山に向かひて」という表現に基づき、「青葉」が付合《つけあい》となる。（木谷眞理子）

尾上　おのえ（をのへ）

山
ほととぎす

普通名詞「峰《を》の上《うへ》」から、山の高いところを意味した。「木《こ》の暗《くれ》の繁き尾の上《へ》を霍公鳥《ほととぎす》鳴きて越《こ》ゆなり今し来《く》らしも」（万・二十・四三〇五・大伴家持）。平安時代以降「かくしつつ世をやつくさむ高砂《たかさご》のをのへにたてる松ならなくに」（古今・雑上・読人知らず）のように「高砂の尾上」として、兵庫県の地名と考えられがちであった。しかし、「高砂」も本来普通名詞のようで、詞書に京都の「花山《はなやま》」で詠まれた「山守はいはばいはなん高砂のをのへの桜折りてかざさむ」（後撰・春中・素性）という和歌もある。このような指摘は『俊頼髄脳《としよりずいのう》』など平安時代後期の歌学書にすでに見られる。ともに詠まれる景物は、先の「松」のほか、「鹿」「鐘」などがある。「あきはぎの花さきにけり高砂のをのへのしかは今やなくらむ」（古今・秋上・藤原敏行）。『百人一首』にも収められた「たかさごのをのへのさくらさきにけり外山のかすみたたずもあらなん」（後拾遺・春上・大江匡房）では、遠くの高い山の桜を印象的に詠出する。（中嶋真也）

高砂
桜
和歌
松・鐘

大原　おはら

大和
山城・大原野
出雲

「おおはら」とも。古く「大原」とは、藤原鎌足《ふじわらのかまたり》生誕の地とされる大和《やまと》国高市《たけち》郡明日香《あすか》村小原《おはら》（奈良県高市郡）、山城《やましろ》国乙訓《おとくに》郡の平安時代の狩猟地の大原野《おおはらの》（京都市西京区）、そのほか出雲《いずも》国大原《おおはら》郡などもあるが、三代集時代以後は多くの場合、山城国愛宕《おたぎ》郡（京都市左京区）をさす。

愛宕
比叡山
平家

その山城国大原は、京都から葛川《かつらがわ》・朽木《くつき》を経由し、敦《つる》賀《が》・小浜《おばま》にいたる交通路にあたり、古来、比叡山《ひえいざん》との関係が深く、天台宗の三千院《さんぜんいん》・寂光院《じやつこういん》がある。王朝貴族の別荘地であり、世捨て人の隠棲の地。在原業平《ありわらのなりひら》の親交深かった惟喬《これたか》親王の墓や、順徳《じゆんとく》天皇・建礼門《けんれいもん》院・後鳥羽《ごとば》天皇の陵などがある。安徳《あんとく》天皇の生母の建礼門院徳子《とくこ》は、平家滅亡後、世を避けて寂光院《じやつこういん》に隠棲し、平家一門の人々の菩提を弔った。『平家物語』灌頂巻には、後白河《ごしらかわ》法皇の建礼門院訪問が描かれ、花摘みから戻った建礼門院と互いに感涙にむせんださまが語られる。西行《さいぎょう》は「大原はひらのたかねのちかければゆきふるほどをおもひこそやれ」(山家集)などと大原を多く歌に詠み、平安時代末期、良暹《りようぜん》法師や寂念《じやくねん》・寂《じやく》超《ちよう》・寂然《じやくねん》の三兄弟が住み着いた。古くから木材・薪炭の供給地で「炭」「炭窯」にまつわる歌は多く、「おほはらやまきのすみがま冬くればいとどなげきのかずやつもらむ」(好忠集)「こりつめてまきのすみやくけをぬるみおほはら山のゆきのむらぎえ」(後拾遺・冬・和泉式部)「おほはらやまだすみがまもならはねばわがやどのみぞけぶりたえたる」(詞花・雑下・良暹)などと詠まれた。『新猿楽記』には炭焼きを生業とする架空の大原の老翁が描かれ、「大原居住老翁、姓山口、名炭武、常願天之寒、鎮悪気之暖、十指黒両鬢白、出苦官使之奢、入憂弊衣之破、身常交灰煙、命僅係炭薪矣(大原に居住せる老翁、姓は山口、名は炭武。常に天の寒からんことを願ひて、鎮《とこしな》へに気の暖かなることを悪む。十の指は黒く、両鬢は白し。出でては官使の奢れることを苦しみ、入りては弊衣の破れたることを憂ふ。身は常に灰煙に交つて、命は僅かに炭薪に係れり)」などと語られた。また、薪炭を頭にかつぐ「大原女」が知られ、平安時代末期には、「炭売婦人今聞取、家郷遥在大原山(炭を売る婦人今し聞き取りぬ、家郷は遥か大原山に在りと)」(本朝無題詩)と都に炭を行商する様子がうかがえる。(高木和子)

涙　翁　命　都

尾駮(尾駮・尾鮫)　おぶち(をぶち)

青森県、下北半島太平洋岸にある六ヶ所村の尾駮沼付近の地名。「みちのくのをぶちのこまものがふにはあれこそまされなつくものかは」(後撰・雑四・読人知らず)のように、荒馬「尾駮の駒」として詠出された。藤原兼家《かねいえ》は「われが名をおぶちの駒のあればこそなつくにつかぬみともしられめ」(蜻蛉・上)と、自身をなつかない「をぶちの駒」になぞらえるように詠んでいる。諸国から朝廷へ馬を献上する行事「駒迎《こまむか》へ」の行事の際の和歌「あふさかのすぎのむらだちひくほどはをぶちにみゆるもち月のこま」(後拾遺・秋上・良暹)では、「をぶち」は地名「尾駮」と「を斑《ぶち》」(「を」は接頭辞か)を掛けたとも思われる。なお、『奥の細道』では、石巻で「袖のわたり・尾ぶちの牧《まき》・まの、萱《かや》はらなどよそめにみて、遥《はるか》なる堤を行《ゆく》」とあり、所在地は定かではない。(中嶋真也)

みちのく(陸奥)　馬　和歌　月

朧の清水　おぼろのしみず(おぼろのしみづ)

京都市左京区大原《おおはら》。現在、三千院《さんぜんいん》から寂光院《じやつこういん》への道の中途にある泉をそれかとする説もあるが根拠は不明。大原に籠もった良暹《りようせん》と素意《そい》との贈答「みくさゐしおぼろのしみづそこすみて心に月のかげはうかぶや」(後拾遺・雑四・素意)「ほどへてや月もうかばんおほはらやおぼろのしみづすむなばかりぞ」(同・良暹)があり、実在の清水であった。「朧」と縁語関係にある「月」を詠み、また「朧」との対比でも

大原　月　縁語

歌枕
大原野・小塩山

ある「澄む」に「住む」を掛けている。「朧の清水」は大原が隠者の聖域のイメージとして歌枕化するにあたって、その中核を担うことばとなった。「わがこひはおぼろのし水いはでのみせきやる方もなくてくらしつ」（金葉・補遺・源俊頼）のように、「月」ではなく、「清水」の縁語「岩」から「言はで」を導く場合もあった。湧き立つ泉の景ととめどない恋心を重ね合わせているが、用例は多くない。同名の清水の遺跡は京都市西京《にしきよう》区大原野《おおはらの》付近の小塩山《おしおやま》付近にもあるが、これは大原と大原野の習合現象に基づく。

（中嶋真也）

女郎花　おみなえし

萩・葛・瞿麦（撫子）・藤袴・朝がほ（朝顔）
黄・粟
歌合
秋
心
妻・鹿
野・花
川
説話

オミナエシ科の多年草。中世以降オミナベシ・オミナメシとも。山上憶良《やまのうえのおくら》が「萩の花尾花葛花瞿麦《くずばななでしこ》の花をみなへしまた藤袴《ふじばかま》朝がほの花」（万・一五三八）と秋の「七種《ななくさ》の花」（万・一五三七）に挙げている。『万葉集』の表記は「娘部志」「姫押」「佳人部為」「美人部師」など様々だが美女のイメージでこの花を捉えていたことが知られる。「女郎花」の表記は『新撰万葉集』が初出。源順《したごう》も「花色如㆓蒸粟㆒、俗呼為㆓女郎㆒」（朗詠・上・女郎花・二七九、本朝文粋・一・詠㆓女郎花㆒）と詠み、黄色の粟粒ほどの蕾をつけ開くさまを表現し、後に粟花《あわばな》とも呼ばれる。なお、中国古典詩文では女郎花を木蘭《もくれん》・辛夷《こぶし》・菊花の異称として用いる例はあるが、敗醤《おみなえし》の別称としては見えない。

亭子院女郎花合《ていじのいんおみなえしあわせ》（昌泰元年）が行われ、本院左大臣（藤原時平《ときひら》）家歌合で歌題にもなるが、注目すべきは『古今集』（秋上・二二六―二三八）の歌群である。「女郎花憂しと見つゝぞ行過ぐる男山にし立てりと思へば」（古今・二二七・布留今道）の機知的詠みもあるものの、「女郎花秋の野風にうちなびき心一つを誰に寄すらん」（古今・二三〇・時平）「誰が秋にあらぬものゆゑ女郎花なぞ色に出でてまだき移ろふ」（古今・二三二・貫之）の迷いと心変わりから、「女郎花はなの心のあだなれば秋にのみこそあひわたりけれ」（後撰・二七六・読人知らず）などとも詠まれる。また「妻恋ふる鹿ぞ鳴くなる女郎花をのが住む野の花と知らずや」（古今・二三三・躬恒）「女郎花後めたくも見ゆる哉あれたる宿にひとり立てれば」（古今・二三七・兼覧王）には恋しい妻や寡婦のわびしさを想起させられるが、亡妻への思いを詠んだ「女郎花見るに心は慰までいとど昔の秋ぞ恋しき」（新古今・七八二・清慎公）には歌としての世界の深まりがうかがえよう。なお、中世には古今仮名序の一節「男山の昔を思ひいでて女郎花の一時をくねる」から、小野頼風《おののよりかぜ》を恨んだ女が川に身を投げ死んだ折、その脱ぎ置いた衣が朽ちて女郎花となったという説話（古今和歌集序聞書三流抄などの古注。霊鬼志の何文説話の変型か）を生じたが、謡曲「女郎花」はこれを本説に古歌を巧みに交えたものである。

（本間洋一）

思川　おもいがわ（おもひがは）

川

恋の思いが絶えることなく、また深いことを川の流れにたとえた歌語。「おもひがはたえずながるる水のあわのうたかた人にあはできえめや」（後撰・恋一・伊勢）は、比喩的な表現と思われる「思ひ川」であるが、同集恋六に「つく

筑前・歌枕

しなる思ひそめ河わたりなば水やまさらんよどむ時なく」（藤原真忠）「思ひ初め」と「染川」（筑前《ちくぜん》国の歌枕）を掛けた例があり、「思ひ川」自体も『五代集歌枕《ごだいしゅうたまくら》』や『八雲《やくも》御抄《みしょう》』では筑前国の歌枕としている。歌の表現としては「泡」

縁語

「浪」「逢ふ瀬」など川の縁語を詠み込み、忍ぶ恋の心情を託した例が多い。「ながれての名をさへ忍ぶ思川あはでも消えね瀬瀬のうたかた」（俊成卿女集・四九）。恋の思い以外は稀だが、「今はただ我が身ひとつの思河うたかたきえてたぎつしら波」（拾遺愚草・二八三二・藤原定家）は藤原良経

和歌

の急逝を嘆いた和歌で、「思ひ」は悲嘆を表す。（中嶋真也）

親　おや

父親、母親、もしくは両親、養父母のこと。転じて、物事の元祖、頭、の意。上代には母親をさすことが多く、「親無しに　汝生《なれな》りけめや」（紀・一〇四）などと歌われる。『日《に》本霊異記《ほんりょういき》』には親への不孝を戒める説話が多い。上・二三

説話

話は、母の借財を取り立てて孝を尽くさない男が、狂気に陥り、火事にあい、妻子を失い、凍え死ぬ話である。上・二四話は、飢えた母に飯を与えなかった娘が悶死する話であり、中・三話は、防人《さきもり》に赴いた男が、郷里に残した妻に

妻

会いたいばかりに同行した実母を殺そうと謀ったところ、地が裂けて死に、慈母に供養される話である。いずれも不孝の子の話で、『大和《やまと》物語』姨捨山の話にも通ずる。一方、

姥捨て

『霊異記』下・十六話は孝行の話で、多情なために子に乳を与えなかった女が、死後、乳が腫れる病に苦しんでいると知って、子は母を恨まず供養する。また、『伊勢《いせ》物語』八四段では、宮仕えに忙しく足の遠のいた子に対して、母

老い

から「老いぬればさらぬ別れのありといへばいよいよ見まくほしき君かな」と、会いたいという旨の歌が遣わされる。子は「世の中にさらぬ別れのなくも哉千世もといのる人の子のため」と親の長寿を祈って返歌をし、親子の情愛のしみじみとした感動の伝わる贈答となっている。

紫式部の曽祖父にあたる藤原兼輔《かねすけ》には、「人のおやの心

心

はやみにあらねども子を思ふ道にまどひぬるかな」（後撰・雑一）の歌があり、『源氏物語』において最も多く引歌されていることが知られている。『源氏』には子の将来を案じる親の姿が、桐壺更衣や明石の君、朱雀院などを通して、数限りなく描かれる。あるいはまた、子に先立たれた親の悲しみは格別で、『土佐《とさ》日記』に底流する亡き子への思いが想起されるほか、和泉式部《いずみしきぶ》の、子の小式部内侍《こしきぶのないし》の出産後の死去に際しての挽歌の連作、とりわけ「とどめおきてたれをあはれと思ひけんこはまさるらんこはまさりけり」（和泉式部集）との絶唱は名高い。

なお、「親」の語には「上に立つ者」の意もあり、「国の親となりて、帝王の上なき位にのぼるべき相おはします人」（源・桐壺）では、帝位にもふさわしい光源氏の天賦の才が語られる。また、「物語の出で来はじめの親なる竹取の翁」

翁

（源・絵合）は、「ものの初め」の意の例である。（高木和子）

尾張　おわり（をはり）

東海道の上国。愛知県西部および岐阜県の南部、知多半島を含んだ地域。「尾張」の地名は、日本武尊《やまとたけるのみこと》が征東の帰途、

蛇（へび）

熱田神社に奉納した剣（草薙剣《くさなぎのつるぎ》と称して今も熱田神社に祀られる）が素戔嗚尊《すさのおのみこと》の八岐大蛇《やまたのおろち》退治の際にその尾から得たからとする説があるが、もちろん俗説にすぎない。なお、日本武尊は尾張の国で宮簀姫《みやすひめ》を娶っている。

年魚市潟　船

『万葉集』に高市黒人《たけちのくろひと》の羇旅《きりよ》の歌（三・二七一）に、桜田・年魚市潟《あゆちがた》を詠んだ歌が載る。尾張は戦国時代以降諸国大名の上京する際にどうしても通過しなければならない土地であり、結局ここを抑えた織田信長《おだのぶなが》が天下取りの端緒を握ることになった。江戸時代以降の東海道は宮（熱田）から桑名への船路を辿り、その際も交通の要衝となった。

（山口明穂）

音戸　おんど

安芸

安芸《あき》国の地名。音戸の瀬戸は、現在の広島湾東部、広島県呉《くれ》市の休山《やすみやま》半島と倉橋島との間の水道。現在は音戸大橋が架かる。広島湾内の反対側（西部）には宮島があり、厳島《いつくしま》神社が鎮座する。当地はもともと絶好の航路でありながら、水深が浅く船は満潮を待って通らねばならなかったのを、平清盛《きよもり》が開削したと伝えられる。清盛は、瀬戸内海航路を開発して日宋貿易を推進するとともに、久安二年（一一四六）安芸守になったころから厳島神社に篤い信仰を寄せ、社殿を造立修理させているのである。

船　潮

この瀬戸（＝狭い海峡）は、潮流が激しいことで知られる。足利義満《あしかがよしみつ》の厳島詣に随ってここを船で通った今川了俊《いまがわりようしゆん》は、「音戸の瀬戸といふは、滝のごとくに潮速く狭《せば》き所なり。船ども押し落《おと》されじと、手も懈《たゆ》く漕《こ》ぐめり」と記している（鹿苑院殿厳島詣記）。

（木谷眞理子）

女　おんな（をんな）

男　妻

「女（をんな）」は、「男（をとこ）」に対応する語で、成人した女性一般をさす。配偶関係や情愛関係からは、妻・愛人などの意を表す。この「をんな」の語は、「をみな」の音便形から出たともいわれる。「をんな」の語が一般化された平安時代にも、特に和歌などでは伝統的に「をみな」の語も用いられ、「をみなへし（女郎花）」と掛詞にすることが多い。「名にめでて折れるばかりぞをみなへし我堕《お》ちにきと人に語るな」（古今・秋上・遍照）も、「をみなへし」をその名から「女」に見立てた歌である。

女郎花・掛詞

『土佐日記』の冒頭に、「男もすなる日記といふものを、女もしてみむとてするなり」とある。この「女」は成人女性一般をさす。作者紀貫之が自らの斬新な日記文学を女性に仮託することで書き試みようとする発言である。これは、「男もす」という漢文日記とは異質の、新しい文学作品だということになる。

日記

この「女」の類義語に「妻（め）」がある。同じく妻の意を表すにしても、こちらは、やや見下げた気持でいう場合や、中流層以下の身分をいう場合である。「やむごとなき御妻《め》どもいと多く持ちたまひて」（源・須磨）は、源氏の大勢の女たちとの交渉をいう一文であるが、それをやや批判的にみて「御妻ども」とした。

仮名

また、「女手《をんなで》」とは、女の書く文字、平仮名のこと。これは、女性専用ではなく、実際には男も用いる。「おほど

心

かなる女手の、うるはしう心とどめて書きたまへる、たとふべき方なし」（源・桜枝）は、源氏の書いた平仮名をいう。彼は仮名の名手であった。

　物語の逢瀬の場合などで、その男女関係を強調するために、あえて「女」の呼称を用いることも多い。同様の場面に「男」の語が用いられるのに照応しあっている。『源氏物語』花宴《はなのえん》巻で、はじめて源氏に逢った朧月夜の君について、「女も若うたをやぎて、強き心も知らぬなるべし……ほどなく明けゆけば心あわただし。女は、まして、さまざまに思ひ乱れたる気色なり」とある。この「女」の呼称の繰り返しが、源氏に魅せられた彼女が、いよいよその恋にのめりこんでいくことを暗示していよう。（鈴木日出男）

陰陽道　おんみょうどう

　古代中国の陰陽五行思想に基づく俗信。自然界のできごとはすべて陰と陽の二つの気の配合によって生じると考える陰陽説と、自然界の存在は木・火・土・金・水の五つの要素の働きによって構成されるとする五行説が結びついたもので、自然界の災異や人間界の吉凶禍福《きっきょうかふく》をこれらによって説明しようとした。わが国には、六世紀ごろ、仏教伝来と前後して伝わったが、その後、独自の展開をとげた。中務省に陰陽寮が置かれ、天文・暦・時刻のことをつかさどり、何か異状があれば吉凶を占って報告した。陰陽寮には、頭《かみ》・助《すけ》・允《じょう》・大属《だいさかん》・小属《しょうさかん》のほか、陰陽師《おんみょうじ》・陰陽博士・陰陽生《しょう》、暦《れき》博士・暦生、天文博士・天文生、漏刻《ろうこく》博士・守辰丁《しゅしんちょう》（鐘鼓を打って時を知らせる役）などが属していた。

仏教→仏

　平安時代に入ると、律令制の衰退に伴い、時の権力と結びついてその地位を高めていった。十世紀には、賀茂忠《かものただ》行《ゆき》・保憲《やすのり》父子の名人が現れ、保憲の子の光栄《みつよし》に暦道、弟子の安倍晴明《あべのせいめい》に天文道を伝えて、後に、安《あん》賀《か》両家が陰陽博士と陰陽頭を独占するようになった。晴明は、花山《かざん》天皇が退位した際に天変によってそれを知ったり（大鏡・花山天皇）、法成寺《ほうじょうじ》の門前に埋められた藤原道長《みちなが》を呪詛した物を占って見つけたり（宇治拾遺・十四・十）など、多くのエピソードが伝えられている。

　また、陰陽道は、物忌み・方違え・坎日《かんにち》・上巳《じょうし》の祓えなど、貴族の日常生活に深くかかわっていた。『伊勢物語』では、恋に身を滅ぼしそうになった男が、仏神に、「わがかゝる心やめ給へ」と祈っても効き目がないので、陰陽師と巫《かんなぎ》を呼んで祓いをした（六五）。もっとも、それでも恋の思いがやまずに、「恋せじと御手洗《みたらし》河にせしみそぎ神はうけずもなりにけるかな」と詠んだという。『源氏物語』では、光源氏が、須磨の地で、上巳《じょうし》の日に、須磨《すま》に通う陰陽師を召して祓えをさせた（須磨）。また、出産を控えた明石の女御の容態が変わって苦しんだ際には、陰陽師たちが方違えをすることを勧めたので、春の町から、明石の君の住む冬の町の中の対に移して、そこで無事に若宮を出産した（若菜上）。（室城秀之）

律令
門
物忌・方違え
心
御手洗河
須磨
春・冬
対→寝殿

か

賀　が

祝い、特に長寿の祝いのこと。算賀《さんが》ともいう。四十歳（初老）を最初とし、以降十年ごとに行う。もとは中国の風習で、日本では天平十二年（七四〇）の聖武《しょうむ》天皇の四十賀が初見である（東大寺要録）。

詩

『懐風藻《かいふうそう》』にも「五八年」（四十の「シ」が「死」を連想させることからこのように表記した）を賀する詩が見え、奈良時代には行われていたことがわかる。主要な儀式は、饗宴、奏楽、作詩・作歌であり、宴に先立って写経、誦経も行われた。祝儀の品は、四十の賀なら経四十巻、韓櫃《からびつ》四十合など、年齢に合わせる慣例であった。また、竹の杖、鳩の杖などが好んで贈られた。

竹　鳩　桜

『古今集』巻七は賀の歌として二二首を収めるが、うち十七首が算賀の折に詠まれたものである。「桜花散りかひ曇れ老いらくの来むといふなる道まがふがに」（在原業平、伊勢・九七にも）は、藤原基経《もとつね》の四十賀の時のもの。「散り」「曇れ」という寿《ことほ》ぎにそぐわぬ不吉な翳りを帯びた歌だが、巧みな機知によって賀歌たりえている。

絵・屏風

平安時代には、大和絵屏風《やまとえびょうぶ》の賛として多くの屏風歌が詠まれるようになる。『宇津保《うつほ》物語』菊の宴では嵯峨《さが》院大后宮の六十賀の次第が詳細に語られ、そこで詠まれた屏風歌が省略されることなく記されている。

老い

『源氏物語』若菜《わかな》上では、光源氏の四十賀が繰り返し語られる。固辞する源氏の意向を遮って、玉鬘《たまかずら》を筆頭に、紫の上、秋好中宮《あきこのむ》、夕霧《ゆうぎり》が競って盛大な宴を催す。人々のもてなしに感謝しつつも、老いを自覚させられてしまった源氏は、複雑な感慨を抱かずにはいられない。同じく『源氏物語』紅葉賀《もみじのが》では、若き日の源氏が青海波《せいがいは》を舞い、人々を感銘させた。この紅葉賀は、桐壺《きりつぼ》帝の父一院の算賀といわれるが、定かでなく、単なる宴遊とも考えられる。

神泉苑

『宇津保物語』吹上《ふきあげ》下の神泉苑《しんせんえん》の紅葉賀では、藤原仲忠《なかただ》と源涼《すずし》の琴の競演が奇瑞をおこすが、これは算賀ではない。

建仁三年（一二〇三）、藤原俊成《しゅんぜい》の九十賀が和歌所で行われた。主催者の後鳥羽《ごとば》院は「桜咲く遠山鳥のしだり尾の長々し日もあかぬ色かな」（新古今・春下）と詠み、この老歌人を寿《ことほ》いだ。

干支

室町時代になると、六一、七七、八八などの十の倍数によらない賀がみられるようになる。六一は干支が一巡することから本卦還《ほんけがえり》・還暦などといい、七七は「喜」の草書から喜寿・喜賀、八八は「米」の字から米寿などという。

（大井田晴彦）

甲斐　かい（かひ）

富士川

旧国名。甲州とも。現在の山梨県。富士川が流出する南

山　駿河

西端以外は四方を山で囲まれ、「なまよみの　甲斐の国　うち寄する　駿河《するが》の国と　こちごちの　国のみ中ゆ　出で

立てる　不尽《ふじ》の高嶺《たかね》は……」（万・三・三一九・高橋虫麻呂）と詠まれるように、南の駿河国境には富士山がそびえる。『古今集』東歌のなかに甲斐歌として、「甲斐が嶺《ね》をさやにも見しがけけれ（＝心）なく横ほり伏せるさやの中山」「甲斐が嶺を嶺《ね》こし山こし吹く風を人にもがもや言《こと》づてやらむ」の二首があるが、この「甲斐が嶺」も富士山であろうか。ただし白根山とする説もある。

「甲斐」を詠んだ歌には、「（行き）交ひ」「買ひ」「疑《うたが》ひ」「卵《かひ》」などを掛けるもの、また「甲斐の国都留郡《つるのこほり》」を詠んで「鶴」を掛けるものが多い。たとえば「かりそめの行きかひ路《ぢ》とぞ思ひこし今は限りの門出なりけり」（古今・哀傷・在原滋春）「君がため命かひへぞ我は行くつるてふ郡《こほり》千代をうるなり」（忠岑集）などである。

甲斐は良馬の産地であり、「甲斐の黒駒」は有名。『日本書紀』雄略十三年九月条には、ある男の処刑を命じたものの考え直した天皇が、赦免の使を甲斐の黒駒に乗せて馳せ向かわしめ、無事処刑を中止させた話が見える。また、聖徳太子が愛馬甲斐の黒駒に乗って空を駆けり富士山頂に至ったという伝説もある（聖徳太子伝暦など）。平安時代には宮廷の御牧《みまき》が甲斐・武蔵《むさし》・信濃《しなの》・上野《こうずけ》の四国に置かれ、毎年八月には一定数の馬を貢進したが、平将門《まさかど》の乱以後は期日・定数とも守られなくなっていった。

平安時代末期、甲斐に土着した清和源氏が勢力を伸張、なかでも武田氏は鎌倉時代より甲斐守護をつとめ、戦国時代には武田信玄《たけだしんげん》が威を振るった。「甲斐の田を越後の鎌で刈りたがり」（柳樽・十）のように、信玄と上杉謙信《うえすぎけんしん》の度重なる戦いは有名。しかし信玄の子勝頼《かつより》のとき、織田信長《おだのぶなが》・徳川家康《とくがわいえやす》の連合軍に大敗してから衰勢となり滅亡した。江戸時代前期には親藩大名や柳沢氏が封ぜられたが、十八世紀前半以降は幕府直轄領となった。

（木谷眞理子）

貝　かい（かひ）

海に棲む、体の外部に殻をもった軟体動物の総称。また、その殻をいう。中国では貨幣として用いられ、日本でも古代から食用とされ、各地に棄てた殻の堆積した貝塚が発見されている。貝殻は、一方では装飾品としても用いられ、平安時代には、貝合《あわ》せ・貝覆《おお》いといった遊技も盛んに行われた。催馬楽《さいばら》「伊勢海《いせのうみ》」は、「伊勢の海の　きよき渚に　潮間《しほがひ》に　なのりそや　摘まむ　貝や拾はむや　玉や拾はむや」と、美しい海岸で海藻や貝、真珠を拾う様子を歌っている。同じく、催馬楽「我家《わいえ》」では、「我家は　帷帳《とばりちよう》も垂れたるを　大君来ませ　聟《むこ》にせむ　御肴《みさかな》に何よけむ　鮑栄螺《あはびさだを》か　石陰子《かせ》よけむ　鮑栄螺か　石陰子よけむ」と、皇族を聟に迎え、貝でもてなそうとすることを歌にしているが、この歌は『源氏物語』帚木《ははきぎ》、常夏《とこなつ》巻で引用される。『梁塵後抄《りようじんこうしよう》』は、「さて聟殿の御肴には何よからんとて、次々陰門に似たる貝を並べたるなり」と、貝と女陰の形状の類似から、ここでの様々な貝も女性の隠喩であるとする説を提示している。

和歌では、効果がある、という意味の「甲斐《かい》あり」との掛詞で用いられた。「潮《しほ》の間《ま》にあさりする海人もおのが世々かひありとこそ思ふべらなれ」（後撰・恋三・紀長谷雄）などである。同様の掛詞は、『竹取物語』の語源譚にも用いられている。また、「蓮葉《はちすば》の上はつれなき裏にこそ物あらがひはつくと言ふなれ」（後撰・恋五）では、「あらがひ」が「争ひ」と「（あら）貝」とを掛けている。

平安時代には、美しい貝に歌を添えて競う「貝合《かいあわせ》」が行われた。時代が下ると、「貝合」は、二枚に分けた蛤の貝殻を見つけ出して合わせ、その数を競うようになった。あらかじめ並べられた「地貝《じがい》」に新たに取り出した「出貝《だしがい》」を合わせる「貝覆い」も「貝合」の一種とされる。貝の中に絵が描かれ、美術品としての価値ももつようになった。

（奥村英司）

戒　かい

仏教に帰依する者が、基本的に守るべき個人的な生活倫理。律は禁止的規則、戒は律を自発的に守ることをいう。在家の信者（優婆塞《うばそく》・優婆夷《うばい》）は五戒を、若年の出家者（沙弥《しゃみ》・沙弥尼《しゃみに》）は十戒を、二十歳以上の出家者（比丘《びく》・比丘尼《びくに》）は具足戒《ぐそくかい》といって比丘は二五〇戒、比丘尼は三五〇戒を守るべきとされた。これらは守って破らない消極的な小乗戒だが、より観念的で積極的な大乗戒もあった。『日本書紀』に「出家《いへで》の途《みち》は、戒《い》むことを以《も》て本《もと》とす。願はくは、百済に向《まか》りて、戒むことの法《のり》を学《なら》ひ受けむ」（崇峻・即位前）とある。『源氏物語』若菜《わかな》下巻では、紫の上は出家を願うものの光源氏に許されず、病床で五戒を受けて在家の信者となり、延命が願われた。また、手習《てならい》巻で横川《よかわ》の僧都《そうず》は、「我無慚《むざん》の法師にて、忌むことの中に、破る戒は多からめど、女の筋につけて、まだ譏《そし》りとらず、過《あやま》つことなし」と、女人に関わることへの周囲の非難をも顧みず浮舟を真摯に介抱し、人間的な情愛の深さを見せた。

（高木和子）

仏教→仏　出家　百済　女

蚕　かいこ（かひこ）

虫の名。カイコガの幼虫。古くは単に「蚕《こ》」といった。「かいこ」は「飼い蚕《こ》」の意で、古来、絹糸をとるために飼育されるところからいう。孵化直後は黒いが、脱皮して白色となる。成長と脱皮を繰り返し、成熟すると糸を吐いて体のまわりに繭を作り、その中で蛹《さなぎ》になる。やがて羽化して成虫の蛾になり、繭から出てくる。桑の葉を食って発育するので「桑子《くわこ》」ともいう。

『古事記』は蚕の神話的起源を、速須佐之男命《はやすさのおのみこと》が殺した大気都比売神《おおげつひめのかみ》の「頭《かしら》に蚕生《こな》り」（上）と語るが、また仁徳記に、韓人《からひと》の「奴理能美《ぬりのみ》が養《か》へる虫、一度は匐《は》ふ虫と為《な》り、一度は殻《かひご》と為《な》り、一度は飛ぶ鳥と為りて、三色《みくさ》に変る奇《あや》しき虫有り」と見えるのも蚕であり、養蚕が大陸から伝えられたことをうかがわせる。伝来の時期は弥生時代といわれ、『魏志』倭人伝には、蚕から糸を紡ぎ絹織物を作っていることが見える。奈良・平安時代には、調物《ちょうもつ》として納めるため、絹糸布の生産が盛んになったが、中世には戦乱のために衰退、中国からの輸入に大きく頼るようになる。江戸時代になると幕府は輸入を制限、国産を奨励したことから養蚕が盛んになり、明治時代以降は生糸や絹織物が重要な輸出品となってゆく。

「たらちねの母が養《か》ふ蚕《こ》の繭隠《まよごも》り隠《こも》れる妹《いも》を見むよしもがも」（万・十一・二四九五・人麻呂歌集）のように、文学にお

葉　妹

陸奥　命　月

いては繭の中にこもるという特性に注目することが多い。『伊勢《いせ》物語』十四段の、陸奥《みちのく》の女の歌「なかなかに恋に死なずは桑子にぞなるべかりける玉の緒《を》ばかり」は、蚕の雌雄が一つ繭の内にこもることもあること、また蚕の命が短いことを踏まえる。鴨長明《かものちょうめい》は齢六十になって方丈の庵を営む自らを、「老いたる蚕《かひこ》の繭をいとなむがごとし」と記す（方丈記）。こうした見方が一般的ななかで、「きぬとて人々の着るも、蚕のまだ羽つかぬにし出《い》だし」と、羽化する前の幼虫が絹を作り出すことを指摘する『堤中納言物語《つつみちゆうなごんものがたり》』の「虫めづる姫君」は、異彩を放っていよう。

俳句においては、「月更けて桑に音ある蚕かな」（召波）「葉隠れの機嫌伺ふ桑子哉」（太祇）のように、養蚕の実際により即して詠まれるようになる。

なお、「たらちねの母が養ふ蚕」と歌われた『万葉集』の時代から、『あゝ野麦峠』の近代に至るまで、養蚕・製糸は主に女性の仕事であった。（木谷眞理子）

会話　かいわ（くわいわ）

人と人との間で話される、音声で媒介される言葉。音声を録音する機器のなかった時代の会話は、厳密な意味では、それを知る術はない。わずかに書かれた文献の中で会話に相当する部分を通して考えるだけである。『古事記』では、「天神諸命以、詔伊邪那岐《いざなぎ》命・伊邪那美《いざなみ》命、二柱神、修理固成是多陀用弊《ただよへる》流之国（天つ神もろもろの命をもつて、伊邪那岐命・伊邪那美命、二柱の神に、是の多陀用弊流国を修め理り固め成せ）」という例がある。「詔」という語が使われていることから考えて、「是の云々」以下の文は会話として書かれたといえる。さらに、「於是問其妹伊邪那美命曰、汝身者如何成。答白吾身者……（是に其の妻伊邪那美命に問ひてのたまはく、汝の身は如何にか成れる。答へてまをさく吾が身は……）」の文では、「問……曰……答白」という語が使われ、それぞれの発言がどこからどこまでが会話にあたるか明確に示される形をとっている。現在の表記形式でいえば、前者の文は、「是の……固め成せ」と当然鉤《かぎ》括弧が使われ、後者の文も「汝……成」「吾が身は……」のようになるのが妥当な箇所である。平安時代初期（七九七年）歴史書として『続日本紀《しょくにほんぎ》』が書かれる。これは歴史書であるから、『古事記』『日本書紀』同様、文体は漢文である。ただ、その中に「宣命《せんみよう》」として天皇の言葉が収められているが、そこは日本語で、しかも具体的な内容をもつ語は通常の大きさの漢字で、活用語尾・助詞・助動詞などはその約四分の一の大きさの漢字でと、大小取り混ぜた書き方の文（「宣命書き」と呼ばれる）で書かれている。宣命は天皇の発言を記録するものであるから、これも会話体の一と考えてよかろう。

漢字　宣命書き→宣命体

平安時代の物語の中には当然話し言葉が含まれている。ただし、当時は現在と同じような鉤括弧は使われないから、前後の言葉を通して判断していく以外にない。「惟光に、この西なる家は、何人の住むぞ。問ひ聞きたりやとのたまへば」とある文であれば、「（人）に……とのたまへば」とあるのであるから、「……」の部分は光源氏の発言ということになる。平安時代末期の『今昔物語集』では、「老母ノ云ク、我レ貧クシテ身ニ病ヒアリ。……可食給ベシヤト。

迦葉ノ宣ハク。此レ吉シ、速ニ可施シト」（二・六）のようにあるが、これも、「云ク（宣ハク）……ト」の「……」部分が会話となる。このようにすべて割り切れるわけではない。「あやしきしづの男の声々、目覚まして、あはれ、いと寒しや、今年こそなりはひにも頼む所少なく、田舎通ひも思ひかけねば、いと心細けれ、北殿こそ、聞き給ふやなど言ひ交はすも」（源・夕顔）の場合、「声々」とあるから数人の会話であることは間違いなく、最後「言ひ交はす」とあるので、その直前で終わるのも間違いない。その会話がこの場面でどのように交わされたか解釈に違いがある。「日本古典文学大系」では「あはれ、いと寒しや」「今年こそ……少なく」「田舎……心細けれ」「北殿……聞き給ふや」と四つの会話とする。しかし、これでは「今年こそ」の結びが「心細けれ」に来てもよいように考えられるが、その結びが切られてしまう。「新日本古典文学大系」では「あはれ、いと寒しや」「今年こそ……聞き給ふや」との二つの会話とする。判断に違いがあるということは、それだけ厄介な問題ということになる。

　平安時代は、会話と地の文との間の語法的違いはなく、言文一致であったとされる。鎌倉時代になると、書記言語は前代の形式を継ぐが、口頭言語は前代と異なり、言と文は分かれたとする。以後、明治の言文一致運動の確立まで言文は分かれた形になる。しかし、言文一致になったとしても、実際の会話は場面の影響を受け、書かれた言語との差が全くないというわけではないことを考えなければならない。

（山口明穂）

楓　かえで（かへで）

葉　妹　秋・紅葉　春　吉野・心　行幸

植物の名。掌状に裂けた葉の形をカエルの手に見立て、『万葉集』などでは「かへるて」、後に「かへで」と呼ばれた。「我が屋戸《やど》に紅葉《もみ》つかへるて見るごとに妹《いも》を懸けつつ恋ひぬ日はなし」（万・八・一六二三・大伴田村大嬢）のように秋の紅葉を賞するが、それだけでなく新緑の季節の「若かへで」をも愛でた。『源氏物語』にも「御前の若かへで、柏木などの青やかに茂りあひたるが、何となく心地よげなる……」（胡蝶《こちょう》）とある。さらには「三月《やよひ》ばかりに、かへでのもみぢのいとおもしろき」（伊勢・二十）のように、春先の薄紅に色づいた葉をも賞美した。また『伊勢《いせ》物語』の東下りの一節に、「宇津《うつ》の山にいたりて、わが入らむとする道はいと暗う細きに、つたかへでは茂り、もの心細く……」（九）とあり、この影響下に「茂りあふつたもかへでも紅葉《もみぢ》してこかげ秋なる宇津の山ごえ」（玉葉・旅・宗尊親王）などの歌が詠まれた。「吉野山岸の紅葉《もみぢ》し心あらばまれの行幸《みゆき》を色かへで待て」（古今六帖・藤原忠房）のように、「変へで」と掛けることも多い。

（木谷眞理子）

蛙　かえる（かへる）

和歌

　蛙を表す古語には、「かへる」と「かはづ」の二語がある。「かはづ」は古く「かじかがえる」を指した。

　「かはづ」は『万葉集』以来、和歌に多く詠まれてきたが、鳴くことに注目して詠んだ歌がほとんど。そういう伝統を考えると、「古池やかはづ飛びこむ水の音」(蛙合・芭蕉)の斬新さがわかる。「かはづ」は春の季語である。ところで鳴き声が特徴的な蛙に河鹿《かじか》がいる。河鹿は渓流の岩間に住み、秋の鹿のような声で鳴く蛙。『万葉集』に「み吉野の石本《いはもと》さらず鳴くかはづうべも鳴きけり川を清《さや》けみ」(十・二一六二)などと詠まれているのは河鹿であろう。この集の巻十は「かはづ」の歌を秋に分類する。平安時代以降「かはづ」は「かはづ鳴く井手の山吹《やまぶき》散りにけり花のさかりに逢はましものを」(古今・春下・読人知らず)のように「山吹」、特に「井手《いで》の山吹」と取り合わせて詠まれることが多くなり、晩春・初夏の景物となる。井手の地は清流で名高いから、ここにいるのも河鹿であろうか。「宵ごとにかはづのあまた鳴く田には水こそ増され雨は降らねど」(伊勢・一〇八)のように「田」や「苗代」にいる「かはづ」も詠まれるが、これは別種の蛙と考えられる。

他方「かへる」のほうは『万葉集』には見えず、平安時代以降の和歌にも「帰る」との掛詞で詠み込まれる程度。たとえば『枕草子』に「わたつ海《うみ》の沖にこがるる物見ればあまの釣してかへるなりけり」(村上の前帝の御時に)の歌があるが、これは火櫃《ひびつ》の煙を不審に思った村上《むらかみ》天皇の下問に、蛙が焦げていると答えたものである。

(木谷眞理子)

池　春・季語　秋・鹿・吉野　川　秋　井手・山吹　夏　田　海

帰山　かえるやま（かへるやま）

越前《えちぜん》国の歌枕。現在の福井県南越前町にある山。「かへる山ありとは聞けど春霞たち別れなば悲しかるべし」(古今・離別・紀利貞)のように、「帰る」と掛けて詠むことが多い。「春深み越路《こしぢ》に雁《かり》のかへる山名こそ霞に隠れざりけれ」(拾遺愚草・藤原定家)は、秋に北国から飛来、春になると帰っていく「雁」とともに詠んだもの。また雪深いところのイメージで、「白雪の八重《やへ》降りしけるかへる山かへるがへるも老いにけるかな」(古今・雑上・在原棟梁)などとも詠まれる。「可敵流廻《かへるみ》の道行かむ日は五幡《いつはた》の坂に袖振れわれをし思はば」(万・十八・四〇五五・大伴家持)と歌われるように「かへる」の近くに「五幡《いつはた》」があるが、「何時《いつ》はた帰る」を連想して、「ゆきめぐり誰も都にかへる山いつはたと聞くほどのはるけさ」(紫式部集)などと詠み、また『枕草子』は「山は……いつはた山。かへる山」(山は)とする。

(木谷眞理子)

越前・歌枕　春・霞　雁・霞　秋　雪

加賀　かが

旧国名。加州・賀州とも。現在の石川県南部。弘仁一四年(八二三)、越前国江沼・加賀両郡を割いて設置された国。当初は中国であったが、まもなく上国に昇格した。

加賀には八世紀から九世紀にかけて、渤海《ぼっかい》使がたびたび来着している。入京する大使一行以外の多くの随員は、この地に滞在して接待を受けた。天安三年(八五九)、能登《のと》国に来着した烏孝慎《うこうしん》一行は加賀国に滞在、一行と詩文を唱和するため島田忠臣《しまだただおみ》が加賀へ向かっている(三代実録)。

白山《はくさん》は加賀の霊山である。加賀一宮の白山比咩《しらやまひめ》神社は、平安時代末期に比叡山延暦寺の末院となり、北陸一帯に広がる白山信仰の拠点として、鎌倉時代後期まで威勢を誇った。加賀はまた、北陸道の要衝にあったため、源平の争乱

越前　能登　白山　比叡山

平家・倶利伽羅・越中

などの戦場となった。木曽義仲《きそよしなか》が平家の大軍を破った倶利伽羅峠《くりからとうげ》は加賀・越中《えっちゅう》の国境。また加賀篠原の合戦で、平家の武者斎藤実盛《さいとうさねもり》が白髪を黒く染めて義仲軍と戦い、戦死した話は有名である（平家物語など）。『義経記』では北陸道を落ちのびる義経一行が加賀を通って、白山比咩神社などを拝み、合戦の跡を弔い、弁慶は富樫《とがし》氏の館を訪れている（七・平泉寺御見物の事）。その富樫氏は室町時代に守護大名として成長するが、一向一揆によって倒される。以後、織田信長《おだのぶなが》によって制圧されるまで約一世紀にわたり、一向宗門徒が支配した。

能登

江戸時代になると、前田氏が加賀・能登・越中三か国を領知、俗に加賀百万石といわれる大藩として栄える。廃藩置県後、能登国と併せて石川県となった。

（木谷眞理子）

鏡　かがみ

影

語源は「かが」が「影《かげ》」の交替形で「影見」と考えられている。古く、白銅・青銅を用いて鋳造し、おおむね円形であった。『古事記』に即すと、天《あめ》の岩屋《いわや》に籠る天照大神《あまてらすおおみかみ》を招き出す際、鏡（八尺鏡《やたのかがみ》）が用いられ、邇邇芸命《ににぎのみこと》の天降《あまくだ》りでは「勾璁《まがたま》」「草那芸剣《くさなぎのつるぎ》」とその鏡もいわゆる三種の神器として授けられ、鏡は「専《もは》ら我《あ》が御魂《みたま》と為《し》て」と、天照・

伊勢

太陽神の象徴とされる。その鏡の現在の所在は伊勢神宮とされる。

神

天皇即位の際「神璽《かみのしるし》」として鏡と剣が授受されたという事実（持統紀）も古代の鏡を捉える上で欠かせない。しかし、このような神話的要素を主とする鏡は、文学表現上見出し難い。「……斎杙《いくひ》には　鏡を懸け　真杙《まくひ》には　真《ま》玉《たま》を懸け　真玉なす　吾《あ》が思《も》ふ妹《いも》　鏡なす　吾が思ふ妻《つま》……」（記・九十・木梨軽皇子）のように、祭具でありつつ玉と対比し、女性を比喩する例は『万葉集』にも見られる。

妹・妻

女

「鏡なすわが見し君を阿婆《あば》の野の花橘の珠に拾《ひり》ひつ」（万・七・一四〇四・作者未詳）のように「鏡なす」で「見る」「三津の浜」などへの枕詞の例も多い。

枕詞

平安時代以降「鏡なす」は消えゆくが、鏡を用いた表現は多様な展開を見せる。「年をへて花のかがみとなる水はちりかかるをやくもるといふらむ」（古今・春上・伊勢）のように、水面を鏡とするのは漢籍にも見られ、鏡の縁語「澄む」に「住む」を掛けた永年の繁栄を寿ぐ歌も詠まれた。

花

縁語

『源氏物語』初音《はつね》巻での源氏と紫の上の贈答は、その好例といえよう。ただ、めでたいものを表象するだけではなく、「うばたまのわがくろかみやかはるらむ鏡の影にふれるしらゆき」（古今・物名・紀貫之）のように、老いを実感させる例もある。「鏡裏老来無㆓避処㆒」（白氏文集・九・鏡換杯）など漢籍の影響もあろう。

影

老い

また、漢籍で「月」を「金鏡」（菅家文草・一）と表すように、「くまもなきかがみと見ゆる月かげに心うつらぬ人はあらじな」（金葉・秋・藤原長実）とも詠まれた。

月

その他『和漢朗詠集』の題目にもなった「王昭君《わうせうくん》」の故事にちなむ和歌も「鏡」への興味の高さを物語る。

和歌

歴史物語『大鏡《おおかがみ》』『今鏡《いまかがみ》』『水鏡《みずかがみ》』『増鏡《ますかがみ》』は「鏡物」として知られる。歴史を映し出す意識である。

（中嶋真也）

鏡物　かがみもの

『大鏡』『今鏡』『水鏡』『増鏡』の四つの歴史物語の総称。

仏

「鏡」の語には、過去の歴史を映し出すことによって現代人の規範や教戒とする、中国の伝統的な考え方や、仏の広大深遠な智をたとえる仏教的な意味が込められているとされる。

物語

漢文・仮名

物語文学は、『源氏物語』の達成のあと、ジャンルの分化が進み、歴史上の事件や人物を題材にした、いわゆる歴史物語が誕生する。『源氏物語』の確かな歴史観、また「日本紀などはただかたそばぞかし」という蛍《ほたる》巻の物語論などに触発されることで、漢文ならざる仮名による歴史叙述が試みられるようになった。歴史物語の最初の作品が、藤原道長《みちなが》の繁栄を中心に描いた『栄花《えいが》物語』であり、『源氏物語』の影響が著しい。

雲林院

翁

『大鏡』は、後一条《ごいちじょう》天皇の万寿二年（一〇二五）を現在時として、文徳《もんとく》天皇の嘉祥三年（八五〇）から十四代一七六年の歴史を描いた作品である。道長のきわめた栄花の由来を、批判をまじえながら、明らかにしようとするところに主題性が認められる。作者は諸説あって未詳だが、すぐれた歴史認識の持ち主であることは確かである。雲林院《うりんいん》の菩提講の場で大宅世継《おおやけのよつぎ》と夏山繁樹《なつやまのしげき》の二人の翁が語る昔話を若侍が聞くという設定により、さまざまな逸話が生き生きと語られる。また、『栄花』の編年体とは異なる紀伝体を用いることで、人物中心の歴史を描くことに成功した。

『今鏡』は、寂超《じゃくちょう》によって嘉応二年（一一七〇）ころに成立。『大鏡』のあとを受け継ぎ、後一条天皇の万寿二年から高倉《たかくら》天皇の嘉応二年にいたる十二代一四六年の出来事を記す。世継の孫の老女の語りの体裁をとり、紀伝体によるなど、『大鏡』を継承している。

『水鏡』は、平安時代末期から鎌倉時代初期の成立。作者は中山忠親《なかやまただちか》説がある。神武《じんむ》天皇から仁明《にんみょう》天皇までの五五代約一五〇〇年の歴史を修行者が語る。『扶桑略記《ふそうりゃくき》』の翻案というべきものである。

媼

『増鏡』は、作者は二条良基《にじょうよしもと》説があるが未詳、南北朝時代の成立。後鳥羽《ごとば》院誕生の治承四年（一一八〇）から後醍醐《ごだいご》天皇が隠岐《おき》から還御した元弘三年（一三三三）までの出来事を老媼が語り聞かせる体裁をとる。後鳥羽・後嵯峨《ごさが》・後醍醐の三代を特に重視しており、王朝貴族の生活と文化のみやびを、擬古的な文章で美しく描く。表現や場面、人物造型など、『源氏物語』の影響が随所にみられる。

（大井田晴彦）

鏡山　かがみやま

近江・歌枕

山

和歌

影

老い

紅葉

近江《おうみ》国の歌枕。現在の滋賀県蒲生《がもう》郡竜王《りゅうおう》町と野洲《やす》市との境にある山。その北麓を東山道《とうさんどう》が通り、鏡の宿《しゅく》があった。この宿で源義経《よしつね》が元服したという。和歌では「鏡」の縁で、何かの影が映って見える、とか、曇りも塵もなく明るく澄んでいる、などと詠む。たとえば、「鏡山いざ立ちよりて見てゆかむ年へぬる身は老いやしぬると」（古今・雑上・読人知らず）「ちり（散り／塵）つもる紅葉の色や昔よりあかき（紅き／明かき）鏡の山となりけむ」（一条摂政御集）といった具合。また、鏡の宿には遊女や傀儡《くぐつ》がいたことから、「鏡山君に心やうつる（移る／映る）らむ急ぎたたれぬ（発たれぬ／裁たれぬ）旅衣かな」（六百番歌合・藤原経家）などの詠もある。ところで近江国は、大嘗祭《だいじょうさい》の悠紀《ゆき》国となること

心・世

が多かった。悠紀国は新帝に新穀を献上するとともに、その国の名所を詠み込んだ風俗歌・屏風歌を献進する。その大嘗会和歌に、鏡山もしばしば詠まれた。「近江のや鏡の山をたてたればかねてぞ見ゆる君が千年《ちとせ》は」（古今・神遊びの歌・大伴黒主）「みがきける心もしるく鏡山曇りなき世にあふが楽しさ」（拾遺・神楽歌・大中臣能宣）といった詠みぶりで、御代の長久・繁栄・安寧を予祝するのである。

（木谷眞理子）

香具山　かぐやま

山・大和・歌
枕・耳成山・
畝傍山・播磨

現在の奈良県橿原市《かしはらし》にある山。大和《やまと》国の歌枕。耳成山《みみなしやま》、畝傍山《うねびやま》とともに大和三山と称される。大和三山の妻争いの伝説は『万葉集』や『播磨《はりま》国風土記』に載せられている。藤原宮時代には、都城の東に位置する山であった。現在近鉄線で名張方面から大和盆地に入るとすぐ左手に見えてくる山で、標高一五二メートルほどのなだらかな山であるが、

天・海

古くは、数ある山の中で唯一「天の」「神の」を冠される山であり、天上界に通じる神聖な山とされていた。『古事記』の天照大神《あまてらすおおみかみ》の岩戸隠《いわとごも》りの条では、天照大神《あまてらすおおみかみ》を誘い出すための準備として、天の香具山の「真男鹿《まをしか》の肩」「ははか」「五《い》百《ほ》つ真賢木《まさかき》」を取ったことが記されており、高天原《たかあまのはら》にも天の香具山が存在すると考えられていたことがわかる。

伊予

『伊《い》予《よ》国風土記』には、天から降ってきた山が二つに分かれて、一つが大和国の天の香具山となり、もう一つが伊予国の天《あめ》山《やま》となったという伝承が載っている。

『万葉集』の古い時代の歌では、香具山は王権を象徴する山として歌われる。「大和には　群山あれど　とりよろふ　天の香具山　登り立ち　国見をすれば……」（万・一・二・舒明天皇）では天皇が国見をする場所として歌われており、天皇の国土統治の象徴的な存在となっている。また、「春過ぎて夏来《きた》るらし白妙《しろたへ》の衣乾《ほ》したり天《あめ》の香具山」（万・一・二八・持統天皇）は、帝王が季節を招来するという中国の四時思想に基づいて歌われたものと思われ、香具山は天皇が季節の到来を感じ取る山として歌われている。

夕・霞

平城《へいじょう》遷都以前には、「ひさかたの天の香具山この夕べ霞たなびく春立つらしも」（万・十・一八一二）に見られるように、香具山にたなびく霞によって春の到来を感じ取る歌もいくつか見られる。

春

天武《てんむ》天皇の皇子である高市《たけち》皇子に対する柿本人麻呂《かきのもとのひとまろ》の挽歌には、皇子の生前の居所が「香具山の宮」と歌われており、皇子の宮が香具山付近にあったことが知られる。

月

平安時代には、中期以降歌われるようになるが、「香具《かご》山《やま》の白雲かかる峰にても同じ高さぞ月は見えける」（詞花集・雑上・大江嘉言）は香具山を非常に高い山として歌っており、

吉野・雪

また「香具山の滝の氷もとけなくに吉野の峰は雪消えにけり」（曾丹集）のように香具山の山頂を吉野以上に寒いところとするなど、香具山の実態とはそぐわない歌も見られるようになる。『八雲御抄《やくもみしょう》』は「あまのかご山はあまりに高くて、空の香のかがえくるによりていふと、日本紀に見えたり」といっており、きわめて高い山として観念化されてゆく様子が見られる。「香具山の五百つまさかき末葉までときはかきはにいはひおきてき」（清輔集）は古事記の天照大神の岩戸隠りの神話を意識した歌である。

夏

『新古今集』の「春すぎて夏きにけらし白妙の衣ほすてふ天の香

具山」（新古今・夏・持統天皇）は『万葉集』の持統《じとう》御製の伝承されたものであり、「ほのぼのと春こそ空に来にけらし天の香具山霞たなびく」（新古今・春上）も『万葉集』に見られた香具山の霞によって春の到来を感じる歌の発想を引き受ける歌である。こうした季節の運気が最初にやどる山という観念も、香具山をきわめて高い山とする意識とつながるのであろう。

（大浦誠士）

影　かげ

光　月　女房　鏡　須磨

光源となる物から発せられる光、また光に照らされた人や物、さらには、光が遮られてできる影をさす。

「木の間より漏り来る月の影見れば心づくしの秋は来にけり」（古今・秋上・読人知らず）は、木の間から漏れてくる月の光である。「日影《ひかげ》」「月影《つきかげ》」「火影《ほかげ》」は光源からの光で現れるものである。「月くまなくさし出でて、ふと人の影の見えければ」（源・空蟬）は、軒端荻《のきばのおぎ》のもとから帰ろうとする光源氏の姿がちらりと女房に見とがめられたところ。また、現実の物の姿だけでなく、鏡や水に映った姿をもいい、「別れても影だにとまるものならば鏡を見てもなぐさめてまし」（源・須磨）は、源氏を須磨へ送り出す紫の上の歌。さらに心に浮かぶ面影をもいうが、これらは、視覚にのみ捉えられた存在であり、手に触れることも、また声を聞くこともできないものの、強い実在感をもって受けとめられた。

一方、現代語につながる「影」の意味も古くからある。光と影というおよそ正反対の意味を同じ語がもっていることは奇妙に感じられるが、古語では、これらは光によって現れ出てくるものとして共通の本質をもち、その現れ方が異なると見ればよい。すなわち、光の有無や光度の違いによって看取される存在が「かげ」なのであり、その意味では「光」と「影」とは相対的な関係に過ぎない。帝に袖を掴まれたかぐや姫が「きとかげになりぬ」と、見えなくなったのは、それまで光り輝いていた存在が光を失って見えなくなったことをいう。また、「恋すればわが身は影となりにけりさりとて人にそはぬものゆゑ」（古今・恋一・読人知らず）は、実体感を失ったあるかないかの存在になったことをいう。若き日の藤原道長《みちなが》は、父兼家《かねいえ》が才人公任《きんとう》と比べてわが息子たちのふがいなさを嘆き、せめて公任の影だけでも踏ませたいと言ったのに対して、「影をば踏まで、面《つら》をや踏まぬ」（大鏡・道長上）と言ったという。

（高田祐彦）

掛詞　かけことば

和歌　秋　野　松虫

和歌の表現技法の一つ。「懸詞」とも表記する。これは、語音の同じ二語（同音異義の二語）を同時に重ねて用いる技法のことをいう。これによって、言葉自体に即した連想のおもしろみが強調されることになる。たとえば、「秋の野に人まつ虫の声すなり我かと行きていざとぶらはむ」（古今・秋上）。これは、秋の野に人を待つという松虫の声がする、私を待っているのかと、さあ訪ねて行ってみよう、の意。「待つ」と「松虫」を同時に言い表すところから文脈が二重となり、複雑なイメージが生み出される。

この掛詞の二語は、一方が人間の状態を表し、他方が自

序詞　縁語　花・世　雨　山里

然の景物を表すことが多い。その点では、自然と心情をつなげる序詞の表現とも似たところがある。これは、『古今集』の時代から用いられるようになった。また、縁語とともに用いられる例が多い。

「花の色はうつりにけりないたづらにわが身世にふるながめせし間《ま》に」（古今・春下・小野小町）では、「降る―経る」「長雨《ながめ》―眺め（物思いの意）」の二組の掛詞が用いられている。また、「山里は冬ぞさびしさまさりける人目も草もかれぬと思へば」（古今・冬・源宗于）では、「（人目が）離《か》る」と「（草が）枯る」が掛詞になっている。（鈴木日出男）

蜻蛉　かげろう（かげろふ）

夏　命　夕　和歌

カゲロウ目に属する昆虫。薄く透明な羽をもち、夏に水辺を群れて飛ぶ。成虫になってからは交尾・産卵を終えて長くても数日のうちに死んでしまうため、はかないもののたとえに用いられた。『徒然草』七段にも「命あるものを見るに、人ばかり久しきはなし。かげろふの夕を待ち、夏の蝉の春秋をしらぬもあるぞかし」とある。ただし、はかないものとして和歌によまれる「かげろふ」のほとんどは「陽炎」であり、『蜻蛉日記』の「かげろふ」も、「陽炎」ではないかといわれている。

『源氏物語』蜻蛉《かげろう》巻は、薫《かおる》の歌「ありと見て手にはとられず見ればまた行く方もしらず消えしかげろふ」によって名付けられており、「かげろふ」は、薫の手をすり抜けていってしまった宇治の八宮の三人の姫君たちを象徴する。薫が深く想いをかけた大君は死去し、大君の面影を宿す異母妹の浮舟《うきふね》は入水を試みて行方不明になっている。薫は宇治の姫君たちとの儚く終わった恋の思い出と、確固とした存在基盤をもたない彼女たちの生とを、秋の夕暮れに飛び交う蜻蛉の姿に重ね合わせているのである。（吉野瑞恵）

陽炎　かげろう（かげろふ）

春先などに暖められた地面の上などで光が屈折して空気が揺らいで見える現象をいう。ただし、柿本人麻呂《かきのもとのひとまろ》「東の野に炎《かぎろひ》の立つ見えてかへり見すれば月傾きぬ」（万・一・四八）は日の出前に東の空にさしそめた光のことである。また、「今更に雪降らめやもかぎろひの燃ゆる春べとなりにしものを」（万・十・一八三五）のように、春の到来を告げるものであった。平安時代に入ってから「かげろう」に転じ、実体がはっきりしないものとイメージされるようになった。「あはれとも憂しとも言はじかげろふのあるかなきかに消ぬる世なれば」（後撰・雑二・読人知らず）「手に取れどたえて取られぬかげろふのかげ見しよりぞ人は恋しき」（古今六帖）などが、その典型的な用例である。『蜻蛉《かげろう》日記』の書名の由来は、上巻末尾に「かく年月はつもれど、思ふやうにもあらぬ身をし嘆けば、声あらたまるもよろこぼしからず、なほものはかなきを思へば、あるかなきかのここちするかげろふの日記といふべし」と説明されており、こうした和歌的な表現をふまえていることがわかる。（吉野瑞恵）

春　野　雪　和歌

駕籠　かご

竹

人が担いで運ぶ乗用具の一種。中世には使われはじめていたが、普及したのは近世からである。武家や公家、医師、裕福な町家の婦女など限られた者のみ使用が許された引戸付きの高級なものは、乗物《のりもの》と呼んで駕籠とは区別され、庶民が利用したのは、竹を四隅の柱にした四手《よつで》駕籠という粗末なものであった。市中では、街頭で客待ちをする辻駕籠と、駕籠屋が営業する宿《やど》駕籠とがあり、幕末の『守貞謾《もりさだまん》稿《こう》』によれば、江戸日本橋の駕籠屋から吉原の大門口まで、駕籠舁《かき》二人で金二朱（銭八百文）かかった。急ぐ場合は、三枚肩、四枚肩といって交替の人員をさらに雇い、一人増やすごとに一朱加算されたという。なお、吉原へ往来する客は、隅田川を猪牙船《ちよきぶね》で山谷堀《さんやぼり》まで行き、そこから駕籠に乗り換えて日本堤を行くというのが一般的であった。一方、街道で用いられる駕籠は、宿《しゆく》駕籠、あるいは雲助《くもすけ》と呼ばれる人夫が担ぐので雲駕籠ともいう。滑稽本『東海道中膝栗毛《とうかいどうちゆうひざくりげ》』四編上には、駕籠の中の蒲団の下にあった四百文をくすねた喜多八が、気を大きくして駕籠舁に馳走をするが、その金が駕籠舁のものであることがわかって、結局身銭を切るという話がある。このように、駕籠舁に支払うチップのことを酒手《さかて》といい、客はしばしばこれをねだられた。また、雲助はよく無頼の徒として描かれ、人情本『春色梅児誉美《しゆんしよくうめごよみ》』初編・巻之二において、駕籠で誘拐されたお長《ちよう》のように、行き先と異なる寂しい場所で降ろされるという設定も多い。歌舞伎『浮世柄比翼稲妻《うきよづかいよくのいなずま》』にも、騙されて鈴ヶ森に連れて来られた白井権八《しらいごんぱち》が、からんできた雲助達を鮮やかに斬り倒すという場面があるが、この様子をうかがっていた侠客の幡随院長兵衛《ばんずいいんちようべえ》が、「お若ひの、待つしやい」と声を掛け、駕籠の中から颯爽と登場するように、芝居では、駕籠が演出に効果的に利用された。

歌舞伎　芝居

（光延真哉）

雅語　がご

その時代の話し言葉、日常社会で使われる、伝統のない言葉、書く素養のない人達の使う書き言葉、限られた地方で使われる様々な言葉に対し、雅な言葉をいい、それは主に平安時代の和歌・仮名物語などで使われる言葉をいった。平安時代に仮名で書かれた、いわゆる王朝文学は文章語として確立したスタイルを作り上げる。平安時代以後の人たちは文章を書く時にはこれを規範とした言葉を用いた。そして、これを「雅語・雅言・みやびことば」とし、当時の日常語を「俗語・俗言・さとびことば」と呼び、前者を高く価値づけたのである。現代においても、それまでになかった言葉を聞けば、その使用は若者に多いが、「濫れた」「崩れた」などの印象をもち、古くからの言葉を尊重する感覚になる。鎌倉時代の兼好《けんこう》法師『徒然草』でも、「何事も古き世のみぞ慕はしき。今様は無下にいやしくこそ成りもてゆくめれ」（二二）と言い、さらに、言葉についても、「文の詞なども、昔の反故どもはいみじき。たゞいふ言葉も、口惜しうこそなりもてゆくめれ」（同）と「雅」を慕う気持ちが強い。もっとも、兼好の中では、それであるから古い言葉を使わなければならないという感覚は少なかった。

和歌・物語　仮名　俗語　世　詞

今風がいやしくなったとしても、それは世の流れであり、仕方のないことという気持ちがあったからであろう。江戸時代になると、王朝の言葉を「雅」とする意識は強くなり、当時の国学者は積極的に「雅」を求めるようになる。

しかし、雅語を用いた文章は、簡単な学習で身につくものではなかった。本居宣長《もとおりのりなが》は『玉あられ』の中で、最近の人達の雅語についての無知を批判し、それを正すためにこの書を記したと述べ、石川雅望《いしかわまさもち》『雅言集覧《がげんしゅうらん》』（王朝文学の中で使われた言葉を集めた用例集。語によっては簡単な訳語も当てられる）の序には「此書に出だしつる雅言どもは、延喜よりこのかた、歌にも文にも用なれたる詞どもなり。ちかき世となりて、あやしく耳慣れざる詞どもをとりまじへて文などをつづる人あれど、さるはいみじきひがごとなれば、こゝにはさやうのたぐひは打はぶきて、用ふべきかぎりの詞をのみとり出てしるしつけつ」と述べている。

松尾芭蕉《まつおばしょう》の紀行文や上田秋成《うえだあきなり》の小説でも平安時代を基準とすれば語法上の誤りはある。和歌などはもともと雅語を用いているが、江戸時代のものはもとより近代になって作られたものの中でも誤りは散見する。いかに平安時代のものを規範としたとしても、それぞれの時代の言葉の影響は逃れがたいものなのである。

（山口明穂）

可古島　かこのしま

播磨・歌枕

播磨《はりま》国の歌枕。現在の兵庫県、加古川河口付近の地名とされる。「賀古」とも「加古」とも書く。柿本人麻呂《かきのもとのひとまろ》の羇旅歌八首の一つ、「稲日野《いなびの》も行き過ぎかてに思へれば心恋しき可古の島見ゆ」（万・三・二五三）で知られる。稲日野は加古川以東、明石にかけて広がる平野であるから、これは西へと下る旅において詠まれた歌である。平安時代以降は、「可古の島松原ごしになく鶴《たづ》のあな長々し聞く人なしに」（拾遺・雑上・読人知らず）「可古の島松原ごしに見渡せば有明の月に鶴《たづ》ぞ鳴くなる」（続古今・雑中・後鳥羽院）「あさりする鶴《たづ》ぞ鳴くなる可古の島松原遠く潮や満つらん」（玉葉・雑二・藤原行家）のように、松と鶴を詠み込むことが多い。

（木谷眞理子）

野　明石　松・鶴

風越の峰　かざこしのみね

信濃・歌枕

信濃《しなの》国の歌枕。長野県飯田市の西に風越山《ふうえつ》がある。その峰を、かつて京と信濃の往還に越えた。和歌に詠まれるようになるのは平安時代中期以後。「風越の峰のうへにて見るときは雲はふもとのものにぞありける」（詞花・雑下・藤原家経）や「風越を夕越え来ればほととぎすふもとの雲の底に鳴くなり」（千載・夏・藤原清輔）のように、雲の上にそびえる高峰として詠まれる。また名前のとおり、強風が吹き越えていく峰としても詠まれる。たとえば、「風越の峰のつづきに咲く花はいつ盛りともなくや散りけむ」（山家集・西行）は強風が花を吹き散らすと詠み、「風越の峰につれなく見し雲やつもれる雪のよそめなりけん」（宝徳二年十一月仙洞歌合・藤原公澄）は雲も強風で吹き飛ばされるはずだとする。

（木谷眞理子）

京・和歌　雲　夕・ほととぎす　風　花

鵲　かささぎ

黒　七夕　橋　酒　霜　白

カラス科の鳥。カラスよりやや小さく、肩・胸・腹が白いほかは、光沢のある黒色。高い樹上に大きな巣を作る。中国・朝鮮をはじめユーラシア大陸に多く分布。現在、日本では北九州に生息するが、これは十六世紀末、豊臣秀吉《とよとみひでよし》の朝鮮出兵の折に持ち込まれたものといわれる。

『日本書紀』推古六年四月条に、「難波吉士磐金《なにはのきしいはかね》、新羅より至りて、鵲二隻《ふたつ》を献る。乃ち難波杜《なにはのもり》に養《か》はしむ。因りて枝《きのえだ》に巣《す》ひて産《こう》めり」とあるが、こうした鵲が居着くなどして古く関西地方では鵲を目にしえたのかどうか、よくわからない。鵲は、後述する中国の伝説によって早くから知られていたが、実体はよく知られぬまま笠鷺《かささぎ》としばしば混同された、ともいわれる。

中国の伝説によれば、七月七日の夜、鵲が並び連なり天の川に架《か》かる橋となって、織女星を牽牛星のもとへ渡すという。これを「鵲の橋」という。『大和《やまと》物語』に、泉の大将が他所で酒を飲み酔っぱらって深夜突然左大臣邸を訪れた際、供の壬生忠岑《みぶのただみね》が「鵲の渡せる橋の霜の上を夜半《よは》に踏み分けことさらにこそ」と詠んで、大臣を興ぜしめた話がある（一二五）。これは左大臣邸の「階《はし》」を天上世界の「橋」と見立てたもの。また「鵲の渡せる橋におく霜の白きを見れば夜ぞふけにける」（新古今・冬・大伴家持、百人一首）は、霜冴える宮中の「階」に、凍てつく夜空の銀河に架かる「橋」を重ね見た歌。このように「鵲の橋」は「霜」とともに詠まれることが多く、白い橋とイメージされていたようである。

また、「鵲の峰飛び越えて鳴きゆけば夏の夜渡る月ぞ隠るる」（後撰・夏・読人知らず）「月清み木《こ》ずゑをめぐる鵲のよるべを知らぬ身をいかにせむ」（和歌童蒙抄）のように、鵲と月を組み合わせた歌も見られる。これも中国に典拠があり、破鏡説話あるいは魏武帝「短歌行」を踏まえたものという。　夏・月

（木谷眞理子）

挿頭　かざし

咲きほこる花や、常緑あるいは紅葉の枝などを、髪や冠に挿すこと。あるいは、その挿したもの。「挿頭《かざ》す」という動詞形もある。「あしひきの山の木末《こぬれ》の寄生《ほよ》（＝常緑のヤドリギ）取りて挿頭《かざ》しつらくは千年《ちとせ》寿《ほ》くとぞ」（万・十八・四一三六・大伴家持）と歌われるように、挿頭にはもともと、植物の生命力を身につけ長寿を祈るという呪術的な意味があった。ゆえに「沙額田《さぬかた》の野辺の秋萩時なれば今盛りなり折りて挿頭さむ」（万・十・二一〇六）のように、盛りの植物をこそ挿頭《かざ》そうとするのである。しかし呪術的意味は次第に薄れてゆき、造花が用いられることも多くなる。男踏歌《おとことうか》では綿で作った造花を、賀茂臨時祭では勅使が藤の造花を挿頭《かざ》す、といったように挿頭の風習は様式化して一部の節《せち》会《え》・神事などに伝えられていった。　花・紅葉　秋　踏歌　賀茂・祭　節会

歌においては、挿頭の本来の主旨にふさわしく、不老長寿の願いを込めて詠まれることが多い。たとえば「春来れば家処《やど》にまづ咲く梅の花君が千年《ちとせ》の挿頭とぞ見る」（古今・賀・紀貫之）。『伊勢《いせ》物語』八二段は、惟喬《これたか》親王の一行が渚《なぎさの》　春　梅

桜　出家

院《いん》の桜を手折り挿頭して歌を詠むことを語る。桜を挿頭する行為に永遠への祈りがこめられているからこそ、続く八三段に語られる惟喬親王の出家隠棲が、より一層胸に響くことになるのである。　（木谷眞理子）

笠取山　かさとりやま

山城・歌枕・山　紅葉　袖　雨・露　近江・石山

山城《やましろ》国の歌枕。京都府宇治市の標高三七〇メートルの山。一方、隣接する京都市伏見区にある醍醐《だいご》山《さん》の旧名とする見方もある。「醍醐」の題をもつ「雨そそくしるしぞ空にあらはるる笠取山の清滝のみや」（拾玉集・慈円）の歌がその根拠の一つとされる。しかし域名醍醐の中に両山があると考えることもできよう。清滝宮《きよたきのみや》は、醍醐山頂とともに、東・西笠取の地にもある。

歌には次のようにしばしば紅葉とともに詠まれる。「雨ふれば笠取山のもみぢばはゆきかふ人の袖さへぞてる」（古今・秋下・壬生忠岑）。また名の「笠」の縁で雨・露などとともに詠まれることが多い。「雨ふれどつゆももらじを笠取の山はいかでかもみぢそめけむ」（古今・秋下・在原元方）などである。

なお、日野《ひの》（伏見区）に住んだ鴨長明《かものちょうめい》は、時に笠取を通り、近江《おうみ》との国堺にある石間寺《いわまでら》に参詣したり、石山寺《いしやまでら》を拝んだりしたという（方丈記）。また後に石山に閑居した松尾《まつお》芭蕉《ばしょう》は、周囲を眺望し「笠とり山に笠はなくて」（幻住庵ノ賦）と書いている。　（新谷正雄）

重ね　かさね

紙　硯　色　白　紅・紫

衣服や紙、器物などを重ねること。または重ねたもの。『源氏物語』少女《おとめ》巻の「緑の薄様《うすやう》の、好ましき重ねなるに」は、恋文のための艶なる料紙。一方『枕草子』「硯《すずり》の箱は」の段には「硯の箱は　重ねの蒔絵《まきゑ》に、雲鳥の文」とあり、上段に墨や筆・下段に硯や紙などを納めた、二段重ねの硯箱をさしている。しかし最も普通には衣服を重ね着することをいい、特に単《ひとえ》の衣服を幾枚も着重ねた際の重ね方や配色、袷《あわせ》の衣服の表地と裏地の色の組み合わせを、さす場合も多い。「色々の織物、綾《あや》、薄物《うすもの》など、五重襲《いつへがさね》、三重襲《みへがさね》などにし重ねさせたまひて」（栄花・御裳着）は、単の枚数をいう例。「薄色《うすいろ》に白襲《しらがさね》の汗衫《かざみ》」（枕・あてなるもの）「紅梅《こうばい》襲の唐《から》の細《ほそ》長《なが》」（源・梅枝）は袷の配色の例。白襲は表裏ともに白、紅梅襲は表が紅・裏が紫で、こうした配色の決まりを襲の色目と称する。また「殿上の四位（に取らせる禄《ろく》）は袷一かさね」（紫式部日記）とあるように、重ねになっているものを数える際にも用いる。　（藤本宗利）

風早　かざはや

船　風

梵舜《ぼんしゅん》本『沙石集《しやせきしゆう》』に、「風早の唯蓮坊《ゆゐれんばう》の許《もと》より」来た、船に乗せてほしいという法師を、船頭が、縁起でもない、と嫌う話がある（八・便船シタル法師事）。このように「風早」は地名でもあり、また、風が速く激しいことを意味する言葉でもあった。

枕詞

後者の「風早」は、地名を修飾することが多い。特に「風早の」という形で、地名「美保《みほ》」に掛かる枕詞となる。「風早の美保の浦廻《うらみ》の白《しら》つつじ見れども寂《さぶ》し亡き人思へば」（万・三・四三四・河辺宮人）「風早の三穂の浦廻を漕ぐ舟の舟人さわく波立つらしも」（万・七・一二二八・作者未詳）と詠まれる「美保（＝三穂）」は、現在の和歌山県日高郡美浜町三尾であろう。「人心猶風早の身をうらに落ちゆく舟の遠ざかりつつ」（草根集）は、「身を恨」と「三尾浦」を掛ける。また、「豊葦原瑞穂国《とよあしはらのみづほのくに》の内に、伊勢加佐波夜《かざはや》の国は、美《よ》き宮処有りと見そなはし定め給ひ」（倭姫命世記）は、「伊勢国」を「風早」と形容してほめている。

伊勢

妹・浦

一方、「わが故に妹《いも》嘆くらし風早の浦の沖辺《おきへ》に霧たなびけり」（万・十五・三六一五・遣新羅使人）の「風早の浦」は地名で、現在の広島県東広島市安芸津《あきつ》町風早とされる。

（木谷眞理子）

加持祈禱　かじきとう（かぢきたう）

仏

「加持」とは、真言密教で行う修行法や祈禱のこと。行者が手印を結び、真言・陀羅尼《だらに》・呪《じゅ》を唱え、精神を集中させる三密《さんみつ》の修行によって、行者が仏と一体となり、仏の超自然的な力を祈念するもの。「祈禱」とは心願を起こして仏神に祈り、霊験・救済・加護などの自他の平安や幸福を願うこと。次第に加持と祈禱は同一視され、「加持祈禱」と併称されるようになった。修法には、息災・増益・敬愛・調伏の四種があり、病気や出産、物の怪の調伏などのために行われた。『源氏物語』を見ると、瘧病《わらわやみ》に苦しむ光源氏が治療の加持を受けに北山に赴く例（若紫）、葵の上の出産のために加持・祈禱を行う例（葵）、光源氏との不義の子の安泰を願う藤壺《ふじつぼ》が祈禱を続けさせていたと回想される例（薄雲）、正気を失った浮舟《うきふね》に横川《よかわ》の僧都《そうず》らが加持をして物の怪を調伏する例（手習）などが認められる。また説話には、加持によって火が焼き責めるのを免れたり（三宝絵詞・中・六）、死者が蘇生する（宇治拾遺・六一）など、超自然的な力を発揮した例も見受けられる。

病・物の怪

北山

説話

（高木和子）

鹿島　かしま

常陸

常陸《ひたち》国鹿島郡。現在の茨城県鹿嶋市とその周辺。当地の鹿島神宮は、祭神に武甕槌命《たけみかずちのみこと》を祀り、「霰《あられ》降り鹿島の神を祈りつつ皇御《すめらみ》軍《くさ》士に我は来《き》にしを」（万・二十・四三七〇・大舎人部千文）のように早くから信仰を集めていた。枕詞「霰降り」は、霰の音がかしましいの意でかかる。神護景雲《じんごけいうん》元年（七六七）、鹿島明神が白鹿に乗って春日の地へ向かったという伝承があり、「鹿島より鹿《かせぎ》に乗りてちはやぶる三《み》笠《かさ》の山に浮雲の宮」（兼載雑談）はその折の神詠とされる。「なぞもかく別れそめけん常陸なる鹿島の帯のうらめしの世や」（散木奇歌集・別離・源俊頼）などと詠まれる鹿島の帯（常陸帯）は、鹿島神宮の祭で用いられ、これで男女の仲を占うという。鹿島はまた、海の景勝地として「霰降り鹿島の崎を波高み過ぎてや行かむ恋《こほ》しきものを」（万・七・一一七四・作者不明）などとも詠まれる。「鹿島なるつくまの神のつくづくと我が身ひとつに恋をつみつる」（寛平御時后宮歌合・恋）のように、地名の上に「鹿島なる」を冠して詠むことも多

霰・神

枕詞

鹿・春日

三笠の山

海

波

い。

（木谷眞理子）

柏　かしわ（かしは）

葉・豊明・酒・祭・吉野・夢（ゆめ）・序詞・神・和歌

ブナ科の落葉高木。山野や川辺に自生する。葉は長さ十—二十センチで幅広く大きいため、古くから飲食物を盛ったり包んだりするために用いられた。『古事記』に「天皇豊《とよの》明《あかり》聞《きこ》し看しし日に、髪長比賣《かみながひめ》に大御酒《おほみき》の柏《かしは》を握《と》らしめて、其の太子に賜ひき」（中・応神）とある。このように柏は祭祀に用いられるために聖なる木と見なされ、『万葉集』では「吉野川石《よしのがはいし》と柏《かしは》と常磐《ときは》なすわれは通はむ萬代《よろづよ》までに」（万・七・一一三四・作者未詳）と詠まれている。一首は、聖なる土地吉野の石と柏が永遠に存在するように、自分もいつまでも吉野に通おうという意。また、「朝柏潤八川邊《あさかしはうるはかはへ》の小竹《しの》の芽《め》の偲《しの》ひて寝《ぬ》れば夢《いめ》に見えけり」（万・十一・二七五四・作者未詳）のように、濡れた柏の葉が序詞として「潤八川」に続く詠み方もされた。なお、『万葉集』には「ほほ柏」「兒手柏《このてがしは》」など「……がしは」なる名称の植物が散見されるが、これらは柏とは別種である。平安時代以降は「柏《かし》木《はぎ》」と呼ばれることの方が多く、『枕草子』に「柏木《かしはぎ》、いとをかし。葉守《はもり》の神のいますらんもかしこし。兵衛《ひやうゑ》の督《かみ》・佐《すけ》・尉《ぞう》などいふもをかし」（枕・花の木ならぬは）とあるように、樹木の葉を守る神である「葉守の神」が柏木に宿っているとされ、また柏木は、皇居を警護する兵衛府《ひょうえふ》・衛門府《えもんふ》の異名としても用いられた。平安時代以降の和歌では、その神聖さゆえに「玉柏《たまがしは》」と呼ばれることが多く、「たまがしはにはもはびろになりにけりこや木綿四手《ゆふしで》て神まつるころ」（金葉・夏・源経信）など四季折々の景物として詠まれた。

秋・季語・夏

江戸時代には、紅葉した葉が秋の季語として、また枯葉が翌年の初夏まで散らずに残ることから「柏落葉《かしはおちば》」「柏散る」が夏の季語として俳諧に詠まれた。

（高桑枝実子）

春日　かすが

山・大和・歌枕・三笠山

現在の奈良市街の東に広がる山々や丘陵地の総称である。大和《やまと》国の歌枕であり、「春日山」「春日野」「春日の野辺」「春日の里」など、様々な形で歌に詠まれる。春日山は、若草山《わかくさやま》、三笠山《みかさやま》など、春日大社の背後に連なる山全体の総称であり、「春日なる羽易《はがひ》の山ゆ佐保《さほ》の内へ鳴き行くなるは誰呼子鳥《たれよぶこどり》」（万・十・一八二七）の「羽易の山」は鳥が羽を広げたような形をした春日の山々全体をいうものと思われる。その春日山を取り巻くかなり広い範囲の野が春日野である。

冬・春・朝・霞・時雨・秋

『万葉集』には「春日」は五十数首に見られるが、その多くは平城京《へいじょうきょう》遷都後の歌である。春日は平城京の東方に広がる郊外の地であり、奈良時代の貴族たちの生活と密接に関わる場所であった。「冬過ぎて春来《きた》るらし朝日さす春日の山に霞たなびく」（万・十・一八四四）は春日山にたなびく霞に春の到来を感じとる歌であり、「春日野に時雨降る見ゆ明日よりは黄葉挿頭《もみちかざ》さむ高円《たかまと》の山」（万・八・一五七一・藤原八束）は、春日野に降る時雨に秋の深まりを見る歌である。「春日野の浅茅《あさぢ》が上に思ふどち遊ぶこの日は忘らえめやも」（万・十・一八八〇）は「野遊《やゆう》」という題詞をもち、風流を共有しあう奈良時代の官人たちは、しばしば春日野で野遊びを行っていたらしい。「春日野に朝居る雲のしくしくに我れは恋ひ増す月に日に異《け》に」（万・四・六九八・大伴像見）のように、春日野にかかる雲や春日山にたなびく霞は、晴れやらぬ恋の思いを形象する景としても歌われた。

平安時代に入り、「むかし、男、初冠《うひかうぶり》して、奈良の京春日の里に、しるよしして、狩にいにけり」で始まる『伊勢《いせ》物語』初段では、春日は「古里《ふるさと》」（旧都）の情景として描かれ、同段の「春日野の若紫のすり衣しのぶの乱れ限り知られず」（伊勢・一）は古歌を踏まえた歌とされるなど、春日は前代の都の地として、古風なイメージを伴って捉えられるようになる。「春日野は今日はな焼きそ若草のつまもこもれり我もこもれり」（古今・春上）も、古事記歌謡以来の伝誦歌の歌い換えである。以後の歌では、春日野を春雪や若菜とともに詠む歌が多く見られる。「鶯の鳴きつるなへに春日野のけふのみゆきを花とこそ見れ」（拾遺・雑春・忠房）は、宇多法皇と京極御息所《きょうごくのみやすどころ》が春日神社に御幸したときに奉った歌で、「み雪」と「御幸」とを掛け祝賀の意をこめる。「春日野は雪のみつむと見しかどもおひいづるものは若菜なりけり」（後拾遺・春上・和泉式部）「春日野の雪を若菜につみそへてけふさへ袖のしほれぬるかな」（千載・春上・俊頼）などは、「つむ」（積む・摘む）の掛詞によって春雪や若菜を詠み込む歌である。また、春日山は藤原氏の氏神を祀る一族のゆかりの聖地であったために、「春日山松にたのみをかくるかな藤の末葉の数ならねども」（千載・雑中・公行）のように藤の末葉に藤原氏の末裔の意をこめ、松に藤原氏の繁栄を象徴させる歌が詠まれた。（大浦誠士）

雲　初冠　雪・若菜　鶯　御幸（みゆき）　掛詞　藤

上総　かずさ（かづさ）

千葉県中部の旧国名。東海道の大国。地名の由来は、天《あめの》富命《とみのみこと》がこの地に麻を植えたところよく育ったので「総国《ふさのくに》」としたという（「総」は「麻」の古名とする）（古語拾遺）。その後、上総・下総《しもうさ》（千葉県北部）に分かれ、さらに安房《あわ》国（千葉県南部）を分かちた。日本武尊《やまとたけるのみこと》東征で「相模に進して、上総に往せむとす」（紀・景行）とあるように、古代は相模《さがみ》国から海を渡って上総、常陸《ひたち》へと向かうルートであった。上総は古代の東北経営の拠点であると同時に、奈良時代には防人《さきもり》の出身地でもあり、『万葉集』巻二十には上総国長柄《ながら》郡の防人歌がある（万・二十・四三五九・若麻続部羊）。

「あづまぢの道のはてよりも、なほおくつかたに生ひいでたる人、いかばかりかはあやしかりけむを」と語りはじめられる『更級《さらしな》日記』は、作者の父・菅原孝標《すがわらのたかすえ》が上総介の任を終え、上京する旅に端を発す。「あづまぢの道のはて」とは「あづまぢの道のはてなる常陸帯……」（古今六帖・五・読人知らず）による常陸国のこと。上総を、それより「なほおくつかた」と表現するところに、作者が上総を都から遥《はる》か離れた地と意識していたことがうかがえる。（兼岡理恵）

安房　相模　常陸　あづま（東）

霞　かすみ

『古今集』以後、「霞」は春の景物として固定し、しかも春は霞とともにやってくる、という連想の類型もできあ

春

霧　雪・花　掛詞・梅

がった。自然現象は同じでも、秋のそれを「霧」として区別することになる。「霞立ち木《こ》の芽もはるの雪降れば花なき里も花ぞ散りける」(古今・春上・紀貫之)は、「張る」「春」が掛詞で、雪を白梅に見立てた表現である。冬さながらに雪は降っていても、天空に霞が立てば春の到来だとする。

野・鶯

霞は春のものとする発想は『万葉集』の時代から根強くあったが、平安時代では一層徹底した。『万葉集』の大伴家持の名歌「春の野に霞たなびきうら悲しこの夕影《ゆふかげ》に鶯鳴くも」(十九・四二九〇)では、春らしく霞のたなびく景を描きながら、どことなく悲しいとする。この孤独な春愁は、家持ならではの個性的な作である。

『源氏物語』初音《はつね》巻に、源氏の造成した六条院にはじめて春がめぐってきたことを、「いつしかとけしきだつ霞に木《こ》の芽もうちけぶり、おのづから人の心ものびらかにぞ見ゆるかし」と語っている。早くも春めいた霞の景が人の心をもなごませてくれるというのである。

花　色

霞とは、美しい花を隠してしまうもの、とする発想もある。「花の色は霞にこめて見せずとも香《か》をだに盗《ぬす》め春の山風」(古今・春下・良岑宗貞)は、春の山風に訴えた歌で、桜の花の色は霞に閉じこめて見せずとも、せめて香りだけでも盗み運んでくれ、という意。

野分

『源氏物語』野分《のわき》巻、六条院の中心に据えられている源氏最愛の紫の上を、源氏の子息夕霧《ゆうぎり》が野分(台風)のまぎれで、偶然にも垣間見してしまった。その比類のない美貌への夕霧の感動を、「春の曙の霞の間より、おもしろき樺桜の咲き乱れたるを見る心地す」の比喩で言い表している。この霞は、六条院の深窓の花園を見せまいとする隔てを意味するだろうが、夕霧は、その見えるはずのない神秘の美を垣間見してしまったことになる。

和歌・袖

中世の和歌には、「行く春の霞の袖を引きとめてしぼるばかりや恨みかけまし」(新勅撰・春・藤原俊成)のように、しばしば「霞の衣」や「霞の袖」の語がみられる。これは、春の女神である佐保姫《さほひめ》の衣裳を暗に意味している。

俳諧・連歌

後に『犬《いぬ》筑波《つくば》集』の俳諧連歌では、それを滑稽にもじって、「霞の衣裾《すそ》は濡れけり」の前句に、「佐保姫の春立ちながら尿《しと》をして」と付けた例もある。

近世の俳諧にも霞の句が多く、春の空のぼんやり霞む情景の描かれることが多い。「霞みつつ生駒《いこま》見ねども夕べかな」(西鶴)「かすむ日や夕山かげの飴《あめ》の笛」(一茶)など。

(鈴木日出男)

鬘・葛・蘰　かずら(かづら)

蔓《つる》草をはじめとする種々の植物を、髪や冠に結んだり巻きつけたりからませたりしたもの。転じて、蔓性の植物一般をもさすようにもなった。「切懸《きりかけ》だつ物に、いと青やかなる葛《かづら》の心地よげに這ひかかれるに」(源・夕顔)は後者の例。

をとめ(少女)・挿頭

「嬢子《をとめ》らの　挿頭《かざし》のために　遊士《みやびを》の　蘰《かづら》のためと……咲きにける　桜の花の」(万・八・一四二九)と歌われるように、挿頭と鬘は相近いものである。挿頭は頭に挿し、鬘は頭に巻きつけるが、植物を頭につける点は同じ。これにはもともと、植物の盛んな生命力を身に移すという呪術的な意味があった。この本来の意味は次第に忘れられていくが、鬘・挿頭は様式化して神事・饗宴のなかに命脈を保つ。

「かづら」という言葉は、「真葛《さねかづら》」「玉かづら」等々、複合した形で用いられることが多い。「真葛」はビナンカズラという常緑蔓性の低木。「玉かづら」は蔓性植物の美称、また玉を用いて作った頭飾りのことでもある。「かづら」は蔓が長く延びていくことから、歌において、「長く」「継ぎ」「絶えず」などの言葉を導き出す。「玉葛　いや遠長《とほなが》く　祖《おや》の名も　継ぎゆくものと」（万・三・四四三・大伴三中《みなか》）といった具合。また「名にし負《お》はば逢坂《あふさか》山のさねかづら人に知られでくるよしもがな」（後撰・恋三・藤原定方）のように、蔓を「繰る」ことから、同音の「来る」を導き出すこともある。「かづら」はまた、頭に「掛け」ることから、同音の「影」「面影」を導く。たとえば「かけて思ふ人もなけれど夕されば面影絶えぬ玉かづらかな」（貫之集）は、男に捨てられた女の歌で、「玉かづら」は庭に生い茂ってしまった蔓草のこと、その縁で「かけ」「面影」「絶えぬ」の語が用いられている。以上の例歌にもうかがわれるように、鬘は挿頭と異なり、恋歌に詠み込まれることが多い。

逢坂　影　夕・男　女

少ない髪・短い髪を補うために用いられる髪の毛の束も、「かづら」と呼ばれる。『源氏物語』蓬生《よもぎう》巻では、末摘花《すえつむはな》が、「我が御髪の落ちたりけるを取り集めて鬘《かづら》にしたまへる」ものを、九州へ下る乳母子《めのとご》に贈っている。当時、旅立つ人に鬘《かづら》を贈ることもあったらしい。『今昔物語集』には、死人から髪を抜き取って鬘にしようとする老婆が登場する（二九・十八）。さらに、能・狂言で女装に用いられる仮髪や、歌舞伎で種々の髪型に作り頭にかぶるようにしたものも、「かづら」「かつら」と呼ばれる。

めのと（傅）　能・狂言　歌舞伎

（木谷眞理子）

風　かぜ

古く、人は風に神秘的な力を感じていたらしい。額田《ぬかたの》王《おおきみ》の「君待つとあが恋ひをればわが宿の簾動かし秋の風吹く」（万・四・四八一）は、風に恋人の来訪の予感を感じ取る。これは、風が伊奘諾《いざなぎ》の吹く息から生まれたという神話や風を神だと見ていた信仰とも関わろう。須磨《すま》で暴風雨に襲われた光源氏は、桐壺《きりつぼ》院の霊の指示どおり住吉の神の力によって須磨を脱出するが、そこでは暴風雨は一種の予兆になっている（源・須磨）。

簾・秋　神・須磨

風には、四季それぞれに趣があり、『古今六帖《こきんろくじよう》』も「春の風」「夏の風」というように季節ごとに標目を立てている。特に春と秋は、風は季節の到来を告げるものとされていた。「袖ひちて結びし水のこほれるを春立つけふの風やとくらむ」（古今・春上・貫之）「秋来ぬと目にはさやかに見えねども風の音にぞおどろかれぬる」（古今・秋上・敏行）など。秋の野分、冬の木枯は、その厳しさが中心である。風の音は、風の中心的な属性であり、風の音に音楽を聞いたり、雨の音を聞くことも多い。姿の見えない風に「色」を見ようとすることもあり、「秋吹くはいかなる色の風なれば身にしむばかりあはれなるらむ」（和泉式部集）は、「しむ」から「色」を連想させる。「石山の石より白し秋の風」（奥の細道・芭蕉）までいけば、ないはずの色を現出させた詩趣がある。

春　夏　野分・冬　色　石山

風は、花や木の葉を散らし、草をしおれさせる。その逆に、花の香りを運ぶものでもあった。総じて、風は物を動かし運ぶが、それは物だけでなく、便りや噂までも運ぶも

花・葉

のであった。また、物事のうつろいや虚しさと結びつくことも多く、「風の上にありか定めぬ塵の身は行方も知らずなりぬべらなり」（古今・雑下・読人知らず）のような存在のはかなさを言い表したり、「人住まぬ不破の関屋の板びさし荒れにしのちはただ秋の風」（新古今・雑中・藤原良経）のような縹渺たる風景をも生み出す。　（高田祐彦）

不破

鹿背山　かせやま

山城・歌枕・木津川・山
鶯
京
をとめ（少女）
みかの原・風
泉河

山城《やましろ》国の歌枕。京都府相楽郡《そうらくぐん》木津町《きづまち》にある、木津川《きづがわ》（古名は泉河《いづみがは》）沿い南岸の山。『枕草子』「山は」段にもその名が見られる。

聖武《しょうむ》天皇の恭仁京《くにきょう》は、鹿背山の西の道を中心に左京右京が作られた（続日本紀・天平十三年九月）。『万葉集』には四例。そのすべてが恭仁京に関わっている。「鹿背の山樹立《こだち》を茂み朝去らず来鳴きとよもす鶯の声」（万・六・一〇五七、田辺福麻呂歌集）などだが、その自然描写は土地（京）への讃美の意味をもつ。

同歌の一首前には「をとめ等《ら》が績麻《うみを》懸くとふ鹿背の山」（六・一〇五六）ともある。同音の枠《かせ》が掛けられているが、平安時代にも「都いでて今日みかの原いづみ河かは風さむし衣かせ山」（古今・羇旅・読人知らず。『沙石集』では、和泉式部が道命阿闍梨に贈った歌とされる）とある。ここでは「かせ」が衣の縁で使われ、さらに衣を「貸せ」の意味も掛けられている。鹿背山はまた、「いづみ河かは浪しろく吹く風にゆふべすずしきかせ山のまつ」（後鳥羽院御集）のように、泉河とともに詠まれることも多かった。　（新谷正雄）

歌体　かたい

一首の歌がどのような音数律で構成されているか、その形式を歌体と呼んでいる。短歌形式がその主流を占めているが、他にも、長歌《ちょうか》や旋頭歌《せどうか》など、さまざまな形式の歌体があった。

短歌→和歌

①　**短歌《たんか》**　五・七・五・七・七音の五句からなる形式。後に和歌といえば、通常この形式をさすようになる。古代から現代にいたるまで制作されてきた。

②　**長歌《ちょうか》**　五・七……五・七・七の形式。五・七を単位に繰り返しながら、末尾を五・七・七の形でしめくくる。短いものから長いものまで、長短様々である。対句的な言いまわしがとりこまれているのも、特徴的である。『万葉集』の時代には、柿本人麻呂《かきのもとのひとまろ》・山上憶良《やまのうえのおくら》・高橋虫麻呂《たかはしのむしまろ》・山部赤人《やまべのあかひと》・大伴家持《おおとものやかもち》など、男性官人の歌たちによって盛んに詠まれたが、平安時代以後はほとんど詠まれなくなった。「玉襷《たまだすき》　畝火《うねび》の山の　橿原《かしはら》の　日知《ひじり》の御代ゆ……ももしきの　大宮処《おおみやどころ》　見れば悲しも」（万・一・二九・柿本人麻呂）。

畝火の山（畝傍山）

③　**旋頭歌《せどうか》**　五・七・七・五・七・七の形式。五・七・七を二度繰り返す六句形式の歌である。『万葉集』時代に少なからずみられたが、平安時代以後はほとんど詠まれなかった。「玉垂《たまだ》れの　小簾《をす》の隙《すけき》に　入り通ひ来《こ》ね　たらちねの　母が問はさば　風と申さむ」（万・十一・二三六四）。

風

④　**仏足石歌《ぶつそくせきか》**　奈良の薬師寺に残されている仏足石歌碑に刻まれている仏教讃歌の歌体。短歌形式にさらに七音句が加わって、五・七・五・七・七・七の六句形式である。

仏教→仏

「大夫《ますらを》の　進み先立ち　踏める足跡《あと》を　見つつ偲《しの》はむ　直《ただ》に逢ふまでに　直に逢ふまでに」（仏足石歌）。

⑤　**今様《いまよう》**　「いろは」歌のように、七・五句を四度繰り返す形式。平安時代後期の歌謡によく用いられた。『梁塵秘抄《りようじんひしよう》』にも、この形式の歌が大量に含まれている。「仏は常にいませども　現《うつつ》ならぬぞあはれなる　人の音せぬ暁《あかつき》に　ほのかに夢に見えたまふ」（梁塵秘抄）。

夢

（鈴木日出男）

片岡　かたおか（かたをか）

大和・葛城　親・竹　霧・雁　紅葉　若菜　山城・賀茂　ほととぎす

大和《やまと》国、現在の奈良県北葛城《きたかつらぎ》郡王寺町や香芝《かしば》市あたりの丘陵地。聖徳太子の伝説で知られる。あるとき太子が片岡に出かけると、路傍に飢えた人が臥していた。太子は衣を脱いで掛けてやり、「しなてる　片岡山に　飯《いひ》に飢《ゑ》て　臥《こや》せる　その旅人《たひと》あはれ　親無しに　汝生《なれな》りけめや　さす竹の　君はや無き　飯に飢て　臥せる　その旅人あはれ」と歌う。翌日その人が亡くなると、太子は埋葬させる。のちに使を遣って見させると、墓は固く封じられたまま、中の遺骸が消えていたという（紀・推古。類話が諸書にみえる）。この片岡に「朝《あした》の原」があり、「霧立ちて雁ぞ鳴くなる片岡の朝の原は紅葉しぬらむ」（古今・秋下・読人知らず）「明《あ》日《す》からは若菜つまむと片岡の朝の原は今日《けふ》ぞ焼くめる」（拾遺・春・柿本人麻呂）などと詠まれる。

あるいは山城《やましろ》国、現在の京都市北区、上賀茂《かみがも》神社の境内にある岡。その西麓に片岡社がある。「ほととぎす声まつほどは片岡の杜《もり》のしづくに立ちや濡れまし」（紫式部集）のように「ほととぎす」を詠んだり、「さりともと頼みぞかくる木綿襷《ゆふだすき》我が片岡の神と思へば」（千載・神祇・賀茂政平）のように「我が方」を掛けたりする。

神　山　雅語

「片岡」は、以上のような固有名詞のほかに、普通名詞としても用いられたらしいが、その意味については、山の斜面に突起して小丘をなしている所、一方が急で一方がなだらかな丘、丘の意の雅語、等々の諸説があって定まらない。

（木谷眞理子）

方違え　かたたがえ（かたたがへ）

陰陽道　神

陰陽道《おんみようどう》による俗信で、外出の際に、忌むべき方角を避けてほかに移ること。「方違い」「方忌み」などともいう。方角を忌む理由は、時代によってさまざまだが、平安時代では、中神《なかがみ》（天一神《てんいちじん》）によるものが一般的だった。中神は吉《きつ》凶禍福《きようかふく》をつかさどる神で、六十日を周期として天上と地上を移動して一巡すると考えられていた。この神が天上中央に滞在する十六日間は人は自由に移動できたが、天から降りて、四方を五日ずつ、四維《しい》を六日ずつ巡行し始めると、この神がいる方角を「方塞《ふた》がり」として、その方向に行くことを避けた。出かける際には、前夜に一旦別の方角の家（方違え所）に移動して宿泊してから、翌日方角を違えて目的地へ向かうようにした。

ほかに、平安時代末期以降、「金神《こんじん》」「大将軍」などによるものも行われた。これらの神は遊行神《ゆぎようしん》で、その忌む方角は、季節や月日などによって異なっていて複雑だった。『源氏物語』で、光源氏は、宮中から左大臣邸に退出したが、この方角が中神のいる方角にあたっていたことを知って、急遽《きゅうきょ》、紀伊守《きいのかみ》邸に方違えして、その夜、折から紀伊守邸を訪れていた空蟬《うつせみ》と契りを結んだ（帚木）。

妻　餅　車

　方違えは一日だけではなく、長期にわたることもあった。『落窪《おちくぼ》物語』で、姫君のもとに少将が通うようになって二日目、侍女のあこきは、叔母の和泉守《いずみのかみ》の妻に、人が方違えに曹司を訪れることを理由に、几帳や宿直物などを借りている。翌日、三日夜《みかよ》のための餅《もち》を所望する際には、この方違えが四十五日の方違えだったことを口実にして、几帳などを手もとに置くことの許可を求めた（二）。四十五日の方違えは、陰陽道で忌むとされた方角に造作などをする場合だという。敦道《あつみち》親王（帥《そち》の宮）は、四十五日の方違えにいとこの藤原兼隆《かねたか》の屋敷に滞在中も、和泉《いずみ》式部を連れて来て、車宿りに停めた車の中で逢瀬を重ねたという（和泉式部日記）。

（室城秀之）

交野　かたの

河内・歌枕　百済　鷹　野　桜

　河内《こうち》国の歌枕。現在の大阪府交野市から枚方《ひらかた》市にかけての一帯、淀川の左岸である。「片野」とも書く。平安時代初期には、百済王氏《くだらのこきし》が居住し壮麗な百済寺があった。百済系氏族出身の母をもつ桓武《かんむ》天皇は、長岡京の南郊にあたる当地で中国の皇帝にならって郊祀《こうし》を行い、あるいはまた鷹狩を行った。以来、皇室の猟場とされ、今も枚方市に禁野の地名が残る。

春・心　天の河→七夕　淀川　霰・狩衣　雪　道行文

　『伊勢《いせ》物語』八二段に、惟喬《これたか》親王の一行が交野の渚院《なぎさのいん》へ行き、狩よりも桜を楽しむ話がある。「世の中に絶えて桜のなかりせば春の心はのどけからまし」はその時の詠。一行は渚院から天の河へと場所を移し、「狩り暮らし織女《たなばたつめ》に宿からむ天の河原に我は来にけり」なども詠む。交野を流れ淀川に注ぐ地上の川を、天空の川と見立てた歌である。この物語の影響下に、「霰《あられ》降る交野の御野《みの》の狩衣濡れぬ宿かす人しなければ」（詞花・冬・藤原長能）「またや見む交野の御野の桜がり花の雪散る春の曙」（新古今・春下・藤原俊成）など多くの歌が詠まれた。俊成《しゅんぜい》歌はさらに、『太平記』日《ひ》野俊基《のとしもと》の道行文に、「落花ノ雪ニ踏迷フ、片野ノ春ノ桜ガリ」（二）と引かれている。

　交野の鷹狩はしばしば歌に詠まれた。たとえば、「御狩《みかり》する交野の御野《みの》に降る霰あなかままだき鳥もこそ立て」（新古今・冬・崇徳院）。また「逢ふことのかた野へとてぞ我はゆく身を同じ名に思ひなしつつ」（後撰・恋五・藤原為世）のように、「交野」に「難し」を掛けることも少なくない。

（木谷眞理子）

形見　かたみ

妹

　死者や旅立った人など、喪失した人を思い出すよすが。『万葉集』では、死者の形見の意のほか、目前にいない人を思い出すための、共に行った場所や身近な物の意で用いられる。「吾妹子《わぎもこ》が形見の衣《ころも》下に着て直《ただ》に逢ふまではわれ脱《ぬ》かめやも」（万・四・七四七）は、恋しい相手の衣を身に付けて、再会を願ったもの。平安時代には、再会を期待できない相手の身代わりの意が一般的となる。「忘れ貝拾ひしもせじ白玉をこふるをだにも形見とおもはん」（土佐）は、

貝 亡くなった娘を忘れるための忘れ貝を拾うまい、白玉のよ
うな亡き子を恋しく思う気持ちを身代わりにしよう、とい
花 う意。また、「さくらいろに衣は深く染めて着む花の散り
桜 なむのちの形見に」（古今・春上・紀有朋）は、桜の季節の過
ぎゆくのを惜しんで、衣を桜色に染めて形見として着よう、
という意である。そのほか、忘れ形見の意でも用いられ、「か
かる形見さへなからましかば」（源・葵）は、葵の上の遺児
喪 夕霧《ゆうぎり》の意。「形見の色」は喪服の色の意、「形見の雲」「形
見の煙」は火葬の煙の意、「形見の櫛」は別離の際に贈る
伊勢・斎宮 櫛の意で、伊勢《いせ》に下向する斎宮に天皇が贈るもののことで
和歌・掛詞 ある。和歌においては「難み」「互み」「筐」などと掛詞に
なることが多い。
（高木和子）

鰹　かつお（かつを）

サバ科の海魚。温帯および熱帯に分布し、群れをなして
回遊する。黒潮に乗って北上し、夏から秋には北海道沖に
達する。「水江の浦島の子が堅魚釣り」（万・九・一七四〇）
とあるように、古代から鰹釣りは行われ、『延喜式《えんぎしき》』の「調《ちょう》」
にも「堅魚」の名が見える。「かつをと云魚は、古はなま
にては食せず、ほしたる計用ひし也。ほしたるをもかつを
ぶしとはいはず、かつをと計いひしなり。」（貞丈雑記《ていじょうざつき》）に
よれば、古代には生食しなかったようである。保存のため
に煮てから干し、鰹節・なまりとする方法が広く行われた。
「鎌倉の海に鰹と云魚は、かの境ひにはさうなきものにて、
この比もてなすものなり。」（徒然・一〇九）とあるように、
海 庶民的な食べものであったが、近世になると、「目には青
夏 葉山ほと、ぎす初松魚《はつがつを》」（素堂家集）というように、初夏に
獲れるはしりのものを「初鰹」としてもてはやした。また、
「かつを」の音が「勝つ」に通じることから、北条氏綱《ほうじょううじつな》は
武士 戦場の門出の肴に鰹を用いたといわれ（北条五代記）、武士
のあいだで縁起物とされた。
（高野奈未）

活字　かつじ（くわつじ）

文字 活版印刷に用いる文字の原型。繰り返し用いることから
活きている文字の意で活字と名づけられた。方形柱状の金
属の一方の面に文字・記号を凸型に彫刻して鋳造する。活
字の最初は十一世紀初めに中国で考え出された粘土と膠を
混ぜ合わせて作ったものとされる。十五世紀初めには朝鮮
で銅製の活字が作られたが、現在の活字の原形は、十五世
紀半ば、ドイツのヨハン・グーテンベルグが鉛を主材にア
ンチモニーと錫の合金で作った物が後の活字の原形となっ
た。
日本の印刷は法隆寺の百万塔の中に収められた陀羅尼経
が最初である。百万塔は八世紀に法隆寺で百万基作られた
高さ約十五センチほどの木製小型の三重の塔である。中に
印刷された陀羅尼経が収められ、『続日本紀《しょくにほんぎ》』などの記事
によると、法隆寺・東大寺・西大寺・薬師寺・興福寺・元《がん》
大和 興《ごう》寺・大安《だいあん》寺（以上南都七大寺）・弘福《ぐふく》寺（大和《やまと》）・崇福寺
近江・摂津 （近江《おうみ》）・四天王寺（摂津《せっつ》）の十大寺に各十万基が収められ
たという。現在は法隆寺にのみある。ただ、文字の印刷と
しては、これ以前、『日本霊異記《にほんりょういき》』（中・九）に「加太支」
という語があり、これは「形木」すなわち「版木」であり、

法華経
春日

この話の内容が七五〇年であるからその時代に版木の印刷が行われたとする考えもある。しかし、現物はなく、実物が残るという点では、百万塔陀羅尼が最古ということになる。藤原道長《みちなが》『御堂関白記《みどうかんぱくき》』には一条《いちじょう》帝の中宮である、娘の彰子《しょうし》の安産祈願として法華経千部の印刷が行われたという記事があるが、この時代の刷本は主に仏典であった。その中で春日版が知られる。藤原氏の氏神は春日神社であり、氏寺は興福寺である。そこで法相《ほっそう》宗関係の経論が出版され、それが春日版であり、江戸時代まで行われた。その後も、高野版・奈良版・東大寺版・西大寺版・法隆寺版・橘寺版・唐招提寺版・大安寺版・叡山版・根来版・泉涌寺版など各寺院による出版があり、室町時代も足利尊氏《あしかがたかうじ》の版があったが、これらも個人・親族の菩提を弔う意図によるものである。それらはいずれも版木によるものであり、一枚の板に一頁分を彫りそれをもとにするものであった。室町時代末期に豊臣秀吉《とよとみひでよし》の朝鮮出兵がある。いたずらに戦乱を起こしただけのことであるが、銅活字が伝来したことは大きい。銅活字が最初中国・朝鮮のいずれで作られたか、確実な資料はないが、朝鮮での利用が大きかったことは確からしい。そして、これを用いて、一五九三年、後陽成《ごようぜい》帝の時代に『古文孝経』が出版された（現存しない）。銅活字の利用がうまく行かなかったのか、木製の活字が使われるようになり、それによる出版物は現在も数多く伝来している。しかし、江戸時代は、従来の版木を作っての出版が盛行した。

このような出版とは別に、室町時代に伝えられたキリスト教会による出版がある。イエズス会の宣教師アレクサンドロ・ヴァリニャーニが印刷機を招来、天草をはじめ、長崎・京都などで、布教の一端としての出版活動を行った。『口語訳平家物語』『伊曽保物語』『落葉集』『ドチリナキリシタン』『日葡辞書』など多くの書物が刊行されている。

活字は文化を広く民衆の物とするために大きな役割を果たした。その活字も今はコンピューターを用いての印刷に切り替わり、活字を使う印刷はほとんど行われなくなっている。印刷文化も次の時代に入ったといえる。（山口明穂）

山岸徳平『書誌学序説』（岩波全書）

勝間田の池　かつまたのいけ

『五代集歌枕』は下野《しもつけ》国の、『和歌初学抄』は美作《みまさか》国の、『八雲御抄《やくもみしょう》』は下総《しもうさ》国の歌枕などとするが、現在は大和《やまと》国の歌枕と考えられている。具体的には、近鉄橿原《かしはら》線をはさみ、薬師寺の西南方にある大池がそれかと見られているが確かではない。

下野・美作
下総・歌枕・大和
池

『万葉集』には唯一例「勝間田の池はわれ知る蓮《はちす》無ししか言ふ君が鬚無き如し」（万・十六・三八三五・婦人）がある。左注によれば、同池の「水影濤〃、蓮花灼〃」とした様子に感動したという新田部《にいたべ》親王の話を聞き、一婦人がこの戯歌を作り吟詠したという。歌意はとらえにくいが、「蓮」には類音の「恋」が掛けられ、某女性への親王の想いをからかったものと見られる。

しかし平安時代には池の水は枯れていた。『袋草紙《ふくろぞうし》』などによっても知られるが、『後拾遺集』には「鳥もゐで幾《いく》代《よ》へぬらんかつまたの池にはいひのあとだにもなし」（雑四・藤原範永）とある。「いひ」とは水を流す設備である。『枕草子』に「池は、かつまたの池」とあるのも、歌枕の知識によったものであろう。

（新谷正雄）

桂　かつら

春
葉

植物名。現在「カツラ」と呼ばれている植物は、カツラ科の落葉広葉樹。高さは三十メートルにもなり、春、花びらも萼《がく》もない紫紅色の花をつける。丸いハート形の葉は香りがよく、抹香の材料になる。この「カツラ」と古典に出てくる「かつら」は、一般に同じものと考えられているが、異論もある。「桂」の字を当てることが多いが、中国の「桂」は数種の香木の総称で、肉桂《にっけい》・木犀《もくせい》などをさす。

神
障子・撫子
女
車
風

『古事記』や『日本書紀』では「斎《ゆ》つかつら」と呼ばれ、神が寄り憑《つ》く木とされる。たとえば海神の宮へ行った天神の子孫彦火々出見尊《ひこほほでみのみこと》は、その門の傍らの、井戸のほとりにある斎《ゆ》つかつらのもとで、海神の娘と出逢うことになる。こうした神聖な木というイメージは、その後は薄れていくようだが、しかし平安時代、「内の御障子の絵に、撫子咲ける家の前に、かつらの木あるもとに、女ゐてはべり」（能宣集）という情景が描かれるのは、かつらの木に来臨する神との神婚という発想がなにがしか残存していたためかもしれない。『源氏物語』花散里《はなちるさと》巻にも、その発想の痕跡が認められようか。五月ごろ、牛車に揺られていた源氏が琴の音に誘われて車から顔を出すと、大きなかつらの木を吹き過ぎてきた風が薫り、賀茂祭のころがふと思い出される。すると突然、ここはかつて一度契った女の家だ、と気づいて、源氏は彼女を訪ねてみようと思うのである。

賀茂・葵

かつらを吹き過ぎた風が薫る、ということは、平安時代の「かつら」も香木であったことになる。『新撰字鏡《しんせんじきょう》』も、「楓」を「香樹、加豆良」としている。また、かつらの香から賀茂祭を思い出すのは、この祭の際、かつらと葵の枝葉を衣や冠などにつけるためである。これを「もろかづら」という。

月
妹
秋
春・霞
雪
かへで（楓）

しかし古典において何より目立つのは、「月のかつら」という発想である。月の中に巨大な桂の木が生えている、という中国の俗信に基づいて、早く『万葉集』に、「目には見て手には取らえぬ月の内の楓《かつら》のごとき妹をいかにせむ」（四・六三二・湯原王）などと歌われている。平安時代以降も、「久方の月のかつらも秋はなほもみぢすればや照りまさるらむ」（古今・秋上・壬生忠岑）「春霞たなびきにけり久方の月のかつらも花や咲くらむ」（後撰・春上・紀貫之）「雲居より散り来る雪は久方の月のかつらの花にやあるらむ」（新勅撰・冬・藤原清輔）などと詠まれつづけた。ところで『枕草子』に「花の木ならぬは　かへで。かつら。五葉……」とあるように、地上の「かつら」は花咲かぬ木と考えられていたらしい。とすると、花の咲く「月のかつら」は、地上の「かつら」とはいささか異なるものとして想像されていたことになろうか。

また中国晋代の郤詵《げきしん》が文官試験に及第した時、桂林の一枝を折ったようなものと言ったという故事に基づき、官吏登用試験に合格することを「桂を折る」という。

元服

たとえば「久方の月の桂も折るばかり家の風をも吹かせてしがな」（拾遺・雑上）は、菅原道真《すがわらのみちざね》が元服した時、その母が詠んだ歌である。

（木谷眞理子）

桂川　かつらがわ（かつらがは）

山城・歌枕・川・嵐山・木津川・淀川・大堰川・紅葉

山城《やましろ》国の歌枕。丹波高地に発する川で、嵐山付近で京都盆地に出て南流、宇治川・木津川と合流して淀川となる。特に嵐山の麓のあたりを大堰《おおい》川と呼ぶ。「色々の木の葉流るる大堰川下《しも》は桂の紅葉とや見ん」（拾遺・秋・壬生忠岑）は、植物の「桂」と「桂川」とを掛けた歌。東川（賀茂川）、中川に対し、西川とも呼ばれる。

邸

桂川西岸に桂の地がある。現在の京都市西京区桂の一帯である。この地は古来、西国・山陰方面への出口として交通の要衝であった。また、平安京郊外の景勝地であったことから、ここに別荘・邸宅を営む貴族が少なくなかった。たとえば清原元輔《きよはらのもとすけ》・藤原道長《みちなが》・源経信《つねのぶ》、物語人物では『宇津保物語』の藤原兼雅《かねまさ》（春日詣）や『源氏物語』の光源氏（松風）などである。江戸時代初めには、八条宮家の智仁《としひと》親王・智忠《としただ》親王父子により桂離宮が造営されている。

鵜

朝・鮎

この川の鮎は有名で、鵜飼が行われ、贄《にえ》として宮中に献じられた。「朝な朝な日なみそなふる桂鮎あゆみを運ぶ道もかしこし」（新撰六帖・三・藤原信実）。

月・桂

歌においては、月の中に桂の大樹が生えているという中国の俗信に基づき、「月のかつら」を連想することが多い。たとえば「照る月の桂の川し清ければ上下《うへした》秋の紅葉をぞみる」（古今六帖・三）。また「久方の中なる川の鵜飼舟いかに契りて闇を待つらん」（新古今・夏・藤原定家）のように、桂川を「久方の中なる川」と言い換えて詠むこともある。

（木谷眞理子）

葛城　かつらぎ

奈良

奈良県の西部、葛城山—金剛山地《こんごうさんち》の東側、現在の奈良県御所《ごせ》市—北葛城郡付近。五世紀に栄えた豪族・葛城氏の本拠地で、「葛上《かつらきのかみ》、葛下《かつらきのしも》」（和名抄）の二郡に分かれた。大和《やま》と《と》河内《こうち》を結ぶ竹内《たけのうち》越えをはじめ、紀伊《きい》越えも当地の南部を通る、古代の要地。仁徳《にんとく》天皇の浮気に怒った磐之姫《いわのひめ》皇后が実家へ帰る途上で「……大和を過ぎ我が見が欲し国は葛城高宮我家《わぎへ》のあたり」（記・五八）と詠んだのもこの地である。

大和・河内・紀伊

蜘蛛

地名の由来は、神武天皇東征の際、高尾張邑《たかおわりのむら》の土蜘蛛を葛の網を結って襲い殺したことから「葛城」となったという（紀・神武即位前紀）。

山

葛城山（標高九六〇メートル）は、『延喜式《えんぎしき》』神名帳に「葛木坐一言主神社」とある一言主神《ひとことぬしのかみ》が支配する山である。狩に出向いた雄略《ゆうりやく》天皇が、山中で自分達と瓜二つの一行に会い名を問うたところ「吾は悪事も一言、善事も一言、言ひ離つ神、葛城の一言主大神ぞ」と名乗ったという（記・雄略、紀・雄略）。また修験道の祖とされる役小角《えんのおづぬ》が修行した山とされ、小角が一言主神に岩橋をかけるよう命じたが、一言主神が従わなかったため、小角によって呪縛されたという説話が『日本霊異記《にほんりょういき》』上・二八話をはじめ、『三宝絵詞《さんぼうえことば》』・『今昔物語集』『扶桑略記《ふそうりやつき》』などに見られる。この伝承をふまえて「葛城の橋」「葛城の久米路の岩橋」などという歌言葉が詠まれ、「いかばかり苦しきものぞ葛城のくめぢの橋の中の絶え間は」（拾遺・恋四・読人知らず）のように「な

説話

久米

か（仲・中）」に通じる語として用いられた。

また「葛城の神」といえば、一言主神が岩橋を架けられなかったことから、恋愛や物事が成就しないたとえ、あるいは一言主神が醜い顔を恥じて夜だけ行動したことにちなみ、顔を恥じたり、昼間や明るいところを嫌うたとえとして用いられた。『枕草子』では、清少納言にやり込められた源宣方《のぶかた》（源中将）が、「あまりあかうなりしかば」「葛城の神、いまぞずちなき」（辺りが明るくなってきたので醜い顔の葛城神のような私は困ります）と言って逃げ出したというエピソードがある（枕・故殿の御服のころ）。また松尾《まつお》芭蕉《ばしょう》も、葛城山で「猶見たし花に明行神《あけゆく》の顔」（泊船集）という句を残している。

（兼岡理恵）

門田　かどた

家の前にある田。屋敷に付属する水田。律令制下、屋敷地内の私有田と見なされて、課税を免除された。

『万葉集』では門田（の稲）は、その家に住む人を思わせるもの・比喩するものとして、歌に詠まれている。「妹《いも》が家の門田を見むとうち出来《でこ》し情《こころ》もしるく照る月夜《つくよ》かも」（万・八・一五九六・大伴家持）および「橘を守部《もりべ》の里の門田早稲《わせ》刈る時過ぎぬ来《こ》じとすらしも」（万・十・秋相聞・二二五一）である。平安時代中期の歌人曽禰好忠《そねのよしただ》の「我がやどの門田の早稲のひつち穂を見るにつけてぞ親は恋しき」（好忠集）にも、同様の発想が見られる。

平安京に暮らす人々にとって、家の前に田があるというのは、京の郊外あるいはもっと田舎に行ってはじめて見ることのできる風景であった。『源氏物語』には小野の山里の情趣が、「門田の稲刈るとて、所につけたるものまねびしつつ、若き女どもは歌うたひ興じあへり。引板《ひた》ひき鳴らす音もをかし。見し東国路《あづまぢ》のことなども思ひ出でられて」（手習）と語られている。

右の家持《やかもち》の歌の影響であろうか、院政期ごろより、門田は歌語として多くの歌に用いられるようになる。その詠みぶりは、「夕されば門田の稲葉《いなば》おとづれて葦《あし》のまろやに秋風ぞ吹く」（金葉・秋・源経信、百人一首）「山里の門田の稲のほのぼのと明くるも知らず月を見るかな」（金葉・秋・藤原顕隆）といった具合。閑寂な田家の風情が好んで詠まれるようになるのである。

（木谷眞理子）

田・律令　稲　妹　橘　親　京　小野・山里　女　あづま（東）　院　夕・葦・秋　月

仮名　かな

万葉仮名・平仮名・片仮名をさす語。仮名は「仮の名（＝仮りの文字）」の称。いずれも漢字をもとにしていながら、一字が漢字のような意味を表さないので、字としての価値が低く、仮にその場で用いられたものとして、漢字を真字（＝本当の文字。「しんじ」「まな」とも）と呼ぶのに対しての称。

日本には古くは文字がなく（神道の中では神代には日本独特の文字があり、それは神代文字と名づけられた。しかし、その存在は否定されている）、漢字が伝来して初めて表記する手段をもつことになった。漢字は一字が一語と対応する表語文字（従来意味を表すとして表意文字という呼称が使われたが、学問的には表語文字が正しい）である。

漢字　文字

百済

漢字の伝来は『古事記』『日本書紀』では百済から王仁《わに》が伝えたとする説が載る。

万葉仮名は、漢字の音・訓を利用し、各漢字の意味と関係なく日本語を表記したもので、その中には「山上復有山」で「出」を表すなど遊戯的な使われ方もしている。奈良時代以前はそのように言葉を表記することは広い範囲で行われたのであるが、『万葉集』に顕著に見られるのでその名を取り「万葉仮名」と名づけられた。

をこと点

平安時代になり、日本特有の平仮名・片仮名が使われるようになった。平仮名は漢字の草書体をさらに崩したもので、漢字の字形を残した草仮名（伝小野道風《おののみちかぜ》筆『秋萩帖《あきはぎじょう》』などに見られる）を経てできたもの、片仮名は漢字の偏旁の一部を取ったものであり、漢文・経文などを読む際に漢字の間に小さく書き込まれた「をこと点」から生まれたものである。平仮名がいつから使われ出したか、その時期を示す平安時代初期の文献は極めて少ない。八二八年の『成《じょう》実論《じつろん》天長五年点』など初期の訓点資料に平仮名の資料が見られることが報告されている。また、正倉院に残される奈良時代末の消息文には平仮名に近い字体のものもあり、平安時代初期には使われだしたのではないか。

女

そして、「女手（女性の用いる文字）」と呼ばれるほどの後の拡がり方から考えるともっぱら女子の間で使われたのではないかと想像される。

男・漢文

日記

平安時代には、男性は漢文を書くものとされていた。その時代に紀貫之は「男もすなるにき（日記）といふもの女もしてみむとてするなり」と仮名日記をあたかも自分が女性であるかのごとくして書き記した。それほどに、漢文・漢字は男の、仮名は女の文字であったのである。『紫式部日記』には、自分は女性だから、人前では漢字は「一」の字すら知らない振りをすると記している。それは、女子は漢文・漢字を知らないのがよいとされていたからである。もちろん、紫式部は、漢学者である父の影響でそれについての豊富な知識を有していた。それが、女性であるがゆえに漢字の中でも最も簡単な「一」ですら知らないよう装っていたというのである。

和歌

消息

そこに平仮名ができ、和歌を記したり、消息を書いたりなど、書くことが自由となった。ある意味では、漢字を使わなければならない男性に比べて、平仮名の成立は当時の女子の書く生活に大きな自由を与えたといえる。平安時代、女性の書いた優れた文学作品が多く存在するが、それができた理由の一端には平仮名の成立ということが大きく作用したとさえ考えられる。

平仮名に対して片仮名は、漢文・経文を読むための物であり、これらの文献は男の世界のものであるからそれは男が主として利用した。平仮名・片仮名では、曲線を多く使う平仮名には優美さがある。それが使えるということは、片仮名が使えるよりはよかったに違いない。

平仮名・片仮名の創案者としては古く、前者は空海（弘法大師）、後者は吉備真備《きびのまきび》とする説があったが今は否定される。彼らより後の時代に多くの人の考えから作られたとするのが正しく、空海・真備とするのは単なる俗説とされている。同一音に対する文字種は明治三三年（一九〇〇）の『小学校令施行規則』により音と文字との関係は一対一に定められ、現行のようになった。

（山口明穂）

鐘　かね

時刻を知らせるなどのため、銅、または銅の合金で造られる。寺院で、撞木《しゆもく》などで叩いたり突いたりして音を出す。また、その音。勤行《ごんぎよう》の時間である晨朝・日中・日没・初夜・中夜・後夜の六時を知らせるものであった。

和歌

和歌では、恋の歌で、時刻を知らせるものとして詠まれる。「皆人を寝よとの鐘は打つなれど君をし思へば寝《い》ねかてぬかも」（万・四・六〇七・笠女郎）は、夜を知らせる鐘の音が恋の時間の到来を告げるものとして詠まれる。逆に、「暁の鐘をば夜と契るまにあらはす鳥の音ぞうらめしき」（実家集）のように、男女の別れの時を告げるものとしても詠まれた。

男・女

平安時代中期以降、仏教的な無常観のイメージと重なってくるようになる。『平家物語』冒頭の、「祇《ぎ》園《をん》精舎《しやうじや》の鐘の声、諸行無常《しよぎやうむじやう》の響《ひびき》あり」は有名な一節であるが、祇園精舎は、中インドの舎衛国《しやえこく》にあって、その無常堂の四隅の鐘が病僧臨終にあたって自然に鳴り、「諸行無常」などの四句を唱え、それを聞いた僧は苦悩を忘れ往生した、という。

僧→出家

夕

風

心

夕暮れ時や夜の鐘の音は寂しく悲しいものであった。「三昧堂近くて、鐘の声松風に響きあひてもの悲しう」（源・明石）は、光源氏が、八月十三夜に明石の君をはじめて訪れた時の描写で、田舎でひっそりと暮らす姫君の心象を表現している。また、「入相《いりあい》の鐘」は、夕暮れ時の寂しげな鐘の音で、「山寺の入相の声々にそへても、音泣きがちにてぞ過ぐしたまふ」（源・澪標）の、「入相の声々」は、夕暮れ時の鐘の音で、母親をなくした秋好中宮《あきこのむちゆうぐう》の涙をかき立てている。

中宮→三后

説話では、執着のあまり蛇身となった女が、寺の鐘に隠れた思いを寄せる僧を焼き殺すという話が『今昔物語集』にあり、謡曲『道成《どうじよう》寺《じ》』などで知られている。（奥村英司）

鐘の岬　かねのみさき

筑前

筑前《ちくぜん》国、現在の福岡県宗像《むなかた》市にある鐘ノ岬。「金の岬」などとも書く。沖に浮かぶ地《じ》ノ島との間の瀬戸は、航行の難所であった。鐘ノ岬から地ノ島、さらにその沖の大島を結ぶ線は、現在、玄界灘《げんかいなだ》と響灘《ひびきなだ》の境とされているように、海域を区切るものとなっている。

響灘（ひびきの灘）

枕詞

志賀島

『万葉集』に、「ちはやぶる金の岬を過ぎぬとも我は忘れじ志賀《しか》の皇神《すめかみ》」（七・一二三〇）と歌われる。この「ちはやぶる」は枕詞ではなく、狂暴に荒れ狂うの意。そんな金の岬を無事通過できるよう、志賀島《しかのしま》に鎮座して一帯を支配する海神に加護を願っている。志賀島は鐘の岬の南西、博多湾の入り口にある。その博多湾の奥からさらに内陸へ進むと、大宰府《だざいふ》がある。平安時代後期の歌人源俊頼《としより》は、父経信《つねのぶ》を大宰府で亡くし、悲嘆のうちに帰京の途につく。「あしづを出でて鐘の岬といふ所を過ぎけるに、やうやう筑紫を離れぬること、など心細さにつつみもあへられぬ心地して／音に聞く鐘の岬はつき（撞き／尽き）もせず泣く声響くわたりなりけり」（散木奇歌集・悲歎）。つまり、鐘の岬を東へと通過すれば、志賀の神ともお別れで、筑紫を離れたという感慨が湧き、逆に西へと通過すれば、もう博多湾に着

大宰府

筑紫

いたようなものと感じるのである。

右に挙げた万葉歌は、平安時代の人にもよく知られていたらしく、『源氏物語』に、「金の岬過ぎて、「我は忘れず」など、世とともの言《こと》ぐさになりて」（玉鬘）とみえる。大宰府へ下る玉鬘の一行は、金の岬を過ぎてから口癖のように「我は忘れず」と言いつづける。そこには、行方知れずの玉鬘《たまかずら》の母夕顔のことを「忘れず」との思いが込められている。

（木谷眞理子）

歌舞伎　かぶき

京

慶長八年（一六〇三）、京都で出雲《いずも》のお国が演じた「かぶき踊」から発生した日本の伝統演劇。遊女や若衆による初期の歌舞伎が、風紀を乱すとして禁止されたことで生まれた野郎《やろう》歌舞伎は、従来の容色本位のレビュー的な内容からストーリー性を獲得し、元禄期（一六八八―一七〇四）に、作者の近松門左衛門《ちかまつもんざえもん》や、上方の坂田藤十郎《さかたとうじゅうろう》、江戸の市川団十郎《いちかわだんじゅうろう》といった名優を得て、演劇として開花する。享保期（一七一六―三六）には、人形浄瑠璃の隆盛に押されつつも、その作品を摂取することで、合理的な作劇術と様式的な演技を加え、十八世紀後半には、長唄《ながうた》や常磐津節《ときわずぶし》などの音曲を使った舞踊を盛り込んだほか、セリや廻《まわ》り舞台など舞台機構を工夫し、さらなる発展を遂げる。

江戸

このころより劇界の中心は上方から江戸へと移り、文化・文政期（一八〇四―二九）には、鶴屋南北《つるやなんぼく》が、市井の生活を活写した生世話《きぜわ》と呼ばれる分野を確立して写実性を高め、幕末には、河竹黙阿弥《かわたけもくあみ》が、七五調のせりふや義太夫節《ぎだゆうぶし》を使った演出を導入し音楽性を強める。明治以降、近代化とともに社会的地位が向上し、西洋演劇の影響を受けた新歌舞伎が作られる一方で、古典劇としての道も歩みはじめ今日に至る。このように歌舞伎は、時代に応じて常に変容しつづけた。

写本

近世の歌舞伎に関する出版物には、多種多様なものが存在する。脚本については、元禄期に絵入狂言本《えいりきょうげんぼん》という、あらすじを絵とともに紹介したものが出版されたが、完全な形のものは、台帳《だいちょう》と呼ばれる写本で伝わり、その多くが貸本屋を通じて庶民に享受された。興行に即しては、配役を記した役割《やくわり》番付（紋《もん》番付）や、ポスターに相当する辻番付、主要な場面を描いた絵本番付（上方では絵尽《えづく》しと呼ぶ）、一年の役者の顔ぶれを掲げた顔見世《かおみせ》番付などの各種番付や、正本《しょうほん》と呼ばれる劇中の音曲やせりふを記載した小冊子が、各劇場と提携した書肆から出された。また、「役者評判記」と総称される劇評が、八文字屋《はちもんじや》を中心に、原則一月、三月の年二回出版され、その他、年代記や役者名鑑、幕内《まくうち》紹介書、役者絵本など劇書と呼ばれるものも無数に刊行された。

黄表紙

合巻

草双紙

近世における歌舞伎の影響力は大きく、文芸の面では、黄表紙においてパロディーの対象となり、読本や合巻に題材を提供し、さらに草双紙の中には、挿絵を役者の似顔《にがお》にしたものもある。また、風俗の面では、庶民の間で役者の衣服の模様や色、髪形などが流行した。歌舞伎は、大衆娯楽の中心的存在であったといえる。

（光延真哉）

雅文　がぶん　⇩擬古文《ぎこぶん》

紙　かみ

『後漢書』蔡倫《さいりん》伝によれば、元興元年（一〇五）に蔡倫が麻の繊維で紙を漉いたのが始まりという。しかし、それより前の前漢の遺跡から古紙が出土しており、蔡倫の発明というのは伝説にすぎない。

日本で漉かれた紙（和紙）のおもな原料は、麻・雁皮《がんぴ》・楮《こうぞ》・三椏《みつまた》である。麻を原料とするものを麻紙《まし》という。写経・公文書の用紙として、中国で最も早くから使われた紙で、日本でも奈良時代に多く用いられた。正倉院に未使用の麻紙が残されているし、天平写経としても多くの遺品が残っている。『古今集』の書写本として現存最古に属する「高野切《こうやぎれ》」（十一世紀中頃の書写）の料紙は、麻紙の最も遅い遺品といわれている。雁皮や楮が中心になった平安時代以降、麻紙は衰退したのである。

雁皮を原料とした紙を、古くは斐紙《ひし》といった。光沢がありなめらかな高級紙である。平安時代には、厚手の斐紙を厚様、薄手の斐紙を薄様といった。中世以降、厚手の斐紙を鳥《とり》の子紙《こがみ》とか雁皮紙《がんぴし》というようになった。しかし、雁皮だけで漉かれたものは少なく、実際には斐楮交ぜ漉きが多い。

和紙の多くを占めるのは、楮を原料とした楮紙《ちょし》である。産地などによって、さまざまな名称がある。檀紙《だんし》は真弓紙《まゆみ》とも、また、陸奥国の名産であったので陸奥紙《みちのくがみ》ともいう。白く厚い紙で、懐紙として消息や和歌詠草を書くのに、さらに公文書用として使われた。杉原紙《すぎはらがみ》は播磨国椙原《すぎはら》荘から産出された紙。奉書紙《ほうしょがみ》は室町末期以降、越前《えちぜん》国で産出された紙。杉原紙より厚く、檀紙のような皺がない。間似合紙《まにあいがみ》は、横幅三尺一寸（九三・九センチ）、あるいは三尺三寸五分（約一〇〇センチ）の大きさに漉いた紙。もとは楮紙をもふくんだ呼称であったが、室町時代後期からは雁皮紙のみをさすようになった。

陸奥
消息・和歌
播磨
越前

三椏紙は近世以降に漉かれるようになったとされることが多いが、中世には雁皮や楮に混ぜて使われていた。

紙屋紙《かみやがみ》はもともと図書寮紙屋院《ずしょりょうかみやのいん》で漉かれた官製紙の総称であったが、宿紙《しゅくし》の別称としても用いられた。宿紙とは使用済みの反故紙《ほうごし》を漉き返した、薄墨色の紙。

装飾料紙のおもなものに、唐紙《からかみ》・蝋箋《ろうせん》・飛雲《とびくも》・雲紙《くもがみ》などがある。唐紙は中国からの舶来品、日本で模造したものもある。紙の表面に胡粉を引き、その上から版木で文様を雲母刷りした、美しい料紙である。蝋箋は唐紙の一種で、版木に雲母などを塗らずに空刷りしたもの。飛雲は藍と紫に染めた繊維で、大空に茜雲《あかね》が浮かんだような文様を表したもの。平安時代だけの装飾料紙といわれている。雲紙は打《うち》曇《ぐもり》ともいう。紙の上下に藍色に染めた繊維で雲形の文様を表したもの。平安時代のものは藍色のみだが、鎌倉時代以降は紫色も使われている。

藍・紫
雲

昔、紙は貴重品であった。装飾料紙はさらに貴重であった。天皇や上流貴族の世界で、特別あつらえの豪華本の料紙として用いられたのである。

（池田和臣）

神　かみ

霊　霰　鹿島　（加持）祈禱　祟り　枕詞

人智を超えた霊的な力によって、人間の生活に様々な影響をもたらすと考えられた不可視の存在。畏敬の念をもって信仰の対象とされた。「天つ神　仰ぎ乞ひ禱《の》み　国つ神伏して額《ぬか》つき　かからずも　かかりも　神のまにまにと立ちあざり　我乞ひ禱《の》めど」（万・九〇四・作者未詳）「霰《あられ》降り鹿島《かしま》の神を祈りつつ皇御軍士《すめらみいくさ》に我は来にしを」（万・四三七〇・防人歌）など、その霊威にすがって種々の祈禱が神に捧げられた。一方、祟りなど畏怖すべき神威が発現される場合には、「荒ぶる神」「荒御霊《あらみたま》」などと呼ばれ、鎮魂のためのわざが行われた。神の枕詞「ちはやぶる」も本来、「玉葛《たまかづら》実ならぬ木にはちはやぶる神ぞつくといふならぬ木ごとに」（万・一〇一・大伴安麻呂）のように、人間に負の報いを与える神の威力の発動を、畏怖の心情から形容した語である。祭祀にあたっては、ひもろぎや社が設置され、土器に捧げ物を盛り幣帛《みてぐら》を奉って呪術的な詞章を唱えるとともに、神楽《かぐら》などの舞楽も奉納された。

香具山・畝傍（山）・耳成（山）　山　海・川　春・霞・秋・紅・神奈備・明日香

『古事記』『日本書紀』『風土記』などの神話・伝承に登場する神々のほとんどは、性別や感情を備えた人格的な形象を有するものとして記される。こうした観念は、たとえば「香具山《かぐやま》は　畝傍《うねび》を愛《を》しと　耳成《みみなし》と　相争ひき　神代より　かくにあるらし　古も　然《しか》にあれこそ　うつせみも　妻を　争ふらしき」（万・十三・中大兄皇子）のような歌に端的に表されているが、この歌では山という自然が神とみなされているように、海、川、道、坂、岩石、樹木などもまた、神そのもの、あるいは神の降臨する特別の地点と考えられていた。ここには、自然の事物に神の存在を感得する汎神論的多神教的な観念が認められる。「神なびの　三諸《みもろ》の山は　春されば　春霞立ち　秋行けば　紅にほふ　神奈備の　三諸《みもろ》の神の　帯にせる　明日香《あすか》の川の」（万・三二二七・作者未詳）などと詠まれる「神奈備《かむなび》」は、そのような神の居所を意味する語である。なお、山の神は「やまつみ」、海の神は「わたつみ」と呼ばれた。また、神は、依代《よりしろ》に宿って託宣を下したり、動物や雷などの姿で示現するとも考えられた。

神は人間にとっての祖先でもあった。「大伴の遠つ神祖《みおや》の奥城《おくつき》はしるく標《しめ》立て人の知るべく」（万・四〇九六・大伴家持）のように、各氏族・各地方にはその由緒由来を説く神話がもち伝えられていたらしい。「かみ（む）さぶ」という語が、遥かな時を経て神々しくなった物のさまを表すように、神々の時代すなわち「神代」は、悠久の太古の謂いであると同時に、「神代より　生《あ》れ継ぎ来れば　人さはに国には満ちて」（万・四八五・岡本天皇）のように、この世に実在する事象の根拠としての祖先たちの時代と捉えられていたことがわかる。

律令

柿本人麻呂の宮廷讃歌などにおける「大君は　神にしませば」のような表現は、こうした神観念を国家的理念によって発展させ、天皇を神と同格の超越的存在として顕揚する志向を打ち出したものである。古代律令国家成立の時期に芽生えたことが、天皇を神とみなす思想の形成と平行して、神に由来する系譜の連続性を明示することで天皇の聖性・超越性を保障するための『古事記』『日本書紀』などの国家神話が成立をみることとなる。

なお、「道の後《しり》　古波陀嬢子《こはだをとめ》を　神の如《ごと》　聞こえしかども　相枕まく」（記・中）のように、雷（いかづち・鳴る神）が、カミと称されることもあった。（石田千尋）

紙屋川　かみやがわ（かみやがは）

山城《やましろ》国の歌枕。鷹《たか》が峰《みね》に源流を発し、北野天満宮《きたのてんまんぐう》の西側を通って、かつての平安京の西京極大路《にしきょうごくおおじ》と平行するように南下し、桂川に注ぐ。現在では下流部は天神川《てんじんがわ》と呼ばれている。九世紀初頭、官立の製紙所である紙屋院が川のほとりに移転してきたために、紙屋川と呼ばれるようになった。紙屋川はのちに、洛中と洛外を分ける境界にもなった。豊《とよ》臣秀吉《とみひでよし》が天正十九年（一五九一）に、洛中防衛のため、西は紙屋川、東は賀茂川《かもがわ》に沿って、「御土居《おどい》」と呼ばれる堤を築いたからである。現在も北野天満宮の西側に御土居の遺構が残っている。

紙屋川は「高陽川《こうや》」とも呼ばれていたらしく、『今昔物語集』二七・四一には、高陽川のほとりで、女の童に化けて、馬に乗って通りかかる人々をだまして馬に乗せてもらおうとする狐の話がでてくる。十五世紀の歌人、正徹《しょうてつ》の家集『草根集《そうこんしゅう》』には、紙屋川を詠み込んだ歌が何首かあり、「紙屋川北野平野の神杉をながれわけたる水の白なみ」と詠まれている。（吉野瑞恵）

山城・歌枕　桂川　賀茂川　童　馬　狐

神山　かみやま

京都市の上賀茂《かみがも》神社の北にある標高三〇〇メートルほどの円錐形の山。上賀茂神社の祭神である賀茂別雷神《わけいかずち》がこの山に降臨したという。現在では五月十二日（古くは四月の中の午の日）の夜に、神職のみで非公開で行われている御《み》阿礼《あれ》神事は、神山の山中に降臨した神を、阿礼と呼ばれる榊《さかき》に憑依させ、本社に移すものである。

和歌で神山を題材とする場合は、賀茂神社との関わりから、榊や賀茂祭の時に飾る葵を詠み込むことが多い。また、「かみ」に「そのかみ（＝当時・昔）」を掛けて「そのかみ山」と呼んで、懐旧の情を表現することも多かった。「神山のふもとになれし葵草ひきわかれても年ぞへにける」（千載・夏）「ほととぎすその神山の旅まくらほのかたらひし空ぞ忘れぬ」（新古今・雑上）は、斎院として賀茂神社に奉仕した経験のある式子《しょくし》内親王が、斎院だったころの思い出を詠んだ歌である。（吉野瑞恵）

賀茂　山　御阿礼　神　榊　和歌　葵　ほととぎす　斎院

冠付　かむりづけ・かんむりづけ

五文字の題に七・五の十二字を付ける雑俳様式。一般に笠付《かさづけ》、また烏帽子付《えぼしづけ》という。元禄《げんろく》（一六八八―一七〇四）のころ上方に登場し広く流行、前句付《まえくづけ》、折句《おりく》と並ぶ雑俳の主要な形式となった。「そばにゐて・つげ口するや後の母」「あたらもの・武士にやりたきむかふ疵《きず》」（夏木立）の類。初期に冠付を主導したのは京俳壇の点者雲鼓《うんこ》で、題の五

雑俳　武士

付合　和歌

文字と付句の十二文字の間の付合《つけあい》性を重視し、『夏木立《なつこだち》』など秀逸な作品を収めた撰集を多数刊行した。

冠付は様々に変化し、百人一首の和歌の五文字を題とする小倉付《おぐらづけ》や、冠付の付句の下五文字を次の題として尻取りのように続けていく長編の段々付《だんだんづけ》、付句は十二文字だが題が五文字に限定されない伊勢笠付《いせかさづけ》などが生まれた。

（深沢了子）

亀　かめ

命・鶴　蛇　賀　丹後

万年の寿命をもつとされ、同じく長寿の象徴である鶴と対にされることも多い。古代には、亀卜という、亀の甲を焼き、そのひび割れをみて将来を占うことも行われた。また、古代中国の四聖獣の一つ玄武は、亀と蛇とを合わせたような姿をしており、これも亀を神聖視した例である。

「わが国は常世《とこよ》にならむ図負《あやお》へる神《くす》しき亀も新代《あらたよ》と泉の河に持ち越せる」（万・一・五十）は、「藤原宮の役民の作る歌」の一部で、甲に不思議な模様のある亀が現れ、神の使いとして、藤原宮の繁栄の瑞兆とみなされたことを詠んだ部分である。また、「鶴亀もちとせののちはしらなくにあかぬ心にまかせはててむ」（古今・賀・在原滋春）は、鶴とともに長寿の象徴として賀の歌に用いられた例である。

『丹後《たんご》国風土記』や『万葉集』などに見られる浦島伝説では、主人公が出会った亀が海神の娘亀比売《かめひめ》で、海中の竜宮で亀比売に歓待される、という話だが、長寿の亀が仙界の動物とみなされていることがわかる。また、『日本霊異記《にほんりょういき》』や『今昔物語集』には、亀の命を助け、後日その亀によって命を救われるという報恩譚があり、これらの伝承が複合して、中世には御伽草子の「浦島太郎」が作られる。

法華経　仏法→仏　酒

『法華経』などには、「盲亀浮木《もうきふぼく》」といわれる話があり、迷っている衆生が仏法に出会うことの困難さを、目の見えない亀が水に浮かぶ木を探しあてる困難さにたとえている。「劫《ごふ》つくすみたらし河の亀なればのりのうききにあはぬなりけり」（拾遺・哀傷・選子内親王）は、そのことを詠んだ例である。

その他、大酒飲み、歩みの遅い者、陰茎などの意を表す用例もある。

（奥村英司）

亀山　かめやま

山・亀　嵐山　大堰川　漢詩→詩　和歌

京都市右京区にある山。亀の尾山とも。形が亀の尾に似ていることから名付けられたという。亀山から嵐山にかけての一帯は、大堰《おおい》川をのぞむ景勝の地であり、現代でも多くの観光客を集めている。建長七年（一二五五）、後嵯峨《ごさが》院が亀山の南東の麓に離宮である亀山《かめやま》殿を造営した。この亀山殿の様子については、『徒然草』五一段に「亀山殿の御池に、大井川の水をまかせられんとて、大井の土民に仰せて、水車を作らせられけり」と記されている。『とはずがたり』巻三では、大井《おおい》殿（亀山殿の殿舎の一つで、大堰川に面している）で、後深草《ごふかくさ》院と亀山《かめやま》院の兄弟が、夜通し管弦の遊びに興じ、漢詩や今様の朗詠をするさまが描かれている。のちに、足利尊氏《あしかがたかうじ》・直義《ただよし》兄弟が夢窓疎石《むそうそせき》を招いて、後醍醐《ごだいご》天皇の冥福を祈るためにこの地に天龍寺《てんりゅうじ》を建立し、現在にいたっている。

和歌に詠まれる時は、「亀山の劫《こう》をうつして行く水にこ

船

ぎくる船は幾代へぬらん」（貫之集）など、長寿の亀の連想から、賀の歌として詠まれることも多かった。（吉野瑞恵）

賀茂　かも

京　都・神　斎宮　斎院

京都の鴨川《かもがわ》（賀茂川）流域の地名。賀茂社の名前で知られる。賀茂社は、賀茂建角身命《かものたけつぬみのみこと》とその娘の玉依媛命《たまよりひめのみこと》を祀る下鴨《しもがも》神社（賀茂御祖《かもみおや》神社）と、玉依媛命の子・賀茂別雷命《かものわけいかずちのみこと》を祀る上賀茂《かみがも》神社（賀茂別雷神社）とを総称したものである。平安京遷都以降、賀茂社は都を守護する神として朝廷との結びつきを強め、伊勢神宮の斎宮にならって弘仁元年（八一〇）に斎院の制度も設けられた。斎院には、未婚の皇女もしくは女王（皇孫）が任じられた。

車　前栽

葵祭と呼ばれて多くの観光客を集める賀茂祭は、平安時代には都に住む人々の最大の娯楽で、『宇津保《うつほ》物語』『落窪《おちくぼ》物語』『伊勢《いせ》物語』『源氏物語』など多くの文学作品に描かれている。現在では五月十五日に行われるこの祭は、古くは四月の中の酉の日に行われた。祭当日の奉幣使《ほうへいし》の行列は、多くの官人や女官たちが騎馬・牛車・徒歩で斎院の輿に付き従う華やかなものであり、都の内外から多くの見物人が集まった。財力ある者は豪華な桟敷《さじき》を設け、物見車に乗る女性たちも、車の装飾に工夫を凝らした。『落窪物語』で、ヒロインの落窪の君が、夫の家族とともに祭見物をする桟敷は「一条の大路に、檜皮《ひはだ》の桟敷いといかめしうして、御前にみな砂子《すなご》敷かせ、前栽うゑさせ、久しう住みたまふべきやうにしつらひたまふ」というものであった。彼らは祭を見物するだけではなく、見られる側でもあったのだ。賀茂祭は男女の出会いの場でもあり、和歌の贈答なども行われた。『源氏物語』葵《あおい》巻には、祭見物にやって来た光源氏に、源典侍《げんのないしのすけ》が歌を贈る場面がある。また、十一月の下の酉の日に行われる臨時祭も、文学作品に登場する。

和歌　祭　和歌

賀茂社には、和歌を奉納することもあった。『蜻蛉《かげろう》日記』には、藤原道綱母《みちつなのはは》が賀茂社に奉納した和歌が記されており、十二世紀末には藤原俊成《しゅんぜい》も百首歌を奉納している。

（吉野瑞恵）

粥　かゆ

米　僧→出家　年中行事　女

米などの穀物を煮て作る食べ物。古くは、水分が少なく、現在の飯に相当するものを「固粥《かたかゆ》」、水分が多く、現在の粥に相当するものを「汁粥《しるかゆ》」と呼んで区別したが、平安時代ぐらいより、もっぱら後者のことをさすようになる。『今昔物語集』巻二八・二十や『宇治拾遺物語』巻二・七に見られる、禅智《ぜんち》（善珍《ぜんちん》）内供《ないぐ》という僧侶が長い鼻を粥の中に落とすという話は、芥川龍之介の『鼻』の原話ともなっているが、ここでの粥が朝粥であるように、粥は貴族や僧侶の朝食として食された。また、粥には呪力があると考えられ、年中行事とも結びつけられた。正月七日の七草粥《ななくさがゆ》は、今日も広く行われる習俗であるが、近世では、薺《なずな》と、その他一、二種を入れる程度であったという（守貞謾稿《もりさだまんこう》）。正月十五日には、小豆粥が炊かれ、粥の中に入れた管の中の粒の数で吉凶を占う「粥占《かゆうら》」が行われたほか、粥を炊くために使った木を削って作る「粥杖《かゆづえ》」で女性の腰を打つと、妊娠、あるいは男子を安産すると信じられた。特に後者につ

女房

いては、『枕草子』に「かゆの木ひきかくして、家の御達・女房などのうかがふを、うたれじと用意して、つねにうしろを心づかひしたる、けしきもいとをかしき」（正月一日は）とあるほか、『とはずがたり』巻二には、後深草《ごふかくさ》院に激しく打たれた女房達が、十八日に仕返しをする話が見られ、古典文学中では、女性達がこの行事を嫌がる様子が描かれている。

（光延真哉）

唐　から

古くは朝鮮の呼称で、のちに中国をさす。唐土《もろこし》ともいう。また、天竺《てんじく》（インド）との対で震旦《しんたん》ともいい、『今昔物語集』は、天竺、震旦、本朝の三部から成る。

錦　鏡　猫　須磨

「から」は、文明の先進国であるため、舶来の文物は、高級、絢爛、瀟洒なものと受けとめられた。「唐錦《からにしき》」「唐《から》綾《あや》」「唐鏡《からかがみ》」などをはじめ、「唐物《からもの》」は珍重された。「唐衣《からぎぬ》」は、女子の正装の上着である。女三宮《おんなさんのみや》の飼い猫は「唐猫《からねこ》」であり、須磨《すま》の光源氏の住まいは、沈淪の身でありながら趣向を失わない「唐めいたる」ものであった。かぐや姫の求婚者阿部《あべ》の御主人《みうし》が、もろこしの「わうけい」なる商人に火鼠の皮衣の入手を依頼するのは、「から」が交易の中心として繁栄していると見られていたためである。なお、室町時代以降になると、「唐物」は、ポルトガルやオランダのものをもさした。「から」の学問は、漢才《からざえ》（単に「ざえ」とも）と呼ばれ、官僚貴族に必須のものであったが、「才

才

をもととしてこそ、やまとだましゐ（実務能力）の世に用ゐらるる方も強うはべらめ」（源・少女）という光源氏の言葉には、和漢の融合を重視する紫式部の考えがうかがわれる。

『宇津保《うつほ》物語』の俊蔭《としかげ》は遣唐使として唐をめざしながら波斯《はし》国《こく》に漂流する。『松浦宮《まつらのみや》物語』の主人公も遣唐使であり、『浜松中納言《はままつちゅうなごん》物語』は、唐を初めて舞台にした作品である。円仁《えんにん》の『入唐求法巡礼行記《にっとうぐほうじゅんれいこうき》』は貴重な滞在記録であり、『成尋阿闍梨母集《じょうじんあじゃりのははしゅう》』には、渡宋する成尋との悲痛な別れを嘆く母の姿がある。

平家

平家の繁栄を支えた日宋貿易、五山文学の隆盛、堺の繁栄を背後に栄えた上方の文化・文学など、「から」との関わりは長く日本文学に影響を与えた。「から」に対する思いには、尊敬や憧憬とともに劣等感や日本への自負が入り混じるが、日本の古道を求めた本居宣長《もとおりのりなが》が、中国文化およびそれへの追随を「唐心」として排斥しようとしたのは、その極端な現れである。

心

（高田祐彦）

唐崎　からさき

近江・歌枕

近江《おうみ》国の歌枕。大津《おおつ》市下坂本《しもさかもと》町。琵琶湖畔の景勝地で、『枕草子』には「崎は、唐崎」とある。和歌にも、さざ波、風、月などとともに様々に詠まれている。一方、「唐崎の一つ松」（説経節『愛護若』など）、近江八景の一つ「唐崎の夜雨」としても著名。

和歌・波・風・月

雨

『万葉集』には「ささなみの志賀の辛崎さきくあれど大宮人の船待ちかねつ」（万・一・三十・柿本人麻呂）がある。この船は滅びた大津京の官人達の宴遊の船であろう。人麻呂が荒都となった京を過ぎた時の歌であるが、唐崎が奈良

船

奈良

から北陸への交通の道筋にあたっていたことは、『日本霊異記《にほんりょういき》』中・二四話によっても知られる。

禊

平安時代には、水辺の祓（禊）の地であった。『蜻蛉日記《かげろう》』天禄元年六月に祓の記事が見られる。夫藤原兼家《かねいえ》との不仲により行われた祓だが、それはまた気分転換、行楽のための小旅行でもあった。

障子・絵
神

和歌には障子絵歌「みそぎするけふからさきにおろすあみは神のうけひくしるしなりけり」（拾遺・神楽・平祐挙）などがある。

（新谷正雄）

唐泊・韓亭　からどまり

筑前
歌枕

博多湾口に位置する、現在の福岡市西区宮浦。筑前《ちくぜん》国の歌枕。「亭《とまり》」は、外国への出港と縁の深い港をさすという。

新羅

『万葉集』には、「韓亭《からどまり》能許《のこ》の浦波立たぬ日はあれども家に恋ひぬ日はなし」（十五・三六七〇）という歌がある。これから海を渡って新羅《しらぎ》に行こうとする遣新羅使の一員の歌である。

都

『源氏物語』玉鬘《たまかずら》巻には、玉鬘一行が九州から瀬戸内海を通って都に戻る場面に、「例の、舟子ども、『唐泊より川尻おすほどは』とうたふ声の情なきもあはれに聞こゆ。」という一節がある。

播磨

この「唐泊」は、瀬戸内海を航行する時に立ち寄る港で、播磨《はりま》国、現在の姫路市的形《まとがた》町福泊かという。『狭衣物語《さごろも》』にも、主人公・狭衣が、瀬戸内海を航行中に入水した恋人・飛鳥井《あすかい》の姫君《ひめぎみ》を想って「唐泊底の藻《も》屑《くず》も流れしを瀬々の岩間もたづねてしがな」と詠む場面がある。

（吉野瑞恵）

雁　かり

秋・春

ガンカモ科の水鳥。秋に北方から飛来して、春に帰る渡り鳥。

霊（たま）・魂（たましい）・舎人

古来、鳥のいくつかには異界と現世との間を天翔けて霊魂を運べる力があると信じられてきたが、この雁もその一つである。『万葉集』の舎人《とねり》らの詠んだ日並皇子《ひなみし》挽歌に「とぐら立て飼ひし雁の子巣立ちなば真弓《まゆみ》の岡に飛び帰り来ね」（二・一八二）とある。「とぐら」は鳥小屋、「真弓の岡」は亡き皇子を祀《まつ》る殯宮《ひんきゅう》の地。雁が死者の魂を運ぶという観念を前提に、鳥小屋を建てて飼った雁の雛《ひな》が巣立ったら真弓の岡に飛び帰って来てくれ、と願う歌になっている。

月

雁が渡り鳥であるところから、秋は「来る雁」、春は「帰る雁」と区別される。古くからそれが意識されていたが、『古今集』以後一層顕著となる。秋の歌に「白雲に羽うちかはし飛ぶ雁の数さへ見ゆる秋の夜の月」（古今・秋上・読人知らず）とある。皓々《こうこう》たる月光に翼を輝かせながら飛んでいく雁の列を詠んでいる。

朝・夕・霧
紅葉・時雨

あるいは、朝夕の濃い霧がたちこめると、姿を見せぬまま雁が列をなして天空を飛び渡る。折から、紅葉も美しく、時雨もさっと降り出す。そうした秋の景物と組み合わせられて多くの歌が詠まれた。

『源氏物語』少女《おとめ》巻、源氏の幼い子息の夕霧《ゆうぎり》が、同じ邸内で育てられていた内大臣（頭中将《とうのちゅうじょう》）の幼い姫君と親しい仲になっていた。しかし、この幼い恋仲は、姫君の父大臣の思惑から引き裂かれてしまう。折から雁が夜空を鳴いて渡るころ、姫君を次のように語る。「（姫君は）幼き心地にも、とかく思し乱るるにや、『雲居の雁もわがごとや』と独りごちたまふけはひ若うらうたげなり」。思わず口ずさんだ歌とは「霧深き雲居の雁もわがごとや晴れせず物の悲しかるらむ」。下の句は、雁も私のような者なのか、晴れやらぬ物悲しさを抱《いだ》いているのだろうか、の意。読者はこれによって、この姫君を雲居雁《くもいのかり》と呼ぶようになった。

霞　里　花　冬　魂

春の「帰る雁」を詠んだ一首に、「春霞立つを見すてて行く雁は花なき里に住みやならへる」（古今・春上・伊勢）。春霞の立つのを見捨てて北の国に帰って行く雁は、花の咲かない里に住むのが習性になっているのか、の意。この雁を待ち受ける北の国は、長旅に疲れた心をいやしてくれるような花の国ではなく、むしろ荒寥とした原野に近い。ほとんど冬から冬へと飛び渡るように運命づけられている雁には、しょせん、魂の安息を与えてくれる故郷などないに等しい。これは、魂の安息をもちえない者の、深い悲しみの歌になっている。

中国の故事をもとにした言葉に、「雁の使《つかひ》」「雁の玉章《たまづさ》」「雁の便り」があり、手紙をもたらす使者としての雁を意味する。前漢の蘇武《そぶ》が匈奴《きょうど》に囚《とら》われたとき、匈奴が蘇武はすでに死んだと偽ったのに対して、漢の使者が「天子が射た雁の足に蘇武の手紙がつけられていた」と言ったので、蘇武が漢に返されたという故事である。

俳諧　田

近世の俳諧でも雁が多く詠まれ、特に晩秋の哀感の作が注意される。「病雁の夜寒に落ちて旅寝かな」（芭蕉）「二羽二羽と数へて悲し雁ひとつ」（蓼太）「雁鳴くや月の入るさの風悲し」（白雄）「田の雁や里の人数は今日も減る」（一茶）など。

（鈴木日出男）

狩衣　かりぎぬ

公家・武家→　武士・鷹

公家の略装。後世武家の礼服となる。もとは鷹狩りなどのために着用したところからの呼称。歌語としては「狩衣《ごろも》」。円領《まるえり》、上頸《あげくび》で、袖付はうしろの部分を少し縫い付けるのみで、前身頃は縫わずに大きく開けてある。袖口には括りの緒がついており、引きしぼることができ、この衣服が元来は野外での活動に適した機能であったことを思わせる。古くは布（麻や苧《からむし》など）製であったところから、布衣《ほうい》と呼ばれ、狩袴《かりばかま》・烏帽子《えぼし》とともに着用した。『伊勢《いせ》物語』初段で、昔男が女に歌を贈るべくその裾を切ったという狩衣は、時代的に見ても、また「狩りにいにけり」とある本文から見ても、実用向きな布製の狩装束であったことを思わせる。

藍　春日　大原野・行幸

ちなみに、これがしのぶ摺《ず》りの狩衣であったことは有名である。しのぶ摺りというものが具体的にどのような形態を有するかは未詳ながら、摺り染め（山藍《やまあい》などで模様を摺って染める）の一種であることに疑いない。狩衣の意匠にはこの摺り染めをよく用い、『伊勢』には一一四段にも「摺り狩衣」の用例も見える。初段では「春日野の若紫の摺り衣《ごろも》しのぶの乱れ限り知られず」と詠まれる。「摺り衣」（「摺衣《すりぎぬ》」ともいう）も同様。『源氏物語』行幸《みゆき》巻において、大原野《おおはらの》行幸の一添景として「近衛の鷹飼どもは、まして世に目馴れぬ摺り衣《ごろも》を乱れ着つつ」と描くのは、この行幸の絵のような華美さの表出であると同時に、やや大時代な印象を醸し出す効果を有すると思われる。

ところがこうした狩装束としての実用性は平安時代中期

物語　須磨・明石　直衣

ごろから薄れていき、次第に狩衣は貴族の外出着という趣がまさってくる。特に貴公子の微行の際に、人目を憚るやつし姿として、物語には登場することが多い。夕顔《ゆうがお》のもとに正体を隠して通う光源氏（源・夕顔）や、宇治の姫君に逢いに行く匂宮《におうのみや》（総角）も、「狩の御衣《おんぞ》」に身をやつしている。須磨《すま》・明石の謫居時代にも源氏は狩衣を着用することが多かったようで、帰京後栄達した彼の直衣《なおし》姿を明石の君がまばゆく眺めるという描写に、「やつす」衣装としての狩衣の性格が端的に現れている。

（藤本宗利）

猟路の小野　かりじのおの（かりぢのをの）

宇陀　大和・伊勢　池　馬　小野・猪　天（てん）・春

猟路は、現在の奈良県宇陀《うだ》市（旧宇陀郡榛原《はいばら》町）にあたるかという。柿本人麻呂《かきのもとのひとまろ》の歌で知られる阿騎野《あきの》も宇陀郡に位置し、この辺りは猟場として知られていた。旧榛原町は大和《やまと》と伊勢《いせ》とを結ぶ交通の要所でもある。

人麻呂の歌に、長《なが》皇子（天武《てんむ》天皇皇子）が「猟路の池」に狩に出かけたときに供奉して詠んだ歌がある。「猟路の池」は、宇陀《うだ》川と東川との合流地点に水が溜まりやすかったことから「池」と称したのではないかという。「やすみしし　わご大王《おほきみ》　高照らす　わが日の皇子《みこ》の　馬並《な》めて　み猟《かり》立たせる　弱薦《わかこも》を　猟路の小野に　猪鹿《しし》こそば　い匍《は》ひ拝《おろが》め　鶉《うずら》こそ　い匍ひ廻《もと》ほれ　猪鹿じもの　い匍ひ拝《おろが》み　鶉なす　い匍ひ廻ほり　恐《かしこ》みと　仕へ奉りて　ひさかたの　天《あめ》見るごとく　真澄鏡《まそかがみ》　仰ぎて見れど　春草の　いやめづらしき　わご大王かも」（万・三・二三九）がそれで、鹿や鶉といった狩の獲物を前にして、宮廷歌人としての任務に基づき皇子を賛美した歌である。

（吉野瑞恵）

軽み　かるみ

俳諧　付合　貞門・談林　心　桜

俳諧用語。発句・連句に共通する蕉風俳諧の美的理念であり、大きく三期に分けて考えられている。

第一期は元禄《げんろく》二年（一六八九）の『奥の細道』の旅中で、このころ松尾芭蕉《まつおばしょう》は自覚的に軽みを考えるようになったと思われる。旅の途中、金沢《かなざわ》の北枝《ほくし》と山中《やまなか》温泉で巻いた歌仙には、芭蕉が古い付合語《つけあい》に頼る句を「重し」として退ける評が残っている。新しみの不断の追求という蕉風俳諧の根本精神に基づき、貞門《ていもん》・談林《だんりん》風の古びた重い句から脱却するため、その反対の概念として軽みが意識されるようになったのであろう。

第二期は元禄三、四年の『ひさご』『猿蓑《さるみの》』編集期である。当時京俳壇には景気の句に人生や世相を観ずる語を詠み込む重苦しい感じの句が流行していた。芭蕉はこれに対し、露骨な観相の言葉は用いず、素直な表現の中におのずと作者の心が伝わるような句作りを志向した。元禄三年の「木のもとに汁も鱠《なます》も桜かな」の自作に対し「花見の句のかゝりを少し心得て軽みをしたり」（三冊子）と述べたというが、この句の場合も日常卑近な食物をリズムよく軽々と詠み込みつつ、花見の風情を充分伝える点が芭蕉を満足させたのだと思われる。

第三期はそれ以降最晩年までで、作為性の強い点取《てんとり》俳諧への反発として模索され、芭蕉が最も熱心に軽みを説いた時期である。『炭俵《すみだわら》』『別座舗《べつざしき》』『続猿蓑』にみられるように、日常の中に詩を発見し、それを日常の言葉で表現しようとした試みであった。子珊《しさん》は『別座舗』の序で「翁、今思ふ体は浅き砂川を見るごとく、句の形・付心ともに軽きなり。」と芭蕉の言葉を伝えている。当時の芭蕉が、砂地をさらさらと流れる浅い川のような、停滞感のないあっさりした句境を目指していたことがうかがわれる。

なお無作為・無心につながるこうした軽みという美的理念は、芭蕉独自のものではなく、茶道や華道など当時の諸芸道にも通じる概念であった。

（深沢了子）

翁　無心

歌論　かろん

歌論は、和歌に対する評論。これに対して、和歌の言葉などへの学問的な考察もあり、歌学と呼んでいる。しかし実際には二者の境界が曖昧なので、歌学をも含んで広く歌論とする方が、むしろ普通である。その歌論は、古く『古今集』の時代から行われ、日本の評論文学の主要な分野となってきた。

『古今集』の「仮名序」（紀貫之）は、まとまった歌論の先駆をなすものとして注目されてきた。その冒頭に「やまと歌は、人の心を種として、万《よろづ》の言《こと》の葉とぞなれりける」とあるのは、心と言葉の関係を「種」と「葉」の比喩によって和歌の本質を論じたもの、いわゆる心詞《しんし》論である。和歌の表現において心と言葉（詞）をどのように関わらせるかの課題は、以後の歌論の最も重要な勘どころとなる。花と実の比喩による花実論も、その延長にある。

平安時代の歌論の著者として名高いのは、藤原公任《きんとう》・源俊頼《としより》・藤原清輔《きよすけ》などがいる。とりわけ俊頼の『俊頼髄脳《としよりずいのう》』は作歌の心得をはじめとして、和歌に関する故実や説話の類も多い。また清輔の『袋草子《ふくろぞうし》』『奥義抄《おうぎしょう》』などは歌学の範疇に属する。

和歌　心　詞　花

鎌倉時代にはいると、藤原俊成《しゅんぜい》・定家《ていか》の父子が歌論においても新境地を開いていく。俊成の『古来風体抄《こらいふうていしょう》』は、韻律や映像の効果からかもし出される余情幽玄の美を重んずる歌論を展開したもの。定家の『毎月抄《まいげつしょう》』『近代秀歌《きんだいしゅうか》』などでは、具体的な例歌に即しながら、詞《ことば》と心の関係や、本歌取りの表現技法などを論じた。ここでは、伝統的な言葉をさらに彫琢《ちょうたく》することによって、心の新鮮な感動を表現しようとする考え方に立っている。「仮名序」以来の心詞論を新しく展開させたことになる。この俊成・定家の論は強い影響力をもつようになり、室町時代末までの中世期に、その延長上に多くの歌論が著された。そのなかでも、鎌倉時代の京極為兼《きょうごくためかね》と、室町時代の正徹《しょうてつ》の著作が注目される。為兼の『為兼卿和歌抄《ためかねきょうわかしょう》』は、革新的な京極派からの立論として、斬新な歌風を提唱する。また正徹の『正徹物語』は、定家に帰ることを理想とする歌論となっている。

幽玄　秀歌

江戸時代になり、やがて和歌制作が町人階層に浸透していくと、歌論も新しい動向を示すようになる。そこには、契沖《けいちゅう》の『万葉集』の画期的な研究である『万葉代匠記《だいしょうき》』を出発点として、新しい古典学としての国学の考え方が強く影響するようになる。賀茂真淵《かものまぶち》は、『新学《にいまなび》』などの著作で、国学を学ぶためにも、万葉調の和歌を制作すべきだと説いた。「ますらをぶり」とも称される歌風の提唱である。しかし後に香川景樹《かがわかげき》は、これに反対して『新学異見《にいまなびいけん》』を著して、内容と形式の調和を意図する古今調の歌風を提唱した。『古今集』を理想とするこれは、「調べの説」ともいわれる。また、時代的には真淵と景樹との間に位置する本居宣長《もとおりのりなが》は自ら新古今調を理想として数多くの歌を詠んだが、一方では『石上私淑言《いそのかみのささめごと》』などで和歌とは何かを考えた。それによれば、和歌とは人の魂をゆり動かす「もののあはれ」に、その本質があるとした。（鈴木日出男）

魂

川　かわ（かは）

吉野
賀茂
山城
斎院・禊

古代、人は川に聖なるものを感じ取っていた。聖地吉野では清き川が歌に詠まれ、また賀茂川《かもがわ》上流から流れてきた丹塗矢《にぬりや》は、玉依日売《たまよりひめ》を懐妊させた（山城国風土記）。川のもつ清浄さは、賀茂の斎院の御禊《みそぎ》や夏越《なごし》の祓えなどとして残った。

水
飛鳥・宇治・吉野
世

「行く川の流れは絶えずして、しかももとの水にあらず」と『方丈記』冒頭にいうように、川は、変化の尽きないものでもあった。そこから、家の伝統にたとえられたり恋の成就への望みが託されたりした。急流の飛鳥川《あすかがわ》や宇治川《うじがわ》、吉野川《よしのがわ》に寄せて、激しい恋心を詠み、また、流れの変化には、無常の世を感じ取ることもあった。

竜田・紅葉・網代・柴・霧・橋・千鳥・花

川は、さまざまな景物とともに歌に詠まれた。とりわけ、竜田川《たつたがわ》の紅葉、宇治川の網代、柴積《しばつ》み舟、川霧、宇治橋、また、千鳥や魚、そして水に映る花などである。そうした風情は人々を遊覧に誘い、さらには河畔の別荘の造営に至る。源融《とおる》の河原院《かわらのいん》、惟喬《これたか》親王の渚院《なぎさのいん》、平安時代後期の鳥羽離宮などが代表的である。

男
謡曲
都
世
女
富士川
妻
説話

しかし、川は、何といっても陸地を隔て、境をなすものであった。はるばる東国へ旅した「昔男」は、隅田川のほとりに至って、激しい望郷の思いにかられる。謡曲『隅田川』の母子離別は悲痛である。国の境であるだけでなく、時には現世と来世の境と見なされることもあった。宇治の平等院は、京の都から見て川向こうに作り上げられたこの世の浄土であっただろう。川を渡るという行為は、古今東西、大きな決断の証であった。人々の非難に抗い恋する人のもとへ向かう『万葉集』の女性は「いまだ渡らぬ朝川《あさかは》渡る」（二・一一六・但馬皇女）と詠んだ。川が二つの世界を分かつのは、戦いともつながり、宇治川や富士川など、数多くの戦乱の場となった。死とのつながりでは、入水の歴史、すなわち、兄に皇位を譲るため入水した菟道稚郎子《うじのわきいらつこ》や、妻争い説話の女性たち、そして『源氏物語』の浮舟《うきふね》の話なども忘れがたい。（高田祐彦）

川口（河口）　かわぐち（かはぐち）

関
妹
伊勢

現在の三重県津市。奈良と伊勢とを結ぶ川口道に位置し、岫田関《くきだのせき》とも呼ばれる関所が置かれていた。

「河口の野辺に廬《いほり》て夜の経れば妹が手本《たもと》し思ほゆるかも」（万・六・一〇二九・大伴家持）は、天平十二年（七四〇）に聖武《しょうむ》天皇に供奉して河口の行宮《あんぐう》に滞在した折に詠まれたものである。『続日本紀《しょくにほんぎ》』巻十三によれば、藤原広嗣《ひろつぐ》が叛乱を起こしたことに衝撃を受けた聖武天皇は、「関東に行こうと思う」と言い残して旅立ち、伊勢に向かったが、河口の行宮で広嗣が捕えられたという知らせを受けた。

催馬楽《さいばら》「河口」は、「河口の　関の荒垣《あらがき》や　関の荒垣や　まもれども　はれ　まもれども　出でて我寝ぬや　関の荒垣」というもので、子を監視する親を河口関にたとえ、その親の目をかすめて逢う恋人どうしを歌ったものである。「河口の関の荒垣まもれどもいらで我寝ぬしのびしのびに」（古今六帖）も同種の発想の歌である。　（吉野瑞恵）

親

河原院　かわらのいん（かはらのゐん）

邸（やしき）

陸奥・塩竈

霊

行幸

左大臣源融《とおる》の邸宅（東六条院）で六条坊門南、万里小路《までのこうじ》東八町にあった。豪壮な構え、園池の造作は贅を尽くし、陸奥《みちのく》の塩竈《しおがま》の浦に倣うとされ（伊勢・八一、古今秘注抄）、多くの貴公子が風流韻事に集った。融没後は往事をさびしく回顧する歌（古今・八四八・源能有、八五二・貫之）も残るが、子の大納言昇《のぼる》により宇多上皇に進上され、京極御息所《きょうごくのみやすどころ》（藤原時平女褒子）の居となる（大和・六一）。渡御の折、融の亡霊が現われて、上皇が一喝（今昔・二七、宇治拾遺・十二）したり、霊が上皇の腰を抱き御息所が失神した奇譚（江談抄・三、古事談・一）もよく知られている。その背景には上皇が悪趣に堕ちた融を救済しようと七寺で諷誦を修した願文（本朝文粋・十四・延長四年・紀在昌）があり、そこでは融の亡霊との問答も見えて注目される。その後は醍醐《だいご》天皇の行幸もあり（西宮記・臨時五・行幸）、院の孫の源英明《ふさあきら》の詠詩も残るが、上皇没後は荒蕪の地と化していたようだ。やがて融の曽孫の安法《あんぽう》法師の居となり、源順《したごう》・恵慶《えぎょう》・清原元《きよはらのもと》輔《すけ》・源兼澄《かねすみ》・源重之《しげゆき》・平兼盛《かねもり》・大江嘉言《おおえのよしとき》らと歌道に研鑽を積む。彼ら河原院の歌人グループは栄利を離れた風雅の交遊と実作の鍛錬を経て当代一般とは異なる私的抒情の世界を切り開いて歌壇に新風を送った。源順の名作「河原院《かわらのいん》賦《のふ》」（本朝文粋・一）には盛事の懐古とともに変衰をへた現況が無常観を揺曳させながら認められている。安法没後は荒廃の一途を辿《たど》ったと思われるが、正暦二年（九九一）三月、仁康《にんこう》上人による五時講供養で再び脚光を浴びる。彼は寄進を集めて丈六の釈迦仏を造り仮堂を建立し、厳久《げんきゅう》・明豪《みょうごう》・静仲《せいちゅう》・静昭《せいしょう》・清範《せいはん》という当代きっての高僧の出講を迎えて説経・論議を行った。聴聞には恵心《えしん》・覚運《かくうん》・真興《しんこう》・清《せい》海《かい》ら七大寺の僧が挙《こぞ》って参集し、寂心《じゃくしん》（慶滋保胤）・寂照《じゃくしょう》（大江定基《おおえのさだもと》）らも参加している。その願文（本朝文粋・一）の作者は文章博士大江匡衡《まさひら》、清書は後世三蹟の一人に挙げられる藤原佐理《すけまさ》という豪華な顔ぶれであった（続古事談・四）。その後は文学の世界からは消え、久寿二年（一一五五）・平治元年（一一五九）・建仁三年（一二〇三）の焼亡を経ながら室町時代にも存続していたことが知られる。なお、光源氏が夕顔《ゆうがお》と泊った「なにがしの院」（源・夕顔）は河原院のことかとするのが古注以来の説であり、能の「融」は河原院にまつわる伝説をもとに作られた世《ぜ》阿弥《あみ》の傑作である。　（本間洋一）

僧→出家

能

願　がん（ぐわん）

心・神・仏

いつも心にかけねがい求めること。（神仏などに）自分の思いや期待がかなうよう願うこと。仏教では、仏は衆生を救おうと菩薩（さとりを求める人）の時に願をたて、衆生はさとりを得るために修行にあたって願（自己の願いの実現への努力や実現後の実践の誓いも含む）をたてるともいう。かぐや姫を何とか迎えたい五人の貴公子が「祈りをし願を立」てたり（竹取）、上巳《じようし》のころ須磨《すま》で暴風雷雨に遇った光源氏は此世《このよ》の終わりかと思うほどに「住吉の神近き境を静め守り給ふ。まことに跡を垂れ給ふ神ならば助け給へと多くの大願を立て……海の中の竜王、よろづの神たち」（源・須磨）にも願を立てたとあり、その願の相は様々で、心中に念ずるものから、精進潔斎して参詣したり祈禱したりして成就を期するものまでまちまちである。「わが祈る願ひの糸の年をへてあはでしもやは秋の七夕」（土御門院御集・四七）はおそらく「憶得少年長乞巧、竹竿頭上願糸多」（朗詠・七夕・二一二・白楽天）と詠まれる如く、七夕に少年少女が文事や裁縫の上達を二星に祈ったことに因む。五色の糸を竿先にかけて針に糸を通し、梶の葉などに願いごとを書いた。また、平安時代の仏教では、臨終の折、五色（青・黄・赤・白・黒）の糸を阿弥陀仏の手から自分の手にかけわたし念仏を唱えながら浄土に導かれることを願うことも行われた。

また、「願文・表・博士の申文」（枕・文は）とあるように、仏事を行う時に施主の祈願の旨を記したものを願文といい、重要な漢文体の一つとされ、ことに平安時代中期以降数多く作られるようになり、形式も整えられ、代表的なものが『本朝文粋《ほんちょうもんずい》』（十三、十四）『本朝続文粋《ほんちょうぞくもんずい》』（十二、十三）『江都督納言願文集《ごうととくなごんがんもんしゅう》』『本朝文集《ほんちょうぶんしゅう》』などに所収されている。

（本間洋一）

須磨　住吉　海　祈禱　糸　七夕　葉　色　念仏

漢語　かんご

中国では中国語そのものをさすが、日本では、漢字だけ、しかも、その中でも漢字の音《おん》だけを用いて書き表される語をいう。その中には中国で作られ、日本に移入された語もあり、日本で使い出された語もある。後者の場合も、前に挙げた条件を満たすならば漢語と呼ぶ。日本語の語彙は、厳密に考えれば、その境目はやや曖昧な点もあるが、「和語」「漢語」「外来語」の三種類に分類される。「外来語」とは外国で使われたものが、日本に伝わり、日本語として定着したものをいう。その源となる言語には種々の国の言葉があるが、日本語として一般化しない語は、外来語とはいわず、外国語という。外来語は片仮名で表記されるのが一般であるが、「てんぷら」「たばこ」など、長い間、日本語として使われていて、平仮名で書いても不自然とは感じないような外来語もある。また、中には「ナイター」「ガムテープ」「キャッシュカード」「キャッチボール」「オムライス」などのように、日本で考え出された、いわゆる和製の外来語もあるし、「ビフテキ」「パソコン」「ワープロ」のように、日本語の中で省略された形で使われ、その形では外国語としては使われない語もある。また、「デッドボール」などのように、本来の意味とは異なる意味を日本語の中で与えられた語もある。「豚カツ」のように複合された形の語もある。様々であるが、外国語に源があり、日本語として使われれば外来語である。

外来語をそのように定義すれば、「読書」「書籍」などは、

漢字　仮名

中国から伝来した語であるから、外来語といってもいいことになるが、漢字を通して日本語の中に伝わった語は「漢語」と呼び、「外来語」とは区別するのが普通である。

漢語は漢字一字で使われることは少なく、二字で一語となって使われることが多い。その訳は、漢字を音読する際、仮名二文字で捉えることが多く、それでは同音異義語が増え、日常の言語生活では不便であるからである。少なくとも二字で一語が作られれば仮名四文字となり、それだけ同音異義語が減るので、好都合である。それは、源の中国でも同様で、二字を組み合わせることが多い。現在は、新しい事物が外国から伝わると発音を真似た片仮名の言葉を作り、使うことが多い。「アイデンティティ」など、「自己同一性」と訳したとしてもわかりにくく、むしろ、もとのままの方がわかりやすい。しかし、幕末から明治時代初期、日本に移入された西欧の文物はほとんどが二字の漢語化された。「科学」「文学」「哲学」「経済」「技術」「蜜月」など、異なる意味の漢字二字で表すことで一語の意味が複雑になり、しかも、発音は四音節以下に抑えらえる。その結果、新しい文物が容易に自国の物に同化されることとなった。日本の近代化はそのようにして達成されたのであって、漢字・漢語は日本を近代化する上で非常に大きな役割を果たしたといって言いすぎではない。

漢語は短い音で複雑な内容を表すことから、文章の中で緊張が得られ、リズムが得られる。漢語が少なく和語の多い文章からは冗漫な感じすら生まれる。漢語を使うことで文章に引き締まった感じが出る。そこにも漢語の価値があるが、しかし、話を聞いた時、何を言おうとしているのか、文字を想起せねばという場面があることは確かである。漢語の使い過ぎが戒められる点である。夏目漱石《なつめそうせき》『坊つちやん』には、職員会議の描写で画学の教師野だの発言に対し、「野だの云ふ事は言語はあるが意味がない、漢語をのべつに陳列するぎりで訳が分らない。分つたのは徹頭徹尾賛成致しますと云ふ言葉だけだ」という一節がある。これには、主人公の発言者本人への好悪の念が大いに左右している部分があったに違いない。確かに、そこまで漢語をと感じるが、その裏面には自己の発言を重々しいものにしようという魂胆の持ち主であることを、漱石は意識したのであろう。「元よりといふべきを、『元来の』『根元の』といふはすさまじ」（女重宝記・一）「此人は聞覚えの分からぬ漢語を交ぜて妙な言を云ひます」（三遊亭圓朝・霧陰伊香保湯煙）など、避けるべきことであり、「此頃、鴨東の芸妓少女に至るまで漢語を好み、霧雨に盆地の金魚が脱走し火鉢が因循してゐるなど何のわきまへもなくいひ合ふこととなれり」（都鄙新聞・一八六八年）、落語「垂乳根《たらちね》」で大家さんが女性の御殿言葉に戸惑い、それならと「今朝《こんちよう》は怒風激しく、小砂眼入す」と答えたなど笑止の例がある。そして、「佶屈原牙の漢文に倣はず、艶麗嫺雅の漢語を模さず、務めて平易の文字と通常の言語を用ひしより、世の後進輩靡然として其風に習ひ」（宇田川文海・（圓朝作）松の操美人の生埋・序）、「四角張つた漢語を省き、舌足らずの和文を脱し、自由自在に思の儘を書記さうといふ一点から俗文に為さつたのでしやう」（山田美妙・新編浮雲）という方向へ進んだのである。

（山口明穂）

函谷関　かんこくかん（かんこくくわん）

関

　中国の河南《かなん》省西部に位置し、西安と洛陽を結ぶ交通の要地に築かれた関。絶壁に囲まれた谷に築かれ、箱のような形をしていることから名付けられた。戦国時代に設けられた古関（河南省霊宝県）と、前漢《ぜんかん》の武帝の時代に東に移された新関（河南省新安県）とがある。

鶏

　函谷関は、孟嘗君《もうしょうくん》の「鶏鳴狗盗《けいめいくとう》」の故事で知られる。『史記《しき》』孟嘗君伝では、秦の昭王の追っ手に追われた孟嘗君が、夜半函谷関に着いたが、関の門は夜明けを告げる鶏の声が聞こえないと開かない。そこで孟嘗君は、鶏の鳴きまねのうまい食客にまねをさせたところ、近くの鶏が鳴きはじめて、無事に関を通過できたとする。『枕草子』「頭の弁の、職にまゐり給ひて」段には、逸材として知られた藤原行成《ゆきなり》と清少納言が、この故事をふまえた丁々発止のやり取りをする場面が記されている。『百人一首』でも知られる「よをこめてとりのそらねにはかるともよに逢坂の関はゆるさじ」（後拾遺・雑二・清少納言）は、この時の歌である。

逢坂

（吉野瑞恵）

漢字　かんじ

文字

　漢字は意味を表すとして「表意文字」といわれた。音も表すにもかかわらずこの名が使われて来たのは、文字である以上、音は表すのは当然で、そこに意味までもの考えがあってできた名称だからである。つまり、表音文字（アルファベット）の世界で作り出された名称であり、漢字の実体を正しく捉えた名称ではない。そこから表語文字の名称ができた。漢字は一字が一語に対応している。漢字を作り出した中国文化がいくら進んだものであったとしても、やはり、話し言葉が先にできたに違いない。先にできた話し言葉を文字で書き表す、それが漢字なのであるから、語を表す文字「表語文字」という言い表し方が正しいとされる。しかし、伝統的な表意文字はなかなかに正されることはなく、相変わらず使われている。

　漢字は中国語を表す文字として使い出された文字であり、日本にいつ伝わったかわからない。『古事記』や『日本書紀』の記述によれば、応神《おうじん》天皇の時代に百済の王仁《わに》が『論語』『千字文』などを伝えたのに始まるとされる説が古く行われたが、とても信じることはできない。また、中国本土で漢字がどのように作られたかもわからない。しばしば黄帝（中国古代伝説上の天子）の時代に蒼頡《そうけつ》（倉頡とも書く）が鳥の足跡を見て作ったという説があるが、俗説であり信じるに足りない。ただ現在は紀元前十四世紀～前十一世紀にかけて中国統一の殷王朝の時代に漢字の起源に当たるものがあったことは出土品から確かとされる。殷王朝の跡（河南省安陽市の北西郊。殷墟と呼ばれる）の発掘が一九二八年以降行われ、様々の出土品の中に獣骨・亀甲があり、それには人工的な傷跡があって、それが何らかの文字ではないか、さらに、それが殷王室で行われた占いの記録とわかり、古い文字の跡として契文《けいぶん》あるいは亀甲獣骨文字（略して甲骨文字とも）と名づけられた。甲骨文字は後の漢字に発展する、いわば漢字の起源とされた。単純に考

百済

えれば漢字はほぼ三千年に及ぶ古い文字であるということになる。

漢字では「六書《りくしょ》」ということがある。後漢の許慎《きょしん》『説文《せつもん》』の中に現れるもので、漢字の書き表し方として許慎が六種類に分類した「象形・指事・会意・形声・転注・仮借」の六種類をいう。以前は「象形・指事」という漢字の作られ方と「会意」以下四通りの漢字の使用法を説いたとされた。今もその説は根強い。しかし、この解釈は正しくない。ここで許慎の意図した内容は、中国語を漢字で書き表す六通りをいったことなのである。前述したように一字の漢字は一語の中国語である。許慎の考えは、それぞれの漢字がどういう考え方に基づいて使われたのかなのである。

漢字は字数が多く、一字一字の画数が多く、同音語が出やすいなどの欠点がある。漢字がどれくらいの字数があるかといえば、一応の目安となるのは、今も漢字を捉える基本の字書とされる『康熙《こうき》字典』（一七一六年完成）に掲載される四七〇三五字となる。しかし、新しい事物ができ、新しい語ができれば、それを書き表すための文字が必要となるので、これから先どこまで数が増えるかは想像がつかない。無限といってもよいであろう。

漢字が日本に伝わった時、日本語では、これに「音」と「訓」という二通りの読み方を考え出した。「音」は中国語風の読み方、「訓」はその字の意味を日本語で捉えた読み方である。この「訓」を考え出したことは、非常に大きな発明であったといってよい。それは、音読の語であっても訓を思い起せば意味が理解できる。そのため、幕末から明治にかけて、西欧の文物を取り入れる時、漢字の知識に富んだ日本人はそれを漢字で書き表すことで、それがどういう意味かをわかりやすいものとした。「哲学」「経済」「心臓」「主義」「重心」「視覚」など医学をはじめ各界の用語に、多くの明治時代にできた漢語の訳語が使われた。漢字が便利だったのには次のような理由がある。まず、発音は多く仮名二字で表され簡単である。二字の漢語が使われてもせいぜい四字の発音で表すことができる。第二次世界大戦後は漢字離れが進み、外国語は発音を日本的に変形した仮名文字で表すことが多い。そのため、一語が長くなり、勢い四字程度の仮名で表される語に簡略化される。パソコン、ワープロ、デジカメなどの日本でしか通用しない片仮名日本語を作るようになった。最近はインフラといった語さえある。漢語はその点、発音は簡単であり、そこに漢語の便利さの第一点がある。次に、漢字は一字が一語に当たり、それぞれの字が意味とつながりがある。日本語には先に述べた訓読みの習慣があるから、文字を見た時にその意味の大体を想起することができる。一字では一概念を表すことになるが、もし二字を組み合わせれば、複合した概念を表すことができるようになる。表す内容も複雑になり、西欧語の原義に近づいた訳語ができた。

仮名

片仮名語は、それを日本語としたところで、言葉だけを見聞きしても実体はわからず、原語に近い発音ができればともかく、日本的な片仮名語であるから国際性もない。さらに長過ぎるから無理な略語を作る。漢字を用いた場合、それがない。もちろん、漢語の場合も欠点が皆無というわけではない。聞いただけでわかりにくい場合があり、見てわかるというのは決して便利ではない。そのような不便はあるが、しかし、文明的に懸け離れた西欧語を自国のものとして活用する時に果たした役割の大きさは理解しておかねばならない。

確かに、四万を超える文字全部をマスターすることは容易ではない。しかし、実際の生活では、それほどの数の文字を使う必要はない。せいぜい一千字前後であろう。決して記憶能力を超えるものではない。多い、複雑、それだけの理由で漢字を不便と決めつけることは間違っている。

『万葉集』の中で、「山上復有山」という書き方で、「出」るの意味を表した例がある。「出」一字書けば済むところをわざわざ五字を用いている。また、「出」の字がないのなら兎も角、さらに「出」の字を知らない限り、この五字の表記もできないことを考えると、助動詞「つる」を表すのに「鶴」、助詞「かも」を表すのに「鴨」をそれぞれ用いたのとも異なるものであったといってよい。字がないから必要上止むを得ずしたのではなく、いわば、文字遊戯をしたのである。万葉仮名の戯書《ぎしょ》と呼ばれるのは文字遊戯・謎のような場合が多い。このような文字遊戯はその後も続く。百人一首の「吹くからに秋の草木のしをるればむべ山風をあらしといふらむ」は漢字を用いた謎めいた面白さを狙った歌であるが、掛詞なども漢字がなければできない例が沢山ある。室町時代には「[illegible]」（カヘリミル）「辷」（スベル）「辻」（ヲシタツ）を考え出した（このうち「辷」だけは現在も用いる）。明治時代以降も、たとえば尾崎紅葉《おざきこうよう》は「鐔」の字を上下反対にして「ばつ」とルビを付け、泉《いずみ》鏡花《きょうか》は「呂」に「くちづけ」のルビを付けたりする。このような遊びができるのは漢字の字形・字義に関する点が多いと考えるが、しかし、それを遊びの題材にするなど、遊びこそ最大の文化であることを思うと、日本語が高い文化を有した証拠といってよい。西欧の人の中にはこのような点で漢字に関心をもつようになる人がある。

なお、漢字の中には日本で考え出された文字もある。一般に「国字」と呼ばれる文字であり、「峠」「裃」など、ほとんどは音読されることがないが、「働」のように訓だけではなく、音を備えたものもある。

（山口明穂）

鶴　秋　掛詞　遊び

上達部　かんだちめ

太政大臣・左大臣・右大臣・内大臣・大納言・中納言・参議、および、これらの官職に就いていない三位以上の位階をもつ者の総称。参議は四位でも、この中に入る。人数は二十人前後で、任期はなく終身。「かんだちべ」とも。「中将は、上達部・大臣になさせたまひて」（枕・蟻通しの明神）のように、「大臣」を除外して大納言以下のみをさすこともある。上達部の中で、大臣を「公」とし、大納言以下を「卿」として区別する意識があったが、和文では、「上達部」が用いられ、「公卿」は例外的である。漢文記録・日記類では「公卿」が用いられる。上達部（非参議公卿を除く）は、天皇に直属して、太政官の会議に参加し、国政を審議・決定する人々で、最上層官人である。源頼政《よりまさ》は三位になることを望み「昇るべき頼りなき身は木の下に椎（四位を掛ける）を拾ひて世を渡るかな」と詠んで、念願の三位を手に入れる。なお、これらの人々は、『公卿補任《くぎょうぶにん》』に記載されており、経歴を知ることができる。

大臣・大納言　漢文・日記　公卿→公家

行幸　殿上

行幸や算賀《さんが》などの行事に集まってくる人々を、親王・上達部・殿上人《てんじょうびと》・それ以下の人々というように分類する意識が見られる。特に、上達部が大勢集まることは権勢を示し、『源氏物語』にも、「右大殿の弓の結に、上達部、親王たち多く集へたまひて」(花宴)のように、しばしば言及される。また、上達部にまで成り上がったとか、親は上達部であるから出自が卑しいわけではないという言い方が散見する。上流階級の目安になっていたようだ。

『源氏物語』桐壺《きりつぼ》巻の冒頭に、桐壺更衣への御寵愛に対して、「上達部、上人《うえびと》などもあいなく目を側めつつ」とある。帝の更衣への偏愛は、女たちの男を巡る争いというレベルの問題ではなく、高官たちが苦慮する政治上の問題なのである。

大将・春宮(東宮)・宰相・中将

『枕草子』「上達部は」の段には、「左大将。右大将。春宮の大夫。権大納言。権中納言。宰相の中将。三位の中将」とある。武官は文官に較べて衣装が華やかで、権官は、家柄の良い若い人がなることが多い。清少納言の好みがうかがえる。　(池田節子)

神奈備　かんなび

出雲　大和・三輪・葛城・飛鳥・神

『出雲《いずも》国風土記』に「神なび山」の例、また「出雲国造《いずものくにのみやつ》神賀詞《このかむよごと》」(延喜式)に、「神奈備」として大和《やまと》の三輪《みわ》、葛城《かつらぎ》の鴨、飛鳥の名がある。神の居ますところの「神の辺」の意と見られる。

『万葉集』には「……神名火山の　帯にせる　明日香の川の……」(万・十三・三二六六・作者未詳)とあり、飛鳥雷《いかずち》の丘も神奈備の一つで、かつ集中の例の多くがそれと見られる。しかし先の三輪山また竜田《たつた》の地の山(未詳)をさしている可能性はある。

雷の丘　竜田

紅葉・時雨

中古の「たつた川もみぢば流る神なびのみむろの山に時雨ふるらし」(古今・秋下・読人知らず)は竜田の例。「みむろ」は、しばしば神奈備とともに詠まれるが、同じく「神の座す所」の意。以後、この例のように、紅葉、時雨とともに詠まれたが、「おのがつま恋ひつつなくや五月やみ神なびの山のほととぎす」(新古今・夏・読人知らず)のように、『万葉集』以来の景物、ホトトギスも詠まれた。なお「神なび山の紅葉ばの……」(平・四・宮御最期)は前掲の古今集歌を本に、川を流れる死者の鎧をたとえたもの。　(新谷正雄)

ほととぎす

観音　かんのん(くわんおん)

仏

「観世音《かんぜおん》」「観世音菩薩」とも。菩薩の一。現世利益の仏。『法華経』観世音菩薩普門品《ふもんぼん》(観音経《かんのんぎょう》)に説かれる。勢至《せいし》菩薩とともに阿弥陀如来《あみだにょらい》の脇侍《きょうじ》(脇士)で、救いを求める世間の衆生に、求める者の姿に応じて大慈悲を垂れ、解脱させる。総体は聖観音だが形を変じて、千手・十一面・如意輪・准胝《じゅんてい》・馬頭の六観音、不空羂索《ふくうけんじゃく》を加えて七観音、さらに三十三観音となり、日本では法隆寺夢殿《ほうりゅうじゆめどの》の救世《くせ》観音以来広く信仰された。『日本霊異記《にほんりょういき》』には難病が癒える(下・三四)など観音信仰で現報を得た話があり(そのほか上・六、下・三など)、観音の手に縄をかけて祈る姿が描かれる(下・三)。

長谷・清水・石山・女

平安時代には長谷寺《はせでら》・清水寺《きよみずでら》・石山寺《いしやまでら》などでの参籠が流行し、女たちが閉塞的な日常から束の間の解放を得たことは

『蜻蛉日記《かげろう》』に描かれるとおりで、時には人と人との出会いや再会の場となり（源・玉鬘）、時には夢告を得る場ともなった（更級）。観音の霊験を核とした物語は『住吉物語《すみよし》』など枚挙に暇がない。平安時代末期には熊野信仰による西国三十三所の霊場の巡礼や、観音の浄土に船出する補陀落《ふだらく》信仰も広がった。

（高木和子）

夢　熊野

漢文　かんぶん

中国では漢代の文を呼ぶが、日本語でいう時は、漢民族によって書かれた詩文およびそれを模倣した漢民族以外の人の、漢字だけで書かれ、日本で考え出された訓読法にしたがって読み下される文をいう。

『応神記《おうじん》』には百済から和邇《わに》が『論語』（十巻）『千字文』（一巻）を伝えたとあり、『応神紀』には十五年八月に百済から阿直伎《あちき》が来日し太子に経典を教え、さらに、彼の言に基づき、同十六年二月に王仁（和邇）が招聘され、「太子、菟道稚郎子《うぢのわきいらつこ》、師としたまふ、諸の典籍を王仁に習ひたまふ」という記事がある。この伝承がいつごろのことか、三世紀末という説、五世紀ごろとする説などあり、正確にはしがたい。しかし、現在、出土する資料から考えれば、これより早くから漢字を使っていたと想像されるし、たとえば「金印」をそのとおりに解すれば、すでに一世紀にはそこに書かれた内容が理解できていたことになる。

詩　漢字　百済

奈良時代、『古事記』『日本書紀』が編纂され、それまで口承されていたものが文字として定着した形で後世に伝えられることになった。両書とも、歌謡の類が漢字を用いた万葉仮名で書かれる以外は、漢文を主体に記述されている。奈良時代末にはをこと点の例があり、そのころから漢文を日本語として読む方法が採られていたことがわかる。ただし、そのころは、各宗派、各学問家で異なる読み方がされており、訓読の仕方も一定ではない。訓読が固定したのは平安時代末ごろということである。

文字　仮名　をこと点

律令下では、官吏を志す者は漢学が課題とされ、絶対必要の知識であった。男子は、それが求められた。「才《ざえ》」といえば、漢学の知識であり、当時、和歌などは日常のことだった。紫式部の父藤原為時《ためとき》は漢学者であった。式部の弟（兄とする説もある）である式部丞が父から学問を習っていた時、式部は傍らで聞きつつ、弟がなかなかに理解できない点も先に会得してしまった。「書に心入れたる親は『口惜しう。男子にてもたらぬこそ、さいはひなかりけれ』」（紫式部日記）と、式部が男でなかったことを常に嘆いたという。しかし、女性より劣るとされた方は、さぞや大変であったろうし、また、女性も才あると見られれば、決して華やがないと教えられ、式部は、最も単純な漢字である「一」の字さえ人には書かないようにしたという。藤原道長《みちなが》の大堰川逍遥で藤原公任《きんとう》がすぐれた和歌を詠み、絶賛された時も、彼は漢詩文の船に乗って、これくらいの和歌を詠めば、評判はもっと上がったろうというのも、それと関係あることであろう。

律令　才　和歌　心・親　女　大堰川　漢詩→詩

平安時代、漢文は男性には必須の知識であり、各種記録など公式の文書は漢文によって書かれ、男性は日記なども仮名で書くことはなかった。しかし、それらの物がすべて中国語の語法に従った書き方でなされたかというとそうで

男　日記

吾妻鏡体

はない。そこには日本語の発想による漢文本来の書き方とは異なる書き方も混ざった。日本語的な語順・用語などが混ざったもので変体漢文、記録体などと呼ばれる物であり、鎌倉時代の吾妻鏡体になる。

漢文の文体は日本語の文体にも影響を与えた。その顕著な物が『平家物語』であり、和漢混淆文というリズムのある優麗な文章が書かれるようになった。一般に日本語で展開された文章は優雅といえる反面、冗漫な感じを伴い、そこに漢語が混ざると全体に引き締まる利点があった。漢文が読める、だけでなく、書けるということは、それ以後の男性にも求められた。学校教育の中でも漢文が行われた理由である。第二次世界大戦後、社会全体の風潮として現実の利便性が強く求められるようになり、漢文学習が蔑ろにされる。そのころに教育を受けた者が、漢文に限らず、きちんとした日本語の文章が書けない原因に漢文教育の衰退があるといわれる。また漢文の文献も訓読でなく、中国語の文献としての読み方が行われる傾向がある。時代のもたらしめることであろうが、日本語の問題として考えると好ましいこととはいえない。（山口明穂）

黄　き

色・菜・花・山吹・葉

色名。七色、また三原色の一つ。菜の花や山吹の花色、イチョウの変色した葉色などに似た色をいう。中国では五《ご》色《しき》の一つとされ、方位としては中央に、五行では土に相当する色。日光、大地、五穀などを象徴し、天子の色として尊ばれる。たとえば「黄袍《こうほう》」は隋代以降、天子の常服として用いられ、一般の着用が禁じられた。対してわが国では持統《じとう》天皇の時に「詔《みことのり》して天下《あめのした》の百姓《おほみたから》をして、黄《き》色《そめ》の衣《きぬ》を服《き》しむ」（紀・持統）とあって、古くは無位の人の服色と定められていたのは、興味深い偶然といえよう。黄色を染めるのには主に刈安《かりやす》（イネ科多年草）や黄蘗《きはだ》（ミカン科の喬木。樹皮を染料とする）などを用いるが、他に梔子《くちなし》の実を用いてもやや赤味の黄色が得られる。これは梔子色《くちなしいろ》と称して、和歌では多く「口無し」を掛け、無言の意を響かせて用いる。また黄色味を含むことを「黄がち」「黄ばむ」といい、「紅《くれなゐ》の黄ばみたる気《け》そひたる袴」（源・幻）「聴色《ゆるしいろ》（淡紅色）の黄がちなる」（須磨）のごとく紅系の色に多く見える。これはベニバナの色素のうちの黄色系の色素の強いもの、いわゆる退紅色であり、心喪《しんそう》や謹慎などの心情を表すために華やかさを抑えた「やつし」の色である。（藤本宗利）

和歌　紅　心

紀伊　きい

和歌山県と三重県南部の旧国名。南海道の上国。もと「木国《きのくに》」で、五十猛命《いたけるのみこと》らが木種を分布したという記事が見えるが（紀）、地名を好字二字にするという政策により、八世紀前半には「紀伊国」と表記されるようになる。古代には大和《やまと》から真土山《まつちやま》を越え、紀ノ川《きのかわ》沿いへ通じる古代南海道の官道があり、この道を通って玉津島《たまつしま》・紀の湯《きゆ》（牟婁《むろ》）などへの紀伊行幸が多数行われたことが記紀・万葉集に見える。「後れゐて恋ひつつあらずは紀伊の国の妹背の山にあらましものを」（万・四・五四四・笠金村）は、神亀元年（七

大和　玉津島　行幸

熊野
高野

二四）十月の聖武《しょうむ》天皇紀伊行幸時の歌。紀ノ川北岸にある「背山」は、大化二年（六四六）の詔《みことのり》で畿内の南限と定められた境界の地であり、同じく南岸の「妹山《いもやま》」とともに多くの歌に詠まれた。また紀伊は信仰の聖地を抱えた地でもある。記紀神話とも縁が深い熊野《くまの》、そして弘仁七年（八一六）空海《くうかい》が金剛峰寺《こんごうぶじ》を開山した高野山《こうやさん》は、平安時代末期の浄土信仰・山岳信仰の高まりを背景に天皇・貴族による寺社詣が盛んに行われた。

（兼岡理恵）

祇園　ぎおん（ぎをん）

稲荷
賀茂・春日

平安時代に祇園といえば、祇園神社（現在の八坂《やさか》神社）をさした。『義経記《ぎけいき》』「静　鎌倉へ下る事」には、「稲荷《いなり》、祇園、賀茂《かも》、春日《かすが》、日吉山王《ひよしさんわう》七社、八幡大菩薩《はちまんだいぼさつ》、静が胎内にある子を、たとひ男子なりとも女子となして給べ」と祈る場面がある。祇園神社の名は、祇園精舎《しょうじゃ》の守護神といわれる牛頭天王《ごずてんのう》を祭神とすることに由来する。有名な祇園

祭

祭は、疫病をはやらせると信じられていた御霊《ごりょう》（この世に恨みを残して亡くなった死者の怨霊）を鎮めるために、平安時代に始まった祇園神社の祭礼である。また、大晦日から元旦にかけて行われる「おけら祭」は、江戸時代には「けづりかけの神事」と呼ばれ、この時に暗くなった社殿で参詣した人々がお互いに悪口を言いあう習慣があったことが、井原西鶴《いはらさいかく》の『世間胸算用《せけんむねさんよう》』巻四から知られる。

祇園社の一帯が遊里となるのは、江戸時代になってからで、元禄ごろには島原につぐ遊里に成長していた。享保十七年（一七三二）には茶屋株を公許され、寛政二年（一七九〇）には遊女町の認可を得た。

（吉野瑞恵）

鬼界が島　きかいがしま

治承《じしょう》元年（一一七七）に俊寛《しゅんかん》・平康頼《たいらのやすより》・藤原成経《ふじわらのなりつね》が流刑された地として有名（平・二・大納言死去）。鹿児島県鹿児島郡三島村硫黄島のこととされる（平家（延慶本）・一末、愚管抄・五）。謡曲「俊寛」も硫黄島とし、謡曲に拠った近松

謡曲

の浄瑠璃「平家女護島《へいけにょごのしま》」二段目は「嶺より硫黄の燃え出づる」様子を描き、赦免されず一人島に取り残される俊寛の心情を「今現在の修羅道硫黄のもゆるは地獄道」と表現す

地獄

る。また「左の御足にては、外濱《そとのはま》をふみ、右の御足にては、鬼界島をふみたまふ」（曽我・二）や「東は奥州外ヶ濱、西は鎮西鬼界ヶ島」（歌舞伎・矢の根）のように外濱と対で日本の両端にある辺境と考えられていた。なお奄美諸島北端の喜界島《きかいじま》も諸記録に名が見え、『中山伝信録《ちゅうざんでんしんろく》』には「奇界、亦鬼界と名づく」とある。源為朝《ためとも》にも鬼界渡航説があり（本朝神社考）、曲亭馬琴《きよくていばきん》の読本『椿説弓張月《ちんせつゆみはりづき》』は『中山伝信録』を引いて為朝の琉球渡航を描いた。

（大屋多詠子）

桔梗　ききょう

秋・花

秋の七草の一つとして知られている花。「きちかう」とも。

野

秋の七草は、山上憶良《やまのうえのおくら》の歌「秋の野に咲きたる花を指折《およ》りかき数ふれば七種《ななくさ》の花」「萩の花尾花葛花瞿麦《をばなくづはななでしこ》の花女郎花《おみなえし》また藤袴《ふぢばかま》朝顔の花」（万・八・一五三七―八）に由来するが、「朝顔」は桔梗のことをさすのではないかともいわれている。

萩・葛・女郎花・藤袴・朝顔

撫子
菊・竜胆・夕顔

『枕草子』「草の花は」の段には、撫子《なでしこ》・女郎花《おみなえし》・朝顔《あさがお》・苅《かる》萱《かや》・菊《きく》・壺菫《つぼすみれ》・竜胆《りんどう》・萩《はぎ》・夕顔《ゆうがお》・薄《すすき》とともに桔梗が挙げられている。

和歌
女
露

和歌の世界では桔梗はあまり人気がなかったようだ。女郎花や萩を詠んだ歌に比べると、桔梗を詠んだ歌ははるかに少ない。女郎花なら女性に見立てて詠む、萩なら鹿とともに詠む、という特定の連想が桔梗には生まれなかったためかもしれない。『古今集』の中でも、「秋ちかう野はなりにけり白露の置ける草葉も色かはりゆく」（物名・紀友則）のように、桔梗の花そのものは無視されて、一句目に「きちかう」という語が言葉遊びのように詠み込まれているだけである。（吉野瑞恵）

菊　きく

酒
題詠
しぐれ（時雨）

キク科の多年草。『万葉集』には詠まれず、『懐風藻』に秋の景物として見えはじめ、中国古典詩同様に花片を泛《う》かべた杯酒（延命の功能ありとされる）も楽しまれている。次いで平安時代初期弘仁年間（八一〇—二四）の重陽宴《ちょうようのえん》復活により漢詩に詠まれるようになり勅撰三集時代には題詠として定着した。和歌は「此頃のしぐれの雨に菊の花散りぞしぬべきあたらその香を」（類聚国史・七五・延暦十六年十月）が最も早いが、『古今集』に歌群（二六八—二八〇）が見えて、寛平年間頃より一般化したようで、『千載佳句《せんざいかく》』（下）『古《こ》今六帖《きんろくじょう》』（六）『和漢朗詠集』（上）でも部立となっている。「久方の雲の上にて見る菊は天つ星とぞ誤たれける」（古今・二六九・藤原敏行）は、盧諶《ろしん》「菊賦《きくのふ》」や本朝の先行詩に学んで菊を星にたとえた例。「白菊は秋の雪とも見ゆるかな」（夫木・五九六六九・慈鎮和尚）「紫の雲にまがへる菊の花」（源・藤裏葉）などは雪・雲にたとえるものだが、本朝の漢詩ではさらに灯火・金銭などにたとえたり、中国南陽酈県《なんようれきけん》の故事（風俗通、盛弘之荊州記）や陶潜《とうせん》の把菊《はぎく》の故事（続晋陽秋、飲酒詩）をふまえて詠むなど豊かな表現世界がある（朗詠・上・九日付菊参照）。さて、菅原道真《すがわらのみちざね》は重陽を過ぎた菊を「残菊《ざんぎく》」と呼ぶ。中国古典詩では無残に損なわれた菊花の意だが、本朝ではむしろ多彩な美・うつろう美を見出して詠じ、残《ざん》菊宴《ぎくのえん》（九月が醍醐天皇の忌月《いみづき》となり天暦四年に重陽宴が中絶され代替として十月に実施）も重要な文学の場となった。「不二是花中偏愛一レ菊、此花開後更無レ花」（朗詠・菊・二六七・元稹）と詠まれるように、菊は最も遅く咲く花ゆえに「日も離《か》れず見つつ暮らさむ白菊の花より後の花しなければ」（後拾遺・三四九・伊勢大輔）と詠まれ、漢詩にも「最弟《さいてい》」（大江以言、中原広俊）「衆花弟《しゅうかてい》」（藤原敦基）と綴られる一方、その芳香ゆえに「かばかりの匂ひはあらじ菊の花むべこそ草のあるじ成けれ」（有吉本匡房集・七一）や「草中王」（大江朝綱）「百草王」（藤原敦基）の称も得ることとなった。重陽に紫式部が藤原道長《みちなが》の北の方倫子《りんし》に老いを拭いとるようにと贈られた菊のきせ綿（紫式部日記）も南陽酈県の故事に因み、後の菊慈童《きくじどう》（画の題材や謡曲名でもある）説話もその延長上にある。現代でも酒名に菊の字が用いられるのはその名残である。（本間洋一）

秋・雪
紫・雲
漢詩→詩
老い
説話

豊前　妹　妻　男・女　波・色　菊

企救の浜　きくのはま

現在の企救半島（北九州市）の関門海峡側の海岸。北九州市門司《もじ》・小倉《こくら》北・小倉南各区を豊前《ぶぜん》国企救郡といった。『万葉集』で歌に詠まれたが、平安時代に和歌の題材になることはなかった。「豊国の企救の長浜行き暮し日の暮れぬれば妹《いも》をしぞ思ふ」（万・十二・三二一九）は、企救の浜を行く旅人が故郷の妻のことを思いだして詠んだものである。「豊国の企救の高浜高高《たかたか》に君待つ夜らはさ夜ふけにけり」（万・十二・三二二〇）は、男性を待つ女性の立場から詠まれた歌で、「企救の高浜」は砂が高く積もっている浜を意味する。時代が下って藤原定家《ていか》の息子・為家《ためいえ》が、「咲きにほふきくの長浜白妙の磯越す波に色ぞわかれぬ」（為家百首）と詠んでいるが、「企救」に「菊」がかけられており、豊前国の地名であることは意識されていない。

（吉野瑞恵）

連歌・俳諧　詞　和歌　去嫌　竹　季語

季語　きご

連歌・俳諧において季節を表す語。季語というようになったのは明治四十年（一九〇七）ごろからで、古くは「季の詞《ことば》」「四季の詞」などといった。なお季題《きだい》とは、題詠《だいえい》の際作者に出された題のうち、季節に関するものをいう言葉である。

そもそも和歌においては、勅撰集・私家集を通じて四季の部立てが行われていることもあり、長い歴史を通じて、ある事物と一定の季節が結び付くようになっていった。それは任意に結び付けられたのではなく、その事物の本意、すなわち和歌的な本質・情趣を季節化するということである。連歌では、和歌の成果を継承しながら、事物と季節の結び付きは一層強まった。変化と調和を重んじる連歌においては、一巻の中で四季の句をうまく配分する必要があったためである。ある季節の句は最低何句続け、最高何句までしか詠んではならない（句数《くかず》）、同じ季節の句は何句間を隔てなければならない（去嫌《さりきらい》）というような季節に関する様々な規定が生じた結果、ある句がどの季節の句であるかを決めることが重要になってきたのである。また連歌の発句《ほっく》はその句が詠まれる季節の景物を詠むという規定も、季語の拡充を進めることになった。永禄《えいろく》六年（一五六三）の奥書をもつ『白髪《はくはつ》集』には百余りであった季語は、慶長《けいちょう》初期（一五九六―）編集・刊行された『無言抄《むごんしょう》』では三四〇余りに増加している。

さらに俳諧では、句の題材が生活全般に拡大したため、季語の増加も著しい。松尾芭蕉《まつおばしょう》も「季節の一つも探り出したらんは後世によき賜《たまもの》」（去来抄）と述べており、実際「降らずとも竹植《う》うる日は蓑《みの》と笠《かさ》」（笈日記）の句によって、「竹植うる日」という新しい季語を見出している。幕末の『増補改正俳諧歳時記栞草《しおりぐさ》』に至っては、三四〇〇以上の季語が集められている。

日本の伝統を背景に成立してきた季語は、特に俳諧・俳句という短詩文芸において、読者と作者の共通理解を助け、複雑な内容を詠むことを可能にしてきた。しかし一方で、季語に頼ることで安易な作句が可能になり、その退廃を招きかねない。季語の拡大は俳諧にとってまさに両刃の剣なのである。また、伝統的季感と現代生活の間には齟齬《そご》も多く、新しい季語をどう認定していくかということも大きな問題であろう。

（深沢了子）

擬古文　ぎこぶん

「古」をよしとして、それになぞらえて書いた文章。言葉に関して「古」とする意識はすでに平安時代からあった。藤原公任《きんとう》は『新撰髄脳《しんせんずいのう》』の中で「かも、らしなどの古詞などは常に詠むまじ」と、古語の乱りな使用を戒めている。これは和歌の作法であるが、文章にも当てはまることであった。彼が右のように書いたのは「かも」「らし」は共に公任の時代になれば古体の語であり、日常のくだけた言葉の間にそれを用いれば、そこに言葉の不器用さが目立ったからである。また、奈良時代には、接続助詞の「ば」が打消を含む文の中では、後世であれば逆接と解される文脈で使われることがあった。それが平安時代では、時代に叶わぬ用法として使われることはなかった。それを使うのは、万葉歌であることを意識させ、好ましくないと感じさせたからである。已然形に係助詞「や」が付いた言い方、つまり、「なれや」「あれや」なども『万葉集』の中では多く見られる。しかも、「ももしきの大宮人は暇あれや梅をかざしてこゝにつどへる」（万・十・一八八三・作者未詳）のように、已然形があれば文中で後に続く勢いが出、「や」が「る」（完了の助動詞）と係結びの関係になる用法が使えた。しかし、平安時代になると、已然形に後に続く働きがなくなり、このような場合は、「秋の夜の千夜を一夜になずらへて八千夜し寝ばや飽く時のあらむ」（伊勢・四五）のように後に続ける勢いをもたせるために「ば」のような語を入れなければならなかった。係結びなどでは、平安時代割と早い時期に「こそ……已然形」という形は崩れはじめる。ただ、その実質的な意味を失っても、形だけは保存されていた。平安時代は、「古」を排し、今を意識した言葉遣いがなされており、その意味で擬古文という感覚は全くなかったといってよい。

言葉の変化が意識されるようになるのは平安時代中期頃であろうか。それまでも実質的には種々の語で変化が見えはじめる。殊に助動詞の変化があった。時の助動詞が変化した。時と関わる意味をもつ、現在推量の「らむ」、過去推量の「けむ」に変化が出、当然の結果として推量の「む」にも変化が出た。そうなれば動詞の用法も変化する。和漢混淆文という漢文の影響を受けた文体が生まれる。しかし、当時の人たちはさして、それらのことに意を払った形跡は見られない。あるいは、言葉が変化するなど当然の気持ちがあったからか。そのまま、その状態が鎌倉時代末期に至り、『徒然草』のように、今を非難し、過去を賛美する意識が見えてくる。しかし、『徒然草』では、「古」を求め、それと同じ表現をしようという意図があったようには思えない。言葉が変化したのは世の必然であり、あえて「古」を取り戻そうとしてもそれは無理という諦観があったのか。ただしこれには批判もあり、兼好の中に擬古意識があったとする説もある。

室町時代は、てにをは（漢文訓読から出た語。現代語では助詞をさし、助動詞も含めることがある）関係の書が多く作られる。しかし、そこで書かれる内容は形の上での「古」の形式を真似ることであり、変化の実質を明らかにするまでに至っていないものが多い。その時代としては一つの限界であったかもしれない。しかも、和歌・連歌などの面の記述が多く、なかなか文体に関することまでいかなかった。

連歌

江戸時代になると、殊にその中期以降、国学者を中心に、王朝的語法を「雅」の意識で捉え、それを再現しようとの意志が見えるようになる。しかも、王朝語の捉え方も、実例を集めそこから判断しようという方法も見えるようになり、王朝語理解が進んだといえる。石川雅望《いしかわまさもち》の『雅言集覧《がげんしゆうらん》』は、王朝語の用例を集めたものであり、明治以降の辞書編纂や国語学研究にも大きく役立っている。

（山口明穂）

象潟　きさかた

歌枕　松島　魂　雨　海士→海人　藻塩

歌枕。現在の秋田県にかほ市（旧由利郡象潟町）にあった潟湖《せきこ》。鳥海山麓から北西に日本海へ向かって「縦横一里ばかり」（奥の細道）広がり、九十九島八十八潟あるといわれた景勝地だが、文化元年（一八〇四）の大地震による地盤隆起で陸地となった。松尾芭蕉《まつおばしよう》は「松島は笑ふが如く、象潟はうらむがごとし。寂しさに悲しみをくわえて地勢魂をなやますに似たり」と松島と並称し「象潟や雨に西施がねぶの花」と詠んでいる（奥の細道）。古くは能因《のういん》が旅し「世の中はかくてもへけり象潟の海士《あま》の苫屋《とまや》をわが宿にして」（後拾遺・羇旅）と詠む。能因以後、歌枕として定着し「象潟や海士の苫屋の藻塩《もしほ》草うらむる事の絶えずも有るかな」（堀川百首・大江匡房）「さすらふる我が身にしあればきさがたや海士の苫屋にあまたたび寝ぬ」（新古今・羇旅・藤原顕仲）など、恋の恨みや漂泊の旅情が詠まれ、＊『奥の細道』の一文に至る。

恨み

（大屋多詠子）

＊臼田昭吾「『八十島』から『きさかた』へ」（『弘前大学国語国文学』・一九九七・三）

象山　きさやま

吉野・山　行幸　歌枕　秋・風　松

奈良県吉野郡吉野町にある山。吉野川をはさむ北岸、宮滝《みやたき》の地には、持統《じとう》天皇など行幸した吉野宮《よしののみや》があったかと考えられている。象山はまた「象の中山」とも歌に詠まれた。山の傍らには喜佐谷川《きさだにがわ》（歌に「象の小川」）が流れる。

象山を有名にしたのは、「天地の寂寥相に合してゐる」（島木赤彦）と評された、「み吉野の象山の際《ま》の木末《こぬれ》にはここだもさわく鳥の声かも」（万・六・九二四・山部赤人）の歌による。この歌は、しばしば自然詠の傑作といわれるが、静寂そのものであった象山に、再び生命の活動が戻った時をとらえた、天皇行幸に際しての讃歌と読むべきものであろう。

中古には歌枕として詠まれた。そのきっかけとなったのは「み吉野の象山かげにたてる松いく秋風に磯馴《そな》れきぬらん」（詞花・秋・曾禰好忠）である。以後、「象山かげ」「象山ぎは」などの歌言葉、また松などとともに歌われることになる。「つれなくていく秋風を契りきぬ象山かげのまつとせしまに」（新続古今・恋二・順徳院）の「まつ」は「待つ」の意でもある。

（新谷正雄）

雉　きじ

鶏　春　妻　春　梅

キジ科の鳥。鶏に似た姿で、雄は四十センチメートルの長い尾をもち、体長八十センチメートルほどである。雌は雄よりやや小さい。本州・四国・九州に分布し、人里近くの草原や林に生息することから、古来親しまれた。「きざし」「きぎす」とも呼ばれる。「春の野にあさるきぎすの妻恋ひにおのがありかを人に知れつつ」（拾遺・春・大伴家持）のように、妻を求めて高い声で鳴く。また、その声は大きく、「さ野つ鳥雉《きぎし》は響《とよ》む庭つ鳥鶏《かけ》は鳴く」（記・二）と、鶏と並ぶとされた。「女房は焼野の雉《きぎす》の雛を翅《つばさ》にかくして、焼死たる如にて」（太平記・二一）などとあるように、焼け野で母鳥は一度逃れても子を救うために戻って焼け死ぬといわれ、雉の母鳥は子を深く愛するものとされた。春の代表的な景物であり、『伊勢《いせ》物語』九八段は九月にあえて梅の作り枝に雉を付ける季節外れな贈りものが話の鍵となる。食用としても珍重され、「鳥には雉、さうなきものなり」（徒然・一〇八）と、鳥の中でももっとも上位に置かれ、「鴙足《きじのあし》はかならず大饗にもるものにてはべる」（大鏡・基経）というように、饗宴に欠かせないものであった。（高野奈未）

黄瀬川　きせがわ（きせがは）

川　伊豆　相模

現在の静岡県東部の御殿場《ごてんば》市や沼津市を流れる川で、狩野川の支流。この付近は東海道の宿駅があり、伊豆で挙兵した源頼朝《よりとも》が、治承《じしょう》四年（一一八〇）十月に奥州から駆けつけた弟の源義経《よしつね》と対面した場所として有名。延慶本『平家物語』（五）には「十月廿二日、兵衛佐八ヶ国ノ勢ヲ振テ、足柄ヲ越テ、木瀬川ニ陣ヲ取テ、兵数ヲ注シケリ。……サルホドニ、兵衛佐ニハ、九郎義経奥州ヨリ来加リケレバ、佐、弥力付テ、終夜昔今ノ事共ヲ語テ、互ニ涙ヲ流ス」と記されている。同地にある八幡神社には、頼朝と義経が対面した際に座ったとされる対面石も伝わっている。もっとも、二人の出会いを記すのは、読み本系の長門本や『源平盛《げんぺいじょう》衰記《すいき》』などであり、同じ『平家物語』でも語り本系の覚一《かくいち》本などには記されていない。また、『平治《へいじ》物語』では出会いの場所が「相模の大庭野《おほばの》」とされている。（吉田幹生）

木曽（木曽川）　きそ

信濃　橋　和歌

木曽は古くから交通の要地であり、八世紀初頭には旧来の東山道が難路であったため、木曽川に沿って木曽路が開かれた。『万葉集』に載る「信濃道は今の墾道《はりみち》刈株《かりばね》に足踏ましなむ覆《くつ》着《は》けわが背」（十四・三三九九）はそのことを詠んだものとされている。平安から鎌倉時代にかけては、「なかなかに言ひも放たで信濃なる木曽路の橋のかけたるやなぞ」（拾遺・恋四・源頼光）「あさましやさのみはいかに信濃なる木曽路の橋のかけわたるらん」（千載・恋四・平実重）など、木曽のかけ橋がしばしば和歌に詠み込まれた。『和歌初学抄《しょがくしょう》』には「カケタリトモ、アヤフキコトニ、キソノカケハシトモ」とあり、この橋は危ういものとしてのイメージをもつものであった。また、現在の木曽郡上松《あげまつ》町にある

寝覚《ねざめ》の床は木曽川の浸食によりできた景勝地であり、細川《ほそかわ》幽斎《ゆうさい》や松尾芭蕉《まつおばしょう》など多くの人々がこの地を訪れている。（吉田幹生）

北野　きたの

野

山城国《やましろ》葛野《かどの》郡の平安京大内裏の北に広がる野を指す（現在の京都市上京区・北区一帯）。古代から秦《はた》氏の勢力圏として知られていたが、遷都後は天皇遊猟の地として記録にも見え、承和の遣唐使派遣の折には北野で天神地祇《てんじんちぎ》が祀られている。藤原基経《もとつね》が元慶年間（八七七―八八五）に雷公を

秋・大宰府

祀ってより秋に祭事が行われるようになったが、流謫《るたく》地大宰府で菅原道真《すがわらのみちざね》が悲運な冤死《えんし》を遂《と》げるや、怨霊による騒擾《そうじょう》が惹起《じやつき》して、天暦元年（九四七）六月右近馬場の地に託宣により北野社（北野神社・北野聖廟・北野天満宮などとも）が創建された。「およそ菅丞相の廟社北野宮の繁盛は村上の御代よりとぞ承り侍る」（北野天神縁起）といわれるように、その後も天徳三年（九五九）に藤原師輔《もろすけ》により社殿が増築されるなどして整備が進められるにつれ、しだいに同社周辺（や道真その人）を北野と称するようになった。天延元年（九七三）の焼亡もあるが、道真の孫文時《ふみとき》と結んだ最鎮《さいちん》の再興もあって、永延元年（九八七）には一条天皇

祭・詩

により初めて正式な祭祀が行われ、詩歌も詠まれている（なお、当初の例祭は八月五日だが、後に四日が通行となり現在にいたる）。道真の復権（延喜二三年本官（右大臣）に復し正二位が贈られ、正暦四年に正一位・左大臣、さらに

行幸

太政大臣が追贈）とともに、一条《いちじょう》朝以後には北野への行幸・御幸も行われるようになる。当時道真は「文道之祖、詩境之主」（本朝文粋・十三・慶滋保胤・賽㆓菅丞相㆒願文）「文道之大祖、風月之本主」（同・大江匡衡・北野天神供㆓御幣并種々物㆒文）などと称えられて、すでに学問の神としての信仰も成立して

神

いたと考えられる。文事としての重要なものには、一条朝に始まる「北野作文会《さくもんえ》」がある。*寛弘元年（一〇〇四）作の高階積善《たかしなのもりよし》「九月尽日侍㆓北野廟㆒各分㆓一字㆒詩序」（本朝文粋・十、本朝麗藻・下）があり、道真四代の孫輔正《すけまさ》が主宰したことが知られ、藤原為時《ためとき》・源孝道《たかみち》（本朝麗藻・下）や大江匡衡《おおえのまさひら》（江吏部集・中）の作も残っている。そして、永承五年（一〇五〇）には『法華経』供養とその講説に伴う作文

法華経

会（菅原定義《さだよし》・是綱《これつな》・紀頼任《きのよりとう》・橘孝親《たちばなのたかちか》ら）も行われるようになり、このあり方は継承されて、天喜五年（一〇五七、藤原明衡《あきひら》・藤原実範《さねのり》・大江時棟《ときむね》ら）、承和三年（一〇七六、藤原敦宗《あつむね》・大江通国《みちくに》ら）、大治三年（一一二八、藤原実行《さねゆき》ら）、長承二年（一一三三、源師頼《もろより》・菅原時登《ときと》・藤原実光《さねみつ》・敦光《あつみつ》・永範《ながのり》ら）などと作文会の資料が残されていることが明らかにされた。とりわけ、長承二年のものは夢想により行われたものであり、『古今著聞集《ここんちよもんじゆう》』（四・文学・権右中弁定長北野の宮寺にて作文の事）のような逸話が存在している必然性も改めて想起される。かくして、一条朝から鎌倉時代初期にかけて、北野廟がしきりに作文の場となった（年時不明のものも少なくない）ことは明らかであるが、その結果、藤原宗業《むねなり》の場合のように、北野作文会に参加する事自体が、奉公の労として主張しうるものとなっていることは注目されよう（本朝文集・六四・上㆓順徳天皇㆒請㆘依㆓儒学并式部大輔労㆒加㆗侍読㆖状・建暦二年（一二一二）作）。こうした作文会を引継

歌合　和歌　歌枕　紅葉　森　紙屋川　浪　紙　公家・武士・僧→出家

ぐ形で、鎌倉時代の聖廟《せいびょう》法楽《ほうらく》和歌《わか》が開始されることになるのである。北野宮歌合（元久元年（一二〇四））もあるが、『天神縁起』類などによると、社に籠りあるいは社頭で和歌を詠じて冤罪を鎮める伝承も早くからあったようだ。ことに鎌倉・室町時代ごろの天神信仰の高まりにより一層注目を浴び、いわゆる「天神和歌」（道真仮託歌集）も盛んに行われ、『法華経』の注釈と結びつくこともあった[**]。ところで、北野は歌枕としても知られ、「つばなぬく北野の茅原《ちはら》あせ行《ゆけ》ば心すみれぞ生《おひ》かはりける」（山家集・一四四四）「千早《ちはや》ぶる神の北野にあとたれてのちさへかかるものや思はん」（拾遺愚草・一一三一八）「松ならぬよその紅葉も一夜にて北野の森は色づきにけり」（夫木・一〇〇八三・藤原為家）などと詠まれている。近在の紙屋川《かみやがわ》も「世々経ても紙やみかはに絶えぬ浪たえて忘るる間なく時なし」（後鳥羽院御集・三八〇）などと詠まれているが、その河畔には平安時代以降宮中で使用された紙を製造する紙屋院《かみやのいん》が置かれていた。室町時代以後は、北野社の参道を中心に発展し、北野麹座の商人達の居住地ともなり、連歌会や大猿楽会なども行われ賑いをみせた。天正十五年（一五八七）十月には史上に名高い北野大茶会が豊臣秀吉《とよとみひでよし》によって催された。秀吉は北野社の崇拝者でもあったから、神前奉納の意も込めて行われたが、茶亭の数は八百余。北野の経堂から松柏院まで隙《すき》間《ま》もないほどで、公家・武士・僧らが趣向を凝らした座敷を設け、茶道具などで飾り立て、庶民も群集遊楽して壮観であったと伝えられている。

（本間洋一）

＊後藤昭雄「北野作文考」（『平安朝漢文文献の研究』吉川弘文館・一九九三）／＊＊小峯和明（『宝鏡寺蔵妙法天神経解釈―全注釈と研究―』笠間書院・二〇〇一）

北山　きたやま

山　岩倉　都　鞍馬　須磨

おもに京都北部の山々。特定の一つの山ではなく、現在の金閣寺から鷹峯《たかがみね》、岩倉《いわくら》あたりにかけての山々をさす。平安時代から多くの寺院や別業（別荘）が営まれた。『宇津《うつ》保《ほ》物語』では、俊蔭《としかげ》娘と幼い仲忠《なかただ》が都を一時離れて北山の大木の「うつほ」に住む（俊蔭）。『源氏物語』では、病気治療に「なにがし寺」に出かけた光源氏が幼い紫の上を見出す重要な場所（若紫）。鞍馬寺《くらまでら》、大雲寺《だいうんじ》、神明寺《じんみょうじ》など、さまざまな寺を複合したイメージで表現され、宗教的雰囲気とすぐれた景観が印象的である。源氏は、須磨《すま》に下る前には北山の桐壺院の陵を訪れた。藤原公任《きんとう》は、岩倉長谷《ながたに》に隠棲して北山大納言と呼ばれた。その著した有職故実書は『北山抄《ほくざんしょう》』である。鎌倉時代初め、藤原公経《きんつね》が現在の金閣を含む地域に北山殿と呼ばれる別荘を構え、その一角に建てた西園寺《さいおんじ》を家名として名のった。のちに足利義満《あしかがよしみつ》の領有に帰し、華やかな北山文化を形成したのち、義満没後には鹿苑寺金閣となった。

（高田祐彦）

木津川　きづがわ（きづがは）

山川・淀川　泉川　水

現在の京都府南部を流れる川で、淀川の支流。古くは山《やま》背《しろ》川・泉川と呼ばれることが多く、また各所で名称が変化する。古典文学作品では「泉川」の名で登場することが多い。「泉川ゆく瀬の水の絶えばこそ大宮所移ろひ往かめ」

みかの原
山城・大和
舟・車
心

（万・六・一〇五四・田辺福麻呂）など『万葉集』以来しばしば和歌に詠まれているが、『百人一首』にも載る「みかの原わきて流るるいづみ河いつ見きとてか恋しかるらむ」（新古今・恋一・藤原兼輔）は特に有名。また、この地は山城《やましろ》国と大和《やまと》国を結ぶ交通の要衝でもあったため、「舟に車かきすゑて、いきもていけば、にへの池、いづみ河など言ひつゝ、鳥どもゐなどしたるも、心にしみてあはれにおかしうおぼゆ」（蜻蛉）「泉川の舟渡りも、まことに、今日は、いと恐ろしくこそありつれ」（源・宿木）など、平安京の人々が初瀬《はつせ》詣などのために大和国に向かう際の道中の風景として描かれることもあった。

（吉田幹生）

狐　きつね

美濃
稲荷
女・男
変化

「きつ」「けつね」、また「野干《やかん》」ともいう。『日本霊異記《にほんりょういき》』上・二には、欽明《きんめい》天皇の代、美濃《みの》国大野郡の人が「野干」を妻として一子をもうける話を載せ、狐の語源を「来《き》つ寝《ね》」とする。狐の鳴き声にも古くから関心が寄せられ、『万葉集』「さし鍋に湯沸かせ子ども櫟津《いちひつ》の檜橋《ひばし》より来《こ》む狐に浴むさむ」の左注には、「（狐の）声に応へてこの歌を作る」とある（万・十六・三八二四・長忌寸意吉麻呂）。

稲荷明神の使いとされるなど、狐が霊獣として伝えられる歴史は古いが、一方で陰気の妖獣で女に化けて男の陽気を奪うともされ、『和名抄《わみょうしょう》』には、狐はよく妖怪となり、百歳になると化けて女となるとある。しかし、よく犬に吠えられてその正体を現してしまう（霊異記・上・二など）。

信太の森
歌舞伎

変化の狐は異類女房譚として語られることが多い。なかでも玉藻前《たまものまえ》となって現れて鳥羽《とば》院を悩乱した妖狐の話は、九尾《きゅうび》の狐、殺生石伝説としてよく知られる。また、陰陽師安倍晴明《あべのせいめい》の母として知られる信太《しのだ》の森の狐「葛《くず》の葉《は》」の伝説は、江戸時代に仮名草子や浄瑠璃・歌舞伎を通じて脚色・形成されて流布したもので、信太の森に逃げ帰る狐が書き残したとされる「恋しくば尋ね来て見よ和泉なる信太の森のうらみ葛の葉」の歌とともに、多くの文学作品の素材となった。

（水谷隆之）

衣笠山　きぬがさやま

山城・歌枕
山
北山
紅葉
春・柳
松・雪
白・青
重ね
鹿

山城国の歌枕。京都市北区、右京区にまたがる標高二一〇メートルの山。衣笠岡《きぬがさおか》（和歌初学抄）、絹掛山《きぬかけやま》（都名所図会）とも。いわゆる北山の一つ。麓には貴族の別荘が多く営まれた。

紅葉の名所（源順集）で、「もみぢ葉を千しほに染めて山ひめのきかさねたりし衣笠の山」（為忠集）などと詠まれる。この歌もそうだが、名の「衣《きぬ》」の縁で「春立ちてやなぎがさねと見ゆるかな衣笠岡のまつのしらゆき」（教長集）のように歌われる。「やなぎがさね」とは表が白、裏が青の襲の色目である。

また同じく「衣」の縁で次のように「き（着・来）」「たつ（裁・立）」「重ね」などが詠み込まれる。「きて見れば衣笠岡にたつ鹿のよをかさねても恋ふるつまかな」（夫木抄・秋三・待賢門院安芸）。一方、名の「笠」の縁で「濡る」「ふる（降・古）」が、「音に聞くきぬがさをかをまだみねばまちつつぞふるあめのみやには」（続古今・神祇）のように用

いられる。この「きぬがさをか」には絹張りの笠の意の絹笠が掛けられている。（新谷正雄）

吉備　きび

古代の中国地方の国名で、現在の岡山県と広島県東部を含む地域のこと。奈良時代に備前《びぜん》、備中《びっちゅう》、備後《びんご》の三国に分割され、のちに備前から美作《みまさか》が分かれた。吉備国の歌枕として名高いのが「吉備の中山」である。吉備の中山は現在の岡山市北西部、かつての備前と備中の国境に位置する山で、『古今集』に「真金吹《まがねふ》く吉備の中山帯にせる細谷川《ほそたにがは》の音のさやけさ」（神遊歌《かみあそびのうた》）という歌がある。これは、天長十年（八三三）仁明《にんみょう》天皇の大嘗会《だいじょうえ》に際して、主基《すき》国（大嘗会に供える新穀を奉る国）に選定された備中国が奉った歌である。「真金吹く」は鉄を精錬する意。吉備国が鉄を産出したことから、吉備にかかる枕詞となった。細谷川は山をめぐって流れている細い谷川のこと。土地を代表する名山である吉備の中山を擬人化して、川を帯として巻いていると捉え、その川音の清らかさを讃えた国誉めの歌である。この歌の影響で「あかねさす吉備の中山へだつとも細谷川の音はせよかし」（大弐高遠集《だいにのたかとおしゅう》）のように、吉備の中山といえば細谷川とともに詠まれることが多い。備中国は天慶九年（九四六）村上《むらかみ》天皇の大嘗会でも主基国に選ばれ、この時は「ときはなる吉備の中山おしなべて千年を松のふかき色かな」（新古今・賀・読人知らず）という歌が詠まれている。『平家物語』巻二「大納言死去」には、打倒平家を企てた鹿ケ谷《ししがたに》事件の首謀者の一人である大納言藤原成親《なりちか》が「備前・備中両国の堺、庭瀬の郷吉備の中山といふところ」において惨殺されたことが語られる。吉備の中山の西側には、備中一宮である吉備津《きびつ》神社が鎮座している。この神社は御《み》釜祓《かまばらい》の神事で知られる。釜に湯を沸かして吉凶を占うのであるが、吉兆ならば釜は牛の鳴くような音をたて、凶兆ならば無音であるという。『雨月《うげつ》物語』「吉備津の釜」は話の発端に御釜祓の神事をすえて、釜が無音であったにも関わらず結婚した男女の壮絶な愛憎を描く。（鈴木宏子）

備前・備中・備後・美作・歌枕　枕詞・山　松　色　平家　牛　男・女

黍　きび

イネ科の一年草。東アジア原産で、古くから食用に栽培されてきた。秋、緑色の花穂を房状につける。花後に淡黄色で球形の実を結び、主食として食べるほか、粉にして餅・飴・酒などの原料とする。古くは「きみ」ともいい、その語源は「黄実《きみ》」とも「黄米《きみ》」ともされるが、不詳。『和名抄』には、食用となる穀類のうち「粟類《あは》」の中に「舟黍《あかききみ》」「秬黍《くろききみ》」の名が見える。『日葡辞書』では、五穀の一つにあげられている。

『万葉集』には、「梨棗黍《なしなつめきみ》に粟嗣《あはつ》ぎ延《は》ふ田葛《くず》の後《のち》も逢はむと葵花《あふひ》咲く」（万・十六・三八三四・作者未詳）と詠まれている。一首は、「数種《くさぐさ》の物」を詠み込んだ歌の一つで、梨、棗、黍に粟《あわ》がついで実り、蔓《つる》を伸ばす葛《くず》のように後にまた逢おうと冬葵《ふゆあおい》に花が咲くの意。六種の植物が季節順に並べられるが、「黍《きみ》」には「君」が掛けられており、「黍に粟」で「君に逢は」の意となる。なお、「葵《あふひ》」にも「逢ふ日」が掛けられている。

秋・黄　餅　酒　粟　梨　葵　葛

和歌　季語・俳諧　月

平安時代以降の和歌にはほとんど詠み込まれることはなかったが、江戸時代には秋の季語として俳諧に詠まれた。去来《きょらい》の「名月や縁《えん》取まはす黍の虚《から》」（炭俵・下）は、縁側一面に干し広げられた黍殻により農家の月見の景を表現している。（高桑枝実子）

黄表紙　きびょうし（きべうし）

草双紙

江戸時代の絵入り小説の一様式。主に安永四年（一七七五）から文化三年（一八〇六）にかけて流行した草双紙の呼称。半紙二つ折本、一冊五枚、二から三冊で一部とするのを基本形態とした。子供や女子を対象とした他愛のない内容の草双紙であった青本は、最初萌葱色の表紙を付けていたが、やがて黄色の表紙を付けるようになり、明和年間（一七六四―一七七二）ごろから、内容的にも次第に洒落・滑稽・風刺を旨とする大人向けのものとなっていった。こうした中、安永四年に恋川春町《こいかわはるまち》作・画による『金々先生栄華夢《きんきんせんせいえいがのゆめ》』が書かれた。これ以降の青本を黄表紙と呼ぶのであるが、実際にはかなり後まで青本の呼称が用いられた。代表的作者としては、春町の他に朋誠堂喜三二《ほうせいどうきさんじ》・山東京伝《さんとうきょうでん》・式亭三馬《しきていさんば》・曲亭馬琴《きょくていばきん》・十返舎一九《じっぺんしゃいっく》などがあげられる。文化ごろより敵討物などの流行により長編化が起こり、何冊かを合冊して出版する合巻に移行した。（杉田昌彦）

合巻

貴船　きふね

山城・歌枕　賀茂　大和

山城《やましろ》国の歌枕。「貴布禰」「木船」とも書く（続日本後紀・下学集・山州名跡志）。京都市左京区北部、賀茂川の上流貴船川に沿う谷間の地域をさす。貴船神社（貴船の宮）があり、「貴船」というとこの貴船神社のことをさすことも多かった。「丹貴二社」と並び称されるなど、古代より、大和《やまと》の丹《に》生《う》川上《かわかみ》神社とともに祈雨の霊験ある社として崇敬された（続日本後紀・日本三代実録・日本紀略など）。ここに詣でた和泉《いずみ》式部の歌、「もの思へば沢の蛍もわが身よりあくがれにけるたまかとぞみる」（後拾遺・神祇・一一六二）という一首も有名である。恋しい男の通いの足がしだいに遠ざかりつつあったころ、和泉式部がこの神社の御手洗川《みたらしがわ》に飛ぶ蛍を見て、「自分の恋のもの思いのせいで我が身から遊離した魂か」と詠んだ一首である。『後拾遺集』はこの歌への返歌として、貴船明神《きふねみょうじん》が慰めの歌を返したという伝説を記す。後世、貴船を詠む和歌というと、この贈答歌を踏まえたものが非常に多い。『栄花《えいが》物語』巻二七や謡曲「鉄輪《かなわ》」などにも恋に悩む女に縁の深い神社として登場する。人々の呪詛を聞く神でもある。（室田知香）

男　御手洗川・蛍　魂　和歌　謡曲　女

京　きょう（きやう）

都　朱雀　邸

帝都のことで、おもに平城京、平安京が該当する。平安時代以降は、もっぱら平安京をさし、平城京は「奈良の京」と呼ばれる。平安京は、平城京と同様に条坊制によって区画がなされ、南北に走る朱雀大路《すざくおおじ》を境に右京と左京に分かれていたが、右京は低湿地であったので開発が進まず、左京、それも四条以北に貴族の邸が集中したため、実質上の中心は本来の計画よりはずっと東に偏ることになった。

和歌
宇治

ことばとして「都」との違いは、「都」が政治や文化の中心地で、とくに貴族たちにとっては自分たちの所属する場という意味であるのに対して、「京」は、主に地方や周辺部との対比から空間的に指示される場合に用いた。たとえば、『土佐《とさ》日記』に、「都の近づくを喜びつつ上る」とあって、実際に入京するところでは、「京に入りたちてうれし」とある。前者には、もともと自分がいたところという意味合いがある。また、和歌では、「都」を用いた。東下りなどを描く『伊勢《いせ》物語』や、物詣などを描く『蜻蛉《かげろう》日記』、宇治を舞台とする『源氏物語』宇治十帖などでは、「京」に偏っている。

江戸・大坂
筑紫
東（あずま）・男・女

平安時代までは、国の中心としての京の地位は揺るがなかったが、鎌倉幕府誕生以降は、次第にその絶対性が後退してゆき、とりわけ南北朝の対立や応仁の大乱は、京に打撃を与えた。江戸時代には、江戸、大坂が発展したため、それぞれ政治、経済、文化を代表する三都の趣を見せるにいたった。「京の着倒れ、大坂の食い倒れ」「京へ、筑紫に、坂東さ」「東男に京女」などの成句が生まれるのも、京が他地域との相対関係で捉えられるようになったためである。しかし、文化の中心として憧れの場所であることに変わりはなく、『京童《きょうわらわ》』をはじめとする数多くの案内書が作られ、『東海道中膝栗毛《とうかいどうちゅうひざくりげ》』などのような上洛の旅を描く作品が現れる。

（高田祐彦）

狂歌　きょうか（きやうか）

和歌

常体を逸した和歌。『万葉集』の戯笑歌《ぎしょうか》、『古今集』の俳《はい》諧歌《かいか》などの滑稽卑俗な歌に起源を求める見方もある。しかし、狂歌は本来記録されるものではなく、歌人達の間で言い捨ての即興であったのが、鎌倉時代以降次第に書き留められるようになっていったとみるのが妥当と思われる。室町時代には政情不安を反映した落首《らくしゅ》や、宗教者による道歌《どうか》の影響も受けつつ、狂歌という歌体が整えられていった。

歌体
貞門・俳諧
洒落本

近世の狂歌は、江戸時代初期、貞徳《ていとく》の指導によって、貞門俳諧とともに広く庶民の間に広まった。『古今夷曲集《ここんいきょくしゅう》』『吾吟我集《ごぎんわがしゅう》』などの歌集のほか、狂歌や狂歌咄《きょうかばなし》を収めた仮《か》名草子《なぞうし》も多数出版されている。こうした貞門俳人を中心とした狂歌が上方で流行した。江戸風の狂歌はそれよりかなり遅れて明和《めいわ》六年（一七六九）、唐衣橘州《からころもきっしゅう》が開いた狂歌会に始まる。洒落《しゃれ》本や狂詩ブームを背景に、橘州・四方赤良《よものあから》（大田南畝《おおたなんぽ》）ら優れた作者が輩出した。和歌的優美を志向するか否かなどの対立もみられるが、基本的に自由で歯切れがよく機知と笑いを楽しむ作風は『万載《まんざい》狂歌集』に結実し、狂歌は爆発的に流行した。この時期の狂歌を最盛期の元号から天明《てんめい》ぶりと呼ぶ。この狂歌の流行は明治・大正にまで及ぶが、寛政の改革以降は大衆化し、質的に著しく低下した。

（深沢了子）

狂言　きょうげん（きやうげん）

能

多く能と同じ舞台で演ぜられる滑稽を主とした芸能。能に挟まれて演ぜられることが多い。登場人物は少なく、中心的人物をシテ、脇役的人物をアドと呼び、その他、数人の演者の会話によって話は進行する。成立の過程は不明であるが、鎌倉時代末期に猿楽の中の音楽的要素が能となり、喜劇的な面が狂言となったのではないかという説がある。ただし、断定できない。室町時代に演じられた過程で少しずつ台本が確定して行き、室町時代末期にはかなり多くの狂言台本ができたのではなかろうか。内容は先に述べたように滑稽を主とするが、その対象となるのは、大名を名乗る者が多く、当時の下剋上の世相を反映し、庶民層の笑いであったと考えられる。現在、二六〇ほどの曲があるが、内容から「脇狂言」「大名狂言」「小名狂言」「婿狂言」「女狂言」「鬼狂言」「山伏狂言」「出家狂言」「座頭狂言」「舞狂言」「雑狂言」とに分類される。能と同じ舞台で演じられることが多いとしたが、狂言役者は能の家に所属し、江戸時代初期に「大蔵《おおくら》流」（金春《こんぱる》座付）「鷺《さぎ》流」（観世《かんぜ》座付）「和泉《いずみ》流」（幕府お抱え）の三流に分かれる。幕府の崩壊に伴い、三流とも宗家が中絶するが、後、大蔵・和泉の両流は復興される。　（山口明穗）

京童　きょうわらわ（きやうわらは）

無頼の徒というのに近く、エネルギーをもてあました京都市中の若者をいった。『宇津保《うつほ》物語』には、あて宮の懸想人である上野《こうずけ》の宮が相談を持ちかける怪しげな連中の中に、「陰陽師、巫《かんなぎ》、博打、京童、嫗、翁」（藤原の君）と見えている。『新猿楽記』に「京童の虚左礼《そらざれ》、東人の初京上り」とある猿楽の演目では、初めて京に上ってとまどう東国の人を、はしゃいでばかにする役どころらしい。『今昔物語集』などによれば、検非違使《けびいし》と刀を抜いて争い、追いつめる武の者もあった。南北朝時代の『二条河原落書《にじょうがわらくしょ》』は、「この頃都にはやるもの」を多数列挙した最後に、「京童の口ずさみ、十分の一をもらすなり」として、いかに京童が口さがない連中であるかを彷彿とさせている。そのころから単なる無頼の徒を越えて、社会に批判を向けるような眼と口をもった人々という意味合いをもちはじめ、いわゆる町衆を形成する前段階の存在となる。江戸時代には、『京童』という京都案内の書も出ている。　（高田祐彦）

京
懸想
嫗・翁
検非違使

清滝　きよたき

山城《やましろ》国の歌枕。現在の京都市右京区嵯峨清滝。和歌には「清滝川」というかたちで詠まれることも多い。清滝川は、京都市北部の山間部を抜け、清滝の集落を抜けるとやがて大堰川《おおいがわ》（保津川《ほづがわ》・桂川《かつらがわ》）に合流する川である。「清滝」は、その名が、曇りなく清く澄む滝という美しいイメージを思わせることから、同じく清く澄む月の景や、その月が清流に映る景、冬の水上に冴える氷、櫂の雫など、澄明なイメージを与える素材とともに好んで和歌に詠まれた。

清滝は、愛宕《あたご》詣での宿駅として開けた地である。霊山としての愛宕山の信仰は、源為憲《ためのり》『口遊《くちずさみ》』所伝官符や『三代実録』の記事などによれば、平安時代初期にはすでに高まっていたことが知られる。また『愛宕山神道縁起』や『山城名勝志』所載白雲寺縁起によれば、天武《てんむ》天皇の時代、役小《えんのお》角《づぬ》・泰澄《たいちょう》が清滝から愛宕山に登り、その途中天狗が集まる大杉に遭遇し、それを清滝四所明神として祀ったのだという。

山城・歌枕・和歌
大堰川・桂川・川
月
冬
愛宕（おたぎ）
杉

『散木奇歌集《さんぼくきかしゅう》』には、大井川（大堰川）から清滝川まで舟遊びをして上り、清流の上で月を愛で歌を詠みあったことが記されている。『明恵上人集《みょうえしょうにんしゅう》』にも、清滝川のほとりに遊び、夕立にずぶ濡れになった野趣を愛でる歌が残る。古来、風光明媚な地として愛され、時に野遊の場となったことが知られよう。時代は下って松尾芭蕉《まつおばしょう》の句にも「清滝や波にちりこむ青松葉」とある。（室田知香）

清見潟（清見が関）　きよみがた

現在の静岡県清水市付近の海岸。南西に行くと三保《みほ》の松原があり、北東には富士山も望めるため、古来絶景の地として知られている。また、清見が関は同地にある関所。清見の地の文学作品への登場は古く、すでに『万葉集』に「廬原《いほはら》の清見の崎の三保の浦の寛《ゆた》けき見つつもの思ひもなし」（三・二九六・田口益人）と詠まれているが、和歌に多く詠まれるようになるのは平安時代後期ごろからで、「夜もすがら富士の高嶺に雲きえて清見が関にすめる月かな」（詞花・雑上・藤原顕輔）「ちぎらねど一夜はすぎぬ清見潟浪にわかるる暁の雲」（新古今・羇旅・藤原家隆）など、月や波とともに詠まれることが多い。月と組み合わせるのは、地名「清見」と関連させるため。清見が関は、『更級《さらしな》日記』にも「清見が関は、かたつ方は海なるに、関屋どもあまたありて、海までくぎぬきしたり」と見え、平安時代には多くの関屋（関所の番小屋）があったようだが、中世以降は廃れたらしい。（吉田幹生）

松　富士山　関　和歌　月・波　海

清水　きよみず（きよみづ）

清水寺のこと。現在の京都市東山区清水。音羽山清水《おとわやませいすい》寺《じ》。十一面観音像を本尊とし、西国三十三所の第十六番目の札所。宝亀九年（七七八）に僧延鎮《えんちん》が寺を起し、延暦十七年（七九八）、坂上田村麻呂《さかのうえのたむらまろ》を願主として建立したという由来は、『清水寺縁起』などに語られる。鎮護国家の道場であったが、その後、興福寺に属して、法相宗・真言宗を兼ねた。景勝の地で、除病延命・増益に験があるとされた。観音の霊所として平安貴族・庶民の信仰を集め、霊水「音羽の滝」に打たれて修行した。『蜻蛉《かげろう》日記』下巻、天禄三年（九七二）三月十八日、清水に詣でる人にお忍びで同行したとある。十八日の縁日には参詣の人々で賑わった。『枕草子』には「さわがしきもの」の段にも「一八日に、清水にこもりあひたる」と参籠する人々の喧騒を数えている。『源氏物語』夕顔《ゆうがお》巻、光源氏は頓死した夕顔の葬送のために、「清水の方ぞ光多く見え、人のけはひもしげかりける」と、参詣の人々で賑わうたくさんの灯火を清水の方角に見るのは、八月十七日の夜である。死穢に触れた光源氏は、川の水に手を洗い清水の観音を念じた。多くの人々が行き交う男女の出会いの場で、『大和《やまと》物語』一六八段でも小野小町《おののこまち》と遍照《へんじょう》とが出会う。『今昔物語集』巻十六には観音の霊験で貧しい女が男と出会う話が載り、御伽草子の『物臭太郎《ものぐさたろう》』など、清水で妻と結ばれる話は多い。院政期には聖の往生の地とされ、浄土を願う人々の信仰を得、田村麻呂の故事から武将にも信仰された。清水坂《きよみずざか》は、義経《よしつね》と

真言　験　観音　川・水　男・女　妻　聖　武将→武士

比叡山

弁慶《べんけい》の伝説の舞台でもある。興福寺・延暦寺の対立のための比叡山の衆徒の乱入などにより、しばしば火災にあい、その度に再建された。『平家物語』巻一「清水寺炎上」にも描かれるところである。「清水の舞台から飛ぶ」とは、思い切った決断のことで、江戸時代には舞台から無事に飛び降りると悲願が叶うとされた。

（高木和子）

桐　きり

葉　琴　対馬　少女　花・紫

『枕草子《まくらのそうし》』「木の花は」の段は、「きり」について、葉の広がり方は嫌だが他の木々と同じ扱いをしてはならない木、と触れている。その理由は、漢土の伝説で、瑞鳥鳳凰《ほうおう》がこの木をのみ選んでとまるものといわれ、また琴の材となり様々な音《ね》を生む木だからという。中国では古来、「梧桐《ごとう》」と鳳凰との強い結びつきがいわれており（詩経・大雅・巻阿、および同箇所鄭玄注）、また「椅桐梓漆」といった植物が琴の材として重んじられていたことも伝わっている（詩経・国風・鄘風・定之方中、および同箇所朱熹注）。『万葉集』（八一〇―八一一）には、もと対馬《つしま》の「梧桐」であった「日本琴《やまとごと》」が大伴旅人《おおとものたびと》の夢に少女の姿となって現れ、琴となった来歴を語り、旅人と歌を詠み交わしたという話が載るが、これも中国の詩賦を踏まえたものである。『枕草子』は、漢文学の素養をもって、空想の世界の霊木のような樹木として「きり」を語ったのである。なお、『枕草子』同段の叙述に「花、紫に咲きたる」とある点は、現代でいうところのキリ（ゴマノハグサ科）の特徴と思われるが、前述の「梧桐」は現代でいうアオギリ（アオギリ科）、「椅桐《いとう》」はイイギリ（イイギリ科）あるいはアオギリかといわれる。『和名抄《わみょうしょう》』によれば、この時代、「きり」というとこれらの樹木すべてをさした。「梧桐」あるいは「きり」の落葉は、漢詩文やそれを踏まえた中世和歌などにおいて、秋の訪れを伝える景物としてもよく詠じられている。

秋

（室田知香）

霧　きり

春・霞・雁　秋　川・山・山里

『古今集』に「春霞かすみて去《い》にし雁がねは今ぞ鳴くなる秋霧の上に」（秋上・読人知らず）とあるように、同じ自然現象であるにもかかわらず、春は霞、秋は霧と峻別するようになっていた。『万葉集』の時代は、『古今集』ほどには厳密でなかった。この霧の立ちこめるのは、一日のうちでは朝か夕、これは『万葉集』も『古今集』も同じ。また場所でいえば川や山、特に平安時代の歌文では山里という環境が目立つ。

朝・戸　妻

霧は秋の景を詠む歌に多用されているが、恋の歌にも少なくない。『万葉集』に「我妹子《わぎもこ》に恋ひすべながり胸を熱《あつ》み朝戸《あさど》開《あ》くれば見ゆる霧かも」（十二・三〇三四）は、恋の嘆きの息が霧になるとする発想によっている。妻が恋しくてならず胸が熱いので朝戸を開けると霧が一面に立ちこめている、の意である。

和泉《いずみ》式部の歌に、「人は行き霧は籬《まがき》に立ちとまりさも中《なか》空《ぞら》にながめつるかな」（和泉式部集）とある。後朝《きぬぎぬ》の歌で、早朝男を送り出した後の女の、中空にさまようような、自分ながらつかまえどころのない物思いを詠んでいる。朦朧とした恋の世界にひとり残された思いである。この歌は後世の人々にも愛誦されたらしく、室町時代の歌謡に「うしろかげを　見むとすれば　霧がなう　朝霧が」（閑吟集）とあるのも、この歌の趣である。このように、霧は恋のなごり、あるいはその霧は相手との距離を隔てる障碍をもイメージする。

小野・宇治・物語　都

『源氏物語』では、夕霧《ゆうぎり》巻の小野の山里、宇治十帖の宇治が霧深い土地柄として、物語の重要な舞台装置になっている。とりわけ宇治十帖では、薫《かおる》という人間像と不可分に関わってもいる。なぜなら、都の現実世界でその栄達の道を歩んでいく薫が、一方では霧のかなたに足を踏みこんでは世俗の穢れから逃れようとするからである。彼の歌に「秋霧のはれぬ雲居にいとどしくこの世をかりと言ひ知らすらむ」（椎本）とある。彼は霧に隔てられることを通して、都と宇治との往還によって実人生に対して平衡感覚をさえ保とうとするのである。

俳諧・和歌・秋・田　馬

近世の俳諧でも、和歌の伝統を受け継いで、秋の景の朦朧とした幽玄味を言い表す作が多い。「名月に麓《ふもと》の霧や田の曇り」（芭蕉）「馬の口よくとれ霧の谷深し」（去来）など。

（鈴木日出男）

義理　ぎり

もともとは宗教・倫理・哲学的な意味合いで、正しい筋道・道理、人として行うべき道をさした。『今昔物語集』巻七・四二において「願はくは、経の義理を悟りて、衆生の為に演べ説かむ」とあるのは、その本来的な語義での用例であるといえよう。後に次第に広義に用いられるようになり、文学論書においては思想上の論理的内容をさす言葉として用いられたり、あるいは「さればこそ憂世なれといへば、いやその義理ではない」（仮・浮世物語・一・一）などのように、単に語句や文章の意味内容をさす用法が見られるようになった。

世

侍→武士

また、「よき侍のふるまい、弓矢の義理、これにしかじと惜しまぬ者はなかりけり」（曽我・二・祐清京へのぼる事）のように、様々な対人関係の中において、社会的立場上果たしていかなければならない道義の意味でも用いられ、とりわけ江戸時代になると、儒教道徳の「義」の思想の影響もあり、守るべき社会通念として重んじられた。日本の近世文学においては、たとえば、近松門左衛門《ちかまつもんざえもん》が浄瑠璃『山崎与次兵衛寿の門松《やまざきよじべえねびきのかどまつ》』下の中で「親の許した女房は、義理と情の二面。かけて思へど甲斐もなく」と用いたように、人間の内面世界において個人の内なる私的感情としての情（じょう・なさけ）、人情と併存し葛藤することにより、その相克に苦悩する人間を描き出す作品世界の装置として、大きな役割を果たした概念であるといえる。人は、しばしば自らの人情を抑圧して義理を果たさねばならないことから、「いはねばならぬ義理になって」（浮・好色一代男・二・三）のごとく、内心に反して世間体上仕方なくそうしなければならない言動の意としても使用されるようになった。

心・世間→世

（杉田昌彦）

蟋蟀　きりぎりす

現在のこおろぎ。『万葉集』では「蟋」「蟋蟀」の表記で

秋・風・藤袴

合わせて九例見られるが、これらは「きりぎりす」と読むと字余りになるので現在では「こほろぎ」と読むことが多い。しかし、『和名抄』には「蟋蟀　木里木里須」とし、また『古今集』の「秋風にほころびぬらし藤袴《ふぢばかま》つづりさせてふ蟋蟀《きりぎりす》鳴く」（雑体・在原棟梁・一〇二〇）は、「つづりさせ」と鳴く現在のコオロギを「きりぎりす」と呼んでいる。新《あら》井白石《いはくせき》も、『東雅《とうが》』に「古《いにし》へにキリギリスといひしものは今俗にコホロギといふこれなり」と記している。

霜

冬

「きりぎりす」は、歌に詠まれる秋の代表的な景物の一つ。「蟋蟀いたくな鳴きそ秋の夜の長き思ひは我ぞまされる」（古今・秋上・藤原忠房《ただふさ》・一九六）や、百人一首で有名な「きりぎりす鳴くや霜夜《しもよ》のさむしろに衣片敷《かたし》きひとりかもねむ」（新古今・秋下・藤原良経《よしつね》・五一八）のように、冬近く秋の独り寝の夜長の悲しみをかきたてるものとして詠まれる。

俳諧

そのイメージは、「むざんやな甲《かぶと》の下のきりぎりす」（松尾芭蕉）など俳諧《はいかい》の世界にも脈々と受け継がれている。

（白石佳和）

麒麟　きりん

牛

古代中国の想像上の動物。体は鹿、尾は牛、蹄は牛に似ており、色は五彩。頭上に一角があるが、その端には肉があって物を害さず、歩いては虫や草も踏まないとされる仁獣である。なお、『和名抄《わみようしよう》』などは、「麒」はその牡を、「麟」はその牝をさすとする。

雉

鳳凰などとともに、聖王の治世に出現する瑞獣《ずいじゆう》とされたことから、『日本書紀』に「所謂る、鳳凰・麒麟・白雉・白鳥、若斯《かか》る鳥獣より、草木に及《いた》るまで、符応有る《しるしこたへ》は、皆是、天地の生《な》す所の、休祥嘉瑞《よきさがよきみつ》なり」（紀・孝徳）とあるのをはじめ、『性霊集《しようりようしゆう》』や『曽我《そが》物語』など、麒麟を引いて聖代を言祝《ことほ》ぐ記述は数多い。もっとも、太平の御代である江戸では、「見せ物に麒麟も出ん御代の春」（俳諧・江戸広小路・立志）のように聖代の瑞獣も見せ物に言いかけられる。

江戸・春

黄表紙

山東京伝《さんとうきようでん》の黄表紙『孔子縞于時藍染《こうしじまときにあいぞめ》』序文「鳳凰時をつくらねば、きぬぐ〳〵の愁もなく、麒麟人を吠ねば、夜道する邪魔にもならず」もまた、仁獣としての麒麟をからかったもの。一説に、麒麟は龍と牛が交わって生まれるとされ、

龍

牛

滝沢馬琴《たきざわばきん》の読本『南総里見八犬伝《なんそうさとみはつけんでん》』には、「龍の性は淫にして、交ざる所なし。牛と交れば麒麟を生み」とある。なお、中世や近世の文学作品では「麒麟も老いぬれば駑馬《どば》に劣る」という諺で引かれることが多い。ほかにきわめて珍しいことのたとえとして、「麒麟の一角」という諺もある。

（水谷隆之）

切れ　きれ

写本・古筆

日記

鎌倉時代初期以前に書写された写本を古筆といい、それを切断した断簡を古筆切という。写本の切断が、すなわち切れの発生ということになる。三条西実隆《さんじようにしさねたか》の日記『実隆公《さねたかこう》記《き》』に、藤原俊成《しゆんぜい》筆『住吉百首』の切れの掛軸のことが見える。切れの発生は室町時代に始まっていたのである。桃山時代以降、茶の湯の隆盛にともなって、茶席の床にかける掛物の需要が増える。当然、切れも急速に増加する。

そのような状況のなかで、切れ（古筆切）の真贋が問わ

れ、鑑定がもとめられるようになる。烏丸光広《からすまるみつひろ》や中院通村《なかのいんみちむら》などの公家の目利きもいたが、やがて鑑定を生業とする専門家が現れる。古筆了佐《こひつりょうさ》を初代とする、古筆家の人々である。彼らが、珍重された切れに「……切」という名称を与えたのである。

切れの命名は、所蔵者・所在地によるもの、料紙の形態・特徴によるもの、書風によるもの、書写の内容によるものなどに類別できる。所蔵者・所在地によるものには、「本《ほん》阿弥切《あみぎれ》」（本阿弥光悦《ほんあみこうえつ》旧蔵の伝小野道風《おののみちかぜ》筆『古今集』の断簡）、「小島切」（小島宗真《こじまそうしん》旧蔵の伝道風筆『斎宮女御集』の断簡）、「烏丸切《からすまるぎれ》」（烏丸光広旧蔵の伝藤原定頼《さだより》筆『後撰集』の断簡）、「小堀切」（小堀遠州《こぼりえんしゅう》旧蔵の伝源道済《みちなり》筆『朝忠集《あさただ》』の断簡）、「中院切《なかのいんぎれ》」（中院通村旧蔵の伝源実朝《さねとも》筆『後拾遺集』の断簡）、「紹巴切《じょうはぎれ》」（里村紹巴《さとむらじょうは》旧蔵の藤原定家筆『後撰集』の断簡）、「高野切《こうやぎれ》」（高野山文殊院《こうやさんもんじゅいん》に伝来した伝紀貫之《きのつらゆき》筆『古今集』の断簡）、「八幡切《やわたぎれ》」（男山八幡《おとこやまはちまん》に伝来した伝道風筆『麗花集《れいかしゅう》』の断簡）、「東大寺切」（東大寺に伝来した伝源俊《とし》頼《より》筆『三宝絵詞《さんぼうえことば》』の断簡）、「金沢文庫切」（金沢文庫に伝来した伝尊円《そんえん》親王筆『万葉集』の断簡）などがある。

料紙の形態・特徴によるものには、「筋切」（銀泥の筋が引かれている料紙に書かれた、伝藤原佐理《すけまさ》筆『古今集』の断簡）、「升色紙《ますしきし》」（ほぼ正方形すなわち升形の料紙に書かれた、伝藤原行成《ゆきなり》筆『深養父集《ふかやぶ》』の断簡）、「香紙切《こうしぎれ》」（香染めの料紙に書かれた、伝小大君《こおおいぎみ》筆『麗花集』の断簡）、「墨流切《すみながしぎれ》」（墨流しの文様のある料紙に書かれた、伝藤原有《あり》家《いえ》筆『新古今集』の断簡）、「箔切《はくぎれ》」（金銀の切箔で霞形をほどこした料紙に書かれた、伝藤原為家《ためいえ》筆『金葉集』の断簡）などがある。

書風によるものには、「針切《はりぎれ》」（針のように鋭い筆跡で書かれた、伝行成筆『相模集《さがみしゅう》』『重之子僧集《しげゆきのこのそうのしゅう》』の断簡）、「大《だい》字朗詠集切《じろうえいしゅうぎれ》」（普通の古筆切の字よりも大きな字で書かれた、伝行成筆『和漢朗詠集』の断簡）などがある。

書写内容によるものには、「自家集切」（伝紀貫之筆の『貫之集』を書いた断簡）、「久安切《きゅうあんぎれ》」（藤原俊成筆の『久安百首』を書いた断簡）、「夢記切《ゆめのきぎれ》」（明恵《みょうえ》筆の自らが見た夢を記録した断簡）などがある。 夢

切れ（断簡）とはいえ、そのなかには散佚作品の切れ（『如意宝集《にょいほうしゅう》』の断簡である伝宗尊《むねたか》親王筆「如意宝集切《にょいほうしゅうぎれ》」、『麗花集』の断簡である伝道風筆「八幡切」、同じく伝小大君筆「香紙切」）、作者編者自筆の切れ（俊成筆『千載集』の断簡である「日野切《ひのぎれ》」など）、孤本・証本の切れ（二十巻本『類従歌合《るいじゅううたあわせ》』のなかの延喜元年八月十五夜或所歌合や天慶二年二月二八日貫之家歌合など）など、本文価値のすこぶる高いものが少なからず存在する。 歌合

（池田和臣）

切字　きれじ

連歌・俳諧用語。発句が一句として独立性を保つために、句中または句末で特別に切れる働きをする助詞・助動詞などをいう。発句は切字によって意味が完結し、そのことで一句の中に詩情を湛えることができた。 連歌・俳諧

切字の起源は、永久《えいきゅう》三年（一一一五）ごろ成立した『俊《とし》頼髄脳《よりずいのう》』が、二句からなる短連歌において、上の句も独立した句として言い切るべきだと説いたところにその萌芽が

見られる。

これがやがて鎌倉時代初期の『八雲御抄《やくもみしょう》』などの、連歌の発句は必ず言い切るべきだという考え方に発展し、二条《にじょう》良基《よしもと》らの時代には、始めて切字説が整った形で見られるようになる。室町時代には「かな・けり・もがな・はね字（らん）・し・ぞ・か・よ・せ・や・れ・つ・ぬ・ず・に・じ・へ・け」の十八字が広く切字として認識されるに至った。さらに時代とともに切字は増加し、安土桃山時代の『連歌至宝抄《しほうしょう》』では、二二字になっている。

俳諧においても、切字に対してはおおむね連歌の考え方を踏襲した。しかし数は増加し、それとともに切字の説は煩雑でわかりにくくなっていった。松尾芭蕉《まつおばしょう》が「切字なくては、ほ句のすがたにあらず、付句《つけく》の体也」（三冊子）と切字の役割を認めつつ、「切字を加へても付句のすがたある句あり。誠にきれたる句にあらず。又、切字なくても切る、句あり」（同）、あるいは「切字に用ふる時は、四十八字皆切字也。用ひざる時は一字も切字なし」（去来抄）と述べているのは、切字の意義を正確に理解しているものといえよう。

和歌

切字には和歌のてにをはの用法から変化した面がある。『手爾葉《てには》大概抄之抄』（伝宗祇《そうぎ》）では、てにはの「や」につき、様々な助詞に通う用法がありとし、さらに富士谷成章《ふじたになりあきら》が『あゆひ抄』の中で「や」を採り上げ、本来は「ささなみや志賀《しが》」「大原《おおはら》や小塩《おしお》の山」のように名詞に冠する語を示す働きをしていたものが「武蔵野や行けども秋の果てぞなき如何《いか》なる風か末に吹くらむ」（新古今）のように、動詞に続く用法までがあるようになるとする。ある語を示し、後にそれに関する事態を述べる用法で後の切字の端緒となるものといえる。（深沢了子）

志賀・大原・小塩の山・武蔵・風

水鶏　くいな（くひな）

ツル目クイナ科の水鳥の総称であるが、古典文学に登場する「くひな」は、主に夏に南方から渡ってきて繁殖するヒクイナのこと。ヒ（緋）クイナは、全体に赤味の強い褐色をしている（あご・のどは白い）。鳴き声は、カタカタと人が戸を叩く音に似ている。このため、水鶏の鳴くことを「たたく（叩く）」といい、人の訪れ、特に女のもとへの男の訪れを想起させるものとされた。

夏　女　男

『紫式部日記』には、藤原道長《みちなが》とおぼしき男性が夜に訪れて戸を叩いたにも関わらず「おそろしさに、音もせで明かし」た翌朝に、「夜もすがら水鶏よりけになくなくぞ真木の戸口にたたきわびつる」という和歌が届き、紫式部が「ただならじ戸ばかりたたく水鶏ゆゑあけてばいかに悔しからまし」という返歌を詠んだという記事がある（『新勅撰集』では道長の贈歌とされる）。男を部屋に入れる入れないのかけひきが、水鶏によって表現されているのである。（松岡智之）

戸　朝　和歌

句切れ　くぎれ

一首の短歌とはいえ、複数の文から構成されている場合がある。その何句目で文が終っているかを、初句切れ、二句切れ、三句切れ、四句切れとして区別することができる。

短歌→和歌

かたみ(形見)・袖・末の松山・波・春夏・香具山
山・月

それを句切れという。活用語の終止形や終助詞などで「。」(句点)のつく箇所である。ただし、全体が一文だけからできているのを無句切れという。一般に、『万葉集』の時代では二・四句切れ、『古今集』以後の時代では、初・三句切れが、比較的多いといわれる。

「契りきな。かたみに袖をしぼりつつ末の松山波こさじとは」(後拾遺・恋四・清原元輔)は、初句切れ。「春過ぎて夏来たるらし。白妙《しろたへ》の衣ほしたり。天の香具山」(万・一・二八・持統天皇)は、二句切れでもあり、四句切れでもある。また、「暗きより暗き道にぞ入りぬべき。はるかに照らせ。山の端の月」(拾遺・哀傷・和泉式部)は、三句切れでもあり、四句切れでもある。

また、一首全体のリズムとして、二・四句目で区切れる場合はその調べがおのずと五七調に、初・三句目で区切れる場合は七五調になる。

(鈴木日出男)

公家　くげ

武士

本来は、天皇および天皇を中心とする朝廷をさす用語であるが、鎌倉幕府の成立後、武士が武家と呼ばれたのに対して、朝廷に仕える人々、特に上層部の官人をさすようにもなり、公卿とほぼ同じ意に用いられた。江戸時代には、昇殿を許された家柄である堂上《とうしょう》家の廷臣をさす。

『源氏物語』には、「くげ」の用例はない。平安時代までの主な文学作品では、『大鏡《おおかがみ》』『今昔物語集』には「公家」の用例があるが、他の作品にはない。鎌倉時代以降の作品でも、『徒然草《つれづれぐさ》』『方丈記《ほうじょうき》』には「くげ」の用例がない。平安時代でも、正史には「公家」の用例があり、「こうけ」あるいは「おほやけ」と読む。「くげ」という読みは、「ぶけ」に対して生じたものと思われる。

(池田節子)

草香山　くさかやま

河内・山　難波　妹　夕　大和

河内《こうち》国東部(東大阪市)。現在の生駒山《いこまやま》。その西側のふもとに日下《くさか》(草香)の地があり、古代には難波津《なにわづ》の湾入した入り江に臨んでいた。『万葉集』巻六に、「五年癸酉、草香山を越ゆる時に、神社忌寸老麿《かみこそのいみきおゆまろ》の作る歌」と題して「難《なに》波潟《はがた》潮干《しほひ》の余波《なごり》委曲《よく》見てむ家なる妹《いも》が待ち問はむ為」(万・六・九七六)と詠まれ、また巻八に「草香山の歌一首」と題して「おし照る　難波《なには》を過ぎて　うちなびく　草香の山を　夕暮に　わが越え来れば……」(万・八・一四二八)などとあるように、古来草香山を越えて大和《やまと》方面と難波《なにわ》方面とをつなぐ山越えのルートがあった。『日本書紀』でも、東征した神武《じんむ》天皇が「河内国《かふちのくに》の草香邑《くさかのむら》」(紀・三)から上陸し、「胆駒《いこま》山」の「孔舎衛坂《くさゑのさか》」を越えて大和に入ろうとした逸話が記されており、これが草香山に当たるあたりであろうと考えられている。このとき神武天皇は長髄彦《ながすねひこ》の軍と戦い、手痛い敗北を喫して再び「草香津《くさかつ》」に退いたが、このときの神武天皇の楯にちなんで草香津を「楯津《たてつ》」あるいは「日下《くさか》の蓼津《たてつ》」と呼ぶようになったと『日本書紀』『古事記』は語っている。

(室田知香)

草双紙　くさぞうし（くさざうし）

主に江戸時代中後期に隆盛した絵入り小説の総称。各丁の大部分を占める挿画と、その余白に記された平仮名中心の文章から構成される。江戸時代初期ごろより女子や子供向けの絵本として出版されていたものが、延宝年間（一六七三—一六八一）前後に丹色の表紙を付けた赤本として様式が定着し、その後延享年間（一七四四—一七四八）ごろより黒色染めの表紙を使用した黒本と、萌葱色の表紙を付した青本が、相前後して発生した。青本は、明和年間（一七六四—一七七二）ごろから、次第に洒落・滑稽・風刺を旨とする大人向けのものとなり、安永四年（一七七五）の恋川春町《こいかわはるまち》作・画による『金々先生栄華夢《きんきんせんせいえいがのゆめ》』の出現により、黄表紙と呼ばれるようになった。寛政の改革を経て質的変化を余儀なくされ、筋の複雑化と内容の膨張をきたした黄表紙は、従来の五丁一冊の体裁から、文化四年（一八〇七）以降何冊かを合冊して出版する形式の合巻へと移り変わっていった。

（杉田昌彦）

仮名
黄表紙
合巻

櫛　くし

毛髪・髭・眉毛などをすき整えたり、束ねた毛髪を固定するのに用いる道具。縄文時代の遺跡から赤い漆塗の櫛など数々の櫛が出土しており、日本人の生活文化の歴史に深い根をもつ道具であることがわかる。古墳時代の人物埴輪にも櫛を額に挿した女性像がある。このころまでの櫛は、縦長の形状で獣骨や竹などを材とした。すでに縄文時代の櫛にも種々の細工が認められるが、主に女性が髪に挿す装飾具としての櫛の形状・意匠・材質・挿し方などが飛躍的に多様化するのは江戸時代中期以降である。「君なくはなぞ身装はむ櫛笥《くしげ》なる黄楊《つげ》の小櫛《をぐし》も取らむとも思はず」（万・一七七七・播磨娘子）など、万葉歌に詠まれる櫛は大陸から伝来し普及した横長状の黄楊製の挽《ひ》き櫛である。また櫛や鏡など女性の化粧用具を納める手箱を「櫛笥《くしげ》」と呼んだ。

櫛は、生活用具・装身具であるとともに、伊奘諾尊《いざなきのみこと》が黄泉国《よみのくに》で邪霊の追跡を阻むのに湯津爪櫛《ゆつつまぐし》という櫛を用いたと記紀の神話に記されることや、素戔嗚尊《すさのおのみこと》が出雲国《いずものくに》の八岐大蛇《やまたのおろち》を退治する際、奇稲田姫《くしいなだひめ》（櫛名田比売《くしなだひめ》）を櫛に変化《へんげ》させて髪に挿したとあることなどから、古来、魔除けの力をもつ呪具と考えられていたようである。また『日本書紀』に「夜擲櫛《なげくし》を忌む」（神代上）とあるのは、櫛には持ち主の霊魂が宿るため、邪悪な神霊にそれを占有されることで病や死を招くことに対する禁忌を意味するとされ、各地の民俗においても櫛にまつわる様々な禁忌が伝えられている。「娘子《おとめ》らが玉櫛笥なる玉櫛の神《かむ》さびけむも妹《いも》に逢《あ》はずあれば」（万・五二二・藤原大夫）など、「神さぶ」すなわち神々しい・齢《よわい》長《た》ける意の語を導く序詞に櫛が用いられるのも、櫛は神霊が宿るものとの観念が背景にあってのことであろう。

このように、櫛は神霊を降臨させ依りつかせる依代《よりしろ》の一つとされ、その意味で本来は串と通ずるともいわれる。またそこから、神の憑人《よりまし》となる神聖な人物の標示ともなった。さらに、倭建命《やまとたけるのみこと》が東国への遠征の途上で亡くした妻

女
竹
出雲
変化
霊（たま）・魂
娘子→少女・神・妹
序詞
妻

弟橘比売《おとたちばなひめ》の櫛を御陵《みささぎ》に埋葬したという逸話（記・中）や、菟原処女《うないおとめ》の処女塚《おとめづか》伝承を主題とする歌（万・四二一一—四二一三・大伴家持）に櫛が処女の墓標として詠まれていることなどからは、櫛が女性を象徴するものとみなされていたことがうかがえる。

（石田千尋）

鯨　くじら（くぢら）

クジラ目に属する哺乳類のうち大型の種類の総称。しばしば巨大な魚の類として扱われる。「近く小さき丘あり。体、鯨鯢《くぢら》に似たり。倭武の天皇、因りて久慈《くじ》と名づけたまひき。」（常陸国風土記）とあり、古代からその大きさが注目されていた。「せめて其人の在所をだに知たらば、虎伏野辺鯨の寄浦なり共、あこがれぬべき心地しけれ共」（太平記・四）というように、陸での虎に匹敵する、獰猛で巨大な生物と描かれる。食用として古くから珍重され、『四条流庖丁書《しじようりゆうほうちようしよ》』では「鯉ニ上ヲスル魚ナシ。乍レ去鯨ハ鯉ヨリモ先ニ出スモ不レ苦。其外ハ鯉ヲ上テ可レ置也」と鯉を最上とする原則のなかで例外の極上のものとして鯨が挙げられている。戦国時代には本格的な捕鯨がはじまり、成功すれば「七郷《なゝさと》の賑ひ、竈の煙立つゞき、油をしぼりて千樽《ちたる》のかぎりもなく、其身・其皮、ひれまで捨《すた》る所なく、長者に成は是なり。」（浮・日本永代蔵）と、多くの利潤をもたらすものであった。

常陸　虎

（高野奈未）

葛　くず

マメ科の蔓《つる》性多年草。山野に自生し、長さが十メートル以上にもなる丈夫な蔓を伸ばして繁茂する。葉は大きく、表面は緑色で、裏面は白色を帯びる。秋に、赤紫色の房《ふさ》状の花をつけ、葉を紅葉させる。蔓は籠《かご》などの日用品を編むのに用いられるほか、繊維をとり葛布《くずふ》を織るのに利用された。太い根は、薬や葛粉《くずこ》の材料となった。秋の七草の一つ。

『万葉集』では、地面を這《は》うように蔓を伸ばすさまから、「はふ葛の絶えず偲《しの》はむ大君の見《め》しし野邊には標結《しめゆ》ふべしも」（万・二十・四五〇九・大伴家持）のように「絶えず」「遠《とほ》永《なが》く」「行方《ゆくへ》も無く」などに続けて詠まれたり、秋に美しく紅葉するさまが詠まれたりする。また、「霍公鳥《ほととぎす》鳴く聲《こゑ》聞くや卯《う》の花の咲き散る岳《をか》に田葛《くず》引く少女《をとめ》」（万・十・一九四二・作者未詳）のように、葛を引いて採《と》る景を詠んだ生活歌も見られる。平安時代以降の和歌では、「ちはやぶる神のいがきにはふくずも秋にはあへずうつろひにけり」（古今・秋下・紀貫之）のように「這ふ葛」や紅葉などの実景が詠まれるほか、秋風に翻《ひるがえ》って白い葉裏を見せることから、「秋」に「飽き」を、「裏見《うらみ》」に「心《うら》」や「恨み」を掛けて恋愛の怨情を歌うことが多くなる。「秋風の吹きうらがへすくずのはのうらみても猶《なほ》うらめしきかな」（古今・恋五・平貞文）がその典型例である。

葉　紫　秋　ほととぎす　卯の花・少女　神　秋　紅葉　心・恨み

（高桑枝実子）

薬玉　くすだま

蓬　糸　菊

五月五日の節日に、菖蒲・蓬などを五色の糸で結んで垂らした物。肘にかけたり帳台の柱につり下げたりした。中国の続命縷《しょくめいる》が移入されたもの。「くす」は「奇《くす》し」「薬」などと同根で、邪気を払い寿命を延べる意味があった。後には麝香《じゃこう》・沈香《じんこう》・丁子《ちょうじ》などの香料を袋に入れ、造花で飾るようになった。『枕草子』「節は」の段にみるように、宮中では、五月五日に糸所から献上された薬玉を昼の御座の御帳にかけ、九月九日の重陽《ちょうよう》の節には菊と茱萸《ぐみ》の袋に替えるのがならわしであった。（大井田晴彦）

百済　くだら

唐（から）・新羅　仏教→仏

四世紀から七世紀、朝鮮半島にあった王朝。日本でクダラと訓む理由は定かでない。四世紀ころ、中国の属郡であった帯方郡《たいほう》（半島中部西岸）を占拠、小国家を糾合して自立。やがて高句麗《こうくり》を攻めて勝利し、漢山（ソウル）に都を置き、隆盛を誇った。しかし四世紀末から逆に高句麗に圧迫されるようになり、南の熊津《ゆうしん》（現在の忠清南道公州《こんじゅ》）に遷都、さらに近くの泗沘《しひ》（忠清南道扶余《ぷよ》）へと移った。六六〇年、唐と新羅の連合軍によって滅亡。その遺臣と日本の連合軍によって復興が企てられたが、六六三年の白村江《はくすきのえ》の戦いによって敗北し、百済王家は、日本に亡命して臣下となった。日本（倭）との関係は、それ以前から深く、文化先進地域として、日本に与えた影響は大きい。その代表として、応《おう》神《じん》天皇の世に百済の王仁《わに》が『論語』『千字文』を倭にもたらしたことや、百済の聖明王《せいめい》が、仏像や経典を送って仏教を伝えた（五三八年か）ことが挙げられる。実際、百済は滅亡時に徹底的に破壊されたために遺物が少ないが、わずかに残った仏像などは、推古《すいこ》朝の仏像と比較すると、驚くほどよく似ている。（鉄野昌弘）

沓　くつ

藤・葛　男　雪・朝　殿上

履き物の一種で、足駄《あしだ》などに対して、足を覆う形態の物をいう。古墳時代の人物埴輪にはすでに見えており、『古事記』には藤葛《ふじかずら》で衣褌《きぬはかま》、襪《したぐつ》、沓《くつ》を織り縫い、その蔓が花を咲かせたという奇瑞を記す（中・応神）から、古くから用いられたことをうかがわせる。奈良時代のころの宮廷の装束においては皇女や女官も着用したが、平安時代になると服飾の日本化に伴って、専ら宮廷人男性の履き物としての用例に偏っていく。

『枕草子』には宿直《とのい》明けの雪の朝、「深き沓」（深沓《ふかぐつ》のこと。現在の靴状の履き物）や「半靴《はうくわ》」（深沓よりも浅い靴）に雪をつけて歩いてくる殿上人を、風情ありと描く（雪高う降りて）。これらは「靴《くわのくつ》」とともに黒革製。対して木製漆黒塗りの浅沓《あさぐつ》があり、いずれも着用には時や場所、身分によって故実があった。また「沓を取る」といえば、相手の男性に対して最高の敬意を表す態度を意味し、「沓も履き敢へず」といえば、ひどくあわてる様子、特に女性のもとから逃げる狼狽ぶりを意味する。（藤本宗利）

沓冠　くつかぶり

和歌　后→三后　文字　秋・米　碁

和歌の様式。「沓冠折句《おりく》歌」(奥義抄)「折句沓冠」(八雲御抄)などともいう。指定の語を和歌の第一句の頭と第五句の終わりに置く場合と、第一句から第五句まで各句の上下に十文字の言葉を詠み込む場合があった。前者の例として「はをはじめ、るをはてにて」詠んだ「はなのなかめにあくやとてわけゆけば心ぞともにちりぬべらなる」(はる)(古今・物名・僧正聖宝)がある。後者の例としては『栄花《えいが》物語』「月の宴」で村上天皇が后たちに贈った歌「あふ坂もはては往《ゆき》来《き》のせきもゐずたづねてとひこきなば帰さじ」(合薫物《あわせたきもの》少し)が有名。歌の意を解したのは広幡御息所《ひろはたのみやすどころ》(源計子《けいし》)ただ一人であったという。なお文字を置く順序は一定しておらず、兼好《けんこう》と頓阿《とんあ》の贈答歌では「よもすずしねざめのかりほた枕もま袖も秋にへだてなきかぜ」(米給へ、銭も欲し)「よるもうしねたくわがせこはてはこずなほざりにだにしばしとひませ」(米はなし、銭少し)(続草庵集・雑体)と、村上《むらかみ》天皇の歌とは異なる配置で文字が詠み込まれている。

いずれも折句の一形式とみることができるが、さらには碁盤《ごばん》の形に歌を配列し、各句の冠を交叉点にしたもの、またこれに対角線状に歌を加えた八重襷《やえだすき》という複雑な形も生まれた。

(深沢了子)

句読点　くとうてん

漢文　仮名・版本

書き言葉において、文の構造や語句と語句との論理的関係を明確にして、書く内容が読み手にできるだけわかりやすく、正確に伝わるために用いる、種々の記号。「句読点」とは文末に用いる「句点」の「。」と、文中の言葉の切れ目に用いる「読点」の「、」とを総合した名称であるが、その二つ以外の種々の記号も含めて考えることが多い。

日本語の中での句読点の使用は、最初は漢文読解のためであった。奈良時代の『李善《りぜん》註文選《もんぜん》抜書』(七四五年以前書写)に、「、」を用いた例のあることが報告されている。平安時代以降は訓読のために句読点が用いられたが、形式は一定せず、それが次第に右下が句点、中下が読点、左下が返点と定まっていったという。

仮名書きに句読点が付されたのは江戸時代の版本などに例があるが、句点か読点かの使い分けはないのが普通である。書くための句読点が一般化するのは明治時代以降である。しかし、句点の場合は文末に付けることで定まるが、読点をどこに付すか、必ずしも定まらず、書き手の判断にまかされていて、どこに用いるかの法則はない。

(山口明穂)

熊　くま

クマ科の哺乳類。巨体で鋭い爪を持ち、冬眠する。本州に棲息するのは、主としてツキノワグマである。『古事記』

和歌・山

中巻には、東征中の神武《じんむ》天皇の一行が、大熊を見て正気を失ったと記されている。和歌では「荒熊の住むとふ山の師《し》歯迫山《はせやま》責めて問ふとも汝《な》が名は告《の》らじ」（万・一一・二六九六）という歌が初出であり、中世以降、「熊のすむこけの岩山おそろしみむべなりけりな人もかよはぬ」（山家集・雑・西行）などのように、人跡稀な深山を表す事物として詠まれた。

心

『宇津保《うつほ》物語』俊蔭《としかげ》巻には、仲忠《なかただ》の母への孝行に心を動かされ、自分たちが住んでいた大杉の穴を譲る子連れの牝熊・牡熊が登場する。中国の『孝子伝』からの影響が指摘されるが、ここに描かれるのは、「親子の哀しさを知り」、

涙

涙を流す優しい獣の姿である。狩猟獣でもあり、「熊の油」（小袖曽我薊色縫《こそでそがあざみのいろぬい》）や「熊の毛雪駄《けせきだ》」（好色万金丹《こうしょくまんきんたん》・二・三）、「熊の腹帯」（浮世風呂・二上）など、各部位から採られた衣料や薬が、文学作品にも取り上げられている。（合山林太郎）

熊野　くまの

紀伊

紀伊《きい》半島南東部、和歌山・三重県境一帯をさす。険しい

山

山地で外界との交通が困難であるため、古代から霊験の地として神聖視された。『日本書紀』では、伊奘冉尊《いざなみのみこと》が火の

神

神を生んで亡くなった際、熊野の有馬《ありま》村に葬られたとする。平安時代には、新宮《しんぐう》市の熊野速玉《はやたま》大社・那智勝浦《なちかつうら》町の熊野那智《なち》大社・本宮《ほんぐう》町の熊野本宮《ほんぐう》大社のいわゆる熊野三山を中心に熊野修験道《しゅげんどう》が成立、全国からの参詣者で栄え、列をなして続くことをさす「蟻の熊野参《くまのまいり》」という言葉もうまれた。

観音

また、中古から中世にかけて、観音の住む補陀落《ふだらく》山をめざ

海

して海を渡る補陀落渡海という信仰がおこった。古代より常世《とこよ》に通ずると信じられてきた熊野の海は、補陀落への渡海地としても考えられるようになり、那智から船出して入

船

水した渡海《とかい》上人の記録も残っている。

文学においても、熊野権現の転生を語る本地物《ほんじもの》の御伽草子《おとぎぞうし》『熊野の本地』をはじめ、熊野はまず信仰との結びつきを無視することはできない。説経《せっきょう》の『小栗《おぐり》』では、主人公の小栗判官《おぐりはんがん》は毒薬を飲まされて命を落とし、餓鬼《がき》の姿で

命

甦《よみがえ》って歩行困難の身となる。しかし、霊験あらたかな熊野本宮の湯につかって元の姿に戻り、権現の助けを得て故郷

物語

へ帰ることができる。こうした物語の成立には、熊野信仰を広めるために遊行《ゆぎょう》・勧進《かんじん》を行った熊野比丘尼《くまのびくに》の影響も大きかったと考えられている。

熊野のもつ神秘性、異界的な雰囲気は、やがて宗教を離れた文学作品にも利用された。上田秋成《うえだあきなり》の『雨月《うげつ》物語』「蛇性《じゃせい》の婬《いん》」では、みやびやかなものに憧れる夢見がちな

雨

熊野の青年豊雄《とよお》が、那智権現に参詣した帰りに雨にあった

女

美しい女性、真女子《まなご》とめぐりあう。二人はたちまち恋に落

蛇

ちるが、真女子の正体は人間ではなく大蛇だった。熊野と大和《やまと》を舞台に、蛇と人との愛執を描くこの物語は、熊野の霊性、古代性を最大限に生かしたものといえるだろう。

歌枕

「熊野」が歌枕として定着したのは平安時代中期ごろである。「熊野川くだす速瀬の水馴《みな》れ棹《ざを》さすがみなれぬ浪のかよひぢ」（新古今・神祇・後鳥羽上皇）の「熊野川」、「み熊野の浦の浜木綿百重なす心は思へど直《ただ》に逢はぬかも」（万・四・四九六・柿本人麻呂）の「み熊野の浦」などが詠まれる。

浦・浜木綿

特に『万葉集』の人麻呂《ひとまろ》歌以来、浦には浜木綿《はまゆう》が群生する

俳諧

とされ、近世の俳諧辞書『類船集《るいせんしゅう》』でも、「熊野」と「浦

付合　のはまゆふ」が付合《つけあい》となっている。（深沢了子）

久米　くめ

歌枕　歌枕につく地名。「久米……」「久米の……」の形で歌枕
大和・美作　となるが、同じ「久米」でも大和国《やまと》と美作国《みまさか》の別があるの
葛城　で注意を要する。大和国の歌枕は「久米路《くめぢ》の橋」。「久米の
岩橋《いはばし》」「葛城《かづらき》の橋」などともいい、多く「葛城の」「葛城や」
が冠される。この橋は葛城一言主神《かずらきのひとことぬしのかみ》の説話に登場する架空
吉野・橋　の橋で、一言主神《ひとことぬしのかみ》が役小角《えんのおづぬ》から大和国の葛城山と吉野の金《きん》
峰山《ぶせん》との間に橋を架けるよう命じられたが、一言主神は自
らの醜貌を恥じ夜だけしか作業を行わなかったために、架
和歌　橋は中断してしまったという。和歌では、「いかばかり苦
しきものぞ葛木《かづらき》の久米路のはしの中の絶え間は」（拾遺・恋
四・読人知らず）のように、恋の途絶えをたとえて「中（仲）
絶ゆ」「途絶《とだ》え」「中空《なかぞら》」などの語とともに詠まれる。一方、
美作国の歌枕は「久米の佐良山《さらやま》」。「皿山」とも書く。現在
の岡山県津山《つやま》市付近の山で、比定される山は神南備山《かんなびやま》・嵯《さ》
峨山《がやま》・笹山《ささやま》などの諸説あるが不詳。和歌では、『古今集』
の著名な「美作やくめのさら山さらさらに我が名はたてじ
よろづよまでに」（古今・神遊びの歌）を典型例として、「さ
序詞・枕詞　らに」「さらさらに」を引き出す序詞・枕詞として詠まれ
る。（高桑枝実子）

雲　くも

自然現象としては、大気中の水蒸気が凝結し、細かい水
滴の集団となって空気中に漂う現象であるが、文学作品で
は、様々な比喩性やイメージを伴って用いられる。
古い時代の人々は、白く立ち上るもの、白く揺らめくも
のに霊的なものを感じ取ったといわれ、雲もその一つで　白
あった。『万葉集』の挽歌において「北山にたなびく雲の
青雲の星離れ行き月を離れて」（万・二・一六一・持統天皇）　北山
と亡き天武天皇の魂を「青雲」と歌い、「こもりくの泊瀬《はつせ》　泊瀬
の山の山の際《ま》にいさよふ雲は妹《いも》にかもあらむ」（万・三・四　妹
二八・柿本人麻呂）と死者の火葬の煙を「雲」と歌うのも、
そうした観念による。「畝傍山《うねびやま》昼は雲とゐ夕されば風吹か　畝傍山・夕・
むとそ木の葉さやげる」（記・二一）は伊須気余理比売《いすけよりひめ》が子　風・葉
供たちに身の危険が迫っていることを暗示した歌である。
「あしひきの山川の瀬のなるなへに弓月《ゆづき》が岳に雲立ち渡る」
（万・七・一〇八八）も一見叙景的な歌に見えるが、不吉な出
来事を暗示するような力を感じる雲である。雲は遠く離れ
ている人を思うよすがともなり、恋歌にもしばしば歌われ
る。「梯《はし》立ての倉梯山《くらはしやま》に立てる白雲見まく欲《ほ》り我がするな
へに立てる白雲」（万・七・一二八二）は白雲を恋しい女性の
比喩として用いる例である。その他、雲は恋歌の序詞にし　序詞
ばしば用いられるが、「春楊葛城山《はるやなぎかづらきやま》に立つ雲の立ちても居　葛城
ても妹をしそ思ふ」（万・十一・二四五三）では浮き立つよう
な恋心の比喩ともなっており、「春日山《かすがやま》朝居る雲のおほほ　春日
しく知らぬ人にも恋ふるものかも」（万・四・六七七・中臣郎女）
ではまだ不確かな恋の比喩となるなど、その表現性は雲の
もつどの側面を捉えるかによって様々である。「青山を横
切る雲のいちしろく我と笑まして人に知らゆな」（万・四・
六八八・坂上郎女）は山の青と雲の白との色彩の対比が鮮や　青・色

漢詩→詩
かな例であり、漢詩文の色対の影響下に歌われる歌である。
月・星
「天の海に雲の波立ち月の舟星の林に漕ぎ隠る見ゆ」(万・七・一〇六八)や七夕歌の「天の川霧立ち上る織女《たなばた》の雲の衣の反《かへ》る袖かも」(万・十・二〇六三)のような見立ての用法もすでに『万葉集』に見られる。
七夕・霧

夏
平安時代には、「夏の夜はまだ宵ながら明けぬるを雲のいづこに月宿るらむ」(古今・夏・清原深養父)のように月を隠すものとして歌われ、逆に「すみのぼる心や空を払ふらむ雲のちりゐぬ秋の夜の月」(金葉二・秋・俊頼)「月かげのすみわたるかな天の原雲吹き払ふ夜半《よは》の嵐に」(金葉二・異本歌・経信)のように、雲がなく晴れわたった空の月が好まれるようになってゆく。『新古今集』では「下もえに思ひ消えなむけぶりだに跡なき雲のはてぞ悲しき」(新古今・恋二・俊成女)「中空《なかぞら》に立ち居る雲の跡もなく身のはかなくもなりぬべきかな」(新古今・恋五)のように、雲を「跡なき」ものとして人の身や人の心のはかなさの比喩として歌うものも目立つようになる。「雲晴れて身に憂《うれ》へなき人の身ぞさやかに月のかげは見るべき」(山家集・西行)では雲は月や日を隠すものとして心の晴れない状態を意味しており、それがやがては悟りの境地にいたることを妨げる悪念をたとえる、中世の思想性の高い用法となってゆく。また中世には、雲の空に漂う特性から、行く方も知らずさまようよう

心
うすや、捉えがたい様子の比喩ともなる。　(大浦誠士)

蜘蛛　くも

説話
虫の名。「ささがに」とも呼ばれる(下学集)。説話などに、おなじみの糸を引くその姿でしばしば登場している。また、『日本書紀』『豊後《ぶんご》国風土記』『肥前《びぜん》国風土記』などでは、大和朝廷《やまとちょうてい》に従わない土着の勢力を、しばしば「土蜘蛛」と称している(『古事記』(神武)では「土雲　訓云具毛」とある)。中世の『土蜘蛛草紙《つちぐものそうし》』には、妖怪である巨大蜘蛛を源頼光《よりみつ》が退治した話が載るが、同素材を謡曲化した能の『土蜘蛛』では、この怪異な妖怪のイメージと『日本書紀』などの「土蜘蛛」のイメージとが結びついた「土蜘蛛の精魂」が現れている。また『太平記』巻十六などにも「朝敵」としての巨大蜘蛛が登場する。
豊後・肥前
能

和歌
和歌の世界では、こうしたグロテスクなイメージよりも、殊に重要なのは、「我が夫子《せこ》が来《く》べき夕なりささがねの蜘《く》蛛《も》の行ひ《ふるま》是夕著《こよひしる》しも」(紀・允《いん》恭《ぎょう》)という、衣通郎姫《そとほりひめ》が允恭天皇を待ちながら詠んだと伝えられる歌であろう。「蜘蛛のふるまひ」は恋人の来訪の予兆とされ、「いましはとわびにしものをささがにの衣にかけて我を頼むる」(古今・恋五・七七三)など、後世、蜘蛛が「頼むる」(あてにさせる)ものと詠まれるのも、右の古歌を踏まえた表現である。和歌ではこのほか、「糸」あるいは「蜘蛛の糸」関連の縁語(「細し」「絶ゆ」など)を散りばめ、序詞や掛詞の技法を交えて恋などの心情を表す詠み方も多い。白露の置く蜘蛛の糸の視覚的な美しさなどもしばしば詠じられ、殊に院政期以降には多数の叙景歌に登場する。　(室田知香)
糸・縁語
序詞・掛詞
露
院

雲居　くもい(くもゐ)

雲のある場所、天空が原義で、そこから遠く離れた場所
雲

や、手の届かない場所である宮中、といった意でも用いられる。本来は、「愛《は》しけやし吾家の方よ雲居起ち来も」（記・中）のように、「居」は雲が存在する意の動詞であったが、「雲居」で一語化すると前述のような意になっていた。

天

「のぼりぬる煙はそれと分かねどもなべて雲居のあはれなるかな」（源・葵）は、葵の上の葬送に際して光源氏が詠んだ歌で、死者が火葬の煙として立ち上り、天と一体化したという印象を残す。「限《かぎり》なき雲居のよそに別るとも人を心におくらさむやは」（古今・離別）は、身はどんなに離れても、心中では相手を忘れない、という恋の思い。「昔みし雲ゐをめぐる秋の月いまいくとせか袖にやどさむ」（新古今・雑上・二条院讃岐）の、「雲ゐ」の「月」は、天にある月と、宮中で見た月、の双方の意味である。　（奥村英司）

心

秋・月・袖

倉橋山　くらはしやま

山

月・光

掛詞・郭公（ほととぎす）

和歌

倉梯山、椋橋山とも表記する。奈良県桜井市。多武峰《とうのみね》の北方、倉橋付近の山、あるいはこの地域で最も高い音羽《おとわ》山（本居宣長・菅笠《すがかさ》日記）など諸説ある。「梯立《はしたて》の倉梯山を嶮《さが》しみと岩懸《か》きかねて我が手取らすも」（記・六九）では、速総《はやぶさ》別王《わけのおおきみ》と女鳥王《めどりのおおきみ》の逃避行を悲劇的なものとする高く険しい山とされている。「倉橋の山を高みか夜《よ》ごもりに出で来《く》る月の光乏《とも》しき」（万・三・二九〇・間人《はしひと》大浦）にも同様な高さを感じさせるが、後代へは「五月闇《さつきやみ》」から導かれる「暗」を掛詞にした「さ月やみくらはし山の郭公おぼつかなくもなきわたるかな」（拾遺・夏・藤原実方）の影響が大きい。この和歌は、藤原清輔《きよすけ》『袋草紙《ふくろぞうし》』ではほととぎすの名歌とされたが、藤原俊成《しゅんぜい》『古来風体抄《こらいふうていしょう》』では掛詞多用と批評された。賛否両論を巻き起こし、かえって「倉橋山」を印象付けたのであろう。「暮におよべば、椋橋山の麓」（好色一代男・二）の背後には、暗い倉橋山という観念があろう。

（中嶋真也）

くらぶ山　くらぶやま

山・鞍馬・近江・嵯峨野

梅・花

ほととぎす

一つの山の名前ではなく、鞍馬山《くらまやま》の別名であるほか、近《おう》江《み》や嵯峨野《さがの》に近いところ、また、京都の南など、いくつかの山をさした。鞍馬山の古名だとする説もあるが、確かではない。おもに歌に用いられることばで、「暗し」「比ぶ」の意をもたせて歌に詠まれることが多く、「梅の花にほふ春べはくらぶ山闇に越ゆれどしるくぞありける」（古今・春上・紀貫之）「君が音にくらぶの山のほととぎすいづれあだなる声まさるらむ」（後撰・恋四・読人知らず）などの用例がある。実際にどこの山であるかはっきりわかる例が少なく、「暗し」「比ぶ」ということばのイメージをもとに詠まれることがほとんどである。藤壺《ふじつぼ》と逢瀬をもった光源氏の心中が、「何ごとをかは聞こえつくしたまはむ。くらぶの山に宿りもとらまほしげなれど、あやにくなる短夜にて、あさましうなかなかなり」（源・若紫）と、いつまでも夜が明けない闇に覆われた「くらぶの山」で逢いたい、と表されている。

（高田祐彦）

鞍馬　くらま

山　都　北山　闇　和歌　謡曲　竹

京都北方の山。平安時代初期、藤原伊勢人《いせひと》による開山と伝える鞍馬寺《くらまでら》は、毘沙門天《びしやもんてん》が本尊で、都の北面を守護する。「鞍馬のつづらをり」（枕・近くて遠きもの）がよく知られ、『更級日記《さらしな》』には風光明媚なところと描かれる。『源氏物語』若紫《わかむらさき》巻で、光源氏が紫の上を見出す「北山」は、「つづらをり」のある地形により古くから鞍馬をあてて読まれてきたが、源氏の藤壺への思いという闇の深さとも符合する山奥の印象がある。和歌では、他の山にも用いられる「くらぶ山」と表現されることが多く、山深く「くら（暗）」いというイメージが支えている。「墨染めの鞍馬の山」という表現もある。『平家物語』『義経記《ぎけいき》』からは牛若丸《うしわかまる》伝説にゆかりの地という面が中心になり、謡曲「鞍馬天狗」になると、牛若丸は天狗から兵法を教わる。義経背くらべ石、義経堂《よしつねどう》など、牛若丸にちなむ見どころが多い。六月の竹伐《たけき》り、十月の火祭などの行事に幽邃な中に豪壮な雰囲気が伝えられる。

（高田祐彦）

栗　くり

夏・黄　秋　瓜　枕詞　季語・俳諧

ブナ科の落葉高木。初夏に、独特の匂いをもつ淡黄色の花穂を出し、秋に、熟すと破裂する「いが」に包まれた実を結ぶ。実は、縄文時代から食用とされてきた。材は堅く、建築材などに利用される。山野に自生するほか、果樹としても栽培された。『和名抄《わみょうしょう》』では、食用となる果樹類を分類した「菓類」の中にその名が見える。

『万葉集』には、山上憶良《やまのうえのおくら》の有名な「子等《こら》を思ふ歌」に「瓜食《うりは》めば　子ども《こ》思ほゆ　栗食《は》めば　まして偲《しぬ》はゆ」（万・五・八〇二）と歌われている。甘いマクワ瓜よりもさらに美味な菓子として、当時から人々に好まれていたのであろう。また、栗のいがの中には三つの実があり、両側の実が中の実を抱くようにあったことから、「三栗《みつぐり》の」が「ナカ」に続く枕詞となった。上代の歌には、上・中・下のものを比較し、中を最上としてほめる歌い方があり、「三栗の」はその最上である「ナカ」に対する讃辞であった。

江戸時代には、秋の季語として俳諧に愛好された。松尾《まつお》芭蕉《ばしよう》の「行秋《ゆくあき》や手をひろげたる栗のいが」（笈日記）は、熟してはじけ割れた栗のいがを開いた掌と見立てている。

（高桑枝実子）

倶利伽羅　くりから

加賀・越中　神　源氏・平氏→平家

かつての加賀《かが》国加賀郡と越中《えつちゆう》国砺波《となみ》郡との国境。この地に倶利迦羅竜王を本尊とする堂があったことから、この名がある。古典文学への登場は古く、大伴池主の長歌に「礪波山手向けの神に　幣奉り吾が乞ひ祈まく」と詠まれた「礪波山」は、同地のことと考えられている（万・十七・四〇〇八）。しかし最も有名なのは、寿永《じゆえい》二年（一一八三）の、源義仲《よしなか》の源氏軍と平維盛《これもり》率いる平氏軍との合戦であろう。『平家物語』（七・倶梨迦羅落）には「次第にくらうなりければ、北南よりまはッつる搦手の勢一万余騎、くりからの堂の辺にまはりあひ、えびらのほうだて打ちたゝき、時をどッと

ぞつくりける。平家うしろをかへり見ければ、白旗雲のご
とくさしあげたり」などと記されており、この戦いは義仲
軍の大勝に終わった。『源平盛衰記《げんぺいじょうすいき》』によると、その際義
仲は角に松明を着けた牛を突進させる、いわゆる火牛の計　牛
を用いたとされている。（吉田幹生）

栗栖野　くるすの

　栗を栽培する野を「栗栖《くるす》」と呼んだことが『播磨《はりま》国風土　栗・播磨
記』に見え、「栗栖《くるす》」「栗栖野《くるすの》」といった地名が各地に地名
化している。歌枕としてよく知られる「栗栖野《くるすの》」は山城国《やましろ》　歌枕・山城
のものであるが、山城国の内でも複数の「栗栖野」の存在
が知られる。一つは現在の京都市山科区、『和名抄《わみょうしょう》』山城
国宇治《うじ》郡の項目に「小栗　乎久留須《おくるす》」と記される地である。　宇治
この地は、江戸時代の地誌『山城名勝志』や『山州名跡志』
に「栗栖野《くるすの》」、『都名所図会《みやこめいしょずえ》』に「栗栖小野《くるすのをの》」と載り、「花
山村より勧修寺の辺《ほとり》に至る」（山城名勝志・十七）あたりの野　野
と記されている。稲荷山《いなりやま》の東麓あたりに広がる野を呼んだ
らしい。また一つは、『和名抄』に山城国愛宕《おたぎ》郡の一郷と
して記される「栗野　久留須乃《くるすの》」である。『徒然草』十一
段に「神無月の比、栗栖野といふ所を過ぎて」と表される
「栗栖野」については右の両説があり、いずれか定かでは
ない。また、藤原範兼《のりかね》編『五代集歌枕』や中世の名所歌集
『歌枕名寄《うたまくらなよせ》』にも「栗栖小野」が山城国の歌枕として記載
されているが、そこに筆頭として掲げられる「さしずみの
くるすの小野《をの》の萩花《はぎのはな》ちりなん時にゆきてたむけん」（五代集　小野・萩
歌枕・六四四）は、もと『万葉集』巻六・九七〇にある大伴《おおとも》
旅人《たびと》の歌であり、この「くるすの小野」は大和《やまと》の地の名か、　大和
あるいは普通名詞であったかと考えられる。（室田知香）

車　くるま

　平安時代の貴族たちや女性たちは、外出の際には、多く
牛に引かせた牛車《ぎっしゃ》を用いた。牛車の構造は、人が乗る屋形《やかた》　牛
を床縛《とこしば》りという縄で車軸に結びつけ、車の前につきでた轅《ながえ》
（長柄）に牛を懸ける。屋形には、「物見」という窓がつけ
られているものもある。
　牛車は屋形の材質や形などによって、さまざまな種類が
あり、身分に応じて用いられた。『源氏物語』で、薫《かおる》のも
とに降嫁した女二宮が三条宮に迎えられた際、「廂《ひさし》の御車　廂
にて、廂なき糸毛三つ、黄金《こがね》造り六つ、ただの檳榔《びろう》毛二十、
網代《あじろ》二つ、童、下仕へ八人づつ候ふに」と語られている（宿
木）。「廂の車」は唐風造の屋形で廂のついた、上皇、親王、　親王（みこ）
摂政たちが乗る格の高い車で、これに女二宮が乗った。こ
の「廂の車」を先頭にして、「糸毛」「黄金造」「檳榔毛」「網
代」の車が合計三一輛《りょう》続いた。「糸毛」以下は、女房たち　女房
の車で、上臈《じょうろう》以下が身分によって乗っていた。
　車は、屋形の前部を口、後部を後《しり》といい、車の口の方が
上席だった。前部は右側が上席、後部は左側が上席で、四
人がおのおの向かい合って乗った。『落窪物語《おちくぼ》』で、賀茂　賀茂
祭の際に、少将の母北の方と姫君が初めて対面した後、「口
には、宮、中の君、後には、嫁の君と我と乗」って一緒に　嫁
屋敷に戻っている（二）。ここに記されている順が席次を
表しているなら、母北の方は、屋形の前部の右に姫宮（大

君の女御腹の姫宮）、左に中の君、後部の左に姫君を乗せ、右に自分が乗ったことになる。姫君を少将の北の方と認めた母北の方は、姫君を自分より上席に乗せ、一緒に向かい合ってすわろうと配慮したのだろう。

春宮→東宮

車には、人が引く車もあり、輦車《てぐるま》（手車）といった。特別な場合は、宮内門を出入りすることを許された。これを、「輦車の宣旨《せんじ》」という。『源氏物語』では、春宮に入内した明石の姫君につき添って参内した紫の上が退出する際に、「輦車の宣旨」を受けていて、物語は、「女御の御有様にことならぬを」（藤裏葉）と語っている。（室城秀之）

暮れ　くれ

夕

太陽が沈みはじめて暗くなりかけたころ。日暮れ、夕暮れ。

伏見・霞
縁語・鐘
男・女

勅撰集の初出は「菅原《すがわら》や伏見《ふしみ》の暮れに見わたせば霞にまがふをはつせの山」（後撰・雑三・読人知らず）で、暮れが「伏見」の「伏」（す）と縁語になっている。他に「入相《いりあい》の鐘《かね》」も、暮れに縁のあることから詠みあわされることが多く、また暮れは男女の逢瀬の始まりの時間でもあることから、待つ恋の歌も多い。「たなばたはあさひく糸の乱れつつとくとやけふの暮れをまつらん」（後拾遺・秋上・小左近）は、七夕を詠んだ例である。

七夕
秋

暮れの中でも特に「秋の暮れ」は寂寥感の象徴とされた。『新古今集』は、その美意識のもとに優れた秋の暮れの歌を並べたが、その頂点をなすのが、寂蓮《じゃくれん》・藤原定家《ていか》・西行《さいぎょう》による三夕《さんせき》の歌である。

また、暮れは夕暮だけでなく、年や季節の終わりをさす。「もののふのやそうぢ河をゆく水のながれてはやきとしのくれかな」（新勅撰・冬・源実朝）は、一年の時間の早さを宇《う》治川《じがわ》の早瀬にたとえて詠んだもの。

河・水
宇治

なお、「暮れの（季節）」がその季節の終わりを意味するのに対し、「（季節）の暮れ」はその季節の終わりと、その季節の夕暮れの両義に用いられることがあり、混用されてきた。松尾芭蕉《まつおばしょう》の「かれ朶《えだ》に烏《からす》のとまりけり秋の暮」（曠《あら》野《の》）の句の解釈も、晩秋、あるいは秋の夕暮、またはその両方の意味に諸説分かれている。現在の俳句では「（季節）の暮れ」は、その季節の夕方の意味で用いられている。（深沢了子）

紅　くれない（くれなゐ）

花
夏

ベニバナの古称。またその花で染めた鮮明な赤色。ベニバナは末摘花《すえつむはな》ともいい、夏に紅黄色のアザミに似た花をつけるキク科の一年草。花びらを採取して染料や紅《べに》を製した。「呉《くれ》の藍《あい》」の転で、呉国すなわち中国から伝来した染料（「藍」は染料の代表）の意味。特に濃色のものを「韓紅《からくれない》」と称するが、これは舶来の染め色である点を強調することにより、その美しさを賞賛するものである。『百人一首』でも有名な「ちはやぶる神代もきかず龍田川からくれなゐに水くくるとは」（古今・秋下・業平）は、龍田川の水面に散る紅葉の美を深紅のくくり染め（絞り染め）にたとえた例。何度も繰り返して染めることで濃色を得るが、それには大量の花が必要となり、非常に高価な贅沢品であることから、深紅

藍
龍田
紅葉

涙・袖

は「禁色《きんじき》」として着用を制限された。

また「くれなゐの涙に深き袖の色を浅緑とや言ひしをるべき」（源・少女）は、六位に叙された夕霧《ゆうぎり》少年が、自分の浅葱《あさぎ》色の袍《ほう》の袖も、恋人雲居雁《くもいのかり》との別れを嘆く血涙で紅く染まったと訴える歌。「涙の色」といえば「紅」と定まっていた。

（藤本宗利）

黒　くろ

白　男　女　鈍色　出家　車

色の名。「暗《くら》」と同語源とも。「白」に対する名で、形容詞「黒し」や、「黒髪」「黒袴」「黒駒」など熟語の形で使われるのが普通。「黒む」という動詞としても用いる。「男も女も若くきよげなるが、いと黒き衣着《きぬ》たるこそ、あはれなれ」（枕・あはれなるもの）とある「黒き衣」は喪服のこと。また「黒き衣などを着て、夜居《よゐ》の僧のやうになりはべらむ」（源・賢木）とあるのは僧衣の意味。これらの「黒」は鈍色《にびいろ》をさし、死や出家という俗世との別れをイメージさせる悲哀の色調といえよう。一方同じ黒衣でも「車のもとには赤き人黒き人おしこりて（＝大勢ひしめいて）」（蜻蛉・下）とあるのは、緋色の袍《ほう》を着た五位の人に対して、黒い袍を着る四位以上の貴人をさす。対して貧しい末摘花《すえつむはな》の姫君の着る「なごりなう黒き袿《うちき》」とは、もとの色がわからぬほど垢じみて汚れた袿の意で、この「黒き」は汚れのイメージ。さらに「黒白をつける」では不正・邪悪の、「黒星」の場合は敗北・過失のイメージを負っている。逆に「玄人《くろうと》」は熟練の、「黒帯」は強さのイメージを有している。

（藤本宗利）

蔵人　くろうど（くらうど）

除目・節会

弘仁元年（八一〇）薬子《くすこ》の変（平城《へいぜい》上皇に寵愛された藤原薬子が兄の仲成《なかなり》と上皇の重祚を謀った事件）で嵯峨《さが》天皇が上皇側に機密が洩れるのを防ぐために近衛中将巨勢野《こせの》足《たり》・右少弁藤原冬嗣《ふゆつぐ》の二人を蔵人頭に、朝野鹿取《あさののかとり》・清原夏野《きよはらのなつの》を蔵人に任じたのに始まる令外官《りようげのかん》。五位の蔵人二―三人、六位の蔵人五―六人。蔵人は六位でも昇殿が許された。その職掌は、天皇に近侍して、天皇と臣下を取り次ぐこと、陪膳《ばいぜん》・宿直など天皇身辺の諸事を処理し、除目《じもく》・節会《せちえ》などの儀式を執行することなどで、宮中の雑事を担当する重職である。

蔵人の上役を蔵人頭《くろうどのとう》という。弁官《べんかん》と近衛《このえ》の中将から各一名選ばれ（設置の時の伝統に従う）、それぞれ頭弁《とうのべん》、頭中将《とうのちゆうじよう》と呼ばれた。地位は公卿より低いが、天皇側近の実力者であった。

受領　家司・須磨

『源氏物語』には、権門の子弟の蔵人と、受領層の蔵人の二種類の蔵人がいる。権門の子弟がなる蔵人少将には、源氏の義兄（弟という説も）にあたる頭中将と呼び慣わされている人物、その息子、夕霧の息子がいる。一方、源氏の家司《けいし》で、須磨にも同行した良清《よしきよ》は、「播磨守の子の、蔵人より今年かうぶり得たるなりけり」（若紫）と紹介される。これは、巡爵《じゆんしやく》といって、六位の蔵人を任期六年勤め、従五位下に叙せられたことをいう。中下流貴族の青年にとっては、蔵人になることは幸運な出世コースである。須磨《すま》巻において、源氏が「蔵人になし、かへりみたまひし人」である筑前守《ちくぜん》が挨拶に来る。また、薫《かおる》は、浮舟《うきふね》の失踪後、浮舟の異父兄弟を蔵人にして目をかけてやる。蔵人は、宣旨によって任命される職なので、有力者の口利きがものをいうようである。

『枕草子』には、なんということもない存在だった男が、蔵人になり、勅使となって、大臣の邸に参上して、大臣にもてなされるさまを、「めでたきもの」として挙げる。清少納言は、六位蔵人について繰り返し言及するが、彼らが天皇に近侍し天皇と同じ麹塵《きくじん》（青色）の袍の着用を許されることが魅力であったようだ。

なお、宮中で、雑用をする下級女房を女蔵人というが、略して蔵人ということも多い。（池田節子）

男　邸　青　女房

黒髪山　くろかみやま

『万葉集』に二例「ぬばたまの黒髪山を朝越えて山下露に濡れにけるかも」（七・一二四一・作者未詳）「ぬばたまの黒髪山の山草に小雨降りしきしくしく思ほゆ」（十一・二四五六・人麻呂歌集）がある。奈良市北方、旧黒髪山町一帯の山地、佐保《さほ》山の一部かと考えられているが、定かではない。表現としては「露」「小雨」が詠まれるように、水に濡れた黒髪を想起させる。平安時代中期以後は下野《しもつけ》国、今の栃木県日光の男体山《なんたいさん》と考えられたらしい。白雪と対置した「むば玉のくろかみ山に雪ふれば名もうづもるる物にぞ有りける」（堀河百首・九五二・源俊頼）や、雪で我が身の白髪を暗示する「身のうへにかからむことぞ遠からぬくろかみ山にふれる白雪」（新後拾遺・冬・源頼政）などの和歌が見られる。時代は下るが、『奥の細道』では、衣更えの日でもあった四月一日に「黒髪山は霞かゝりて雪いまだ白し」という従来の「雪」と対応させた記載のあとに、出家した曽良《そら》の句「剃捨《そりすて》て黒髪山に衣更《ころもがへ》」が続き、俳諧にもその表現が生きている。（中嶋真也）

雨　佐保山　露　下野　雪・和歌　衣更え→更衣　出家　俳諧

黒谷　くろたに

比叡山延暦寺《ひえいざんえんりやくじ》の西塔の北にある谷。延暦寺の別所の一つ。青竜寺《しょうりゅうじ》がある。古来僧たちが修行のためたびたび籠もった地として諸書に現れている。『今昔物語集』巻十三や『後拾遺往生伝』には、幼時より延暦寺に学んだ僧明秀《みょうしゅう》や善《ぜん》意《い》がやがてこの黒谷に籠もり、勤行《ごんぎょう》に明け暮れた逸話が伝えられている。のちに浄土宗を興す法然《ほうねん》も黒谷の青竜寺で学んでおり、『平家物語』巻十・戒文《かいもん》に平重衡《しげひら》の法の師として「黒谷の法然房」という呼び名で登場している。『源氏物語』手習《てならい》巻にも、「黒谷とかいふ方より歩く法師の跡のみ、まれまれは見ゆるを」（源・手習）（人気《ひとけ》のない小野だが、そこから比較的近い黒谷から来る法師の影はまれに見えることもある）と、当地の名が登場する。前述の法然がのちに移り住んだ地、現在の京都市左京区黒谷町のあたりも、黒谷上人法然がもといた黒谷にちなんで、「黒谷」あるいは「新黒谷」と呼ばれる。浄土宗の大本山金戒光明寺《こんかいこうみょうじ》があるあたりである。これに対し比叡山西塔北の黒谷を「元黒谷」ともいう。（室田知香）

比叡山　僧→出家　小野

褻　け

「晴れ」が非日常的・公的な時間空間をいうことばであるのに対して、日常的・私的な時間空間を「褻」という。『名語記《みようごき》』巻三に「けはれのはれ、如何。答、はれは晴也。雨儀《うぎ》、夜儀、ひとめしげからぬ所はけ也。褻とかけり」と説明されているのがわかりやすい。褻という語の早い用例は、『万葉集』の「毛許呂裳遠《けころもを》春冬《はるふゆ》設《ま》けて幸《いでま》しし宇陀《うだ》の大野は思ほえむかも」（万・二・一九一）である。「けころもを」は「褻衣を」の意で、普段着の着古したものを解く意からトキにかかる枕詞であると考えられている。これを「毛衣」と見る異説もあるが、平安時代にも「この衣色白妙になりぬともしづ心あるけころもにせよ」（和泉式部集《いずみしきぶしゆう》）のような例があるので、晴れ着に対する日常着が「けころも」であると見てよいであろう。『徒然草』一九一段には「若きどち、心とどめて見る人は、時をも分かぬものなれば、ことにうち解けぬべきをりふしぞ、褻晴なくひきつくろはまほしき」という一節がある。気を許してしまいがちな何気ない場面でこそ、平常と晴れとの区別なく身だしなみを整えておきたいものだという主張で、現代人の感性にも通じるダンディズムが感じられよう。褻は文芸用語ともなる。保安《ほうあん》二年関白内大臣忠通《ただみち》歌合では、源俊頼《としより》の「庭も狭《せ》に咲きすさびたる月草の花にすがれる露の白玉」が、藤原基俊《もととし》の「『咲きすさびたる』こそいみじう褻にこそおぼえ侍れ。万葉集などには侍りもやすらむ。かやうの歌合、古今、後撰などにこそ、ことによみたりとも見え侍らね」という判定によって負とされている。歌合という晴れの場の歌には、それにふさわしい言葉の選択が求められること、具体的には過去の歌合や古今集、後撰集のような規範となる勅撰集に見える言葉がのぞましいこと、「咲きすさぶ」は基準からはずれた「褻」の言葉であり、この歌には欠陥があることが主張されている。

（鈴木宏子）

晴れ　宇陀　枕詞　露　歌合

家司　けいし

親王・内親王家および摂関・大臣など三位以上の家の庶務をつかさどる職員。令制では、家令《かれい・けりょう》と総称されたものだが、平安時代以降は、家司と称した。本来、他に本官をもつ官吏であるが、所属する主家との間に従属関係が生じた。大貴族には複数の家司がいて、私設のものも生じた。中下流貴族は、有力権勢家の家司として主家に忠誠を尽くし、その見返りに受領などに任命してもらった。家司には四・五位の受領層の者が多く、その経済力によって、主人の家の造営・修理などに奉仕したり、種々の献納をした。両者は持ちつ持たれつの関係にあった。『紫式部日記』には、一条天皇《いちじよう》の土御門邸行幸の際に、「宮司、殿の家司のさるべきかぎり加階す」とある。藤原道長《みちなが》の家司、藤原季随のことである。

『源氏物語』には、「親しき家司」が登場する。明石《あかし》の君一行の上京祝いや、大君のための祈禱も、「親しき家司」がする。また、夕霧《ゆうぎり》が通うようになって、落葉宮《おちばのみや》家の家司がにわかに働き出す。家司は、権勢に対して、特に敏感な人々のようである。

（池田節子）

内親王　受領　邸・行幸　（加持）祈禱

懸想　けそう（けさう）

漢語

漢語「懸想」が日本語に取り入れられてできたことばであるらしい。ただし『色葉字類抄《いろはじるいしょう》』では「気装」、『今昔物語集』では「仮借」と表記されている。漢語「懸想」は本来思いを相手に向ける意であったが、日本語の中では、もっぱら異性に思いを懸けるという意味で用いられている。『源氏物語』夕顔《ゆうがお》巻の惟光《これみつ》の発言の中に「私のけさうもよくし置きて、案内も残るところなく見たまへ置きながら」とあるのは、源氏の命令をうけて夕顔の家の様子を探る一方、自分も夕顔の侍女と懇ろになって、ちゃっかり恋愛生活を楽しんでいることをいっている。懸想には外来語特有のハイカラな語感と、積極的・行動的なニュアンスがあるように感じられる。『伊勢《いせ》物語』三段に、「けさうじける女のもとに」とあるように「けさうず」という動詞もある。『堤中納言物語《つつみちゅうなごんものがたり》』には「ほどほどの懸想」という短篇が収められている。（鈴木宏子）

外題　げだい

漢字・仮名

書物の表紙や巻子の巻き込んだ表側に記してあるその本の表題。現在の書物は外表紙と内表紙（見開き）に書かれた書名が違うことはほとんどない。せいぜい、付された角《つの》書《が》きが加わる、あるいは、見開きに副題が付されるなどのことはあるが、それ以外の違いはない。しかし、古くは、外題・内題の異なることはしばしばで、漢字表記か仮名表記か、異なる文字が使われるか、角書き・副題が付くかどうかなどの点がある。

外題・内題の異なる時、どちらをその書の正式書名とするかの問題があるが、多くは内題を採用する。（山口明穂）

文字

検非違使　けびいし（けびゐし）

京

平安時代から室町時代に、おもに京中の警察・裁判を担当した職。令外官《りょうげのかん》。弘仁年間（八一〇―八二四）に、衛門《えもん》府《ふ》の警察権と弾正台《だんじょうだい》の糾弾権を統合する警察機関として設置され、犯人の追捕や風俗の取り締まりなどを職務とした。十世紀以降、権限を拡大し、訴訟裁判も取り扱うようになった。長官の別当は、衛門府（ときに兵衛府《ひょうえふ》）の長官が兼任、それ以下の佐、大少尉、大少志も衛門府の官人が宣旨によって補された。『栄花《えいが》物語』「浦々の別」巻には、藤原伊周《これちか》の流罪に際して、「世の中にある検非違使のかぎり、この殿の四方にうち囲み」、中宮定子《ていし》の滞在にもかかわらず、「放免」という検非違使の下部に属する前科者たちが乱入したさまが描かれている。「検非違使どもいみじう制すれど、それにもさはるべきけしきならず」とあり、乱暴狼藉は甚だしかった。

宣旨

歴史上、一番有名な検非違使は、源義経《よしつね》であろう。各官庁の第三等官の「尉《じょう》」、特に検非違使庁の尉を「判官《はんがん》《ほうがん》」というが、検非違使の尉であった義経の不運に同情し愛惜する気持ちから「判官贔屓《ほうがんびいき》」という言葉が江戸時代に生じ、以後、判官《はんがん》の語は義経を表すほどになった。（池田節子）

蹴鞠　けまり

遊び　靴→沓　碁　桜・柳・楓・松

貴族の遊びの一種。鹿革で作った鞠を数人で蹴り上げ、落とさぬように互いの間で受け合う球戯。

古く『日本書紀』皇極《こうぎょく》三年正月の条に、飛鳥法興寺《ほうこうじ》の槻《つき》の樹の下で行われた蹴鞠の際、中大兄《なかのおおえ》皇子の靴が脱げたのを、中臣鎌足《なかとみのかまたり》が拾って皇子に捧げたことをきっかけに、二人の親交が結ばれ、それがやがて大化改新へと繋がっていくと記されているのは、よく知られている。すでにこの時代から、貴紳たちの社交的遊戯として、鞠が蹴られていたことをうかがわせる。平安時代には貴公子に似合わしい遊戯として愛好されたようで、『枕草子』「遊びわざは」段には小弓や碁と並んで挙げられている。また『源氏物語』若《わか》菜《な》上巻に描かれた六条院の蹴鞠のさまは特に有名。両書ともこの競技を、騒々しく乱れがましいながら興味深いものと評していることは注目される。六条院の蹴鞠は、桜花のもと大人数で行われたとあるが、中世期には方式も定まり、通常八人で懸《かかり》と称するコートの中で行われるようになる。懸の四周には、桜・柳・楓・松を植えるのを決まりとする。

（藤本宗利）

験　げん

僧→出家　病　加持祈禱　北山　夏　徳　験者　神　長谷・観音　石山

常人には不可能であり、修行を積んだ僧、修験者など、ごく限られた人間のみに可能な霊験のある業をいう。奈良・平安時代には、病に患った時など治療する医術とて未発達であり、加持・祈禱に頼ったり、患者に憑いた病気を他の誰かに移して直したりということで、今では治療といえるものではなかった。それでも、『源氏物語』（若紫）で光源氏が北山を訪ねるのは、そこに「かしこき行ひ人（大変に尊い大徳）」がいて、去年の夏に病気が流行した時、多くの人を助けたという話があったからである。当然、徳のある験者は多くの屋敷から迎えられるようになる。『枕草子』には、「俄かにわづらふ人」があって、験者を呼んだが他に出かけており、長い時間待たされた挙げ句やってきたのを喜び迎えたものの、最近、多くの病人を相手に疲れているのか、座に着いた途端に眠り声になるという話がある（にくきもの）。『紫式部日記』では、後の一条《いちじょう》天皇の誕生の場面が描かれるが、その時は、すでに権力者であった藤原道長《みちなが》の威光で、「月頃、そこらつどひつる殿のうちの僧をばさらにもいはず、山々寺々を尋ねて、験者といふかぎりは残るくまなくまかりつどひ……陰陽師とて、世にあるかぎり召し集めて八百万の神も耳立てぬはあらじと見えきこゆ」とあるが、これだけの手厚い看護を受けることで、産婦彰子《しょうし》の心休まる効果はあったに違いない。

「げに、そこら心苦しげなることどもを、とりどりに見しかど、心浅き人のためにぞ、寺の験もあらはれける」（源・玉鬘）は、光源氏の養女玉鬘《たまかずら》が、多くの求婚者の中でも、あまり愛情を感じていなかった鬚黒《ひげぐろ》の大将と結ばれたことに対する、皮肉をこめた評言である。玉鬘物語は、九州から京に上る途中、長谷観音の導きによって光源氏の養女となる、という霊験譚の構造をもっているが、その結末が、長谷寺と同様に信仰を集めていた石山寺の観音に祈っていた鬚黒の大将の妻になる、というものであり、現実離れした霊験譚を超えて、物語が、作中人物の思いのままにならないという、人生の実相を語りはじめたことを示す。「心浅き人」とは、玉鬘がそれほど思いを寄せていないという意味とともに、鬚黒大将が普段はそれほど信心深いわけではないことも意味している。

また、修験者などが、修行の結果身につけた法力、験力をいうこともある。「御修法はいつとなく不断にせらるれば、僧どもの中に験あるかぎりみな参りて、加持まゐり騒ぐ」（源・柏木）は、女三宮《おんなさんのみや》の出産のために、験力ある修験者を集めて加持祈禱をさせた、という記述である。

また、薬の効き目、の意味で用いられた例としては、「この地黄丸《ぢわうぐわん》は、……けさからひたもの、もちひますが、いまたげんが見へませぬといはれた」（軽口福徳利）がある。この書は江戸小咄集で、「地黄丸」は漢方薬の一種である。

（奥村英司）

妻　物語　心

源氏　げんじ

賜姓皇族の一。弘仁五年（八一四）、嵯峨《さが》天皇が更衣腹の皇子女に源姓を与え臣籍降下したことに始まる。皇室財政の逼迫を打開する措置であったが、政界における皇親勢力の伸長をも意図していた。「源」は皇胤に源流をもつの意で、『魏書』源賀伝の故事による。以後、仁明《にんみょう》・文徳《もんとく》・清和《せいわ》・陽成《ようぜい》・光孝《こうこう》・宇多《うだ》・醍醐《だいご》・村上《むらかみ》・花山《かざん》・三条《さんじょう》・正親《おおぎ》町《まち》の各天皇の皇子女が賜姓源氏となった。

嵯峨源氏は、主に九世紀半ばの仁明・文徳朝に多くの公卿を輩出、一大派閥を築くものの、学芸や文化面での活躍が目立ち、政治面での実績には乏しい。とりわけ左大臣融《とおる》は著名で、河原院《かわらのいん》での風流な暮らしは『伊勢《いせ》物語』八一段などに語られているが、帝位に即けなかった（『大鏡《おおかがみ》』『古事談《こじだん》』に詳しい）、その不満の裏返しとも見られる。なお、この一統は「至《いたる》」「順《したごう》」などのように一字名をもつのが特徴である。

清和源氏は、早く満仲《みつなか》・頼光《よりみつ》の時代から武士として勢力を拡大、摂関家との結びつきを強めた。鎌倉幕府を開いた頼朝《よりとも》もこの流れであり、後にも新田義貞《にったよしさだ》・足利尊氏《あしかがたかうじ》など有力な武士を輩出している。徳川家康《とくがわいえやす》が新田氏の末裔と称したのも、清和源氏が武士の棟梁として認識されていたからである。それに対し、貴族としての格式を誇るのが村上源氏であり、その多くが大臣にいたっている。久我《こが》・堀川《ほりかわ》・土御門《つちみかど》・中院《なかのいん》・北畠《きたばたけ》の諸家に分かれた。

物語文学では、多くの源氏が主人公として活躍している。その典型が『源氏物語』の光源氏にほかならない。桐壺《きりつぼ》帝は、鍾愛する第二皇子の臣籍降下に踏み切った（桐壺）。立《りっ》坊《ぼう》の可能性を断ち切り、政争の犠牲となるのを回避するのである。しかし光源氏の存在は、とうてい臣下の枠には収まらぬものであった。卓抜した美質を発揮していく光源氏は、ついには准太上天皇《たいじょうてんのう》に至る（藤裏葉）。すぐれた資質をもちながらも帝位から遠ざけられた、多くの悲運の皇子たちへの人々の共感が、こうした光源氏の造型を支えているとみられるのである。

（大井田晴彦）

公卿→公家　武士

験者　げんじゃ

「げんざ」とも。修験道の行者や、密教の僧侶などで、加持祈禱による病気平癒などの効果が高い者をいう。中でも、特に優れた者を「刃《やいば》の験者」と称した（平・五・文覚荒行）。

修験道は、日本古来の山岳信仰に、道教、陰陽道、密教などの思想が加わって形成されていったが、特に七世紀の役小角《えんのおづぬ》がその祖とされる。山中で難行・苦行を体験することで霊験を獲得するところに特徴がある。いわゆる巫女《ふじょ》は、精霊にとりつかれることでその能力を発揮するのに対し、男巫とでもいうべき験者は、超自然的な力に働きかけ、これを制御する能力をもっていた。そこで、男巫と巫女が一対になって加持祈禱をするようになる。『宇治拾遺物語』巻一・九は、藤原頼通《よりみち》が、高陽院《こうよういん》建設に際し急病となり、心誉《しんよ》僧正が加持祈禱したところ、取り付いていた霊が女房に憑依《ひょうい》し、調伏できたという話である。このように、物の怪の調伏に際し、巫女に憑依させその正体を語らせることが肝要であったのである。

『源氏物語』葵《あおい》巻では、光源氏の正妻葵の上に、愛人六条御息所《ろくじょうのみやすどころ》の生霊《いきりょう》が取り付くが、その執念深さは、「いみじき験者どもにも従はず」というほどであった。結局この生霊は葵の上の口を借りて、光源氏に正体を語るが、調伏されることなく葵の上を殺してしまう。また、柏木《かしわぎ》巻では、病気の柏木のために、両親が験者どもを呼び集めるが、その中には「けにくく心づきなき山伏どもなどもいと多く参る」とあり、高僧のみならず山中で修行中の身分の低い者まで呼び寄せた、という。『枕草子』「思はん子を法師になしたらんこそ」段は、大切に思う子を法師にするのはかわいそうだと述べ、「まいて、験者などはいとくるしげなめり」と、その苦労を推察している。また、加持祈禱の行為を「験者」といった例もある。

（奥村英司）

加持祈禱　陰陽道　巫女（みこ）　霊（たま）・女房・物の怪　僧→出家

元服　げんぷく

男子の成人式。衣装を改め、髪を結い、冠をつけ、幼名を廃して実名をつける。「冠《こうぶ》りす」や「初冠《ういこうぶ》り」「初元結《はつもとゆい》」ともいう。ちなみに「かうぶり得《う》」は叙爵、従五位下になる意で元服とは無関係。元服は十二歳から十五歳の間に行うことが多く、これ以降社会秩序に本格的に組み込まれる。貴族の場合、元服時に父の地位に応じて官位を授けられ、位によって色の違う位袍《いほう》を着ける。『源氏物語』少女《おとめ》巻では、大学寮に入れて一から学問を学ばせるために、光源氏は息子夕霧《ゆうぎり》の元服に際して通例であった四位でなく六位を授けさせた。元服前は漠然と下と思っていた従兄たちより遥かに下の序列の六位を喧伝する浅葱《あさぎ》色の袍《うえのきぬ》を嘆きつつ、発憤した夕霧は見事学問を修め、以後理想的な官人として着実な人生を歩んだ。

『伊勢《いせ》物語』初段は、「むかし、男、初冠《うひかうぶり》して、奈良の京春日の里に、しるよしして、狩りにいにけり」と始まる。「しるよしして」、領地があった縁とはいえ、元服の折に捨てられた古都、平城京に出かける業平である。しかも平城京は業平《なりひら》の祖父平城《へいぜい》天皇が退位後住まった古都であり、平

男　初冠　色　奈良　春日

都

安京にいる弟嵯峨《さが》天皇と主導権を争って負け（薬子《くすこ》の変）、平城京でひっそりと生涯を終えた。その後の平安京は、嵯峨の子孫と嵯峨の側近であった藤原冬嗣《ふゆつぐ》の子孫とが複雑に血縁関係を結んで権力を独占していく。『伊勢物語』初段は業平の元服から書き起こすことで、夕霧とは逆に都での官人の世界に同化しえない人間像を示唆する。春日の里で美しい姉妹を垣間見て心惹かれ和歌を贈るのも、漢籍を第一の教養とし、漢文を通じて深遠な中国思想を体得すべき官人のあり方からは落伍した人間像を示している。

和歌
漢文
武士

武士の世になると、元服は武士の第一歩を示すものとなった。貴族社会でも元服に際して冠を付けさせる「引き入れ」役は近親の権勢家が務めたが、武士社会では烏帽子《えぼし》を授け名乗りを与える「烏帽子親《えぼしおや》」は特に重要で、以後仮の親として後見の任にあたった。（今井久代）

後見

碁　ご

遊戯→遊び

古く中国より伝来した盤上の遊戯。盤《ばん》（現行の碁盤は縦横各々一九本の線を描き、三六一の升目《ますめ》を有する）をはさんで相対する二人が、それぞれ白黒の石を持ち、交互にその持石を並べて領地を囲み、地を広く占めた方が勝となる。平安時代には男女を問わず人気のある遊戯だったらしく、『枕草子』「つれづれなぐさむもの」段にも、「碁、双六《すぐろく》、物語……」と見えている。また『源氏物語』空蟬《うつせみ》巻に、ひそかに垣間見《かいまみ》する光源氏の前で、女同士くつろいで碁を打つ空蟬と軒端荻《のきばのおぎ》の様子が描かれる。

双六
物語
女

碁石を納める器を「笥《け》」と称し、「奥に、碁石の笥に入るる音、あまたたび聞ゆる、いと心にくし」と、『枕草子』「心にくきもの」段に見える。『枕』にはまた、碁盤を踏み台として用いたこと（職の御曹司におはしますころ、西の廂に）や、男女の仲を碁の手になぞらえること（故殿の御服のころ）などが見え、当時の生活の中に碁がいかに溶け込んでいたかをうかがわせる。（藤本宗利）

心

鯉　こい（こひ）

コイ科の淡水魚。二対の口ひげがある。『日本書紀』に景行《けいこう》天皇が泳宮《くくいのみや》で鯉を池に放って眺め楽しんだとあるように、古くから鑑賞用として親しまれた。食用としても、栄養価が高く、饗応・贈答に好まれ、「鯉ばかりこそ、御前にても切らるゝものなれば、やん事なき魚なり。」（徒然・一一八）とあるように、御前での調理がなされるもので、名人によるその庖丁さばきは鑑賞の対象であった（徒然・二三一）。中国では、鯉は「魚之王」とみなされ、龍門の滝を登って、龍となるという伝承があることから、「鯉の滝登り」の語ができた。また、霊性を帯びた魚として考えられたゆえ、鯉にまつわる説話も多い。『発心集《ほっしんしゅう》』には、僧が捕らえられた鯉を放してやったところ、その晩の夢に老翁があらわれ、賀茂の供祭となり出離を望んでいたのに果たせず恨みに思うといったという逸話があり、『西鶴諸国《さいかくしょこく》ばなし』には男の飼っていた鯉が人の姿となり、男の迎えた妻に対して嫉妬をする話が載る。また、『雨月《うげつ》物語』「夢《む》応《おう》の鯉魚《りぎょ》」では、画僧が夢で鯉になる。『列仙伝《れっせんでん》』にある、中国の仙人琴高《きんこう》が鯉に乗って現れる話も有名で、山東京伝《さんとうきょうでん》

池
龍
説話・僧→出家・夢
翁・賀茂
妻

黄表紙　の黄表紙、『傾城買四十八手《けいせいかいしじゅうはって》』の口絵は、遊女を琴高に見立てたものである。（高野奈未）

香　こう（かう）

香り。香料。特に沈《じん》香・丁子《ちょうじ》香・白檀《びゃくだん》香・薫陸《くんろく》香・甲《こう》香・麝《じゃ》香などを鉄臼でひいて粉にしたものを、蜜などで練り固めた練《ねり》香のことで、「薫物《たきもの》」と称す。

沈・白檀などの香木類は熱帯や亜熱帯に産するものであるから、古くわが国では周知されておらず、『日本書紀』推古《すいこ》三年四月に淡路島《あわじしま》に漂着した周三尺《さんじゃく》の沈の流木を、島民は知らずに薪に割って竈《かまど》で焼いたとある。その芳香が遠くまで満ちみちたことで、奇瑞《きずい》と感じて朝廷に献上したという。

淡路島

薪

薫物がわが国で盛んに行われるようになるのは平安時代になってからで、古くは専ら仏前に供えるために用いられた。その先蹤は皇極《こうぎょく》紀・元年七月「蘇我大臣、手ニ香鑪《かうろ》ヲ執《と》リテ、香ヲ焼《た》キテ願《ちかひ》ヲ発《おこ》ス」という条。芳香は邪気を払う力を有すると信じられ、仏教では尊ばれた。『源氏物語』鈴虫《すずむし》巻に描かれる女三宮《おんなさんのみや》の持仏開眼の場面に、「名香《みょうがう》には唐《から》の百歩《ひやくぶ》の衣香《えこう》を焚《た》きたまへり」「荷葉《かえふ》の方《はう》を合はせたる名香、蜜《みち》をかくしほほろげて焚き匂はしたる」と見える「名香」も、仏に供える香のこと。同場面には他にも白檀造りの阿弥陀三尊像や沈製の華足《けそく》の机などとあり、さぞかし辺りに満ちあふれるばかりの芳香であったろうと想像される。「衣香」とは「薫衣香《くのえこう》」と同様、衣服に染み込ませる香。「百歩の」は燻らせた時に百歩離れても香るということ。「荷葉」も香の名で、衣裳に焚きしめる香を仏前にも供えていたことがわかる。若紫《わかむらさき》巻にも「そら薫物いと心にくくかをり出で、名香の香など匂ひ満ちたるに、君の御追風《おひかぜ》いとことなれば」と見える。「そら薫物」は室内にどこからともなく漂ってくるように焚く香のこと、「追風」は衣服に焚きしめた香が身動きとともに匂って来ることで、これらと名香の香とが渾然とする様が述べられる。

唐

仏

衣服に香りを染み込ませるには大別すると二通りの方法がある。一つは香の唐櫃《からびつ》に収めて香を移す方法、もう一つは薫物の香りを焚きしめる方法。後者の場合、通常は香炉の上に伏籠《ふせご》と称する籠をかぶせ、その籠に衣服を掛けて焚きしめるが、着たままの袂《たもと》などに小型の香炉を引き入れて焚くやり方もあった。『源氏物語』真木柱《まきばしら》巻には、玉鬘《たまかずら》に逢いに行くためにいそいそと袖に香炉を入れて焚きしめる鬚黒《ひげくろ》の大将《だいしょう》の背後から、奥方が伏籠の下から香炉を取り出して近づくや、その灰を夫に浴びせかける有名な条がある。なお香炉のことを火取《ひとり》と称し、和歌では「独り」の意を掛け、「思ひ（「火」を掛ける）」「焦がる」などと縁語的に用いられることにも注意。

和歌

縁語

薫物の種類としては薫衣香・荷葉の他に、梅花《ばいか》・黒方《くろぼう》・侍従《じじゅう》などが知られる。当時薫物は各自で調合したため、先述の六種の香料や蜜の配分で、同種の香ながら微妙に香気の差が生ずる。それゆえに独自の配合を工夫して個性の演出を心がけた。梅枝《うめがえ》巻に名高い薫物合《あわせ》の場面では、六条院の人々が自分の調合を秘密にするさまが興深く描かれている。

（藤本宗利）

更衣　こうい（かうい）

夏
毎年、四月一日と十月一日に衣服や調度をそれぞれ夏用、冬用に改めること。ころもがえ。

冬　心
新たな季節の到来を告げる更衣は、人の心を一新、晴れやかにさせる。葵の上を失い傷心の光源氏は、二条院の「曇りなくあざやか」な「更衣の御しつらひ」に新鮮な感動を覚え、紫の上と新枕を交わす（源氏・葵）。須磨《すま》から明石《あかし》に移った源氏を入道は厚くもてなす。「四月になりぬ。更衣の御装束、御帳の帷子などよしあるさま」とあるが、源氏の苦難は更衣とともに脱ぎ捨てられ、以後の運勢は大きく好転する（源氏・明石）。

須磨・明石　和歌　桜・形見　縁語　掛詞
和歌では、四月の更衣が好んで詠まれた。『後撰集』以後、勅撰集の夏の部では更衣の歌が冒頭に置かれる。「夏衣たちきる今日は花桜形見の色を脱ぎやかふらむ」（三奏本金葉・夏・中務）は、「裁《た》ち」「（夏が）立《た》ち」、「着」「来《き》」の縁語掛詞を駆使し惜春の思いを歌う。「おぼつかな薄くや今日はなりぬらむ人の心も衣がへして」（清輔集）は、夏衣の薄さに寄せて人の心の移ろいを不安に思う歌。（大井田晴彦）

合巻　ごうかん（がふくわん）

黄表紙
江戸時代後期、それまでの黄表紙が五枚で一冊、それが、三冊から六冊で一作品となっていたものをさらに長編化し、式亭三馬《しきていさんば》の『雷太郎強悪物語《いかずちたろうごうあくものがたり》』（文化三年（一八〇六））のように、二五枚で一冊とし、上下二冊を一部としたものも出た。これが当たりを取り、以後、それにならったものができるようになり、そうしてできたのを合巻という。表紙を色刷りの絵とし、上下の場合は二枚で一組の絵ができるように、上中下の場合は、三枚を並べて一組の絵ができるようにしてある。中味は見開きで絵が入り、その絵に余白を設け仮名文字を用いて話の内容が語られる（それらの点は黄表紙と同じ形式である）。話は実録・読本《よみほん》・浄瑠璃・歌舞伎などを題材としたものが多い。概して平易な内容で読みやすいものが多い。作者としては、三馬以外には山東京伝《さんとうきょうでん》・曲亭馬琴《きょくていばきん》・柳亭種彦《りゅうていたねひこ》などが著名。このうち、馬琴は『傾城水滸伝《けいせいすいこでん》』といった中国の話に題材を取ったものがあり、種彦は『正本製《しょうほんじたて》』（十二冊・文化十二（一八一五）―天保二（一八三一））といった歌舞伎に材を取ったもの（この作品では表紙の絵を役者に似せたものとした。同じく『偐紫田舎源氏《にせむらさきいなかげんじ》』（三八編一五二冊・文政十二―天保十三）は『源氏物語』に沿った話を舞台を江戸に移して書いたものであり、歌川国貞《うたがわくにさだ》の絵とともに大いに歓迎された。しかし、その挿絵が将軍家斉の江戸城大奥を模したのではと噂が立ち絶版を命じられた。そのために三九・四十の二編は未刊となっている。そのような事故もあったが、合巻は明治に至るまで続けられた。（山口明穂）

絵　仮名　歌舞伎　江戸

後宮　こうきゅう

皇后→三后　女
天皇の住む殿舎の後方にある宮殿をさす。皇后・妃などの天皇の妻妾、それらに仕える女性たち、および内侍司《ないしのつかさ》・蔵司以下十二女司に働く女性たちがここに居住する。平安京内裏では、承香殿《しょうきょう》、常寧殿《じょうねい》、貞観殿《じょうかん》、弘徽殿《こき》、登華殿《とうか》、麗景殿《れいけい》、宣耀殿《せんよう》の七殿、昭陽舎《しょうようしゃ》、淑景舎《しげいさ》、飛香舎《ひきょうしゃ》、凝華《ぎょうか》舎《しゃ》、襲芳舎《しゅうほうしゃ》の五舎。天皇の妻妾は、居住する殿舎の名によって呼ばれる。弘徽殿・藤壺（飛香舎）は清涼殿に上局があり、やがて中宮になるような有力女御が居住することが多い。『源氏物語』の桐壺《きりつぼ》更衣は、居住する淑景舎の通称が桐壺であったからである。

摂関政治では、娘の産んだ皇子を天皇に即位させ、外戚になることによって権力を握る。そのためには、娘を魅力的にして、出産の機会を増やさなければならない。権力を狙う男たちは、娘の教育とともに、娘の周囲を物質的にも文化的にも飾る必要が生じ、優秀な女房を集めることに力を入れた。その結果として後宮文化が栄え、平安女流文学の隆盛をみた。鎌倉時代中期以降、皇威の衰えに伴い後宮文化は徐々に凋落していったが、後宮自体は、大正天皇の時代まで存続した。ただし、大正天皇の配偶者は一人で、長い伝統である天皇の一夫多妻制は廃止された。

女房

（池田節子）

柑子　こうじ（かうじ）

植物名。ミカン科の樹木。室町時代、新たに品種改良された「蜜柑」が広まってからは、それをさす語としても用いられるようになった。その果実は食用となり、「次々の殿上人は、簀子に円座召して、わざとなく、椿餅、梨、柑子やうの物ども、さまざまに、箱の蓋どもにとりまぜつつあるを、若き人々そぼれとり食ふ。」（源・若菜上）などと、軽い間食や酒の肴とされたことが見える。『徒然草』の中で、あるとき吉田兼好《けんこう》が山中でわび住まいのような庵をみつけ、感動したが、「かなたの庭に大きなる柑子の木の、枝もたわゝになりたるが、まはりをきびしく囲ひたりし」をふと見つけて、少し興ざめした、という段がある（徒然・十一）。この庵の主がこの柑子の木に囲いをしてあったのも、その実が食用となるからで、盗まれることを危惧したのであろう。が、兼好にとっては、途端に物への執着という厭な感がしたのである。有名な『わらしべ長者』の原型となった『今昔物語集』巻十六第二八などでも、人の喉を潤すみずみずしい果実として登場している。

殿上・餅・梨
酒

（室田知香）

庚申　こうしん（かうしん）

干支の一つ。かのえさる。道教では、人間の体内に棲んでいる三尸《さんし》という三匹の虫が、庚申の夜に抜け出て、天帝にその人の罪過や悪事を告げると考えられていた。三尸が天に上らないように徹夜をして、早死にを免れようとするのが「庚申待ち」で、「庚申を守る」「庚申す」「三尸を守る」ともいう。

円仁《えんにん》の『入唐求法巡礼行記《にっとうぐほうじゅんれいこうき》』承和三年（八三六）条によれば、すでに日本にも伝わっていることが知られる。平安時代には宮中や貴族の邸で広く行われ、眠気ざましと退屈しのぎに、双六、管絃、歌合、飲食などに興じた。「庚申したまひて、男女、方分きて、石弾きしたまふ」（宇津保・祭の使）「腰折れたる歌合はせ、物語、庚申をし」（源・東屋）

干支
天
邸
双六・歌合
腰折れ・物語

などとある。また、藤原伊周《これちか》から詠歌を促された清少納言が「その人の後と言はれぬ身なりせば今宵の歌をまづぞ詠ままし」と詠んだのも庚申の夜のことであった（枕・五月の御精進のほど）。

六条斎院禖子《ばいし》親王家は、活発な文芸活動で知られるが、天喜三年（一〇五五）五月三日の庚申の夜の物語合に提出されたのが『逢坂《おうさか》越えぬ権中納言《ごんちゅうなごん》』である。

鎌倉時代以降も盛んに行われ、仏教とも結びつき、民間にも広く浸透するようになった。

（大井田晴彦）

仏教→仏

上野　こうずけ（かうづけ）

東山道の一国で、現在の群馬県にあたる。この辺り一帯は古く「毛野《けぬ》」とされていたが、五世紀頃に上下に分かれ、「上毛野」とされた西側半分が、やがて『大宝律令』制定後に「上野」となった。

『万葉集』巻十四の東歌には「日の暮に碓氷《うすひ》の山を越ゆる日は夫《せ》なのが袖もさやに振らしつ」（三四〇二）など二五首が上野国の歌として収められているが、これは国名がわかるものの中では最多である。また、上野国は平安時代の天長三年（八二六）に常陸《ひたち》国・上総《かずさ》国とともに親王任国《しんのうにんこく》となり、親王が太守を務めることになった（ただし、実際に赴任することはない）。文学作品においても、『宇津保《うつほ》物語』における三奇人の一人である上野の宮や、『浜松中納言《はままつちゅうなごん》物語』における唐后の祖父にあたる上野の宮などが、そのような親王として登場している。

（吉田幹生）

袖

常陸・上総

親王（みこ）

河内　こうち（かふち）

国名。およそ現在の大阪府の東部。畿内《きない》に位置し、大国に分類される。古代、渡来系の人々が多く住んだ地域であった。応神天皇陵について『古事記』は、「御陵は川内《かふち》の恵《ゑ》賀《が》の裳伏《もふし》の岡に在り」（記・中）と記しているが、それに比定される誉田山《こんだやま》古墳などの巨大な前方後円墳が今に残り、いわゆる河内王朝を育んだ地とされる。生駒山地《いこまさんち》を挟んで大和《やまと》地方の西辺に接し、古来、生駒山地を越えて大和方面とこの河内・難波津《なにわづ》方面とを結ぶルートがあったことが諸書に見える（記、紀、万など）。『伊勢《いせ》物語』二三段・『大和《やまと》物語』一四九段には、大和国に住む男が、幼馴染の妻が貧しくなったころ、立田山《たつたやま》（竜田山）を越えて河内《かわち》国高安《たかやす》郡に住む新しい女のもとへと通うようになったが、しかしある夜、もとの妻がこの男の立田山越えの旅路を案ずる歌を詠むのを聞き、通いをやめたという物語が語られている。立田山は生駒山地の南端の山である。また、「こうちめ（河内女）」という語が『万葉集』以来しばしば和歌に用いられているが、「河内女《かふちめ》の手染《てそめ》の糸を絡《く》り反《かへ》し片糸《かたいと》にあれど絶えむと思へや」（万・七・一三一六）のように染織の技をもつ女性たちとして表され、糸に寄せて恋を詠む歌の用例が知られる。これに前述の河内国高安郡の女性のイメージを併せ踏まえた、「河内女が手染めの衣うちわびぬ秋風さむきたかやすのさと」（夫木抄・五七九三）のような例もある。河内国高安郡の女のイメージは和歌の世界によく浸透していた。

（室田知香）

大和

妻

竜田

物語

和歌

糸

女

高野　こうや（かうや）

歌枕

和歌山県北東部の山地。弘仁《こうにん》七年（八一六）に弘法大師《こうぼうだいし》（空海《くうかい》）が開いた金剛峰寺《こんごうぶじ》を中心とし、内外八葉と呼ばれる山々に囲まれた一帯。寺の創建に関しては、弘法大師が霊地を求めて唐から仏具の三鈷《さんこ》を投げたところ、高野山の松にかかったという「三鈷《さんこ》の松伝説」が知られる。歌枕としては高野《たかの》。

出家　仏

真言密教の霊場として、高野山での遁世譚、往生譚の類は数多い。中でも有名なのが説経《せっきょう》の『かるかや』である。妻子を捨てて出家した苅萱道心《かるかやどうしん》は、父を捜して高野山を訪ねた息子石童丸《いしどうまる》と出会うが、思い悩みつつも父と名乗らない。妻や娘にも再び会えぬまま先立たれると、息子を出家させ、正体を明かさぬまま共に修行して往生を遂げる。人としての情と仏への誓いに苦悩する悲劇として、後の浄瑠璃《じょうるり》・歌舞伎《かぶき》に大きな影響を与えた。今も高野山には苅萱堂の遺跡が残っている。

（加持）祈禱

また、古来貴顕の参詣も多く、『平家物語』（三・大塔建立）では、平清盛《きよもり》が高野山の大塔を修復し奥の院で弘法大師と出会った奇瑞や、清盛自ら金堂《こんどう》の曼陀羅《まんだら》を描き大日如来の宝冠を自分の頭の血で描いたことを伝える。弘法大師のさまざまな超人的伝説とも相まって、高野山は特別な祈禱の場だったのである。

雉

ただし、歌枕として詠まれるようになるのは平安時代末期ごろで、弥勒の浄土や納骨を詠む歌枕として定着するのは鎌倉時代以降のことである。松尾芭蕉《まつおばしょう》も貞享《じょうきょう》五年（一六八八）『笈《おい》の小文《こぶみ》』の旅で高野に詣でた。納骨堂の前で亡き両親を思い、行基《ぎょうき》の歌「山鳥のほろほろとなく声聞けばちちかとぞ思ふははかとぞおもふ」（玉葉・釈教）を想起して、「ちゝはゝのしきりにこひし雉の声」の句を残している。

玉川　水

高野を流れる玉川は六玉川のひとつ。「玉川といふ河のみなかみに毒虫のおほかりければ、このながれをのむまじきよしをしめしおきて」弘法大師が詠んだという「忘れてもくみやしつらむたび人のたかののおくのたま川の水」（風雅・雑歌）にみえるように、毒水が流れるという伝説があった。江戸時代にはこの毒川説に疑義が唱えられるようになり、上田秋成《うえだあきなり》は『雨月《うげつ》物語』「仏法僧《ぶっぽうそう》」において、高野の奥の院に集う豊臣秀次《とよとみひでつぐ》主従の怨霊たちに、この歌は本来、玉川の水の清らかさを愛でた歌であるという自説を語らせている。

（深沢了子）

高麗　こうらい（かうらい）

錦　菊・雲

十—十四世紀の朝鮮の王朝。日本との正式な交渉はほとんどなかったが、私的な貿易はさかんにおこなわれた。『宇《う》津保《つほ》物語』に「高麗《こうらい》の幄《あげばり》十一間を、鱗のごとく打ちたり」（吹上下）とあるのは、古くから伝わる高麗錦《こうらいにしき》と見られる。畳の縁の一つに高麗縁《こうらいべり》があり、「高麗縁の筵青うこまやかに厚きが、縁の紋いとあざやかに黒う白う見えたる」（枕・御前にて人々とも）とあるように、白地の綾に菊や雲の模様を黒く織り出したもの。茶碗をはじめとする高麗焼《こうらいやき》の青磁・白磁や、高麗版大蔵経《こうらいばんだいぞうきょう》など貴重な伝来品がある。高麗《こうらい》が滅亡した後も、高麗茶碗《こうらいぢゃわん》、高麗胡椒《こうらいこしょう》などのことばは残った。高麗屋《こうらいや》は、松本幸四郎の屋号。

　朝鮮半島には、高麗に先立ち、高句麗《こうくり》、渤海《ぼっかい》などがあったが、これらは、「高麗《こま》」と呼ばれた。『源氏物語』に出てくる高麗人《こまうど》は、渤海人《ぼっかいじん》という設定である。また、新羅《しらぎ》が長く半島を支配していたために、高麗の建国後も、朝鮮を新羅と呼んでいた。

（高田祐彦）

新羅

鴻臚館　こうろかん（こうろくわん）

　大宰府・難波・平安京（客館は朱雀大路《すざくおおじ》を挟む七条の東西両処にあった）などに設けられ外国使節を接待し宿泊せしめた施設（玄蕃寮《げんばのりょう》の管轄。鴻臚館の名称の初出は『日本《にほん》紀略《きりやく》』弘仁元年四月一日条か）。文学の場として注目されるのは、嵯峨天皇の時代に漢詩文が隆盛し、都で渤海《ぼっかい》使節と詩文による交歓が行われるようになってから（館中交歓の明徴は貞観十四年五月。饗応役《きょうおうやく》は大学頭文章博士巨勢文《こせのふみ》雄《お》・文章得業生《もんじょうとくごうしょう》藤原佐世《すけよ》）。元慶六年の裴頲《はいてい》来日時には大蔵善行《おおくらのよしゆき》・紀長谷雄《きのはせお》・島田忠臣《しまだのただおみ》らとともに菅原道真《すがわらのみちざね》が応接し贈答酬唱詩も残る（田氏家集・中、菅家文草・二）。後年その子の淳茂《あつしげ》は頲の子の謬《きゆう》と対面。二代にわたる奇遇を得て感慨無量であった（扶桑集・七）が、渤海滅亡（九二六）後、孫の文時《ふみとき》が鴻臚館の復興を訴えた（本朝文粋・二、天暦十一年）ころはすでに役割を終え荒廃していたようだ。『本朝文粋』（九）には大江朝綱《おおえのあさつな》・紀在昌《ありまさ》の鴻臚館餞宴詩序が見え、殊に朝綱の「前途程遠し、思ひを雁山の暮雲に馳せ、後会期遥かなり、纓《えい》を鴻臚の暁の涙に霑《うるほ》す」（朗詠・下・餞別）の名句は人口に膾炙する。光源氏が右大弁とともに高麗《こま》の人相見に対面したのも鴻臚館である。慌しい帰国間際にも漢詩を贈答し合い、異相の貴人に会った人相見の驚きが印象深く記されている（源・桐壺）。

（本間洋一）

大宰府・難波・京　漢詩→詩　涙　高麗（こうらい）

極楽　ごくらく

「極楽浄土」の略。阿弥陀如来《あみだにょらい》のいる浄土。西方浄土。また、非常に落ち着いた楽しい場所のたとえ。『阿弥陀経』によれば、極楽浄土は西方十万億の仏土のかなたにある阿弥陀仏のいる場所で、あらゆる苦難のない安楽な世界であるという。現世で戒を守って善行を積み、信仰し、唱名念仏をすれば、臨終の折に阿弥陀仏の迎えを受けて、ここに生まれるとされた。『観無量寿経《かんむりょうじゅきょう》』では、生前の善行によって九品に分かれて迎えられるとされる。極楽浄土への往生を願うのは、平安時代の浄土信仰、中世以降の浄土宗などである。

　『日本霊異記《にほんりょういき》』上・二二話では、道照《どうしょう》法師が臨終の際、沐浴をして西に向かって座ると、光明が部屋に差込み、夜明けごろ、光明は西に飛び去って法師が亡くなったため、弟子達は法師は極楽浄土に生まれたと確信したという。極楽の様子は、源信《げんしん》の『往生要集《おうじょうようしゅう》』「欣求浄土《ごんぐじょうど》」には、美麗な極楽の様子が描出される。『源氏物語』紅葉賀《もみじのが》の試楽の折に、光源氏が詩を詠ずる様子は「これや仏の御迦陵頻伽の声ならむ」（紅葉賀）とその優れた声が極楽の鳥の声にたとえられ、桐壺《きりつぼ》院の一周忌の様子は、「仏の御飾り、花机の覆ひなどまで、まことの極楽思ひやらる」（賢木）と賞賛される。『栄花《えいが》物語』「たまのうてな」巻では、藤原道長《みちなが》が

仏　戒　賀　詩

糸
海
説話

建立した法成寺《ほうじょうじ》には聖衆来迎楽図《しょうじゅらいごうらくず》が描かれ、阿弥陀如来像九体の手には蓮の糸の組紐が通され、臨終時にこの糸を引いて極楽に往生するべく用意されたとある。また、和歌にも「極楽ははるけきほどと聞きしかどつとめていたる所なりけり」（拾遺・哀傷・仙慶）「われだにもまづ極楽にむまれなばしるも知らぬもみな迎へてむ」（新古今・釈教・源信）などと歌われ、極楽への往生が切望された。中世には海に投身して極楽に転生を願うことまでされ、来迎美術や往生伝など多くの説話・説経・唱導文芸が生まれた。

（高木和子）

極楽寺　ごくらくじ

山城
行幸・琴
願
僧→出家
石清水
仁和寺
豊前

極楽寺と呼ばれる寺は各地に存在するが、古典文学では山城《やましろ》国紀《き》伊《い》郡（現在の京都市伏見区）にある極楽寺が有名。『大鏡《おおかがみ》』（道長）や『宝物集《ほうぶつしゅう》』（一）によると、仁明《にんみょう》天皇の芹《せり》川《がわ》行幸の際、天皇が琴の演奏に用いる琴爪を紛失し、その捜索をまだ幼少であった藤原基経《もとつね》に命じたという。困った基経は、琴爪を見付けることができたところに伽藍を建てようと願を立てて捜索し、漸く琴爪を見付けることができた。それがこの極楽寺建立の由来とされている。以後、この寺は藤原北家の氏寺となった。なお、『今昔物語集』（十四・三五）や『古本説話集《こほんせつわしゅう》』（下・五二）には極楽寺の僧が基経の病を治した話が載る。

『徒然草』五二段で石清水八幡宮《いわしみずはちまんぐう》に参拝しようと出かけた仁和寺《にんなじ》の法師が誤って参った極楽寺は、右の極楽寺とは別。こちらは貞観二年（八六〇）に豊前《ぶぜん》の宇佐八幡宮《うさはちまんぐう》を勧請して創建した石清水八幡宮の宮寺で、明治元年に焼失した。

（吉田幹生）

心　こころ

神
和歌

人の身体にある精神的な存在。表面に現れない内面。「大猪子《おほゐこ》が　腹にある　肝《きも》向かふ　心をだにか　相思《あひおも》はずあらむ」（記・六十）と歌われ、もとは心臓の意で、『色葉《いろは》字類抄《じるいしょう》』にも「心　ココロ　五臓之一也」とあるが、やがて、感情的な理知的な、種々の精神的作用を意味した。また、『万葉集』では「心」「情」「意」「神」などの表記を「こころ」と訓じ、『色葉字類抄』にも「意」「情」を「こころ」と訓じている。『古今集』仮名序には「やまとうたは人のこころをたねとしてよろづのことのはとぞなれりける」とあり、和歌の言葉が限りなく多様であるのは「人の心」がそもそも変幻自在で多様だということであろう。また、「心」については「身」との相克も重要な課題である。『古今集』には「身」「心」がともに詠み込まれた例は十例あり、往々にして「心」は「身」とは乖離した動きをする。「人を思ふ心は我にあらねばや身の迷ふだにしられざるらむ」（恋一・読人知らず）と「心」が「我」の意のままに自在にならないこともあれば、「おもへども身をしわけねばめに見えぬ心を君にたぐへてぞやる」（離別・伊香子淳行）は、「身」はとどまっても「心」は遊離してあなたに寄り添うと歌われる。「身」「心」の相克への自覚は、閉塞的な社会に生きる平安時代の女流歌人たちによって研ぎ澄まされ、ことに『紫式部《むらさきしきぶ》集』には「かずならぬこころに身をばまかせねど身にしたがふは心なりけり」などと、思うがままに生きられない身の上の苦悩が歌い上げられるところには紫式部独自の精神性がうかがえる。『源氏物語』には「心」を接頭語として形容詞に付した、「心苦し」「心つきなし」「心憂し」などの形容語が多様であり、内面の作用が微妙に描き分けられている。また、六条御息所《ろくじょうのみやすどころ》が苦悩の余り、「一ふしに思し浮かれにし心鎮まりがたう思さるるけにや」（葵）と心身の分裂から生霊となる物語も印象深い。なお「心の鬼」とは「良心の呵責、疑心暗鬼」の意で、「なき人にかごとはかけてわづらふもおのがこころのおににやはあらぬ」（紫式部集）とは、前妻の嫉妬の怨霊化を男自身の「心の鬼」の仕業と疑うものである。（高木和子）

鬼
妻

輿　こし

乗物の一種で、人力で運ぶもの。屋形《やかた》（人の乗る部分）の下に通した長い棒（轅《ながえ》と称する）を肩にかつぎ、または手で腰の高さに支えて運ぶ。様々な種類があるが、最も格式の高いのは鳳輦《ほうれん》で、即位や大嘗会《だいじょうえ》・朝勤《ちょうきん》（父上皇や母后の御所への行幸）など晴の儀式の行幸《ぎょうこう》に際して、天皇が乗った。鸞輿《れんよ》とも呼ばれ、屋形の頂上に金色の鳳凰《ほうおう》を載せたところからの呼称。この鳳輦に次ぐ格式を有するのが葱花輦《そうかれん》で、こちらは葱《ねぎ》の花に見立てられた擬宝珠《ぎぼし》形の金色の玉を載せる。葱の花は永く散らないところからめでたいものとされた。天皇の常の行幸や寺社への行幸の折の乗用とされ、上皇・中宮・東宮の乗用にも用いられた。『枕草子』「関白殿、二月二十一日に」段では積善寺《しやくぜんじ》に行啓《ぎょうけい》する中宮の輿の、朝日の中で「水葱《なぎ》の花、いときはやかに輝」くさまが描かれ、葱花輦に乗っていたことがわかる。一方轅を腰の高さに支え持った形の輿が手輿《たごし》である。腰輿《ようよ》とも称し、屋形の四方を開放して簾を垂れた四方輿《しほうごし》、屋形の左右に網代《あじろ》を張った網代輿など、種類も多い。手輿は中世以後、公卿や僧侶の間で広く用いられるようになった。（藤本宗利）

行幸
花
中宮→三后・東宮
網代
公卿→公家
僧→出家

腰折れ　こしおれ（こしをれ）

歌の病の一つ。歌の病とは和歌の欠点を人体の故障になぞらえたもので、元々は中国の詩病《しびょう》にあったものを和歌に取り入れている。歌の病は奈良時代末期から平安時代初期にかけて定められたもので、『歌経標式《かきょうひょうしき》』では「頭尾病《とうび》」「胸尾病《きょうび》」「腰尾病《ようび》」「靨子病《えんし》」「遊風病《ゆうふう》」「同声韻病」「遍身病《へんしん》」が挙げられている。その後も歌論書の中では多く論じられるが、そこに示されるものが必ずしも同じではない。「腰折れ」は、第三句（腰の句）と第四句との間が続かないという欠点のある歌をいう。鴨長明《かものちょうめい》の『無名抄《むみょうしょう》』では、源俊頼《としより》の「明けぬとも猶秋風の訪れて野辺の景色よ面変りすな（秋の最後の今宵が明けたとしてもやはり秋風が吹いてきて野辺の景色よ姿が変わらないでくれ）」の歌が披露された時、藤原基俊《もととし》が「腰の句の末に『て』文字据ゑたるに、はかばかしき事なし。支へていみじう聞きにくきものなり（第三句の最後に『て』文字を置いているが、よくない。つっかかった感じで大変に聞きにくい）」と批評した。基俊の批評は紀貫之の歌で論破されてしまうが、「て」を用いての繋ぎは曖昧になり腰折れの病になりやすいといえ

和歌
歌論
秋・風

るだろう。『源氏物語』で「かゝる古体の心どもにはありつかず今めきつゝ、腰折れ歌このましげに若やぐけしきどもは、いとうしろめたうおぼゆ（このような昔気質の心には不似合いに今めかしげに振る舞って、腰折れ歌をいかにも好きなようにはしゃいでいるのは、気が許せない）」とあるのは、単に下手な歌の意味であろう。同じ帚木《ははきぎ》巻に、「消息文にも仮名といふもの書きまぜず、むべむべしく言ひまはし侍るに、をのづからえまかり絶えで、その者を師としてなんわづかなる腰折れ分作る事など習ひ侍りしかば（手紙にも仮名を交ぜ書きにせず、理屈っぽく表現していたが、自然と通いも絶えず、その者を師として腰折れ文など習いましたので）」とあるのは、自己の作を謙遜しての下手な漢詩文という意味であろう。（山口明穂）

消息文　仮名　漢詩→詩

巨瀬　こせ

「巨勢野《こせの》」で歌枕。現在の奈良県御所《ごせ》市古瀬の一帯にあたる。巨勢路は大和と紀伊とを結ぶ要路であった。「わが背子《せこ》をこち巨勢山と人は言へど君も来まさず山の名にあらし」（万・七・一〇九七・作者未詳）のように万葉時代から「来《こ》せ」が掛けられ、ことばの上でも興味を引く地名であったらしい。景物で後代に強く影響を与えたのは、「巨勢山のつらつら椿つらつらに見つつ思《しの》はな巨勢の春野を」（万・一・五四・坂門人足）の「つらつら」という音調と対応する「椿」である。「たまつばきみどりのいろも見えぬまでこせの冬野は雪ふりにけり」（新勅撰・冬・藤原範兼）のように季節を変えた歌も見られる。「雪もきえ氷もとけて河かみのこせの春野は若菜つむなり」（新続古今・春上・為重）のように「春」から「若菜」を詠む歌もあった。また「雉《きぎす》」を配した「こまなめてこせのはるのをあさゆけばをあきがはらにきぎすなくなり」（千五百番歌合・四九〇・季能）もあるが、「きぎす」は「きじ」の古称で、仮名遣いは異なるが紀路《きぢ》との関わりもあろうか。（中嶋真也）

野・歌枕　山　春　冬　雪　氷　若菜　雉

五節　ごせち

大嘗祭《だいじようさい》・新嘗祭《しんじようさい》にともない、宮中で行われた行事。十一月中の丑の日から辰の日にかけて五節の舞姫による舞楽が行われた。名称は、天武天皇が吉野宮で琴を演奏した際、天女が五度袖を翻して舞った故事によるとも、五声の節（遅・速・本・末・中）によるともいう。舞姫は、大嘗祭には五人、新嘗祭には四人が選ばれ、公卿・国司が二人ずつ（大嘗祭は国司が三人）娘を献じた。

まず、中の丑の日に、天皇が常寧殿《じようねいでん》で試演を見る。これを「帳台の試み」という。翌寅の日に清涼殿で賜宴《しえん》、天皇が試演を見る儀を「御前の試み」という。卯の日には舞姫に付きそう童女を清涼殿に召して「童女御覧」が行われる。辰の日は「豊明《とよのあかり》節会」で、天皇が豊楽殿《ぶらくでん》（後には紫宸殿《ししんでん》）に出御、群臣に宴を賜り、五節の舞が演ぜられる。

『紫式部日記』には寛弘五年（一〇〇八）の五節の様子が詳細に描かれるが、華やかな行事の記録にとどまってはいない。紫式部は、衆目にさらされる舞姫に自らの境遇を重ね合わせ、また緊張する童女に同情し、「かたくなしきや」と我が身を省みるのである。『源氏物語』少女《おとめ》巻では、舞

祭　琴　公卿→公家　卯の日　豊明・節会

懸想　筑紫

姫に選ばれた惟光《これみつ》の娘に夕霧が懸想する。また源氏は昔情を交わした筑紫《つくし》の五節を思い出し、歌を贈った。

（大井田晴彦）

会話

滑稽本　こっけいぼん

江戸時代後期に現れた滑稽を主材とした小説。きっかけは十返舎一九《じっぺんしゃいっく》の『東海道中膝栗毛《とうかいどうちゅうひざくりげ》』（一八〇二）にある。弥次郎兵衛・喜多八の両人が東海道を旅する途中の失敗談を滑稽な味わいで記したもの。主に二人の会話で話が進んでいく。その滑稽さが人々の関心を惹き大きな人気になり、『続膝栗毛』（金比羅・宮島・木曽）と続き、日本各地を廻る予定であったが、著者の死去により断絶する。式亭三馬《しきていさんば》は『浮世風呂《うきよぶろ》』『浮世床《うきよどこ》』を書いて、当時の世相を描写し、滝亭鯉城《りゅうていりじょう》『花暦八笑人《はなごよみはっしょうじん》』、梅亭金蛾《ばいていきんが》『妙竹林話七偏人《みょうちくりんばなししちへんじん》』と続いた。これらは後期の滑稽本ともいわれるもので、これら以前には静観房好阿《じょうかんぼうこうあ》『当世下手談義《とうせいへただんぎ》』が書かれた。これらは談義本・教訓本とも呼ばれるもので、滑稽さとともに世相風刺を込めつつ書いたもので、数点の談義本が書かれた。さらに、風来山人《ふうらいさんじん》（平賀源内《ひらがげんない》）により『根南志具佐《ねなしぐさ》』『風流志道軒伝《ふうりゅうしどうけんでん》』が書かれ、小説として達成度の高いものであった。しかし、これらの風刺性は幕府から睨まれ、寛政の改革で執筆が禁止されることとなった。そして、風刺性を除き刊行されたのが後期滑稽本の諸本である。

（山口明穂）

琴　こと

弦楽器の総称。日本古来のもののほかに、早く大陸から種々の弦楽器が伝来しており、その代表的なものとして琴《きん》の琴（七絃）、箏《そう》の琴（一三絃）、さらに琵琶《びわ》の琴（四絃）などがある。対して在来のものを和琴《わごん》、または大和琴《やまとごと》・東琴《あづまごと》（単に「東《あずま》」とも）と称される。

古く琴は一種の呪物と考えられ、仲哀《ちゅうあい》天皇が熊曽《くまそ》国を伐つべく神意をうかがう目的で「御琴《みこと》」を弾いたとされる（記・神中）。その時神功《じんぐう》皇后が神がかりをして征韓の神託を授かったとあり、弾琴が神を招き寄せる行為であったことをうかがわせる。帝は託宣を信じず琴を弾くのを拒んだので、神の怒りを買って崩御する。琴を弾くことで神意を問う能力を有することが、王たる者の資格であって、その力の喪失はただちに王威の失墜を意味していることがこの話から明らかになる。

琴はこのように聖なる呪具として、それを弾きこなす人物の王者たる器量を保証する性格を有する。その典型的な例が『宇津保《うつほ》物語』であろう。これが卓絶した琴《きん》の奏者の一族と神秘的な名器の伝授をめぐる物語であることはよく知られるところ。特に第一巻「俊蔭」では、清原俊蔭《きよはらのとしかげ》が異国での辛苦の末に天人から秘琴を授けられたり、それを携えて帰朝後、朝廷への出仕を断って自邸に籠もり、娘一人に秘曲を伝授して亡くなったりと、琴の神秘性とそれを保持する者の栄光と受難とを余すところなく語り、来たるべき栄華を予感させている。それはちょうど大国主命《おおくにぬしのみこと》が根《ね》の国から、生大刀《いくたち》・生弓矢《いくゆみや》とともに天沼琴《あめのぬごと》を持ち帰った（記・上）ことを想起させる。様々な辛酸の後に一国を統治する資格を手に入れる者は、武器を使いこなせる能力のほかに、琴を弾き、そこに宿る神意を聞き分ける能力を必要とされたということなのであろう。

『宇津保物語』のように天人が降りたりすることはないが、『源氏物語』においても琴《きん》は別格の扱いを受けている。名高い若菜《わかな》下巻における六条院女楽《おんながく》の場面で、夕霧《ゆうぎり》を相手に源氏は自らの琴への執心を述べ、自他共に認める技倆の程を語る。その中でなまなかな腕前で弾く人には災いがあるという俗信が紹介されており、女楽で琴を受け持つ女三宮《おんなさんのみや》が、この後柏木《かしわぎ》との密通によって出家することを思うと、その伏線的効果は興味深い。琴はその奏法の難しさゆえか、一条朝にはほとんど弾く人も絶えたといわれるが、『枕草子』の賞讃する宣耀殿女御芳子《せんようでんのにょうごほうし》は、書・和歌とともに琴を会得すべく父大臣に教え込まれたとあって（清涼殿の丑寅の隅の）、村上《むらかみ》朝においては女性の教養の一つとされていたらしい。

出家
和歌
女

女楽では他に箏を明石の女御、和琴を紫の上、琵琶を明石の君が担当。いずれも抜群の技倆とされて、彼女たちの才色兼備を讃えるが、男性の場面と異なり笛が混じらぬ点も注意したい。

また特に和歌においては松風にたとえられ、「琴の音《ね》に峰の松風かよふらしいづれのをより調べそめけむ」（拾遺・雑上・斎宮女御）は有名。「言《こと》」と掛詞的に詠まれたりもする。

松・風
掛詞

（藤本宗利）

言忌み　こといみ

「忌み」とは、それをすることが宗教の上で不吉な事態に結びつくとして自己の行為を慎むことをいう。言葉の上で何か言うこと、あるいは、行動の上で何かすることを慎むことになる。今でも、めでたい席での不吉な発言は控えなければならないとか、事に当たっての出発の席では、何かを壊す、涙を流すなどは不吉として避けねばならないとされるし、勝負の世界に活躍する人たちは、験《げん》を担《かつ》ぐことがあるという。発言についての忌みが言忌みであり、行動についての忌みが事忌みになる。もしも、不注意で忌むことがあった時にはどうすればよいか。その場合は、再度、同じ行為を繰り返す。そうすれば、文字通り不吉を返すということになり、不吉が避けられるという教えがあった。いずれにしても、家を出て、すぐに何かにつまづくなどがあれば、何か厭な予感みたいなものに囚われるのは誰でももつ経験であろう。

言葉→詞
涙
験

「いむ」には「斎」の字を当てる語がある。この場合、「斎み」は、神に奉仕する者が我が身の汚れを払い、清い存在となることである。「斎斧《いむをの》」「斎鎌《いむかま》」「斎竈《いむかまど》」「斎鍬《いむくは》」「斎火《いむび》」などは、神事に用いる払い浄めた道具類である。平安時代、伊勢神宮に仕えた「斎宮《さいぐう》」、賀茂神社に仕えた「斎院《さいいん》」などは、身に汚れのない清浄な体の持ち主であった。

伊勢・斎宮・
賀茂・斎院

『万葉集』では次のような「忌む」の例がある。「隠沼《こもれぬ》の下に恋ふれば飽き足らず人に語りつ忌むべきものを（心の中で恋慕っていて満足できず人に話してしまった、避けな

心

ければならないのに）」（万・十一・二七一九・作者未詳）「思ふにし余りにしかば為方《すべ》を無みわれは言ひてき忌むべきものを（思い余ってどうしようもなく私は口に出してしまった、避けなければならないものを）」（万・十二・二九四七・作者未詳）の二首の例は、自分一人の心に納めておくことができず、人に話してしまったというもので、当時、恋人の名を秘し隠さねばならず、それを人に知られると、他人が呪詛するなど、二人の間柄に不幸が生じるかも知れない、その恐れがあったからである。『万葉集』の巻頭歌は雄略《ゆうりやく》天皇の美しい籠を持って菜を摘んでいる少女に、家・名を教えなさいという歌で、名を知ることは、その者を自己の支配下に置くという感覚があったからである。それに似たものが、この二首にもあったのであろう。

菜・少女

平安時代になると、『竹取物語』では、翁・嫗と別離の近づいたことを思って、月を見ながら泣いているかぐや姫に、ある人が、その泣く理由を問うこともなしに、「月の顔見ることは忌むこと」と言った。若い娘が月を見れば不吉な思いに囚われ、泣くことは何の不思議もないことであったからである。『源氏物語』では、右近の文は、正月なのに、するべき「言忌み」もしていないという（浮舟）。また、浮舟失踪後、侍従・右近の両人は、それがあたかも死没であるかのごとく装おうとして真似事の火葬をする。「いとはかなくて、煙は果てぬ。田舎人どもは、なかなかかゝる事をことごとしくしなし、事忌みなども深くするものなりければ、『いと、あやしう、例の作法などあることども知らず、下種下種《げすげす》しくあへなくてせられぬる事かな』と譏《そし》りければ」（蜻蛉）と、葬儀はそれなりに手筈を省略せずきちんとするべきであるのに、簡略に済ませたとして非難する。そして、それを「田舎人ども……」の心とする。深い事情もわからず、口出す者への非難の言葉と解するべきであろう。

翁・嫗　月　正月

「忌み」は「忌み忌みし」と重ねることで強くそれを避ける意味を表す「ゆゆし」となった。ゆゆしきものは、口に出すのも憚られる存在を表す語であり、幼い光源氏の姿を「若宮参り給ひぬ。いとゞこの世の物ならず、きよらにおよすげ給へれば、いとゆゝしうおぼしたり」（桐壺）と描写するが、余りに美しく、そのため、神に愛され早く召される意味での不吉さを表しているのである。

世　神

なお「諱《いみな》」は「忌み名」の意でできた語であり、生前の名前をさした。忌み名といったのは、本来は死後に諡《おくりな》を得た霊が、生前の名（実名）で呼ばれることを忌み避ける意味からできた語である。現在は、やや異なった意味で用いられるようになった。

霊（たま）

（山口明穂）

詞　ことば

「ことば」は「言《こと》の端《は》」を語源とするといわれる。「言」は話し言葉であり、一方では「事」に通じる。そのような語源から考えると、「ことば」は、話そうとしたことの一部分をさすことになる。しかし、「言」「言葉」はすでに『万葉集』の中で「恋ひ恋ひて逢へる時だに愛《うつく》しき言尽してよ長くと思《も》はば」（四・六六一・大伴坂上郎女）「黙然《もだ》あらじと言の慰《なぐさ》にいふ言を聞き知れらくはあしくはありけり」（七・一二五八・作者未詳）「父母が頭かき撫で幸《さ》くあれて云ひし言《けと》葉《ば》ぞ忘れかねつる」（二十・四三四六・丈部稲麿）と両者がすでに使われており（用例数では「言」の方が圧倒的に多いが、それはただ数の問題である）、その語源の推定もその可能性があるということに過ぎない。

言葉はその人の思いの現れといわれる。中国漢代の学者揚雄《ようゆう》は著書『法言』の中で「言ハ心ノ声也、書ハ心ノ画也」と音声言語（言）・文字言語（書）のどちらもそれを使う人の思いの現れであると説いた。揚雄の説明は多くの人に受け容れられ、江戸時代の儒学者、たとえば貝原益軒《かいばらえきけん》の著書の随所に引かれている。同じ江戸時代の鈴木朖《すずきあきら》が『言語四種論《げんぎょししゅろん》』で述べた「テニヲハハ心ノ声ナリ」も、揚雄の影響を受けたものである。文学作品の理解には、その言葉が、その人のどのような思いに裏付けされているのかを読み取ることが大事である。

平安時代の文学作品の中には、「いと心細しと言へばおろかなり（言葉は不十分である）」（源・明石）「あはれに悲しきことはよろしきこと（不十分な表現）なりけり」（栄花・浦々の別）といった表現が多く出る。いずれも、その言い回し・表現では中途半端、好い加減で言いたい内容を表し切れていないという内容で、現代語でいえば、「筆舌に尽くし難い」「美しいのなんのって」などに当たるといえる。言葉は事物を分別し、同一と認められるものは同じ言葉で、差異があると認められるものは異なる言葉でというのが本来の機能であって、その考えを基本に、常に新しい事態を的確に表現する言葉を求める意欲の現れと考えられる。この、言葉の表す内容は不十分であるという考え方に発するものか、口に出せば不十分とし、「言わぬは言う」に優るとした考えがある。西欧の諺にあるという「沈黙は金、雄弁は銀」に通じる考えである。先に引いた『万葉集』の「黙然あらじ」の歌は口先だけの慰めは聞いていづらいというものであるし、「腹悪しう言葉多かる者にて」（源・東屋）は多くを語る者は信用できないとまで述べたものである。

藤原定家《ていか》は歌の作法書である『詠歌大概《えいかたいがい》』の中で、「心は新しきを求め」「詞は古きをたづぬべし」という思想を述べた。果たして、古い表現で新しい思想が表せるのかの疑問があるが、これは、定家の時代ということを考えなければならないであろう。この時代、源平の騒乱の時期であり、従来の都中心の体制が崩れ、新興の武士階級が社会の中に活躍を始めた時代である。新しい詞は多く関東風であり、古くから都にいた人には、堪えがたいほどの崩れたものと感じられたのではないか。そのような詞で和歌ができるとは思えないものであったと考えれば、この定家の思想は極めて当然なものとなる。

都・武士

和歌

同じ定家の作と伝えられた『手爾葉大概抄《てにはたいがいしょう》』という書がある。和歌を作る時の手爾葉《てには》の作法書である。その内容から、定家作ということは、今では全く否定されているが、この中では「詞《ことば》」「手爾葉《てには》」と分類される。日本語にあっては、「詞」だけでは表現とならず、「手爾葉」が付いてはじめて人の心が現れるとする。室町時代の『春樹顕秘抄《しゅんじゅけんぴしょう》』および同時代の同種の書、さらに先に引いた鈴木朖『言語四種論』も同じ発想に基づいているが、これらの書が述べんとしたことは、漢文をもとにし、たとえば「書・読」としたのでは日本語にならず、それに「手爾葉」を付け、「書を読む」のようにした時、はじめて意味の通じる日本語に

心

漢文

なるというもので、それなりに興味のもてる内容が語られている。（山口明穂）

木幡　こばた

山城・歌枕　山・馬　大和・山城・近江　京・宇治　雪　里

山城《やましろ》国の歌枕。古くは「許波多」「強田」とも書いた。現在の京都府宇治市木幡のあたりを中心として、上代には「山科《やましな》の木幡の山を馬はあれど歩《かち》ゆわが来し汝《な》を思ひかね」（万・十一・二四二五）といわれ、また『三代実録《さんだいじつろく》』には「紀伊郡芹川野。木幡野。」（元慶六年十二月二十一日条）とあるなど、山城国山科から紀伊郡に及ぶかなりの広域をさした地名であったようだが、平安時代以降、やがて現今のような狭域をさす地名となった。大和《やまと》・山城・近江《おうみ》を結ぶルート上に当たり、『古事記』中巻に、応神《おうじん》天皇が淡海へ行く途中、「木幡村」「許波多能美知《こはたのみち》」で美しい少女に出会ったという話が伝わる。また、『源氏物語』宇治十帖で、薫《かおる》や匂宮《におうのみや》らが京から宇治の女君たちのもとへと通った道も、「木幡（の）山」（源・椎本、総角、浮舟）を越える道であった。そこではしばしば前掲『万葉集』歌の引歌《ひきうた》が用いられている。「峰の雪みぎはの氷踏みわけて君にぞまどふ道はまどはず　木幡の里に馬はあれど」（源・浮舟）と匂宮が浮舟《うきふね》に詠み贈った和歌と引き歌が暗示するような、恋の道に惑溺して「木幡」の辺りに通う「徒歩人《かちびと》」のイメージは、中世以降の和歌においても「木幡」を詠む際の代表的な歌材であった。なお、平安時代中期、藤原基経《もとつね》が木幡に一族の埋骨地を設けており（政事要略・二九）、『栄花物語《えいが》』などにはしばしば墓所としての「木幡」も登場する。中世にはたびたび戦乱の場となった土地でもある。（室田知香）

古筆　こひつ

裳着　写本　切れ　絵　朱

古筆とは、古い時代の筆跡、古人の筆跡の意。古人の名筆を賞翫すること自体は、平安時代の貴族社会からあった。『栄花物語《えいが》』によれば、治安三年（一〇二三）の禎子《ていし》内親王の裳着《もぎ》の祝いに、紀貫之《きのつらゆき》筆『古今集』、小野道風《おののみちかぜ》筆『万葉集』、兼明《かねあきら》親王筆『後撰集』が贈られている。

しかし、古筆という語が文献にあらわれるのは、尊円《そんえん》親王の『入木抄《じゅぼくしょう》』などが早い例とされている。現在では、鎌倉時代以前に書写された写本を古筆といい、その断簡を古筆切という。しかし、古筆といえばすなわち古筆切を指すのが普通である。

古筆はまず書の手本として求められたのであり、書道史の資料としての存在意義が大きい。また、中には料紙に下絵や文様をともなったものがあり、美術史の資料ともなる。国語国文学においても、文字史・表記史の資料として、あるいは原典により近づくための本文資料として、貴重である。平安時代や鎌倉時代の完全な形の写本は伝存が極めて稀であるが、古筆の断簡としてなら、かなりの分量が残存している。切り離された一葉一葉を拾い集めることで、貴重な本文資料となるのである。

古筆の国文学的価値には、以下のようなものがある。

作者あるいは撰者の自筆の古筆。たとえば、藤原基俊《もととし》筆「山名切《やまなぎれ》」は『新撰朗詠集』の断簡で、撰者自筆であるからこれ以上の本文価値はない。朱で訓点がほどこされてい、訓点資料ともなる。藤原俊成《しゅんぜい》筆「日野切《ひのぎれ》」は『千載集』の断簡で、やはり撰者自筆の古筆切。『明月記《めいげつき》』によれば奏覧本《そうらんぼん》は巻子本であったから、冊子本の断簡である「日野切」は、俊成の手控え本と考えられる。それにしても、本文価値は絶大である。「広沢切《ひろさわぎれ》」は、伏見《ふしみ》天皇自筆の『伏見院御集』の断簡である。

編集された原本の断簡。藤原頼通《よりみち》の命によって歌合を集成した『十巻本歌合』、それを上回る規模で編集された十二世紀初頭の『二十巻本類聚歌合《るいじゅうたあわせ》』は、それぞれ編集原本の草稿であり、その断簡の本文価値はきわめて高い。なかには、『十巻本』『二十巻本』にしか本文の伝わらない、いわゆる孤本の断簡もある。『二十巻本』の断簡は、伝藤原忠家《ただいえ》筆「柏木切《かしわぎぎれ》」、伝藤原俊忠《としただ》筆「二条切《にじょうぎれ》」などと呼ばれている。また、「本能寺切《ほんのうじぎれ》」は『千五百番歌合《せんごひやくばんうたあわせ》』の清書原本の断簡であり、判詞は各判者の自筆である。

歌合

散佚書の古筆。断簡の一行一行が、散佚本文の復元資料となる。たとえば、伝宗尊《むねたか》親王筆「如意宝集切《にょいほうしゅうぎれ》」。『如意宝集《にょいほうしゅう》』は藤原公任《きんとう》撰と推定される散佚私撰集であり、『如意宝集』→『拾遺抄』→『拾遺集』と発展していったと考えられている。近衛家に残されていた「如意宝集目録」によって、全八巻（春・夏・秋・冬・賀・別・恋・雑）七七五首であったことが知られている。しかし、写本は伝存せず、伝宗尊親王筆の古筆切のみが、散佚《さんいつ》本文復元の貴重な資料となっている。宗尊親王筆と伝えられているが、鎌倉時代の書写ではなく平安時代の書写である。

『麗花集《れいかしゅう》』も、寛弘年間（一〇〇四—一〇一二）の成立と考えられる散佚私撰集であり、平安時代書写の古筆切、伝小野道風筆「八幡切《やわたぎれ》」、伝小大君《こおおいぎみ》筆「香紙切《こうしぎれ》」によってその一端をうかがうことができる。古筆切の伝存する散佚作品として、私撰集に『雲葉集《うんようしゅう》』『石間集《いわましゅう》』『浜木綿《はまゆう》和歌集《わかしゅう》』『松花和歌集《しょうかわかしゅう》』『松吟和歌集《しょうぎんわかしゅう》』などが、私家集に『清慎公集《せいしんこうしゅう》』（春日切）『花山院御集《かざんいんぎょしゅう》』（春日切）『道真集《みちざね》』『京極関白集《きょうごくかんぱく》』などが、未詳歌集に伝後醍醐《ごだいご》天皇筆「吉野切」などがある。

原本にもっとも近い書写本の断簡、現存本のなかでもっとも古い書写本の断簡。『三宝絵詞《さんぼうえことば》』は、源為憲《ためのり》が永観二年（九八四）に著した仏教説話集であり、伝源俊頼《としより》筆「東大寺切」はその断簡である。古筆切としては珍しいことに、「保安元年六月七日書うつしおはりぬ」という奥書部分が残存しており、保安元年（一一二〇）の書写であることが知られる。「東大寺切」は『三宝絵詞』の現存最古の書写本の断簡なのである。

奥書

「物語の出で来はじめの祖《おや》」（源・絵合）とされる『竹取物語』は、古写本に恵まれていず、永禄・天正頃の書写本とされる吉田本、天正二十年（一五九二）の中院通勝《なかのいんみちかつ》識語をもつ武藤本が、完本としては最古の写本である。そのなかにあって、伝後光厳《ごこうごん》天皇筆「竹取物語切」は鎌倉時代末から室町時代初期の書写とされる、現存最古の本文資料である。通行本とは異なる本文を伝えていて、注目される。『夜《よる》の寝覚《ねざめ》』の散佚部分の断簡の発見は、不明であった人間関係や物語の状況に新たな知見を与えてくれた。

物語

散佚（物語）

本文資料としての古筆の価値は、絶大である。

（池田和臣）

米　こめ

イネ（稲）

イネの種子。主に米飯として食べられるほか、酒・餅・菓子などの原料とされる。『和名抄《わみょうしょう》』では「よね」と呼ばれ、「秔米《うるしね》」「粳《もちのよね》」など様々な米の呼称が挙げられており、また米から「糉《ちまき》」「糄米《やきこめ》」などの食品が作られたことが記される。米のとぎ汁や調理する際に出た汁は「泔《ゆする》」と呼ばれ、古くは洗髪に用いられた。「米」は穀物としての呼び名で、米飯用に調理されたものは「飯《いひ》」と呼ばれた。「飯」には、米を甑《こしき》で蒸して炊いた「強飯《こはいひ》」と水で煮た「粥《かゆ》」とがあり、さらに「粥」にも現在の飯にあたる「堅粥《かたがゆ》」と粥にあたる「汁粥《しるがゆ》」とがある。強飯・粥ともに、「御粥、強飯召して、客人《まらうと》にもまゐりたまひて」（源・末摘花）など貴族の食料として物語に頻繁に登場する。また、『伊勢《いせ》物語』東下り段には、炊いた飯を乾燥させた「乾飯《かれいひ》」という旅行用の携帯食料が見える。

粥

和歌では、「米」よりも「飯」として詠まれることの方が多い。『万葉集』には、山上憶良《やまのうえのおくら》の「貧窮問答歌《ひんきゅうもんどうか》」に「竈《かまど》には　火氣《ほけ》ふき立てず　甑《こしき》には　蜘蛛《くも》の巣懸《か》きて　飯《いひ》炊《かし》く　事も忘れて」（万・五・八九二）とあるほか、「家にあれば笥《け》に盛る飯《いひ》を草枕旅にしあれば椎《しひ》の葉に盛《も》る」（万・二・一四二・有間皇子）など、家での日常生活を象徴するものとして詠まれている。しかし、『日本書紀』などの上代文献に、神仏や死者の霊に飯を供える風習が見られるため、後者の例を神饌の飯と解釈する説もある。

和歌
蜘蛛

（高桑枝実子）

昆陽　こや

摂津・歌枕

摂津《せっつ》国の歌枕。「児屋」「小屋」などとも表記される。聖《しょう》武《む》天皇の時代、行基《ぎょうき》がこの地で溜め池や水路を作ったことは有名である（行基年譜）。今でも残る昆陽池はその溜め池の一つといわれ、『古今著聞集』には、行基がこの地で薬《やく》師如来《しにょらい》の化身に会い、昆陽寺を建立したという説話が載る。

池

和歌では、「あしのはにかくれてすみしつのくにのこやもあらはに冬はきにけり」（拾遺・二二三・源重之）のように、普通名詞の「小屋」を掛けるかたちや、「つのくにのこやとも人をいふべきにひまこそなけれあしのやへぶき」（後拾遺・恋二・六九一・和泉式部）のように「来や」（「来なさいよ」の意）を掛けるかたち、「これもさはあしかりけりやつのくにのこやことつくるはじめなるらん」（後拾遺・雑二・九五九・上総大輔）のように、代名詞「こ」に助詞「や」の付いた「こや」（「これがまあ」というような感動表現）を掛けるかたちなど、掛詞の技法をもって詠む例が多数知られる。叙景歌でも数多く登場し、このあたりの荒涼とした笹原の景（「猪名野《いなの》」「猪名野笹原《いなのささはら》」）が描き出されたり、冬の月や昆陽池の氷といった素材がともに詠み込まれるなどしている。後鳥羽《ごとば》院が造立した最勝四天王院の障子の名所絵でも、摂津国では難波《なにわ》・長柄橋《ながらのはし》とともに昆陽を採ることが提案されている（明月記）。中世軍記物ではしばしば軍の宿営地として登場する。隠岐《おき》に配流される途中の後醍醐《ごだいご》天皇の当地での歌なども残されている（増鏡）。

和歌
冬
掛詞
猪名野・月
障子
難波・長柄橋
隠岐

（室田知香）

小余綾の磯　こゆるぎのいそ

相模・歌枕　波　掛詞　縁語・屏風・障子・題詠

相模《さがみ》国の歌枕。現在の小田原市大磯《おおいそ》—国府津《こうづ》にかけての海岸、袖《そで》が浦《うら》付近とされる。『万葉集』東歌では「相模道の余綾《よろぎ》の浜の真砂《まさご》なす児らは愛《かな》しく思はるるかも」（万・十四・三三七二）と詠まれ、「こよろぎの磯たちならし磯菜摘むめざし濡らすな沖に居れ浪」（古今・東歌・読人知らず）や、風俗歌「こゆるぎ」では磯菜摘みの姿が詠われた。また「君を思ふ心を人にこゆるぎの磯の玉藻や今も刈らまし」（後撰・恋三・凡河内躬恒）のように「こゆるぎ」に「越ゆ」を掛けたり、「こゆるぎのいそぎて来つるかひもなくまたこそ立てれ沖つ白波」（拾遺・雑恋・読人知らず）と「いそ（磯）」を「急ぐ」、あるいは「五十」の掛詞として用いた。「海人」「貝」「浪」「玉藻」などを縁語とし、屏風や障子の名所絵の題詠にもなった歌枕である。さらに『和歌色葉《わかいろは》』で「こゆるぎとは磯の異名也」とされるように、新古今以降「磯」＝「こゆるぎ」というイメージが定着し、「こゆるぎの磯山さくら咲きしより沖の波間にとまる舟人」（隆祐集・藤原隆祐）などと詠まれた。

（兼岡理恵）

衣川　ころもがわ（ころもがは）

陸奥・歌枕・川・和歌　涙　氷　縁語　浪　掛詞・連歌　冬

陸奥《みちのく》国の歌枕。平泉《ひらいずみ》北部を流れ、北上川《きたかみがわ》に合流する川の名。またそのあたりの地をさす地名。和歌においては、「袂《たもと》より落つる涙はみちのくの衣河とぞいふべかりける」（拾遺・七六二・題知らず・読人知らず）「はるかなるほどとぞ聞きし衣川かたしく袖のなにこそ有りけれ」（六百番歌合・九九二・隆信）のように、涙に濡れる衣をたとえて「衣川」という例や、「夜をさむみ岩まの氷結びあひていくへともなき衣川かな」（忠通集・九九）のように「衣」の縁語とともに詠じる例などがある。また、「衣河みなれし人の別には袂までこそ浪は立ちけれ」（新古今・八六五・源重之・題知らず）は、「水馴《みな》れ」「立つ」が「河」「浪」関連の縁語となり、「褻《な》れ」「裁《た》つ」が「衣」関連の縁語となっている。涙に濡れる衣を連想させるその名の情緒性や、またその情緒を纏《てん》綿《めん》と表しうる縁語の可能性の面白さが好まれ、縁語の技巧を凝らした歌が多数詠まれたのであろう。『古今著聞集』巻九には、前九年の役で戦った安倍貞任《あべのさだとう》と源義家《よしいえ》とが、合戦のさなか、貞任の「衣川の館《たて》」にちなみ「衣」関連の縁語掛詞を駆使して連歌の応酬をした故事が伝えられている。西行《さいぎょう》が平泉を訪ねたとき、是非とも名高い「衣川」を目にしたいと出で立ち、冬の氷に冴える川を見て詠んだ歌（山家集・一二三一）なども残る。源義経《よしつね》とともに奥州に逃げた弁慶《べんけい》が、戦いながら立ったまま最期を迎えたという地であり（義経記・八）、このエピソードも後世の文学作品にしばしば登場する。

（室田知香）

さ

犀　さい

　サイ科に属する哺乳類の総称。体は巨大で、鼻の上に一ないし二本の角があり、足に三個のひづめがある。インド、アフリカの熱帯に生息し、中国や日本ではその実物を知らぬゆえ、たとえば『和名抄《わみょうしょう》』が「形水牛に似て、猪頭大腹、三角有り。一は頂上に在り、一は額上に在り、一は鼻上に在り」といい犀の角を三本とするように、誤解や誇張が行われた。

猪

　犀角は、先端部を粉末にして解熱・解毒剤とし、円形あるいは角形に切って石帯の飾りとするほか、「うき身にはさいのいき角えてしがな袖のなみだもとほざかるやと」（夫木抄・二七・寂蓮）と詠まれたり、「夜露にも濡れぬほど水を切る」（本草綱目）とされるように、犀の生角をもっていると水に濡れず、水難を避けるという俗信もあった。

袖・なみだ　露

　古来犀は霊獣として扱われ、古くは正倉院の宝物に描かれており、東照宮などの寺社にも多くその彫刻がある。霊獣の犀は、背に甲羅を負い、顎髭をもち、よく水・波と取り合わされる。『曽我《そが》物語』巻四は、滄海の底の犀は酒を好んで角を切られるとする。水中を自由に活動するものと信じられ、滝沢馬琴《たきざわばきん》の読本『椿説弓張月《ちんせつゆみはりづき》』には、「犀の法、亦龍王の奇法あり。これらを予《かね》て修するときは、みな水難を脱るべし」（残篇・一）とある。近世の笑話集『鹿《か》の子《こ》餅《もち》』の「総たいけだもの、中で、爪の割れた物は道が早い。犀など、いふやつ、爪がわれて居るによつて、波を走ること、飛んだこつた」もまた、そうした犀についていったものである。

水・波　酒

（水谷隆之）

斎院　さいいん（さいゐん）

　伊勢神宮《いせじんぐう》に奉仕する斎王《さいおう》（斎宮《さいぐう》）に対して、賀茂神社《かもじんじゃ》に奉仕する斎王を斎院と称する。斎宮と同様、結婚していない内親王・女王の中から卜占《ぼくせん》によって選ばれた。弘仁元年（八一〇）嵯峨《さが》天皇が皇女・有智子《うちこ》内親王を賀茂神社に奉仕させたのが最初といわれる。これは、本来土地の神であった賀茂神社が平安京遷都とともに天皇家とのつながりを深めたことを意味する。斎院の居所は紫野《むらさきの》にあり、賀茂祭に奉仕する時以外は、この地で潔斎生活を続けていた。斎宮も斎院も天皇の代替わりごとに選ばれるのが原則であるが、斎院の場合、実際には代替わりごとに交代してはいない。五代五七年間にわたって斎院の任にあり、「大斎院《だいさいいん》」と呼ばれた選子《せんし》内親王のような例もある。選子内親王は、斎院でありながらも公卿や女房たちと活発に交流し、文学サロンを形成していたことで知られており、家集に『大斎《だいさい》院御集《いんぎょしゅう》』がある。

斎宮・賀茂　内親王　神　紫野　公卿→公家・女房

　斎宮と同様、斎院も神に奉仕する神聖な女性であったため、男性にとっては恋することを禁じられた存在であった。『源氏物語』の中で、光源氏に心ひかれながらも求愛を拒

女　男

み続ける女性として印象的な朝顔の姫君は、朱雀《すざく》帝の即位とともに斎院に選ばれた。朱雀《すざく》帝の母・弘徽殿《こきでん》女御は、斎院在任中も光源氏が朝顔の姫君と文通を続けていることを、朱雀帝の治世をないがしろにする行為として非難している。斎院に対する光源氏の恋心は禁忌を犯すだけではなく、朱雀帝に対する反逆とも解釈されたのである。

『狭衣《さごろも》物語』では、主人公の狭衣は、兄妹同然に育ったいとこの源氏の宮を想い続ける。天皇のもとに入内する予定だった源氏の宮は、賀茂神の託宣によって斎院に選ばれ、狭衣の手の届かない存在になってしまう。源氏の宮は、「神の妻」として禁忌の対象になることによって、狭衣にとっての「永遠の女性」であり続ける。後に狭衣が天皇として即位すると、二人は、統治する兄と宗教的な権能をもってそれを補佐する妹のような関係になる。

（吉野瑞恵）

斎宮　さいぐう

伊勢

伊勢《いせ》神宮《じんぐう》に奉仕する斎王。結婚していない皇女・女王の中から天皇の代替わりごとに卜占《ぼくせん》によって選ばれた。足かけ三年におよぶ潔斎生活の後、多数の官人・女房を従えて伊勢に下った。伊勢斎王の居所を斎宮、賀茂斎王の居所を斎院と称することから、これらが斎王自身をさす名称となる。斎宮の制度は八世紀天武《てんむ》天皇の時代に整備され、十四世紀後醍醐《ごだいご》天皇の時代まで六六〇年あまり続いた。

斎院

平安時代の物語の中の斎宮は、男性にとって手の届かない禁忌のイメージを漂わせる存在であった。だからこそ、在原業平《ありわらのなりひら》と斎宮との恋を描いた『伊勢物語』六九段は、禁忌をも恐れない恋が、色好みの理想である業平にふさわしいものとして有名になったのである。六九段の物語は、人々の想像力を刺激して伝説を生み出すとともに、事実と信じられてもいたらしい。藤原行成《ゆきなり》の日記『権記《ごんき》』には、一《いち》条《じょう》天皇の皇后・定子《ていし》の母が高階《たかしな》氏の出身で、業平と斎宮の間の秘密の子の血をひくため、定子が生んだ敦康《あつやす》親王は皇位継承をするのにふさわしくないと記されている。『江《ごう》家次第《けしだい》』『古事談《こじだん》』では、高階師尚《たかしなのもろひさ》が二人の間の秘密の子であったとされている。

色

『源氏物語』の中の斎宮といえば、六条御息所《ろくじょうのみやすどころ》と前東宮との間の娘で、のちに光源氏の養女となって冷泉《れいぜい》帝のもとに入内した斎宮女御《さいぐうのにょうご》（秋好中宮《あきこのむちゅうぐう》）が想起される。六条御息所・斎宮女御母子には、歌人として知られた斎宮女御・徽子《き し》女王《じょおう》のイメージが投影されている。徽子女王は、斎宮退下後に村上《むらかみ》天皇のもとに入内し、後に周囲の制止をふりきって、斎宮に選ばれた娘に同行して伊勢に下っている。六条御息所もまた、斎宮に選ばれた娘とともに伊勢に下るのである。十三世紀に成立したと考えられる『我が身にたどる姫君』の中の斎宮は、男性に対して執着が強く、女房たちとも性愛関係をもつ女性で、これまでの神聖な斎宮のイメージは完全にくつがえされている。これは、斎宮制度の衰退や、天皇家の権威の低下とも関連していよう。

男・女房

女

（吉野瑞恵）

宰相　さいしょう（さいしやう）

参議の唐名。古く中国で、天子を補佐し、百官を統轄し

唐（から）

大臣・大納言

て、政治を行った官。周公が冢宰《ちょうさい》となり成王を相《たす》けたことからの称。唐代では、国政を審議する官の名。わが国では、大臣、大納言、中納言に次ぐ官職。公卿として、太政官会議に参加する資格を有する地位で、四位以上の人が任ぜられた。定員は八名。明治時代以降内閣総理大臣の別称として用いられるようになった。

中将

『源氏物語』には、参議の用例は一例もなく、すべて宰相である。和文では、ほとんどの場合、宰相が用いられる。参議で、近衛中将《このえのちゅうじょう》を兼ねた者を宰相中将という。物語の主人公に多い官職で、『源氏物語』では、光源氏・夕霧《ゆうぎり》・薫《かおる》などが任ぜられている。また、女房名に「宰相の君」が多い。『紫式部日記』には、紫式部の親友（右大将道綱《みちつな》女豊子《ほうし》）のほかに、もう一人存在する。『源氏物語』には、夕霧の乳母のほか四名いる。女房名は、父や兄の官職名によることが多く、このクラスの女が上級女房になったことがうかがえる。

女房

（池田節子）

才　ざえ

琴

呉音ザイの転訛したもの。「文才をばさるものにて言はず、さらぬことの中には、琴弾かせたまふことなむ一の才にて、次には横笛、琵琶、箏の琴」（源・絵合）のように、管弦歌舞や書画、囲碁などの諸芸一般についていう場合と、学問・漢学をさす場合とがある。

碁

漢学→漢文

中国の文物や制度を移入してきた我が国では、漢学の才は男子官人に必須のものとして重視されてきた。『宇津保《うつほ》物語』の始発部には、博士の家に生まれた清原俊蔭《きよはらのとしかげ》が、卓抜した才を発揮して昇進していくさまが描かれる（俊蔭）。また、朱雀《すざく》帝の評言「世をば、左大臣（源正頼《まさより》）、（藤原）仲忠の朝臣となむまつりごつべき……才なき人は、世の固めとするになむ悪しき」（国譲下）には、すぐれた漢才の持ち主こそが国政を担うべきだとする思想がうかがえる。この物語には、漢学を尊重する叙述が多く、文章経国《もんじょうけいこく》的な聖代観と結びついている。

物語

『源氏物語』少女《おとめ》巻、夕霧を大学寮に入学させる光源氏は、「なほ、才をもととしてこそ、大和魂《やまとだましひ》の世に用ゐらるる方も強うはべらめ」という。いかにも一流の漢学者を父にもつ紫式部の作であるだけに、この物語にも漢学を重んじる精神が認められる。そもそも式部の才は、「この人は日本紀をこそ読みたるべけれ。まことに才あるべし」（紫式部日記）と一条《いちじょう》天皇を賛嘆させていたのでもあった。「才」に対し「大和魂」とは、柔軟に物事に対処する心構えや能力のことで、漢才《からざえ》と大和魂が互いに補完して力を発揮するのである。したがって才のみに偏向することは、非難・嘲笑の対象ともなる。『源氏物語』などでは固陋な学者の様子が戯画的に描かれてもいる。また、あり余るほどの才は、時には禍々しいものとして忌避される傾向もあった。『大鏡《おおかがみ》』には「（伊周ハ）御才日本には余らせたまへりしかば、かかること（左遷）もおはしますにこそはべりしか」（道隆伝）や「女のあまりに才かしこきは、もの悪しき」（同）などとあり、中関白家《なかのかんぱくけ》の才が、その没落を招き寄せたとする。

（大井田晴彦）

榊　さかき

神　香山→香具山　和歌　近江　夏・賀茂

常緑樹の総称。特に、神事に用いられる木をいう。『古事記』では、天照大御神《あまてらすおおみかみ》を天《あめ》の石屋《いわや》から出す神事で「天《あめ》の香山《かぐやま》の五百津眞賢木《いほつまさかき》」(記・上)が用いられ、『万葉集』では「祭神歌(神を祭る歌)」と題された一首に「奥山の賢木《さかき》の枝に　白香《しらか》つけ　木綿《ゆふ》とり付けて」(万・三・三七九・大伴坂上郎女)と見える。神が住まう奥山に生える神聖な榊《さかき》の枝に幣帛《へいはく》をつけて祈るというのである。平安時代以降の和歌でも、榊《さかき》は神に捧げられる木として「神《かみ》がきのみむろの山のさかきばは神のみまへにしげりあひにけり」(古今・神遊びの歌・一〇七四)のような神遊びの歌や神楽歌・神祇歌などに多く詠まれ、また、常緑であることから「近江《あふみ》なるいやたか山のさか木にて君がちよをばいのりかざさむ」(拾遺・神楽歌・平兼盛)のような天皇の御代の永続を願う歌などにも詠まれた。また、「さかきとるうづきになれば神《かみ》山《やま》のならのはがしはもとつはもなし」(後拾遺・夏・曽禰好忠)に見える「榊とる」は夏の歌語で、特に賀茂《かも》神社の葵祭《あおいまつり》のために神山《かみやま》から榊をとることをいう。(高桑枝実子)

嵯峨野　さがの

小倉山・大堰川・淀川・桂川　行幸・大覚寺　亀山　伊勢・斎宮　和歌・漢詩→詩　春・季語

平安時代、東西南北を有栖川《ありすがわ》、小倉山麓《おぐらさんろく》、大堰川《おおいがわ》(大井川とも。京都盆地に流入した後淀川《よどがわ》と合流するまでは桂川《かつらがわ》と称される)、北嵯峨山麓《きたさがさんろく》に囲まれた地で、風光明媚な離宮・山荘の地として知られた。嵯峨天皇は嵯峨野を愛し、離宮を設けしばしば行幸した。大覚寺《だいかくじ》は嵯峨皇女正子《まさこ》内親王が父の離宮を寺に改めたものである。嵯峨皇子源融《とおる》もこの地に山荘を設け、死後は阿弥陀仏を安置する棲霞寺《せいかじ》に改められた。光源氏が隠棲の地として建立した御堂《みどう》(源・絵合)はこの棲霞寺がモデルという。源融の旧跡を慕って醍醐《だいご》皇子兼明《かねあきら》親王は、小倉山に接する亀山に隠遁の地を定め「兎裘賦《ときゅうのふ》」(本朝文粋・一)に、志を得ず亀山に隠棲させられた憤懣を吐露している。

伊勢の斎宮に決まった皇女が内裏の初斎院で潔斎の後、伊勢の斎宮に移るまで一年間潔斎のためにこもる「野宮《ののみや》」は、嵯峨野の有栖川付近にあった。野宮を舞台とする光源氏と六条御息所《ろくじょうのみやすどころ》の幽艶な別れは『源氏物語』賢木《さかき》巻に名高い。また、明石《あかし》の君《きみ》は母方祖父中務宮《なかつかさのみや》ゆかりの大堰川の山荘に移り住む(源・松風)が、古注はこの中務宮のモデルを兼明親王とする。

このように山荘・離宮が密集した景勝地嵯峨野は、権勢家らが風流に勢威を誇示する場であり、大堰川の遊びに和歌、漢詩、管弦の三舟を仕立てた藤原道長《みちなが》の逸話は名高い(大鏡・頼忠)。一方で兼明親王をはじめ失意の者の隠遁の地でもあり、権勢家平清盛《きよもり》の気まぐれな寵愛に翻弄された祇王《ぎおう》・仏御前《ほとけごぜん》も庵を結んだ(平・一・祇王)。

棲霞寺内の釈迦堂には宋より伝来の赤栴檀釈迦像《あかせんだんしゃかぞう》が安置され清涼寺《せいりょうじ》と号されることになったが、やがて釈迦像が三国伝来の霊像《いきぼとけ》として信仰を集め、平安時代末には逆に棲霞寺は清涼寺内に吸収されてしまう。「西は法輪、さがの御寺」(閑吟集)と歌われ、「さがの釈迦」と尊ばれ、「嵯峨のお松明《たいまつ》」(春の季語。陰暦二月十五日、現在は三月十五日の夜に行われる）、「嵯峨大念仏」（陰暦三月中に開催）として親しまれたのはこの清涼寺である。

（今井久代）

相模　さがみ

神奈川県西部の旧国名。東海道の上国。古代は「さがむ（相武・佐賀牟）」とも。倭建命《やまとたけるのみこと》東征の際、走水《はしりみず》の海（相模湾）を渡ろうとしたが、渡神《わたりのかみ》によって波立ち船が進まなくなったため、后弟橘姫《おとたちばなひめ》が「さねさし相摸《さがむ》の小野に燃ゆる火の　火中に立ちて問ひし君はも」（記・二四）と歌って入水したところ、波が静まったという。さらに相模西部の足《あし》柄《がら》坂において倭建命が「阿豆麻波夜《あづまはや》」と述べたことから足柄以東を「阿豆麻《あづま》」とし、また『常陸《ひたち》国風土記』総記にも「古は、相摸の国足柄の岳坂より東の諸の縣《あがた》は惣べて我姫《あづま》の国と称ひき」とある。相模以東はアヅマの国として都からは異郷の地とみなされていた。また足柄以東の国々は「坂東《ばんどう》」とも称された。平安時代には『伊勢《いせ》物語』の東下り章段や『更級《さらしな》日記』に相模国の記述が見られる。

鎌倉時代には幕府が鎌倉に置かれたため相模は東国の中心となり、京と鎌倉を往来する人々も増え、その中から『海道記《かいどうき》』『東関紀行《とうかんきこう》』『十六夜《いざよい》日記』など紀行文学も生まれた。

（兼岡理恵）

坂本　さかもと

「坂本」は元来「坂の下」を意味する地名であり、比叡《ひえい》山《ざん》の東麓も西麓もともに「坂本」と呼ばれ、それぞれ「東坂本」「西坂本」と称されることもあった。『源氏物語』手習《てならい》巻に「比叡坂本に、小野といふ所にぞ住みたまひける」、あるいは『忠岑集《ただみねしゅう》』に「ひえさかもとなるおとはのたきを見て」（五四）などとあるのは、比叡山の西麓、京都側の登り口に当たる西坂本の地をさしている。『伊勢物語』八三段で惟喬《これたか》親王が隠棲した「比叡の山の麓」である「小野《おの》」のことが、『千五百番歌合』判詞で「ひえさかもとにをのと申す処にうつりゐられたるに」とあるのも同様である。平安時代には、都からそう程遠くない郊外の地でありながら、趣の異なる山里の地として、これらの「西坂本」「東坂本」「坂本」の名が諸作品に登場している（拾遺、伊勢集、安法集、建礼門院右京大夫集など）。西坂本は平安時代中期の藤原敦忠《あつただ》の瀟洒な別荘があった地らしく、それに関連してこの地で伊勢《いせ》・中務《なかつかさ》・一条摂政伊尹《これただ》らが詠んだ歌も残る。近江《おうみ》国に位置した東坂本（滋賀県大津市）は、日吉神社があり、また延暦寺の領地が多数あり、琵琶湖畔の交通の要衝であることなどから、中世を通し、経済的に大いに繁栄した地である。『平家物語』『保元《ほうげん》物語』『源平盛衰記《げんぺいじょうすいき》』などの中世軍記物や『太平記』などでは、「東坂本」「西坂本」は、京や延暦寺の動向に関わりながらしばしば登場している地名である。また、応仁の乱などの乱世の折、京中が乱れると、しばしば貴族たちがこの東坂本に移り住んだことが諸書に見える。

（室田知香）

桜　さくら

バラ科の落葉喬木。日本古来の品種はヤマザクラ。『枕

葉・花

草子』「木の花は」の段に、「桜は、花びら大きに、葉の色濃きが、枝細く咲きたる」とあるのも、葉と花が同時に開く古来のヤマザクラである。後世、その品種も多くなり、今日各地に多く見られるソメイヨシノは、明治のはじめ東京の染井（現在の巣鴨あたり）で改良された園芸品種である。これは、葉が開く前に一重咲きの花が開く。

雨　**世**

桜は遠く古代から、はなやかに咲き出てはすぐに散ってしまう花として、はかないものの美しさと受けとめられてきた。『古事記』の神話に登場する木花知流比売《このはなちるひめ》と木花之《このはなの》佐久夜毘売《さくやびめ》の「木の花」は、桜の花を意味する。後者の木花之佐久夜毘売について、父の大山津見神《おおやまつみのかみ》は、桜花の咲くように栄えるが、それは雨上りのつかのまでしかないと言う。平安時代の小野小町《おののこまち》の名歌「花の色はうつりにけりないたづらにわが身世にふるながめせしまに」（古今・春下）も、こうした古代以来の発想を原点にしていよう。

梅　**男**

『万葉集』でも桜の歌が多く詠まれている。しかし「梅」が万葉の花として重んじられたかのように考えられがちなのは、大伴旅人《おおとものたびと》の催した「梅花の宴」で多量の梅が詠まれたように、中国趣味の官人たちが一時期その外来種の梅を珍重したからにすぎない。『万葉集』においても桜は、そのはかない美しさを人間一個のあり方に結びつけて、多く詠まれている。桜児《さくらこ》の伝説でも桜のはかなさがとりこまれれる。これは、複数の男たちから同時に求婚された娘が、男たちの争いを見かねて自ら桜の枝に首をかけて死んでしまったという話。残された男の歌に、「春さらばかざしにせむと我《あ》が思ひし桜の花は散り行けるかも」（十六・三七八六）とある。挿頭にすべくもなく桜花が散ったと嘆く歌である。

夢　**心**

『古今集』の時代になると、咲く桜、散る桜が一層多く詠まれ、そこに時の流れへの意識が強められていく。前掲の小町の「花の色は……」の歌は、桜花の移ろいに人間のありようの移ろいを重ねている点で、その典型な作である。紀貫之には、「宿りして春の山辺に寝たる夜は夢のうちにも花ぞ散りける」（古今・春下）のように桜花の華麗さを詠んだ歌がとりわけ多いが、そこにも、はかなさを思う孤心をとりこめている点が注意される。

酒

『伊勢《いせ》物語』の渚《なぎさ》の院の桜狩りの段（八二）には、俗塵を逃れて、桜と酒と歌に耽る風流の精神が躍如としている。業平とおぼしき馬の頭《かみ》の歌「世の中に絶えて桜のなかりせば春の心はのどけからまし」も、大胆なまでの空想を思いめぐらしては、春爛漫のなかの、得体のしれぬかげりを感じとっている。

『源氏物語』花宴《はなのえん》巻、宮中南殿《なでん》の桜の宴で、二十歳の源氏が舞う春鶯囀《しゅんおうてん》の舞い姿に人々が驚嘆し、藤壺《ふじつぼ》の宮も感動した。後年、桜の盛りのころ、藤壺の死に悲嘆する源氏が、ひとり念誦堂にこもって、十二年前のその南殿の桜の宴を回想しては、「今年ばかりは」の歌を口ずさむ。これは、摂関として時めいた藤原基経《もとつね》の死を悼んだ哀傷歌「深草《ふかくさ》の野辺の桜し心あらば今年ばかりは墨染めに咲け」（古今・哀傷・上野岑雄）。物語はこの歌を原点に、「すべて一つ色に黒みわたりて、ものの栄えなき春の暮なり」などと語り、源氏の悲嘆の心象風景を描いている。

同じ物語で、紫の上という女君も桜の花にたとえられている。六条院で催された春宵の女楽《おんながく》の折、源氏は彼女を、「花といはば桜にたとへても、なほ物よりすぐれたる」と絶賛

吉野　川　夕　山里　鐘　雪・片野（交野）　俳諧

した（若菜下）。六条院の実質的な女主人《あるじ》ともいうべき彼女が花の中の花とされたのである。

室町時代の歌謡に、「吉野川の花筏《いかだ》　うかれてこがれ候《そろ》よの　浮かれてこがれ候よの」（閑吟集）とある。桜の名所の吉野を背景に、川の水面《みおも》を流れる花びらの華麗な景から、恋のはなやいだ気分へと転じた歌である。能の「道成寺《どうじょうじ》」にも、桜の華麗さと恋心が結びついている。これは、男に捨てられた女のはげしい恨みをいう話であるが、春爛漫の夕暮時、松の緑を背景に桜の花が散り乱れる場面で、乱拍子から急の舞いへと移るところで、「山里の春の夕暮来て見れば入相《いりあひ》の鐘に花ぞ散りける」（新古今・春下・能因）の歌詞が繰り返されていく。

『太平記』の、日野俊基《ひのとしもと》が鎌倉に護送される道中を語る道行文《みちゆきぶみ》に、「落花の雪に踏み迷ふ片野の春の桜狩……」とある。ここには前掲『伊勢物語』の渚の院の桜狩りも想起されているが、それによって道行文の華麗な文体が確保されている。

近世の俳諧でも桜は春の代表的な季題とされる。松尾《まつお》芭蕉《ばしょう》の『笈《おい》の小文《こぶみ》』には、「吉野にて桜見せうぞ檜笠《ひのきがさ》」とある。桜の名所吉野へ花見に出ようとする折の作である。檜笠にも心ゆくまで花を見せてやろう、などと旅立ちの心躍りがある。

同じ時代の句に、「木のもとに汁も膾《なます》も桜かな」（芭蕉）「世の中は三日見ぬ間に桜かな」（蓼太）「見返ればうしろを覆ふ桜かな」（樗良）「見限りし古郷の桜咲きにけり」（一茶）などがある。

（鈴木日出男）

酒　さけ

蛇（へび・おろち）　神　梅・夢（ゆめ）　花　物語

『魏志』東夷伝の倭人の記述に「人性嗜酒（人性《ひととなり》酒を嗜《たしな》む）」とある。『記』『紀』『風土記』にも「酒を醸《か》む」とあり、大陸との交渉の際にその技術は伝わったに違いない。『古事記』では、八俣大蛇《やまたのおろち》退治の際に「八鹽折《やしほをり》の酒を醸《か》み」（記・上）とあり、また天皇に「大御酒《おほみき》」を献上する際の歌謡が見えるなど、上代の祭祀や宴で神や天皇に捧げられる重要な飲食物の一つであった。なお、記紀歌謡では「御酒《みき》」の名で歌われることが多い。『万葉集』には、「梅の花夢《いめ》に語らく風流《みや》びたる花と我思《あれも》ふ酒に浮《うか》べこそ」（万・五・八五二・作者未詳）などの宴席歌が多く見られるほか、大伴旅人の有名な「讃酒歌」十三首がある。「験《しるし》なき物を思《おも》はずは一《ひと》坏《つき》の濁れる酒を飲むべくあるらし」（万・三・三三八）に始まる「讃酒歌」は、清酒を「聖人」、濁酒を「賢人」と呼んだ漢籍の故事や、竹林の七賢人の故事などがふまえられた特異な作である。宮中では、造酒司《さけのつかさ》において、飲む場面に応じての数種類の酒が作られていたことが『延喜式《えんぎしき》』から知られる。平安時代以降、宴の折に人々が酒を飲み交わしたことが物語や「さぶらひにてをのこどものさけたうべけるに」（古今・夏・凡河内躬恒）などの詞書からわかるが、酒そのものが歌に詠み込まれることは少なくなる。また、「酒」という語ではなく、「あらたまのとしをくもゐにむかふとてけふもろひとにみきたまふなり」（六百番歌合・春・藤原良経）のように、「みき」「おほみき」などと呼ばれることもあった。

（高桑枝実子）

鮭　さけ

サケ科の魚。大きいものは体長一メートルに達する。生後四、五年の成魚は秋から冬にかけて生まれた河川を遡り、上流で産卵し、やがて死ぬ。翌春、稚魚は海に下る。鮭は庶民的な食べ物であり、『徒然草』一八二段では、乾鮭を天皇に差し上げようとしたところ、「あやしき物」と非難された話を載せる。『宇治拾遺《うじしゅうい》物語』巻一・十五は、越後から運ぶ鮭を盗んで咎められた男が、「鮭」を女陰（「裂け」）に掛けた冗談をいって笑いを誘う。また、乾鮭の細く硬い形態に注目して、『今昔物語集』巻二八・三五では、老法師をみすぼらしく見せる小道具として、乾鮭を太刀に見立てて腰につけさせ、『春雨《はるさめ》物語』ではやせ細った体を表すのに、「人のやうにもあらず、から鮭と云魚のやうに、猶痩々《やせ》としたり」という。俳諧では、夏の末から秋の初めに川を遡る「初鮭」を秋の季語として詠む。『本朝食鑑《ほんちょうしょっかん》』には主な産地として東北・関東の川が挙げられ、松尾芭蕉《まつおばしょう》は、『鹿島紀行《かしまきこう》』に、利根川で鮭の網代《あじろ》が行われ、江戸でその鮭が商われることを記している。（高野奈未）

秋・冬・川　俳諧・夏　季語　網代

指合　さしあい（さしあひ）

連歌・俳諧用語。差合とも書く。差しつかえるの意味の「さしあう」による語。連句の中で、同種、あるいは類似の言葉が、規定以上に使われたり、近付いて詠まれたりすることをいう。

連句文芸は単調さや繰り返しを嫌い、変化を重んじるため、同字や同季の言葉や、類似表現の使用が制限されることになった。このような指合を避ける規定を去嫌《さりきらい》という。連歌・俳諧の式目書は、この指合・去嫌に関するものが中心である。去嫌の式目は時代とともに煩雑になり、連句の席上で句を記録する執筆《しゅひつ》が、式目類を調べて付句が指合かどうかを細かにチェックする「指合くり」も行われた。芭蕉が「差合の事は時宜にもよるべし。先づは大かたにして宜し」（三冊子）と、その場その場の事情を考慮するようにと述べたのは、心敬《しんけい》が「指合・嫌物はその莚によるべし」（さゝめごと）と説いたのに通い、形式より内容を重視した言葉として注目される。（深沢了子）

連歌・俳諧　去嫌

差出の磯　さしでのいそ

甲斐《かい》国の歌枕。現在の山梨県山梨市万力《まんりき》の笛吹《ふえふき》川西岸付近とされる。「塩の山差出の磯にすむ千鳥君が御世をば八千代とぞ鳴く」（古今・賀・読人知らず）より、甲斐国の代表的歌枕とされるが、山国で海岸のない甲斐に「磯」とあるため、『五代集歌枕』以下その所在に疑問を呈するものもある。『古今集』の歌をふまえて「塩の山」を冠し、「千鳥」「八千代」「千歳」とともに詠まれることが多い。「沖つ潮さしでの磯の浜千鳥風寒からし夜半に友よぶ」（長方集・藤原長方）「冬の夜の有明の月も塩の山さしでの磯に千鳥鳴くなり」（壬二集・藤原家隆）のように、寒々と冴え渡る冬の夜を表す歌枕として用いられた。

また「亀のかふさしでの磯に散りかかる花をかづかぬ

甲斐・歌枕　塩の山・千鳥　月　冬　亀・花

ろくづぞなき」（夫木抄・源仲正）をふまえ、現在、笛吹川に架かる橋は「亀甲橋」とも称されている。「亀の甲」とは、河岸に亀の姿に似た「亀の甲石」と呼ぶ巨石があることによるという（甲斐名勝志）。

（兼岡理恵）

座主　ざす

本来は一座の主の意で、学徳ともに優れた者をいう。しかし古典文学では、もっぱら天台宗《てんだいしゅう》の管長である「天台座主」の意で用いられることが多い。　天台
義真《ぎしん》を初代とし、以下円澄《えんちょう》・円仁《えんにん》と数えて現在に至る。江戸時代までは勅旨によって任じられた。鎌倉時代初期に活躍した歌人慈円《じえん》が天台座主であったことはよく知られている。他に法性寺《ほっしょうじ》や醍《だい》醐《ご》寺などにも座主はおかれた。「かかるほどに、月立ちて、　月
中の十日ばかりに、年の果ての御読経させたまふ。……結願の夜、御仏名、今日は比叡の座主、ただ今の逸物をなむ」　仏名・比叡山
（宇津保・嵯峨院）「年の果てには、かの常磐のこと、せさせ給へり。……講師は山の座主なりけり」（狭衣）など法要の場面で描かれることが多いが、同じ仏教者でも僧都などに　仏教→仏
比べて文学作品への登場頻度はさほど高くない。

（吉田幹生）

錯簡　さっかん（さくかん）

書物の綴じ誤り。古く竹簡《ちくかん》・木簡《もくかん》の順序を間違えたことからいう。書物の場合紙を綴じ合せた糸が切れ、本来の順　紙・糸
序が不明となり、間違えた順序で綴じてしまった時に起こる。古くは、『更級《さらしな》日記』はいくつもの伝本があったが、随所に意味の通らぬ箇所があり、難解な書とされていたという。大正十三年に京都御所内の御物本（藤原定家《ていか》筆）が佐佐木信綱によって発見され、さらに、玉井幸助によって綴じ誤り（錯簡）が見付けられ訂正されて理解できる内容となった。他本の随所に見られた意味の通らぬ箇所も、錯簡に気付かず紙の綴じ継ぎの部分を同じ紙に書写するなどした結果と判明したという話がある。

（山口明穂）

薩埵　さった

現在の静岡県庵原《いはら》郡（現静岡市）にある峠。このあたりは山の急斜面が直接海に接する海食崖であったため、明暦　山・海
元年（一六五五）に朝鮮使節の一行を迎える際に江戸幕府により山道が開削されこの峠道が整備された。ここから眺める富士山は絶景とされ、歌川広重《うたがわひろしげ》『東海道五十三次』で　富士山
の、薩埵峠から富士山および駿河湾を臨む由比の浮世絵は　駿河
有名である。

また、観応二年（一三五二）の足利尊氏《あしかがたかうじ》と弟直義《ただよし》が争った観応の擾乱を『太平記』は「（尊氏は）先且ク要害ニ陣ヲ取テコソ勢ヲモ催メトテ、十一月晦日駿河薩埵山ニ打上リ、東北ニ陣ヲ張給フ」云々と記している。この『太平記』にも「彼薩埵山ト申ハ、三方ハ嶮岨ニテ谷深ク切レ、一方ハ海ニテ岸高ク侍リ」と記されているように、この地は交通の難所として知られた場所であり、海沿いの道は「親知らず子知らず」と恐れられていて悲話も伝わっている。

（吉田幹生）

さ

雑俳　ざっぱい

俳諧　付合　川柳

俳諧から派生した各種雑体の文芸の総称。俳諧が文学性を高めていく過程で、より自由に人事を詠み、人情を表現できる文芸として発展した。形態としては、前句付《まえくづけ》、冠付《かんむりづけ》（笠付《かさづけ》）、折句《おりく》が代表的。前句付は題の前句に句を付けるもので、五・七・五には七・七を、七・七には五・七・五の句を付けた。本来は付合の修練という要素ももっていた。しかし、次第に娯楽の面が強まり、万治《まんじ》期（一六五八―六一）ごろ多数作者と点者を取りもつ仲介者が登場、雑俳興行が確立した。江戸の川柳《せんりゅう》もこの流れを汲む。冠付は題の五文字に七五の句を付ける前句付の簡略体。元禄《げんろく》期（一六八八―一七〇四）以降、上方で大流行する。折句は折句歌の応用で、発句の中に言葉を詠み込むもの。いずれも時代や地域によって、さまざまな亜流が生まれた。

興行形態も時代とともに変遷する。興行が大規模になった元禄の京都では、点者と作者の仲介をする取次（会所）が企業化し、点者名・出題・締切・点料・賞品などを引札《ひきふだ》（広告）に記して句を募集、集まった句を清書して点者に渡し、入選句を一枚刷に仕立てて賞品を添え、地方取次所を経て投句者に配布するシステムができあがった。この仕組みは後々まで雑俳興行の基本となった。（深沢了子）

薩摩　さつま

平氏

西海道の中国。鹿児島県西半部に当たる地域。平忠度《ただのり》が国司になるなど、平氏の支配も受けたが、大半は島津氏の支配が及んだ。（山口明穂）

里　さと

野・山　霞・はる（春）・雪・花　春日　伏見・夕　鶉（ほととぎす）・深草　逢坂　秋

人の集住する所。古代では、五十戸からなる行政単位でもあった。『古今六帖《こきんろくじょう》』第二には、「田舎」の分類として「くに　こほり　さと」と並ぶ。生活の基本をなす場として愛着を感じるところであったが、野や山の対で、「ま遠くの野にも逢はなむ心なく里のみ中にあへる背なかも」（万・十四・三四六三）のように人目を意識するところでもあった。都市から見れば周辺に位置する集落であり、生活の場としての実態よりも、風流で絵画的な側面に焦点があてられる。「霞立ち木の芽もはるの雪ふれば花なき里も花ぞ散りける」（古今・春上・貫之）「春の色のいたりいたらぬ里はあらじ咲ける咲かざる花の見ゆらむ」（古今・春下・読人知らず）。「春《かす》日《が》の里」「伏見《ふしみ》の里」など、多くの歌枕が生まれた。「夕されば野辺の秋風身にしみて鶉鳴くなり深草《ふかくさ》の里」（千載・秋上）は藤原俊成《しゅんぜい》の名歌。『枕草子』「里は」の段では、「逢《あふ》坂《さか》の里。ながめの里。寝覚《ねざめ》の里……」というように、実態とは別に恋の連想を伴う名前への興味から里の名を並べる。里の風雅や情緒に対しては、「ほととぎす自由自在にきく里は酒屋へ三里豆腐やへ二里」（頭光）といった江戸時代らしい狂歌もある。

都市への移住などによって、里の人口が減り、荒れていくことがあった。「里はあれて人はふりにし宿なれや庭もまがきも秋の野らなる」（古今・秋上・遍照）などに早い例が見られ、「里はあれぬむなしき床のあたりまで身はならはしの秋風ぞ吹く」（新古今・恋四・寂蓮）などになると、寂寥感をもたらす構図として安定する。

里は、もともと居住していたところという意味から、宮仕えの人や嫁、養子、奉公人などの実家という意味でも用いられる。気の張る場所から懐かしまれる気の休まるところとして顧みられる。宮中の夜の遅さを、紫式部は同僚の女房の言葉として「内裏わたりはなほけはひことなり。里にては、いまは寝なましものを。さもいざとき沓《くつ》のしげさかな」（紫式部日記）と伝えている。（高田祐彦）

嫁
女房・内裏
沓

佐渡　さど

新潟県佐渡島。北陸道七か国の一つ。神亀《じんき》元年（七二四）に遠流の地に定められた。配流された人々の中には、順徳《じゅんとく》院《いん》、日蓮《にちれん》、京極為兼《きょうごくためかね》、日野資朝《ひのすけとも》、世阿弥《ぜあみ》などがいる。

「人ならぬ岩木もさらにかなしきはみつのこじまの秋の夕暮」（順徳院御百首・秋）の歌は、承久《じょうきゅう》の乱に巻き込まれ、承久三年（一二二一）に流された順徳院が佐渡で詠んだもの。順徳院は和歌の造詣の深い天皇で、佐渡での作歌を『順徳院御百首《じゅんとくいんおんひゃくしゅ》』にまとめた。哀愁に満ちたこの歌群は、都の藤原定家《ていか》や隠岐《おき》に流された父後鳥羽院《ごとばいん》にも届けられている。

和歌

松尾芭蕉《まつおばしょう》は『奥の細道』の旅でこの島を望み、「荒海《あらうみ》や佐渡によこたふ天河《あまのがわ》」と、孤絶した佐渡の景観を、日本海の荒々しい自然と広大な夜空に横たわる天の川という大胆な構図で捉えた。さらに、黄金を産するめでたき島でありながら、数多の遠流の人々の嘆きを刻んできた佐渡の悲しい歴史に思いをはせ、「銀河ノ序」の一文を草している。（深沢了子）

天の川→七夕

讃岐　さぬき

現在の香川県。奈良時代には法隆寺の財源地となっているところも多く、仏法の基盤もあったためか後年には空海・円珍・真雅《しんが》・観賢《かんけん》らの高僧も輩出している。十一郡九十郷（延喜式、和名抄）とあるが、菅原道真《すがわらのみちざね》の讃岐守赴任時には「八十九郷二十万口」（菅家文草・七・祭㆓城山神㆒文）であり、州民は法を学んで民政訴訟も盛んであったという（藤原保則伝）。『万葉集』に「玉藻よし　讃岐の国は　国柄《くにから》か　見れども　飽かぬ　神柄《かむから》か　ここだ貴き　天地《あめつち》　日月《ひつき》とともに　満《た》りゆかむ　神の御面《みおも》と　継《つ》ぎ来る」（二・二二〇・柿本人麻呂）と称えられており、崇徳院《すとくいん》流謫の地（坂出市《さかいでし》に白峰陵《しらみねりょう》がある）として知られていて（詣でた西行の和歌も名高い）、『平家物語』などの軍記文学の舞台にもなっているが、ことに重要なのは『菅家文草《かんけぶんそう》』（三、四）の世界である。「寒早十首《かんそう》」「路遇㆓白頭翁㆒」「行春詞」などは疲弊した常民の生活を活写した諷諭詩《ふうゆし》となっており、国守としての真摯な姿勢がうかがわれ、平安朝漢詩の中にあっても異彩を放つ作品であると評価できよう。（本間洋一）

僧→出家
神
漢詩→詩

佐野　さの

紀伊《きい》国の歌枕。熊野灘《くまのなだ》に面し、佐野川の流域に位置する

紀伊・歌枕・熊野

地。各地に同名の地が残っており、「佐野」「佐野の岡」「佐野の池」などと歌に詠まれてはいるが、どの国の地名であるか明らかでない例も多い。紀伊国の佐野は、『日本書紀』神武《じんむ》即位前紀に「遂《つひ》に狭野《さの》を越え、熊野《くまの》の神邑《みわのむら》に到る」と登場する（『日本紀略』もほぼ同様）のがそれと思われ、『万葉集』に「苦しくも降り来る雨か神之崎狭野の渡りに家もあらなくに」（万・三・二六五）と詠まれているのも同じ地とされている。この万葉歌の「神之崎」は「みわのさき」と訓読され、現在の和歌山県新宮市三輪崎とされている。ただし、かつては、この三輪崎を三輪山・三輪川周辺の地と誤解し、あわせて「佐野渡《さののわたり》」を大和国の地名と理解した書物もあった（大和名所記）。熊野参詣の途中で通る道として諸書にこの「佐野」の名が見えている（平・十・熊野参詣、源平盛衰記・四十など）。また、右の『万葉集』の歌を本歌取りした定家《ていか》の歌、「駒とめて袖うち払ふ蔭もなしさのの渡りの雪の夕暮」（新古今・冬）なども有名である。（室田知香）

池　三輪　大和　袖　雪・夕

寂び　さび

中世歌論以降、連歌・俳諧・茶の湯などジャンルを越えて重んじられた美的理念。閑寂枯淡な情趣をいい、物の本質が成熟深化の時間を経て、おのずから外に現れる余情美である。

文芸上では早く藤原俊成《しゅんぜい》が「在明の月、殊《こと》にさびて勝るとや申すべき」（六百番歌合・恋一・二九）「すその、はらにといへる心ふかく、すがたさびたり」（御裳濯川《みもすそがわ》歌合・二十番）など歌合の判詞に用い、寂びたる姿を重視した。

連歌においては、特に心敬《しんけい》がその論書『ささめごと』で「昔の歌仙にある人の、歌をばいかやうに詠むべき物ぞと尋ね侍れば「枯野のすゝき、有明の月」と答へ侍り。これは言はぬ所に心をかけ、冷え寂びたるかたを悟り知れとなり」と作歌のポイントとして、枯野の薄や有明の月に象徴されるような冷え寂びた境地を知れと説いている。

蕉風《しょうふう》俳諧でいう寂びもこうした中世以来の伝統を受けたものだが、松尾芭蕉《まつおばしょう》自身が寂びについて言及した例はほとんどない。門人の去来《きょらい》が自作の「花守《はなもり》や白きかしらをつき合せ」の句について、「さび色よくあらわれ悦び候」と芭蕉が賞したと伝える程度である（去来抄）。しかし去来は寂びは「しほり」とともに「風雅の大切にしてわするべからざるもの也」（答許子問難弁）とその重要性を強調し、寂びとは「句の色なり。閑寂なる句をいふにあらず」として、老人が甲冑《かっちゅう》を着て戦場で奮戦したり、華やかな衣服で宴に出てもおのずと老《おい》の姿がうかがわれるように、句の色として現れるものだと説いた（去来抄）。この去来の論は蕉風中興期にも継承され、寂びはしほりと並んで蕉風俳諧の代表的理念とされるに至った。（深沢了子）

連歌・俳諧　月　歌合　俳諧　老い

佐保山　さほやま

大和《やまと》国の歌枕。現在の奈良市の北郊、法蓮町《ほうれんちょう》・法華寺《ほっけじ》町《ちょう》一帯の北方に連なる丘陵。平城宮の北東に位置する高台である。この丘陵とその麓の一帯を「佐保」という。「佐保川」は、春日山《かすがやま》に源を発し、佐保の地を西流する。「佐保」は奈良時代には貴族の邸宅が置かれた場所であり、「さす

大和・歌枕　春日　邸（やしき）

卯の花　ほととぎす　霞　妹　馬　千鳥　春日・長谷　紅葉　霧・柳　心　春・糸　神　時鳥（ほととぎす）

竹の大宮人《おほみやびと》の家と住む佐保の山をば思ふやも君」（万・六・九五五・石川足人）と歌われている。大伴《おおとも》氏も佐保に邸宅を構えたために、万葉の大伴氏関係の歌に多く詠まれ、また作者未詳歌にもしばしば詠まれている。「卯の花もいまだ咲かねば霍公鳥《ほととぎす》佐保の山辺に来鳴き響《とよ》もす」（万・八・一四七七・大伴家持）「答へぬにな呼び響《とよ》めそ呼子鳥《よぶこどり》佐保の山辺を上り下りに」（万・十・一八二八）のように、「ほととぎす」「呼子鳥」などとともに詠まれ、奈良時代の貴族たちが季節を感じ取る場所でもあった。「佐保山にたなびく霞見るごとに妹を思ひ出泣かぬ日はなし」（万・三・四七三・大伴家持）「昔こそ外にも見しか吾妹子《わぎもこ》が奥《おく》つ城《き》と思へばはしき佐保山」（万・三・四七四・大伴家持）は、大伴家持《おおとものやかもち》が妻を亡くした後の歌である。「佐保川」は「千鳥鳴く佐保の川門の清き瀬を馬うち渡しいつか通はむ」（万・四・七一五・大伴家持）のように、「千鳥」とともに詠まれるものが多く、清らかな川原、川瀬が歌われる。「飫宇《おう》の海川原の千鳥汝が鳴けば我が佐保川の思ほゆらくに」（万・三・三七一・門部王）は出雲《いずも》国の飫宇の海で聞いた千鳥の声で佐保川を思い出しており、「佐保川」と「千鳥」の結びつきの強さを示している。

「佐保（山・川）」は『古今集』の読人知らずの歌などを通して平安時代に継承され、大和国の重要な歌枕となっていった。春日詣や長谷詣の道筋にあたっていたこともあって、平安時代の貴族たちにも、親近感を抱きやすい場所だったのだろう。「佐保山」は、「秋霧は今朝はな立ちそ佐保山の柞《ははそ》の紅葉《もみぢ》よそにても見む」（古今・秋下）のように木々の紅葉や霧とともに詠まれるものが多いが、「佐保山の柳の糸を染めかけて心のままに風ぞ吹き来る」（堀川百首・顕季）のように春の柳の枝を糸に見立てる歌も見られる。「佐保川」は、「千鳥鳴く佐保の川霧立ちぬらし山の木の葉も色まさりゆく」（古今・賀・忠岑）のように、『万葉集』以来の「千鳥」との結びつきが見られ、「佐保山」同様、「霧」を詠み込む歌も多く見られる。

平安時代以後に見られる「佐保姫」は春の女神である。平城宮から見て佐保がおおむね東に位置し、五行説では東が季節の春に相当することから、「佐保姫」を春をつかさどる女神とする伝承が生まれた。秋の「竜田姫」と対比される。『万葉集』には例がなく「佐保姫の織りかけさらすうすはたの霞たちきる春の野辺かな」（古今六帖）あたりが早い例であるが、この歌では春の代表的な景物である霞を、佐保姫が機を織り、さらして作った薄い布に見立てて歌っており、この作などから春の景物を佐保姫の行為によるものとして歌うことが生じた。「佐保姫はいくらの春を惜しめばか染め出《い》だす花の八重に咲くらむ」（宇津保・春日詣）では春の花が佐保姫の染色によるものとされ、「佐保姫の糸そめかくる青柳を吹きな乱りそ春の山風」（詞花・春・兼盛）では、薄緑の青柳の枝が佐保姫の染めた糸に見立てられている。

（大浦誠士）

五月雨　さみだれ

陰暦五月ごろに降り続く長雨のこと。「梅雨」ともいう。『万葉集』には五月雨の語はまだ見えないが、『古今集』になると「五月雨に物思ひをれば時鳥夜深くなきていづちゆくらむ」（古今・夏・紀友則）「五月雨の空もとどろに時鳥な

雨・雲　掛詞　山・夕　江戸　最上川

にを憂しとか夜ただなくらむ」（古今・夏・紀貫之）などの例が登場する。いずれも五月雨と時鳥を組み合わせて雨夜の鬱《うつ》情を詠じている。五月雨に降りこめられる物憂い日々は、人々の胸にしめやかな情感を呼び起こす。その思いは恋の悲哀とも重なるものである。『和泉《いずみ》式部日記』五月の条には、「雨うち降りていとつれづれなる日ごろ、女は雲間なきながめに、世の中いかになりぬるならんとつきせずながめて」、帥宮《そちのみや》に「おほかたにさみだるるとや思ふらん君恋ひわたる今日のながめを」という歌を贈ったことが記される。「さみだる」は五月雨が降ることと、心が乱れる意の「さ乱る」の掛詞である。平安時代中期から中世にかけて五月雨を叙景的に詠じた歌も現われる。「五月雨は美豆《みづ》の御牧《みまき》のまこも草刈りほす暇もあらじとぞ思ふ」（後拾遺・夏・相模）は、五月雨の降り続く水辺の景を捉えたもの。美豆は京都府久世郡から伏見区淀美豆一帯の土地で、皇室の牧場があった。「五月雨は晴れぬと見ゆる雲間より山の色こき夕ぐれの空」（玉葉・夏・宗尊親王）は、梅雨晴れの夕空を遠望した叙景歌である。松尾芭蕉《まつおばしょう》『奥の細道』の旅は、春の終わりに江戸を立ち、平泉にいたって五月雨の季節を迎える。「五月雨の降り残してや光堂」は、すべてのものを朽ちさせる五月雨も光堂だけは大切に残してきたことをいう。「五月雨を集めてはやし最上川」は、五月雨によって増水した川の勢いをよく表している。一方与謝蕪村《よさぶそん》の「五月雨や大河を前に家二軒」（月並発句帖《つきなみほっくじょう》）は、梅雨末期の増水した大河の前に人間のささやかな営みを対置して秀逸である。

（鈴木宏子）

小夜の中山　さよのなかやま

遠江・歌枕　和歌　縁語・掛詞　あづま（東）　霜・葉　あらし（嵐）　月　命　日記

遠江《とおとうみ》国の歌枕。「佐夜の中山」とも「小夜の中山」とも書く。古くは「さやのなかやま」であったようだが、後世「さよのなかやま」とも呼ぶようになった。現在の静岡県掛川市と金谷町の間に位置する険しい峠道であり、旧東海道の難所であった。和歌で詠まれる場合、「なか」「さ」「さや」といった同音の繰り返しを用い、時に縁語掛詞を併せ用いた詠み方が非常に多い。「あづまぢのさやの中山なかなかになにしか人を思ひそめけむ」（古今・恋二・五九四・友則）「かひがねをさやにも見しがけけれなくよこほりふせるさやの中山」（古今・東歌・一〇九七・「かひうた」）といった例を嚆矢として、「旅ごろも夕霜さむきささの葉のさや（＝さやぐ／佐夜）の中山あらし吹くなり」（新後撰・羇旅・五八〇・衣笠内大臣）など、院政期以降増える羇旅歌《きりょか》の用例においても同様な技巧が多数みられる。「さよのなかやま」という名が小夜更けた峠道を思わせることから、旅の歌において、表記上のみでなく小夜の意を掛けたとおぼしい例もある。険しい峠道を行きながら、旅人がふと故郷を思い、月を見上げ、風霜に耐え、旅愁を感ずる地として詠じられている。殊に、西行《さいぎょう》が実際の旅路で詠んだ、「としたけて又こゆべしとおもひきや命なりけりさやの中山」（新古今・九八七・「あづまのかたにまかりけるに、よみ侍りける」・西行）という一首は有名である。歌集以外でも多数の日記・紀行などに登場している地名である。

（室田知香）

更級　さらしな

信濃・歌枕・姨捨　月　和歌

信濃《しなの》国の歌枕。長野県千曲《ちくま》市西南部。姨捨《おばすて》山（現・冠着《かむりき》山）があり、『大和《やまと》物語』一五六段、『今昔物語集』巻三十に見える棄老伝説が有名。その段で「をば」を棄てる男が詠んだ「わが心なぐさめかねつさらしなやをばすて山に照る月を見て」は、『古今集』（雑上）に「読人知らず」として見えるが、以降の和歌ではこの歌を踏まえ、もっぱら月の名所として、憂愁・鬱屈を詠む。「今更」「去らじ」を掛けることもある。「姨捨」を含まず「更級の山」とも詠まれ、『最勝《さいしょう》四天王院和歌』『建保《けんぽう》名所百首』では「更級の里」が歌題になっている。

和歌の用例では棄老伝説の影響は見えないものの、平安時代後期、菅原孝標女《すがわらのたかすえのむすめ》は晩年、甥の来訪に孤独な自己を「姨捨」とたとえた歌を詠み、『更級日記』という書名の由来になった。

美濃・木曽　田

貞享五年（一六八八）、松尾芭蕉は門人越智越人《おちえつじん》を連れ、美濃《みの》から木曽《きそ》路経由で更科（更級）を訪ね、中秋の名月を観賞した。「いさよひもまださらしなの郡《こほり》哉」などと吟じ、『更科紀行』を著した。現在「田毎《たごと》の月」で知られる棚田は江戸時代中期の開田とされる。（安村史子）

去嫌　さりきらい（さりきらひ）

連歌・俳諧・指合　霞・霧　雲

連歌・俳諧用語。連句一巻において、指合《さしあい》を避けるため、同季・同字や類似表現について、用語や素材の使用を制限した規定。具体的に一つ一つの言葉や概念についてどの位隔てて使うかを規定するもので、たとえば三句去《さり》（霞と霧など）は三句以上、五句去《さり》（同字《どうじ》、すなわち同じ文字を使うこと）は五句以上間をあけて詠むことをいう。また打越《うちこし》を嫌う（雲に曇るなど）は、打越（付句からみて二つ前の句）に当たる句に該当の言葉があってはならない、の意味で、二句以上間をあけることをいう。このように去る、嫌うなどの言葉を用いるため去嫌《さりきらい》といい、また嫌物《きらいもの》という言い方もあった。

去嫌は時代が下るとともに煩瑣になる。俳諧は連歌より緩やかな規定ではあったが、連歌に比べて素材・用語が拡大した分、規定の対象となる言葉は増加することになった。（深沢了子）

猿沢池　さるさわのいけ（さるさはのいけ）

奈良・池　采女　行幸　和歌　月　謡曲

奈良市、興福寺《こうふくじ》の南にある、一周三百メートルほどの池。『万葉集』に用例はない。『大和《やまと》物語』一五〇段、帝の寵が衰えたのを悲しんだ采女《うねめ》がこの池に身を投げたことを、帝が後に聞き、たいそう哀れに思い、池に行幸して、柿本《かきのもとの》人麻呂《ひとまろ》と歌を詠み交わしたというエピソードが有名。その際の人麻呂歌「わぎもこのねくたれ髪を猿沢の池の玉藻とみるぞかなしき」は『拾遺集』にも採られ、『枕草子』「池は」の段にも紹介されている。以降の和歌もこの伝説を踏まえ、「さるさはのたまもの水に月さえていけにむかしのかげぞうつれる」（秋篠月清集《あきしのげっせいしゅう》・六七・藤原良経）のように、「月」も詠み込まれるようになった。この伝説による謡曲「采女」

でも月は重要な景である。室町時代には南都八景の一つに池の月が挙げられている（蔭涼軒日録《おんりようけんにちろく》）。また、采女とは無縁だが、『宇治拾遺物語』一三〇段では、出るはずもない龍が登るという風説の現場になっている。現在、池の北西には采女神社があり、仲秋の名月のもとで龍頭船《りゆうとうせん》を浮かべて楽を奏する采女祭りが毎年行われている。（中嶋真也）

龍

散佚物語　さんいつものがたり

物語
女・心・大荒木（の森）・有磯海
交野・妻

平安時代から鎌倉時代にかけて数多くの物語が制作・享受されたことは、「世の中に多かる古物語の端などを見れば、世に多かるそらごとだにあり」（蜻蛉・序）、「物語と言ひて女の御心をやる物、大荒木《おほあらき》の草よりもしげく、荒磯海《ありそうみ》の真砂よりも多かれど」（三宝絵詞・序）などによって知られる。『枕草子』「物語は」の段や『無名草子《むみようぞうし》』『風葉《ふうよう》和歌集』にも多くの物語の名が見える。しかし、その多くは現存しない。このように作品名もしくは内容のごく一部しか伝わらない物語を散佚物語という。物語が文芸とみなされず娯楽の具としてあったこと、荒唐無稽な話題が多かったことが散佚の要因であろうが、現存する物語とも関連が深く、少なからぬ影響を与えており、資料的価値が高い。たとえば、『交野《かたの》の少将物語』は帝の妻や人妻にもいどむ風流な好色人を主人公とする、当時有名な物語であった。『源氏物語』帚木《ははきぎ》巻頭に「いといたく世を憚り、まめだちたまひけるほど、なよびかにをかしきことはなくて、交野の少将には、笑はれたまひけむかし」とあるのは、交野の少将とは異なる、新しい主人公を創造しようとする作者の宣言といえよう。

（大井田晴彦）

三后　さんこう

妻
内親王
世・月

三宮《さんぐう》ともいう。太皇太后《たいこうたいごう》・皇太后《こうたいごう》・皇后《こうごう》の総称。令制では、太皇太后は天皇の祖母で后位に登った者、皇太后は天皇の母で后位に登った者、皇后は天皇の嫡妻。しかし、平安時代前期から、天皇との血縁関係がなくても、新后の立后に伴い、皇后は皇太后に、皇太后は太皇太后に転上するようになる。院政期以降、幼帝の准母《じゆんぼ》という資格で、内親王が、天皇と配偶関係のない皇后になった。特定の内親王を優遇するためである。三后には、年官・年爵という経済的優遇措置がある。

寛仁二年（一〇一八）十月十六日に、藤原道長《みちなが》の二女妍《けん》子《し》、同三女威子《いし》がそれぞれ皇太后、皇后になった。彰子《しようし》はすでに太皇太后であった。一家三后という栄光に満足して、道長は「この世をばわが世とぞ思ふ望月の欠けたることもなしと思へば」（小右記）と詠んだ。

『源氏物語』では、三后、三宮、太皇太后、皇太后、皇后の用例は一例もない。中宮あるいは后、后の宮、大后などと称されている。『大鏡《おおかがみ》』を除く平安時代の主要作品でも同様である。中宮とは、令制では三后の居所の称であり、さらに三后をさす称謂でもあった。しかし、当初から令制と実際には食い違いがあり、中宮職《ちゆうぐうしき》（中宮の庶務や家政を処理する役所）に奉事される人が中宮と称されたようだ。平安時代の中ごろには、皇后にのみ中宮職を付置し、皇太后には皇太后職、太皇太后には太皇太后職を付置するようになり、中宮は皇后のみの別称となった。

一条《いちじよう》天皇は、藤原定子《ていし》がすでに立后しているにもかかわらず、藤原彰子を皇后に立てた。定子の中宮職を皇后職に改め、彰子に中宮職を付置し、これ以後、一人の天皇に二人の皇后が並立する場合がしばしばあった。皇后職を付置された皇后を皇后と称し、中宮職を付置された皇后を中宮と称するが、両者とも正式には皇后であり、待遇に相違はない。（池田節子）

三途の川　さんずのかわ（さんづのかは）

死者が死んで初七日目、冥土に行く途中に越えるという川。和歌では「三瀬川《みつせがわ》」「渡り河」などと詠まれる。「葬頭《さうづ》河《かは》」「三途の大河」とも。『古今集』に「なく涙雨とふらなむわたり河水まさりなばかへりくるがに」（哀傷・小野篁）と歌われ、『蜻蛉《かげろう》日記』巻末歌集に「みつせ川あささのほどもしられじとおもひしわれやまづわたりなん」（道綱）などとある。川には緩急異なる三つの瀬があり、それぞれ生前の罪業によって善人・罪の浅い者・悪人が渡る。中国から伝来した偽経である『地蔵十王経《じぞうじゆうおうきよう》』には、三途の川のほとりに脱衣婆《だつえば》と懸衣翁《けんえおう》がいて、死者の衣を奪い取って衣《え》領樹《りようじゆ》に掛けて生前の罪の重みを量るという説話があり、『拾遺集』に「みつせ河渡るみさをもなかりけりなにに衣をぬぎてかくらん」（雑下・菅原道雅女）と詠まれた。また、『今昔物語集』巻十六・三六にも一度死んだ僧侶が三途の川で嫗に衣を脱いで渡すところを天童に救われ蘇生した説話がある。また、女は初めて逢った男に背負われて三途の川を渡るという俗信があり、光源氏は玉鬘《たまかずら》に「おりたちて汲みはみねども渡り川人のせとはた契らざりしを」（真木柱）と、自分のものにならずに鬚黒《ひげくろ》と結婚した玉鬘に執着を示した。後代は死者の納棺の際に渡し賃として銭六文を入れた。（高木和子）

川・和歌　涙・雨　悪　僧→出家　嫗　女・男

三世　さんぜ

仏教語で、前世・現世・来世のこと。過去世（出生以前の世）・現在世（現在）・未来世（死後の未来の世）の三つの世のこと。仏教では、存在の生滅する過程に仮に立てられた三種の区分をいう。「三界《さんがい》」「三生《さんしやう》」とも。「三世」の語自体の用例は、養老七年（七二三）四月に公布された三世一身の法にみられ「営開墾者、不限多少、給伝三世（開墾を営む者有らば、多少を限らず、給ひて三世に伝へむ）」（続日本紀・元正）と、新しい溝や池を作って開墾した者に三代までの土地の占有を認めたもので、ここでの「三世」とは親・子・孫の三代の意味である。また、『三宝絵詞《さんぼうえことば》』には「これ三世の諸仏の誦し給ふ所なり」（下・五）と過去・現在・未来の三世に出現する諸仏の意で用いた例がある。三世の生まれ変わりの因果を意識する発想は『万葉集』にすでに見られ、「今の世にし楽しくあらば来む生《よ》には虫にも鳥にもわれはなりなむ」（三・三四八）と来世の安寧よりも現世での快楽を追求するが、その背後には、現世での快楽や罪業のために来世で報いを受ける、という通念が浸透していたことになる。『日本霊異記』には前世の因果が現世に現れた例が多数あり、上・十話は子供の稲を十束取っ

世　池　親　仏　稲

て人に与えたために現在は牛に生まれ変わった男の話であり、同様に中・九話、中・十五話でも、物を未返済の者や盗んだ者が牛に生まれ変わっている。中・三十話は前世で返済しなかった女の相手の貸主が、女の子供として生まれ変わって搾取する話、中・三八話は銭に執着したために大きな毒蛇に生まれ変わった僧の話で、いずれも現世の悪によって来世に受ける報いの恐怖を伝えて道徳の遵守を民衆に説得したものである。平安時代には、前世からの因縁を「宿世」と捉える意識が強まり、『源氏物語』には現実の苦悩を前世からの運命と諦念する女君たちが多く描かれる。「三世」の語は平安時代中期以後、中世以降に広く用いられ、夫婦の契りは二世、主君の縁は三世とされ、「しくんは三世の縁あり」(曽我物語・九・鬼王・道三郎帰し事)などとされた。なお、『浜松中納言物語《はままつちゅうなごんものがたり》』は転生を題材とした物語で、三島由紀夫の『豊饒の海』の発想の原型となった。

牛
女
蛇・僧→出家
物語

(高木和子)

詩 し

中国を源とする文芸。「漢詩」「からうた」とも。もちろん、漢字だけで綴られるもので、一句四言・五言・七言などを主とする。古詩・楽府・絶句・律詩などの種類がある。漢字の配列には平仄・押韻などの規則がある。日本での現存最古の漢詩集は『懐風藻《かいふうそう》』。天平勝宝三年(七五一)の序があり、そのころの成立か。天智《てんじ》天皇時代から奈良時代に至る六四人の詩一二〇編を年代順に集めたもので、淡海《おうみ》三船《みふね》撰と伝えられるが未詳。平安時代になると、嵯峨《さが》天皇の詩文制作の奨励もあって、『凌雲集《りょううんしゅう》』(正しくは『凌雲新集』。一巻。小野岑守《おののみねもり》ら撰。弘仁五年(八一四)の成立か。二四人の詩九一編を収める)『文華秀麗集《ぶんかしゅうれいしゅう》』(三巻。藤原冬《ふゆ》嗣《つぐ》・仲雄《なかお》王・滋野貞主《しげのさだぬし》らの撰。弘仁九年(八一八)成立。嵯峨天皇をはじめ、二八人の詩一四八編を収める)。『経国《けいこく》集《しゅう》』(二十巻。うち六巻が現存。良岑安世《よしみねやすよ》らの撰。天長四年(八二七)撰進。文武《もんむ》天皇から淳和《じゅんな》天皇まで、慶雲四年(七〇七)—天長四年(八二七)の一七八人の賦十七編・詩九一七編・序五一編・対策三八編を収める。宇多《うだ》天皇の信を受け右大臣の高位まで昇進しながら、藤原時平《ときひら》の讒により太宰府に流された菅原道真《すがわらのみちざね》の『菅家文草《かんけぶんそう》』『菅家後集《かんけこうしゅう》』に卓越した漢詩文があり、後世に残した影響も大きい。

漢字

承和年間(八三四—四八)には『白氏文集《はくしもんじゅう》』が伝来し、日本詩壇はいうまでもなく、日本の文芸界に大きな影響を与えた。『源氏物語』桐壺《きりつぼ》巻への影響は大きい。『枕草子』(二月つごもり頃に)では、藤原公任《きんとう》が「すこし春ある心地こそすれ」と『白氏文集』の詩「南秦雪」を踏まえて和歌を詠みかけ、清少納言が、同じくその詩を受けて「空さむみ花にまがへて散る雪に」と上の句を返した話が載っている。清少納言の漢学の才は、「大進生昌が家に」の段でも語られるように、この範囲にとどまらないが、『白氏文集』は当時の人の間でよく知られていたに違いない。しかし、その頃の女性は漢学の才を人前に出すのはよくないとされた。『源氏物語』(帚木)の雨夜の品定めでは、藤式部丞《とうしきぶのじょう》が若いころ、消息などにも仮名を書かないほどの、学才のある女性と交際し、様々公事まで語らったが、自分のような無才の者ならともかく、そうでない人には相応しくないと

春
和歌
雪
女・才
雨
消息・仮名

男　大堰川　小倉山・嵐・颪・紅葉

述べる。漢詩文などは、男の世界のものであった。政治の世界で権力を握った藤原道長《みちなが》は、大堰川逍遥において、特に三隻の舟を誂え、漢詩・和歌・管弦のそれぞれ道の達人を乗せてその技を競わせた。その時、和歌の舟を志願した藤原公任は「小倉山嵐の颪の寒ければ紅葉の錦着ぬ人ぞなき」の和歌を詠み喝采を浴びた。『大鏡《おおかがみ》』などの伝えるところでは、公任は「作文の舟にぞ乗るべかりける。さてかばかりの詩をつくりたらましかば、名のあがらむこともまさりなまし。くちをしかりけるわざかな」と述懐したということであるが、漢詩の世界が和歌に比して高かったことを示している。（山口明穂）

字余り歌　じあまりうた

和歌　明日香（飛鳥）・里　梅

和歌は五七五七七を定型の三一文字よりなるが、そのうち、五七五が六七五であったり、五八五であったりと、字数が定型よりも多いものがあり、それを字余り歌という。「飛ぶ鳥の明日香の里を置きて去《い》なば君があたりは見えずかもあらむ」（万・一・大上天皇）では、第三句が「置きて去なば」と五文字であるはずのところが六文字あり、「宿近く梅の花植ゑじあぢきなく松人の香にあやまたれけり」（古・春上・読人知らず）の歌では第二句が「梅の花植ゑじ」と七文字であるはずのところが八文字あるなどが字余りの例である。古く、字余り歌については、音数律の定まった和歌の型をわざと崩し、定型を破壊したことによる新鮮さを出すためのものなどと解釈された。しかし、この字余りに関して本居宣長《もとおりのりなが》は『字音仮名遣《じおんかなづかい》』の中で、次のように述べた。「歌ニ、五モジ七モジノ句ヲ一モジ余シテ、六モジ八モジニヨム事アル、是レ必中ニ右ノあ・い・う・おノ音ノアル句ニ限レルコト也、（えノ音ノナキハ、イカナル理ニカアラム、未考）古今集ヨリ金葉詞花集ナドマデハ、此理ニハヅレタル歌ハ見エズ、自然ノコトナル故ナリ、（万葉以往ノ歌モヨク見レバ、此格也、千載新古今ノコロヨリシテ、此格ノ乱レタル歌ヲリヲリ見ユ、西行ナド殊ニ是ヲ犯セル歌多シ）其例ヲ一二イハバ源信明朝臣、ほのぼのと有あけの月の月影に紅葉吹おろす山おろしの風、コレハ卅四モジアレドモ聞悪カラヌハ、余レルモジミナ右ノ格ナレバ也、又後ノ歌ナガラ、二条院讃岐　ありそうみの浪間かきわけてかづくあまの息もつきあへず物をこそおもへ、コレハ句ゴトニ余リテ卅六モジアリ、其中ニ第二句ノわハ喉音ナガラあ行ノ格ニ非ル故ニ、此句ハスコシキ、ニクシ、其他ノ四モジハ皆右ノ格也、故ニ多ク余リタレドモ、耳ニタ、ザルハ自然ノ事也……」

朝臣　月・紅葉・風　ありそうみ（有磯海）・浪　仏

宣長は『万葉集』から『金葉集』『詞花集』までの歌では字余り句に必ず「あ・い・う・お」の四文字が含まれるという事実を指摘した。それが『千載集』『新古今集』のころからこの四文字がない字余り句も見られ、ことに西行の歌にはそれが多いという。現在、各集に当たってみると宣長の指摘の正しいことがわかる。ただし、異文のある場合は異なることがあるが、それは致し方のないことであろう。また、『新古今集』には伝教大師最澄《さいちょう》の「阿耨多羅三藐《あのくたらさんみゃく》三菩提《さんぼだい》の仏たち我が立つ杣《そま》に冥加《みょうが》あらせたまへ」があるが、この歌を最澄の歌と信じれば、最澄は平安時代初期の人だから当然この形の字余り句は作らなかった筈であり、字余り句の第二・五句、ことに第二句は宣長の法則に叶わない。ただ、この歌は、第二句「さまくさぼだいの」という読みも伝えられている。それであれば、宣長のいったとおりであり、当時の読みがどうであったかの検討なくいうのは正しくないが、一応、その読みに従い、宣長の法則が合っていると考えたい。

さて、宣長のいう四つの文字は、まず母音音節であったと考えてよいであろう。「え」が省かれるのは、当時の「え」がヤ行の音であり、そのため、母音音節ではなかったからとするのが正しいとしてよかろう。それであると、問題は母音音節ということになるが、当時の母音音節は単独で前後の音と結合する場合が多く、そうすると、母音文字が含まれた句は、発音の上では余らなかった可能性がある。平安時代の歌学書の中でも、「一字二字余りたりともうち読むに例にたがはねばくせとせず（一字二字文字は多くても読む時は普通と変わらないので欠点としない）」（新撰髄脳・藤原公任）という記述も見られ、字余りは表記上の問題だけであり、発音上の問題ではなかったことがわかる。もちろん、それは、『金葉』『詞花』のころまでのことであり、『千載』『新古今』になると、事情は変わり、従来いわれていた定型破壊の意図があったかどうかということも考え直さなければならないであろう。（山口明穂）

潮　しお（しほ）

海

海水。また海水の満ち引きや、それによって生じる海水の流れ。うしほ。国生み神話では伊耶那岐《いざなぎ》・伊耶那美《いざなみ》の二神が「天《あめ》の沼矛《ぬぼこ》」で「鹽《しほ（しお）》」、すなわち海水を「こをろこをろに書き鳴して」矛の先から滴り落ちた海水が積もり「淤《お》能碁呂島《のごろじま》」ができたとされる。

船・月

潮の干満を詠んだ歌として「熟田津に船乗りせむと月待てば潮もかなひぬ今は漕ぎ出でな」（万・一・八・額田王）は、斉明《さいめい》天皇朝鮮出兵の際、伊予熟田津《いよにきたつ》に寄港した船が、出航に好適な満潮をむかえ、今まさに船出せんとする時の歌。

鶴（つる）・年魚市潟

一方「桜田へ鶴《たづ》鳴き渡る年魚市潟潮干にけらし鶴鳴き渡る」（万・三・二七一・高市黒人）は、干潮で干上がった潟に飛び渡る鶴の姿を広い視点で捉えた歌である。しかし多くは「旧里を恋ふるたもともかわかぬに又しほたるる海人もありけり」（拾遺・雑恋・恵慶法師）のように、海人の衣が潮に濡れる「潮たる」に、涙で袖が濡れるのを重ね合わせたり、「うらみつつ寝る夜の袖のかわかぬは枕の下に潮や満つらむ」（新古今・恋五・清原深養父）と、「潮」と「涙」を重ねて詠む歌が中心である。（兼岡理恵）

海人

涙・袖

塩　しお（しほ）

海

四方を海に囲まれた日本では、塩は海水を利用した製法が古来より行われた。「行方の海なり。海松《みる》及び塩を焼く藻生ふ」（常陸国風土記・行方郡）とあるように、乾燥させた海藻に海水を注ぎ塩分を濃縮させて焼き、その灰を水に溶かした上澄みを土器などで煮沸し製塩したという「藻塩焼き」は、すでに縄文時代より行われたらしい。その後、九世紀ごろまでには塩浜《しおはま》（塩田）が成立したとされるが、「塩代塩田廿千代」（播磨国風土記・飾磨郡）を塩田とする説や、「（富

播磨

陸奥・歌枕　須磨　まつほ（松帆）の浦　海人　伊勢・二見浦　常陸

士山は）なりは塩尻のやうになんありける」（伊勢・九）の「塩尻」を塩田で積み上げられた砂山とする説がある。塩田の形態は、砂に海水を撒布して濃い海水を作る「揚浜式塩田」から、近世には潮の干満の差を利用して海水を引入れる「入浜式塩田」へと変化した。いずれの製塩法にせよ、塩は「焼く」ものとして表現される。老朽化した「枯野《からの》」という船を薪として塩を焼き（紀・応神）、常陸国香島郡《ひたちのくにかしまのこおり》には塩焼きに従事した民がいたという（常陸国風土記・香島郡）。現在でも伊勢神宮では古式に従い二見浦の海水を用いて、神事のために堅塩《かたしお》を製塩している。

和歌では「塩焼く」「塩焼く煙」など、製塩に従事する海人の姿が歌材とされた。塩焼きは辛い労働とされ「須磨の海人の塩焼き衣筬《をさ》を粗み間遠にあれや君が来まさぬ」（古今・恋五・読人知らず）は、海人の衣の目の粗さと、恋人の訪れの間遠を重ねて詠んだ歌。また実際に「藻塩焼き」が行われなくなっても「藻塩（焼く）」は歌言葉として、「来ぬ人をまつほの浦の夕なぎに焼くや藻塩の身もこがれつつ」（新勅撰・恋三・藤原定家）などと詠まれた。須磨へ退去した源氏に六条御息所《ろくじょうのみやすどころ》が贈った「うきめ刈る伊勢をの海人を思ひやれ藻塩たるてふ須磨の浦にて」（源・須磨）は、「わくらばに問ふ人あらば須磨の浦に藻塩たれつつわぶと答へよ」（古今・雑下・在原行平）をふまえた歌である。（兼岡理恵）

塩竈　しおがま（しほがま）

陸奥国《みちのく》の歌枕。宮城県塩竈市および塩竈湾一帯。古代、多賀城《たがじょう》の外港的位置にあり、古くから製塩が行われた。「みちのくはいづくはあれどしほがまの浦こぐ舟のつなでかなしも」（古今・東歌）が古い例で、『枕草子』「浦は」の段にも見える。近世、松尾芭蕉《まつおばしょう》も「末の松山」に続きこの地を訪れた（奥の細道）。

浦　末の松山　京　霞　春・霧　島・かぜ（風）　月　みちのく（陸奥）

風光明媚の地で、嵯峨《さが》天皇皇子源融《とおる》は、京の鴨川に面した自邸河原院《かわらのいん》に塩竈の景を模し、製塩風景を再現した（伊勢・八一、今昔・二七・二、謡曲・融ほか）。融の死後、紀貫之《きのつらゆき》が「君まさで煙絶えにししほがまの浦さびしくも見え渡るかな」（古今・哀傷）と偲んで以来、煙や寂しいイメージが詠まれる。煙の連想から霞を詠む例が平安時代後期以降増え、『建保《けんぽう》名所百首』は春の歌題に採る。霧を配して幽艶な景を詠んだ「しほがまのうらふくかぜに霧はれてやそ島かけてすめる月かげ」（千載・秋上・藤原清輔）により、月も多く詠まれた。また「みちのくのちかのしほがまちかながらはるけくのみもおもほゆるかな」（古今六帖・三）のように「千賀《ちか》」を冠し「近し」を掛ける例もある。

『和歌初学抄《わかしょがくしょう》』に「神ます」とあるが、『弘仁式《こうにんしき》』に見え、平安時代末期に陸奥国一宮となった塩竈神社がある。南北朝時代の宗久《そうきゅう》も東国行脚の最後に同社に参籠した（都のつと）。（安村史子）

塩津山　しおつやま（しほつやま）

近江・越前・歌枕・琵琶湖　塩　都

近江《おうみ》・越前《えちぜん》国の歌枕。琵琶湖《びわこ》最北端、滋賀県伊香郡西浅井町塩津浜と福井県敦賀市を結ぶ塩津街道の深坂峠《ふかさか》付近。深坂越えは、古代、越前産の塩を琵琶湖経由で畿内へ運ぶ「塩の道」であったとされ、都と北陸を結ぶ交通の要衝で

馬

あった。笠金村《かさのかなむら》は、越前への途次「塩津山うち越え行けば我が乗れる馬そ爪《つま》づく家恋ふらしも」（万・三・三六五）と詠んだ。紫式部は、父藤原為時《ためとき》の任国越前との往還時に、塩津山越えで供の下人が「なほからき道なりや」とこぼすのに対し、「しりぬらむゆききにならすしほつ山世にふるみちはからきものぞと」（紫式部集、続古今・雑中）と、地名に「塩」を掛けて詠んでいる。険路であったため、平清盛《きよもり》が運河建設を計画したものの頓挫、弘治《こうじ》年間（一五五五—五八）までに、東側を迂回する新道が作られた。現在、旧道の下を北陸本線の深坂トンネルが通っている。（安村史子）

塩山　しおのやま（しほのやま）

甲斐・歌枕
さしで（指出）の磯・千鳥
秋・月
波
能登
越中

甲斐《かい》国の歌枕。現在の山梨県甲州市にある塩山《しおやま》。『古今集』の「塩の山さしでの磯にすむ千鳥君が御世をば八千代とぞ鳴く」（古今・賀・三四五・読人知らず）が初出で、以後の歌は「塩の山さしでの磯の秋の月八千代すむべき影ぞ見えける」（新後撰・賀・一五七九・雅言）「さよ千鳥空にこそ鳴け塩の山さしでの磯に波や越すらむ」（新千載・冬・六六九・忠房親王）のように、いずれも『古今集』の歌の影響下にある。「さしでの磯」をともに詠み込むという特徴も共通している。

『夫木抄《ふぼくしょう》』は「甲斐にをかしき　山の名は　しられなみさき　しほの山……」という今様を引いて甲斐の歌枕とするが、契沖《けいちゅう》の『古今余材抄《こきんよざいしょう》』は、『平家物語』に見える能登国と越中国の境界にある志保山（現在の石川県羽咋郡宝達志水町付近）かとしている。（大浦誠士）

撓　しおり（しをり・しほり）

俳諧
秋・風

蕉風俳諧の美的理念の一つ。哀憐の情趣と近い美的情感が句の姿・句の余情に自然とにじみ出るときにいう。語源に「しほり（湿）」と「しをり（萎・撓）」の両説があるが、表記としては「しほり」が一般的。

去来《きょらい》は「しほりは憐《あわれ》なる句にあらず……しほりは句の姿にあり」といい、実例として許六《きょりく》の「十団子《とおだご》も小粒になりぬ秋の風」の句を松尾芭蕉《まつおばしょう》が「此《この》句しほりあり」と評したという（去来抄）。また、「しほりと憐なる句は別也。たゞ内に根ざして、外にあらはる、もの也」（答許子問難弁）ともいい、単なる「憐なる句」との違いを強調する。これは両者が全く異なるのではなく、似ているがために混同を防ぐ必要があったからであろう。両者の一番の違いは、「しほり」がある句とは、作者がわざと「憐なる句」を作ったのではなく、作者の内面に生じた哀憐の情が、句の余情となっておのずと現れる場合をいう点にある。（深沢了子）

鹿　しか

冬
夏

北海道から沖縄まで、日本各地に生息する。冬は灰褐色の体をしているが、夏になると白い斑模様が現れる。成長した牡には頭部に立派な角が生える。鳴き声から「か（のしし）」とも。鹿は、その姿よりその声の歌になることが多かった。

秋　和歌　夕・小倉の山　山里・風　妻・時鳥・雉・鴛鴦　萩・露・霜　紅葉

一般に平安以降の歌では、鹿の声が秋の淋しさをもよおすものとした和歌が多く残されているが、『万葉集』の時代には、「あしひきの山下響め鳴く鹿の言ともしかも我がこころづま」（万・八・一六一一・笠縫女王）では、鹿の鳴く声がたくさんに聞こえるのに、自分の思う相手は言葉が少なく、それだけ鹿が羨ましいというような内容は、声を秋の淋しい風情と結びつけるのとは異なるといってもよかろう。「夕されば小倉の山に鳴く鹿は今宵は鳴かずい寝にけらしも」（万・八・一五一一・岡本天皇（舒明天皇、また、斉明天皇とする説も））は、鹿の鳴き声が聞けず、すでに寝てしまったのであろうと想像し、自分と同じ思いを共有してくれない鹿への失望を詠んだといえる。とすれば、鹿の鳴き声はやはり秋の風情をもよおすようすがであったことは間違いない。「山里の稲葉の風に寝覚めして夜深く鹿の声を聞くかな」（新古今・秋下・四四八・源師忠）なども、夜遅く寝覚めした時に鹿の鳴く声を聞き、思いが共有できたと納得する歌である。

鹿の鳴き声は妻恋いの声とされた。「妻恋い」するものには、時鳥・雉・鴛鴦などがあるが、「妻恋ひに鹿鳴く山辺の秋萩は露霜寒み盛り過ぎゆく」（万・八・一六〇〇・石川広成）「山彦の相響むまで妻恋ひに鹿鳴く山辺に独りのみして」（万・八・一六〇一・大伴家持）のように鹿を詠んだ歌も多い。また、鳴く鹿に配される草木には、萩、紅葉などがある。「妻恋ひに」の歌（万・一六〇〇）や「秋萩にうらびれをればあしひきの山下とよみ鹿の鳴くらむ」（古今・秋上・二一六・読人知らず）は「萩」であり、その組み合わせは多い。それに対し、「紅葉」の歌も劣らず多いといえる。「奥山に紅葉踏み分け鳴く鹿の声聞く時ぞ秋は悲しき」（古今・秋上・二一五・読人知らず、百人一首では猿丸大夫）「下紅葉かつ散る山の夕時雨濡れてやひとり鹿の鳴くらむ」（新古今・秋下・四三七・藤原家隆）は紅葉と配されたものである。「紅葉せぬときはの山に鳴く鹿はおのれ鳴きてや秋を知るらむ」（拾遺・秋・一九〇・大中臣能宣）は白分の鳴く声で秋をしるのかという面白さを求めたもの。

時雨　春日

「鹿」は春日大社をはじめいくつもの神社で神の使いとされた。落語「鹿政談」はそれにまつわる話である。鹿は照射という猟の対象となった。角が細工品の材となり、肉もまた生臭さがなく、軟らかく淡泊で美味であったので、古くから食の対象となったらしい。

（山口明穂）

志賀　しが

琵琶湖　近江　船　枕詞　都　歌枕

滋賀県琵琶湖南西部一帯の地名。景行《けいこう》・成務《せいむ》・仲哀《ちゅうあい》三代の皇居となった「志賀高穴穂宮《しがたかあなほのみや》」をはじめ、古代天皇の宮がおかれた地で、六六七年には天智《てんじ》天皇が近江大津宮《おうみおおつのみや》を置いたが、六七二年壬申《じんしん》の乱で焼失した。廃都後の大津宮を柿本人麻呂《かきのもとのひとまろ》は「……天離《あまざか》る夷にはあれど石走《いはばし》る淡海の国の楽浪《さざなみ》の大津の宮に……」（万・一・二九）「ささなみの志賀の辛崎幸くあれど大宮人の船待ちかねつ」（万・一・三十）と、「近江荒都歌《おうみこうとか》」（万・一・二九―三一）を詠んだ。「志賀」は「さざなみの（や）」という枕詞を冠し、人麻呂歌をふまえて「志賀の都」は、「さざなみや志賀の都は荒れにしを昔ながらの山桜かな」（千載・春上・読人知らず）と、懐旧を表す歌枕として用いられた。また「志賀の花園」も、平安時代後期

春　女　屏風・絵　花

以降「明日よりは志賀の花園まれにだに誰かはとはん春のふるさと」（新古今・春下・藤原良経）のように「昔」「都」「霞」とともに感傷を交えた春の歌として詠まれる。

一方「寺は……志賀」（枕・寺は）とされた志賀山寺《しがのやまでら》＝崇《すう》福《ふく》寺は、大津宮時代創建とされる寺院で、その参拝のため京の貴族たちが通った道（京の北白川《きたしらかわ》〈現在の左京区〉から如意《によい》が峰（比叡山麓）を越え、近江の崇福寺にいたる）は「志賀の山越」とされ、「志賀の山越のみちに、いはえといふ所に、故兵部卿の宮、家いとをかしうつくりたまうて……志賀にまうづる女どもを見たまふ時もありけり」（大和・一二七）と、参拝に訪れる女性も多く、それにまつわる歌・説話も多い。その端緒となったのが、詞書に「志賀の山越えに女の多くあへりけるに詠みてつかはしける」とある「梓弓春の山辺をこえくれば道もさりあへず花ぞ散りける」（古今・春下・紀貫之）である。「志賀の山越」は、三代集時代は詞書や屏風絵の画題に見られるものの歌には詠まれなかったが、『後拾遺集』以降には貫之歌の影響により「桜花道見えぬまで散りにけりいかゞはすべき志賀の山越え」（後拾遺・春下・橘成元）と春の歌として「花」とともに詠まれ、さらに『新古今集』以降、御子左《みこひだり》派の歌人によって「花吹雪」と「霞」とともに春の景をあらわす歌枕として好んで用いられた。脇能物《わきのうもの》「志賀」は、大伴黒主《おおとものくろぬし》がこの地で歌の徳を語る夢幻能である。（兼岡理恵）

然菅の渡　しかすがのわたり

三河・歌枕　河口　屏風　心

三河《みかわ》国の歌枕。愛知県宝飯郡小坂井町、豊川《とよがわ》（旧飽海《あくみ》川）の河口にあった渡し場。『延喜式《えんぎしき》』に見える「渡津《わたつ》」がそれという。平安時代は三河国府の近くにあたり、東海道の要衝。天暦八年（九五四）中宮七十賀屏風の題に採用され、「ゆけばありゆかねばくるししかすがのわたりにきてぞおもひわづらふ」（中務集、新勅撰・雑四）と難所として詠まれ、以来多くの屏風歌に詠まれた。勅撰集初出は「惜しむともなきものゆゑにしかすがの渡ときけばただならぬかな」（拾遺・別・赤染衛門）、『枕草子』「渡は」段にも見える。和歌では「しかすがに（そうはいっても）」の意を掛け、「サスガナルコトニ」（和歌初学抄）、逡巡・躊躇する心情を詠む。増基《ぞうき》や能因《のういん》が現地を訪れ、菅原孝標女《すがわらのたかすえのむすめ》も「しかすがの渡り、げに思ひわづらひぬべくをかし」（更級）と中務《なかつかさ》歌を踏まえつつ通過した。『建保《けんぽう》名所百首』の題にも採られるが、中世以降の紀行にはその名は見えず、『東関紀行《とうかんきこう》』には「渡《わた》う津《づ》の今道《いまみち》」とあり、新道ができたらしい。（安村史子）

志賀島　しかのしま

筑前・歌枕　対馬　近江・志賀　鹿

筑前《ちくぜん》国の歌枕。福岡県福岡市東区、海《うみ》の中道《なかみち》に続き博多湾と玄界灘に接する陸繋島。『筑前国風土記』（釈日本紀）に、神功《じんぐう》皇后が新羅遠征時に停泊、「近嶋《ちか》」が転訛して「資珂《しか》嶋」となったと伝える。『万葉集』では、神亀年間（七二四—七二九）志賀村の白水郎《あま》荒雄《あらお》の乗った対馬送糧船の遭難を悼む十首（十六・三八六〇—三八六九）を含め、「志賀の海人」「志賀の山」が詠まれた。平安時代には近江《おうみ》の志賀《しが》と混同されやすく、わずかな実地詠「みよや人しかのしまへといそげども鹿《か》の子まだらに波ぞ立つめる」（重之集）「つれなくたてるしかのしまかな」（金葉・雑下・為助）は「鹿」を掛ける。古来大陸との海上交通の要衝であり、元寇の折には激戦地となった。文明十二年（一四八〇）には飯尾宗祇《いいおそうぎ》が（筑紫道記）、天正十五年（一五八七）細川幽斎《ほそかわゆうさい》が訪れている（九州道の記）。天明四年（一七八四）に、「漢委奴国王」と刻まれた金印が島の南西部で発見され、それが、五七年に光武帝が倭の奴国《なこく》の使者に与えた印綬（後漢書）に該当するとされている。

（安村史子）

信楽　しがらき

近江・歌枕　歌合　春・霞　都・雪　里　霰・時雨

近江国の歌枕。滋賀県甲賀《こうか》市信楽町。天平十四年（七四二）聖武《しょうむ》天皇が紫香楽宮《しがらきのみや》を造営したが、三年後に廃絶（続日本紀）。「寛和二年内裏歌合（九八六）」の「きのふかもあられふりしはしがらきのとやまのかすみはるめきにけり」は旧都を意識して『詞花集』に配列された（春・藤原惟成）。「しがらきのみねたちこゆる春霞はれずもものをおもふころかな」（古今六帖・一、二では第二句「たちかくす」）以来、霞が多く詠まれる。「都だに雪ふりぬればしがらきの槙の杣やまあとたえぬらん」（金葉・冬・隆源）「しがらきのと山のあられふりすさびあれ行くころの雲の色かな」（玉葉・冬・藤原定家）のように、「外山《とやま》」や「里」が、冬の厳しい、春の到来の遅い地として、霰《あられ》・雪・時雨《しぐれ》を配して詠まれた。

鎌倉時代の開窯《よう》とされる信楽焼は、十五世紀末に茶道具として用いられ、茶の湯の盛行とともにその名を高め、江戸時代には茶壺が将軍家に献上された。日本六古窯の一に数えられる。

（安村史子）

色紙　しきし

色・紙　消息　和歌・俳句・漢詩→詩・絵・屏風・障子

平安時代の文献に見える色紙は、色を染めた紙、すなわち「いろがみ」のことである。大きさの決まりなどなく、巻子本《かんすぼん》や冊子本《さっしぼん》の書物の料紙として、消息《しょうそく》の料紙として、歌会《うたかい》や歌合《うたあわせ》での詠草の料紙としてなど、様々な用途に使われた。

現在のように、「和歌・俳句・漢詩・絵などを書く方形の厚紙」という意味で用いられるようになったのは、室町時代以降といわれている。そのルーツは、屏風《びょうぶ》・ふすま障子・衝立《ついたて》などに押された色紙形《しきしがた》である。屏風・ふすま障子・衝立などには絵が描かれるが、その絵に関連した歌が詠まれ、それが絵の隅に方形にかたどられた部分に直接書き込まれた。これが本来の色紙形である。やがて、絵の隅に囲われた方形の空間に直接歌を書くのではなく、歌を書いた方形の紙を、絵の隅に貼り付けることも行われるようになった。これも色紙形といわれ、現在の色紙のルーツである。そして、やがて室町時代末期には、和歌・漢詩・絵を書くための一定の寸法をもった料紙という意味に定まったのである。

世に名高い藤原定家《ていか》筆「小倉色紙《おぐらしきし》」も、ふすま障子に貼るための色紙形であった。『明月記《めいげつき》』の文暦二年（一二三五）五月二七日の記事に、「予本自不知書文字事、嵯峨中院障子色紙形、故予可書由、彼入道懇切、雖極見苦事、憗染筆送之、古来人歌各一首、自天智天皇以来及家隆雅経」とある。定家は、子息為家《ためいえ》の妻の父である宇都宮頼綱《うつのみやよりつな》の依頼により、嵯峨中院の山荘の障子の色紙形として、「小倉色紙」を書いたのである。

古筆

なお、「継色紙《つぎしきし》」「寸松庵《すんしょうあん》色紙」「升《ます》色紙」などの古筆切は、小型冊子本の断簡であり、もともと色紙として書かれたものではない。

江戸時代中期の『和歌書様《かきよう》之事』には、筆者の身分によって色紙の寸法が細かく規定されているが、やがて大色紙といわれるものは、縦七寸八分（二三・六センチ）、横七寸五分（二二・七センチ）に、小色紙は縦六寸一分（一八・五センチ）、横五寸（一五・二センチ）に固定された。

（池田和臣）

式部　しきぶ

律令

式部省《しきぶしょう》の略。また、その職員。式部省とは、律令官制の八省の一つで、大学寮《だいがくりょう》・散位《さんい》寮を管轄する。中央と地方の六位以下の文官の人事権を握る重要な官司である。官人の勤務評定、叙位・任官、給与の支給などの事務を担当するほか、朝廷での行事・儀式などの進行・統制にあたった。また、文章生《もんじょうせい》を選抜する試験（省試《しょうし》）を出題するなど、大学における官人の養成にもかかわる。式部省の官人は、長官の卿、次官の大輔、以下少輔一人、大丞二人、少丞二人などである。

親王（みこ）

式部卿《しきぶきょう》には、平安時代初期から、親王を任じた。『源氏物語』では、紫の上の父が、始めは兵部卿宮《ひょうぶきょうのみや》、後に式部卿宮《しきぶきょうのみや》になっており、上席の親王がその地位についている。和名は「のりのつかさ」、唐名は吏部《りほう》という。

『宇津保《うつほ》物語』の俊蔭《としかげ》は、式部大輔の息子に生まれ、漢籍についての才能が認められて、試験を次々に合格して、式部丞《しきぶのじょう》（三等官）になる。大学寮出身者の出世コースである。『源氏物語』帚木《ははきぎ》巻の「雨夜の品定め」では、文章生出身の藤式部丞《とうしきぶのじょう》が、自らを「下が下」と卑下し、光源氏や頭中将《とうのちゅうじょう》の参考にはならないと言いつつ、学問を習っていた博士の娘との滑稽な経験を語る。こうした人々の娘が女房になると、源式部《げんしきぶ》・大式部《おおしきぶ》といった女房名になる。紫式部・和泉式部もそれである。

女房

（池田節子）

時雨　しぐれ

秋・冬・雨

晩秋から初冬にかけて降る通り雨のこと。『万葉集』では、時雨は木の葉を色づかせたり散らせたりするものとされ、「九月《ながつき》の時雨の雨に濡れとほり春日の山は色づきにけり」（万・十・二一八〇・作者未詳）「君が家のもみち葉早く散りにけり時雨の雨に濡れにけらしも」（万・十・二二一七・作者未詳）などと歌われた。『古今集』でも紅葉と関係づけられることが多く、「白露も時雨もいたくもる山は下葉残らず色づきにけり」（古今・秋下・紀貫之《きのつらゆき》）「竜田川錦織りかく神無月時雨の雨をたてぬきにして」（古今・冬・読人知らず）のような歌がある。後者は、紅葉が川を流れていくさまを時雨を経緯《たてぬき》とした豪華な織物に見立てている。平安時代後期になると、時雨の音を聴くという歌も登場する。「木の葉散る宿は聞き分くことぞなき時雨する夜も時雨せぬ夜も」（後拾遺・冬・源頼実）は、落葉の音と時雨の音を聴き分けようと耳を澄ます歌。これは「落葉如雨」という『白氏《はくし》文集《もんじゅう》』の「葉声落如雨、月色白似霜」という詩句に基づく

葉　春日・山　露　竜田　紅葉

愛　喪　雲　俳諧

題によって詠まれたものである。時雨が降り木の葉が色づく晩秋の景は、愛を失ったり人の死にあったりする悲しみの心象風景とも重ねられる。「今はとて我が身時雨にふりぬれば言の葉さへに移ろひにけり」(古今・恋五・小野小町)は、「降り」と「古り」を掛けて、時雨が降るように私の身も古びてしまったので、木の葉ばかりかあなたの言葉までも色褪せてしまった、という歌。『源氏物語』葵《あおい》巻で、葵の上の喪に服す光源氏は折から降る時雨によせて「見し人の雨となりにし雲居さへいとど時雨にかきくらすころ」と歌う。「俳諧の古今集」と称賛される芭蕉七部集《ばしょうしちぶしゅう》の一つ『猿《さる》蓑《みの》』は冬部から始まり、巻頭の「初時雨猿も小蓑をほしげなり」(芭蕉)をはじめとして印象的な時雨の句が多い。芭蕉は初冬十月十二日に亡くなっており、芭蕉の忌日は「時雨忌」とよばれる。

(鈴木宏子)

地獄　じごく(ぢごく)

閻魔　鬼　悪

六道《ろくどう》の一。衆生が現世での悪業の報いとして死後に赴く最下層の世界。「奈落」とも。閻魔大王《えんまだいおう》が主宰し、獄卒である鬼たちが罪人達を裁き責めるところとされるが、仏典によってその描写は多岐にわたる。『日本霊異記』上・二三話は、母に非道の振る舞いを重ねた男が悪行の報いを受けて死んだというもので、「不孝の衆生は、必ず地獄に堕ち、父母に孝養すれば、浄土に往生す」と締め括られ、現世での悪行が戒められた。また、中・七話では、智光《ちこう》法師は臨終の際、九日の間火葬を待つように言い残すと、その言葉どおり、地獄で熱い柱を抱かされたり、焼かれたり煎られたりするが、許されて蘇生する。ここでは、地獄が具象的に描かれるのが印象的であり、法師が「黄竈火物《よもつへもの》」を食うなど言われるところには、地獄の観念が「黄泉国《よもつくに》」の観念と混同されて定着したさまがうかがえる。平安時代中期、源信《げんしん》『往生要集《おうじょうようしゅう》』「厭離穢土《おんりえど》」においては、等活《とうかつ》・黒縄《こくじょう》・衆合《しゅごう》・叫喚《きょうかん》・大叫喚・焦熱《しょうねつ》・大焦熱・阿鼻《あび》(無間《むけん》)という八大地獄を詳細に説いて、人々に強い衝撃を与えた。

仏名　屏風　絵・和歌

仮名文学に頻出する語ではないが、『枕草子』には仏名《ぶつみょう》会《え》に地獄変屏風が掲げられた様子が見え、「御仏名のまたの日、地獄絵の屏風とりわたして、宮に御覧ぜさせ奉らせ給ふ」と中宮定子《ていし》に地獄絵を見せ、その恐ろしさに清少納言が見るのを拒んで隠れたとの逸話が載る。「地獄絵に剣《つるぎ》の枝《えだ》に人のつらぬかれたるを見てよめる　あさましやつるぎのえだのたわむまでこはなにの身のなれるなるらん」(金葉・雑下・和泉式部)などとも歌われ、地獄絵が流布し、六道説法が流行し、地獄蘇生説話が流布したさまが知れる。近代の小説、芥川龍之介の『地獄変』では、地獄絵を描くことを命じられた絵師良秀《よしひで》が、実の娘の焼け死ぬ姿を実見して絵を描く。和歌に詠まれることは多くはないが、「なべてなきくろきほむらのくるしみはよるのおもひのむくいなるべし」(聞書集・西行)「ほのほのみ虚空にみてる阿鼻地獄ゆくへもなしといふもはかなし」(源実朝)などと詠まれた。『今昔物語集』には、仏に連れられて地獄に行った難陀が、地獄のたくさんの鑊《かなへ》に湯が沸きかえり人を煮るさまを見て恐怖する(一・十八)。後代には、正月十六日には地獄の釜の蓋が開けられ罪人が許される、という俗説が流布した。

(高木和子)

辞書　じしょ

文字・漢字

「辞典」とも。大きく分けて「辞書」「字書」「事典」の三種類に分けられる。「辞書」は文字通り言葉を説く書であり、不明・不確かな語の意味・用法を確認するために編纂されている。「字書」は文字、特に、漢字を、その読み、意味などを調べるための書である。「事典」は百科事典のような、事柄を説明した書である。古くは「類書」ともいわれた。「辞書・辞典」を「ことば典」というのに対して、「事典」を「こと典」といって区別することもある。

日本で最も早く作られ、現存するのは空海の『篆隷万象《てんれいばんしょう》名義《めいぎ》』である。約一万六千字の漢字を部首にしたがって配列し、隷書（現在の楷書）で示し、上に篆書、下に反切（漢字二字を並べ上の字の頭子音と下の字の尾韻を組み合わせて標出字の字音を示す方法）・釈義を示している。「字書」である。これ以前、『天武《てんむ》紀』十一年の記事に境部石積《さかいべのいわつみ》らに命じて『新字《しんじ》』を編纂させたとあるが現存しない。『新《しん》撰字鏡《せんじきょう》』は昌泰年間（八九八―九〇二）に現在ある形に増補され、百六十の部首分類体で意味による分類配列が行われている。『和名類聚抄《わみょうるいじゅしょう》』は源順《したごう》が醍醐《だいご》天皇の勤子《きんし》内親王の依頼を受け編纂したもので、類書であると同時に漢和辞書の働きもする。平安時代後期には『類聚名義抄《るいじゅうみょうぎしょう》』が編纂された。「仏・法・僧」三部に分けて漢字の音・訓・釈義、さらに当時のアクセントが付されているので貴重な資料となる。宮内庁書陵部にあるのが由緒正しいが「法」部が残るだけである。なお、天理図書館には「観智院本」が完本で所蔵されている。『色葉字類抄《いろはじるいしょう》』は和訓をイロハ別に配し、さらにその内部を二一に分類した語彙集である。成立は一一四〇年ごろと推定されている（この間、韻書などが世に出ているが省略し、代表的なものに限った）。

室町時代には『節用集《せつようしゅう》』が出る。これは、語を頭音でいろはに分け、意味分類を行った辞書で、主に語の漢字表記を調べるために利用されたものと考えられる。『節用集』の名をもつ書は多数世に出ており、いかにこの書が社会に広がったかがわかる。江戸時代には「〇〇節用」と名のある書が多数刊行され、寺子屋の教材にまでこの名が利用された。

室町時代末期の国語資料として、一六〇三年にイエズス会から刊行された『日葡辞書《にっぽじしょ》』がある。日本語三二二九三語を収め、それぞれにポルトガル語による訳が付く。収録語彙の多さからも想像されるように、室町時代の一般語を中心に、歌語の類まで集めてある。当時、和歌・連歌などに使われる語を解説する書は日本人の手によっても制作された。それらの書物も調べた跡が見え、協力した日本人も多かったと思える。飯尾宗祇《いいおそうぎ》の作と伝わる『分葉《ぶんよう》』『歌林《かりん》山かづら』や同じく里村紹巴《さとむらじょうは》の作と伝わる『至宝抄《しほうしょう》』『匠材集《しょうざいしゅう》』などの辞書も作られたが、彼らの関心は当然ながら古語に集中し、さらに、体系性に欠けるなどもあり（『匠材集』は語の頭音のいろはで分類してある）、当時の言葉の意味を知る上での『日葡辞書』の価値は大きい。ドミニコ修道会によるスペイン語訳『日西辞書《にっせいじしょ》』（一六三〇年刊）、レオン・パジェスによるフランス語訳『日仏辞書《にっふつじしょ》』（一八六八年刊）も刊行された。

和歌・連歌

江戸時代に入り、日本語の古典に関わる書として注目すべきは、荒木田盛員《あらきだもりかず》『鸚鵡抄《おうむしょう》』（一六八五年刊）、石川雅望《いしかわまさもち》『雅言集覧《がげんしゅうらん》』（後半部未刊）である。どちらも平安文学作品中の語彙を収集したもので、明治以後の古典文学・国語学研究に大きな力となった。なお、後者は保田光則により増補されている。

（山口明穂）

賤機山　しずはたやま（しづはたやま）

駿河《するが》国の歌枕。静岡県静岡市葵区、安倍川《あべかわ》沿いの細長い山。「静岡」の名称の起源という。南端に古墳後期時代の賤機山古墳がある。和歌の初例は『堀河《ほりがわ》百首』「紅葉」の題で「時雨の雨まなくしふればするがなるしづはた山も錦おりかく」（秋・藤原公実）。以来「にしきおるしづはたやまのはつしぐれげにたてぬきとなりにけるかな」（千五百番歌合・冬・慈円）のように、紅葉を錦に見立てて詠むことが多いが、「けさみればかすみのころもおりかけてしづはた山にはるはきにけり」（続古今・春上・藤原兼実）など、春に転換した作もある。『和歌初学抄《わかしょがくしょう》』にも「アヤニシキニソフ」と見え、「倭文機《しづはた》」の縁語で「綾」「織る」「たてぬき」と詠まれた。室町時代中期から戦国時代にかけては今川氏の城が築かれており、『慕景集《ぼけいしゅう》』には、嘉吉元年（一四四一）上洛の帰途、駿府《すんぷ》に今川氏兼《いまがわうじかね》を訪ね、「ねぎごとやしづ機山の子規《ほととぎす》たび行く我をゆふかけてとへ」と詠んだ記事が見える。

（安村史子）

駿河・歌枕・安倍川・山　和歌　時雨・雨　紅葉　はる（春）　縁語　ほととぎす

紫檀　したん

南アジア原産のマメ科の常緑高木。『和名抄』に栴檀《せんだん》の黒いものとあるが、栴檀とは別種。心材は暗紅色で、磨くと波状紋が現れ美しく、質が堅く重厚感がある。かすかな芳香がある。『色葉字類抄《いろはじるいしょう》』に「唐物《からもの》」とあり、中国舶来の銘木として珍重された。正倉院御物《しょうそういんぎょぶつ》に「螺鈿紫檀五絃琵琶《らでんしたんのごげんびわ》」をはじめ、阮咸《げんかん》・碁盤・挟軾《きょうしょく》（脇息）などが残る。寛平六年（八九四）の遣唐使廃絶後は、渤海《ぼっかい》との交易や大宰府経由の日宋貿易によりもたらされた。

天徳四年（九六〇）の内裏歌合では、左方を赤色系に、右方を青色系に統一する演出がなされ、紫檀は左方の洲浜《すはま》の机に用いられた。この演出は『源氏物語』絵合《えあわせ》巻に踏襲され、斎宮女御《さいぐうのにょうご》方の絵巻の軸と箱が紫檀製である。以後も晴儀の歌合には台や箱などの材として登場する。

『源氏物語』には他に高坏《たかつき》や挿頭《かざし》の台などが、『宇津保《うつほ》物語』には折敷《おしき》・櫃《ひつ》・箱・扇の骨などが見え、多く沈《じん》や蘇枋《すおう》と並んで挙げられる。上東門院《じょうとうもんいん》の建立した東北院では高欄《こうらん》の材にしたという（栄花・歌合）。『日本霊異記』『今昔物語集』『大鏡《おおかがみ》』には数珠《じゅず》や経箱の例が見える。

（安村史子）

大宰府　歌合　斎宮　扇

十国峠　じっこくとうげ（じつこくたうげ）

静岡県熱海市伊豆山《いずさん》と田方郡函南町の境にある日金山《ひがねさん》を越える道。山頂の標高は七七四メートル。相模《さがみ》・武蔵《むさし》・上総《かずさ》・下総《しもうさ》・安房《あわ》・駿河《するが》・遠江《とおとうみ》・信濃《しなの》・甲斐《かい》・伊豆《いず》の十国を

相模・武蔵・上総・下総・安房・駿河・遠江・信濃・甲斐・伊豆

眺望できることからこの名が付いた。さらに伊豆諸島の大《おお》島《しま》・新島《にいじま》・神津島《こうづしま》・利島《としま》・式根島《しきねじま》の五島も見えるという。

箱根の山

鎌倉幕府の源頼朝《よりとも》は、箱根権現（箱根神社・神奈川県足柄下郡箱根町元箱根）と伊豆山権現（伊豆山神社）への崇敬厚く、以後この「二所詣《にしょもうで》」が鎌倉将軍の重要な祭祀行事となったが、その二社を結ぶ道筋にあたる。源実朝《さねとも》の「はこねぢをわがこえくれば伊豆の海やおきのこじまに浪のよるみゆ」（金槐集）は、詞書に「箱根の山をうちいでてみれば波のよるこじまあり……」とあり、箱根権現から伊豆山権現へ向かう途中、この地で詠んだと考えられている。「沖の小島」は初島《はつしま》かという。天明三年（一七八三）山頂に観望の碑が建てられ、江戸時代には松崎慊堂《まつざきこうどう》ほか多くの文人が訪れた。

（安村史子）

信濃　しなの

信濃国は、東山道八か国の一つで、現在の長野県。『万葉集』の東歌を集めた巻十四には、明らかに信濃国の歌として分類されている歌が五首所収されている。「信濃道《しなのぢ》は今の墾道《はりみち》刈りばねに足踏ましむな沓《くつ》はけ我《わ》が背」（三三九九）は、信濃道は今できたばかりの道、切り株《かぶ》で足に怪我をなさるな、沓をはいてくだされ、わが思う人よ、の意の相聞歌。おそらく和銅六年（七一三）にはじめて信濃路が開通してまもないころの歌であろう。山の中を通ずる険しい山路であったとみられる。同じく相聞歌の一首に、「信濃なる千曲《ちぐま》の川の小石《さざれいし》も君し踏みてば玉と拾はむ」（三四〇〇）ともある。こちらは川に寄せた恋歌で、川の小石であろうとも、あなたが踏んだら大事な玉として拾おう、の意。千曲川は南佐久《さく》郡に発し、小諸《こもろ》・上田・千曲の各市を経て、長野市南部で犀《さい》川と合流し、新潟県に入って信濃川と呼ばれる。

沓

山

川

信濃国の風物や産物は、右の東歌以外にも、万葉時代から歌に多く詠み込まれてきた。たとえば久米禅師《くめのぜんじ》と石川郎女《いしかわのいらつめ》の相聞歌にも、「信濃の真弓《まゆみ》」の語句が用いられている。「みこも刈る信濃の真弓我が引かばうま人さびて否《いな》と言はむかも」（二・九六・禅師）は、信濃の弓を引くように、私があなたの気を引いたら、貴人ぶって嫌《いや》と言うだろうか、の意。「みこも刈る」は「信濃」にかかる枕詞。この「信濃の真弓」という語句からも、信濃は弓の産地であったことが知られる。

枕詞

『伊勢《いせ》物語』では、東下りの男が信濃国の浅間山《あさまやま》に煙の立つのを見て、「信濃なる浅間の嶽《たけ》に立つ煙《けぶり》をちこち人《びと》の見やはとがめぬ」の歌を詠んだ（八）。以後、浅間山は噴煙のぼる山、の連想を促す歌枕となる。

浅間山

信濃国の歌枕としては、他に、更級《さらしな》（郡）の姨捨《おばすて》山、あるいは園原《そのはら》の伏屋《ふせや》の帚木《ははきぎ》が名高い。前者では、年老いた伯《お》母《ば》を背負って山に捨て帰るという棄老《きろう》説話と結びついている。また後者では、遠くからは見えるのに近寄るとかえって見えなくなる帚木をいうが、いざとなると逢ってくれない女をたとえることが多い。

歌枕・姨捨

園原

また、信濃国には古く善光寺《ぜんこうじ》（現在の長野市にある）が建立され、後世、阿弥陀信仰の霊場として多くの人々に信仰されてきたが、その善光寺にまつわる多様な説話が伝承されてきた。十四世紀の終りから十五世紀初頭ごろ成立し

百済　難波　堀江

たとみられる『善光寺縁起』によれば、六世紀半ばの欽明《きんめい》天皇の時代に、百済の聖明王《せいめいおう》から朝廷に阿弥陀如来像が献上されたが、物部《もののべ》・蘇我《そが》両氏の争いでその如来像が難波《なにわ》の堀江《ほりえ》に投ぜられてしまった。そして七世紀初頭の推古《すいこ》天皇の時代に、信濃国の若麻績東人《わかおみあずまひと》（本田善光《ほんだよしみつ》）がそれを持ち帰ったという。七世紀半ばの皇極《こうぎょく》天皇の勅命で伽藍を建立してこの像を祀《まつ》ることになったのが、善光寺の起源だと伝えられている。この『縁起』の後も、御伽草子の『善光寺本地《ほんじ》』や、浄瑠璃の「善光寺」などもつくられ、それらにも善光寺にまつわる多様な話がとりこまれている。

（鈴木日出男）

信田の森　しのだのもり

和泉・歌枕　ほととぎす　雪・屏風　風　葛・葉　恨み　狐

和泉《いずみ》国の歌枕。大阪府和泉市王子《おうじ》町の聖《ひじり》神社、同市葛《くず》の葉《は》町の信太森葛葉稲荷《しのだのもりくずのはいなり》神社がその跡とされる。「いづみなるしのだのもりのくずのはのちへにわかれてものをこそ思へ」（古今六帖・二・山）が、平安時代は「楠《くす》の木の千枝に分かれて」と流布し（枕・花の木ならぬは）、「わがおもふことのしげさにくらぶればしのだのもりのちえはものかは」（詞花・雑下・増基）と苦悩の多さを詠んだ。能因《のういん》の「夜だにあけばたづねてきかむほととぎすしのだのもりのかたになくなり」（後拾遺・夏）以来、時鳥が景物として定着するが、雪を配した屏風歌（恵慶集）から雪が、また千枝ゆえに多い雫《しずく》も詠まれる。一方、橘道貞《たちばなのみちさだ》と別れた和泉式部に赤染《あかぞめ》衛門《えもん》が贈った「うつろはでしばししのだの森をみよかへりもぞする葛のうら風」（和泉式部集、赤染衛門集、新古今・雑下）は、古今六帖歌を「葛の葉の」と読んだと解される。この〈葛の葉―恨み（裏見）〉との結びつきは、中世末以降、古浄瑠璃「信太妻《しのだづま》」や竹田出雲《たけだいずも》の「蘆屋道満大内鑑《あしやどうまんおおうちかがみ》」をはじめとする安倍晴明《あべのせいめい》伝説に継承された。晴明の母が狐の正体を現し、「恋しくは尋ね来て見よ和泉なる信太の森のうらみ葛の葉」との一首とともに、息子を残して去る子別れの段が有名である。

（安村史子）

信夫　しのぶ

陸奥・歌枕・山・里・浦　心

陸奥《みちのく》国の歌枕で、山、里、浦、原などが詠まれた。福島県福島市。『伊勢物語』初段に引かれる源融《とおる》歌「みちのくの忍ぶもぢずり誰《たれ》ゆゑにみだれそめにし我ならなくに」（古今・恋四は第四句「みだれむと思ふ」とも）の「忍ぶもぢずり」が『俊頼髄脳《としよりずいのう》』などで当地方特産の摺《す》り染めとされた。松尾芭蕉《まつおばしょう》は「忍ぶの里」を訪れ、土に半ば埋もれた「しのぶもぢ摺の石」を見、「早苗《さなへ》とる手もとや昔しのぶ摺」と詠んだ（奥の細道）。現在は明治時代に発掘された文知摺《もちずり》石が文知摺観音堂にある。

「信夫山」は市街中心部に東西に横たわる孤峰（標高二七五メートル）で、平安時代から人々に信仰された。『伊勢物語』十五段の、男が陸奥の人妻に送った「しのぶ山忍びて通ふ道もがな人の心の奥も見るべく」が有名だが、盛んに詠まれるのは、藤原清輔《きよすけ》の「人知れずくるしき物はしのぶ山したはふくずのうらみなりけり」（新古今・恋二）以降。多く「忍ぶ」「偲ぶ」「忍ぶ草」を掛ける。後深草《ごふかくさ》院二条は院との新枕の朝、恋人の「雪の曙」から届いた手紙に対し、そこに引用された「きえねただしのぶの山のみねの雲かへる心の跡もなきまで」（新古今・恋二・飛鳥井雅経）の第二句を破り取って返し、二人の忍ぶ恋を託している（とはずがたり・二）。

（安村史子）

雲

柴　しば

「柴」は、山野に生えている雑木。刈り取って薪《まき》にしたり、小屋や戸・垣を作る材料にもした。『源氏物語』須磨《すま》巻で、須磨の地に退居していた光源氏について、「煙のいと近く時々立ち来るを、これや海人《あま》の塩焼くならむと思しわたるは、おはします背後《うしろ》の山に、柴といふものふすぶなりけり」とある。住居の奥山で柴を焼く煙を、歌にもよく詠みこまれる塩焼きの煙かと見間違えたというのであるが、源氏のような都の高貴な人には、柴を焼く光景など無縁だったのであろう。

戸　海人・塩　都

「柴垣」は、その柴や竹で作った垣根。これも都からは離れた山里の家によく見かけられる。十八歳の源氏が病気治療のための祈禱を受けるべく赴いた北山で、源氏は、「同じ小柴なれど、うるはしうしわたして、きよげなる屋、廊などつづけて、木立いとよしある」光景を目ざとく見つけた。北山の僧都《そうず》の住む庵《いおり》と知らされたが、そこには美しい娘たちや若い女房、女童《めのわらわ》も出入りしている。彼は夕べの霞に紛れながら、その小柴垣のあるあたりに出ていって、家の内を垣間見《かいまみ》することになる。幼い紫の上を垣間見る名高い場面である（若紫）。このように柴垣をめぐらす趣向は、いかにも山里の田舎家らしい風情であるが、洛内にもその山里趣味を凝らした家作りをする者があった。源氏が涼を求めて訪ねた中川のほとりの紀伊守《きのかみ》の家も、そうした瀟洒《しょうしゃ》な住まいの一つである。「田舎家《ゐなかいへ》だつ柴垣して、前栽《せんざい》など心とめて植ゑたり。風涼しくて、そこはかとなき虫の声々聞こえ、蛍しげく飛びまがひてをかしきほどなり」（帚木）とある。

竹　山里　（加持）祈禱　女房・童・霞　前栽　蛍

また、斎宮《さいぐう》が伊勢《いせ》下向にさきだって一時期を過ごす嵯峨《さが》野《の》の野宮《ののみや》も、小柴垣をめぐらす場所として知られる。「ものはかなげなる小柴垣を大垣にして、板屋どもあたりあたりいとかりそめなめり。黒木《くろき》の鳥居《とりゐ》どもは、さすがに神々《かうがう》しう見わたされて」（賢木）とある。もともと野宮は帝一代ごとの、ほとんど仮普請《かりぶしん》の建物だが、小柴で作った低い垣を外回りの垣としている風情、板で屋根を葺《ふ》いた建物、あるいは皮のついたままの丸太で作った鳥居が、この神域を特徴づけている。

斎宮・伊勢・嵯峨野・野宮

「柴舟」「柴積み舟」は、柴を積んで運ぶ小舟のこと。特に宇治川の風物詩として知られている。『源氏物語』橋姫《はしひめ》巻で、宇治の八宮とその姫君たちと親交するようになる薫《かおる》は、「あやしき舟どもに柴刈り積み、おのおの何となき世の営みどもに行きかふさまどもの、はかなき水の上に浮かびたる、誰も思へば同じことなる世の常なさなり」と思う。宇治の地が、世の憂さを厭う聖地だとする観念を前提に、柴を積んで宇治川を行く、粗末で危なっかしい小舟の景を、不安ではかないものとみている。「暮れてゆく春のみなとは知らねども霞に落つる宇治の柴舟」（新古今・春下・寂蓮）は、惜春の情を詠んだ一首である。

宇治　水　世　春　霞

「柴の戸」は、柴で編んだ粗末な戸。「柴の編み戸」「柴

戸

雲
縁語

の枢《とぼそ》」ともいう。平安時代末期以後の和歌で、山家や草庵の生活の情趣を詠むのに、よく用いられる歌言葉となる。「柴の戸をさすや日影のなごりなく春暮れかかる山の端《は》の雲」（新古今・春下・宮内卿）などとある。この例のように、「戸」の縁語として「鎖《さ》す」の語を合わせ用いている例が少なくない。（鈴木日出男）

芝居 しばい（しばゐ）

歌舞伎

元来芝居は、寺社境内の神聖な芝生のことや、文字どおり芝生に座ることをさす語であった。この語が演劇の別称となった起源について、寛延三年（一七五〇）刊の『古今《ここん》役者大全《やくしゃたいぜん》』では、上代、南都南円堂《なんとなんえんどう》の前にできた大穴から起った邪気を払うため、芝の上で翁三番《おきなさんば》を舞ったことを挙げるが、これが事実であるかどうかは定かでない。一般的には、中世、猿楽《さるがく》や曲舞《くせまい》などの芸能の勧進興行において、芝生に設けられた見物席のことを芝居と称したことから拡大したと考えられている。屋根つきの桟敷席が造られるようになると、芝居は、桟敷と舞台の間にある露天の席のことをさし、安価な大衆席として利用された。近世、歌舞伎や人形浄瑠璃の上演の場が、仮設の小屋から次第に常設の劇場へと移ると、芝居の語は、劇場全体のことを表すようになり、延宝五年（一六七七）刊の『江戸雀《えどすずめ》』三巻目では、「此所に来たりて見物するにも色々有、桟敷にいる有、芝居にいる有」のように、前代同様大衆席を意味する例と、「近頃までは遊女共芝居を構て歌舞妓をしけり」のように、桟敷も含めた劇場全体を意味する例とが混在している。さらに、延宝六年（一六七八）刊の『色道大鏡《しきどうおおかがみ》』巻五に、「芝《しば》居《ゐ》見たる次手《ついで》などに、ちと女郎町《ぢよらうまち》をも御目《め》にかけん」とあるように、演劇そのもののこともさすようになり、近世中期以降、式亭三馬《しきていさんば》著の滑稽本『戯場訓蒙図彙《しばいきんもうずい》』のように、漢語で劇場を意味する「戯場（ぎじょう、けじょう）」を「しばい」と読んで、歌舞伎の意とする例が多く見られるのも、この用法の一端といえる。（光延真哉）

志摩 しま

伊勢
海

東海道の下国。三重県の東部に当たる地域、西は伊勢国に接し、三方は海に囲まれる。南東部の英虞湾はリアス式海岸で真珠の養殖地として知られる。（山口明穂）

島 しま

海
鄙・明石・大和
葛城
妹

普通名詞としての「島」は周囲を海などの水で囲まれた小陸地を意味するが、日本全体を「大八島国」と称するように、海に囲まれた日本全体も「島」である。また、「天離る鄙の長道ゆ恋ひ来れば明石の門より大和島見ゆ」（万・三・二五五・柿本人麻呂）は、明石海峡から見えた葛城・生駒の連山を「大和島」と歌っており、海に面して海に浮かぶように見える陸地を「島」と称した例である。一方、「妹として二人作りし我が山斎《しま》は木高く繁くなりにけるかも」（万・三・四五二・大伴旅人）のように庭園を「島」と称することがあるのは、庭園に水を廻らせているためであろうか。「島」は『古今六帖』にも項目として立てられており、平

浦　霧　波

安時代以降、歌題となってゆく様子がうかがわれる。

『万葉集』以来、「四極山《しはつやま》うち越え見れば笠縫の島漕ぎ隠る棚無し小舟」（万・三・二七二・高市黒人）など、小舟の漕ぎ隠れゆく島の情景がしばしば歌に詠まれるが、百人一首にも採られ、柿本人麻呂《かきのもとのひとまろ》詠とされる「ほのぼのと明石の浦の朝霧に島隠れ行く船をしぞ思ふ」（古今・羇旅・四〇九・読人知らず）は瀬戸内海の島の情景を詠んだ名歌として有名である。以後、「波の上に見えし小島の島隠れ行くそらもなし君に別れて」（拾遺・別・三五二・金岡）のように島に隠れゆく舟に寄せて別れを悲しむ歌や、「島風にしば立つ波のやち返り恨みてもなほ頼まるるかな」（金葉・恋上・三九五・惟規）のように島辺の浦波の情景に寄せて恋の思いを歌う歌など、「島」は様々な抒情の場面として登場する。「島」には配流のイメージもあり、『増鏡《ますかがみ》』に載る後鳥羽《ごとば》院の歌「我こそは新島守よ隠岐の海の荒き波風心して吹け」は貴人の流謫の思いを歌う歌として有名である。

浮島　絵島

『枕草子』では、「島は」の章段に、「八十島。浮島。たはれ島、絵島、松が浦島。豊浦の島。籬《まがき》の島」が挙げられている。

奈良　邸　池

固有地名としての「島」は奈良県高市郡明日香村島庄。もとは蘇我《そが》氏の邸宅のあった場所だが、大化改新の後、天《てん》武《む》天皇の時代には皇太子草壁《くさかべ》皇子の邸宅として「島の宮」と呼ばれた。皇子の死後に詠まれた柿本人麻呂の「島の宮勾《まがり》の池の放ち鳥人目に恋ひて池に潜かず」（万・二・一七〇・柿本人麻呂）がある。『日本書紀』には、「島の藪原」として記され、『万葉集』には「島の榛原」を歌う歌も見られる。

（大浦誠士）

紙魚　しみ

紙

紙や織物、またそれに用いられた糊を食べる害虫。シミ科に属する昆虫で、体長八―十ミリほど。体型は扁平にして細長く、銀白色の光沢がある。

写本・版本・紙

写本・版本などの紙の表面を食害し、不規則な輪郭をもった穴をあける。他にもシバンムシ・ナガシンクイムシ・カツオブシムシ・チャタテムシ・ゴキブリなど様々な害虫がいる。書籍を貫くような穴をあけ、甚大な被害をあたえるのは、紙魚ではなくシバンムシである。

物語・心

「大きなる厨子一よろひに、ひまもなく積みて侍るもの、ひとつにはふる歌物語のえもいはず虫の巣になりにたる、むつかしくはひちれば、あけて見る人も侍らず」（紫式部日記）。虫の巣になったから、あけて見ないのではない。あけてみないから、虫の巣になったのである。かつて熱中した物語に冷めてしまった、荒涼とした心内が、虫に喰われた空洞に喩えられているかのようである。

日・風

旧暦六月土用のころ、書籍を日に干し風にあてて、虫喰いや黴《かび》をふせいだ。現在では臭化メチル・酸化エチレンなどによる薫蒸法が行われている。

（池田和臣）

標茅が原　しめじがはら（しめぢがはら）

下野・歌枕

下野《しもつけ》国の歌枕。栃木県栃木市川原田町付近。下野の伊吹《いぶき》山の近くで、さしも草の産地。『夫木抄《ふぼくしょう》』『八雲御抄《やくもみしょう》』に下《しも》総《うさ》説が見えるが、『袖中抄《しゅうちゅうしょう》』は「しもつけやしめつのはら

和歌・秋
のさしもぐさおのがおもひに身をややくらん」(古今六帖・
六・草)を同地として下野説を主張する。和歌の早い例は「秋
くればしめぢが原にさきそむるはぎのはひえにすがるなく
清水・観音
なり」(散木奇歌集・三)。『袋草紙《ふくろぞうし》』に載る清水観音《きよみずかんのん》の託宣
歌「なほ頼《たの》めしめぢが原のさせもぐさわが世の中にあらん
かぎりは」は『新古今集』釈教巻頭に置かれた。藤原忠通《ただみち》
出家
は、藤原基俊《もととし》から、出家したその子息を維摩会《ゆいまえ》の講師に抜
擢するよう依頼された時、この歌を引いて「しめぢがはら
の」と快諾したが、その約束は果たされず、基俊は「契り
露・いのち(命)
おきしさせもが露をいのちにてあはれことしの秋もいぬめ
り」と恨んだ(千載・雑上、百人一首)。この逸話のように新
古今歌を典拠として、「頼む」と詠むことが多い。
(安村史子)

標縄・注連縄・七五三縄　しめなわ

一定の区域を占有するしるしとしてめぐらす縄。特に神
聖な場所を区切って不浄なものの侵入を防ぐ。記紀の天《あま》の
石屋戸《いわやと》に掛けた「尻久米縄《しりくめなは》(端出之縄)」が起源という。
和歌・社・もみぢ
和歌初出は「祝部《はふり》らが斎《いは》ふ社《やしろ》の黄葉《もみちば》も標縄《しめ》越えて散るとい
ふものを」(万・十・二三〇九・作者未詳)で、親の監視を神
親心
社の標縄にたとえる。「うれしくはのちの心を神もきけひ
くしめなはのたえじとぞ思ふ」(千載・恋二・藤原顕季)など、
「引く」「絶ゆ」「延《は》ふ」「守《も》る」とともに、多く恋歌に詠ま
神
れた。後深草院《ごふかくさ》二条は熱田神宮に「神はなほあはれをかけ
よ御注連縄引き違へたる憂き身なりとも」と詠みかけ(と
春日
はずがたり・四)、日野資名《すけな》女も春日大社に誓願の歌を詠ん
でいる(竹むきが記・下)。
また「あしひきの山田にはふるしめなはの秋田かるまで
たえじとぞ思ふ」(古今六帖・二)のように、田の境界を示
田
す縄に注目したのが源経信で、「あらをだにほそ谷河をま
かすればひくしめなはにもりつつぞゆく」(金葉・春・源経信)
をはじめ、田園風景の叙景歌を複数残した。
(安村史子)

霜　しも

秋・冬
晩秋から冬の景物。大気中の水蒸気が、夜の間に冷たく
氷
なった地面や地表の物の上で微細な氷の結晶となったも
春
の。春先に見られることもある。霜が付着することを、古
典文学では「置く」または「降《ふ》る」といった。
『枕草子』の冒頭章段に、「冬はつとめて。……霜のいと
白きも」とあるように、夜間に付着した霜によって早朝に
広がる白色の景は、見るものに強い印象をもたらした。『和
女
泉式部日記』には、「つとめて……女も霜のいと白きにお
どろかされてや」に続けて、和泉《いずみ》式部と敦道《あつみち》親王との「霜」
和歌
をめぐる和歌の贈答が記されている。凡河内躬恒《おおしこうちのみつね》の和歌「心
菊
あてに折らばや折らむ初霜の置きまどはせる白菊の花」(古
今・秋下)は、霜と白菊とを白さによって結びつけたもの。『源
住の江→住吉・松
氏物語』若菜《わかな》下巻の住吉詣で紫の上が詠んだ「住の江の松
に夜ぶかくおく霜は神のかけたる木綿鬘《ゆふかづら》かも」は、松の上
の霜を神事に用いる白い鬘に見立て、そうした景の出現を
神慮の現れとしている。
また、霜の白さは、「ありつつも君をば待たむ打ち靡《なび》く
わが黒髪に霜の置くまでに」(万・二・磐姫皇后)のように、

白髪のたとえにも用いられた。

『万葉集』の志貴《しき》皇子の歌に「葦辺《あしべ》行く鴨の羽《は》がひに霜降りて寒き夕べは大和し思ほゆ」(万・一)とあるように、和歌には鳥の羽の上の霜が多く詠まれ、また霜はわびしさを募らせ、ぬくもりを求めたくなるような夜の寒さを表すものとしても詠まれた。これらの詠まれ方は、「さよふけて声さへさむき葦鶴《あしたづ》は幾重《いくへ》の霜か置きまさるらん」(新古今・冬・藤原道信)「君来ずはひとりや寝なん笹の葉のみ山もそよにさやぐ霜夜を」(新古今・冬・藤原清輔)のように受け継がれていく。

葉・紅葉

霜は「朝霜の消《け》やすき命」(万・七・作者未詳)のように消えやすいもの、また、木々の葉を紅葉させるもの、草木を枯れさせるものとしても和歌に多く詠まれた。なお、「露霜」の語は、露と霜、あるいは露が凍って霜となったものをいう。

露

(松岡智之)

下総　しもうさ（しもふさ）

千葉県北部、および茨城県・埼玉県・東京都の一部の旧国名。東海道の大国。地名の由来は天富命《あめのとみのみこと》がこの地に麻を植えて良く育ったので「総国《ふさのくに》」(「総」は「麻」の古名)とする(古語拾遺)。その後上総《かずさ》(千葉県中部)と下総に分立。一宮・香取神宮《かとりじんぐう》は常陸《ひたち》・鹿島神宮《かしまじんぐう》と霞ケ浦《かすみがうら》を挟んで対峙する。祭神は経津主神《ふつぬしのかみ》。

上総

常陸・鹿島

葛飾郡真間《まま》(現在の市川市真間)は、多くの男性に求婚され入水した美女「真間の手児奈《てごな》」伝説の地で、山部赤人《やまべのあかひと》(万・三・四三一―三)、高橋虫麻呂《たかはしのむしまろ》(万・九・一八〇七―八)の歌がある一方、東歌にも「葛飾の真間の手児名をまことかもわれに寄すとふ真間の手児名を」(万・十四・三三八四)とあり、この伝承が当地・都ともに著名だったことがうかがえる。付近には手児奈堂や墓が伝わる。平安時代後期以降には「真間継橋」を歌枕として、「かきたえし真間の継橋ふみみれば隔てたるかすみも晴れてむかへるがごと」(千載・雑体・源俊頼)のように、「儘《まま》」と掛詞にして用いられた。

男

女

都

掛詞

また下総猿島《さしま》は平将門《たいらのまさかど》の本拠地で、将門は天慶三年(九四〇)二月藤原秀郷《ひでさと》・平貞盛《さだもり》らに討たれるが、当地には現在でも将門伝説を伝える地が多い。

(兼岡理恵)

除目　じもく（ぢもく）

大臣以外の諸官職を任命する儀式。旧官を除いて新官を目録に記すのが本来の意。春に国司などの地方官を任命する「県召《あがためし》除目」、秋に京官を任命する「司召《つかさめし》除目」があり、このほかに臨時に行われる「臨時の除目(小除目)」、加茂祭のときの「祭除目」、立后・立坊の際に官吏を任命する「宮司除目」「坊官除目」などがあった。なお、大臣は「任大臣の儀」で任じられるが、これをも除目と称した例もある。

大臣

春

司召

県召除目は、儀式書には正月に行うとされるが、実際には二、三月の例も多い。三日にかけて行われる最も重要な除目であった。司召の除目は初め二月だったが、次第に秋に行われるようになった。

正月

秋

当時の官人にとって、除目とは、生活を左右する最大の関心事であった。任官のために奔走する姿が、多くの文学作品にも見える。『枕草子』「ころは」の段では「申し文持てありく四位、五位、若やかに心地よげなるは、いと頼もしげなり。老いて頭白きなどが、人に案内言ひ、女房の局などに寄りておのが身のかしこきよしなど、心一つをやりて説き聞かするを」と前途有望な若者と、任官の見込みのない老人の対照が鮮やかである。「すさまじきもの」の段では、期待と焦燥から落胆にいたる「除目に司得ぬ人の家」の一日が描かれている。ほかにも「とくゆかしきもの……除目のつとめて」「したり顔なるもの……除目に、その年の一の国得たる人」など、除目への言及が多いが、清少納言の父（清原元輔《きよはらのもとすけ》）の不遇の経験も投影していよう。

女房

心

希望する国司に任じられなかった藤原為時《ためとき》（紫式部の父）は、その嘆きを「苦学の寒夜紅涙襟を霑《うるほ》す　除目の後朝蒼天眼に在り」の詩句に託した。これが道長の目にとまり、越前守に改めて任じられたという（今昔・二四・三十など）。このように、後日誤りを訂正し、追加任命を行う儀を直物《なおしもの》という。

詩

『源氏物語』賢木《さかき》巻では、桐壺《きりつぼ》院の庇護を失った源氏の衰運が語られる。それまで除目のころには源氏を頼って群がってきた者も、遠のいていく。また、頭中将や藤壺《ふじつぼ》に仕える人々も、右大臣家の圧迫で除目に漏れるありさまであった。こうした除目の記事が権勢の推移を物語っている。

『更級《さらしな》日記』には、富士川の上流から「来年なるべき国どもを、除目のごとみな書」いた紙が流れてきて、ことごとく実現したという奇譚を載せている。作者が関心を示したのは、話の不思議さもさることながら、受領の娘という境遇と決して無関係ではない。

富士川

受領

（大井田晴彦）

下野　しもつけ

栃木県の旧国名。東山道の上国。はじめ「毛野国《けぬのくに》」、大化改新後、上野《こうづけ》・下野に分立。「下毛野国」と表記された。『万葉集』では「下毛野美可毛の山の小楢のすま麗し児ろは誰が笥か持たむ」「下毛野安蘇の川原よ石踏まず空ゆと来《き》ぬよ汝が心告れ」（万・十四・三四二四―五）の二首の東歌、および巻二十に下野出身の防人歌十一首を収める。

上野

山

平安時代には「下野にまかりける女に、鏡にそへてつかはしける」という詞書をもつ「ふたみ山ともに越えねど真澄鏡そこなる影をたぐへてぞやる」（後撰・離別・読人知らず）や、「下野やおけのふたらをあぢきなく影も浮かばぬ鏡とぞみる」（蜻蛉・下）のように、「ふたら（二荒）」「おけ（大笥）」という地名を掛詞にして詠まれた。

鏡

掛詞

七世紀後半創建とされる下野薬師寺《しもつけやくしじ》は、東大寺・筑紫観《かん》世音寺《ぜおんじ》と並び天下の三戒壇と称されたが、宝亀元（七七〇）年、道鏡《どうきょう》が造下野薬師寺別当《ぞうしもつけやくしじべっとう》として左遷され、二年後当地で没したことは有名。

（兼岡理恵）

写本　しゃほん

印刷された版本（印本）に対して、手で書き写した書物をいう。文学作品の版行は慶長期の嵯峨本《さがぼん》を嚆矢とするので、それより前の時代には、すべての文学作品が写本のかたちで伝存していた。

版本

写は移写であり、親本を転写したものを指すのが普通だが、手書きであれば、作者・編者の自筆原本そのものをも写本ということが多い。冷泉家時雨亭文庫《れいぜいけしぐれていぶんこ》蔵藤原俊成《しゅんぜい》筆『古来風躰抄《こらいふうていしょう》』、藤原定家《ていか》筆『源氏物語奥入《げんじものがたりおくいり》』などは、作者自筆の原本である。

転写本には、転写の方法によって特別に呼び分けられるものがある。親本の字形・一行の字数・一面の行数などをそっくりそのままに写したものを、臨模《りんも》本という。親本の上に薄い紙を置き透き写したものを、透写《すきうつし》という。また、文字の輪郭線をかたどり、そのなかを墨でうめたものを、双鉤塡墨《そうこうてんぼく》という。

紙

明融《めいゆう》本『源氏物語』（特に柏木《かしわぎ》巻）は、明融が定家自筆の『源氏物語』を忠実に臨模したものといわれている。定家自筆の本は特に尊重されたので、歌書類には臨模本や透写本が少なくない。

伝存写本のなかには、清書本だけでなく草稿本もある。いわゆる『十巻本歌合』や『二十巻本類聚歌合』などは、集成作業が中断され草稿本のまま伝存したものである。また、『平中《へいじゅう》物語』のように、伝存する写本が天下にただ一本しかないものを、孤本という。　（池田和臣）

洒落本　しゃれぼん

江戸時代中後期に行われた小説の一様式。体裁は、小本一冊のものを中心とし、多く茶表紙・唐本仕立てである。蒟蒻本《こんにゃくぼん》ともいう。遊里での遊興の模様に取材し、その様子や恋の手管や駆け引きなどを写実的に描き、会話のやりとりを中心に筋を進めるのが一般的であった。そうした遊里での生態・風俗・世相の裏事情や隠された本質などを鋭くえぐって指摘し、それを少し高いところから見て笑う、「うがち」の手法による滑稽性に大きな特色がある。

会話

洒落本の最初は、享保十三年（一七二八）に江戸で刊行された『両巴巵言《りょうはしげん》』であるとされる。同書は、吉原での遊びの模様を漢文体の戯文で叙述したものに、吉原細見を付したものである。その後、寛保期（一七四一―四四）ごろより、洒落本の流行の中心は上方に移り、宝暦年間（一七五一―六四）ごろ最盛期をむかえた。明和期（一七六四―七二）に入ると、再び江戸が流行の中心となり、明和七年（一七七〇）には『遊子方言《ゆうしほうげん》』（田舎老人多田爺《ただのじじい》）が刊行された。半可通の自惚れ侍が金持ちの息子株を吉原に誘い、途中さんざん見栄を張るものの結局はふられ、かえって息子株が大もてになる様子を明快な会話体で描いた同書は、洒落本の様式的典型を定めた。安永（一七七二―八一）から天明（一七八一―八九）にかけて最盛期をむかえた洒落本は、『遊子方言』を基本に据えながら、新たな趣向を取り込み、吉原以外の岡場所に作品舞台を広げて、主に狂歌作者たちの手により、様々な試みがなされていく。それを集大成し、作品的完成度を頂点にまで高めたのは山東京伝《さんとうきょうでん》であったが、寛政期（一七八九―一八〇一）の改革政治に痛打され、以降衰微し、滑稽本や人情本などに主役の座を譲ることを余儀なくされた。　（杉田昌彦）

遊び

狂歌

滑稽本・人情本

朱　しゅ

色・黄

色名の一つで、黄色味を帯びた赤色。またはその色の顔料。顔料の成分は硫化水銀で、天然には「辰砂《しんしゃ》」（「丹砂《たんさ》」とも）として産出する。「朱塗りたる高欄《こうらん》を造り渡して」（今昔・三一・五）とあるごとく、建造物などに塗る。「真金《まかね》吹く丹生《にふ》のま朱《そほ》の色に出でて言はなくのみそ我《あ》が恋ふらくは」（万・十四）の「ま朱」は辰砂をさし、「真金吹く」とはそれから採った水銀で純金の精錬をすることを意味するとされる。「朱《あけ》のそほ船」（万・三）などという「そほ」も、「丹塗り」などという場合の「丹《に》」も、本来は赤色の土をさす語だが、辰砂と混同されることが多く、「朱塗り」と同義に用いられる。いずれにしろ建物に赤い彩色を施すのは、邪悪な力が侵入するのを払う目的であろう。赤色の強烈なイメージが、邪悪なものを避ける呪力をもつと考えられたことになるが、一方ではそれ自体が神秘的で奇怪な存在ともなりうる。「にはかに長八尺《たけ》ばかりなる鬼となって、二つの眼《まなこ》は朱を解きて鏡の面にそそぎけるがごとく」（太平記・三二・伊予国より霊剣註進の事）はその例。「朱を注ぐごとし」は顔などが真っ赤になること。ここでは鬼のぎらつく赤い眼の表現が「鏡の面に……」である。

船

鬼

鏡

（藤本宗利）

秀歌　しゅうか（しうか）

優れた歌として世にあまねく認められ、人口に膾炙《かいしゃ》した歌をいう。その評価は、作者の身分や家柄によるのでも、どの撰集に入っているのかなどによるのでもなく、歌の詠まれた折の一回的なものでもない。場所や時代を超越する歌そのものの力によるものである。

鎌倉時代初期の歌人鴨長明《かものちょうめい》の『無名抄《むみょうしょう》』には、「おのづからよりくるところをやすらかにいへるが秀歌にて侍る也」と述べた師俊恵《しゅんえ》の言が引かれる。彫琢を凝らして作り上げた和歌よりも、自然に口をついて出てきたような歌が秀歌というのだろう。

和歌

藤原定家《ていか》は、『古今集』から『新古今集』に至る八代の勅撰和歌集より秀歌を抄出して『定家八代抄』を編んだ際、そらんじていた歌を記したばかりで「桜散る木《こ》の下風《したかぜ》は寒からで空に知られぬ雪ぞ降りける」（拾遺・春・紀貫之）「我が宿の花見がてらにくる人は散りなむ後ぞ恋しかるべき」（古今・春上・凡河内躬恒）「世の中にたえて桜のなかりせば春の心はのどけからまし」（古今・春上・在原業平）といった「自㆑古以来在㆓人口㆒古賢秀歌」を撰ばなかったと奥書《おくがき》で弁明している。逆にいえば、秀歌とはやはり、親しまれて「人口」にのぼることが条件であった。

桜・風

雪

世

春・心

「木の葉散る宿は聞き分く事ぞなき時雨《しぐれ》する夜も時雨せぬ夜も」（後拾遺・冬・源頼実）は、頼実《よりざね》が住吉《すみよし》神社に命に替えて秀歌を詠ませたまえ、と祈請《きせい》し、この一首を得ることによって夭逝したという逸話で名高い歌（無名抄、袋草紙、今鏡）。秀歌には物語を引き寄せる力もある。

時雨

住吉

物語

（吉野朋美）

秀句　しゅうく（しうく）

「すく」とも読む。大きく二つの意味がある。

漢詩→詩・和歌・連歌・俳諧
掛詞・縁語

一つは、漢詩文・和歌・連歌・俳諧で優れた句をいう批評用語。元来中国の詩論で用いられた最上級の評語で、平安時代には日本でも漢詩の世界で定着した。これが和歌に流用されると、単に優れた歌ではなく、掛詞《かけことば》や縁語《えんご》など修辞技巧の優れた歌についての評語へ変質し、連歌・俳諧にも受け継がれた。その結果、技巧に凝る秀句は必ずしも望ましいものではないという見方も生じた。心敬《しんけい》も「秀句をば古人も歌のいのちといへり」としつつ「深入りしてひとへに好むと見え侍るは、うるさくや侍らん」「秀句に必ず凡俗なることおほし」（さゝめごと）と、技巧に傾くことには慎重であった。

もう一つは、掛詞や縁語で仕立てた座興の洒落をいうもので、技巧的な和歌をいう意味から転じた。平安時代末から中世、猿楽芸の当意即妙のやりとりなどにみられる。狂言の『秀句傘《からかさ》』では、その秀句を名人から習おうとする大名が登場し、秀句の流行した世相を反映している。近世初期には咄の落ちとして機能し、笑話を集めた『醒睡笑《せいすいしょう》』では、一つの咄の型として「しうく」が分類されている。しかし、元禄（一六八八―一七〇四）以降は次第に地口《じぐち》や口合《くちあい》などの名称に代わられていった。

（深沢了子）

十二単衣　じゅうにひとえ（じふにひとへ）

公家

公家女性の装束の名称。特定の衣服の名ではなく、装束のつけ方の呼称である。「十二単衣」というのは後世の俗称で平安時代の用例はなく、よく知られる『源平盛衰記《げんぺいじょうすいき》』四三「二位禅尼入海」の「弥生《やよい》の末の事なれば、藤襲の十二単の御衣を召されたり」という例も、本来は「藤襲の十二、単の御衣」すなわち藤襲（表薄紫、裏青）の袿《うちき》を十二枚と単衣《ひとえ》という意味かとされる。単衣の上に袿を十二枚も重ねる着方は、『栄花物語《えいが》』「根合せ」にも「濃き薄き二つづつうらうへの色なる十二、紅《くれなゐ》の打ちたる、萌黄《もえぎ》の織物の表着《うはぎ》、蘇芳《すはう》の唐衣《からぎぬ》などなり」とあり、『増鏡《ますかがみ》』「さしぐし」にも「宮は中濃き紅梅の十二の御衣《ぞ》に、同じ色の御単衣、紅の打ちたる、萌黄の御表着《うはぎ》、葡萄染《えびぞめ》の御小袿《こうちき》、花山吹《はなやまぶき》の御唐衣、唐《から》の薄物の御裳《も》けしきばかりひきかけて」と見える。前者は藤原頼通《よりみち》の子師実《もろざね》を婿に迎える源師房《もろふさ》女麗子《れいし》の晴姿、後者は伏見《ふしみ》帝中宮鏱子《しょうし》（後の永福門院《えいふくもんいん》）の正月の正装の描写。対して『盛衰記』の例は壇の浦で入水した時の建礼門院徳子《けんれいもんいんとくこ》の死出の装束で、こちらは唐衣《からぎぬ》を着けぬ褻《け》の姿。これらの用例から、褻晴を問わず袿を十二枚重ねるというのが、華美で贅沢な装いであったことがうかがえよう。したがって十二という数も定まったものではなく、『栄花』「わかばえ」には中宮大饗における妍子《けんし》の女房の華美な装束の描写が見えて、柳・桜・山吹・紅梅・萌黄の五つの襲の色目の中から、一人につき三種ずつ選び、「一人は一色《ひといろ》を五つ、三色《みいろ》着たるは十五」枚を着たとある。中には六枚・七枚ずつ、計十八枚、二一枚も着た物もあったという。この豪奢ぶりは時の関白頼通や、妍子の父道長《みちなが》を激怒させる。当時、中宮付きの女房の晴着でさえ袿は六枚までと定められていたからである。その後、後朱雀《ごすざく》帝のころにはさらにこの制が厳しくなって五枚までと限られる。この制が固定していった結果が、後世の「五衣《いつつぎぬ》」である。

袿は単衣の上に着、袷が基本だが夏季などは単仕立ても

襲（重ね）
紅
梅
山吹
正月
褻
柳・桜
中宮→三后・女房
夏

袖

用いられた。数枚重ねて着用したところから、そうした着装を特に重袿《かさねうちき》とも称す。袖口や褄・裾からのぞく表と裏の配色や、色の重なりの調和がめでられた。先に引いた『栄花』「根合せ」の「うらうへの色」とは表裏同色の袷仕立ての袿のこと。「濃き薄き」は紫の濃淡の意で、その袿を二枚ずつ重ねて十二枚にした上に、紅の打衣《うちぎぬ》と萌黄襲の表着《うわぎ》をはおり、蘇芳襲の唐衣を着ている。打衣も表着も袿と同形で、前者は砧《きぬた》で打って光沢を出したもの、後者は重袿の上に着用する一枚を称する。通常、表着は下の重袿の色目を見せるためにやや小型に仕立てられ、文様材質とも上等なものを用いた。『増鏡』の例文中の「小袿」も表着と同等の衣服。一般には裳・唐衣を着けぬ褻の装束の場合に着用するが、ここは異例。『盛衰記』の建礼門院の例も小袿姿である。いわゆる十二単衣という語から連想されるのが、優美な小袿姿か豪華な裳唐衣姿かはともかく、その印象の重点が配色の美にあることは疑いないところだろう。

（藤本宗利）

出家　しゅっけ

仏道を修行するために家を出ること、また、仏門に入った人の意で、「在家」に対していう。断髪または剃髪して、僧衣を着る。「すけ」ともいう。

仏教→仏　酒　戒

仏教信者になるためには、仏法僧の三宝《さんぽう》に帰依《きえ》することを誓う三帰戒《さんきかい》と、殺生《せっしょう》・偸盗《ちゅうとう》・邪淫《じゃいん》・妄語《もうご》・飲酒《おんじゅ》を行わないことを誓う五戒を受ける。この二つをあわせて三帰五戒といい、在家のままこの三帰五戒を受けた男性信者優婆塞《うばそく》と、女性信者優婆夷《うばい》を、在家二衆と称する。『源氏物語』の宇治の八宮は、「いまだかたち変へたまは」ぬまま「優婆塞ながら行ふ」俗聖であった（橋姫）。八宮は、宇治の阿闍梨から、「出家の心ざしはもとよりものしたまへるを、はかなきことに思ひとどこほり、今となりては、心苦しき女子どもの御上をえ思ひ棄てぬとなん、嘆きはべりたうぶ」と紹介されているように、後に遺されることになる姫君たち（大君と中君）のことを案じて、出家できずにいたのであった。

宇治　心

出家するためには、三帰五戒に加えて、さらに、離高広《りこうこう》大牀戒《だいしょうかい》（贅沢の禁止）・離華鬘等戒《りけまんとうかい》（身を飾ることの禁止）・離歌舞等戒《りかぶとうかい》（歌舞演劇見聞の禁止）・離金銀宝物戒《りこんごんほうぶつかい》（金銀財宝貯蓄の禁止）・離非時食戒《りひじじきかい》（正午以後の食事の禁止）を誓う十戒を受けて剃髪する。その際には、「流転三界中、恩愛不能断、棄恩入無為、真実報恩者」の偈《げ》を唱えた。この十戒を受けた男性出家者を沙弥《しゃみ》、女性出家者を沙弥尼《しゃみに》という。『源氏物語』で、浮舟《うきふね》は、まず五戒を受け、後に、「御忌むこと」（十戒）を受けて、剃髪して出家し、尼姿になった。浮舟が剃髪する際には、横川《よかわ》の僧都《そうず》がそれを唱えている（手習）。さらに、修行をつんで、沙弥は二百五十戒、沙弥尼は五百戒の具足戒《ぐそくかい》を受けると、沙弥は比丘《びく》、沙弥尼は比丘尼《びくに》となった。これに、式叉摩那《しきしゃまな》（沙弥尼から比丘尼になるまでの通例二年間の見習い期間）を加えて、出家五衆と称する。また、特に、沙弥を僧、沙弥尼を尼ともいった。

尼

出家することの表現には、「出家す」「法師になる」などのほかに、「髪を下ろす（御髪《みぐし》を下ろす）」「頭《かしら》を下ろす」「飾りを下ろす」、「かたちを変ふ」「さまを変ふ」、「世を背く」

「世を離る」「世をのがる」などのさまざまなものがある。「飾り」は髪の毛の意、「世」は俗世間の意である。

世

僧尼統制の最高機関を僧綱《そうごう》といい、僧正《そうじょう》・僧都《そうず》・律師《りっし》の三僧官をそれにあてた。また、僧には、僧としての位階（僧位）があり、時代による変遷はあるが、平安時代には、元和古活字本『和名類聚抄』の「僧位階」によると、法印大《ほういんだい》和尚位《おしょうい》（僧正位）、法眼和尚位《ほうげんかしょうい》（僧都位）、法橋上人位《ほっきょうしょうにんい》（律師位）、伝燈大法師位《でんとうだいほうしい》（準三位）、伝燈法師位、伝燈満位《まんい》、伝燈住位《じゅうい》（準五位）、伝燈入位《にゅうい》（準七位）があった。

出家するにはさまざまな理由があったが、信仰に基づいて出家するのが本来の姿である。出家するためには現世のすべてを捨てなければならないが、西行《さいぎょう》には、すがりつく娘子を蹴倒して出家した話が伝わっている（西行物語）。一の谷で平敦盛《あつもり》を討《う》った熊谷直実《くまがいなおざね》が出家したのも、現世の無常を悟ったからであった（平・一谷）。死を覚悟して出家する場合も多い。寛仁三年（一〇一九）に、病にかかった藤原道長《みちなが》は、病気平癒の祈禱を尽くしたがその効き目もなく、出家した。藤原道長の場合は、ライバルを次々に蹴落として高い地位に昇った人だけに怨霊への恐怖は大きかったから、その罪障を除く意図もあったのかもしれない。しかし、道長は、出家した効あってか、病が治り、政界に復帰して、入道として隠然たる力を示しつづけた。道長ならずとも、極楽往生は誰しもの願いであり、現世への絶望は出家につながる。『源氏物語』に登場する藤壺《ふじつぼ》・紫の上（死後出家）、浮舟なども、出家がみずからを救う唯一の道であった。しかし、それ以外の意味もあった。出家は、俗世間からの退隠であって、世俗な地位や名誉の放棄である。それは、本人にとっては、大きな問題ももつ。花山《かざん》天皇は、愛する弘徽殿女御忯子《しし》が懐妊したまま亡くなったために、その死を悼《いた》んで後世を弔う気持ちから出家したという（栄花・花山たづぬる中納言）が、その背後には、天皇を出家させて帝位から退けることで、外孫にあたる一条《いちじょう》天皇を即座に帝位に即《つ》けようとする藤原兼家《かねいえ》一族のたくらみがあった（大鏡・花山院）。また、道長の力に圧迫され、みずから東宮位を退いて道長の外孫にあたる後朱雀天皇即位の道をひらいた小一条《こいちじょう》院は、出家して道長方に東宮位を譲ることで身を保ったといえる。中には、男に顧みられず、相手を驚かそうとして尼姿になる女の話が「雨夜の品定め」（源氏・帚木）には面白おかしく語られている。

（加持）祈禱　極楽　東宮　男　女

（室城秀之）

荘園　しょうえん（しやうゑん）

貴族や寺社が私的に所有した領地。八世紀の後半に、班田制が崩れることによって生じた。荘園の増加は国家財政を脅かしたため、荘園の停止・抑制を目的とした荘園整理令がしばしば出されたが、さまざまに歴史的な変遷をとげながらも戦国時代末期まで存在して、貴族や寺社の経済的な基盤となった。「庄」と称されることも多い。

荘園は、「預かり」などと呼ばれる管理者によって経営され、貴族や寺社は「地子《じし》」という地代を徴収した。『宇《う》津保《つほ》物語』で、清原俊蔭《きよはらのとしかげ》は荘園を多く所有していたが、俊蔭亡き後、荘園から地子を徴収することができなくなり、俊蔭の娘は貧困を極めた（俊蔭）。荘園が売買されることもあり、在原忠保《ありわらのただやす》は、婿の源仲頼《なかより》のために、「ここらの年ご

婿

近江

ろ地子を待ち使ひつる近江の荘」を売っている（嵯峨の院）。また、藤原兼雅《かねまさ》が相撲の還饗《かえりあるじ》の際の被《かず》け物の準備として国々の荘園に絹や布を収めさせているように（俊蔭）、儀式の際や節季に荘園の物を徴収することもあった。

丹波・越中

米（こめ）

『落窪《おちくぼ》物語』の中納言は、姫君が伝領していた三条の屋敷を、「二年《ふたとせ》出で来る荘《さう》の物を尽くして」造ったが、地券がなかったために道頼に奪われてしまった（二）。道頼による報復の一環である。後に、中納言は、死を前にして、姫君のために、多くの荘園の地券を譲り、北の方には、収穫の少ない丹波《たんば》国の荘園と遠国の越中《えつちゆう》国の荘園を遺《のこ》そうとした。北の方は、「我《わ》が得たらむ丹波《たば》の荘《しやう》は、年《とし》に米《よね》一斗だに出で来べきならず。いま一つは、越中《あちう》にて、たはやすく物もはかるべきにあらず」と言って不満をもらしている。姫君は、贈られた荘園のほとんどを北の方（継母）と、姉妹の三の君と四の君に返した（四）。

播磨

藤原為家《ためいえ》は、播磨《はりま》国の荘園細川庄《ほそかわのしよう》を長男為氏《ためうじ》に譲る旨の譲り状を記していたが、後に側室阿仏尼《あぶつに》との間に為相《ためすけ》が生まれると、為氏から取り返して、為相への譲り状に改めた。建治元年（一二七五）に為家が亡くなると、為氏は細川庄の所有権を主張したために、阿仏尼は、弘安二年（一二七九）十月十六日に、訴訟のために鎌倉に下った。この訴訟は、阿仏尼の生前には解決せずに、亡くなった後に、為相の勝訴というかたちで決した。この時の鎌倉への旅を記したのが、『十六夜《いざよい》日記』である。

宇治

屋敷→邸

荘園の荘民を私的に使うこともあった。『源氏物語』で、薫《かおる》は、宇治の近くに荘園を所有していて、中君が匂宮《におうのみや》の二条院に引き取られる際には、その後の宇治の屋敷の世話を託した（早蕨）。また、八宮の死後、八宮邸の寝殿を阿闍梨の指示にしたがって山寺の堂として改築するように、「御庄の人々」に命じている（宿木）。母女三宮の病気平癒の祈願のために石山に籠っていた薫のもとに浮舟《うきふね》の死を伝えたのも、この「御庄の人」だった（蜻蛉）。

寝殿

病

（室城秀之）

正月　しょうがつ（しやうぐわつ）

春

月

「正」は、はじめの意。一月。睦月《むつき》。孟春。新春の予祝の月であり、農耕を基盤とする我が国の暦では、最も重要な月とみなされる。このため多くの行事が集中している。

節会

白馬

賭弓・内宴・子の日・遊び・若菜

平安時代の宮廷行事としては、朝賀・元日節会（一日）、二宮大饗（二日）、白馬《あおうま》節会（七日）、御斎会《ごさいえ》（八―十四日）、踏歌節会（十六日）、射礼（十七日）、賭弓《のりゆみ》（十八日）、内宴（二十一日ごろ）などが挙げられる。また子《ね》の日の遊びや若菜摘みなども広く行われた。

雪

「新《あら》たしき年の初めの初春の今日降る雪のいやしけ吉事《よごと》」（万・二十・四五一六・大伴家持）は、天平宝字三年（七五九）元旦に、因幡国庁で国司家持が祝宴を開いた、その折の歌。元日の大雪は豊作の瑞兆といわれる。この寿ぎの歌を巻末に据え、『万葉集』は幕を閉じることになる。

言忌

いわゆる言霊信仰では、口にした言葉は実現すると考えられており、とりわけ年頭には、めでたい言葉が好まれ、不吉な言葉は避けられた。これを言忌《こといみ》という。『蜻蛉《かげろう》日記』中巻、作者達は「天地《あめつち》を袋に入れて」「三十日《みそか》三十夜《みそよ》は我がもとに」と、おおげさな言い回しで一年の幸運を祈った（安和二年）。『源氏物語』紅葉賀《もみじのが》巻には、「今日は言忌みして、

鶯　仏　歯固め・餅　賀　上達部・親王　踏歌・水駅

な泣きたまひそ」と若紫をなだめる光源氏の言葉も見える。

『源氏物語』初音《はつね》巻、六条院は、はじめての春を迎えた。「あらたまの年たちかへる朝《あした》より待たるるものは鶯の声」（拾遺・春・素性）の名歌を踏まえた巻頭の行文によって「生ける仏の御国」、瑞気に満ちた六条院のすがたが描き出されていく。春の殿では、歯固めの儀が行われ、鏡餅を前に賀歌が誦された。光源氏と紫の上の末長い契りが祈念されるが、この元日は珍しくも子の日と重なった、殊更にめでたい日なのだった。ちなみに、中世の公家、三条西家では元日にこの巻を読むのを慣例としていた。

この後、源氏は、花散里《はなちるさと》、玉鬘《たまかずら》を訪ね、明石の君のもとに泊まる。翌二日には、臨時客の宴があり、上達部・親王たちがこぞって参上した。この年は男踏歌があり、水駅となった六条院は一行を厚くもてなす。貴公子たちが、催馬《さいば》楽《ら》「竹河」を謡いながら明け方の京を練り歩くさまが、格別に優美であったという。会うことを許されない明石の君母娘や、二条東院で静かに暮らす空蝉《うつせみ》・末摘花《すえつむはな》の姿をも点描しながら、六条院は新春にふさわしいにぎわいを見せるのである。

（大井田晴彦）

相国　しょうこく（しやうこく）

大臣　出家

国を相《たす》ける人の意で、太政大臣の唐名。また、左右大臣・内大臣についてもいうことがある。「職員令《しきいんりよう》」には「太政大臣一人　右は一人に師とし範として、四海に儀形たり。邦を経《をさ》め道を論し、陰陽を燮《やは》らげ理《をさ》む。其の人無くは則闕《か》けよ」とある。天子の師範にして人民の模範であり、国家を治め、人の道を説き、天地の運行を穏やかにする有徳者とされ、適任者がなければ置かれなかった。

保元・平治の乱での軍功によって、平清盛《きよもり》は、左右大臣を経ることなく、内大臣から太政大臣へと昇りつめた。その絶大な権勢は、「入道相国一天四海を掌《たなごころ》のうちに握りたまひ」と語られている（平・一・鱸）。

竹林院入道左大臣（西園寺公衡《さいおんじきんひら》）は、さらなる昇進を望まずに出家した。これに感服した洞院左大臣（藤原実泰《さねやす》）もまた、「相国の望みおはせざりけり」という態度だったという。兼好《けんこう》は、「万の事、先の詰まりたるは、破れに近き道なり」と、二人の賢明さを評価している（徒然・八三）。

（大井田晴彦）

障子　しょうじ（しやうじ）

襖　母屋・庇　光・紙　丑寅　池・年中行事

室内の仕切りに用いる建具の総称。襖《ふすま》障子・衝立《ついたて》障子・明かり障子の区別がある。襖障子は現代の襖と同じく、左右引き違い戸で母屋と庇の間の隔てとして用いられた。衝立障子は脚があって移動が自由なものをいう。明かり障子は現代の障子と同じで、光が通るように紙を張ったもの。

障子にはしばしば絵が描かれた。『枕草子』には「清涼殿の丑寅《うしとら》の隅の、北の隔てなる御障子は、荒海の絵、生きたるものどもの恐ろしげなる、手長、足長などをぞ描きたる」とある。また、清涼殿には、昆明池《こんめいち》（漢の武帝が掘らせた池）や年中行事を描いた衝立屏風もあった（栄花、古今著聞集など）。

松下禅尼《まつしたぜんに》（北条時頼《ほうじようときより》の母）は、明かり障子の破れを一つ一つ補修し、すべてを張り替えようとはしなかったという。倹約を重んじる、執権の母にふさわしいエピソードである（徒然・一八四）。（大井田晴彦）

少将　しょうしょう（せうしやう）

大将・中将

奈良時代の授刀衛《じゅとうえい》・中衛府《ちゅうえふ》・近衛府《このえふ》・外衛府《がいえふ》、および平安時代以降に置かれた左右近衛府で、大将・中将に次ぐ官の名称。平安時代の近衛府の少将の定員は左右各二名だが、十世紀以後次第に増加した。近衛府の官人は、平安時代の初期には、天皇側近の武官として重要な存在だったが、戦争のない平安な時代が続くと、儀仗隊のようなものになり、容姿端麗な者が好まれた。十世紀以降、上級官人の中将・少将には、武人ではなく、摂関家などの貴公子が任命されるようになった。武官は、文官に比べて、衣装が派手で、行幸や諸行事において華やかな役割を果たす。こうした理由によって、物語の男主人公には、少将や中将が多くなる。

行幸　物語　散逸物語・交野

散逸物語『交野《かたの》の少将物語』の主人公交野の少将は、『源氏物語』『枕草子』『落窪《おちくぼ》物語』にその名が見え、美貌で色好みの男であったらしい。『落窪物語』の男主人公は、左大将の息子で、右近少将《うこんのしょうしょう》として登場し、三位中将《さんみのちゅうじょう》から中納言になり、物語の最後では、子息二人を左右の大将に、娘を中宮になして、自身は左大臣から太政大臣になる。理想的な栄達コースである。『源氏物語』では、源氏の義兄（弟とする説も）で頭中将と通常呼ばれている人物の息子の弁《べんの》少将《しょうしょう》や、夕霧の息子の蔵人少将《くろうどのしょうしょう》といった一流の貴公子もいるが、物語の最後には、常陸介《ひたちのすけ》の金目当てに、浮舟《うきふね》から異父妹に結婚相手を変えた左近少将《さこんのしょうしょう》が登場する。彼は、中の君付きの女房に嘲笑されている。少将の価値が、人数の増加に伴い低下していることの反映であろうか。後期物語では、もはや少将は、主人公にはなりえない。

大臣　蔵人　女房

『源氏物語』には、「少将」と呼ばれる女房が、落葉宮《おちばみや》の側近の女房など、五人登場する。また、『紫式部日記』には、親友の「小少将《こしょうしょう》の君」のほか、「少将のおもと」などが登場する。ありふれた女房名であったようだ。（池田節子）

精進　しょうじん（しやうじん）

仏教→仏

仏教において、一心に励み、努力すること。仏道に専念すること。「さうじ」「さうじん」「しゃうじ」とも。大乗仏教で菩薩《ぼさつ》が実践すべき六種の徳目「六波羅蜜《ろくはらみつ》」の第四にあげられ、『三宝絵詞《さんぼうえことば》』上巻には、「菩薩は世々《よよ》に精進波羅蜜を行ふ。其の心に思はく、若《も》し励み勤めずして常に休み怠ることを成さば、生死《しやうじ》の家を離れずして菩提《ぼだい》の道に向ひ難かるべしと念《おも》ひて、諸々の念ひ立ちぬる事に怠り捨《す》つる事なし」とある。

悪・酒　世　都・須磨　喪

「精進」はまた、特に在俗の人が、仏教で悪とされる飲酒・肉食を断ち、言動を慎んで仏道修行に専念しようとすることを表す。『源氏物語』須磨《すま》巻に、「かくうき世に罪をだに失はむと思せば、やがて御精進《さうじ》にて、明け暮れ行ひておはす」とあるのは、都を離れて須磨に赴いた光源氏の日常の様子をいう。さらに、死者の葬送や喪中の期間や、命日（忌日）、また六斎日や、特例の寺・霊場・墓などへの参詣の前に、酒肉を断ち仏道修行に専念しようとすることも「精進」といった。『源氏物語』夕顔《ゆうがお》巻に「御岳精進《みたけさうじ》にやあらん、ただ翁びたる声に額《ぬか》づくぞ聞こゆる」とある「御岳精進」は、吉野の金峰山《きんぶせん》に参拝する際に行う精進のことである。なお、この種の「精進」は、身を浄め、慎むという点で、和語「斎《いも》ひ」と意味が類似していて、「夜昼、精進斎《さうじいも》ひをして、世間の仏神《ほとけかみ》に願《ぐわん》を立てたまへど」（大和・一六八）のように並べて用いられることもあった。

願

粥

精進に際しての食べ物の意から、「御粥の合はせ、魚《いを》の四種《よくさ》、精進《しやうじ》の四種、大きなる沈の折櫃《をりびつ》にさし入れて」（宇津保・蔵開上）のように、「精進」が野菜や海藻類だけでできている料理をさす場合もある。また、近世には、一定期間の精進の後に、平常の生活に戻り、酒肉を飲食することを「精進落とし」「精進上げ」などと言うようになった。

（松岡智之）

消息・消息文　しょうそく・しょうそくぶみ（せうそく・せうそくぶみ）

「消息」とは「付き合いの途絶えた知人の動静・安否」の意味を表す語であり、それを伝えるものの意味で「手紙・書簡」などをも表すようになり、「消息文《ぶん・ぶみ》」と同義に使われるようにもなった。『消息文典《しょうそくぶんてん》』（一八〇五年刊）の著者藤井高尚《ふじいたかなお》は「消息文」について「人々交際のうへより、とひもし、とはれもしつる文にて、千里もへだつる遠き友どちども語りあふ便りとなりけり」とその効果を説いた。その消息を伝える消息文をどのように書くか、それを教える書が藤原明衡《あきひら》の『雲州消息《うんしゅうしょうそく》』（『明衡往来《めいごうおうらい》』とも）である。聖徳太子が遣隋使を派遣するに際し、小野妹子《おののいもこ》に「日出処天子、致書日没処天子、無恙」なる書簡を託したと伝わるが、書簡はこのような形式のものであったのであろう。平安時代になっても公的文書は漢文であったが、日常の私的な書簡は平仮名が主な文字であった。『源氏物語』（帚木）で藤式部丞《とうしきぶのじょう》の通った、消息文にも仮名文字を使わない女性は異例である。なお、平安時代の書簡では、後に歌の付される場合が多い。これに関して藤井高尚は、「俗文のなほなほがきといふものにおなじ」と、意思を尽くせなかった時に、あるいは、書き終えた時から思い起こした時に使ったとした。そして、文がなく、和歌だけであるのは、急ぎ・渋々・遠慮など特別の返事の場合とした。しかし、これでいうと、言葉だけで歌はない書簡は最も望ましいと理解されてしまう。時枝誠記《ときえだもとき》は、和歌の生活に占める位置が現在と当時とでは異なり、当時の和歌は人が自らの情を表す最善の手段であり、また、それは同時に貰う側にとっても相手の情が歌である時が最もよく伝わるとした。それであるがゆえに、男女の間の心のやりとりは和歌であるのが一番伝わりやすく、書簡にもそれが是非必要になったということになる。その意味で、和歌がなく言葉だけであるという書簡は望ましいものではなかったのである。

漢文

仮名・文字

和歌

男・女・心

平安時代の消息文の特徴として、末尾に「侍り」を用いることがあった。『紫式部日記』の終末近く、「五節の弁といふ人侍り。……」「小馬といふ人、髪いと長く侍りし。……」「斎院に、中将の君といふ人侍るなり。……」と「侍り」を用いた文の集まる箇所があるが、しばしば、そこが消息文と呼ばれるのはそのためである。

斎院

鎌倉時代の書簡としては「腰越状《こしごえじょう》」の例がある。『平家物語』（腰越）の記すところでは、「源義経恐ながら申上候意趣者、御代官の其一に撰ばれ、勅宣の御使として、朝敵を傾け、会稽の恥辱をすゝぐ」に始まり、「あやまりなきよしを宥ぜられ、放免にあづからば、積善の余慶家門に及び、栄花をながく子孫に伝へむ。仍年来の愁眉を開き、一期の安寧を得ん。書紙に尽さず、併令省略候畢。義経恐惶謹言」と結ぶものである。漢語を多く使い、漢文脈を採り入れた美文調で、受け手の心に強く訴えようとする。実際は漢文であったかは確かでないが、消息文の一例といえる。平安

漢語

心

「腰越状」には最初と最後に使われるだけであるが、平安の「侍り」の代わりに「候」が使われるようになる。『徒然草』（雪の面白う降りたりし朝）（三一）では、相手の人は、降った雪をどう思うか、その思いも語られないような、風流のわからない人の文は受けられないの返事を貰う。季節の挨拶は今でも手紙の書き出しには欠かせないが、それは変わらぬ人の心であると感ずる。

雪

古く「往来物」として作法書ができた。その後も多くの同趣の本がある。藤井高尚の書も高い評価を得ているものであるが、現在の立場から見れば不満も多い。芳賀矢一・杉谷代水合編『書簡文講話及び文範』（大正五年刊）はよくできた書と考えられる。また、樋口一葉の『通俗書簡文《しょかん》』も種々の文例を集めてあたかも小説を読む興味がある。

（山口明穂）

昇殿　しょうでん

⇩殿上《てんじょう》

抄物　しょうもの（せうもの）

室町時代の五山学僧や博士家・神道家の人々が行った各種文献を注釈し、講義した記録の総称。呉音で「しょうもつ」、末尾の「つ」（入声音）を直音で「しょうもち」とも。一般に『史記抄』『論語抄』『四河入海《しかじっかい》』『中華若木詩抄《ちゅうかじゃくぼくししょう》』など、末尾に「抄」の字のつくものが多い。「抄」は注釈する意味の語であり、通常の語でいえば、注釈書ということになる。たとえば伝藤原定家《ていか》の『手爾葉大概抄《てにはたいがいしょう》』は和歌の手爾葉《てには》についてわかりやすく解説した書の意味である。同じように『百人一首抄』といえば『百人一首』の注釈書である。その点、現代語の「抄」の字の意味とは違っている。たとえば「戸籍抄本」といえば、全体の中から必要事項を抜書きしたものとなるように、「抄」は「抜書」をいう。江戸時代中期の儒学者太宰春台《だざいしゅんだい》の『倭読要領《わどく》』には「抄ハヌキガキナリ。抄書トハ。書ヲ看ル時。有用ノ語ヲ抄スルナリ」とあり、この時代には現代語と同じ使用法が一般化していたといえる。『……抄』という書でも、飯尾宗祇《いいおそうぎ》の著述と伝わる『手爾葉大概抄之抄』は、『手爾葉大概抄』の注釈書であるが、これなどは「抄物」の中に入れない。「抄物」といえば、通常は原文が漢文であるものを対象とした注釈・講義に関する書の呼び名である。この「抄物」が注目されるのは、使われる言葉に口語体のものが多いからで

漢文

雅文　狂言

ある。鎌倉時代に作られた文献は、平安時代の雅文調のものが多く、口語史をもとに歴史を考えるには必ずしも便利なものとはいえない。それに対し、室町時代になると、狂言やキリシタン文献など、口語を主体としたものが多くなり、日本語の史的変化を考えるのに便利な資料が多くなる。「抄物」もそれらの文献と並び、室町時代の言語資料として注目されるようになったのである。さらに「抄物」には、『巨海代抄《きよかいだいしよう》』をはじめ関東を中心に作られたものもあり、それを見ることで、通常は京都を中心とした資料が多い中でそれ以外の土地の言葉を知ることができることになる。その面での成果も期待できる。

男

　抄物の種類は、漢籍・仏書・国書などがある。これらの書物は男性の手になるものが多く、また、それを読む人たちの生活範囲も限られ、また、そこで使われる言葉がどうしても原文からの影響下で行われるものであるので、いわゆる人々の日常生活の言葉を反映していない点は気をつけるべきである。（山口明穂）

序詞　じょことば

和歌　枕詞

　和歌の表現技法の一つ。ある詞句にかかって、具体的なイメージを与える点では枕詞と同じであるが、序詞はその語句の音数が一定でなく、七音以上の長さになる。実際には、五・七の二句、あるいは五・七・五の三句になることが普通。また、かかり方も枕詞のように固定的習慣的ではなく、作者の自由な独創による語句となっている。

　この序詞の多くは、自然の景物に関する叙述であり、それが心情を表す語句にかかっている。すなわち、序詞とそれのかかっている本旨部分とが、自然と心情との対応しあうしくみになっている。また、序詞の本旨へのかかり方から分類すると、枕詞の場合と同じく、①語義（比喩《ひゆ》など）によるもの、②語音によるもののうちの掛詞《かけことば》式、③語音によるもののうちの同音繰り返し式、の三種に分類される。

掛詞　陸奥　心

　①「陸奥《みちのく》のしのぶもぢずり誰ゆゑに乱れそめにし我ならなくに」（古今・恋四・源融）では、「陸奥のしのぶもぢずり」が序詞で、後続の「乱れ」に比喩でかかっている。「しのぶもぢずり」は、乱れ模様の衣料。この歌は、陸奥のしのぶもじずりの乱れ模様のように、私の心は乱れているが、誰のせいで乱れはじめたのか、私のせいではなく、あなたのせいだ、の意。

波・竜田・妹　女

　②「わたの底《そこ》沖つ白波竜田山《たつたやま》いつか越えなむ妹《いも》があたり見む」（万・一・八三）では、「わたの底沖つ白波立つ」「竜田山……」が掛詞式で、文脈が二重になる。しかし意味の上ではつながっていない。この歌は、海の沖に白波が立つということもあるが、竜田山を早く越えて行こう、あの女《ひと》に逢おうと思う、ぐらいの意。

住の江→住吉　夢

　③「住《すみ》の江《え》の岸による波よるさへや夢の通ひ路人目よくらむ」（古今・恋二・藤原敏行）では、「寄る」「夜」の同音の繰り返しになっている。これも意味ではつながらない。これは、住の江の岸に寄る波、その夜の夢の通い路までも、あの人は人目を避けようとするのだろうか、の意。（鈴木日出男）

白川・白河　しらかわ（しらかは）

山城・歌枕・比叡山・川　桜　春・かたみ（形見）　御幸（みゆき）・和歌・水　色・涙　白河関

山城《やましろ》国の歌枕。比叡山と如意《にょい》ヶ嶽の間に発し、北白川を西南に流れ粟田口《あわたぐち》を経て鴨川に注いでいた川。その流域の鴨川東岸一帯（京都市左京区・東山区）をもさす。景勝地で平安時代は交通の要衝でもあり、貴族の別荘が多く設けられた。「白河の大臣」と称せられた藤原良房《よしふさ》が造営した白河殿は、道長《みちなが》・頼通《よりみち》と伝領、師実《もろざね》の代で白河院に献上され、法勝寺《ほっしょうじ》が建立された（栄花・布引の滝）。白河院は同寺を中心に六勝寺および御所を建て、院政の中枢とした。また藤原公任《きんとう》の山荘には、敦道《あつみち》親王が和泉《いずみ》式部と同行するなど、多くの貴顕が訪れた（公任集）。桜の名所で、「なにごとを春のかたみに思はまし今日しらかはの花みざりせば」（後拾遺・春上・伊賀少将）など、花見の歌が盛んに作られた。特に保安五年（一一二四）の白河院・鳥羽院・待賢《たいけん》門院による観桜の御幸は盛儀として名高い（今鏡・すべらぎの中）。

和歌では水の清澄さが詠まれ、「白河のしらずともいはじそこきよみ流れて世世にすまむと思へば」（古今・恋三・平貞文）では同音で「知らず」を起こす。また「白」から他の色との対照も詠まれ、「血の涙おちてぞたぎつ白河は君が世までの名にこそ有りけれ」（古今・哀傷・素性）は良房葬送の際の哀傷歌である。陸奥国の「白河関」を連想して詠むこともあった。

（安村史子）

白河関　しらかわのせき（しらかはのせき）

陸奥・歌枕　関・勿来・念珠・和歌　都　説話　秋・紅葉　卯の花・雪

陸奥《みちのく》国の歌枕。今の福島県白河市旗宿《はたじゅく》付近にあったという。古代に陸奥国への関門として置かれた関所で、勿来《なこその》関《せき》・念珠関《ねずがせき》とともに奥州三関の一つとして知られた。和歌では、この関を越えれば辺境の地、陸奥であるという意識のもとに詠まれ、「たよりあらばいかで宮こへつげやらむけふ白河の関はこえぬと」（拾遺・別・平兼盛）や「みやこをばかすみとともにたちしかど秋風ぞふくしらかはのせき」（後拾遺・羇旅・能因）などがその代表例。

能因《のういん》の歌は都からのはるかな道のりを季節の推移で表現したもので、実際に陸奥下向の際に詠まれた。しかし、『袋草紙《ふくろぞうし》』や『古今著聞集《ここんちょもんじゅう》』などに、実際には陸奥に行かず、家に籠ってひそかに顔を黒く焼き、旅をしていた体を装ってこの歌を披露したと伝え、こうした数寄人《すきびと》の説話も伴って広まっていった。『袋草紙』には、藤原国行《くにゆき》が白河関を越える時、能因の歌に敬意を表し、衣服を改め身だしなみを整えたという話もみえる。

江戸時代の俳人松尾芭蕉《まつおばしょう》にとって、白河関は、まだ見ぬ憧れの土地陸奥への入り口であった。「心許《こころもと》なき日かず重るまゝに、白川の関にかゝりて旅心定りぬ。いかで都へと便求しも断《ことわり》也。……秋風を耳に残し、紅葉を俤《おもかげ》にして、青葉の梢猶《こずえなお》あはれ也。卯《う》の花の白妙《しろたえ》に、茨《いばら》の花の咲そひて、雪にもこゆる心地ぞする。古人冠《かんむり》を正し衣装を改し事など、清輔《きよすけ》の筆にもとゞめ置れしとぞ」という『奥の細道』「白河関」の段は、前に引いた平兼盛《かねもり》や能因の古歌、藤原国行の逸話を踏まえるほか、青葉、卯の花、雪などと詠みあわせた白河関の古歌が下敷きになっている。芭蕉にとって歌枕白河関は、現実に見る初夏の景色よりも、秋風や雪など古歌のイメージが強い場所であった。これらの古歌を介し、その伝統を味わうことで、憧れの陸奥へたどり着いたのだという感動を得ることができたのである。　（深沢了子）

夏

新羅　しらぎ

古代、朝鮮半島にあった王朝。シンラ・シラと読むのが字に即しているが、日本ではキ（城）を語尾につけて、シラギと呼びならわしている。四世紀ころ、半島東南部の辰《しん》韓《かん》と呼ばれる地方の諸国家の代表として自立、都を慶州《きょんじゅ》（慶尚南道）に置いた。当初は高句麗《こうくり》や倭《わ》の圧迫を受けて苦しんだが、六世紀に入ると勢力を拡大し、漢江《はんがん》流域から、現在の咸鏡南道北部までを確保。七世紀になると各国と活発に外交し、律令制を施行して国力を伸ばした。六六〇年に唐とともに百済《くだら》を滅亡させ、六六八年に同じく高句麗を滅ぼし、ついで六七〇年には、旧百済領内から唐の勢力を駆逐して、半島を統一した。

律令
唐（から）・百済

日本（倭）との関係は、特に半島南部の任那《みまな》の帰属をめぐって複雑であり、倭はそこを領有した新羅に対して「任那の調」を要求した。新羅は背後にある倭との関係を重視せざるをえず、百済滅亡後、倭と百済の遺臣が復興を計画して、白村江《はくすきのえ》の戦い（六六三年）が行われる前後を除いて、頻繁に倭に使いを送っている。特に半島統一後、唐との関係が悪化した時期は、日本も遣唐使を送ることができず、文物の輸入が必要だったため、使節の交換は盛んに行われた。『懐風藻《かいふうそう》』には、奈良時代初め、左大臣長屋《ながや》王邸で行われた新羅使節接待の宴で作られた十首の漢詩（ただし日本側の作品のみ）が残されている。しかし八世紀に入り、唐との関係が修復され、逆に日本が神功《じんぐう》皇后の三韓征伐伝承を盾に高圧的に接するようになると、関係は冷却化した。天平八年（七三六）には、新羅が国号を王城《おうじょう》国と勝手に改めたとして詰問する使節が日本より送られたが、「使旨を受けず」に放却されるという結果に終わる。しかも、この使節団は、難破や疫病といった苦難を経ていた。『万葉集』巻十五前半は、この悲劇の使節団の、歌による日記である。その後、国家間の正式な外交は途絶える。しかし、商人によって、金属工芸品・顔料・香・薬などが新羅から輸入され、日本の貴族は、争ってそうした新羅製品を求めていたのである。九世紀になると、半島では反乱が頻発するようになって新羅は衰え、九二七年、新しく興った高麗《こうらい》に帰服して、滅亡した。　（鉄野昌弘）

漢詩→詩
日記
香
高麗

白根　しらね

本来は雪に覆われた白い山をさす一般名詞であろうが、ほとんど「越《こし》の白根」か「甲斐《かい》の白根」として用いられる。「越の白根」は「白山《しらやま》」に同じ。「年深くふりつむ雪を見る時ぞこしのしらねにすむ心ちする」（後撰・冬・読人知らず）が初出。

「甲斐の白根」は甲斐《かい》国の歌枕。山梨・静岡県にまたがる南アルプスの、北岳《きただけ》（標高三一九三メートル）を主峰と

雪・山
甲斐
歌枕

駿河

する白根三山。「甲斐嶺《かいがね》」は『古今集』東歌に見えるが、「甲斐の白根」の早い例は、「ここにだにかばかりこほるとしなればかかひのしらねをおもひこそやれ」(好忠集)である。「いづかたとかひのしらねはしらねどもゆきふるごとに思ひこそやれ」(後拾遺・冬・紀伊式部)のように同音で「知らね」を導き、雪深いイメージなど、詠み方は「白山」に共通する。能因《のういん》は東国下向の途次「はるかにかひのしらねのみゆるを見て」「かひがねに雪のふれるか白雲かはるけきほどは分きぞかねつる」と詠んだ(能因集)。『海道記《かいどうき》』でも貞応二年(一二二三)鎌倉下向の際、駿河の手越《てごし》を過ぎて「北に遠ざかりて雪白き山あり。問へば、甲斐の白峰《しらね》といふ」と眺めている。

(安村史子)

白山　しらやま

越前・歌枕・山

越前国《えちぜん》の歌枕。石川・福井・岐阜県にまたがる白山《はくさん》。最高峰の御前峰《ごぜん》(標高二七〇二メートル)と大汝峰《おおなんじ》・別山《べっさん》は白山三所権現《ごんげん》として古くから白山信仰の中心となった。『万葉集』東歌(十四・三五〇九・作者未詳)の「之良夜麻《しらやま》」は所在未詳だが、『古今集』以降は当山をさした。『梁塵秘抄《りょうじんひしょう》』では「勝れて高き山」に比叡山や唐の五台山と並称してい

比叡山

和歌

る(二・四句神歌)。和歌では、同音で「知らね」を導く「君がゆくこしのしら山しらねども雪のまにまにあとはたづねむ」(古今・離別・藤原兼輔)のような例もあるが、「きえはつる時しなければこしぢなる白山の名は雪にぞありける」(古今・羇旅・凡河内躬恒)のように、何といっても四季を通じて雪の消えない山であった。「しら山に雪ふりぬればあとたえて今はこしぢに人もかよはず」(後撰・冬・読人知らず)と雪深く孤絶したイメージが詠まれる。『源氏物語』でも、須磨《すま》からの帰還後も源氏の来訪がない孤独な末摘花《すえつむはな》邸を「越の白山思ひやらるる雪の中《うち》に」と描く(蓬生)。紫式部は父の任国越前で過ごした経験があり、見慣れてもいた(紫式部集)。『枕草子』では庭に作った雪山の消える時期を定子の御前で争い、最も長く見積もった清少納言が「白山の観音、これ消えさせ給ふな」と祈っている(職の御曹司におはします頃、西の廂にて)。

雪

須磨

越前

観音

(安村史子)

白　しろ

色・雪・黒

色名。雪のような色をさし、「黒」に対する色。「著《しる》し」と同起源の語と考えられている。衣服や紙などについていう場合は、他の色に染めていない素地のままであることをさす。また空や日光などについていえば、明るく輝かしい、あざやかではっきりと見えることを意味する。『枕草子』初段冒頭の「やうやうしろくなりゆく山ぎは」は、その例である。

紙

日

中国では五色《ごしき》の一つとされて尊ばれ、方位としては西に、季節として秋、五行では金にあてられる。わが国でも古くより神秘的な色と考えられ、神聖・高貴・清浄・無垢などのイメージで受けとられてきた。孝徳《こうとく》天皇の御代に白い雉《きじ》が献上されて元号を「白雉《はくち》」と改めたとあり、聖武《しょうむ》天皇の御代に白亀を得たことで「神亀《じんき》」と改元されたとあるなど、おそらくは突然変異によるであろう純白の動物の出現が、瑞祥と考えられたことの証しであろう。しかしこのような

秋

雉

亀

神秘的な動物は、一方で神の化身として畏れられるべき存在でもあった。たとえば『古事記』の倭建命《やまとたけるのみこと》の物語には、

鹿・猪

山神が白鹿や白猪に姿を変えて襲来し、またその結果死に至った建《たける》の魂は白鳥になって天翔《あまがけ》ったと見えるのは、白という色に対する古代人の畏怖と神聖視をうかがわせる典型的な例だといえよう。こうした信仰は時とともにしだいに忘れられ、形を変えて伝えられるのが常である。各地の温泉の起源として白鷺が傷を癒した話が伝えられ、また白蛇

蛇

は蓄財の守神と崇められ、害する者には祟ると怖れられている。雪夜に扉を叩く鶴女房は白い着物でイメージされ、

鶴

虎・蛙

白い虎・白い鳥・白い蛙などの出現はいまだにニュースとなるなど、古き崇敬の記憶が現代にまで繋がっている例といえよう。

女房

その意味で最も注目すべきは、出産時に白を身にまとうという平安時代の習俗である。これは産婦のみにとどまらず、産室の調度や奉仕する女房の装いまで白一色とする習いであった。いわば意図的に白い世界の中の白い動物に化身して、新たな生命の出現に備えるわけで、白という色に

命

こめられた古代的な信仰の残像といえよう。『源氏物語』葵《あおい》巻の夕霧《ゆうぎり》誕生や『紫式部日記』の敦成《あつひら》親王（後一条《ごいちじょう》天皇）誕生の場面など、いずれも清浄無垢の白い産褥《さんじょく》で、おそらくは死の危険性と隣合わせながら、生命誕生という一大事を迎えようとする若い女人の姿が、あえかな中に崇高さを

女

漂わせて描かれている。

（藤本宗利）

陣　じん（ぢん）

六衛府の武官たちが隊列をなすこと。また、武官たちの詰め所をいう。左近衛陣は日華門の北、宜陽殿《ぎようでん》の西廂（のち紫宸殿《ししんでん》東北廊南面）、右近衛陣は月華門の北、校書殿《きょうしょでん》の東廂にあった。この左右近衛府の陣（陣の座・杖座《じょうざ》）に公卿が集まり、国政について評議することを陣の定め（杖議《じょうぎ》・杖儀）といった。

大極殿《だいごくでん》で天皇の出御を待って行われていた、いわゆる朝政は平安時代になると中絶する。政務の簡素化が進み、清《せい》和《わ》朝ごろから陣の定めが始められ、平安時代中期・後期には最も一般的な審議形態となった。議題は、儀礼、人事、地方行政、軍事・警察など国政全般にわたった。評議では下位の者から発言させるのが通例だが、これは上席者の意見に左右されないための方式とみられる。議決機関ではないため、さまざまな意見を並記した定文を上卿《しょうけい》（主催者、主に大臣）が蔵人を通じて上奏し、天皇の判断を仰いだ。

大臣・蔵人

（大井田晴彦）

神官　しんかん（しんくわん）　⇨禰宜《ねぎ》

真言　しんごん

本来はインドの聖典『リグ・ヴェーダ』の本集を形成する神聖な呪句を意味する。それは神に対する呼びかけ祈願

神

僧→出家　心　変化　仏教→仏

の句（マントラ）であるが、その句自体に神聖な力が宿っていると考えられており、それが密教に取り入れられ中国に伝わった際に「真言」と訳された。それゆえ、『源氏物語』（手習）で倒れている浮舟《うきふね》を発見した僧達が、その正体が不明なために「心にさるべき真言を読み印を作りてこころみ」たように、悪霊や妖怪変化のものと対峙した時に唱える呪文（特に陀羅尼《だらに》）を真言と称する用例が多い。また、僧侶の人物紹介をする際に、「真言を受く」「真言を（よく）習ふ」などの表現で密教の呪・陀羅尼を修得していることをいう例も少なくない。なお、真言を冠する「真言宗」は、弘法大師空海《こうぼうたいしくうかい》を開祖とする日本仏教の一宗派で、日本八宗の一つ。大日如来《だいにちにょらい》を礼拝の対象とし、この大日如来の言葉を真言とする。

（吉田幹生）

神泉苑　しんせんえん（しんせんゑん）

京　釣殿　池

平安京内に造営された禁苑。大内裏の南、左京の二条・三条・大宮・壬生《みぶ》各大路に囲まれて八町を占めた。苑内には、正殿の乾臨閣《けんりんかく》を中心に、左右に楼閣、東西には釣殿《つりどの》が配され、広大な池には中島が築かれた。

行幸　節会・鹿　紅葉・琴

延暦十九年（八〇〇）の桓武《かんむ》天皇の行幸以降、平城《へいぜい》・嵯《さ》峨《が》・淳和《じゅんな》・仁明《にんみょう》の各天皇が遊園を楽しんだ。花の宴、相撲、重陽の宴などの節会や、魚釣り、鹿狩りなども頻繁に行われた。最盛期の嵯峨の行幸は四三回にものぼり、頻繁に詩宴が催されたが、その折の作は『凌雲集《りょううんしゅう》』『文華秀麗集《ぶんかしゅうれいしゅう》』『経国集《けいこくしゅう》』に多く収められている。作り物語であるが『宇《う》津保《つほ》物語』吹上《ふきあげ》下巻では、神泉苑の紅葉賀《もみじのが》で二人の琴の名手、藤原仲忠《なかただ》と源涼《すずし》の競演が華やかに描かれており、最盛期の雰囲気を彷彿させる。

雨　水　病

天皇の行幸が途絶えた九世紀半ばからは、祈雨あるいは止雨といった水に関する宗教的霊場としての性格が強まる。旱魃をとどめるため空海が七日間請雨経法を行い、雨を降らせたという説話（今昔・十四・四一）は事実ではないものの、こうした苑の性格をよく伝えている。疫病の流行した貞観五年（八六三）には、初めて御霊会《ごりょうえ》が神泉苑で盛大に催され、早良《さわら》親王以下六人の鎮魂が行われた。

中世以後、その荒廃ははなはだしく、さらには徳川家康《とくがわいえやす》による二条城造営により多くが削られ、かつての名残はほとんどない。

（大井田晴彦）

寝殿　しんでん

邸（やしき）　池・釣殿　車　遣水

平安時代の貴族邸宅である「寝殿造」は、書院造とともに日本の伝統的な二大建築様式として知られる。敷地は一町を占め、周囲を築地《ついじ》と呼ばれる土塀で囲い、東西ないしは北側に門を設ける。この敷地の中心に南を正面として寝殿が配置され、その東西に対の屋を設け、その間は、「透《すき》渡殿《わたどの》」（南側）と「壁渡殿《かべわたどの》」（北側）とで連結された。東西の対から南に、池に面した釣殿《つりどの》まで中門廊を、その中間に中門、周辺には車宿《くるまやどり》や侍所《さむらいどころ》を設けた。敷地の南側は広大な庭園で、寝殿の東側を通した遣水《やりみず》が池にそそぎ、池には中島を造り、そこに反橋《そりばし》を渡した。『源氏物語』における六条院は、通常の四倍の四町を占める広大な敷地に四季の自然美を賞翫《がん》する庭造りで、虚構ではあるが寝殿造の一つ

母屋　廂　簀子

の到達点を示したともいえる。

寝殿の基本的な構造は、主人の居所となる「母屋《もや》」を中心に、周囲に幅一間の「廂《ひさし》」を設け、その外側に濡《ぬ》れ縁《えん》である「簀子《すのこ》」をつけ、高欄を設置する。寝殿の正面に相当する南側の中央には、簀子から南庭に下りるための五級の階、上部には「階隠《はしかくし》」と呼ばれる屋根がつけられる。寝殿の規模は、「七間の寝殿広くおほきに造りて」（源・紅梅）「五間ノ寝殿」（今昔・二七・三二）のように中心となる「母屋」の東西の柱間をもって表した。

寝殿は邸宅の中心であるから、その様子は邸宅全体、ひいては所有者の品格を象徴するものでもある。「三間の茅《かや》屋《や》」（宇津保・藤原の君）は吝嗇《りんしょく》を、「様悪ク壊タル寝殿」（今昔・三十・五）は経済的にかなり困窮していることを示す。西行《さいぎょう》は、かつて仕えた後徳大寺《ごとくだいじ》家を訪ねて、寝殿の棟に張られた縄が鳶《とび》よけと聞き、主の左大臣実定《さねただ》の狭量を見限っている（徒然・十、古今著聞集・四九四）。一方、貧しくとも寝殿のしつらいだけは堅持している末摘花《すえつむはな》は、宮家の誇りをぎりぎりのところで守り続けていることになる（源・蓬生）。寝殿の豪奢なさまが語られる時は、その家が裕福であることを示すが、大蔵史生《おおくらのししょう》という最下層の官僚でありながら貴族並みの「五間四面ノ寝殿」を構えて、娘達を愛育したという宗岡高助《むねおかのたかすけ》の場合は、その破格の財力をものがたっている（今昔・三一・五）。

寝殿は邸宅の正殿であり、主人の居所となるが、複数の人物が住む時には、母屋内を分割して使用した。『源氏物語』朝顔《あさがお》巻では、桃園宮の寝殿の東西を女五宮《おんなごのみや》と朝顔の姫君がそれぞれ居所とし、宿木《やどりぎ》巻では女二宮《おんなにのみや》降嫁に伴い、三条邸の寝殿を女三宮《おんなさんのみや》と分割して住むことが計画されている。紅《こう》梅《ばい》大納言の邸宅は、「南面に、大納言殿、大君、西に中君、東に宮の御方と住ませたてまつりたまへり」（源・紅梅）と語られているように、特別に広く造った寝殿を仕切って家族が集まって住まうようにしている。なお、后の里邸となる場合にも、寝殿がその居所にあてられた。

賭弓

寝殿は主人の居所であるから、客に対する応接の場ともなり、その邸で行われる儀式の場ともなる。様々な文学作品において、算賀・女楽《おんながく》・経供養・賭弓《のりゆみ》の還饗《かえりあるじ》・婚儀・大臣大饗・各種物合などの場として使われているのである。

（河添房江）

心内語　しんないご

心　会話

登場人物が、外に表すことなく、心の内で考えていることを説明する語。もし、それを外に表せば会話語である。通常の会話が人から人への伝達であるのに対し、心内語は登場人物が自らに心の内で語り、自ら心の内で聞く言葉である。その意味で、これを「心話」と呼ぶこともある。

「命婦《みょうぶ》は、かの贈り物御覧ぜさす。『なき人のすみか、たづね出でたりけむ、しるしの　釵《かむざし》ならましかば』とおもほすも、いと、かひなし」（源・桐壺）

使者命婦が桐壺《きりつぼ》更衣の母親から渡されたものを受け取った時の桐壺帝の心の内を述べた部分である。「なき人の」以下、『　』で囲まれた部分が、それに当たる。心内語はこのように引用符によって示されることもあるが、校訂によっては、それを付けない方法も採られる。

人の思想は言葉によって形あるものとなる。心内語は心の中で自らに語りかけることで思想が形成されるといえるが、心の中で思い、自らに理解できたと思った内容が実際に音声なり、文字なりにして外部に発話した時、全く違ったものと意識することがある。物語の登場人物の心内語が、実際の発言では違うものになるかの疑問もあるが、それは物語であるから、作者の判断で、そうならないと考えるのが普通である。また、心内語がどのような言葉、つまり、会話と全く同じ言葉であるのかどうかも疑問があるが、人は自己の考えを形成する時、ごく限られた場合を除き、自分にとって最も使い慣れた言葉を用いる。それは概して口語である。つまり、通常の会話語と同様なのが心内語となる。登場人物がどうして、このようなことを考えたか、物語理解の大事な点である。（山口明穂）

言葉（詞）　文字　物語

新年　しんねん　⇩正月《しょうがつ》

親類　しんるい　⇩縁者《えんじゃ》

随筆　ずいひつ

見聞・体験・感想・考証・研究などを、形式的な制約にとらわれず、自らの思いのままに記した散文体の著述。随筆を書名として使用した最初は、一条兼良《いちじょうかねよし》の『東斎随筆《とうさいずいひつ》』であるが、これは諸書から説話を引用・分類しただけのものである。随筆の文学様式としての自覚は、伴蒿蹊《ばんこうけい》が『国《くにつ》文世々《ふみよよ》の跡《あと》』（安永三年（一七七四））において清少納言の『枕草子』を「随筆」と呼び、石原正明《いしわらまさあきら》が『年々随筆《ねんねんずいひつ》』の中で「随筆は、見聞くこと、言ひ思ふこと、あだごともまめごとも寄り来るに随ひて書きつくるものにしあれば」と述べているように、近世期には顕在化していたようであり、それがやがて、近代以降の日本文学史研究におけるジャンル分けの作業において、西洋におけるエッセー（essay）に相当するものとしてより明確に意識化されていった。

日本文学史において最初の随筆文学は、「あやしきことも、にくき事も、ただおもふことを書かむ」（取りどころなきもの）と思って書いたという平安時代の『枕草子』であり、中世になると鴨長明《かものちょうめい》の『方丈記』や、冒頭文において「心にうつりゆくよしなし事を、そこはかとなく」書いたと述べる兼好の『徒然草』などをその代表作品として挙げることができよう。そして、近世期になると随筆の範疇に入る作品は著しく多様化した。中国の儒者文人が書いた多種多様な随筆風著作の影響もあり、宗教的教義あるいは学問や思想などを随筆風に述べたものや、様々なジャンルのものについて事細かに研究・考察した考証随筆、先人の書物や見聞などをテーマ別に集成したものなど、伝統的な文学的随筆とは著しく性質を異にする様々な著述が、随筆として書かれるようになっていったのである。（杉田昌彦）

説話　心

末の松山　すえのまつやま（すゑのまつやま）

陸奥《みちのく》国の歌枕。宮城県多賀城《たがじょう》市八幡《やわた》の末松山宝国寺《まつしょうざんほうこくじ》裏山

陸奥・歌枕・山

が有力視されるが、比定地は岩手県二戸《にのへ》郡一戸《いちのへ》町の浪打峠《なみうち》など諸説あり未詳。決して波が越えない地とされ、「風俗《くにぶり》歌《うた》」にも残る「君をおきてあだし心をわがもたばすゑの松山浪もこえなむ」（古今・東歌）から、波が越えることが男女の心変わりの比喩となった。誓いや恨みなど多くの恋歌に詠まれ、『後撰集』時代には「末の松」「松山」と略されてもいる。「ちぎりきなかたみにそでをしぼりつつすゑのまつ山なみこさじとは」（後拾遺・恋四・清原元輔）は『百人一首』にも入り有名。『枕草子』「山は」の段にも「末の松山」と見える。一方で波を雪や雲に見立てた叙景歌「浦ちかくふりくる雪は白浪の末の松山こすかとぞみる」（古今・冬・藤原興風）「霞たつすゑの松山ほのぼのと波にはなるる横雲の空」（新古今・春上・藤原家隆）もあり、『建保《けんぽう》名所百首』では春の歌題となった。また、少数ながら「松」から賀歌にも詠まれている。

平安時代では源重之《しげゆき》や能因《のういん》が実際に訪れて歌を詠んでおり、文明十九年（一四八七）道興《どうこう》が「武隈《たけくま》の松」の次に（廻国雑記）、観応（一三五〇―五二）ごろに宗久《そうきゅう》が多賀国府の次に訪れた（都のつと）。松尾芭蕉《まつおばしょう》は「野田の玉川」と「沖の石」の次に宝国寺を訪れ、無常観を吐露している（奥の細道）。

（安村史子）

波　恨み　かたみ（形見）・そで（袖）　雪・雲　霞　春・松・賀　武隈

末の世　すえのよ（すゑのよ）

①後の世、②晩年、③末法の時代、という、大きく三つの意味がある。①「後の世」の意としては、たとえば『枕草子』「頭の中将の」の段では、藤原斉信《ただのぶ》らとの機知的な応酬の結果「草の庵」と名づけられた清少納言は、「いとわろき名の、末の世まであらんこそ、くちをしかなれ」と、後代までの恥と不満を示した。また、『源氏物語』帚木《ははきぎ》巻の冒頭では、「かかるすき事どもを末の世にも聞きつたへて」と、光源氏の好色について口さがなく語ることを、語り手が弁明する。②「晩年」の意としては、『源氏物語』松風《まつかぜ》巻、明石の入道は思いがけず、光源氏の子を産んだ娘の上京にあたって、「末の世に思ひかけぬこと出で来てなん」と自身の晩年の幸運を語りつつ都に居を求める、といった例がある。

また、③「末法の時代」とは、仏教において「正法（五百年間）」「像法（一千年間）」「末法（一万年間）」の三時に分けたときの「末法」の期間のことで、「末世《まっせ》」ともいう。仏の入滅後二千一年を経ると、仏法が衰退した濁世が来るとされた、その終末的期間。日本では永承七年（一〇五二）がその初年に当たるとされ、『扶桑略記《ふそうりゃっき》』に「今年始入末法。（今年始めて末法に入る）」（永承七年正月二六日）と記される。平安時代から中世にかけての、災害や戦乱の世において、末法への意識ははかりしれず、浄土教の流布の契機となった。すでに十世紀後半の書、『三宝絵詞《さんぼうえことば》』に「身の罪弥《いよいよ》重き末の世に、もし髪を剃り、衣を染めたる凡夫の僧いまさざらましかば、誰かは仏法を伝へまし、衆生の頼みとはならまし」（下・序）と、末法の世にこそ僧侶が必要と説く。また、『源氏物語』若紫《わかむらさき》巻で北山の僧都《そうず》は、「あはれ、何の契りにて、かかる御さまながら、いとむつかしき日本の末の世に生まれたまへらむ……」と、この世に類い稀れな人物である光源氏と出会った感慨を口にする。古き時代の価

世　恥　都　仏　僧→出家　北山

値の継承を願うがゆえに「末の世」を意識することもあり、「すゑのよもこのなさけのみかはらずとみしゆめなくはよそにきかまし」（新古今・雑下・西行）と、末法の世にも歌の道を重んじるべく歌われた。

（高木和子）

周防　すおう（すはう）

安芸・長門　石見　鬼界島　出家　世　平家・源氏　壇ノ浦　鳴門　海人

旧国名。現在の山口県の東部。防州とも。国府は現在の防府市東佐波令（『和名抄《わみようしよう》』には佐波郡にあったとある）にあった。山陽道で、安芸《あき》の西・長門《ながと》の東にあり、北に石見、南に瀬戸内海がある。『万葉集』では「周防《すは》にある磐国山を越えむ日は手向よくせよ荒しその道」（四・五六七・山口若麻呂）の歌がある。磐国山《いわくにやま》は山陽道の要地で坂道の険しい難路であった。その上、大伴旅人《おおとものたびと》が脚に瘡ができ痛みに苦しんでいた時であり、そういう状況下で作られている。『平家物語』康頼《やすより》祝言では鬼界島に流罪される平康頼がこの国の室積《むろつみ》（現在の光市にある）で出家した後鬼界島《きかいがしま》に赴くが、その時に「遂にかく背き果てける世間《よのなか》をとく捨てざりしことぞ悔しき」の歌を詠んでいる。『平家物語』では、二手にわかれて平家を西に追い詰めた源氏が、大将軍、源範頼《のりより》・義経《よしつね》兄弟が一つに合し、壇の浦を源平最後の合戦地とする。『太平記』では、長門の探題の北条時直《ほうじようときなお》が六波羅救援の部隊を海路進めてきたが、周防の鳴渡《なると》（山口県柳井《やない》市と屋代島《やしろじま》の間の、大畠瀬戸《おおばたけせと》。『万葉集』（十五・三六三八・田辺秋庭）にも「これやこの名に負ふ鳴門の渦潮に玉藻刈るとふ海人娘子《あまをとめ》ども」と歌われている）ですでに味方すべき北条一族が亡ぼされたことを聞き、降参する話が載るが、海路・陸路どちらにしても、どうしても通らねばならない土地であったのである。なお、『日本古典文学大系・万葉集二』では、古く「須波宇」の表記例があることから、「すはう」と発音されていた可能性を示している。

（山口明穂）

菅田の池　すがたのいけ

大和・歌枕　池　初瀬　石上　乙女　蘆　縁語・影　鏡

大和《やまと》国の歌枕。奈良県天理市二階堂、旧称菅田村にあった池。一説に同県大和郡山市八条町の菅田神社付近とも。平安時代中期、相模《さがみ》が初瀬参詣の往路に、「ゆく人のすがたのいけのかげみればあさきぞそこのしるしなりける」（相模集）と詠み、家集の配列から石上神宮《いそのかみじんぐう》付近と知れる。『堀河《ほりかわ》百首』で「乙女子《をとめご》がすがたの池の蓮葉《はちすば》は心よげにもはなさきにけり」（夏・源師頼）「おく霜におひたる蘆の枯れふしてすがたの池にあらはれにけり」（冬・源師時）と詠まれ、院政期以降頻繁に取り上げられるようになった。勅撰集では、『久安《きゆうあん》百首』出詠の「こひをのみすがたの池にみ草ゐてすまでやみなん名こそをしけれ」（千載・恋・待賢門院安芸）が唯一の入集例である。『和歌初学抄』に「オモカゲニタツトモ」とあるように、「姿」の意を掛け、その縁語で「影」「鏡」「映る」と詠むことが多い。

（安村史子）

好き　すき

和歌

「好き」は、恋愛や和歌・管弦の嗜みに心を傾けるという意味に用いられ、その精神自体は賞賛されることもあったが、行動の面において逸脱が目立つことから、どちらかといえば批判的に使われることが多い。

恋愛の「好き」の用例では、『伊勢《いせ》物語』が早く、「色好み」である「好き者」が二つの段（五八、六二）に登場する。「色好み」とは意味が近いが、より精神的なあり方を含むようである。それとは別の段では、心を寄せ合っていた女との仲を裂かれた男が息絶えたのち、やっと息を吹き返したという話もあり、そこでは、「昔の若人はさるすけるもの思ひをなむしける」（四十）と、その際立った一途さが肯定的に述べられている。『宇津保《うつほ》物語』では、あて宮への恋に身を焦がす仲頼やあて宮の求婚者などをさし、恋に夢中になるあまりに社会から逸脱しかねない人物をさす。また『源氏物語』でも、左馬頭《さまのかみ》や惟光《これみつ》などが「好き者」と呼ばれ、「すきたまへる」匂宮《におうのみや》の行動に人々は苦しめられる。光源氏も自らの若いころを回顧して、「いにしへの好き」（薄雲）と反省する。紫式部は、「好色な」『源氏物語』の作者として、藤原道長《みちなが》から「すきもの」とからかわれた。『紫式部日記』に、「すきものと名にし立てれば見る人の折らで過ぐるはあらじとぞ思ふ」（道長）「人にまだ折られぬものを誰かこのすきものぞとは口ならしけむ」（紫式部）という歌の贈答がある。好色に関わる説話は、『古今著聞集《ここんちょもんじゅう》』巻八に「好色」として集められる。『枕草子』では、風流な人、ないしは風流ぶっている人、という意味で用いられる。

風流の意味は、やがて和歌や管弦の道への一途さ、その求道者としての側面に向けられる。「すきたまへ。すきぬれば秀歌は詠む」（袋草子・紙）という能因《のういん》のことばはよく知られている。『無名抄《むみょうしょう》』や『徒然草』（一八八）には、和歌に詠まれる「ますほの薄」のことを知っている聖がいることを聞いた登蓮《とうれん》という法師が、雨の中、人々の制止を振り切って聖のもとへ出かけてゆくという話を載せ、「いみじかりけるすき者」とする。『発心集《ほっしんしゅう》』をはじめ、中世には、「すき」は仏道につながるものという考え方が現れ、仏教の立場から文学を貶める狂言綺語観《きょうげんきごかん》とは異なる方向が生まれた。さらに世阿弥《ぜあみ》は、「心に好きありて、此の道に一行三昧になるべき心」（花鏡）を説き、能という芸道でも好きの重要性が強調された。こうした考えは、やがて「好きの道には薦かぶる」「好きこそものの上手なれ」などの成句につながって、現代にいたる。

室町時代あたりから、「すき」は、「数寄《すき》」として、茶の湯をさす例が現れてくる。数寄屋造《すきやづくり》は、茶室建築を取り入れつつ公家文化の美意識を反映したものである。明治時代になると、茶を好む実業家が数寄者《すきしゃ》と呼ばれ、古典籍や美術品の収集という形で、古典の継承に深い関わりをもった。

（高田祐彦）

色　心・女　男　説話　秀歌　聖　雨　仏道→仏　能　公家

杉　すぎ

スギ科の常緑高木。日本の特産種で、植生は全国にわたる。『日本書紀』の神話に「（素戔鳴尊《すさのおのみこと》）乃ち鬚髯《ひげ》を抜き散《あか》ちたまへば、杉に成る。……『杉と櫲樟《くす》と、此の両樹《ふたつのき》は、以ちて浮宝《うくたから》にすべし。』」（神代上）と、その植生および用途の起源が説かれるごとく、古来、主要な船材として用いられた。また、建築・工芸用材、樹林などに幅広く利用され、

船

日本における最も有用な樹木の一つである。

寺社林としても多く見られ、信仰の対象とされる御神木となっている例も各地にある。よく知られたものに奈良県桜井市大神《おおみわ》神社の「巳《み》の神杉《かみすぎ》」があるが、この神社の神体山である三輪山《みわやま》に自生する杉は「味酒《うまさけ》を三輪の祝《はふり》が斎《いは》ふ杉手触れし罪か君に逢ひがたき」（万・七一二・丹波大女娘子）などの万葉歌に詠まれるように、古くから神聖なものとみなされていた。また、「石上布留《いそのかみふる》の山なる杉群《すぎむら》の思ひ過ぐべき君にあらなくに」（万・四二二・丹生王）など、石上《いそのかみ》神社一帯の杉も「神杉《かむすぎ》」と呼ばれた。この歌の上句は、スギの類音で「思ひ過ぐ」すなわち思い慕うことがなくなる意の語を導く序詞となっているが、こうした発想は、「過ぎてゆく月をもなにかうらむべき待つわが身こそあはれなりけれ」（後拾遺・恋二・読人知らず）など、スギが「杉」と「通過する・経過する」意の「過ぎ」に掛けられ、これに「松」と「待つ」の掛詞が対応するといった後代の恋歌の表現にその展開を見る。

『拾遺集』の「三輪の山しるしの杉は有りながら教へし人はなくて幾世ぞ」（雑上・清原元輔）は、『古今集』に載るいわゆる三輪明神の歌「わが庵《いお》は三輪の山もと恋しくは訪《とぶら》ひきませ杉たてる門《かど》」（雑下・読人知らず）をふまえたものだが、そうした「しるしの杉」を消息を尋ねるしるべの意で用いた例は、『源氏物語』『落窪《おちくぼ》物語』などにも見える。他方、「稲荷山《いなりやま》多くの年ぞ越えにける祈るしるしの杉を頼みて」（蜻蛉・上）「すは、稲荷より賜はる験《しるし》の杉よ」（更級・長谷寺参籠）と記される「しるしの杉」は伏見稲荷神社《ふしみいなりじんじゃ》の杉を指し、同社の杉の枝が神の加護を得たことの証として信仰されたことを伝える。

なお、杉の幹から武士の射た鏃《やじり》が出てくるという「矢立《やたて》の杉」など、杉にまつわる伝承は日本各地に数多い。

（石田千尋）

三輪・酒　石上　序詞　月　松　掛詞　門　稲荷　武士

誦経　ずきょう（ずきやう）

仏教で、抑揚をつけて経典を音読すること。「じゅきゃう」ともいう。源信《げんしん》『往生要集《おうじょうようしゅう》』には、極楽浄土を描写する中に「或は空中に住して、誦経し説法する者あり（或有住空中誦経説法者）」（大文第二・第二）とある。道元《どうげん》『正法眼蔵《しょうぼうげんぞう》』「看経」には、経典への対し方に「念経・看経・誦経・書経・受経・持経」があるという。念経は経典の音読、看経は黙読ないしは低い声で経を読むこと、書経は写経、受経は師について経を教えられること、持経はいつも経を大切に持っていてその主旨を忘れないことである。

文学作品では、安産祈願や死者供養などのために僧侶に依頼して経典を読ませること、あるいはその謝礼としての布施である「誦経物」を意味する例が多い。『宇津保《うつほ》物語』蔵開上巻に「さて、この人のために、なほ誦経などせさせたまへ。その誦経の文には、なほ思ひの罪逃《のが》らかしたまへと、右大弁季英《すゑふさ》の朝臣《あそん》に仰せごと賜ひて、願文書きてせさせたまへ」とあるのは、亡き仲澄《なかずみ》が成仏していないらしいと知った兄祐澄《すけずみ》が、父正頼《まさより》に供養のための誦経を勧める発言である。『平家物語』に「仏寺は、東大寺・興福寺以下十六か所に御誦経あり」（三・御産）とあるのは、高倉《たかくら》天皇中宮の建礼門院徳子《けんれいもんいんとくこ》の安産を祈願する誦経である。こうし

仏教→仏　極楽　僧→出家　朝臣・願　中宮→三后

た誦経の布施には、「公よりこの御堂に、絹三百疋《ひき》、布千段《たん》、誦経におこなはせたまひけり」（栄花・鶴の林）とあるような布の類や、装束などが多く用いられた。

鐘

僧侶による誦経が行われることを知らせるために鳴らされる鐘を「誦経の鐘」といい、『枕草子』には「誦経の鐘の音など「わがななり」と聞くも、たのもしうおぼゆ」（正月に寺に籠りたるは）とある。

（松岡智之）

宿世　すくせ

仏教→仏・世

宿命。宿縁。「しゅくせ」とも。平安時代には前世からの因縁の意として用いられた。人生の様々な出来事を、前世における所業の結果と理解する仏教的な思考で、この世の出来事が人為の及びがたい力に支配されているという考えである。善因善果、悪因悪果という因果応報の発想は、『日本霊異記』に一貫して認められ、前世の因縁から数奇に生まれ変わる人々が描かれる（上・十、十八、二十、中・十五、三十、三二、四一など）が、その因果を「宿世」の語で捉えるにはいたっていない。

悪

しかし『伊勢《いせ》物語』六五段では、「かかる君につかうまつらで、宿世つたなくかなしきこと」と、二条后は、すぐれた帝の寵愛を軽んじてまで昔男に心惹かれてしまう、理不尽ともいえる自分の思いを「宿世」と理解し、やむにやまれぬ運命として嘆いている。また、『蜻蛉日記《かげろう》』では、夫藤原兼家《かねいえ》との関係に苦慮して鳴滝《なるたき》に籠った作者は、「かかるすまひをさへせんとかまへたりける身の宿世ばかりをながむるに」（中・天禄二年六月）と、自ら進んで山住まいを望むにいたった夫との関係を宿命として受けとめ、さらに息子道綱《みちつな》への思いから嘆きを深める。そもそも「世」とは、自己と自己の周辺の人間関係とを含む関係の場を意味するから、「宿世」とは、とりわけ人間関係にまつわって、人智によっては計り知れない運命を、諦念をこめて把握する語となっていくのである。「宿世」の用例は、『伊勢物語』一、『落窪《おちくぼ》物語』七、『宇津保《うつほ》物語』十二、『蜻蛉日記』五などと限定的な数にとどまるのに対し、『源氏物語』では百例を越して突出しており、物語の主題の一つとして意識されるまでになる。

物語

光源氏と密通して子を宿した藤壺《ふじつぼ》は、「あさましき御宿世のほど心憂し」（若紫）と自己のやむない宿命として受け入れるほかない。また、明石《あかし》の姫君誕生の知らせを受けた光源氏は、「わが御宿世もこの御事につけてぞかたほなりけり」（澪標）と須磨・明石での不遇の時期を、姫君をもうけるための宿命として捉えなおす。さらに、晩年の光源氏は、藤壺との不義の子冷泉《れいぜい》帝の世継ぎのないままの譲位を、「罪は隠れて、末の世まではえ伝ふまじかりける御宿世、口惜しくさうざうしく思せど」（若菜下）と痛恨ながらも宿命と感じている。このように、『源氏物語』の骨格を成す光源氏の栄華の人生は、その展開が数奇なものであればあるほど、作中人物の意識の上では「宿世」の語によって理解されることになる。さらに、『源氏物語』では、女の身の上を「宿世」と意識して慨嘆する意識が強く、「女の宿世はいと浮かびたるなむあはれにはべる」（帚木）「女はいと宿世定めがたくおはしますものなれば」（若菜上）などと語られる。これは、しばしば女君たちの「憂き身」の自覚

須磨・明石

末の世

女

とも重なり合い、たとえば、光源氏との関係に悩んで魂の遊離を自覚する六条御息所《ろくじょうのみやすどころ》は、「宿世のうきこと」（葵）と捉えている。

なお、「宿世」の類義的表現には「さるべき」「契り」があり、横川《よかわ》の僧都《そうず》は浮舟《うきふね》との出会いを「さるべき昔の契りありけるにこそ」（手習）と語っている。

（高木和子）

双六　すごろく

室内遊戯の一つ。二人の競技者が盤をはさんで対座し、黒白十五ずつの駒を動かして相手の陣に進め勝敗を競う。三つの采《さい》を竹または木製の筒《どう》に入れて二人が交互に振り出し、采の目によって駒を進める。インドに起源をもつとされ、中国大陸を経由して、奈良時代以前にわが国に伝わったという。古くは「すぐろく」と称され、『枕草子』に「つれづれなぐさむもの。碁。双六。」（つれづれなぐさむもの）とあるように、遊戯の代表格。また「きよげなるをのこ」の段に見えるように、競技者の熱中を誘うものでもあったようで、古来賭博としても行われた。『大鏡《おおかがみ》』道隆《みちたか》伝では、藤原道長《みちなが》と甥の伊周《これちか》が熱中のあまり着物を脱いで双六の「博奕《ばくよう》」に興ずるさまが描かれている。

江戸時代後期になると盤の代わりに紙面上で駒を動かし、数人で遊ぶ形式の「絵双六」に取って代わられるようになる。紙面には多くの区画を分かって「振り出し」と「あがり」を定め、数人が順に采を振って駒を早く「あがり」に到着させた者を勝とする。主に子供の正月の遊戯で、新年の季語となっている「双六」は、絵双六のこと。

（藤本宗利）

遊戯→遊び　碁　紙　正月　季語

朱雀　すざく

「しゅじゃく」「すざか」とも。四神の一で南方の守護神。「四神相応の地なりとて、桓武天皇延暦十三年、長岡の京をこの平安城に移されて」（保元・上・将軍塚鳴動）とあるように、平安京は最良の地相を備えており、南の湿地は朱雀にふさわしいものと意識されていた。

平安京の中央を南北に貫くのが朱雀大路で、朱雀門から羅城門《らじょうもん》にいたる。この大路の東が左京、西が右京である。大路の両側には左右京職、東西の鴻臚館《こうろかん》が置かれた。また柳が植えられ、「大路に　沿ひて上れる　青柳が花や」（催馬楽・大路）「玉光る　下光る　新京朱雀の　しだり柳」（催馬楽・浅緑）と歌われた。

朱雀門は宮城十二門の一つで、大内裏の正門にあたる。弘仁九年（八一八）以前は、門を警護した氏族にちなみ大《おお》伴《とも》門《もん》とも呼ばれていた。例年六月・十二月の大祓《おおはらえ》、および臨時の祓はここで行われた。『大鏡』には、「朱雀門の前に、左右の足を西東の大宮にさしやりて、北向きにて内裏を抱きて立てり」という吉夢を見た藤原師輔《もろすけ》が、女房の心ない夢解きのため摂関になれなかった話を載せる。朱雀門の重要性を物語るものといえよう。

朱雀大路の西、三条の南にあった朱雀院は、嵯峨《さが》天皇から朱雀天皇までの譲位後の御所として用いられた。

（大井田晴彦）

神　京　羅城門　鴻臚館　柳・花　光　門　内裏　夢・心・女房　院

鈴鹿　すずか

伊勢　近江　山　関　川　斎宮　世　縁語・掛詞

鈴鹿は伊勢《いせ》国の地名で、現在の三重県亀山市、鈴鹿市の一帯にあたる。鈴鹿山、鈴鹿の関、鈴鹿川で知られる。「鈴鹿山」は、滋賀県南東部と三重県北部の県境に連なる山々である。標高三五七メートルの鈴鹿峠は、近江盆地から伊勢平野に出る東西交通の要衝にあたり、早く大宝元年（七〇一）南麓の関町に「鈴鹿関」が置かれたが、延暦八年（七八九）に廃止された。鈴鹿山の東から発して亀山市、鈴鹿市を流れ伊勢湾に注ぐ川が「鈴鹿川」である。鈴鹿山は、都人にとって伊勢国の目印としてまっさきに目に入る存在であった。『拾遺集』に「世にふればまたも越えけり鈴鹿山昔の今になるにやあるらむ」（雑上・斎宮女御）という歌がある。作者の斎宮女御《さいぐうのにょうご》は、娘時代に斎宮として伊勢国で暮らし、帰京後に村上《むらかみ》天皇の女御となった女性である。後半生において愛娘が斎宮に任ぜられたために、今度は斎宮の母として、ほぼ四十年ぶりに伊勢国に下向することになった。その時の感慨を詠んだ歌である。一首の意は、世に生き長らえていれば鈴鹿山をまたも越えることだ、昔が今に立ち戻ったのだろうかというもの。「ふれば」は「経れば」と鈴の縁語「振れば」の掛詞、「なる」も「成る」と鈴の縁語「鳴る」の掛詞である。このように鈴鹿山、鈴鹿川は「鈴」という名の連想から「（鈴を）振る」「（鈴が）鳴る」という語とともに詠まれることが多い。『源氏物語』賢木《さかき》巻で六条御息所《ろくじょうのみやすどころ》が斎宮となった娘につきそって伊勢に下向するのは、斎宮女御を準拠とすると考えられている。六条御息所も「ふりすててけふはいくとも鈴鹿川八十瀬の波に袖は濡れじや」と鈴鹿川の歌を詠んでいる。「鈴鹿山うき世をよそにふり捨てていかになりゆくわが身なるらん」（新古今・雑中・西行法師）も伊勢国に旅立つときの感慨を詠んだ歌で、やはり鈴の縁語である「振る」「鳴る」を連ねて一首を構成している。

波・袖

（鈴木宏子）

鱸　すずき

出雲　神　海　船・熊野

近海魚。背は銀青、腹は銀白色で、成魚は一メートルほど。

『古事記』上巻には、出雲《いずも》の大国主命《おおくにぬしのみこと》が国譲りの際、天《あま》つ神《かみ》に魚料理献上とともに述べた言葉の中に「口大《くちおほ》の尾翼《をはた》鱸」とある。口の大きな、尾や鰭の立派なスズキということだが、見ばえのする大きな、また美味な魚と見られていたことが知られる。『出雲国風土記』には嶋根郡《しまねのこおり》ほかにその名が見られるが、出雲の特産であったために献上された、と考える必要はないであろう。柿本人麻呂《かきのもとのひとまろ》の「羇旅の歌八首」には「荒栲《あらたへ》の藤江《ふぢえ》の浦に鱸釣る泉郎《あま》とか見らむ旅行くわれを」（万・三・二五二・柿本人麻呂）とある。大宮人にとり、代表的な海の魚だったと考えられる。

『平家物語』巻一には、平清盛《きよもり》が船で熊野に向かった際、大きなスズキが舟の中に躍り入ったのだが、中国の故事を聞いてそれを喜び、自ら調理して食し、家の子郎党にも食べさせたという話がある。その故事とは『史記』周本紀に載る、武王の船に瑞兆である白魚が躍り入り、後に殷を討ったという話である。

（新谷正雄）

鈴虫　すずむし

松虫
秋
縁語

平安時代ごろまでは現在の「松虫」をさすとされる。バッタ目コオロギ科の昆虫で、「チンチロリン」と鳴く。秋の季語。鳴き声が好まれ「鈴虫におとらぬねこそなかれけれ昔の秋を思ひやりつつ」（後撰・雑四・藤原実頼）は「音」が縁語。実頼《さねより》の子・頼忠も愛好したらしく、その没後息子の公任《きんとう》が「としへぬる秋にもあかずすずむしのふりゆくままにこゑのまされば」（後拾遺・秋上）と父を偲んだ。『公任集』には鈴虫を詠んだ連作が見える。『枕草子』「虫は」段でも冒頭に挙げられている。後冷泉《これいぜい》朝の六条斎院禖子《ばいし》内親王周辺で頻繁に詠まれ、『永久《えいきゅう》百首』では秋の歌題になった。公任歌のように「鈴」の縁語で「振る」「鳴る」と詠むことが多い。「とやかへりわがてならししはしたかのくるときこゆるすずむしのこゑ」（後拾遺・秋上・大江公資《きんより》）では鷹狩の鷹の尾につける鈴が題材になっている。

鷹
前栽

前栽《せんざい》に放って賞美することが多く、『源氏物語』鈴虫巻《すずむし》でも、源氏が出家後の女三宮《おんなさんのみや》の前庭に鈴虫を放つ。松虫と比べて「鈴虫は心やすく、いまめいたるこそらうたけれ」と語り、鈴虫の声に女三宮の声を擬した、宮への未練の情のにじむ歌を返した。　（安村史子）

雀　すずめ

人家近くに見られる身近な鳥であるため、昔から多くの物語に登場し親しまれてきた。

米

記紀神話では、天若日子《あめのわかひこ》の喪葬儀礼で雀が臼《うす》で米をつく女の役を務めている。雀がよく米をついばむことからの連想であろう。また、『古事記』には、人が多く集まる様を「庭雀《にはすずめ》　群集《うずすま》り居《ゐ》て」（記・雄略・歌謡）と表現した歌謡が見え、雀が人家の庭でよく群れをなしていたことがわかる。また、『日本書紀』敏達《びだつ》天皇条には、小柄な蘇我馬子《そがのうまこ》が大刀《たち》を帯びた様子を「猟箭《ししや》中へる雀鳥《すずみ》の如し（大きな矢で射られた雀のようだ）」と嘲笑される場面があり、雀は取るに足りない貧弱な小鳥と見なされている。これは、『和名抄《わみょうしょう》』が、雀を大人物の心がわからない小人物のたとえとする『漢書』の「鷰雀安鴻鵠之志哉」《えんじゃくいづくんぞこうこくのこころざしをしらんや》を引用していることにも通じる。

心

『源氏物語』若紫巻《わかむらさき》には、幼い若紫が祖母に向かって「雀《すずめ》の子を犬君《いぬき》が逃がしつる、伏籠《ふせご》の中《うち》に籠《こ》めたりつるものを」と訴える場面がある。せっかくつかまえた雀の雛を遊び友達が逃がしてしまったというのである。このように、雀の雛が愛玩用に飼育されていたことは、『枕草子』「こころときめきするもの」段に「こころときめきするもの　雀《すずめ》の子飼《がひ》」とあることからもわかる。清少納言は「うつくしきもの」段にも「雀《すずめ》の子《こ》の、ねず鳴《な》きするにをどり來《く》る」と書いている。後には、竹に好んで住《す》むと考えられ、和歌でも「雪埋《うづ》む園《その》の呉竹《くれたけ》折れ伏して　ねぐら求むる群雀《むらすずめ》かな」（山家集・五三五）のように竹に雀が取り合わされるようになる。

犬
竹

江戸時代には、「雀の子」が春の季語として俳句に詠まれた。小林一茶《こばやしいっさ》の「雀の子そこのけそこのけ御馬が通る」（おらが春）は、ちょこまかと可愛い小雀への愛情が感じられ

春・季語・俳句・馬

る。

（高桑枝実子）

硯　すずり

水　海　紙

「墨磨《すみす》り」の略とされる。石や瓦などで製し、水を入れて墨を磨りおろすのに用いる道具。片側にはくぼんだ部分を設け、水や磨った墨液を貯える。くぼみの部分を「海」（「硯池《けんち》」「墨池《ぼくち》」とも）と呼ぶのに対して、墨を磨る平坦な部分を「陸《おか》」と呼ぶ。四角い形のものが一般的であるが、円形のものや、種々の形のものもある。

　硯は通常、筆や墨などとともに箱に収められる。これを「硯箱」または「硯の箱」と称し、多くは木製で漆塗り。『枕草子』の一本に「硯の箱は　重ねの蒔絵に、雲鳥《くもとり》の文《もん》。」とあるように蒔絵などを施した美麗なものもあった。古い時代の硯箱はかなり大型で、「重ねの」とあるように、二段重ねや懸子《かけご》型になっているものが多く、硯や筆墨のほかに、紙なども収めるようになっていた。また硯箱の蓋は果物や菓子など、様々な物を載せる器としても用いた。「御硯の蓋に紙などして賜はせたる」（枕・五月の御精進のほど）は紙を載せた例。この場合の「硯」は「硯箱」の略である。

（藤本宗利）

簾　すだれ

竹・葦　鈍色　秋・風　車・輿・邸　寝殿・簀子　廂・母屋

　竹や葦などを細く裂き、それを横に並べて間隔を開けて編み連ねた屏《へい》障具。材質、製法、形状は各種見られる。『枕草子』によれば、新調したての蒼い簾は「ありがたきもの」、「伊予簾《いよすだれ》のすぢ太き」は「いやしげなるもの」である。喪中の際には鈍色の簾が用いられた。

　「すだれ」の語は「君待つとわが戀をればわが屋戸のすだれ動かし秋の風吹く」（万・相聞・額田王）と早くから見え、牛車や輿などの出入り口にも使用した。貴人の邸宅において用いられるものは、「御簾《みす》」と呼ばれる。また「玉すだれ」は美称。御簾は開放的な寝殿造において、簀子と廂《ひさし》の間の柱間、廂と母屋の間の柱間、妻戸口にかける。四方を絹で縁取りし、上部には帽額《もこう》という絹を横に渡す。「簾のはし、帽額さへ心々にかはりて……」（紫式部日記）と五節の御座所《ござしょ》の御簾は豪華な室礼となり、宮廷貴族の関心を引いている。

法皇　地獄　僧→出家　風・心　女　雪

　帝や法皇など皇族が臣下などと謁見する際は、御簾の外側を下位者の座として直接、対面しないのが慣例であった。『古今著聞集《ここんちょもんじゅう》』五六段の地獄の閻魔大王もこれに倣って老僧の尊恵と対面しているのは興味深い。同二七段において白河《しらかわ》院が萬秋楽《まんじゅうらく》に感動のあまり御簾を巻き上げてしまったのは異例であった。御簾は、男女の対座においても隔てに用いられ、恋心をかきたてる重要な道具立てとなった。御簾の外の男は、微かな透き影、追い風、気配に心ふるわせ、裾からこぼれ出る出衣《いだしぎぬ》に女の容姿、趣味教養を思い浮かべるのである。時として、その両者を隔てる障壁としての御簾はあまりにも脆く、はかない存在である。『蜻蛉《かげろう》日記』下巻で、簾に手をかけて養女との対面か進入かの二者択一を迫る藤原遠度《とおのり》の姿は象徴的である。簾をめぐる逸話としては、『枕草子』「雪のいと高う降りたるを」段にみえる、『白氏文集』の一節「香炉峯雪撥簾看」を踏まえた応酬が名高い。中宮定子《ていし》の「少納言よ、香爐峯の雪いかならん」という問いに、清少納言が「御簾を高くあげ」て庭の雪を見せ、雪の寒さにぐずぐずと御簾を上げない女房たちをさりげなく諭した逸話である。定子後宮サロンの教養の高さに裏打ちされた優雅さを物語る段として特筆される。（河添房江）

女房

昴　すばる

牡牛座《おうしざ》の散開星団《さんかいせいだん》（西洋名プレアデス）である。午前零時南中は十一月頃。星の記述の少ない古代文学の中で、『枕草子』に「星は　すばる」とあるように、人々に親しまれた星であった。

語原は一つにまとまる意の「統《す》ばる」から来ている。星がまとまっている姿が名となったもの。中国、西洋ではその数が七つとされているが、日本では「江戸にてはむつら（六連）星といふ」（物類称呼）とあるように、六つの星と見られていた。

『和名抄《わみようしよう》』には「昴星……（和名須八流）」とある。昴は中国二八宿による名。西方（白虎）七宿の一つ。高松塚《たかまつづか》古墳石槨《せつかく》内部天井に描かれている星辰図にも見られる。昴はその隣の同じく二八宿の一つ畢《あめふり》とともに、『丹後《たんご》国風土記』（前田家本『釈日本紀』）の「浦嶼子《うらしまのこ》」に人として現れる。すなわち、訪れた亀比売《かめひめ》の家の、嶼子《しまこ》を出迎えた七堅子《ななたりのわろわ》が昴星だというのである。

なお古事記序文「歳大梁《ほしたいりよう》に次《やど》り、云々」の歳は木星、大梁は昴の漢名である。酉の年の意で、天武二年をさしている。（新谷正雄）

星　江戸　丹後

須磨　すま

兵庫県西南海岸沿いの一帯。現在の神戸市須磨区。地名の由来は、摂津《せっつ》国の西の隅の意とする説、地形による「洲《す》浜《はま》」説、諏訪神社の「諏訪《すわ》」説など諸説ある。松の美しい景勝地。西国への交通の要所で、『延喜式《えんぎしき》』の諸国駅伝馬には須磨に十三疋が常置されたとある。『枕草子』にも「関は　逢坂。須磨の関」（関は）とあるものの、関所の所在は不明で、平安時代前期に廃されたようである。古くは製塩地として知られ、「須磨の海人《あま》の塩焼衣《しほやきぎぬ》の馴れなばか一日《ひとひ》も君を忘れて思はむ」（万・六・九四七）「すまのあまのしほやく煙風をいたみおもはぬ方にたなびきにけり」（古今・恋四・読人知らず）などと歌に詠まれた。

また、貴人の流浪の地としての印象も強い。『古今集』雑下部の、「田むらの御時に事にあたりてつのくにのすまといふ所にこもり侍りけるに」との詞書から、在原行平《ありわらのゆきひら》が都を下って須磨に謹慎したことが知られ、「わくらばにとふ人あらばすまの浦にもしほたれつつわぶとこたへよ」との歌が載る。『伊勢《いせ》物語』の在原業平《ありわらのなりひら》の流浪の物語が連想されると同時に、光源氏の須磨退去の物語への影響がうかがえる。光源氏は須磨から都の人々と親交を交わし、絵日記を書いた。八月十五夜、光源氏が須磨の地から月を見て宮中の宴を思い起こす場面は、紫式部が石山寺《いしやまでら》で月を見て『源氏物語』を起筆したと伝承されるところである。こうした諸々の印象から、和歌では「海人」「藻塩」「浦波」「浦風」「浦人」「千鳥」「関」「月」などとともに詠まれた。な

摂津　松　関　逢坂　塩　海人　都　物語　月　石山　和歌・海人・藻塩・波・風・千鳥・関

お、行平の伝承や光源氏の物語は後代の文芸に受容され、謡曲「松風」では須磨に流離した貴人と海人との交流が描かれ、光源氏が須磨の浦で三月上巳の祓を行った故事にちなんで、「須磨の御禊《みそぎ》」は晩春の季語となった。

謡曲
御禊・季語

また、寿永三年（一一八四）一の谷の合戦の地となり、『平家物語』に平敦盛《あつもり》の最期が描かれる。須磨寺（福祥寺）に伝わる「青葉笛《あおばのふえ》」は敦盛の笛とされ、須磨浦には敦盛塚もあって、松尾芭蕉《まつおばしょう》もこの地で往時を偲んだ。（高木和子）

隅田川　すみだがわ（すみだがは）

川

東京都東部を流れる荒川の分流。行政的には荒川から分かれる北区岩淵《いわぶち》から下流をさすが、一般には墨田区鐘ケ淵《かねがふち》から下流をいう。古くは武蔵《むさし》国と下総《しもうさ》国の境を流れる川であった。

武蔵・下総
歌枕
都
涙
東（あずま）

歌枕としての隅田川のイメージは、『伊勢《いせ》物語』や『古今集』の在原業平《ありわらのなりひら》のエピソードにより形成される。都から東国へ下る業平は、「猶《なほ》行き行きて、武蔵の国と下総《しもつふさ》の国との中に、いと大きなる河あり、それをすみだ河といふ。その河のほとりにむれゐて思ひやれば、限りなくとほくも来にけるかなとわびあへる」（伊勢・九）と、隅田川の岸辺で遥《はる》かな旅程を振り返る。そして都鳥《みやこどり》という名の鳥が水上に遊ぶのを見て「名にし負はばいざ事問はむ宮こ鳥わが思ふ人はありやなしやと」の歌を詠み、都を思って涙に沈むのである。この業平東下《あずまくだ》りの話から、隅田川は都鳥と結び付けられ、また都から遠く離れた地を流れる歌枕として詠まれるようになった。

謡曲

室町時代、観世元雅《かんぜもとまさ》によって作られた謡曲《ようきょく》「隅田川」は、この『伊勢物語』を背景に、人買いにかどわかされた我が子を尋ねる母親を描いている。母親は物狂いとなって都から隅田川にたどり着く。しかしちょうど一年前、我が子梅《うめ》若丸《わかまる》はこの川岸で病死していた。子を思う母の切々たる心情を描いたこの悲劇は、その後の近世文芸に大きな影響を与え、梅若伝説をもとにした数多くの演劇や小説が生まれることになった。

陸奥
春

江戸の俳人松尾芭蕉が庵を結んだのも、隅田川のほとり、三股《みつまた》と呼ばれるところであった。陸奥《みちのく》への長大な『奥の細道』の旅も、この隅田川を遡るところからスタートする。かつて業平が隅田川で「限りなくとほくも来にけるかな」と嘆き、都を恋うて涙したのと対照的に、芭蕉はこの川を住み慣れた懐かしい土地として、「行春《ゆくはる》や鳥啼《なき》魚の目は泪《なみだ》」（奥の細道）の一句を残し、陸奥へと旅立っていった。（深沢了子）

住の江　すみのえ　⇩住吉《すみよし》

住吉　すみよし

摂津・歌枕

摂津《せっつ》国の歌枕。現在の大阪市住吉区、住吉大社を中心とする一帯。古く、この辺りは海岸であった。『万葉集』では「住吉」のほか、「墨吉」「墨江」「清江」「須美乃延」などとも表記、いずれも「すみのえ」と訓《よ》んだ。しかし平安時代以降、「住吉」を「すみよし」と訓むようになり、「すみのえ』「すみよし」両方の名が使われることとなった。「すみのえ」は入江の名、「すみよし」は神社あるいは郡・里の名、といった使い分けはあるものの、ともに和歌によく詠まれ、以下に述べるような景物は両者に共通する。

里
和歌
松・風
波

　第一の景物は松で、「住の江の松を秋風吹くからに声うちそふる沖つ白波」（古今・賀・凡河内躬恒）などと詠む。「久しくもなりにけるかな住の江のまつは苦しきものにぞありける」（古今・恋五・読人知らず）のように、「松」と「待つ」を掛けたり、「久し」と詠んだりもする。

　はやく『万葉集』に「住吉《すみのえ》の岸に家もが沖に辺《へ》に寄する白波見つつしのはむ」（七・一一五〇）とあるように、「波」もまたよく詠まれてきた。「住の江の岸に寄る波夜《よる》さへや夢の通ひ路人目よくらむ」（古今・恋二・藤原敏行）のように、「波」の縁から「よる」を導き出したりする。

夢
貝

　さらに『万葉集』では「忘れ貝」、平安時代以降は「忘れ草」が名物とされた。「忘れ貝」は恋しい思いを忘れさせてくれる貝で、「暇《いとま》あらば拾《ひり》ひに行かむ住吉《すみのえ》の岸に寄るといふ恋忘れ貝」（万・七・一一四七）などと詠む。「忘れ草」のほうは恋しい思いだけでなく、「すみよしと海人《あま》は告ぐとも長居すな人忘れ草生ふと言ふなり」（古今・雑上・壬生忠岑）のように人を忘れさせたりもする。なお、この忠岑の歌のように、「住吉」については「住み良し」と掛けることも多い。

海人
神

　住吉の神は古来、海上安全の神として有名であった。『万葉集』では航海の無事を祈って、「住吉《すみのえ》の　現人神《あらひとがみ》　船《ふな》の舳《へ》に　領《うしは》きたまひ……荒き波　風に遇《あ》はせず　恙無《つつみな》く　病《やまひ》あらせず　急《すむや》けく　還したまはね　本《もと》の国辺《くにへ》に」（六・一〇二〇）と歌っている。「現人神」である住吉神はまた、住吉行幸の際に現れて「むつましと君はしらなみ瑞垣《みづがき》の久しき世より祝ひそめてき」と詠ずる（伊勢・一一七）など、和歌を詠む神でもあり、平安時代中期以降は歌の神としても尊崇されるようになる。歌合の勝利祈願、社頭歌合、和歌の奉納、歌人の参籠等々が行われてきたが、貞享元年（一六八四）には井原西鶴《いはらさいかく》が住吉社頭にて矢数俳諧を行い、一日で二万三千五百句を詠んでいる。

行幸
俳諧

　『源氏物語』では、須磨で暴風雨に遭った光源氏は「住吉の神、近き境を鎮め護りたまふ……助けたまへ」と祈願、この神の導きによって海路明石へと渡る。その明石では入道が娘の将来を祈願して年に二度の住吉参詣を続けていた。住吉神が光源氏と明石一族を結びつけるのに大きな役割を果たすのは、瀬戸内海を中心とした海神だからでもあろうが、天皇即位儀礼の一つである八十嶋祭《やそしままつり》に関わるといったこの神の一面も無関係ではなかろう。（木谷眞理子）

須磨
明石

受領　ずりょう（ずりやう）

平安時代以降、任国に赴任した国司の最上位の者。通常は守《かみ》であるが、守が赴任しない遥任国司《ようにんこくし》の場合は権守《ごんのかみ》、あるいは介《すけ》を受領という。本来は、後任者が前任者から事務を引き継ぐことをいう語。国司の交替事務は紛糾することが多かった。『土佐《とさ》日記』の冒頭近くに、「例のことどもみなし終へて、解由《げゆ》など取りて」とあるのはこの引き継ぎのことで、紀貫之《きのつらゆき》は後任の国守によい感情をもっていない。

土佐

受領は任国で大きな権限をもち、収奪に励み私腹を肥やすものが多かったことは、「受領は倒るる所に土を攫《つか》め」（今昔・二八・三八）ということわざがあったことで知られるが、普通にしていても、財産を築くことができた。しかし、彼らは、生涯の最高位が五位程度の中下流貴族で、上流貴族からは馬鹿にされている。『源氏物語』は、末摘花《すえつむはな》の叔母が受領の北の方になっていることについて、「かうまで落つべき宿世ありければにや（性格が悪い）」（蓬生）と語る。

宿世
都

受領に任命されるかどうか、それも、都に近くて収入が期待できる国の守に任命されるかどうかは切実な問題で、『枕草子』には、天皇や中宮に取り次いでもらうために女房の局に来る姿（頃は）や、受領になりそこねた家のわびしさ（すさまじきもの）が描かれている。また、紫式部の父藤原為時《ためとき》は淡路守《あわじのかみ》に任命されたことに失望し、「苦学ノ寒夜　紅涙襟ヲ霑《うるお》シ　除目ノ後朝　蒼天眼ニ在リ」（今昔・二四・三〇）の詩句を一条《いちじょう》天皇に奏上して、感心させ、越前《えちぜん》守に変更された。受領たちは、権勢家の家司となり、その経済力によって、種々の奉仕をして、また受領に任命してもらおうとする。賄賂などという意識は全くない。

女房
淡路（島）
除目
家司

清少納言は、「受領の北の方にて国へ下るをこそは、よろしき人のさいはひの際と思ひて、めでうらやむめれ」（位こそ猶めでたきものはあれ）という。『更級日記《さらしな》』の作者は受領の妻としての豊かな暮らしを自慢げに記しているが、夫の任国に同行してはいない。『蜻蛉《かげろう》日記』には、父の任国下向が涙ながらに記されている。平安女流文学の担い手たちは、学問の家の受領の娘である。兄弟や夫たちにも受領が多く、それゆえ、作品には受領の姿が活写されている。彼女たち自身、父や夫に伴って任国に下向して、長い旅と地方生活を経験している。そうした経験と経済的な余裕が彼女たちの才能の開花に寄与したことは疑いない。

妻
涙

なお、十世紀末ごろから、皇族や公卿に年給として、受領の推挙権と、その国からの収益を得る権利が与えられるようになったが、それを受領ということもある。

公卿→公家

（池田節子）

駿河　するが

旧国名。現在の静岡県の中央部。国内に富士山、富士川、田子の浦、清見潟、薩埵峠、安倍川などの景勝地があり、文学作品に登場する機会も非常に多い。十返舎一九《じっぺんしゃいっく》の『東《とう》海道中膝栗毛《かいどうちゅうひざくりげ》』では、弥次郎兵衛は「降りくらし富士の根ぶとをうち過ぎて江尻に雨の晴れあがりけり」の歌を詠んだ。駿河は北を信濃・甲斐の山が冬の寒気を防ぎ、南は太平洋に向く気候温暖の地であり、徳川家康《とくがわいえやす》が隠居地を駿府に選んだのも故無しとしない。東から西に下る時、東海道を下ればこれらの景勝地を見ながらの旅が楽しめたが、薩埵峠を越す難所があった。ここは急峻な山が海岸線にまで張り出し、狭隘な山道を進まねばならなかった。その山の迫った土地を逆に西から東に通り過ぎ、一度に眺望の開けた場所に出て、その感動を歌ったのが山辺赤人《やまべのあかひと》の「天地の分れし時ゆ　神さびて　高く貴き　駿河なる　富士の高嶺を」（万・三・三一七）の長歌、「田子の浦ゆ打ち出でて見れば真白にぞ富士の高嶺に雪は降りける」（同・三一八）の反歌である。明治以降も暫くはその地形は変わらず、狭い土地を東海道の旧道・新道、それに鉄道が分かち合いなが

富士山・富士川・田子の浦・清見潟・薩埵峠・安倍川
信濃・甲斐・山・冬
雪

海　風・波

ら走っていた。鉄道は富士川に沿って南に走らねばならず、通常は右の車窓に見える富士山が、ここでは左の車窓から海を間に挟んで見えるという見事な車窓風景をもたらしたのである。さらに狭隘な地域にはいると、鉄道は海岸線を走り、風の強い日、海の荒れる日には列車の窓に波が当たるという景色もあったという。しかし、今は埋め立てが進み、その景観は失われたが、交通は便利なものになっている。（山口明穂）

姓氏　せいし

ウヂ（氏）

日本列島に住む人々は、もともと姓をもたなかった。中国では、「姓」は、その字の示すごとく、皇帝を含めて、あらゆる人が生まれながらにもつものである。それは、彼らの族外婚（同姓不婚の原則）・男子相続制や強い祖先崇拝と深く結びついている。そうした習慣や信仰をもたない日本では、血族名を表示する必要性が、本来薄かったのである。古代の人名、たとえば「蘇我倉山田石川麻呂《そがのくらのやまだのいしかわまろ》」（紀）のうち、どこまでが姓で、どこからが名であるかを識別することは困難である。いちおう蘇我氏であるとはいえるが、それはもともとは地域の名であって、その点では、「山田」や「石川」と違いはなく、「倉」は倉を管理する職掌の名である。「―氏」といわれるウヂ名は、住む場所や、朝廷内での職掌を表すのであって、厳密には血族名としての「姓」とはいえないのである。

しかし中国を中心とする東アジア世界の中では、姓をもたないことは、未開の蛮族と見なされるおそれがあった。そこで、現在に至るまで姓をもたない天皇も、たとえば遣《けん》隋使《ずいし》を送る時には、「姓は阿毎《あめ》、名は多利思比孤《たりしひこ》」と名乗ったのであった（隋書・倭国伝）。そして、律令制に移行する段階で、ウヂ名は血族名としての姓に組み替えられたのである。天武《てんむ》天皇は、「朝臣《あそみ》」「宿祢《すくね》」などを「八色の姓《かばね》」として功臣に与え、ウヂ名に付して、血縁で相続させるようにした（天武一三（六八四）年）。また戸籍制度を整える中で、全員に姓を付けて把握しようとする。これによって、姓を付与する天皇の一族と、被差別民以外の良民全体が姓をもつ体制ができあがったのである。その後、姓としてのウヂ名は、戸籍制度の崩壊とともに一般的には用いられなくなり、一方、貴族や武士の間では、それだけでは識別が十分でなくなって、中世では、住む地域の名称を、家の名として相続する「名字《みょうじ》」が行われるようになる。また近世では、身分確定のために、武士以外に名字を名乗ることを原則的に禁止していた。明治維新になって、戸籍制度の施行とともに、国民全員に名字を名乗ることを強制したのは、古代の遺制の復活なのである。（鉄野昌弘）

律令　朝臣　武士

歳暮　せいぼ

⇩暮《く》れ

世界　せかい

過去・現在・未来を「世」といい、東西南北・上下を「界」という。国土・四海といった意味で用いられることも多いが、都人から見て地方や田舎を「世界」の語で表現するこ

世　都

歌舞伎

とも多い。「世の中のかく思ひのほかにあること、世界にものしたまふとも、忘れで消息したまへ」（大和・六四）「知らぬ世界に、めづらしき愁への限り見つれど、都の方よりとて、言問ひおこする人もなし」（源・明石）など。

　また、歌舞伎・浄瑠璃の用語として、戯曲の展開の背景となる時代や場所・人物などをさすこともあり、「義経記《ぎけいき》の世界」などと用いられる。近世文学では、ここからの転義として、特に遊興の行われる場所を意味する用例も見られる。「京町に何かお世界が、お出来なすつたさうでござりますね。あんまりお浮気をなされますな」（遊子珍学問）など。

（吉田幹生）

関　せき

律令
鈴鹿・不破・愛発・逢坂

　関所。軍事、交通の要衝に設けられた。律令時代には、鈴鹿《すずか》、不破《ふわ》、愛発《あらち》の三関が設置され、平安時代に入り、都に近い逢坂《おうさか》が愛発に代わった。非常事態には関を閉鎖する固関《こげん》という措置がとられた。

和歌
歌枕
世

　『枕草子』「関は」段に、十三の名を挙げ、『古今六帖《こきんろくじよう》』第二にも「関」の項を設ける。平安時代には現実に関所を通行する経験が乏しくなるため、和歌の表現においてはその地名（歌枕）への関心によって詠まれることが多い。逢坂山は、「逢ふ」ということばの連想から『万葉集』にも詠まれていたが、出会いと別れの場にふさわしい逢坂の関ができて表現の型が定着する。有名な蟬丸《せみまる》の「これやこのゆくも帰るも別れては知るも知らぬも逢坂の関」（後撰・雑一、百人一首）は、逢坂関に人の世の縮図を見出している。『源氏物語』関屋《せきや》巻も、逢坂での光源氏と空蟬《うつせみ》の久方ぶりの邂逅にしみじみとした人生の哀感を漂わせる巻である。さらに、「逢坂越ゆ」といえば、男女が結ばれることを意味し、「人知れぬ身はいそげども年をへてなど越えがたき逢坂の関」（後撰・恋三・伊尹）などがある。なお、逢坂には清水があることでも知られ、「逢坂の関の清水に影見えていまか引くらむ望月の駒」（拾遺・秋・貫之）は、八月の駒迎えの行事を詠んだもの。ほかに、勿来《なこそ》関も、「な来そ」すなわち来るなということばの連想で歌によく詠まれる。題詠で詠まれた歌には、「人住まぬ不破の関屋の板びさし荒れにし後はただ秋の風」（新古今・雑中・良経・「関路秋風」）「淡路島かよふ千鳥の鳴く声に幾夜寝覚めぬ須磨の関守」（金葉・冬・源兼昌・「関路千鳥」、百人一首）などがあり、寂寥感に満ちたところという捉え方が定着する。

男・女
勿来
題詠
千鳥・須磨

都
霞・白河の関
陸奥

　多く歌枕となった関にも、現実に訪ねる人々がいた。「都をば霞とともに立ちしかど秋風ぞ吹く白河の関」（後拾遺・羇旅）は、能因《のういん》が陸奥《みちのく》へ出かけた折の詠といわれる。松尾《まつお》芭蕉《ばしよう》も、奥の細道の旅を思い立ったとき、まず白河《しらかわ》関を思い浮かべている。

妹
影

　関は、特定のところに限らず詠まれるが、それは、人間関係がうまくいかないことや、人と人との別れの比喩、とくに男女関係の不如意に寄せて表現されることが多い。「出でてゆく道知らませばあらかじめ妹をとどめむ関も置かましを」（万葉・三・四六八・家持）は亡き妾を悼む歌。また、「立ち寄らば影ふむばかり近き間に逢ひ見ぬ関を誰か据ゑけむ」（古今六帖・二）も恋の歌である。「人知れぬわが通ひ路の関守は宵宵ごとにうちも寝ななむ」（伊勢・五）は、忍び

箱根

の通い所の番をする人を関守に見立てたもの。

関は、江戸時代になると、数も増え、往来が盛んになることによって、現実のものが表現されてゆく。「入鉄砲に出女」といわれた箱根の厳しい監視体制はことに著名である。芭蕉も奥の細道の旅ではしばしば関で足止めをくっている。

（高田祐彦）

関の清水　せきのしみず（せきのしみづ）

近江・歌枕・逢坂・水　内裏　月　影　都・遠江　涙・袖　石山　尼　水

近江《おうみ》国の歌枕。逢坂《おうさか》関にあった湧き水。現・滋賀県大津市逢坂、関蝉丸神社の境内に遺構が残るが、古くは別の場所であったという。延喜六年（九〇六）内裏月次《つきなみ》屏風に「逢坂の関の清水に影見えて今やひくらむ望月の駒」（拾遺・秋・紀貫之）と詠まれて以来、「ひく駒のつめやひつらん逢坂のせきの清水のそことにごれる」（堀河百首・秋・藤原基俊）のように「駒迎え」に、また「わすれずやむかしのかげや見ゆるとてせきのしみづにこころをぞくむ」（大弐高遠集）のように「影」を詠む。東国への玄関口である逢坂関にあるため、都との別れを惜しむ契機となった。増基《ぞうき》法師は遠江《とおとうみ》への出発時に涙と清水に袖を濡らし（増基法師集）、東三条院《ひがしさんじょういん》詮子《せんし》は石山寺《いしやまでら》参詣の途次に死の予感を詠む（栄花・鳥辺野、千載・雑中）。『平家物語』では平宗盛《むねもり》が源義経《よしつね》によって鎌倉に護送される途中、都との今生の別れを嘆いた（十一・腰越）。『とはずがたり』では、後深草院二条《ごふかくさいんにじょう》が、出家後東国への旅立ちに際し、関の清水に映る自分の尼姿に感慨を覚えている（四）。ただし『無名抄』は、三井寺《みいでら》の老僧による位置の考証とともに、すでに水が涸れていたと述べている。

（安村史子）

瀬田　せた

琵琶湖・勢多　逢坂　関ノ清水・袖・打出ノ浜　近江・鶴　石山　霧・絵　馬

琵琶《びわ》湖《こ》南端の地名。古くは「勢多」。「瀬田」の表記は『日本書紀』に見えるが、明治以降一般化する。京都から逢坂《おうさか》関を越え東海道を下る道中にあたり、『太平記』（二）にも「憂ヲバ留メヌ相坂ノ、関ノ清水ニ袖濡テ、末ハ山路ヲ打出ノ浜、沖ヲ遥《はるかに》見渡セバ、塩ナラヌ海ニコガレ行、身ヲ浮舟ノ浮沈ミ、駒モ轟ト踏鳴ス、勢多《せた》ノ長橋打渡リ、行向人ニ近江路ヤ、世ノウネノ野ニ鳴鶴モ、子ヲ思ヒカト哀也」と記されている。また瀬田川の近くには石山寺《いしやま》があり、『蜻《かげ》蛉《ろう》日記』中巻（天禄元年）には、石山寺に詣でた際の記述に「夜の明くるまゝにみやりたれば、ひんがし風はいとのどかにて、霧たちわたり、川のあなたは、絵にかきたるやうにみえたり。川面に、放ち馬どものあさりありくもはるかに見えたり、いとあはれなり」とその様子が描かれている。なお、瀬田夕照《せたのせきしょう》は近江八景の一つに数えられている。

（吉田幹生）

勢多　せた

琵琶湖　橋・関

琵琶《びわ》湖《こ》南端の地名。現在の滋賀県大津市。瀬田川に架かる唐橋は軍事交通の要衝であり、古来関所の役割を果たしていた。韓国様式で作られているために唐橋の名がある。六二七年の壬申の乱においても勢多の橋《ばし》をはさんでの決戦が最後の攻防となった。『更級《さらしな》日記』に載る竹芝伝説には、

武蔵

東国出身の衛士が皇女を連れて武蔵《むさし》国へ向かう際、追っ手が来ることを予想して「その夜、勢多の橋のもとに、この宮をすゐたてまつりて、勢多の橋を一間ばかりこぼちて、それを飛び越えて、この宮をかきおひたてまつりて」下っていったとある。このように、勢多の橋を壊すことで相手の通行を妨げることが可能であった。『太平記』（三十）にも近江に逃げ延びてきた足利義詮《あしかがよしあきら》一行が「下賀・高山ノ源氏共、兼テ相図ヲ定メテ、勢多ノ橋ヲバ焼落シヌ。舟ハコナタニ一艘モナシ」という状況を前にして、死を覚悟する場面が描かれている。　（吉田幹生）

節会　せちえ（せちゑ）

白馬・正月・踏歌・豊明

宮中で、節日および重要な儀式の日に、群臣を集めて開かれた賜宴。元日・白馬《あおうま》（正月七日）・踏歌《とうか》（正月十六日）・上巳《じょうし》（三月三日）・端午《たんご》（五月五日）・相撲《すまい》（七月七日）・重陽《ちょうよう》（九月九日）・豊明《とよのあかり》（十一月）などの恒例のものと、大嘗祭・立后・立太子・任大臣などの臨時のものがある。これらの祝いの日に、天皇は豊楽殿《ぶらくでん》や紫宸殿《ししんでん》に出御し、臣下に宴を賜った。大儀・中儀・小儀の区別があり、大儀（即位・朝賀など）では群臣は礼服を着用する。中儀（白馬・端午・豊明など）では刀禰《とね》（六位）以上、小儀（元日・踏歌など）には大夫（五位）以上が参列し、ともに常袍を着用する。

『枕草子』には、節会についての記述が多い。「正月一日」の段では、「五月五日は、曇りくらしたる」のように、節日にふさわしい天候を述べ、「節は」の段では、「五月にしく月はなし」として、端午の日の様子をうきうきとした筆致で描いている。

月

『宇津保《うつほ》物語』の前半部のあて宮求婚譚には、しばしば源正頼《まさより》主催の宴が描かれる。正頼は、相次ぐ宴の挙行によって朝廷をも凌ぐ権威を示そうとする。後の「内侍督《ないしのかみ》」では、帝・東宮・正頼の節会論が語られる。間近に控えた相撲を累代の盛儀としようとする帝・東宮に対し、正頼は端午のすばらしさに固執する。正頼の言葉は退けられ、帝の主催する節会が華やかに展開していく。節会の本質が王権に関わることを示す好例といえる。『源氏物語』絵合《えあわせ》巻には、冷泉《れいぜい》朝について「さるべき節会どもにも、この御時よりと、末の人の言ひ伝ふべき例を添へむと思し、私ざまのかかるはかなき御遊びもめづらしき筋にせさせたまひて、いみじき盛りの御代なり」と語っている。後代の規範ともなる新例を加えることが聖代を証し立てるというのである。　（大井田晴彦）

東宮　遊び

摂津　せっつ

畿内の国名で、現在の大阪府西部と兵庫県南東部にあたる。延暦十二年（七九三）にこの地を管理していた摂津職が廃止された際に摂津が国名になったが、以降も単に「つ（のくに）」といわれることが多かった。淀川《よどがわ》から難波津《なにわづ》にかけては葦が生い茂っていたので、「つの国の葦」としてしばしば和歌にも詠まれている。

淀川・難波・葦・和歌

畿内を構成する土地でもあり、都人には内部の土地という意識が強かったらしい。『万葉集』巻七には「羇旅作歌」

とは別に「摂津作歌」（他には「芳野《よしの》作歌」「山背《やましろ》作歌」）が分類されており、『源氏物語』でも光源氏が退去先に選んだ須磨が摂津国の西端であることから、畿外の土地とは区別する意識がうかがわれる。また、古来説話伝承に富む地で、菟原処女《うないおとめ》と二人の男をめぐる生田川《いくたがわ》伝説（万葉集、大和《やまと》物語・一四七段、謡曲「求塚《もとめづか》」など）など摂津の国を舞台とする話は数多い。（吉田幹生）

須磨
女・男
謡曲

説話　せつわ

神話・伝説・昔話・宗教話・世間話など、様々な伝承された話の総称。近代以降、「説話文学」として、日本文学の一つのジャンルとして認識されるようになった。語り伝えることを中心にあくまでも「伝承」の上に成立している文学であり、したがって一話一話は短編であることを基本とし、奇異・異常・驚愕など人の耳目をひく事件・行動などを「叙事」するものが多い。

歴史的に見ると、『古事記』『日本書紀』『風土記』などに収載されている神話・伝説などが、最も古いものであるといえよう。その後、平安時代の初頭に『日本霊異記《にほんりょういき》』が出現して以来、『日本往生極楽記《にほんおうじょうごくらくき》』や『続本朝往生伝《ぞくほんちょうおうじょうでん》』などの往生伝、『打聞集《うちぎきしゅう》』などの口承的な説教資料集、さらには『宝物集《ほうぶつしゅう》』『発心集《ほっしんしゅう》』『閑居友《かんきょのとも》』『沙石集《しゃせきしゅう》』などの仏教に関わる説話集が多く作られ、仏教説話が説話文学の中核を占めるようになっていった。その後中古から中世期にかけて、『今昔物語集』『古本説話集《こほんせつわしゅう》』『宇治拾遺物語』などの世間話的説話を中心に集成した説話物語集や、『江談抄《こうだんしょう》』『古事談《こじだん》』『古今著聞集《ここんちょもんじゅう》』『十訓抄《じっきんしょう》』など、宮廷行事や貴族の日記類からの抄録をはじめとし、社会における諸現象におよぶ多種多様の説話を類纂した集録なども編まれるようになった。

仏教→仏
日記

説話文学は、「伝承」性と「叙事」性とを大きな柱として成立している。ゆえに、世間話や思い出話、有職故実・故事や風俗習慣などを記録し伝えることにまず一つの意義を有する。それとともに、物語・和歌・日記などの王朝貴族を中心とした文学作品とは異なり、武士・僧侶・下級官吏・庶民など様々な階層の人間の行動や生きざまを取り上げ、多種多様な側面から語り伝えることができているのであり、この幅広さこそが説話文学のもう一つの意義であり、また最大の魅力となっているといえよう。（杉田昌彦）

物語・和歌・日記・武士・僧→出家

蟬　せみ

セミ科の昆虫の総称。季節としては夏。「石走る瀧もとどろに鳴く蟬の声をし聞けば都し思ほゆ」（万・十五・三六一七・養麻呂）は、胸を揺るがす蟬の声に、切々たる都への思いを託した表現の歌である。一方、蟬の羽が薄いことから薄い着物、特に蟬の鳴く夏の薄着のたとえにもなった。「蟬の羽もたちかへてける夏衣かへすを見てもねはなかれけり」（源・夕顔）は、蟬の羽のように薄い夏衣を返却するあなたの心の薄さがわかる、の意。空蟬という女君が源氏に返した歌であり、鳴く蟬に泣く我が身も重ねている。また「蜩《ひぐらし》」は「ひぐらしのなく山里の夕暮は風よりほかに問ふ人もなし」（古今・秋上・読人知らず）のように、もの哀し

夏
都
心
山里・夕

秋

い初秋の夕暮の景物であった。

二上山　世　花

「空蝉《うつせみ》」は、現世を生きる者の意の「うつしおみ」「うつそみ」が転訛した「うつせみ」に「空蝉」の字をあてたもので、本来蝉とは無関係の語であった。「うつそみの人にあるわれや明日よりは二上山《ふたがみやま》を弟世《いろせ》とわが見む」（万・二・一六五・大伯皇女）は、現世の私はあの世の弟を目で見ることはできないから二上山を弟と思おう、の意。ところが奈良時代には仏教思想が浸透し、「世の中の憂けく辛けく咲く花も時に移ろふ　うつせみも常無くありけり」（万・十九・四二一四・大伴家持）のように現世を無常な虚しいものと捉えるようになるにつれて、「空蝉師《うつせみし》　神《かみに》　不勝者《あへねば》」（万・二・一五〇）など「空蝉」「虚蝉」の文字をあてるようになった。平安時代になると、「空蝉の殻は木ごとにとどむれど魂《たま》のゆくへを見ぬぞ悲しき」（古今・春下・読人知らず）のように蝉そのものと関連づけるようになる。こうして「現し身」の原義が薄れるにつれ、蝉そのもの、あるいは蝉の抜け殻の意味で使われていく。前述の『源氏物語』では、光源氏が衣を脱ぎ残して逃げた女に「空蝉の身を変へてける木の下になほ人がらのなつかしきかな」（人柄と抜け殻の掛詞）と呼びかける（空蝉）。女は読者から空蝉と呼ばれるようになった。

魂　掛詞

（今井久代）

瀬見の小川　せみのおがわ（せみのをがは）

賀茂・歌合　月

賀茂別雷社《かもわけいかづちしゃ》での源光行《みつゆき》主催の歌合で鴨長明《かものちょうめい》が詠んだ「石川や瀬見の小川の清ければ月も流れを尋ねてぞすむ」（新古今・神祇）で有名。『無名抄《むみょうしょう》』には、この歌は判者源師光《もろみつ》に「かかる河やはある」と言われて負け、当時の碩学顕昭《せきがくけんしょう》に再度判定をさせたが顕昭も知らなかったということがあり、その後長明が顕昭にこれは賀茂川の異名であると由来と出典を説明したという逸話が載る。顕昭は後に『袖中抄《しゅうちゅうしょう》』でこの語を取り上げ「或書云」として名前の由来を記し、『六百番歌合』では「石川や瀬見の小川に斎串《いぐし》立て祈《ね》ぎし逢ふ瀬は神にまかせつ」との和歌を詠んでいる。なお、『釈日本紀《しゃくにほんぎ》』所引の『山城《やましろ》国風土記』にも瀬見の小川の由来譚が載っており、顕昭の用いた「或書」と同様に、賀茂《かも》建角身命《たけつぬみのみこと》が加茂川を見て「狭《さ》小くあれども、石川の清川《すみかわ》なり」と言ったからこの名が付いたのだと記されている。

神　山城

（吉田幹生）

芹　せり

セリ科の多年草。湿地に自生し、平安時代から食されたらしい。春の七草の一つ。

春

叶わぬ恋心を表す言葉として「芹摘む」という表現があり、『枕草子』（一条の院をば今内裏とぞいふ）には「御簾のもとに集まり出でて、見たてまつるをりは、「芹摘みし」などおぼゆる事こそなけれ」と記されている。これは「芹つみしむかしの人も我がごとや心に物はかはらざりけむ」という古歌を踏まえたものだが、この歌に関して『俊頼髄脳《としよりずいのう》』には芹を食していた后を御簾の間から垣間見し恋に落ちた掃除係の男の伝承が載る。しかし、『和歌童蒙抄《わかどうもうしょう》』や『奥義抄《おうぎしょう》』では別の説明がなされており、出典については諸説があった。「いかにせむみかきが原に摘む芹のねにの

みかきが原

和歌

み泣けど知る人もなし」（千載・恋一・読人知らず）「なにとなく芹と聞くこそあはれなれ摘みけん人の心知られて」（山家集・雑・西行）など、これを踏まえた和歌は多い。

（吉田幹生）

芹川　せりがわ（せりがは）

山城・川　嵯峨　行幸　鳥羽　和歌

本来は山城《やましろ》国紀伊《きい》郡（現在の京都市伏見区）にある川をさしたと思われるが、後には嵯峨《さが》に比定する説も生じた。「嵯峨の山行幸たえにしせり河の千世の古道あとはありけり」（後撰・雑一・在原行平）は詞書に「仁和のみかど、嵯峨の御時の例にて、せり河に行幸したまひける日」とあり仁和二年（八八六）十二月十四日の光孝《こうこう》天皇芹川行幸の際の歌と考えられているが（三代実録）、この歌の誤解から嵯峨説は生まれたのであろう。顕昭《けんしょう》の『袖中抄《しゅうちゅうしょう》』は『大鏡《おおかがみ》』（道長）に記された仁明《にんみょう》天皇の芹川行幸を根拠に「鳥羽の南のせりがはと云事無シレ疑ヒ」としているが、歌の続き具合から「嵯峨の方に芹河と云所の有かと疑人あり」と記されており、『八雲御抄《やくもみしょう》』では「嵯峨にも深草にも在リレ之」とされている。鎌倉時代以降、右の後撰集歌を踏まえた和歌が多く詠まれるようになり、嵯峨の芹川を詠んだ和歌も登場するようになった。

（吉田幹生）

前栽　せんざい

邸

庭の草木の植え込み、またその草木。自然と接する機会の少ない都の貴族たちは、邸に四季折々の草木を植えて、賞美した。特に中庭（壺）の植え込みは壺前栽《つぼせんざい》と呼ばれる。

菊　女房　春　池　梅・桜・藤・山吹・秋

風流人平中《へいちゅう》（平貞文《さだふん》）は、「前栽好みて造りければ、おもしろき菊など、いとあまた植ゑ」ていたが、せっかくの菊も女房たちに盗まれてしまったという（平中・十九）。光源氏の六条院は、四季の風情を凝らしたそれぞれの町に、女君たちが住む。源氏と紫の上の春の町は、「春の花の木、数を尽くして植ゑ、池のさまおもしろくすぐれて、御前近き前栽、五葉、紅梅、桜、藤、山吹、岩躑躅などやうの春のもてあそびをわざとは植ゑて、秋の前栽をばむらむらほのかにまぜたり」（源・少女）とある。春の風情を中心としながら、秋の情趣をも配慮するのである。この例や、「御心ざしの所（六条の女君の邸）には、木立、前栽など、なべての所には似ず、いとのどかに、心にくく住みなしたまへり」（源・夕顔）のように、邸の主人の人柄や趣味を彷彿させるものでもあった。

心

派手な趣向を求め、あまりに手を加えると、品が損なわれる。「多くの匠の、心を尽くして磨きたて……前栽の草木まで心のままならず造りなせるは、見る目も苦しく、いとわびし」（徒然・十）「賤しげなる物……前栽に石・草木の多き」（同・七二）。

物語　雪　霜　萩・露

物語では、叙情的な構図を描くために前栽が効果的に配される。「格子手づから上げたまひて、前の前栽の雪を見たまふ」（源・末摘花）「君は、西のつまの高欄におしかかりて、霜枯れの前栽見たまふ」（同・葵）などはその典型である。死を目前にした紫の上が前栽の萩の露を眺めつつ源氏・明石中宮と唱和する場面（同・御法）は、国宝「源氏物語絵巻」にも描かれ、有名である。

前栽は、邸内をのぞき見るのに格好の物陰にもなる。『伊勢《いせ》物語』二三段では、妻の不貞を疑う男が前栽に隠れて様子をうかがっている。

前栽合《せんざいあわせ》は、左右に分かれて前栽を造り、それを詠んだ歌の優劣を競う遊びで、平安時代に流行した。『栄花《えいが》物語』巻一には、康保三年（九六六）八月十五夜の前栽合のさまが詳細に描かれており、「月の宴」の巻名の由来ともなっている。

月

（大井田晴彦）

宣旨　せんじ

平安時代以降、天皇の勅旨や上宣（上卿の命令）を伝達すること。またその文書。内侍《ないし》が勅旨を承って蔵人《くろうど》に口頭で伝える。蔵人は上卿に、上卿は外記局または弁官局《べんかんきょく》に口頭で伝え、ここで文書が作成される。手続きが簡略かつ迅速に済むため、従来の詔勅や太政官符に取って代わった。上皇や法皇の場合は院宣《いんぜん》という。なお、勅旨を蔵人に伝える女官をも宣旨と称し、上皇・中宮・東宮・斎宮・摂関などにも置かれた。

蔵人
法皇・院
中宮→三后・東宮・斎宮

宮中の生活を描いた王朝物語には、さまざまな宣旨が見出される。「仲忠《なかただ》の宰相中将に女一宮、源氏の中将にさまこそ君、これは宣旨にてたまふ」（宇津保・沖つ白波）は仲忠・女一宮と涼《すずし》・さま宮の婚儀が勅命で行われたことをいう。「宣旨高く読むを、内侍督《ないしのかみ》聞きたまふに、治部卿《ぢぶきやう》の所に涙落ち」（同・楼上下）は、治部卿のまま没した俊蔭《としかげ》に中納言が追贈されたこと。「七月二十余日のほどに、また重ねて京へ帰りたまふべき宣旨くだる」（源・明石）は、源氏を都に召還するもの。

涙
都

「宣旨書き」は、代筆のこと。「宣旨書きは見知らずなむ」（源・明石）は、父入道に手紙を代筆させた明石の君への源氏の非難のことば。

手紙→消息

（大井田晴彦）

仙人　せんにん

人間でありながら、俗界を離れ山中などで修行することにより、変化自在の方術を会得し、長命不老不死を成し遂げた者。神仙・仙客。仙者。人間が不老不死たりうるという思想は、中国において古くから存在し、『荘子』をはじめとする道家の書籍の中には、「神人」「真人」などと呼称される人物がしばしば登場する。また、仙人が住むとされる蓬莱・方丈・瀛《えい》州の三神山に対する信仰も、そこにあるとされる「不老不死の薬」の存在と相まって、次第に人々の間に広まっていった。こうしたなかで、後漢末から六朝時代ごろにかけて、神仙を信仰の対象とする道教が宗教として成立すると、人間が修練を積むことによって、実際に仙人になる方法が模索され、仙人は最終的にいたるべき人間の理想的存在形態と見なされるようになった。

こうした神仙思想は、やがて日本にも流入し、文学の世界においても仙人が作中に描かれるようになっていく。その中でも最も有名なのは、『今昔物語集』巻十一・二四に登場する久米の仙人の話であろう。大和の国吉野の竜門寺の久米の仙人は、飛行術の訓練の最中、吉野川で洗濯をしている若い女の白いふくらはぎに欲情し、神通力を失い墜落してしまう。その後、その女を娶り俗人として暮らして

大和・吉野・久米
女

いたが、新都造営の人夫として労役にかり出された折に、役人達に仙術で材木を空輸することを請け負うことになる。七日七夜の断食修行の後、八日目の朝に見事南の山から木材が都造営の現場に空輸され、その功績により天皇から三十丁の田を与えられた。喜んだ仙人はそこに久米寺（奈良県橿原市）を建立した。このように久米寺の縁起として語られたこの説話も、後世にいたると話の前半部分のみが強調され、久米仙人は好色者の代名詞的存在と見なされるようになる。『徒然草』の第八段で、人の心を惑わすものの第一として「色欲」を挙げる中でも、この説話の前半部が代表的な例話として取り上げられている。（杉田昌彦）

宣命体　せんみょうたい（せんみやうたい）

日本の歴史を記録した六国史の一に『続日本紀《しょくにほんぎ》』がある。文武《もんむ》天皇の六九七年から桓武《かんむ》天皇の七九一年までを編年体で記述したものであり、藤原継縄《つぐただ》・菅野真道《すがのまみち》などが桓武天皇の勅を受け、七九七年に撰進した。六国史の一で正史であるから、当然、漢文で記述されている。その漢文で書かれた中で、天皇の言葉を記録した「宣命」だけは、日本語がわかるような、他と異なる記述方式が採られている。当時、仮名文字はまだ使い出されていないので、すべて漢字であるが、宣命だけは、大字・小字の交ぜ書きをしているのである。小字を交ぜるとは、一部分は普通の大きさの漢字が書かれた中でおよそ四分の一の大きさの漢字で大字の中に二行割書で書かれたところがあるということである。これを「宣命体」あるいは「宣命書き」などと呼ぶ（厳密に前者は文体に、後者は表記にそれぞれ区別して用いるべきであるとする考えもある）。その例を示すと次のようになる。

「和銅元年春正月乙巳、武蔵国秩父郡献和銅。詔曰、『現神御宇倭根子天皇詔旨勅命乎、親王・諸王・諸臣・百官人等、天下公民、衆聞宣。高天原由天降坐志天皇御世乎、始而、中・今尓至麻氏尓、天皇御世御世、天豆日嗣高御座尓坐而治賜慈賜来食国天下之業止奈母、神随所念行佐久止詔命乎衆聞宣。如是治賜慈賜来留天豆日嗣之業、今皇朕御世尓当而坐者、天地之心乎労弥重弥辱弥恐諦坐乎、聞看食国中乃東方武蔵国尓自然作成和銅出在止奏而献焉。』」

（和銅元年春正月乙巳、武蔵国秩父郡、和銅献《たてまつ》る。詔して曰く、現神《あきつみかみ》　御宇《あめのしたしろしめす》　倭根子《やまとねこ》天皇詔《おほみこと》　旨《たまと》　勅《のりたま》ふ命《おほみこと》ヲ、親王・諸王・諸臣・百官人等《もものつかさのひとびと》、天下公民《おほみたから》、衆《もろもろ》聞《き》きたまへと宣《の》る。高天原ユ天降坐《あもりまし》シ天皇御世ヲ始め而、中・今ニ至《いた》るマデニ天皇御世御世、天《あま》ツ日嗣《ひつぎ》高御座《たかみくら》ニ坐《いま》し而治賜ひ慈しび賜ひ来ル食《をす》国天下之業トナモ、神随《かむながら》　念行《おもほしめ》サクト詔《の》る命《おほみこと》　ヲ衆《もろもろ》　聞きたまへと宣《の》る。如是《かく》治賜ひ慈《いつく》しび来ル天ツ日嗣之業、今皇朕《すめらわが》御世ニ当而坐《いま》せば、天地之心ヲ労《いたは》しミ重《いかし》ミ辱《かたじけな》ミ恐《かしこ》ミ座《いま》すヲ、聞看《きこしめ》す食国中ノ東方武蔵国ニ自然《をのづから》　作成《なる》和銅出在《いでたり》ト奏《そう》し而献れり焉。）

ここで小書きされている文字が何を表すかを見ると、動詞活用語尾・助詞・助動詞・接尾語の各語であることがわかる（もちろん、それらのすべてが小書きされている訳ではない）。この類の語は表現の中でも付属的な働きをもち、それに対して、具体的な内容のある語は大書きされる。このような書き方をしたのは、まず天皇の言葉を正確に伝えたかったことがあろう。そしてその時、すべて大きな字を用いれば読みにくく、こう書けば、大書きした文字を見ると、話の具体的な内容がより容易に理解できるということがある。その利点を考え、考え出された書き方といえよう。

宣命体は『続日本紀』の宣命に限って使われたものではない。それに顕著に見られるのでそのように名づけられた。現存する最古の文献は「正倉院文書」の中に「受所賜貴刀布倍支物尓雖在」（受け賜り貴トブベキ物ニ在れども）のようにあり、恐らく奈良時代後半にできていたのではと推測されている。時代が下れば、仮名文字を交えた宣命書きも見られるようになる。

（山口明穂）

川柳　せんりゅう（せんりう）

雑俳・季語・切字

雑俳《ざっぱい》の一形式。季語・切字を必要としない十七音の定型詩。川柳とは本来江戸の人気前句付点者の名前で、川柳点前句付《まえくづけ》（川柳が点を付けた前句付）の略称として用いられていた。初代川柳没後は俳風狂句《はいふうきょうく》、柳風狂句《りゅうふうきょうく》などとも称したが、明治に至り川柳の呼称が一般化した。川柳の要素としては滑稽《こっけい》・穿《うが》ち・軽《かる》み・風刺《ふうし》などが挙げられるが、その題材は人事が中心で、笑いを交えた様々な視点から人間を捉える点に特色がある。

軽み

独立文芸としての川柳の起こりは、明和《めいわ》二年（一七六五）、初代川柳の前句付万句合《まんくあわせ》の高点句の内、前句がなくても意味のわかる句を『柳樽《やなぎだる》』として刊行したことに始まる。これは付句の付け味という点を全く無視し、一句としての面白みのみを評価したもので、その背景には俳壇全体の一句独立の風潮があった。『柳樽』の成功により、川柳は前句付という付合《つけあい》様式を捨てて単独詠となったのである。

付合

なお『柳樽』は天保《てんぽう》十一年（一八四〇）一六七篇まで続いたが、次第に大らかさを失い、また類型化していった。しかし川柳人口は増加し、明治の新聞川柳につながって現在に至っている。

（深沢了子）

僧　そう

⇩出家《しゅつけ》

草子　そうし（さうし）

「そうし」は「さくし（冊子）」の音便化。冊子は巻子本《かんすぼん》（巻物）に対して、綴じた形態の書物のことをさす。「脇息《きょうそく》の上に草子うち置き、端近くうち乱れて、筆のしりくはへて、思ひめぐらしたまへるさま、飽く世なくめでたし」（源・梅枝）とあるように、まだ書かれていないものもさす。『小右記《しょうゆうき》』『御堂関白記《みどうかんぱくき》』などでは、冊子に当たるものを「葉子《ようし》」と呼んでいる。それに対して仮名文学作品では、「草子、巻物みな書かせたてまつりたまふ」（源・梅枝）などとあるように、冊子に当たるものを「さうし（そうし）」と呼んでいる。「さうし」は仮名文の用語と思われる。この「さうし」に冊子・草子・草紙・双紙などの当て字をしているのである。

仮名

「仮名のよろづの草子の学問、心に入れたまはん人」（源・初音）とあるように、草子は物語・歌書・日記など仮名書きの書物をさすのが一般的である。『紫式部日記』寛弘五

心

物語・日記

紙

年（一〇〇八）十一月の記事にも、「御前には、御冊子つくりいとなませ給ふとて、明けたてば、まづむかひさぶらひて、色々の紙選りととのへて、物語の本どもそへつつ、所々にふみ書きくばる」とか、「つくりたる御冊子ども、古今　後撰　拾遺抄」などとある。この「冊子」はそれぞれ、源氏物語の清書本の作成のこと、贈り物の勅撰集のことをさしている。このように「そうし」が仮名書きの書物を意味するということは、とりもなおさず仮名書きの書物が綴じ本の形態であったことを証していよう。

糸

綴じ本といっても、糊によるものと糸によるものとがある。粘葉装《でつちようそう》・列帖装《れつちようそう》・大和綴《やまと》じ・袋綴《ふくろと》じなどがあるが、書誌学者・表具師などで呼称が異なる。

粘葉装は、二つ折りにした紙の折り目の背の部分、六ミリから九ミリくらいの幅を糊しろにして、重ねて糊付けしたもの。糊しろがある見開きは、糊しろによって完全には開けない。完全に開ける見開きと開けない見開きとが交互にあらわれる。空海《くうかい》の『三十帖策子《さんじゆうじようさつし》』が現存最古の粘葉装の遺品である。平安時代末期の、西本願寺本『三十六人集』、元暦校本『万葉集』、金沢文庫本『万葉集』なども粘葉装である。

列帖装（胡蝶装《こちようそう》とも）は、五枚程度の紙を二つに折り（一括り）、それを二括り以上糸で綴じ合わせたもの。現存最古の列帖装は元永本古今集である。

版本

袋綴じは、紙を一枚ずつ二つ折りにし、折り目の反対側を糸で綴ったもの。鎌倉ないし室町時代以降にあらわれた最も一般的な装丁であり、版本のほとんどがこれである。

紐

『源氏物語』や『紫式部日記』に見える草子が、粘葉装であったのか列帖装であったのか、はっきりしない。しかし、能因本《のういんぼん》『枕草子』に「薄様の草子、むら濃の糸してをかしくとぢたる」（なまめかしきもの）とあり、また前に引いた『紫式部日記』の続きのくだりに「表紙は羅、紐おなじ唐の組」とある。これによって、むらごの糸や唐様の組み紐を用いた、糸綴じの装丁であったことはたしかである。それでもなお、列帖装か大和綴じかの判断はできない。しかし、このころより前には列帖装をうかがわせる資料は見えず、列帖装の草子はまさにこのころから行われはじめた新しい装丁であったらしい。

草双紙

なお、中・近世の絵入り本、お伽草子・絵草紙・草双紙なども、草子と総称される。（池田和臣）

曹司　ぞうし（ざうし）

邸

宮中や官庁、貴族の邸に設けられた部屋。局。詰め所。また、大学寮の教室。曹司を連ねたところを曹司町《ぞうしまち》という。

元服

内裏

桐壺《きりつぼ》更衣を特に寵愛する帝は「後涼殿《こうりようでん》にもとよりさぶらひたまふ更衣の曹司を、ほかに移させたまひて、上局に賜は」し、周囲の嫉妬を強めることになった。元服した光源氏は、「内裏には、もとの淑景舎《しげいさ》を御曹司」にする。これは母更衣が住んでいた殿舎である（源・桐壺）。大学に入学した夕霧《ゆうぎり》は、二条東院の曹司で勉学に励む（源・少女）。『枕草子』でしばしば舞台となる「職の御曹司」は、中宮職のことで内裏の東にあった。中関白家の凋落期にあたるが、職の御曹司に集う貴公子と清少納言の明るく知的なやりとりは、暗い陰を払拭するのである。

源氏

軍記物語などでは、貴族や源氏の子息を御曹司と呼ぶことがある。これは親から独立せずに部屋住みしている貴族の子弟を「曹司住み」と称したことによる。（大井田晴彦）

草子地　そうしじ（さうしぢ）

物語

『源氏物語』の古注釈書が、物語の文章の位相を識別するために使い始めた用語。はじめてこの用語を使ったのは飯尾宗祇の『帚木別註《ははきぎべつちゅう》』。『一葉抄《いちようしょう》』は「此物語に作者詞、人々の心詞、双紙詞、又草子の地あり、よく分別すべし」とし、

詞・心

文体の位相を「作者の詞《ことば》」「人々の心」「人々の詞」「草子の詞」「草子の地」に分類した。ここでの「草子の地」は、現在いうところの普通の地の文であり、「作者の詞」と「草子の詞」が現在いうところの草子地にあたる。ちなみに、

心内語・会話

「人々の心」は心内語、「人々の詞」は会話文に相当する。草子地を現在と同じ意味で使ったのは、『細流抄《さいりゅうしょう》』以降である。

現在では一般に、「后腹におはせばしもとおぼゆる心の中ぞ、あまりおほけなかりける」（源・宿木）のような、物語の語り手の一人称的言説の部分を草子地と呼ぶ。萩原広《はぎわらひろ》道《みち》『源氏物語評釈』の、「物語の中なる人の心詞ならで、他より評じたるごとき所を草子地といへり。これは物語かたる人の語にとりなしたる作者の語也」という定義が、簡明でわかりやすい。

物語

語り手が一人称的に姿を現す草子地は、いわば語りの場がそこに露出することを意味する。だから、草子地の問題は、作品に内在する語りの構造・語りの文体の問題として捉え直すことができる。そもそも物語文学（仮名で書かれた物語）は、口承文芸の語りの形式を踏まえることで成り立っている。語りの形式は、文字で書かれた虚構の世界を、かつて実際にあった事実であるかのように見せかけるための、虚構世界の自立のための不可避な手続きであったのである。それゆえ、『源氏物語』だけではなく初期物語作品にも、草子地は存在している。

しかし、草子地・語りの文体が虚構の方法としてもっとも方法化しているのは、『源氏物語』である。作品の独自な世界形成に深く関わっているのである。たとえば、帚木巻冒頭と夕顔巻末尾で呼応する草子地は、『源氏物語』の創造のダイナミズムを、固有な世界形成の方法を垣間見させてくれる。この草子地は、理想的すぎる光源氏の造型に対して「ものほめがち」で「つくりごと」めいているという非難があるので、あえて中品の女達との関係を、「かくろへごと」の世界を暴露したのだという。自らの創り出した世界を、語り手の視点から対象化し相対化することによって、光源氏像と物語の世界に厚みと深さをもたらしているのである。

女

草子地・語りの文体に対する意味づけは、多岐にわたっている。虚構の真実化の方法、召使いが姫君に物語を読み上げて聞かせる平安時代の享受形態の反映（物語音読論）、対読者意識の現れ、語り手の立場を借りた作者の主体的表出、古女房の視点の介在によって享受者を作中世界に臨場させるからくり、物語される内容の再対象化の文体等々。草子地の本質や機能を様々なレベルで規定しようとしたものであるが、草子地の本質・機能を一元化することはでき

ない。その多様なあり方を具体的に吟味することが重要である。

「……も、ものあはれなり」のような、話主が語りの場から作中場面に情意を投げかける文体を「草子の心の文」と呼んで、創作主体と享受者の共生空間を成立させる草子地の一種とする考えもある。（池田和臣）

僧兵　そうへい

僧→出家

古代後期から中世にかけて活動した、武装した僧の一団。僧兵の語は、江戸時代以後の呼称であり、古代・中世においては大衆《だいしゅ》・衆徒《しゅと》・悪僧《あくそう》などと呼ばれた。寺院の雑役に従事する下級僧侶の増大、荘園の拡大や蓄財による権益の追求、こうした寺院の世俗化・権門化による信仰心の衰退などが台頭をうながしたとみられる。その姿は『天狗草子《てんぐぞうし》』などにうかがえるように、頭を布で包み、薙刀を携えた異形の者たちである。

悪　荘園

比叡山延暦寺の山法師、三井寺（園城寺《おんじょうじ》）の寺法師、興福寺の奈良法師などが有力で、互いに抗争し、また朝廷や摂関家に強訴を繰り返した。山法師は日吉《ひえ》の神輿、奈良法師は春日の神木を奉じ、都の人々を恐れさせた。白河《しらかわ》院が「賀茂川の水、双六の塞、山法師、是ぞ朕が心に随はぬ者」と嘆いた話（源平盛衰記・四・白山神輿登山）は有名である。（大井田晴彦）

比叡山　春日・都　賀茂・水・双六・心

俗語　ぞくご

「俗」の意味については、奈良時代には、「嬥歌者、東俗語曰二賀我比《かがひ》一」（万・一七五九・注）「越俗語《こしの》、東風謂レ之安由《あゆ》乃可是《のかぜ》也」（万・四〇一七・注）「能渟水哉　俗云、与久多麻《よくたま》礼留弥津可奈《れるみづかな》」（常陸国風土記）「国巣　俗語都知久母《つちくも》又云夜都賀波岐《つがはき》」（同）などの例がある。ここでの例は、その地方の言葉の意味である。

平安時代になると、『和名抄《わみょうしょう》』では、「蚊遣火」の説明として「加夜利比《かやりび》今案一云蚊火所出未詳但俗説蚊遇煙即去仍夏日庭中熏火放煙」とある。「世間一般では蚊はその煙に遇えばすぐに去るので、夏の日の庭の中で火を熏じて煙を放つ」のだという。また、同書で「綺」には「虚皮反俗云岐一云於利毛能《おりもの》又一訓加無波太《かむはた》」と「虚の頭音と皮の尾音を合わせた音であり、世間一般では『き』という」としている。ここでの「俗」は世間一般の意味と解され、「俗語」といえば、世俗語ということであろう。鎌倉時代の「千五百番歌合」（一二〇一年に後鳥羽《ごとば》上皇が発企、翌年に完成する）では、「いさいかに深山の奥にしをれても心知りたき秋の夜の月」の歌に対し、判者の藤原定家《ていか》は、「『知りたき』といへる、雖聞俗人之語《ぞくじんのごにきくといへども》、未詠和歌之詞歟《いまだわかのことばによまざるか》」と述べている。希望の助動詞としては平安時代に使われたのは「まほし」であり、「たし」が使われたのは、平安時代末以降であり、『平家物語』では例は多いとはいえないが、「おなじ遊び女とならば、誰もみなあのやうでこそありたけれ」（祇王）「さては舞も見たけれども、けふはまぎるゝ事いで

夏　歌合　山・心　秋・月

きたり」(同)「今一度御前へ参て、君をも見参らせたう候へども」(少将乞請)「今一度たちかへりたくおぼしけれども、心弱くては叶はじと」(重衡被斬)などと使われている(このうち、先の三例は会話語であり、例は会話語の方が圧倒的に多い)。定家が云おうとしたのは、この歌では「知りたき」といっているが、それは、世間一般の人が語っているのを聞くことはある(話し言葉では使っている)が、和歌の詞には詠まないのではないかということである。この場合、「俗人之語」とは世間一般の人の話し言葉である。平安時代までは言文一致の時代といわれ、鎌倉以降になると言文二途に分かれたとされる。この言文二途とは「言」は話し言葉、文は書き言葉。それが分かれるということで、話し言葉は自然の成りゆきとして変化していくが、書き言葉はほぼ平安時代と同じ形に固定したということである。兼好《けんこう》の『徒然草』は古体を愛する内容の書と知られる。「何事も、古き世のみぞしたはしき。今様は、無下にいやしくこそなりゆくめれ。……文の詞などぞ、昔の反故どもはいみじき。ただいふ言葉も、口をしうこそなりもてゆくめれ」(二二)と最近の言葉はよくないとするが、それではどうするかという記述は見当たらない。世の無常と同じであり、言葉の変化も彼にとっては世の摂理ということであろう。

　和歌については、藤原定家が「詞は三代集を出づべからず」としたごとく以前の形が保持されていたと考えられる。それだけ「知りたき」など俗語を使った歌は許せなかったのであろう。兼好も「歌の道のみ、いにしへに変らぬといふ事もあれど」(十四)という。ただ、兼好がこの後、「今も詠みあへる同じ詞・歌枕も、昔の人の詠めるは、さらに同じものにあらず。やすくすなほにして、歌もきよげに、あはれも深く見ゆ」(同)と、昔の歌は奥行きがあったと述べる。昔はよく、今は衰えた。世は無常という彼の思想はここにもうかがえる。そして、「同じ詞」を使えば使うほど、発想の基盤が時代の言葉にあった筈であるから、定家のいう差は出たに違いない。

　室町時代末期になると、連歌論などの中に古い言葉の研究の成果が示される。それを見ると、当時の人たちが平安時代の言葉をいかに安易に見ていたかが理解される。さらに、この時代には、口語資料が出るので、当時の話し言葉が平安時代のそれと違うことは歴然とする。『天草本平家物語』は文語体を口語体に訳したものであるが、その中で一節だけ試みとして文語体のままで記述されたところがある。その時、聞き手はその部分が何を言っているのか全く理解できない、やはり、今までの言葉で語ってくれという。『平家物語』であるから、さほど、難解な文章ではないのであるが、そういう発言が出るのは、文語・口語の乖離がいかに大きかったかが考えさせられる。

　江戸時代になると、国学者達はそれぞれに、王朝語的文章を綴ろうとした。まず雅言が意識されるものであった。しかし、本居宣長《もとおりのりなが》も富士谷成章《ふじたになりあきら》も、思想形成の根底には俗言・俚言と呼ばれる平常語があり、それにより雅言が理解されることを述べる。奈良時代の古言は別格のものとなっていたようである。

（山口明穂）

会話　和歌・詞　世　歌枕　連歌論

写本・版本・活字

底本　そこほん

「そこぼん」「ていほん」ともいう。しかし、「定本《ていほん》」と区別するために「そこほん」ということが多い。

写本を版本にする際に、または写本や版本を翻刻し活字化する際に、拠り所とするもとの本のこと。あるいは、古典の異本を比較し校合する際に、基準にする本のこと。

たとえば、『源氏物語大成』が飛鳥井雅康《あすかいまさやす》筆大島本《おおしまぼん》を底本としたため、現行の『源氏物語』の活字本の多くは、大島本を底本としている。しかし、日本古典文学大系『源氏物語』は、三条西家証本《さんじょうにしけしょうほん》を底本にしている。大島本も三条西家証本も、藤原定家《ていか》が校訂した青表紙本《あおびょうしぼん》系統の伝本であるが、源親行《ちかゆき》校訂の河内本《かわちぼん》を底本にした現行注釈書はない。

また、『徒然草』には、現存伝本中最古とされる正徹《しょうてつ》自筆の永享三年（一四三一）書写本、伝東常縁《とうのつねより》筆室町期写本など、原形に近い草稿本・初稿本と目されるものが伝存している。しかし、それらは異本系統であり、現存伝本の八割を占めるのは流布本《るふぼん》系統である。流布本系統の代表は、烏丸光広《からすまるみつひろ》の奥書を有する慶長十八年（一六一三）刊の古活《こかつ》字本《じぼん》であり、誤脱の少ない良質な本文とされている。現行の注釈書類の多くは、この烏丸光広本を底本にしている。

（池田和臣）

袖　そで

衣服の、両腕を覆う部分のこと。衣手《ころもで》、袂《たもと》なども、袖の意味で使われることがある。古典和歌では人の身体を直接的に表現することは少ない。その代わりに、身にまとう衣服、特に「袖」には、さまざまな動作と結びついた、多彩なイメージが与えられている。（和歌）

早く『万葉集』には額田王《ぬかたのおおきみ》の「茜さす紫野ゆき標野《しめの》ゆき野守《のもり》は見ずや君が袖振る」（万・一・二十）という歌がある。（茜・紫野）歌意は、あなたは私に袖を振っているけれど野の番人が見咎《とが》めはしないかしらというもの。「袖振る」は、単に手を振ることではなく、相手の魂を自分の方に招き寄せようとする愛の仕草であった。『源氏物語』紅葉賀《もみじのが》巻で、光源氏が藤壺に対して「物思ふに立ち舞ふべくもあらぬ身の袖うち振りし心知りきや」と歌うのも、舞にこめた私の思いを解っていただけたかという愛の訴えである。「袖交はす」は男女が互いの袖を敷き重ねて共寝をすること、「袖片敷《かたし》く」は自分の衣だけを敷いて独り寝をすることをいう。（男・女）「袖の別れ」は共寝をした男女が別れることで、「白妙の袖の別れに露おちて身にしむ色の秋風ぞふく」（新古今・恋五・藤原定家）のような艶麗な歌も詠まれた。（露・色・風）袖を返して寝ると恋人を夢に見ることができるという俗信もあった。

大切なものを袖に包むという発想も多い。「もみぢ葉は袖にこき入れてもて出でなむ秋はかぎりと見む人のため」（古今・秋下・素性）は、北山の紅葉を袖に入れて都人への土産にしようというもの。（もみぢ（紅葉）・秋・北山）袖ではなく袂の例になるが、「う

魂　涙　雨・浦　時雨　月　花・橘

れしきを何に包まむ唐衣《からころも》袂ゆたかに裁てと言はましを」(古今・雑上・読人知らず)は、嬉しい気持ちを大切な宝物のように袖に包んでおきたいと歌う。袂をたっぷりと仕立ててくれと言っておけばよかったという下句からは、嬉しさが胸にあふれる感じが伝わってくる。「飽かざりし袖の中にや入りにけむわが魂のなき心地する」(古今・雑下・陸奥《みちのく》)は、我が身から憧れ出た魂があなたの袖の中に入り込んだのだろうか、という歌である。

涙の存在も、しばしば袖によって表現される。「袖の涙」という歌ことばがあるほか、「袖の雨」「袖の浦」「袖の氷」「袖の時雨」「袖の露」なども、いずれも涙のことである。また「袖朽《く》たす」「袖を絞る」なども泣くことをいう。「あひにあひて物思ふころの我が袖に宿る月さへ濡るる顔なる」(古今・恋五・伊勢)は、袖にたまった涙に小さな濡れた月が映っていると詠んだものである。このような発想は中世和歌の中で洗練の度を加え、「袖の上にたれ故月は宿るぞとよそになしても人の問へかし」(新古今・恋二・藤原秀能)のような歌も生まれた。「五月待つ花橘《はなたちばな》の香をかげば昔の人の袖の香ぞする」(古今・夏・読人知らず)のように、袖の香もしばしば文学の素材となって、懐かしい記憶を呼び覚ます働きを担っている。

(鈴木宏子)

袖師の浦　そでしのうら

歌枕　出雲　袖・浦・貝　月　和歌　あま(海人)　夏

平安時代中期ころから多く詠まれた歌枕。『八雲御抄《やくもみしょう》』には出雲《いずも》国の歌枕として載り現在の島根県松江市付近に比定する説もあるが、今の静岡県庵原郡《いおはらぐん》(現静岡市)の海岸とする説もあり、その所在については決しがたい。

袖との連想から、「唐衣《からころも》袖師の浦のうつせ貝むなしき恋に年の経ぬらん」(後拾遺・恋一・藤原国房)や「唐衣袖師の浦の月影は昔かけける玉にやあるらん」(清輔集・秋)のように唐衣を冠する和歌や「わび人の涙は海の波なれや袖師の浦に寄らぬ日ぞなき」(散木奇歌集・雑上・源俊頼)「しほたるる袖師の浦のあま人はいつかみるめを刈らんとすらむ」(有房集・恋)など涙との関連を詠んだ和歌が多い。また、時代が下ると「涼しさをつつみてかへるよしもがな袖師の浦の夏の夜の月」(鈴屋集・夏・本居宣長)のように月を詠み込んだ和歌も認められるようになる。

(吉田幹生)

袖の浦　そでのうら

出羽・歌枕　浦　袖　最上川　和歌　涙　波・風・縁語

『能因歌枕《のういんうたまくら》』や『和歌初学抄《わかしょがくしょう》』に出羽《でわ》国の歌枕として記載され、現在の山形県酒田市宮野浦に比定されているが、本来は比喩的に「袖の裏」と掛けて用いられていたのが後に地名として固定されたと考えられている。地名の由来については、最上川《もがみがわ》を渡る際に金のなかった弘法大師《こうぼうたいし》が、代わりに袖をちぎって船頭に渡したためという伝説も伝わっている。

和歌での用例はほとんどが恋歌に集中し、「君恋ふる涙のかかる袖の浦は巌なりとも朽ちぞしぬべき」(拾遺・恋五・読人知らず)のように涙で濡れた袖の連想で用いることが多かった。また、波や浦風などとともに縁語仕立てによって海岸風景を構成することもあり、中世になるころからしだいに地名としての印象を強めていった。

なお、江戸時代には神奈川県鎌倉市の七里《しちり》ヶ浜《がはま》の異称として「袖の浦」が用いられることもあった。（吉田幹生）

袖振山　そでふるやま

奈良・布留・掛詞・袖・山

奈良県天理市にある布留《ふる》山をさすか。「振る」を掛詞にして「袖ふる山」と続けて一つの地名のように扱われた。「未通女《をとめ》等が袖布留山の瑞垣《みづかき》の久しき時ゆ思ひきわれは」（万・四・五〇一・柿本人麻呂）が有名だが、「袖振山」の用例は『万葉集』でもこの歌と、人麻呂《ひとまろ》歌集出典のこの歌の小異歌の二首のみである。「袖振る」との掛詞は個性的な一回的な表現であったろうが、人麻呂という権威を背景に後代重視されたのであろう。『拾遺集』にも異伝歌が収められ、以後「乙女子が」「我妹子が」などを枕詞のように詠むようになった。「袖」の印象から「わぎも子が袖ふるやまも春きてぞ霞のころもたちわたりける」（千載・春上・大江匡房）のように春の「霞の衣」としたり、「をとめ子が紅葉の衣うちしぐれ袖ふる山の秋のみづがき」（壬二集・一四七八・藤原家隆）のように秋の「紅葉の衣」を詠むものもあった。用例は多くないが、「袖振山の瑞垣」「久し」の意から導かれた「いく千代ぞ袖ふる山のみづがきもおよばぬ池にすめる月影」（新後撰・賀・藤原定家）のような和歌もある。（中嶋真也）

枕詞　春・霞　をとめ（少女）・紅葉　秋　池　月

園原　そのはら

信濃・歌枕・美濃・木曽

信濃《しなの》国の歌枕。美濃《みの》国との国境で神坂峠《みさかとうげ》の麓。木曽路《きそじ》の難所とされる。平貞文家歌合で詠まれた「園原や伏屋におふる帚木のありとは見えてあはぬ君かな」（新古今・恋一・坂上是則）で有名なように、帚木《ははきぎ》伝説と関わって用いられることが多い。これは、園原の伏屋《ふせや》に生えている帚木は遠くから見ると確かにあるが近寄ってみるとない、というもの。『源氏物語』帚木巻での光源氏と空蟬《うつせみ》の贈答歌「帚木の心をしらでその原の道にあやなくまどひぬるかな」「数ならぬ伏屋に生ふる名のうさにあるにもあらず消ゆる帚木」は、その帚木伝説を踏まえている。『枕草子』（原は）にも名が挙がっており当時から広く知られていた。『俊頼《としより》髄脳《ずいのう》』には、最近園原の伏屋を実見した人に尋ねたところそのような木は見えないと答えたという話が載っている。なお、この伏屋は弘仁六年（八一五）に最澄《さいちょう》が広極院という宿泊所を設け旅人の難儀を救ったところである。（吉田幹生）

歌合　園原

祖本　そほん

写本

ある作品の諸伝本の源に位置する写本。ある写本の系統の最初に位置する本。

作者・編者の自筆原本が伝存する場合は、当然それが祖本である。藤原俊成《しゅんぜい》『古来風体抄《こらいふうていしょう》』の伝本系統には、初撰本系統、再撰本系統、中間本系統がある。初撰本の原本である俊成自筆本が、冷泉家時雨亭文庫《れいぜいけしぐれていぶんこ》に伝存する。これが初撰本系統の祖本ということになる。

『更級《さらしな》日記』の伝本は、そのすべてに意味不通の本文の錯乱箇所があり、読み解き難いものであった。ところが大

錯簡　糸　奥書

正時代に、皇室御物のなかに藤原定家《ていか》筆『更級日記』が発見された。そしてその本には、錯簡《さっかん》のあることが突きとめられた。すなわち、列帖装の綴じ糸が切れ、各括りの一紙一紙がバラバラになったのを、綴じ直すときに順番を間違えて綴じてしまっていたのである。現存する伝本は、ほとんどが定家筆本と同じ勘物・奥書をもち、かつ本文の錯乱をもっている。ということは、現存の伝本はすべて、錯簡をおこした後の定家筆本から派生したのであり、定家筆本こそがすべての現存伝本の祖本であったのである。

（池田和臣）

た

田　た

稲　和歌　秋　男・女　心　露　夕・門田　蘆・風

稲などを育てるために耕作した土地。水を引き入れた湿田と、そうでない乾田とがある。和歌では古くから詠まれ、特に刈り入れ時の「秋の田」が題材とされた。「秋の田の穂田《ほだ》の刈りばかか寄りあはばそこもか人の我を言なさむ」（万・四・五一二）は、稲刈りをする男女が接近して、そのことすら噂になってしまうのではと心配する歌で、実際に稲刈りをする者の心情である。「秋の田のかりほの庵の苫をあらみわが衣手は露に濡れつつ」（後撰・秋中・天智天皇）は、農民の苦労を思いやる歌とも解釈されたようだが、物思う秋のたとえとも捉えられる。「夕されば門田《かどた》の稲葉おとづれて蘆《あし》のまろやに秋風ぞ吹く」（金葉・秋・源経信）は、中世和歌で好まれた秋のわびしい情景を詠んだ早い例である。

「田もやらふあぜもやらふで、奥様はうっそり鼻明てしまはんしょ」（浄瑠璃・夕霧阿波鳴渡）は、相手がかわいくて田も畦もすべて与えてしまう、という意味の成語である。

（奥村英司）

対　たい

⇨寝殿《しんでん》

鯛　たい（たひ）

色　春　涙　船・酒　海人

タイ科魚類の総称。ふつうは、淡紅色であるマダイをさす。色・姿の美しさと、その美味であることとが高く評価されて、日本においては古来特に尊ばれた。後には「めで鯛は、七献までも、おん肴とて、召し出ださるる」（謡曲・河水）というように、「めでたい」に引っ掛けて祝いに用いられるようになった。「醤酢《ひしほす》に蒜《ひる》搗《つ》き合《か》てて鯛願ふわれにな見せそ水葱《なぎ》の羹《あつもの》」（万・十六・三八二九・長忌寸意吉麿）とあることから、古代より刺身で食されていたことがわかる。また、魚の調理法は、『宇治拾遺物語』巻二・五で、「鯛の荒巻」をもてなしとして出そうとするなど様々で、浜焼き・霜降り・汁なども『料理物語《りょうりものがたり》』に挙げられている。えびすの像は必ず鯛と釣り竿を携えるが、「きのうみにたひひくあみのおきかけておくほど見ゆるうけのかずかな」（新撰六帖・三）と詠まれているように、網での漁も広く行われた。春に産卵のため内海に入り込む、赤みを増した鯛はとりわけ美味であり、「桜鯛」と呼ばれ、「からし酢にふるは涙か桜だい」（懐子）などと詠まれる。なお、『日本書紀』には、熊襲《くまそ》征討の旅で、神功《じんぐう》皇后が船に集まる鯛に酒を注ぐと鯛が浮かび、海人を喜ばせ、それから鯛が六月に浮かぶようになったという伝承が載る。実際は鯛の生理現象であるが、この現象は「浮鯛《うきだい》」と呼ばれ、文学作品での言及も見られ

る。（高野奈未）

題詠　だいえい

和歌　七夕　歌合・屏風　歌枕　更衣

あらかじめ呈示された歌題で和歌を詠むこと。詠歌の場で出題される当座題とあらかじめ歌会などの前に出題される兼日題がある。『万葉集』には「詠レ鳥」「思二故郷一」などの題で和歌が収められた部分があるが、それは編者が詠歌の主題を短く表したもので、詠むために設定された歌題ではない。大伴家持《おおとものやかもち》のころには、嘱目《しょくもく》の景を詠ずる際、たとえば天の川を仰いで「七夕歌」の歌題で詠むような（二十・四三〇六―四三一三）、詠歌の場や折、興味などの背景を伴って題が設定されていた。『古今集』以後、歌合・屏風歌・歌会・百首歌などの催しが盛行するなかで、歌題は設題の背景を捨象し、詠作の歴史の中で積み上げられ確立した景物や歌枕、題の「本意」を詠むためのものと考えられるようになる。院政期に行われた『堀河百首《ほりかわひゃくしゅ》』以降、そうした歌題を詠む題詠が詠法として意識化、定着し、以後詠歌の本流となった。鎌倉時代以降の歌論の多くは歌題の「本意」や題詠について言及するが、時代が下がるにつれて些末な指摘に走っていった。

歌題には、「七夕」「恋」「更衣」といった一つの事物を詠む一字題、「水上ノ花」「夢ノ中ニ契ル恋」「社頭ノ立秋」といった二つ以上の事物を結んだ結題《むすびだい》、『和漢朗詠集』などの漢詩文の佳句を題とする朗詠題、経文《きょうもん》の一句を取る法文《ほうもん》題などがある。また、百首の題を四季・恋・雑など大別して部類し、題の組み合わせを体系づける形式（組題《くみだい》）は、やはり『堀河百首』を契機として確立した。（吉野朋美）

大覚寺　だいかくじ

真言　願　大沢の池・菊　和歌

古義真言宗《しんごんしゅう》の総本山。現在の京都市右京区にある。もとは嵯峨《さが》天皇の離宮だったが、淳和《じゅんな》皇后の願により貞観十八年（八七六）に寺となり大覚寺と名付けられた。

寺の東には「大沢《おおさわ》の池」があり、「ひともとと思ひし菊を大沢の池の底にも誰か植ゑけむ」（古今・秋下・紀友則）など多くの和歌が詠まれた。『百人一首』で有名な藤原公任《きんとう》の「滝の音は絶えて久しくなりぬれど名こそ流れてなほ聞こえけれ」（千載・雑上、拾遺・雑上では初句「滝の糸は」）はその北側にある滝殿《たきどの》を訪れた際に詠んだもの。また、その庭は巨勢金岡《こせのかなおか》の作庭とされており、西行《さいぎょう》の「庭の岩に目立つる人もなからましかどある様に立てしおかずは」（山家集・雑）はその庭の石を見て詠まれたものである。

なお、鎌倉時代には後宇多《ごうだ》上皇の嵯峨御所《さがごしょ》が当地に置かれたため、亀山《かめやま》天皇以下の皇統を大覚寺統と称した。（吉田幹生）

大将　たいしょう（たいしゃう）

大納言・大臣

奈良時代の授刀衛《じゅとうえい》・中衛府《ちゅうえふ》・近衛府《このえふ》・外衛府《がいえふ》、および、平安時代以降に置かれた左右近衛府の長官。武官の最高位として栄誉職化した。定員は左右各一名。従三位《じゅさんみ》相当官であるが、大納言・大臣の兼任する例が多いので、正二位の大将もいる。『源氏物語』の準拠する時代から紫式部の同時代、つまり醍醐《だいご》朝から一条《いちじょう》朝（八九七―一〇一一）の大将を、公卿補任によって一覧すると、藤原時平《ときひら》の二三歳就任が一番若く、次いで、藤原朝光《ともみつ》の二七歳、藤原忠平《ただひら》、藤原道兼《みちかね》、藤原道長《みちなが》の三十歳である。四十代でも若いほうで、

中・少将

五十代、六十代の大将が多い。中、少将とは異なり権官《ごんかん》を設けないから、高齢化するのであろう。どんどん出世して左大臣になっていく若い大将と、年寄りの大将の二種類があったようだ。

行幸

『枕草子』が「左大将。右大将」（上達部は）と筆頭に挙げるのは、行幸などで随身を従えて進む姿が、威厳があって凛々しいからであろう。『源氏物語』で、「右大将の、さばかり重りかによしめくも、今日の装ひいとなまめきて、胡籙《やなぐひ》など負ひて仕うまつりたまへり」（行幸）と描かれているのは、鬚黒大将《ひげくろのだいしょう》のことで、三一、二歳である。源氏は、葵《あおい》巻冒頭に右大将として登場する。夕霧《ゆうぎり》は、十九歳で、中納言兼右大将になる。朱雀《すざく》院は、「（源氏は）二十がうちに

宰相

は、納言にもならずなりにきかし。一つあまりてや、宰相にて大将かけたまへりけむ」と語る。宰相で大将を兼ねたものは貞観十一年（八六九）以降例がない。薫《かおる》は、二六歳で、権大納言兼右大将になる。源氏たちは超一流の貴公子であるが、それにしても、『源氏物語』の大将たちは異様

物語

に若く、非現実的な設定といえよう。物語の主人公がどんどん高位高官になっていくのは、すでに『源氏物語』において始まっているようだ。

（池田節子）

大臣　だいじん

律令

律令制で、太政官の最高の官。太政大臣、左右大臣、令《りょう》外官《げのかん》の内大臣がある。和訓は、オトド・オオイドノ・オオイマウチギミ。唐名は丞相・相国など。右―左―太政と転

相国

昇していく。太政大臣は、それに相応しい人物がいなければ任命しなくてもよいという則闕《そっけつ》の官で、名誉職的な存在である。相当位は正従一位。左大臣は、実質的な太政官の最高責任者で、一上《いちのかみ》と呼ばれる。左右大臣の相当位は正従二位。内大臣は、死去直前の内臣中臣鎌足《なかとみのかまたり》に、藤原姓と大織冠・大臣位を授け、藤原内大臣と通称したことに由来する。第四の大臣または員外の大臣で、急速に昇進する摂関家子弟や大納言の地位に長く留まっているものなどが任じ

大納言

られた。

平安時代初期までは、必ずしも左右大臣が常置されていたわけではない。一人も大臣がいなかったときもある。天暦元年（九四七）以降は左右大臣が揃うようになり、永祚元年（九八九）以降は、内大臣も常置され、太政大臣が存在するときは、大臣が四名いるようになる。公卿を大臣と大納言以下を区別する意識があり、上層貴族の、大臣に対する執着と憧憬は強かった。藤原道綱《みちつな》は、一、二か月でもよいから大臣にしてほしいと藤原道長に懇願したが、「一文不通之人」（小右記・寛仁三年（一〇一九）・六・十五）のためか、叶わなかった。

『源氏物語』では、始発時には、光源氏の舅の左大臣とそのライバル右大臣が存在する。源氏は、明石から帰京し

明石

て権大納言になり、冷泉《れいぜい》帝即位とともに内大臣になり、秋好中宮《あきこのむちゅうぐう》を立后させると、頭中将に内大臣を譲り、太政大臣になる。帰京してからの、冷泉帝の後見としての光源氏の出世が、何人も越えてのものであろうことが、権官《ごんかん》（臨時の定員増の官）であることと、内大臣であることからうかがえる。鬚黒《ひげくろ》大将は右大臣から太政大臣、夕霧は右大臣から左大臣になっている。

（池田節子）

後見

題簽・題箋　だいせん

書物の表紙に書かれた書名や巻数を外題《げだい》という。その外題を書いて書物の表紙に貼りつけた小紙片を題簽という。手書きの書き題簽、木版刷りの刷り題簽に大別される。刷り題簽には外周に枠（単枠・二重枠・子持ち枠）が施されたものがある。普通、写本には書き題簽が、版本には刷り題簽が用いられる。

外題

写本・版本

藤原定家《ていか》の監督下に書写されたと思われる、冷泉家時雨《れいぜいけしぐれ》亭文庫《ていぶんこ》蔵の私家集類には、定家の自筆で表紙中央に書名の記されているものが少なくないが、それらは題簽にではなく打付け書きにされている。題簽は糊が乾いて剥がれ落ちることが多く、実用面では避けられたのかも知れない。題簽が貼られるようになるのは室町時代以降で、宋・元版の刷り題簽の影響と考えられる。宋・元版を模刻した五山版に刷り題簽が使われている。

光悦謡本《こうえつうたいぼん》（古活字本）のなかでも百番本には、俵屋宗達《たわらやそうたつ》筆の彩色下絵に本阿弥光悦《ほんあみこうえつ》の書き題簽が付けられており、美麗な題簽芸術というべきものであるが、これは特例といってよい。光悦謡本でも特製本以下は、みな刷り題簽である。

書名や巻数とは別に、目次や絵を記した添え題簽（副題簽・目録題簽ともいう）がある。普通の題簽は縦長の短冊形であるが、添え題簽は方形のものが多い。

芝居絵本や浄瑠璃本では、普通より幅の広い題簽に、絵・版元名・座元名なども記した。これが発展して、草双紙（赤本・黒本・青本・黄表紙）の絵題簽になる。初期の墨摺りから多色摺りのものへと展開する。

草双紙

黄表紙

貼り付ける位置は、歌書・物語・絵本では、書き題簽・刷り題簽とも中央上部、その他は左上部。左上部に外題を記した題簽を、中央に目次・目録を記した添え題簽を貼ることもある。

物語

題簽は糊が効かなくなって剥がれ落ちることが多く、元題簽が残っているのは貴重である。また、剥がれたあとに、別の本の題簽が貼られることもあり、注意を要する。

（池田和臣）

大納言　だいなごん

律令制の太政官の職員。大臣に次ぐ官。正三位相当で、定員は当初四人であったが、慶雲二年（七〇五）中納言設置に伴い二人になる。平安時代には権大納言を置くようになり、平安時代中期以降次第に人数が増えた。一条朝《いちじょう》（九八六―一〇一一）では、だいたい三、四人である。職掌は、大臣とともに政務を審議し、大臣がいなければ、その職務を代行すること、大事を奏上したり、勅命の宣下にあたる

律令・大臣

こと、天皇に近侍して、その是非を献言することで、大臣になる一歩手前という存在である。一条天皇に仕えた源俊《とし》賢《かた》、藤原公任《きんとう》、藤原斉信《ただのぶ》、藤原行成《ゆきなり》は、政務にも文化的にもすぐれた名臣で、四納言と称された。

『源氏物語』において、光源氏・頭中将・夕霧《ゆうぎり》・薫《かおる》は大納言になっているが、源氏が「源氏の大納言」などと三回あるほかは、大将などの兼官でよばれている。『源氏物語』のなかで、大納言とあるのは、桐壺《きりつぼ》更衣の父、紫の上の母方の祖父、雲居雁《くもいのかり》の母の再婚相手、女三宮《おんなさんのみや》の求婚者、柏木《かしわぎ》、柏木の弟の紅梅《こうばい》などである。そのうち、桐壺更衣の父・雲居雁の継父・紅梅は按察《あぜち》大納言ともよばれている。按察とは納言以上の名目だけの官で、古くは、関白や左大臣に出世する人々も按察になっているが、藤原兼家《かねいえ》を最後に、将来最高権力者になる人々ではなく、その周辺の人物が任命されるようになる。『大鏡《おおかがみ》』には、「御病も重くて、大将も辞したまひてしこそ、口惜しかりしか。さて、ただ按察大納言とぞ聞えさせし」(兼通)とあり、「按察大納言」とよばれることは、有力な兼官をもたず、按察でしかないことを意味するようだ。『源氏物語』において、大納言と呼ばれない人物と呼ばれる人物の間には、最高権力者になる可能性があるかどうかの違いがあると思われる。

『落窪《おちくぼ》物語』では、男君が、女君の父の中納言が大納言になることを切望していると知って、譲ることを父の右大臣に相談すると、「大納言はなくても(兼官の大将があるから)あしくもあらじ」という。大納言よりも、大将が重視されていたことがうかがえる。

(池田節子)

大将
病

大菩薩　だいぼさつ

山梨県塩山《えんざん》峠と北都留郡小菅村との境にある峠。関東平野と甲府盆地を結ぶ峠道でもあり、明治時代になるまで人々は海抜約一九〇〇メートルもあるこの地を越えて行き来をしていた。現在はハイキングコースになっており、天気のよい日には富士山を望むこともできる。

古典文学の世界ではあまり有名な土地ではないが、二十世紀になり中里介山《なかざとかいざん》が書いた未完の長編小説『大菩薩峠』(一九一三—四一年)で一躍有名になった。この作品では、幕末を生きる虚無的な剣士机龍之介《つくえりゅうのすけ》を中心に、様々な挿話を積み重ね、人間存在の不可思議さと無意味さが描き出されているが、その出発点となったのがここ大菩薩峠での辻斬りである。中里介山は江戸時代に編纂された地誌『甲斐国志』の一節を踏まえてこの地の様子を描いてる。ちなみに、同地には『大菩薩峠』の文学碑も建っている。

(吉田幹生)

富士山
甲斐

内裏　だいり

古代都城の大内裏の中心で、天皇の平時の住居を中心とする殿舎群をさす。内《うち》、大内、大内山、大御門、禁中《きんちゅう》、禁《きん》裏《り》、禁闕《きんけつ》、宮中《きゅうちゅう》、御所《ごしょ》、鳳闕《ほうけつ》、大宮《おおみや》、九重《ここのえ》、百敷《ももしき》、皇居など様々に呼ばれた。各都城ごとに大内裏内における内裏の配置や殿舎の構成は異なり、様々に変遷をたどりながら平安内裏にいたり、「万代《よろづよ》の宮」となって以降、定式化し故

節会
后→三后

実となった。

内裏の南半分は天皇が常住する空間であり、住まいとなる仁寿殿《じじゅうでん》を中心に、南に政務を執る紫宸殿《ししんでん》（南殿）、西に後に常住の場となった清涼殿《せいりょうでん》などが造られ、各種の節会《せちえ》や儀式、遊宴の場となっている。北半分は、后たちの住まいとなる後宮で、承香殿《そうぎょうでん》、弘徽殿《こきでん》、登花殿《とうかでん》、常寧殿《じょうねいでん》、貞観殿《じょうがんでん》、麗景殿《れいけいでん》、宣耀殿《せんようでん》の七殿と飛香舎《ひぎょうしゃ》（藤壺《ふじつぼ》）、凝花舎《ぎょうかしゃ》（梅壺《うめつぼ》）、襲芳舎《しゅうほうしゃ》（雷鳴壺）、昭陽舎《しょうようしゃ》（梨壺《なしつぼ》）、淑景舎《しげいしゃ》（桐壺《きりつぼ》）の五舎、計十二殿舎が設けられ、后たちはその家柄に応じて各殿舎に配された。『源氏物語』（桐壺巻）で帝の寵愛を受けた桐壺《きりつぼ》更衣は、その身分の低さから清涼殿から最も遠い淑景舎に住んだことが、各種の迫害を受けて病死するという悲劇を招く。神聖な空間である内裏では、死や血の穢れを忌むという禁忌が、両者の離別に一層の哀切さを加えている。

鏡

平安内裏は延暦年間（七八二—八〇六）の造営であるが、天徳四年（九六〇）を最初にしばしば羅災する。内裏焼亡をめぐっては廷臣の落ち着いた対応や、神鏡および琵琶の名器玄象が自ら避難するなど、様々な逸話が残る（古今著聞集・二、今昔・二四・二四）。一方では、火災の原因は仏教への迫害や菅原道真《すがわらのみちざね》の左遷などという誤った政治に由来するとして、内裏焼失はその報いとする逸話も見える（古今著聞集・三四・三五、大鏡・時平）。

陣

貞元元年（九七六）、内裏が焼失した際、円融《えんゆう》天皇は藤原兼通《かねみち》の堀河第に移り、世人がこれを「今内裏《いまだいり》」と称したのが（栄花・花山たづぬる中納言）、里内裏《さとだいり》の最初である。里内裏は、当初「今内裏のひむがしをば北の陣といふ」（枕・今内裏のひむがしをば北の陣といふ）のように、既存の邸宅を内裏に擬したことで、「東」を「北」と呼ぶようなこともあった。しかし、寛弘二年（一〇〇五）の内裏焼亡で、藤原道長《みちなが》の東三条第《ひがしさんじょうてい》が里内裏となってからは、臣下の邸宅を里内裏とすることも一般化し、一条院・高陽院・六条院・土御門烏丸殿《つちみかどからすまどの》など、里内裏使用を前提に邸宅が作られるという逆転現象も起きる。平家の福原遷都でも、まず里内裏を作る議定があって、五条大納言邦綱《くにつな》に命じたとある（平・五・都遷）。さらに鎌倉時代に造営された閑院《かんいん》は、「此度あらためて大内に摸して、紫宸・清涼・宜陽《ぎよう》・校書殿《きょうしょでん》・弓場・陣座《じんざ》など、要須の所々たてそへられける」（古今著聞集・三八四）とあるように、平安内裏の規模が本格的に取り入れられた。元来の内裏は安貞元年（一二二七）に焼亡した後は再建されずに、内野《うちの》と呼ばれて、その荒廃ぶりが早くは『今昔物語集』（十六・二九）に見え、中世和歌にも詠まれた。室町時代には、土御門東洞院殿《つちみかどひがしのとういんどの》が土御門内裏として定着し、それが京都御所となり、今日にいたっている。（河添房江）

邸
平家
和歌

鷹　たか

タカ目タカ科の猛禽。古代以来、鷹は鷹狩りと深く結びついていた。鷹狩りは、調教した鷹を飛ばして雉《きじ》・水鳥などの獲物を捕らえる狩猟であり、主に秋から冬にかけて行われた。単に「狩り」というだけで、鷹狩りをさす場合も多い。鷹の美しさと狩猟の緊張・興奮は人の心を魅了し、鷹は貴族・武士の愛玩する鳥となった。しかし、『今昔物語集』巻十九「西の京に鷹を仕ふ者、夢を見て出家する語」

雉
秋・冬
武士
出家

などが示すように、仏教の殺生禁断の教えによれば鷹狩りは罪深い行為となる。そうした二面性が鷹・鷹狩りにあった。

日本における鷹狩りの公的な起源は、仁徳《にんとく》天皇の時代とされる（仁徳紀）。その後、奈良時代には公的な鷹狩りは振るわなかったが、大伴家持《おおとものやかもち》が鷹・鷹狩りを愛好したことが、『万葉集』にうかがえる。平安時代に入り、桓武《かんむ》天皇や嵯《さ》峨《が》天皇、また光孝《こうこう》・宇多《うだ》・醍醐《だいご》天皇が鷹・鷹狩りを愛好し、鷹狩りの「野行幸《のぎょうこう》」をした。一方、貴族などが朝廷の許可なく私的に鷹を飼い鷹狩りを行うことに対する禁令が九世紀を通して度々出され、特に清和《せいわ》天皇の時代には殺生禁断の考えに基づき鷹狩りが全面的に禁止された。しかし、何度も禁令が出されたことから逆に、人々が鷹・鷹狩りを非常に好んでいたことがわかる。『蜻蛉《かげろう》日記』中巻で、まだ子供の藤原道綱《みちつな》が鷹を飼っていたことは、平安貴族の鷹愛好を如実に示している。鷹は禄物や引出物にも用いられた。また、鷹狩りの際の装束に「摺《す》り衣《ごろも》」が用いられたことも注意される。その後、武家政権時代にも、源頼朝《よりとも》や徳川綱《とくがわつな》吉《よし》など時の為政者の方針によって禁止される時期を挟みながら、鷹飼い・鷹狩りは続いていった。

「濡れ濡れもなほ狩り行かんはし鷹の上羽《うはば》の雪をうち払ひつつ」（金葉・冬・源道済）などと鷹狩りの和歌に詠まれる「はし鷹」「はい鷹」は、小形の鷹。また、「とやがへる」「とかへる」は、『袖中抄』などで検討されているように、鷹が鳥屋に帰る意、また羽が抜け替わる意など、古来諸説がある。

（松岡智之）

仏教→仏
野・行幸（みゆき）
雪
和歌

高砂　たかさご

本来は砂が高く丘のようになったところを意味し、「山守は言はば言はなむ高砂の尾上の桜折りてかざさむ」（後撰・春中・素性法師）のように普通名詞として用いられていたが、しだいに播磨《はりま》国の歌枕として現在の兵庫県高砂市あたりをさすことが多くなっていった。

この地は『万葉集』には見えないが、『古今集』仮名序に「高砂・住の江の松も相生のやうにおぼえ」とあり、古くから松の名所として知られていたことが知られる。『百人一首』にも採られた「誰をかも知る人にせむ高砂の松も昔の友ならなくに」（古今・雑上・藤原興風）のように、松を詠んだ和歌は枚挙にいとまがない。常緑樹である松のイメージから人の世を寿ぐことも多く、世阿弥《ぜあみ》作の謡曲「高砂」はよく知られるところであり、そのイメージは今日に及ぶ。松以外では、「秋萩の花咲きにけり高砂の尾上の鹿は今や鳴くらむ」（古今・秋上・藤原敏行）と詠まれるように、鹿も高砂の代表的な景物であった。

（吉田幹生）

桜
播磨・歌枕
住の江→住吉
松
和歌
謡曲
秋・萩・鹿

高師浜　たかしのはま

和泉《いずみ》国の歌枕。現在の大阪府高石市の海岸。「大伴の高師の浜の松が根を枕き寝れど家し偲はゆ」（万・一・六六・置始東人）「沖つ波高しの浜の浜松の名にこそ君を待ちわたりつれ」（古今・雑上・紀貫之）など古くから登場し、白砂青松の美しい海岸として古来有名であった。『百人一首』に

和泉・歌枕
松
波

も採られた「音に聞く高師の浦のあだ波はかけじや袖のぬれもこそすれ」（金葉・恋下・一宮紀伊）もこの地を詠み込んでいる。ただ残念なことに、現在は工業地域建設のため埋めたてられ、その海岸風景を見ることはできない。和歌では「波高し」と掛詞になることが多く、波の高い土地としてのイメージが強い。

袖　和歌　掛詞

また、『更級《さらしな》日記』などには三河《みかわ》国の高師浜が登場する。こちらは現在の愛知県渥美郡高師町付近の海岸。和泉国の場合とは異なり、こちらの高師浜はあまり和歌に詠まれることはない。（吉田幹生）

三河

高瀬川　たかせがわ（たかせがは）

高瀬とは川の浅いところ・浅瀬の意。それゆえ、「高瀬川」と呼ばれる川は各地にあるが、有名なのは京都の高瀬川。この川は角倉了以《すみのくらりょうい》によって慶長十六年（一六一一）に掘削が開始された運河で、鴨川に並行して二条から伏見までを繋いでいる。この高瀬川ができたおかげで、京都と伏見・大坂の物流が活発になり、特に二条から五条にかけてのあたりは賑わいを見せた。井原西鶴《いはらさいかく》の『西鶴織留《さいかくおりどめ》』（保津川《ほづがわ》のながれ山崎の長者）にも「時に都の嵯峨の角倉は、其家栄て長者のごとし。然も二十余人の子宝、いわ井の水の高瀬川に、すぐなる道橋のわたり初して、此流れに一棚舟をかよはせ、俵物・薪をのぼし、洛中のたすけと成、竈の煙にぎはへり」と描かれている。森鷗外《もりおうがい》の小説『高瀬舟』（一九一六年）も、江戸時代寛政年間（一七八九—一八〇一年）のこの地を舞台として書かれている。（吉田幹生）

川　京　伏見　大坂　都・嵯峨　薪

高角山　たかつのやま

石見《いわみ》国の歌枕。「つの」の地（現在の島根県江津市都野《つの》津《づ》町辺か）にある高い山が原義であろう。柿本人麻呂《かきのもとのひとまろ》が石見国から上京する際、妻と別れる際に詠んだ歌「石見のや高角山の木の際《ま》よりわが振る袖を妹見つらむか」（二・一三二）が有名。この歌は『拾遺集』では「いはみなるたかまの山の」（雑恋・人麻呂）と別の地名になっている。「高角山」は人麻呂歌から推すと、別れの場としての意味をもちそうだが、後代の受容は決してそのようではない。「いはみのやゆふこえくれて見わたせばたかつのやまに月ぞいざよふ」（続古今・羇旅・藤原為氏）のように「月」を、「いはみのや春のゆきちるはなざかりたかつの山に風やふくらむ」（実家集・二二一・藤原実家）のように「桜」を、「いはみのやたかつの山のほととぎすこのさみだれにぬれつつぞなく」（夫木抄・二九六四・少将内侍）のように「ほととぎす」を詠むようになった。ただし、基本的に「石見のや」と人麻呂歌と同様な歌い出しであるように、『万葉集』人麻呂歌の影響が濃いのは確かである。（中嶋真也）

石見・歌枕　山　妻　袖・妹　月　春　桜　ほととぎす

高円　たかまど・たかまと

「高円の野」「高円の野の上の宮」「高円山」などと『万葉集』以来詠まれた。古代は清音「たかまと」。平城京から見て南東に位置し、聖武《しょうむ》天皇の離宮があった。今の奈良市白毫寺《びゃくごうじ》高円町。『万葉集』では、春の桜や秋の尾花、女《お》

野　奈良　春・桜・秋

た

女郎花・露

郎花《みなえし》など様々な景物と詠まれているが、萩の印象は強い。高円山の中腹にある白毫寺は現在も萩の名所である。「高円の野辺の秋萩この頃の暁《あかとき》露に咲きにけむかも」（八・一六〇五・大伴家持）。平安時代後期以降、万葉歌を踏まえた「はぎが花までにかけてたかまどのをのへの宮にひれふるやたれ」（新古今・秋上・顕昭）など、秋を中心に詠まれた。『万葉集』では、名称の「高」に月の出の遅さを求めた、ことば遊びのような「獦《かり》高の高円山を高みかも出で来る月の遅く照るらむ」（六・九八一・大伴坂上郎女）があるが、後代秋の景物として「月」も詠まれる例は多く、「高円」に「的《まと》」を掛け「弓張」「射《さ》す」などを縁語に詠まれたりもした。「しきしまやたかまど山の雲まより光さしそふゆみはりの月」（新古今・秋上・堀河天皇）。　（中嶋真也）

月・山・雲

薪　たきぎ

正月

燃料とする木。まき。宮中では、正月十五日に百官が薪を献上する御薪《みかまぎ》の儀があった。「新しき年の始めにかくしこそ千年をかねて楽しきを積め」（古今・大歌所御歌）はこの時のもので「楽しき」の「き」に「木」をかける。

雪・鳥辺野・鶴・世

また、「薪尽く」は、釈迦の入滅や人の死をいう慣用表現で、「仏この夜滅度し給ふ。薪尽きて火の滅するが如くなりき」（法華経・序品）による。火葬の火をも連想させ、「薪尽き雪降りしける鳥辺野は鶴の林の心地こそすれ」（後拾遺・哀傷・忠命）「いにしへの薪も今日の君が世も尽きはてぬるを見るぞ悲しき」（同・同・小侍従命婦）などと詠まれる。

法華経・仙人

『法華経』提婆品《だいばほん》には、釈迦が仙人に奉仕することで法華経を得たとある。これを踏まえ、法華八講の五巻の日には、僧たちが「法華経をわが得しことは薪こり菜摘み水汲み仕へてぞ得し」（拾遺・哀傷・行基）の歌（賛嘆）を唱え、捧げ物や薪・水桶を手にして壇の周囲を一巡する。これを「薪の行道」という。

僧→出家・菜・水

心

『源氏物語』御法《みのり》巻、死を予感する紫の上は、法華経千部供養を盛大に行う。「何ごとにつけても心細くのみ思」う紫の上は、明石の君に歌を詠みかけずにはいられない。「惜しからぬこの身ながらもかぎりとて薪尽きなんことの悲しさ」は、前掲『法華経』序品により死の言いようのない不安と悲しみを訴える。明石は「薪こる思ひは今日をはじめにてこの世にねがふ法ぞはるけき」と応じ、行道にことよせて紫の上の長寿を祈る。　（大井田晴彦）

薫物　たきもの

⇩香《こう》

濁点　だくてん

仮名

仮名文字の右肩に付けて濁音であることを表す符号。濁音符とも。現代語では「が」「ざ」などのように、右肩に二つの点を付ける。また「ぱ」のように右肩に「○」を付け、半濁音であることを表す符号は「半濁音符」と呼ばれる。この半濁音符はガ行鼻濁音（東京語の多くは語中語尾で使う、鼻にかかったガ行音）をガ行濁音から区別するために使おうと提唱されたこともあるが、これは流布するに至らなかった。

漢字

仮名文字は平安時代半ばにできあがる。平仮名は漢字の草書体から、片仮名は漢字の一部から、それぞれ、その大部分が作られた。どちらの仮名文字も清濁を区別して書き分けることはなかった。平安時代に書写された文学作品では、清濁どちらに読むかは読み手の判断であり、当時の人たちは濁点なしで清濁を区別して読んでいたと考えられる。我々は濁点が付いていなければ清音にしか読まない。そこから、かつて国粋主義的な考え方では、濁音を「濁った音」と解釈し、すべて仮名を清音で読む習慣を、日本の文字は濁音のような濁った音はなく、すべてが清音である清らかな音の言葉であると説いたこともあった。もちろん、間違いであり、要するに最初使われ出した時代には、清濁が区別して読み分けられるから、特に濁音と示す必要がなかったのである。なお、万葉仮名では、「天乃香具山《あまのかぐやま》」「兎《う》道《ぢ》（＝宇治）」のように漢字を用いているので、清濁の使い分けは可能であった。

漢文・をこと点

濁点はいつから、どういうきっかけで使いはじめられたかについては、漢文訓読のをこと点に求める考え方もあるが、否定する説が強い。そして、をこと点ではなく、漢字の声点を表すためにできたか、あるいは、悉曇《しったん》と関係するのではないかとする説が強い。九八七年の『金剛界儀軌《こんごうかいぎき》』加点本では、清音を「〇」、濁音を「・」と書き分けた例があり、一〇〇〇年の『大日経《たいにちきょう》』加点本では、清音を「・」、濁音を「・・」と、一〇三五年の『護摩密記《ごまみつき》』加点本では清音を「〇」、濁音を「〇〇」とするなどの例がある。その他、様々な清濁区別の符号があったが、この時期に濁音記号が現れたと考えてよいであろう。

仮名に濁点の使われたのは、訓点本の片仮名が早い。最古の例は先に挙げた『金剛界儀軌』にあったとされる。

「か」と「が」では、鼻濁音などの場合は除き、「た」と「だ」など、清音の場合は無声音（声帯の振動が伴わない音）、濁音の場合は有声音（伴う音）という対応のあるのが原則である。ただ、ハ行音の場合は、有声音「ば」に無声音「ぱ」が対応し、「は」は調音点が異なる音となる。そして、この場合、「ぱ」は半濁音と呼ばれ、右肩の「〇」で表示する。この半濁音の記号は、室町時代末期のキリシタン文献の一つ『落葉集《らくようしゅう》』に見えるのが古い。

（山口明穂）

竹　たけ

春・夏　秋　葉　梅　鶯　雪　雀・風　夕

イネ科タケ亜科の常緑多年生植物。晩春から初夏にかけ筍《たけのこ》を生ずる前後に落葉し、陰暦三月は「竹の秋」と称される。また、秋には鮮やかな緑の葉となり、陰暦八月は「竹の春」と呼ばれる。「梅の花散らまく惜しみ我が園の竹の林に鶯鳴くも」（万・八二四・阿倍奥島）「世にふれば言の葉繁き呉竹のうきふし毎に鶯ぞ鳴く」（古今・九五八・読人知らず）は竹に鶯を詠む早春の作。後には「雪埋む園の呉竹折れ伏してねぐら求むる群雀かな」（山家集・五三五）という竹に雀の例もある。「わが宿のいささ群竹吹く風の音のかそけきこの夕かも」（万・四二九一・大伴家持）は竹に吹く繊細な風音に注目した作で、「上そよぐ竹の葉波の片寄るを見るにつけてぞ夏は涼しき」（好忠集・一五三）と夏に涼味を、「第一傷レ心何処最、竹風鳴レ葉月明前」（朗詠・上・秋興・二二六・島田忠臣）と秋の訪れを感じさせる表現としても用いられる。冬には「あけやらぬ寝覚の床に聞ゆなり籬の竹の雪の下折れ」（新古今・六六七・藤原範兼）と雪の重み（あるいは寒気）で割れる音も詠まれるようになる。

紅葉

　また、竹は「欲レ識凌レ冬性、惟有二歳寒知一」（虞世南・賦二得臨レ池竹一）「千花百草凋零尽、留二向粉々雪裏一看」（白居易・題二李次雲窓竹一）「紅葉する草木にも似ぬ竹の葉ぞかはらぬ物のためしなりける」（貫之集・二七七）などと寒気を凌ぎ色変わりしないことや節の連なりのあることから貞節さを嘉《よみ》され、「色変へぬ松と竹との末の世をいづれ久しと君のみぞ見む」（拾遺・二七五・斎宮女御）「年毎に生ひそふ竹のよよをへて変はらぬ色を誰とかは見む」（新古今・七一五・貫之）などと賀歌に用いられたりもする。「晋騎兵参軍王子猷、栽称二此君一、唐太子賓客白楽天、愛為二吾友一」（朗詠・下・竹・四三二・藤原篤茂）は名高い句だが、竹を「此君《このきみ》」と呼ぶ王子猷《おうしゆう》や竹を友とする故事も、「竹のみや籬《まがき》に植ゑて千代までと祝そめけん此君ぞこれ」（藤原俊成五社百首・五一）

袖・露

「窓に植ゑて吾が友とみる呉竹は袖にかはらず露もおきけり」（同・五五）ほかよく詠まれる。また、「竹の葉に浮べる菊を傾けて我のみしづむ歎きをぞする」（散木奇歌・五四三）

菊

酒・池

には竹葉酒、「思ひやる池の水際の松風にたぐひやすらん糸竹の声」（光経集・四五八）には管楽器、「古《いにしへ》の七の賢き人も皆竹をかざして年ぞ経にける」（堀河百首・一三一九・藤原仲実）には竹林七賢が詠み込まれ、漢詩文からの影響も少なくないことが知られる。

漢詩→詩

（本間洋一）

武隈　たけくま

陸奥・歌枕

陸奥《みちのく》国の歌枕。二木の松で有名。陸奥守として任地に下った際に松が枯れているのを見て小松を植え継いだ藤原元善《もとよし》が、後に再び同地を訪れた時に詠んだ「栽ゑし時契りやしけん武隈の松をふたたびあひみつるかな」（後撰・雑三）が初出とされ、『宇津保《うつほ》物語』（内侍のかみ）や『源氏物語』（薄雲）でも親と子の二本として描かれている。

松

　一般には長寿の象徴とされる松だが、この地の松は「武隈の松はこのたびあともなし千年を経てや我は来つらん」（後拾遺・雑四・能因）「枯れにける松なきあとの武隈はみきといひてもかひなかるべし」（山家・雑・西行）などと詠まれるように、枯れる点に大きな特徴があった。後にこの地を訪れた松尾芭蕉《まつおばしよう》は「武隈の松こそ目覚る心地はすれ。根は土際より二木にわかれて、昔の姿うしなはずとしらる」（奥の細道）と記しており、何度か植え直されたことが知られる。

（吉田幹生）

武生　たけふ

越前

越前《えちぜん》国丹生《にう》郡《ぐん》（現在の福井県武生市）。越前国の国府があったらしく、「武生の国府」という表現も見られる。都人には遠い土地として認識されていたようで、『源氏物語』（浮舟）では別れを惜しむ浮舟《うきふね》を慰める母君の言葉に「武生の国府に移ろひたまふとも、忍びては参り来なむを」とある。これは催馬楽「道の口武生の国府に我はありと親に申

親

風　雪・松　山・心

したべ心あひの風やさきむだちや」（道の口）を踏まえたものだが、たとえ武生の国府のような遠いところに移ったとしてもこっそりと訪ねていこうものを、の意。なお、『源氏物語』の作者紫式部も父藤原為時《ためとき》が長徳二年（九九六）越前守に任ぜられた際にこの地に赴いた経験をもつ。「ここにかく日野の杉むら埋む雪小塩の松に今日やまがへる」「ふるさとにかへるの山のそれならば心やゆくとゆきも見てまし」（ともに紫式部集）は、その地で詠まれた歌である。

（吉田幹生）

田子の浦　たごのうら

富士山・海　白・雪　薩埵山　風・波

静岡県富士市南部の海浜。富士山の裾野がそのまま海に入るという土地であり、東西を行き来する多くの旅人は景観を楽しんだに違いない。山部赤人《やまべのあかひと》の「田子の浦ゆ打ち出で見れば真白にそ冨士の高嶺に雪は降りける」（万・三）は、その感動を歌っている。しかし、古く「田子の浦」は、今よりも西の海岸をいった。『続日本紀《しょくにほんぎ》』天平勝宝三年（七五一）に「廬原郡」とした記事があり、それでは現在よりも西の蒲原町《かんばらちょう》の辺りとなる（泉鏡花『婦系図《おんなけいず》』では「三保《みほ》の岬」「久能《くの》の浜」に挟まれた土地と描かれる）。そこは薩《さっ》埵山《たやま》が海に迫る狭隘な地形であった（海岸線を走る東海道線はかつては風の強い日には列車の窓に波がかかったほどである。現在は埋め立てが進んで地形が変化している）。そこから富士山は見えない。「田子の浦ゆ」の歌で「田子の浦を通って眺望のきく土地に出てみると……」とあるのはその理由である（赤人の歌は『新古今集』では「田子の浦にうち出でて見れば白妙の冨士の高嶺に雪は降りつつ」となるが、その時には現在の田子の浦になっていたと考えられる）。西に近く三保松原《みほのまつばら》があるなど、江戸時代にも景勝の地として知られる。広重の東海道五十三次の吉原宿《よしはらじゅく》の絵では左手に海越しの富士山が描かれ、この辺りに西行法《さいぎょう》師が名付けたと伝える「左富士」の名が残る。ちなみに、この名は現在も東海道線の車窓の景色の名称となっている。海越しの富士山の眺めは現在の東名高速道路薩埵トンネル上り出口からが美しい。

（山口明穂）

大宰府　だざいふ

筑紫　百済・新羅・唐（から）　都

古代、筑紫《つくし》国に置かれた地方官庁。対外的には軍事と外交、内政上は、西海道の九国三島を管掌する。『日本書紀』によれば、推古《すいこ》朝にすでに「筑紫大宰《つくしのおおみこともち》」の名が見えるが、「大宰府」そのものは、天智《てんじ》朝（六六二―七一二）になって現れ、ここに一つの画期があったと認められる。すなわち、百済《くだら》復興を目論んで出兵し、新羅《しらぎ》・唐の連合軍に敗れた白《はく》村江《すきのえ》の戦い（六六三年）の後、水城《みずき》や大野《おおの》・基肄《きい》城を築き、烽火《とぶひ》や防人《さきもり》の制度を整えるとともに、それを指揮する官庁として現在の地に大宰府が設立されたと考えられるのである。そこには、帥《そち》（長官）・大弐《だいに》・少弐《しょうに》（次官）以下、五十人ほどの官人が中央から派遣され、都と同じ条坊制をもった都城には、観世音寺《かんぜおんじ》という大寺まで置かれた。まことにそこは、防衛上も外交上も最前線であり、地方官庁としては破格の扱いである。

それゆえ、『万葉集』では、「大君の遠《とお》の朝廷《みかど》」と呼ばれることもあった（五・七九四・山上憶良）。しかし、都と類似していることは、かえって都との落差を、下向してくる官人たちに思い知らせることにもなるだろう。『万葉集』で大宰府といえば、大宰帥大伴旅人《だざいのそちおおとものたびと》と、筑紫守だった山上《やまのうえの》憶良《おくら》を中心に、神亀《じんき》から天平初年にかけて形成された、いわゆる「筑紫歌壇」である。旅人の催した「梅花宴」（五・八一五―四六）、同じく旅人が松浦川《まつらがわ》の神事を神仙譚に仕立てた「松浦河に遊ぶ」（五・八五三―六三）などは、文雅に遊ぶことで都を偲び、地方官暮らしの憂いを晴らそうとする営みであった。憶良もまた、旅人の帰京に際して、「天離《あまざか》る鄙《ひな》に五年《いつとせ》住まひつつ都のてぶり忘らえにけり」（五・八八〇）と歌っている。

松浦　都　鄙

『源氏物語』で、大宰府で育った玉鬘《たまかずら》がしきりに「田舎《いなか》び」たといわれるように、都人にとって、大宰府は僻遠の地に過ぎなかった。さらに大宰府は、配流の場所ともなる。奈良時代にも藤原広嗣《ひろつぐ》（大宰府で乱を起こして斬殺）、藤原豊成《とよなり》などが左遷されているが、平安時代で有名なのは、菅《すが》原道真《わらのみちざね》である。右大臣であった道真は、昌泰四年（九〇一）突如として大宰権帥《ごんのそち》に遷され、配所の嘆きを詩や歌に託しながら、二年後、大宰府で亡くなったのであった。

詩

（鉄野昌弘）

但馬　たじま

山陰道の上国。兵庫県北部の地域。「二見《ふたみ》の浦」「結浦《むすぶのうら》」「雪の白浜」「諸寄川《もろよせ》」「五師《いつし》の里」「五師の宮」「入佐《いるさ》の山」「入佐の原」などの歌枕がある（歌枕名寄）。北部には城崎温泉がある。すでに平安時代に知られていたとするが、古い和歌でそれに触れたものを見ることはできない。

二見の浦　入佐山　歌枕

（山口明穂）

糺の森　ただすのもり

下鴨《しもがも》神社の境内の森。下鴨神社の祭神多多須玉依姫命《ただすたまよりひめ》の名に由来するといわれるが、詳細は不明。和歌では「いつはりを糺すの森のゆふだすきかけつつ誓へ我を思はば」（新古今・恋三・平貞文）のように「正す」との掛詞になることが多い。『源氏物語』（須磨）でも、須磨退去を前に亡き父桐壺《きりつぼ》の御陵へ行く途中でこの地を通りかかった光源氏が「うき世をば今ぞ別るるとどまらむ名をばただすの神にまかせて」と詠んでおり、真偽を正すというのが一般的なイメージであった。男女の誓いに関して用いられることも多い。ちなみに、現在でも家庭裁判所がこの地に建てられている。

森　和歌　掛詞　須磨　男・女

なお、中世になると戦場になることも多く、『太平記』などにはこの地での合戦のさまが描かれている。

（吉田幹生）

ただ人　ただびと

音便化して「ただうど」ともいう。ある特別の存在に対して、そうでない人をいう。神仏などや超能力をもつ者に対する普通の人間、天皇・皇后など皇族に対する臣下、上《かん》達部《だちめ》に対するそれ以下の貴族、あるいは殿上人《てんじようびと》以上の人に対する一般の貴族（地下《じげ》）、出家者に対する在俗の人など、

神・仏　上達部・殿上　出家

場合によって異なる。また、現代語の「あの人はただものではない」と同様の、打消によって非凡なことを評価することもある。超人間の存在を「ただ人」ではないとする用例はどの時代にもあるが、『平家物語』では、四例すべてがそうである。高貴な人に対する一般の貴族をさす場合、身分の低い人を軽んじる気持ちではなく、客観的な事実をいう語である。たとえば、譲位した帝と皇后が仲睦まじく一緒に過ごすことが多いのを、「ただ人のやうにて添ひおはします」（源・葵）などという。

皇后→三后

『源氏物語』などの平安時代の作品では、皇族に対する臣下をいうことが圧倒的に多い。皇族と臣下には画然とした身分差があるのである。『伊勢物語《いせ》』では、昔男と二条《にじょうの》后《きさき》の関係を、「まだ、帝にも仕うまつりたまはで、ただ人にておはしましける時のことなり」（三）とする。臣下の娘が入内すると、「ただ人」ではなくなるが、皇女が臣下と結婚すると、「ただ人」になる。准太上天皇《じゅんだじょうてんのう》の光源氏は微妙で、場合によって「ただ人」であったり、そうでなかったりする。宿木《やどりぎ》巻において、匂宮《におうのみや》と六《ろく》の君《きみ》の結婚話が生じたとき、親王は「ただ人」とは違うということが、明石中宮《あかしのちゅうぐう》の言葉、中《なか》の君《きみ》の心内語、語り手の認識として、三回語られる。臣下は妻は一人で、夫に新しい妻ができると古い妻は顧みられなくなるが、親王の場合は、複数の妻が同時に存在しうるという。

親王（みこ）
妻

『枕草子』には、「ただ人の、上達部の北の方になり、上達部の御むすめ后にゐたまふこそは、めでたきことなめれ」（位こそ猶めでたきものはあれ）という例がある。この例の「ただ人」は、地下のことであろう。結婚で二階級上昇し、産んだ娘がまた特別に出世したのである。

『徒然草』には、皇族を「人間の種ならぬぞやむごとなき」とし、「一の人の御有様はさらなり、ただ人も、舎人など給はる際はゆゆしと見ゆ」（一）とある。摂政・関白以外の貴族を「ただ人」とし、その中でも、朝廷から随身を賜る身分は立派だとする。続いて「その子、孫までは、はふれにたれど、猶なまめかし」とあり、平安時代よりも一層身分感覚が固定していたようである。

舎人

（池田節子）

祟り　たたり

神・仏・もののけ

神仏、怨霊、もののけなどによってこうむるわざわいのこと。まず留意されるのは、古代日本人にとって神は「祟る」存在だということである。古代日本社会は、稲作を中心とする地域共同体社会であり、そのなかで「個」は共同体に埋没している。このため神（霊的存在）への崇敬の念は、個人の心から生まれるのでなく、その共同体に所属する人々にとって特別の畏怖の対象である自然物への崇拝から生まれた。つまり日本人にとって神は、人々の人間的感情に応えて救いや幸福をもたらす慈悲深い存在というより、自然そのものがそうであるように、豊かな実りをもたらすときもあるが、しばしば荒々しく圧倒的な力をもって人々を畏怖させる「荒ぶる」「奇《くす》しき」存在であった。神の荒ぶる力、祟りを逃れるために、常に「かしこ」の情をもって仕え祀る、それが日本の神に対する信仰である。

心
病

病に苦しんだ山上憶良《やまのうえのおくら》は「三宝を礼拝」し「百神を敬重」しても癒えず、「祟りの隠れる所」を知ろうと占師や巫祝《ぶしゅく》

牛

の示唆に従い祀ったが無駄だったとつづる（万・五・沈痾自哀文）。神はもちろん外来の宗教である仏教（三宝）も、正しく礼拝敬重しないと怒って災厄（病）をもたらすと考えているところが興味深い。この序には「罪」という語も出てくるが、これも個人の内面に関わる罪というよりも仏神への礼拝敬重が不十分だとする罪でしかない。

一方平安時代初頭には「漢《から》神の祟《たたり》に依り牛を殺して祭り、又放生《ほうじやう》の善を修して、現に善悪の報を得る縁」（霊異記・中・五）話が残っている。漢神を鎮めるために牛を殺して祀っていた男が、一方で仏教の殺生の罪を怖れて捕らえられた生き物を解き放つ放生《ほうじょう》という善根を積んでおいたため、一度死にながらも蘇生できた話である。「漢神」は大陸から伝わった信仰で、牛を殺し祀ることで祟り神の災厄を避けようとするもの。漢神信仰の殺牛の祭りが仏教では殺生の罪となり、死後の責め苦の種となりかける展開には、祟りを畏れる「神」と、個人の行為の倫理的罪を重視する「仏教」との違いが鮮やかである。神仏ともに祟りを畏れた奈良時代の憶良に比べ、二つの信仰の食い違いが意識されているのである。

「漢神」信仰は、呉子胥《ごししょ》など怨死して疫病神となった人物への怖れが起源という。また日本でも平安時代初めのころから、怨死した人物が祟って疫病や天変地異を引き起こす「御霊《ごりょう》」信仰が生まれた。「御霊」を祀って祟りを鎮める「御霊会《ごりょうえ》」は、『日本三代実録』の貞観《じょうがん》五年（八六三）の例が初出であるが、これ以前にも『続日本紀』には謀殺された井上内親王《いがみないしんのう》陵《りょう》を改葬して追号したり、憤死した早良《さわら》親王に崇道《すどう》天皇の名を追贈した記事が載る。平安時代初頭から散見される怨死したヒトが祟りカミになる信仰は、自然物にカミを観た原始的な段階を脱して、共同体に埋没しきらない個の観念が生まれてきたことを示している。「物の怪」はヒトがカミになることなく祟るもので、さらに個の観念が発達してきた結果である。

（今井久代）

橘　たちばな

ミカン科の一種。山野に自生する常緑小高木で、庭園に栽植されたりもした。初夏に芳香をもつ白色五弁の花を開き、秋から冬にかけて黄熟した実をつける。実は酸味が強く食用にはならない。しかし、上代文献には橘が食用にされたことが見えており、古くは柑橘類を総称して橘といったようだ。『古事記』や『日本書紀』は、垂仁《すいにん》天皇が田道《たじ》間守《まもり》を常世国《とこよのくに》に遣わして不老不死の力をもつ「時《とき》じくの香《かく》の木《こ》の実」を求めさせ、それは現在の橘であると伝える。この呼称は、他の植物が枯れる冬でも香り高い黄金色の実をつける橘への讃辞である。このように橘は永遠性をもつめでたい木とされ、紫辰殿《ししんでん》の前に「右近《うこん》の橘」として植えられた。『万葉集』にも「橘は實《み》さへ花さへその葉さへ枝《え》に霜降れどいや常葉《とこは》の樹」（万・六・一〇〇九・聖武天皇）という橘褒めの歌があるが、これは葛城王《かつらぎ》（橘諸兄《たちばなのもろえ》）が橘姓を賜わった時の御製歌で、橘氏の繁栄の予祝となっている。また、『万葉集』では橘の花をいう「花橘」も多く歌われ、「ほととぎす　鳴《な》く五月《さつき》には　菖蒲草《あやめぐさ》　花橘を　玉に貫《ぬ》きかづらにせむと」（万・三・四二三・山前王）のように、糸に通して五月の薬玉《くすだま》としたり縵《かずら》にしたりすることが歌われ

花

秋・冬

ほととぎす

薬玉・かずら

た。また、橘とほととぎすを対にして歌うことも好まれ、特に大伴家持《おおとものやかもち》が多くの歌を残すが、これは双方が常世のものと考えられたためとされる。

平安時代以降の和歌では、すべて「花橘」として詠まれ、『古今集』の有名な「さつきまつ花橘のかをかげば昔の人の袖のかぞする」（古今・夏・読人知らず）の影響で、追憶・懐旧を表象する景物となる。以後の和歌では、「夏の夜にこひしき人のかをとめば花橘ぞしるべなりける」（後撰・夏・読人知らず）など、この一首を本歌とする歌が多数詠まれた他、一首を効果的に取り入れた散文文学も多い。たとえば、『和泉《いずみ》式部日記』の冒頭では、橘が亡き為尊《ためたか》親王への懐旧を導くとともに、対になるほととぎすの声が弟の敦道《あつみち》親王との新たな恋を生む契機となる。また、『源氏物語』の中でも様々な場面に取り入れられるが、特に花散里《はなちるさと》巻との関係が深い。この巻の名称には、大伴旅人《おおとものたびと》が亡妻を偲んで詠んだ「橘の花散る里の霍公鳥《ほととぎす》片恋しつつ鳴く日しそ多き」（万・八・一四七三）も踏まえられている。このように、ほととぎすに擬せられる光源氏の懐旧を誘う女君の邸が「花散里」と呼ばれ、そこに住む女君の呼称ともされていくのである。

（高桑枝実子）

袖　和歌・夏　妻　里　邸

橘の小島　たちばなのこじま

京都南部を流れる宇治川《うじがわ》の中州。現在ある橘島《たちばなじま》とは異なり、本来は宇治橋の西にあったとされる。「今もかも咲きにほふらむ橘の小島のさきの山吹の花」（古今・春下・読人知らず）「くれぬともいかで見捨てて橘のたづねこじまの山吹の花」（千五百番歌合・春四・藤原雅経）などと詠まれるように、山吹の名所とされていた。また、『源氏物語』（浮舟）では浮舟《うきふね》を連れ出した匂宮《におうのみや》が、船頭に「これなむ橘の小島」と紹介された際に「年経ともかはらむものか橘の小島のさきに契る心は」「橘の小島の色はかはらじをこのうき舟ぞゆくへ知られぬ」との歌を浮舟と詠み交わしている。ここでは「されたる常磐木の影しげれり」とされており、山吹の名所というよりは永遠不変とされる橘のイメージが前面に出た贈答歌となっている。

（吉田幹生）

宇治　山吹　橘

竜田　たつた

竜田は大和《やまと》国の地名で、現在の奈良県生駒郡斑鳩町《いこまぐんいかるがまち》竜田のこと。その近辺の山を「竜田山」と総称する。竜田山は大和から河内《かわち》（大阪府）へ赴く道筋にあたり、『万葉集』にも「大伴の御津《みつ》の泊《とま》りに船はてて竜田の山をいつか越えゆかむ」（万・十五・三七二二・遣新羅使人《けんしらぎしじん》）という、故郷奈良に思いをはせる歌が見られる。竜田山は紅葉の名所としても知られる。特に平安時代に入ると竜田山と紅葉の結びつきは固定化し、「かくばかりもみづる色の濃ければや錦たつたの山といふらむ」（後撰・秋下・紀友則）「秋は来ぬ竜田の山も見てしがなしぐれぬさきに色やかはると」（拾遺・秋上・読人知らず）のような歌が詠まれた。このほか、強い風の吹く山、「盗人のたつたの山に入りにけり同じかざしの名にやけがれん」（拾遺・雑下・藤原為頼）と詠まれるとおり、盗賊の出る恐ろしい山というイメージもあった。『伊勢《いせ》物語』二三段で、河内の女を訪ねていった夫を思いやって、

大和　山　河内（こうち）　奈良　紅葉　秋　風　女

大和《やまと》の女が「風吹けば沖つ白波たつた山夜半《よは》にや君がひとり越ゆらん」と歌うのも、竜田越えの道が大和と河内をつなぐルートであったことに加えて、風の吹く危険な旅路であったことによる。なお平安時代後期になると、この歌を根拠として白波とは盗賊の異名だとする説も生じた。一方「竜田川」は竜田を流れて大和川に合流する川である。この川は『万葉集』には登場せず、『古今集』以降多々見られるようになるが、紅葉が流れていく川というイメージをもつ。『百人一首』でも知られる「ちはやぶる神代《かみよ》も聞かず竜田川唐紅《からくれなゐ》に水くくるとは」（古今・秋下・在原業平）は、竜田川に紅葉が流れる景を描いた屏風絵を見て詠んだ歌である。「嵐吹く三室《みむろ》の山のもみぢ葉は竜田の川の錦なりけり」（百人一首、後拾遺・秋下・能因法師《のういんほうし》）は、はげしい風の吹く神奈備山《かんなびやま》（生駒郡の山）のもみじ葉は、ふもとを流れる竜田川の錦であったと詠んだ訳である。

（鈴木宏子）

波　神　屏風・絵　嵐・三室の山　神奈備　錦

巽・辰巳　たつみ

十二支による方角表示のうちの一つ。辰と巳の中間で、南東にあたる。「夫《か》の畝傍山《うねびやま》……の東南《たつみのすみ》の橿原《かしはら》の地《ところ》は、蓋《けだ》し国の墺区《もなかのくしら》か。治《みやこつく》るべし」（紀・三）とあるように、神武《じんむ》天皇が日本で初の都を築いたとされる橿原は、畝傍山の南東に位置して、古代より神聖視された。中古では、「わがいほは宮このたつみしかぞすむ世をうぢ山と人はいふなり」（古今・雑下・喜撰法師）において、「憂し」の掛詞にもなっている都の辰巳の方角の宇治が、俗世間から離れた清遊の地とされ、貴族の別荘が多く建てられた。また、『源氏物語』少女《おとめ》巻では、造営された六条院の辰巳の一画は、「山高く、春の花の木、数を尽くして植ゑ、池のさまおもしろくすぐれて」と描写され、光源氏が紫の上とともに住居する場所であった。一方、近世江戸において、辰巳は、南東の方角に位置する深川遊里の別称でもあり、為永春水《ためながしゆんすい》作の人情本『春色辰巳園《しゆんしよくたつみのその》』では、深川を舞台にして、丹次郎《たんじろう》を廻る芸者の米八《よねはち》と仇吉《あだきち》の恋の意気地が描かれる。このように、辰巳という方角は、時代を問わず、この世における別天地として捉えられていた。

（光延真哉）

畝傍山　都　鹿・世　掛詞　宇治　春・池　江戸

立文　たてぶみ

書状を細長く巻き畳み、上包みの上下を折り曲げて包んだもの。また、そのように包むことを「たてぶむ」という。公式・事務的な、または少し改まった書状に用いられ、私的な、特に恋愛の贈答で用いられる立文は、「いとことごとしき」（定頼集）と受け取られた。『後拾遺集』雑五には、もと内裏《だいり》女房で今は五節《ごせち》の舞姫の介添えとして奉仕する女性をからかうため、趣向を凝らした物に添え、立文に書いて贈ったという歌が収められる。大げさな立文は意地悪の道具にもなる。

『源氏物語』浮舟《うきふね》巻には、薫《かおる》によって宇治にかくまわれながらも、一途で情熱的な匂宮《におうのみや》に惹かれていた浮舟が、二人からの文を受け取る場面がある。匂宮は、募る思いを抑えきれず、長々と筆にまかせて乱れ書いたのを「小さく結びなし」たあからさまな懸想文《けそうぶみ》、対する薫は「白き色紙」に自身の思いを「ゆゑゆゑしく」書いた立文であった。対

内裏・女房・五節　宇治　文→消息　懸想・色紙

照的な二人の性格を、文の形が象徴している。『枕草子』には、その細長い形状を巻数《かんじゅ》（僧が願主へ送る、読誦《どくじゅ》した経文の題名や度数などを書いた目録）や紙で包んだ笛と見間違えたとも語られる。（吉野朋美）

僧→出家
紙

七夕・棚機　たなばた

正月七日（人日《じんじつ》）・三月三日（上巳《じょうし》）・五月五日（端午）・九月九日（重陽《ちょうよう》）と並び五節句の一。中国から伝えられた行事。この日、天の川を間に挟んでその両岸の鷲座の牽牛星（彦星・牛飼い）・琴座の織女星（織姫）という二つの星が最も近づいて見える（実際は十六光年、二六光年と高度差があり二星間の距離は離れている）。そこから、この二つの星は天の川を挟んで一年に一度だけ出会うという伝説が作られた。中国の古硯などには、十三の星をイメージしたデザインのものがあり、それは北斗七星・南十字星とこの牽牛と織女であったという説もある。であるとすれば、北斗七星・南十字星はそれぞれ北・南の極点を示す重要な星であり、それと並べられたというのは、いかに七夕の二星が重要視されたかが推測できる。七夕は「棚機」とも書かれ、これは横板のある織機をさしている。その織機を動かすのが「棚機つ女《め》」であり、それを略したのが「棚機」ということになる。機織りは古くから女性の大事な仕事であった。孟子の母も機織りをし、その際、学半ばで帰宅した息子を諌めた「断機の教え」など、いろいろな場面に現れてくる。二つの星は、それぞれ男女に当てられるのが自然の発想であるが、女性に当てられた一方が「織姫」と呼ばれたのも故なしとしない。そして、女性の技芸の進歩を祈る「乞巧奠《きこうでん》」として唐の玄宗皇帝の時代には盛んに行われたという。それが日本に伝わり「棚機つ女」の伝説と結びついた。天の川を挟んだ二星は、川を渡り一年一度の出会いをするが、中国では、父系家族制を背景にして、女性の織姫が橋を渡り彦星の許に行くが、日本では、妻問婚であったので、男性の彦星が渡る形になる。そして、天の川を渡るには、船で渡る「ひさかたの天の川原の渡し守り君渡りなば楫《かぢ》隠してよ」（古・秋上・読人知らず）は、楫を隠して帰れないようにして欲しいというもの、歩いて渡る「天の川浅瀬白波たどりつつ渡り果てねばあけぞしにける」（古・秋上・紀友則）は、白波の立つところは流れが浅いとして、それを辿っていくうち、渡りきる前に夜があけてしまい、逢う瀬が果たせなかったというもの、橋を渡る「天の川紅葉を橋に渡せばやたなばたつ女の秋をしも待つ」（古・秋上・読人知らず）は、紅葉の橋をかけて織姫が七夕の日を待つというものである。中国から日本にこの話の伝えられたのは古く、『万葉集』には多くの歌の題材となっている。巻八には山上憶良の「天の川相向き立ちてわが恋ひし君来ますなり紐解き設けな（天の川に向き合って立ち逢いたいの思いでいたあなたがおいでになる船の音がする、さあ着物の紐を解いてお待ちしよう）」（一五一八）以下十二首の連作があるし、巻十では「七夕」と題する「天の川水底さへに照らす舟泊てし舟人妹に見えきや（天の川の水底までも明るく輝いている、舟泊まりをした牽牛は織女に見えたのか）」（一九九六）以下百首ほど（そのうち三八首は『人《ひと》麻呂《まろ》歌集』から採られている）の歌が収められている。日

正月
星
男・女
川
橋
船
波
橋
紅葉・秋
紐
妹

本では宮中行事としてこの日天皇の相撲《すまい》御覧と文人の試宴が行われた。平城《へいぜい》天皇の国忌に際して相撲御覧は別の日に変更され、詩宴が中心となった。しかし、平安時代中期以降は詩の作られることも少なくなり、専ら乞巧奠と星合を見ることが主な行事と変化した。藤原道長《みちなが》の『御堂関白記《みどうかんぱくき》』には一〇一五年七月七日に藤原教通《のりみち》から二星の会合を見たという話を聞き、それを驚きとともに記している。もちろん、先に述べた星の位置のずれを考えないとしても、二星の会合など事実に反する虚言であるが、星合の話は当時の人たちにはそうまでして語りたかったことだったのである。この日、宮中では清涼殿の東庭に葉薦を敷き、その上に長筵、さらに朱塗りの机を置き、梨・桃・大角豆・大豆・茄子・干鮑などを供えたという。そして、それに楸の葉に金・銀の色の針各七本を刺し、七つの穴に五色の糸を撚り合せた糸を通して、女子の技芸の上達を祈った。現在、篠竹に願いごとを書いた五色の短冊を吊す形で七夕祭が行われるが、五色の糸の名残といえよう。「誰もみな今日七夕を奠《まつ》りつつ祈る心は空に知るらん（七夕を祭り技芸の上達を祈るみなの心は空の七夕はきっとわかってくれているだろう）」（六百番歌合・秋上・乞巧奠・七番右・藤原経家）という歌は当時の七夕に託する人の心が詠みこまれている。七夕を祀るのは、それだけでない。「宿ごとに影を映せば七夕の逢ふ瀬は繁し天の川波（どの家でも盥《たらい》に貯めた水に二星の光を映しているのでどこにでも逢瀬は多くなっている。天の川には波が立って）」（六百番歌合・秋上・乞巧奠・七番右・藤原季経）という歌があるが、当時は各家で角盥に水を汲み、そこに星の影を映す習慣があったらしい。これも七夕に託する願いである。現在は京都冷泉《れいぜい》家ではその習慣が今でも続いているらしい。

詩　梨　色・糸　竹　心　歌合　影

　これだけ人々に親しまれた七夕であるので、日常の生活の中にもこの行事は深く関係していた。中でも星合の話は男女の逢瀬にたとえられてその内容は歌にも多く詠まれている。天上の男女の出会いは地上においても何とかそれにあやかりたいと思ったであろう。『和泉式部日記』はそうした男たちが描かれている。これを現在に置き換えたとしても同じで、この日の出会いは地上の男女二人の心を一層ロマンティックにするに違いない。そして、それは古い時代の人達でも同じであったに違いない。しかし、七月七日の男女の出会いは一年に一度の出会いであり、その日に出会えば次の再会まで一年を待たねばならない。「こよひ来む人にはあはじたなばたの久しきほどに待ちもこそすれ（今夜来る人がいればその人とは逢いたくない。七夕のようにこれから一年という長い時を待つようになるといやだから）」（古今・秋上・一八一・素性）「今日よりは今来む年の昨日をばいつしかとのみ待ちわたるべき（今日八日になると、次に来る年の昨日七日を早く来て欲しいと待ち続けなければならないのか）」（古今・秋上・一三九・壬生忠岑）「九重に今日奠るをば七夕のただ一夜にも嬉しとや見る（宮中で今日七日の日、七夕を祀るのはたった一晩のことであるが、それでも嬉しいと見ているだろうか）」（六百番歌合・秋上・八番右・藤原家房）のような、一年に一度の逢瀬となるのであれば、好ましくなかったであろう。しかし、それはある場合には、逢いたくない人を断る口実に使われたのかも知れないが、そのように勘ぐるのは現代の我々であり、当時の人たちはもっと純粋な気持ちであったに違いない。

（山口明穂）

旅　たび

常日頃住む場所を離れ、移動したり宿泊したりすること。必ずしも遠距離の移動を意味せず、いつもの家を離れれば旅となる。宮中の宿泊も「内裏わたりの旅寝」（源・帚木）であり、京の紀伊守《きのかみ》の中川邸に方違えした程度も「女遠き旅寝はもの恐ろしき心地すべきを」（源・帚木）となる。後者は、女性のいない宿泊は何やら恐ろしい気持ちがするの意。この後光源氏は空蟬《うつせみ》と出会い、恋が始まった。旅は思いがけぬ出会いの場でもあった。

奈良時代以降、中国に倣って天皇を中心とする中央集権的律令体制になると、官人たちは勝手に畿外へ移動できなくなる一方で、地方支配のために官命を帯びて地方と中央を行き来する、遠距離の「旅」が行われるようになった。兵役や租税を納めるための遠方への旅は、強制された命がけの旅である。官命に苦悩しつつ故郷と魂深く繋がる旅であり、時に新鮮な出会いもあるにしても、後世の物見遊山とは本質的に異なる。『万葉集』の旅の歌には旅人が「妹《いも》」（妻）たち家人を思い、また妹たちが旅人を思う歌が数多くあるが、そうした妹らとの魂の交流に旅の安全を守る呪力があると考えられていたらしい。もとより実際は故郷に戻れぬことの多い過酷な現実のもと、切ない願望ゆえの信仰であった。また行き倒れの旅人を悼む歌、「家にあらば妹が手まかむ草枕旅に臥《こや》せるこの旅人あはれ」（万・三・四一五）でも妹と死人との絆を詠む。聖徳太子作とも伝承されるこの歌は、家であれば妻の手を枕にしようものを、旅の途中で死に草を枕に横たわるこの旅人は悲しい、の意。祈り待つ妹の姿を詠むことで、故郷に戻れず横死した魂が鎮められるという。筑紫での兵役に赴く『万葉集』巻十四の防人《さきもり》の歌でも使命を負う高揚感と悲しみが混在し、『霊異記』中・三話には妻を恋い防人を逃れようと実母を殺す男の話も載っている。

官人社会の犠牲ともいうべき万葉人の旅に比べ、在原業平《ありわらのなりひら》の東下りは「身を用なきもの」（役に立たぬもの）と考え、自ら住む場所を求めての旅であった（伊勢・九）。都に疎外感を覚え、禁じられた遠方に旅立つ姿は、体制へのある種の反逆ともみられる。また都を相対化する世界、価値観との出会いのはずであったが、業平は都から離れるほどに都を思うのであった。官命に反した旅のはずが、官人でしかない自分を思い知らされる旅である。また六九段では、狩りの使いという官命を帯びた旅ながら、官命に反して神聖な斎宮と恋におちる。

鎌倉時代になると天皇を中心とした中央集権体制はゆるみ、政治の中心が京都と鎌倉に分裂して、双方を自由に行き来する人々が増えていった。『海道記《かいどうき》』『十六夜《いざよい》日記』『とはずがたり』など、都と鎌倉を行き来する旅行記の頻出である。さらに江戸時代に入り太平の世が訪れると、「伊勢《いせ》参り」など信仰にことよせた物見遊山の旅が庶民にも広まっていく。

（今井久代）

内裏　方違え　律令　妹　妻　魂　筑紫　東　都　斎宮　伊勢

霊　たま

霊魂。神霊。人間や自然物、特定の器物、言語などに宿り、またそれらから遊離して何かのよりどころに取り憑き、様々な不思議な働きをなす超自然的な力をそなえた存在だとされる。なお同音の「玉」は霊格の憑代《よりしろ》、取り憑く器を同一視し「タマ」と呼んだことにもよる。人間の場合は特に「魂《たましい》」と呼ぶこともある。古代日本人は超自然の霊格を「チ」「タマ」「カミ」と呼んだ。「チ」が最も古い観念で原始的な霊格であり、「みづち（蛇体の水神）」「いかづち（雷）」などの複合語にその痕跡をとどめる。「タマ」は「チ」に次ぐ古い霊格観念であったが新しい「カミ」に吸収され、最終的には宗教的崇拝や祭儀の対象の大半は「カミ」と呼ばれる。ただし「タマ」に着目すると、古代日本人独特の霊格観念がうかがえる。

魂
カミ（神）

「鎮魂」について『令義解《りようのぎげ》』職員令では、「鎮ハ安也。人ノ陽気ヲ曰レ魂。魂ハ運ナリ。言フココロハ招二キ遊離魂之運魂一ヲ、鎮二ム身体之中府一ニ。故ニ曰二フ鎮魂一ト」と注記する。「鎮魂」とは遊離する魂を招き身体の奥深くに鎮めることという。ここからまずは、「タマ」は生者の身体からも常にさまよい出ようとする存在であり、それを強く結び止めねばならぬと考える古代人の捉え方が見てとれる。「もの思へば沢の蛍も我が身よりあくがれ出づるたまかとぞ見る」（後拾遺・神祇・和泉式部）は、思い悩むと沢の上を飛ぶ蛍も我が身からさまよい出た魂かと思う、の意。タマを遊離するものと考える想像力が濃厚にうかがえる歌である。また恋し合う、心が通うことも、体内からさまよい出たタマ同士が結び合う「魂合《たま》ひ」と考えられていた。「魂合はば相寝むものを小山田の鹿猪田《ししだ》禁《も》る如《ごと》母し守《も》らすも」（万・十二・三〇〇〇）はその例である。そして心通い合い愛し合うことを「魂合ふ」と表現している。また人を夢に見るのも、古くは実際に身体をさまよい出た魂が逢っている「魂合ひ」と受け止められていた。『万葉集』では夢に恋人を見ることを「夢《いめ》にだに見えばこそあれかくばかり見えずしあるは恋ひて死ねとか」（四・七四九）のように、現実の逢瀬の代替の如く強く望む思いが生き生きと詠まれている。『源氏物語』葵《あおい》巻の六条御息所《ろくじようのみやすどころ》生霊事件の創造にも、この遊離するタマ観念が影響している。平安時代には病の原因として物《も》の怪《け》が広く信じられていたが、この物の怪はふつう死霊であって、生きた人間が他人を病などに落とそうとするときは、「呪《じゆ》詛《そ》」が普通であった。苦悩の果て六条御息所が生霊となって葵の上に取り憑くという展開は、『源氏』の創意によるとされるが、こうした鮮やかな想像力を生む根底には、勝手に身体を遊離し「魂合ひ」してしまうタマという観念があった。

蛍
夢
病・物の怪

ところで『延喜式《えんぎしき》』は、「鎮魂」に「タマシツメ」とともに「オホムタママフリ」の訓をあてる（『令義解』神祇令にも「オホンタママフリ」の訓がある）。「鎮魂」がなぜ「タマフリ」なのか。江戸時代末期の国学者伴信友《ばんのぶとも》は、『鎮魂伝』『比古婆衣《ひこばえ》』で「タマシツメ」によって宿ったタマの威力を震い立たせるため「振り」「動かす」のが「タマフリ」だとし、現在でもこの解釈に立ち、またタマが遊離しないよう憑代《よりしろ》を震い立たせることとも考えられている。震うものがタマ自身かタマが依り憑く物かの違いはあれ、タマを留めるのに関連してタマを震うと解するのである。

海・神

一方、折口信夫は「タマフリ」は「タマ触《ふ》り」、つまり外から来たタマに触れ体内に取り込むことそのものと考えた（「小栗外伝《おぐりがいでん》」など）。折口によれば個人はタマが依り憑くための器に過ぎず、多くのタマを触り憑かせることによって、古代の王（首長）は支配者たりうる存在となるという。たとえば大国主《おおくにぬし》の国作り伝説に際し、少名毘古那《すくなびこな》神が常世《とこよ》国に渡ったのち、協力者として「海を光《てら》して依り来る神」が来て「御諸山《みもろやま》の上に坐す神」三輪神となった（記・上）。この同じ部分を『日本書紀』巻一では、「神《あや》しき光海を照し、忽然《たちまち》に浮び来る者」が「汝が幸魂《さきみたま》、奇魂《くしみたま》なり」と名乗り、大国主の協力者となって三諸山《みもろやま》に祀られたと描く。「幸魂《さきみたま》、奇魂《くしみたま》」を「神」ともいう点からは「タマ」が「カミ」に吸収された痕跡をうかがえようが、さらに「依り来る」ものが大国主のミタマと名乗ったのも重要である。少名毘古那の代わりにやってきたタマを取り込み、大国主は国造りに相応しい存在となった。なお「幸魂《さきみたま》、奇魂《くしみたま》」はタマの威力を褒め称えた名であるが、この他「荒霊《あらみたま》」「和霊《にきみたま》」ともある。タマは善悪二方面の力をもち、時に人に災厄をもたらす荒ぶるものという観念がうかがえる。

古代日本人にとってタマ（霊的存在）は、外来し、遊離し、善悪どちらでもある存在であった。しかし時代が下るにつれタマ独特の霊格観念は薄れ、「たましひ」「こころ」「きも」の区別が不分明となり、「たま」は「たましひ」の雅語のようになる。たとえば「玉が返ったのじゃ」（歌舞伎・韓人漢文手管始）の「たまが返る」は変心する、の意である。

（今井久代）

玉川　たまがわ（たまがは）

井手・山城・摂津・紀伊・近江・陸奥・武蔵・山吹

古典文学においては、井出《いで》の玉川（山城《やましろ》国）・三島《みしま》の玉川（摂津《せっつ》国）・高野《こうや》の玉川（紀伊《きい》国）・野路《のじ》の玉川（近江《おうみ》国）・野田《のだ》の玉川（陸奥《みちのく》国）・調布《ちょうふ》の玉川（武蔵《むさし》国）のいわゆる六玉川《むたまがわ》が有名。井出の玉川は「かはづ鳴く井出の山吹散りにけり花のさかりにあはましものを」（古今・春下・読人知らず）の影響から蛙と山吹の名所とされ、三島の玉川は卯の花とともに詠まれることが多かった。野路の玉川は「明日も来む野路の玉川萩越えていろなる波に月やどりけり」（千載・秋上・源俊頼）によって萩が景物とされ、野田の玉川は「夕されば潮風越してみちのくの野田の玉川千鳥なくなり」（新古今・冬・能因法師）が有名で千鳥や潮風とともに多く詠まれた。高野の玉川が和歌に詠まれることは少ないが、空海《くうかい》が詠んだとされる「忘れても汲みやしつらむ旅人の高野の奥の玉川の水」（風雅・雑下）は有名である。

蛙・卯の花　萩　千鳥　高野

（吉田幹生）

多摩川　たまがわ（たまがは）

武蔵・川

武蔵《むさし》国を流れる川。六玉川《むたまがわ》の一つであり、そのために「玉川」と表記されることもある。この地は古くから渡来人による布晒《ぬのさら》しが行われたところとして知られ、『万葉集』東歌の「多摩川にさらす手作りさらさらに何そこの子のここだ愛しき」（十四・三三七八）はことに有名である（『拾遺集』にも類歌あり）。「布」「手作り」「さらす」などの語とともに

松・颪・秋　里　露　鮎

に和歌に詠まれることが多く、「松風の音だに秋はさびしきに衣うつなり玉川の里」（千載・秋下・源俊頼）や「手作りやさらす垣根の朝露を貫きとめぬ玉川の里」（拾遺愚草・藤原定家）なども明示はされていないが、この多摩川を念頭に置いて詠んでいよう。ちなみに現在の「調布」の名もそこに由来している。なお、近世には江戸近郊八景にも数えられており、鮎漁でも知られた土地であった。（吉田幹生）

魂　たましい（たましひ）

心　袖

「タマ」のうち、特に人間に宿るものをさす。「魂《たましひ》はあしたゆふべに賜《たま》ふれど吾《あ》が胸痛し恋の繁きに」（万・十五・三七六七）は、あなたの心を感じている意を「魂を賜う《たましい》」と表現し、「魂合《たま》ひ」観念が見てとれる。「飽かざりし袖の中にや入りにけむ我が魂《たましひ》のなき心地する」（古今・雑下・陸奥）は、女友達と世間話をし別れた折の別れ難い思いを「私の魂《たましい》は、あなたの袖に残ってしまったのか」と詠む。「たましひ」だから「玉」で、袖の中に隠れたと見立てた機知的な一首である。ともに、遊離するタマ観念をもととした表現である。

才　碁　絵

やがて古代的なタマ観念が薄れるにつれ、「たましい」はむしろ人間の心の根底、精神の意味合いになる。『源氏物語』絵合《えあわせ》巻では、蛍宮《ほたるのみや》が「才《ざえ》」について語った際、漢学や音楽に比べて「筆とる道と碁打つことぞ、あやしう魂《たましひ》のほど見ゆるを」と評する。漢学も音楽もそれぞれに学ぶとはいえ、従うべき型や法則があってそれを師匠から学ぶのであるが、絵画や碁は形式が少なく自由なため本人の「魂」が表れるというのである。「すこしいたらぬことにも、御たましひのふかくおはして」（大鏡・伊尹）と評された藤原行成《ゆきなり》の場合、和歌の知識を競う朋輩のかたわらで「私は不案内ですので」とさらりと言ってのける落ち着きや、幼少の一条帝《いちじょう》より遊び物を求められた折、高価な細工に意を砕く人々を後目に独楽《こま》を献上して、逆に帝の心を捉えた知恵の深さが賞賛されている。これらの用例から、「魂」は生まれもった知性、心性の総体的姿をいうと思われ、「心」「肝《きも》」に通じる面があるとみられる。実際に平安時代末には「心魂《こころたましひ》」や「肝魂《きもたましひ》」などの連語も多くみられる。

和歌

『源氏』に「才をもととしてこそ、大和魂《やまとだましひ》の世に用ゐらるる方も強うはべらめ」（少女）とあり、「日本魂《やまと》」（「和魂」とも）の初出らしいが、これは「才」と対比される語である。『大鏡』時平伝では才に優れた菅原道真《すがわらみちざね》に比べ、政敵の藤原時平《ときひら》は才は劣るが「やまとだましひなどはいみじ」の人物で、道真を失脚させた、と語っている。前の『源氏』絵合巻でも、学んで磨く「才」と生まれもった「魂」とが対比されているが、「魂」に唐《から》（中国）を意識しつつ「日本《やまと》」と冠した点が肝要である。古代日本において学ぶべき「才」となると、技術はもちろん学芸の類すら、複雑で体系化された中国文化の影響を免れない。しかし、他国から学ぶ「才」に匹敵して凌駕さえする生得的精神性「魂」を日本人が有するという思いが、「日本《やまと》」を付させる。一般に「実生活上の知恵・才能」ぐらいの意とされるが、もともと微妙にナショナリズムの揺曳する語であるだけに、江戸時代になり国学が盛んになると、より積極的に「勇猛果敢で潔い日本民族固有の精神」ぐらいの意で使われてい

唐

く。「事に迫りて死を軽んずるは、大和魂なれど多くは慮《おもひはかり》の浅きに似て、学ばざるのあやまちなり」（読本・椿説弓張月）と記す滝沢馬琴《たきざわばきん》は、「日本魂」を称揚する危うさを鋭く看破している。（今井久代）

玉津島　たまつしま

紀伊・歌枕・和歌浦・島　行幸　和歌　神　波

紀伊《きい》国の歌枕。現在の和歌山市和歌浦の玉津島《たまつしま》神社周辺をさすが、古くはその名の示すとおり海中に浮かぶ島であった。『万葉集』にも「玉津島よく見ていませあをによし平城なる人の待ち問はばいかに」（七・一二一五）などと詠まれているように早くから風光明媚な土地として知られており、しばしば行幸も行われた。また、玉津島神社の祭神は稚日女尊《わかひるめのみこと》・神功皇后《じんぐうこうごう》・衣通姫《そとおりひめ》とされているが、衣通姫（允恭《いんぎょう》天皇の妃）が祭神の一人に数えられているのは、和歌浦という地名の印象から『古今集』仮名序で「小野小町《をののこまち》は、古への衣通姫の流なり」といわれる彼女が呼び寄せられたためだと考えられている。それゆえ、玉津島神社は和歌の神と観念されるようになり、『千載集《せんざいしゅう》』序文では「住吉の松の風久しく伝はり、玉津島の浪ながく静かにして」と、記されている。住吉《すみよし》明神・柿本人麻呂《かきのもとのひとまろ》と並ぶ「和歌三神」の一つである。（吉田幹生）

玉の井　たまのい（たまのゐ）

井→井戸　山城　歌枕　大和　説話　井出　和歌

もともとは清冽な玉のごとき清水を湧出する井をいう普通名詞であったと思われるが、古典文学の世界では山城《やましろ》国（現在の京都府綴喜郡井手町）の玉の井が有名。『和歌初学抄《わかしょがくしょう》』や『八雲御抄《やくもみしょう》』にも山城国の歌枕として載る。『枕草子』一六八段に「井は。ほりかねの井。玉の井。……」と記されている玉の井も、この地をさすと考えられている。

『大和《やまと》物語』一六九段には、大和国へ下る途中の官人がこの地で見つけた少女に将来の結婚を誓い下帯を形見として与えたが後に忘れてしまったことを語る説話が載るが、後にこの地は井出の玉水に関する男女の約束が破られる物語の舞台として一定のイメージを形成し、いわゆる「井出の下帯」の物語を生んだ。また、「結ばむと契りし人を忘れめやまだ影浅き井出の玉水」（六百番歌合・恋・藤原家隆）など和歌にも詠まれるようになった。（吉田幹生）

田蓑の島　たみののしま

摂津・住吉　難波・潮・海人・鶴　住吉　禊

摂津《せっつ》国の地名。古くから存した地名で、『住吉大社神代記』に「田蓑島姫神社、在西成郡」とある。神楽歌「難波潟《なにわがた》」にも「（本）難波潟　潮満ちくれば　海人衣　（末）海人衣　田蓑の島に　鶴立ちわたる」（神楽歌・三七）と歌われ、「海人衣」を繰り返さない形が『古今集』雑上に、読人知らずとしてとられるなど、よく知られた地名で、現在も大阪市を流れる堂島川《どうじまがわ》に架かる田蓑橋にその名を留めている。しかし、その正確な所在に関しては、顕昭『古今集注』が「天王寺ノ傍」とするほかに、大阪市北区堂島《どうじま》とする説、あるいは福島区鷺洲《さぎす》とする説など、諸説があり、よくわかっていない。『源氏物語』澪標《みおつくし》巻では、源氏の住吉に参詣した折、この田蓑の島で禊《みそぎ》をしたとする。

歌枕　雨

歌枕としては、『古今集』に前掲の歌ともう一首「あめによりたみのの島をけふゆけど名にはかくれぬ物にぞ有りける」（雑上・紀貫之）の二首が収められており、以後も鶴とともに詠まれたり雨と蓑の取り合わせを詠み込んだりする例が多い。　（神田龍之介）

手向山　たむけやま

逢坂　紅葉・錦・神　大和・近江　周防　歌枕　桜

「木綿疊手向の山を今日越えていづれの野邊に廬せむわれ」（万・六・一〇一七・大伴坂上郎女）の題詞には「逢坂山を越え」とあり、「このたびはぬさもとりあへずたむけ山紅葉の錦神のまにまに」（古今・羇旅・菅原道真）の詞書には「朱雀院のならにおはしましたりける時に」とあるので、後にはこれらの歌を根拠に、藤原清輔《きよすけ》『和歌初学抄』が近江国《おうみ》にあるとし、藤原範兼《のりかね》『五代集歌枕』が大和《やまと》にあるとしながら「又在大和也」ともするなど、固有名詞として捉えられたようである。しかし、「周防にある磐國山《いはくにやま》を越えむ日は手向よくせよ荒しその道」（万・四・五六七・山口若麻呂）ともあるように、手向けは特定の土地に限らず道中の安全などを祈って神に捧げ物をする一般的な行為であったから、「手向（の）山」も本来は「手向けをする山」の意の普通名詞であったと考えられる。

『古今集』以後は歌枕として紅葉を錦や幣《ぬさ》に見立てる表現とともに詠まれることが多くなり、後には桜花も同様に詠まれるようになる。『枕草子』「山は」段にも（堺本系を除いて）見られる。　（神田龍之介）

垂氷　たるひ

つらら（氷柱）・雪　池　冬・月

軒下・樹木などから垂れ下がる柱状の氷。現在の「つらら」。屋根などに積もった雪が溶けてしたたり落ちようとする際に氷点下の気温のため凍りついてできる。「つらら」の語は、もともと池などに張った氷のことをさしていた。

『枕草子』「十二月廿四日、宮の御仏名」の段は、冬の月明かりに映える白銀の世界を描いているが、「垂氷いみじうしたり。……水晶の瀧などいはましやうにて、長く、短く、ことさらにかけわたしたると見えて、いふにもあまりてめでたきに……」と、卓抜な比喩と想像力を喚起する描写で「垂氷」の美を作り出している。

一方、文覚《もんがく》上人の修行の激しさを語る『平家物語』巻五「文覚荒行」には、「瀧の白糸《しらいと》垂氷となり」と、巨大な那智《なち》の滝までもが冬の寒さで一部凍りついて細くつらら状になっているさまが描かれている。　（松岡智之）

丹後　たんご

丹波　謡曲　亀

京都府北部の旧国名。山陰道の八か国の一つで、古くは丹波の一部。和銅六年（七一三）四月に丹波国《たんば》より分立。浦島伝説を伝える地で、「水江浦嶼子《みずのえうらしまこ》」（丹後国風土記・与謝郡）「浦島子」（紀・雄略）とみえる。浦島伝説は中世には謡曲『浦島』、御伽草子『浦島太郎』などに発展するが、いわゆる「助けた亀につれられて……」という亀の報恩譚が語られるのは御伽草子『浦島太郎』以来で、浦島明神の本地譚と結び

天橋立

ついている。現在、京都府与謝郡伊根《いね》町本庄浜には浦島を祀る宇良神社があり、『浦島明神絵巻』一巻を蔵する。また丹後には日本三景の一つ、天橋立がある。その由来は伊《い》射奈芸《ざなぎ》の命が天と行き来をするための梯子「天椅立《あまのはしだて》」を作ったが、寝ている間に倒れて現在のような姿になったとされる（丹後国風土記・与謝郡）。　（兼岡理恵）

壇の浦　だんのうら

長門　漢詩→詩　源氏・平家　秋・野　花

長門《ながと》国の地名。現在の山口県下関市《しものせきし》早鞆瀬戸《はやとものせと》の北岸一帯、関門海峡の東端にあたる。『本朝無題詩』巻七に蓮禅《れんぜん》が「長門壇」で詠んだ漢詩が収められているのが文学作品に登場する早い例で、そこに詠まれている「臨海館」を、藤原道憲《みちのり》も「遊長州臨海館」と題して漢詩に詠んでおり、平安時代末期には風光明媚な地として知られていたらしい。平安最末期の元暦二年（一一八五）三月二四日に行われた源氏と平家の海戦は、源氏方の完勝に終わり、平家は滅亡した。源氏の驍将《ぎようしよう》義経《よしつね》の活躍や、安徳《あんとく》天皇の入水、平家の主だった武将の戦死のさまなどが、『平家物語』に生き生きと描写されている。このいわゆる壇の浦の戦いは平家にまつわる様々な伝説を生み、また文学者を刺激しつづけた。たとえば各務支考《しこう》は「此地は平家の古戦場にして、歌人詩僧もむなしく過ぐべからず」と述べ、自ら「秋の野の花ともさかで平家蟹」の句を残している。　（神田龍之介）

丹波　たんば

丹後　天　神　近江　荘園　和歌　説話・大江山

旧国名。古くは「たには」と書かれた。現在の京都府北部（和銅六年に丹後《たんご》国として分立）・中部と兵庫県東部にあたる。上代、記紀において、この地から后妃を迎えたり、四道将軍の一人をこの地に派遣した記事が見えるのは、畿内と山陰道を結ぶ枢要の地として重視されていたことを示す。羽衣を奪われて天に帰れなくなった天女が流浪の果てに神として鎮座する奈具社《なぐのやしろ》の伝承（丹後国風土記）の舞台や、浦島子《うらしまのこ》伝説が伝わる（紀）のも丹波である（後には丹後国となる）。平安時代に入ると、『延喜式《えんぎしき》』では山陰道の上国とされる。『宇津保《うつほ》物語』では「よき御荘ある国々」（祭の使）などと、貴族の荘園が多い富裕な国として描かれている。和歌の世界では、大嘗会主基国《だいじようえすきのくに》としてしばしば登場する。説話の世界では、酒呑童子《しゆてんどうじ》の住む大江山《おおえやま》がこの地にあるとされる。　（神田龍之介）

談林　だんりん

俳諧　謡曲・貞門

俳諧流派。当初談林の名は江戸俳壇の一結社名にすぎなかったが、その結社が大坂の西山宗因《にしやまそういん》の句を巻頭に置く『談林十百韻《だんりんとつぴやくいん》』を刊行、この成功により、宗因風俳諧全体をさす名称となった。

新興都市大坂では、明暦《めいれき》・万治《まんじ》（一六五五―六一）ごろから、積極的に謡曲を取り入れるなど、上品温雅な貞門《ていもん》俳

大坂・江戸

諧とは異なる斬新な俳諧への動きがみられる。延宝《えんぽう》元年（一六七三）ごろには宗因を中心にそれらの動きが活性化し、大坂では井原西鶴《いはらさいかく》・岡西惟中《おかにしいちゅう》、江戸では田代松意《たしろしょうい》、京では菅野谷高政《たかまさ》らが談林風の新奇な俳諧を展開した。指導者宗因が「すいた事してあそぶにはしかじ」（阿蘭陀丸《おらんだまる》二番《にばん》船《ぶね》）と割り切る談林俳諧は、享楽主義的な立場に立ち、貞門俳諧との間に活発な論争を起こす。談林風は表現としてぬけ風、無心所着《むしんしょじゃく》、形態として定型の破壊、素材として当世の風俗を大胆に取り込むなど、あらゆる面での新奇さを特色とする。しかし、新奇さも繰り返されれば貞門同様のマンネリズムとなり、結局難解佶屈《きっくつ》な表現に陥って、貞享《じょうきょう》初年（一六八四）前後には衰退する。俳諧史的にみれば、貞門の古風を打ち破り、混沌の中から新しい俳諧が誕生する契機となった。（深沢了子）

千賀の浦　ちがのうら

陸奥　塩竈　春　掛詞　肥前

「みちのくのちかのうらにてみましかばいかにつつじのをかしからまし」（道綱母集）とあるように、陸奥《みちのく》国の地名。さらに『古今六帖《こきんろくじょう》』第三に「みちのくのちかのしほがま」とあるところから、塩竈《しおがま》と同じ場所、すなわち現在の宮城県塩竈市塩竈湾一帯をさすと知られる。「年ふかき煙のうちの塩がまも霞にちかのうら風ぞふく」（草根集）は、塩竈と千賀の浦が同所であることを証すと同時に、春を待つ思いを歌うために、道綱母歌にも見られた「近し」との掛詞を用いるなど、この語の典型的な用法を示している。

なお、『五代集歌枕』や『八雲御抄《やくもみしょう》』では肥前《ひぜん》国の歌枕とされるが、それは山上憶良《やまのうえのおくら》が遣唐使に贈った歌（万・五・八九四）に見える肥前国の「智可能《ちかの》岫」のあたりのことで、こちらは『万葉集』巻一・二四番歌の左注などによって「血鹿」と表記される。どちらの歌枕をさしているか判然としない詠み振りの歌も少なくない。（神田龍之介）

歌枕

筑後　ちくご

筑紫　筑前・筑後川　正月・大宰府

西海道の上国。福岡県南部の地域。七世紀末に筑紫《つくし》国が筑前・筑後に分かれた。阿蘇外輪山に源を発する筑後川は筑紫平野を形成し有明海に注ぐが、その流域には縄文遺跡が散在する。景行《けいこう》天皇の時代に長浜において腹赤の魚を釣り朝廷に献上し以後正月元日に大宰府より天皇の許に献上するよう定められたとある（年中行事歌合）。（山口明穂）

筑後川　ちくごがわ（ちくごがは）

川　筑紫　肥前

九州北部を流れる川。九重《くじゅう》山《さん》に発する玖珠川《くすがわ》と阿蘇山《あそさん》に発する大山川《おおやまがわ》を源流とし、両川が合して筑紫平野《つくしへいや》に入るあたりからこの名で呼ばれる。日本三大河川の一つとして、坂東太郎《ばんどうたろう》（利根川《とねがわ》）・四国三郎《しこくさぶろう》（吉野川《よしのがわ》）とともに筑紫二郎《つくしじろう》と呼ばれる。古くは御井《みい》の大川《おおかわ》と呼ばれ、景行《けいこう》天皇のころに渡しが設けられたという（肥前国風土記・基肄郡）。千年《ちとせ》川《がわ》とも呼ばれ、「君が為かぎりもあらじ千とせがはゐせきのなみのいくめぐりとも」（夫木抄・雑六・藤原道家）と、川の名にちなんで予祝《よしゅく》の歌に詠みこまれている。『八雲御抄《やくもみしょう》』に見える一夜河をこの川の雅名とする説もある。南北朝時代に行われた筑後川の戦いでは、南朝方と北朝方が川を挟んで対峙、激突。南朝方が勝利を収め、九州地方において優位を占めることとなった。その様子が『太平記』巻三三「菊池と少弐と合戦の事」に活写されている。「菜の花の遥かに黄なり筑後川」（夏目漱石）。
（神田龍之介）

黄

筑前　ちくぜん

筑紫
筑後
大宰府

西海道の上国。福岡県北西部の地域。七世紀末に筑紫国《つくし》が筑前・筑後に分かれた。博多湾に臨み、国防や大陸との外交の窓口であり、大宰府をはじめ遺跡が多く、和歌などに登場することも多い。行政区画としてその名称が確立した後でも、地域名としては旧称の「筑紫」の使われることが圧倒的に多かった。「難波潟なにもあらずみをつくしふかき心のしるしばかりぞ」（後撰・雑一・一一〇三・大江玉淵女）は「女ともだちのもとに、筑紫より挿し櫛を心ざすとて」の詞書があり、「筑紫」の語は難波潟の「水脈《みを》つ串」「身を尽くし」に掛けてあり、このような使い方が多かった。

難波
女・櫛
水脈

戦国時代以降代々の領主は変化するが、黒田氏が支配することが長く、黒田氏は出身地にちなんで福岡と名づけ明治に至った。酒宴の席で歌われる黒田節は黒田藩の武士の愛唱した歌から広がったものである。
（山口明穂）

武士

児・稚児　ちご

本来は乳を飲むぐらいの幼児（乳子《ちご》）をいう語。範囲を広げて「わらわ」より年少の子どもに使う例もあるが、厳密に何歳までが「ちご」というのでなく、対象の幼さを愛しみ「赤ちゃん」とみる主観が投影されて「ちご」と呼ぶのであろう。たとえば、乳母《めのと》の少納言たちが「いとむげに児《ちご》ならぬ齢《よはひ》」と心配する十歳余りの紫の上について、光源氏は「いとうつくしかりつる児《ちご》かな」（源・若紫）と思う。光源藤壺宮《ふじつぼのみや》への罪深い愛執に苦しむ源氏の目に飛び込んできた、藤壺に似た少女紫の上である。その無垢な輝きに魅了された源氏の主観が少女を「ちご」と呼ばせるのである。女五宮《おんなごのみや》が甥の光源氏について昔語りをする折、当初「童《わらは》にものしたまへりしを見たてまつりそめし時」（源・朝顔）が、「昨日今日の児《ちご》と思ひしを」（源・少女）と言い出す変化も、大の大人を赤ん坊扱いしたがる女五宮という人物を生き生きと伝える。夕霧《ゆうぎり》の大学入学に際して、光源氏が祖母大宮から引き離し花散里《はなちるさと》に預けたのも、元服した孫を「児《ちご》のように」扱うのだから当然の措置ではあった（源・少女）。

めのと（傅）
童
元服

鎌倉時代になると、寺院に預けられ、俗体のまま学問をしたり給仕などの雑用に使われた少年を「ちご」と呼ぶ例が多く見られる。『宇治拾遺物語』では、ぼた餅を食べたいのに卑しく見えると格好が悪いと思い空寝をして失敗したり（一二）、桜の散るのを見て泣くので繊細な心の持ち主と思いきや実家の麦の出来を心配していた（一三）など、子どもらしい心の動きが印象的な逸話がある。『宇治拾遺』は雑用係の少年を「童《わらは》」とも呼び、「児《ちご》」との違いはわかりにくいが、「ちご」の方が子どものあどけなさや清らかさを強調した話のようである。いたいけな幼子は神に通じる聖なる存在と考えられ、美装させ法会《ほうえ》の行列に加えた。また寺院の少年たちは男色の対象となることも多く、「ち

餅
桜
心

僧→出家

ご」に聖性をみる心性ともあいまって、僧侶と稚児の恋と道心を描く「稚児物語」が創作されている。（今井久代）

千坂の浦　ちさかのうら

近江・歌枕

近江《おうみ》国の歌枕。「平治元年大嘗会悠紀方風俗歌　近江国ちさかのうらをよめる」との詞書を付して、「君が代の数にはしかじ限りなき千坂の浦の真砂なりとも」（賀・藤原俊《とし》憲《のり》）の歌が『千載集《せんざいしゅう》』に入集している。他に『夫木抄《ふぼくしょう》』『江帥集《ごうのそつしゅう》』などに詠まれているが、いずれも大嘗《だいじょう》会《え》に際して天皇を祝福する内容の歌である。大江匡房《おおえのまさふさ》が天仁《てんにん》の大嘗会に際して詠んだのは、「我が君は千坂の浦にむれてゐるつるや雲井のためしなるらん」（江帥集・雑）で、浦に群居する鶴や立ちこめる雲によそえて天皇を祝福する。同じく匡房が別の機会に詠んだとされるのは、「すべらぎは千坂の浦の細《さざ》れ石の雲井にみゆるいはとなるまで」（江帥集・雑）で、海浜の小石が巨岩となるのによそえての祝福である。

浦

鶴・雲

（神田龍之介）

千鳥　ちどり

夕・波

しほ(塩)の山

チドリ科の鳥の総称。日本ではごく普通に見られ、古くから文学作品に登場する。「淡海の海夕波千鳥汝が鳴けば情《こころ》もしのに古思《いにしへ》ほゆ」（万・三・二六六・柿本人麻呂）など、多くは鳴き声にしみじみとした哀感が感じとられている。「しほの山さしでのいそにすむ千鳥きみがみ世をばやちよとぞなく」（古今・賀）では「やちよ」と聞きなしていたり、狂言「千鳥」では友を呼ぶ声を「ちりちりや、ちりちり」と表現していたりもするが、いずれにせよ鳴き声が注意されてきたことになる。鳴き声以外では、倭建《やまとたける》が死後「八《や》尋《ひろの》白《しろ》智《ち》鳥《とり》」（記）となったとされるのが注目されよう。白鳥説もあるが、英雄の死後の姿を大きな千鳥と幻想するところに、日本人が古来この鳥に親しんできたことがうかがえる。歌舞伎で海浜の場面に用いられる合方を千鳥の合方と呼んだり、勅撰集の千鳥を詠みこんだ歌を歌詞とする箏曲「千鳥の曲」があるなど、日本の文化にあまねく存在する鳥である。（神田龍之介）

中将　ちゅうじょう（ちゅうじやう）

奈良時代の授刀衛《じゅとうえい》・中衛府《ちゅうえふ》・近衛府《このえふ》・外衛府《がいえふ》、および平安時代以降に置かれた左右近衛府で、長官である大将に次ぐ官の名称。近衛府は、もともとは、内裏の警護などの軍事・警察的な任務をする天皇の親衛隊であるが、九世紀末以降、宮廷の儀礼演出機関になっていく。中将に任命される者も、武人ではなく上流貴族の子弟になり、公卿にいたる出世の一階梯となった。定員は、左右各一名であるが、十世紀以後次第に増加した。参議で近衛中将を兼ねる者を宰相中将、相当位（従四位下）を越えて三位になっている者を三位中将、蔵人頭になっている者を頭中将という。

大将

内裏

公卿→公家

宰相

蔵人

『源氏物語』には、通常頭中将とよぶ、光源氏の正妻葵《あおい》の上の同腹の兄（弟とする説も）が登場する。彼は、帚木《ははきぎ》巻では頭中将、葵巻で三位中将、須磨巻で宰相中将、澪標《みおつくし》巻で権中納言になる。彼は、源氏よりも少し年長と考えられるので、ほぼ二十代の間、中将を務めていたことになる。歴史上では、例えば、藤原実資《さねすけ》は、二七歳の永観元年（九八三）に左中将になり、蔵人頭を兼ね、永祚元年（九八九）に参議になる。源氏は、帚木巻では中将、紅葉賀《もみじのが》巻末で宰相中将、葵巻冒頭二二歳で右大将になっている。源氏の出世はきわめて早い。夕霧《ゆうぎり》、柏木《かしわぎ》、薫《かおる》、夕霧の息子も中将になっている。物語の男主人公には、少将とともに、中将が多い。

少将

『伊勢《いせ》物語』の昔男に擬せられる在原業平《ありわらのなりひら》は、在五中将《ざいごちゅうじょう》ともよばれるが、在原業平が右近衛権中将になったのは、死の三年前の五三歳であり、光源氏たちとはイメージの違う中将である。

女房

また、少将と同様、女房名にもなる。『源氏物語』にも、六条御息所《ろくじょうのみやすどころ》の女房や浮舟の母など、「中将《ちゅうじょう》の君《きみ》」が数名存在する。

（池田節子）

蝶　ちょう（てふ）

二対四枚の大きく美しい羽をもつ鱗翅目の昆虫。五百以上の種類があり、シロチョウ、アゲハチョウ、シジミチョウなどに分類される。そのイメージは多様であり、藤原良《よし》経《つね》の「わがやどの春の花ぞの見るたびにとびかふてふの人なれにける」（秋篠月清集・秋）は、軽快に飛び回るさまに、愛らしさを見るが、西行の「ませにさくはなにむつれてとぶてふのうらやましくもはかなかりけり」（山家集・雑）は、その姿に命のはかなさを感じ取る。美しいものを寵愛する様を「花や蝶や」などの言葉で表現することがあるが、この場合、その軽薄さへの批判の意を含むことがある。皇后定子《ていし》の「みな人の花や蝶やといそぐ日もわが心をば君ぞ知りける」（枕・三條の宮におはしますころ）という歌は、対立していた中宮彰子《しょうし》をもてはやす人々を諷したものといわれる。蝶よりも、その幼虫である毛虫の方が、姿は醜いものの真情に富んでいるという「虫愛づる姫君」の発言もある（堤中納言物語・虫愛づる姫君）。蝶になって自由に飛びまわったと思っていると、それは夢中のことであったという「胡蝶の夢」の故事（荘子・斉物論篇）は、大江匡房《おおえのまさふさ》の「百《も》とせは花にやどりてすぐしてきこの世はてふの夢にぞ有ける」（堀河百首・夢）をはじめ、様々な作品で典拠として用いられた。『源氏物語』胡蝶《こちょう》巻に、そのあでやかな舞踏のさまが描かれて有名な舞楽の「胡蝶」という曲は、平安時代、蝶についての重要なイメージの源泉となった。江戸時代において、蝶は曽我五郎のシンボルでもあった。これは、有名な富士の巻狩りの場面で、五郎が、蝶の描かれた直垂を着ていたことによる。なお、春だけではなく、秋冬の蝶も多く文学作品に取り上げられた。

（合山林太郎）

春・花
皇后→三后
心
夢
秋・冬

長高　ちょうこう（ちゃうかう）

「たけたかし」とも。「たけ」は本来は長さ、高さをいう「丈」の意。美的理念をいう用語で、歌合などにおいては、壮大な美しさをもつ格調高い歌をさす。「たけ高し」「たけまさる」などの形でも用いられる。保安二年（一一二一）九月一二日『関白内大臣家歌合』「山月」題三番詠「神のます三笠の山に月影のゆふかけてしもさしのぼるかな」を、

歌合
神
三笠の山・月

判者藤原基俊《もととし》が「たけ高し」と判じて勝としているのが早い例（裏書判詞）。文治三年（一一八七）ごろ成立した西行《さいぎよう》の自歌合『御裳濯河《みもすそがわ》歌合』三番「おしなべて花の盛りになりにけり山の端ごとにかかる白雲」に対し、判者藤原俊成《しゆんぜい》は「うるはしくたけ高く見ゆ」と判じ勝とした。機知に富んだ技巧や妖艶さとは対極にある理念だったことがこれらの歌からわかるだろう。

「長高体」「長高様」は、「たけ高き」風体の歌を歌体の一つとして概念的に括った歌学用語。建仁二年（一二〇二）後鳥羽《ごとば》院が催した『三体和歌《さんたいわか》』は歌の姿を三体、すなわち春・夏を「ふとくおほきに」（高《こう》体）、秋・冬を「ほそくからび」（痩《そう》体）、恋・旅を「艶にやさしく」（艶《えん》体）詠み分けるよう歌人たちに求めたもので、うち春・夏の歌の姿が長高体である。歌論書『定家十体』には、歌体を十に分類した中の一つとして「長高様」があり、「思ふことをなどとふ人のなかるらむ仰げば空に月ぞさやけき」（新古今・雑下・慈円）「かづらきや高間の山のさくら花雲井のよそに見てややみなむ」（千載・春上・顕輔）などが挙がっている。

この語は、能楽論・連歌論・俳論の中でも、歌と同様高雅な品格を意味する。世阿弥《ぜあみ》は『風姿花伝《ふうしかでん》』において、「長《たけ》」は「生得《しようとく》の事」であり、「得ずしては大方《おおかた》叶ふまじ」という。巧まずして醸し出す崇高さ、壮麗さは、歌においても芸においても個人の資質、まさに「身の丈」によるところが大きいのだろう。

（吉野朋美）

歌合・花
雲
春・夏・秋・冬
さくら（桜）
能・連歌論・俳論

朝拝　ちょうはい（てうはい）

元日辰の刻に、皇太子以下群臣が大極殿《だいごくでん》に参集し、天皇に賀詞を奏上する儀式。朝賀《ちようが》・歳賀《さいが》・拝賀《はいが》・元日礼《がんじつれい》などともいう。和訓は「みかどおがみ」。儀式次第はほぼ即位式と同じで、ともに大儀とされた。孝徳《こうとく》天皇の大化二年（六四六）を初見（紀）とし、平安時代初期には唐風に改められて完成をみた。天皇不予、服喪、また雨や雪の場合は停止となった。九世紀後半からはほとんど行われず、代わりに略式の小朝拝が盛んとなる。一条天皇の正暦四年（九九三）を最後に廃絶した。

小朝拝は清涼殿《せいりようでん》で昇殿を許された者だけが天皇を拝する私儀で、中絶と復興を繰り返し、幕末まで続いた。『宇津《うつ》保《ほ》物語』『源氏物語』には「小朝拝」の語はみえず「朝拝」のみであるが、これを小朝拝とする説もある。しかし、具体的な記述に乏しく、特定しにくい。

（大井田晴彦）

唐（から）
喪・雨・雪

津　つ

海岸や河岸などの、船舶が停泊するところ。川の渡し場、また、港。官船の発着場を尊んで「御津《みつ》」というが、これは和歌の世界では「君が名もわがなもたてじ難波《なには》なる見つともいふなあひきともいはじ」（古今・恋三・読人知らず）のように「見つ」と掛けて用いられたりした。この「難波なる御津」とは難波津《なにわづ》のことで、摂津《せつつ》国を古くは津の国ともいったのは、西国さらには大陸への門戸として大化前代か

船・川
和歌
難波
摂津

ら重要であったこの津を擁する国だったからである。このように各地に「……津」の地名が見られ、明の茅元儀《ぼうげんぎ》の『武備志』には伊勢《いせ》の安濃津《あのつ》（現在の三重県津市）、筑前《ちくぜん》の博《はか》多津《たつ》、薩摩《さつま》の坊津《ぼうのつ》を日本三津と呼んでいる。なおこの「御津」を後には「三津」の意にとり、諸所を比定するようにもなった。津には市《いち》を布設したので、人の多く集まるところをもいい、近世に京・大坂・江戸を三箇《さんが》の津《つ》と呼んだのはこれである。（神田龍之介）

伊勢・筑前　薩摩　市　京・大坂・江戸

朔日　ついたち

月の第一日。月のはじめ。「月立《つきた》ち」のイ音便形とされるが、実際には「つきたち」の用例はない。月末を意味する「つごもり」の対。

「さて、ついたちの三日のほどに」（蜻蛉）は、上旬の三日、の意で、月の最初の日の場合、上旬の意と区別するため、「ついたちの日」といった。正月元旦を「ついたち」といった場合がある。「されど朔日の御よそひとて、わざとはべめるを」（源・末摘花）の「朔日の御よそひ」は、元旦に着るための衣装のことである。

近世には、毎月の一・十五・二八日を式日または礼日と称し、民間では食卓に膾《なます》を添えて祝った。「主・下人のへだてなければ、朔日《ついたち》・廿八日に膾せぬこともあらためず」（西鶴織留）は、商家の息子に、母親が倹約を語る心構えの一節であり、主人と使用人との区別なく、朔日の膾がなくとも文句は言わなかったと、自己の体験を語っている。（奥村英司）

月　正月

追儺　ついな

十二月晦日《つごもり》の夜に行われる、疫鬼を追い払う儀式。儺《な》やらい・鬼やらいともいう。中国の行事が伝来したもので、古くは大儺《たいな》と呼ばれた。慶雲三年（七〇六）、疫病が流行した際に行われたのが初見である（続日本紀）。紫宸殿《ししんでん》に天皇が出御、群臣が桃弓・葦矢《あしや》を持って参入、陰陽師が呪文を読む。大舎人《おおとねり》が方相氏《ほうそうし》となり黄金四つ目の仮面をつけ、盾と戈を手にし、眼に見えない鬼を追う。侲子《わらわ》（鼓を持った童）がこれに続き、群臣も鬼を追う。九世紀半ばになると、方相氏はその奇怪な姿から鬼と混同され、忌み嫌われるようになった。宮中では中世まで行われ、民間にも広まり、節分の豆まきに受け継がれている。

『蜻蛉《かげろう》日記』中巻末、夫の訪れもないまま、空しく年は暮れていく。侍女たちの「儺《な》やらふ儺やらふ」という喧噪をよそに、作者は孤独な思いに沈んでいる。『紫式部日記』には、大晦日の夜、宮中での強盗事件が記されている。追儺が早く果て、警備の滝口《たきぐち》もみな退出してしまった。待てども助けは来ない、その焦燥と狼狽が緊迫した文体で綴られている。

追儺が終わると、まもなく四方拝《しほうはい》である。「追儺より四方拝に続くこそ、面白けれ」（徒然・十九）。（大井田晴彦）

鬼　病　童

司召　つかさめし

「召して司を給ふ」の意で、京官を任命する儀式。司召

除目・秋　院

の除目《じもく》・京官除目・秋の司召ともいう。もとは二月に行われる例が多かったが、次第に遅くなり、院政期には秋の儀式として定着した。

春

県召《あがため》をも含めて、除目一般を司召と称することも多い。『源氏物語』では春の県召を「司召」、秋の京官除目を「秋の司召」と使い分けている。「司召のころ、この宮（藤壺）の人は賜はるべき官も得ず」（賢木）は前者、「秋の司召に、（夕霧ハ）かうぶり得て侍従になりたまひぬ」（少女）は後者の例である。

心

「司召などいひて人の心尽くすめる方」（源・浮舟）「秋の司召あるべき定めにて……君たちもいたはり望みたまふことどもありて」（同・葵）とあるように、当時の官人たちにとっては生活を左右する最大の関心事であった。猟官運動に奔走する彼らとその家族の悲喜劇は『枕草子』など多くの文学作品に描かれている。

（大井田晴彦）

月　つき

昼　日　石山　夢

太陽が昼を照らすのに対し、夜を明るくする天体。日本神話では伊邪那岐尊《いざなぎのみこと》が禊ぎをした際に左の目から太陽の神である天照大神《あまてらすおおみかみ》が、右の目から月の神である月読尊《つくよみのみこと》が生まれたと対比される。地球を照らす物として一対の物であるために、日と月とが並び呼ばれた。薬師三尊は薬師如来を中にして日光・月光の各菩薩が左右に並ぶ。『蜻蛉日記』では石山寺に修行する法師から「御二手に月と日とをうけ給ひて、月をば脚の下に踏み、日をば胸に当てて抱き給ふ」という夢を見たと伝えられる。夫兼家が天下執行の人となるしるしである。月と日との夢は『曽我《そが》物語』にもあり、

妻

そこでも北条政子《ほうじょうまさこ》が天下人源頼朝《よりとも》の妻となるしるしとなる。しかし、豊臣秀吉《とよとみひでよし》誕生の際に母が日輪を夢で見たと、太陽が単独でも天下取りとなる。月が出ることで世界は明るく、逆に、出ない晩は暗いという表現例は多い。『万葉集』で「初月《みかづき》」を材にした間人大浦《はしひとおおうら》の「天の原ふりさけ見れば白真弓張りて懸けたり夜道は吉けむ」（万・二八九）「倉橋の山を高みか夜ごもりに出で来る月の光ともしき」（同・二九〇）は、夜と月の光の関わりを詠む。「輪」「弓」などにたとえられるように形が変わり、月の出・入りの時間も変わることで太陰暦（旧暦）の基準となる。なお、日本では一八七三年（明治五年）十二月六日が翌年の一月一日となり、以後、太陽暦となる。

野・陽炎（かげろう）

月の出は、全く月の姿の見えない（朔《さく》。月の出と太陽の出が同時刻になり、地球から見える側を照らさないので月が見えない）日から、一日約五十分ずつ出が遅れていく。満月となる日が十五日であり、この日は太陽が西に沈むと同時刻に月が東の空に昇る。「菜の花や月は東に日は西に」（蕪村）の景色である。出とともに入りもまた同時刻になる。「東《ひむがし》の野に陽炎《かぎろひ》の立つ見えてかへり見すれば月かたぶきぬ」（万・一・柿本人麻呂）が、それを歌っている。太陽が常に同じ形で地球を明るくするのに対し、月は毎日の形が変わり、しかも、暗い夜を明るくするものであるので、それだけ人の関心を惹いたのであろう。月を愛でる行事は中国伝来のものとされるが、日本でも八月十五日（十五夜・芋名月《いもめいげつ》）・九月十三日（栗名月《くりめいげつ》・豆名月《まめめいげつ》）など伝統行事となっている。暦に応じて形の変わる月は、それぞれの形に人々が思いを

寄せたからであろう、「三日月」「上弦」「十三夜」「満月」「十六夜《いざよい》」「立待《たちまち》」「居待《いまち》」「寝待《ねまち》（臥待《ふしまち》）」「名も無き月」「下弦」「二十三夜」などと呼ばれた。それ以外にも、文学では、「雪月花」「花鳥風月」など欠かせない風流の材である。

光　春日・三笠の山・春　心・更級・姨捨・和歌　詩　池

月の光には、人の心に人恋しさ、懐旧の情などを駆り立てる不思議な力があると認められていた。中国の漢詩の中でも「三千里外故人心」（白楽天）などある。杜甫が水に映る月を求めて水に入ったなども、その繋がりか。日本でも「天の原ふりさけ見れば春日なる三笠の山に出でし月かも」（古今・安倍仲麻呂）「月やあらぬ春や昔の春ならぬわが身一つはもとの身にして」（古今・恋五・在原業平）「月見れば千々に物こそ悲しけれわが身一つの秋にはあらねど」（古今・秋上・大江千里）「我が心慰めかねつ更級や姨捨山に照る月を見て」（古今・雑上・読人知らず）など多くの和歌や菅原道真《すがわらのみちざね》の九月十日夜の詩「去年今夜侍清涼、秋思詩篇独断腸」や『徒然草』に引かれる、源顕基《あきもと》の「配所の月、罪なくして見ん」などが人々に共感されたのは、月を媒介とした心情の表現であったためであろう。江戸時代の「名月や池をめぐりて夜もすがら」など月を詠んだ句は多い。ちなみに、近代になっても、尾崎紅葉《おざきこうよう》『金色夜叉《こんじきやしゃ》』で熱海の海岸での間貫一・鴫沢宮の別れの場面、貫一の切ない心情は「来年の今月今夜は、貫一は何処で此月を見るのだか！」に始まり「月が……曇ったらば、宮さん、貫一は何処かでお前を恨んで、今夜のやうに泣いて居ると思つてくれ」と訴えるが、そこでも、別離・追憶の心情を述べる役割を月が果たしている。童謡「十五夜お月さん」（野口雨情）では、主人公の孤独・母を思い出す気持ちに月が関係している。西欧でも「月の美しい晩は若い男女は外を歩いてはならない」（モーパッサン『水の上』川口篤訳）とあり、月の光の霊妙な力が捉えられている。『竹取物語』では月の光の中で物思うかぐや姫にそばの人は憂える姫にその理由を問うことなく、ただ、「月の顔見るは忌むこと」と言うが、若い女性が月に物思うのはごく当り前の事であり、不審に思わなかったからといえる。『更級日記《さらしな》』でも十三夜の夜半に姉が「ただ今行方なく飛び失せなばいかが思ふべき」と語るが白楽天の「月の明きに対し往時を思ふなかれ、君が顔色を減じ君が年を減ぜん」と同じ思いか。姉は死に、残された二人の幼子の傍らに臥した作者はその顔に月の光が差し込んだ時、「ゆゆしく」おぼえ、思わず袖で一人の顔を被い、一人を抱き寄せてしまう。月に感じた不吉な思いからか（ちなみに徳富蘆花『不如帰《ほととぎす》』でも浪子の死の場面には月の光が照る）。暗い夜だけのものであり、太陽のような、すべてをあからさまにするものではないこと、それだけにその光の色に不思議な力が感じられたからに違いない。なお、兼好の『徒然草』の中には、「万の事は月見るにこそ慰むものなれ」「月ばかり面白きものはあらじ」などの章句がある。これは月の満ち欠けに無情を感じたからであり、平安時代とは異なる発想といってよい。

袖

（山口明穂）

月　つき

朔日

新月から満月を経て、晦《つごもり》に至るまでの周期を元にして、朔日《ついたち》から晦までを一か月としている。実際には、その周期は二九日半ほどであるため、江戸時代の日本では太陽太陰暦を採用し、大の月を三十日、小の月を二九日とし、一年を十二か月とするとともに、閏年を設けて、その場合は一年を十三か月として太陽の運行との誤差を修正した。年によっては、大の月が四か月続くとか、小の月が三か月続くようなこともあった。

　月が暦日のもとであったが、月の周期は二九日半ほどであるし、月で十二か月を定めると、太陽の運行とはずれができ、その調節に十九年に七度の閏月を設ける。閏月の決め方は、太陽の黄道上の動きを二四等分して二四節気とし、「冬至」から「小寒」まで季節に応じた名称が与えられる。これを一つ置きに「節」「中」に分ける。太陽は黄道上を一周するのに三六五・二四二二日であるので、これを二四等分した節または中は、一五・二二日ごとに来ることになる。もし、ある月の終わり頃に中が来ると、次の月に中が来ない場合ができる。その場合、そこに閏月を置き、その月に含まれる中が六月中であれば、閏六月ということにな

正月

る。正月中が十日前後とすると、正月節である「立春」は前年に来ることになって「年内立春」となる。なお、冬至・春分・夏至・立秋だけは、それぞれ、十二月・二月・五月・八月となるように閏月は決められる。『古今集』巻頭の「年のうちに春は来にけりひととせを去年とやいはむ今年とやいはむ」（在原元方）は、年内立春によって、春が来たのに年が明けないことへの当惑を詠んだものであるが、『古今集』全体のもっている時間の経過に対する関心を象徴する一首である。また、二四節気の節を一日とする節月も用いられた。これによれば、立春の日から、啓蟄の前日までが正月、となる。月日の吉凶を選ぶ場合、この歴月が用いられるのが普通である。

　十二か月にはそれぞれ異名がつけられ、一般的なものは一月から「睦月《むつき》・如月《きさらぎ》・弥生《やよい》・卯月《うづき》・皐月《さつき》・水無月《みなづき》・文月《ふみづき》・葉月《はづき》・長月《ながつき》・神無月《かんなづき》・霜月《しもつき》・師走《しわす》」とするもので、それ以外にも「初春月《はつはるづき》・梅見月《うめみづき》・花見月《はなみづき》・夏初月《なつはづき》・狭雲月《さくもづき》・風待月《かぜまちづき》・秋初月《あきそのつき》・月見月《つきみづき》・色取月《いろどりづき》・神去月《かみさりづき》・神帰月《かみきづき》・年《とし》（世《よ》）積月《つみつき》」とするもの、「早緑月《さみどりつき》・雪消月《ゆきぎえづき》・桜月《さくらづき》・花残月《はなのこりづき》・田草月《たぐさづき》・常夏月《とこなつづき》・七夕月《たなばたづき》・紅染月《こうそめつき》・寝覚月《ねざめづき》・初霜月《はつしもづき》・雪待月《ゆきまちづき》・春待月《はるまちづき》」とするものなどがある。

七夕

また、旧暦では一―三月が春、四―六月が夏、七―九月が秋、十―十二月が冬であり、そこから「孟《もう》春・仲《ちゅう》春・季《き》春、孟夏・仲夏・季夏、孟秋・仲秋・季秋、孟冬・仲冬・季冬」という呼び方もある。

春・夏・秋・冬

　実際の用例は、「年月」「月日」のような形で、「年」「日」と一括で扱われることが多く、単独で用いる場合には、「月もかはりぬ」のように、時間の推移を表す例がほとんどである。

　「高光る　日の御子　やすみしし　我が大君　あらたまの　年が来経れば　あらたまの月は来経往く　諾《うべ》な諾な諾な　君待ち難に　我が著せる　襲《おすひ》の裾に　月立たなむよ」（記・二九）は、美夜受比売《みやずひめ》が倭建命《やまとたけるのみこと》の歌に答えて詠んだもので、「年」「月」という時間の経過する中で、相手を待ちわびて「月立たなむよ」、性の障りが始まってしまった、という内容である。このように、「月立つ」で、性の障りの開始を表す場合があるが、これは太陰暦の一か月が、性の障りの周期とほぼ一致したことによる。そこから、性の障りが月の満ち欠けと関連あるものとも考えられ、性の障

女

りによる女性の変調を、霊的なものの憑依と解釈した。

「姫君は、月の重なるままに、程なき御身は、いちじるしくふくらかになりもておはするままに、せむかたなくおぼし呆れたり」（寝覚）は、主人公寝覚《ねざめ》の君の懐妊の兆候が、月が経つにつれて体がふっくらし、明らかになっていくという描写である。性の障り同様、懐妊から出産も月の経過と関連づけられるのである。

老い

月の経過は、また、人間に老いをもたらす。「過ぐる齢にそへては、酔泣きこそとどめがたきわざなりけれ。衛門督心とどめてほほ笑まるる、いと心恥づかしや。さりとも、いましばしならん。さかさまに行かぬ年月よ。老は、えのがれぬわざなり」（源・若菜下）は、光源氏が老いたために若い衛門督《えもんのかみ》（柏木《かしわぎ》）に嘲弄されているが、その柏木とていずれは老いからのがれられぬのだと、皮肉をいい、その結果柏木は恐怖から死病に陥る。

江戸

川柳

近世、江戸吉原の遊郭では、八月十五日と九月十三日の月見の日を、紋日という特別な日に定めた。この日を「月」と呼んだ。この日には、前後の二日を含めた三日間、女郎を揚げねばならず、その揚代も普段より高価になるなど、客の負担の増える日であった。「月をしよひ息子ハ内を闇にする」（柳樽）は、その日に女郎を買った息子のために、家計が逼迫する、という川柳である。（奥村英司）

月並　つきなみ

和歌・連歌・俳諧

毎月一定の日に行う和歌や連歌、俳諧の例会。一派の連衆や同好のグループが集まって行われた。

雑俳

また俳諧では特に月並句合《つきなみくあわせ》のことをさす。月並句合は、点者が出題して一般の人々から発句を募集し、毎月一定の日に選句の結果を公表披露、入選句を印刷して返送するものである。投句者は一句につき五―八文の入花料（投句料）を払い、高点句には景品が出されるという雑俳《ざっぱい》に倣った興行形態であった。化政期《かせい》（一八〇四―三〇）ごろから明治にかけて各地で盛んに行われたが、正岡子規《まさおかしき》がその俗調を排撃し、以後「月並調」は低俗陳腐の代名詞となるに至った。子規の友人夏目漱石《なつめそうせき》は小説『吾輩《わがはい》は猫である』の中で月並の定義について触れ、尊大で俗物《ぞくぶつ》的な実業博士になるよう強要する金田夫人を「月並の標本」と称している。（深沢了子）

筑紫　つくし

筑前・筑後

九州の総称、または福岡県の一部（旧筑前《ちくぜん》・筑後《ちくご》）をさす名。

大和

肥前・豊後

記紀では中央（大和《やまと》）と辺境という図式の中で、筑紫（九州）が「天孫降臨」の地、また引き続く「神武《じんむ》東征」の出発地とされた。一方、「風土記」は肥前《ひぜん》国、豊後《ぶんご》国のそれが一部残り、天皇に関わる物語、あるいは土地の古伝承を見ることができる。

都・心

『万葉集』には大伴旅人《おおとものたびと》、山上憶良《やまのうえのおくら》を中心とした筑紫での歌詠が残る。都に心を向かわせる歌が多く、旅人邸での風流な「梅花宴」も、望郷ともいえる雅《みやび》な中央への憧れのしからしめたものである。

大宰府

中古では菅原道真《すがわらのみちざね》の、大宰府左遷時の望郷の思いを託した詩（菅家後集）が注目される。述べたように、常に中央を指向する「筑紫」であるが、その中で『檜垣嫗集《ひがきのおうなしゅう》』は、筑紫を主舞台とした最初の、そしてその意味で特色ある小品となっている。

和歌・心

他方、和歌の世界では、「わかるれば心をのみぞつくしぐしさしてあふべきほどをしらねば」（拾遺・別・村上天皇）など、主に心や身を砕く意の「尽くし」を言い掛ける形で用いられた。

（新谷正雄）

筑波嶺　つくばね

常陸・山

常陸《ひたち》国、現在の茨城県中央部の山。筑波山とも。男体《なんたい》山《さん》・女体山《にょたいさん》の二つの峰からなる。その山裾が関東平野の東部に長くのびて、広い地域からもその嶺を望見することができる。『常陸国風土記』に、土地の人々の諺《ことわざ》（言い伝えの慣用句）として、「筑波岳に黒雲かかり、衣袖漬《ころもそでひた》ちの国」といわれてきたと記している。筑波山に黒雲がかかると雨が降るという意でもあるが、「漬ち」「常陸」の同音が重なっている点からもわかるように、「常陸」の国名の由来にもなっている。土地の人々には、筑波嶺《ね》こそ国の象徴的な存在として認識されていたのだろう。

雲・袖

その筑波嶺は古くから厚い信仰の対象になっていた。『古事記』（中）で、東征した倭建命《やまとたけるのみこと》がこの地を訪れたのも、そのことと無関係ではあるまい。倭建が常陸国から甲斐《かい》国に向かおうとする途中、「新治《にひはり》　筑波を過ぎて　幾夜か寝つる」と歌うと、そこにいた火焼《ひたき》の翁が「日々《かが》なべて　夜には九夜《ここのよ》　日には十日を」と応じた。後世の室町時代には、

翁

この片歌による問答を連歌の起源だとして、連歌を「筑波の道」とも呼んだ。

連歌

この筑波嶺は、古代の習俗である歌垣《うたがき》も盛んに行われたという。右の『風土記』などによれば、春と秋、二つの峰のうちの女の神のいる近くで、近隣の諸国の老若男女が登り集まり、神を祀るべく飲食し、歌い舞い、そして男と女がたがいに歌を歌い交しあった。一般的には歌垣・嬥歌《とうか》と呼ばれるこの習俗を、この地では「かがひ」と呼んでいた。この地に一時赴任していた高橋虫麻呂《たかはしのむしまろ》が、「筑波嶺に登りて嬥歌会《かがひ》をなす日に作る歌」と題して、次の長歌を詠んでいる。「鷲《わし》の住む　筑波の山の　裳羽服津《もはきつ》の　その津の上に　率《あども》ひて　娘子壮士《をとめをとこ》の　行き集ひ　かがふ嬥歌《かがひ》に　人妻に　我《わ》も交《まじ》はらむ　我が妻に　人も言問へ　この山を　うしはく神の　昔より　禁めぬ行事《わざ》ぞ　今日のみは　めぐしもな見そ　事も咎《とが》むな」（万・一七五九）。右の「人妻に　我も交はらむ　我が妻に　人も言問へ」など、具体的にどういう行為か詳しくはわからないが、都人の虫麻呂にはめずらしい習俗と思われたにちがいない。

春・秋

女・神

妻

『万葉集』の、東歌《あずまうた》だけを収めた巻十四にも、筑波嶺を詠んだ常陸国の歌が多くみられる。「筑波嶺に雪かも降らる否《いな》をかもかなしき児《こ》ろが布乾《にのほ》さるかも」（三三五一）は、筑波嶺に雪が降ったのか、違うのか、いとしいあの娘《こ》が布を干しているのか、の意で、当地の農耕生活の息吹きを詠んだ歌である。

雪

平安時代になっても、都人にとって遠隔の土地ではあっても、常陸国の筑波嶺は東国の代表的な歌枕として親しまれていた。『古今集』に東歌として収められている「筑波

東（あずま）

嶺の此《こ》の面《も》彼《か》の面《も》に蔭《かげ》はあれど君が御蔭《みかげ》に増す蔭はなし」（一〇九五）は、主君への恩恵をたたえる歌になっているが、当時の謡い物である風俗《ふぞく》（地方の歌謡）として、貴族社会にも浸透していた。また、この歌の「筑波嶺の此の面彼の面」という調子のよい言葉づかいも、新しい時代の歌としてしばしば用いられた。

筑波嶺は、恋の歌にも多く詠み込まれた。『百人一首』で知られる「筑波嶺の峰より落つる男女川《みなのがは》恋ぞつもりて淵となりぬる」（後撰・恋三・陽成院）は、その代表例。ここには、男山・女山からなり、歌垣など盛んだったという伝承もふまえられていよう。また恋歌の表現として、「音に聞く人に心をつくばねの見ねど恋しき君にもあるかな」（拾遺・恋一・読人知らず）のように、「筑波」の掛詞や語呂合わせによる例が多い。また、平安時代末期から中世にかけては、「月」や「紅葉」との組み合わせで詠まれることもある。「筑波嶺の繁き木《こ》の間の蔭はあれど秋には変る夏の夜の月」（順徳院集）などとある。

掛詞
月・紅葉
夏

『源氏物語』東屋《あずまや》巻の冒頭に、「筑波山を分け見まほしう御心にはありながら、端山《はやま》の繁《しげ》りまであながちに思ひ入らむも……」とあり、薫《かおる》大将の浮舟《うきふね》への気持を語ろうとしている。浮舟という女君は宇治の八宮の娘ではあったが、その母は女房として宮に仕えた中将の君、いわば外腹の娘であった。後に中将の君は常陸介の後妻となったので、浮舟は、実母中将の君の連れ子として常陸介の家で成長してきた。右の冒頭文の「筑波山」とは浮舟の周辺をさし、さらにここには、「筑波山端山繁山《しげやま》しげけれど思ひ入るには障《さは》らざりけり」（新古今・恋一・源重之）が引歌としてふまえられている。薫大将は、筑波山に分け入って、あの常陸介の娘を手に入れたい気持ちはあるものの、そのような端山の繁りにまで執着しすぎるというのもどうか、と躊躇する気持ちを語っている。筑波山に象徴される常陸国は、しょせん東国の果ての地という意識も作用していよう。以後の物語では、常陸介の周辺のいかにも田舎じみた動静がところどころにとりこまれていく。

心

（鈴木日出男）

付合　つけあい（つけあひ）

連歌・俳諧用語。連句で前句に付句を付けること。また寄合《よりあい》をさすこともある。寄合とは「梅」に「鶯」のように前句と付句を関連づける特別な言葉で、実際句を付ける際の有力な手掛かりとなる。

連歌・俳諧
梅・鶯

連句文芸は長句（五七五）と短句（七七）が交互に続いていく。これらの各句がそれぞれ独立した世界を保ちながらも、前句と付句の二句が相互に補完しあって、別な表現世界を創り出していくのが最大の特徴である。したがって前句にどのように句を付けるかという付合こそ連句の命といえる。変化を重んじる連句では、A（打越《うちこし》）B（前句）という句の並びにC（付句）という句を付ける際、ABという二句による世界と、BCという二句による世界は別なものにならなければならない。

付合の種類は古来様々に作法書に説かれるが、大別すれば次の二つである。一つは詞・寄合による物付、もう一つは句の心による心付で、心付はさらに、句の意味による付けと、余情を含めた高度な疎句《そく》的付合に分けることができ

詞

俳諧

る。このうち後者の余情による付けを蕉門俳諧では匂付《においづけ》と称した。（深沢了子）

対馬　つしま

西海道の下国。海峡を隔てて朝鮮半島と向かい合う位置にあり、交通上・軍事上の要地であった。平安時代の刀伊《とい》の来寇、鎌倉時代の元寇では大きな被害のあったことが知られる。鎌倉時代以降は宗氏の支配下にあり、江戸時代の対馬藩になる。（山口明穂）

蔦の細道　つたのほそみち

⇩宇津谷《うつのや》

椿市　つばいち

大和・市　三輪　初瀬川　男・女

古代、大和《やまと》国にあった市の名。表記は「海柘榴市」「都波岐市」とも。現在の桜井市金屋《かなや》付近が遺称地で、三輪《みわ》山の南麓、初瀬《はつせ》川の北岸である。初瀬川と、横大路・山田道・上《かみ》ツ道・山辺の道などの接点にあたり、水陸交通の要衝として、市が発達したものであろう。もとは植物のツバキにちなむ名で、ツバキイチがツバイイチ、ツバイチへと転訛したと推測される。『日本書紀』は、武烈《ぶれつ》天皇が皇太子時代、物部麁鹿火《もののべのあらかひ》の女、影媛《かげひめ》に求婚した時、影媛は「海柘榴市の巷」で待つと答え、武烈はそこで出くわした恋敵平群鮪《へぐりのしび》臣と、「歌場（歌垣）」で歌を闘わせたと伝える（武烈即位前紀）。歌垣は男女が歌を交し合って出会う場であり、人の集まる場所として、市がその舞台とされたのであろう。この話自体はそのまま史実と認めがたいが、『万葉集』の「海柘榴《つばき》市の八十《やそ》の衢《ちまた》に立ち平《なら》し結びし紐を解かまく惜しも」（十二・二九五一）「紫は灰指すものぞ海柘榴市の八十の衢に逢へる児や誰《たれ》」（同・三一〇一）なども、海柘榴市での出会いを歌っており、そこで実際に歌垣が行われていたことを示すだろう。その他、『日本書紀』によれば、厩《うまや》が置かれて、そこで刑罰が行われたこと（敏達）、炊屋姫《かしきやひめ》皇后（後の推古《すいこ》天皇）の別邸（宮）が置かれたこと（用明）、唐の客をそこで迎えたこと（推古）などが知られる。

紐　紫　唐（から）　長谷　日・暮れ　観音

平安時代には、長谷寺《はせでら》参詣のための中継地点として栄えた。『蜻蛉《かげろう》日記』は、二度の長谷寺参詣を記しているが、「またの日は椿市といふところにとまる。」（初度、安和元年九月）「からうして椿市にいたりて、例のごと、とかくして出で立つほどに、日も暮れはてぬ」（二度、天禄二年七月）と、ともに椿市に逗留したことが見える。『枕草子』も、「市は」の段に「つば市」を挙げ、「大和にあまたある中に、長谷に詣づる人のかならずそこにとまるは、観音の縁のあるにや」と記している。現在は、「海柘榴市観音堂」が、桜井市金屋に残るのみである。（鉄野昌弘）

燕　つばめ

春　夏　藍・黒・白

スズメ目ツバメ科の鳥。「つばくら」「つばくらめ」とも。全長二十センチメートル前後。渡り鳥で、春に日本列島に飛来して、夏にかけて人家の軒下《のきした》などで営巣・繁殖し、秋に南方へ去っていく。体の上面は藍色や黒色で下面は白、額とのどは赤栗色である。尾は長く二またに分かれて燕尾をなす。機敏性、旋回能力にすぐれ、空中で昆虫を捕食する。地面すれすれに飛ぶこともある。『万葉集』の大伴家持《おおとものやかもち》の歌に「燕来る時になりぬと雁がねは国偲《しの》ひつつ雲隠《くもがく》り鳴く」（十九・四一四四）とあるように、春に北方へ去る雁と入れ替わるように、姿を表す。家持はまた、漢詩に「来燕《らいえん》は泥《ひぢ》を銜《ふふ》み宇《いへ》を賀《ほ》きて入り」（万・十七）と詠んでいる。燕は、泥や藁などを集めて人家に巣を作る。中国思想の影響で、燕などの鳥が家に入ることは吉兆と考えられていた。また、「軒ば荒れて春は昔の故郷《ふるさと》に古巣たづぬるつばくらめかな」（壬《み》二《に》集）のように、例年もとの場所へ飛来するとも考えられていた。

雁　漢詩→詩

燕を男女の和合の象徴とみるのも中国思想の影響である。『礼記《らいき》』月令《がつりよう》の仲春（二月）の項には、玄鳥（燕）が飛来した日、皇帝は后妃たちとともに高禖《こうばい》（子授けの神）を祀るとある。また、『和歌童蒙抄《わかどうもうしよう》』巻八鳥部は、中国の『南史』に載るものとして、夫婦の燕が相手を亡くすと残された燕は単独で飛来するという説話を紹介する。同様の説話は『今昔物語集』巻三十・十三語にもある。『江家次第《ごうけしだい》』「執聟事」によれば、平安時代の婚礼で餅や箸台の入れ物に燕の螺鈿《らでん》細工を施した箱の蓋が用いられた。こうした燕に対する捉え方は、『竹取物語』の難題物の一つ「燕の子安貝《こやすがひ》」にも反映しているのであろう。

男・女　餅

俳諧では、燕の動き、習性などがこまやかに描写されるようになった。「飛《とび》ながら中《ちゆう》に子を持《もつ》つばめ哉」（続の原・心水）「人馴《なれ》てさはらぬ程のつばめかな」（蓮実・知童）などは、飛行する燕の姿を鮮やかに描き止めている。（松岡智之）

俳諧

局　つぼね

建物の中の仕切られた部屋を意味する語。「つぼ（壺・坪）」と関係が深く、閉じた空間を作り出す意の動詞「つぼぬ」の名詞形と考えられる。『紫式部日記』の「御帳の……西には、御物《もの》の怪《け》うつりたる人々、御屏風一よろひを引きつぼね、つぼね口には几帳を立てつつ、験者《げんざ》あづかりあづかりののしりゐたり」では、敦成《あつひら》親王誕生を妨害する物の怪を駆り移された憑坐《よりまし》の女性たち、一人一人の周りに屏風を置いて囲うことを「引きつぼね」といい、部屋のようにしたその空間の出入り口を「つぼね口」といっている。

物の怪　験者

「局」が、具体的に指し示すものは多様である。「御局は桐壺なり」（源・桐壺）の「局」は内裏にある后妃の居所をいう。「二月の二十日あまり、南殿《なでん》の桜の宴《えん》せさせたまふ。后《きさき》、春宮《とうぐう》の御局《つぼね》左右《さいう》にして参上《まうのぼ》りたまふ」（源・花宴）は、宴の際に内裏の紫宸殿《ししんでん》内に設けられた后・東宮の御座所で、臨時のものである。また、「右近が局は、仏の右の方に近き間《ま》にしたり」（源・玉鬘）は、寺に参詣・参籠する人が休憩や仮眠をするために仏堂内を仕切って用意された部屋をいう。

内裏　桜　春宮（東宮）　后→三后

古典文学にあらわれる「局」の中で、とりわけ精彩を放つのは宮中や貴紳の邸宅内に設けられた女房の私室としての局であろう。清少納言は、中宮定子の在所であった宮中登華殿の細殿《ほそどの》に与えられた局を気に入っていた。「うちの局、細殿いみじうをかし」（枕・うちの局）と述べている。弘徽殿《こきでん》・登華殿などの西廂《にしびさし》は九間一面の細長い空間で（幅

邸・女房　廂

屏風

約三メートル）、ここを屏風や几帳で仕切って女房の私室としていたらしい。『紫式部日記』の記事を勘案すると、紫式部は、敦成親王誕生時の土御門《つちみかど》邸では寝殿と東対とを結ぶ渡殿に、中宮が一条院内裏に還御した際には東北対の東長片廂に私室を与えられていたようである。なお、私室を与えられるような女房その人をさして「局」ともいう。

（松岡智之）

妻　つま

男・島　女　鶴　秋・世

夫婦関係、恋人関係にある者どうしが、相手をさしていう語。『古事記』上巻、大国主命《おおくにぬしのみこと》の后須勢理毘売命《すせりびめのみこと》が歌った歌謡に「……汝《な》こそは　男《を》にいませば　うち廻《み》る　島の崎々　掻き廻る　磯の崎落ちず　若草の　妻（都麻）持たせらめ　我《あ》はもよ　女《め》にしあれば　汝を除《き》て　夫《を》は無し　汝を除て　夫（都麻）は無し……」とある。あなたは男であるからたくさんの妻をもっているだろうが、自分は女だからあなた以外に夫はいないのだという。前の「妻（都麻）」は男にとっての相手の女性、後の「夫（都麻）」は女にとっての相手の女性をいう。男女の区別なく、対《つい》となる相手を、どちらも「つま」といったのである。『俊頼髄脳《としよりずいのう》』には「男は女をつまといひ、女は男をつまといふにや」とある。『万葉集』巻十七に載る大伴家持の歌「湊《みなと》風寒く吹くらし奈呉《なご》の江《え》につま（都麻）呼びかはし鶴《たづ》さはに鳴く」は、鶴の夫婦が互いに声をかけ合って鳴いていると詠んでいる。また、鹿と萩、秋風と荻など、互いに関係の深い組み合わせの一方を「つま」とすることもあった。「秋は世の人のめづる

女郎花・鹿・萩・露

女郎花《をみなへし》、小牡鹿《さをしか》の妻にすめる萩の露にもをさをさ御心移したまはず」は『源氏物語』匂宮《におうのみや》巻の一節、「荻の葉も契りありてや秋風のおとづれそむるつまとなりけん」は『新古今集』秋上に載る藤原俊成《しゅんぜい》の歌である。

（松岡智之）

妻戸　つまど

寝殿　戸・簀子　廂　屏風・五節

寝殿造の建物で、殿舎の四隅（建物側面の両端）に設けた両開きの板戸。建物の端《つま》にあるところからの呼称。簀子《すのこ》と廂《ひさし》との境にあって、殿舎への出入り口として用いられた。外側に向かって開き、閉める時には掛け金で止める。いわゆる「開き戸」のことで、「遣《や》り戸（＝引き戸）」に対していう。『枕草子』「うちとくまじきもの」の段には、大型の船の屋形《やかた》について「妻戸あけ、格子《かうし》上げなどして」と述べている例が見え、家屋以外の開き戸にも用いられている。また後世の家屋においても、建物の端の開き戸をさしてそう呼んでいる。『宇治拾遺物語』四七には、寝殿の西側の「妻戸口」を常の居所としていた娘が、死後もそこを離れたがらなかったという不気味な話がある。妻戸口は廂《ひさし》の間《ま》の妻戸近くの一画。「妻戸の間《ま》」ともいい、『源氏物語』少女《おとめ》巻にはここに屏風などを立てて、五節《ごせち》の舞姫の臨時の居所とした例が見える。『宇治拾遺物語』の娘の場合には、このような端近《はしぢか》な場所に常に住んだというから、家族の中で軽視されていたらしいことがわかる。『和泉《いずみ》式部日記』で、初めて女の家を訪れた帥宮《そちのみや》が、「西の妻戸」に通されたことを恨むのも、その端近さを女の軽い扱いと見たからである。この場合の「妻戸」は妻戸口をさす。

（藤本宗利）

露　つゆ

秋　萩・夕　紅葉　糸　野

しっとりと降りた露は、『万葉集』以来秋の景物として賞美されてきた。「秋萩の咲き散る野辺の夕露に濡れつつ来ませ夜はふけぬとも」（万・十・二二五二・作者未詳）のように、萩や尾花など秋の草花とともに詠まれるほか、「白露の色は一つをいかにして秋の木の葉を千ぢに染むらむ」（古今・秋下・藤原敏行）のように紅葉を染めるものという捉え方もなされた。草葉の上で輝く白露は、美しい玉に見立てられる。「わが宿の尾花が上の白露を消《け》たずて玉に貫《ぬ》くものにもが」（万・八・一五七二・大伴家持）は、尾花の上に降りた露を消さずに玉として糸に通すことができたらよいのに、という歌。百人一首の歌として知られる「白露に風の吹きしく秋の野はつらぬきとめぬ玉ぞ散りける」（後撰・秋中・文屋朝康）も同様。秋の野には真珠のような白露が散らばっているのである。

芥川・男　鬼

露が印象的に用いられているのは、『伊勢《いせ》物語』六段、一般に「芥川」の段として知られる話である。主人公の男は、高貴な姫をようやくのことで盗み出して逃避行を企てる。その途中、芥川の川辺で「草の上に置きたりける露」を見て、姫は「かれは何ぞ」と尋ねる。このあと鬼に襲われて姫は命を落とし、男は泣いて「白玉かなにぞと人の問ひし時露と答へて消えなましものを」と歌う。草の上の露については、やがて鬼が現われる夜であることから不気味なイメージを感じ取る説もあるが、やはり前述のような和歌の美意識を踏まえた、真珠を散らしたような様子を想像してよいのではないか。深窓の姫君である女にとっては、愛する男とともに生まれて初めて見た、幻想的なまでに美しい夜の光景である。「あれはなあに」というあどけない問いに、逃げることに必死であった男は答えなかった。露ですと答えて、露がはかなく消えるようにその時死んでしまえばよかったのにという歌は、男の痛恨を表わしている。露の美しさ、はかなさが生かされた話である。

命　あだし野（化野）・鳥辺山→鳥部野　世

このように露には、はかなく消えるというイメージがある。『源氏物語』御法《みのり》巻で紫の上は消えゆこうとする自分の命を「萩の上の露」にたとえている。「ながらへば人の心も見るべきに露の命ぞ悲しかりける」（後撰・恋五・読人知らず）のように、露の命という成語もある。「白露も夢もこの世も幻もたとへていへばひさしかりけり」（後拾遺・恋四・和泉式部）は、仮初めの仲で終わった恋を詠んだ歌。白露ははかないものの代表格とされる。『徒然草』七段でも「あだし野の露消ゆる時なく、鳥辺山《とりべやま》の煙立ち去らでのみ住みはつる習ひならば、いかに、もののあはれもなからん。世はさだめなきこそ、いみじけれ」と、世は無常だからこそよいと語る文脈の中で、はかないものの象徴として「あだし野の露」を挙げる。これは「暮るるまも待つべき世かはあだし野の末葉の露にあらしたつなり」（新古今・雑下・式子内親王）による表現といわれている。

（鈴木宏子）

氷柱　つらら

氷

平らに張った氷、および柱状に垂れ下がった氷。現在、「つらら」といえば後者の意であるが、元来は前者の意味であっ

垂氷　和歌　池

た。氷が張りつめる様子を「つらつら」と表したことからできた語と考えられる。柱状の氷のことは古くは「垂氷《たるひ》」といった。『源氏物語』で、光源氏が末摘花《すえつむはな》の姫君に詠みかけた和歌「朝日さす軒のたるひはとけながらなどかつららのむすぼほるらむ」（末摘花）では、「たるひ」と「つらら」とが対照的に用いられている。朝日がさす軒下の「たるひ」（＝現在のツララ）は溶けているのに、どうしてあなたのお気持ちは、池に「つらら」（＝平ラナ氷）が張っているように固いままでうち解けてくださらないのだろうか、の意。

仏

中世後期以降、軒下・樹木などから垂れ下がる柱状の氷も「つらら」と称するようになったらしい。小林一茶《こばやしいっさ》は「御仏の御鼻の先へつららかな」（七番日記）と、仏像の鼻先にまるで鼻を垂らしているかのようにできたつららにおかしみを見出している。（松岡智之）

釣殿　つりどの

寝殿　池　殿上・酒

寝殿造の建物の一つ。『宇津保物語』楼の上・上巻に、「東の対の南の端には、広き池流れ入りたり。その上に釣殿建てられたり」とあるように、東西の対《たい》の屋から南に向かって延びた廊《ろう》の端に、池に臨んで建てられる。『源氏物語』常夏《とこなつ》巻には、「いと暑き日、東の釣殿に出でたまひて涼みたまふ」と見えて、納涼を主な目的としていたことがわかる。元来はその名のごとく釣をするための建物であり、吹き抜きで多くの場合高欄《こうらん》を具えた構造である。光源氏の供に殿上人《てんじょうびと》も参上し、「大御酒《みき》まゐり、氷水《ひみづ》召して、水飯《すいはん》などとりどりにさうどきつつ食ふ」というくつろいだ宴となる。

鮎　鵜・鯉・鮒

鮎などの川魚も御前で調理されるが、これは他所の川で採ったもの。魚をその場で調理して貴人に供するような気安さが、この殿舎の身上といえよう。『宇津保物語』祭の使巻には、釣殿で舟遊びに興じ、網や鵜で鯉・鮒を取るさまが描かれている。これは「中島に、片端は水に臨《のぞ》き、片端は島にかけて厳《いかめ》しき釣殿造られて」とされる立派な造り。こういう豪勢な釣殿もあったようだ。（藤本宗利）

鶴　つる

和歌　亀　能　親　翁　正月　年中行事

ツル科の鳥の総称。水辺にすみ、魚を食べる。和歌には一般に「たづ」と詠まれるが、『古今集』三五五番歌など、「つる」の例も見られる。亀とともに鶴は長寿の象徴とされ、「鶴は千年、亀は万年」（伽・浦嶋太郎）の句や、鶴亀が舞い、長寿をことほぐ能『鶴亀《つるかめ》』などがある。『白氏文集《はくしもんじゅう》』や『詩経《しきょう》』などに記される中国の伝承の影響を受け、その鳴き声は「鳴くこゑ雲井まできこゆる」（枕・鳥は）というように天まで響きわたるとされ、また、鶴の親は子を思って鳴くともいわれる。鶴は霊性を帯びた鳥とも考えられ、いわゆる鶴女房の話である『鶴の草子』、「鶴の翁」に主人公が助けられる『鶴の翁』といった御伽草子がある。毛の白さから、白髪を「鶴髪《かくはつ》」、白い衣を「鶴の毛衣《けごろも》」ともいう。食用にも珍重され、浮世草子『好色万金丹《こうしょくまんきんたん》』では遊里の料理に「鶴の汁」が出され、江戸時代の宮中では正月に将軍の献上した鶴を清涼殿で料理することが年中行事とされた。（高野奈未）

底本

定本　ていほん

ある作品の諸本間の異文を比較・校合して、原本または原本に近いかたちに定められた本文、あるいはその本をいう。また、作者が推敲をくわえ最終的に決定した本文、すなわち作者の決定稿もいう。なお、異本を比較・校合する際に拠り所とする本を「底本」といい、「ていほん」とも「そこほん」とも呼ぶが、「定本」と紛らわしいので、底本の方を「そこほん」と呼び分けることが多い。

別に校訂本という用語があり、定本とほぼ同じ意味で用いられているが、古典文学研究においては校訂本の方が主に使われている。校訂本とは、本来の本文の姿を復元すべく、信頼できる一本を底本にして、数種の伝本間の本文異同を比べ正した本のことである。厳密な校訂作業を経て決定された本文をいう。

たとえば、『源氏物語』の二大校訂本文として、源親行《ちかゆき》の校訂した河内本《かわちぼん》『源氏物語』と藤原定家《ていか》の校訂した青表紙本《あおびょうしぼん》『源氏物語』があるが、各々の意識の上では自分の校訂した本こそが『源氏物語』の定本であるという自負があったことであろう。しかし、厳密な校訂を経た校訂本・定本といっても、本来の本文の姿を復元できている保証はどこにもない。むしろ新たな異本を一つ増やしたことにもなりかねない。定本・校訂本を作るよりも、数種の伝本の本文異同を一覧できるようにした校本（本文集成）の方が、より求められよう。

（池田和臣）

貞門　ていもん

俳諧流派。松永貞徳《まつながていとく》を中心とする一派および同時代の俳諧の総称。俳諧は元和《げんな》（一六一五―二四）のころから伊《い》勢《せ》・堺《さかい》・京・江戸など各地で盛んに行われるようになったが、やがて京の貞徳が中心となっていく。貞徳は俳諧を俳《はい》言《ごん》（俗語・俚諺《りげん》など和歌や連歌に使われない言葉）を用いた連歌だと単純明快に規定し、また連歌の式目を緩和して俳諧に適用した。このように連歌の形式や規則を借りて、言い捨ての言語遊戯であった俳諧は、独立した庶民文芸として全国に普及していった。寛永《かんえい》十年（一六三三）には最初の撰集『犬子集《えのこしゅう》』が刊行され、重頼《しげより》・立圃《りゅうほ》・徳元《とくげん》などが活躍、次々に作法書や撰集が編集された。貞徳没後も俳書の刊行は激増し、寛文《かんぶん》末年（一六七三）には二百点を超している。

貞門の俳風は、縁語や掛詞、故事・古典の利用など、もっぱら言語遊戯的おかしみを中心としたもので、その上品温雅な作風に物足らない俳人の間から、やがて談林《だんりん》俳諧が誕生する。延宝《えんぽう》―天和《てんな》（一六七三―八四）にかけては、この談林俳諧との論争の中、貞門の人気は次第に衰えていった。

（深沢了子）

俳諧

伊勢・京・江戸

俗語・連歌

連歌

縁語・掛詞

談林

手鑑　てかがみ

手は筆跡、鑑は手本の意で、故人の筆跡を集成した折帖《おりじょう》。狭義には、鎌倉時代初期以前に書写された写本を古

古筆・切れ

筆といい、その断簡を古筆切という。広くは、室町時代あたりの書写本の断簡も古筆切という。この古筆切を集めた古筆手鑑のことをさすのが普通。他に、短冊ばかりを集めた短冊手鑑、古文書ばかりを集めた古文書手鑑、写経ばかりを集めた写経手鑑などもある。

物語・漢詩→詩・消息

内容は、写経・歌書・物語・漢詩・消息など多岐にわたるが、歌切が多い。平安時代書写の文学作品の完本は極めて稀にしか伝存していないが、古筆切ならかなりの作品の断簡が手鑑に貼られて残されている。なかには、散佚作品や孤本の断簡も伝存しており、書道史の資料としてだけではなく、古典文学研究の貴重な資料となっている。

散佚（物語）断簡

手鑑に貼る（押すという）順序は次第に定式化していく。質の高い手鑑では、表第一番に伝聖武《しょうむ》天皇筆「大聖武」を、次に伝光明《こうみょう》皇后筆「鳥下絵経切」を、裏第一番に伝聖徳太子筆経切を貼ることが決まりである。三大手鑑の一つ国宝『藻塩草《もしおぐさ》』では、表に天皇・親王・摂関家・清華・公家・御子左・二条・冷泉家の順に、裏に聖徳太子から菅原道真《すがわらのみちざね》までの経切・名人（紀貫之《きのつらゆき》・小野道風《おののみちかぜ》・藤原佐理《ふじわらのすけまさ》・藤原行成《ふじわらのゆきなり》など）・世尊寺家・法親王・高僧・連歌師・武家・女筆の順に貼られている。

親王・公家

室町時代末まで、古筆の鑑賞は古写本（巻子本であれ冊子本であれ）そのものの形で行われていた。しかし、千利休《せんのりきゅう》の言行をその弟子南坊宗啓《なんぼうそうけい》が記した『南方録《なんぼうろく》』に、手鑑を書院の飾りに用いることが見える。利休の活躍期、桃山時代の初めには、古筆手鑑の形式はできあがっていたのである。また、慶長八年（一六〇三）刊『日葡辞書《にっぽじしょ》』には「手鑑」が見えるし、元和元年（一六一五）頃刊『きのふはけふの物語』にも「今程世間に手鑑はやる、色々さま〳〵の古筆をあつべ、奔走する中にも杉近衛殿手跡ほどなるはあるまひと沙汰する」とある。杉近衛殿とは近衛信尹《このえのぶただ》のことである。これらから、手鑑が慶長・元和のころには流行していたと知れる。ステータスシンボルとして公家・大名・豪商などの邸に広くいきわたっていたと思われる。慶安四年（一六五一）には、版本の『御手鑑《おんてかがみ》』（通称『慶安手鑑《けいあんてかがみ》』）が刊行されるにいたる。手鑑の需要の大きさがうかがわれる。

国宝の手鑑に、『藻塩草』（古筆家伝来、京都国立博物館蔵）、『翰墨城《かんぼくじょう》』（古筆家別家伝来、MOA美術館蔵）、『見《み》ぬ世友《よのとも》』（出光美術館蔵）、『大手鑑《おおてかがみ》』（近衛家伝来、陽明文庫蔵）がある。その他著名なものに、『筆陣毫戦《ひつじんごうせん》』（五島美術館蔵）、『手鑑』（大東急記念文庫蔵）、『文彩帖《ぶんさいじょう》』（根津美術館蔵）、『高窠帖《たかまつじょう》』（三井文庫蔵）、『披香殿《ひこうでん》』（川崎市ミュージアム蔵）、『あけぼの』（梅沢記念館蔵）、『鳳凰台《ほうおうだい》』（徳川美術館蔵）などがある。二百枚三百枚と貼り込まれているものでも、平安時代書写の、書跡としても古典文学の資料としても貴重なものは、十指に満たない。そこで貴重な古筆切ばかりを集めた特別製の選抜手鑑がつくられている。『月台《げつだい》』（東京国立博物館蔵）、『谷水帖《たにみずじょう》』（逸翁美術館蔵）、『野辺《のべ》のみどり』（尊経閣文庫蔵）、『梅の露』（吉田家蔵）、関戸家の無名手鑑二帖などがある。『古筆手鑑大成』（角川書店）をはじめとして、多くの複製手鑑が刊行されている。

（池田和臣）

出羽　でわ（では）

和歌　蝦夷→えぞ　歌枕　桜　陸奥　象潟

東山道《とうさんどう》の旧国名。現在の秋田県と山形県にあたる。元の訓みは「いでは」で、和歌にもすでに『古今六帖《こきんろくじよう》』の歌に詠み込まれている。元は蝦夷《えみし》の居住地だけに平安時代中期にも俘囚《ふしゆう》が勢力をもち、その長である清原武則《きよはらのたけのり》の前九年の役における活躍が『陸奥話記《むつわき》』や『十訓抄《じつきんしよう》』に見える。古くから多くの文学者がこの地の歌枕を訪れており、平安時代末期、陸奥《みちのく》・出羽《でわ》を旅した西行《さいぎよう》は「たぐひなきおもひいではの桜かな薄くれなゐの花の匂ひは」（山家集・雑）と詠んでいるが、これは「思ひ出で」と掛けた例である。また、平安時代中期の歌人藤原実方《さねかた》が陸奥守となってその地の歌枕を訪ねた際、土地の古老が、古歌に「陸奥のあこやの松云々」と詠まれているのは、陸奥国と出羽国が分かれる以前のことで、今は出羽国にあるのだと答えた話が『古事談』や『平家物語』には見える。松尾芭蕉《まつおばしよう》の『奥の細道』の旅の舞台ともなり、立石寺《りつしやくじ》や象潟《きさかた》が触れられている。

（神田龍之介）

天　てん

世界　神　近江・丹後・社　夏　をとめ（少女）　秋・風　富士山

地と対比される空にある世界。和語では「あめ」であり、「あまのはら」などの複合語にもなる。『日本書紀』の冒頭は、「古に天地未だ剖《わか》れず、陰陽分れざりしとき、混沌《まろか》れたること鶏子の如くして」と始めた後、天地の分離を語る。『古事記』では、「天地初めて発《ひら》けし時に、高天の原に成れる神の名は、天之御中主神《あまのみなかぬしのかみ》。」と天地の出現から始める。「高天の原」は、神々の住む世界として天を述べる場合の言い方である。神話の世界では数多くの神々が登場するが、やはり天照大神《あまてらすおおみかみ》の存在が大きく、分けても天の岩屋隠れの逸話は著名である。

神話は、神々から人間の世への移行を語るが、天と地との交渉は、そのほかにも数多くの伝承にその痕跡を留めている。天人や天女の降下と人間との交渉は、古代伝承から物語にかけての重要なモチーフである。いわゆる白鳥処女《はくちようしよじよ》伝説が「伊香小江《いかごのおうみ》」（近江国風土記）や「奈具社《なぐのやしろ》」（丹後国風土記）を初めとする古伝承から、『竹取物語』『源氏物語』などへその系譜がたどられる。また、天人の降下も、『宇《う》津《つ》保《ほ》物語』や『夜の寝覚』など多くの物語文学で、超自然的な要素として作品を支えている。天と地との間には道があるという考え方は、少なくとも表現の上では平安時代になっても残り、「天つ風雲のかよひ路吹きとぢよをとめの姿しばしとどめむ」（古今・雑下・僧正遍照、百人一首）や「夏と秋とゆきかふ空のかよひ路はかたへ涼しき風や吹くらむ」（古今・夏・凡河内躬恒）などの歌がある。『竹取物語』の帝がかぐや姫の残した不死の薬を富士山頂で焼かせるのは、富士山が天に一番近い山だからであり、煙による天への通信なのであった。しかし、天との交通に関心がもたれなくなるにつれて、「あめのした」という現実社会が中心になる。

天は、儒教的な捉え方によれば、最高神、絶対者でもあった。蘇我赤兄《そがのあかえ》の奸計にかかった有馬皇子《ありまのみこ》は、謀叛の企てについて尋ねられた折に「天と赤兄と知らむ。吾もはら知らず」（紀・斉明）と答えた。すべてを見とおす天は、「天の眼」とも受けとめられ、『源氏物語』で冷泉帝《れいぜい》の出生の秘密を知る僧都《そうず》は、帝がそれを知らないことを「天の眼恐ろしく思ひたまへらるる」（薄雲）と恐懼していた。また、天がその意思、とりわけ怒りや警告を天文や気象の異変などによって人に知らしめることを「天のさとし」といった。光源氏が青海波《せいがいは》を舞った折の時雨は、天の感涙であった（紅葉賀）。この意味での天は、「天道」ともいった。

時雨・涙

天はまた、死者の存在する空間でもあった。藤原敦忠《あつただ》は、生前妻に自分の死後は（家司の）文範《ふみのり》の妻になると予言し、否定する妻に「天かけりても見む」と告げていた（大鏡・時平伝）。

家司・妻

（高田祐彦）

貂　てん

イタチ（鼬）

イタチ科の哺乳動物。日本では主に本州以南に棲息。いくつかの種類があり、それによって体の毛色が異なるが、『和名抄』には「鼠《ねずみ》ニ似テ黄色、皮ハ裘《きゆう》ヲ作ルニ堪《た》フ」とあり、特にキテンの冬毛は美しい黄色（夏毛は全体に黒色）になり、裘《かわぎぬ》（皮衣のこと）の素材として珍重される。文学作品に採り上げられることは少なく、『源氏物語』では末《すえ》摘花《つむはな》の「なごりなう黒き袿《うちき》重ねて、表着《うはぎ》には黒貂《ふるき》の皮衣《かはぎぬ》」（末摘花）の衣裳に見られるだけであり、若い女性には不似合いな「古体のゆゑづきたる御装束」とし、彼女のセンスのなさを表すに用いている。『古今著聞集《ここんちょもんじゅう》』に、「天井に鼬《いたち》よりも大きに、貂よりも小さき物の音こそすれ」（九・三三五）とあり、鼠・鼬などに似た物という感覚があったようである。冬の季語となるが、裘として冬の毛色が好まれたからとも、毛皮が冬の物となったからとも考えられる。

鼠・黄

冬・季語

（藤本宗利）

天竺　てんじく（てんぢく）

インドの古い呼称。『今昔物語集』では、震旦《しんたん》（中国）、本朝（日本）と並ぶ、三部の一つ。仏教発祥の聖地として、世界の出発点に位置するところと捉えられた。しかし、仏教がすでに廃れていたことは、『三宝絵詞《さんぼうえことば》』や『栄花物語《えいが》』（うたがひ）などから、日本にも伝わっていた。天竺は、あまりにも遠い地であり、かぐや姫から「仏の御石の鉢」を難題として出された石作《いしつくり》の皇子《みこ》は、天竺へ探しに行くことをはなから諦めて贋物を作らせた。また、あて宮に恋する上野の宮は、これまで理想の妻を求めて「新羅《しらぎ》、高麗《こうらい》、天竺」（宇津保・藤原の君）まで尋ねたが見つけられず、あて宮こそ理想の女性といった。新羅、唐土《もろこし》ではまだ近いので、「天竺の山、にはとりの峰（鶏足山《けいそくざん》＝釈迦入滅の地）の岩屋にまれ、こもりはべらむ」（堤中納言・よしなしごと）と述べた僧もいた。「天竺」で、単に天をさしたり、江戸時代、宿を定めない流浪の人を「天竺浪人《てんじくろうにん》」といったりした。

仏

妻・新羅・高麗

唐（から）

僧→出家・天

（高田祐彦）

殿上　てんじょう（てんじやう）

一般的に宮殿や御殿の内部、または上を意味することもあるが、内裏殿舎《だいりでんしゃ》の殿上、特に、清涼殿《せいりょうでん》の「殿上の間」を

内裏

蔵人
年中行事・親王（みこ）
子の日
硯・碁・琴
月

略していう。また、「殿上の間」に昇ることを許されること。「殿上人《てんじょうびと》」、「童《わらわ》殿上」の略。蔵人が、殿上の事をつかさどることから、蔵人所《くろうどどころ》の別称になることもある。

内裏の清涼殿の南廂を「殿上《てんじょう》の間《ま》」という。東西六間の細長い部屋で、東に上の戸、西に下の戸があり、南側には小板敷と沓脱がある。北壁に櫛形窓がある。上の戸の前には、年中行事障子《ねんじゅうぎょうじのしょうじ》がある。公卿、親王、殿上人などが日常伺候する場所である。会議や酒宴、管弦の事などが行われることもある。『紫式部日記』には、子の日に、「上（天皇）、殿上に出でさせたまひて、御あそびありけり」とある。御《ご》椅子《いし》（天皇が座る椅子）が置かれ、中央には大きな台盤三脚を据える。その他、辛櫃《からびつ》、硯、囲碁、和琴などが置かれる。また、日給の簡《ふだ》（殿上の簡とも。殿上人の出勤簿）も立てられている。

四、五位の内、殿上の間に昇ることを許された人、および六位の蔵人を殿上人という。「うへびと」「うへのをのこ」「雲上人《うんじょうびと》《くものうえびと》」「雲客《うんかく》」などともいう。殿上の間に詰め、宿直もある。蔵人頭《くろうどのとう》の指揮下で、陪膳《はいぜん》（食事の給仕）など、天皇の身辺の雑事を奉仕する。人数は、『西宮記《せいきゅうき》』には三十人とあるが、土御門《つちみかど》天皇のときには、百余人であったという記録もある。多忙な職であったが、天皇の近臣であり、名誉なこととして、皆、殿上人になることを望んだ。一度殿上人になっても、何かの事情によって昇殿を留められることもあり、再び殿上が許されることを、「還　昇《かんじょう・けんじょう》」「還殿上《かえりてんじょう》」といった。昇殿を許されること（殿上人となること）は望まれたことで、源頼政《よりまさ》が「人知れず大内山の山守は木隠れてのみ月を見るかな」と詠んで昇殿を許された話があるほか、それを巡る悲喜こもごもは、文学作品にも多く綴られている。

殿上人は、天皇の代替わりごとに選定される。また、位階が上がると、昇殿の許可を改めて得る必要がある。上達部でも昇殿を許されない者も稀にはいた。また、内裏だけでなく、上皇、女院、中宮、東宮にも、それぞれの殿上人が定められていた。これらのことから、殿上人の制度には、天皇の近臣という性格がうかがえる。つまり、律令制の官僚機構とは別個に、摂関・殿上人・蔵人所《くろうどどころ》など、天皇に直結する政治機構があり、『源氏物語』の時代には、後者の方が政治的に重要な存在になっていた。

昇殿が許されない者を地下《じげ》という。上達部、殿上人、地下といって、一種階級のようなものになっていた。厳密にいうと、上達部は律令制の官僚機構に属するから、殿上人・地下の区分とは相容れないのだが、そのように区分していた。『紫式部日記』では、儀式の際の座席が、上達部はどこ、殿上人はどこ、地下はどこというように細かく記されている。

『枕草子』には、自分が殿上の間で噂になったという記事がいくつかある。藤原斉信《ただのぶ》が清少納言をこきおろして、「『何しに人とほめけん』など、殿上にていみじうなんのたまふ」（頭の中将の、すずろなるそら言を聞きて）という話。また、有名な「夜をこめて」の歌についても、藤原行成《ゆきなり》は、「その文は、殿上人みな見てしは」（頭の弁の、職にまゐりたまひて）という。女房たちと殿上人との交流はかなりあったようで、『紫式部日記』にも、若くて美人の女房たちは、「殿上人の見残す、少なかなり」とある。

上達部
女院・中宮→三后・東宮
律令
女房

『源氏物語』では、「世の中ゆすりて、上達部、殿上人、我も我もと仕うまつりたまふ」（須磨）など、儀式・行事などに、大勢集まったという例が多い。それは、主催者の権力を示す。匂宮《におうのみや》が紅葉狩を口実に宇治を訪問した際、「いと忍びて」と思ったのに、大勢になる。その上、中宮の配慮によって、二人の上達部と多数の殿上人が加わる（総角）。匂宮の権威付けのためである。史実においても、藤原道長《みちなが》は、藤原娍子《せいし》（済時の女。三条帝后。後一条院の東宮敦明親王の母）立后の日と、研子《けんし》（道長の次女。三条院后）の宮中参入を同日にして嫌がらせをしたところ、殿上人は皆、道長方に来た。道長は、「不レト参ラ二殿上人モ一人モ一云々」と心中快哉を叫んでいる（『御堂関白記』長和元年（一〇一二）四・二七）。殿上人の権力になびくさまと、殿上人に踏み絵を踏ませる権力者のあり方がよくわかる。

紅葉

なお、公卿の子が、元服前に宮中の作法見習いのために、特別に昇殿を許されて奉仕することを、童殿上《わらわてんじょう》という。その子を、「殿上童《てんじょうわらわ》」「上童《うえわらわ》」という。『源氏物語』では、頭中将の次男（「今年はじめて殿上する、八つ九つばかりにて」（賢木））、夕霧《ゆうぎり》（八歳（澪標））、鬚黒《ひげくろ》の子（「男君たち、十なるは殿上したまふ」（真木柱））、夕霧の子（「まだ小さき七つより上のは」（若菜下））などが登場する。貴族の子どもも大変である。

元服　童

（池田節子）

天台　てんだい

仏教→仏

天台宗は、中国・隋の智者大師智顗《ちぎ》を開祖とする仏教の一宗派で、日本へは伝教大師最澄《さいちょう》によって延暦二四年（八〇五）に伝えられた。比叡山延暦寺《ひえいざんえんりゃくじ》を本拠とする。日本八宗の一つで、『法華経』が根本経典。最澄以降も、円仁《えんにん》・円珍《えんちん》による密教（台密）の充実化や、円仁創始の不断念仏を土台とした天台浄土教の形成などを通して貴族社会のみならず民衆の間にも大きな影響を与えた。いわゆる鎌倉新仏教の開祖も一遍《いっぺん》を除いて排出するなど、中世に入っても重要な役割を担い、織田信長《おだのぶなが》の比叡山焼き討ちによって打撃を被ったが、明治時代になるまで日本仏教界の中心的存在でありつづけた。古典文学との関わりも深く、天台僧と平安朝文人が集まり互いに仏法と詩文とを修学した勧学会《かんがくえ》や、『愚管抄《ぐかんしょう》』の著者でもありまた歌人でもあった慈円《じえん》が同時に天台座主として宗教界でも活躍していたことなどはよく知られている。

比叡山　法華経　僧→出家　詩　座主

（吉田幹生）

天人　てんにん

天上に住む人。特に容姿艶麗な天女を意味することが多い。仏教では、羽衣を着て空中を飛行し、舞楽に秀で天華瑞雲とともに下界に下るとされる。古典文学の世界でも、『竹取物語』でくらもちの皇子《みこ》が語った蓬萊山《ほうらいさん》訪問譚や、『宇津保《うつほ》物語』俊蔭巻での波斯国《はしこく》漂流譚に「天人の装ひしたる女」「紫の雲にのれる天人」などと出てくるように、異世界に住む存在として早くから描かれている。また、この『宇津保物語』の天人が俊蔭に秘琴伝授をしているように、音楽伝承に関して天人が登場する話も多い。『源氏物語』宿木《やどりぎ》巻では匂宮《におうのみや》が「なにがしの皇子の、この花めでたる夕ぞかし、いにしへ天人の翔りて、琵琶の手教へけるは」と

天　女・紫・雲　琴　夕

発言しており、『今昔物語集』（二四・一）には源信《まこと》（嵯峨《さが》天皇の子）が箏《しょう》を演奏しているとそれに感動した天人が出
説話 現したという説話が載る。
（吉田幹生）

戸　と

屋内外の様々な場所に設けられ、その位置や目的、機能に応じて、多種多様の呼び名がある。「中《なか》の戸」は文字ど
妻戸 おり屋内の中間にある戸。「妻戸《つまど》」は家屋の端《つま》にあるところからの称。妻戸が開き戸であるのに対し、引き戸の方は「遣《や》り戸」という。また「枢《くるる》」（扉の上下につけた突起を、とぼその穴に入れて回転させる装置）によって開閉する扉は「枢戸《くるるど》」という。いずれの場合も、最も原初的な目的としては、扉の開閉によって外界と交流し遮断することであろう。『古事記』の伊弉諾尊《いざなきのみこと》の黄泉国《よみのくに》訪問において生者と死者とを隔てる「縢戸《とざしど》」や、天照大神《あまてらすおおみかみ》が姿を隠した「天《あめ》の
寝殿 石屋戸《いわやと》」などがその典型。しかし寝殿造のように開放的な家屋において、外部との往き来を遮るという機能が活かされるためには、奥まった殿舎の中であることとか、格子や蔀《しとみ》が閉ざされていることが前提となる。『源氏物語』花宴《はなのえん》巻で、源氏が朧月夜《おぼろづきよ》と出逢ったのは弘徽殿《こきでん》細殿の奥の枢戸の向こう側だし、『紫式部日記』で夜に式部を訪れた藤原道長《みちなが》が、一晩中叩き明かしたと恨み言を言ったのも渡殿《わたどの》の戸である。扉の陰には甘美な暗がりが漂っている。
（藤本宗利）

胴　どう

人や動物の体のうち、頭・首・尾・手足を除いた部分の総称。胴体。和語では「むくろ」といい、源頼政《よりまさ》が宮中で射落とした怪物は「かしらは猿、むくろは狸、尾は蛇、手
蛇 足は虎の姿なり」（平・四・鵺）というありさまであった。
虎 ただし、「かうべをこそはねられたりとも、むくろをばとりよせて孝養せん」（平・十一・重衡被斬）というふうに、首から下全体をいうこともあった。また、「むくろ」が、死
魂 骸など魂や精神の存在しない形骸というニュアンスをもつようになっていくのに対し、「胴」は「胴が据わる」「胴を
心 据える」などのように心や勇気のありかとして捉えられるようになっていく点で両者は異なっている。

甲冑のうち、胴体を覆う部分をも「胴」と呼び、軍記物語にしばしば見える。楽器などの主要部分で、筒状・空洞になっている部分をも胴と呼んだ。
（神田龍之介）

踏歌　とうか（たふか）

正月 正月に行われた宮中行事。多くの男女が足で大地を踏み、拍子をとって歌い舞う中国の儀礼が日本に移入され、従来の歌垣と結びついて成立した。すでに『日本書紀』持統《じとう》七年（六九三）漢人が踏歌を奏した例が見えるが、宮中での踏歌は、聖武《しょうむ》天皇の天平二年（七三〇）正月十六日のものが初見である（続日本紀）。また同十四年（七四二）には「あたらしき年の始めにかくしこそ供奉らめ万世までに」と

歌って新年を寿いだ（同）。

平安時代、九世紀末ごろから男踏歌が十四日に、女踏歌が十六日に行われるようになる。男踏歌は、清涼殿《せいりょうでん》に天皇が出御、酒肴を賜い、歌人が東庭で踏歌を行う。催馬楽《さいばら》「竹河」を歌い、舞人と退出、さらに京中でも踏歌を行い、水《みず》駅《うまや》で饗応をうける。女踏歌は、内教坊《ないきょうぼう》の舞妓四十人が紫宸殿の南庭で踏歌し退出する。京内を巡ることはなく、したがって水駅もない。

水駅

『源氏物語』初音《はつね》巻、水駅《みずうまや》（飲食物を供する所）となった六条院に男踏歌が巡ってきた。宮中から朱雀院を経て、夜明け方に参上した人々を源氏は手厚くもてなす。夕霧らの美声と、見物の女君たちの見事な袖口が、新春の六条院を華やかに寿ぐ。ちなみに男踏歌は、永観元年（九八三）を最後とし、すでに『源氏物語』の執筆時期には行われていない。

袖

なお、「万年あられ」のような囃子詞《はやしことば》を唱えたことから、踏歌を「あらればしり」とも称した。（大井田晴彦）

東宮　とうぐう

内裏
春

皇太子の宮殿、および皇太子の別称。御所が内裏の東にあったことにちなむ。また五行では東は春に相当するので春宮とも表記する。皇太子に関する役所を春宮坊といったことから坊ともいう。他にも「日嗣《ひつ》ぎの皇子」「儲《もう》けの君」などの呼称がある。

桜・涙・雨

訓読した「春の宮」は歌語として頻用される。「君まさぬ春の宮には桜花涙の雨に濡れつつぞふる」（貫之集）は、春宮保明《やすあきら》親王の死を悼む歌。「筑波嶺の木のもとごとに立ちぞ寄る春の深山の蔭を恋ひつつ」（古今・雑下・九六六・宮道潔興）は「春の宮」を懸けて、春宮の庇護を願う。「春の日の光にあたる我なれどかしらの雪となるぞわびしき」（古今・春上・八・文屋康秀）の「春の日の光」も同様の発想により、春宮（のちの陽成《ようぜい》天皇）の庇護、恵みの光をたとえている。

筑波嶺
雪
光

皇子→みこ（親王）
説話

古来、春宮の座をめぐって多くの政争が繰り返されてきた。すぐれた資質に恵まれつつも立坊を許されなかった皇子、あるいは廃太子の憂き目にあった皇子も少なくなかった。こうした悲劇の皇子たちに寄せる人々の共感が、さまざまな伝承をはぐくんでいったと考えられる。文徳《もんとく》天皇の皇子、惟喬《これたか》親王と惟仁《これひと》親王（のちの清和《せいわ》天皇）の立坊争いなどは、さまざまに説話化されている（平・八・名虎など）。また、『宇津保《うつほ》物語』国譲巻は、源藤両氏の立坊争いを正面から描いたものとして注目される。

『源氏物語』の主人公、光源氏は、あらゆる面で兄の春宮を凌駕しながらも、更衣腹で外戚も無力であったため、立坊かなわず、臣籍降下せざるをえなかった。しかしながら、その卓抜した資質と数奇な運勢が、やがて絶大な栄花と権勢をもたらすことになる。多くの悲劇的な皇子たちの総和の上に、光源氏という巨大な存在があるといえよう。（大井田晴彦）

道心　どうしん（だうしん）

仏道→仏

仏道成就を求める心。『徒然草』五八段には「『道心あらば、住む所にしもよらじ。家にあり、人に交はるとも、後世を願はんに難かるべきかは』と言ふは、さらに後世を知らぬ人なり」とあり、兼好は「人と生れたらんしるしには、

世

いかにもして世を遁れんことこそ、あらまほしけれ。ひとへに貪る事をつとめて、菩提におもむかざらんは、万の畜類に変る所あるまじくや」とこの章段を締めくくるが、実際には容易に思い切れないのが人情。発心遁世を語る仏教

説話

説話などは別として、仏道を求めようする心と現世のしがらみに板挟みになる人間を描くことも古典文学では多い。たとえば『源氏物語』には「(病床の紫の上の)いと心苦しき御ありさまを、今はと行き離れんきざみには棄てがたく、なかなか山水の住み処濁りぬべく、思しとどこほるほどに、ただうちあさへたる思ひのままの道心起こす人々には、こようなう後れたまひぬべかめり」(御法)と光源氏の姿が描かれている。

(吉田幹生)

盗賊　とうぞく(たうぞく)

他人の金銭や財産を盗み、奪い取る無法者。盗人・泥棒と同列であるが、それらよりも凶悪で、職業的常習性を帯びている者をさすことが多い。

日本においても、盗賊は多くの文学作品に登場する。古く平安時代には、『今昔物語集』や『宇治拾遺物語』などに登場し、「極《いみじ》き盗人の大将軍」(今昔・二五・七)と評される袴垂保輔(ただし「袴垂」と「保輔」が別人であるとす

丹波・大江山

る説もある)が有名であり、また丹波《たんば》の大江山に住み源頼《より》

鬼

光《みつ》ら四天王に退治された鬼神酒呑童子《しゅてんどうじ》の伝説も、当時京都にいたる途中の山道に山賊が多く出没し、多くは山中をその住処としたことが、その成立の背景にあったと想定されている。源平の戦乱期を時代背景に文学作品の中に登場す

謡曲

る盗賊としては、義経《よしつね》伝説に登場し後に謡曲「熊坂《くまさか》」や幸若舞「烏帽子折《えぼしおり》」などに取り上げられる熊坂長範《ちょうはん》が知られている。伝説によると、金売吉次《かねうりきちじ》に伴われて牛若丸が奥州

美濃

に下る際、美濃《みの》国青墓《あおはか》(一説では同国赤坂)で一行は盗賊の長範一味に襲われるが、牛若丸の活躍によりそれを撃退したという。ちなみに『義経記《ぎけいき》』巻二では、襲われた場所

近江

が近江《おうみ》の国鏡の宿、盗賊名が藤沢入道《ふじさわにゅうどう》と由利太郎《ゆりのたろう》とされ、長範は登場しない。

安土・桃山時代には、今日の三条河原で釜煎の刑に処せ

歌舞伎

られたという石川五右衛門《いしかわごえもん》が登場し、江戸時代に入り歌舞伎や浄瑠璃において「五右衛門物」と称される作品群が形成されることにより、日本を代表する大盗賊として人口に膾炙していった。江戸時代も後期になると、徳川幕藩体制にも様々な歪みが生じ、無宿者などの増加により治安が著しく悪化し、さらに様々な盗賊たちが文学作品に登場する歴史的素地を産み出していく。歌舞伎・浄瑠璃・講談などの世界では、盗賊を主人公としたいわゆる「白浪物」が好評を博し、鼠小僧次郎吉や白浪五人男などが、盗みは働くものの義理・人情を重んじ、腐敗した権力に抵抗し庶民に味方する義賊として造型され、閉塞的な社会状況に耐えていた大衆の喝采を受けることとなった。

(杉田昌彦)

遠江　とおとうみ（とほたふみ）

駿河・三河・信濃・浜名湖・琵琶湖　守山・勿来　近江・歌枕　陸奥　小夜の中山　霰　男・女

旧国名。現在の静岡県西部浜松を中心とする地域で、東に駿河《するが》、西に三河《みかわ》、北に信濃《しなの》があり、南は遠州灘《えんしゅうなだ》に向く。国名はこの地にある浜名湖《はまなこ》を呼んだ「遠つ淡海《あはうみ》」の転。琵琶湖《びわこ》を「近つ淡海」としたのに対する。『能因歌枕《のういんうたまくら》』では、この国の歌枕として「守山《もるやま》」「勿来関《なこそ》」「浜名《はまな》の橋」「阿武隈山《あぶくまやま》」などを挙げるが、近江《おうみ》国の歌枕である「守山」や陸奥《みちのく》国の歌枕として有名な「勿来関」の名も含んでおり、疑問も多い。他に「小夜《さや》の中山《なかやま》」は有名。『万葉集』には、遠江の例として「霰降《あられふ》り遠江《とほつあふみ》の吾跡川楊《あどかはやなぎ》刈りつともまたも生ふとふ吾跡川楊」（七・一二九三）がある。『平中《へいじゅう》物語』十五段に「あふことの遠江なる我なれば勿来の関も道の間ぞなき」「勿来てふ関をばすゑで逢ふことを近江《ちかたふみ》にも君はなさなむ」という男女の逢瀬の間遠を恨んでのやりとりの歌がある。

（藤本宗利）

徳　とく

翁　命　仏　詞　上達部

人格によって他者を畏服させる倫理的な力。儒家思想においては「これを導くに徳を以てし、これを斉《ととの》ふるに礼を以てすれば、恥有りて且つ格《いた》る」（論語・為政篇）というように、徳治主義の観点から、特に為政者の身につけるべき人格的能力として言及されることが多い。我が国においては、政治的観点からの用法に限定されず、「これにつけても、若宮の御徳と世の人めでののしる」（栄花・浦々の別）や「いみじきあざれ事どもにも侍れど、まことにこれは徳いたりたる翁共にて候」（大鏡・六・道長下）などのように、多くの場合倫理的な理想を追求する中で得られた能力をさし、模範として価値を置くべきその人格・性質そのものや、他者に及ぼす好ましい影響を含めていうことも多い。

一方で、徳は本来一種の生命力を意味する言葉でもあったため、「禽獣も加様の徳を以て、君を悩まし奉る事の有ける事よ」（源平盛衰記・十六・三位入道芸等事）のように、そのものが本来獲得している能力や性質、そのはたらきなどをさす場合もある。そこから転じて、「今日、我が命の生ぬる事は鹿の御徳也。何事を以てか此の恩を報ひ申すべきや」（今昔・五・十八）などのごとく、「おかげ」や恩恵、神仏などの加護や慈悲などの意味でも用いられた。さらには、「心にも理深く詞にも艶極まりぬれば、これらの徳は自ら備はるにこそ」（無名抄）のように長所・美点・利点という意味や、また「得」という文字に通うため「上達部の筋にて、中らひも、物きたなき人ならず、徳いかめしうなどあれば、程々につけては思ひあがりて、家の内も、きらきらしく」（源・東屋）というごとく、富・財産・経済力という意味合いにも用いられた。

（杉田昌彦）

独吟　どくぎん

連歌・俳諧

連歌・俳諧用語。連歌・連句を一人で詠むこと。またその作品。連歌では「独《ひとり》連歌」ともいう。複数の作者による両吟（二人）、三吟（三人）などに対していう。

連句文芸は複数の作者による合作が基本だが、文芸上の主義主張の表明や修練などの目的で、独吟もしばしば行われた。連歌では飯尾宗祇《そうぎ》の『三島《みしま》千句』、室町俳諧では荒《あら》木田守武《きだもりたけ》の『守武千句』、貞門俳諧では松永貞徳《まつながていとく》の『独吟《どくぎん》百韻自注《ひゃくいんじちゅう》』などが著名。談林には独吟で一昼夜に詠む句数を競う矢数俳諧《やかずはいかい》のような試みもあった。

貞門　談林

独吟の心得として「一人して沙汰したるやうにみせず、七八人してもしたる様に風情をかへて沙汰する故実也」（実隆公記・文明十八年（一四八六）九月十六条）という工夫が求められた。

（深沢了子）

床　とこ

高く盛り上がり平らな台のことであるが、「妹が寝る床のあたりに岩ぐくる水にもがもよ入りて寝まくも」（万・十四・三五五四・東歌）のように「寝床」の意味の用例がほとんどである。しかし始源的に「神坐《かみくら》」を意味したことは「草枕旅ゆく君を幸くあれと斎瓮《いはひへ》すゑつ吾が床の邊に」（万・十七・三九二七・大伴坂上郎女）という歌、あるいは崇神《すじん》天皇の時、疫病流行の原因を知るため、天皇が神託を受けるべく斎戒して寝た床が「神牀《かむどこ》」と称されることからもうかがえる（記・崇神）。「真袖もち床うち払ひ君待つと居りし間に月かたぶきぬ」（万・十一・二六六七・作者未詳）と、男性の訪れを待つ女性の表現「床うち払ふ」も、神の訪れを待つという意味に淵源をもつとされる。

妹　袖　月　神

そのほか「夢さめてねざめの床の浮くばかり恋きとつげよ西へゆく月」（更級）の「寝覚めの床」、「年ふれどいかなる人か床ふりてあひ思ふ人に別れざるらん」（拾遺・哀傷・大江為基）の「床ふる」（男女が長年連れ添う）、また「塵をだにすゑじとぞ思ふ咲きしより妹と我が寝るとこ夏の花」（古今・夏・凡河内躬恒）と「常夏《とこなつ》（撫子）」を掛詞にして詠むこともある。

夢　男・女　夏　常夏・掛詞

（兼岡理恵）

常夏　とこなつ

「なでしこ」の異名。『古今集』の「塵《ちり》をだにすゑじとぞ思ふ咲きしより妹《いも》と我が寝《ぬ》るとこ夏の花」（夏・躬恒）を典型例として、『古今集』時代から和歌にこの異名が用いられるようになる。この一首は、塵をさえ置かないようにだいじにしている、咲いてからは、愛《いと》しい妻と共寝する床という名を思わせてくれるこの常夏の花だから、の意。この歌のように「床」「常夏」の掛詞で用いられ、また「塵」の語をとりこめる例も多い。この掛詞の用法から、他方の「なでしこ」が「撫でし子」の掛詞から愛児のイメージをもつのに対して、これは愛すべき女性のイメージをもつ。

なでしこ（撫子）・妹　和歌　妻　花　掛詞

『源氏物語』の雨夜の品定め（帚木）で、頭中将が、姿をくらました愛人を回想して、「大和撫子《やまとなでしこ》をばさしおきて、まづ塵をだになど、親の心をとる」と語る。幼い子のことは二の次にして、塵一つ置くまいなどと、親（愛人）の機嫌をとったことが、かえって失敗だと反省する。右の「とこなつ」の歌の引用によっている。

（鈴木日出男）

床の山　とこのやま

近江《おうみ》国の地名。現在の滋賀県彦根《ひこね》市の正法寺《しょうぼうじ》山という。

近江・山

妻　鹿　秋　露・枕　風　冬

「鳥籠の山」とも書く。

『万葉集』では「淡海路の鳥籠の山なる不知哉川《いさやがは》日のこのごろは戀ひつつもあらむ」（万・四・四八七・崗本天皇）などと、「いさ」の意を響かせる不知哉川の所在地として詠まれる。平安時代後期になると、「妻恋ふるしかぞなくなるひとりねのとこのやまかぜ身にやしむらん」（金葉・二・秋・三宮大進）など、一人寝の「床」とかけて用いられ、その縁で妻を恋う鹿とともに詠まれるようになる。鹿が妻を恋うのは秋なので、秋の歌に詠みこまれることが多い。鎌倉時代に入ると「あだにちる露の枕にふしわびてうづら鳴くなりとこの山かぜ」（新古今・秋下・藤原俊成女）のように枕や鶉《うずら》とも詠まれるようになり、「床の山風」という表現が多くなる。また「犬上やとこのやまかぜさえさえていさや川瀬のみづこほるなり」（法印珍誉集・冬）のように冬の歌にも詠まれるようになる。

（神田龍之介）

土佐　とさ

淡路島

旧国名。現在の高知県にあたる。『古事記』に見える伊《い》耶那岐《ざなき》・伊耶那美《いざなみ》の国生み神話では、淡路島の次に生まれた一身四面の島の一面として、建依別《たけよりわけ》の名で呼ばれる。神亀元年（七二四）に流刑の制が定められると、当国は遠流《おんる》の地とされ、『万葉集』に「手弱女《たわやめ》の惑《まとひ》」によって「天離《あまざか》る夷辺《ひなべ》」であるこの地に流されたとある（六・一〇一九）石上乙麻呂《いそのかみのおつまろ》をはじめ、奈良時代以降多くの著名人がこの地に配流された。土御門《つちみかど》天皇が土佐院と呼ばれることもあるのは、承久の乱でこの地に隠棲したことによる。紀貫之《きのつらゆき》が当国に国守として赴任したのは有名だが、このことは彼にしてみれば、僻遠の地にあって中央歌壇から疎隔することを意味すると同時に、任期中に女子や庇護者の藤原兼輔《かねすけ》らを失うという、つらい出来事でもあった（女子の死を虚構とする説もある）。帰京してから書かれた『土佐日記』にはその彼の喪失感がひびいているともいわれる。

（神田龍之介）

轟の橋　とどろきのはし

橋　近江　掛詞　大和　名取川　陸奥

諸所に見える橋の名。『夫木《ふぼく》和歌抄』には、「とどろきのはし　近江」として、「旅人も立つ河霧におとばかりききわたるかなとどろきの橋」（雑三・覚盛法師）「わぎも子にあふみなりせばさりとかはふみもみてましとどろきのはし」（雑三・源兼昌）の二首を収める。前者のように、橋の名にかけて音響と関連づける詠み振りの歌と、後者のように橋にちなんで「踏み」と「文」の掛詞を詠み込む歌が多い。また、「よもすがらとをちのさとにうちわたすきぬたのおとかとどろきのはし」（為忠家初度百首・秋）と詠まれているのは、大和《やまと》国であろう。こちらは南都八景の一つに数えられ、画題にもされた。道興《どうこう》の『廻国雑記《かいこくざつき》』には、つつじが岡と名取川《なとりがわ》との間の詠として「かち人も駒もなづめる程なれやふみもさだめぬ轟の橋」が残されており、陸奥《みちのく》国にもあったと知られる。

（神田龍之介）

舎人　とねり

天皇、皇族などに近侍し、その諸事を担当した。令制では官人の供給源としての意味ももち、内舎人《うどねり》、大舎人《おおとねり》、東宮舎人《とうぐうのとねり》、中宮舎人《ちゆうぐうのとねり》が置かれた。また兵衛《ひょうえ》もその一つであった。この中では内舎人が最高位。大伴家持《おおとものやかもち》もそこから出発した。令外《りようげ》の舎人も置かれ、『万葉集』の「侍衛《じゑい》」（六・九四九歌左注）、すなわち授刀舎人《たちはきのとねり》もその一つ。雷鳴時、宮中警護の任を怠り罰せられた。

池

舎人は公職だが、仕える貴人の側近くいたため、そこに私的な主従の意識が生れた。「皇子尊宮舎人等慟傷作歌」（万・二・一七一―一九三）は、草壁《くさかべ》皇子に仕えた舎人達の、私的な悲しみを歌った歌群である。一方、高市《たけち》皇子挽歌の「埴安の池の堤の隠沼《こもりぬ》の行方を知らに舎人はまとふ」（万・二・二〇一・柿本人麻呂）は、表現にとらえられた、そのような舎人達の姿である。

記紀でも仁徳《にんとく》天皇と石之日売大后《いわのひめのおおきさき》（記）との和解に舎人鳥山《とりやま》が活躍するなど、上代文学では舎人は重要な役割を果した。しかし平安時代以降は、単なる下僕といった程度の意味しかもたなくなった。

（新谷正雄）

鳥羽　とば

山城・伏見

桂川

院

山城《やましろ》国の地名。現在の京都市南区から伏見区にまたがる地域。京に近く鴨川《かもがわ》と桂川《かつらがわ》に挟まれた低湿地。景勝の地で、平安時代初期から王朝貴族の別邸や荘園が営まれた。院政期の白河上皇による鳥羽殿は特に有名で、鎌倉時代にいたるまで天皇・上皇が行幸し、賀宴や歌合の舞台となった。

行幸・歌合

和歌

平安和歌では「津の国のなにはおもはず山城のとはにあひ見むことをのみこそ」（古今・恋四）のように永久の意とかけて用いられることが多かった。田地が多かったので、平安時代中期以降には「鳥羽田」も詠まれるようになり、「山城のとばたのおもをみわたせばほのかにけさぞ秋風はふく」（詞花・秋・曽禰好忠）のように秋の風情や田の面が好んで詠まれた。田にちなんで早苗の時期や稲葉、稲葉に置く露などが詠まれることもあった。

秋・田

稲

露

（神田龍之介）

飛火野　とぶひの

奈良県奈良市、春日山《かすがやま》のふもと、春日野の一部もしくはその別称。「かすがののとぶひののもりいでて見よ今いくかありてわかなつみてむ」（古今・春上・読人知らず）が有名で、後代への影響も大きい。和銅五年（七一二）正月、外敵の侵入を知らせる「のろし」である烽火《とぶひ》が、春日にも設けられたことによると推測される。『万葉集』では、同じく和銅五年設置の「高見《たかみ》烽火」が「生駒山《いこまやま》飛火が岡に」（六・一〇四七・田辺福麻呂歌集）と表されていると考えられるが、春日に設けられた「烽火」は詠まれていない。本来は「春日野烽火」ということであって、「とぶひ野」という「野」の扱いではなかったろう。しかし『枕草子』「野は」の段にも挙げられている。和歌では先掲『古今集』歌を踏まえ、早春の若菜や「野守」を詠む和歌が見られる一方、「飛ぶ」に「問《と》ふ」を掛け「うづゑつきつままほしきはたまさかに

春日

わかな（若菜）

正月

君がとふひのわかななりけり」（後拾遺・春上・伊勢大輔）のようにも詠まれた。（中嶋真也）

豊浦寺　とようらでら・とよらでら・とゆらでら

奈良県高市郡明日香村豊浦《とようら》にあった寺。『日本書紀』欽《きん》明《めい》十三年十月の仏教伝来の記事に、蘇我《そがの》稲目が向原《むくはら》の家を清めて寺としたのが創始とされる。小子部《ちひさこべの》栖軽《すがる》が鳴雷《なるかみ》を捕獲する中途で通過する寺で、その鳴雷も近くに落ちる（霊異記・上・一）。『万葉集』の題詞（八・一五五七）によると尼寺であったか。催馬楽の歌謡「葛城《かづらき》の寺の前なるや豊浦《とよら》の寺の西なるや榎《え》の葉井《はゐ》に白壁《しらたま》沉《しづ》くや真《ま》白壁沉《しづ》くや」（葛城）が著名で、若干のことばが変わり、白壁《しらかべ》王（光仁天皇）即位に関わって伝承された（続日本紀・三一、霊異記・下・三八）。『源氏物語』若紫《わかむらさき》巻では、源氏を賞賛するように、弁の君が「豊浦寺の西なるや」と歌う。平安時代末期に「豊浦寺」が歌枕になるが、「榎葉井《えのはゐ》」への関心が高く、源有賢《ありたか》らが荒れ寺となった豊浦寺で榎葉井を長老に教えてもらい、喜んで催馬楽を歌っている（無名抄）。本居宣長《もとおりのりなが》は大和国を訪ねた際に「『榎葉井はいづこぞ』と尋ぬれど、知れる人もなし」（菅笠日記）と記したように、見つけられなかったようである。（中嶋真也）

明日香（飛鳥）　仏教→仏　葛城　歌枕

豊明　とよのあかり

酒宴、特に儀式の後に宮中で催される宴をいう。トヨは美称で、アカリは酒を飲んで顔が赤くほてることをいい、転じて酒宴をさすようになった。「わご大君の　神ながら思ほしめして　豊宴　見す今日の日は」（万・十九・四二六六・大伴家持）「豊楽したまひし時、伊勢国の三重采女《みへのうねめ》、大御盃を捧げて献りき」（記・雄略）のように上代から見えるが、平安時代には特に豊明の節会《せちえ》のことをいう。新嘗祭《しんじようさい》・大嘗《だいじよう》祭《さい》の翌日（辰の日。大嘗祭のときは丑の日）に、天皇が豊《ぶ》楽殿《らくでん》に出御、その年の新穀を食し、群臣に賜る。吉野国栖《よしのくず》の奏楽や五節《ごせち》の舞いが行われ、賜禄があった。

紫の上を失った源氏は、五節にはなやぐ人々をよそに「宮人は豊の明にいそぐ今日ひかげも知らで暮らしつるかな」と詠み、孤独を噛みしめる（源・幻）。吹雪の夜、大君の最期を看取る薫《かおる》は「豊明は今日ぞかし」と都を思い、「かきくもり日かげも見えぬ奥山に心を暮らすころにもあるかな」と悲嘆に沈む（同・総角）。愛する女性と死に別れた源氏や薫の心の翳りは、華やかな宴との対比によってますます際立つ。（大井田晴彦）

酒　神　伊勢・采女　節会　祭　五節　雪　都　心

虎　とら

アジア特産の猛獣。日本には棲息しないが、インド・中国・朝鮮半島などでは様々な古典に記される動物であるゆえ、早くから我が国に紹介された。

中国の辞書『説文解字《せつもんかいじ》』の記述を承けた『和名抄《わみようしよう》』の「虎　山獣之君也」のように百獣の冠たる虎は畏怖の対象とされたが、我が国で目立つのは、日本人の勇猛さを讃える虎退治の逸話である。『日本書紀』には、虎に子を奪われた膳臣巴提便《かしわでのおみはすび》がそれを退治する記事があり（紀・欽明）、『宇

新羅

治拾遺物語』一五五話は、壱岐守宗行《いきのかみむねゆき》の郎等が新羅で虎を退治した話を載せる。『常山紀談《じょうざんきだん》』十などが記す加藤清正《かとうきよまさ》の虎退治もまた著名である。江戸時代には、数次にわたり虎が輸入されて見世物になり、庶民の関心を集めた。特に近松門左衛門《ちかまつもんざえもん》の浄瑠璃『国性爺合戦《こくせんやかっせん》』の、明に渡った日中混血の和藤内《わとうない》の虎退治はよく知られる。

竹・絵

合巻

虎は竹との配合でよく絵に描かれた題材であるゆえ、画虎の話も少なくない。近松の『傾城反魂香《けいせいはんごんこう》』は、村々を荒らす大虎を絵から抜け出たものと見抜き、その絵を筆で描き消すというもの。滝沢馬琴《たきざわばきん》の読本『南総里見八犬伝《なんそうさとみはっけんでん》』では巨勢金岡《こせのかなおか》の描いた虎が洛中を暴れ回り、合巻『新編金瓶梅《しんぺんきんぺいばい》』では虎の絵を描くことを禁止された寅念《えんねん》が執心の余り虎となる。人虎はまた、唐代伝奇小説「人虎伝《じんこでん》」を翻案した中島敦《なかじまあつし》『山月記《さんげつき》』でもよく知られるところである。

（水谷隆之）

鳥居　とりい（とりゐ）

信濃・上野

峠の名。著名なのは二か所。一つは信濃《しなの》と上野《こうずけ》の国境をなし、現在の群馬県吾妻郡嬬恋村《あがつまぐんつまごいむら》と長野県上田市《うえだし》との境にあたる。北の四阿山《あずまやさん》と南の湯《ゆ》ノ丸山《まるやま》の鞍部で、峠から四阿山山頂の吾妻山権現への登山口に鳥居があり、名はこれにちなむ。日本武尊《やまとたけるのみこと》が彼のために海神に身を捧げた妻、弟《おと》橘　媛《たちばなひめ》を偲んで「あづまはや」といったという伝説が残されている（記では足柄峠《あしがらとうげ》、紀では碓氷峠《うすいとうげ》でのこととする）。

妻

足柄

いま一つは長野県塩尻市《しおじりし》と同木祖村《きそむら》との境にある。命名は御岳神社遥拝の鳥居があったことにちなむという。木曽路《きそじ》の開通以来、信濃国と美濃《みの》国の国境争いが絶えず、元慶三年（八七九）県坂山岑《あがたざか》をもって境と定めたが（日本三代実録）、これがこの鳥居峠のことだとされる。中山道屈指の難所として知られる。松尾芭蕉《まつおばしょう》の『更科紀行《さらしな》』の旅の順路にあたり、「木曽の栃うき世の人の土産かな」の句碑がある。

美濃

木曽

（神田龍之介）

鳥部野　とりべの

山城

山城《やましろ》国の地名。現在の京都市東山区の一角。鳥戸野とも書き、鳥部山ともいう。平安時代初期からの葬送地。『栄花《えいが》物語』鳥部野巻によれば、一条《いちじょう》天皇の皇后定子《ていし》と東三条院詮子《ひがしさんじょういんせいし》がこの地に葬られているが、前者は土葬、後者は荼毘に付されている。歌語としては、「鳥部山」と同じく「とりべのやわしのたかねの末ならんけぶりを分けて出づる月かげ」（山家集・中雑）などと火葬の煙とともに詠まれることが多く、また「とりべのを心のうちにわけゆけばいぶきの露にそでぞそほつる」（山家集・中雑）のように、はかない命のたとえでありまた死別の悲しみの涙でもある露とともに詠まれることもあった。

月

心

露

命

化野

「化野《あだしの》の露」と「鳥部山の煙」が対になる（徒然・七）など、中世以降も濃密な死のイメージを伴い、御伽草子『鳥部山物語』では愛する少年の死を嘆く民部卿がこの地で自害しようとし、近松門左衛門作詞の地唄「鳥部山」ではお染と半九郎がこの地で心中する。

（神田龍之介）

な

菜　な

野　乙女（少女）　若菜　春　正月・子の日

『万葉集』巻一の巻頭歌には「籠《こ》もよ　み籠《こ》持ち　掘串《ふくし》もよ　み掘串《ぶくし》持ち　この岳《をか》に　菜摘《なつ》ます兒《こ》」（一・雄略天皇）と歌われている。雄略《ゆうりやく》天皇の求婚歌で、相手は春の野で籠と掘串（＝ヘラのような道具）を持って菜を摘む乙女である。ここで歌われた菜は単独で「若菜《わかな》」の意であるが、『万葉集』の他の歌では「朝菜《あさな》」「春菜《はるな》」「若菜」などの熟語の形で詠まれることが多い。これらの菜は羹《あつもの》にして食べた。また、「荒磯《ありそ》の上に　濱菜《はまな》つむ」（万・十三・三二四三・作者不詳）のように、海草を「濱菜」と呼ぶこともある。

若菜は春の到来を告げるものであると同時に、春の生命力の象徴でもある。春の若菜摘みは、摘んだ若菜を羹にして食することで春の呪力《じゆりよく》を身につけ生命力の甦《よみがえ》りを期待する、めでたい行事であった。平安時代には、正月初子《はつね》の日や七日の人日《じんじつ》（五節句の一つ）に若菜を食するようになるが、これも春の呪力を身につけ長寿を祈るためである。

平安時代以降では、『土佐日記』承平五年一月九日の条に「わかすすき《（若薄）》に、て《（手）》きるきる　つんだるな《（菜）》を、おや《（親）》やまぼるらん、しふとめ《（姑）》やくふらん」という歌謡が見えるほかは、「菜」単独の用例はあまり見られず、もっぱら春の「若菜」に限定されるようになる。ただし、海草は和歌ではしばしば「磯菜《いそな》」の名称で詠まれることがあった。

「な」はもともと副食物の意で、「肴《な》」「魚《な》」にも通じるとされる。

（高桑枝実子）

内宴　ないえん

正月　子の日　詩　青　正月・賭弓　心・宇治　歌合

正月二十日ごろ、宮中の仁寿殿《じじゆうでん》で催された内々の宴。正月二十日から二三日の間に子の日があれば、その日に行われた。仁寿殿に天皇が出御、王卿文人を召し、賜宴《しえん》、内教《ないきよう》坊《ぼう》の音楽を楽しみ、詩文を作らせた。この式次第は『年中行事絵巻』に詳しい。成立は大同四年（八〇九）、弘仁三年（八一二）、弘仁四年など諸説あるが、元来は臨時の宴を意味した。九月九日の重陽宴《ちようようえん》と並ぶ文人の晴れ舞台であった。『宇津保《うつほ》物語』では、大内記《だいないき》・春宮学士《とうぐうがくし》となった藤原季英《すえふさ》の「内宴に召されて、青色の衣に緋衣替ふ」という得意のさまが描かれている（菊の宴）。

正月の繁多な宮中行事は、内宴で一段落する。匂宮《におうのみや》は「賭弓・内宴など過ぐして心のどかなる」折に宇治に赴く（源・浮舟）。

長元七年（一〇三四）の内宴は『栄花《えいが》物語』「歌合」に詳しいが、以後しばらく中絶、保元三年（一一五八）に復興するも、翌四年を最後に廃絶した。

（大井田晴彦）

内親王　ないしんのう（ないしんわう）

親王（みこ）

天皇の姉妹および皇女で親王宣下を受けた人。内親王は、

伊勢・斎宮・賀茂・斎院 源氏 男

その高貴さゆえに、制約の多い生き方を強いられ、独身を通した内親王が多い。伊勢神宮に奉仕する斎宮、賀茂神社に奉仕する斎院には、未婚の皇女が卜《ぼく》によって定められ、天皇の代替りごとに交代した。結婚は、皇族と一世源氏以外の相手は認められていなかった。しかし、平安時代に入って皇室経済が逼迫すると、摂関家に降嫁する内親王も出てくる。また、三条院前斎宮当子《とうし》内親王は、藤原道雅《みちまさ》との関係が噂になり、三条院は激怒した。『百人一首』にも採られた「今はただ思ひ絶えなんとばかりを人づてならでいふよしもがな」（後拾遺・恋三・七五〇）の歌は、逢うことを禁止された男の悲痛な心を詠んだものである。

妻

『源氏物語』では、源氏の兄朱雀《すざく》院が、女三宮《おんなさんのみや》の処遇に悩み、皇女は独身が最上であるものの、男の好色の犠牲になる危険性を考えると、父の判断によって結婚させなければならないと、源氏に降嫁させる。この際、柏木《かしわぎ》が皇女獲得に執着しており、高貴な妻を自家に迎えることが名誉であったことがうかがわれる。

物語・歌合

文学史上に名を残した内親王としては、『伊勢《いせ》物語』六九段の斎宮恬子《やすこ》（文徳《もんとく》皇女）、「大斎院」と呼ばれた選子《せんし》（村上《むらかみ》皇女）、天喜三年の物語歌合を主催した禖子《ばいし》（後朱雀《ごすざく》皇女）、新古今時代の代表的歌人式子《しょくし》（後白河皇女）が有名である。

（池田節子）

内題　ないだい

外題

表紙に記された書名である外題《げだい》に対して、書物の内部に記された書名のこと。一般に、本文冒頭あるいは各巻冊冒頭に記された巻首題《かんしゅだい》を内題という。

記されている場所によって呼び分けることもある。本文末尾あるいは各巻冊の末尾に記された題を、尾題《びだい》という。版本で、見返しを前表紙内側に貼り付け、そこに書名を刷り込んだり書いたりしたものを、見返し題《みかえだい》という。扉に記された内題を、扉題《とびらだい》という。序や跋の冒頭に記された題を、序題《じょだい》あるいは跋題《ばつだい》という。目《もく》録の冒頭に記された題を、目録題《ろくだい》という。

外題・巻首題・目録題・尾題などに不一致のある場合がある。そういう書物の書誌をとるときは、併記しておく必要がある。

漢籍では、扉と見返しをあわせて封面といい、そこに記された題を封面書名《ふうめんしょめい》という。

（池田和臣）

直衣　なおし（なほし）

公家・褻

天皇および公家男性の平常服。「直の衣」の意で、褻《け》の服装（普段着）であることによる名称とされる。形状は正装の袍《ほう》（文官着用の縫腋《ほうえき》袍）と同じであるが、袍が階位によって色が決められているのに対して、直衣にはその定めがないため、雑袍《ざつぽう》とも呼ばれた。『枕草子』「淑景舎、東宮に」の段では、藤原道隆《みちたか》の装いを「薄色《うすいろ》の御直衣、萌黄《もえぎ》の織物の指貫《さしぬき》、紅《くれなゐ》の御衣《ぞ》ども、御紐さして」と描く。当年四三歳の関白にしては派手やかすぎて軽々しく見える危うさもあるが、美貌で名高い道隆にもてはやされて、華やいだ眺めだったのだろう。『枕』には他に「二藍《ふたあゐ》・葡萄染《えびぞめ》」などの色名、また襲《かさね》の色目としての「桜（表は白、裏は紫）」

色

紅・紐

襲（重ね）・桜・白・紫

藍

宰相・中将

などが見え、これら紫系の色調が定子《ていし》の周辺の男性たちに好まれていたことがうかがえる。一方『源氏物語』藤裏葉《ふじのうらば》巻では、「直衣こそあまり濃くて軽びためれ。非参議のほど、何となき若人こそ、二藍はよけれ」と見えて、濃い紫色の二藍は、高位ならぬ若者にこそふさわしいとしている。これは宰相中将になった夕霧《ゆうぎり》に着換えを勧める光源氏の言葉で、縹《はなだ》色の直衣の方が適切と考えているようだ。彼自身も紅葉賀《もちじのが》巻で源典侍《げんのないしのすけ》を訪ねた夜は、その色を着ていることが、「縹の帯」の語から明らかである。こうした趣味の違いから両作品を生んだ文化圏の異なりまで推定されるようで、興味深い。

袍が石帯《せきたい》を着けるのに対して、直衣には同色の帯を結ぶのが例。また下半身には指貫《さしぬき》を合わせ、冠の代わりに烏帽《えぼ》子《し》を着ける。また下襲《したがさね》は省き単《ひとえ》の上に袿《うちき》や袙《あこめ》を着けるが、その時直衣の裾から、袿《うちぎ》・袙《あこめ》の褄《つま》先をのぞかせるのが、平安時代の粋な着こなしである。

このようにおしゃれ着風の性格の強い直衣は、参内のような正式な折の着用には勅許を要した。これを「直衣を聴《ゆる》す」といい、三位以上の貴人であることが原則である。中宮定子の御前に伺候する道隆や伊周《これちか》が「直衣の人」（宮に初めて参りたるころ）と表現されるのも、こうした特権的貴人のイメージの強調である。

（藤本宗利）

なほ人　なおびと（なほびと）

ただ人

上達部

武蔵

「なほ」は、「なほなほし」の「なほ」。「なほなほし」とは、平凡だ、普通だの意で、そのことは、上流貴族から見ると、つまらないことである。「なほ人」とは、名門ではない普通の家柄の者の意であるが、類義語の「ただ人」とは異なり、なにがしか軽蔑の気持ちが籠っているようだ。『源氏物語』には、「直人《なほびと》の上達部《かんだちめ》などまでなり上り、我は顔にて家の内を飾り、人に劣らじと思へる」（帚木）とある。「四位以下の諸大夫層をさすことが多い」とあるが、「上達部など」の「など」には、四、五位の人物が含まれているように思われる。また、東屋《あずまや》巻に登場する左近少将《さこんのしょうしょう》は五位であるが、「直人の限りなき富といふめる勢ひ」よりは上だとある。「直人」とは、いまだ叙爵していない、六位以下をイメージする言葉ではなかろうか。『伊勢《いせ》物語』の昔男が武蔵《むさし》国で出会った女の親は、「父はなほ人にて、母なむ藤原」（十）であった。

（池田節子）

長雨　ながあめ

雨

掛詞

花・色

世・春

何日も降りつづく雨のこと。「ながめ」ともいう。和歌の中では、物思いにふけりながらぼんやりと視線を投げる意の「眺め」と掛詞になる場合が多い。百人一首でも知られる小野小町《おののこまち》の「花の色はうつりにけりないたづらに我が身世にふるながめせしまに」（古今・春下）は、春の長雨に降られて色褪《あ》せてしまった花を詠んだ歌であるが、「長雨」と「眺め」、「降る」と「経る」が掛詞となり、初句の「花の色」に容色の寓意が感じられることから、物思いにふけっている間にむなしく青春は過ぎ去り美貌も衰えてしまったという嘆きの歌としても読むことができる。美男美女として小町と並称される在原業平《ありわらのなりひら》にも、春の長雨を詠じた「起きもせず寝もせで夜を明かしては春の物とてながめ暮らしつ」（古今・恋三）という歌がある。詞書によれば、女のもとを訪れたが言葉を交わしただけで帰宅した、その翌日の歌で、夢うつつの状態で夜をすごしたのち物憂い春の長雨に降りこめられて終日やるせない物思いにふけった、というもの。このように長雨には、満たされない恋の物思いというニュアンスがある。実際問題として雨夜に恋人を訪問することは容易ではなく、「つれづれのながめにまさる涙川袖のみ濡れて逢ふよしもなし」（古今・恋三・藤原敏行）のように、長雨のころは逢瀬も途絶えがちであった。『源氏物語』須磨《すま》巻、謫居《たつきよ》生活を送る源氏は「長雨の頃になりて」ひとしお淋しさがつのり、京に残してきた女性たちに手紙を書く。この長雨は梅雨のこと。室町時代の『閑吟集《かんぎんしゆう》』には、「須磨」のことばをちりばめた「日数ふりゆく長雨の　日数ふりゆく長雨の　葦葺《あしふ》く廊や萱《かや》の軒　竹編める垣の内　げに世の中の憂き節を　誰に語りて慰まん　誰に語りて慰まん」（七四）という歌謡がある。「葦」には雨脚の「脚」が掛かり、「竹」と「節」は縁語。物憂い長雨にふりこめられる日々は、漠然とした人恋しさを募らせるのである。（鈴木宏子）

夢　涙・袖　京　葦・竹　縁語

長門　ながと

旧国名。現在の山口県北部・西部にあたる。山陽道の西端に位置する。上代、関門海峡付近には長門関が置かれ、海陸の交通をとりしまり、西海道との境界としての役割を果たしていた。『万葉集』に見える「長門なる沖つ借島奥まへてわが思ふ君は千歳にもがも」（万・六・一〇二四・巨曽部對馬）は、詠み手が長門守であったのにちなんで国名を詠みこんだものである。

『万葉集』には別に安芸《あき》国の長門の島も見える。こちらは現在の広島県呉《くれ》市の倉橋《くらはし》島にあたる。昼は「山川の清き川瀬」「磯の間ゆ激つ山川」に負けないほどに鳴きたてる蟬の声が聞こえ、夕べは蜩《ひぐらし》の鳴く島陰に宿り、夜は沖にいさり火が漂う、鮮やかな夏の季節感が伝わってくる歌々が収められている（万・十五・三六一七―二四）。（神田龍之介）

関　安芸・島　昼・山・川　蟬・夕　夏

中宿　なかやどり・なかやど

外出、旅行などの途中で休息、宿泊すること。またはその場所の意。身分的に表立って訪問できない場所へ赴く時の口実としてよく使われる。皇太子候補の匂宮《におうのみや》は「中宿」で宇治の八宮邸を訪れ（源・椎本、橋姫）、また薫《かおる》は小野の浮舟《うきふね》のもとへ横川からの帰途の「中宿」で赴くつもりであった（源・夢浮橋）。

光源氏が大弐乳母《だいにのめのと》邸に「中宿」したのも、光源氏の身分では表立って五条の乳母邸に赴くわけにいかないからで、この「中宿」ゆえに偶然夕顔《ゆうがお》と出会うことになる（源・夕顔）。

王朝物語では、「中宿」が思いがけない出会いの契機になる場面もよくある。横川《よかわ》の僧都一行が人事不省の浮舟を助けたのも、初瀬《はせ》から小野へ戻る「中宿」に宇治院に寄った折であった。『狭衣物語《さごろも》』巻四の「中宿に心とまりたまひて、（目的地ニ向カウノハ）いとど物憂く思さるれど」は、道中偶然に式部卿宮邸を垣間見た一件をさしており、休息、

宇治・小野　めのと（傅）　初瀬・小野

物語
宇治・霞
山吹・春・花

宿泊ではない。厳密には「中宿」でないが、この語によって、最終的な伴侶となる姫君と出会う重要な場面にふさわしい、物語的想像力をかき立てている。「初瀬路《はつせぢ》や中宿りせし如月《きさらぎ》の宇治のわたりはさぞ霞みけん」（夫木抄・雑三）は、椎本《しいがもと》巻での匂宮の宇治訪問を想起させる歌である。

室町時代以降になると「なかやど」というようになるが、「山吹もさくや川辺に行く春の花に休《やす》らふ宇治の中宿」（草根集・春）のように、意味は同じである。江戸時代になると、いくつかの特定の場所をさす語として使用されるようになる。まず、宿元のない一季半季の奉公人のために身元引受人となって提供された、出替りや宿下がりに際しての滞在用の宿、奉公宿の意である。また、男女の密会用の家をもさす。出合茶屋の意もある。あるいは、遊里に通う者が途中休み場所とするための家。他に引手茶屋など。いずれも本来の目的地の途中にちょっと寄る仮の場所、の原義から派生した用法といえる。（今井久代）

長柄　ながら

摂津・歌枕
橋

摂津《せっつ》国の歌枕。現在の大阪市北区長柄《ながら》のあたりというが、諸説がある。『日本後紀《にほんこうき》』弘仁《こうにん》三年（八一二）六月三日条に使者を遣わして橋を造らせた記事があるが、「世の中にふりぬる物は津の国のながらの橋と我となりけり」（古今・雑上）のように、古くからある橋として意識され、長い時の経過をイメージさせた。『日本文徳《もんとく》天皇実録』仁寿三年（八五三）十月十一日条に「頃年橋梁断絶」とあるように、早くに断絶した橋であったが、『拾遺集』の詞書に「天暦御時御屏風の絵に、ながらのはしばしらのわづかにのこれるかたありけるを」（拾遺・雑上・藤原清正）とあるように、橋柱が昔の名残を留めているとも考えられていた。また、『神道集《しんとうしゅう》』巻七には、困難を極めた橋の建造に際して、通りかかった男を人柱にし、その妻も川に身を投げ橋姫となったという人柱伝説が収められている。長柄人柱の寺とも呼ばれる大阪市東淀川区の大願《だいがん》寺には、推古《すいこ》朝に人柱を得て架橋されたとの話が伝わる。（神田龍之介）

屏風・絵
妻・川・橋姫

長良川　ながらがわ（ながらがは）

美濃・川
伊勢
鵜
影

美濃《みの》国の川。現在の岐阜県南部を南流し、三重県桑名市で伊勢湾に注ぐ。『古事記』上巻に阿遅志貴高日子根《あじしきたかひこねの》神が蹴飛ばした喪屋が「美濃国の藍見《あいみ》河の河上の喪山」だとする記事があり、この藍見川を長良川の古名とする説がある。また古くは因幡河《いなばがわ》ともいい、『今昔物語集』巻二六に「美濃国因幡川、出水流人語」との話が収められているように、古来洪水の多い川であった。早くから鵜飼が行われ、すでに鎌倉時代には鵜飼で獲た魚を年貢に納めるなどしていた。室町時代末期、長良川東岸の鏡島《かがしま》に宿泊した一条兼《いちじょうかね》良《よし》が江口で鵜飼を見物し、「夕闇に八十伴の男の篝挿し上る鵜舟は数も知られず」（藤河の記）などの歌を詠んでいて、その盛んなさまが偲ばれる。近世に入っても、松尾芭蕉《まつおばしょう》が「おもしろうてやがて悲しき鵜舟かな」の句を、本居宣長《もとおりのりなが》が「うかひ舟今はほかにはながら河むかしを見するかがりびの影」（鈴屋集・三）の詠を、それぞれ残している。（神田龍之介）

勿来関　なこそのせき

陸奥・関・常陸・蝦夷　あま（海人）　桜・風　逢坂　ほととぎす

陸奥《みちのく》国の関名。常陸《ひたち》国との境に位置し、現在の福島県いわき市勿来町付近といわれる。「来るな」の意で、蝦夷の侵入を防ぐための関。

対面を求めてきた相手に答えた歌「みるめかるあまの行きかふみなとぢになこその関も我はすゑぬを」（小町集）や、「吹く風を勿来の関と思へども道も狭に散る山桜花」（千載・春下。源義家）ように、「な来そ」の意を響かせて用いられることが多い。「越えわぶる逢坂よりも音に聞く勿来を難き関と知らなむ」（蜻蛉・上）のように、対照上の興味から、同じく関所でありながら人に逢う意を響かせる逢坂関とともに詠まれることも多い。このように男女間を中心に人事に関して用いられるほかに、季節や季節の景物の往来を妨げるものとして詠まれることも少なくない。「ほととぎすなこそのせきのなかりせばきみがねざめにまづぞきかまし」（実方集）「さくら花風をなこそのせきならばちるをもなどかとどめざるべき」（為忠家後度百首・桜）などが、その例である。

（神田龍之介）

那古の海　なごのうみ

越中・歌枕・海　鶴　雪　冬　浦　摂津

越中《えっちゅう》国の歌枕。現在の富山県射水《いみず》市放生津町《ほうじょうづまち》付近の海。大伴家持《おおとものやかもち》が越中守として赴任したことに関わって、『万葉集』にしばしば詠まれる。「東風いたく吹くらし奈呉の海人の釣する小舟漕ぎ隠る見ゆ」（万・十七・四〇一七・大伴家持）は「東風」を「あゆのかぜ」と訓む旨の注を伴っており、地方ならではの気象や言語に都人らしい関心を寄せていることがうかがえる。同じ家持の「水門風寒く吹くらし奈呉の江に夫婦呼び交し鶴さはに鳴く」（万・十七・四〇一八）も北陸の海風の冷たさを伝えている。下って「いづかたへあさこぎ出でてなごのあまの雪をかづきて帰るなるらん」（清輔集・冬）と詠まれているのも、冬の日本海の厳しさがイメージされていよう。松尾芭蕉《まつおばしょう》も旅の道中、この浦に立ち寄っており、『奥の細道』には「くろべ四十八が瀬とかや、数しらぬ川をわたりて、那古と云浦に出」とある。なお、平安時代以降も「なご」の海を詠んだ歌は多いが、摂津の海か越中の海か区別しがたい。

（神田龍之介）

奈呉の浦　なごのうら

摂津・海　海　越中　かすみ（霞）

摂津《せっつ》国の海の名。現在の大阪市住吉区付近の海をさす。『万葉集』では「名児」とも表記する。『万葉集』巻七「摂津にして作る歌二十一首」中に「住吉の名児の濱邊に馬たてて玉拾ひしく常忘らえず」（一一五三）「名児の海の朝明の波殘《なごり》今日もかも磯の浦廻に乱れてあるらむ」（一一五三・五五）と詠まれている清浄な海浜であったが、現在は埋め立てられてその面影はない。なお、越中国にも同名の海がある。平安時代以降も「なご」の海を詠んだ歌は多いが、摂津か越中か区別しがたいものも少なくない。よく知られる「なごのうみのかすみのまよりながむればいる日をあらふおきつしらなみ」（新古今・春上・藤原実定）や、「なごのうみやとわたる舟のゆきずりにほの見し人のわすられぬかな」(続後撰・恋一・藤原俊忠)も、摂津かと思われるが、断定はしにくい。後者は、初句二句が「ほ」を導き出す枕詞として用いられている例である。
(神田龍之介)

枕詞

梨　なし

春・花　もろこし→唐(から)・和歌　桜　浦・波・山　漢詩→詩　雨

バラ科の落葉高木。春に白い花を咲かせる。「梨の花、世にすさまじきものにして、ちかうもてなさず、はかなき文つけなどだにせず。……もろこしには限りなきものにて、文にもつくる」(枕・木の花は)とあるように、和歌では賞美されることが多くないが、「成し」を掛けたり(万・十・二一八八)、実とからめて「生り」と「成り」を掛けたり(古今・東歌)と、言語遊戯的関心から詠まれた。後には「桜麻の苧生《をふ》の浦波立ちかへり見れどもあかぬ山なしのはな」(新古今・雑上・源俊頼)などと花そのものを賞美するようにもなった。漢詩では花がしばしば賞美の対象となり、白楽天「長恨歌」の一節「梨花一枝、春雨を帯ぶ」は玄宗を思う楊貴妃の憂い顔をたとえて人口に膾炙した。宮中の昭陽《しょうよう》舎《しゃ》は南庭に梨の木が植えられていたことにちなんで梨壺《なしつぼ》と呼ばれた。ここに置かれた和歌所で『後撰和歌集』の編纂と『万葉集』の訓釈に従事した源順《したごう》・清原元輔《きよはらのもとすけ》・大中臣《おおなかとみの》能宣《よしのぶ》・坂上望城《さかのうえのもちき》・紀時文《きのときぶみ》を梨壺の五人と呼ぶ。
(神田龍之介)

那智の瀧　なちのたき

紀伊・熊野

紀伊《きい》国(現在の和歌山県)の滝。熊野那智山中には那智四十八滝と呼ばれる多くの滝があり、一般的にはそのうち最大の一ノ滝をさす。流れが三つに分かれているところから「三重ねの滝」(山家集・下・雑)ともいった。『枕草子』「滝は」段にも言及があるように、早くから霊地として知られ、花山《かざん》法皇も訪れて「いはばしる滝にまがひてなち山の高ねをみれば花のしら雲」(夫木抄・春四)の御製を残している。西行の「雲きゆるなちのたかねに月たけてひかりをぬけるたきのしらいと」(山家集・上・秋)は神秘的幻想的な景を詠んで秀逸である。後には「那智の御山は穴貴と、飛滝権現のおはします、本地は千手観音の化現也」(源平盛衰記・四十)といわれるように滝自体が神格化され、熊野那智大社の別宮飛滝《ひろう》神社の神体とされた。一ノ滝の下流の曽以《そい》の滝は文覚《もんがく》上人の荒行で知られ(平・五・文覚荒行)、文覚の滝ともいう。
(神田龍之介)

法皇・山　雲　月・ひかり(光)

夏　なつ

陰暦では、四月(卯月《うづき》・初夏・孟夏)・五月(皐月《さつき》・仲夏)・六月(水無月《みなづき》・晩夏・季夏)。五行説では、南の方角、朱の色に通ずる。

朱

もとより、夏と冬は、春と秋に比べると、季節としての存在が軽くみられがちである。勅撰集の部立《ぶだて》でも、春秋が二巻にわたるのに対して、夏冬は一巻だけというのが普通であり、その歌数も少ない。

冬・春・秋

夏の行事として、四月一日が更衣《ころもがえ》。冬の装束を夏用にあらため、室内の几帳《きちょう》など調度類もかえる。八日は釈迦生誕の日の灌仏会《かんぶつえ》、釈迦の像に五色の水(香水)を注ぐ。中《なか》の

更衣(こうい)

賀茂・祭・葵・葉・斎院　禊　節会　穢　祇園　山吹・藤　卯の花　里　ほととぎす　蛍　蟬

酉《とり》の日は賀茂祭《かもまつり》。冠や牛舎などを葵《あおい》の葉で飾るので、葵祭とも呼ぶ。これに先立って午《うま》の日、賀茂の神に奉仕する斎《さい》院《いん》が賀茂川で御禊《みそぎ》をする。その斎院一行が御禊へと向う行列は、都人の目を楽しませる催し物であった。五月五日は端午《たんご》の節会《せちえ》。邪気払いのために菖蒲《しょうぶ》を屋根にかけ、官人たちは冠にもかける。宮廷では宴の後に近衛《このえ》の騎射《きしゃ》・競馬《くらべうま》が行われる。後世の民間では男の子の節句として立身を予祝する。六月になると、晦日《みそか》が大禊《おおはらえ》、六月祓《みなづきばらえ》・名越祓《なごしのはらえ》ともいわれる。一年上半期の罪や穢《けが》れを払う。夏の最後の日でもある。後世の民間行事として、六月七日から十四日まで京都八坂神社の祇園《ぎおん》祭がある。豪華な山桙《やまぼこ》などが出る。

　晩春から初夏にかけて、山吹や藤が咲く。『古今集』の夏の部も藤の歌で始まる。夏の木草といえば、四月の卯《う》の花、賀茂祭で知られる葵《あおい》、五月の端午の節句には欠かせない菖蒲、それに類するあやめ草、かきつばた。また昔日を偲ばせるという花橘、あるいは暑苦しい時節の夏草。鳥でいえば、四月は山で鳴き、五月にようやく人里に飛来するという時鳥《ほととぎす》。これも昔を思い起こさせる景物である。また虫では、夏の夜の風物詩である蛍、燈火に引き寄せられる夏虫。蛍も夏虫も、胸の内の恋や身をこばす恋を象徴することもある。そして、初秋にかけて鳴く蟬である。

　『古今集』に「暮るるかとみれば明けぬる夏の夜を飽《あ》かずとや鳴く山時鳥」（夏・壬生忠岑）とあるように、夏は夜が短い。男女の逢瀬の時間もあっという間に過ぎてしまう、それを不満に思う物語の場面も少なくない。『源氏物語』で、源氏がようやく藤壺《ふじつぼ》に逢うことができた時も、「あやなくなる短夜にて、あさましうなかなかなり」（若紫）とある。あいにく折からの短夜であり、かえって嘆かわしさがつのる逢瀬であった。

五月雨　絵・物語　魂　鶯　釣殿　殿上　鮎　酒　雲

　五月は五月雨《さみだれ》の時節、室内で退屈な日々が続く。『源氏物語』蛍《ほたる》巻で、六条院の女君たちも、その所在なさから、「晴るる方なくつれづれなれば、御方々、絵、物語などのすさびにて」暮らし明かしたという。

　また、そのころから時鳥が鳴きはじめる。人々は自分こそその初声を聴きたいものと願う。『古今集』の夏部には、その五月雨のころの時鳥の声を詠んだ歌が圧倒的に多い。『枕草子』「鳥は」の段では、五月雨の降る夏の短夜に目をさまして、時鳥の初声を誰よりも早く聴きたいと思っていたところ、夜が更《ふ》けてからついに聴きつけた、その感動は魂をゆるがすほどだった、と記している。ついで、その時鳥が六月になると声を立てなくなるというのも、春の鳥の鶯が夏まで鳴きつづけるのとは違って、時節をわきまえていてすばらしい、と評している。

　六月は最も暑い時分、人々は涼を求める。『源氏物語』常夏《とこなつ》巻は、例年にない酷暑だとして、源氏が六条院の釣殿《つりどの》に人々を招いて涼をとっている。「親しき人々、殿上人あまたさぶらひて、西川より奉れる鮎《あゆ》、近き川のいしぶし（川鰍《かわかじか》）やうのもの、御前にて調ぜ」させ、「大御酒《おほみき》あまた、氷水《ひみづ》召して、水飯《すいはん》など」を食したという。「氷水」は朝廷の氷室《ひむろ》に貯蔵している雪を、夏、水や酒に浸して用いる。『枕草子』にも、「あて（上品）なるもの」の章段に、「削り氷《ひ》にあまづら（甘味）入れて、新《あら》しき金鋺《かなまり》に入れたる」を掲げている。夏の贅《ぜい》である。

（鈴木日出男）

撫子　なでしこ

夏・秋　花　唐　妻　掛詞　女　山　とこなつ（常夏）・床・男・女・妻　露

ナデシコ科の多年生の植物。夏から秋にかけて淡紅色の五弁の花が咲く。もともと山野や川原あたりに自生する日本古来の品種のカワラナデシコ。後に中国から渡来した品種の石竹《せきちく》が加わると、大和《やまと》なでしこ、唐《から》なでしこ、と区別されるようにもなる。

『万葉集』では、大伴家持《おおとものやかもち》あたりを中心に、万葉後期の作に集中している。その家持の作「わが宿に蒔《ま》きしなでしこいつしかも花に咲きなむなぞへつつ見む」（八・一四四八）は、家の庭先に種を蒔いたなでしこは、いつ花と咲くだろう、あなたに見立てて眺めたいもの、の意。後に妻となる大伴坂上大嬢《おおとものさかのうえのおおいらつめ》に贈った歌、このように「なでしこ」には、恋する可憐な女《ひと》というイメージがこめられている。

平安時代になると、「なでしこ」は、「撫《な》でし児」と掛詞にもなり、かわいい女《ひと》や、かわいい幼な児を連想させるようになる。「あな恋し今も見てしか山がつの垣ほに咲ける大和なでしこ」（古今・恋四）は、恋すべき可憐な女のイメージ。一首は、ああ恋しい、もう一度逢いたい、山がつの垣根のあたりにいた大和なでしこのような女《ひと》、の意。「よそへつつ見れどつゆだに慰まずいかがはすべきなでしこの花」（清慎公集・恵子女王）は、その詞書によると、わが子に久しく会えなかった折に、せめてわが子を幾度となく「なでしこ」に喩《たと》えてみたが、どうにも慰められない、と嘆く歌になっている。なお、同じ実体でありながら「とこなつ」の別称も生じ、共寝の「床」との掛詞から、男女の性愛のニュアンスをこめて、愛すべき妻や恋人を連想させる言葉となった。

『源氏物語』帚木《ははきぎ》巻の雨夜の品定めで、頭中将が相手の女の行方知れずになったことを涙ながら語るが、かつて詠み交した次の贈答歌を口にした。「山がつの垣ほ荒るとも折々にあはれはかけよなでしこの露」（女）、「咲きまじる色はいづれと分かねどもなほとこなつにしくものぞなき」（頭中将）。女は、二人の間に生まれた幼な児を「なでしこ」に喩えて、愛児に情をかけてくれと訴えてきた。中将はそれを「とこなつ」の語に転じて、娘のことは二の次にして、それよりも女への情愛の深さを強調し、その母親の機嫌をとったことになる。同じ実体でありながらも、「なでしこ」「とこなつ」の言葉としての相違を示す好例である。

（鈴木日出男）

名取川　なとりがわ（なとりがは）

陸奥・川　掛詞

陸奥《みちのく》国の川の名。現在の宮城県南部を東流し名取市閖上《ゆりあげ》で太平洋に注ぐ。

『枕草子』「河は」段に「名取川、いかなる名を取りたるならんと聞かまほし」とあるように、掛詞的に「名を取る」（評判を得る・噂される）の意を響かせて用いられることが多く、「みちのくに有りといふなるなとり川なきなとりてはくるしかりけり」（古今・恋三・壬生忠岑）がその典型である。「瀬々の埋木」とともに詠まれることも少なくないが、その場合も「埋木」が「あらはる」という、噂や評判が立つという意に関わる詠まれ方が多い。このような言語遊戯

狂言　袖　僧→出家

的関心の延長線上に狂言記・名取川のようなものまで生まれた。名取川にはまって、袖に書き付けておいた自分の名が消えてしまったことに怒った物覚えの悪い僧が、土地の男「名取の何某《なにがし》」に対して名を返せと迫るという筋で、ここでは「名取」が「名を奪う」の意で解されているのである。（神田龍之介）

難波　なにわ（なには）

摂津・歌枕　淀川　蘆・難波　大宰府

摂津《せっつ》国の歌枕。現在の大阪市上町台地を中心とする海浜一帯をさす。淀川《よどがわ》河口に開かれた国内無比の要港「難波《なには》津《づ》」を中心に水陸交通の要衝として栄え、古代には歴代の天皇の宮も置かれた。『万葉集』では多くの歌に詠み込まれ、「海原《うなはら》のゆたけき見つつ蘆《あし》が散《ち》る難波に年は経《へ》ぬべく思ほゆ」（万・二十・四三六二・大伴家持）のように特に海浜の景が詠まれた。また、難波津は大宰府《だざいふ》へ向かう防人《さきもり》たちが出航する港でもあるため、難波津を詠む防人歌も多く残る。

葦・澪標

平安時代以降の和歌でも、引き続き海浜の景が好んで詠まれた。『古今集』「仮名序」の有名な古歌「なにはづにさくやこの花ふゆごもりいまははるべとさくやこのはな」にも詠まれた「難波津」のほか、特に「難波江《なにはえ》」「難波潟《なにはがた》」が歌枕として多くの歌に詠まれ、「葦《あし》」や「澪標《みをつくし》（船が通る水路を示す目印として川や海に立てる杭）」が景物として配されることがきわめて多い。『百人一首』にも撰ばれた「なにはえのあしのかりねの一よゆゑみをつくしてや恋ひわたるべき」（千載・恋三・皇嘉門院別当）はその典型例で、「刈り根」と「仮寝」、「一節《ひとよ》」と「一夜」、「澪標」と「身を尽くし」が掛詞である。また、「つのくにのなにはたたまくをしみこそすくもたくひのしたにこがるれ」（後撰・恋三・紀内親王）のように、「難波」に「名には」や「何は」を掛けた歌も多く詠まれた。（高桑枝実子）

掛詞

波　なみ

現代では、波といえば海を連想するが、古典の世界では、湖、池、川などの波も多い。岩打つ波の激しさから岸辺のさざ波の穏やかさまで、さまざまな姿が捉えられる。

海　池・川

特定の場所では、琵琶湖《びわこ》（「近江の海夕波千鳥汝が鳴けば心もしのにいにしへ思ほゆ」（万・三・二六六・人麻呂））や、住吉（「住の江の岸に寄る波夜さへや夢の通ひ路人目よくらむ」（古今・恋二・敏行、百人一首））が比較的多く、本来なら波が越えない「末《すゑ》の松山《まつやま》」を引き合いに恋を誓う歌もある（「君をおきてあだし心をわが持たば末の松山波も越えなむ」（古今・東歌））。

琵琶湖・近江・千鳥　住の江→住吉・夢　末の松山

寄せては返すもの、くり返し、重なるもの、砕けるものという捉え方から、しばしば、人恋しさ、とりわけ恋の思いと関わって表現される。「いとどしく過ぎゆく方の恋しきにうらやましくもかへる波かな」（伊勢・七）は、東国を目指す男が伊勢と尾張の国境で詠んだ歌。都へ「帰る」の意を効かせている。「住吉《すみのえ》の岸の浦廻《うらみ》にしく波のしくしく妹《いも》を見むよしもがも」（万・十一・二七三五）は、重なる波のように幾度も恋人に逢いたい、の意である。「風をいたみ岩打つ波のおのれのみ砕けてものを思ふころかな」（詞花・恋上・源重之、百人一首）は、波の様子と恋心とを重ねる。

心　伊勢・尾張・都　風

浦・恨み　縁語

恋の嘆きでは、「涙」「無み」との掛詞、「浦見（恨み）」との縁語関係も多い。

花・秋　月・星

見立ての歌では、「草も木も色変れどもわたつ海の波の花にぞ秋なかりける」（古今・秋下・文屋康秀）「天の海に雲の波立ち月の舟星の林に漕ぎ隠る見ゆ」（万・七・一〇六八）など、おもに花や雲と見立ての関係になる。「老いの波」「あだ波」などの比喩としてもよく用いられる。また、源実朝《さねとも》の「大海の磯もとどろに寄する波われて砕けて裂けて散るかも」（金槐集・雑）や「箱根路をわが越え来れば伊豆の海の沖の小島に波の寄る見ゆ」（金槐集・雑）は、実景からの感慨による新しい風景である。

箱根・伊豆

（高田祐彦）

涙　なみだ

和歌　川・海・雨・露・氷・床

古典和歌には、涙をめぐる多彩な表現が見られる。涙は川・滝・海・雨・露・氷などの自然にたとえて形象化される。「君恋ふる涙の床《とこ》にみちぬればみをつくしとぞ我はなりぬる」（古今・恋二・藤原興風《ふじわらのおきかぜ》）は、涙が床に満ちて、私は涙の海の澪標《みおつくし》（身を滅ぼす意の「身を尽くし」を掛ける）になってしまったと歌う。『伊勢《いせ》物語』一〇七段では、男が「つれづれのながめにまさる涙川袖のみ濡れて逢ふよしもなし」という求愛の歌を詠む。歌意は、長雨で川の水嵩《みずかさ》が増すように、私も恋の眺めによって涙を流していますが、袖が濡れるばかりで逢う術もありません、というもの。相手は一枚上手で、「袖のみ濡れて」を逆手にとり、袖が濡れるだけなのは、涙川つまりあなたの愛情が浅いからでしょう、と切り返している。

澪標　袖　長雨

女・紅

悲嘆が極まると、涙は「血の涙」に変わる。血の涙は漢籍の血涙に由来することばで、菅原道真《すがわらのみちざね》は罪なくして配流された悲憤を「口に言ふことあたはず、眼の中なる血」（菅家後集《かんけこうしゅう》）と表現している。血の涙は、和歌の世界では「紅の涙」と美化され（漢籍の「紅涙」は、女性の涙で化粧が流れる意であるから意味がすり変わっている）、「白玉と見えし涙も年経《ふ》れば唐紅にうつろひにけり」（古今・恋二・紀貫之）のような歌も生まれた。

枕　末の松山・波　須磨・秋・風　直衣（なおし）　心

涙は「袖が濡れる（絞る、朽《く》たす）」「枕が浮く」などの、いわゆる換喩によっても表される。「契りきなかたみに袖を絞りつつ末の松山波こさじとは」（百人一首、後拾遺・恋四・清原元輔）は、たがいに涙を流しながら愛の永遠を誓った日もあったことを振り返った歌。『源氏物語』須磨《すま》巻で、源氏が須磨の秋風を耳にして「枕浮くばかり」になったというのも、悲哀の涙の存在を示している。『平家物語』において、平重盛《しげもり》が父清盛《きよもり》に諫言する場面も、「直衣《のうし》の袖も絞るばかりに涙を流してかき口説かれければ、其の座にいくらも並み居る人々、心あるも心無きも、皆鎧の袖をぞ濡らされける」と涙に満ちている。

手紙→消息・朱・色　硯

涙は感情表現の手段ともなる。『枕草子』「はしたなきもの」の段は、泣くべきときに「涙のつと出でこぬ」ことをあげているが、相手の心を動かすために人は空涙を流す。『紫式部集』の中で、式部の夫藤原宣孝《のぶたか》は手紙に朱の点を散らして「私の涙の色ですよ」と言う。色男として知られる平貞文《さだふん》が、硯《すずり》水で顔を濡らして女をくどいていたのを見破られ、水を墨汁に代えられて真っ黒な顔になってしまったという話（古本説話集）もある。反対に、涙を流してしまっ

出雲
神官→禰宜

て困ることもある。『徒然草』二三六段、聖海上人《しょうかいしょうにん》とその一行が出雲大社に出かけたところ、社前の獅子と狛犬が、よそとは違って背中合わせに立っていた。大いに感動した上人が涙ぐんでいわれを尋ねたところ、神官は子供の悪戯だと言って据え直してさっさと去ってしまった。この段は「上人の感涙いたづらになりにけり」と簡潔に結ばれており、ほのかなおかしみが残る。（鈴木宏子）

奈良　なら

大和・山城

大和《やまと》盆地北部の地名。その北には平城山《ならやま》があり、山城《やましろ》との国境をなしているので、奈良時代以前から、大和を出る際には平城山が歌われた（万・一・十七・三輪《みわ》山の歌・額田王など）。その地に平城京が置かれたのは、元明《げんみょう》天皇の和銅《わどう》三年（七一〇）。南北四・八キロ、東西四・三キロ、その東側五条以北には、十二坊分の張り出し部分があり、さらにその東には東大寺《とうだいじ》が建設された。いわゆる南都七大寺（東大寺・興福寺《こうふくじ》・元興寺《がんごうじ》・大安寺《だいあんじ》・薬師寺《やくしじ》・西大寺《さいだいじ》・法隆寺《ほうりゅうじ》）が立ち並び、宮廷では、今も正倉院《しょうそういん》に残る中国風の文物が多数使用されていた。そこで花開いた天平文化は、国際色豊かだったのである。約十万人の人口があったといわれ、その盛んなさまは、地方に下った官人からは、「あをによし奈良の都は咲く花のにほふがごとく今盛りなり」（万・三・三二八、小野老）と仰ぎ見られた。

都・花

しかし、その政界では暗闘が繰り返され、長屋《ながや》王、藤原仲麻呂《なかまろ》、道鏡《どうきょう》など最高権力者が追い落とされ、皇位継承者が抹殺される事変が相次いでいる。皇統が天武《てんむ》系から天智《てんじ》系に代わり、桓武《かんむ》天皇が即位すると、人心を一新するために、山城の長岡《ながおか》京（延暦三年（七八四））、さらに平安《へいあん》京へと遷都され（延暦十三年（七九四））、平城京は旧都となった。次の平城《へいぜい》天皇が、上皇になって復位・平城京還都を企て、失敗して平城京に隠棲した（薬子《くすこ》の変、弘仁元年（八一〇））こともあって、その後の平城京には、廃都らしいわびしさがまとわりつく。「ふるさととなりにし奈良の都にも色は変はらず花は咲きけり」（古今・春下・平城帝《ならのみかど》）。そして『伊勢《いせ》物語』（一）の昔男（平城天皇の孫在原業平《ありわらのなりひら》）が、「知るよしして」（所領の関係で）奈良の春日《かすが》の里に行き、「女はらから」を見出した時、それは「ふるさとにはしたなく」（旧都には不似合い）と感じられたのであった。しかし藤原氏の氏寺興福寺、氏神春日神社を擁する平城京は、平安京の人々に忘れられることはなく、「いにしへの奈良の都の八重桜今日九重《ここのへ》ににほひぬるかな」（詞花・春・伊勢大輔《いせのたいふ》）のように、事あるごとに「ふるさと」として回想され続けたのである。（鉄野昌弘）

春日・里

桜

奈良坂　ならざか

奈良県の北端、京都府との境である奈良山を越える道。古くは現奈良市歌姫《うたひめ》町の歌姫越《うたひめごえ》をいったが、後には般若寺《はんにゃじ》坂《ざか》をさす。壬申《じんしん》の乱の際、天武《てんむ》天皇側は近江《おうみ》軍と奈良山で戦った（紀・天武）。また万葉歌には「……奈良山越えて真木積む　泉の川の……」（万・十三・三二四〇・作者未詳）とあり、奈良山から宇治、志賀唐崎《しがのからさき》までの道のりが歌われており、交通の要路であった。

宇治

初瀬　盗賊

平安時代、『平中《へいじゅう》物語』三十六段、『源氏物語』手習《てならい》巻などには、初瀬への往還の通り道として見られる。人の通うこの地はまた盗賊の出るところでもあった。「初瀬には、あなおそろし、奈良坂にて人々とられなばいかゞせむ」（更級）のごとくである。

葉

近世には「奈良坂やこの手かの手の……」（浄瑠璃・傾城反魂香）、また「奈良坂にて、御ゆふげまゐる。『この手がし葉はいづれ』と、はせ給ふ」（秋成・春雨物語）などがある。これらは「佞人《ねぢけひと》を謗る」歌「奈良山の児手柏《このてがしは》の両面《ふたおもて》にかにもかくにも佞人の徒《とも》」（万・十六・三八三六・背奈行文）がもとになっている。　（新谷正雄）

ならしの岡　ならしのおか（ならしのをか）

山・土佐・歌枕・大和　ほととぎす　風・桜　夏・春　雪　冬

『能因歌枕《のういんうたまくら》』は「奈良思の山」を土佐《とさ》国の歌枕とし、『名《めい》所歌枕《しょうたまくら》』などは大和《やまと》とする。確かに『土佐《とさ》日記』に「奈良志津」の地名は見えるが、『万葉集』に「故郷の奈良思の岳の霍公鳥《ほととぎす》言告げ遣りしいかに告げきや」（万・八・一五〇六・大伴田村大嬢）と詠まれていることから、歌枕としては大和の地名とすべきである。ほととぎすとの取り合わせはその後の歌にも多く詠まれた。『万葉集』に見える「毛無岳」を「ならしのをか」と訓み、同地とする説もある。『後撰集』以後「吹く風をならしの山の桜花のどけくぞ見る散らじとおもへば」（後撰・春中・読人知らず）などと「慣らし」を掛ける歌も多くなった。上記の夏、春のほか、「しきしまやふるの都は跡絶えてならしの岡にみ雪つもれり」（長方集・冬）のように冬の詠もあり、鎌倉時代には「秋風に思ひ乱れてくやしきは君をならしのをかのかるかや」（千五百番歌合・越前）などと秋の歌にも詠まれるようになった。　（神田龍之介）

秋

楢の小川　ならのおがわ（ならのをがは）

山城・歌枕・賀茂・川　御手洗川　和歌　風　夏　禊・祓

山城《やましろ》国の歌枕。京都市北区にある上賀茂神社《かみがもじんじゃ》の境内を流れる川の名。上賀茂神社境内では、本殿の東背後から流れてくる御物忌川《おものいがわ》と西側から流れてくる御手洗川《みたらしがわ》とが、本殿西南にある橋本社の傍で合流するが、その合流点から南に流れて上賀茂神社境内を出るまでを、「楢の小川」と呼ぶ。境内の境を出ると明神《みようじん》川と称する。名の由来は、この川が上賀茂社境内にある末社、奈良社の傍を流れることによる。往古より六月末日にはこの楢の小川で、上賀茂社の夏越祓が行われた。そのため和歌では、「みそぎする楢の小川の川風に祈りぞわたる下に絶えじと」（新古今・恋五・八代女王、古今六帖・第一）や、『百人一首』で著名な「風そよぐ楢の小川の夕暮はみそぎぞ夏のしるしなりける」（新勅撰・夏・家隆）のように、禊《みそぎ》や祓《はらい》と結びついてよく詠まれている。　（長瀬由美）

鳴門　なると

潮　周防　淡路島　阿波

狭い海峡で、潮の干満の際に潮流が激しく流れ、渦を巻いて鳴り響くところ。山口県玖珂郡《くがぐん》と大島の間にある周防《すおう》鳴門（＝大島の鳴門）、徳島県鳴門市と淡路島の間にある阿波《あわ》鳴門が有名である。早く『万葉集』に「これやこの名

海人・をとめ（少女）　和歌　千鳥　浦・恨み・縁語・春宮（東宮）　女・親　男

に負ふ鳴門の渦潮《うづしほ》に玉藻刈るとふ海人娘子《をとめ》ども」（十五・三六三八・田辺秋庭）とあって、現在同様に渦潮の名所として詠われている。しかし平安時代以降の和歌の例をみると、渦潮の名所という意識は薄くなるようである。「人知れず思ふ心は大島のなるとはなしに嘆くころかな」（後撰・恋一・読人知らず）や「契りしにあらずなるとの浜千鳥あとだにみせぬ恨みをぞする」（千載・恋五・俊家）の如く、「鳴門」に「成る」を掛けて、「浦—恨み」などの縁語を用いて恋歌に詠まれることが主流となっている。また春宮御所《とうぐうごしよ》に「鳴戸」という名の戸口があったため、その戸口を女の親に閉ざされて女に逢えなくなった男が、「なるとよりさし出だされし舟よりも我ぞよるべもなき心地せし」（後撰・恋二・藤原滋幹）と歌うなど、「鳴戸」と掛けて詠まれもした。

（長瀬由美）

鳰　にお（にほ）

池　枕詞　五月雨　夏・葦　和歌

カイツブリ科の水鳥カイツブリの古名。水中の魚や小エビを食し、潜水が得意で、「鳰鳥の潜《かづ》く池水」（万・四・七二五・坂上郎女）と詠まれ、また雌雄つがいの仲の良さから「鳰鳥の影を並ぶる」（源・蛍）などと詠まれた。こうした性質から、「にほどりの」は「潜《かづ》く」「なづさふ」「二人並びゐ」や「潜く」と同音を含む「葛飾《かづしか》」を導く枕詞となった。

「五月雨に鳰の浮巣《うきす》を見に行かん」（芭蕉・笈日記）のように、夏季、葦など、水辺の草の間に水面に接する「浮巣《うきす》」を作って卵をかえす。「鳰の浮巣」は不安定なものとして和歌によく詠まれたが、『無名抄《むみようしよう》』には、「子を思ふ鳰の浮巣のゆられ来て……」という源頼政《よりまさ》の歌に対し、鳰の浮巣はゆらゆら浮動するものではないとする祐盛《ゆうせい》法師の批判が紹介されている。

琵琶湖

また、「鳰の海」は琵琶《びわ》湖の異称として、平安時代後期以来和歌などに多くみられる。さらに「にほ」だけで琵琶湖をさした例もある。

（松岡智之）

におの湖　におのうみ（にほのうみ）　⇩琵琶湖《びわこ》

逃げ水　にげみず（にげみづ）

春・夏　水　東（あずま）　武蔵野　江戸

蜃気楼の一種。春や夏の晴れた日に、熱せられた地表から水蒸気が立ち上り、先に水たまりがあるように見える現象。近寄ると遠くへ遠くへと移るように見えることからの名。「東路にありといふなる逃げ水の逃げ逃れても世を過ぐすかな」（散木奇歌集）「武蔵野を我が分けくれば逃げ水の行方まどはす虫の声々」（桂園一枝）のように、東国、武蔵野の名物とされていた。「逃げ水を追つつまくつつ家を建て」（柳樽・九）は、武蔵野を切り拓いて家々が建ち並び、次第に繁栄していく江戸を寿《ことほ》ぐ句である。

（大井田晴彦）

虹　にじ

雨

にわか雨や雨上がり、大気中の水滴に陽光が当たって反射・屈折し、太陽と反対側の空にできる円弧状の七色の帯。色が重なってまれに白虹《はつこう》となる。秦の始皇帝に刺客を送った燕《えん》の太子丹が、白虹が太陽を貫くのを見て謀《はかりごと》の失敗を予見した故事に基づく「白虹日を貫く」は、光源氏が右大臣の甥に、謀反心があるとあてつけられた句（源・賢木）でもあった。

古代中国では龍の一種とし、雄を虹《こう》、雌を蜺《げい》といった。「虹蜺」は「陰陽之精」（春秋・元命苞）であり、男女の交わりや淫奔の象徴（詩経・鄘風《ようふう》「蝃蝀」の毛伝「夫婦過レ礼、則盛レ虹気」）ともされた。日本でも「伊香保《いかほ》ろの八尺《やさか》の堰塞《ゐで》に立つ虹《のじ》の顕《あらは》ろまでもさ寝《ね》をさ寝てば」（万・十四）と詠まれ、日光が女の陰部に「虹の如く」差して天之日矛《あまのひほこ》を妊娠した（記・中）と語られるなど、まずは性愛への連想を伴うものだった。また、栲幡皇女《たくはたのひめみこ》が男との関係を誣告《ぶこく》され縊死《いし》した場に、四五丈ある蛇《おろち》の如き虹が立った（紀・十四）とか、「虹有りて、天《あま》の中央《もなか》に当たりて、日に向か」った日に大地震が起きた（同・二九）とあるように、虹は畏怖を覚える対象で、概して凶兆でもあった。

虹は詩歌の世界では長く顧みられなかった。『和漢朗詠集』などに布にたとえて詠む漢詩がわずかにあるが、虹を詠む和歌は『万葉集』以後、平安時代末期に「高野へ参りけるに、葛城《かづらき》の山に虹《にうじ》の立ちけるを見て」の詞書で西行《さいぎやう》が詠んだ「さらにまたそり橋渡す心地してをふさ（虹のこと）かかれる葛城《かづらき》の峰」（残集）と虹の形状から反《そ》り橋を想像して詠んだのが早い例。京極為兼《きやうごくためかね》撰の勅撰集『玉葉集』に藤原定家《ていか》の虹の歌が入集したのを契機に、京極派を中心に「虹の立つふもとの杉は雲に消えて峰より晴るる夕立の雨」（風雅・夏・藤原俊兼）のような叙景歌が歌われた。俳諧では夏の季語。

龍　男・女　伊香保　蛇（へび）　漢詩→詩　和歌・高野　葛城　橋　杉・雲　俳諧・夏　季語

虹は市《いち》とも関係が深い。貴族の記録には「世間之習、虹見之処立レ市云々」（中右記・寛治六・六・七）など、虹の立つところに市を立てる俗信が見える。市はもともと異界・他界とつながる聖なる空間、虹は天界から神々が降りるために地上に向かってかかる天の橋ゆえ、虹の立つ場所には神迎えの行事として市を立て、売買がおこなわれたのだという。大正から昭和にかけて活躍した童話作家浜田廣介《ひろすけ》は「虹のそり橋たいこ橋、お初に出てきて、だれが渡る……お次の番にはおぢいさん、杖ついてわたつて、極楽へ」（虹のそり橋）と歌う。「聖」とつながるイメージは、ここにも息づいている。

（吉野朋美）

市　神　極楽

錦　にしき

数種の色糸や金銀糸を用いて、精緻な文様を織り出した厚地の絹織物の総称。綾《あや》・綺《き》などとともに、美麗で高級な織物として珍重された。わが国の錦の用例としては『魏志倭人伝』に見られる「倭錦《わきん》」「異文雑錦《いもんざつきん》」が最古のものであろう。その形態は不詳ながら、おそらく原始的で単純なものであったろう。その後中国から高度な技術が輸入されていき、しだいにわが国でも精巧な錦が織られるにいたった。とはいえ、舶来の品の優位性とそれに対する憧憬とは変わらず、「めでたきもの　唐錦《からにしき》」（枕・めでたきもの）とあるのは、その典型的な例。三条《さんじよう》帝の大嘗会御禊《だいじやうえごけい》の折、女御《にようご》代《だい》（道長《みちなが》女威子《いし》）の車に乗った女房たちの装束として「衣の数、すべて十五ぞ着たる、あるは唐錦などをぞ着せさせたまへる、この世界のこととも見えず、照り満ちて」（栄花・

色・糸　唐（から）　女房　世界

五節　絵　紫・高麗（こうらい）　紅葉　霜・露　和歌・縁語　桜　柳　春　漢詩→詩

ひかげのかづら）と見えて、その美麗さが想像される。華やかな装いとしての印象は単に「錦」という場合も変わらない。寛弘五年（一〇〇八）の新嘗会《しんじょうえ》に高階業遠《たかしなのなりとお》が奉った五《ご》節《せち》舞姫の介添の女房の装束は、「錦の唐衣、闇の夜にも、ものにまぎれず、珍しう見ゆ」（紫式部日記）というもの。女房に錦を着せることは、主人の威勢と華美の気風とを表す。同様にこのような高級織物を調度などに用いるとすれば、それはその家の富貴の象徴たりうるだろう。たとえば『源氏物語』絵合《えあわせ》巻で催される絵合で、絵を載せる台の敷物に「紫地の唐の錦」「青地の高麗《こま》の錦」などが使われたとあって、その豪奢を髣髴とさせる。

それ以上に注目されるのは、自然の美、特に紅葉の美しさに対する比喩的用法である。『古今集』の「霜の経《たて》露の緯《ぬき》こそ弱からし山の錦の織ればかつ散る」（秋下・藤原関雄）は、紅葉を染めるという霜と露を錦の経緯《たていとよこいと》にたとえた例。和歌に詠む時にはこのように織物関係の縁語で仕立てるのが常套的表現である。「見る人もなくて散りぬる奥山の紅葉は夜の錦なりけり」（秋下・紀貫之）は、「錦を着て夜行く」（立身出世しても世人に知られないのはその甲斐がないこと）という故事成語、すなわち『史記』項羽伝「富貴ニシテ不ルハレ帰ラ二故郷ニ一、如シ二衣テレ繍ヲ夜行クガ一」を踏まえた表現。前掲の『紫式部日記』の例も同様である。一方「見渡せば柳桜をこきまぜて都ぞ春の錦なりける」（春上・素性法師）は、桜と柳とを錦にたとえた例で和歌には珍しい表現。しかし『源氏物語』薄雲《うすぐも》巻に、「唐土《もろこし》には、春の花の錦にしくものはなしと言ひはべり」とあるように、漢詩句には多くの例を見出せる。劉禹錫《りゆううしやく》の「野草芳菲紅錦地」、小野篁《おののたかむら》の「着野展敷紅錦繍」、島田忠臣《しまだのただおみ》の「林中花錦時開落」などは、いずれも『和漢朗詠集』に収められている。

（藤本宗利）

西山　にしやま

山　愛宕（おたぎ）・小塩山　僧→出家　詩　京　仁和寺

西のほうにある山をさす普通名詞だが、特に京の西方に連なる山々を通称する。北は愛宕山《あたごやま》に始まり、小塩山《おしおやま》などを経て、天王山《てんのうざん》に終わる。源経信《つねのぶ》が「すき人」たちと連れ立って花を見にこの地へ来たところ、禅定をする僧に出会って発心する話（撰集抄・七・西山禅定僧之事）によく表れているように、古来名勝・寺社が多く、貴族が遊覧・信仰のためにしばしば足を運んだ地であった。藤原道綱《みちつな》母が夫の兼家《かねいえ》を避けてこもった「西山に、れいのものする寺」（蜻蛉・中）とは、鳴滝にあった般若寺で、そこは『本朝麗藻《ほんちょうれいそう》』や『江吏部集《ごうりほうしゅう》』に見える詩を文人たちが賦した地でもあった。また菅原孝標《すがわらのたかすえ》が常陸介《ひたちのすけ》の任を終えて居ついたのも西山で、人の訪れることも稀な、「田舎の心地」のする地で、京を一望できた（更級）。『源氏物語』若菜《わかな》上巻では朱雀《すざく》院が出家後の住まいとして「西山なる御寺」を造営したとするが、これは宇多《うだ》天皇が落飾後住んだ仁和寺《にんなじ》がモデルだとされる。

（神田龍之介）

日記　にっき

一般的には「にき」と表記される。日々の出来事を日次記のかたちで記録したものであるが、実用的なものから文芸性の高いものまで、その性格はさまざまである。古く『日

殿上・漢文　年中行事　院

本書紀』には遣唐使の記録である『伊吉連博徳書《いきのむらじはかとこがふみ》』が引用され、壬申の乱の記録である『安斗智徳日記《あとのちとこ》』『調連淡海《つきのむらじおうみ》日記』（ともに『釈日本紀《しゃくにほんぎ》』所引）なども断片ながら伝わる。『正倉院文書』の天平十八年（七四六）の具注暦に書き込まれたものが、現存する最古の日記といわれる。これらは個人的な日記だが、公的な日記として内記《ないき》日記・外記《げき》日記・殿上《てんじょう》日記なども多く書かれた。いずれも漢文で記され、公務の指針、あるいは国史編纂の重要な史料となった。特に平安時代には、年中行事の整備にともない、公卿《くぎょう》日記は先例故実の規範として重んじられた。藤原忠平《ただひら》『貞信公記《ていしんこうき》』、藤原師輔《もろすけ》『九暦《きゅうれき》』、藤原実資《さねすけ》『小右記《しょうゆうき》』、藤原道長『御堂関《みどうかん》白記《ぱくき》』などは、当時の政治と社会を知る上での第一級の史料である。時代が下って、院政期には、有職《ゆうそく》に通じた家が「日記の家」と称されるようにもなる。

男・仮名　女　土佐　少女　和歌

これらの男性官人の漢文日記にやや遅れて、仮名による日記が女性を中心に書かれるようになる。仮名によって心情の細やかな表現が可能となり、概して文芸性の高いものとなっている。特に平安時代には、個性的な日記文学の傑作が多く生まれた。女性に仮託して書かれた紀貫之の『土佐日記』は、土佐から帰京する船旅での出来事や亡児への想いを綴った日記である。藤原道綱母の『蜻蛉《かげろう》日記』は、夫藤原兼家《かねいえ》との不如意な結婚生活と子への愛情を告白したもので、最初の女性日記である。菅原孝標女の『更級《さらしな》日記』は、物語に憧れる夢見がちな少女が、現実に目覚め、信仰に救いを求めていくさまを描く。両書とも回想録的な作品であり、人生を振り返った作者が、手許にあった和歌の詠草や覚え書きをまとめ直し、一定の主題のもとに再構成したと考えられる。『紫式部日記』は、宮仕えの記録としての性格が顕著だが、うち続く主家の慶事の中にあって、それとは相容れぬ自身の孤独を凝視する点に特質が認められる。敦道《あつみち》親王との恋を描く『和泉《いずみ》式部日記』は、三人称で語られており、歌物語的である。このように、一口に日記といっても、それぞれの性格はさまざまであり、日次記の体裁をとらないものがむしろ多い。

物語　連歌・俳諧

鎌倉時代には、京都と鎌倉の往来が盛んになり、『海道《かいどう》記《き》』『東関紀行《とうかんきこう》』『十六夜《いざよい》日記』などの紀行的な日記が書かれた。後深草院二条《ごふかくさいんにじょう》の『とはずがたり』は、愛欲生活の赤裸々な告白と、諸国遍歴の旅を語っている点で、注目される。また中世の連歌師や近世の俳諧師の紀行文にも文芸性の豊かなものが少なくない。

（大井田晴彦）

鈍色　にびいろ

色・黒　喪・僧→出家　妻

色名の一つ。薄い黒色。いわゆる灰色や鼠色系の色の総称。濃淡や色味により「薄鈍《うすにび》」「青鈍《あおにび》」など、様々な呼び名がある。喪服や僧侶の服などに用いることの多い染め色である。喪服として用いる時には、死者との縁の深浅に差がある。『源氏物語』葵《あおい》巻で、正妻葵の上の死に際して着用する薄鈍色をめぐり次のような記述が見える。「鈍《にば》める御衣奉《ぞ》れるも、夢の心地して、我先立たましかば、深くぞ染めたまはまし」、すなわち妻に対する服喪は軽服《きょうぶく》なので薄鈍であるが、自分が死んだのであれば、夫の喪は重服《じゅうぶく》であるからもっと濃い鈍色の喪服を着たことだろう、というのである。続いて詠まれる源氏の歌、「限りあれば薄墨ごろも浅けれど涙ぞ袖をふちとなしける」の「薄墨衣」は薄鈍の喪服のこと。その袖に涙が淵となって流れるというのだが、喪服を表す歌語の「藤衣《ふぢごろも》」の「ふぢ」を掛詞としている。「限り」とは服喪《ふくも》の規定のこと。ちなみに妻が夫の喪に服する場合は一年で、逆に夫が妻の喪に服するのは三カ月というのが決まり。このような決まりごとに加えて、死者に対する親しみが服喪の色を濃くするような場合もある。同じ葵の上の死の折、彼女のかわいがっていた孤児の童女《めのわらわ》が、「ほどなき袙《あこめ》、人よりは黒う染めて、黒き汗衫《かざみ》、萱草《くわんざう》の袴など着た」さまが描かれる。「黒」はこの場合、鈍色の濃いことをさす。萱草色は黒味を帯びた橙色で、服喪や出家に際して用いられる。

このような地味で質素な彩りは、着る人の美質をかえって際立てる場合もある。光源氏の場合も「華やかなる御装ひよりもなまめかしさまさり」（葵巻）と描かれるが、『枕草子』も美貌の若人が「黒き衣」を着たさまを「あはれなるもの」に挙げている。こうした効果は服だけでなく、調度にも認められる。柏木衛門督《かしわぎえもんのかみ》の死後、その未亡人の邸を訪れた夕霧《ゆうぎり》青年の眼に、鈍色の几帳《きちよう》や喪服姿の童女などが映り、彼は「をかしけれど、なほ目おどろかるる色」（柏木巻）とそれを見る。華やいだ色とは異なる新奇な趣だといえよう。葵巻で六条御息所《ろくじようのみやすどころ》が源氏に贈った弔問の手紙も、「菊の気色《けしき》ばめる枝に濃き青鈍の紙なる文つけて」という趣好。折からの時雨の空によそえて源氏への哀悼の思いを託した青鈍（青味を帯びた鈍色）の紙に、御息所の見事な筆跡がひときわ映えていたことだろう。（藤本宗利）

涙・袖　掛詞　喪　童　出家　邸　手紙→消息　菊　紙

入道　にゅうどう（にふだう）

悟りを得るために俗人の生活を捨て仏道に入ること、また、その人をいう。本来、「出家」と同じ意味の言葉だったが、使い分けがあったらしい。ただし、その使い分けに関しては、三位以上の人が出家することを入道というとする説や、寺に入らずに在俗のまま修行することを入道というとする説など諸説あり、はっきりしない。『源氏物語』の明石の入道は、近衛中将《このえのちゆうじよう》（従四位下相当）の官職を捨てて播磨守《はりまのかみ》（従五位上相当）になった後に出家した人だが、出家後も在俗の生活をしている。また、『宇津保《うつほ》物語』の源仲頼《なかより》は近衛少将（従五位下相当）だったが、あて宮の春宮入内後に出家して、水尾《みずのお》に籠《こも》って修行した。この仲頼も、「入道」したと語られている。このように、官位や在俗かどうかとにかかわらずに用いられた例も多く見られる。「出家入道」と表現される場合もある。

「入道」は、男女ともにいい、『源氏物語』には、明石の入道のほか、出家した藤壺《ふじつぼ》の中宮や朱雀《すざく》院の女三宮《おんなさんのみや》が「入道の宮」と呼称されている。一例だが、出家した浮舟《うきふね》を「入道の姫君」といった例もある。また、長年、「入道の御本意」をもちながら、姫君たちの将来を案じて入道できなかった宇治の八宮は、俗聖のまま、念仏三昧のために山寺に籠ったが、結願の日からほどなくして病のために亡くなった（椎本）。

「六波羅《ろくはら》の入道、前《さき》の太政大臣平朝臣清盛公《だいじやうだいじんたひらのあつそんきよもりこう》」（平・祇園《ぎおん》精舎《しようじや》）と呼ばれた平清盛は、仁安三年（一一六八）、五一歳

仏道→仏　出家　少将・春宮（東宮）　念仏　病　大臣・朝臣

の時に病に冒《おか》されて延命のために出家入道したが、その効《かい》あって平癒《へいゆ》した（平・禿髪《かぶろ》）。清盛は、すでに太政大臣の職は辞していたものの、養和元年（一一八一）に亡くなるまで、「入道相国《しょうこく》」として、六波羅政権の中心となって隠然とした力を発揮している。

相国

なお、親王宣下《せんげ》を受けた後に出家した親王を「入道親王」、出家した後に親王宣下を受けた親王を「法親王」として区別した。

親王

（室城秀之）

女院　にょういん（にょうゐん）

「にょいん」とも。天皇の母后をはじめ、太皇太后《たいこうたいごう》・皇《こう》太后《たいごう》・皇后《こうごう》、内親王《ないしんのう》、女御《にょうご》などで、院号を宣下された者をいう。正暦二年（九九一）、一条《いちじょう》天皇の生母皇太后藤原詮《せん》子《し》が病悩のために出家したが、そのとき、后位を退いて東《ひがし》三条院《さんじょういん》の院号を宣下され、太上天皇に准ずる待遇を与えられたのに始まる。『栄花《えいが》物語』には、「譲位の帝になぞらへて女院と聞えさす」（みはてぬゆめ）とある。詮子のために新しく作り出された母后を優遇する地位である。第二例の藤原彰子《しょうし》（後一条・後朱雀母）も出家により上東門院《じょうとうもんいん》の号を授けられたが、第三例の禎子《ていし》内親王（後三条母）以降は出家と女院号宣下とは直接の関係はない。一方、天皇の生母であることと后位にあることは、院号を宣下されるための基本的要件として生き続ける。しかし、第四例の章子《しょうし》内親王は、天皇の生母ではない。女御を立后させたいのに后位に空席がないために、太皇太后であった章子を女院にしたのである。こうして、院号宣下の対象が拡大していく。

内親王

出家

出自が低いなどの理由で立后しなかった天皇の生母が准三《じゅんさん》后《こう》の宣下を蒙って女院になることや未婚の内親王が、天皇の准母《じゅんぼ》の名目や准三后の宣下によって女院になることが生じる。藤原詮子から、江戸時代末の孝明《こうめい》天皇生母藤原雅子《まさこ》まで、院号宣下の確証のある女院は一〇七人である。

三后

院号は、東三条院と上東門院は殿邸名によるもの、第三例の陽明門院《ようめいもんいん》は、殿邸が陽明門大路にあたることに由来する。後には、殿邸とは無関係であっても、宮城門や内裏門などの門号を院号に用いることが多くなったので、女院を門院と称するようにもなった。

邸

門

平安時代末期から鎌倉時代にかけて、八条院《はちじょういん》・宣陽門院《せんようもんいん》など、未婚の皇女が膨大な皇室領を相続する例がある。配偶者も子どももたない内親王を相続者とすることによって、所領を分割散逸させずに温存しようとしたものとのことである。八条院の並はずれて鷹揚な性格は、『建春門院《けんしゅんもんいんの》中納言《ちゅうなごん》日記』に描かれている。

『源氏物語』の藤壺《ふじつぼ》は、天皇の生母にして中宮、かつ出家しているので、薄雲女院《うすぐものにょういん》などと読者は呼び慣わしているが、『源氏物語』本文中には、藤壺を女院とする例はない。『源氏物語』は、一〇〇〇年過ぎに成立したが、百年ほど過去に時代設定されているので、女院という地位はまだないということなのであろう。

（池田節子）

女房　にょうぼう（にょうばう）

房とは部屋の意で、部屋を賜って住み込みで主人に仕える女のうち、上級の者をいう。十世紀以降の呼称で、貴族

女

妻・院・東宮

受領

の妻をさすこともある。宮中や院・東宮の御所などに仕える上級官女から、摂関家以下の貴族の家、受領の家などに私的に仕える女まで、女房と呼ばれる女の範囲は広い。宮中や院・東宮の御所に仕える女房は公的な存在で、位階を有する。

内裏

天皇に仕える女房は、「内裏の女房」「上の女房」と呼ばれる。出身や役職によって、上臈《じょうろう》、小上臈《こじょうろう》、中臈《ちゅうろう》、下臈《げろう》に区別され、服装にも差が設けられた。なお、下級官女は、「女官《にょうかん》」という。

女房は、本名では呼ばれず、女房名で呼ばれた。父や夫の官名、夫の赴任先に同行した場合はその地名を冠して呼ばれた。たとえば、紫式部は、出仕当初は、父藤原為時《ためとき》が、式部省の官人であったことから、「藤《ふじ》式部」と呼ばれたが、『源氏物語』のヒロイン紫の上にちなんで「紫式部」となった。また、和泉式部は、夫の橘道貞《たちばなのみちさだ》が和泉守《いずみのかみ》であったことによる。

中宮

藤原定子《ていし》に仕えた清少納言や、藤原彰子に仕えた紫式部・和泉式部は、私的な雇用関係にある女房である。しかし、主人が立后すると、中宮職の公的な女房になることもあり、公的か私的かということは必ずしもはっきりしない。また、『紫式部日記』には、「かねてより、上の女房、宮にかけてさぶらふ五人は」とあり、天皇の女房と中宮の女房を兼任する者もあった。女房は、主人の傍らに侍して、取次ぎや応対を受け持ち、また、禄物などへの配慮、縫物の担当など、その仕事は多岐にわたる。また、姫君の情報は女房によってもたらされることが多いので、女房集団を統率する女主人としての才覚が問われる。物語には、恋の仲立ちに活躍する女房が多く描かれている。『源氏物語』には、源氏を藤壺《ふじつぼ》に導いた王命婦《おうみょうぶ》、柏木《かしわぎ》を女三宮《おんなさんのみや》に導いた小侍従《こじじゅう》などがいる。

乳母→傅（めのと）

女房は、主人の子の乳母になることもあった。その子に対する影響力を行使して、夫や乳母子となる自分の子を有利な立場にすることができた。主人筋の男性と男女関係になることもあったが、正式な夫婦関係とはみなされず、「召人《めしうど》」である。

『栄花物語』には、彰子が一条天皇に入内した際、「女房四十人、童六人、下仕六人」いたが、器量・人柄はもちろんのこと、育ちのよさを考慮するなど厳選したとある。天皇の外戚になって権力を振うという摂関政治においては、娘と娘の周辺を魅力的に飾りたて、天皇を惹きつけることが重要である。それゆえ、教養豊かな女房集団が必須であった。有能な人物を集め、育成し、彼女たちの文化的創造を後援していくことに力が注がれ、後宮文化の開花に大きく貢献した。

日記

女房たちの中には、宮仕えの様子を日記に記録する者もいた。清少納言の『枕草子』や『建春門院中納言日記《けんしゅんもんいんのちゅうなごんにっき》』には、女主人を賛美し敬愛する気持ちがあふれている。

ところで、良い人材を集め維持していくことの大変さは、『源氏物語』からもうかがわれる。桐壺帝《きりつぼのみかど》は、桐壺更衣《きりつぼのこうい》の女房たちが散り散りにならずに光源氏に仕えるように気を配る。また、六条御息所《ろくじょうのみやすどころ》のところには有能な女房が多いことが再三記され、秋好中宮《あきこのむちゅうぐう》が入内するにあたっての安心材料であるとされている。

『紫式部日記』には、女房の生態が活写されている。女房たちは、ほかの女房集団と競い合う一方、仲間内でもライバル意識を燃やして、相手の衣装や小物にも目を光らせている。若い女房とそうでない女房を分ける意識が強く、若い女房は素直だが少々軽薄な者もいるとみなされていたようだ。（池田節子）

鶏　にわとり（にはとり）

キジ目キジ科ニワトリ属の鳥で、家畜化されたもの。祖先は、東南アジア・インドに分布するヤケイ。日本では、四世紀末の古墳から、鶏型の埴輪が出土している。鶏は単に「とり（鶏・鳥）」と呼ばれることが多いが、「かけ」「庭つ鳥」などとも呼ばれた。神楽歌に「にはとりは　かけろと鳴きぬなり」とあるように、「かけ」は鳴き声に由来する名称である。「庭つ鳥」は「かけ」を導く枕詞でもあった。

枕詞

鶏は、人間にとって第一に夜明けを告げる鳥であった。鶏の声は、魑魅魍魎《ちみもうりよう》の跋扈する暗闇に怯える者にとっては解放を、夜をともに過ごした恋人たちにとっては別れを意味した。『古事記』では、天照大御神《あまてらすおおみかみ》が天《あめ》の岩屋《いわや》にこもり、世界が暗黒となってわざわいがしきりに起こった際に「長鳴鳥」が集められたが、これは鶏のことと考えられている。『伊勢《いせ》物語』十四段で、憧れの都の男と契った陸奥《みちのく》の女が、男に詠み贈った和歌に「くたかけのまだきに鳴きて夫《せ》なをやりつる」とある。「くたかけ」は、後には雅語となるが、この頃は鶏をののしった言い方である。

都・男・陸奥
女・和歌
雅語

鶏の鳴き声に関連して、『史記』孟嘗君《もうしようくん》伝に有名な故事が載る。秦に囚われた孟嘗君が逃げて夜中に函谷関《かんこくかん》に至った時、食客の中に鶏鳴を巧みにまねる者がいて、夜明けと勘違いさせて門を開かせ、無事脱出した。『枕草子』には、この話を「逢坂《あふさか》の関」に絡ませた、清少納言《せいしようなごん》と藤原行成《ゆきなり》との恋愛めくやりとりが記されている（頭の弁の、職にまゐり給ひて）。

函谷関
逢坂

「庭つ鳥」というように、鶏は人間に身近な鳥であったが、一方で神秘的な存在とも考えられていた。和歌に詠まれる「ゆふつけどり」は、都の四方の関で祓《はら》えをするために「木綿《ゆふ》」をつけた鶏のこととされる（袖中抄）。『平家物語』巻十一では、熊野別当湛増《たんぞう》が、平家・源氏のどちらにつくべきかを闘鶏によって占った。また、『菅原伝授手習鑑《すがわらでんじゆてならいかがみ》』道明寺《どうみようじ》の段には、鶏が鳴くことで水底に沈んだ死体の位置がわかるとある。（松岡智之）

和歌
都・祓え
熊野・平家・源氏

仁王会　にんおうえ（にんわうゑ）

宮中の大極殿《だいごくでん》・紫宸殿《ししんでん》・清涼殿《せいりようでん》などで、百の高座を設け『仁王般若経《にんおうはんにやきよう》』（護国三部経の一つ。鳩摩羅什《くまらじゆう》訳と不空《ふくう》訳がある）を講説し、鎮護国家を祈念する法会。仁王般若会《にんおうはんにやえ》・仁王道場《にんおうどうじよう》・仁王講《にんおうこう》・百座会《ひやくざえ》などともいう。中国では六世紀半ばに始まったが、日本では斉明六年（六六〇）五月のものが文献上の初見である（紀）。以後、奈良・平安時代にしばしば催された。天皇の即位ごとに行われる一代一度の大仁王会《だいにんおうえ》、毎年二月と七月に行われる春秋二期の仁王会、災異の際の臨時の仁王会があった。

春・秋

『源氏物語』明石《あかし》巻に「京にも、この雨風、いとあやしき物のさとしなりとて、仁王会など行はるべし」とあるのは、都での天変地異を鎮めるための臨時の仁王会である。

京・雨・風
都

都の異変は、無罪の源氏に濡れ衣を着せて排斥し、専横を極める右大臣一派に対する天の戒めとみられる。（大井田晴彦）

人情本　にんじょうぼん

近世後期に行われた小説様式の一つ。文政（一八一八―三〇）期ごろから行われ、天保年間（一八三〇―四四）に最も盛んになり、明治初期に及んだ。美濃紙四分の一の大きさであることから、洒落本を「小本」と呼ぶのに対して、一般に滑稽本とともに「中本」と呼ばれ、書肆仲間における公称は「中型絵入読本」であった。「人情本」の呼称は、為永春水《ためながしゅんすい》が『春色梅児誉美《しゅんしょくうめごよみ》』（天保四―五年（一八三三―三四））第四編の序文において自らを「江戸人情本《にんじょうもの》の元祖」と称したことに始まる。先行する洒落本とは異なり、遊里にとらわれることなく、市井の男女の様々な恋愛模様を、当代の庶民風俗を織り交ぜながら写実的に描写する恋愛小説である。読者層として主に女性が意識された。

人情本の最初は、文政二年（一八一九）に刊行された、十返舎一九《じっぺんしゃいっく》『清談峰初花《せいだんみねのはつはな》』前編と、滝亭鯉丈《りゅうていりじょう》『明烏後正夢《あけがらすのちのまさゆめ》』初編であるとされる。両作品とも、女性を購買層として予想する書肆の要請により成立した恋愛小説だからである。以後、文政期の人情本をリードしたのは、自ら書肆青林堂を経営していた二世南仙笑楚満人《なんせんしょうそまひと》（本名鶉鶉（佐々木）貞高《さだたか》・後の為永春水）であった。彼は門人や友人たち合作の形で作品を次々と発表し、文政十一年（一八二八）には為永春水と改名する。天保期に入ると、曲山人《きょくさんじん》が『女大学《おんなだいがく》』（天保元年（一八三〇）刊）、『仮名文章娘節用《かなまじりむすめせつよう》』（天保二―五年（一八三一―三四））を書いて好評を博し、春水も『春色梅児誉美《しゅんしょくうめごよみ》』全四編を出版し、ここに人情本はその全盛期を迎えた。春水はその後も『春色梅美婦禰《しゅんしょくうめみぶね》』にいたる梅暦シリーズや、『春告鳥《はるつげどり》』『花名所懐中暦《はなめいしょかいちゅうごよみ》』など、多くの作品を発表するが、天保十三年（一八四二）のいわゆる天保の改革に伴う出版取締令によって処罰され、翌年失意の中で没し、人情本自体も衰退していった。（杉田昌彦）

紙　洒落本　女

仁和寺　にんなじ（にんわじ）

山城《やましろ》国の寺。現在の京都市右京区御室大内《おむろおおうち》にある。真言宗御室派総本山。光孝《こうこう》天皇の発願を宇多《うだ》天皇が受け継いで仁和四年（八八八）に落慶、寺号はその元号にちなむ。宇多天皇が出家後入寺、室を作ったことにより、御室と通称する。現在桜の名所として知られるが、平安時代から花の名所であったことが『義孝集《よしたか》』『実方集《さねかた》』などの詞書からうかがえる。明治維新まで代々法親王が住持を務めたが、特に院政期から鎌倉時代初期の覚性《かくしょう》や守覚《しゅかく》は歌を好み、彼らの周りに歌壇が形成されるなど、文化的宗教的経済的に繁栄を極めた。

『徒然草』には、この寺の僧侶が多く登場する。石清水八幡宮参詣を志しながら肝心の男山には登らず麓の寺社のみ拝して目的を達したと勘違いしていたり（五二）、酒席の座興に鼎《かなえ》をかぶって抜けなくなり、耳鼻が欠けながらようやく脱ぐことができたり（五三）など、当寺の法師のおろかしいありさまを伝える話が書き留められている。

山城・寺・真言　出家　桜　院　石清水

（神田龍之介）

鵺　ぬえ

鵼とも書く。現在のトラツグミをさす場合と、想像上の怪獣をさす場合がある。トラツグミは、全長三〇センチほどで、黄褐色に黒い斑のある鳥。夜から早朝にかけて、ヒーと一声ずつ悲しげな声で鳴くことから、不吉さ、心細さを表すと考えられた。山上憶良《やまのうえのおくら》「貧窮問答歌《ひんきゅうもんどうか》」（万・五）では、飢え苦しむ家族が哀願するさまを描く際に、「鵼鳥《ぬえどり》の呻吟《のどよ》ひ居るに」と、「のどよふ」を導く枕詞として鵺が登場する。

怪物の鵺については、源頼政《よりまさ》の鵺退治の話が有名である（平・四・鵺）。仁平年間、毎夜、定刻になると、雲が御殿を覆い、帝を怯えさせたが、頼政は、その中にいた頭は猿、胴は狸（または狐、虎とも）という怪物を射落とした。応保年間には、鵺という怪鳥が帝を悩ませたが、これも同様に頼政が、弓矢の力によって解決した。頼政は褒美に与えられた歌にも上手に応じ、文武両道に秀でた者として賞賛される。後世の文学への影響は大きく、『太平記』には、頼政の例に倣って隠岐《おき》広有《ひろあり》が勅命により怪鳥を射落としたという挿話が見える（十二・広有射怪鳥事）。謡曲「鵺」では、頼政に退治された鵺が、自らの妄執について語り、鎮魂を求める。

（合山林太郎）

朝　枕詞　雲　胴・狐・虎　謡曲

布引　ぬのびき

摂津《せっつ》国の歌枕。兵庫県神戸市中央区にある、生田川《いくたがわ》上流の滝。雄《おん》滝とその下流の雌《めん》滝とがあり、その間に夫婦《めおと》滝・鼓ヶ《つつみが》滝がある。『伊勢《いせ》物語』八七段で「その滝、ものよりことなり（よそにある普通の滝とは異なっている）」と語られるように、畿内では珍しい大きな滝であったので、その高さや広大さが詠まれることが多い。名の由来は、滝の水の岩を流れる様子が岩を白絹でつつむようであったことによる。『伊勢物語』八七段で歌われ『古今集』にも収められる「抜き乱る人こそあるらし白玉の間なくも散るか袖のせばきに」（雑上・業平）の影響が大きく、「布」の縁語として「白糸」「衣」「さらす」「袖」の語が用いられたり、飛沫が白玉に見立てられることが多い。また畿内という地理的条件から、『古今集』雑上九二七番歌の詞書に宇多天皇の行幸があったことがみえるように、天皇の行幸の地ともなり、貴族達も「音にのみ聞きこし滝も今日ぞ見るありてうき世の袖や劣ると」（続後撰・雑上・定家）と、当地に赴き実景を見て和歌を詠んでいる。

（長瀬由美）

摂津・歌枕　生田　水　袖　縁語　行幸　世　和歌

沼　ぬま

浅くて底が泥深い、規模の小さな湖沼。「湖」とは厳密には区別されていない。「池」が本来は人工のものを呼ぶのに対して、「沼」は水が流れずに深くたまって自然にできたものをさすことが多い。「隠《こも》り沼《ぬ》」のように「ぬ」ともいう。「隠り沼の下ゆ恋ふればすべをなみ妹が名告りつゆゆしきものを」（万・十一・二四四一・作者未詳）や「青山の石垣《いはかき》沼の水隠《みごも》りに恋ひや渡らむ逢ふ縁《よし》を無み」（万・十一・二七〇七・作者未詳）など、沼は『万葉集』の時代から多く

池　水

歌われている。水が溜まって流れず、また草が深く生い茂る場所であるというイメージから、これらの万葉歌や『古今集』の「夏草の上は繁れる沼水のゆくかたのなきわが心かな」(物名・忠岑)などにみられるように、沼は内に「隠《こも》る」思い、表面にあらわさず内に秘めた思慕の比喩として用いられることが多い。

夏・心

(長瀬由美)

禰宜　ねぎ

神

特定の神社に所属し、祭神に奉仕する神職の称の一つ。神主の次位、祝《はふり》の上位に位置する中級の神職とされたが、「寺には法師、神には禰宜などやうの者の」(枕・心ゆくもの)のように、神職全般に対する総称としても用いられた。ネガフ・ネギラフと同根の動詞ネグが名詞化した語。禰宜の表記は当て字で、他に「念義」「禰義」とも表記された。

動詞ネグには、「天皇朕《すめらわれ》　珍《うづ》の御手《みて》もち　かき撫《な》でぞ　ねぎたまふ　うち撫でぞ　ねぎたまふ」(万・六・九七三・聖武天皇)など相手の労をいたわり慰撫する意とともに、「ねぎかくる日吉《ひえ》の社《やしろ》の木綿《ゆふ》だすき草のかき葉《は》も言《こと》やめて聞け」(拾遺・神楽・五九三・実因)など神霊を鎮め慰めてその加護を祈願する意があるが、禰宜という称は後者の意に由来すると考えられる。『令集解《りようのしゆうげ》』(喪葬令遊部事条所引古記)には、天皇崩御の際の殯宮《ひんきゆう》において、禰宜が刀と戈《ほこ》を携え鎮魂の祭儀に供奉《ぐぶ》したことが記されている。

伊勢

禰宜が神社に仕える神官の職の一つに定められたのは、七世紀後半天武《てんむ》朝における伊勢《いせ》神宮(大神宮・皇太神宮)のそれが最初とされる。十一世紀初頭の法令集『類聚三代格《るいじゆうさんだいかく》』(一・太政官符)には、禰宜と祝《はふり》をともに置く場合は女性を禰宜に当てよとの宣旨(天長二年条)が見え、実際、宇佐神宮《うさじんぐう》(宇佐八幡)には女禰宜が置かれたらしい。また平安時代には、正員の禰宜とは別に権禰宜《ごんねぎ》が設けられ、現在の神職制においてもこれらの職名は通用されている。

後見

平安時代末期の歴史物語『大鏡《おおかがみ》』には、「父がやがて、その御社《みやしろ》の禰宜大夫《ねぎのたいふ》が後見《うしろみ》つかうまつりて、いとうるさくてさぶらひし宿りにまかりて、一夜《ひとよ》は宿りして」(下・道長下)と、伏見稲荷《ふしみいなり》神社に参詣した父子が、かつて世話をしたことのある大夫《たいふ》すなわち五位の禰宜の家に宿泊したとのくだりがある。

伏見・稲荷

和歌に詠み込まれた用例は極めて少ないが、『梁塵秘抄《りようじんひしよう》』所収の今様歌に「見るに心の澄むものは　社毀《やしろこぼ》れて禰宜もなく　祝《はふり》なき」(三九七)など、常駐する神職がいなくなり廃墟となった神社を殺伐とした景の典型として歌う類型的な表現に用いられた例が数首に見られる。

和歌
社

(石田千尋)

猫　ねこ

古くから、野生猫は存在したが、奈良時代に大陸から渡来した猫が、「唐猫」と呼ばれて、貴族社会で愛玩された。『枕草子』「うへにさぶらふ御猫は」には、五位に叙せられた、一条《いちじよう》天皇の愛猫が登場する。この猫が誕生した際に産《うぶ》養《やしない》(出産祝い)が行われたことを、『小右記《しようゆうき》』が批判している(長保元年(九九九)・九・十九)。『源氏物語』では、柏木《かしわぎ》の物語において、猫が重要な役割を果たす。六条院で行われた蹴鞠の日、女三宮《おんなさんのみや》の猫が突然走り出し、長い首綱

唐(から)
蹴鞠

簾（すだれ）　夢　大納言

が御簾をひっぱり上げて、女三宮の姿があらわになってしまった。思いがけず女三宮の姿を見てしまった柏木は、運命を感じて、その猫を手に入れ、女三宮の身代わりとして日夜、猫の顔を見つめては愛玩する。逢瀬の際には猫の夢を見て、当時そうした俗信があったのか、女三宮の妊娠を期待する。『更級《さらしな》日記』には、迷い猫を作者と作者の姉が隠れて飼っていたところ、姉の夢に現れ、自分は侍従の大納言（藤原行成《ゆきなり》）の姫君の生まれ変わりだと告げる記事がある。こうした平安時代の文献からは、猫が高貴なもの、優美なものとして、大切に飼われていたことがうかがわれる。

京　鼠　歌舞伎　俳諧　春・季語

室町時代には庶民にも猫を飼うことが広まった。御伽草子『猫の草紙』は、慶長七年（一六〇二）に実際に行われた、京都における猫の綱を解き放せという沙汰をめぐる話で、猫は自由の身を喜び、鼠は困惑する。江戸時代には、講談や歌舞伎などに化け猫の話が多くある。お家騒動にからめて怪猫のたたりを描くものを「猫騒動物《ねこそうどうもの》」という。猫の持つ不気味な雰囲気から魔的なものが備わっていると考えられたようだ。あるいは、江戸時代に発達した三味線の材料として猫の皮が用いられたことから、猫が化けて出るという発想が生じたのかもしれない。『徒然草』などに見える「ねこまた」も猫の化け物と考えられていた。俳諧では、「猫の恋」が春の季語である。

（池田節子）

念珠関　ねずのせき

越後・出羽　関　壇ノ浦

越後《えちご》国と出羽《でわ》国との国境におかれた関所。現在の山形県西田川郡温海《あつみ》町にあたる。北陸道から日本海に沿って、出羽国へ入る関門として重きをなした。奥州三関の一つで、鼠関《ねずがせき》とも書く。設置年代は不明。『吾妻鏡《あずまかがみ》』文治五年（一一八九）七月十七日条に、源頼朝《よりとも》が奥州を征討した際、北陸道大将軍比企能員《ひきよしかず》・宇佐美実政《うさみさねまさ》の軍が越後国より出羽国念種《ねんじゅ》関に入ったとみえるのが初出。また『義経記《ぎけいき》』（七）では、北国へ落ちてゆく義経一行が三つ口の関所に向かう途中、壇ノ浦の合戦に従軍したという不思議な人物に出会うが、この男は一行の気をひくために、北国への道筋を詳細に語って聞かせる。源義経《よしつね》一行が以後辿ることになる旅路の総さらいとなっている男のせりふの中に、「……いはひが崎にかかりて、おちむしやなかざか、念珠の関、大泉の庄、大梵字を通らせ給ひて、羽黒の権現を伏拝み参らせ、清河といふ所に着きて」云々とある。

（長瀬由美）

鼠　ねずみ

雲

ネズミ科の哺乳類。多産で繁殖力が強い。草原などに分布する野ネズミと家屋に棲息する家ネズミ（クマネズミ、ドブネズミなど）がある。

身近な動物であり、鼠が「内はほらほら、外はすぶすぶ」という言葉によって火に囲まれた大国主命《おおくにぬしのみこと》を穴に導《みちび》き救った話（記・上）や、鼠夫婦が娘の婿探しのため、太陽や雲や壁のもとを尋ねたが、結局、鼠同士で結婚させることにしたという「鼠の嫁入り」の話（沙石集・拾遺）など、多数の有名な逸話が存在する。向井去来《むかいきょらい》「鼠賦《ねずみのふ》」（風俗文選）には、この動物についての様々な故事や呼称が引かれている。

和歌　俳諧　月・日

ただ、害獣でもあり、『徒然草』には、物に取り付いてその価値を損なうものとして、「家に鼠あり」と記されている（九七）。『枕草子』では、「鼠の走りありく、いとにくし」（すさまじきもの）「きたなげなるもの　鼠のすみか」（うつくしきもの）と好ましくないものとして描かれた。和歌や俳諧においては、昼夜を象徴する白黒の鼠が木の根を囓《かじ》っていたという月の鼠、日の鼠の話が、人生のはかなさの象徴として、多く詠み込まれている。

院

特に、妖術や怨念などと鼠との結び付きは強い。白河院《しらかわ》を助けたものの、望んでいた三井寺の戒壇設立を許されなかった頼豪阿闍梨《らいごうあじゃり》が、死後、無数の大鼠に姿を変え、延暦寺の経典類を喰い荒らした話はよく知られているし（神明鏡、源平盛衰記・十など）、近世期の演劇には、奸臣仁木弾正《にっきだんじょう》が大鼠に変身し連判状を奪う（歌舞伎・伽羅先代萩《めいぼくせんだいはぎ》・御殿の場、床下の場）、あるいは、死んだお岩の怨念が、鼠となって出現する（歌舞伎・東海道四谷怪談《とうかいどうよつやかいだん》・隠亡堀《おんぼうぼり》の場、蛇山庵室《へびやまあんじつ》の場）などの場面が設けられている。

古典文学には、想像上の動物である火鼠《ひねずみ》もしばしば登場した。火鼠は、南海の火山国の火中に棲息し、その皮は火浣布と言い、燃えることがないとされる。『竹取物語』において、かぐや姫から、結婚の条件として火鼠の皮衣を求められた阿倍御大人《あべのみうし》が、大金を払って手に入れたものの、偽物であったという話は有名であり、『源氏物語』絵合巻《えあわせ》においても言及されている。

（合山林太郎）

子の日　ねのひ

正月・年中行事

特に正月の初子の日に行われた年中行事をさしていう。この日に丘に上って四方を望むことで邪気を払い、生命力を盛んにするという考えによる。『続日本紀《しょくにほんぎ》』天平十五年（七四三）の賜宴が文献上の初出。天平宝字二年（七五八）正月三日の宴では、玉箒《たまははき》を賜った大伴家持《おおとものやかもち》が「初春の初子の今日の玉箒手に取るからに揺らく玉の緒」（万・二十・四四九三）と詠んでいる。

紫野・北野・若菜

元来は宮中での宴会のみであったが、平安時代には、紫野や北野などの郊外に出かけ、小松引きや若菜摘みを楽しむ、野遊びが定着する。小松引きは、「根延び」にかけて、小松の根を引くことで、千年の齢にあやかるもの。若菜摘みは、正月七日（人日《じんじつ》）に、若菜七草を摘んで羹《あつもの》にして食す行事。元来、両者は別個の行事であったが、その時節と性格の類似のために早くから習合がみられた。

海人　春日　浦

承平五年（九三五）一月二十九日、乙子《おとね》の日を海上で迎えた紀貫之《きのつらゆき》一行は「おぼつかな今日は子の日か海人ならば海松《みまつ》をだに引かましものを」「今日なれど若菜も摘まず春日野のわが漕ぎわたる浦になければ」と、なかなか帰京できぬもどかしさを詠んでいる（土佐）。

春

『源氏物語』初音巻《はつね》では、奇しくも元日が子の日に当たっていたという。「げに千歳の春をかけて祝はむに、ことわりなる日なり」と、稀有なめでたさで六条院の栄華の物語が語り起こされていくのであるが、その陰には引き裂かれた明石母娘の悲哀があった。巻名の由来となった明石の君

鶯

の歌「年月をまつに引かれて経る人にけふ鶯の初音聞かせよ」は小松引きの行事を踏まえ、「初音」に「初子」を掛ける。若菜《わかな》上巻では、正月二十三日の子の日に玉鬘《たまかずら》が若菜を献じ、源氏の四十賀を盛大に催した。源氏は、玉鬘の芳志に感謝しつつも、わが身の老いを自覚せずにはいられない。

屏風

なお、子の日の小松引きも若菜摘みも、ともに屏風の画題として好まれ、多くの屏風歌が残されている。

（大井田晴彦）

年中行事　ねんじゅうぎょうじ（ねんぢゆうぎやうじ）

晴れ　春・秋

宮中、もしくは民間で、毎年同じ時節に慣習的に繰り返される晴れの行事。「年《とし》」という語が農作物の実りを意味するように、新春の予祝と秋の豊穣の感謝を軸とする農耕暦が、その基盤にあるとみられる。さらに中国の年中行事（月令・時令・歳事・歳時などという）を多く取り込むことで発達していった。

律令　内宴　踏歌　漢詩→詩　唐（から）

律令国家の始発期、天智《てんじ》・天武《てんむ》朝ごろから次第に整えられてきた儀式は、律令体制の再編に伴い、平安時代初頭の桓武《かんむ》・嵯峨《さが》朝に整備拡充される。とりわけ嵯峨は内宴や朝《ちょう》覲行幸《きんぎょうこう》などを創始、踏歌《とうか》を復活させるなど意欲的で、儀式書『内裏式《だいりしき》』も編纂された。盛大な宴で制作された多くの詩賦は、いわゆる勅撰三漢詩集に収められている。この巨大な天皇の主導により、唐風の弘仁文化が花開いたのである。やや時代が下って清和《せいわ》朝には『貞観儀式《じょうがんぎしき》』も編纂された。仁和元年（八八五）には藤原基経《もとつね》が光孝《こうこう》天皇に年中行事障子を献上している。これは宮中の年中行事名を年頭から列記した衝立障子《ついたてしょうじ》で、清涼殿の広廂に置かれ、臣下に行事の準備を促す意味があった。なお、「年中行事」の語は、この障子文が初見である。続く宇多朝も賀茂臨時祭を創始、踏歌や相撲《すまい》節会を復活させるが、このころから国風化が目立つようになる。

障子・廂　賀茂・祭

公卿の日記には、詳細に式次第が記された。形式化が進み複雑になった儀式を円滑に執行し、後人の参照に資するためである。こうした日記をもとに源高明《たかあきら》の『西宮記《せいきゅうき》』、藤原公任《きんとう》の『北山抄《ほくざんしょう》』などの儀式書が編纂された。また藤原忠平《ただひら》は、子の実頼《さねより》と師輔《もろすけ》に口伝によって故実を伝えたが、それぞれ『小野宮《おののみや》年中行事』『九条《くじょう》年中行事』に大成され、二つの流派を形成した。

公卿→公家・日記

もとより年中行事の挙行や暦の制定は、天皇による時間の掌握を意味し、盛大な儀式の執行は、帝の権威と、その御代がよく治まっていることを証し立てる。『源氏物語』紅葉賀《もみじのが》、花宴《はなのえん》巻などでは、若き日の光源氏の卓抜した才が語られるが、まさに源氏の存在が桐壺《きりつぼ》聖代を支えていた。桐壺朝を正統に継承した冷泉《れいぜい》朝については、「さるべき節会どもにも、この御時よりと、末の人の言ひ伝ふべき例を添へむと思し、私ざまのかかるはかなき御遊びもめづらしき筋にせさせたまひて、いみじき盛りの御代なり」と語られる（絵合）。また玉鬘《たまかずら》十帖は、六条院を舞台に、文字どおり年中行事絵巻が繰り広げられる巻々である。こうした文運の隆盛が冷泉朝を聖代たらしめるのであり、やはり源氏の存在が不可欠なのであった。『宇津保《うつほ》物語』のあて宮求婚譚も多くの年中行事を背景に展開するが、盛大な行事を

才　節会　遊び

頻繁に催すことで、一世源氏正頼《まさより》（あて宮の父）は、朝廷をも凌ぐ権威を示そうとするのである。

年中行事の発達とともに、繊細な歳時意識が育まれたことも重要である。『古今和歌集』以後、勅撰和歌集は四季の部を大きな柱とする。立春から季節の巡りに沿って歌が配列されるが、この秩序だった緻密な構成は、年中行事の展開に対応する。人々が歌を詠み交わすにふさわしい「折《おり》」も定着する。また、歌に詠まれる景物も季節感と強く結びつき、後の俳諧歳時記へとつながっていく。年中行事が、日本人の美意識に与えた影響は極めて大きい。

（大井田晴彦）

念仏　ねんぶつ

現在、念仏とは、多く、「南無阿弥陀仏《なむあみだぶつ》」と、阿弥陀仏の名を唱えること（「南無」は、仏への帰依の気持ちを表す言葉）をいうが、本来は、仏や菩薩《ぼさつ》の姿を想い描いたり、その功徳を思い浮かべたりすることをもいった。これを、仏の名を唱える「称名《しょうみょう》念仏」に対して、「観想《かんそう》念仏」といい、阿弥陀仏以外にも、釈迦如来《しゃかにょらい》や薬師《やくし》如来、弥勒《みろく》菩薩や観音《かんのん》菩薩などに対する念仏もあった。『宇津保物語』で、難破して波斯《はし》国に流された清原俊蔭《きよはらのとしかげ》が、涙を流して、「七歳より俊蔭が仕うまつる本尊、現れ給へ」と言って、「観音の本誓《ほんぜい》」を念じると、鞍を置いた青い馬が現れて、俊蔭を救っている。これは、観音菩薩の観想念仏の例である。「観音の本誓」とは、観音菩薩が三十三身を現じて衆生を救済しようとする誓願のことで、この青い馬は観音菩薩の化身だった。

仏
観音
涙
青・馬

『三宝絵詞《さんぼうえことば》』に、「念仏は、慈覚《じかく》大師の唐土《もろこし》より伝へて、貞観七年より始め行へるなり。四種三昧の中には、常行三昧と名づく。中秋の風涼しき時、中旬の月明らかなるほど、十一日の暁より十七日の夜に至るまで不断に行はしむるなり」とあるように、比叡山《ひえいざん》では、慈覚大師円仁《じかくだいしえんにん》が、八月十一日から七日間、阿弥陀仏の名を唱える称名念仏を行った。これは五種の音声《おんじょう》から成る音楽性の強い引声《いんじょう》念仏で、「山の念仏」ともいう。また、源信《げんしん》は、寛和元年（九八五）に『往生要集《おうじょうようしゅう》』を著し、念仏の方法や利益をくわしく説いた。

秋・風・月
比叡山

念仏は、平安時代の中期には、次第に貴族社会にも普及した。応和四年（九六四）から毎年三月と九月の十五日に行われた勧学会《かんがくえ》では、慶滋保胤《よししげのやすたね》たちの文人が、大学寮の学《がく》生《しょう》や比叡山の僧たちとともに、『法華経』を講じ、阿弥陀仏を念じて、暁まで詩を作った。また、僧を召して念仏を唱えさせる法会も頻繁に行われるようになった。『源氏物語』には、「四季にあててしたまふ御念仏」（匂宮）や、「月ごとの御念仏」（橋姫）の例が見える。念仏には、罪障消除の功徳があると考えられ、みずからの往生のためや、死者の往生を願って葬送の際にも唱えられた。病にかかって出家した朱雀《すざく》院は、見舞いに訪れた光源氏に、「かくても残りの齢《よはひ》なくは行ひの心ざしもかなふまじけれど、まづ仮にてものどめ置きて、念仏をだにと思ひはべる」と言って、女三宮《おんなさんのみや》の後見を託した（若菜上）。葵《あおい》の上の葬送の際には、「こなたかなたの御送りの人ども、寺々の念仏僧など、そこら広き野に所もなし」（葵）と語られている。一方、空《くう》也《や》によって、念仏は民間にも広められた。

法華経
詩・僧→出家
病
後見
野

鎌倉時代になると、「南無阿弥陀仏」と唱えることによって往生を願う念仏宗《ねんぶつしゅう》が興《おこ》り、法然《ほうねん》が浄土宗《じょうどしゅう》を、親鸞《しんらん》が浄土《じょうど》真宗《しんしゅう》を、一遍《いっぺん》が時宗《じしゅう》を開いた。『徒然草《つれづれぐさ》』には、「疑ひながらも、念仏すれば、往生す」という法然の言葉が見え（三九）、念仏に絶対の信を置いた法然の信仰がうかがわれる。

（室城秀之）

念仏寺　ねんぶつじ

化野
鳥辺野

山城国《やましろ》の寺。①現在の京都市右京区嵯峨《さが》鳥居本《とりいもと》化野町《あだしのちょう》にあり、化野念仏寺《あだしのねんぶつでら》として知られる。鳥辺野《とりべの》などと並ぶ平安京の葬送の地であった化野の無縁仏を埋葬供養するために空海《くうかい》が創建した五智山如来寺に由来し、鎌倉時代初期に法《ほう》然《ねん》が入ってここを念仏道場とし、寺号を念仏寺に改めたという。毎年八月の地蔵盆に、境内の八千余の石塔に灯明をともす千塔供養が行われ、多くの参詣者を見るが、この石塔は明治に入ってから集められたものである。②現在の京都市右京区嵯峨鳥居本深谷町にあるが、大正年間当地に移転してくる前は愛宕郷にあったことから、愛宕念仏寺《おたぎねんぶつじ》、また単に愛宕寺ともいう。葬送の地鳥辺野にあって信仰を集めたらしく、平安時代中期に空也《くうや》の弟子で念仏者として知られる千観《せんかん》が中興したと伝える。空海が住し小野篁《おののたかむら》が壇越だった珍皇寺も別名を愛宕寺、念仏寺といったらしく、愛宕寺・珍皇寺・念仏寺の異同については説が分かれている。

嵯峨
愛宕

（神田龍之介）

野　の

『枕草子』「野は」の段には「野は、嵯峨野《さがの》さらなり。印《いな》南野《みの》。交野《かたの》。駒野《こまの》。飛火野《とぶひの》。しめし野。春日野《かすがの》。そうけ野こそすずろにをかしけれ。などてさつけけむ。宮城野《みやぎの》。粟《あは》津野《づの》。小野《をの》。紫野《むらさきの》」とある。このうち嵯峨野、紫野、交野は平安京の周縁に位置しており、人々が訪れて自然との交感を楽しんだ場所である。嵯峨野は現在の京都市右京区。嵯峨《さが》天皇の嵯峨院や源 融《みなもとのとおる》の棲霞観《せいかかん》などの別荘が建てられていた。『源氏物語』賢木《さかき》巻の、光源氏と六条御息所《ろくじょうのみやすどころ》の別離の場面も秋の嵯峨野を背景にしている。紫野は現在の京都市北区船岡山東北一帯で、賀茂斎院《かものさいいん》の御所があった。『大鏡』の舞台となる雲林院《うりんいん》も紫野にある。交野は現在の大阪府交野市から枚方市の一帯。桓武《かんむ》天皇の離宮があったことでも知られ、『伊勢《いせ》物語』八二段には、この地の渚院《なぎさのいん》で惟《これ》喬《たか》親王や在原業平《ありわらのなりひら》が桜をめでる宴を催したことが語られている。飛火野はやや遠く、春日野（現在の奈良市春日野町あたり）の一部といわれる。平城京の郊外にあたる地である。宮城野は都を遠く離れた陸奥《みちのく》の地名で、『古今集』「宮城野のもとあらの小萩露を重み風を待つごと君をこそ待て」（古今・恋四・読人知らず）によって萩の名所と考えられていた。この宮城野や「紫の一本《ひともと》ゆゑに武蔵野《むさしの》の草はみながらあはれとぞ見る」（古今・雑上・読人知らず）と歌われた武蔵野は、はるかな東国に広がるエキゾチックな原野として捉えられていた。

古典和歌には四季折々の野の様相が歌われている。早春

嵯峨野・印南野・交野・飛火野・春日・宮城野・小野・紫野
秋
賀茂・斎院
雲林院
桜
都・陸奥
風
萩
武蔵野

雨　若菜　雪　夏　馬　女郎花　露　霜　冬　蝶　病

の野が一雨ごとに青々としていくさまは「我が背子が衣はる雨ふるごとに野辺の草木ぞ色まさりける」(古今・春上・紀貫之)と歌われる。若菜摘みの場でもあり「君がため春の野にいでて若菜摘む我が衣手に雪はふりつつ」(百人一首、古今・春上・光孝天皇)のような名歌もある。「夏草はむすぶばかりになりにけり野がひし駒やあくがれぬらん」(後拾遺・夏・源重之)は、放牧された馬も迷うほどに草が生い茂った夏の野を詠じた歌である。秋の野は女郎花《おみなえし》・萩・薄などの秋の草花や、虫の音、しっとりと降りた露などによって飾られる。「白露に風の吹きしく秋の野はつらぬきとめぬ玉ぞちりける」(百人一首、後撰・秋上・文屋朝康)は露の降りた野の美しさを詠んだもの。冬の野は「霜枯れはひとつ色にぞなりにける千くさに見えし野辺にあらずや」(後拾遺・冬・少輔《しょう》)と冬枯れの光景として捉えられる。

次のような句もある。「窓明けて蝶を見送る野原かな」(一茶)「野を横に馬牽《ひ》きむけよほととぎす」(芭蕉)「錦する野にことことかがしかな」(蕪村)「旅に病んで夢は枯野をかけ廻る」(芭蕉)。これらは順に春夏秋冬の野を詠じたものである。蕪村「錦する」は刈り入れもすんだ錦繡《きんしゅう》の野で役目を終えた案山子《かかし》がうとうとと暖かそうに眠っているという意である。松尾芭蕉《まつおばしょう》の「旅に病んで」は辞世の句である。

(鈴木宏子)

能　のう

日本の古典芸能の一種。広くは猿楽能・田楽能などの歌舞劇一般をさしたが、次第に他のものが行われなくなったため、通常は猿楽能をさす。

大和・近江・丹波・宇治・若狭・越前・伊勢・紀伊

上代に伝来した歌舞・物真似・曲芸などの幅広い内容をもつ散楽は、平安時代になると笑いを中心とする芸能となり、猿楽・申楽と称されるようになった。鎌倉時代後期以降、大和・近江・丹波・宇治・若狭・越前・伊勢・紀伊などをはじめとする諸国で、寺社の支配下に猿楽座が作られた。その中でも大和猿楽と近江猿楽が際だった存在であったが、近江猿楽は犬王《いぬおう》(道阿弥《どうあみ》)という名手を出したものの後継者に乏しく、室町時代中期以降衰退した。一方、大和猿楽の中心を担っていたのは、興福寺所属の円満井《えんまい》・坂《さか》戸《ど》・外山《とび》・結崎《ゆうざき》のいわゆる大和四座で、これがその後金春・金剛・宝生・観世の各座となる。

幽玄

十四世紀には、結崎座に観阿弥《かんあみ》が出現した。観阿弥は、将軍足利義満《あしかがよしみつ》の庇護のもと、従来物真似中心であった大和猿楽に田楽や近江猿楽などの歌舞の要素を取り入れ、音楽にリズム主体の曲舞《くせまい》を導入し、幽玄美を核心とする芸風を確立した。その息子世阿弥《ぜあみ》も、父の業を継いで「夢幻能」という様式を完成させるとともに、『風姿花伝《ふうしかでん》』『花鏡《かきょう》』などの理論書を著すことにより演劇としての論理的裏付けを与え、能を舞台芸術として大成した。観世座以外の三座でも、金春禅竹《こんぱるぜんちく》などの名手が出現して独自の境地を開拓し、大和猿楽は次第に他の地方の勢力を圧倒するようになる。江戸時代になると、大和四座のみが幕府の公認を受けて扶持を受けるようになり、それ以外の座は四座に吸収されあるいは消滅し、後に創設を認められた喜多流とあわせて四座一流となって今日にいたった。

謡曲

能の脚本は、古くは能本と称されたが、現在では謡曲と

物語

呼ぶことが多い。構想上、この世の人間である現在体とこの世のものではない化身体が関わる中で物語が展開していく夢幻能と、登場人物がみな現在体である現在能とに二大別される。また上演順と関わりつつ、その内容から、脇能物（初番物）・修羅物（二番物）・鬘物（三番物）・雑能物（四番物）・切能物（五番物）などと分類されることもある。江戸時代には、シテ方・ワキ方・狂言方・笛方・小鼓方・大鼓方・太鼓方という七役籍が確立し、役種としてはシテ・ワキ・シテツレ・ワキツレ・オモアイ・アドアイ・立衆・子方・地謡などがある。もともとは影向《やうがう》の松の前など野外で演じられることが多かったが、次第に本舞台・横板（アト座）・橋掛などからなる独自の様式をもつ能舞台で演じられるようになった。

松

（杉田昌彦）

軒　のき

和歌
雨

屋根の下端の、壁や柱から外部へと張り出した部分の名称。和歌では「軒の菖蒲《あやめ》」のごとく端午《たんご》の節句の菖蒲《しょうぶ》を葺《ふ》いた景として詠まれ、「軒の雫」「軒の玉水《たまみづ》」など雨だれとともに詠まれることが多い。『百人一首』で有名な順徳院《じゆんとくいん》の「ももしきや古き軒端《のきば》のしのぶにもなほあまりある昔なりけり」では「忍草《しのぶ》」とともに詠まれる。草の名に「忍ぶ」が掛けられ、昔の栄華をなつかしむ意。つとに『源氏物語』須磨《すま》巻にも「荒れまさる軒のしのぶ」と見え、懐旧と荒廃のイメージを帯びる。蓬生《よもぎう》巻には荒廃著しい常陸宮《ひたちのみや》邸の描写として、折からさし上がった月の光が、「軒のつまも残りな」く破損した家屋を遍く照らす光景が見える。庭の雑草も繁茂して「蓬は軒を争ひて生ひのぼる」とあって、荒涼たる有様がうかがえる。「軒を争ふ」とは、この場合雑草などが高く伸びて軒に届くほど繁茂することを表し、荒廃のさまである。一方「軒を争ひし人の住ひ、日を経つつ荒れゆく」（方丈記）とあるのは、家が建てこんで、軒と軒とが重なり合うように見えることをいい、「軒を並ぶ」「軒を連ぬ」と同様に、市街の繁栄を意味している。

月・光

蓬

（藤本宗利）

野島崎　のじまざき

淡路・歌枕
夏・船
風
妹・紐

淡路《あわじ》国の歌枕。兵庫県津名郡北淡町野島の海岸。『万葉集』では、「玉藻刈る敏馬《みぬめ》を過ぎて夏草の野島の崎に船近づきぬ」（三・二五〇・柿本人麻呂）や「淡路の野島が崎の浜風に妹が結びし紐吹きかへす」（三・二五一・柿本人麻呂）などとよく詠まれたが、その後はほとんど取り上げられない歌枕となっていたようである。それが平安時代後期に『万葉集』に関心がもたれるようになって、「あはれなる野島が崎のいほりかな露おく袖に浪もかけけり」（千載・羇旅・俊成）や「こととはむ野島が崎のあま衣浪と月とにいかがしをるる」（新古今・秋上・藤原実綱女）など、再び和歌に詠まれるようになった。ただしその中には「近江路や野島が崎の浜風に夕浪千鳥たちさわぐなり」（顕輔集）のように、野島崎を近《おう》江《み》国にあるとみなしている例もある。これは前掲の万葉歌に「粟路之野嶋之崎」とあったのを「アハミチノノシマカサキ」と訓み、「アハミチ」を近江路と解したためと考えられる。

露・袖・浪
和歌
近江
千鳥

（長瀬由美）

能登　のと

越前　海人・月　佐渡

北陸道七か国の一国。能登《のと》半島のほぼ全域、現在の石川県北部にあたる。この地域は古く能登・羽咋《はくい》の二国があったが、のちともに越前《えちぜん》国の一部となり、養老二年（七一八）越前国から分かれて一国となった。天平十三年（七四一）今度は越中国に合わされるものの、天平勝宝九年（七五七）再び一国となって、以後能登国が確立した。『万葉集』に「能登の海に釣りする海人のいざり火の光にいませ月待ちがてり」（十二・三一六九・読人知らず）と詠まれている。鉄の産地としても知られ、能登国では鉄の原鉱石を掘り出して国司に納めており、『今昔物語集』（二六・十五）には鉄の採掘者が佐渡《さど》に渡って金を掘ったという説話が載せられている。平安時代には「けぶりが崎に鋳るなる能登かなへ（＝釜）」（堤中納言・よしなしごと）などとある如く、釜が特産品として広く知られていた。また日本海をはさんで対岸地域との交流が深く、八世紀から十世紀初期まで、能登の福浦は渤海《ぼっかい》国使の発着地となっていた。（長瀬由美）

野中の清水　のなかのしみず（のかなのしみづ）

播磨　歌枕・印南野

普通名詞として野中に湧く清水とも捉えられるが、平安時代後期の歌学書をはじめ、おおむね地名として播磨《はりま》国の歌枕としている。播磨国印南野《いなみの》、現在の兵庫県神戸市西区岩岡町野中付近にあったという湧水。初出は『古今集』の「いにしへの野中の清水ぬるけれど元の心を知る人ぞくむ」（雑上・読人知らず）であり、今はぬるくなってしまったが、昔は冷たいよい水であったことを知るので、あえて汲むのだと歌われている。この古今集歌をもととして、「いにしへの野中の清水見るからにさしぐむものは涙なりけり」（後撰・恋四・読人知らず）や「我がためはいとど浅くやなりぬらん野中の清水深さまされば」（後撰・恋三・読人知らず）などのように、「野中の清水」に今は別れたかつての恋人やその恋、またはその人との仲をたとえて用いることも生じた。（長瀬由美）

野の宮　ののみや

斎宮・内親王　伊勢　嵯峨野　斎院・賀茂　紫野　琴　庚申

斎宮（伊勢神宮に奉仕する未婚の内親王もしくは女王）が、伊勢に下る前に大内裏のしかるべき場所を初斎院《しょさいいん》として潔斎生活を送った後、つづけて一年間の潔斎期間を送るために仮に造られた宮で、京都の嵯峨野《さがの》に設けられた。また、斎院（賀茂神社に奉仕する未婚の内親王もしくは女王）の場合は、初斎院に入った後に紫野《むらさきの》にあった居所で過ごした。ここも野の宮と称する。「琴のねに峰の松風かよふらしいづれの緒よりしらべそめけん」（拾遺・雑上・斎宮女御）は、野の宮での庚申《こうしん》待ちの歌会で詠まれた歌である。「斎宮女御《さいぐうにょうご》」は、村上《むらかみ》天皇のもとに入内する前に、斎宮だったことに由来する名である。斎宮女御の娘の規子《きし》内親王もまた斎宮に選ばれ、女御は周囲の制止をおしきって娘に同行して伊勢に下った。

『源氏物語』賢木《さかき》巻には、斎宮に選ばれた娘とともに野の宮で過ごす六条御息所《ろくじょうのみやすどころ》のもとを、光源氏が訪れる場面が

秋・花・浅茅が原・風

ある。「はるけき野辺を分け入りたまふよりいとものあはれなり。秋の花みなおとろへつつ、浅茅《あさぢ》が原もかれがれなる虫の音に、松風すごく吹きあはせて、そのこととも聞きわかれぬほどに、物の音ども絶え絶え聞こえたる、いと艶なり。」と始まるこの一節は、『源氏物語』の中でも屈指の名文として知られている。野の宮の様子は、「黒木の鳥居どもは、さすがに神々しう見わたされて、わづらはしきけしきなるに、神官《かむづかさ》の者ども、ここかしこにうちしはぶきて、おのがどちものうち言ひたるけはひなども、ほかにはさま変りて見ゆ。火焼屋《ひたきや》かすかに光りて、ここに、もの思はしき人の、月日を隔てたまへらむほどを思しやるに、いといみじうあはれに心苦し。」と書かれ、神域の非日常性ゆえに、一度は途絶えてしまった光源氏と六条御息所の心の交流が可能になるのである。

『徒然草』二四段でも、「斎王の野宮におはしますありさまこそ、やさしく面白き事の限りとは覚えしか。」と書かれており、その閑寂な住まいのさまが讃えられている。

（吉野瑞恵）

賭射（賭弓）　のりゆみ

正月

正月十七日の射礼《じゃらい》の翌日、十八日に行われた弓矢を射る儀式。淳和天皇の天長元年（八二四）を初見とする（類聚国史）。また、臨時に行われるものを殿上賭射という。

儀式に先立って左右近衛府で荒手結《あらてつがい》・真手結《まてつがい》という下稽古を行う。当日は、天皇が弓場殿《ゆばどの》に出御、兵衛《ひょうえ》・近衛《このえ》の射手が前方・後方二組に分かれて的中を競い、二組に分かれた親王公卿がそれを賭ける。勝方は賭物を賜り、負方に罰酒を行う。計十番競い、最終的に勝った方が乱声し、陵《りょう》王《おう》、納蘇利《なそり》などを奏し、天皇は還御する。

親王

天禄元年（九七〇）三月十五日の殿上賭射の様子は、『蜻蛉《かげろう》日記』中巻に詳しい。劣勢だった後方は藤原道綱《みちつな》の矢で引き分けとなり、道綱の舞が評判になった。そうした息子の晴れがましさを、作者は嬉々とした筆致で描いている。

邸

後日、勝方の大将は射手を自邸に招き饗応するが、これを賭射の還饗《かえりあるじ》という。『宇津保《うつほ》物語』嵯峨院巻では、左大将源正頼《まさより》邸の還饗に出席した源仲頼《なかより》があて宮を垣間見、求婚譚に加わることになる。

（大井田晴彦）

野分　のわき

秋・野

風

夕

宮城野・露

秋、特に仲秋八月に吹く強い風。風情ある野を吹き荒らす風という意味であろう。『源氏物語』野分《のわき》巻には、吹き荒れた野分のため庭の草木を気遣う紫の上を、見舞いに訪れた夕霧《ゆうぎり》がかいま見るという衝撃的な場面がある。また、桐壺《きりつぼ》更衣を喪った帝は、「野分だちてにはかに肌寒き夕暮れのほど、つねよりも思し出づること多くて」（源・桐壺）、更衣の母に弔問の遣いを出し、「宮城野の露吹き結ぶ風の音に小萩がもとを思ひこそやれ」という、光源氏を気遣う歌を届ける。野分の後には見舞いをするのが通例であったようで、帥宮《そちのみや》から歌を得た和泉《いずみ》式部は、折にふさわしいと喜び、兼家《かねいえ》の訪問がなかった道綱《みちつな》母は、不満を詠んだ歌を贈っている。

葉　朝　歌合　雨

『枕草子』は、野分の猛威だけでなく、その翌朝について「格子のつぼなどに、木の葉をことさらにしたらむやうに、こまごまと吹き入れたるこそ、荒かりつる風のしわざとはおぼえね」（野分のまたの日こそ）と記し、猛威とは対照的な繊細な風情を描くほか、寝起きの女性の美しい姿を映し出している。野分の翌朝の魅力を発見したもっとも早い例であろう。この猛威と美という二つの側面がその後の和歌の世界にも受け継がれてゆく。とりわけ、『六百番歌合』で秋の題になったことから、藤原定家《ていか》、寂蓮《じゃくれん》、藤原家隆《いえたか》など、新古今時代の歌人たちに好んで詠まれた。『徒然草』（十九）にも、『源氏物語』や『枕草子』を意識して、「野分の朝こそをかしけれ」という。

「芭蕉野分して盥に雨を聞く夜かな」（芭蕉）には、字余りの破調に野分の激しさとわびしさが詠まれ、「鳥羽殿へ五六騎いそぐ野分かな」（蕪村）では、人事と組み合わされることによって、争乱と結びつく不穏な空気の象徴になっている。また、「底のない桶こけありく野分かな」（蕪村）のようなおかしみをもって野分を捉えた句もある。

（高田祐彦）

は

俳諧　はいかい

日本の詩文芸の一つ。おかしみを主とした「俳諧之連歌」が連歌から独立して、「俗」を特性とする一つの文芸形式となったもの。発句、連句のみならず、雑俳、俳文、仮名《かな》詩《し》や片歌《かたうた》なども広く含む。古くは『古今集』の誹諧歌に倣って「誹諧」と書く例が多い。

連歌
雑俳・仮名

連歌は古代の発生の段階では、機知的な唱和であり、おかしみを旨とするものであった。やがて短連歌から長連歌への展開に伴い、連歌は和歌的な情趣をもつ幽玄な文芸として完成されていく。その過程で俳諧の連歌は、連歌本来の機知的笑いを旨とする形態として存続し続けた。文和《ぶんな》五年（一三五六）の『菟玖波集《つくばしゅう》』には「俳諧」の部立てがあり、明応《めいおう》四年（一四九五）の『新撰菟玖波集《しんせんつくばしゅう》』にそれが省かれているのは、俳諧がこのころ和歌的な連歌とは別個の独立した文芸となったことを示している。当時の俳諧はほとんどが言い捨てであったが、『新撰菟玖波集』からほど隔たらぬ明応八年、最初の俳諧撰集『竹馬狂吟集《ちくばきょうぎんしゅう》』が編まれた。以後室町俳諧は、連歌が切り捨てた自由奔放、卑俗な笑いを中心とし、『犬筑波集《いぬつくばしゅう》』や『守武千句《もりたけせんく》』など生き生きとした作品群を生み出した。

和歌・幽玄

近世に入ると、政権の安定による文化的教養を願う人々の増加や、印刷技術の発達により、俳諧は全国に広がった。貞門俳諧の指導者松永貞徳《まつながていとく》は、俳諧を俳言《はいごん》を賦した連歌と定義、連歌よりも緩やかな式目を用い、俳諧は文芸様式として形を整えていく。一方で、貞徳は室町俳諧の猥雑さを否定、掛詞や縁語による上品な滑稽を基調とした。

掛詞・縁語

やがて温雅な貞門俳諧はマンネリズムに陥り、大坂の新興町人層を基盤として、より自由奔放な室町俳諧の回復を目指す運動が起きる。西山宗因《にしやまそういん》を指導者と仰ぐ新風の談林《だんりん》俳諧は、素材、句意、付合《つけあい》などあらゆる面で新奇さを追求し、貞門を失墜させた。しかし、その奔放さゆえに混乱状態となり、延宝《えんぽう》期（一六七三—八一）を中心に約十年間流行した後、自壊していった。

貞門
談林
付合

談林末、漢詩文調の洗礼を受けた元禄《げんろく》期（一六八八—一七〇四）の俳壇では、連歌風の景気の句が流行する。こうした中で、貞門末期から俳諧の変遷を体験した松尾芭蕉《まつおばしょう》は、老荘《ろうそう》思想の影響を受けつつ、飯尾宗祇《いいおそうぎ》など他分野の先達に学び、風雅の誠を求める独自の蕉風《しょうふう》俳諧を確立していった。「詩歌連俳はともに風雅也。上三つのものには余す所も、その余す処迄俳はいたらずと云ふ所なし」（三冊子）という芭蕉にとって、俳諧は漢詩・和歌・連歌と同等の風雅であり、かつ日常生活を素材として俗の内に雅を求める点で、より可能性を秘めた文学であった。

漢詩→詩

芭蕉没後の俳壇は、芭蕉に帰れという蕉風復興運動が全国を席巻し、与謝蕪村《よさぶそん》、加藤暁台《かとうきょうたい》、大島蓼太《おおしまりょうた》ら諸俳家が輩出した。しかし、どの時期の芭蕉を目標にするかは諸家によって異なった。

化成《かせい》期（一八〇四—三〇）には芭蕉の偶像化が進む。小林一茶《こばやしいつさ》を除けば俳風は趣味化の一途をたどり、俳諧は急速に大衆化していく。この時期大流行した月並句合《つきなみくあわせ》は明治にまで及ぶが、正岡子規《まさおかしき》によりその俗調を激しく非難された。子規の俳諧革新は、連句文芸の根本に及び、ついに連句は抹殺され、発句《ほつく》が新しく俳句として生まれ変わることになるのである。

（深沢了子）

俳論　はいろん

俳諧に関する理論、批評。俳諧の本質論から式目・作法、作品論、句合判詞《くあわせはんじ》、俳諧史論などを広く含む。

俳諧

早く中世末期の『守武千句《もりたけせんく》』の跋《ばつ》に、俳諧はおかしみとともに花実を備えた風流なものであるべきだという本質論がみられる。近世に入ると、俳諧は言い捨ての即興から文芸の一形式として独立し、その過程で式目・作法の整備が必要となった。貞門俳諧の指導者松永貞徳《まつながていとく》は、式目歌《しきもくか》や付合《つけあい》指導書『新増犬筑波集《しんぞういぬつくば》』などを著して俳諧の作法を整え、さらに俳諧とは俗言を用いる連歌であると定義した。こうした貞徳の俳論は門人達にも受け継がれ、ほぼ固定していく。

貞門・付合

談林《だんりん》の俳論は、固定した古風な貞門俳諧に対する批判が中心となる。代表的なものに、『荘子《そうじ》』によった岡西惟中《おかにしいちゆう》の俳諧寓言《ぐうげん》説があり、貞門で否定された守武《もりたけ》流の無心所《むしんしよ》着《じやく》の句体を積極的に支持した。

談林

やがて談林俳諧が行き詰まると、漢詩文調流行の時代が来る。貞門末期から俳風の変遷を体験してきた松尾芭蕉《まつおばしよう》は、杜甫《とほ》や李白《りはく》、白楽天《はくらくてん》の詩に学びつつ、老荘《ろうそう》思想や西行《さいぎよう》・飯《いい》尾宗祇《おそうぎ》らの影響も受け、風雅の誠を追求する蕉風《しようふう》俳諧を確立していく。その俳論は向井去来《むかいきよらい》・森川許六《もりかわきよりく》・各務支考《かがみしこう》ら門人達により、不易流行《ふえきりゆうこう》論・血脈《けちみやく》論・虚実《きよじつ》論などさまざまな面からまとめられ、俳論書として形をなした。

漢詩→詩

安永《あんえい》・天明《てんめい》期（一七七二—八九）の蕉風中興期は、芭蕉に帰れという時代であり、俳論の中心は、いかに芭蕉を理解するかということに置かれた。ただしどの時代の芭蕉を目標とするかは諸家によって意見が分かれた。そうした中で蕪村《ぶそん》は、芭蕉を尊敬しつつも「俳諧に門戸なし」とし、諸流を学んだ上で自在に句を詠むことを主張、「俳諧は俗語を用て俗を離るゝを尚ぶ」という離俗《りぞく》論を展開した（春泥句集・序）。

近世後期は俳論として特に独創的なものはなく、芭蕉俳論の研究、句解など、芭蕉に関する注釈が中心である。

（深沢了子）

博士　はかせ

学問や物事に広く通じている人の意で用いることもあるが、通常は学生に対する教育責任を負う者の職名で、大学寮に属するものとして明経《みようぎよう》・紀伝《きでん》・明法《みようぼう》・算・音・書の各博士があり、さらに陰陽寮には陰陽・天文・暦・漏刻《ろうこく》、典薬寮にも医・針・按摩・呪禁などの博士が設けられていた。

陰陽（道）

平安時代初期にはそれまで盛んであった明経に替わり、歴史・文学を主内容とする紀伝が重視されるようになるので、以下これに重点を置きながら記す。弘仁十二年（八二一）に文章博士《もんじようはかせ》の相当位が、それまで上位であった明経博士を越えて従五位下となる。さらに承和元年（八三四）には紀伝博士・文章博士各一人制が改められて文章博士二人制がとられるようになり、承和から貞観年間にかけていわゆる「紀伝道」（後世「文章道」と呼ぶのは史的名称としては不適切）が確立したと考えられている。その草創期に大きな役割を果たしたのが菅家三代（菅原清公《すがわらのきよきみ》・是善《これよし》・道《みち》真《ざね》。大学寮西曹を管掌）である。清公は公卿にいたらなかったが三度文章博士となり三代にわたって世襲化する学問の家の基盤を作り、是善は二三年にわたって文章博士を勤め私塾菅家廊下《かんけろうか》も発展させて参議に昇った。道真は元慶元年（八七七）三三歳で文章博士となるが、同四年後楯の父を亡くして周囲の嫉視・誹謗・讒口に晒され、孤立感を深めつつ苦悩する心情を「博士難《はかせなん》」（菅家文草・二、元慶六年頃）に詠んでいる。右大臣に昇進したものの彼は悲劇的憂目（大宰府左遷と死）に遇うが、一族には以降代々文章博士に就く者が多かった。これに平安時代中期には大江氏（東曹を管掌）も加わり、次いで藤原氏（南家・式家・北家）もその人材を輩出するようになった。文章博士は天皇や皇太子の侍読として経典・史書などを進講することを栄誉とした。また、大学寮での教育（釈奠《せきでん》などの諸行事運営も含む）にあたり、成績評定（省試・対策などの考試も含む）を行い、得業生（秀才）や対策受験者・学問料申請の推薦書ほか、多くの公的文書や記録の作成にあたるのはもちろん、私的文書の依頼も多かった。「願文・表・博士の申文」（枕・文は）と見えるように、ことに貴顕の辞譲や官職の申請に関わる表や奏状・仏事の願文などの執筆も求められた。しかし、文章博士に任ぜられる家の範囲は限られていたために家業として世襲化される傾向が強く、こうして定まった家は「博士家」と呼ばれ、家伝の説を継承重視することとなる。平安時代末期以降は、紀伝では菅原家・藤原北家・南家が中心となり、明経では清原・中原両家が重きを成した。なお、諸道の博士について若干挙げれば、陰陽（賀茂《かも》・安倍《あべ》氏が中心）では説話世界で名高い安倍晴明《あべのせいめい》（天文博士）がおり、医（和気《わけ》・丹波《たんば》氏が中心）には『摂養要決《せつようようけつ》』の物部広泉《もののべのひろみ》（医博士）や『医心方』の丹波康頼《たんばのやすより》（針博士）がいた。また、明法には碩学讃岐永直《さぬきのながただ》や『政事要略《せいじようりやく》』『類聚判集《るいじゆうはんしゆう》』などの惟宗允亮《これむねのただすけ》、『令集解《りようのしゆうげ》』『律集解《りつのしゆうげ》』の惟宗直本《なおもと》、『本朝月令《ほんちようげつれい》』の惟宗公方《きんかた》が出（後には中原・坂上氏が中心）、『拾遺往生伝《しゆういおうじようでん》』『後拾遺往生伝』『朝野群載《ちようやぐんさい》』『童蒙頌韻《どうもうしよういん》』『続千字文《ぞくせんじもん》』など多くの編著を有する三善為康《みよしのためやす》は実は算博士（三善・小槻氏が中心）でもあった。

（本間洋一）

願・申文

心

説話

歯固め　はがため

正月三が日に、長寿を祈って大根・瓜・鹿宍《しかにく》・猪宍《ししにく》・押鮎《おしあゆ》などを食する儀式。また、その食物。食膳の飾りには譲葉《ゆずりは》が用いられた（枕・花の木ならぬは）。歯は齢の意。中国では、元日に膠牙餳《こうがとう》という固い飴を食べて歯の根を丈夫にし長寿を祈る風習があった。これが移入されたもの。

承平五年（九三五）の元日を大湊で迎えた紀貫之《きのつらゆき》は、「芋茎《いもし》、荒布《あらめ》、歯固めもなし。かうようの物なき国なり……ただ押鮎の口のみぞ吸ふ」と不満を洩らしている（土佐）。

『源氏物語』初音《はつね》巻には、「歯固めの祝して、餅鏡をさへ

正月・瓜・猪・鮎

餅

春

取り寄せて、千年の蔭にしるき年の内の祝言どもして」と、初めての春を迎えた六条院のめでたさが語られる。この例によれば鏡餅は歯固めには含まれず、飾りとして眺めるものだったようであるが、後には鏡餅に向かうことを「歯固めを見る」と称するようになった。（大井田晴彦）

袴　はかま

女　紅・十二単衣　藍　紐

下半身をおおう衣服の総称。多くの種類があるが、いずれも両脚に分かれ、腰で結わえる形態をもつ。公家方の装束としては男女ともに用い、大口袴《おおくちばかま》・表袴《うえのはかま》・指貫《さしぬき》・狩袴《かりばかま》・下袴《したばかま》などの呼称が見える。しかし平安時代の作品の中で、単に「袴」といえば多くの場合は女性の袴をさしている。女性用の袴は裾の丈を長く仕立て、足の下に踏みしだいて着用する。色は紅が普通。一般に十二単衣《じゆうにひとえ》と称される装束の図版などで見るのとは異なり、平安時代の作品からうかがえる当時の着装のさまは、袴の中に白小袖《こそで》を着込めてはいない。「白き薄物の単襲《ひとへかさね》、二藍《ふたあゐ》の小袿《こうちき》だつもののないがしろに着なして、紅の腰ひき結へる際まで胸あらはに、ばうぞくなるもてなしなり」（源・空蟬）とあるのは、光源氏が初めて軒端荻《のきばのおぎ》を垣間見《かいまみ》た時の描写。「腰」は袴の腰紐のことで、それを結わえた際まで胸が見えるというのは、素肌に袴をつけた上に単衣を重ねているからである。だからこそ当時の女性たちは、立居に気を使ったのであろうし、胸も露《あらわ》にくつろぐのは確かに「ばうぞく」（無作法）な振舞いといえよう。女性の袴を描く場面が、時に艶めいているのもそれゆえであろう。『枕草子』「七月ばかり、いみじう暑ければ」の段に、寝起きの女性のしどけない姿が、「紅《くれなゐ》のひとへ袴の腰のいと長やかに衣《きぬ》の下より引かれたるも、まだ解けながらなめり」と描かれるのは、その典型である。結ばれぬままの腰紐に、昨夜の逢瀬の甘い語らいが髣髴とする。

夏　藤

男性の袴の描写もまた洒落ている。『枕』「小白河《こしらかは》といふ所は」の段には、「青鈍の指貫、白き袴もいと涼しげ」とある。羅《うすもの》の夏の指貫が白い下袴を透かす趣好。美男で名高い藤原道隆《みちたか》のは「二藍の織物の指貫、濃蘇枋《こすはう》の下の御袴」という凝った取り合わせ。夏らしく透ける演出である。一方「返る年の二月二十よ日」の段に登場する伊達男藤原斉信《ただのぶ》の袴は、「葡萄染《えびぞめ》のいと濃き指貫、藤の折枝《をりえだ》おどろおどろしく織り乱れて」という華美な意匠である。（藤本宗利）

萩　はぎ

秋　花　よもぎ（蓬）　梅　鹿・雁・露・月・時雨

マメ科の落葉低木。しだれた枝をもち、秋になると赤紫または白色の小さな花が多数咲く。秋の七草の一つ。花はもちろん色づいた下葉も「萩の下葉は色づきにけり」と賞美される。「萩」という漢字は本来「かわらよもぎ」の意であるが、草かんむりに秋という組成から、日本において、秋を代表する花であるハギにあてられたらしい。

『万葉集』には約一四〇首の萩の歌が見られる（表記は「芽」「芽子」）。これは梅を凌いで植物としては最も多い数である。鹿・雁・露・秋風・月・時雨などの秋の景物とともに詠まれるが、特に鹿との結びつきは強く、「我が岡にさ男鹿来鳴く初萩の花妻《はなづま》問ひに来鳴くさ男鹿」（万・八・一五四一・大伴旅人）のような、萩は鹿の花妻であるとする把握も見られる。このことから「鹿鳴草《ろくめいそう》」（和名抄）という異名もある。「さ男鹿の朝立つ野辺の秋萩に玉と見るまで置ける白露」（万・八・一五九八・大伴家持）は、萩・鹿・露の三つの景物を詠み込んだ典型的な秋歌である。『枕草子』「草の花は」の段に「萩、いと色ふかう、枝たをやかに咲きたるが、朝露にぬれてなよなよとひろごりふしたる、さ牡鹿《をしか》のわきて立ち馴らすらんも、心ことなり」とあるのも、万葉以来の美意識の上に成立した描写である。

『源氏物語』桐壺《きりつぼ》巻において、桐壺帝は、亡き桐壺更衣の母に「宮城野《みやぎの》の露吹きむすぶ風の音に小萩がもとを思ひこそやれ」という歌を贈る。宮城野は「宮城野のもとあらの小萩露を重み風を待つごと君をこそ待て」（古今・恋四・読人知らず）によって萩の名所とされた歌枕であるが、ここでは宮中をさす。小萩は幼い光源氏のこと。宮中にあって涙を誘う秋風を聞くにつけても、母を失った幼い皇子のことが思われることだ、との意である。御法《みのり》巻で、紫の上は前栽《せんざい》の萩が秋風に折れ返るのを見て「おくと見るほどぞはかなきともすれば風にみだるる萩のうは露」と歌う。風に吹き散らされる「萩のうは露」は、はかないものの象徴で、この歌では紫の上自身の命を意味する。紫の上の臨終の場面は露にぬれた萩を点景として語られている。

『奥の細道』の旅は後半、秋を迎える。市振《いちぶり》の関で松尾《まつお》芭蕉《ばしょう》は遊女と同宿し「一家《ひとつい》に遊女もねたり萩と月」の句を詠む。句意は、同じ一つの宿に私も遊女も泊まり合わせたことだ、折から秋の空には月が澄み、庭には萩が咲きこぼれていることよ。自分と薄幸の遊女の出会いを、月と萩の取り合せに託したものである。山中温泉において同行者曽《そ》良《ら》は腹をこわし、芭蕉と別れて伊勢長島《いせながしま》の知人のもとにむかうことになる。別れに臨んで曽良は「行き行きてたふれ伏すとも萩の原」という句を書き残していく。師と別れて旅路の末にたとえ行き倒れになろうとも、それはそれでよい、そこは萩の咲く美しい秋の野であろうからとの意。萩によせて風雅の精神に殉じようとする思いを詠じたものである。

（鈴木宏子）

宮城野・風　歌枕　前栽　命　伊勢

白雲　はくうん　⇩雲《くも》

白山　はくさん

石川・岐阜・福井の三県境にまたがる山。御前《ごぜん》峰・大汝《おおなんじ》峰・剣《けん》ヶ峰の主峰を中心とした霊山の総称。標高は二七〇二メートル、富士山・立山《たてやま》とともに日本三名山の一つに数えられる。多くは「しらやま」と呼ばれた。その名の由来は、年間を通じて残雪があり山頂が常に白かったことによる。養老二年（七一八）越前《えちぜん》の僧泰澄《たいちょう》が開山したと伝えられ、白山神社《はくさんじんじゃ》・白山比咩《しらやまひめ》神社奥院があり、古くから信仰の山として知られる。『宇津保《うつほ》物語』に「（あて宮の求婚者達は）金《かね》の御嶽《みたけ》、越《こし》の白山、宇佐の宮まで参り給ひつつ」「（仲忠《なかただ》は）近き所には詣でぬ所なく、越の白《しら》山まで参るに」（菊の宴）と記され、『枕草子』では清少納言が、庭に作った雪山が溶けないように「しら山の観音これ消えさせ給ふな」と祈っているのにみられる如く（職の御曹司におはしま

山　富士山　雪　越前　白山　観音

熊野

す頃)、すでに平安時代には大峰山《おおみねさん》、熊野《くまの》などと並ぶ著名な霊峰として知られるようになっていたのである。和歌では「しらやま」のほか、「こしのしらね」「こしのたかね」の名で詠まれている。　(長瀬由美)

箱崎　はこざき

筑紫・歌枕　松　和歌　女房

筑紫《つくし》国の歌枕。現在の福岡市東区箱崎にあたる。博多湾《はかたわん》に面し、古来博多港と対する要港で、日宋貿易の重要な拠点の一つであった。元寇の古戦場。また日本三大八幡の一つといわれる筥崎八幡宮《はこざきはちまんぐう》があり、付近の松原《まつばら》は古来景勝地として名高く、「幾世にか語り伝へむ箱崎の松の千歳のひとつならねば」(拾遺集・神楽歌・重之)や「そのかみの人は残らじ箱崎の松ばかりこそ我を知るらめ」(後拾遺集・雑五・中将尼)のように、和歌では松と結びつけて詠まれることが圧倒的に多い。『源氏物語』常夏《とこなつ》巻では、近江君《おうみのきみ》という女性が歌枕をむやみに詠み込んだ珍妙な歌「草わかみひたちの浦のいかが崎いかであひ見んたごの浦波」を、腹違いの姉である弘徽殿女御《こきでんのにょうご》に贈るのだが、それに対して困惑した女御は女房に返歌を代筆させる。近江君同様に歌枕をつめこんで作られたその返歌に、「ひたちなるするがの海のすまの浦に波立ち出でよ箱崎の松」と、箱崎の松が出てくるのも、それの名高かったことを示しているといえよう。　(長瀬由美)

箱鳥　はこどり

和歌　斎宮　雲　花・色

和歌の中に「み山木に夜はきて鳴く箱鳥はあけばかはらんことをこそおもへ」(古今六帖・読人知らず)などと詠まれている鳥だが、実際にいかなる鳥をさすのかは不明。顔鳥《かおどり》の別称ともいうが、顔鳥が実際どういう鳥かも明らかでない。郭公《かっこう》をさすという説や、美しい鳥の意であるとする説もある。和歌では「箱」の縁で「あく」を導く。すでに平安時代に箱鳥の実態はわからなくなっていたようであり、『斎宮女御集』には、ある内侍が鳥の子を鏡の箱のふたに入れて、「はこどりとなむいふ」と斎宮女御《さいぐうのにょうご》に贈っているのがみえる。これに斎宮が「箱鳥の身をいたづらになしはててあかず哀しき物をこそ思へ」と返し、内侍が「雲の上に思ひのぼれる箱鳥の命ばかりぞみじかかりける」と答えているのをみると、この鳥の子は箱のふたに入れられているうちに死んでしまったようである。『源氏物語』では夕霧《ゆうぎり》が詠んだ歌に、箱鳥を源氏にたとえて「みやま木にねぐらさだむる箱鳥もいかでか花の色にあくべき」(若菜上)というのがある。　(長瀬由美)

箱根山　はこねやま

山・富士山

神奈川県南西部にある山。かつては富士山を越す高さがあったのではと推測される広い地域を占め、山頂に芦ノ湖、周囲には横山大観が富士山を描いたのにちなんだ「大観山」があるなど景色の美しい地域が多く、その上、各所に豊富

足柄　女　江戸　鶴　妻・紐　相模　伊豆・海　十国峠

な温泉があり、東京・横浜という大都市を控えた一大観光地として知られる。江戸時代には箱根八里と歌にあるほどの、山越えの難所であった。歌川広重《うたかわひろしげ》の「東海道五十三次」はその急峻な山容を描いている。中世までは足柄峠越えをしたが、江戸時代に芦ノ湖近くの箱根町に関所が置かれて、東西を結ぶ主流となり、いわゆる「入り鉄砲に出女」の取り締まりがあり、江戸を守る重要な土地であった。ちなみに鉄道東海道線も箱根山を貫いた一九三三年の丹那《たんな》トンネル開通までは、これを迂回して、現在の御殿場線のコースであった。文学の中ではすでに奈良時代に「足柄の箱根飛び越え行く鶴のともしき見れば倭《やまと》し思ほゆ」（万・七・作者未詳）「足柄《あしがり》の箱根の嶺《ね》ろの和草《にこぐさ》の花つ妻なれや紐解かず寝む」（同・十四・作者未詳）「足柄の相模に行かん玉櫛笥箱根の山の明けん明日に」（人丸集）などと登場する。この時代は歌の題材ではあっても、歌う対象ではなかった。「箱根」の地名に合わせて「照射《ともし》して箱根の山に明けにけり蓋より身より会ふとせしまに」（三奏本金葉・夏・橘俊綱）のように「明く」「蓋」「身」などを導く修辞として多く使われた。「箱根路を我越え来れば伊豆の海や沖の小島に波の寄る見ゆ」（金槐集）は旅した源実朝《さねとも》が十国峠《じっこく》（標高七七四メートル）を越えた時に詠んだと伝えられる。沖の小島は初島《はつしま》か。晴れた日など、高い山からは海岸線が白く光って見えるが、日の光を受けたその白い輝きは何とも美しい。高い山を登る苦労と眺めの美しさがあっての歌といえる。美しい景色を眺めた感動がおおらかに歌われている。箱根神社は芦ノ湖の東岸にある。曽我《そが》兄弟が敵討ちへの道に大願成就を願ったとして『曽我物語』にあり、芦の湯近くの東海道に沿った地には兄弟の墓がある。東海道の要衝であっただけに旅行く人にまつわる話は多く、湯本は宗祇《そうぎ》終焉の地であったし、畑宿の甘酒茶屋には赤穂《あこう》浪士の一人神崎与五郎《かんざきよごろう》の逸話が伝わるなど、江戸時代には多くの作品の中に登場する。

（山口明穂）

橋　はし

川

川や谷に架けるもののほか、桟道などをもいう。また、浮橋といって、舟を繋げた上に板を渡したものもある。

男・女　宇治　世　長柄　勢多

橋は、二つの地点をつなぐものである一方、常に断絶の危機を抱えていた。その「絶える」ことに寄せて、人間関係の断絶、とくに、男女の仲が絶える、あるいは遠くなるという歌が多く詠まれた。『源氏物語』の薫《かおる》と浮舟《うきふね》に次のような贈答歌がある。「宇治橋の長き契りは朽ちせじをあやぶむ方に心さわぐな」（源・浮舟・薫）「絶え間のみ世にはあやふき宇治橋を朽ちせぬものとなほたのめとや」（源・浮舟・浮舟）。また、途絶えは老朽化と結びつくため、橋は古びたものという連想を誘い、「世の中に古りぬるものは津の国の長柄《ながら》の橋と我となりけり」（古今・雑上・読人知らず）などの嘆老の歌が詠まれる。橋の壊れやすさといえば、皇女とともに東国へ向かう衛士が、勢多《せた》の橋を落として追っ手から逃げ延びた話（更級）もある。

橋姫

橋は、多くの伝承を生む。橋を守る女神である橋姫の伝説は有名で、「さむしろに衣かたしき今宵もや我を待つらむ宇治の橋姫」（古今・恋四・読人知らず）は、まだ明確な伝承の形をとっていないが、自分を待つ女を詠んだもの。

鬼　久米　葛城

『奥義抄《おうぎしょう》』などの歌学書には、橋姫と龍神の結婚などが語られる。その橋姫は『源氏物語』宇治《うじ》十帖の最初の巻名にもなる。京の都の一条戻橋《いちじょうもどりばし》も、死んだ三善清行《みよしのきよゆき》の葬列が息子の浄蔵《じょうぞう》と行きあって清行が蘇生したところと伝えるほか、渡辺綱《わたなべのつな》が美女に化けた鬼の腕を切り落としたところとして知られる。また、久米《くめ》の岩橋《いわはし》は、役行者《えんのぎょうじゃ》が一言主神《ひとことぬしのかみ》に命じて金峰山《きんぷせん》と葛城山《かつらきやま》との間に橋を架けさせようとしたが、一言主神が醜貌を恥じて夜しか仕事をしなかったので、ついに完成しなかった、という伝承による。

かささぎ（鵲）・霜　天の川→七夕

記紀の国土創成神話では、「天《あめ》の浮橋《うきはし》」がある。天上と地上をつなぐ通路であるのか、空中に浮いた橋であるのか、掴みがたい。『源氏物語』の最終巻である夢浮橋《ゆめのうきはし》巻は、巻名の由来がはっきりしないが、「夢の浮橋」ということばが喚起するはかなさ、たよりなさに、男女の関係ひいては人間の世界の象徴を見るべきであろうか。藤原定家《ていか》の「春の夜の夢の浮橋とだえして峰にわかるる横雲の空」（新古今・春上）は、新古今時代を代表する名歌である。

想像上の橋では、「かささぎの渡せる橋に置く霜の白きを見れば世ぞふけにける」（新古今・冬・家持、百人一首）で知られる「かささぎの橋」が著名。天の川にかささぎが架けて織姫を渡らせるという想像は中国伝来らしい。また、『大和《やまと》物語』一二五段によれば、宮中の階段とも受け取られていた。

江戸・京

橋が交通の要衝をなすことは、戦いの場にも直結した。源平争乱の橋合戦を始め、多くの戦いが語り継がれる。

江戸時代になり、江戸と京を結ぶ東海道五十三次が、日本橋を起点として三条大橋を終点とするのも、おもしろい。

（高田祐彦）

恥　はじ（はぢ）

自分の能力・容姿・振る舞いなどを、世間や相手と比べて劣ると考え、引け目に感じる意識。人に顔向けできないような失敗、物笑いの種、不名誉なこと、弱み、などを意味し、それによって人目を憚り、世間に対して尻込みする意識をいう。『万葉集』にすでに用例がある。「山守《やまもり》のありける知らにその山に標結《しめゆ》ひ立てて結ひの恥《はぢ》しつ」（三・四〇一・坂上郎女）は、相手に配偶者がいるとも知らず心を寄せた愚かさを自嘲的に詠んだ歌。「辱《はぢ》を忍び辱を黙《もだ》して事も無くもの言はぬ先にわれは依《よ》りなむ」（十六・三七九五）は、翁の歌いかけに応じる女の羞恥を歌っている。『竹取物語』では、かぐや姫が求婚者石作《いしつくり》の皇子に「仏の御石の鉢」を求めると、皇子は大和《やまと》国の十市《とおち》の郡の山寺にある真っ黒の鉢を持参した。姫が、微塵の光も放たない鉢を捨てると、皇子は「しら山にあへば光のうするかとはちを捨てもたのまるゝかな」と「鉢」と「恥」の掛詞を含んだ歌を詠み、物語は「面なき事をば、はぢを捨つとは言ひける」という語源説話の形を取って閉じられる。このように、いささか戯画的にも描かれる恥の意識は、しかし次第により複雑に内面化し、他者の視線を意識し、自らの振る舞いを規制する、社会的倫理ともいいうるものとなった。『源氏物語』桐壺《きりつぼ》巻では、「御心ざしのよろづにかたじけなきに、人げなき恥を隠しつつ」と、桐壺更衣母は娘の没後、娘が帝の寵愛を頼りに、物笑いの種になるような人の妬みに耐えて

心　翁・女　大和　光　しら山（白山）　掛詞

いたと語る。また、須磨行きを前にした光源氏は左大臣邸に参上し、「これより大きなる恥にのぞまぬさきに世をのがれなむと思うたまへ立ちぬる」（須磨）と、勅勘を受ける前に自ら退去する意志を語る。恥の意識は、「人笑へ」「人笑はれ」の語によっても表現され、作中人物たちの身の振り方を決定する重要な契機となった。（高木和子）

須磨

橋姫　はしひめ

橋を守る女神のこと。「橋姫」ということばの早い例は、『古今集』恋歌の「さむしろに衣片敷《かたし》き今宵もや我を待つらむ宇治の橋姫」（古今・恋四・読人知らず）である。男が自分の訪れを待って一人寝をしている女を思いやった歌であるが、女は宇治に住んでいるのであろうか、宇治橋の女神にたとえる表現になっている。この歌が詠まれた背景には、橋姫が恋人を待つといった内容の橋姫伝承があったはずだと考える説もある。また「宇治の橋姫」に「内《うち》の愛《は》し姫」（私の愛しい奥方）を掛けていると見る説もある。中世の古今集注釈書の世界では、宇治橋の下に住む姫大明神《ひめだいみょうじん》のもとに、宇治の北に住む離宮《りきゅう》という名の男神が通ったときの歌であるとか、通っていた男神は離宮ではなく住吉明神《すみよしみょうじん》であるとか、さまざまな伝説が膨らんでいった。この歌は『源氏物語』宇治《うじ》十帖にも影響を与えている。橋姫《はしひめ》巻で、薫《かおる》は「橋姫の心を汲みて高瀬さす棹のしづくに袖ぞ濡れぬる」と大君を橋姫にたとえる歌を詠む。「橋姫」という巻名はこの薫の歌によっている。また総角《あげまき》巻では、匂宮《におうのみや》が妻となった中君を橋姫にたとえている。宇治の地で都の男を待つ女を象徴することばで、それが宇治の橋姫なのである。

宇治橋にかぎらず、橋のたもとに橋姫、橋姫明神などという橋の神が祀られている例は多い。『神道集《しんとうしゅう》』巻七には「橋姫明神事」として、摂津国《せっつ》（大阪府）の長柄《ながら》の橋姫の話が収められている。長柄川に橋をかける工事が難航しているとき、幼児を連れた旅の夫婦が通りかかった。夫は「人柱に立てるなら袴の破れを白布で繕った者がよい」と言い、橋奉行は「それはおまえだ」と言って夫を人柱とした。妻は悲しんで「物言へば長柄の橋の橋柱なかずは雉《きじ》のとられざらまし」という歌を橋柱に結びつけ、幼児を背負ったまま身を投げて橋姫となった。人々はこれを哀れんで橋のそばに社を建てて橋姫明神として祀ったという。（鈴木宏子）

橋　男　女　宇治　住吉　袖　都　摂津　長柄　袴　妻　雉

柱　はしら

版心《はんしん》ともいう。主に袋綴じの版本の、一丁の中心の紙の折り目の箇所で、左右対称の縦線で囲われた幅一、二センチの部分をいう。匡郭《きょうかく》（版本の各丁の四周を囲む枠線）のある本の場合、折り目を中心にした二本の縦線と天地の匡郭によって、縦に細長い枠で囲まれた空間になるため、その形状から柱と呼ばれるわけである。

製本をする際の便宜のために始められたらしく、柱には書名（柱題という、柱に記される書名は異称・略称であることも多い）・巻名・巻数・丁付《ちょうづけ》などが刷り込まれている。これら柱に記載された事項を柱刻《ちゅうこく》とか柱記《ちゅうき》と呼ぶ。

匡郭がある場合、柱の上方と下方部分に黒や白で括弧のような図様がほどこされる。これを魚尾という。

版本　黒・白

柱に記された事柄は書誌上重要な情報となるので、書誌調査の際には遺漏のないように注意が必要である。

（池田和臣）

柱　はしら

家→邸・門・橋
島

宮・家・門・橋など建築物を垂直に支えるために立てる材。また物を支える目的ではなく、「其の島に天降り坐して、天の御柱を見立て、八尋殿《やひろどの》を見立てたまひき」（記・上）のように、神霊の依代として立てたものを柱と呼び、世界の中心である柱は、後代の能舞台や相撲の四本柱へと続く。さらに神仏や貴人など、国や家の中心として頼むべき存在を一柱《ひとはしら》と呼び、「此の三柱の神は、並に独神と成り坐して」（記・上）のように数える。

真木・杉
枕詞
長柄

真木柱《まきばしら》は、杉や檜など優れた木材で作られた立派な柱のことで、『万葉集』には「太し」の枕詞もふくめて四例あり、「長柄の宮に真木柱太高敷きて食国を治めたまへば」（六・九二八、笠朝臣金村）のように宮や家の中心になる柱である。

和歌
紙

平安時代以降、和歌に詠まれることは少なくなるが、『源氏物語』では、鬚黒《ひげくろ》大将の姫君が転居の際、馴れ親しんだ柱と別れることを惜しみ、「今はとて宿離れぬとも馴れきつる真木の柱はわれを忘るな」（真木柱）の歌を書いた紙を柱のひび割れに差し挟む悲話が語られ、巻名の由来となる。柱は日常、寄りかかって外を眺めたり、仮眠したり、その陰に隠れたりする場所であった。また柱に何か物を挟む、隠すといった例も多い。金千両（宇治拾遺・八）、経（今昔・五・十六、同十一・五、同十四・六、古今著聞集・六八〇）、虱《しらみ》（古今著聞集・六九六）などが納められた逸話が残る。

仏

特に仏教説話では、寺の柱から隠された経典が発見されることで、仏の霊験を表している。柱に邪気払いの物を付けたり、和歌を直接書きつける例も多い。

松・竹

その他、「松のはしら」（新古今・雑中・式子内親王）や「竹のはしら」（山家集）も隠者の簡素な住まいのたとえである。

富士川・平家

揩《すけ》柱は壁や建物の倒壊を防ぐための支柱で、「ひらやなるむねもりいかにさはぐらむはしらとたのむすけををとして」（平・五・五節之沙汰）の落首は、富士川で敗走した平家一門を家屋にたとえて皮肉ったもので、総大将の平維盛《これもり》が権亮《すけ》少将であったことによる。

（河添房江）

長谷・泊瀬・初瀬　はせ

川
伊賀・伊勢

現在の奈良県桜井市初瀬を中心とする、初瀬川上流の渓谷地帯。大和から伊賀や伊勢へ通ずる交通の要所でもある。古くは「はつせ」、のち次第に「はせ」というようになった。

山
枕詞

古く雄略《ゆうりやく》天皇の泊瀬《はつせ》朝倉宮や武烈天皇の泊瀬列城《なみき》宮があったという。『万葉集』などでは「こもりくの泊瀬《はつせ》」と呼ばれている。「こもりくの」は山に囲まれた土地という意の枕詞であるが、母胎をも思わせるその地形ゆえ、「こもりくの泊瀬」は一つの神秘境をなしていたらしい。

真木
朝

「こもりくの　泊瀬の山は　出《い》で立ちの　宜しき山　走《わし》り出《で》の　宜しき山の　こもりくの　泊瀬の山は　あやにうら麗《ぐは》し　あやにうら麗し」（紀・雄略）と殊にめでられ、「こもりくの　泊瀬の山は　真木《まき》立つ　荒山道を　石《いは》が根　禁樹《さへき》おしなべ　坂鳥の　朝越えまして」（万・一・四五・柿本人麻呂）

雲・妹　観音　局　宇治　椿市・車　京　盗人→盗賊　夢

と容易に越えがたい峻険をうたわれている。また「こもりくの泊瀬の山の山の際《ま》にいさよふ雲は妹《いも》にかもあらむ」（三・四二八・柿本人麻呂）などから知られるように葬場でもあった。

　この霊地に奈良時代八世紀前半ごろ、十一面観音を本尊とする長谷寺が創建され、次第に寺観を整えてゆく。平安時代になるとこの寺は、貴賤の参詣者でにぎわうようになる。長谷寺に詣でた清少納言は、「白衣《しろぎぬ》着たる法師、蓑虫などのやうなる者ども」が自分の局のすぐそばで拝んでいるので「押し倒しもしつべき心地」がしたと記している（枕・長谷にまうでて局にゐたりしに）。こうした殷賑のゆえか、平安時代以降、「こもりくの」という枕詞は急速に使われなくなる。

　京都から長谷寺までは約七二キロメートル。途中、宇治と椿市《つばいち》あたりで泊まる、都合三日がかりの牛車の旅である。が、信心深さを表すためにことさら徒歩で行くこともあった。『源氏物語』では歩き慣れない玉鬘《たまかずら》が京から四日をかけ、「生ける心地もせで」辿り着いている（玉鬘）。『更級《さらしな》日記』作者は牛車で出かけたが、帰途、盗人の家に泊まってしまい、まんじりともできなかった。それなりに苦労の多い参詣の旅ではあるが、外出の機会が少ない平安時代の貴族女性にとっては、恰好の気晴らしともなったのである。しかし『更級日記』作者の母のように、道中に恐れをなして参詣をあきらめ、代わりの人に詣でてもらうこともあった。

　ところで長谷寺参詣者はときに、夢告げを得ている。『更級日記』作者は、寺に三日籠り夢を見たという。『今昔物語集』は、極貧の青侍が二一日間籠ったすえに夢告げを得て、藁しべを元手についには長者になった、という致富譚を語る（十六・二八）。『住吉《すみよし》物語』の男主人公は初瀬に七日籠ったすえに夢を見、探していた女主人公にめぐりあっている。

杉

　尋ね人に再会できるという霊験には、「初瀬川古川《ふるかは》の辺《べ》に二本《ふたもと》ある杉年を経《へ》てまたも逢ひ見む二本ある杉」（古今・雑躰・読人知らず）という歌の影響もあるのだろうか、『源氏物語』玉鬘巻でも右近が初瀬詣の途次、探しつづけてきた玉鬘に再会している。また手習《てならい》巻の妹尼は、初瀬詣の帰り道に出会って助けた浮舟のことを、亡き娘の代わりに初瀬観音から授かった人だと信じている。「うかりける人を初瀬の山おろしよはげしかれとは祈らぬものを」（千載・恋二・源俊頼）は、「祈れども逢はざる恋」を詠んだ歌。長谷観音は、富や子を授け、探し人に会わせ、恋をかなえるなど、現世利益を授けてくれる菩薩なのであった。

（木谷眞理子）

畑　はたけ

田・水　和歌　雨

　野菜や穀類を栽培する耕地。水田に対して、水を引き入れない。「はた」とも。和歌においては「畑」が詠まれることは多くはないが、古くは『万葉集』にも「雨降らず日の重なれば植ゑし田も蒔きし畑も朝ごとにしぼみ枯れゆく」（十八・四一二二・大伴家持）と詠まれている。ただしこれは日照り続きで田畑に影響が出始めていたなか突如雨雲の気配が見えたので、雨を乞うて大伴家持《おおとものやかもち》が歌った長歌の一節であり、特殊な例ともいえる。このほか「片山に畑焼

桜　雲　鳩

くをのこかも見ゆる深山桜は避きて畑焼け」（拾遺・雑春・長能）や西行《さいぎょう》の「雲かかる遠山畑の秋されば思ひやるだに悲しきものを」（新古今・雑上・西行）「古畑のそばのたつ木にゐる鳩の友呼ぶ声のすごき夕暮」（新古今・雑中・西行）などと詠まれた。特に畑を詠むことについては新古今集に載せられたこの西行の二首の影響が大きい。平安時代の物語では、「御櫛笥の物、さては、田・畑売り尽くして」（宇津保・忠こそ）や「御庄の田、畑などいふことのいたづらに荒れはべりしかば」（源・松風）など、貴族の財産の一つとして言及されることが多い。

（長瀬由美）

蜂　はち

甲斐・相模　摂津・伊勢

ハチ目のうちアリ科を除いた昆虫の総称。種類が多い。アリと異なって大部分は二対の膜質の羽をもつ。雌は腹端に産卵管をもち、これが毒針となって敵や獲物を刺す。そのため『古事記』にも「(須佐之男命《すさのをのみこと》が大穴牟遅神《おおあなむぢのかみ》を) むかでと蜂との室に入れき」（上）などとあるように、古代から人を刺す虫として恐れられた。また蜂は蜜をつくるが、古代では甲斐《かい》・相模《さがみ》などの数か国が蜂蜜を貢進したことが知られ、摂津《せっつ》・伊勢《いせ》の両国は薬用としての蜂房（蜂の巣）を貢進したという。『万葉集』に、「馬声《い》蜂音《ぶ》石花《せ》蜘蛛《くも》荒鹿」と書いて「いぶせくもあるか」と訓ませる歌がある（十二・二九九一・読人知らず）。これは「蜂音」を「ブ」と訓ませているのであり、当時も蜂の飛ぶ音を「ブ」と聞いていたことが知られる。「わらしべ長者」は子供達が蜂の巣を見つけて蜂をいじめているのを助けた男が、その蜂の助けを得て長者になる話だが、このように昔話にも蜂はよく登場する。

（長瀬由美）

初瀬川・泊瀬川　はつせがわ（はつせがは）

大和・歌枕・川・水脈・波　杉　秋

大和《やまと》国の歌枕。奈良盆地を流れる初瀬川《はせがわ》の古称。山間の激流で、『万葉集』の時代から「初瀬川流るる水脈《みを》の瀬を速みゐで越す波の音の清けく」（七・一一〇八）などと川の流れの速いことが詠まれ、多く「はやく」の語にかかる。また『古今集』の旋頭歌「初瀬川ふる川野辺に二本ある杉　年をへてまたもあひ見む二本ある杉」（雑体・読人知らず）が非常に有名であったため、初瀬川に関しては「涼しさは秋やかへりて初瀬川古川野辺《ふるかはのべ》の杉の下かげ」（新古今・夏・有家）など、「古川野辺」の「(二本ある) 杉」を詠むことが多くなった。『源氏物語』玉鬘《たまかずら》巻では、初瀬の地にある長谷寺《はせでら》に参詣した玉鬘と右近が邂逅した際に、（右近）「二本の杉のたちどをたづねずは古川野辺に君を見ましや」（玉鬘）「初瀬川はやくのことは知らねども今日の逢ふ瀬に身さへながれぬ」と詠みかわしている。

（長瀬由美）

鳩　はと

をとめ（少女）

ハト科に属する鳥の総称。中形の鳥で頭が小さくて丸く、くちばしは短い。多くは渡りをしない留鳥《りゅうちょう》だが、高い帰巣性をもつものがある。はやく『古事記』にも「天廻《あまだ》む　軽《かる》の嬢子《をとめ》　いた泣かば　人知りぬべし　波佐《はさ》の山の　鳩の　下泣きに泣く」（八二）とみられるように、古くから人によ

和歌・朝・風　秋

く知られ親しまれた鳥である。また現代では平和の象徴とされるが、『平家物語』に「鳩は八幡大菩薩《はちまんだいぼさつ》の第一の仕者也」(一・鹿谷)などとある如く、日本では古く八幡神の使いとされた。和歌では、「朝まだき袂《たもと》に風の涼しきは鳩ふく秋になりやしつらん」(堀河百首・顕季)や「古畑の岨の立木にゐる鳩の友呼ぶ声のすごき夕暮れ」(新古今・雑中・西行)などと詠まれ、多くは秋の景物として、秋の到来やもの寂しさを感じさせる鳥として詠まれている。なお「鳩ふく秋」ということばが和歌にしばしば用いられるが、これには鳩が鳴くことをいうとする説と、狩猟などの際に人が両手を合わせて山鳩の鳴き声のような音を立てることとする説とがある。(長瀬由美)

花　はな

桜　春　鶯　梅　光

「花」の語だけで桜の花をさすことが、特に平安時代以後の歌文で一般化するようになる。とはいえ、例外的に、「春や疾《と》き花や遅きと聞き分《わ》かむ鶯だにも鳴かずもあるかな」(古今・春上・藤原言直)の「花」が明らかに梅をさす例もある。しかし、「ひさかたの光のどけき春の日に静心《しづごころ》なく花の散るらむ」(古今・春下・紀友則)のように、「花」だけで桜をさす例が圧倒的に多い。桜の花が、四季の花々の代表とする意識が強まっていくのであろう。

秋・紅葉　夏　浦・夕

また、「折節の花紅葉につけて、あはれをも情けをも通はすに」(源・椎本)のように、「花紅葉」という言い方がある。春の桜の花や秋の紅葉、の意であるが、春秋の自然の美しさを象徴する語である。『源氏物語』明石《あかし》巻に、夏の明石入道の邸について「なかなか春秋の花紅葉の盛りよりは、ただそこはかとなう茂れる蔭どもなまめかしきに」とある。春秋の華麗な美とは異質の、夏の緑蔭に閑清の美を見出している趣である。そして、この美意識の延長上にあるとみられる、藤原定家《ていか》の名歌「見渡せば花も紅葉もなかりけり浦の苫屋《とまや》の秋の夕暮」(新古今・秋上)では、不在の「花紅葉」を通して、至高の自然美が強調されている。

心

「花」が桜の、咲いてはすぐに散ってしまう花をさすところから、「花」に、移ろいやすさ頼りなさを連想させることもある。「色見えでうつろふものは世の中の人の心の花にぞありける」(古今・恋五・小野小町)のように、人間の心の移ろいやすく真実味のないことをいう。また、同様の意味で「花心」という語もある。『源氏物語』宿木《やどりぎ》巻で、匂宮について「花心におはします宮なれば……必ず御心移ろひなむかし」と語っている。

歌論　連歌論・能　秀歌　詞

「花」が自然の美の典型とみられるところから、歌論・連歌論・能楽論などにおいて、「花」の比喩的な表現に即して、その文芸・芸能の美的観念を表す用語ともなった。古来、和歌論として花実論といわれる考え方がある。紀貫之が『古今集』の中から秀歌を厳撰して『新撰和歌』を作成したが、その序文で「花実相兼」の作を撰んだとしている。花も実も備わった歌だというのである。それに関して、後世の藤原定家は歌論書『毎月抄《まいげつしょう》』で、「いはゆる実と申すは心、花と申すは詞なり」と説いている。定家にとって理想の和歌とは、心(内容)の質実さと、詞(表現)の華麗さがともに備わるものということになろう。

また、能の大成者世阿弥《ぜあみ》は、その能楽のなかで、能の命は「花」にあるとして、その「花」の理論を展開した。「そもそも、花といふに、万木千草に於いて、四季折節に咲くものなれば、その時を得てめづらしきゆゑに、もてあそぶなり。申楽《さるがく》も、人の心にめづらしきと知る所、すなはち面白き心なり。花と、面白きと、めづらしきと、これ三つは同じ心なり」（花伝第三問答条々）と説いている。そして、演者の年齢などに応じた「時分の花」を超えて、「まことの花」の境地をめざすべきだとも説く。（鈴木日出男）

柞原　ははそはら

和歌　小野　秋・時雨　もみぢ　風

柞の木が多く生えている原。柞とは、クヌギ・コナラなど、褐色に紅葉するブナ科の落葉樹の総称。普通名詞としても用いられるが、和歌では『万葉集』に「山科の石田《いはた》の小野のははそ原見つつか君が山路越ゆらむ」（九・一七三〇・藤原宇合、のち『新古今集』や『古今六帖』にも再録）と詠まれて以来、「秋といへばいはたの小野のははそ原時雨も待たずもみぢしにけり」（千載・秋下・覚盛）など「石田の小野」と結びついて詠まれることが多い。ははその褐色の「もみぢ」が意識され和歌に詠み込まれるようになるのは平安時代以降のようで、先に挙げた覚盛《かくじょう》の例のほか「吹き乱るははそが原を見渡せば色なき風ももみぢしにけり」（千載・秋下・賀茂成保）などと詠われている。（長瀬由美）

浜寺　はまでら

高師浜　松　浪

大阪府堺市西部の地区名。地名の由来は、地内において浜寺（浜辺にある寺の意の呼称）が著名であったことによる。古くは白砂青松《はくさせいしょう》の景勝地で「高師浜《たかしのはま》」と呼ばれた地であり、はやく『万葉集』に「大伴の高師の浜の松が根を枕き寝れど家し偲はゆ」（一・六六・置始東人）と歌われ、「沖つ浪高師の浜の浜松の名にこそ君を待ちわたりつれ」（古今・雑上・貫之）や「音にきく高師の浦のあだ浪はかけじや袖のぬれもこそすれ」（金葉・恋下・祐子内親王家紀伊）などと詠まれた。第二次世界大戦後に海面は埋め立てられ臨海工業地帯となって海岸は消滅したが、埋立地造成以前は大阪湾に面しており、関西随一の海水浴場として知られ、浜寺公園があった。（長瀬由美）

浜名湖　はまなこ

都・琵琶湖　遠江　海・橋　歌枕

静岡県浜名郡新居《あらい》町にある湖。三方原《みかたばら》台地が沈降したところに海水が流入して出来た湾が、砂州が発達して湖口が閉じることによって生まれた汽水湖。猪鼻湖《いのはなこ》・内《うち》浦・引佐《いなさ》細江《ほそえ》などの支湖や入り江が多く、湖岸線が長い。南端にある今切《いまぎれ》で遠州灘《えんしゅうなだ》に通じる。古代では、都に近い琵琶湖《びわこ》が「近淡海《ちかつおうみ》」と呼ばれたのに対して、「遠淡海《とおつおうみ》」と呼ばれ、これが「遠江《とおとうみ》国」という国名の由来となっている。はまなうみともいう。平安時代から中世にかけては東海道が浜名湖の砂州上を通過しており、湖と海とを結ぶ浜名川には橋が架けられて、「浜名の橋」と呼ばれていた。この橋の名は『枕草子』「橋は」の段にも挙げられており、名所絵にも描かれるなど歌枕として著名であった。（長瀬由美）

浜木綿　はまゆう（はまゆふ）

ヒガンバナ科の常緑多年草。関東地方以西の海辺の砂地に生える。丈は〇・五―一メートルで、光沢のある白い葉鞘が重なって茎を包んでいる。和名は、この白色の葉を白い幣《ぬさ》にたとえたもの。夏には芳香を放つ六弁の白い花が十数個傘形に集まって咲く。ハマオモトともいう。和歌では柿本人麻呂《かきのもとのひとまろ》が「み熊野の浦の浜木綿百重なす心は思へど直に逢はぬかも」（万・四・四九六、のち『拾遺集』恋一に再録）と詠んで以来、特に熊野《くまの》の浦の景物として定着し、「さしながら人の心をみ熊野の浦の浜木綿幾重なるらん」（拾遺・恋四・平兼盛）や「忘るなよ忘ると聞かばみ熊野の浦の浜木綿うらみ重ねん」（後拾遺集・雑一・道命）などよく詠まれるようになった。「百重なす」「重ね」などの語を導くのは、浜木綿のつややかな白い葉が重なり合って生えている様子によると思われる。（長瀬由美）

白・葉　夏・花　和歌　熊野・心　うらみ（恨み）　浦　葉

腹　はら

動物の胴体の下半分。人間の場合、胸と腰の間で背の反対側。胃腸などの臓器を収めている。頭部、心臓に次いで重要な部位であり、人間の心底、本心の隠れている場所とも考えられる。特に立腹することを「腹悪し」「腹立つ」などというが、感情の激しい起伏が胃腸に痛みを与えることが多いことによるものであろう。

「御諸《みもろ》のその高城《たかき》なる大猪古《おほいこ》が原大猪子が腹にある肝向かふ心をだにか相思はずあらむ」（記・六一）は、石之日売《いわのひめ》皇后が、嫉妬のあまり夫の仁徳《にんとく》天皇の真情を尋ねた歌。「腹にある肝」すなわち内臓に「心」があるものと考えられていたことがわかる。「さすがに、腹あしくてもの妬みうちしたる、愛敬づきてうつくしき人ざまにぞものしたまふめる」（源・若菜下）は、夕霧の妻雲居雁《くもいのかり》の性質で、腹を立て嫉妬するのがかわいげがある、とされている。

また、女性の「はら」からは子が生まれることから、その母親から生まれたことをさす場合があり、さらに転じて祖先を同じくする一族を「はら」ということもある。特に貴族社会においては、誰が母親であるかは重要な問題である。「兄の中納言行平《ゆきひら》のむすめの腹なり」（伊勢・七九）は、在原行平《ありわらのゆきひら》の娘が清和《せいわ》天皇の御子を生んだ、という話。「一の皇子は、右大臣の女御《にょうご》の御腹にて、寄せ重く、疑ひなきまうけの君と、世にもてかしづききこゆれど」（源・桐壺）は、光源氏の兄一宮が、右大臣家の娘を母にもち、世間から次の皇太子になること間違いなしと思われている、という記述である。

「腹」をふくむ成語は枚挙に暇がないが、「おぼしき事言はぬは腹ふくる、わざなれば」（徒然・十九）は、言いたいことを我慢していると、腹がふくれるというもので、『大鏡《おおかがみ》』にも同様の表現が見られる。（奥村英司）

胴　心　妻

薔薇　ばら（さうび）

棘のある木の総称。また、その中でもバラ科バラ族の植物の総称。本来は中国からの外来種と考えられる。平安時

夏　鬼　花　蘭・菊　白　紅　襲(重ね)・紅　紫

代には「さうび」と訓まれた。「階底の薔薇は夏に入って開く」(朗詠・上・夏・白楽天)からもわかるように夏の景物である。道真《みちざね》は、「薔薇汝は是れ妖鬼なるべし」(菅家文草・五・殿前の薔薇を感ず、一絶。(東宮))と、薔薇の怪しさを詠む。また「薔薇猶ほ昨の花の匂ひに異なれり」(和漢兼作集・四・藤原基平・新樹遶階庭)と、香を中心に詠じたものもある。「我はけさうひにぞ見つる花の色をあだなる物といふべかりけり」(古今・物名・貫之)は、薔薇(さうび)を物名《もののな》として詠み込んだ歌である。「階の底の薔薇気色ばかり咲きて、春秋の花盛りよりもしめやかにをかしき程なるに、うちとけ遊び給ふ。」(源・賢木)とあるのは、前出の白楽天の表現に学んだものであろう。ところで、『本朝無題詩《ほんちょうむだいし》』に「薔薇を賦す」の題で三首(二・植物)を載せる。その三首目(蓮禅)には、「或は白く或は紅く粧は一ならず、蘭と謂ひ菊と謂ひ色は双び難し。」と、「蘭」や「菊」にも薔薇の「白」「紅」の色は劣らないとする。

また、「さうび」で、襲《かさね》の色目の名にもなる。表は紅、裏は紫で、夏に用いる。

(佐藤信一)

祓え　はらえ(はらへ)

穢れ

罪や穢れ、災いを除き捨てる神道の行事。「解除」と表記することも多い。罪を犯した者が、財産や品物を差し出して罪を贖うのが本来の意味。記紀には、須佐之男《すさのお》の千座《ちくらの》置戸《おきど》の祓えの話を載せる。乱行を繰り返した須佐之男が、贖罪のため髪と手足の爪を抜かれ、追放される。祓えの起源を語る神話である。

年中行事　朱雀　馬・人形　斎宮・斎院

天武《てんむ》朝ごろから年中行事化し、宮中で六月と十二月の晦日に行われたものを大祓えという。朱雀門に官人を召集し、祝詞を唱え、刀・布・食物・馬・人形などを並べた。また、三月の初めの巳《み》の日(あるいは三月三日)には上巳《じょうし》祓が行われた。臨時のものとして、大嘗祭、斎宮・斎院の選定、災害や疫病などの際にも行われた。

川　屏風

十二月の大祓えが早く廃れたのに対し、六月のそれは民間でも頻繁に行われ、「水無月《みなづき》祓え」「夏越《なごし》の祓え」とも呼ばれた。「この川に祓へて流す言の葉は浪の花にぞたぐふべらなる」(貫之集)「玉とのみ水《み》馴《な》れ乱れて落ちたぎつ心清みや夏祓へする」(同)のように屏風歌にも多く詠まれた。「水無月の夏越の祓へする人は千歳の命延ぶといふなり」(拾遺・賀・読人知らず)の歌を詠んで茅輪《ちのわ》をくぐると息災になるという俗信もあった。『蜻蛉日記《かげろう》』中巻には「心ものべがてら、浜づらの方に祓へもせむと思ひて、唐崎へとて、ものす」とあるが、唐崎は祓えの名所として有名であった。唐崎を含む七つの瀬で、勅使が災禍をなすりつけた人形《ひとがた》を流す、「七瀬の祓え」もあった。

雛・須磨　禊ぎ　神

上巳の祓えでは、贖物《あがもの》という人形に罪をなすりつけ、水辺に流し捨てる。この人形が後に雛人形となる。須磨謫居《すまたつきょ》の光源氏は、「思すことある人は、禊ぎしたまふべき」という周囲の勧めによって、「この国に通ひける陰陽師召して、祓」をさせ、「舟にことごとしき人形のせて流す」(源・須磨)。神が感応したかのような暴風雨に見舞われ、源氏の運勢は大きな転換点を迎える。なお、この例のように、「禊ぎ」との混同が早くから生じていたが、本来は別個のものである。

(大井田晴彦)

針の木　はりのき

越中・塩　信濃

長野県大町《おおまち》市と富山県立山《たてやま》町の境にあり、飛騨《ひだ》山脈の針《はり》の木岳《きだけ》と蓮華《れんげ》岳の鞍部をこえる峠。標高は二五四一メートルで、北アルプスを横断する峠では最高位の一つであり、全国の峠の中でも高い方に属する。峠の長野県側は大雪渓となっており、富山県側には針の木谷がある。江戸時代から明治末期まで、越中《えっちゅう》（富山県）の塩・魚などはこの峠を通って信州（長野県）側に移入しており、信濃《しなの》国と越中国とを結ぶ交通上の要衝であった。針の木雪渓の下をはじめ各所に牛小屋があり、この険路を牛方が越えていったのである。なお、昭和四六年に立山黒部《たてやまくろべ》アルペンルートが開通してからは、峠越えの必要はなくなった。天正十二年（一五八四）、豊臣秀吉《とよとみひでよし》に対抗した越中富山の領主佐々成政《さっさなりまさ》が、三河の徳川家康《とくがわいえやす》と同盟を結ぼうとして雪中この針の木峠の峠越えをした話が有名である。（長瀬由美）

播磨　はりま

明石　摂津　須磨

山陽道八か国の一つ。現在の兵庫県西南部にあたる。播《ばん》州《しゅう》ともいう。大化改新後、針間・針間鴨・明石の三国が統合されて成立したと考えられる。国府や国分寺は飾磨《しかま》郡（現在の姫路市）に置かれた。山陽道の東端に位置し、畿内と中国・西国を結ぶ交通の要所であった。古代から駅家《えきか》や泊《とまり》が整備されており、たとえば「韓泊《からとまり》」の名は『源氏物語』玉鬘《たまかずら》巻にも見られる。東隣の摂津《せっつ》国は畿内だが、播磨国は畿内ではない。須磨に謫居《たっきょ》した光源氏が須磨から播磨国の明石に移ったことは、その境界を越えたという点においても重大な出来事であったとされる。

『播磨国風土記』が現存する。そのなかでは、品太天皇《ほむだのすめらみこと》（応神《おうじん》天皇）を初めとする天皇巡行や、伊和大神《いわのおおかみ》などの神々による開墾・農耕関連説話が多く語られている。地名の由来を詳しく説明するのが『播磨国風土記』の特徴である。

和歌　歌枕・高砂　松　謡曲　印南野　和歌

前に述べた「明石」は古く万葉の時代から和歌に詠まれる歌枕だが、それ以外の歌枕として「高砂《たかさご》」がある。作例は『古今集』から見られ、「かくしつつ世をや尽くさむ高砂の尾の上に立てる松ならなくに」（古今・雑上・読人知らず・九〇八）や「誰をかも知る人にせむ高砂の松も昔の友ならなくに」（古今・雑上・藤原興風・九〇九）のように「尾の上」「松」を詠むことが多い。のちに世阿弥《ぜあみ》は謡曲「高砂」を作った。また、「印南野の浅茅《あさぢ》押しなべさ寝る夜の日《け》長くしあれば家し偲《しの》はゆ」（万・六・九四〇）を初めとして、「印南野《いなみの》」の地も和歌に詠まれる。（東　俊也）

春　はる

陰暦では、一月（睦月《むつき》・初春・孟春）・二月（如月《きさらぎ》・仲春）・三月（弥生《やよい》・晩春・季春）。五行説では、東の方向、青の色に通ずる。

秋

春は生命のよみがえる季節であり、農耕の始まる時節でもある。古来、四季のうち特に春と秋が重んじられてきたのは、農耕の始まりと終り、それを信仰の上でみると予祝と豊祝の祈りの関係によるからであろう。『古事記』の神話などからも、それと察せられる。春の男神春山之霞壮夫《はるやまのかすみおとこ》と女神伊豆志袁登売《いずしおとめ》との神婚を、秋の男神秋山之下氷壮夫《あきやまのしたひおとこ》が祝福するところから、秋の豊かな穣《みの》りがもたらされたという（中・応神）。一年の農耕生活の過程を神のしわざとして人格化した神話である。また、額田王《ぬかだのおおきみ》の歌（万・一・十六）のように、春秋の優劣を争うことも、しばしばあった。

朝廷

節会・朝拝・歯固・白馬・県召・除目・踏歌・内宴・粥・子の日・若菜

春の年中行事では、特に一月の朝廷の正月行事が集中していて、貴族たちは多忙をきわめた。元旦の四方拝《しほうはい》・朝賀・元旦節会《せちえ》・小朝拝《こちようはい》などがあり、三日には長寿を祈る歯固《はがため》、七日には白馬《あおうま》節会、中旬は地方官任命の県召除目《あがためしのじもく》や、踏歌《とうかの》節会、そして下旬には内宴などと続く。また家々では、七日には春菜を摘んで粥《かゆ》をつくる七種《ななくさ》節会、子《ね》の日には長寿を祈って小松を引き若菜を摘む節会、卯《う》の日には厄《やく》除けをする卯杖《うづえ》・卯槌《うづち》をつくる、などと行われた。二月になると、

大原野・春日

大原野《おおはらの》祭（洛西大原野神社）。春日《かすが》祭（奈良春日大社）、いずれも藤原氏の氏神の祭礼である。そして三月は、三日清涼殿で行われる曲水《きよくすい》宴、上巳《じようし》の日は上巳祓《じようしのはらえ》で、人形を流して無事息災を祈る。

人形

また後世の民間の行事としては、一月元日の若水《わかみず》・恵方《えほう》詣《もうで》、二日は書初《かきぞめ》など諸事を始める日、七日は七種粥の日。十六日は藪入《やぶいり》、奉公人たちが暇をもらえる日である。二月になると、八日が針供養《はりくよう》、下旬が春の彼岸会《ひがんえ》。三月は三日が雛祭《ひなまつり》、上巳祓の行事が民間化したものである。

雪・鶯

『古今集』に「雪のうちに春は来にけり鶯のこぼれる涙今やとくらむ」（春上・二条后）とあるように、春は「雪」の底から甦《よみがえ》ってくるように思われていた。天空には「霞」

霞

梅

がたなびき、地上には「梅」が咲いて「鶯」が飛来する。

和歌

これが春のはじめの景物である。一般に和歌に詠まれる春の景物として、残りの雪、霞、鶯、若菜、春雨、柳、帰る雁、梅、桜、山吹、藤などがとりあげられる。その春の終りの散る花（桜）、山吹、藤が、夏のはじめの歌にも詠まれるところに、この春・夏の場合に限らず、季節はゆるやかに移り変っていくもの、という意識が作用している。

春雨・柳・雁・桜・山吹・藤・夏

『源氏物語』初音《はつね》・胡蝶《こちよう》の二巻が、源氏の豪壮な六条院の初春と晩春を語っている。初音巻頭に「年たちかへる朝《あした》の空のけしき、なごりなく曇らぬうららけさには……雪間の草若やかに色づきはじめ、いつしかとけしきだつ霞に木の芽もうちけぶり、おのづから人の心ものびらかにぞ見ゆるかし」とあり、とりわけ紫の上の住む春の町は「梅の香も御簾の内の匂ひに吹き紛ひて、生ける仏の御国とおぼゆ」と語っている。そして、その住人たちは「歯固《はがため》の祝《いはひ》して、餅鏡《もちひかがみ》をさへ取り寄せて」、千年までもと祝言をしたという。

餅

この日はたまたま小松を引く子《ね》の日でもあった。折から、紫の上の養女になっている姫君のもとに、実母の明石の君から五葉の松にとまった鶯の造り物に添えて、鶯を詠んだ歌が贈られてきた。いかにも初春の場面である。

また胡蝶巻では、同じ春の町での、晩春の船楽のさまが語られる。春の町と秋の町にまたがって造られた池に、竜《りよう》頭鷁首《とうげきしゆ》の船を浮べるという趣向である。その春の豪華な美しさを次のように語っている。「色を増したる柳、枝を垂れたる、花もえもいはぬ匂ひを散らしたり。他所《ほか》には盛り過ぎたる桜も、今盛りにほほ笑《ゑ》み、廊を繞《めぐ》れる藤の色もこまやかにひらけゆきにけり。まして池の水に影をうつしたる山吹、岸よりこぼれていみじき盛りなり」。藤も山吹も

池

色・柳

春の末の花である。（鈴木日出男）

春雨　はるさめ

春・雨　野・山　掛詞　若菜　花・涙　袖

春に柔らかく降る雨。早く『万葉集』から見られる言葉で、春の到来を知らせ、「我が背子《せこ》が衣はるさめ降るごとに野辺の緑ぞ色まさりける」（古今・春上・紀貫之）と詠まれるように、一面の緑を濃く染める。「野も山も緑の色になりぬらむ木《こ》の芽はるさめ降りしそむれば」（大斎院前御集）も同趣の和歌だが、「（木の芽）萌《は》る」と「春雨」が掛詞になっている。「木の芽はるさめ」は、この和歌以外にもしばしば見られる表現である。貫之の歌では「春雨」に「張る」が掛けられていたが、同様のものとして「梓弓おしてはるさめ今日降りぬ明日さへ降らば若菜摘みてむ」（古今・春上・読人知らず）もある。また、散る花を惜しむ涙として詠まれたり、「音に泣きてひちにしかども春雨に濡れにし袖と問はば答へむ」（古今・恋二・大江千里）のように恋の涙が詠まれたりもする。

近世の散文では、上田秋成《うえだあきなり》最晩年の物語集に『春雨《はるさめ》物語』がある。春雨が降り続くなかで執筆したと序に記されるこの物語は、秋成のもうひとつの代表作である『雨月《うげつ》物語』とは趣を異にし、彼の人間観・歴史観をうかがうことのできる作品となっている。（東　俊也）

晴れ　はれ

雨・月　雲　世　朝　掛詞

古典文学の世界では、雨の日や月夜の情趣に比べて、はればれとした晴天が描かれることは少ない。「雲もなくなぎたる朝の我なれやいとはれてのみ世をば経ぬらむ」（古今・恋五・紀友則）は、雲一つなく風も穏やかな朝を詠んだ数少ない歌の一つだが、「いと晴れて」と「厭はれて」が掛詞となり、美しい朝の光景が一転して、愛されない我が身の嘆きへとつながっていく面白さに眼目があろう。『土佐日記』の日々の記録は、日にちと天候の記述から始まるが「晴れ」ということばは見られず、晴天の場合でも「うらうらと照りて」（一月二九日）などといった表現になっている。

法華経　女房

「晴れ」は、天候そのものよりも、祭祀や行事などの非日常的・公的な状態を意味することばとして用いられる。平安時代の宮中儀礼は朝堂院豊楽院《ちょうどういんぶがくいん》や紫宸殿《ししんでん》などの前庭で行われるものが多く、雨天の場合は式次第を省略した形にならざるをえなかった。これを「雨儀《うぎ》」と称するが、略式の雨儀に対して完全形のものを「晴儀《せいぎ》」という。こうした用法が、「晴れ」を文字通り晴れやかで公的な時間空間の意で用いる先駆けとなったという。『栄花《えいが》物語』「もとのしづく」巻には、藤原道長《みちなが》の阿弥陀堂《あみだどう》で行われる法華経供養に参加を許された女房たちが「かかりける晴のことに、さるべき用意あるべかりけるものを」と思ったという一節がある。せっかくの晴れがましい場面なのに、着飾る暇もなく平服のまま出かけることになったのを残念がっているのである。「晴れ」は文芸用語ともなる。歌学書『袋草紙《ふくろぞうし》』の勅撰集を編む心得を述べた一節には「秀逸に非ずといへども然るべき公達ならびに重代の者の歌、必ず之を入るべし。また、重代後生といへども未だ晴歌を詠まざるは、議あるべきの由、匡房《まさふさ》卿示す所なり」と記されている。先祖代々の歌人の家柄の者でも、「晴歌」つまり歌合・歌会などの公的な場の歌を詠んだことのない人は入れるべきではないというのである。また『古来風体抄《こらいふうていしょう》』上では、万葉歌に「飯」などの卑俗な語が見られることについて「むかしの人は心の褻晴なくて、かく詠みけるなるべし」と評している。

歌合　心

「晴れ」に対して日常的・私的な状態を「褻《け》」という。近代になって「ハレ・ケ」の概念を学術用語として定着させたのは柳田国男であった（『食物と心臓』『木綿以前の事』など）。柳田によれば、古く人々は生活の中にハレとケの二種類の時間・空間があることを明確に意識し、食物・着物・言葉などを厳密に使い分けていたが、近世以降都市生活者が増加する中で、次第にその区別が失われてきた。こうしたハレ・ケの喪失こそが、古代人と近代人の生活上の大きな変化であるという。ただし最近では、ハレとケを二項対立的に捉えることに疑義も呈されている。（鈴木宏子）

褻

判　はん

ここにいう判とは、書《か》き判《はん》すなわち花押《かおう》のことである。模倣を防ぐため、草書体の自署をさらに抽象化した記号的署名。はじめは、自署の代わりに用いられたが、やがて実名の下に併記されるようになる。これは花押の印章化の始まりであり、さらに花押そのものの印を作り捺印する方法も現れる。

印

時代とともに様々な花押の形式が現れたが、伊勢貞丈《いせのていじょう》『花押考《かおうこう》』では、草名体・二合体・一字体・別様体・明朝体に分類されている。草名体は、実名の二文字を一文字のように続け書きしたものである。初期の形式で、平安時代中期から鎌倉時代にかけて、おもに公家が使用した。二合体は、実名の偏《へん》や旁《つくり》の一部分を組み合わせ一文字のように続け書きしたもの。源頼朝《よりとも》の「束」と「月」を組み合わせた花押がよく知られている。平安時代後期から室町時代初期に、公家や武家に用いられた。一字体は、鎌倉時代以降の武家が好んで用いた。実名のなかの一字を用いるのが本来であるが、足利義政《あしかがよしまさ》の「慈」、豊臣秀吉《とよとみひでよし》の「悉」など、実名と無関係な一字を用いる場合もある。別様体は実名と無関係な図様を用いるものである。室町時代から戦国時代の武家がよく用いた。三好政康《みよしまさやす》や伊達政宗《だてまさむね》の用いたものは、ともに鳥の形を抽象化したものである。明朝体は中国明朝に行われたもので、日本では室町時代末から江戸時代にかけて用いられた。花押の上下に横線を引き、その間に実名や縁起の良い字を抽象化したもの。加藤清正《かとうきよまさ》や徳川家康《とくがわいえやす》など武家に多い。

公家　月　武家→武士

足利将軍は公家用と武家用の二つの花押を使い分けていた。（池田和臣）

版本　はんぽん

写本に対して、字や絵を彫刻した版木（桜材の板の両面を使用）、もしくは木活字《もっかつじ》（キリシタン版や慶長勅版などには金属活字によるものもある）によって印刷された書物。前者を製版本、後者を活字本という。活字本は、近世初期

写本　活字

の古活字版と近世後期の近世木活字版に分かれる。

古活字版は、天正十八年（一五九〇）に宣教師がもたらした西洋式印刷機、および文禄二年（一五九三）に豊臣秀吉《とよとみひでよし》がもたらした朝鮮銅活字の影響が大きい。古活字本には、天皇の命による慶長勅版本《けいちょうちょくはんぼん》・元和勅版本《げんなちょくはんぼん》、徳川家康《とくがわいえやす》の命による駿河版《するがばん》、本阿弥光悦《ほんあみこうえつ》らによる嵯峨本《さがぼん》などがある。連綿活字を用いたキリシタン版は美しい印影を見せ、光悦の版下にかかるものを多く含む嵯峨本は豪華きわまりない。しかし、書物の需要が増大し出版業が興隆するとともに、わずか五十年程で古活字本は製版本にとって代わられた。

版本は中国において発明され宋代に隆盛をみるが、日本最古の版本（印刷物）は天平宝字八年（七六四）の称徳天皇《しょうとくてんのう》の勅願による『百万塔陀羅尼《ひゃくまんとうだらに》』である。以降、寺院で開版されたものが多く、平安時代末より江戸時代にいたるまで興福寺から出された春日版をはじめとして、高野版《こうやばん》・泉涌寺版《せんにゅうじばん》・京都および鎌倉の五山版《ござんばん》などがある。文学作品の版本化は、桃山時代の嵯峨本のころまで見られない。

題簽・外題・内題・柱

江戸時代に隆盛する版本の形態的特徴として、表紙に刷り題簽の外題、本文冒頭に内題、各丁に匡郭《きょうかく》・柱（書名・巻数・丁付《ちょうづけ》・魚尾《ぎょび》などを記した部分）、末尾に刊記を有することなどがあげられる。

草双紙・黄表紙・合巻・滑稽本・人情本

大きさによって、大本・半紙本・中本・小本・横本などがある。大本は美濃判紙《みのばんし》を二つ折りにした大きさ以上のものをいう。およそ縦三十センチ、横二一センチ程の本。草双紙《くさぞうし》（赤本・青本・黄表紙・合巻）、後期滑稽本・人情本がこの書型を中心としている。半紙本は半紙を二つ折りにした大きさのもので、絵本類・談義本・読本などがこの書型である。中本は美濃判紙を横に二つに切り、袋綴じにした大きさの本。小本は半紙を二つに切り、それを二つ折りにしたもの。洒落本のほとんどがこの書型。横本は、縦長の大本・半紙本・中本・小本に用いる料紙を横に二つ切りまたは三つ切りにし、横綴じにした本。大本の料紙を二つ切りにした横本は、特に枕本《まくらぼん》と呼ぶ。半紙二つ切りの横本は懐中本《かいちゅうぼん》とも呼ばれる。横本は役者評判記や細見のような実用向きの本に多い。

（池田和臣）

日　ひ

太陽をさす。また、太陽が出ている時間として、日があり、接尾語「る」がついて、「ひる」ともなり、一日の意味にもなった。

神

古代では、天照大神《あまてらすおおみかみ》に神格化されるような日の神信仰があったと考えられ、それは、『更級日記《さらしな》』の「天照御神《あまてる》」にまでもわずかな系譜を繋ぐものであったようだ。本居宣長《もとおりのりなが》と上田秋成《うえだあきなり》との間にはいわゆる「日《ひ》の神《かみ》論争」があった。日はやがて天皇や皇子の象徴ともなり、皇位を「天《あま》つ日嗣《ひつぎ》」、皇子を「日《ひ》の皇子《みこ》」と呼んだ。『万葉集』の「日の皇子」は、天武《てんむ》天皇の皇子に限られる。

霞

「草深き霞の谷に影かくし照る日のくれし今日にやはあらぬ」（古今・哀傷・文屋康秀）は、亡き仁明《にんみょう》天皇を偲ぶ歌。なお、日没を死、日の出を誕生の比喩とする表現も数多くある。

里・花

また、「日の光やぶしわかねば石上《いそのかみ》ふりにし里に花も咲きけり」（古今・雑上・布留今道）は、知り合いが五位を授けられた祝の歌で、「日の光」は天皇のあまねき恩沢の比喩である。『源氏物語』の藤壺《ふじつぼ》は、世の人に「かかやく日の宮」（桐壺）と呼ばれた。

富士山・大和　仏

国号「日本」に相当する「日の本」ということばは、山《やま》辺赤人《べのあかひと》の富士山を詠んだ歌に「日の本の　大和の国の　鎮めとも　います神かも」（万・三・三一九）と用いられ、光源氏を讃える僧都は、「何の契りにて、かかる（スバラシイ）御さまながら、いとむつかしき日の本に生まれたまへらむ」（若紫）と、仏法を学んだ人にふさわしく、仏教の流れ着いた東の辺土という見方をしていた。

俳句・梅　菜　月

景としての日では、俳句に印象的なものが多く、「梅が香にのっと日の出る山路かな」（炭俵・芭蕉）や「菜の花や月は東に日は西に」（蕪村自筆句帳）などの名句がある。

和歌　氷魚　掛詞

和歌では、「朝日」「夕日」「入日」「日影」などのことばで用いられることが多く、「逢ふ日（葵）」「日を（氷魚）」「日（思ひ）」などの掛詞にもなった。（高田祐彦）

稗　ひえ

葉　夏・秋　畑

イネ科の一年草。古くから食用に栽培されてきた。葉は稲に似て細く、夏に淡褐緑色の花穂を房状につける。秋に熟した種子は、稗飯にして食べるほか、家畜の飼料とされた。『日本書紀』の五穀の起源を語る条では、五穀の一つとして食物神の屍体から生じ、畑に栽培されるために「陸田種子《はたけつもの》」と呼ばれている。また、『日葡辞書《にっぽじしょ》』でも五穀の一つに挙げられる。しかし、実際は穀物の中でも最下等であったらしい。『古事記』の五穀の起源を語る条では、稗は五穀の中に入っていない。また、『和名抄《わみょうしょう》』では、食用となる植物のうち「麻類」に分類され、穀物に似る草であると記されており、麦や粟《あわ》などの穀物とは区別されている。

麦・粟　和歌・田・稲　水

和歌では、水田で稲に混じって生えた場合に引き抜かれることを、捨てられた自分に重ねて詠むことが多い。『万葉集』の「水を多み高田《あげ》に種蒔《ま》き稗《ひえ》を多み擇擢《えら》ゆる業《なり》そわが獨《ひと》り寝《ぬ》る」（万・十二・二九九九・作者未詳）は、水が豊富なので高い田にまで稲を育てたが、稗が多いので抜いて捨てたように、選び捨てられた自分は独りで寝ることだの意。平安時代以降の和歌でも、「ほに出でぬ夏だにまじるひえ草のひき捨てられて世をや過ぎなん」（新撰和歌六帖・二・藤原為家）のように同様の詠み方がされる。しかし、これらの歌に詠み込まれたのは稗ではなく、雑草のイヌビエであるという説もある。（高桑枝実子）

比叡山　ひえいさん

山　京　野　稲荷

京都市の北東、京都府・滋賀県の境にある山。略して「叡山」、平安時代は、「山」といえば比叡山をさした。山嶺は二高所があり、東は大岳（八四八メートル）、西は四明岳（八三九メートル）となる。京の町の東側を区切る東山三十六峰の北端の山である。『更級日記《さらしな》』で「西山なる所」に位置した作者の描いた「東は野のはるばるとあるに、東の山ぎはは、比叡の山よりして、稲荷などいふ山まであらはに見えわたり」は、それを表した眺めである。『古事記』に「大山咋神《おおやまくいのかみ》」が「近淡海国の日枝《ひえ》の山に坐し」とあるが、古く日吉神社があり、山岳信仰の霊地であった。延暦四年（七八五）に伝教大師最澄《さいちょう》が入山し、七八八年に薬師仏を安置して比叡山寺・一乗止観院（根本中堂）を建立、以後、天台宗の総本山の位置を占めた。最澄死後の八二二年「延暦寺」の寺号が勅許される。天皇家・摂関家との結び付きも強まり、寺域も三塔（東塔〈根本中堂〉・西塔〈宝幢院〉・横川〈首楞厳院〉）十六谷の広大なものとなり、比叡山、即、延暦寺と思われるほどになる。世俗的な力も増し、三井寺の「寺門」に対し「山門」、興福寺を中心にした奈良諸寺の「南都」に対し「北嶺」と呼ばれた。平安時代は、平安京の鬼門である北東（丑寅）に当たるため、王城鎮護の寺としても信仰を集めた。

丑寅

「阿耨多羅三藐三菩提の仏たち我が立つ杣に冥加あらせ給へ」（朗詠・仏事・伝教大師）は『新古今集』（一九二〇）の詞書によれば「比叡山中堂建立の時」とある歌である。ここで使われた「我が立つ杣」は延暦寺の法灯を示す語となり、平安時代末期から鎌倉時代初期にかけて四度天台座主となった慈円《じえん》は、家集に『拾玉集《しゅうぎょくしゅう》』があり、「おほけなく憂き世の民におほふかな我が立つ杣に墨染の袖」（千載・雑中）の歌にも使われる。

座主
世
袖

文学に登場することも多く、『大和《やまと》物語』（四三）には「横川」に籠もる法師の話があり、『蜻蛉《かげろう》日記』にも藤原兼家の参籠の記事がある。『源氏物語』では、亡き夕顔《ゆうがお》の四十九日供養が比叡法花堂で行われ、失踪した浮舟《うきふね》を助け得度させた横川《よかわ》の僧都《そうず》なる人物が登場する。『梁塵秘抄《りょうじんひしょう》』には「天台宗の畏さは、般若や華厳摩訶止観、玄義や釈籤《しやくせん》倶舎頌疏《くしやずんそ》、法華経八巻が其の論議」（雑法文歌）と「般若経・華厳経・摩訶止観・法華玄義・玄義釈籤・倶舎論頌疏・法華経」と天台宗各経のありがたみが語られ、また、「根本中堂へ参る道、賀茂河は河広し、観音院の下がり松、生らぬ柿の木人宿り、禅師坂、滑石水飲《すべりしみづのみ》四郎坂、雲母谷《きららだに》、大嶽蛇《ざ》の池　阿古也《あこや》の聖が立てたりし千本の卒都婆」（霊験所歌）と京から根本中堂への道行きの景が描かれる。人々への浸透のさまが想像される。『今昔物語集』『宇治拾遺物語』では修行の場として比叡山が語られ、そこで修行する僧の中には、果たして出家者として如何と思われる説話も収められていて興味深い。

僧→出家
説話

十世紀半ばには各寺院の大衆が自治を強化し、武力を備え、他寺院との争い、自己の要求の貫徹などを行うようになり、朝廷へも圧力をかけるなど政治の面にも力を示すようになった。『平家物語』「額打論・清水寺炎上」では、二条《にじょう》天皇葬送の夜、墓所に打つ額に関する延暦寺・興福寺の僧徒の争いである。白河《しらかわ》院が「賀茂河の水、双六の賽、山法師（延暦寺の僧兵）、是ぞ我が心に叶はぬもの」と述べたように、院の力をもってしても抑え切れない強い力を有していた。

賀茂・双六
心
院

「願立・御輿振」（平）と山門法師の乱暴な話が語られるが、源頼政《よりまさ》をはじめ武士の力で抑えるしかなかった様子が語られて行く。

武士

以下、「座主流・一行阿闍梨之沙汰」とさらに争いが続く。結局、三井寺にての後白河《ごしらかわ》法皇の御灌頂があるという話からの争いで、山門側が敗れ、「一夜のうちに荒れにしかば、天狗の棲家となりはてぬ」（山門滅亡堂衆合戦・山門滅亡）ということになる。しかし、比叡山延暦寺は信仰の対象として見つめられ、「比叡の山峰の木枯らし払ふ夜に心清くも月を待つかな」（拾遺愚草・藤原定家）は、その思いを表したといってよかろう。

月

延暦寺は、織田信長《おだのぶなが》の比叡山攻めを受け、全山消滅という悲劇を味わうが、後、豊臣秀吉《とよとみひでよし》・徳川家康《とくがわいえやす》などの庇護により復活する。なお、江戸上野にある東叡山寛永寺は名前も東の叡山とあ

江戸

る通り江戸の鬼門を守る寺として比叡山を模して創建された寺。幕末、官軍に攻められた幕府彰義隊が立て籠もった理由もそこにある。（山口明穂）

氷魚　ひお（ひを）

鮎　宇治・琵琶湖　網代　川　和歌　日・掛詞

「ひうを」が縮まった語。鮎の稚魚。無色半透明で、長さ二―三センチメートル。宇治川や琵琶湖産のものが知られている。『延喜式《えんぎしき》』内膳司には山城《やましろ》国・近江《おうみ》国は網代を設けて氷魚を獲り、九月から十二月にかけて朝廷に献上するよう規定されている。「網代《あじろ》」は、川をせき止め簀《す》の子を敷いてそこに打ち上げられる魚を獲るしかけのこと。『拾遺集』雑秋に「蔵人所にさぶらひける人の、氷魚の使にまかりにけるとて、京に侍りながら音もし侍らざりければ」という詞書で、修理の君という女性の和歌、「いかでなほ網代の氷魚にこととはむなにによりてかわれをとはぬと」が載る。「氷魚の使」の職務を言い訳にして、自分を訪ねてこない男に対し、「網代の氷魚」に本当の理由を尋ねたいものだと詠んでいる。「氷魚の使」は、朝廷に納められる氷魚を受け取るために派遣された使者のこと。この和歌のように、和歌では氷魚は「寄る」の語と結びつけられることが多かった。また「氷魚」と「日を」との掛詞も多く用いられた。（松岡智之）

蜏・蜉蝣　ひおむし（ひをむし）

朝　宇治　網代　氷魚　和歌　涙

ウスバカゲロウ科の虫。『和名抄《わみょうしょう》』には「朝に生まれ暮に死ぬる虫なり」とあり、『枕草子』「虫は」の段にもその名が見られる。生まれてすぐに死んでしまうことから、はかなさを象徴する虫として表現のなかに用いられる。

『源氏物語』橋姫《はしひめ》巻、十月に宇治を訪れようとした薫は、この時期に宇治を訪れるなら有名な網代《あじろ》を見物するがいいと勧められるが、その提案に「何か、その蜉蝣《ひをむし》にあらそふ心にて、網代にも寄らん」と答え、網代を見物することなく八宮のもとへと向かう。「網代」から「氷魚《ひを》」が導かれ、さらにこの世のはかなさを響かせるために「ひをむし」のことをいう表現になっている。

平安時代に「ひをむし」が和歌に詠まれることはないが、時代が下るにつれて「ひをむし」もまた、詠歌の対象となる。早いものとしては「世の中を思へば誰もひをむしの今日の命の夕暮の空」（土御門院御集）があり、正徹《しょうてつ》も「寄虫恋」という題で「ひをむし」の和歌を二首ほど残している。そのひとつは「涙河《なみだがは》君が方にぞひをむしの寄りてを消ゆる網代木もがな」というものである。恋の歌であるが、「ひをむし」の「氷魚《ひを》」から「網代」を導くというのは『源氏物語』と同様の趣向である。（東　俊也）

東山　ひがしやま

京　京　漢詩→詩

京都盆地の東を限る山地、またその西麓鴨東《せいろくおうとう》の地名。京から眺めた東山の姿を詠んだ、「ふとん着て寝たる姿や東山」という服部嵐雪《はっとりらんせつ》の句はよく知られている。頼山陽《らいさんよう》は東山を眺望する地に居を構え自らを「三十六峰外史」と号したが、漢詩の世界では平安時代から東山が詠まれており、

比叡山

中国河南《かなん》の嵩山《すうざん》に見立てて「三十六峰」と称された。早く『文華秀麗集《ぶんかしゅうれいしゅう》』にも「東山」の語が見られるが、これは比叡山をさすとされる。

山里

平安時代、東山は貴族の別業の地、そして葬送の地であった。藤原関雄《せきお》は官途につかず東山に閑居《かんきょ》し、また『伊勢《いせ》物語』の主人公は東山に住もうと思い、その心境を「住みわびぬ今はかぎりと山里に身を隠すべき宿求めてむ」（五九）と和歌にした。古くから古墳が多く、平安時代以降は多くの葬送が行われたが、なかでも鳥辺野《とりべの》は葬送の地として有名である。

鳥辺野

応仁の乱の後、足利義政《あしかがよしまさ》は東山に山荘をつくり、そこに銀閣を建てた。義政を中心にして、作庭・花道・茶道・水墨画など様々な文化が発展したが、それらを東山文化という。（東　俊也）

光　ひかり

光線とそれが照らし出すもの、また、象徴や比喩としての光に分けることができる。

月・星・雪・露

蛍

鏡

光線では、自然の太陽、月、星、稲妻、雪などのほか、露、蛍などがよく出てくる。また、灯《あか》り、燈明《とうみょう》、篝火《かがりび》、火などのほか、鏡や玉など、数多くのものにわたる。強く輝く光だけでなく、ほのかな幽《かす》かな光も好まれた。「ひさかたの光のどけき春の日にしづ心なく花の散るらむ」（古今・春下・紀友則、百人一首）は、穏やかな春の光を詠んだもの。「ま萩散る庭の秋風身にしみて夕日のかげぞ壁に消えゆく」（風雅集・秋上・永福門院）は、京極派らしい静かな自然観照である。「白雲に羽うちかはし飛ぶ雁の数さへ見ゆる秋の夜の月」（古今・秋上・読人知らず）は、清澄な月の光を詠み、「春の夜は軒端の梅をもる月の光もかをるここちこそすれ」（千載集・春上・俊成）は、梅の香りとの共感覚表現の歌である。「月のいと明かきに、川を渡れば、牛の歩むままに、水晶などのわれたるやうに水の散りたるこそ、をかしけれ」（枕・月のいとあかきに）には、清少納言の光の捉え方の鋭さがうかがえる。

春・花

萩・秋・風・夕

雲・雁

梅

川・牛

光が照らし出すものは、人物、また自然など多岐にわたる。夕日や月に照らされた姿が美しいものとされ、「はなやかにさし出でたる夕月夜に、うちふるまひたまへるさま、にほひ似るものなくめでたし」（源・賢木）は、野の宮の六《ろく》条御息所《じょうのみやすどころ》を訪れた源氏の姿。「夕影《ゆうかげ》」「夕《ゆう》ばえ」「火影《ほかげ》」などの語がある。また、物越しに見える影を「透影《すきかげ》」といい、その人物や物に対する想像がかき立てられたが、それも、光の洗練された受け止め方であった。

野の宮

影

光は、美しさとともに、畏怖をともなった神聖さをもたらすものであり、そこから、神や高貴な人物について用いられることも多い。たとえば、天皇や中宮などの恩沢の象徴ともなる。「日の光やぶしわかねば石上《いそのかみ》ふりにし里に花も咲きけり」（古今・雑上・布留今道）は、友人の叙位を祝った歌。「ひさかたの中におひたる里なれば光をのみぞたのむべらなる」（古今・雑下・伊勢）は、中宮温子《おんし》への信頼を詠む。また、日や月の光は、漢詩文などでは、皇統そのものの象徴として表現されることも多い。「五月雨の降り残してや光堂」（奥の細道）は、中尊寺金色堂《ちゅうそんじこんじきどう》の輝きに、奥州藤原氏の栄光を偲ぶ。

神

中宮→三后

里

日・漢詩→詩

五月雨

伝承や物語の主人公には、光り輝く美質が付与されることが一般的で、記紀の衣通姫《そとおりひめ》から、『竹取物語』のかぐや姫、『宇津保物語《うつほものがたり》』の俊蔭娘《としかげのむすめ》、仲忠《なかただ》、犬宮《いぬみや》、『源氏物語』の光源氏、藤壺《ふじつぼ》（桐壺《きりつぼ》巻で「かかやく日の宮」と呼ばれる）、『夜の寝覚《ねざめ》』の中の君など、明らかな系譜をたどることができる。

闇・仏

無明長夜の闇を生きる人間にとっては、仏法の教えは一条の光であり、「暗きより暗き道にぞ入りぬべきはるかに照らせ山の端の月」（拾遺・哀傷・和泉式部）は、よく知られる。稲妻の光は、その一瞬の輝きゆえに、はかないもののたとえとされた。

（高田祐彦）

彼岸　ひがん

梵語「波羅蜜多《はらみた》」の訳語「到彼岸《とうひがん》」の略。迷いの此岸を離れ、悟りの彼岸にいたること。また、春分・秋分の日を中心とする七日間をいい、この間に行われる法会を彼岸会《ひがんえ》という。この時期には、太陽が真東から昇り、真西に沈むために、西方の阿弥陀浄土を観相するのに最適と考えられた。『日本後紀』大同元年（八〇六）三月十七日条に、崇道天皇（皇太子で廃された光仁天皇皇子の贈り名）のために諸国の国分寺に金剛般若経《こんごうはんにゃきょう》を転読させたのが始まりとされる。

清水

『蜻蛉日記《かげろうにっき》』中巻、夫と近江《おうみ》の結婚を知った作者は、「つれづれとあるほどに、彼岸に入りぬれば、ただあるよりは精進せむ」と考え、筵《むしろ》の塵を払う。『更級日記《さらしなにっき》』清水寺参籠の条には「彼岸のほどにて、いみじう騒がしうおそろしきまでおぼえて」とあり、多くの参詣者で賑わっていたことが知られる。

この期間は、慶事を行うにふさわしいものとされた。「彼岸のほどに、よき日を取りて、さるべきこと思し設けて」（宇津保・国譲下）は、中宮が娘女三宮の婿取りを準備したことをいう。「八月にぞ、六条院造りはてて渡りたまふ。……彼岸のころほひ渡りたまふ」（源・少女）は、完成した六条院に、源氏や紫の上たちが移ったこと。「（二月）彼岸のはじめにて、いとよき日なりけり。近うまたよき日なしと勘へ申しける中に」（同・行幸）とは、玉鬘《たまかずら》の裳着《もぎ》の日取りについてのもの。「（八月）二十八日の彼岸の果てにて、よき日なれば、人知れず心づかひして、いみじく忍びて率てたてまつる」（同・総角）は、匂宮《におうのみや》と中君の結婚を、薫《かおる》が仲介しようとしたことをいう。

婿

裳着

心

「彼岸所」は、日吉山王二一社に設けられた建物で、僧の控え所や参詣者の宿泊施設として用いられた。『太平記』巻十四には、後醍醐《ごだいご》天皇が大宮権現を仮御所としたことが語られている。

「彼岸太郎」は「彼岸の入り」に同じく、彼岸の初日。この日に天候がよければ、その年は豊作になるとされた。「京辺や彼岸太郎の先天気」（一茶・文化句帖）。（大井田晴彦）

日暮れ　ひぐれ

日・夕

日の暮れる時間帯。夕暮れ時。黄昏《たそがれ》時。黄昏は、目の前の人を、「誰《た》そ彼《かれ》」と見分けにくくなる時間のこと。あそこにいるのは誰という「彼《か》は誰」「あれは誰れ」の対。「その木のもとは立ちてかへるに、日ぐれになりぬ」（伊勢・八二）のように、日が沈み暗くなるという時間の推移を織り込んだ表現になる。実際の用例としては、「空は墨をすりたるようにて日も暮れにけり」（源・明石）のように動詞の形か。「日暮れ方になりゆく」（源・澪標）のように「日暮れ方になる」の形で用いられることが多い。

江戸時代はじめに制定された不定時法である貞享暦《じょうきょうれき》では、日の出の二刻半（現代の時刻で三六分）前を夜明けとし明け六つ、日没の二刻半後を日暮れとして暮れ六つとした。十八世紀終わりに制定された寛政暦ではさらに厳密になり、京都における春分・秋分の日の日の出・日没二刻半前の太陽高度に太陽が到達した時を、それぞれ夜明け、日暮れと定義した。

古代では、日暮れ時、辻に立って占いをする夕占《ゆうけ》が行われた。十二世紀に編纂された『二中暦』によると、「ふなとさへ夕占の神に物問はば道行く人よ占まさにせよ」の歌を三度唱え、区切られた場所に米を撒き、櫛の歯を三度ならしてから通行人の言葉を聞いて、吉凶を占うというものであった。『万葉集』に、「言霊《ことだま》の八十《やそ》の衢《ちまた》に夕占問ふ占正に告る妹はあひ寄らむ」（十一・二五〇六）は、思いを寄せるあの娘が夕占で自分になびくと出た、というものである。「衢」は多くの道の交錯する場所、すなわち辻であり、神と出会う場と考えられていた。また、日暮れ時は、人間が活動する昼と、神の活動する夜との境界であり、同様に神の言葉を聞くのにふさわしい時間帯と考えられたのである。『大鏡《おおかがみ》』には、藤原兼家《かねいえ》の娘超子《ちょうし》が、二条大路で夕占をした逸話を伝えている。

米・櫛

妹

昼・神

（奥村英司）

肥後　ひご

西海道の上国。現在の熊本県に当たり、東は阿蘇山を中心にした九州を縦断する山脈があり、西は天草諸島を含んだ地域。もともとは肥後とともに「火の国」であったが、肥前・肥後の二国に分けられた（肥前国風土記、肥後国風土記、紀・景行）。五世紀と推定される玉名の江田船山古墳出土の太刀銘には雄略天皇を指すかと思われる人名が彫られ貴重な資料である。平安時代『大和物語《やまと》』で自らの老いた姿を恥じて「むばたまのわが黒髪は白川の水は汲むまでなりにけるかな」（一二六）の歌を詠んだ檜垣《ひがき》の御《ご》は「筑紫《つくし》にありける」とあるが、白川とすれば肥後の国の話となる。

肥前

水

筑紫

（山口明穂）

廂　ひさし

寝殿造における寝殿および対の屋の中心をなす「母屋《もや》」の外側の四方、幅一間の空間をさす。方角により「北廂」「南廂」のように呼び分けられ、南側は公式行事や接客の場、北側は私生活の場というような役割の分化も行われるようになる。

寝殿・母屋

廂は、主人格の人物が母屋にいる場合、仕える人たちの居所になり、賓客があった場合は、対面のための客の座となる。「簀子はかたはらいたければ、南の廂にいれたてまつる」（源・朝顔）と見えるのがそれで、通常は簀子が客人の座となるが、身分の高い光源氏ゆえ廂に招じ入れられ、

「南の廂」というのは最も丁重な扱いである。それに対して「『いかゞはせん』とて、格子ふたまばかりあげて、簀子に火ともして、廂にものしたり」（蜻蛉・下）と見えるのは、主人である藤原道綱母《みちつなのはは》の意に反して遠度《とおのり》が強引に廂に座を占めたもので、自身が賓客に相当すると暗に主張しているのである。

何らかの事情で母屋が使用できない場合や、避暑などの目的で、廂が主人の御座所《ござしょ》になることもある。その際は、孫廂《まごびさし》や簀の子が女房たちの座になった。『枕草子』「職の御曹司におはします頃」の段では、母屋は鬼がいるので締め切り、御座所とはせず「南廂」を御座所とし、『源氏物語』夕霧《ゆうぎり》巻では母屋に修法の壇を築いたため「北廂」が寝所となっている。『源氏物語』若菜《わかな》上巻の蹴鞠での女三宮《おんなさんのみや》のように、女主人が何らかの事情で廂の間に出てくると、垣間見られて禁忌の恋が始まることもあった。

廂は賭弓《のりゆみ》の還饗《かえりあるじ》、産養《うぶやしない》、大臣大饗、仏事など各種の儀式にも用いられた。母屋と廂との間は御簾や障子で隔て、廂内部も仕切って使用するが、行事の際には必要に応じてこれらの仕切りを撤廃して使用した。『源氏物語』蜻蛉《かげろう》巻では中宮の法華八講が「北の廂も障子ども放ち」て母屋と一体となった空間で営まれ、また若菜下巻では「廂の中の障子を放ちて」と廂の間全体を用いて女楽《おんながく》が挙行されている。廂は鑑賞の対象が庭にある「藤花の宴」（源・宿木）などの場合、帝や最高貴の人々の御座所となり、儀式の中心が母屋の場合には参列する侍臣達の座となるが、そこでは「西の廂は上達部の座、北を上にて二行に、南の廂に、殿上人の座は西を上なり。」（紫式部日記）と見えるように、身分秩序によって厳格に席次が定められる場合もあった。

鬼　蹴鞠　賭弓　障子　上達部・殿上

（河添房江）

聖　ひじり

聖人。賢人。高徳の宗教者。「日知り」あるいは「火治り」が原義。「日知り」とすれば天地の運行や暦に通じた者の意となり、「火治り」ならば神聖な火の管理者の意となる。いずれにせよ、超人的な能力と高徳をもって祭祀に携わる、共同体の首長をさすのが本来の意味とみられる。「玉だすき　畝傍《うねび》の山の　橿原《かしはら》の　ひじりの御代ゆ　生れましし　神のことごと」（万・一・二九・柿本人麻呂）の「ひじり」は神武天皇をさす。また「柿本人麻呂なむ歌のひじりなりける」（古今・仮名序）のように、ある方面にすぐれた人物についてもいう。

仏教の広まりによって、高僧を聖と称することも多くなる。特に、朝廷や権門からは距離をおき、既成の教団に属さず修行する僧たちの存在が注意される。山奥に籠もって厳しい修行に励む「山の聖」（修験者・山伏）と、民衆と深く交わって信仰を広めた「市の聖」に大別できる。『源氏物語』若紫《わかむらさき》巻で源氏の加持をする北山の聖は前者の類で、「おほやけにしろしめされ」ることなく「峰高く、深き岩の中」で修行していた。修験道の祖といわれる役《えんの》行者《ぎょうじゃ》は葛城山に籠もって鬼神を使役し、空を自由に飛んだという伝承をもつ。平安時代の聖としては、数々の奇行で知られる多武峰《とうのみね》の増賀《ぞうが》、多くの帰依者のあった書写山の性空《しょうくう》などが有名である。『梁塵秘抄《りょうじんひしょう》』では、「聖の住所はど

畝傍山　仏　僧→出家　市　北山　葛城

播磨　熊野
こどこぞ　大峰葛城石の槌　箕面よ勝尾よ　播磨の書写の山　南は熊野の那智神宮」と修験道の霊場を列挙している（四句神歌）。

念仏
「市の聖」は架橋・築堤などを通じて布教した奈良時代の行基を祖とし、平安時代の空也《くうや》、鎌倉時代の一遍《いっぺん》らが有名である。諸国をめぐって念仏を広めた遊行《ゆぎょう》聖・念仏聖、造寺・写経などの作善を勧めた勧進《かんじん》聖、芸能者的な唱導聖、弘法大師信仰と高野山納骨を勧めて廻国した高野聖、葬送に携わった三昧聖など、その呼称と性格はさまざまである。

酒
中国の故事にちなみ、隠語で清酒のことをもいう。「酒の名を聖と負せしいにしへの大き聖の言のよろしさ」（万・三・三三九・大伴旅人）。

（大井田晴彦）

肥前　ひぜん

肥後
西海道の上国。佐賀県の一部と長崎県の一部に当たる地域。肥前・肥後二国はもと一国であり、崇神《すじん》天皇の時代に叛徒を討った時、虚空に火の上がるの見たため、「火の国」の名を賜り、前・後の二つの国に分けられたとある（肥前国風土記）。吉野ケ里《よしのがり》遺跡があることからもわかるように、

説話　袖
古代からの説話も目立つ。任那へ向かう愛人大伴狭手彦《おおとものさでひこ》を慕い、袖を振りつつ石になったという松浦佐用姫《まつらさよひめ》の話の舞台となっている。

松浦・歌枕
ちかのうら（千賀の浦）・陸奥・摂津
松浦潟はこの地の歌枕である。『夫木《ふぼく》和歌抄』では、歌枕として「ちかのうら」を挙げ、「陸奥又摂津或肥前」と三か所を挙げるが、「もろこしもちかのうらわのよるのゆめおもはぬ中にとほつふな人」（第三親王家十五首・藤原家隆）の歌を引く。この地は西に海が開けており、室町時代末期

海
からの西洋との交流にも活用された。

（山口明穂）

備前　びぜん

吉備・備後
山陽道八か国の一つ。現在の岡山県東南地域にあたる。古くは吉備《きび》国の一部であったが、大化改新後に吉備国が備前・備中・備後の三国に分かれた。浦間茶臼山古墳《うらまちゃうすやまこふん》や牟佐《むさ》大塚古墳《おおつかこふん》など、吉備一族のものと推定される古墳が点在する。また、備前国を本拠地とする和気《わけ》氏からは和気清麻呂《わけのきよまろ》

荘園・平氏
が現れ、中央で活躍した。平安時代には東大寺領の野田荘など数多くの荘園が存在し、保元・平治の乱後は平氏の知行国となった。

歌枕
備前国の歌枕には、「牛窓《うしまど》」や「虫明《むしあけ》の瀬戸《せと》」がある。

牛・住吉
牛窓に関して『備前国風土記』は、神功《じんぐう》皇后の舟を転覆させようとした大牛を住吉《すみよし》明神が投げ倒したのが地名の由来で、「牛転《うしまろばし》」が「牛窓」に転じたのだと説明する。作例と

波・島
しては、『万葉集』に「牛窓の波の潮さゐ島とよみ寄そりし君は逢はずかもあらむ」（十一・二七三一）という詠歌がある。一方の虫明の瀬戸は、『狭衣《さごろも》物語』の飛鳥井《あすかい》の女君

筑紫
が入水を図った地として知られる。欺かれるようにして筑

めのと（傅）
紫行きの船に乗せられ、主人公狭衣中納言の乳母子《めのとご》である道成から執拗な求愛を受けた飛鳥井の女君は、狭衣のことを想いながら「流れても逢ふ瀬ありやと身を投げて虫明の瀬戸に待ちこころみむ」という和歌を詠んだ。これを踏ま

和歌
えた和歌は、新古今時代を中心として多く詠まれている。

（東　俊也）

里
京
戸
上総・上野・親王（みこ）・都

飛騨　ひだ

岐阜県北部の旧国名。東山道の下国。「斐陀」「斐太」とも。大部分が険峻な山地で農地は少なく、「賦役令」で庸調が免除され、その代わりに里ごとに「匠丁十人」「飛騨匠工」を毎年交替で京に派遣させ、役所・寺院などの建築にあたらせた。『万葉集』でも「かにかくに物は思はじ飛騨人の打つ墨縄のただ一道に」（万・十一・二六四八・作者未詳）と、恋の物思いの姿が、飛騨の匠が一心に仕事に打ち込む姿を重ねて詠まれている。平安時代には「飛騨の匠」が歌言葉として定着、「まがきする飛騨の匠のたつき音のあなかしがましなぞや世の中」（大和・四三）は匠の斧の音を喧しさを序とし、「宮作る飛騨の匠の手斧音ほとほとしかる目をも見しかな」（拾遺・雑恋・国用）は、斧の音から「ほとほと」という副詞を導いている。一方『源氏物語』では、薫がなかなか対面しようとしない浮舟を恨んで「飛騨の匠も恨めしき隔てかな」（源・東屋）と言うが、これは『今昔物語集』巻二四・第五話に伝えられる飛騨工匠がどの戸から中へ入ろうとも閉じてしまう小堂を建て、絵師・百済川《くだらのかわ》成《なり》を困らせたという話をふまえたものとされる。

（兼岡理恵）

常陸　ひたち

茨城県の旧国名。東海道の大国。天長三年（八二六）、上総・上野とともに親王任国となる。地名の由来は、都との往来が海川を隔てず陸続きの「直道・常道（ひたみち）」であるから、あるいは倭武《やまとたける》天皇の袖が井の水に「漬《ひた》」されたことにちなむとされる（常陸国風土記・総記）。『常陸国風土記』には倭建《やまとたける》命（日本武尊）に関わる説話が多いが、倭建《やまとたける》命（日本武尊）を「天皇」と称している点に特徴がある。

袖・井（戸）・水

常陸、そして東国を代表する山である筑波山（標高八七六メートル）は男・女峰からなる独立峰。『万葉集』東歌の常陸国歌のほとんどが筑波山を詠んだもので、嬥歌《かがい》の行われる山として知られていた（常陸国風土記・信太郡、万・九・一七五九・高橋虫麻呂など）。

山・筑波山（嶺）

和歌では「筑波峰」のほか、鹿島神宮の男女の縁結びの占いに用いたという「常陸帯」が「あづまぢの道のはてなる常陸帯のかごとばかりもあひ見てしがな」（古今六帖・五・読人知らず）と、帯をとめる締め金の「かこ」を「かごと」と掛けて詠まれた。

和歌・鹿島

『源氏物語』宇治《うじ》十帖の女主人公、浮舟《うきふね》は「東国《あづま》の方の遙かなる」常陸で育ち、「筑波山」（源・東屋）と表現される、鄙《ひな》の女性として登場する。

東
鄙

（兼岡理恵）

羊　ひつじ

ヤギに似た哺乳類。渦巻き状の角をもち、良質の毛をもつ。舶来の動物であり、推古七年、百済から羊が贈られたことが見える（紀・推古）が、実際の牧畜などは近代に入るまで行われず、身近な存在ではなかった。説話集には、前世の罪業により羊に生まれ変わった話（今昔・九・十八、

百済
説話

十九）などが採録されているが、いずれも中国の逸事である。むしろ、羊のイメージは、「羊の歩み」などの成語によって形成された面が大きい。これは、人生において刻一刻と死が迫って来ることを、屠所に向かう羊の歩行によってたとえたものであり、『涅槃経《ねはんぎょう》』を典拠とする。『源氏物語』浮舟《うきふね》巻では、薫《かおる》と匂宮《におうのみや》の双方から愛情を示され、困り果て入水を決意する浮舟について、「明けたてば川の方を見遣りつつ、羊の歩みよりも程なき心地す」と描写されている。このほか、『法言《ほうげん》』に由来する「羊質虎皮《ようしつこひ》」という表現も、よく使われた。「かゝる尊き生を受けて萬物の長たる身ながら、人の人たる道に至らずは、羊質にして虎皮を著《ちゃく》すとかや」（仮・浮世物語・四・五）などの用例があり、外面だけが立派で内面が伴わないさまをいう。（合山林太郎）

川　虎

未申・坤　ひつじさる

十二支による方角表示のうちの一つ。未と申の中間で、南西にあたる。陰陽道《おんようどう》では、丑寅（北東）の鬼門《きもん》の正反対の方角であるため、裏鬼門とされる。天皇の日常の御殿である清涼殿《せいりょうでん》の南西には、鬼の間と呼ばれる一室があり、中国の想像上の獣である白沢《はくたく》の、鬼を斬る姿が描かれていた。『古今著聞集《ここんちょもんじゅう》』巻十一・三八四には、「昔、彼間に鬼のすみけるを鎮られける故に、かゝれたる事は申つたへたれども、たしかなる説をしらず」ともあり、この絵は、裏鬼門を封じる役割を果たしていたと考えられる。また、『平家物語』巻三・飇《つじかぜ》では、治承三年（一一七九）五月十二日に、都に甚大な被害をもたらした大風を、「中御門京極よりをこ（ッ）て、未申の方へ吹て行」とする。同章段では、この被害を受けて行われた占いの結果によって、平重盛《しげもり》の死や、後白《ごしら》河《かわ》法皇の幽閉などが暗示されており、すなわち、この南西に向って吹いた風は、凶事の前兆としての意味が与えられている。このように、未申は、丑寅と同様、不吉な方角と考えられた。（光延真哉）

陰陽道・丑寅　鬼　絵　都　風

備中　びっちゅう

山陽道の上国。岡山県西部の地域。吉備《きび》の国を三分した一で、備中の初出は六九七年（続日本紀）。「吉備乃美知乃奈加」と称した（和名抄）。山陽道にある国であり、源平の争乱後は書物に登場する。戦国時代には、各大名の領地争いの舞台となり、当時の戦記文学の材料となった。殊に豊《とよ》臣秀吉《とみひでよし》の備中高松城の水攻めの話は織田信長《おだのぶなが》本能寺の変とも絡みよく知られている。その中で備中松山城は山城の面影を残した城として知られる。江戸時代は幕府直轄領となった。（山口明穂）

吉備

人形　ひとがた

人の姿かたちに似せてつくったもの。人形。古来様々な用途に用いられたが、禊祓《みそぎはらい》の際の撫物《なでもの》や呪詛《じゅそ》に用いたものが古代の都城遺構から出土している。撫物とは紙などで作った人形で、身体を撫でてこれに身の穢れを移し水に流すもの。『源氏物語』において、人形を作って亡き大君を偲びたいと思っていた薫《かおる》から、大君の身代わりとして寵愛

禊・祓

を受けた浮舟《うきふね》は、匂宮《におうのみや》とも関係をもち板ばさみに堪えず入水するにいたるが、これは似姿としての人形と、薫の愛執の撫物としての人形の、両方のありかたを浮舟が一身に体現したものである。人形を使う遊びとしては、雛遊びがあり、少女の遊びであった。紙製の一対の男女に小さな家や衣服、調度をあしらって生活を模するもので、少女時代の紫の上は男雛に源氏の君と名づけて遊んでいる（源・若紫）。変わったところでは、手に持った皿に水がたまると頭に水をかける動作をする人形を高陽《かや》親王が作った話がある（今昔・二四・二）。

（神田龍之介）

雛　紙　水

鄙　ひな

都から遠く離れた地。王威の及ばない化外《けがい》の地をいう。古代においては、畿外のことであり、都の周辺は、「田舎《ゐなか》」と呼ばれた。ただし、『名義抄《みょうぎしょう》』では、「鄙」という字を「ゐなか」とも「ひな」とも訓ませており、のちには、「ゐなか」と「ひな」の区別は曖昧になった。

古い例では、『日本書紀』に、畿外《きがい》の民を平定すべく四《し》道将軍《どうしょうぐん》が派遣されたという有名な記事があり、翌年に「戎《ひ》夷《な》を平けたる状を以て奏す」（崇神）と、平定の奏上をしている。派遣された先は、北陸・東海・西道・丹波であった。

『万葉集』には、官人の地方赴任にともなって、「ひな」が和歌に詠まれる例がふえてくるが、そのほとんどが「天ざかるひな」という言い回しである。「天ざかる」は、天のかなた遠く離れたところ、というほどの意味。「天ざかるひなの長路ゆ恋ひくれば明石の門より大和島見ゆ」（三・二五五・柿本人麻呂）は、畿内と畿外の境界である明石海峡にたどりつき、都を離れた地方の生活と長い帰京の旅がようやく終わる安堵感を詠む。「天ざかるひなに五年住まひつつ都の手振り忘らえにけり」（五・八八〇・山上憶良）は、筑前《ちくぜん》守としての在任が本来の四年より延びていることへの嘆きである。

都　丹波

律令国家が支配の版図を広げるにしたがって、支配の対象を示す「ひな」ということばは、次第に文献から消えてゆく。「思ひきやひなの別れにおとろへて海人の縄たきいさりせむとは」（古今・雑下・小野篁）は、数少ない例の一つで、隠岐に配流された折の歌。海を隔てて都を遠く離れた地で、貴族でありながら海人同様の生活をするわが身への自嘲まじりの慨嘆を歌う。「ひなの別れ」という表現はその後、『源氏物語』で、須磨《すま》謫居の折を回想する源氏の思い、また、幼い玉鬘《たまかずら》を連れて筑紫《つくし》へ下向する一行の様子などに用いられる。

「ひな」に代わって増えてくるのが「ひなぶ」である。『伊勢物語』では、陸奥《みちのく》の女が「歌さへぞひなびたりける」（十四）と、否定的な評価を下され、別れ際の男の歌を本気で自分を思っている歌と勘違いしているさまが揶揄されている。『源氏物語』では、末摘花《すえつむはな》の女房や、常陸介《ひたちのすけ》などが「ひなぶ」によって批判の対象とされている。『枕草子』では、洗練されていない、みっともない様子をさす。

「ひな」と「いなか」の区別はやがて曖昧になってゆくが、それでも「ひな」には、もともとの意味合いから来る侮蔑のニュアンスが残る。「ひなの都」ということばは、諸国の国府をさすとともに、ひなにはまれな美形の人という意

明石　筑前　律令　海人　隠岐・海　須磨　筑紫　男　陸奥・女　女房

味でもある。「ひなの都路」ということばもあるが、これらは、本来鄙と都が対極の意味にあることからくる矛盾したおもしろさをもつ。（高田祐彦）

雛　ひな

現代と同じく、ひよこ・雛鳥、あるいは雛人形のこと。どちらも小さくかわいらしい点で共通しており、『枕草子』には、「うつくしきもの……雛の調度……何も何も小さきものは、皆うつくし……鶏の雛の、足高に白うをかしげに、衣短なるさまして、ひよひよとかしかましう鳴きて」とある。

雛人形は「ひひな」ともいい、幼い姫君の玩具であった。『源氏物語』では、若紫が雛遊びに興ずるさまが繰り返し描かれ、幼さと愛らしさを強調している。源氏は「雛など、わざと屋など作りつづけて、もろともに遊」ぶ（若紫）。また若紫は「雛の中の源氏の君つくろひ立てて、内裏に参らせ」たりもしている（紅葉賀）。雛人形が三月三日の雛祭りに飾られるのは江戸時代になってからで、それ以前は日常的な遊びの具であった。三月三日または上巳（三月初めの巳の日）には、贖物《あがもの》という人形を肌身にすりつけ、息を吹きかけて罪を祓い、水辺に流した。この人形が雛人形と結びついたのである。（大井田晴彦）

内裏
人形（ひとがた）

簸の川　ひのかわ（ひのかは）

出雲《いづも》国を流れる川。現在の島根県斐伊川《ひいかわ》上流にあたる。『出雲国風土記』では、その下流は出雲大川とされる。記紀神話では、この地において須佐之男《すさのお》が八俣《やまた》の蛇《おろち》を退治する。生贄にされる櫛名田比売《くしなだひめ》を助けるために、須佐之男《すさのお》は策を練った。供え物として強い酒の入った器を八つ用意し、八俣《やまた》の蛇《おろち》がその酒を飲み、酔っ払って寝ている隙に剣で斬りつけたのである。そのときの様子は、「速須佐之男命、其の御佩《はか》せる十拳劍《とつかつるぎ》を抜きて、其の蛇《をろち》を切り散《はふ》りたまひしかば、肥河《ひのかは》血に變《な》りて流れき」（記・上）と記される。ひの川上流は古来砂鉄の産地であり、川の水が赤褐色に濁っていた。ひの川が八俣《やまた》の蛇《をろち》の血で赤くなったというのは、そのことの反映であろう。また、川の水が赤いことは命名にも関わっていると思われ、「ひのかわ」は元来、「火の川」あるいは「緋の川」であったのではないかと考えられる。『古事記』では「肥河」、『日本書紀』では「簸川」と表記される。（東　俊也）

出雲・川
蛇（へび）
酒

檜隈川　ひのくまがわ（ひのくまがは）

大和国の川。現在の奈良県高市《たかいち》郡明日香《あすか》村を流れる。早く『万葉集』に二首見られ、「佐《さ》檜隈檜隈川《ひのくまひのくまがは》の瀬を早み君が手取らば言《こと》寄せむかも」（七・一一〇九）、「左檜隈檜隈川に馬駐《とど》め馬に水飲《か》へわれ外《よそ》に見む」（十二・三〇九七）と詠まれる。前者は「檜隈川の流れが速いのであなたの手を握ったら、皆に噂されるでしょうか」という内容で、後者は「馬を止めて馬に水を飲ませなさい。私はあなたのその姿を遠くから拝見しよう」というもの。後者は「ささのくま檜隈川に駒とめてしばし水かへ影をだに見む」（神遊びの歌

大和・川・あすか（飛鳥）
馬・水

という形で『古今集』に入集する。そこでは「ひるめの歌」と題されているが、「ひるめの歌」とは天照大神《あまてらすおおみかみ》を祀る歌のことである。古今集歌以降は作例があまり見られないが、藤原俊成《しゅんぜい》あたりから再び詠まれるようになる。その際の詠まれ方は古今集歌がもとになっており、「影」や「駒」「笹」といった言葉が詠み込められる。また俊成より前の時代の和歌として、大江匡房《おおえのまさふさ》の「今よりは檜隈川に駒とめじかしらの雪の影うつりけり」(堀河百首)が注目される。また、『平中《へいじゅう》物語』(三九)にも、この語をめぐる歌の贈答が見られる。

影

（東　俊也）

ひびきの灘　ひびきのなだ

播磨・海

播磨《はりま》国にある海。航海の難所とされた。『万葉集』の「比治奇《ひぢき》の灘」(十七・三八九三)と同一の地名とする考えもあるが、詳しいことはわからない。「ひびき」には「世間の評判」という意が言い込められ、「音に聞き目にはまだ見ぬ播磨なるひびきの灘と聞くはまことか」(忠見集)や「よそ人もかかるひびきの灘ゆゑに聞くに袂《たもと》のただならぬかな」「悲しさはひびきの灘に満ちにけり都の人も聞き懼《お》づるまで」(恵慶集)という贈答歌も、「世間の評判」という意味を当てはめて解釈することができる。またこの地名は、「灘」が「響く」、つまり荒れる海ということで付けられた名称であったのだろう。航海の難所であったことは、「ありしときひびきの灘と荒れしかば恋しからずの崎ぞ行くらん」(伊勢集)という和歌や、前掲の『恵慶集《えぎょう》』の詞書に「ひびきの灘に、風吹きていといみじき目見たり」とあることからも確認される。

都

灘・風

京

和歌

『源氏物語』玉鬘《たまかずら》巻では、九州から京へ戻る玉鬘一行が、「憂きことに胸のみ騒ぐ響きにはひびきの灘もさはらざりけり」という和歌を詠む。これは、航海の難所である「ひびきの灘」と、九州の豪族・大夫監《たいふのげん》が追いかけて来ることを思う胸の「響き」とを対比した詠歌となっている。

（東　俊也）

紐　ひも

紙

蛇（へび）

絹や布、革、紙などを織ったり、編んだり、組んだり、撚り合わせたりして細長い形状にしたもの。物を縛り、締め、結び合わせる目的で用いる。帯と似ているが普通はそれより細いものをさす。『日本書紀』の箸墓《はしはか》伝説の中で大《おお》物主神《ものぬしのかみ》の正体の「小蛇《こおろち》」を、「其の長さ大《ふと》さ、衣《ころも》の紐《ひも》の如し」(崇神)と描写するのが、いみじくも紐の形状を言い得ていよう。

直衣

狩衣

紐はこの場合のような「衣の紐」の他にも、「几帳《きちょう》の朽《くち》木形《きかた》いとつややかにて、紐の吹きなびかされたる」(枕・なまめかしきもの)や「御帳《みちょう》の紐などのつややかにうち見えたる」(心にくきもの)など、調度類にも用いられる。しかし特に平安時代の用例で注目されるのは、男性の直衣《のうし》姿などについての頻度の高さである。これは直衣や狩衣《かりぎぬ》などの首の部分にある入紐《いれひも》をさし、輪状の雌紐《めひも》に雄紐《おひも》の結び玉をさし入れる形式。「しどけなくうち乱れたる様ながら、紐ばかりをさし直したまふ」(源・葵)とは、くつろげていた直衣の入紐をかけ直して、居住まいを正すこと。表敬のさま

和歌　男・女　花　袴

である。

さらに注意すべきは和歌における用例である。「二人して結びし紐を一人してあひ見るまでは解かじとぞ思ふ」(伊勢・三七)はその典型で、男女が再びの逢瀬と変わらぬ愛を誓って、互いに衣の紐を結び合うという呪術的行為がその基層に存在することを思わせる。実はこの一首は「我ならで下紐《したひも》解くな朝顔の夕影待たぬ花にはありとも」に対する返歌。多情な女の浮気を心配した男の歌で、「下紐」は下袴《したばかま》などの紐。それを「解く」とは男女が情を交わすことを表す。対して紐の結び目が自然に解けるのは、恋人が自分を恋しがっている印と考えられた。「我妹子《わぎもこ》し我《あ》を偲《しの》ふらし草枕旅の丸寝《まろね》に下紐解けぬ」(万・十二)。『古今集』の次の一首も同想である。「珍しき人を見むとやしかもせぬわが下紐の解けわたるらむ」(恋四・読人知らず)（藤本宗利）

日向　ひゅうが（ひうが）

日　薩摩・大隅

西海道の下国、のち、中国。宮崎県と鹿児島県北東部の一部に当たる地域。高千穂に天孫が降臨したという神話があり、各地に神話と結びついた地がある。日の出る方角に向いている所に地名の由来があるとする(紀・景行)。もともとは薩摩・大隅をも含んでいたが、のち両国は分離された。（山口明穂）

病　びょう（びやう）　⇩病《やまい》

屏風　びょうぶ（びやうぶ）

新羅　紙・網代　宇治

屋内で、間仕切りや装飾に用いる折り畳み式のついたて。日本での最古の記録は、『日本書紀』天武《てんむ》天皇の朱鳥元年（六八六）の条で、新羅から献上されたという。屏風の高さは通常三―五尺だが、それ以上に大型のものもあり、『和漢《わかん》朗詠集《ろうえいしゅう》』には「七尺の屏風」(親王・順)が見える。材質は主に布や紙であるが、網代《あじろ》を用いた「網代屏風」もあり、『蜻蛉《かげろう》日記』や『源氏物語』でも、宇治の山荘の簡素なしつらいを象徴する。

元服・裳着　節会　仏　唐・絵　漢詩→詩・月　和歌

屏風は、元服《げんぷく》・裳着《もぎ》・入内《じゅだい》・婚儀・算賀《さんが》・大饗《だいきょう》などの盛儀において新調され、その場を飾る装飾性の高いものや、相撲《すまい》の節会《せちえ》・大嘗会《だいじょうえ》などの宮中行事に立てられるものがある。宮中行事に用いられる屏風は、儀式ごとに使い分け(江談抄・二・三三)、仏名には地獄変の屏風が用いられた。屏風の様式には唐絵《からえ》屏風と大和絵《やまとえ》屏風があり、唐絵屏風は中国の風景や詩文などに題材を求めた「唐絵」が描かれ、画讃も漢詩であった。大和絵屏風では、名所絵や四季の月次絵など「大和絵」が描かれ、画讃も和歌となり、屏風歌という和歌の様式を生み出し、成熟させた。盛儀における屏風は、高名な絵師に描かせ、一流の歌人や文人の多くに詠作を依頼した最高の工芸品といえる。そうした名品は宝蔵に収納され、重要な時以外は使用されずに(古今著聞集・

十六・四〇六)、伝来や相伝が意識された(同・十六・三九二)。これらの屏風への詩歌の詠進を求められることは、歌人文人として最高の栄誉であるので、悲喜こもごもの逸話が散見される。もっとも上流貴顕は詠進をしないので、詠作を求められた藤原道綱《みちつな》母は、何度も固辞をしたという(蜻蛉・中)。

日常に用いられる屏風も、『宇津保《うつほ》物語』の俊蔭女《としかげのむすめ》や『落窪《おちくぼ》物語』の姫君のように、零落した場合でも室内調度の最低限の必需品であった(枕・男は、女親亡くなりて、男親の一人ある)。持ち主の趣味教養を推し量れる調度で、『枕草子』「いやしげなる物」の段や『徒然草』八一段では、華美に過ぎる屏風を忌避している。屏風は、主に男女の対面において視線や光線を遮断し、また侵入や垣間見を気づかれないようにする小道具として利用された。非常時の避難場所でもあり、頭中将に踏み込まれた源氏(源・紅葉賀)や、薫《かおる》の侵入を察した宇治の大君(源・総角)がとっさに隠れるのは屏風の裏である。

(河添房江)

比良　ひら

近江・琵琶湖　風　海人・袖　枕詞

近江《おうみ》国の地名。琵琶湖の南西岸にあたり、比良山がある。北からの冷たい風が比良山を越えて琵琶湖に激しく吹きつけ、その強風は「比良八講《ひらはっこう》」と称される。「比良」の地名は『万葉集』から見られ、たとえば「ささなみの比良山風の海吹けば釣する海人《あま》の袖かへる見ゆ」(万・九・一七一五・槐本)の和歌がある。「ささなみ」は比良と同様に琵琶湖西南岸の地名であるが、枕詞として周囲の地名にかかる。右の歌では、風と同じように高いところから湖を眺める広い風景が、一転して「海人の袖」へと焦点化される。そのような視界の動きがこの和歌の魅力である。これは『新古今集』にも入集して、「比良」を詠むときの典型となったといえよう。勅撰集では『千載集』『新古今集』あたりから「比良」を詠む和歌が見られるが、「比良の山風」や「比良の高嶺の山おろし」を詠むのがほとんどである。『万葉集』と『千載集』に挟まれた時代では、『安法《あんぽう》法師集』や『恵《え》慶法師集《ぎょうほうししゅう》』『江帥集《ごうのそちしゅう》』などに作例が見られ、「千早振る比良の御山のもみじ葉に木綿かけわたす今朝の白雲」(安法集)のように詠まれたりする。

もみじ

(東　俊也)

平野　ひらの

山城　衣笠山　源氏　歌枕　松　杉・紫　和歌　摂津

山城《やましろ》国の地名。現在の京都市北区平野にあたり、その西には衣笠山《きぬがさやま》がある。平野神社で行われる平野祭が有名で、古くは四月・十一月の上《かみ》の申《さる》の日に行われ、皇太子が参向して賜姓源氏のために祈願した。『能因歌枕《のういんうたまくら》』にも見える歌枕でもあり、八代集では『拾遺集』に二首見られる。「ちはやぶる平野の松の枝しげみ千世も八千世も色は変はらじ」(拾遺・賀・大中臣能宣)は平野祭の歌。「生ひしげれ平野の原のあや杉よ濃き紫にたちかさぬべく」(拾遺・神楽歌・清原元輔)は、知人の源氏に子供が生まれたのを寿いだ和歌である。いずれも平野神社に関わらせた詠歌である。

また摂津《せっつ》国にもこの地名があり、現在の大阪市平野区にあたる。中世から近世にかけて商業都市として発達し、堺と並ぶ自治都市を形成した。

(東　俊也)

昼　ひる

朝・夕　日　冬　和歌　浦

太陽が天にあって照っている時間帯。朝と夕との間。夜の対。「ひる」の「ひ」は日の意、「る」は「よる」と同様の接尾語。

『枕草子』初段に、「昼になりて、ぬるくゆるびもていけば、火桶の火も、灰がちになりてわろし」とあるのは、冬の朝の持つ張り詰めたようないかにも冬らしい寒さが、昼になって緩む様を描いたものだが、昼とは人間が最も活動する日常的な時間帯である。すべてが白日の下にさらされる時であり、実生活上の時間帯であったともいえる。

和歌においても、「みつしほの流れひるまをあひがたみみるめの浦によるをこそまて」(古今・恋三・清原深養父)「御垣守衛士の焚く火の夜は燃え昼は消えつつ物をこそ思へ」(詞花・恋上・大中臣能宣)のように、恋の時間帯である夜と対にして用いられる程度である。

(奥村英司)

広沢の池　ひろさわのいけ(ひろさはのいけ)

山城・池　和歌　雲・風　月　影　山里・秋・光　明石　都

山城国《やましろ》、現在の京都市右京区嵯峨広沢《さがひろさわ》にある池。池の側に真言の僧寛朝《かんちょう》の建立した遍照寺《へんしょうじ》があり、遍照寺池ともいわれる。

早い時期の和歌の作例として、「広沢の池に浮かべる白雲はそこふく風のなみにぞありける」(重之集)が挙げられる。源重之《しげゆき》の和歌では月は詠まれていないが、「水の面に宿れる月の影見れば波さへよると思ふなるべし」(公任集)や「住む人もなき山里の秋の夜は月の光もさびしかりけり」(後拾遺・秋上・藤原範永)などの月を詠んだ和歌は、その詞書から広沢の池での詠歌であると知られる。平安時代後期からは月を詠む歌が主流となり、六百番歌合の「広沢池眺望」題ではすべての和歌において月が詠まれている。そのなかでも広沢の池と月の結びつきを顕著に示すのが、慈円《じえん》の「更級も明石もここに誘ひ来て月の光は広沢の池」である。ちなみに範永《のりなが》の和歌に関しては、『袋草紙《ふくろぞうし》』などに語られる説話がある。藤原定頼《さだより》がその和歌を父公任《きんとう》に見せたところ、公任は深く感嘆し、歌の横に「和歌その躰を得たり」と書き付けた。喜んだ範永はその詠草を手に入れ、錦の袋に入れて重宝としたという。

平安時代の物語『夜《よる》の寝覚《ねざめ》』では、主人公寝覚の上の父大臣の別邸がこの広沢の地にあり、寝覚の上も都の人物関係から逃れるようにして広沢の別邸を訪れている。

(東　俊也)

琵琶湖　びわこ(びはこ)

近江　浜名　京　鳰の海

近江国、現在の滋賀県にある、わが国最大の湖。形が楽器の琵琶ににていることからの名称で、それが淡水湖であることから「淡海《おうみ》」、また「遠江海《とおとうみ》」といわれた浜名湖に対して、京に近いので「近江海」、平安時代中期以降は、水鳥の名から「鳰《にお》の海」といった呼称もある。

『古事記』中巻、神功皇后に反旗を翻し敗れた忍熊王《おしくまのみこ》は、琵琶湖に入水するに際し、「いざ吾君振熊《あぎふるくま》が痛手負はずは鳰鳥《におどり》の淡海の海に潜《かづ》きせなわ」と詠んだ。また、天智六年

都　千鳥　波　月・花・秋　石山・勢多　比良

（六六七）から五年間、湖畔の近江大津に都が置かれたが、壬申《じんしん》の乱によって短期間に廃絶した。柿本人麻呂《かきのもとのひとまろ》の「淡海の海夕波千鳥汝が泣けば情もしのに古《いにしえ》思ほゆ」（万・三・二六六）は、その後の廃墟となった旧都を詠んだものである。平安時代には、「みるめこそあふみのうみにかたからめふきだにかよへしがのうら波」（後拾遺・恋三・伊勢大輔）のように、「近江」に「逢《あ》ふ身」を掛け、恋の歌とした例もある。

さきの『古事記』の歌謡にもあるように、鳰鳥すなわちカイツブリは、琵琶湖を代表する景物であり、そこから「鳰ほ」に舟の帆と、完全に、の意味の「まほ」を掛けている。また、鳰鳥が夫婦つがいで水に潜ることから、「別れにしぐ舟のまほならねども逢ひ見しものを」（源・早蕨）は、「まの海（湖）」という呼称が生ずる。「しなてるや鳰の湖に漕我が故里の鳰の海に影を並べし人ぞ恋しき」（浜松中納言・二）と詠まれた。また、純粋に景を詠んだものとしては、「にほの海や月のひかりのうつろへば浪の花にも秋は見えけり」（新古今・秋上・家隆）が、秋の冷たい月光が湖上の波を照らす情景を詠んでいる。琵琶湖周辺には名所・景勝地が多く、中世には中国の「瀟湘《しょうしょう》八景」にならって、「近江八景」として、「三井《みい》の晩鐘《ばんしょう》」「唐崎《からさき》の夜雨《やう》」「石山《いしやま》の秋月《しゅうげつ》」「勢多《せた》の夕照《せきしょう》」「粟津《あわづ》の晴嵐《せいらん》」「矢橋《やばせ》の帰帆《きはん》」「堅田《かたた》の落雁《らくがん》」「比良《ひら》の暮雪《ぼせつ》」が選ばれている。

（奥村英司）

備後　びんご

吉備・備前　備中　筑紫・妻　海人・浦　市・讃岐

山陽道八か国の一つ。現在の広島県東部にあたる。古くは吉備《きび》国の一部であったが、大化改新後に吉備国が備前・備中・備後の三国に分かれた。一宮は吉備津神社《きびつじんじゃ》。上田秋成《うえだあきなり》の『雨月《うげつ》物語』「吉備津の釜」で有名な吉備津神社は備中国のものだが、それと同じ祭神を祀り、備中国吉備津神社の分祀とされる。

鞆《とも》や尾道《おのみち》といった町は、港町として古くからあった。天平二年（七三〇）、大宰帥《そち》の任を終えて上京した大伴旅人《おおとものたびと》は、筑紫《つくし》で失った妻を偲び、鞆の浦で「吾妹子《わぎもこ》が見し鞆の浦のむろの木は常世《とこよ》にあれど見し人そなき」（万・三・四四六）など三首の和歌を詠んだ。それ以外にも『万葉集』には、「海人《あま》小舟《をぶね》帆《ほ》かも張れると張るまでに鞆の浦廻《み》に波立てり見ゆ」（七・一一八二）といった詠歌もある。鞆の地名は中世の日記『とはずがたり』にも見られ、そこでは厳島詣の途中に通った鞆の町の様子が記されている。また、『日本霊異記』下・二七話には「深津郡深津市《いち》」が出てくる。深《ふか》津《つ》は備後国にあった古代の市。その話のなかで讃岐《さぬき》国の人に馬を売っていることから、近隣諸国からも人々が集まるという、かなり大規模な市であったと考えられる。

（東　俊也）

深草　ふかくさ

山城・伏見　和歌　桜・心

山城《やましろ》国の地名。現在の京都市伏見区深草。『古今集』には、藤原基経《もとつね》が深草の地に埋葬された折の和歌が二首収められている。特に「深草の野辺の桜し心あらば今年ばかりは墨染めに咲け」（哀傷・上野岑雄）は有名。『源氏物語』薄雲《うすぐも》巻、藤壺《ふじつぼ》が亡くなった春に二条院の桜を目にした光源氏は、この歌をふまえて「今年ばかりは」とひとりごつ。

男・女 里 野 夕・風 月

『伊勢《いせ》物語』一二三段には、深草の地における男女の贈答歌が見られる。深草に住む女のことを「やうやう飽き方に」思った男は、「年を経て住み来し里を出でて往《い》なばいとど深草野とやなりなむ」といささか残酷な和歌を詠み掛ける。それに対して女は「野とならば鶉《うづら》となりて鳴き居らむかりにだにやは君は来ざらむ」という健気な和歌を返した。そして女の返歌に感心した男は、女のもとから離れるのをやめたという。この贈答歌を本歌としたのが、藤原俊成《しゅんぜい》の「夕されば野辺の秋風身にしみて鶉鳴くなり深草の里」（千載・秋上）である。俊成以降、深草が和歌に詠まれることも増えるが、その際の詠み振りは『伊勢』や俊成の和歌のイメージによるところが大きい。鶉の鳴く、草深く寂しい秋の里というイメージである。また、月が詠まれることも多い。

（東　俊也）

吹上の浜　ふきあげのはま

紀伊 秋・風・菊・花・和歌 波 和泉

紀伊《きい》国、現在の和歌山県和歌山市にある海岸。『枕草子』「浜は」の段にもその名が見られる。「寛平御時菊合《かんぴょうのおおんときのきくあわせ》」において、菅原道真《すがわらのみちざね》は「秋風の吹上に立てる白菊は花かあらぬか波の寄するか」（古今・秋下）と詠んだ。道真の和歌からもわかるように、地名から「吹き上ぐ」の意味を取り、「風」や「波」を詠み込むことが多い。『増基《ぞうき》法師集』の詞書《ことばがき》には、「此浜は天人常に下りて遊ぶと言ひ伝へたる所なり。げに、所もいとおもしろし」とあるが、その詞書に続けて詠まれた和歌は「吹飯《ふけゐ》の浦」を詠んでおり、これらは同様の地と見なされていたらしい。吹飯の浦を和泉《いづみ》国の歌枕とする説もあるが、『大和《やまと》物語』三十段においても吹飯の浦は紀伊国ということになっている。

歌枕 熊野 千鳥 物語

熊野詣の途中で実際の浜を目にして、和歌が詠まれたりもしている。また、『堀河《ほりかわ》百首』において紀伊が「浦風に吹上の浜の浜千鳥波立ち来らし夜半に鳴くなり」（新古今・冬）と詠んだように、「千鳥」が詠まれることも多い。

物語に目を移すと、『宇津保《うつほ》物語』にも吹上の地が登場する。吹上巻では、神南備種松《かんなびたねまつ》という紀伊国の長者が、吹上の地において豪勢な暮らしをしていることが語られる。彼には娘がいたが、その娘が嵯峨院《さがのいん》に仕えていた折に身籠った院の子が、源涼《すずし》である。涼もあて宮の求婚者の一人で、仲忠《なかただ》の好敵手として物語の展開に絡んでくる。

（東　俊也）

武具　ぶぐ

武士 物語

戦いに用いる道具のこと。兵器。武器。兜・鎧・具足・刀・弓矢などをいう。

王朝貴族に代わり、武士という新興勢力が政治や社会の支配階層として台頭する時代に至り、日本文学は、繊細・優美な「手弱女《たおやめ》ぶり」の色彩の濃い文学のみならず、「益《ます》荒男《らお》」たる武士を主人公とする文学ジャンル・作品を構成要素とするようになった。合戦とその周辺の出来事を語る「軍記物」である。『保元《ほうげん》物語』『平治《へいじ》物語』『平家物語』にはじまり南北朝の戦乱を描いた『太平記』に至るこれらの物語の中においてこそ、「武具」は、作品世界において必要不可欠な装置として登場してくるのである。

平家
木曽・馬

たとえば、『平家物語』巻九「木曽最期」では、源義仲《よしなか》について次のような描写がある。「木曽左馬頭《さまのかみ》、其日の装束には、赤地の錦の直垂《ひたたれ》に、唐綾《からあや》おどしの鎧着て、鍬形《くわがた》うったる甲の緒しめ、いかものづくりのおほ太刀はき、石うちの矢の、其日のいくさに射て少々残ったるを頭高《かしらだか》に負ひなし、重籐《しげどう》の弓持って、聞ゆる木曽の鬼葦毛《おにあしげ》といふ馬の、きはめてふとうたくましひに、黄覆輪《きぶくりん》の鞍置いてぞのったりける。」

「赤地の錦の直垂」「唐綾おどしの鎧」など華麗を極める武家装束に、鷲の尾羽（石打）の矢と重籐の弓という大将軍にふさわしい武器を持ち、あたかも自身を象徴するかのごとき「鬼葦毛」に乗って、大音声に名乗りをあげつつ、義仲という希代の英雄は死地へと赴いていく。「悲愴」を背負ったヒーローの「壮麗」さを描写するにあたり、「馬」をも含む「武具」は見事に「益荒男」たる義仲を彩っているのである。

源氏

また、『太平記』巻十六「新田殿湊川《みなとがわ》合戦の事」では、「薄金《うすがね》」という源氏相伝の鎧に、「鬼切《おにぎり》・鬼丸《おにまる》」という源氏重代の二振りの太刀を持った新田義貞《にったよしさだ》が、「下がる矢をば飛び越え、上がる矢にはさしうつぶき、真中を指して射る矢をば二振りの太刀を相交へて十六までぞ切つて落とされける」と神業のごとき奮戦をする様が描かれている。源氏の血統正しき義貞の戦闘シーンにふさわしい描写であるが、注目すべきは武具である鎧や太刀が固有の「名」を有しているということである。のみならず、『太平記』巻三二「直冬上洛の事付けたり鬼丸・鬼切の事」ではこの両刀の由

鬼

来が語られており、北条時政《ほうじようときまさ》を悩ませた鬼を切った刀である「鬼切」と、渡辺綱《わたなべのつな》が源頼光《よりみつ》から拝領しやはり鬼を切った刀である「鬼丸」は、単に「益荒男」に付属する武器として合戦場面を彩るだけではなく、自らの由来を語る説話の主体としてもこの軍記物の重要な構成要素となっているといえる。こうした、刀などの武具は、人の想像力を刺激することにより、由来説話などの物語を発生させる装置としても古典文学の中で機能しているのであり、さらにそうした霊力を有する由緒正しい武具は、「鬼切・鬼丸」のごとく「益荒男」の「力」の源として、英雄の活躍を物語る文脈の中で貴重な働きをしているのである。（杉田昌彦）

説話

藤　ふじ（ふぢ）

春・夏
紫
花

晩春から初夏にかけて咲く花。この房状に垂れ下がる薄紫色の花が愛好され、『万葉集』の時代から歌に詠まれている。特に藤の花がいっせいになびく様子を波にたとえた「藤波」という歌語は『万葉集』の時代から後世まで盛んに用いられた。「藤波の散らまく惜しみほととぎす今城《いまき》の岳《をか》を鳴きて越ゆなり」（万・十・一九四四）「わが宿の池の藤波咲きにけり山ほととぎすいつか来鳴かむ」（古今・夏・読人知らず）などはその例である。また、紀貫之《きのつらゆき》は、松にかかる藤の歌を盛んに詠んだ。「松をのみ頼みて咲ける藤の花千年《ちとせ》の後はいかがとぞ見る」（貫之集）のように、長寿を象徴する松と藤との組み合わせは祝言としての性格ももち、両者の組み合わせは固定化していく。

ほととぎす
池
松

『源氏物語』では、桜の宴のみならず、藤の宴も重要な役割を果たしている。花宴《はなのえん》巻で、宮中での桜の宴の夜に知

桜

りあった光源氏と右大臣の姫君・朧月夜《おぼろづきよ》は、右大臣邸での藤の花の宴で再会をはたす。豪華な藤の宴は右大臣の権勢を示す場でもあったが、その宴で右大臣家に敵視されている光源氏と朧月夜の恋がひそかに進行していたことは皮肉である。それから二十年後、朧月夜のもとを訪れた光源氏は、かつての藤の宴のことを思いだし、「沈みしも忘れぬものをこりずまに身もなげつべき宿のふぢ波」(光源氏)「身をなげむふちもまことのふちならでかけじやさらにこりずまの波」(朧月夜)と、歌を詠み交わす(若菜上)。「ふぢ波」には、「淵」が掛けられており、破滅をも辞さずに飛び込む恋の淵を暗示する。かつて二人の恋が露見して光源氏は政界を離れ、須磨《すま》に退居せざるをえなかった思い出を二人はかみしめているのである。光源氏の息子・夕霧《ゆうぎり》が内大臣の娘・雲居雁《くもいのかり》との初恋をようやく実らせたのも、内大臣邸での藤の宴の折のことであった(藤裏葉)。また、光源氏の娘・明石の姫君は、「よく咲きこぼれたる藤の花の、夏にかかりてかたはらに並ぶ花なき朝ぼらけの心地ぞしたまへる。」と藤の花にたとえられている(若菜下)。　(吉野瑞恵)

須磨

夏

武士　ぶし

日本の文学史上において、武士が主役として登場してくるのは、およそ十二世紀半ばから十三世紀前半にかけてであるといってよいだろう。それは、いうまでもなく、王朝貴族を担い手とする古代という時代から、武士という新興勢力が政治や社会の支配階層として台頭する中世という時代へ、日本の歴史が大きく転換したことを反映しているのである。この歴史の担い手の交代は、日本の文学の本質に極めて大きな変化を与えたと考える。『古今和歌集』や『源氏物語』に代表されるように、花鳥風月を愛で、男女の間のことに身を焦がし、宮廷生活という日常を憂い、そこからの脱却として出家を願うという、王朝貴族の生活意識と精神性を典型的に映し出す鏡として存在した平安文学は、「雅び」や「あはれ」といった精神を本質とする、繊細・優美な「手弱女《たおやめ》ぶり」の色彩の濃い文学であった。それは、都という限られた地域において、王朝貴族という限られた特権的階級の人々が、天皇という存在に集約される権威的な「力」によって保証され、ある意味平穏無事な日々を送ることによってはじめて成立することが可能な文学だったといえる。

男・女

出家

鏡

都

十二世紀に至り、地方農村の武装した自衛集団が台頭したことは、こうした社会情勢を一変させた。「力」はもはや権威的なものなどではなく、より直接的に武力・軍事力という名の暴力と、その上に成り立つ政治的権力を意味するようになった。当然の帰結として、こうした時代が行き着く先には、ただ戦乱のみが待ち受けているのである。保《ほう》元《げん》の乱(一一五六)、平治《へいじ》の乱(一一五九)、源平の動乱(一一八〇—八五ごろ)とうちつづいた内乱の時代は、花鳥風月や恋愛に耽溺することとは異質の文学テーマを日本人に与えたのであった。そうした中で新たに成立したジャンルが軍記物語という名の叙事詩である。『保元物語』『平治物語』『平家物語』にはじまり南北朝の戦乱を描いた『太平記』に至るまで、合戦とその周辺の出来事を語るこれらの物語は、まさに「益荒男《ますらお》」たる武士の文学であり、中世という

源平→源氏・平家

時代を象徴する文学なのである。

以降、江戸時代に至るまで、武士を支配階級とする時代が続いたことにより、彼らは創作者・享受者・庇護者あるいは作中人物として、日本の文学史の中で重要な位置を占めつづけた。室町・安土桃山時代において、能楽・狂言や連歌が一時代を築くことができたのは、幕府をはじめとする時の支配階層の人々の支持および援助があったからであり、また東常縁《とうのつねより》や細川幽斎《ほそかわゆうさい》を抜きにしてこの時代の和歌は語れないであろう。軍記物語の末裔としては、仮名草子の『信長記《しんちょうき》』や『太閤記《たいこうき》』など、戦国武将をヒーローとする作品が現れた。加えて、井原西鶴《いはらさいかく》が江戸の武士層を当て込み『武家義理物語《ぶけぎりものがたり》』『武道伝来記《ぶどうでんらいき》』を執筆したことや、曽我兄弟や赤穂義士たちが劇作品の主人公として喝采を浴びたことなどに象徴されるように、近世という時代もまた、武士階級の人々の存在を抜きにしては、文学を語ることができないのであった。

（杉田昌彦）

能・狂言　和歌　仮名

富士川　ふじがわ（ふじがは）

信濃国に発して富士山麓を南下し、駿河《するが》湾に流れ入る川。日本三急流の一つ。高橋虫麻呂《たかはしのむしまろ》の長歌「不尽山《ふじさん》を詠める歌」において、「不尽河《ふじかは》と　人の渡るもその山の　水の激《たぎ》ちそ」（万・三・三一九）とうたわれる。『更級《さらしな》日記』にも「富士川といふは、富士の山より落ちたる水なり」と記され、それに続けて作者菅原孝標女《すがはらのたかすえのむすめ》が耳にした富士川の伝説のことが書かれる。その伝説とは、富士川上流から流れてきた「黄なる紙」に来年の除目のことが「丹して濃くうるはしく書かれ」ていたのだが、次の年、実際にその紙に書かれていた通りの結果になった、というものである。これは富士山信仰に基づいた伝説といえよう。富士川の名は、その他に『十六夜《いざよい》日記』などにも見られる。

また、富士川の戦いがあった場所としても有名。治承《じしょう》四年（一一八〇）、源頼朝《よりとも》軍と平維盛《これもり》らの追討軍とが向かい合った。いっせいに飛び立った水鳥の羽音を頼朝軍の来襲と勘違いした平氏軍は、ほとんど合戦のないままに敗走したという。頼朝軍の勝利は、東国武士を頼朝のもとに集まらせるきっかけとなった。

（東　俊也）

信濃・富士　山・川　水　紙・除目　源（氏）　平氏→平家

富士山　ふじのやま

静岡・山梨両県の県境に聳える、日本第一の高山（海抜三七七六メートル）。『伊勢《いせ》物語』（九）では「比叡の山を二十ばかり重ねあげたらんほど」と形容する。姿の美しい円錐状火山で、日本を代表する山。立山・白山とともに日本三霊山の一。『源氏物語』（若紫）では、庵の後方の山に立って京を見た光源氏が「遥かに霞み渡りて、四方の梢、そこはかとなう、けぶり渡れるほど、繪にいとよくも似たるかな」と感嘆するのを、供人の一人は、「人の国などに侍る、海山の有様などを御覧ぜさせて侍らば、いかに御繪いみじうまさらせ給はん」といい、「富士の山」を挙げる。見上げる空に聳えるその姿の美しさは当時の旅人の目には神々しくさえ映ったことであろう。「天地の　別れし時ゆ　神さびて　高く貴き……」（万・三一七・山部赤人）「……天雲も　い行きはばかり　飛ぶ鳥も　飛びも上がらず　燃ゆる

山　比叡山　白山　京・霞　神

雪

火を　雪もち消ち　降る雪を　火もち消ちつつ　言ひもえず　名づけも知らず　霊《くす》しくも　います神かも……」（万・三一九・高橋虫麻呂）は霊峰としての富士を歌う。その美しさは信仰の対象になって不思議ではない。一言主の神の讒言により捕らえられた役行者《えんのぎょうじゃ》は伊豆《いず》の島に流されたが、夜には富士に登って修行をしたという（霊異記、三宝絵詞）。また、富士は常に山頂に雪がある山とされていた。「時じくそ　雪は降りける」（万・三一七）「不尽の嶺に降り置く雪は六月の十五日に消ぬればその夜降りけり」（万・三二〇）「富士ノ山ニハ雪ノフリツモリテアルガ、六月十五日ニソノ雪

駿河

ノキエテ、子ノ時ヨリシモニハ又フリカハル」（駿河国風土記「五月のつごもりに、雪いと白う降れり。時知らぬ山は富士の嶺いつとてか鹿の子まだらに雪のふるらん」（伊勢・九）「雪の消ゆる世もなく積りたれば、色濃き衣に、しろきあこめ着たらむやうに見えて」（更級）と多くの文献に残され

常陸

る。それについては、『常陸《ひたち》国風土記』は各地を巡る神祖の求める一夜の宿を富士の神が謝絶する。

「昔、神祖《みおや》の尊、諸神たちの御処に巡りいでまして、駿河の国福慈《ふじ》の岳に到りまし、卒《つひ》に日暮に遇ひて、宿りを請欲《こ》ひたまひき。此の時福慈の神答へけらく、『新粟《わせ》の初嘗《にひなへ》して家内諱忌《ものいみ》せり。今日の間は、冀はくは許し堪へじ』とまをしき。是に神祖の尊、恨み泣きて罵告りたまひけらく、『即ち汝が親ぞ。何ぞ宿さまく欲りせぬ。汝が居《す》める山は、生涯の極み、冬も夏も雪降り霜置きて、冷寒重襲《しき》り、人民《ひと》登らず、飲食《をしもの》な奠《まつ》りそ』」。同書は筑波山の記事を続け、筑波は神を暖く迎え、そのため同山は常に登山可能であったとする。江戸時代に契沖《けいちゅう》も赤人《あかひと》の「田子の浦ゆ」（三一八）はその長歌に「時じくそ」とあることから、『新古今集』で冬の部に入ったのは「歌ノ感今少スクナクヤ」（万葉代匠記）とした。契沖の考えは夏の歌として積雪のさまを詠んだとしたかったに違いない。現在は休火山の富士も奈良・平安時代のころは煙を吐く活動をしていた。「吾妹子に逢

駿河

ふよしをなみ駿河なる不尽の高嶺の燃えつつかあらむ」（万・二六九五・作者不詳）「妹が名も我が名も立たば惜しみ

妹

こそ布士の高嶺の燃えつつ渡れ」（万・二六九七・作者不詳）「君といへば見まれ見ずまれ富士の嶺のめづらしげなく燃ゆる我が恋（「火」の掛詞）」（古・恋四・藤原忠行）「富士の嶺のならぬ思ひ（同）に燃えば燃え神だに消たむなしけぶりは」（古・雑躰・紀乳母）「山の頂の少し平ぎたるより煙は立ち昇る。夕暮は火の燃え立つも見ゆ」（更級）「風に靡く富

風

士の煙の空に消えてゆくへも知らぬ我が思ひ（同）かな」（新古今・雑中・西行）とある。しかし、「今はふじの山も、煙たゝずなり」（古今・仮名序）と煙は見えないともいう。だが、時に見えないことがあっても、富士と「火・煙」との関係は切れなかったといってよかろう。鎌倉時代の阿仏尼《あぶつに》は若いころに遠江《とおとうみ》に行った時には煙を見ながら（うたたね）、そ

遠江

の後、関東に下向した時は煙は見えなかったという（十六夜）。室町時代頃から信仰祈願のための富士登山が行われ、江戸時代には富士講として盛んになり、落語の題材にもなった。そのころは各地に富士山を模した塚・山が築かれ、実際に富士山に登らずとも、そこに登ることで願いが満たされるという慣習も生まれた。

（山口明穂）

伊豆・島

諱忌→物忌

筑波山（筑波嶺）

冬・夏

田子の浦

藤袴　ふじばかま（ふぢばかま）

蘭・萩・葛・瞿麦（撫子）・女郎花・朝貌（顔）・秋

和歌

袴

花

野・露

キク科の多年草。漢名は「蘭」。「萩の花尾花葛花瞿麦《をばなくずはななでしこ》の花女郎花《をみなへし》また藤袴朝貌《あさがほ》の花」（万・八・一五三八・山上憶良）という旋頭歌《せどうか》によって、秋の七草の一つとされる。芳香があるので、その「にほひ」が和歌に詠まれることが多い。「何人か来て脱ぎ掛けし藤袴来る秋ごとに野辺をにほはす」（古今・秋上・藤原敏行）のように、「袴」ということから「脱ぎ掛く」という語が詠み込まれたりもする。また、「ほころぶ」という言葉も頻繁に用いられる。「ほころぶ」は「衣類の縫い目がほどける」という意味だが、花に関して用いられるときには「蕾を破って花が開く」という意味になる。

藤袴は『源氏物語』の巻名にもなっている。玉鬘《たまかずら》十帖の第九帖目。巻名の由来となったのは、夕霧《ゆうぎり》が玉鬘に思いを寄せて詠み掛けた「おなじ野の露にやつるる藤袴あはれはかけよかごとばかりも」という和歌である。地の文では「蘭《らに》の花のいとおもしろきを持《も》たまへりけるを」と語られるが、和歌では「藤袴」と詠まれている。　（東　俊也）

伏見　ふしみ

大和・山城

里

掛詞

和歌

里

大和国《やまと》と山城国《やましろ》とにある。大和国の伏見は菅原《すがわら》という土地にあったので、「いざここに我が世は経《へ》なむ菅原や伏見の里の荒れまくも惜し」（古今・雑下・読人知らず）のように「菅原や伏見」と詠まれることが多い。また、「臥し」という掛詞から、「恋しきを慰めかねて菅原や伏見に来ても寝られざりけり」（拾遺・恋五・源重之）のように詠まれたりもする。菅原は古くから土師《はじ》氏の土地であり、菅原道真の曽祖父の代に土地の名にちなんで菅原に改姓したのが菅原氏の起こりである。

山城国の伏見を詠んだ作例は『万葉集』にも見られるが、少し時代が下って藤原頼通《よりみち》の息橘俊綱《たちばなのとしつな》が建てた伏見亭《ふしみてい》に関わりのある和歌が多い。俊綱の「都人暮るれば帰る今よりは伏見の里の名をも頼まじ」（後拾遺・雑五）がその代表例であるが、伏見亭において頻繁に和歌会が催されたことは『今鏡《いまかがみ》』にも記されている。山城国の伏見の場合も、このように「臥し」の掛詞が用いられる。また、同じく『後拾遺集』の「うらやましいる身ともがな梓弓《あづさゆみ》伏見の里の花のまとゐに」（春上・皇后宮美作）も、俊綱の伏見亭をめぐる和歌。人々が伏見亭に花見に行くのを、残された美作《みまさか》が羨ましがって詠んだ和歌である。美作は頼通の息女皇后宮寛《かん》子《し》に仕えた歌人。この歌は、「いる」に「入る」と「射る」を掛け、「まとゐ」に「円居」と「的射」を掛けるという趣向になっている。　（東　俊也）

衾　ふすま

袖

寝る時にかける夜具《やぐ》、四角形で袷《あわせ》に仕立てて、綿を入れるのが普通。現在の掛け布団とほぼ同じ。また、領《えり》と袖を付けて直垂《ひたたれ》に似た型に作った直垂衾《ひたたれふすま》もあった。材質によっても様々な種類があった。『古事記』上巻には「むし衾柔《にこ》やが下に　栲《たく》衾さやぐが下に」と見えている。「むし衾」は苧《からむし》（イラクサ科の植物）の繊維で製した夜具（一説に

海
沓

「蚕《むし》」の意で絹の夜具とも)。「栲衾」は楮《こうぞ》の繊維で作ったもの。一方『古今著聞集』巻十二には「尼うへは紙衾《かみふすま》といふものばかりをひき着てゐられたりけるに」とあり、この紙衾とは紙の外被の中に藁を入れたものだという。『源氏物語』須磨巻に見える「海の面《おもて》は、衾を張りたらむやうに満ちて」という比喩があるが、この場合は繻子《しゅす》のような光沢のある絹製の衾であろう。また『栄花《えいが》物語』には新婚の儀礼として、「夜は御沓《くつ》を抱き、御衾まゐらせたまふ」(暮待つ星)という記述が見える。結婚後三日間、新婦の両親が新郎の沓を抱いて寝、若い夫婦の上に衾をかぶせるというのは、婚姻の幸いを願う当時の習俗である。(藤本宗利)

襖　ふすま

障子

開放的な家屋において間仕切りに使用した屏障具。「襖《ふすま》障子《しょうじ》」という名称を省略したもので、今日のような建具を「襖」と呼びならわすようになるのは室町時代以降である。それより前の時代では「ふすま」といえば主に寝具をさすものであり、今日の建具としての「襖」は、「障子」と呼ばれるのが常であった。なお、今日の「障子」は「明《あかり》障子《しょうじ》」(徒然・一八四、古今著聞集・一一五)と呼ばれていた。

絵・文字
屏風

「屏風・障子などの絵も文字も、かたくなる筆やうして書きたるが、見にくきよりも、宿の主のつたなく覚ゆるなり」(徒然・八一)と語られているように、障子は屏風に並ぶ、欠かせない屏障具で、持ち主の趣味教養が推し量られる調度でもあった。屏風と同様、それぞれ趣向を凝らし、詩歌・絵画ともその道の第一人者に依頼することもあった(大鏡・実頼)。逆に宮中や貴顕からの依頼を受けることは、その道の第一人者と認められたことであり、たいへんな名誉でもあった(古今著聞集・二九一)。また、そうした名手たちの手になる作品には、夜になると絵が抜け出してくる(古今著聞集・三八四)、見間違えて本物の鶏が喧嘩を仕掛ける(古今著聞集・三九二)といった様々な逸話が残されている。

鶏
男・女

物語において、男女が襖越しに対面する場合、女は掛け金によって男の行動に規制をかけることもあった。宇治の大君は、薫との襖越しの対面では掛け金をかけ、その恋心は封じておきながら、中君の部屋に入れる襖には掛け金をかけず逢瀬を望むという矛盾した行動に出る(源・総角)。

長谷

襖の掛け金の周辺は穴が開きやすく、この穴から女君の姿を覗き見る場面もある。印象的なのは、薫《かおる》が宇治の姫君達を垣間見る場面で(源・椎本)、この思い出を大君亡き後にも「かいばみせし障子の穴も思ひ出でらるれば、」(源・早蕨)と反芻する。後に長谷寺参詣の帰路、薫が浮舟《うきふね》を垣間見るのも「障子の穴」で、亡き大君と浮舟をまさに二重写しにする効果を上げている(源・宿木)。(河添房江)

豊前　ぶぜん

西海道十一か国の一つ。現在の福岡県東部および大分県北部にあたる。古くは豊国《とよのくに》の一部であったが、七世紀末の『浄御原令《きよみはらりょう》』により豊前国と豊後国に分割されたといわれる。

豊後

豊前国一宮《いちのみや》として、宇佐《うさ》郡(現在の大分県宇佐市)に宇佐神宮(宇佐八幡宮ともいう)が鎮座した。和気清麻呂《わけのきよまろ》に

伊勢
より天皇守護神とされ、誉田別尊《ほんだわけのみこと》（応神天皇《おうじん》）・大帯《おおたらし》姫命《ひめのみこと》（神功皇后《じんぐう》）・比売神《ひめがみ》の三神を祀る。伊勢神宮に次いで朝廷の尊崇があつく、勅使も頻繁に派遣された。山城の

石清水
石清水八幡宮や鎌倉の鶴岡八幡宮など、八幡宮は各地に勧請され、八幡信仰は大きく発展した。

掛詞
和歌においても、宇佐の地が詠み込まれる。『能因歌枕《のういんうたまくら》』にもその名が挙げられており、「今日までは生きの松原生きたれど我が身のうさに嘆きてぞ経る」（拾遺・雑賀・藤原後生女）のように「宇佐」と「憂さ」の掛詞を用いて詠まれることが多い。

（東　俊也）

二上山　ふたがみやま

大和・越中
『万葉集』には、大和国《やまと》と越中国《えっちゅう》の二つの二上山がある。前者は、奈良県西部、大阪府との境にある現在音読みされる二上山《にじょう》のことで、二つの頂《いただき》が印象的である。死罪に処せられその山頂に葬られた同母弟大津皇子《おおつ》を悼んだ「うつそみの人にあるわれや明日よりは二上山を弟世《いろせ》とわが見む」（二・一六五・大伯皇女《おおくのひめみこ》）で著名。後者は、富山県高岡市北部、氷見市《ひみ》との境にある山で、越中国守として赴任した大伴家持《おおとものやかもち》やその周りの歌人が歌に残した。「玉匣《たまくしげ》二上山に鳴く鳥の声の恋しき時は来にけり」（十七・三九八七・大伴家持）。平安時代以降、どちらの二上山か定めかねる歌が多いが、「ほ

枕詞・縁語
ととぎす」や「蓋《ふた》」の枕詞「玉くしげ」やその縁語「開く」

掛詞
「明く」を掛詞に用い、家持らの歌の影響が強い。『八雲御抄』では二上山を大和と越中に挙げるが、「玉くしげ」の語は越中に添えられている。奈良の二上山は、麓の当麻寺《たいま》の中将《ちゅうじゃう》姫伝説と相まって、「尼」が「上る」ことを語源と

尼
解し、「尼上の岳《にじょう》」と音読みされもしていたことを知る（謡曲・当麻《たえま》など）。

（中嶋真也）

二見の浦　ふたみのうら

播磨・伊勢・歌枕・和歌
播磨国《はりま》、あるいは伊勢国《いせ》の歌枕。これを詠み込んだ『古今集』の和歌に、「夕月夜おぼつかなきを玉匣《たまくしげ》二見の浦はあけてこそ見め」（羇旅・藤原兼輔）がある。このように、「蓋」

掛詞
「身」の掛詞から「玉匣二見の浦」と詠まれることが多い。

縁語
「蓋」は縁語の「開く」を導き、これの掛詞として夜が「明く」などといった内容が詠まれる。

海人
「玉匣二見の浦に住む海人《あま》のわたらひぐさはみるめなりけり」（躬恒集）は詞書《ことばがき》にも地名の「わたらひ」が示され、「玉

松
匣二見の浦のかひしげみ蒔絵《まきゑ》に見ゆる松のむら立ち」（金葉・雑上・大中臣輔弘）は詞書に「伊勢の国の二見の浦にてよめる」とあるので、明らかに伊勢国の二見の浦である。

一方、「玉匣二見の浦のほととぎす明け方にこそ鳴きわたるなれ」には「於播磨国二見浦」という詞書があり、こちらの二見の浦は播磨国のものである。

但馬
但馬《たじま》国にもあるという説もあるが、これの根拠は前掲の兼輔《かねすけ》の和歌の詞書に「但馬国の湯へまかりける時に、二見の浦といふ所に泊りて」とあるのによるが、これだけでは確かなことはいえない。

（東　俊也）

仏名　ぶつみょう（ぶつみやう）

仏　内裏　年中行事　屏風　絵　雪

仏の名号のことだが、仏名会《ぶつみようえ》の略として用いられることが多い。仏名会は、仏名経と呼ばれる一群の経典の教えに基づき、滅罪のために三世の諸仏の名を唱えて懺悔する法会で、仏名懺悔ともいった。日本ではすでに奈良時代、歳末に仏名経を内裏で読誦することがあったらしく、承和五年（八三八）に清涼殿《せいりようでん》で十二月十五日から三昼夜に渡り行われて以来年中行事として定着、これを御仏名《おぶつみよう》と呼ぶ。清涼殿の御帳台《みちようだい》中に仁寿殿《じんじゆでん》から移した本尊の画像を掲げ、廂に地獄変の屏風を立てた。仁寿三年（八五三）、期日を十二月十九日から二十一日までに改め、これが恒例となった。間もなく諸国庁でも行われることとなり、諸寺や貴族の私邸でも行われた。しばしば屏風絵にもとりあげられている。『三宝絵詞《さんぼうえことば》』下に詳しい記事がある。法会が果てると酒宴と詠歌が行われたが、時節柄、雪や年とともに罪が消えると詠む例が少なくない。また、法会に用いた造花を詠んだ例も多い。

（神田龍之介）

鮒　ふな

鯉　川・沼　井戸

コイ科の淡水魚。一般に全長十五センチほどで鯉より小さく、鯉にある口ひげはない。全国の河川・湖沼に広く分布する。「波臣」「ふもじ」「山ぶき」ともいう。『延喜式《えんぎしき》』には「調」として「鮒鮨」の語が見え、古くから食用とされていたことがわかる。『土佐《とさ》日記』には「こひはなくて、ふなよりはじめて、かはのもうみのも、ことものども、ながひつにになひつゞけておこせたり」とある。『宇治拾遺物語』巻十五・一には、大海人《おおあま》皇子の娘である大友《おおとも》皇子の妃が、「鮒のつゝみやき」の腹に手紙を入れて、父に夫の謀略を伝えるという故事が載る。この故事にちなみ、「いにしへはいともかしこしかただふなつつみやきなるなかのたまづさ」（新撰六帖・三）の歌があり、鮒は贈答としてよく用いられるなど、身近なものであった。息絶え絶えな様子を「鮒のごみに酔うよう」「鮒の水を飲むよう」というなど、鮒にまつわる慣用句も多い。なお、『仮名手本忠臣蔵《かなでほんちゆうしんぐら》』では、「井戸の鮒じやといふ譬が有……貴様も丁度鮒と同じ事」と高師直《こうのもろなお》が塩冶判官《えんやはんがん》を罵倒したことが刃傷沙汰のきっかけになっている。

（高野奈未）

船岡　ふなおか

山城・京　子の日・若菜　殿上　女郎花

山城《やましろ》国の地名。船岡山ともいう。平安京の北に位置し、現在は船岡山公園がある。『枕草子』「岡は」の段でもはじめにその名が挙げられており、子《ね》の日の小松引きや若菜摘みなど、王朝貴族の遊宴の地として有名であった。『今昔物語集』（二八・三）には、永観三年（九八五）二月、円融《えんゆう》院《いん》が子の日に逍遥した際の出来事が語られている。その場には大中臣能宣《よしのぶ》など当代を代表する五人の歌人が控えていたのだが、召されてもいない曽禰好忠《そねのよしただ》が姿を現したので、殿上人《てんじようびと》たちは好忠をつまみ出し、嘲弄したという。

八代集での作例は「船岡の野中に立てる女郎花渡さぬ人はあらじとぞ思ふ」（拾遺・雑秋・読人知らず）のみだが、「船岡に若菜摘みつつ君がため子の日の松の千代をおくらむ」（元輔集・三十）や「子の日してよはひをのぶる船岡は松の千歳を摘めばなりけり」（経信集・十六）のように、子の日を詠み込む和歌が多い。また、平安時代後期からは鳥部野と並ぶ葬送地となり、「波高き世を漕ぎ漕ぎて人は皆船岡山を泊まりにぞする」（山家集・八四九）などと詠まれたりもする。

和歌・鳥部野
波・世

また、播磨《はりま》国飾磨《しかま》郡、出雲《いずも》国大原郡にも船岡の地がある。

播磨・出雲

（東　俊也）

船坂　ふなさか

播磨《はりま》国の地名。現在の兵庫県赤穂郡上郡町《あこうぐんかみごおり》と岡山県備前市との境に、舟坂峠の名が残る。古来、「山陽道第一の難処」（太平記・十六・新田左中将被責赤松事）とされ、『平家物語』には、寿永二年（一一八三）、妹尾太郎《せのおたろう》に攻め入られた備《び》前《ぜん》国の「下人共」が「逃げて京へ上る程に、播磨と備前の境、舟坂といふ所にて、木曽殿に参りあ」ったとある（八・妹尾最期）。また、元弘二年（一三三二）、元弘の変により、隠岐に遷された後醍醐《ごだいご》天皇を奪還すべく、備前《びぜん》国熊山《くまやま》に挙兵した児島高徳《こじまたかのり》が奮戦したのも、この船坂であったという（太平記・十六・児嶋三郎熊山挙旗事付船坂合戦事）。なお、和歌では、「風追はぬふなさか山は年月も同じところぞ泊まりなりける」（忠見集）「風早み立つ白波をよそ人にふなさか山と見ゆるぞ危ふき」（夫木抄・読人知らず）のように、「船坂」と「船逆」を掛け、船が進まぬ場所として詠まれた。

播磨
備前
隠岐
風
波
船

（小山香織）

船　ふね

木材などを使い、中を空洞にして水に浮かぶようにしたもの。水上の交通手段として用いる。または、同様に中を空洞にして物が入るようにしたものをいう。

水

中に物を入れる、また水に浮くといった属性から、船は神話的には現世と異界とを結びつけるイメージをもつ。伊《い》耶那岐《いざなぎ》・伊耶那美《いざなみ》が国生みの際、水蛭子《ひるこ》という足腰の立たない子を、「葦船に入れて流し去てき」（記・上）という。現世では生きていけない水蛭子《ひるこ》を、異界に連れ去る道具として船が用いられている。また、これは異界同士だが、七夕の際天の川をわたって牽牛《けんぎゅう》と織女《しょくじょ》が会うのも、船によってである。「このゆふべ降り来る雨は彦星の早漕ぐ舟の櫂《かい》の散沫《ちり》かも」（万・十・二〇五二）は、七夕の雨を天の川の船の櫂のしずくに見立てたものである。これは中国の七夕詩の影響があるが、漢詩では船を月や雁などに見立てた例もある。「天の海に雲の波立ち月の舟星の林に漕ぎ隠る見ゆ」（万・七・一〇六八）の「月の舟」は、月を舟にたとえた表現である。

葦
七夕
雨
漢詩→詩・月・雁

船は天候などによっては、思うように動かすことのできない危険性をはらんでいる。『源氏物語』宇治《うじ》十帖の後半のヒロイン浮舟《うきふね》は、「たちばなの小島の色はかはらじをこのうき舟ぞゆくへ知られぬ」（浮舟）と、「浮き」に「憂き」を掛け、運命に翻弄《ほんろう》される我が身を船にたとえている。

また、陸から船を見ると、海に対して船はいかにも小さく頼りなく見える。「ほのぼのと明石の浦の朝霧に島がく

明石・霧・島

れ行く舟をしぞ思ふ」（古今・羈旅・読人知らず）は、そうしたはかない船に我が身の孤愁を重ねて詠んだ歌である。

世

一方、「容器」の意味の例は、「ふねもいぬまかぢも見えじ今日よりはうき世の中をいかでわたらむ」（大和・一五七）があり、この「ふね」は飼葉桶《かいばおけ》のことである。（奥村英司）

文　ふみ

⇨消息《しょうそく》・消息文《しょうそくぶみ》

冬　ふゆ

黒

陰暦では、十月（神無月《かんなづき》・孟冬・初冬）、十一月（霜月《しもつき》・仲冬）、十二月（師走《しわす》・季冬・晩冬）。五行説では、北の方角、黒の色に通ずる。

冬は一年最後の季節。木草が枯れるように、生命がしだいに滅びに向かう、一種の終末感を意識させる時節である。十一月・十二月には、一年の終りを思わせる行事が多い。

年中行事・更衣

餅

豊明・節会

冬の年中行事としては、まず十月一日の更衣《ころもがえ》。四月のそれとは逆に、夏の装いから冬の装いに改まる。また十月の上の亥《い》の日には、万病を防ぐために餅をつく亥子餅《いのこもち》の行事が催される。十一月になると、中の卯《う》の日は新嘗祭《しんじょうさい》、その年の新穀を天皇が天神地祇《ちぎ》に供える。新帝が即位の年は、これを特に大嘗祭《だいじょうさい》という。翌日の辰《たつ》の日は、豊明節会《とよのあかりのせちえ》で、天皇が新穀を食して宴を催す。その折、五節《ごせち》の舞《まい》が行われる。選ばれた国司・公卿《くぎょう》の娘たちが舞姫となって舞う。これらの一連の行事はその年の豊作を感謝する儀礼であり、新春の予祝の儀礼とも照応しあっている。十二月に入ると、十九日から二十一日まで清涼殿で御仏名《おぶつみょう》の行事が行われる。諸仏の名を唱えて、一年間の罪や穢れを祓う法会である。また大晦日には、大祓《おおはらい》（百官が朱雀院門の前に集まり一年の穢れを祓う）や、追難《ついな》の儀（疫病をもたらす鬼を追い払う儀）が行われた。

仏名

追難・鬼

紅葉・秋

住吉

葛・松

神

霜・雪

霰

古来、紅葉は晩秋から初冬にかけての代表的な景物であったが、平安時代半ばごろからは初冬の景物として固定するようになる。『源氏物語』でも、桐壺《きりつぼ》帝による朱雀《すざく》院の賀宴（紅葉賀）や、六条院での賀宴（藤裏葉）、あるいは住《すみ》吉《よし》社への参詣（若菜下）など、重要な紅葉の場面の賀宴や参詣を、十月中旬に設定している。いずれも、その年の最後の華麗な彩りとして印象づけている点に注目される。右の住吉参詣の物語では「十月中の十日なれば、神の斎垣《いがき》にはふ葛《くず》も色変りて、松の下紅葉など、音にのみ秋を聞かぬ顔なり」と語りはじめ、夜通し行われた神事の夜明けの景を「二十日の月遥かに澄みて、海の面おもしろく見えわたるに、霜のいとこちたくおきて、松原も色紛ひて、よろづのことそぞろ寒く」と語る。紅葉の彩りが一夜のうちに冬の色に一変してしまう趣である。ここから、霜・氷・雪・霰などの厳冬の時節に入っていく。

風

仏名・大祓・追難のつづく歳末は、一年の終り。『紫式部日記』で、それまで里下りしていた作者が十二月二九日に宮中に帰参して次の歌を詠んだ。「年くれてわが世ふけゆく風の音《おと》に心のうちのすさまじきかな」。今年も暮れてわが生涯も老いてゆく、夜更けの風の音を聞いていると心の中にも風が吹きすさんで荒涼とする思いだ、の意。歳末は一年をふりかえらせ己が人生を顧みることにもなる。

春　しかし冬は、終末への感懐だけをいだかせるのではない。冬の雪の底から早くも春の気がきざしている、とする発想もあるからである。「雪降れば木毎《きごと》に花ぞ咲きにけるいづれを梅と分きて折らまし」（古今・春上・紀友則）は、「木」「毎」

梅　の字を合成すると「梅」の字になるとする言葉遊びをもとりこんで、目前の雪を白梅に見立てた歌である。『古今集』の冬の部には、このように雪と梅の白さを組み合わせた表現がすこぶる多い。暗い冬から、やがて明るい春へと、季節がゆるやかに移り変わる趣である。それが、春の都のは

都　じめの歌におのずと連続することになる。　（鈴木日出男）

芙蓉　ふよう

夏・秋　アオイ科の落葉低木。夏から秋にかけて、径十センチほ

花　どの淡紅色の花をつける。花弁は五枚で、朝開いて夕方にはしぼむ。芭蕉の「枝ぶりの日ごとにかはる芙蓉かな」（お

朝　くれ馳）は毎日新しい花が咲くのをいったもの。朝咲いた

夕　白い花が、酔ってほんのりと頬を染めるように、夕暮まで

紅　に紅に染まってゆく「酔芙蓉《すいふよう》」という八重咲の品種もあり、

雨　水原秋桜子《みずはらしゆうおうし》に「酔芙蓉白雨たばしる中に酔ふ」という句がある。しかし、古典で「芙蓉」といえば、むしろ蓮《はす》の花の異称であることが多い。白楽天の「長恨歌」に、楊貴妃の美貌をたとえ、「太液芙蓉未央柳／芙蓉如面柳如眉」とあ

柳　るのは、『源氏物語』に「太液《たいえき》の芙蓉、未央《びおう》の柳も、げにかよひたりし容貌を」（桐壺）と引かれ、あまりにも有名。「太液芙蓉」とは、太液池の蓮の花の意。これ以降、「芙蓉」といえば、蓮の花のように清楚な美人のたとえとされ、「芙蓉の眸《まなじり》、丹花の唇《くちびる》」（太平記・二一・塩冶判官讒死事）「芙蓉の顔《かんばせ》、柳の眉」（浄瑠璃・国性爺合戦）といった表現も生まれた。　（小山香織）

布留　ふる

大和　大和《やまと》国の地名。現在の奈良県天理市布留。「石上《いそのかみ》布留の神杉神さびし恋をも我は更にするかも」（万・十一・二四一七・

石上　作者未詳）のごとく、現在も残る石上神宮《いそのかみじんぐう》の名を冠して詠まれることが多く、その神杉《かみすぎ》が有名でもあった。「日の光

日・光　藪し分かねば石上ふりにし里に花も咲きけり」（古今・雑上・布留今道）「皆人の背き果てぬる世中にふるの社の身をいかにせむ」（斎宮女御集）のように、「古」や「経る」が掛けら

歌枕　れることが多く、総じて古びたイメージをもつ歌枕である。また、「石上ふるの山辺の桜花植ゑけむ時を知る人ぞなき」

桜　（後撰・春中・遍昭）のように、桜の名所として詠まれることも多かった。なお、「布留」に「降る」を掛けた、「石上ふ

妹　るとも雨に障らめや妹に逢《あ》はむと言ひてしものを」（万・四・六六四・大伴像見）は、『古今六帖《こきんろくじよう》』『拾遺集』にも収められる、人口に膾炙した歌。この歌のごとく、男が雨をおして女の

男・雨・女　もとに向かうのは、男の愛情の証であるとされ、こうした挿話は、『伊勢《いせ》物語』一〇七段や『落窪《おちくぼ》物語』のほか、多

物語　くの物語に見ることができる。　（小山香織）

不破　ふわ（ふは）

美濃　美濃《みの》国の地名。現在の岐阜県不破郡。東山道に置かれた

関

不破関は、大宝令に定められた三関《さんげん》の一つ。天皇・上皇の崩御など緊急の際には、固関使《こげんし》が送られた。『万葉集』の防人歌《さきもりうた》でも、「……荒し男《を》も　立しや憚る　不破の関　越《く》えて吾《わ》は行く……」（二十・四三七二）と、堅固な関として歌われている。延暦八年（七八九）、三関は廃止されるが、儀礼的に固関使の派遣は続けられた。以降、不破関は、美濃国の名所として詠まれることが多く、美濃国へ帰る女に詠んだ「今はとて立帰りゆくふるさとの不破の関路に都忘るな」（後撰・離別・藤原清正）などがある。

女

縁語

また、「関」の縁語である「過ぐ」「行く」「とまる」などを詠み込み、「春来れば不破の関守暇《いとま》あれや行き来の人を花にまかせて」（長明集）「見るからにとまらぬ人ぞなかりける散る紅葉葉や不破の関守」（建春門院北面歌合・盛方）のように、四季の景物と詠みあわされることが多かった。なお、『新古今集』以降は、「人住まぬ不破の関屋の板びさし荒れにし後はただ秋の風」（新古今・雑中・良経）のごとく、荒涼とした関屋《せきや》の情景も好まれ、多くの歌に詠まれている。

紅葉

（小山香織）

豊後　ぶんご

西海道《さいかいどう》の一国。現在の大分県の西北部を除いた地域。『豊後国風土記』には、景行《けいこう》天皇によって豊国《とよのくに》と命名されたとあり、その後、七世紀末に豊前《ぶぜん》・豊後の二国に分かれたと見られる。

豊前

海部《あま》郡について、同風土記は、「此の郡の百姓は、並、海辺の白水郎《あま》なり。因りて海部の郡といふ」と記す。また、『万葉集』には、「思ひ出づる時はすべなみ豊国《とよくに》の木綿山《ゆふやま》雪の消ぬべく思ほゆ」（十・二三四一）と、「豊後富士《ぶんごふじ》」とも呼ばれる由布岳《ゆふだけ》を詠んだ歌が収められている。戦国時代、豊後国守護職大友宗麟《おおともそうりん》が、フランシスコ・ザビエルを招いてキリスト教布教を許可したため、豊後は南蛮文化の拠点となった。そして、江戸時代中期以降には、広瀬淡窓《ひろせたんそう》・田能村竹田《たのむらちくでん》などの豊後文人を輩出した。

雪

川端康成の『波千鳥《なみちどり》』には、女主人公文子が亡父の郷里である大分県竹田《たけだ》市へと独り旅をする道中の様子が詳細に描かれている。なお作曲家の滝廉太郎も竹田市の出身であり、「荒城の月」は竹田《たけだ》城址をイメージしたものだといわれる。

千鳥

（小山香織）

兵　へい

⇩武士《ぶし》

塀　へい

家屋や敷地などの境界とする囲い。垣根。土塀を「築地《ついじ》」「築垣《ついがき》」というのに対して、特に板塀をさしていうこともある。「藤壺の塀のもと」（枕・関白殿、黒戸より）「梅壺の東《ひんがし》の塀の外《と》のはさま」（大鏡・道隆伝）とあって、内裏の舎殿間の仕切りにも塀が用いられていた。源氏の造営した六条院でも「町々の中の隔てには、塀ども廊などをとかく行き通はして」（源・少女）と見える。同様な家の囲いとしては、板垣《いたがき》・檜垣《ひがき》・切懸《きりかけ》などがある。荒廃の末摘花《すえつむはな》邸の外周を修理すべく、源氏の配慮で「板垣といふものうち堅《かた》め

内裏

邸

繕《つくろ》はせたまふ」（蓬生）と見えて、当座の美観保持と警備の目的がうかがえる。また夕顔《ゆうがお》の女君の住まいを初めて見た源氏の眼に、一風変った趣と映ったのは「檜垣《ひがき》といふもの新しうして」という囲いと、夕顔の咲きかかる「切懸だつ物」（夕顔）であった。いずれも源氏には見慣れぬ物であり、塀と比べて賤しい貧家の囲いであることがうかがえる。

（藤本宗利）

平家　へいけ

姓　源→源氏

平の姓をもつ氏族。平氏。臣籍降下の皇族に下賜された姓の一つで、桓武《かんむ》天皇皇子葛原《かずらわら》親王の子高棟《たかむね》王らに与えられたのが最初。源姓は天皇の皇子、平姓は二世王（親王の子）以下に下賜される。桓武平氏の一支流の平清盛《きよもり》は、保元《ほうげん》・平治《へいじ》の乱に勝利し、武力を背景に、最初の武家政権を樹立した。平清盛が一門の繁栄を祈願して、厳島《いつくしま》神社に奉納した装飾経三三巻（平家納経）は豪華優美で、平家の栄華を今に伝える。しかし、その栄華は短く、文治元年（一一八五）源頼朝《よりとも》らによって滅ぼされた。

春・夢　能

『平家物語』は、源平合戦を軸に、平家の興隆と滅亡を、仏教的無常観を基調に描く。冒頭の一節「おごれる人も久しからず、唯春の夜の夢のごとし」云々が人口に膾炙して、平家は、傍若無人の振る舞いをしたあげく、あっけなく没落した成り上がりものの代表とみなされている。

『平家物語』は、後世の文学や、能や浄瑠璃など諸芸能に素材を提供するなど、大きな影響を与えた。近松門左衛《ちかまつもんざえ》門《もん》の「平家女護島《にょごのしま》」はその代表である。また、盲目の琵琶法師の語り（平曲）によって、僻地にまで流布し、山奥の村に、自分たちを、天皇や平家の公達の子孫だとする平家伝説が多く生じた。

（池田節子）

蛇・大蛇　へび・おろち（をろち）

爬虫類有鱗目へビ亜目に属する動物の総称。へミ・クチナハ・ジャ・ナガムシ・ヲロチ・ウハバミなど多くの呼び名があるが、へビという名称が一般化したのは中世以降とされる。平安時代初めの『古語拾遺』には、「古語、大蛇《をろち》を羽々《はは》と謂《い》ふ」ともある。虵は蛇と同字。

説話　出雲・山　童　雲　神　大和・三輪　男　女　常陸

蛇はすでに上代の文献の様々な説話に頻出するが、その最もよく知られたものの一つが記紀に記される八岐大蛇《やまたのおろち》である。素戔嗚命《すさのおのみこと》に退治される出雲国《いずものくに》の八岐大蛇《やまたのおろち》は八つの山と谷をわたるほどの巨大な蛇で、童女の犠牲を求める邪霊であるとともに、「大蛇《をろち》居《を》る上に、常に雲気《くものけ》有り」（紀・神代上第八段正文割注）と記されるように、水神としての神格をもつ。古来大和《やまと》国の三輪山《みわやま》にやどるとされ、山麓の大神《おおみわ》神社《じんじゃ》の祭神として祭祀されてきた大物主神《おおものぬしのかみ》もまた蛇体の神であった。倭迹迹日百襲姫命《やまとととひももそびめのみこと》のもとに人間の男子となって夜ごと通ってきた大物主神の正体が小蛇《こおろち》であったというい わゆる三輪山伝説（紀・崇神）や、雄略《ゆうりゃく》天皇の命を受けて少子部連《ちいさこべのむらじ》蜾蠃《すがる》の捕らえた三輪《みわ》の神が、雷鳴をとどろかせ爛々と目を輝かせる大蛇《おろち》であったとされるなど、蛇体の神霊は、人間の女性を好んで彼女たちと交わり、時に人々に祟りをなす畏敬すべき神であった。

『常陸《ひたち》国風土記』行方《なめかた》郡条には、頭部に角の生えた蛇神

田　池　天　水　龍

である「夜刀《やと》の神《かみ》」が谷を開墾して水田を作るのを妨害したことが語られている。ヤトは渓谷の湿地帯の意。同地における池の築造を伝える話に「神蛇《あやしきへみ》」すなわちヤトの神が現われて妨害したと見えることからも、水源をつかさどる神霊が古来蛇のイメージで観念されていたことが知られる。同風土記那賀《なか》郡条には、人間の女性の産んだ蛇が稲妻を起こして天に帰ろうとしたとの記述も見えるように、大地に属す水神＝雷神は蛇体であった。こうした水をつかさどる神霊としての蛇の位置づけは、やがて、架空の神獣である龍に取って替わられるようになる。

肥前　仏　説話　妻

一方、『肥前《ひぜん》国風土記』（松浦郡条）には、蛇が人間の女性のもとに通い、ついにはその命を奪う話が見えるが、蛇を神霊の化身ではなく好淫で邪悪な存在として描くことが固定化するのは、平安時代以降の仏教説話においてである。仏の霊験や修行の功徳を説く仏教説話では、蛇は反仏教的な形象を担って現われる。最古の仏教説話集である『日本霊異記』に見える、雷神の授けた子どもが生まれたときその頭に蛇が巻きついていたという話（上・三）には、蛇を水神＝雷神とする観念が依然として認められるものの、蛇の妻になるはめになった娘をかつてその娘に救われた蟹が蛇を退治して助ける話（中・八、十二）や、人間の女性が蛇に犯される話（中・四一）では、蛇は多淫で執念深い反仏教的な存在として描かれている。これらは、三輪山説話に代表されるような蛇と人との結婚という口頭伝承的モチーフを下敷きにしつつも、前代には水神としての聖性を付与されていた蛇を、仏教的世界観における否定的存在として位置づける点で共通する。

僧→出家　鬼

このほか、財産に執着するあまり死後毒蛇となった僧侶の話（中・三八）なども見え、『霊異記』は総じて蛇を欲心の化身として描く。こうした蛇に対する観念は、「四つの蛇　五つの鬼の　集まれる　穢《きたな》き身をば　厭《いと》ひ捨つべし」（仏足石歌・十九）と、不浄で罪悪に満ちた肉体に対する執着を捨て仏道に専心すべきことを歌う仏教歌謡にも通ずる。蛇を反仏教的な存在として語る話は、『三宝絵詞《さんぼうえことば》』『今昔物語集』『沙石集《しゃせきしゅう》』『古今著聞集《ここんちょもんじゅう》』といった説話集や仏教通史『元亨釈書《げんこうしゃくしょ》』など後代の作品にも多数収められており、なかでも『今昔物語集』には、蛇を邪淫や執着心の化身として語る話が多い。

能　歌舞伎　雨　変化

愛欲の化身としての蛇がとりわけ女性のそれを体現する存在として描かれることは、『古事記』中巻の肥長比売にすでにその嚆矢が認められるが、紀州道成寺《どうじょうじ》を舞台にした道成寺伝説においてそうした蛇のイメージが決定的となる。旅の僧安珍《あんちん》に恋慕する清姫《きよひめ》が情念の烈しさのあまり大蛇に変化《へんげ》して安珍を追い最後に道成寺の鐘に巻きつくという話は、平安時代の仏教説話をはじめとして能の謡曲や室町時代の『道成寺縁起絵巻』、さらには歌舞伎舞踊「京鹿子娘道成寺《きょうがのこむすめどうじょうじ》」などへと展開をみる。中国の白蛇伝説などを加味して創作された江戸時代後期の「蛇性《じゃせい》の婬《いん》」（雨月）もそのヴァリエーションの一つで、美女に化けた白い虵《おろち》が人間の男性に執心した末、僧侶によって調伏されるという話となっている。雨中で男女が出会うことや女が正体を現わす場面で雷神らしい様態が示されることなど、ここでの蛇（虵）には民俗において本来水神であることをふまえた形象化が認められるが、人心を惑乱する変化《へんげ》の物として描きるところに、蛇を物語の主題に沿って素材化する態度が徹底している。

（石田千尋）

変化　へんげ

神・仏　影　翁　女　狐　僧→出家

神仏・天人《てんにん》、あるいは動物など、人外の存在が仮に人間の姿をとって現れること。また、そのような存在をさす。『竹取物語』のかぐや姫は天人が人間の姿をとったもので、三か月で三寸の大きさから成人になり、また「きと影に」なる不思議さも見せる。当然、翁は「変化《へんげ》の人といふとも、女の身持ち給へり」と語りかけ、かぐや姫自身も「変化《へんげ》のものにて侍りけむ身」と自覚している。ただし『竹取』の主題は「変化《へんげ》」の超常現象やその不可思議な面白さではなく、女の身をもたされた天人が人間と関わるなかで照らし出される、愛執と無常に生きる「人間」の姿であった。

『宇津保《うつほ》物語』では、仲忠《なかただ》、正頼《まさより》一族、涼《すずし》などの主立った人物が「変化《へんげ》のもの」と呼ばれる。ただし天人の転生者たることが予言された仲忠を除き、実際に神仏などの化身と明かされるわけではない。「変化《へんげ》」は、つまるところ畏怖心を抱かせるほどの優越性を語る際の、主人公を飾る常套句に過ぎない。このように、ある人間の優越性を語る「変化《へんげ》」は数多い。「変化《へんげ》の聖人を誹《そし》り妬《うらや》みて」（霊異記・中・七）のように聖人の優越性を語る例や、亡き大君そっくりの人形を彫る変化《へんげ》の匠《たくみ》が欲しいと語る薫（源・宿木）のように匠の技術の優秀さを語る例、などである。また「狐の変化《へんげ》したる」（源・浮舟）では、人事不省で人気のない宇治院に倒れていた浮舟を、僧侶たちが狐などの化身と危ぶんでいる。こちらに薄気味悪さを感じさせる人間を「変化《へんげ》」で表している。

主人公に「変化《へんげ》」を頻用する『宇津保』に比べ、『源氏物語』では光源氏などに「変化《へんげ》」の語は用いない。もとよりある種の超越性を感じさせる人物であるが、周囲の人々によって「ゆゆし」（優れすぎて怖い、不吉）が繰り返されるにとどまる。唯一の例外が明石の君への父入道の訓戒、「変化《へんげ》の身と思しなして」（若菜上）である。自分を変化《へんげ》の身と強いて思うことで人間としての苦悩を割り切れという言葉に、人を超えた運命を担う人の哀しさがうかがえる。

（今井久代）

法皇　ほうおう（ほふわう）

出家

出家した太上天皇（上皇）の称。太上法皇の略。昌泰二年（八九九）に宇多《うだ》上皇が出家して、太上天皇の尊号を辞退して太上法皇と称したのが初例。平安時代の文学作品には、『源氏物語』に一例もないなど、法皇の用例は極めて少ない。『古今集』詞書の一例、『大鏡』の三例は、いずれも宇多天皇である。『枕草子』の一例は、清少納言に事実の混同があり明確ではないが、宇多天皇が有力、『栄花《えいが》物語』の一例は不明である。『大鏡《おおかがみ》』は、花山《かざん》院、円融《えんゆう》院、三条《さんじょう》院については一度も法皇とはしない。尊号の辞退を勅許しないようになり、彼らの正式の称号が、出家後も太上天皇だったからであろうか。『源氏物語』にも、出家した上皇にあたる朱雀《すざく》院が存在するが、法皇の称はない。平安文学における法皇の用例は、ほぼ宇多天皇に限定されるようだ。

とはいえ、「上皇」の用例も見当たらず、ほとんどの場合、「院」である。なお、漢文日記の『権記《ごんき》』『小右記《しょうゆうき》』には、宇多天皇以外を法皇とする例がある。

院政期以降は、太上法皇や法皇の称が定着したらしく、『平家物語』には、後白河《ごしらかわ》法皇など用例が多い。（池田節子）

院・漢文・日記

伯耆　ほうき（はうき）

山陰道の一国。現在の鳥取県の西部。「伯耆富士」ともいわれる大山《だいせん》は、その中腹にある大山寺・大神山《おおかみやま》神社を中心に、早くから修験道場として栄えた。『今昔物語集』には、明蓮《みょうれん》という僧の疑問を、熊野権現《くまのごんげん》も住吉明神《すみよしみょうじん》も解くことができなかったが、伯耆大山の権現が、明蓮の夢に現れ、その疑問を解いたという話が収められており（十四・十八）、『梁塵秘抄《りょうじんひしょう》』には、「四方《よも》の霊験所は、伊豆の走湯《はしりゆ》。信濃の戸隠《とがくし》、駿河の富士の山、伯耆の大山、丹後の成相《なりあい》とか」（霊験所歌）とある。『新古今集』にも、「智縁《ちえん》上人、伯耆の大山に参りて、出でなんとしける暁、夢に見えける歌」として、「山深く年ふる我もあるものをいづちか月の出でてゆくらむ」（釈教歌）という権現の歌が収められている。近代文学では、志賀直哉の『暗夜行路』に、大山からの夜明けの眺望が描かれて有名。また、元弘三年（一三三三）、隠岐島から脱出した後醍醐《ごだいご》天皇は、伯耆の船上山《せんじょうさん》によって、倒幕の旗を挙げる。このため伯耆は、南北朝内乱の幕開けの舞台となった。（小山香織）

僧→出家・熊野・住吉
伊豆・信濃
駿河・富士山・丹後
夢
山・月

酸漿　ほおずき（ほほづき）

ナス科の多年草。「鬼灯」とも書く。果実は球形で、袋状の萼《がく》に包まれ、赤く熟す。『古事記』上巻に、八俣大蛇《やまたのおろち》について「彼の目は赤加賀智《あかかがち》の如くして」と記され、「此に赤加賀知と謂へるは、今の酸醤なり」とあることから、酸漿の古称がアカカガチであったことが知られる。また、『源氏物語』では、玉鬘《たまかずら》の容貌が、「酸漿などいふめるやうにふくらかにて」（野分）と語られている。『栄花《えいが》物語』には、中宮彰子《ちゅうぐうしょうし》について、「御色白く麗しう、酸漿などを吹きふくらめて据ゑたらんやうにぞ見えさせ給ふ」（初花）とあり、当時から、酸漿の果実をつぶして中身を抜き、その皮を口に含んで鳴らす遊びが行われていたことがうかがえる。なお、小林一茶《こばやしいっさ》に「鬼灯を取つてつぶすや背中の子」（八番日記）という句もある。江戸時代には、観賞用にも好まれ、松尾芭蕉《まつおばしょう》に「鬼灯は実も葉もからも紅葉哉」（芭蕉庵小文庫）という句がある。江戸の街には酸漿を売る市も立ち、現在も続く浅草寺《せんそうじ》境内の酸漿市が有名。市で売られるほか、酸漿を売り歩く行商人もおり、「京町へ来る鬼灯は選り残り」（柳樽）という川柳が残る。（小山香織）

蛇（へび）
葉
市

北斗七星　ほくとしちせい

大熊座《おおくまざ》の内の、北天に斗《ひしゃく》型を描く七星。北斗。

古くから七星は妙見菩薩《みょうけんぼさつ》として信仰の対象とされていた。『日本霊異記』上・三四話は、盗まれた品が戻るとい

星

う菩薩の霊験譚である。『今昔物語集』巻三一・二十では、京都北山霊巌寺《りようがんじ》を「妙見ノ現ジ給フ所也」としており、その信仰の一端がうかがえる。

陰陽道・十二支→干支

陰陽道では、十二支を七星に配したその年の星、属星《ぞくしよう》が祭の対象になった。すなわち宮中には、元旦寅の刻、天皇が属星の名を唱え、次に四方を拝するなどの行事を行う四方拝があった。一方、個々人にはその生年による属星があった。それは人の一生を支配すると考えられ、祭の対象となった。毎朝その名を七遍唱えるべきとしたのは『九条右丞相《くじようう じようしよう》遺誡《ゆいかい》』である。『今昔物語集』巻二四・十四は、陰陽師にその祭を依頼している例である。

熊野・清水　雁　秋

また謡曲「熊野（湯谷）」の清水寺への道行き詞章には、「声も旅雁の横たわる／北斗の星の曇りなき」とある。これは『和漢朗詠集』「秋・擣衣」の劉元叔《りゆうげんしゆく》の詩句に基づいたものである。

（新谷正雄）

法華経　ほけきょう（ほけきやう）

大乗経典の一つ。①正法華経《しようほつけきよう》、②妙法蓮華経《みようほうれんげきよう》、③添品《てんぽん》妙法蓮華経、の三つの訳があるが、日本で一般に「法華経」と称されるのは、鳩摩羅什《くまらじゆう》の訳した②の妙法蓮華経のことで、八巻二八品《ほん》ある。釈迦の説法のうちで最も高尚な教理とされた。

天台

平安時代には、天台宗の主要な経典とされたため、広く社会に普及していった。『日本霊異記』には、法華経の功徳による奇譚の数々が載る。法華経を写経した功徳から亡

牛

母が牝牛になっていることを知ったり（中・十五）、写経した経文と、閻羅王《えんらおう》のもとで再会したり（中・十九）、病に弱った高僧が魚を求めたところ、人に見咎められると法華経に変じた（下・六）。一方、法華経を誦じたり、写したりする者を悪しざまに言ったため、口がゆがむなどの仏罰を受ける話もある（上・十九、中・十八、下・二十）。このように『日本霊異記』は、いくぶん短絡的な話であるとはいえ、奇譚を通して法華経を重んずべきことを説く。また、『枕草子』では、「経は、法華経さらなり。普賢十願。千手経。随求経。金剛般若。薬師経。仁王経の下巻」と、経典の筆頭に法華経を数えている。貴族社会への『法華経』の浸透ぶりは漢文日記などにも明らかで、『法華験記《ほつけげんき》』などの往生伝が記され、とりわけ藤原道長《みちなが》が『法華経』を強く信奉したことはよく知られている。

病

『源氏物語』にも、法華経を重んじる意識は随所に見受けられる。帚木《ははきぎ》巻の雨夜の品定めは、『法華経』の三周説法の形式によっていると指摘される。また賢木《さかき》巻では、桐《きり》壺《つぼ》院の没後、光源氏は雲林院に籠って天台六十巻を読み、桐壺院一周忌には、藤壺《ふじつぼ》による法華八講が催される。法華八講とは、法華経全八巻を四日間にわたって朝夕一巻ずつ講じていくもので、藤壺は、自分の父母にあたる先帝と后と、夫の桐壺院のための供養をし、最後に自身のことを結願として出家をした。なお、ここでは薪の行道も描かれている。「法華経をわがえしことはたき木こりなつみ水くみつかへてぞえし」（拾遺・哀傷）という、行基《ぎようき》作と伝えられる和歌を唱え、捧げものをしながら行道する儀式である。そのほか『源氏物語』では、晩年の紫の上が出家を願いつつも光源氏に許されず、御法《みのり》巻で法華経千部を供養するの

雲林院　朝・夕　出家・薪　和歌

が印象的で、手習巻《てならい》では、出家後の浮舟《うきふね》が法華経をはじめとする法文を読んで日々を暮すというこの物語の結末には、女人成仏が可能か否かという課題と向き合うものとなっている。

女

『更級《さらしな》日記』では、物語に憧れ、『源氏物語』に耽溺していた少女時代、「法華経五巻をとくならへ」との夢のお告げを受けながら、意にも介さなかったことが苦々しく回想されている。法華経巻五はまさに女人成仏を説くものであった。そのほか、和泉《いずみ》式部の有名な歌、「くらきよりくらき道にぞ入りぬべきはるかにてらせ山のはの月」が、法華経「冥きより冥きに入りて、永く仏名を聞かず（従冥入於冥、永不聞仏名）」（化城喩品《けじょうゆぼん》）を踏まえていることなどは、よく知られている。国宝「平家納経」は、平清盛《きよもり》が一門の繁栄を祈って厳島神社《いつくしまじんじゃ》に奉納した装飾経で、法華経を美しく装飾することが信仰の証でもあったことがうかがえる。

夢　山・月　仏名　平家

（高木和子）

星　ほし

ホシの語源は諸説あり未詳。古名は「つづ」だが、その語源は粒《つぶ》であろう。そのように解すると新羅王の言葉「河の石の昇りて星辰《あまつほし》と為《な》る……」（紀・神功皇后前紀）が理解しやすい。

『和名抄《わみょうしょう》』には星に関連し「星（保之《ほし》）」「明星（阿加保之《あかほし》）」「長庚（由不豆々《ゆふつつ》）」「牽牛（比古保之《ひこほし》又以奴加比保之《いぬかひほし》）」「織女（太奈八太豆女《たなはたつめ》）」「流星（與八比保之《よはひほし》）」「彗星（八々木保之《ははきほし》）」「昴星（須八流《すはる》）」「天河（阿萬乃加八《あまのかは》）」の項目が見られるが、その数は少ない。また『枕草子』「星は」の段には「すばる。ひこぼし。ゆふづつ。よばひ星、すこしをかし」とあり、同じく「名おそろしきもの」の段には彗星をさす「ほこぼし」があって、『和名抄』とほぼ同内容である。一般的に古代日本にあっては、星の名また星に関わる話が少なく、星への関心が低かったと考えられている。しかし星には特殊な観念がまつわりついており、そのため取り上げられることが少なかったのかも知れない。すなわち『日本書紀』神代下に見られる星の神「天津甕星《あまつみかほし》（天香《あまのか》香背男《かせお》）」が「悪神」とされたり、あるいは葦原中国《あしわらのなかつくに》平定に際し、最後まで帰順しなかった神として語られているからである。

明星　昴・天河→七夕

神　悪

一方、高松塚《たかまつづか》古墳石槨《せっかく》内天井の星辰図のごとく、天上・地上それぞれの動きを互いに関連させてとらえようとする中国思想の影響も存在する。「星、東の方に隕《お》ちたり」（紀・天武）「例に違へる月日星の光見え」（源・薄雲）「月、大将ノ星ヲ犯ス」（今昔・二十・四三）「妖霊星ト云悪星下テ、災ヲ成ス」（太平記・五）などの記述は、その思想の反映である。

光

『万葉集』には、彦星《ひこぼし》、明星《あかぼし》以外、単に「星」の形で詠まれた星の歌は二首しかない。内一首は天武《てんむ》天皇崩御時の「北山にたなびく雲の青雲の星離《さか》り行き月を離りて」（万・二・一六一・持統天皇）である。星は皇子にたとえられている。もう一首は「天の海に雲の波立ち月の船星の林に漕ぎ隠る見ゆ」（万・七・一〇六八・作者未詳）である。漢語的な言葉を連ねた特殊な歌である。

北山・雲・月　漢語

『万葉集』と同じく、平安時代にも星の美しさを正面からとらえた歌はない。「久方の雲のうへにて見る菊はあま

菊　蛍

つほしとぞあやまたれける」（古今・秋下・藤原敏行）は菊に、「雲まよひほしのあゆくと見えつるは蛍のそらにとぶにぞ有りける」（拾遺・物名・藤原輔相）は蛍に、「五月やみさやまの嶺にともす火は雲のたえまのほしかとぞみる」（千載・夏・藤原顕季）は照射《ともし》の火に星が、それぞれたとえられているのみである。一方、「かぞふればそらなるほしもしるものをなにをつらさのかずにおかまし」（後拾遺・恋四・藤原長能）は、数の多いたとえとして用いられている。

春

星（空）の美しさを歌うのは中世からである。次の二首はその早い例。「月をこそながめなれしか星の夜のふかきあはれをこよひしりぬる」（建礼門院右京大夫集）は、星月夜に相対する自身の心を詠み、「ほしの影のにしにめぐるもをしまれて明けなんとする春のよの空」（拾遺愚草員外）は、その美を直接的に歌う。（新谷正雄）

蛍　ほたる

夏・光

ホタル科の昆虫。腹部に発光器があり、夏には青白い光を点滅させて飛ぶ。夏の夜の風物詩ともなり、『枕草子』冒頭の段に、「夏は夜……蛍の多く飛びちがひたる。また、ただ一つ二つなど、ほのかにうち光りて行くもをかし」とある。『源氏物語』帚木《ははきぎ》巻では、源氏が涼を求めて訪ねた中川ほとりの紀伊守《きい》の瀟洒《しょうしゃ》な邸のさまを、「風涼しくて、そこはかなき虫の声聞こえ、蛍しげく飛びまがひてをかしきほどなり」と語られている。

風　蟬

和歌では、恋の思いを蛍の光で表すことが多い。「明けたてば蟬のをりはへて鳴きくらし夜は蛍の燃えこそわたれ」（古今・恋一・読人知らず）は、恋の魂を映像化した夜の蛍の光を、昼の蟬の鳴き声という聴覚に対照させている。このように胸中の思いを蛍の光に見立てることを通して人間の情念の不思議な作用を直感していることにもなろう。

魂・男　貴船・御手川　川

和泉《いずみ》式部の名歌「物思へば沢の蛍もわが身よりあくがれ出づる魂《たま》かとぞ見る」（後拾遺・神祇）は、恋する男に忘れ去られたころ洛北の貴船《きぶね》神社に詣でて、御手川《みたらしがわ》のほとりの蛍に寄せて詠んだ歌。薄暗い川の流れの上を飛びかって明滅する蛍の光の一粒一粒を、物思いに屈する自分の魂ではないかと直感する。あちこちに揺れ動いて明滅する光に、苦しく息づく己が魂の鼓動をさえ感じとっていよう。

物語　好き

物語では、美しい姫君の顔容貌《かたち》を蛍火で見ようとする趣向が、『伊勢《いせ》物語』三九段、『宇津保《うつほ》物語』初秋巻などで試みられている。特に『源氏物語』蛍《ほたる》巻で、源氏が、養女の玉鬘《たまかずら》を、彼女への求婚者である兵部卿宮《ひょうぶきょう》に、一瞬の蛍火で照らし出して見せる場面。「（源氏が玉鬘に）寄りたまひて、御几帳の帷子《かたびら》を一重うちかけたまふにあはせて、さる光るもの、紙燭《しそく》をさし出でたるかと、（宮は）あきれたり」とある。ほのかに照らし出された玉鬘の美貌に、宮は魂を抜かれる思いである。源氏のこのような演出も、実は源氏自身の好き心から出ていた。実娘ならざる娘への屈曲した恋から出たのである。

水

室町時代の歌謡に、「わが恋は　水に燃えたつ蛍々　物言はで笑止の蛍」（閑吟集）がある。秘めた思いの苦しみが、いかにも歌謡らしく歌われている。

俳諧

近世の俳諧にも蛍が多くとりあげられている。「蚊遣火《かやりび》の煙にそるる蛍かな」（許六）は、庶民生活の夏の一夕、蚊

狩衣・袖

遺火の火と蛍の火とを取り合わせた。「狩衣《かりぎぬ》の袖の裏這ふ蛍かな」（蕪村）は王朝趣味的な作。「大蛍ゆらりゆらりと通りけり」（一茶）は、大蛍だけにその飛び方の特徴が確かに捉えられている。（鈴木日出男）

法性寺　ほっしょうじ（ほつしやうじ）

山城・賀茂

山城《やましろ》国の寺。藤原忠平《ふじわらのただひら》が平安京九条大路の末、賀茂川《かもがわ》の東岸に創建、延長三年（九二五）落慶した。藤原忠平《ただひら》、兼家《かねいえ》、道長《みちなが》、頼通《よりみち》らはここで算賀の法会《ほうえ》をしばしば営み、

出家

関白藤原忠通《ただみち》とその子の九条兼実《くじようかねざね》はいずれもここで出家して、それぞれ法性寺関白、後法性寺関白と呼ばれた。平安時代中期から鎌倉時代初期にかけて、藤原摂関家の氏寺として大いに栄えた。しかし兼実の子の道家《みちいえ》が同地に東福《とうふく》寺《じ》を建立して以降は次第に寺域を失い、衰退していった。

宇治・奈良

当寺は宇治・奈良方面への道筋の出入口だったと見え、

初瀬

初瀬詣にあたって、藤原道綱《みちつな》母は門出を当寺の辺りで行い（蜻蛉・上）、

霧

当寺の大門の前で霧が晴れるのを待っていた菅原孝標女《すがわらのたかすえ》は、

禊

後冷泉《ごれいぜい》天皇の大嘗会《だいじようえ》の御禊を見物すべく

京

京に流入する群衆に驚いている（更級）。東京都墨田区業平にも同名の寺があり、境内の妙見宮が柳島《やなぎしま》の妙見として江

江戸

戸庶民の信仰を集めたという。（神田龍之介）

仏　ほとけ

梵語「buddha」の音訳「仏陀《ぶつだ》」の和名。正しい悟りを得た者の意で、狭義には、仏教の教祖である釈迦《しやか》（釈迦牟《む》尼仏《にぶつ》・釈迦如来《にょらい》）のことをいうが、大日《だいにち》如来・阿弥陀《あみだ》如来・薬師《やくし》如来などの如来をはじめ、多くの菩薩《ぼさつ》などをも、広くいう。「如来」は、悟りを成就させた者、「菩薩」は、悟りの成就を求めて修行する者の意である。

真言

大日如来（摩訶毘盧遮那《まかびるしやな》）は、真言密教の本尊で、最高至上の絶対的な存在である仏。阿弥陀如来は、西方極楽《さいほうごくらく》

極楽

浄土《じようど》の教主で、衆生救済のために来迎して極楽浄土に往生させるといわれる。十世紀以降、浄土教《じようどきよう》が盛んになるにつれて、特に人々の信仰を集めた。『更級日記《さらしな》』の作者菅原《すがわらの》孝標女《たかすえ》は、天喜《てんぎ》三年（一〇五五）十月十三日の夜に、阿弥

夢

陀如来が庭に現れた夢を見た。出て行こうとしない孝標女に、阿弥陀如来は、「さは、この度《たび》は帰《かへ》りて、後《のち》に迎《むか》へに来《こ》む」と告げて去った。この夢によって、孝標女は、後世の往生を期待することができたという。また、藤原道長《みちなが》は、亡くなる時に、法成寺《ほうじようじ》の阿弥陀堂で、極楽浄土に思いを馳

糸

せながら、阿弥陀如来像が手にした五色の糸を握って亡くなった（栄花・つるのはやし）。薬師如来は、東方浄瑠璃《じようるり》世界の教主で、衆生の病苦を救うといわれる。『源氏物語』で、

嵯峨野

紫の上は、光源氏の四十の賀のために、嵯峨野《さがの》の御堂に薬師仏を造って供養して、光源氏の長寿を祈願した（若菜上）。

煩悩

菩薩は、それぞれに誓願を起こし、みずから煩悩を断って、仏道成就を求めて修行する一方、如来を助けて衆生を救済する仏である。釈迦如来の脇侍《きようじ》である文殊《もんじゆ》菩薩と普賢《ふげん》菩薩、阿弥陀如来の脇侍である観世音《かんぜおん》菩薩と勢至《せいし》菩薩、薬

観世音→観音

師如来の脇侍である日光《につこう》菩薩と月光《がつこう》菩薩のほかに、弥勒《みろく》菩薩・地蔵《じぞう》菩薩・虚空蔵《こくうぞう》菩薩などがある。観世音菩薩（観音菩薩）は、現世《げんぜ》利益の仏として広く信仰を集めた。『宇治

亀　閻魔　心　説話　邸

拾遺物語』には、身寄りのない貧しい男が長谷寺《はせでら》に参籠して、観音の夢のお告げに従って、一筋のわらしべを拾い、それをきっかけにして金持ちになる説話が伝えられている（七・五）。いわゆるわらしべ長者の話である。説話や昔話には、このような観音祈願型のものが多く見られ、観音信仰が民間にも広まったことが知られる。また、地蔵菩薩は、天上・人間・修羅・畜生・餓鬼・地獄の六道のいずれにも現れ、六道の輪廻《りんね》に苦しむ一切の衆生を救済するといわれる。亀が殺されるところを買い取って助けた男が、死んで閻魔《えんま》庁に行った時に、地蔵菩薩が現れて、あの亀は自分の化身だったと告げて、助けてくれた男の慈悲の心に免じて許し放つように官人に命じたために、その男はふたたび生き返ったという説話（今昔・十七・二六）に見られるように、地獄に墜《お》ちた人を救う仏と考えられていた。

ほかにも、如来の命によって衆生を調伏する明王《みようおう》や、仏法を守護する天王《てんおう》など多くの仏がいる。明王のなかでも、不動明王は、降三世《こうざんせ》・大威徳《だいいとく》・軍荼利夜叉《ぐんだりやしや》・金剛夜叉とともに、五大明王の一つで、怒りの相をし、右手に降魔《ごうま》の剣、左手に捕縛の縄を持ち、背に火焔《かえん》を負って、一切の邪悪を調伏するといわれる。帝釈天《たいしやくてん》は、インド最古の聖典『リグ・ヴェーダ』におけるインドラが仏法を守護する者として仏教に取り入れられたもので、世界の中心に聳える須弥山《しゆみせん》の山頂の忉利天《とうりてん》に住む。須弥山の中腹には、東方を持国天《じこくてん》、西方を広目天《こうもくてん》、南方を増長天《ぞうちようてん》、北方を多聞天《たもんてん》（毘沙門天《びしやもんてん》）の四天王が守護する。

宮中や貴族の邸宅、諸寺院などでは、陰暦十二月に、三日間、『仏名経《ぶつみようきよう》』に記された過去・現在・未来の三世にわたる一万三千の諸仏の仏名を唱えて、一年間の罪障消滅を願う仏名会《ぶつみようえ》が行われた。『源氏物語』幻《まぼろし》巻は、仏名会の日、自分の命も今年限りだろうと覚悟し、錫杖《しやくじよう》を振る僧たちの声を感慨深く聞く、光源氏の最晩年の姿を描いている。

仏名　命　比叡山　神　天竺　大納言　月・翁

一方、『宇津保《うつほ》物語』には、あて宮を得ようとした上野《かんずけ》の宮に、比叡山《ひえいざん》の大徳《だいとく》が、「すべて仏と申す物、土をまろがして、これを、仏と言はば、御燈明《おほみあかし》奉り、神と見むには、天竺《てんぢく》なりとも、御幣帛《おほみてぐら》奉らせ給へ」と進言しているように、信仰の気持ちがあれば、あらゆるものが「仏」となりえた。『梁塵秘抄《りようじんひしよう》』には、「仏も昔は人なりき、我等も終には仏なり、三身仏性具せる身と、知らざりけるこそあはれなれ」という今様《いまよう》が残されている。

また、自分の大事な人、大切に思う人のことを「仏」ということもあった。『落窪《おちくぼ》物語』で、姫君の配慮で晩年に大納言の官を得た中納言は、「我、子ども七人あれど、かく、現世・後世、うれしき目見せつるやありつる。仏を、少しにても疎かなりけむは、わが身の不幸なる目を見むとてこそありけれ」と、姫君のことを「仏」といっている（四）。『竹取物語』で、「あが仏、なに事思ひたまふぞ」とあるのは、月を見てもの思いに沈むかぐや姫に翁が呼びかけたものである。

（室城秀之）

不如帰　ほととぎす

夏

ホトトギス科の渡り鳥。体形は小さく細長で、背が灰青色で尾が黒い。日本列島には五月中旬南方から飛来し、繁殖を終えて九月下旬帰る。夏の代表的な鳥として親しまれてきた。

薬玉・橘・紐

『万葉集』で最も多く詠まれた鳥である。「ほととぎすいたくな鳴きそ汝《な》が声を五月《さつき》の玉にあへ貫《ぬ》くまでに」(八・一四六五・藤原夫人)は初期万葉の作。鳴き声を、五月の玉(薬玉《くすだま》の代用としての橘《たちばな》の実)を貫《つらぬ》き通す紐《ひも》と見立てる歌であり、五月の玉に交《ま》ぜて緒に通す日まではひどく鳴いてくれるな、ぐらいの意である。このように五月に来て鳴く鳥として詠み、橘や藤や卯《う》の花と組み合わせて詠むのが、以後の和歌表現の類型となった。

藤・卯の花

五月雨

平安朝文学でも、『古今集』の夏部の大半がこの鳥でしめられ、重要な歌材となる。五月雨《さみだれ》の夜や、暁方の時分に鳴くとされる。その鳴き声が、人の物思いや懐旧の情をかきたてる、ともされる。また、場所を定めず鳴く点で多情の鳥ともされる。あるいは、鳴き声から「シデノタヲサ」と呼ばれる異名が、「死出《しで》の田長《たをさ》」と解されるところから、冥土の死出の山を出て田植えを勧めるべくやってくる鳥とも思われた。その死のイメージと懐旧の念とが重なって、死者を思う気持ちをも引き出す。「死出の山越えて来つらむほととぎす恋しき人の上語らなむ」(拾遺・哀傷・伊勢)は、ほととぎすに、亡き人を語ってほしいと願う歌。

田

山

里

この鳥の飛来について、旧暦四月は山にいて、五月になると人里にやってきて梢で声高に鳴く鳥だとみていた。古来、人々は、姿を現さずに鳴く忍《しの》び音《ね》や、その年の最初の初声を競うように楽しんだ。『枕草子』「鳥は」の段には、「いかで人より先に聞かむ、と待たれて、夜深くうち出でたる声の、らうらうじう愛敬づきたる、いみじう心あくがれ、せむかたなし」とある。

心

『和泉《いずみ》式部日記』は、式部が、亡き為尊《ためたか》親王への追慕から、その弟宮の敦道《あつみち》親王との新しい恋へと転ずるところから開始されるが、式部が亡き親王の弟宮を「ほととぎす」となぞらえて歌を詠むことが、その重要な契機となっている。『源氏物語』にも、これが回想を促す鳥として数多くとりこまれている。花散里《はなちるさと》巻では、苦境に立たされた光源氏の心を、「ほととぎす」と「橘の花」が、彼をいつくしんでくれた桐壺《きりつぼ》院在世の過往へと誘う物語となっている。

季語

俳諧でも、「ほととぎす」は夏の重要な季語である。芭蕉の「ほととぎす大竹藪《やぶ》を漏る月夜」(嵯峨日記)は、天翔《かけ》るほととぎすの声と大竹藪にさしこむ月光とが、幽遠な境地をひきだしている。与謝蕪村《よさぶそん》の「ほととぎす平安城を筋《すぢ》違《かひ》に」(自筆句帳)は、鳴き渡る鋭い鳴き声が都大路を斜めに突っ切るという趣である。また狂歌の「ほととぎす自由自在にきく里は酒屋へ三里豆腐屋へ二里」(万代狂歌集・頭光)は、自分の隠棲生活をおもしろく詠んだ歌である。

竹・月

狂歌

古来親しまれてきたこの鳥は、「ほととぎすと兄弟」という昔話(鳥の前世は人間だとする話)などにもなっている。また、鳴き声を待つ態度の違いから、織田信長《おだのぶなが》・豊臣《とよとみ》秀吉《ひでよし》・徳川家康《とくがわいえやす》の性格を語る話(甲子《かっし》夜話)としてよく知られている。また、徳冨蘆花《とくとみろか》の同名の小説『不如帰』は、病身の妻とそれを気遣う夫を描いた作品であり、人気を博した家庭小説であった。

病・妻

(鈴木日出男)

洞が峠　ほらがとうげ(ほらがたうげ)

現在の京都府八幡《やわた》市と大阪府枚方《ひらかた》市との境にある峠。『太

宇治・木津
平記』に、「宇治路を回て木津河《きづがわ》を打渡り、洞峠に陣を取んとす」（三一・八幡合戦事）と見える。天正十年（一五
備中
八二）六月、本能寺の変を知り、備中から兵を帰した羽柴《はしば》秀吉《ひでよし》は、山崎《やまざき》の戦いで天王山《てんのうざん》を先に占領し、明智《あけち》光秀《みつひで》の軍
大和
を破る。このとき、光秀の配下であった大和国郡山《やまとのくにこおりやま》城主の筒井順慶《つついじゅんけい》は、光秀への加勢を逡巡し、郡山城に籠城した。
淀川
後にこれが潤色されて、順慶は、淀川《よどがわ》を隔てた北方に天王山を望む洞が峠に軍を留め、天下の形勢を観望したとの俗説が生まれ、「洞が峠」といえば、どちらつかずの日和見的、
人情本
傍観的な態度をさすようになった。人情本『春色辰巳園《しゅんしょくたつみのその》』に、「おらア洞ヶ峠の大和勢で、まづまづしばらく日和を見るつもりだ」（九）とある。近代文学では、夏目漱石の『三四郎』の、上京した三四郎が東京の「激烈な活動」に驚く条に、「自分が今日《こんにち》までの生活は現実世界に毫《ごう》も接触していない事になる。洞ヶ峠で昼寝《ひるね》をしたと同然である」とあるのが有名。

（小山香織）

堀江　ほりえ

和歌・難波
人工的に地を掘って作られた水路、運河。和歌では難波の堀江をさすことが多い。早く、『万葉集』に「おし照る難波堀江の葦辺には雁寝たるらむ霜の降らくに」（十・二一
葦・雁
三五・作者未詳）と詠まれ、『源氏物語』にも、「難波の御祓、七瀬によそほしう仕まつる。堀江のわたりを御覧じて」（澪標）とある。一説に、『日本書紀』に「宮の北の郊原を掘りて、南の水を引きて西の海に入る。因りて其の水を号《なづ》けて堀江と曰ふ」（仁徳）と記される、現在の大阪市の天満《てんま》川のことかという。この難波の堀江は、「君を思ふ深さくらべに津の国の堀江見にゆく我にやはあらぬ」（後撰・恋一・平貞文）のように、深いことのたとえとして和歌に詠まれ
和歌
ることが多かった。難波の堀江であるかは不明だが、『万葉集』の「堀江には玉敷かましを大君を御船漕がむとかねて知りせば」（十八・四〇五六・橘諸兄）以来、「堀江」は「玉」「御船」と詠みあわされることが多い。『古今集』には、「堀江漕ぐ棚無小舟《たななしおぶね》漕ぎかへり同じ人にや恋ひわたりなむ」（恋四・読人知らず）とあり、「棚無小舟」も「堀江」とともに詠まれることが多かった。

（小山香織）

煩悩　ぼんのう（ぼんなう）

サンスクリット語の「クレーシャ」（＝心の汚れた状態の意）の訳語とされる。心身を乱し悩まし、正しい判断を
心
妨げる心の働きをいう。「貪《とん》」（むさぼり、執着）、「瞋《しん》」（激しい怒り、憎悪）、「癡《ち》」（無知）の三つが「三毒」「三不善根」と呼ばれ、代表的な煩悩とされる。なかでも人間苦の根源を事物への執着（貪）と看破したのが、仏教という宗教の最も独自な点である。愛する人と過ごしたいと執着するから別れが辛くなる。また、嫌いな人を排斥したいと執着するから憎悪にとらわれる。仏教的な見地からいえば、
愛
肉親や恋人への愛情（愛憐）も、対象に執着しとらわれた状態という点で、忌むべき「煩悩」になる。ここでこの世の事物すべては変化する、したがって事物に執着するのは
仏
無意味であるという道理を知り、仏の智慧を己のものとして（「癡」の克服）「煩悩」を克服し「悟り（菩提《ぼだい》）」を得

老い　病　親　天台　世

るのが仏教の目的となる。

煩悩を克服して悟るとは、具体的には富や社会的地位はもちろん、肉親恋人への愛憐執着をも捨てることである。仏教は人間の最も根源的な思念を否定し相対化する教えであるが、逆に人間ゆえの断ちがたい情念について深く思索する機縁ともなる。山上憶良《やまのうえのおくら》の「沈痾自哀文《ぢんあじあいぶん》」「老いたる身の重き病に年を経て辛苦《たしな》み、又児などを思ふ歌」（万・五・八九七）は、四苦を知り、煩悩という仏知識を得たゆえに、かえって肉親への愛着の断ち難さを知り、深々と見つめる作品となっている。また現世を捨てえぬ在家信者の立場に立ち、救われ難い身の救いへの思索を深めた大乗仏教では、煩悩を見据えることで悟りを得ることができる、つまり煩悩のなかに悟りの出発点があるのだから、両者は全く異質なものではなく通底するもの、「煩悩即菩提」と指摘した。これを極限まで押し進めたのが日本で発達した「天台本覚《てんだいほんがく》思想《しそう》」で、この世はそのまま悟りの世界だとして、現世をそのまま肯定する思想である。

（今井久代）

ま

真木　まき

立派な木の意で、杉や檜などの称。『古事記』中巻に、神功皇后《じんぐうこうごう》が新羅《しらぎ》征討に赴く際、「我が御魂を船の上に坐《ま》せて、真木の灰を瓠《ひさご》に納《い》れ、亦箸及び葉盤《ひらで》を多《さは》に作りて、皆皆大海に散らし浮かべて度《わた》りますべし」という天照大神《あまてらすおおみかみ》の託宣があり、その通りにしたところ、順調に新羅に上陸したとある。『万葉集』には、「飛騨人の真木流すとふ丹生《にふ》の川言《こと》は通へど船そ通はぬ」（七・一一七三・作者未詳）など、「真木」を詠み込んだ歌は多い。平安時代以降も、「君や来む我や行かむのいさよひに真木の板戸もささず寝にけり」（古今・恋四・読人知らず）のように、「真木の板戸」「真木の宿」などのかたちで多くの歌に詠まれた。中でも、寂蓮《じゃくれん》の「さびしさはその色としもなかりけり真木立つ山の秋の夕暮」（新古今・秋上）は三夕《さんせき》の歌に数えられる。また、『源氏物語』では、「今はとて宿離れぬとも馴れきつる真木の柱は我を忘るな」（真木柱）と詠み、父の鬚黒との悲別のこの歌を柱の割れ目にはさんでおいた姫君が、「真木柱《まきばしら》の姫君」と呼ばれているほか、明石巻に「月入れたる真木の戸口けしきことにおし開けたり」とあるのは、「源氏第一の詞と定家卿は申侍るとかや」と『花鳥余情』にある。（小山香織）

杉　新羅・魂・船　海　飛騨　山・秋・夕　柱　月　詞

巻向山　まきむくやま・まきもくやま

『万葉集』では「まきむく」で、平安時代に「まきもく」となる。奈良県桜井市にある。「巻向山」だけでなく、「巻向の檜原《ひばら》」「巻向の穴師《あなし》の川」などとも詠まれた。『万葉集』での用例は人麻呂歌集に集中し、「子《こ》らが手を」という枕詞を冠したり、川の流れに時間の推移を詠み込むなど表現を試みる様子がうかがえる。後代の受容としては「子らが手を巻向山に春されば木の葉しのぎて霞たなびく」（万・十・一八一五・人麻呂歌集）や「巻向の檜原《ひはら》もいまだ雲居《ゐ》ねば小松が末《うれ》ゆ沫雪《あわゆき》流る」（万・十・二三一四・人麻呂歌集）などの影響で「霞」や「雪」とともに詠まれる歌が多い。神前で楽人が手に取って舞う「採物《とりもの》」としての和歌「まきもくのあなしの山の山人と人も見るがに山かづらせよ」（古今・神遊）から推すと、生活空間とは異質な場としての認識もあったようである。また、垂仁《すいにん》天皇の纒向珠城宮《まきむくのたまきの》があったことに基づき「まきもくの玉きの宮に雪ふればさらにむかしの朝をぞみる」（玉葉・冬・藤原俊成）とも詠まれた。（中嶋真也）

枕詞　川　春・葉・霞　雲　雪　和歌　朝

枕　まくら

寝る時に頭を置いて支えるための道具。材質を冠して、「黄楊枕《つげまくら》」「木枕《こまくら》」「薦枕《こもまくら》」「菅枕《すがまくら》」「茅枕《かやまくら》」などと呼称される。後には綿や蕎麦がらなどを布で包んだ「括《くく》り枕」や、下に箱型の台を付けた「箱枕」も用いられた。

男・女　春・夢　掛詞　和歌　枕詞　魂

また比喩的に寝ることを表し、「旅枕」「草枕」（草を枕として野宿をするの意）といえば旅寝をさし、「波枕」といえば船中、もしくは水辺での旅寝を意味する。一方「手《た》枕」といえば、枕代わりに腕に頭を乗せて寝ることをいい、転じて男女の共寝することをさす。『百人一首』にも採られた「春の夜の夢ばかりなる手枕にかひなく立たむ名こそ惜しけれ」（千載・雑上・周防内侍）は「効《かひ》なく」と「腕《かひな》」の掛詞の中に、男女の添い臥す光景が髣髴とする艶然たる一首。同様に「新《にひ》手枕」「新枕」といえば、男女が初めて共寝をすること。このように「枕」の語は、特に和歌に用いられる際には、旅と恋の心象を帯びることが多い。「草枕」が「旅」を導く枕詞であることはいうまでもないが、古く草を結んで枕とした風習から、「枕結ぶ」「枕結《ゆ》ふ」も旅寝をすること。対して「枕交はす」とあれば情交の意味である。

その一方「わが恋を人知るらめやしきたへの枕のみこそ知らば知るらめ」（古今・恋一）のように、他人の知らぬ片恋の秘密を枕（「しきたへの」は枕詞）だけに知られているという例歌もある。これは古く就寝時に肉体から魂が遊離すると考えられたことと無縁でなく、その遊離した魂は枕に宿るとされた。枕を投げる・踏む・またぐなどの行為を忌むのもそれゆえとされる。また北枕《きたまくら》や「枕返し」（死者の枕を北向きに直すこと）などの風習も同じ信仰に基づくと考えられる。『大鏡《おおかがみ》』伊尹伝には北枕にしたために仮死状態から蘇生できなくなった前少将藤原義孝《ぜんしょうしょうふじわらのよしたか》の逸話が見える。このように本質的な重要なものが枕に籠もるという発想の延長に、「枕詞」「歌枕」などもあると思われ、書名の『枕草子』も本来は重要用件を記す備忘録をさす普通名詞ともされる。

（藤本宗利）

枕詞　まくらことば

和歌　神　黒・闇　言葉（詞）　霊（たま）・魂　掛詞　序詞　嵐　花　春

和歌の表現技法の一つ。ある語句に具体的なイメージを与えるために、その語句の直前に置かれる五音以下の語を、枕詞と呼んでいる。たとえば、「ちはやぶる」→「神」、「たらちねの」→「母」、「ぬばたま」→「黒・夜・闇」などのように、枕詞とそれのかかる語句（被枕《ひまくら》ともいう）が固定化しているものが多く、その発生はきわめて古い時代だったとみられる。古代において、言葉には霊魂が宿るとする言霊《ことだま》信仰から、特に崇高なもの、偉大なもの、恐るべきもの、美しいもの、不可思議なもの、大切なものなどをいう場合、このような枕詞が多く用いられたとみられる。

そうした古くからの習慣的な枕詞があるとともに、他方では『万葉集』の時代以後も、かかり方の固定的でない、新しい枕詞もつくり出された。枕詞の被枕へのかかり方から分類すると、①語義（比喩《ひゆ》など）によるもの、②語音によるもののうち掛詞《かけことば》式、③語音によるもののうち同音繰り返し式、の三種に分類される。このような分類は、序詞の場合も同様である。

①「ぬばたまの夜さりくれば巻向《まきむく》の川音高し嵐かも疾《と》き」（万・七・一一〇一）では、「ぬばたまの」が漆黒のイメージで「夜」にかかる。

②「梓弓《あづさゆみ》はるの山辺を越え来れば道もさりあへず花ぞ散りける」（古今・春上・紀貫之）では、「梓弓張る」「春の山辺」

の掛詞式で、文脈が二重になる。

③「初雁のはつかに声を聞きしより中空にのみ物を思ふかな」（古今・恋一・凡河内躬恒）では、「初雁」「はつかに（わずかに、の意）」の同音繰り返しになる。（鈴木日出男）

待兼山　まちかねやま

大阪府豊中《とよなか》市北部、千里《せんり》丘陵西端の山。『枕草子』「山は」の段にもその名が見られる。人を「待ち兼ね」る意味を掛けた例が多い。「津の国まつかねやまのよぶこ鳥鳴くと今来《く》という人もなし」（古今六帖・二・八七二）は伝本によっては「まちかね山」とし、「待兼山」を詠む古い例とされる。「よぶこ鳥」のほか、「ほととぎす」も「夜をかさねまちかね山の時鳥《ほととぎす》雲井のよそに一声ぞきく」（新古今・夏・周防内侍）のように詠まれた。ここから「四条川原の芝居側、朝はとうからとうからと、待兼山の時鳥、それは町中のじゃれ詞」（浄瑠璃・本朝二十四孝）と、「待兼山の時鳥」で「待ちかねる」意のしゃれとして用いられるようにもなった。和歌では、「夜もすがらまちかね山になく鹿はおぼろけにやは声を立つらん」（堀河百首・七二二・源俊頼）のような「妻問いの鹿」や、「たのめつつ君がこぬ夜の衣手やまちかね山のしづくなるらん」（新続古今・恋三・成通）のように、待ちかねて流す涙を山の雫にたとえた純粋な恋歌もある。（中嶋真也）

雁　山　ほととぎす　朝　和歌　鹿　妻　涙

松　まつ

「松」は常緑で、しかも樹齢が長いので、古来、神聖な樹木、あるいは長寿への祝意をこめた歌が多く詠まれてきた。『万葉集』の額田王《ぬかたのおおきみ》の「み吉野の玉松が枝は愛《は》しきかも君がみ言《こと》を持ちて通はく」（二・一一三）は、弓削《ゆげ》皇子が吉野からこけの生えた松の枝に添えて便りをくれたことへの返事。聖地吉野の老松だけに「玉」の美称が冠され、聖なるものへの「愛しき」思いが強調されている。また同集所収の、有間《ありま》皇子が死に際して自ら傷んで詠んだ歌「磐代《いはしろ》の浜松が枝を引き結びま幸《さき》くあらばかへり見む」（二・一四一）。もともと葉や枝を結ぶのは古代の予祝《よしゅく》のしぐさではあるが、それがとりわけ常緑の「松」であるところに、わが人生の延命が切実に願われているのだろう。

『古事記』中巻で倭建《やまとたける》がその生涯の終末を迎える時の、美夜受比売《みやずひめ》を思う歌である「尾張に　ただ向へる　尾津の崎なる　一《ひと》つ松　あせを　一つ松　人にありせば……」。尾津の崎の一本松《ひともとまつ》を詠んでいるが、その地の向かいあっているという尾張の地こそ、わが恋する美夜受比売のいる土地である。遠く隔たって彼女を恋いしのびながら、目の前の一本松がもしも人間（自分）だったら、と仮想する歌である。「一つ松」を人間に喩《たと》える表現になっているのは、「松」「待つ」の掛詞的な関心からも出た結果である。後世の『伊勢《いせ》物語』十四段は、「栗原《くりはら》のあねはの松の人ならば都のつとにいざと言はましを」とあるのも、ほぼ同じ発想であろう。ここでは、もしも自分を待っていてくれる女《ひと》であるならば、の意がはっきりしている。これらの例からも知られるように、「松」に「待つ」を連想することが、古くからあった。

『古今集』以後の王朝和歌では、とりわけ常緑、あるい

吉野　葉　尾張　掛詞　都

春　鶴・雪　紫・藤　夏　邸　月

は長寿を連想させる歌言葉となる。「常磐《ときは》なる松の緑も春来れば今ひとしほの色まさりけり」（古今・春上・宗于《むねゆき》）のように、「常磐の松」「松の緑」の歌と組み合わせられることが多い。また、「わが宿の松の梢に住む鶴《つる》は千代の雪かと思ふべらなり」（貫之集）は長寿を祝う歌であるが、同じく長寿とされる「鶴」と組み合わせることも多い。さらに組み合わせでいえば、松と藤の取り合わせは当時の大和絵の典型的な構図といわれる。「紫の藤咲く松の梢にはもとの緑も見えずぞありける」（拾遺・夏・源順）などとあり、晩春から初夏にかけての風情として、物語の場面にも応用されている。たとえば『源氏物語』蓬生《よもぎう》巻、流離の地から帰京した源氏が、荒廃する末摘花《すえつむはな》の邸前を通りすぎる折、「大きなる松に藤の咲きかかりて月影になよびたる、風につきてさと匂ふがなつかしく、そこはかとなきかをりなり」とあり、源氏はやがて彼女の存在を思い起こす。

歌枕　高砂・住吉　能　因幡　陸奥　武隈　風

王朝和歌では、「松」が各地の歌枕と結びついている点にも注意される。とりわけ有名なのは「高砂の松」「住吉の松」。「誰をかも知る人にせむ高砂の松も昔の友ならなくに」（古今・雑上・藤原興風）「われ見ても久しくなりぬ住の江《え》の岸の姫松幾代経《へ》ぬらむ」（古今・雑上・読人知らず）などとある。能の『高砂』も、この歌々をもとにしている。

ほかに、「立ち別れ因幡《いなば》の山の峰に生ふる松とし聞かば今帰り来む」（古今・離別・在原行平）の「因幡の松」、陸奥の歌枕としては「植ゑし時契りやしけむ武隈《たけくま》の松をふたたび相見つるかな」（後撰・雑三・藤原元善）の「武隈の松」などがある。

また、「松風」も歌によく詠まれる言葉である。松の梢を吹く風、つまり松籟《しょうらい》のことである。「琴の音《ね》に峰の松風かよふらしいづれのをよりしらべそめけむ」（拾遺・雑上・斎宮女御）は、「峰《を》」「緒」の掛詞によって、松の梢を吹く風と、琴の楽音との交響を詠んだ歌。『源氏物語』賢木《さかき》巻の、源氏が御息所を訪ねようと嵯峨野の野宮《ののみや》あたりに足を踏み入れたときの風情が、「浅茅が原もかれがれなる虫の音《ね》に、松風すごく吹きあはせて、そのこととも聞きわかれぬほどに、物の音ども絶え絶え聞こえたる、いと艶なり」と語られているが、これは前掲の斎宮女御《さいぐうにょうご》の歌を引歌とする表現である。

琴　嵯峨野・野宮　浅茅が原　斎宮

（鈴木日出男）

松島　まつしま

陸奥　島・松・海　雄島・海人・袖　浪・月・千鳥　天橋立

陸奥《みちのく》国の地名。現在の宮城県中部、松島湾の湾岸と湾内の二六〇余の島々を含む地域。松に覆われた島々と海とが織りなす景観は、日本三景の一つに数えられる。『古今六帖《こきんろくじょう》』に、「陸奥《みちのく》にありといふなる松島のまつに久しくとはぬ君かな」とあり、十世紀後半には、すでにその名が知られていた。また、長保年間（九九九―一〇〇四）に陸奥で客死した源重之《しげゆき》に「松島や雄島《おじま》の磯にあさりせし海人《あま》の袖こそかくは濡れしか」（後拾遺・恋四）がある。鎌倉時代に入ると、「松島や雄島が磯による浪の月の氷に千鳥鳴くなり」（俊成卿女集）のように、月の名所として歌に詠まれた。江戸時代に入って、林春斎《はやししゅんさい》は、松島を天橋立・厳島とともに「三処の奇観」（日本国事跡考）とし、俳人大淀三千風《おおよどみちかぜ》は『松島眺望集』を編んだ。そして松尾芭蕉《まつおばしょう》が、『奥の細道』を「三里に灸すゆるより、松島の月まづ心にかかりて」と書き起こし、実際にその景を目にして、「松島は扶桑第一の好風にして、凡《およそ》洞庭・西湖を恥ぢず」と絶賛したことによって、景勝地としての松島の評価は決定的になったといえよう。

（小山香織）

待乳山　まつちやま・まちちやま

「真土山・亦打山」とも表記する。奈良県五條市と和歌山県橋本市の麓にある真土《まつち》峠の古称。『万葉集』以来、「いで吾《あ》が駒早く行きこそ真土《まつち》山待つらむ妹《いも》を行きてはや見む」（万・十二・三一五四・作者未詳）のように同音の「待つ」の意を掛けた歌が多い。平安時代以降、『万葉集』にゆかりのある語という印象を背後にもたせながら「いつしかとまつちの山の桜花まちてもよそにきくがかなしさ」（後撰・雑四・読人知らず）「来ぬ人をまつちの山の郭公おなじ心にねこそなかるれ」（拾遺・恋三・読人知らず）のように「桜」「ほととぎす」「女郎花《をみなえし》」などと詠まれるが、特定の景物と結びついて詠出される場所ではなかったようだ。近世以降では、江戸隅田川沿いで、浅草寺《せんそうじ》の子院「待乳山聖天《しょうでん》」のある山のほうが有名になる。

（中嶋真也）

妹　桜　女郎花　江戸

松尾山　まつのおやま（まつのをやま）

山城《やましろ》国の山。現在の京都市西京区松尾。ふもとに松尾社《まつのおしゃ》（現在は松尾大社）がある。寛弘元年（一〇〇四）、松尾社にはじめて一条天皇の行幸があり、その折に「ちはやぶる松の尾山のかげ見れば今日ぞ千歳のはじめなりける」（後拾遺・雑六・源兼澄）と歌われている。以降、「よろづよをまつのを山のかげしげみ君をぞ祈るときはかきはに」（新古今・賀・康資王母）のごとく、賀の歌に詠まれることが多い。なお、この歌では「松」と「待つ」とが掛けられており、こうした詠み方も少なくない。また、「年をへてまつのを山のあふひこそ色もかはらぬかざしなりけれ」（堀河百首・紀伊）のように、「葵《あふひ》」と詠まれることが多いのは、松尾社の松尾祭では、賀茂祭《かものまつり》と同様に、供奉する者が葵を飾りにつけるためである。「木綿《ゆふ》かけてまつのを山のほととぎす神のしるしにひとこゑもがな」（資賢集）のごとく、神に供える幣帛《へいはく》である「木綿」とともに詠まれることも多い。

（小山香織）

山城・山　行幸　賀　松　葵　賀茂・祭

松帆の浦　まつほのうら

淡路《あわじ》国の地名。現在の兵庫県淡路市松帆、明石海峡大橋の西側、松帆崎の海岸。古代、製塩が行われていたらしく、『万葉集』に、「……淡路島　松帆の浦に　朝凪に　玉藻刈りつつ　夕凪に　藻塩焼きつつ　海少女《あまをとめ》　ありとは聞けど……」（六・九三五・笠金村）とある。これをふまえて、藤原定家《ていか》が「来ぬ人をまつほの浦の夕凪に焼くや藻塩の身も焦がれつつ」（建保四年内裏歌合）と詠み、自撰の『新勅撰集』『百人一首』などに採ったことで、一躍有名になった。

しかし、定家に慮ってか、「松帆の浦」を詠んだ歌は少ない。定家の嫡男為家《ためいえ》、為家の嫡男為氏《ためうじ》に、それぞれ一首がある以外には、詞書に「定家卿忌日に」とある、「藻塩焼くけぶりも涼しきのふまでまつほの浦の秋の初風」（逍

淡路　塩（しお）　朝　海・少女　夕・藻塩　秋・風

心　黄表紙

遊集）などの数首を数える程度である。なお、定家の歌によって「松帆の浦」といえば、来ない人を待ち焦がれる心情をさすようになり、黄表紙『敵討義女英《かたきうちぎじよのはなぶさ》』には、「松帆の浦のものおもひ、はやうお顔が見たい」とある。（小山香織）

松虫　まつむし

秋　鈴虫

マツムシ科の昆虫。古来、秋の風物詩として、その鳴き声が賞美されてきた。中世までの文学作品にみえる「松虫」は実は現今の鈴虫のことで、逆に「鈴虫」は今の松虫だとする説が広く行われてきたが、これを証拠だてる材料もなく、はっきりしない。

和歌・掛詞　女・男　露

平安時代以後の和歌では、「待つ」の語と掛詞になる例や、その「待つ」をひびかせる表現が多い。いずれも、女が男の来訪を「待つ」趣である。「秋の野に道もまどひぬまつ虫の声する方《かた》に宿や借らまし」（古今・秋上・読人知らず）も、待つ女の情感をとりこんだ歌である。また、「跡もなき庭の浅茅《あさぢ》にむすぼほれ露のそこなる松虫の声」（新古今・秋下・式子内親王）は、「待つ」の情調をもひびかせて秋のわびしさを詠んだ歌である。

嵯峨野・野宮・伊勢

『源氏物語』賢木《さかき》巻の冒頭近くの、源氏が九月半ばはじめて嵯峨野の野宮《ののみや》にやって来て、伊勢《いせ》に下向しようとする六条御息所《ろくじようのみやすどころ》を訪ね、夜明けとともに帰る条に、「松虫」が効果的に語りこめられている。「出でがてに、（源氏が御息所の）御手をとらへてやすらひたまへる、いみじうなつかし。風いと冷やかに吹きて、松虫の鳴きからしたる声」に、二人はともに感動を深め、御息所は「おほかたの秋の別れもかなしきに鳴く音《ね》な添へそ野辺の松虫」と詠んだ。秋の別れというだけでも悲しいのに、野辺の松虫よ、そのうえ人待つ恋の悲しみまでを思わせて鳴き、この私を泣かせてくれるな、の意。源氏との仲を諦めて伊勢下向を決意してきたのに、自分は実は源氏の来訪を遅しとばかりに待ちつづけてきたのだ、とあらためて思い、わが心の真相に気づく趣である。

心　狐

後世の近世俳諧の世界でも、「人まつ虫」の連想をとりこむ作が多くみられる。「松虫に狐《きつね》を見れば友もなし」（其角）「松虫に人なつかしや磯の家」（支考）などとある。また、「松虫素湯《さゆ》もちんちんころりんと」（一茶）は、鳴き声をおもしろく取りこんだ作である。

（鈴木日出男）

松浦　まつら

肥前　船

肥前《ひぜん》国北西部沿岸、現在の佐賀県唐津《からつ》市を中心とする長崎県平戸《ひらど》付近までの地域。『魏志倭人伝《ぎしわじんでん》』にある「末盧《まつら》国」とされ、朝鮮半島・大陸への船出の要地であった。地名の

新羅・鮎

起源は神功《じんぐう》皇后新羅《しらぎ》征討の際、戦勝を占い鮎が釣れたのを「甚《あな》、希見《めづら》しき物」と称したことから希見《めずら》国とし、それが訛って「松浦《まつら》」になったという（紀・神功皇后摂政前紀、記・仲哀、肥前国風土記・松浦郡）。朝鮮半島へ向かう大伴狭手彦《おおとものさでひこ》を、松《まつ》浦佐用姫《らのさよひめ》が領巾《ひれ》を振って見送ったという「松浦佐用姫（風土記では「弟日姫子《おとひひめこ》」）」伝説の地（肥前国風土記・松浦郡、万・

和歌　院　歌枕

五・八六八—七〇・山上憶良など）。この伝承をふまえた和歌は三代集時代は見えず、平安時代後期—院政期の万葉摂取の時期に「松浦潟」「松浦の山」「松浦の沖」などを歌枕に

松
掛詞
して「つれもなき君まつら山待ち侘びてひれふるばかり恋ふと知らずや」（久安百首・恋・藤原教長）と「松」と「待つ」を掛詞にし、「領巾」「振る」などの語とともに詠まれた。また「松浦川」は、大伴旅人《おおとものたびと》の「遊松浦河序《まつらがわにあそぶじょ》」（万・五・八五三―六三）を受け「七瀬の淀」などの語が共に詠まれる

鏡
心・神
一方、狭手彦の別れの品である鏡が沈んだため「鏡の渡」とも称される（肥前国風土記・松浦郡）。また当地の鏡山《かがみやま》神社は、『源氏物語』で肥前守・大夫監《たゆうのげん》が玉鬘《たまかずら》に贈った歌に「君にもし心たがはゞ松浦なる鏡の神にかけて誓はむ」と詠み込まれている（源・玉鬘）。

（兼岡理恵）

祭　まつり

神・霊
　神や先祖の霊を迎えて感謝・祈願する儀式。「木綿《ゆふ》かけて祭る三諸《みもろ》の神さびて斎《いは》ふにはあらず人目多みこそ」（万・七・一三七七・作者未詳）「ちはやぶる神のみ坂に幣《ぬさ》まつり斎ふ命は母父《おもちち》がため」（万・二十・四四〇二・神人部子忍男）「神まつる宿の卯の花白妙の御幣《みてぐら》かとぞあやまたれける」（拾遺・夏・紀貫之）のように、清浄な場に神霊を招き寄せ、飲食物・幣帛・歌舞などを捧げて饗応し、村落・氏族共同体の豊穣と息災、旅の安全などを願うことが本義である。

魂・都
「（大晦日に）なき人の来る夜とて魂《たま》まつるわざは、このころ都にはなきを」（徒然・十九）は、祖霊を祭る例。貴人を饗応する例もあり、この場合は「奉る」と表記するのが一般的である。なお「斎《いは》ふ（祝ふ）」は、神を迎えるために身を

加持祈禱
祓え
慎み、清浄に保つことをいう。重患の光源氏のための加持祈禱は「祭り、祓へ、修法など言ひ尽くすべくも」（源・夕顔）ないさまだったが、神道・陰陽道によるのが「祭り、祓へ」であり、仏教による「修法」と区別されている。

陰陽道

　貢物を神や貴人に献上することから、「祭る」の派生語「まつろふ」は帰順・服従する（させる）、の意となる。「八十伴の男は　大君に　まつろふものと　定まれる　官にしあれば」（万・十九・四二一四・大伴家持）。また、共同体の首長が神の本意を聞き、人々を統治するのが本来のありかたであったから、「まつりごと」は祭祀と同時に政治をも意味した。

賀茂
勅使
　平安時代には、王城守護の社として、賀茂《かも》神社が朝廷から重んじられた。そこから「祭」といえば、陰暦四月中の酉の日に行われる賀茂の祭をさすようになった。数日前には賀茂川で斎王の御禊が行われる。当日は、宮中の儀、勅使（「祭の使ひ」という）一行が一条大路で斎王の行列と

紫野・斎院
合流し、賀茂社に向かう路頭の儀、下社・上社での神事である社頭の儀が行われた。翌日に斎王が紫野の斎院に還御するのが「祭のかへさ」である。

葵・車・簾・挿頭
　葵を車の簾や社殿に飾り、供奉する人々が挿頭《かざし》にすることから、葵祭とも呼ばれる。清少納言は「過ぎにし方恋しきもの」として、「（祭の後の）枯れたる葵」を挙げている（枕）。

夏・京
　賀茂祭は、初夏の京都を彩る風物詩であり、当然のことながら、多くの作品にそのさまが語られる。「灌仏《くわんぶつ》の頃、祭りの頃、若葉の梢涼しげに茂りゆくほどこそ、世のあはれも人の恋しさもまされ」（徒然・十九）。『蜻蛉日記《かげろう》』上巻では、見物に出かけた作者が、時姫《ときひめ》と歌の応酬をする。『落窪《おちくぼ》物語』では、見物を機に姫君と道頼《みちより》の母の対面が果

たされ、車争いで継母たちに報復するなど重要な場面の背景となっている（二）。一条大路で、奉幣使の清原元輔《きよはらのもとすけ》が落馬し、禿頭をさらして人々の哄笑を誘ったという愉快な話も残る（今昔・二八・六）。『枕草子』には「見物は、臨時の祭。行幸。祭のかへさ。御賀茂詣」とあり、「祭のかへさ」のさまが活写されている。

行幸

『源氏物語』葵《あおい》巻、六条御息所《ろくじょうのみやすどころ》は御禊見物で気分を紛らわそうとするが、葵の上一行との車争いで大きな恥辱を受ける。源氏の麗姿に感動しつつも、当の源氏からも素通りされ、この上ないみじめさを噛みしめる。若菜《わかな》下巻、御禊の前夜、遂に柏木《かしわぎ》は女三宮《おんなさんのみや》と通じてしまう。これ以後柏木は懊悩を深めていく。同巻で、紫の上が危篤となったのは、祭の「かへさ」の日の出来事であった。このように『源氏物語』では、晴れやかな祭を背景としつつ、それとは全く相容れない人々の心の闇を照らし出しているのである。

心

（大井田晴彦）

真人　まひと

天武十三年（六八四）に定められた「八色《やくさ》の姓《かばね》」の最高位。また同天皇の国風諡号「天渟中原瀛真人天皇《あまのぬなはらおきのまひとのすめらみこと》」にもこの言葉が使われている。この用語には、奥義を悟った人の意とする道教から来たとする説、また新羅《しらぎ》の骨品制《こつぴんせい》の王族身分の称「真骨《しんこつ》」にならったとする説などがある。また「まひと」には貴人《うまひと》、あるいは賓《まれひと》の略とする説などがある。

姓

新羅

神楽歌「蟋蟀《きりぎりす》」或説「しだらが真人《まうど》の　単重《ひとへ》の狩衣　な取入《とりれ》そ　妬し」（神楽・五六）の「まうど」は、「まひと」の音韻変化によるもの。ここは「設楽《しだら》の人」といったほどの、人に対する敬称として用いられている。平安時代には、同等あるいはそれ以下の者に対する、敬意を形式的に有する対称として「まうと」の形で用いられた。『源氏物語』で例を示せば、「この姉君や、まうとの後の親」（帚木）は、光源氏が紀伊守《きいのかみ》に対して用いており、また「まうとは、何しにここにはたびたびは参るぞ」（浮舟）は、薫《かおる》の随身が匂宮《におうのみや》の使者に呼びかけている。

蟋蟀・狩衣

親

（新谷正雄）

幻　まぼろし

道教にいう幻術士のこと。この世と死後の世界とを自由に行き来できる存在。また、幻影。桐壺《きりつぼ》帝は亡き更衣を偲び、「たづねゆくまぼろしもがなつてにても魂のありかをそこと知るべく」（源・桐壺）と詠んだ。また、紫の上を喪った光源氏も「大空をかよふまぼろし夢にだに見えこぬ魂のゆくへたづねよ」（源・幻）と詠み、巻名の由来となる。いずれも、『長恨歌《ちょうごんか》』に詠まれた、死後の楊貴妃《ようきひ》を訪ね、簪《かんざし》を受け取って玄宗《げんそう》皇帝のもとに帰参した道士の話をふまえる。

世

魂

夢

また、幻影の意味では、『維摩経《ゆいまぎょう》』にいうこの世をたとえた「十喩」の中に、「まぼろしのごとし」とあり、赤染《あかぞめ》衛門《えもん》や藤原公任《きんとう》の歌がある。和泉《いずみ》式部は、「白露も夢もこの世もまぼろしもたとへていへば久しかりけり」（後拾遺・恋四）と、まぼろしですら恋のはかなさには及ばないと詠む。「ゆめまぼろし」と熟合し、「人生五十年、化天のうちをくらぶれば、ゆめまぼろしのごとくなる」（幸若舞《こうわかまい》・敦盛）

露

ま

などと用いられた。　（高田祐彦）

継母　ままはは

実の父親の結婚相手である、生みの母以外の女性。『源氏物語』蛍《ほたる》巻に「継母の腹ぎたなき昔物語も多かるを」とあるように、継母は継子を苛めるものとされた。ただし、記紀神話や『日本霊異記』などには明瞭な継子物語の型はほとんど見受けられず、上代から平安時代初頭にいたるまで、物語としては定着していない。とはいえ「継母」の語自体は、『養老律令《りつりょう》』「喪葬令」、『令義解《りょうのぎげ》』巻六「儀制令」・巻九「喪葬令」、『令集解《りょうのしゅうげ》』巻四十など上代の文献にも散見できる。また、八世紀初頭の社会では継母子の対立は一般的だったようで、『和名類聚抄《わみょうるいじゅしょう》』「前後妻」の項では「顔氏家訓云、後妻多悪前妻之子」と、継母は継子を苛めるものとされており、『続日本紀《しょくにほんぎ》』和銅七年（七一四）十一月四日の条にも、継母の苛めも恨まず孝を尽くした男や、夫の没後に継子を養った女が終身課役を免除されたとの記述がある。

腹・物語　律令

継子物語は、大人になるための通過儀礼の書ともいわれ、その社会教育的役割が指摘される。そこで問題になるのは、継母と継子の関係がほとんどである。継子が娘の場合は、理想的な結婚によって苦難を乗り越えるのが一般的で、『落窪《おちくぼ》物語』や『住吉《すみよし》物語』が典型的である。実母を亡くした高貴な女主人公が、継母に苛められるものの、異性の求愛や、実母の霊や神仏の加護を得て救済され、継母に応報が加えられる、という展開である。継子物語そのものでなくとも、『大和《やまと》物語』一四二段で女が結婚を拒否したまま死ぬ話や、『堤中納言《つつみちゅうなごん》物語』「貝合」で継母方の娘との貝合せの貝が入手できずに苦慮している継子を垣間見た少将が助ける話なども、背後に継母のいじめが想定できる。「さがなき継母に憎まれんよりは」（源・東屋）とされるように「さがなし」の形容語は継母に縁が深く、『落窪物語』の継母の北の方や『源氏物語』の紫の上の継母も「さがなし」と形容されている。一方、継母と継息子の場合は継母の懸想が特徴的で、『宇津保《うつほ》物語』「忠こそ」巻は、継母に懸想された忠《ただ》こそが出家するという顛末になっている。継子が男子である話は『今昔物語集』に多く、巻二・二十の薄拘《はく》羅《ら》、巻四・四の拘拏羅《くなら》太子、巻十九・二九の山陰中納言《やまかげのちゅうなごん》の説話などがそれにあたる。

神・仏　貝　懸想　出家　説話

継母子の対立は『源氏物語』にも見られ、弘徽殿女御《こきでんのにょうご》と光源氏、右大臣の四の君と玉鬘《たまかずら》・雲居雁《くもいのかり》、式部卿宮《しきぶきょうのみや》の北の方と紫の上などの関係に、継子物語の形が認められる。しかし『源氏物語』では、紫の上と明石の姫君の関係など、継母と継娘の理想的関係も描かれており、それは『更級《さらしな》日記』の作者の、継母への愛着の描写にも影響を与えているとおぼしい。また、光源氏が藤壺《ふじつぼ》を、夕霧《ゆうぎり》が紫の上を思慕するという継息子が継母を思慕する点でも、通常の継子物語とはずれた形が認められる。　（高木和子）

豆　まめ

マメ科の植物で、その種子を食用にするものの総称。一般的には大豆・小豆などの豆類をいうが、特に大豆をさす

稲・麦　畑

場合がある。貴重な五穀の一つで、『古事記』『日本書紀』の五穀の起源を語る条では、稲・麦などとともに食物神の屍体から生じている。また、畑に栽培される穀類であるため、『日本書紀』では「陸田種子《はたけつもの》」と呼ばれる。『和名抄』には、大豆《まめ》・小豆《あづき》の他、烏豆《くろまめ》・大角豆《ささげ》・野豆《のらまめ》などの名が見える。また、豆から「醤《ひしほ》」や「未醤《みそ》」などの調味料を作ったことが記される。

妻　和歌

『万葉集』には防人歌に「道の邊《べ》の荊《うまら》の末《うれ》に這《は》ほ豆のからまる君を別《はか》れか行かむ」（万・二十・四三五二・丈部鳥）の一首のみが見られるが、ここで歌われた豆は食用ではないつる豆・やぶ豆の類。豆が他の植物に茎葉をからませて生育するさまを、主君の若君（妻とする説もある）が自分にすがりつき馴染むさまにたとえる。平安時代以降の和歌では、「はかなくて生うとみしかどまめやかにおりおほせばや実の結ふらん」（定頼集）のような豆に「実《まめ》」を掛けた歌が見られるほか、めったに詠まれることはないが、「何程《いかほど》の豆を蒔《まき》てか畠山《はたけやま》日本國をば味噌《みそ》になすらん」（太平記・三五）など中世に用例が散見される。

鬼・冬・季語

江戸時代以降は、「煎豆《いりまめ》の福がきたぞよ懐《ふところ》へ」（八番日記・一茶）など、節分の鬼打ち豆が冬の季語として俳句に詠まれるようになる。

（高桑枝実子）

檀　まゆみ

信濃　陸奥　物の怪　紅葉

ニシキギ科の落葉低木。古く、この木で弓を作ったところからの名。この木から作られた弓も「真弓《まゆみ》」といい、「み薦《こも》刈る信濃の真弓わが引かば貴人《うまひと》さびていなと言はむかも」（万・二・九六・久米禅師）「陸奥の安達の真弓わが引かば末さへ寄り来《こ》しのびしのびに」（古今・採物の歌）のごとく、その産地を冠して歌に詠まれた。物の怪に悩まされた白河《しらかわ》院が、源義家《よしいえ》の「真弓の黒ぬりなる一張」を召し、枕元に立てたところ、物の怪が治まったという逸話もある（宇治拾遺・四・十四）。また、「檀の紅葉に（歌を）つけて」（中務集）「をかしげなる檀の少し紅葉たるを」（和泉式部日記）とあるように、その紅葉は賞翫され、『枕草子』にも「檀、さらにもいはず」（花の木ならぬは）とある。

紙　青　襲（重ね）　黄・秋

檀の木の繊維からは紙が作られ、「書き集めば、陸奥の檀の紙もすきあふまじく」（賀茂保憲女集）「蘇枋の机に、檀の紙・青紙・松紙・筆など積みて」（宇津保・あて宮）のように、「檀の紙」といわれた。なお、襲《かさね》の色目の一つに「檀」があり、『雁衣鈔』によると、表は蘇芳《すおう》、裏は黄で、多く秋に用いられたという。

（小山香織）

御阿礼・御生・御形　みあれ

神　賀茂　祭　榊

ミは美称、アレは生まれるの意で、神が顕現することが原義。特に、四月中の午《うま》（あるいは申《さる》）の日の深夜、賀茂《かもの》別雷《わけいかずち》神社（上賀茂《かみがも》神社）で行われた御阿礼祭のことをいう。賀茂祭に先立って八瀬《やせ》村の御生の社から別雷神を本社に迎える儀で、この時、憑代《よりしろ》として鈴と木綿を結びつけた榊《さかき》の木を立てるが、これを御阿礼木という。「我が引かむみあれにつけて祈ることとなるなる鈴もまず聞こゆなる」（源順集）「みあれ引く神の御戸代ひき植ゑつ今はとしのみ祈るばかりぞ」（好忠集）などのように、御阿礼木につけた縄を引いて鈴を鳴らし、願い事の成就を占った。

酉《とり》の日の賀茂祭をも含めて称し、また賀茂神社をさす場合もある。「対の上、御阿礼にまうでたまふとて」（源・藤裏葉）は、紫の上の参詣をいう。「御車二十ばかりして、御前などもくだくだしき人数多くもあらず、事そぎたる」さまがかえって格別の趣であったというのである。

車

（大井田晴彦）

水脈　みお（みを）

海・川　泊瀬川　三輪　妻　澪標　涙

海や川の中の、水の流れ。「澪」「水尾」ともあてる。『万葉集』では、「泊瀬川《はつせがわ》流るる水脈の瀬を早み井堤《ゐで》越す波の音の清けく」（七・一一〇八・作者未詳）のように早いものとして、あるいは「三輪山の山下響《とよ》み行く川の水脈し絶えずは後もわが妻」（十二・三〇一四・作者未詳）のように絶えないもののたとえとして、詠まれることが多かった。平安時代になると、「水脈」が単独で歌に詠まれることは少なくなり、「澪標《みおつくし》」を詠む歌が増える。しかしながら『平中《へいじゅう》物語』には、「まことにて渡る瀬なくは涙川流れて深きみをと頼まむ」（二五）という、「水脈」と「身を」を掛けた歌が見える。また、『源氏物語』にも、やはり「身を」を掛けた「逢ふ瀬なき涙の川に沈みしや流るるみをのはじめなりけむ」（須磨）と、「みつせ川渡らぬ先にいかでなほ涙の水脈のあわと消えなん」（真木柱）の二首がある。『千載集』にも、「五月雨に水のみづかさまさるらし水脈のしるしも見えずなりゆく」（夏・親隆）という歌があるが、「水脈のしるし」は「澪標」と同義である。

（小山香織）

澪標　みおつくし（みをつくし）

海・川・船・水脈　難波　淀川・和歌　葦　涙

海や川の浅瀬で、船が往来することのできる深い水脈《みお》を示すために立てた串。『万葉集』の「遠江《とほつあふみ》引佐細江《いなさほそえ》の澪標吾《あれ》を頼めてあさましものを」（十四・三四二九・東歌）は、浜《はま》名湖《なこ》東北の澪標を詠んだものであるが、平安時代以降は、『土佐《とさ》日記』に、「澪標のもとより出でて、難波に着きて、河尻に入る」とある、難波の淀川《よどがわ》河口のものが有名。和歌では、ともに『百人一首』に採られて著名な、「わびぬれば今はた同じ難波なるみをつくしてもあはんとぞ思ふ」（古今・恋五・元良親王）「難波江の葦のかりねのひとよゆゑみをつくしてや恋ひわたるべき」（千載・恋三・皇嘉門院別当）のように、「身を尽くし」と掛けて詠まれることが多い。また、『源氏物語』澪標《みおつくし》巻には、光源氏と明石《あかし》の君に、「みをつくし恋ふるしるしにここまでもめぐり逢ひけるえには深しな」「数ならでなにはのこともかひなきになどみをつくし思ひそめけむ」という贈答歌があり、この巻の巻名ともなっている。この他、澪標に自らをたとえた「君恋ふる涙の床に満ちぬればみをつくしとぞ我はなりぬる」（古今・恋二・興風）といった歌もある。

（小山香織）

御垣原　みかきはら

邸（やしき）・野

「御垣」は宮中や貴人の邸宅の垣。その御垣の辺りの野原、あるいは御垣の内の意。「御垣の原」「御垣が原」ということが多い。『源氏物語』では柏木《かしわぎ》が六条院を訪ねたことを、

風　梅　月・露　和歌・大和・歌枕・春　霞　吉野・雪・花　芹

「一日《ひとひ》、風に誘はれて御垣の原を分け入りて侍りしに」(若菜上)と文に書いており、『徒然草』にも「梅の花香ばしき夜の朧月に佇み、御垣が原の露分け出でん在明《ありあけ》の空も」(二四〇)とある。また、和歌では大和《やまと》国の歌枕とされ、奈良の吉野離宮《よしののりきゅう》の辺りの原をさす。平兼盛《かねもり》の「古里は春めきにけりみよし野の御垣の原を霞こめたり」(天徳四年内裏歌合)が『金葉集』三奏本『詞花集』に採られて著名。「古里の御垣の原の初雪を花とや去年《こぞ》の人は見るらん」(田多民治集)のように、吉野を名所とする「雪」「花」と詠まれることが多い。一方、「いかにせむ御垣が原に摘む芹のねにのみ泣けど知る人のなき」(千載・恋一・読人知らず)のごとく、『俊頼髄脳《としようずいのう》』などに見える古歌、「芹摘みし昔の人も我がごとや心に物は叶はざりけむ」をふまえ、御垣原で芹を摘むことに、叶わざる思いを託して詠むこともあった。

(小山香織)

三笠山　みかさやま

奈良　桜・雨　月　春日　掛詞　大将・中将

奈良県奈良市、奈良公園の背後にある。笠を伏せたような形で、それが名の所以であろう。平城京の真東にあり、遣唐使の旅の安全を祈る場でもあった(続日本紀・元正)。『万葉集』では多く「桜」「黄葉」などと詠まれ、「雨隠《あまごも》り三笠の山を高みかも月の出で来《こ》ぬ夜は降《くだ》ちつつ」(万・六・九八〇・安倍蟲麻呂)と「月」も詠まれたが、三笠山の高さが月の出を阻むようである。「月」に関しては、『百人一首』にも収められた「あまの原ふりさけ見れば春日《かすが》なる三笠の山にいでし月かも」(古今・羈旅・安倍仲麻呂)の影響が極めて大きく、三笠山は出る月とともに捉えられてくる。また「笠をさす」から「指《さ》す」を掛詞に「さしてこと思ひしものをみかさ山かひなく雨のもりにけるかな」(後撰・恋六・読人知らず)と詠まれたりもした。一方で、天皇の御かさとなってそば近くで警衛にあたる意を掛けて、近衛大将《このえのたいしょう》、中将《ちゅうじょう》などの称ともなった。近衛中将から中納言になった藤原兼輔《かねすけ》の和歌「旧里《ふるさと》のみかさの山はとほけれど声は昔のうとからぬかな」(後撰・雑二)が名高い。

(中嶋真也)

みかの原　みかのはら

京　道行文　泉川

京都府木津川市(旧加茂町《かもまち》北部)の地名。元明《げんめい》天皇以後、離宮があり、天平十二年(七四〇)聖武《しょうむ》天皇の恭仁《くに》宮が置かれた。しかし三年余りで廃され、荒廃も速かった。『万葉集』には、田辺福麻呂《たなべさきまろ》歌集歌「久邇《くに》の新《あらた》しき京を讃《ほ》むる歌」(六・一〇五〇―八)と「春の日に、三香《みか》の原の荒れたる墟《あと》を悲しび傷みて作る歌」(六・一〇五九―六一)が連続して収められている。「三香の原久邇の京は荒れにけり大宮人の移ろひぬれば」(六・一〇六〇)。歌語としては、道行文のような「都いでて今日みかの原いづみ河かは風さむし衣かせ山」(古今・羈旅・読人知らず)の、「三日」と掛けた「みかの原」だけでなく、「見」と「泉川」、「衣貸せ」と「鹿背山」などの地名とともに詠まれるようになった。『百人一首』にも収められた「みかの原わきてながるるいづみ河いつみきとてかこひしかるらむ」(新古今・恋一・藤原兼輔、古今六帖では読人知らず)のように恋の歌をも生み出した。『枕草子』「原は」の段にも、その名が確認される。(中嶋真也)

三上山　みかみやま

山　琵琶湖　神　榊　すゑ(末)の世　屏風・歌枕　雲・秋・浪・月

滋賀県野洲《やす》町にある、整った円錐形の山。近江富士とも呼ばれる。琵琶湖周辺のどこからも望まれる。名称から「御神《みかみ》」を想起させ、神事と関わる歌に多く詠まれた。『拾遺集』「神楽歌」には「ちはやぶるみ神の山のさか木ばはさかえぞまさるすゑの世までに」（大中臣能宣《おおなかとみのよしのぶ》）の他、二首が「三上の山」の小題のもと収められている。「榊葉《さかきば》」や「万代《よろづよ》」などとともに詠まれる例が多い。天皇即位を寿《ことほ》ぐ大嘗会の風俗歌や屏風歌にも必ず取り上げられる歌枕であった。『新古今集』以降、「はるかなる三上のたけをめにかけていくせわたりぬやすのかはなみ」（秋篠月清集・一四七七・藤原良経）のように、「三上が（の）嶽《たけ》」として神事のイメージのない山の姿を示したり、琵琶湖周辺の景色として「雲はるる三上の山の秋かぜにさざ浪とほくいづる月かげ」（続拾遺・雑秋・浄助法親王）のような歌があるが、それほど多くはない。和歌以外では、俵藤太《たわらとうだ》（藤原秀郷《ひでさと》）のむかで退治（伽・俵藤太物語）で有名で蜈蚣《むかで》（百足）山ともいわれる。

（中嶋真也）

三河　みかわ（みかは）

伊勢　伊良虞　八橋　紫　高師浜

東海道の上国。愛知県東部の、渥美半島を含んでの地域。「参河」とも書く『万葉集』に麻績王《おみのおおきみ》（伝未詳）が伊勢国《いせ》（正しくは三河国）の伊良湖《いらご》（「伊良子・伊良虞」とも書く）に流された際の歌が載るほか、後の文学でも、東海道を西上・東下する人々の記事に現れるが、『伊勢物語』（九）の八橋《やつはし》で「からごろも」の歌が作られた話は特に有名である。「紫の庭に流るゝみかは水」に付句「かきつばた咲く八橋の里」（新撰菟玖波集・宗砌）が作られたのは、同音から「御溝水《みかわみず》」と「三河」とを掛けたものであるが、この故事を踏まえたもの。『更級日記《さらしな》』には、「高師浜《たかしのはま》」「八橋」「二村の山」「宮路の山」と、三河国の諸所の話が語られる。『平家物語』海道下りでは、「鳴海《なるみ》」「八橋」の両所が見られる。三河国の岡崎は徳川家発祥の地。三河万歳は江戸時代にこの地で生まれた演芸であるが、現在の漫才に発展するもととなった。

（山口明穂）

汀　みぎわ（みぎは）

池・川・海・水　涙　桜　碁・女房　花　琵琶湖

陸地の水に接する所で、池、川、海など水全般について言う。「行くひともとまるも袖の涙がはみぎはのみこそぬれまさりけれ」（土佐・わらは）のように、「涙川」の「みぎは」が流れることで涙を流すことを表現するようになった。『源氏物語』では、鬚黒《ひげくろ》と玉鬘《たまかずら》の間の二人の姫君が桜を賭け物に碁に興じ、右方が勝ったところで女房が詠んだ「心ありて池のみぎはに落つる花あわとなりてもわが方によれ」（源・竹河・大輔の君）のように「右」を響かせる場合もあった。他に「汀の氷」と表現されることもあり、「汀」はまず凍《こお》るところであり、逆に溶けるところでもあった。「小夜ふくるままにみぎはや氷るらんとほざかりゆく志賀のうらなみ」（後拾遺・冬・快覚）のように琵琶湖が汀から凍っていくことを聴覚で捉えるような歌も生まれた。後の時代では「みぎはまさり」が「涙」のみでなく、一般に際立って優れるという意で用いられるようにもなった。「五郎正《ごらうまさ》宗《むね》は、みぎはまさりの大力と、よその人まで知りにけれ」（曽我・六）。

（中嶋真也）

三熊野の浦　みくまののうら

熊野
紀伊・伊勢

熊野に美称「み」の付いた語。現在の和歌山県から三重県にかけての海岸部。歌学書では、紀伊《きい》か伊勢《いせ》かという議論もあったが、いずれをも含むのであろう。『万葉集』「み熊野の浦の浜木綿《はまゆふ》百重《ももへ》なす心は思へど直《ただ》に逢はぬかも」（四・四九六・柿本人麻呂、拾遺集にも所収）が有名。「百重なす」ものが植物「浜木綿」か、それを比喩に「白波」か説が分かれるが、「浜木綿」と表現されたものが幾重にも重なるさまから恋の文脈を作る歌が多い。「さしながら人の心をみ熊野の浦の浜木綿いくへなるらん」（拾遺・恋四・平兼盛）のように、「み熊野」に「見る」を掛けた例もある。また恋歌の常道「浦」に「恨み」「恨めし」を掛けた和歌も「いくかへりつらしと人をみ熊野のうらめしながら恋しかるらむ」（詞花・恋下・和泉式部）のように詠まれた。なお、「蟻《あり》の熊野参り」とも評され、盛んだった熊野信仰を関わらせて詠む和歌は多くない。

浜木綿・心
波
心
浦・恨み・和歌

（中嶋真也）

巫女　みこ

神・女・祭

神霊に奉仕する女性。本来、祭儀の場で舞などを通して神霊を憑依《ひょうい》させ（神がかり）託宣を下す（口寄せ）、いわゆるシャーマン的な霊能をもつ存在であった。「御子」「神子」などとも表記され、カム（ン）ナギ・ミカム（ン）ナギ・コウナギ・キネ・ミカンコ・カミコ・カンコ・イチコ・イタコなどの称も、巫女をさす。

記紀には巫女的な形象を担う女性が多く登場するが、たとえば天石屋戸《あめのいわやと》神話における天鈿女命《あめのうずめのみこと》や応神《おうじん》天皇の母神功《じんぐう》皇后についての記事には、いずれも巫女を意味する語は見えないものの、祭儀の場で躍動的な舞を披露したり（天鈿女命）、神がかりして託宣を下したり卜占や祈祷を行うなど（神功皇后）、巫女本来の様態をうかがわせる記述が見られる。

（加持）祈祷

また『日本書紀』には、「国内《くぬち》の巫覡《かむなぎら》等、枝葉《しば》を折り取り木綿《ゆふ》を懸掛《かけし》て、大臣《おほおみ》の橋を渡る時を伺候《うかか》ひ、争《きそ》ひて神《かむ》語《こと》の入微《たへ》なる説《ことば》を陳《の》ぶ」（皇極）と、神を依りつかせる木の枝や、楮《こうぞ》などの繊維を垂らした幣《ぬさ》を手に神がかりした巫覡《かむなぎ》らが、時の大臣蘇我蝦夷《おおおみそがのえみし》に神託を言上したとの出来事が記されているが、彼らは民間のシャーマン的職能者といえよう。一方、『祝詞』において「大御巫《おおみかむなぎ》」「坐摩《ゐかすり》の御巫《みかむなぎ》」「御《み》門《かど》の御巫《みかむなぎ》」「生《い》く島《しま》の御巫《みかむなぎ》」（祈年祭《としごひのまつり》・六月月次《みなづきのつきなみ》）と呼ばれるミカムナギは、宮廷内の神祇官に仕える神役の称であり、はやく巫女は、こうした宮廷・神社に属して神事の実施や神楽舞《かぐらまい》の奏上に携わる者と、民間で口寄せや卜占に携わる者とに分化していたようである。

『梁塵秘抄《りようじんひしよう》』所収の今様歌には、四句神歌《しくのかみうた》をはじめとして民衆の中に生きる巫女（巫《こうなぎ》・巫《きね》）を歌った歌謡が多数見える。その中には「金《かね》の御嶽《みたけ》にある巫女《みこ》の　打つ鼓《つづみ》　打ち上げ打ち下ろしおもしろや」（二六五）など、衆人の前で鼓・

鈴などを鳴らしながら舞ったり、神がかりして口寄せや占いを行う巫女の姿が歌われており、古代から中世にかけての民間の巫女の実態が芸能者としての側面を強めていたことを伝えている。「わが子は十余《じゅうよ》になりぬらん　巫《こうなぎ》してこそ歩《あり》くなれ」（三六四）とも歌われるように、特定の神社に属さぬそうした巫女は漂泊の民でもあったらしい。

（石田千尋）

親王　みこ

内親王

『大宝継嗣令《たいほうけいしれい》』には、天皇の兄弟と皇子を親王、女は内親王とするとある。平安時代に入り、皇子女の臣籍降下が頻繁になると、親王宣下を受けてはじめて親王になるようになった。その一方、寛仁三年（一〇一九）以降、宣下が下れば、二世以下の皇親も親王になった。後白河天皇の皇子以仁王《もちひとおう》は、親王宣下を受けられなかったので「王」である。親王には、一品《いっぽん》から四品までの品位《ほんい》があり、品位に応じた、食封《じきふ》や職員を支給された。彼らは、ほとんど名誉職につくだけで、実務にかかわることはない。

親王の一番重要なことは皇位継承権を有していることである。『源氏物語』の桐壺《きりつぼ》帝が、優れた素質をもつ光源氏を惜しみながらも臣籍降下させたのは、有力な外戚の後見をもたない光源氏が、皇位継承の争いに巻き込まれることを恐れたためである。

為尊《ためたか》・敦道《あつみち》親王兄弟（冷泉《れいぜい》皇子）は、『大鏡《おおかがみ》』に軽薄だと批判されている。そうした親王たちと、和泉《いずみ》式部は二度も恋に落ち、『和泉式部日記』を残した。親王という高貴で世俗を超越した存在そのものが、格別に魅力的であったことを物語っていよう。とはいえ、『源氏物語』では、蛍《ほたる》兵部卿宮《ひょうぶきょうのみや》が真木柱《まきばしら》に熱心でないことを、式部卿宮《しきぶきょうのみや》の大《おお》北の方が、「親王たちは、のどかに二心なくて見たまはむをだにこそ、はなやかならぬ慰めには思ふべけれ」（若菜下）と文句をいう。天皇にもなれず、権勢家にもなれない親王の中途半端な立場がうかがわれる。

真木　心

（池田節子）

三島江　みしまえ

摂津・淀川　夏　葦・春　心

摂津《せっつ》国の地名。現在の大阪府高槻市南部辺りからの、淀川の下流一帯をさす。『万葉集』の「三島江の玉江の薦《こも》を標《し》めしより己《おの》がとそ思ふいまだ刈らねど」（七・一三四八・作者未詳）「三島江の入江の薦をかりにこそわれをば君は思ひたりけれ」（十一・二七六六・作者未詳）以来、「三島江の玉江の真菰《まこも》夏刈りにしげく行きかふをちこちの舟」（相模集）のように、「真菰」とともに歌に詠まれることが多い。真菰は沼地に生えるイネ科の植物で、夏に刈りとって薦《こも》、すなわちむしろを編む。しかし、それ以上に「三島江につのぐみわたる葦《あし》の根のひとよのほどに春めきにけり」（後拾遺・春上・好忠）のごとく、「葦」を詠んだ歌も多い。実際にも葦の繁る場所であったのだろう。また、「憂しとのみ人の心をみしま江の入江の真菰思ひ乱れて」（堀川百首・公実）のように、三島江の「み」に「見」を掛ける歌も多い。なお、『源氏物語』では光源氏が、「知らずとも尋ねてしらむ三島江に生ふる三稜《みくり》のすぢは絶えじを」（玉鬘）と詠んでいる。三稜も沼沢に生える植物である。

（小山香織）

水　みず（みづ）

月・川・牛　夏　邸　池・釣殿　禊　海　祓

水は、人間の生に不可欠なものとして、古来文学でも非常に多くとりあげられた。たとえば、『古今六帖《こきんろくじよう》』は、全六巻中の一巻（第三）をまるごと「水」の歌として、六十項目、約五百首もの歌を集成する。水のある風景は、美や清涼感、その対極の不安や恐れなど、さまざまな思いを人に引き起こす。「月のいと明かきに、川を渡れば、牛の歩むままに、水晶などのわれたるやうに水の散りたるこそ、をかしけれ」（枕・月のいとあかきに）「夏河を越すうれしさよ手に草履」（蕪村句集）などは、水の魅力をよく伝えるものであり、それは、心敬の「水ほど感情深く清涼なるものなし」「氷ばかり艶なるはなし」（ひとりごと）という美意識に端的に示されている。王朝の貴族たちは、好んで水を邸に引き入れ、池を造り、夏には釣殿《つりどの》で涼をとった（源・常夏）。「むすぶ手のしづくににごる山の井のあかでも人に別れぬるかな」（古今・離別・紀貫之）は、浅い清水をかけがえのない大切なものと思う気持ちと人との別離のせつなさとをみごとに融合させている。そのような水への愛惜は、洗い清めるものとしての水の性格にもよるものであり、それは、禊《みそ》ぎといった神事ともつながる。水に対する神聖視は、神々が罪を受け渡しながら、川から海、そして根《ね》の国、底《そこ》の国へと流した、という大祓《おおはらえ》の祝詞《のりと》にもよく表れている。

春　蕨　松・戸・雪　袖　風　吉野

水の命は、とりわけ春の雪解けなどの流れや解氷によく感じられた。「いはばしる垂水の上の早蕨の萌え出づる春になりにけるかも」（万・八・一四一八・志貴皇子）「山深み春とも知らぬ松の戸にたえだえかかる雪の玉水」（新古今・春上・式子内親王）などの印象深い歌のほか、「袖ひちてむすびし水のこほれるを春立つけふの風やとくらむ」（古今・春上・紀貫之）は、時間空間にわたる美しい想像の展開である。一方、水の流れは、その速さ、激しさによって、「吉野川岩波高く行く水のはやくぞ人を思ひそめてし」（古今・恋一・紀貫之）のように、恋の思いの比喩として詠まれることも多い。

流れ、うつろいゆくものとしての水は、当然無常の象徴ともなる。「行く水に数かくよりもはかなきは思はぬ人を思ふなりけり」（古今・恋一・読人知らず）は、はかなさの代表としての水を詠み、『方丈記《ほうじようき》』の冒頭、「行く川の流れは絶えずしてしかももとの水にあらず。よどみに浮かぶうたかたは、かつ消え、かつ結びて、久しくとどまりたるためしなし。」は、あまりにも著名である。「きのふといひ今日とくらしてあすか川流れて早き月日なりけり」（古今・冬・春道列樹）という、川の流れをそのまま月日の流れの比喩とした歌もある。

猿沢池　采女

流れの速さや深さなどのもつ危険性は、入水《じゆすい》を題材とする作品が時代時代に受けつがれている点からも知られよう。男たちの求愛に苦悩して死を選んだ真間手児奈《ままのてこな》（万・九・一八〇七・高橋虫麻呂）や、帝に顧みられず猿沢《さるさわ》池に入水した采女《うねめ》（大和・一五〇）、さらには、『源氏物語』の浮舟《うきふね》（入水そのものは敢行されなかった）、『狭衣《さごろも》物語』の飛鳥井《あすかい》の姫君という虚構の作品を経て、壇の浦の二位《にい》尼、安徳《あんとく》天皇、建礼門院《けんれいもんいん》へといたり着く。

水は、また、人や自然の姿を映すものでもあった。「年

花・鏡　陸奥　大納言　命　世　心　菊・大沢池　遣水　蛙　涙　潮　新羅・尼　有間・雲・雨

をへて花の鏡となる水はちりかかるをやくもるといふらむ」(古今・春上・伊勢)など。姿を映すことは美しいばかりではなく、時には残酷であり、内舎人《うどねり》に連れられて陸奥《みちのく》で暮らすことになった大納言の姫君が、水に映るわが姿の衰えに絶望して命を絶った、という物語もある(大和・一五五)。

目に見える水面は、水中や水底への想像を引き起こす。水鳥の遊ぶ姿を見た紫式部は、「水鳥を水の上とやよそに見むわれもうきたる世を過ぐしつつ」(千載集・冬・紫式部)と詠みながら、「かれもさこそ心をやりてあそぶと見ゆれど、身はいと苦しかなり、と思ひよそへらる」(紫式部日記)という感慨を抱く。また、「ひともとと思ひし菊を大沢の池の底にもたれかうゑけむ」(古今・秋下・紀友則)など、水底の花が好んで詠まれた。

水は、目に見えるだけでなく、その音を聞くものでもあった。小川や遣水のせせらぎ、急流や怒濤の荒々しさ、さらには、「古池や蛙飛び込む水の音」(泊船集・芭蕉)の俳味など、さまざまである。水音は、風や楽器の音、読経などと響き合って、美しいハーモニーを作り上げもした。

古代の想像力では、人間の涙と自然の水とはつながっていた。素戔嗚《すさのお》の号泣によって、山は枯れ、海は干上がった(記・上)。その想像力は、和泉式部の「身よりかく涙はいかが流るべき海てふ海は潮や干ぬらむ」(和泉式部続集)に甦る。新羅《しらぎ》から来朝した尼の死を悼む大伴坂上郎女《おおとものさかのうえのいらつめ》の絶唱は、「……わが泣く涙　有間山　雲居たなびき　雨に降りきや」(万・三・四六〇)と結ばれていた。

(高田祐彦)

水駅　みずうまや(みづうまや)

踏歌　酒・湯づけ　真木　邸　正月

「すいえき」とも。正月十四日、男踏歌《おとこどうか》の一行が京中を巡るのを駅路にたとえ、酒や湯づけなどをもてなす所。対して食事を供するところを飯駅《いいうまや》という。水駅・飯駅ともに踏歌に先立って定められた。『源氏物語』初音《はつね》巻では、六条院が水駅となった。「水駅にて事そがせたまふべきを、例あることよりほかに、さまことに事加へていみじくもてはやさせ」、簡略に済ますべきところを、源氏は手厚く饗応してねぎらうのである。二年後の「真木柱」では、鬚黒《ひげくろ》大将邸が水駅となり、やはり盛大に歓待している。

転じて、ちょっとした立ち寄り所、の意でも用いられる。薫《かおる》が「水駅にて夜更けにけり」と言って玉鬘《たまかずら》邸を辞去するのは、正月の男踏歌にちなんだ洒落である(源・竹河)。

(大井田晴彦)

禊　みそぎ

川・海　祓　水

神事に携わる前に、身の罪や穢れを、川や海に漬かって洗い捨てること。似た行為に「祓《はらえ》」がある。これは供物を捧げて祈り、身に付いた罪や穢れを払い捨てることで、必ずしも水と関連しない。折口信夫によれば、「祓《はらえ》」はもともと依り来た悪霊を睨み返す行為、一方「禊」は吉事(神)を迎えるために、水で身の罪や穢れを洗い清める行為という(「禊ぎと祓へと」)。水浴を行う背景には、若返りや復活と再生を司る「若水《をちみづ》」への信仰があるとする。水の呪力により新たに生まれ変わった身体に神霊を迎えるのが「禊」だというのである。

雛
人形
須磨

　しかしすでに『万葉集』のころから「禊」と「祓」の区別は失われ、ともに水辺で穢れなどを払うの意で使われた。たとえば「上巳《じょうし》の祓《はらえ》」。三月の最初の巳の日、のちには三月三日に水辺に出て、身の穢れや災厄を洗い流すという、現在の雛祭りに繋がる行事である。雛祭りの人形は持ち主の災厄を負わせて流す人形《ひとかた》であり、現在も流し雛の習慣を残す地域もある。この上巳の祓《はらえ》のことを『源氏物語』須磨《すま》巻では「今日なむ、かく思すことある人は、御禊《みそぎ》したまふべき」といい、祓と禊は混用されている。『源氏』の場合、右大臣家との政争のもと須磨退去を余儀なくされたことを嘆き、上巳の祓にならって海辺で禊をして謀反の念はなく無実だと神に訴えたのだが、このあと落雷暴風雨になり、危うく命を落としかけた。これは、藤壺《ふじつぼ》と密通しながら潔白を訴えたことへの神の怒りとも思われる。しかし一方でこの落雷と暴風雨のなか、桐壺《きりつぼ》院の霊が出現して朱雀《すざく》帝の退位と光源氏の復権を促し、また住吉《すみよし》の神が現れ光源氏と明石の君とを結びつけ、姫君（後の明石中宮）が生まれることなどを考えると、実に折口のいう吉事を招く禊となったとも評せよう。

命
神
霊
住吉・神
御手洗河

　『伊勢《いせ》物語』六五段は、在原業平《ありわらのなりひら》が二条后への許されぬ恋情を捨てようと、「陰陽師《おんみようじ》、巫《かむなぎ》呼びて、恋せじといふ祓への具して（河原ニ）なむいきける。祓へけるままに」恋心が募るばかり、「恋せじと御手洗河《みたらしがわ》にせし禊《みそぎ》神はうけずもなりにけるかな」（恋するまいと御手洗川でした禊を神はお受け下さらなかった）と詠んだ話である。川辺で恋心を流し捨てる行為を祓とも禊とも呼んでいる。この歌以降「かかる御心やむる禊《みそぎ》」（源・東屋）のように恋情を捨てる禊という言い方が定着する。この他喪服を脱ぐにあたって川辺で禊する風習もあった（源・早蕨）。六月晦日に「大祓祝詞《おおはらえのりと》」を唱え心身の災厄を川辺で祓い流す「六月祓《みなづきはらえ》」「夏越《なごし》祓」を、折口は本来禊だったのが祓と混用された例とする。

祭
車
賀茂・斎院
葵

　大嘗《だいじょうさい》祭や賀茂《かも》祭に先立ち行われる禊を「御禊《ごけい》」という。『源氏』葵《あおい》巻の六条御息所《ろくじょうのみやすどころ》と葵の上の車争いは、この日に起きた。光源氏の妹宮（朱雀帝の同母妹）が賀茂の斎院に決まり、その最初の賀茂祭（葵祭）にあたって、父桐壺《きりつぼ》院の心づかいで光源氏を御禊の勅使にした。その光源氏の麗姿を見ようと人々が参集した最中に起きた事件であった。

（今井久代）

霙　みぞれ

雪・雨
霰
冬・春
小野・田

　雪が溶けかかって、雨交じりにふること。霙は、雪や雨とともに目にとまることも多かったようである。『枕草子』に「降るものは雪。霰《あられ》。霙は、にくけれど、白き雪のまじりて降るをかし」（降るものは）とある。『和泉《いずみ》式部日記』には「みぞれだちたる雨の、のどやかに降るほどなり」とある。「みぞれだつ」は、霙のようになるの意。『俊頼髄脳《としよりずいのう》』には「みぞれといへるは、雪まじりて降れる雨をいはば、冬もしは春のはじめなど、詠むべきにや」とある。「みぞれ降る小野の荒れ田にゐぐ摘めば誰かは着せん菅《すげ》の小笠《をがさ》を」（堀河百首・顕仲）の「ゐぐ」は「くわい」の一種、春

嵐・葉・山

の歌である。『永久《えいきゅう》百首』『六百番歌合』などでは冬の歌題になり、「嵐吹く木《こ》の葉こきまぜ霙降りさびしかりける山の奥かな」（六百番歌合・冬上・隆信）などと詠まれた。

（松岡智之）

神　川　みそぎ（禊）　男　女　車　影　賀茂・斎院　山城・歌枕　月

御手洗川　みたらしがわ（みたらしがは）

『袖中抄《しゅうちゅうしょう》』に「御手洗川とは神の御前の河を云也。……いづれの社にても河あらば読べし」とあるように、本来は神社の傍らにあって参拝者が身を清めるための川をいう普通名詞で、「恋せじと御手洗河にせし禊神はうけずぞなりにけらしも」（古今・恋一）がその例である。この類歌が『伊勢物語』第六五段にあって、昔男の払おうとしても払いきれぬ女への執着をかたどるために一役買っている。「見」を掛ける用法もあり、有名な車争いの場面で六条御息所《ろくじょうのみやすどころ》が詠んだ「影をのみみたらし河のつれなきに身のうきほどぞいとど知らるる」（源・葵）もそれである。この歌は賀茂《かも》斎院《さいいん》の、賀茂川での御禊に際してのものであるが、『能因《のういん》歌枕《うたまくら》』などが山城《やましろ》国の歌枕とするように、後には賀茂神社の御手洗川をさす固有名詞としての用法も生まれることになる。他には「身」を掛けたり、川面に映る月で清澄さを歌う表現などがある。

（神田龍之介）

東（あずま）　大坂・をとめ（少女）　近江　奈良　里　雲・都

道　みち

ミチ（ミは接頭語で、チだけでもミチの意味をもつ。ヤマヂ（山路）・アヅマヂ（東路）など）の原義は、通行する場所を表すことだろう。ただし「……のミチ」という場合、その場所に至る道のりや途中を表す場合もあるし、その場所を通る道、ひいてはその場所そのものをさす場合もある。たとえば「大坂《おほさか》に遇《あ》ふや嬢子《をとめ》を道問《と》へば直《ただ》には告《の》らず当芸麻道《たぎまぢ》を告る」（記・履中・七七）とか、「昔、男、あづまへ行きけるに、友だちどもに、道よりいひおこせける」（伊勢・十一）などは前者であり、「近江路《あふみぢ》にい行き乗り立ち、あをによし奈良の吾《わ》ぎ家《へ》に……」（万・十七・三九七八、大伴家持《もち》）や「天飛《あまと》ぶや軽《かる》の路《みち》は吾妹子《わぎもこ》が里にしあれば……」（万・二・二〇七、柿本人麻呂）などは後者である。人麻呂《ひとまろ》の例のような、地域全体を道で代表させて表す用法は、空間的に拡大すれば、「東方の十二の道」（記・中・倭建命）「越《こし》の道」（同・崇神）あるいは「七道」（東海道《とうかいどう》・東山道《とうさんどう》・北陸道《ほくりくどう》・山陰道《さんいんどう》・山陽道《さんようどう》・南海道《なんかいどう》・西海道《さいかいどう》からなる）といった行政区画としての「道」となる。まことに道は、中央が地方を支配するための経路であった。古代、東海道・東山道などの幹線道には、幅十二メートルもある直線の駅路（早馬路《はゆまぢ》）が建設されていた。

さて、前者のごとく、目的地までの道程を表す場合、そこに至る時間の観念を伴わざるをえない。「日をだにも天《あま》雲《くも》近く見るものを都へと思ふ道のはるけさ」（土佐・一月二七日）という空間的距離は、「都へ近づく事も僅かに一日の道なれば」（平・九・落足）という時間の経過へと容易に転化するのである。そのことが、ミチの抽象的な意味の派生につながるのであろう。ミチは、人生や社会の様々な局面を表す用法をもつ。たとえば「かくばかり術《すべ》無きものか世《よ》間《なか》の道」（万・五・八九二・山上憶良）では、貧苦にあえぎな

遊び　酒

がら歩く人間世界での生が、「世間の道」という言葉で表されている。それは貧者にとって、選びようもないミチである。しかし「世間の道」は、人それぞれに千差万別でもある。そして場合によっては、たくさんの選択肢から選ぶことのできるミチもある。「世の中の遊びの道にすずしきは酔《ゑ》ひ泣《な》きするにあるべかるらし」（万・三・三四七・大伴旅人）では、「遊びの道」にいろいろあって、中でもさわやかなのは飲酒である、ということになろう（ただし第三句には誤字説があり、「かなへるは」「たのしきは」「すずしくは」などの異訓がある）。また「わが後《のち》に生れむ人はわが如く恋する道に会ひこすなゆめ」（万・十一・二三七五・柿本人麻呂歌集）の「恋する道」は、入り込んではならない迷い道である。それはまた「由良《ゆら》の戸を渡る船人かぢを絶《た》え行方《ゆくへ》も知らぬ恋の道かな」（新古今・恋一・曽禰好忠）に歌われた「恋の道」ともなる。

和歌

このように多数の中から選択されるミチの場合、それは、単に「方面」とか「部門」の意とも解される。特に「頼みたる方の事は違《たが》ひて、思ひ寄らぬ道ばかりは叶《かな》ひぬ」（徒然・一八九）の如く、「方」と対になっているのであれば、より一層その感が強い。しかし、それでもやはりそこには、その動作なり出来事なりが、時間的に進行するということが前提にあるのだろう。諸芸を表すミチもまた同様である。「ありたき事は、まことしき文《ふみ》の道、作文《さくもん》・和歌・管弦の道。」（徒然・一）。芸にはそれぞれの道があって、いずれも入門から始まって、修業を重ねてゆく。それに専念してその道の専門家ともなれば、「よろづの道の人、たとひ不堪《ふびん》なりといへども、堪能《かんのう》の非家の人にならぶ時、必ずまさる。」（徒然・一八七）のように、「道の人」と称えられるのである。

仏・極楽　世・心　大江山・生野

ミチには、行き着くところがある。ミチは、広く目的を果たすための筋道、方法、手段をさすこともあった。たとえば「世を治むる道、倹約を本とす」（徒然・一八四）では、世を治めるという目的に対する手段が、倹約なのである。諸芸の場合、そのミチを極めれば、名人ということになろう。そして、「仏道」の行く末には、解脱《げだつ》や極楽往生がある。その勤行・修行をミチを修める（「修道」）と捉えることは、「世を逃れて山林にまじはるは、心を修めて道を行はむとなり」（方丈記）のように、ごく一般的であるが、それは「うつせみは数無き身なり山川の清《さや》けき見つつ道をたづねな」（万・二十・四四六八・病に臥して無常を悲しみ、道を修めむと欲して作る歌・大伴家持）の如く、奈良時代にすでにあった。一方、「孔子・顔回《がんくわい》は、支那《しな》・震旦《しんたん》に出でて、忠孝の道をはじめ給ふ」（平・五・咸陽宮）のように、儒教的な徳目もまたミチと捉えられる。この場合、ミチは、道義・道徳の意味を帯びるだろう。特に「大江山《おほえやま》越えて生野《いくの》の末遠み道ある世にもあひにけるかな」（新古今・賀・藤原範兼）のごとく、「道ある世」といういい方で、特に政治上の道理が行き渡った世の中を表すこともあった。このように、ミチのアナロジーは、ほとんど人間の活動すべてに適用しうるのである。

（鉄野昌弘）

陸奥　みちのく

福島・宮城・岩手・青森の旧国名。東山道の大国。「道《みち》の奥《おく》国」と称した。当初は福島県・宮城県南部付近を範囲と

蝦夷　京・みち（道）　安積香山・心　舎人・大納言　鄙・女・男　歌枕　塩竈　風

したが、朝廷の蝦夷《えみし》征伐・東北経営の進行に伴い、その領域は北へ拡大した。陸奥は京から「みちの奥」未知なる国とされ、『万葉集』では陸奥に関する歌は後期に集中する。葛城王《かずらき》が陸奥国における国司の饗宴に立腹、それに対し「前采女《さきのうねめ》」が「安積香山《あさかやま》影さへ見ゆる山の井の浅き心をわが思はなくに」（万・十六・三八〇七・前采女）と詠み怒りを解いたとされる。この歌は『古今集仮名序』では第四・五句を「浅くは人を思ふものかは」として「うたのちちははのやうにてぞ手ならふ人のはじめにもしける」とされ『小《こ》町《まち》集』『古今六帖《こきんろくじょう》』などにも見え、『大和《やまと》物語』一一五段では、内舎人《うどねり》に盗まれ、安積山で暮らすことになった大納言の娘が、月日が立ち、変わり果てた自分の姿を見て驚き、この歌を詠んで死に、男も死んでしまうという話になっている。一方『伊勢《いせ》物語』で陸奥は「むかし、をとこ、みちの国にすゞろに行きたりにけり」（伊勢・十四）と、陸奥の鄙びた女と京の雅男《みやびおとこ》というモチーフで語られる話もある。

　陸奥の歌枕は平安時代までは「みちのくはいづくはあれど塩竈《しほがま》の浦こぐ船の綱手かなしも」（古今・東歌）の「塩竈の浦」くらいであったが、中世になると陸奥への関心の高まりとともに「むつのくのおくゆかしくぞおもほゆる壺のいしぶみ外の浜風」（山家集・西行）と増加するが、その多くは現地を知らぬ実態のないものであった。（兼岡理恵）

道行文　みちゆきぶみ

物語・芝居　命・伊勢　尾張　海　神・船　東　都　三河・八橋・駿河・道　楓　富士・隅田川　嵐・心　風・雨

　物語・芝居・舞踊などに見られる旅の道中を韻文をもって記した文。次は『景行記』の一節、倭建命《やまとたけるのみこと》の東征中の出来事を記した文であり、道中を記したとして道行文といえる。倭建尊は西の賊を平げた後、東征を命ぜられ、打ち続く苛酷な使命に命を捨てる覚悟をする。伊勢神宮に参り苦境を訴えて、「尾張国に到りて、尾張国造の祖、美夜受《みやず》比売《ひめ》の家に入り坐しき。……即ち火を著けて焼き給ひき。故、今に焼遣《やいづ》と謂ふ。其より入り幸でまして、走水《はしりみづ》の海を渡り給ひし時、其の渡の神、浪を興して、船を廻らして得進み渡り給はざりき。爾《かれ》に其の后、名は弟橘比売《おとたちばなひめ》白《まを》し給ひしく、『妾、御子に易《かは》りて海の中に入らむ。御子は遣はさえし政を遂げて覆奏したまへ」となる。平安時代には、『伊勢《いせ》物語』（九）の東下りなどもこの中に入れてよいであろう。都にいられず東国に住むべき国を求めに行く話である。三河の国八橋を過ぎて、「行き行きて駿河の国に至りぬ。宇津の山に至りて、我が入らむとする道は、いと暗きに、蔦・楓は茂り、物心ぼそく」と道中の情景が描写される。富士を見て現在の隅田川に及び、都鳥の遊ぶのを見て、都への、さらにそこに遺してきた人への思いを訴えている。鎌倉時代には、『海道記《かいどうき》』や『十六夜《いざよい》日記』（阿仏尼）などの旅の記録が綴られる。しかし、道行文の典型としては、和漢混淆文が発達し、リズミカルな調べを有した『平家物語』（十・海道下）の時代と考えてよかろう。「同じき三月十日、梶原平三景時に具せられて、鎌倉へこそ下られけれ。西国より生け捕りにせられて、都へ帰るだに口惜しきに、いつしか又関の東へ赴かれけん心の中、推し量られて哀也。四宮《しのみや》河原になりぬれば、こゝは昔、延喜《えんぎ》第四の王子蟬丸の関の嵐に心を澄まし琵琶を弾き給ひしに、博雅《はくが》の三位といひし人、風の吹く日も吹かぬ日も、雨の降る夜も降らぬ夜

勢田（勢多）　志賀・春・霞・鏡山・比良・不破　涙　浜名・橋・松・浪

も、三とせが間、歩みを運び、立ち聞きて、彼の三曲を伝へけん藁屋の床のいにしへも、思ひやられて哀れ也。逢坂山を打ち越えて、勢田の唐橋駒もとゞろに踏み鳴らし、雲雀上がれる野路の里、志賀の浦波春かけて、霞に曇る鏡山、比良の高根を北にして、伊吹の嶽も近づきぬ。心をとむとしなけれども、荒れてなかなかやさしきは、不破《ふは》の関屋の板びさし、いかに鳴海の潮干潟、涙に袖はしほれつゝ、彼の在原のなにがしの、唐衣着つゝなれにしとながめけん、三河の国八橋にもなりぬれば、蜘蛛手に物をと哀れ也。浜名の橋を渡り給へば、松の梢に風さえて、入江に騒ぐ浪の音、さらでも旅は物うきに、心を尽くす夕まぐれ、池田の宿にも着き給ひぬ」。これは、西国の合戦で生け捕りにされた平重衡《しげひら》が取り調べのために鎌倉へ送られる一節である。これには、対句をまじえて七五調のリズミカルな調子があり、それと旅の動きが微妙にマッチする。そして、それぞれの土地にまつわる故事が語られ、読者の興味を惹きつける。これが道行文の一つの特徴といえるのである。（山口明穂）

御津　みつ

摂津・近江・難波・船・唐土→唐（から）大和　夢

摂津《せっつ》国、あるいは近江《おうみ》国の地名。摂津国の御津は、難波の湾津《わんしん》のこと。遣唐使船の出発津であり、山上憶良《やまのうえのおくら》が唐土で詠んだ「いざ子ども早く大和へ大伴の御津の浜松待ち恋ひぬらむ」（万・一・六三）は、『新古今集』にも採られて著名。この歌以降、「御津の浜松」を詠む歌は多いが、中でも、『浜松中納言物語《はままつちゅうなごんものがたり》』の主人公が、やはり唐土で詠んだ「日の本のみつの浜松こよひこそ我を恋ふらし夢に見えつれ」（二）は、日本と唐土にまたがるこの作品の、浪漫的な特質を端的に表しており、「みつの浜松」というこの物語の古称は、この歌によったものと見られる。なお、この歌では「御津」に「見つ」が掛けられており、「浜松」にたとえられた女君と主人公とが、すでにわりない仲となっていることを示す。一方、近江国の御津は、琵琶湖に面した、現在の滋賀県大津市坂本の一帯をさす。『蜻蛉《かげろう》日記』では、琵琶湖畔の唐崎《からさき》に祓えに詣でた藤原道綱《みちつな》母が、「憂き世をばかばかりみつの浜辺にて涙に名残ありやとぞ見し」（中）と、やはり「見つ」を掛けて詠んでいる。（小山香織）

琵琶湖　坂本　世

水無瀬　みなせ

山城・摂津・川　桜　水　月・日　夕・秋　歌枕　和歌・院

山城《やましろ》国と摂津国の境を流れる水無瀬川《みなせがわ》と、その付近一帯をさす地名。現在の大阪府三島郡島本町。『伊勢物語』八二段には、惟喬《これたか》親王が、毎年桜の花盛りに水無瀬の離宮を訪れたとある。本来、「水無瀬川」は水が伏流し、地上は水涸れている川の意の普通名詞であり、「恋にもそ人は死にする水無瀬川下ゆわれ痩す月に日に異《け》に」（万・四・五九八・笠女郎）「言に出でて言はぬばかりぞ水無瀬川下に通ひて恋しきものを」（古今・恋二・友則）のように、表面には現れぬもののたとえとして歌に詠まれた。けれども正治元年（一一九九）ごろ、後鳥羽《ごとば》院が水無瀬離宮を造営したことと、院の詠「見渡せば山もと霞む水無瀬川夕べは秋となに思ひけむ」（新古今・春上）が契機となり、以降、歌枕として定着する。後に離宮跡には、後鳥羽院を祀る水無瀬宮が建立され、和歌の興隆したその院政期を偲ぶようすがとされた。

後鳥羽院二百五十年忌にあたる長享二年（一四八八）には、連歌師飯尾宗祇《そうぎ》・肖柏《しょうはく》・宗長《そうちょう》が『水無瀬三吟百韻』を奉納しており、四百年忌にあたる寛永十五年（一六三八）には、後水尾院《ごみずのお》が追善和歌を奉納している。（小山香織）

男女川　みなのがわ（みなのがは）

常陸・歌枕
筑波山（嶺）
桜

常陸《ひたち》国の歌枕。現在の茨城県つくば市を流れる川。男女川の名は、筑波山の男体山《なんたいさん》、女体山《にょたいさん》の峰の間から流れ出ることによる。水無川、美那川とも表記される。「つくばねの峰よりおつるみなの河恋ぞつもりて淵となりける」（後撰・恋三・陽成院）は特に有名で、男女川を詠み込んだ恋歌もみられるようになる。また筑波山が桜の名所であることから、「つくばねのみねの桜やみなの川ながれて淵とちりつもるらむ」（続拾遺・春下・飛鳥井雅有）のように「桜」がしばしば詠み込まれる。同じく桜を詠んだ「みなの川峰よりおつる桜花にほひのふちのえやはせかるる」（拾遺愚草）など、『後撰集』の歌にある「峰よりおつる」「淵」の語を詠み込むことも多かった。「みなの河ながれてせぜにつもるこそ峰より落つる木の葉なりけれ」（新後拾遺・雑秋・藤原良基）ほか、紅葉や冬の歌もあり、特定の季節を詠むものではなかった。（竹下　円）

葉
紅葉・冬

美濃　みの

信濃

旧国名。現在の岐阜県南部を占める地域で、東は信濃《しなの》国、西は近江《おうみ》国、南は三河《みかわ》国、尾張《おわり》国、伊勢《いせ》国、北は越前《えちぜん》国、飛驒《ひだ》国に接する。美濃紙、美濃絹を産した。美濃は上国であり、「中の君の御男の左少弁、身いと貧しとて、受領望まんと、左大臣殿の北の方につきて申ければ、美濃にいたはりなし給ひつ」（落窪・四）など、位を落として受領になる際に任命された例が物語にもみえる。また、美濃を代表する名所としては不破関《ふわのせき》がある。不破関は延喜八年（九〇八）に廃止されているが、後々まで歌には詠み込まれた。

近江・三河・尾張・伊勢・越前・飛驒・紙・受領
不破・関

江戸時代中期の俳人各務支考《かがみしこう》は美濃の生まれで、松尾芭蕉《まつおばしょう》に師事した。美濃を中心に活動したので、その一派は「美濃派」と呼ばれた。俗談平話を唱え、その作風は平凡に陥ったが、かえって平明で田舎にもその風を広めることになった。同様な俳風の伊勢派《いせは》と並んで「田舎蕉門《いなかしょうもん》」と称された。（竹下　円）

美作　みまさか

備前
出雲・伯耆
播磨
大坂

岡山県北部の旧国名。山陽道の上国で、和銅六年（七一三）、備前国から分かれ一国となる。山陰道と山陽道を結ぶ地であり、出雲国松江《まつえ》から伯耆《ほうき》国米子《よなご》を経て美作国に入り、美作国津山《つやま》より播磨《はりま》国姫路《ひめじ》へいたる出雲往来は、江戸時代、出雲大社参詣や諸藩交替・大坂への商品輸送などに用いられた。

久米・山
歌枕
序詞

清和《せいわ》天皇の大嘗祭《だいじょうさい》の際に詠まれた「美作や久米《くめ》のさら山さらさらにわが名はたてじよろづよまでに」（古今・大歌所御歌）より、「久米のさら山」は歌枕として「音に聞く久米のさら山さらさらにおのが名たてて ふるあられかな」（後鳥羽院御集・冬）と、「さら」の音を導く序詞として用いられた。なおこの歌は、承久の乱に破れた後鳥羽院《ごとば》が、隠岐流罪の途上で詠んだものである。

隠岐

また浄土宗の開祖・法然《ほうねん》は美作国出身で、父・漆間時国《うるまときくに》は美作国久米の押領使《おうりようし》であり、夜討で父を亡くしたことが出家の契機と伝えられる。

出家

（兼岡理恵）

耳成山・耳梨山　みみなしやま

耳成山は奈良県橿原《かしはら》市にある山。畝傍山《うねびやま》・天香具山《あまのかぐやま》とともに大和三山《やまとさんざん》と呼ばれ、その最も北に位置する。藤原京の北面に立つ山である（万・一・五二・作者未詳）。畝傍山をめぐって天香具山と争った三角関係になぞらえた伝説（それぞれ性別には諸説がある）と、それに基づいた「香具山と耳梨山とあひし時立ちて見に来《こ》し印南国原《いなみくにはら》」（万・一・十四・天智天皇）で有名。平安時代以降、「みみなしの山のくちなしえてしかな思ひの色のしたぞめにせむ」（古今・雑体・読人知らず）のように「耳無し」と「梔子《くちなし》（口無し）」とを対比させたり、「うだののはみみなし山かよぶこ鳥よぶこゑにだにこたへざるらん」（後撰・恋六・読人知らず）のように「呼《よぶ》子鳥《こどり》」などが鳴いても、耳がないので聞こえない、つまり「聞かず」「答へず」「知らず顔」などと詠まれたりした。実らぬ恋を示すわけだが、観念的なことばあそび程度の詠み方になっていた。『枕草子』「山は」の段にも挙げられる。

山・畝傍山・香具山

（中嶋真也）

三室山　みむろやま

「三諸《みもろ》山」ともいう。本来は神が降臨し、座す「御室」のことで、各地に存在しうる呼称（出雲国風土記）。『万葉集』では普通名詞と捉えられる例もあるが、奈良県桜井市三輪の三輪山《みわやま》、高市郡明日香村の神岳《かみおか》（今の雷丘《いかずちのおか》か）のどちらかと考えられている。「久に経《ふ》る三諸の山の」（万・十三・三二二二）が古歌として詠まれ、『枕草子』「清涼殿の丑寅《うしとら》のすみの」の段では永続性を寿《ことほ》ぐ地として印象づけられている。また、神の宿る場所「神奈備《かむなび》」と同格のように扱われ、平安時代以降、和歌では「神奈備の三室」と固定的に表現される。その「神奈備」も本来普通名詞だが、明日香《あすか》か竜田《たつた》のいずれかをさすことが多い。「たつた河もみぢ葉流る神なびのみむろの山に時雨ふるらし」（古今・秋下・読人知らず）が有名で、紅葉の名所として「時雨」「錦」などとともに詠まれた。また、神域であることから「かみがきのみむろのやまにしまふればゆふしでかけぬさかき葉ぞなき」（金葉・冬・源師時）のようにも詠まれ、「木綿四手《ゆふしで》」を通して、白色との結びつきを感じさせるようにもなる。

神
三輪
丑寅
神奈備
和歌
明日香（飛鳥）
竜田
時雨
紅葉
葉
白

（中嶋真也）

御裳濯川　みもすそがわ（みもすそがは）

伊勢《いせ》国の歌枕。三重県伊勢市を流れる五十鈴川《いすずがわ》の別称。伊勢神宮の内宮境内を流れ御手洗川《みたらしがわ》となる。『倭姫命世記』には倭姫命《やまとひめのみこと》が裳裾《もすそ》の汚れを濯いだための命名と伝えられ

伊勢・歌枕・五十鈴川・御手洗川

る。御裳濯川の詠として早い「恋ひわたるかげやみゆると妹がきるみもすそがはのわたりへぞゆく」（恵慶集）はこの趣向を詠み込んだもの。伊勢神宮内宮の神聖性の象徴として、「君がよはつきじとぞ思ふ神風やみもすそがはのすむかぎりは」（後拾遺・賀・源経信）や「神風やみもすそ河のそのかみよちぎりし事の末をたがふな」（新古今・神祇・後京極良経）など、賀や神祇の歌に詠み込まれることが多い。
　妹　風　賀

西行《さいぎょう》は藤原俊成《しゅんぜい》判の自歌合『御裳濯川歌合』を伊勢神宮内宮に奉納し、寂延《じやくえん》法師は天福二年（一二三四）に伊勢関係の和歌と伊勢に関係する人々の詠の集成を意図した私撰集『御裳濯和歌集』を編んでいる。

　和歌

（竹下　円）

宮城野　みやぎの

陸奥《みちのく》国の歌枕。現在の仙台市東部にあった原野名。『枕草子』「野は」の段にもその名がみえる。萩の名所として知られ、「為仲任果て、上りける時、宮城野の萩を掘り取りて、長櫃十二合に入れて持て上」った（無名抄）という話も伝わっている。

　陸奥・歌枕・野・萩

歌では「宮木野のもとあらの小萩つゆをおもみ風をまつごと君をこそまて」（古今・恋四・読人知らず）「みさぶらひ御《み》笠と申せ宮木野の木《こ》の下露は雨にまされり」（古今・東歌）が有名で、「もとあらの小萩」「萩」「露」「木の下露」「風」などがよく取り合わせられることになる。「宮城野につまよぶ鹿ぞさけぶなるもとあらの萩につゆやさむけき」（後拾遺・秋上・藤原長能）のように「萩」との縁で「鹿」が詠まれることもある。『源氏物語』の「宮城野の露吹きむすぶ風の音に小萩がもとを思ひこそやれ」（桐壺）は「宮城野」に宮中の意をひびかせ、「小萩」に子供の意を込めたものである。
　風　雨　露　鹿

（竹下　円）

都　みやこ

天皇の住まい、すなわち宮殿のあるところ。恒常的なものに限らず、行宮《あんぐう》をさすこともあるが、藤原京、平城京などの大規模な造営を経て、しだいに皇居を中心とする都城内をいうようになった。「大君は神にしませば赤駒の腹ばふ田《た》居《ゐ》を都となしつ」（万・十九・四二六〇）「大君は神にしませば水鳥のすだく水沼《みぬま》を都となしつ」（万・十九・四二六一）は、壬申の乱後の歌である。
　神・腹　田

奈良時代に入ってからは、都は、その盛栄や美が讃えられる一方、都を離れた人々からは望郷の対象ともなった。前者では、「あをによし奈良の都は咲く花のにほふがごとく今さかりなり」（万・三・三二八・小野老）「見渡せば柳桜をこきまぜて都ぞ春の錦なりける」（古今・春上・素性）などがよく知られる。後者も、「あまざかるひなにいつとせ住まひつつ都の手振り忘らえにけり」（万・五・八八〇）という憶良の感慨をはじめ、大宰府《だざいふ》の大伴旅人《おおとものたびと》、越中《えつちゆう》の家持《やかもち》、隠岐《おき》に流された小野篁《おののたかむら》、さらには『伊勢《いせ》物語』の昔男、須《す》磨《ま》に下った光源氏など、枚挙にいとまがない。これらは、その後も文学において都が扱われるときの基本的なあり方となる。都は、右の憶良の歌にもあるように、しばしば畿《き》外《がい》の地である「ひな」と対になり、また、周辺部である「ゐ
　奈良・花　柳・桜　春　大宰府・越中　隠岐・須磨　ひな（鄙）

なか」とも対比される。
　平安遷都後は、旧都としての奈良の都を回顧する歌が詠
まれる。とくに花の都としての面が捉えられ、「ふるさと
色　となりにしならの都にも色はかはらず花は咲きけり」（古
今・春下・奈良の帝）「いにしへの奈良の都の八重桜けふ九重
ににほひぬるかな」（詞花・春・伊勢大輔、百人一首）は著名。
旧都を詠む歌では、早く柿本人麻呂《かきのもとのひとまろ》の近江荒都歌（万・一・
心　二九）がよく知られるが、華やかな都の盛衰は、人の心を
強く揺さぶるものがあったであろう。
　平安京は、その後、明治の東京遷都までほぼ一貫して日
本の都であったが、平安時代でも現実には「平安」とはい
いがたく、また計画どおりの造営もできなかった。広大な
朱雀　朱雀大路《すざくおおじ》は柳の街路樹で飾られたが、左京に比べ低湿地の
右京の開発が遅れたため、都全体は東寄りにならざるをえ
なかった。日本の都のイメージが平安京を中心に形成され
るのは、現実の都そのものではなく、文学作品に表現され
た都による面が大きい。とりわけ、『古今集』は、四季の
移り変わりを現実以上に精妙に捉える時間意識をもつ一
歌枕　方、都を中心に地方を歌枕として把握する空間認識を貫く
など、規範的な都の時空を現出させた。そうした都は貴族
たちにとって、自らが社会的に属すべきかけがえのない場
京　であった。「京」という語が、地方との対で、空間的な場
として用いられるのとは異なっていた。そのような自らの
土佐　世界に地方赴任から帰る喜びは、『土佐《とさ》日記』によく表れ
ている。また、『更級《さらしな》日記』の作者にとっては、都は何よ
りも『源氏物語』が読めるところであり、作品冒頭の東海
道の旅ははなはだ印象的である。

月　都は、しかし地上だけでなく、月にもあった。『竹取物語』
では、かぐや姫は「月の都」の人として自らの正体を明か
し、その「月の都」からは、王とおぼしき人が、かぐや姫
を迎えに来た。「月の都」はまた、須磨へ下った光源氏、
小野　小野に移り住んだ浮舟によっても、はるか遠くに思い描か
れていた。
　しかし都の爛熟も、十一世紀に入ると次第に翳りを見せ
宇治　はじめる。『源氏物語』がその舞台を都から宇治や小野へ
移していったのは、虚構の世界とはいえ、象徴的であった。
山里　同じく『夜の寝覚《ねざめ》』でも、山里の広沢が重要な舞台となる。
和歌の世界では、『後拾遺集』に見られるような山里の風
景を詠む清新な叙景歌が現れてくるが、それは規範化され
た都から新たな風景を発見しようとする試みにほかならな
かった。
武士　十一世紀の武士の反乱（前九年の役、後三年の役）は、
やがて保元《ほうげん》・平治《へいじ》の乱として都の世界を揺るがすにいたり、
ついには、治承四年（一一八〇）にわずかの期間ながら福《ふく》
原《はら》への遷都があった。『方丈記《ほうじょうき》』は、「古京はすでに荒れて、
新都はいまだ成らず」「都のてぶりたちまちに改まりて、
ただひなびたるもののふに異ならず」との嘆きを記す。半
年も経たぬうちに、再び京の都に戻るが、『平家物語』巻
五がこの間の動静を多角的に描く。やがて、鎌倉幕府の開
幕によって東海道をはじめとする地方との交通は盛んにな
り、『海道記《かいどうき》』『東関紀行《とうかんきこう》』『十六夜《いざよい》日記』『とはずがたり』
などの紀行日記文学が次々に生まれる。その後、室町幕府
が京に開かれるものの、応仁の大乱によって、京は壊滅的
江戸　な打撃を受け、戦国時代を経て、江戸幕府開幕および経済

大坂

都市大坂の発展によって、都ではありながら、唯一の中心ではなく、三大都市の一つ「京」となっていった。京は大坂とともに上方として江戸と対抗する関係となった。それでも、都への憧れは強く、その憧れの旅を滑稽に描き出した『東海道中膝栗毛《とうかいどうちゅうひざくりげ》』は大当たりした。

（高田祐彦）

都鳥　みやこどり

船・堀江・川

『伊勢《いせ》物語』に「白き鳥の、はしとあしと赤き、鴫の大きさなる」とその特徴が記されて「名にしおはばいざ事とはむ宮こどりわが思ふ人はありやなしやと」（古今・羇旅・在原業平、伊勢・九）と詠まれているのが有名である。これはカモメ科のユリカモメのこととされる。これとは別にミヤコドリ科のミヤコドリという鳥がいるが、この鳥はくちばしと足は赤いものの、頭部と背が黒く、違う鳥と考えられる。「船競ふ堀江の川の水際に来居つつ鳴くは都鳥かも」（万・二十・四四六二・大伴家持）の「都鳥」は後者とされている。

都

心

「都鳥」という名が都を思い出させるとして「こととはばありのまにまにみやこどりみやこのことをわれにきかせよ」（後拾遺・羇旅・和泉式部）と詠まれるなど、『伊勢物語』の歌を意識した作例が多い。また、「みめも心ざまも、昔見し都鳥に似たることなし」（源・手習）のように、都の人をたとえていうこともある。

（竹下　円）

行幸　みゆき

法皇・女院

「み」は接頭語、「ゆき」は「行く」の名詞形で、お出かけ、お出まし、の意。特に、天皇・上皇・法皇・女院などのそれをいう。天皇の場合は、「行幸」、上皇・法皇・女院については「御幸」と表記した。元来は、単なる遊覧ではなく、民情を視察する政道的な意味があった。

吉野

『万葉集』には、吉野行幸の折の作が多く見られる。吉野には、古くから行幸の土地というイメージがあったが、壬申《じんしん》の乱の際に大海人《おおあま》皇子（天武《てんむ》天皇）が拠点としたことから、聖地として認識されるようになった。とりわけ持統朝の吉野行幸は頻繁に行われた。

手向山・紅葉・錦

小倉山

大堰川

譲位後の宇多《うだ》上皇は、風流三昧の生活を送ったことで知られる。「このたびはぬさも取りあへず手向山紅葉の錦神のまにまに」（古今・羇旅・四二〇、百人一首にも）は、宮滝《みやたき》御幸に随行した菅原道真《すがわらのみちざね》の歌。「小倉山峰の紅葉葉心あらば今ひとたびの行幸待たなむ」（拾遺集・雑秋・一一二八、百人一首にも）は、上皇の大堰川御幸に従った貞信公忠平《てんしんこうただひら》の歌。「今ひとたびの行幸」とは、醍醐《だいご》天皇の行幸のことである。

物語

大原野

多くの臣下を率いた盛大な行幸の挙行は、おのずと王威を発揚させる。作り物語の例では、『竹取物語』の帝が行幸を口実にかぐや姫に求婚しているが、ここに描かれるのは、行動力に富んだ、古代的な帝王のイメージである。『源氏物語』行幸《みゆき》巻では、冷泉《れいぜい》帝の大原野《おおはらの》行幸が語られる。帝の類稀な美貌に魅せられた玉鬘《たまかずら》は、尚侍《ないしのかみ》としての出仕を決心する。盛大な行幸が設定されることで、帝の絶大な権威

邸・院　物語　小塩山　掛詞

と魅力が示されるのである。

自身の邸宅に天皇や院の来臨を仰ぐことは、臣下にとってこの上ない栄誉である。『紫式部日記』は、一条《いちじょう》天皇の行幸を控えた土御門《つちみかど》邸のあわただしさ、当日の華やかさを記す。『宇津保《うつほ》物語』楼上下巻では、京極の俊蔭《としかげ》邸への嵯峨・朱雀両院の御幸が語られ、物語は稀有なめでたさで幕を下ろす。

なお、「小塩山みゆき積もれる松原に今日ばかりなる跡やなからむ」（源・行幸）のように、和歌では「行幸」「深雪」の掛詞も多用される。（大井田晴彦）

妙法寺　みょうほうじ（めうほふじ）

讃岐　襖・絵

諸所に同名の寺がある。香川県丸亀《まるがめ》市の妙法寺は、明和三年（一七六六）から五年にかけて二度讃岐《さぬき》国を訪れた与《よ》謝蕪村《さぶそん》がこの寺に滞在したために、蕪村寺《ぶそんでら》と通称される。この讃岐滞在期間は画家としての蕪村の境地がいっそう進んだ時期であって、明和五年刊の『平安人物志』の画家の項に彼の名が録されるにいたっている。当寺には蕪村ゆかりの品が今も伝わり、特に襖絵《ふすまえ》十八間（蘇鉄《そてつ》図など）は重要文化財に指定されている。大坂今里（現在の大阪市東《ひがし》成区《なりく》）の妙法寺は、真言宗の寺院で、一代の碩学契沖《けいちゅう》が慶安三年（一六五〇）十一歳のとき仏教を学び、後には住職格も務めた寺である。この住職時代、彼の三九歳からの十余年間に、『万葉代匠記《まんようだいしょうき》』が書かれることとなった。他に、東京都杉並区にあり厄除け祖師として知られる日蓮宗の寺などがある。（神田龍之介）

三吉野　みよしの　⇨吉野《よしの》

三輪　みわ

大和・歌枕　里・初瀬川　病　糸　近江　雲

大和《やまと》国の歌枕。奈良県桜井市三輪。市の東北部に、標高四六七メートルの三輪山があり、これを神体として祀るのが大神《おおみわ》神社。山の麓に三輪の里があり、裾を三輪川（初瀬《はつせ》川《がわ》）が流れる。

『古事記』の記すところでは、大国主神《おおくにぬしのかみ》と国作りを行った大物主《おおものぬし》大神が山に祀られていて、神武《じんむ》天皇皇后伊須気余《いすけよ》理比売《りひめ》はその子である。また崇神《すじん》天皇の世に、大神の祟りのために疫病が流行ったが、これを契機に、大神と諸国の神々の祭祀の方法が定まったという。そして大神の子孫意《お》富多々泥古《おたたねこ》を祀る者としたが、これは大神が活玉依毘売《いくたまよりひめ》に密かに通った、いわゆる「三輪山神婚譚」の結果生れた者である。また通って来た者が誰であるかを調べるため衣の裾に糸をつけたが、その糸が結果として三勾《みわ》残り、その地が三輪と名づけられたという地名譚がある。

祟り、また三輪山に祀られた大神は、大和朝廷にとり格別な存在であり、天智《てんじ》天皇近江遷都の際の「三輪山をしかも隠すか雲だにも情《こころ》あらなも隠さふべしや」（万・一・十八・額田王）は、そこに鎮まる大神への敬意の表れと見るべきものであろう。

一方、神婚譚については『日本書紀』崇神条の蛇身露顕型とともに、一つの話型として広く後代の文学に取り込まれた。

平安時代以降、大きな影響を与えたのは「わが庵《いほ》は三輪の山もと恋しくはとぶらひきませ杉たてるかど」（古今・雑下・読人知らず）である。この歌により「三輪山」が人を待つイメージを抱え、家を尋ねあてる際の目印である「標《しるし》の杉」という言葉も生れた。この歌は歌学書に取り上げられ、三輪明神《みわみようじん》が住吉明神《すみよしみようじん》に贈った歌といった理解もなされている。しかし三輪山神婚譚が踏まえられている、とする理解がよいと思われる。

杉

その他、三輪川は神域にあることで、「三輪川のきよき流れにすすぎてしわが名をここにまたやけがさん」（続古今・釈教・僧都玄賓）などと、流れの清いものとして詠まれた。また「三輪の市、里、檜原、祝《はふり》」など、三輪に関する歌言葉がある。（新谷正雄）

市

麦　むぎ

イネ科の穀類のうち、大麦・小麦などの総称。弥生時代から食用とされ栽培されてきた。晩秋に種を蒔き、冬に新芽を出す。初夏に熟して黄金色の穂をたれることから、麦《ばく》秋《しゆう》の語がある。麦飯として食べるほか、うどんや菓子などの原料となる。『和名抄《わみようしよう》』には、小麦の粉から「麵《むぎこ》」というどんのような食品や「索餅《むぎなは》」「捻頭《むぎかた》」「煎餅《せんべい》」などの餅《もち》菓子が作られたことが記される。貴重な五穀の一つで、『古事記』『日本書紀』の五穀の起源を語る条では稲・粟などとともに食物神の屍体から生じ、また、畑に栽培される穀類であるために『日本書紀』では「陸田種子《はたけつもの》」と呼ばれる。

秋・冬　夏　稲・粟　神・畑

『万葉集』ではすべて民衆の恋歌に詠み込まれ、東歌の「柵越《くへご》しに麦食《は》む小馬《こうま》のはつはつに相見し子らしあやに愛《かな》しも」（万・十四・三五三七・作者未詳）のように、柵越しに馬が貴重な麦を食べてしまうことに自分の危うい恋の経験を重ねた詠み方がされる。一首は、馬が麦を食む「はつはつ」という音が「初々」を引き出し、初めて共寝をした娘に対してつのる恋心を歌った。平安時代以降の和歌では、「御園生《みそのふ》に麦の秋かぜそよめきて山郭公《やまほととぎす》忍び鳴くなり」（散木寄歌集・源俊頼）のように、麦を収穫する初夏をいう「麦の秋」や「麦の穂」などが歌語として詠まれるようになる。

江戸時代には、一茶《いつさ》の「麦秋《むぎあき》や子を負《おひ》ながら鰯賣《いはしうり》」（おらが春）など、特に「麦秋《むぎあき》」「麦の穂」「麦刈り」が夏の季語として俳諧に愛好された。（高桑枝実子）

馬　ほととぎす　季語　俳諧

葎　むぐら

葎は、アカザ科のカナムグラやアカネ科のヤエムグラなど、山野・路傍に繁茂するつる性植物の総称。人の家の庭に葎が生い茂っていることが、その家の荒廃ぶり、貧しさを象徴する。「八重葎」は繁茂する葎をいい、「葎の門」「葎の宿」は人も訪れず、荒れ果てた貧しい家を表す。「蓬《よもぎ》」と並べて述べられることも多い。

『百人一首』にも採られた恵慶《えぎよう》の「八重葎《やへむぐら》しげれる宿のさびしきに人こそ見えね秋は来《き》にけり」（拾遺・秋）は、『拾遺集』の詞書《ことばがき》によれば、河原院《かわらのいん》で詠まれたもの。河原院は、左大臣源融《とおる》が建てた大邸宅であった。かつて繁栄を誇った屋敷が、今は人の往来した道も途絶えさびしく荒廃してい

門　邸（やしき）

ることを、「八重葎」の語が表している。

『竹取物語』で、かぐや姫が帝に対して詠んだ和歌「葎はふ下にも年はへぬる身の何かは玉の台《うてな》をも見む」では、葎の生い茂る家と「玉の台《うてな》」（立派な御殿）とが全く対照的なものとされているが、こうした対比を用いて、恋しい人と暮らせるならば豪華な屋敷よりも葎の生える家の方が幸せだといえば、強い愛情の表現となる。『万葉集』の「玉敷ける家も何せむ八重葎覆《おほ》へる小屋《をや》も妹《いも》と居《を》りてば」（十一・作者未詳）などがその例である。このような男女の親密な情愛の空間のイメージをもとに、荒廃した屋敷に住む美女という意外性を重視した発想が、『源氏物語』帚木《ははきぎ》巻の雨夜の品定めにおける左馬頭《さまのかみ》の発言「世にありと人に知られず、さびしくあばれたらむ葎の門《かど》に、思ひの外《ほか》にらうたげならむ人の閉《と》ぢられたらむこそ限りなくめづらしくはおぼえめ」にみられる。平安時代には、「葎の門《かど》」をめぐる恋の情趣が類型化していたらしい。『源氏物語』末摘花《すえつむはな》巻は、主人公光源氏がこうした「葎の門《かど》」に住む美女への期待に胸をふくらませていたところがみごとに裏切られる話であり、末摘花の醜貌を見てしまった後で、「かの人々（左馬頭達）の言ひし葎の門《かど》はかうやうなる所なりけむかし……思ふやうなる住み処《か》にあはぬ（末摘花ノ）御ありさまはとるべき方なし」と思ったとある。　（松岡智之）

和歌　妹　雨・世

婿　むこ

親　嫁

婚姻関係が当人男女のヨコ関係にとどまらず、双方の親とのタテ関係に関わるとき、「嫁」「婿」の概念が生まれる。古代日本においては「婿」、すなわち妻（女）側の親と夫（男）との関係が重要であった。それというのも親と同居する女のもとに男が通うという、夫婦関係の始発に女側の親が深く関わる婚姻形態だったためである。女に贈られた男からの恋文を親が管理し、返事すべきか否かを決める。女側の親の承認のもと文通を重ね、夫婦関係を結ぶようになるが、この関係を社会に認知させる「儀式」の施行も女の親の仕事である。夫婦固めの祝食の儀「三日夜の餅」を準備し、女側の親族に婿となった男を披露する儀「ところあらはし」をとり行う。新婚生活は女の親の提供する家に定期的に通う（「住む」という）形で女の親の経済支援の下、スタートする。したがって多くの邸は親から娘に伝領される。

しかし古代人の帰属意識は男側、父系にあった。手厚く処遇した婿と娘との子は、あくまで婿（男）側に属する子である。「婿取る」と言っても婿養子の如く女側に婿をもらうのでなく、むしろ男側に娘の子をやるのである。せっかく手厚くいたわって婿に迎えても、婿の気持ち次第で「いみじうしたてて婿とりたるに、ほどもなく住まぬ婿」（枕・いみじうしたてて婿とりたるに）というのでは、まことに間尺にあわない。父から息子へと継承する父系イエ社会では、古代日本の婿取り婚はどうも非合理的に思える。

本来双系の氏族社会であったのが、七世紀末に中国より律令制度を移入したのに伴い、父系イエ社会にゆるやかに移行していった過渡期に、婿取り婚の形態が生まれたのであろう。そして中世になると「嫁」取り婚が主流となる。「婿」取りは滅び行く婚姻形態だったのだが、「婿」取り婚ゆえに母側の親族と子との心的連帯が生まれたのも事実であ

妻　女　男　餅　邸　律令　心

る。摂関体制は、母（女）側親族と子との強い絆があってこそ成り立つ政治形態であったともいえよう。（今井久代）

武蔵・武蔵野　むさし・むさしの

文学作品では「武蔵野」が多い。武蔵国に広がる野で、今の東京都・埼玉県に神奈川県の一部を含めた広大な地をさす。上代では「武蔵野のうけらが花に」（万・十四・三三七六・東歌）のようにキク科の「うけらが花」が代表する花のようであった。平安時代に入ると「紫のひともとゆゑにむさしのの草はみながらあはれとぞ見る」（古今・雑上・読人知らず）が名高く、「紫草」を詠む歌が多い。「秋風の吹きと吹きぬる武蔵野はなべて草葉の色かはりけり」（古今・恋五・読人知らず）のように風吹きすさぶ荒野の印象とともに、草むらに女性を隠せるほどの土地のようでもあった（伊勢・十二）。『更級《さらしな》日記』では「ことにをかしき所も見えず」と評された。院政期以降、「ゆくすゑは空もひとつの武蔵野に草の原よりいづる月かげ」（新古今・秋上・藤原良経）のように「月」も詠まれるようになった。江戸時代以降、武蔵野は開発が進み近郊農村化したが、詩歌などでの把握は従来と大きな変化はなく、雑木林に積極的な風景美を見出すのは、国木田独歩『武蔵野』を待たねばならなかった。（中嶋真也）

無心　むしん

「有心」の対語。訓読した形の「心なし」とも。本来は何の考えや感情ももたないこと、またそのものをさすが、時代、ジャンル、文脈などにより意味合いや位置づけが異なる。後醍醐《ごだいご》天皇の隠岐配流を語る『太平記』巻四は、「無レ心草木モ悲レ之、花開ク事ヲ忘ツベシ」と、感情をもたないという本来の意で用いた常套的な表現の中に、悲嘆の情を滲ませて締めくくる。また、物語で例を挙げれば、『源氏物語』では、思慮の足りない女房を「無心の女房」（若菜下）というほか、玉鬘《たまかずら》に恋いこがれる貴公子達を邸に連れてこない、気の利かない息子夕霧を「中将のいと実法《じほふ》の人にて率《ゐ》て来ぬ、無心なめりかし」（常夏）と光源氏が評する場面や、六条院の競射の際、風流な趣を解さない「無心」の舎人《とねり》が趣向を凝らした賭物を我が物顔に射取らないよう、上達部《かんだちめ》たちを射手にする場面（若菜下）など、様々な意に用いられる。室町時代になると、無理な要求や依頼をする意の「無心（する）」も出てくる。

和歌にかかわる用例では、『万葉集』巻十六に「無心所《むしんしょ》着《ちゃく》歌」という題詞をもつ意味の通じない歌が見えるのが早く、平安時代には延喜一六年（九一六）七月七日庚申に催された「亭子院《ていじのいん》殿上人歌合」に、「有心の人無心の人選り出でなむ」という例がある。『万葉集』ではそこで詠まれたナンセンスな歌は賞賛の対象だったが、歌合の「無心の人」は、題意を解する優美な心をもつ「有心の人」に対して、否定的なニュアンスの強い言い方だった。「無心」を訓読した「心なし」を詠む西行《さいぎょう》の「心なき身にもあはれは知られけり鴫《しぎ》立つ沢の秋の夕暮」（新古今・秋上）もやはり、情趣を解する心をもたない、と否定的に我が身を述べたものである。対語の「有心」が中世に入って歌論用語として意識され、あらたな意味を付与されるのに対し、「無心」そのものの語は鎌倉時代初期に後鳥羽院《ごとば》歌壇で流行した連歌のうち、機知や滑稽に富んだ方をさす語として見える程度である。しかし、鴨長明《かものちようめい》が『無名抄《むみようしよう》』で建久年間ごろの藤原定家《ていか》ら新進歌人の詠歌を「心籠《こも》りてよまんとするほどに、……自らも心得ず、違はぬ無心所着になりぬ」（近代歌体事）と批判、順徳院《じゆんとく》の『八雲御抄《やくもみしよう》』にも「近代」の歌に関して同様の見解が見いだされ『井蛙抄《せいあしよう》』などに引き継がれてゆくことから、歌論においては有心を追究して陥る歌の一典型としてとらえられてもいた。

世阿弥《ぜあみ》は『花鏡《かきよう》』において、「無心」を心や意識を超越した真の境地として説いた。「妙所之事」では、「なすところのわざに少しもかかはらで、無心無風の位に至る見風《けんぷう》、妙所に近き所にてやあるべき」とする。仏教でいう、妄念を離れた心、虚心《きよしん》の観念と通じる言である。　（吉野朋美）

心　仏

胸　むね

動物の頭部と腹部の間の部分。心臓・肺を収める。また、女性の乳房をさすこともある。人の心がある場所とされ、感情や性質、気持ちなどの宿る所でもある。「神懸り為て、胸乳を掛き出で」（記・上）は、天の石屋戸の前で、乳房もあらわに踊る天宇受売命《あめのうずめのみこと》の様子。「泡雪の若やる胸を栲綱の白き腕」（記・五）は、須勢理毘売《すせりびめ》が大国主命《おおくにぬしのみこと》に詠んだ歌謡の一部で、女性の肉体を表現した部分である。「たまきはる命絶えぬれ立ち躍り足摩り叫び伏し仰ぎ胸うち嘆き」（万・五・九〇四）は、山上憶良《やまのうえのおくら》が息子の死を嘆く長歌の一部で、あまりの悲しみに拳で胸を打って嘆いている、というのである。

複合語としての用法も多い。「わが思ふにはいま少しうちまさりてなげくらむと思ふに、いまぞ胸はあきたる」（蜻蛉・上）は、夫の愛人にできた子が死んだことを知った時の叙述。「胸あく」は胸がすっとする、の意で、自分の子は元気なのに愛人の子が死んだことで、自分以上の嘆きを与えられようやく気が済んだのだ、という。また、「いと近ければ、こよひさりともと心みむと、人しれず思ふ。車の音ごとに胸つぶる」（蜻蛉・中）は、夫の訪れを待ちわびている場面の描写で、「胸つぶる」は牛車の音がするたびに、夫ではないかと胸がどきどきする、という意である。「胸さはぐ」は、心の動揺を表し、「頭中将《とうのちゆうじよう》を見たまふにも、あいなく胸騒ぎて」（源・夕顔）は、かつて頭中将の愛人だった夕顔《ゆうがお》の死に際し、事情を知らない中将の前で言うに言えない光源氏の心情である。また、「胸塞《ふた》がりて、この人を空しくしなしてんことのいみじく思さるる」（源・夕顔）は、瀕死の夕顔を前に、胸が何かで塞がったように感じている光源氏の心情である。

胃に不調があり、熱があるように感じる時に、「胸が焼ける」と表現する。「小なるものは胸が焼け、大なるものは食傷に止まる」（滑・古朽木）のような場合である。　（奥村英司）

腹　心　神　雪　命　車　車

紫・紫草　むらさき

植物の名。また、色の名。植物の紫草は、ムラサキ科の

色

多年草。茎の高さは三十―六十センチで、全体に粗毛がある。夏、白色の小花を咲かせる。根は太く紫色で、染料の材料や、漢方の解熱・解毒剤などに利用された。春の苗は「若紫」と呼ばれる。各地の山野に自生するほか、古来、朝廷が各地に紫草の栽培を命じ貢納させていた。また、紫草を栽培する野は「紫野《むらさきの》」と呼ばれ、禁野《きんや》であった。

紫草の根で染めた色が紫で、赤と青の間の色。ただし、やや赤黒いために、近世に好まれた青みの強い「江戸紫」と区別して「古代紫」と呼ばれたりもする。古くから高貴な色とされてきた。推古天皇代の「冠位十二階」をはじめ、古代律令制では紫は最上位の色と規定された。特に濃い紫の衣は、平安時代中期まで最も尊貴な位を示し、禁色《きんじき》であった。一方、浅紫の衣は「許し色」として人々に愛好された。

『万葉集』では、植物の紫草が「託馬野《つくまの》に生《お》ふる紫草衣《むらさききぬ》染《し》めいまだ着《き》ずして色に出《い》でにけり」（万・三・三九五・笠女郎）のように衣や糸などに関係づけて詠まれるほか、「紫のわが下紐《したびも》の色に出でず」（万・十二・二九七六・作者不詳）のように色名としても歌われた。なお、紫草の根で染色する際に、媒材として椿《つばき》の灰が用いられたことから、「紫は灰指《さ》すものぞ海石榴市《つばいち》の八十《やそ》の衢《ちまた》に逢へる児《こ》や誰《たれ》」（万・十二・三一〇一・作者未詳）のような歌も見える。また、「紫草《むらさき》のにほへる妹《いも》を憎《にく》くあらば人妻ゆゑにわれ戀ひめやも」（万・一・二一・大海人皇子）のように女性の美しさをたとえることもあった。

平安時代以降の和歌では、『古今集』の著名な「紫の一《ひと》本《もと》ゆゑに武蔵野の草はみながらあはれとぞ見る」（雑上・読人知らず）の影響により「武蔵野《むさしの》の草」と呼ばれたり、「紫の色には咲くな武蔵野の草のゆかりと人もこそ見れ」（拾遺・物名・如覚）のように「草のゆかり」「紫のゆかり」などの表現が生まれたりした。また、藤の花が紫色であるために、「紫にやしほそめたる藤の花池に這ひさす物にぞありける」（後拾遺・春下・斎宮女御）のように、藤の花を「紫」と表すことも多い。前掲の古今集歌は物語にも影響を与え、『源氏物語』ではこの一首と「知らねども武蔵野といへばかこたれぬよしやさこそはむらさきのゆゑ」（古今六帖・五・読人知らず）を下地として、藤壺《ふじつぼ》とその「紫のゆかり」である紫の上（若紫）という物語の中心となる女君が造型されている。

（高桑枝実子）

夏　紫野　青　糸　紐　妹・妻　武蔵野　藤

紫野　むらさきの

「紫野」には、普通名詞として紫草が多く生える野を示す場合と、平安京北郊の野をさす場合とがある。前者は、「蒲生《がもう》野」（滋賀県蒲生郡）で猟《かり》の際に詠まれた「あかねさす紫野行き標野《しめの》行き野守《のもり》は見ずや君が袖振る」（万・一・二十・額田王）が有名で、一般の者を立ち入らせない「標野」と同じに捉えられたりもした。後者は、平安時代初期、桓武《かんむ》朝から皇室の遊猟地で、淳和《じゅんな》天皇の離宮紫野院（後の雲林《うんりん》院《いん》）が営まれた。平安時代中期以降葬送の地となり、賀茂斎院のあった場所でもある。『枕草子』「野は」の段にその名を見る。現在、京都市北区の中で町名のいくつかに紫野を冠するが、当時の「紫野」に一致するかは定かでない。和歌の表現では、円融院《えんゆういん》の葬送が紫野で行われた際に詠まれた「紫の雲のかけても思ひきや春の霞になしてみむとは」

野　京　袖　雲林院　斎院　春・霞

雲
仏

(後拾遺・哀傷・藤原朝光)では「紫の雲」に「紫野」を掛ける。「紫の雲」とは「紫雲《しうん》」の訓読語だが、仏教では往生に際して仏が迎えに来る時の乗り物であり、中国古典では徳の高い君主がいる時にたなびくものであった。(中嶋真也)

村雨　むらさめ

雨・夏・秋
池
真木・葉・夕
謡曲
須磨

一時的に激しく降る雨。にわか雨。夏または秋のものとされることが多い。「夏の日の降りしも遂《と》げぬ村雨に草のみどりを深くそむらん」(公任集)は、夏に短く降る村雨を詠んだもの。『枕草子』の「心地よげなるもの……池の蓮《はちす》、村雨にあひたる」(枕・心地よげなるもの)も、村雨に打たれる池の蓮を気持ちよさそうだとしているので、夏の景であろう。『源氏物語』賢木《さかき》巻には、右大臣の娘朧月夜《おぼろづきよ》の部屋に忍び入っていた光源氏が、村雨に紛れたために、右大臣が近づくのに気づかなかったかとあり、村雨の激しさを示している。『百人一首』にも採られた寂蓮《じやくれん》の「村雨の露もまだひぬ真木《まき》の葉に霧立ちのぼる秋の夕暮《ゆふぐれ》」(新古今・秋下)は、秋の村雨を詠んでいる。村雨が降り過ぎた後の、冷ややかな空気が感じられる一首である。また、「村雨」は謡曲「松風」などで、須磨《すま》の地で在原行平《ありわらのゆきひら》の愛人となった女性の名となっている。(松岡智之)

傅　めのと

律令・親王(みこ)
女房
須磨
明石・都

実の母に代わって、乳幼児の授乳や養育にたずさわる女性。「乳母」の字の訓については、『新撰字鏡《しんせんじきよう》』巻二親族部に「乳母又云女乃止《めのと》」とある。『和名抄』では「知於毛《ちおも》」「女乃度《めのと》」の訓が併記されるが、「うば」との訓は見当たらない。乳母の役割は授乳に限らず、授乳をしない養育係の場合もあり、主君の生涯にわたってその関係を維持した。「養老律令」「後宮職員令」に、乳母は「親王三人。子二人」とされるように複数であった。

『源氏物語』でも光源氏や女三宮《おんなさんのみや》には乳母は数人いる。また乳母子《めのとご》とは、必ずしも主君と同年齢とは限らず、乳母が主君に授乳をする場合には、乳母の実子に対しては別の乳母が付いたと考えられる。したがって乳母は、実母に近い役割を果たしつつも実母とは異なり、女房の筆頭格でありながら一般の女房とは一線を画すという特殊な存在で、主君とりわけ運命共同体的であった。『源氏物語』では、紫の上の乳母少納言は、実母を亡くした紫の上を育て上げ、須磨に行く光源氏に財産管理を任されるほど信頼厚かった。玉鬘《たまかずら》の乳母やその息子も、実母の夕顔《ゆうがお》とはぐれた玉鬘を守り育てて忠誠を尽くす。光源氏が明石の君の生んだ娘のために都で乳母を選定して明石の地へ派遣するのも、乳母の役割の重要さを思わせる。藤壺の乳母子である弁や命婦も、藤壺と光源氏との密通の秘密を共有するなど主君と緊密な関係がうかがえるが、女三宮の乳母の娘で、「乳主《ちぬし》」と称され女三宮と同年齢に当たる小侍従は柏木《かしわぎ》との密通を手引きするところからすれば、藤壺の密通の経緯も示唆的である。また、光源氏の乳母の子である惟光《これみつ》は、光源氏のお忍びの恋に深く関わるなどその信頼関係は別格で、惟光の娘は光源氏の息子の夕霧《ゆうぎり》の求愛に応じて多くの子をなし、乳母一族が主君への忠節を通して発展するのは興味深い。

院

　後代、白河天皇の乳母子である藤原顕季《あきすえ》は院の近臣として権勢をふるい、源頼朝《よりとも》の乳母の一族比企氏は鎌倉幕府で実権を握った。院政期以降、主君を守り育てる後見役にあたる男性のことをも「傅」と称した。

後見（うしろみ）

（高木和子）

喪　も

妹・紐　新羅　病　藤

　古くは凶事・災そのものをさす語である。たとえば「旅にても喪無く早来《はやこ》と吾妹子《わぎもこ》が結びし紐はなれにけるかも」（万・十五・三七一七）は遣新羅使《けんしらぎし》の歌で、道中災に遭わず早く戻るようにと祈って、いとしいあの娘が結んだ紐が、家に戻れぬまま時間が経って古びてしまったよ、の意。「事も無く　喪も無くあらむを」（万・五・八九七・山上憶良）では、事なく災い無く、平穏無事を望んでいたのにと詠み、病に倒れた悔しさを歌った。

　また今日まで続く意として、人の死後、その親族が一定期間家に謹慎する意もある。古くは貴人の場合本格的な埋葬以前に、「もがり」「あらき」などと称する仮安置所を建てて棺を安置し、一定期間親族もともに籠もる風習があった。平安時代では「もがり」は廃れ、葬儀まで遺体は家に安置し、葬儀後も家に籠もる。『喪葬令』の規定によれば、鈍色《にび》（グレー）の喪服を着、室内の几帳などの類も鈍色に変え、父母・夫の死は一年、祖父母・養父母は五か月、妻・兄弟姉妹・嫡子などでは三か月、家に籠もることになっていた。

　喪服はもともと藤《ふぢ》づるなどで作った粗末な衣だったが、平安時代では麻製の衣や鈍色に染めた衣を用いた。ただし喪服を「ふぢころも」と呼ぶ風習は長く残った。父母の死が最も濃い鈍色の「重服」となり、それ以外は「軽服」で、死者との親疎などによって鈍色の濃淡が違う。光源氏は葵《あおい》の上の死に際し「限りあれば薄墨衣《うすずみごろも》浅けれど涙ぞ袖をふちとなしける」と詠んだ（源・葵）。夫の死に比べ妻の死は喪の色を薄くするのが規則のため、心浅げに薄墨衣を着てはいるが、涙がとめどなく流れ袖を淵（ふち）に、つまり藤衣（ふちころも）と変えた、と喪の規則を超えた妻をいたむ心の深さを歌っている。また後年紫の上が死去した際には、「限り」（決まり）はあるが少し濃い薄墨色を着て、せめてもの愛情を示した。なお、『源氏』では喪に服することを「服《ぶく》」と呼び、「喪」は使用しない。

鈍色　妻　心　涙・袖

（今井久代）

申文　もうしぶみ（まうしぶみ）

除目・雪

　臣下の上申書の総称（奏状とも）。ことに叙位・任官・官位の昇進などを朝廷に申請する文書をさしていうことが多い。『枕草子』には除目《じもく》のころの宮中風景として「雪降りいみじうこほりたるに申文もてありく。四位五位、若やかに心ちよげなるは、いと頼もしげなり。老いて頭白きなど、人に案内言ひ、女房の局などに寄りて、おのが身のかしこきよしなど、心一つをやりて説き聞かするを、若き人々はまねをして笑へど、いかでか知らむ。よきに奏し給へ、啓し給へなど言ひても、得たるはいとよし。得ずなりぬるこそいとあはれなれ」（ころは正月）と描かれている。『本朝文粋《ほんちょうもんずい》』では「建二学館一」「仏事」「申二官爵一」「申二譲爵一」「申二学問料一」「左降人請二帰京一」「省試詩論」の項に分けられているが、中心は官職を申請するものとみてよく、以下はこれに限定して記す。その形式はほぼ次のとおりである。

位官　某（氏名）誠惶誠恐謹言

請下殊蒙二天恩一拝中某官（位）上状

右某（名）（本文……………………………………）某（名）誠惶誠恐謹言

年月日　位署

本文では当人の恪勤や蛍雪の功などを述べるとともに、先例を引用しながら、良い待遇に恵まれるように情理を尽くして訴えることを常套とする。延長三年（九二五）の大江朝綱の申文（本朝文粋・六）は現存する早いころのもので、村上朝以後盛んに作られるようになったと考えられている。「願文・表・博士の申文」（枕・文は）とも記されているように、文章博士が依頼に応じて執筆するものが嘉《よみ》され、博士自らも己のために筆を執った。就中《なかんずく》有名な作といえば、橘直幹《たちばなのなおもと》「請レ被下特蒙二天恩一兼中任氏部大輔上状」（本朝文粋・六、天暦八年）で、三蹟の一人小野道風《おののとうふう》が清書したことでも知られる。村上《むらかみ》天皇はその一節「排除の恩は惟《こ》れ一なれども、栄枯の分は同じからず。人に依りて事異なり、偏頗に似たりと雖も、天に代はりて官を授く。誠に運命に懸かれり」と不公平を強調したところでいささか気分を害されたが、「昇殿は是れ象外の選びなり、俗骨は以て蓬萊の雲を踏むべからず。尚書はまた天下の望みなり、庸才は以て台閣《たいかく》の月を攀《よ》づべからず」の句を賞翫してやまず（江談・六）、後年禁中焼亡の折には、直幹の申文は取り出したかとさえお尋ねになったという（十訓抄・十、古今著聞集・四）。直幹の願いは叶わなかったが、この説話は『直幹申文絵《なおもとのもうしぶみえ》詞《ことば》』にもなり、近世期には通俗教養書などにも多く取り上げられている。また、紫式部の父藤原為時《ためとき》は不運にも受領任官の選に漏れたことがあった。「苦学の寒夜、紅涙袖を霑し、除目の春朝、蒼天眼《まなこ》に在り」と悲歎の情を後に申文に認め奏上したところ、これを読まれた一条《いちじょう》天皇は同情の余り食も進まなかったという。その御心を察した藤原道長《みちなが》は、乳兄弟の源国盛《くにもり》（越前守）に辞表を提出させ、為時と交替させる挙に出た（今昔・二四）。為時の喜びをよそに、国盛は以後このことを気に病み程なく没したと伝えられている（続本朝往生伝）。説話とはいえ、申文をめぐる悲喜こもごもの現実がうかがい知られよう。

（本間洋一）

天　雲　月　受領　紅・涙・袖　春・朝　説話

最上川　もがみがわ（もがみがは）

出羽《でわ》国の歌枕。現在の山形県内を流れる川。米沢・山形・新庄の各盆地を流れて庄内平野で日本海に注ぐ。日本三急流の一つである。古来舟運が盛んで、稲を積んで運ぶ「稲《いな》船《ぶね》」がともに詠まれることが多い。特に「最上河のぼればくだる稲舟のいなにはあらずこの月ばかり」（古今・東歌）の歌が有名で、これを本歌とした歌がしばしば詠まれた。この歌は『俊頼髄脳《としよりずいのう》』などには第五句が「しばしばかりぞ」の形で伝わっており、「いとどしく頼まるるかなもがみ川しばしばかりのいなをみつれば」（相如集）のように「しばしばかり」の句が詠み込まれることも少なくない。「稲舟」の「いな」に「否」を掛けた恋歌の形式が多く見られるが、「もがみ河はやくぞまさるあまぐものゝぼればくだる五月雨の比」（兼好集）のような叙景歌も見られる。このような

出羽・歌枕・川　稲・船　月　五月雨

急流のイメージは「五月雨をあつめて早し最上川」（奥の細道）につながっていく。

（竹下　円）

裳着　もぎ

公家・女
男・元服・初冠
后→三后
親

公家の女子が初めて裳《も》を着ける儀式。成年式的性格を有する通過儀礼で、男子の元服（初冠《ういこうぶり》）に相当する。『宇津保《うつほ》物語』藤原の君巻に「男は官《つかさかうぶり》爵賜はり、女は裳着、髪上げ、夫《をとこ》につき、宮仕へし、整ひたまふほどに」と見えており、男子の加冠《かかん》が官位を得ることと対になっているのと同様に、女子の場合の裳着は夫を通わせたり、宮仕え（この場合は入内《じゆだい》）したりすることと繋がっていることに注意されよう。出仕や結婚という形で大人の社会へと組み込まれていくことが、すなわち「整ひ」であり、その契機となっているのが加冠・裳着という儀礼なのだという図式が見て取れる。

このように裳着には、結婚の準備段階という一面をもつ。それゆえ家格や財力その他の条件によって裳着を行う年齢は一定しないが、ほぼ十二歳から十四歳ころに行われるのが普通。たとえば藤原道長《みちなが》は娘彰子《しようし》を一条《いちじよう》帝の后とさせるべく、十二歳になるのを待って裳着を行い、並行して入内の用意を整えたとある。（栄花・かかやく藤壺）。対して『源氏物語』行幸《みゆき》巻では二十歳を過ぎた玉鬘《たまかずら》のために、親代わりの源氏が裳着を行う。近い将来、彼女を冷泉《れいぜい》帝に入内させようという心積もりなのだが、この姫君はそれまで漂泊の境遇にあってふさわしい伴侶を得られず、したがって裳着も済ませていなかったのである。その際源氏は実父との対面も兼ねて、内大臣（かつての頭中将）に腰結《こしゆい》を依頼する。これは裳の腰紐を結ぶ役で、有徳の人を選ぶのが例である。

紐
童

とうに女盛りを迎えていた玉鬘の場合にはともかく、通常の裳着の場合は、それまでの童女の振り分け髪を儀礼的に結い上げる。『宇津保』の用例中に見える「髪上げ」がこれで、「初笄《ういこうがい》」とも称する。『伊勢《いせ》物語』二三段の「くらべこし振り分け髪も肩過ぎぬ君ならずして誰かあぐべき」という歌も、この髪上げを詠んだもの。幼馴染みの男との結婚を前提に、髪上げ・裳着を行おうという少女の歌である。

（藤本宗利）

文字　もじ

漢字

文字は言葉を視覚的に表すものである。何を表すかによって、表音文字と表意文字と分けられる。前者の代表が、アルファベット・ハングル・仮名などであり、後者の代表に漢字が挙げられる。しかし、漢字は意味を表す文字というよりも、意味と同時に音をも表しており、表意文字というのは正しくない。むしろ、一字が一語を表しており、表語文字の方が実体に合った呼称といえる。考えれば、言葉は音声言語が先にでき、それをもとに文字ができたと考えるのが常識であろう。それを、音については触れず、意味だけを際だてて名づけることは理屈の上からは考えにくい。漢字については表語文字が正しいが、一般的には表意文字が長く馴染んだ名前となっており、なかなか正しい呼称として浸透しない。

仮名

表音文字では、アルファベット・ハングルのように、母音・子音を分けるものと、仮名のように音節単位で表すものとがある。前者を音素文字（単音文字）、後者を音節文字と呼ぶ。このうち、ハングルは一四四六年に、李氏朝鮮の四代国王、世宗が「訓民正音」として公布したもので、母音字と子音字があり、それを組み合わせて音を表すものである。現在は母音字十・子音字十四がある。アルファベットは、ギリシア文字のアルファとベータを組み合わせて名づけられたもの。母音・子音それぞれを各文字によって表す形式を持つ。日本語の仮名文字は音節文字である。日本語の表音文字が音節文字となったのは、日本語の音節体系が数と関連したからと考えられる。日本語の音節数は他の言語に比べて非常に少なく、せいぜい百二十前後しかない。それに比べて、英語などでは、音節が優に三千は超えると考えられ、それだけ音節文字となったのは書き表すときに便利であったことが考えられる。（山口明穂）

藻塩　もしお（もしほ）

塩

海藻から採取した塩。また、製塩の際、海藻にかける海水のこと。古代の製塩は、奈良時代にはすでに行われていたが、その方法については諸説ある。一説には、海藻を積み重ねて上から海水をかける、といい、また、海藻を焼いてできた塩分の固まりを海水に溶かして、塩分の濃度の高い水を得た、という説もある。

水・和歌・淡路島・松帆の浦・朝・夕・海人・少女

和歌では、笠金村《かさのかなむら》の長歌「淡路島松帆《まつほ》の浦に朝凪に玉藻刈りつつ夕凪《ゆうなぎ》に藻塩焼きつつ海人少女ありとは聞けど」（万・六・九三五）のように、「藻塩焼く」の形で、海辺の典型的な景として詠まれた。この歌を本歌取りした「こぬ人をまつほのうらのゆふなぎにやくやもしほの身もこがれつつ」（新勅撰・恋三・藤原定家）は、そこに恋の情熱で身を焦がすという恋愛の情趣を鮮明にして詠んでいる。「藻塩垂る」が涙を流す意で用いるように、和歌では人間の心情を表す景物として多く詠まれている。

涙・心

（奥村英司）

餅　もち

米

糯米《もちごめ》を蒸して、臼で搗《つ》いて作ったもの。平安時代には「もちひ」と称され、室町時代ごろから、現在のように「もち」と称されるようになったらしい。餅はハレの日の食物であり、新年や、人生の節目を祝う特別な食べ物であった。

ハレ（晴れ）

正月

正月に餅はつきものだが、現在の鏡餅を平安時代には「餅鏡《もちいかがみ》」といった。『源氏物語』初音《はつね》巻には、正月を迎えた光源氏の邸宅・六条院で、紫の上づきの女房たちが、新年の祝いをする様子が、「ここかしこに群れゐつつ、歯固《はがた》めの祝して、餅鏡をさへ取り寄せて、千年の蔭にしるき、年の内の祝ごとどもして。」と記されている。餅鏡を見て祝い言を唱えるのが当時の習慣であった。また、武家では鏡餅を具足《ぐそく》（鎧や兜などの武具）に供える習慣があり、具足餅と称した。「鏡開《かがみびら》き」は、その餅を正月十一日に割って食べる行事であり、「切る」という言葉を忌んで「開く」と言い換えたものである。徳川将軍家では諸大名を招いて鏡開きの行事を盛大に行なった。

邸

歯固

武具

正月の習慣としては、平安時代には「戴餅《いただきもちい》」があった。

年初や食い初めの時に、幼児の幸せを願って、幼児の頭の上に餅を触れさせて前途を祝うという習慣である。『紫式部日記』の、寛弘七年（一〇一〇）正月の記事には、藤原道長《みちなが》親子に介添えされた一条《いちじょう》天皇が、幼い皇子達に餅を戴かせる様子が記されている。

さらに、平安時代には、「亥子餅《いのこもちい》」といって、十月の初めの亥の日に、餅を供して健康を祈る習慣があり、宮廷行事にも取り入れられた。子をたくさん産む猪にあやかって、餅を猪子《いのこ》の形にする場合もあったようである。『源氏物語』葵《あおい》巻にも、光源氏と紫の上のもとに、檜破子《ひわりご》（檜の薄板で作った容器）に入った亥子餅が供される場面がある。また、当時の貴族社会では、新婚三日目の夜に、露顕《ところあらはし》という披露宴が行われ、新婦の家で調製した餅を、新郎新婦に供する習慣があった。これを、「三日《みか》の餅《もちい》」もしくは「三日《みか》の夜《よ》の餅《もちい》」という。

（吉野瑞恵）

猪

物合　ものあわせ（ものあはせ）

左右二組に分かれて、何かを比べ合わせて、優劣を競う遊戯の総称。貝合せ、絵合《えあわせ》、陰暦五月五日に菖蒲《しょうぶ》の根の長短を競う根合《ねあわせ》などがある。『枕草子』「うれしきもの」の段に「物合、なにくれと挑むことに勝ちたる、いかでかうれしからざらん」と記されるように王朝の人々は勝負の行方に胸をときめかせた。『堤中納言物語《つつみちゆうなごん》』には「貝合《かいあわせ》」という掌編がある。小さな姫君が、腹違いの姉と貝合をすることになったものの準備ができずに困っている。これを見た蔵人少将《くろうどのしょうしょう》が、仏の加護のふりをして、立派な洲浜《すはま》（海浜や砂州を模して作った飾り台）や美しい貝を用意してやるという話である。仏様の助けだと喜ぶ童女たちがかわいい。『源氏物語』絵合巻には、光源氏方と権中納言方の絵合が描かれる。物語絵、四季絵、行事絵などの優劣が競われ、最終的に源氏の勝利に終わるこの催しは、源氏が宮廷における勝利者となっていくことを優雅な行事の形で表している。

（鈴木宏子）

遊戯→遊び　貝　仏　童　絵

物忌　ものいみ

本来は祭事のために、一定期間酒肉などの飲食や肉欲、言語などを慎み、沐浴《もくよく》などして身心の汚《けが》れを除き去ること。潔斎、斎戒ともいう。また物忌みを行う者、また、伊勢神宮や香取、鹿島、春日などの大社で神事にたずさわった童男、童女をいう場合もある。

しかし平安時代では、夢見が悪いときなどに陰陽師《おんみようじ》の指示に従って災厄から逃れるために謹慎することをさす。この場合沐浴は不要で、自宅や特定の場所の門や扉を閉め切り、しるしに「物忌」と書いた柳の木の札などを懸けて数日間籠もる。「内裏の御物忌さしつづきて、いとど長居さぶらひたまふ」（源・帚木）は帝の物忌にしたがって廷臣一同が宮中に籠もる場面で、光源氏たちは暇をもてあまし、男同士の忌憚ない「雨夜の品定め」、雑談の場となった。物忌中は外出はもとより外からの訪問、手紙のやり取りも禁止であったが、「御物忌なれど、御門の下よりも」（蜻蛉・中）のように門の下からそっと手紙を出すのは黙認されており、「（女の）紅の袴に赤き色紙の物忌いと広き付けて、（牛

酒　伊勢　鹿島・春日・　童　夢　門　柳　内裏　雨　手紙→消息　紅・袴・色紙

車の簾の外に）土とひとしう下げられたりし」（大鏡・兼家）や「烏帽子《えぼし》に物忌つけたるは、さるべき日なれど、功徳のかたにはさはらずと見えんとにや」（枕・説教の講師は）の如く、牛車の御簾《みす》の外や烏帽子に物忌札を懸けて小さな結界を張れば外出もできた。

車

物忌は夢見など当人だけが知る理由で開始するもので、種々の抜け道もあるため、秘密にしたいときの言い訳、あるいは熱意を示す方便のようにも使われる。前の『蜻蛉《かげろう》日記』の例も、藤原兼家《かねいえ》が道綱母《みちつなのはは》に「御物忌なれど」とことわるのはそれでも手紙を出したのだという誠意を押しつけるためである。烏帽子に物忌札を付けての法会参加（枕・説教の講師は）は信仰心の喧伝であろう。敦道《あつみち》親王が女（和泉《いずみ》式部）と同車する際に女側の簾を下ろし、簾の下からこぼれる紅の袴に物忌札をつけて地面すれすれに下げたのは覗かれないためであり、また物忌中でも同行させたい女との誇示でもある（大鏡）。匂宮《におうのみや》が薫《かおる》を装って浮舟《うきふね》のもとに忍び入り翌日も逗留してしまった危機的状況においても、夢見を理由に物忌札を懸けることで外部の侵入を防ぎ、秘密を守ることができた（源・浮舟）。また道綱母は兼家の物忌の最中に鳴滝参籠《なるたきさんろう》に出かけるが、これは出発前にとやかく言われないためであると同時に、参籠を知ったあと物忌もはばからず逢いに来るかどうか、兼家の誠意をはかるためでもあった。はたして兼家は物忌中にも関わらず牛車に乗って鳴滝にまで迎えに来るが、物忌を理由に牛車から下りることはなく（「車ながら立ちてある」）、息子の道綱を仲立ちに押し問答を続けるのみであった。このあたり夫婦の微妙なかけ引きが、物忌という言い訳を挟んで鮮やかである（蜻蛉・中）。のちには、縁起にとらわれることそのものを「物忌」と呼んだ。「武将の身として、夢見・物忌など余りにおめたり」（保元・上）がその例。

女

（今井久代）

物語　ものがたり

平安時代から鎌倉時代にかけて流行した文学ジャンルの一つ。元来は、談話、男女の語らい、幼児の意味をなさない言葉、などを広く物語といった。

男・女

文学作品としての物語とは、作者の設定した語り手が珍しく興味深い話を語り聞かせるという体裁で書かれた、仮名散文である。この語り手は、標準的な教養と常識の持ち主（特に女房）として設定されており、ときおり批評や感想（「草子地《そうしぢ》」ともいう）を交えつつ物語を語っていく。語り手は、時には遠くから物語を見渡し、また時には作中人物の心情と一体化するような自由自在な存在であって、実体的なものではない。語り手の言葉も、必ずしも真実を伝えているとは限らず、むしろその背後に真相が隠されている場合も多い。しばしば政治向きのことは語らないとことわりつつも、その言葉の端々に政治世界の現実がさりげなく語られているのは、その好例である。こうした語りの仕組みによって、読者の想像力を刺激しながら、奥行きのある物語が語り進められていくことになる。

仮名　女房　心

その成立については、古い氏族にまつわる多くの伝承が基盤となっていると考えられる。貴種流離譚《きしゆりゆうりたん》や継子虐《いじ》め譚といった話のパターン（話型）が多く見られるのも、古くからの伝承とその発想を強く受け継いでいるからである。

氏

漢文　漢詩→詩

また、六朝や唐代の漢文小説の影響も重要である。『竹取物語』や『宇津保《うつほ》物語』など初期の物語には伝奇的性格が濃厚に認められる。そもそも、これらは漢詩文の教養に富む男性官人の余技として書かれたものであった。当時は正当な文芸ではなく、「つれづれなぐさむるもの」（枕）とされるような、女性や子どもの娯楽の具とみなされていた。新たに仮名が考案されたことで、多様でニュアンス豊かな表現が可能となり、多くの読者に享受されることになったのである。『竹取物語』『宇津保物語』などの伝奇的な、いわゆる作り物語の系列と、『伊勢《いせ》物語』『大和《やまと》物語』などの歌物語があり、この両者の流れを受けて高い達成を示したのが『源氏物語』である。

絵　須磨　散佚物語　大荒木の森・荒磯海

『源氏物語』絵合《えあわせ》巻には、藤壺《ふじつぼ》の御前で物語絵が出品され、その優劣が競われたことが語られている。光源氏・斎宮《さいぐう》女御《にょうご》の左方の「物語の出で来はじめのおや」の『竹取物語』に対し、権中納言・弘徽殿女御《こきでんにょうご》の右方は『宇津保物語』を出した。次いで左は『伊勢物語』、右は『正三位《しょうさんみ》物語』を出品、最後には源氏が須磨の絵日記を持ち出して左の勝利となった。『竹取物語』『伊勢物語』を源氏方の出品とするところに、両物語を尊重する『源氏物語』作者の意識がうかがわれる。なお、『正三位物語』のように、名のみが知られ、作品が現存しないものを散佚物語という。「世の中に多かる古物語の端などを見れば」（蜻蛉・序）「物語と言ひて女の御心をやる物、大荒木の森の草よりも繁く、荒磯海の浜の真砂よりも多かれど」（三宝絵詞・序）などとあるように、数多くの物語があったらしいが、現存するものはごくわずかである。

武士　説話　平家

『源氏物語』以後、物語の創作は女性の手に移り、『狭衣《さごろも》物語』『夜の寝覚《ねざめ》』『浜松中納言《はままつちゅうなごん》物語』などが書かれたが、さまざまな面で『源氏物語』の影響がはなはだしく、新たな局面を拓くにはいたらなかった。その一方で、新しい趣向をねらった、退廃的で、現実離れした物語も書かれた。性別の取り違えから起こる悲喜劇を描く『とりかへばや物語』などは、その典型といえる。王朝的な物語は、鎌倉時代以後も次々と書かれ、擬古物語とも呼ばれるが、そこには武士の世にあって失われた王朝時代への憧憬もうかがわれる。こうした動向の一方で、物語のジャンルは広がりと多様化を示すことになる。平安時代後期には『栄花《えいが》物語』『大鏡《おおかがみ》』などの歴史物語、『今昔物語集』『宇治拾遺物語』などの説話文学も現れる。また中世には戦乱の世相を反映して『平家物語』『太平記』などの軍記物語も流行した。さらには室町時代の御伽草子も物語の系譜に連なっている。

『源氏物語』蛍《ほたる》巻では、光源氏が物語について論じている。六国史などの歴史書は事実を記したものではあるが、一面的・断片的であり、むしろ虚構の物語のほうが人間の真実の姿を描き得るというのである。これまで娯楽の具に過ぎなかった物語の価値を一挙に高めた、すぐれた文学論である。

（大井田晴彦）

物の怪　もののけ

病　霊（たま）

人に取り憑いて悩まし、病気にしたり死に至らせたりする霊や妖怪の類。「物気」「物怪」「邪気」とも書く。霊的存在への畏怖の念は古代ほど強く、また怨念のもととなる血生臭い闘争も古代ほど激しく数多いはずであるが、「物の怪」が出現するのは平安時代半ばになってからであった。それというのも、古代では恨みや悩みの主体である「個」の観念が未発達であったためらしい。氏族制社会では社会的地位は個でなくウジに与えられ継承されるのであり、「個」は氏族《ウジ》に埋没し、氏族《ウジ》の首長《カミ》が個として認識される程度であった。しかしながら七世紀末ごろから導入された律令制によって「個」に官職が与えられ、その社会的地位を父から子に継承する「イエ」観念が発達してゆき、なおかつ六世紀に伝来した仏教が、煩悩を宿し救済・解脱すべき「個」という観念を浸透させてゆくなかで、怨みを宿して死んだ者が祟るという、怨霊観念が出現することになる。

ウジ（氏）　律令　仏・煩悩

最初に出現した怨霊が、平安時代初めに出現した「御《ご》霊《りょう》」（文献上は『日本三代実録《にほんさんだいじつろく》』貞観《じょうがん》五年（八六三）五月二十日条が初出）である。早良《さわら》親王（桓武《かんむ》天皇の皇太子だったが藤原種継《たねつぐ》暗殺事件に関わって廃され幽閉、自害）や菅原道真《すがわらのみちざね》のように、政治的抗争のなかで悲劇的死を遂げた者が自然災害や飢饉、疫病をもたらす祟り神となる。「御霊」は世間の耳目を集める事件の結果死んだ人物が、広く社会に祟って災厄をもたらすもので、これを鎮めなだめる祭、「御霊会《ごりょうえ》」が数多く行われた。現在も残る八坂神社《やさかじんじゃ》の祇園《ぎおん》御霊会《ごりょうえ》(祇園祭)もその一つである。こうした神となる「公」の怨霊、「御霊」に比べて平安時代半ばより出現する「物の怪」（文献上は『貞信公記《ていしんこうき》』延喜《えんぎ》十九年（九一九）十一月十六日条が早い）は、より個人的な争いへの怨念ゆえに、個人に取り憑き病気や精神異常をもたらす、「個」の怨霊である。外孫が皇太子になれなかったのを恨み、冷泉《れいぜい》天皇に取り憑き狂わせた藤原元方《もとかた》とその娘祐姫《すけひめ》（大鏡・師輔）、ポスト争いで愚弄されて憤死し、藤原伊尹《これまさ》の子孫に祟った藤原朝成《あさひら》（大鏡・伊尹）などが有名である。「物の怪」が広く信じられた十世紀後半では、実際には誰の霊か特定できないままに、病気や異常現象の説明として簡便に、物の怪とされる傾向にあった。

祇園　神　病

病気の言い訳に成り下がった「物の怪」であったが、遊離魂信仰を取り込み死霊ならぬ「生霊」とすることで人の心の暗部を巧みに描いたのが、『源氏物語』葵《あおい》巻の六条御《ろくじょうのみ》息所《やすどころ》の物の怪である。優雅で聡明な御息所は、光源氏の正妻葵の上を憎み恨む醜い人間ではないし、冷たい光源氏の愛を乞うほどみじめな女でもなかった。しかし悩み苦しむうちに本人の意思とは関わりなく生霊がさまよい出て葵の上に取り憑き苦しめる「物の怪」になってしまった。これは当人の意識しない心、近代的な無意識の領域すらを鋭く抉る、「物の怪」物語であった。

（今井久代）

心　愛　物語

紅葉　もみじ（もみぢ）

晩秋から初冬にかけ、気温の低下にともなって、落葉樹の葉が黄や赤の色に変わる。それを総称して「もみぢ」(『万葉集』では、もみち）という。

『万葉集』に「神無月《かんなづき》（十月）時雨《しぐれ》にあへるもみぢ葉の吹かば散りなむ風のままに」（八・一五九〇・大伴家持）などとある。時雨は晩秋から初冬にかけて、軽くさっと降りそそぐ雨。紅葉はその時雨に遭って、その彩りを際立てるも

秋・冬　黄　時雨　雨

和歌
のとして、『万葉集』以来多くの歌が詠まれ、それは『古今集』以後の王朝和歌にも受け継がれていく。

竜田・錦
「竜田川《たつたがは》錦《にしき》織りかく神無月時雨の雨をたてぬきにして」(古今・冬・読人知らず)は、竜田川の紅葉の美しさを、初冬十月の時雨を縦糸・横糸として織った錦織であると見立てた歌である。

歌枕
そして、竜田の地は紅葉の名所だとする歌枕の観念もできあがっている。

露・葉
王朝の紅葉の歌では、さらに、「白露の色は一つをいかにして秋の木の葉を千々《ちぢ》に染むらむ」(古今・秋下・藤原敏行)のように「露」との組み合わせや、

手向山・神
あるいは「このたびは幣《ぬさ》もとりあへず手向山《たむけやま》紅葉の錦神のまにまに」(古今・羇旅・菅原道真)のように神に手向ける「幣」への見立てなどと、表現の趣向を様々に凝らすようになる。そして都人たちは、この紅葉を一年最後の彩りと捉え、秋と冬の境目とみていた。

妻・春
秋
　このことを考える上で、『古事記』中巻の、秋山之下氷壮夫《あきやまのしたひおとこ》と呼ばれる兄と春山之霞壮夫《はるやまのかすみおとこ》と呼ばれる弟との、伊豆志袁登売《いずしおとめ》をめぐる妻争いの話が参考になる。春の神である春山之霞壮夫と伊豆志袁登売との神婚を、秋の神である秋山之下氷壮夫が祝福することによって、豊かな実りがもたらされたという。したがってこれは、一年の農耕生産の過程を神の偉大なしわざとして人格化した神話ということになる。

霞
人々は、春まだ浅く霞のたなびくころ、一年の予祝をして農業作業に従事しはじめ、晩秋の紅葉の美しい彩りのころ、豊祝として一年の農作業に終止符をうつ。こうした農耕生活の歳時の上に、この神話が成り立っている。となれば、紅葉の華麗な彩りの背後には、豊穣のイメージが広がっている。

　それとともに、紅葉は、一年の滅びに向かう最後の光芒のようにも、その華麗さが意識されている。「年ごとに紅葉流す竜田川みなとや秋のとまりなるらむ」(古今・秋下・紀貫之)などは、その典型的な作である。これは、毎年紅葉した木の葉を流している竜田川の河口は、秋の終着の港なのだろうか、の意。さらに、この時代一般の、秋は悲哀の季節とする美意識も手伝って、どことなく悲しみを帯びた華やかさを思うようにもなる。それは、古代以来の農耕習俗の豊穣さを喜ぶ気持ちとは袂を分かつ美意識なのであろうか。

　『和泉《いずみ》式部日記』十月下旬、式部を訪ねた宮(敦道《あつみち》親王)が彼女を紅葉見物に誘った記事がある。式部がその約束しておきながらも、物忌でぐずぐずしているうちに、紅葉が一夜のうちに時雨で散り落ちてしまったというのである。

風
そのことを式部が「風の前なる」と受けとめ、世の無常迅速のたとえのような一夜だけの紅葉だったと思い、「紅葉葉は夜半《よは》の時雨にあらじかし昨日《きのふ》山べを見たらましかば」と歌に詠む。紅葉は夜半の時雨で残ってはいまい、昨日のうちに山に行って見物すればよいものを、の意。今年のうちに紅葉は再び目の前に現れてはこない、という一種の終末感の支配している歌である。

行幸
　『源氏物語』では、十月半ばの紅葉の宴の場面を、物語の重要な勘どころで設けている。紅葉賀《もちじのが》巻の朱雀院行幸で、源氏が紅葉の輝きのなかで青海波《せいがいは》を舞う。その源氏の「いと恐ろしきまで見ゆる」美しい舞姿はこの世のものとも思われない。「日暮れてかかるほどに、けしきばかりうちしぐれて、空のけしきさへ見知り顔」とあり、天空までもが

感動する。また藤裏葉《ふじのうらば》巻では、やはり紅葉の盛りごろ、朱《す》雀《ざく》院・冷泉《れいぜい》帝がともに六条院に行幸する。源氏はかつての行幸で青海波を舞った昔日を思うが、ここでも時雨が「折知り顔」に降りそそぐ。さらに若菜《わかな》上巻の紫の上の主催による源氏四十賀の宴では、夕霧《ゆうぎり》と柏木《かしわぎ》が舞うのを、「入り綾をほのかに舞ひて、紅葉の蔭に入りぬるなごり、飽かず興ありと人々思したり」とあり、ここでも二十年前の紅葉賀の折が回想される。そして若菜下巻の住吉詣。源氏が、六条院の栄華も実は明石一族との宿縁によってもたらされたと自覚するところから、この願解《がんほど》きの参詣がなされた。十月半ば、「神の斎垣《いがき》に、はふ葛も色変りて、松の下紅葉など」鮮明な秋色を見せている。ここでも、紅葉の華麗さが源氏の卓越した存在と照応しあっている。

願
葛・松

　宮廷儀礼の歳時に即してみると、紅葉の盛んな十月半ばから一月後に、新嘗祭が行われ、豊穣を祝うことになる。そして新年を迎えるべく重要な宮中儀礼が連なっていく。

俳諧・和歌

　近世の俳諧でも、和歌の伝統的な趣向の延長上に、新しい時代の感覚を盛りこんでいく。「静かなり紅葉の中の松の色」（越人）「口惜しや奥の竜田は見ぬ紅葉」（許六）「掃《は》く音も聞こえてさびし夕紅葉」（蓼太）「山暮れて紅葉の朱《あけ》を奪ひけり」（蕪村）「紅葉ばや近づくほどに小淋しき」（一茶）などとある。

朱（しゆ）

（鈴木日出男）

母屋　もや

寝殿
廂

　日本建築で家屋の中心となる部分の呼称。特に寝殿造において、「廂《ひさし》」に対していう。母屋を中に、四周を廂が取り巻く構造になっている。「身屋」とも表記し、一般に正面は東西に三間または五間、側面は南北に二間の広さから成る。建物の内部で最も主だった空間として、主人の寝室などにあてることが多い。『枕草子』「節《せち》は五月に」の段では、五月五日の薬玉《くすだま》を中宮の「御帳《みちょう》」（寝台）を設けた母屋の柱につけたと見える。寝室に邪気の入り込むのを防ぐためである。同じ『枕』には、中宮定子《ていし》の住んだ職《しき》の御曹《みぞう》司《し》の「母屋は鬼あり」というので、南の廂に帳台を設けたとある（職の御曹司におはしますころ、木立などの）。この母屋と廂との境は「長押《なげし》」（下《しも》長押）と称し、母屋の方が一段高くなっており、簾や障子（襖《ふすま》のこと）で仕切られる。『源氏物語』柏木《かしわぎ》巻では、一条宮を見舞った夕霧《ゆうぎり》が「母屋の廂」に通されたとある。おそらく母屋の南面にあたる廂の間に席を設けたと推測される。身分高き客人を迎える場として南廂はふさわしく、その客と応接すべく女主人の御息所が母屋の御簾際《みすぎわ》まで寄って来たことを印象づけるのが、「母屋の廂」の語であろう。

薬玉・中宮→三后
鬼
障子・襖
簾（すだれ）

（藤本宗利）

靄　もや

　大気中に低く立ちこめた水蒸気で視界を遮るものをいう。気象観測では水平視程が一キロメートル以上の場合を「もや」といい、一キロメートル以下を「きり」と区別する。「靄」「霧（古くは雺と書いた）」という漢字の区別はあるが、『辞源《じげん》』によると、「霧」は地面近くの水蒸気が、低い温度で凝結して微細な水滴になり、雲・煙のように空中にたなびくとし、「靄」については、ただ雲気とだけする。日本

霧
雲

山・晴れ・里
雨
朝・夕

においても、先に示したような定義があるが、これが文学・文化に反映するものではなかった。一七一二年（正徳二）に寺島良安《てらじまりょうあん》が編纂した『和漢三才図会《わかんさんさいずえ》』では、霧は空から降る雲に似たもので、山に登るような時は、晴れ、里に下るような時は、雨となり、一方、靄は、地面から立ち登り、煙に似ているもので山麓に近くでは靄が多いとする。もちろん、この区別も科学的根拠に基づいてなされたものではないであろう。現代の感覚では、朝靄、夕霧となりやすいが、もちろん、その逆がない訳ではない。（山口明穂）

森　もり

社（やしろ）
神・霊
大荒木の森
馬

樹木がこんもりと生い茂ったところ。また、神社などのある神域で、神霊の依《よ》り憑く木々が茂ったところも「森」という。後者には「杜」の字をあてることもある。人工的な植林地とはちがい、森は自然の力のあふれる場である。『万葉集』の「森」は特定の神社と結びついたものが多く、「思はぬを思ふと言はば大野なる御笠の杜の神し知らさむ」（万・四・五六一・大伴百代）のように、恋と結びついたかたちで歌われることも多い。『古今集』には「大荒木《おおあらき》の森の下草老いぬれば駒もすさめず刈る人もなし」（古今・雑上・読人知らず）という歌がある。この「大荒木」は、奈良県五条市の荒木神社のこと（異説もある）。歌の表面上の意味は、森の下草が盛りを過ぎ固くなってしまったので馬も食べようとしないし刈る人もいないというものであるが、若い盛りを過ぎた私には関心を示す人はいないという嘆老の寓意がこめられている。さらに背後には、神域の森にはむやみに立ち入ってはならないという禁忌が存在するのであろう。

老い・扇
浮田の森
岩瀬の森
里

『源氏物語』紅葉賀《もちじのが》巻には色好みの老女源典侍《げんのないし》が登場する。彼女は、赤い紙に金泥で小高い森の絵を描き、裏面には「森の下草老いぬれば」と散らし書きにしてある扇を持って、源氏に流し目を送ってくる。源氏はいやな趣向だと苦笑しつつも彼女に近づいていく。『枕草子』「森は」の段（二つある）には、この大荒木の森をはじめ、浮田《うきた》の森（京都府）、岩田《いはた》の森（同）、岩瀬《いはせ》の森（奈良県）などのほか、木枯《こがらし》の森（静岡県）、うたた寝の森（福島県西部）、たれその森（三重県）、くるべきの森（所在未詳）、立聞《たちぎき》の森（所在未詳）、よこたての森（所在未詳）など奇妙な森が列挙されている。名前の面白さに対する興味であろう。森は人々の生活の場でもある。「山ぎはの田中の杜にしめはへてけふ里人は神まつるなり」（玉葉・雑三・藤原為家）は、鎮守の森での神事を詠んだ歌である。（鈴木宏子）

守山　もりやま・もるやま

歌枕・時雨・山
露・時雨・紅葉
涙・月・光

古くは「もるやま」、中世に入ると「もりやま」。滋賀県守山《もりやま》市。歌枕で「しらつゆも時雨もいたくもる山はしたばのこらず色づきにけり」（古今・秋下・紀貫之）のように「漏る」を掛け、露や時雨が漏った結果、木や草が紅葉する趣向が数多い。そして「おさふれどあまるなみだはもる山のなげきにおつるしづくなりけり」（金葉・恋部下・藤原忠隆）のように「漏る」ものも涙や月の光などの展開を見せた。また「守《も》る」を掛けた「葦引《あしびき》の山の山もりもる山も紅葉せ

秋　夢

さする秋は来にけり」（後撰・秋下・紀貫之）のような詠まれ方もし、「夜もすがら夢さへ人めもる山はうちぬる中をたのみやはする」（拾遺愚草・一二七二・藤原定家）のように「人目《ひとめ》守《も》る（人が見守る）山」として恋の歌にも用いられた。「ひとめもる山井の清水むすびても猶あかなくにぬるるそでかな」（新勅撰・恋歌三・肥後）のように「守る」に「漏る」も響かせた歌も詠まれた。なお「もり山は蚊の名所にて」（狂言・蚊相撲）とあるように蚊が多かったようでもある。

（中嶋真也）

門　もん

朱雀・応天門　伊勢　妹・夢

門は唐門《からもん》・冠木門《かぶきもん》など形式によって名づけられるほか、東門・西門など場所による名称や、朱雀門《すざくもん》・応天門《おうてんもん》など固有名詞をつけられたものもある。正面の柱間の数と、そこに開かれる戸口の数とによって、その規模が表され，三間一戸といった具合に呼ばれた。もっとも実際に遮蔽する施設が設けられていなくとも、通行できれば「門」と称されることもあった。大内裏《だいだいり》の上東門《じょうとうもん》は、築地《ついじ》を切り抜いただけで「土御門《つちみかど》」という異称をもち、伊勢《いせ》神宮では鳥居を「御門《みかど》」と呼んでいる。

上代以降の古典では、「もん」よりも、和語としての「かど」が圧倒的に多く、『和名抄《わみょうしょう》』にも「門　四声字苑云和名加度　所以通出入也」とある。ただし、「かど」は外部と住家の接点であるので、その周辺や、外部から見たその家全体をさす場合もある。『万葉集』に「門立てて戸もさしたるをいづくゆか妹が入り来て夢に見えつる」（十二・三一一七）、催馬楽「妹《いも》が門《かど》」にも、「妹が門、夫が門、行き過ぎかねてや」とあるのをはじめ、歌語としての「かど」の用例は勅撰集にも多い。なかでも有名なのが、『古今集』の「わがいほはみわの山もとこひしくはとぶらひきませすぎたてるかど」（雑下・九八二・読人知らず）の歌で、『古今六《こきんろく》帖《じょう》』第二の「かど」にも「みわの御《おほむ》」（三輪明神）の歌として、初句が「わがやどは」の形で採られている（一三六四）。三輪山神をめぐる神婚説話に関するこの歌を引いて、門を目印に女を捜すというモチーフは、『源氏物語』から御伽草子や謡曲まで散見される。

三輪　女　謡曲

家屋における「門」は身分ごとに禁制があり、『続日本《しょくにほん》紀《ぎ》』天平三年（七三一）九月二日条から、三位以上の特権として、大路に門を構えることができたことがうかがえる。この特権は、やがて四位で参議である者まで拡大された。同じように門構えそのものにも禁制があり、門柱の前後に支えの側柱が四本配された「四足門《しそくもん》（四脚門）」は、大臣以上でなければ構えられないものであった。『蜻蛉《かげろう》日記』下巻では、藤原道綱《みちつな》母の侍女が邸の門を四脚門にする夢を、また道綱母自身も右足の裏に男から「門」という文字を書き付けられた夢を見て、道綱が将来出世する吉夢と占われたのも、それゆえである。門とは、その家の格式から、住人の権勢や地位までも示し、ひいては住人そのものをも象徴する場合もあった。門には鍵がかけられるが、『源氏物語』の末摘花《すえつむはな》邸や朝顔《あさがお》の前斎院邸など、鍵が錆びついてなかなか開けられない場面も、その家の零落を印象づけることになる。

大臣　邸　文字　斎院

『枕草子』の「大進生昌が家に」の段は、『漢書』にみえる于公《うこう》の故事をふまえた門をめぐる逸話で、「ひんがしの門は四足になして、それより御輿は入らせ給ふ」と、平生《なり》昌《まさ》が中宮を迎えるにあたり、四足門に改築したことを伝える。それは、后妃の里下りの邸宅として相応な門構えが要請されたことを物語っている。また、若き日の藤原隆家《たかいえ》が、太皇太后の遵子《そんし》や太政大臣の頼忠《よりただ》の住む四条宮邸の前を避けずに、馬に乗ったままで通過したことが非難されたように（大鏡・頼忠）、門前の通行にも禁制があり、花山院《かざん》の門前の通過をめぐっては、押し通ろうとする隆家と通すまいとする花山院との戦のような騒ぎが伝えられている（大鏡・道隆）。

輿　中宮→三后

ときに宮中や平安京に設置された大型の門は、怪異のものとの遭遇・交渉の場として語られてきた。そもそも上代から、門の外に出て「夕占《ゆうけ》」や「足占《あしけ》」をした、あるいはしたいと歌に詠まれるように、門の外は霊との交信の場であった（万・七三六・三〇〇六、三九七八）。『十訓抄《じっきんしょう》』十には羅生門の鬼の付句の逸話や源博雅《ひろまさ》が朱雀門で鬼と笛を奏じあい、笛を交換した逸話が見える。それらの怪異譚の中で有名なのが、渡辺綱《わたなべのつな》による鬼退治で、『平家物語』剣巻の名刀説話が肥大化したものである。酒呑童子の説話として語り継がれ、謡曲や御伽草子にも『羅生門』としてまとめられ、今日に至っている。（河添房江）

京　霊（たま）　羅生門・鬼　平家　説話

門跡　もんぜき

元は一門の祖師の法流を継承する寺院を意味する語であったが、鎌倉時代以降、皇族などが出家して居住する特定の寺院をさす語となり、さらにその寺の住持をさすこともあった。皇族・権門の子弟である門跡は、公家文化の担い手として自ら文学芸能に活躍したり、あるいはその庇護者となった者が多い。平安時代末期から鎌倉時代初期にかけて活躍した慈円《じえん》は青蓮院《しょうれんいん》門跡であったし、南北朝期に青蓮院門跡となった尊円《そんえん》法親王は、慈円《じえん》の歌集『拾玉集《しゅうぎょくしゅう》』の編者であり、青蓮院流（御家流《おいえりゅう》）の創始者として書論『入木抄《じゅぼくしょう》』を著した。聖護院《しょうごいん》門跡の道興《どうこう》は京を発って北陸・関東・奥州を巡った旅を『廻国雑記《かいこくざつき》』につづっている。足《あし》利義教《かがよしのり》は青蓮院門跡であった頃から観世三郎元重《かんぜさぶろうもとしげ》（音阿《おんあ》弥《み》）の庇護者であった。また、京都山科区小野にある随心《ずいしん》院《いん》は小野門跡と通称される門跡寺院であるが、小野小町《おののこまち》の屋敷跡ともいわれ、小町と深草少将《ふかくさのしょうしょう》の悲恋にまつわる伝承が残っている。（神田龍之介）

出家　公家　京　小野

や

薬師　やくし

病　仏　船　願　説話

薬師如来。東方浄瑠璃世界の救主で、人々の病を癒し苦悩を救う仏。古来医薬の仏として尊崇され、飛鳥時代以来造像の例は多い。菩薩として修行していた時に十二の大願を発したことで知られ（薬師《やくし》瑠璃《るり》光《こう》如来《にょらい》本願《ほんがん》功徳経《くどくきょう》）、「薬師の十二の大願は衆病悉除ぞ頼もしき　一経其耳はさて措きつ皆令満足勝れたり」「薬師医王の浄土をば瑠璃の浄土と名づけたり　十二の船を重ね得て我等衆生を渡いたまへ」（ともに梁塵秘抄・法文歌）といった今様も歌われた。この大願のうち、第六・第七の願が治病・施薬に関わるところから、身に病を受けた人々は薬師仏にすがることが多く、説話文学の世界でも、盲目の女性が薬師に祈願したために目が見えるようになったことを語る『日本霊異記《にほんりょういき》』（下・十一）などの病平癒の説話や、息絶えた少年を薬師が生き返らせたことを記す『沙石集《しゃせきしゅう》』（二）などの蘇生譚に登場することが多い。

（吉田幹生）

邸　やしき

田・畠（畑）　信濃　世　陸奥　塩竈・摂津・難波

家屋、または家屋の建つ敷地、および庭、菜園などの周辺領域のこと。「やしき（屋敷）」という語は、文献上の初出が平安時代後期で、それ以前は宅地・家地・屋地などの称が用いられていた。資料上での語義は、家屋が課税対象となっていなかったところから、居住地をさし、さらに田畠や林など所有地の全体をさし示すところまで拡大した。

この語誌的傾向は文学においても同様で、「やしき（屋敷）」という語は鎌倉時代以降に使用されるようになる。その用法は、「あはれみ給ひ、國に屋敷など永代限りて宛給けり」（著聞集・十九）「信濃國ひぢの郡に屋敷・田園などをぞ申うけける」（同・六七八）と見えるように、地方における所領と家屋という印象で、貴顕の邸宅や別業などには用いない表現である。貴人の邸宅は『枕草子』「家は」には冷泉院《れいぜい》など邸宅名を列挙し、「おほきにてよきもの　家」と見え、家屋と住人の趨勢をもって世の無常を述べる『方丈記《ほうじょうき》』にも、「公卿の家十六焼けたり」（一）と見えるところから、「やしき」と「家」には意識的な使い分けがあったことがわかる。

貴族の邸宅には、所在地や創建者などによる名称があり、富小路殿《とみのこうじどの》（顕忠《あきただ》）、東三条殿《ひがしさんじょうどの》（兼家《かねいえ》）、小野宮殿《おののみやどの》（実頼《さねより》・実資《さねすけ》）のように、その邸宅の主人の異称ともなった。邸宅の整備についてはおのおの意匠を凝らしたようであるが、中でも実資は常にその造作に意を用いて、手斧の音が絶えないのは、東大寺と小野宮とまでいわれるほどであった（大鏡・実頼）。そうした邸宅の中で、特に異彩を放つのが源融《とおる》の河原院である。広大な邸宅の庭を陸奥の国の景勝地、塩竈の浦に模して造り、摂津の難波から海水を運ばせて海の魚を泳がせ、塩焼きをさせて、その風情を楽しんだというのである（宇治拾遺・一五一）。邸宅の伝領および権利関係については、『源氏物語』松風《まつかぜ》巻に大堰の邸をめぐって所有権者である明石一族と占有者との駆け引きが見られ、興味深い。（河添房江）

社　やしろ

神
祭
播磨
妹

神事をとりおこなうべく神を来臨させ、その神を祀るために設けられた屋舎。神社。語源としては、ヤ（建物）のシロ（用地）を意味することから、本来は祭祀にあたって設営される屋舎・施設のための土地そのものをさしたらしい。上代の文献では、「社《やしろ》を山本に立てて敬ひ祭りき。山の岑《みね》に在《いま》す神は伊和《いわ》の大神の子、伊勢都比古命《いせつひこみこと》、伊勢都比《いせつひ》売命《めみこと》をなり」（播磨国風土記・揖保郡条）などと記されるように、神霊を祭祀する目的で造営された建造物の意に用いる例が大半を占める。また、「我妹子《わぎもこ》にまたも逢《あ》はむとちはやぶる神の社に祈《の》まぬ日はなし」（万・二六六二・作者未詳）など、社に神が常在することを前提に発想する歌も見え、奈良時代のころには社を常設しての祭祀も一般の生活の中で定着していた状況が推察できる。

武具
神奈備・磐瀬の杜（森）

古代、社における神々の祭祀にあたっては、平瓮《ひらか》（御酒を入れる壺）や厳瓮《いつへ》（供物を載せる皿）といった土器が用意され、麻や木綿《ゆう》でこしらえた幣《ぬさ》・幣帛《みてぐら》をはじめとして弓矢や剣・矛などの武具が奉納されることもあった（記、紀）。また、万葉歌では「神奈備《かむなび》の磐瀬《いわせ》の杜《もり》の呼子鳥《よぶこどり》いたくな鳴きそ我が恋増さる」（万・一四一九・鏡王女）など、社をモリと訓《よ》むべき例が数首見え、神を祀る社を設営すべき地は杜《もり》すなわち森にあるとする観念の広くゆきわたっていたことをうかがわせる。

和歌
願
賀茂
布留・石上・龍田（竜田）・杉

和歌においては『万葉集』の相聞歌にもっとも多く詠まれており、恋い慕う相手に逢《あ》わせてほしいと神に願掛けをするという類型的表現において社が用いられる。その場合、先の二六六二番歌のようにしばしば「ちはやぶる神の社」というかたちで慣用されるのが特徴的である。しかし『古今集』以降の恋歌では、神に恋の願掛けをするという発想そのものが見られなくなり、それと並行して、「ちはやぶる賀茂《かも》の社の姫小松よろづ世ふとも色はかはらじ」（東歌・一一〇〇・藤原敏行）のようにカミがカモに転化し、賀茂神社を称える「ちはやぶる賀茂の社」という定型句を構成する語へと、その詠み込まれ方が限定されるようになる。『枕草子』「社は」の段には、布留《ふる》の社（石上神宮《いそのかみじんぐう》）、龍《たつ》田《た》の社（龍田神社）、杉の御社《みやしろ》（大神《おおみわ》神社）、蟻通《ありどおし》の明神《みょうじん》など、由緒があり神威《しんい》や効験《こうげん》のあらたかとされた神社名が挙げられている。（石田千尋）

八橋　やつはし

三河・歌枕
水・河・橋

三河《みかわ》国の歌枕。現在の愛知県知立市にある。『伊勢物語』に「三河の国八橋といふ所に至りぬ。そこを八橋といひけるは、水ゆく河のくもでなれば、橋を八つ渡せるによりてなむ、八橋といひける」（九）と地名の由来が示されている。また同話に、「その沢にかきつばたいとおもしろく咲きたり」ともあるように、杜若《かきつばた》の名所とされる。だが「八橋は名のみして、橋の方もなく、何の見所もなし」（更級）「ゆ

（涙）き〱て三河国八橋のわたりを見れば、在原の業平が杜若の歌よみたりけるに、みな人かれいゐの上に涙おとしける所よと思出られて、そのあたりを見れども、かの草とおぼ（稲）しき物はなくて、稲のみぞ多く見ゆる」（東関紀行）といわれるように後にはその面影を失っていたらしい。

（妻）ここで詠まれた「唐衣着つつなれにし妻しあればはるばるきぬる旅をしぞ思ふ」（古今・羇旅・在原業平、伊勢・九）は有名だが、この歌の影響下に八橋を詠んだ歌は少なく、むしろ「うちわたし長き心はやつはしのくもでに思ふ事はた（心）えせじ」（後撰・恋一・読人知らず）のように、「蜘蛛手《くもで》」の（蜘蛛）語とともに詠まれることが多い。（竹下　円）

柳　やなぎ

ヤナギ科の落葉樹。中国原産の樹木で、庭園に植えられるのはもちろん、「わが背子が見らむ佐保道《さほぢ》の青柳を手折《たを》りてだにも見むよしもがも」（万・八・一四三二・大伴坂上郎女）「見渡せば柳桜をこきまぜて都ぞ春の錦なりけり」（古今・（桜・春・錦）春上・素性）などと歌われるように、平城京や平安京の街（京）路樹ともされた。素性の歌は「花ざかりに都を見やりてよ（都）める」という詞書のとおり、都を遠望して柳桜の色鮮やかなさまを春の錦として把握したものである。柳のしなやかな枝は「柳の糸」「柳の眉」などと表現される。それぞれ（糸）漢語「柳糸《りゅうし》」「柳眉《りゅうび》」に由来することばである。（漢語）「青柳の糸よりかくる春しもぞ乱れて花のほころびにける」（古今・春上・紀貫之）は柳と花を詠んだ歌だが、柳の糸を縒って懸ける春だというのに、一方では花が乱れて綻びていると、対比の妙を楽しむ。「春の日の影そふ池の鏡には柳の眉ぞ（日・影・池・）まづは見えける」（後撰・春下・読人知らず）は、春の光をた（鏡・光）たえる池に映じた柳を、鏡に映った美人の眉にたとえた歌である。西行《さいぎょう》に仮託される説話集『撰集抄《せんじゅうしょう》』にも柳にまつわる話がある。平安時代の詩人都良香《みやこのよしか》が朱雀門《すざくもん》の傍で春（朱雀）風に柳がなびいているのを見て、「気晴れては風新柳の髪を梳《くしけず》り」と詠じて続きを考えていると、朱雀門の上から赤鬼が恐ろしい声で「氷消えては波旧苔の鬚を洗ふ」という（鬼・氷・波）下句をつけて、かき消すようにいなくなったという。この詩句は『和漢朗詠集』に都良香作として収められている。謡曲「遊行柳《ゆぎょうやなぎ》」は、かつて西行に「道のべに清水流るる柳（道）かげしばしとてこそ立ちとまりつれ」と歌われた老柳の精が遊行僧の回向《えこう》をうけ、報謝の舞を舞うという筋である。（僧→出家）この柳は下野国那須芦野《しもつけのくになすあしの》（栃木県那須郡那須町芦野）にあ（下野）る。松尾芭蕉《まつおばしょう》は『奥の細道』の旅でこの地を訪れ、「田一（田）枚植ゑて立ち去る柳かな」という句を詠んでいる。（鈴木宏子）

野暮　やぼ

「野父《やぼ》」（洒・廓中闇語）とも書き、農夫をいう「野夫《やふ》」や田舎者をさす「野坊《やぼう》」を語源とする説がある。「粋《すい》」「通」「い（粋）き」の対として「不粋」「不意気」と同様に用いられる（守貞謾稿・十）。「不通」（洒・大通禅師法語）「気障」（人・春色湊の花・三）と書いて野暮と読ませる場合もある。「粋《すい》」「通」「いき」の対で用いられる例としては「のぼり、下りの旅人の、すいとやぼとにすれてもまれてともずれの」（浄瑠璃・嫗山姥・二）「老子の説は、こちが通なれば先は誠也、こちらが野暮なれば先は嘘也」（洒・娼妃地理記）「帰るといふも野暮気て居るし、また好漢《いき》がつて我慢するのも気の毒だ」（人・春告鳥・四）などがある。

遊び

具体的には、遊郭の遊びや人情の機微に通じていないさまをいう。浮世草子『好色万金丹《こうしょくまんきんたん》』巻之一には「粋《すい》のたらぬ男は女郎が「笠進ぜまい」と禿にいひ付るを「御無用」ともいはねば……雨は大方あがれども、かの笠貸すほどの情を嬉しがり……古い秀句をいふて笠借りて帰る輩は……野父《やぼ》なり」とあり、世情に疎く、気の利かない「野暮」な振舞、挙措をよく表している。

雨

また古風なものをさし、流行に神経が行き届かず洗練されていないことをいう。「髪がとんだやぼだ」（洒・遊子方言）「対のはをりはあんまりきいたふうであろうか。八丈もやぼになつた」（滑・東海道中膝栗毛・八）。「当時《いまどき》古風《やぼ》に恋煩ひでもございますまいか」（人・梅之春・八）と「古風」を野暮と読ませるものもある。

江戸・武士

「田舎も田舎、箸《はし》の持様も知らぬやぼ助」（歌舞伎・幼稚子敵討・三）というように都会に対する田舎をもいうが、特に江戸では、江戸屋敷に勤番に来る田舎武士が、無骨で垢抜けていない上、着物の裏地に質素な浅葱《あさぎ》木綿を付けたものを着て遊里に出入りしたので、野暮として嘲笑した。「浅黄裏は野暮天の看板にして、近来の前句附には、浅黄裏といへば武左の事に通じ、浅黄とばかり下略して用ひ来る、これ川柳が一派の風潮」（滑・古朽木・三）

川柳

（大屋多詠子）

山　やま

山は古くは、神が降りる場所と見られていた。香具山《かぐやま》は、山自体が天下《あまくだ》ったものとされ、三輪山《みわやま》は山そのものが神として崇められた。龍田《たつた》の三室山《みむろやま》など、神が降りるという意味の神奈備《かんなび》山と呼ばれる山々があった。また、季節を司る山の神には、春の佐保姫《さほひめ》や秋の龍田姫《たつたひめ》がいる。山は天と地がつながっているところという考えがあり、『竹取物語』の帝が、かぐや姫の手紙と不死の薬を富士山頂で焼かせたのは、煙による天への通信のもくろみであった。都良香《みやこのよしか》『富士山記《ふじさんき》』（本朝文粋・十二）は、神仙思想に基づきながら、天女が現れたという伝承などを含め、霊山としての富士を巧みに描き出す。また、旅人にとって、山は危険を伴う難所であり、山越えの安全を神に祈るべく、幣《ぬさ》を捧げたり、旅の無事を祈る歌が詠まれたりした。

神・香具山
三輪
龍田（竜田）・三室山・神奈備・天
富士山

『万葉集』には、富士山や筑波山をはじめ、数多くの山が風景の中に詠まれるが、平安時代になると、都の三方を囲む山々が中心になり、都から離れた山は、雪や花の吉野《よしの》山《やま》、紅葉の龍田山というように、歌枕として特定のイメージをもって記号化されてゆく。その一方、宇多《うだ》上皇の吉野・宮滝《みやたき》御幸《ごこう》、後鳥羽《ごとば》上皇の熊野《くまの》御幸《ごこう》などに文人や歌人が同行することによって、その折々にさまざまな作品が残された。

筑波山（筑波嶺）・都
雪・花・吉野・紅葉
御幸（みゆき）

平安京では、山は日や月が出て沈むところであった。春の訪れが遅く、桜も都より後まで残るというように、季節がずれる異空間でもあった。また、出家遁世した者が赴く場所でもあり、近くには山城《やましろ》盆地を囲む山々があり、遠く

日・月・春
桜
出家

宇治　比叡山

には、宇治や吉野がそれにあたった。「み吉野の山のあなたに宿もがな世の憂き時のかくれがにせむ」（古今・雑下・読人知らず）などの歌がある。やがて、鴨長明《かものちょうめい》や西行《さいぎょう》のように山に住み、山を渡り歩いた人の作品が現れる。また、比叡山《ひえいざん》は、平安仏教の象徴ともいうべき存在で、「山」といえば、それだけで比叡山延暦寺《えんりゃくじ》をもさした。（高田祐彦）

病　やまい（やまひ）

老（おい）　愛

仏教では「病」を「生老死」とともに四苦、人間の根源的苦悩に位置づけ、四苦を宿命的に背負う身を洞察し、悟りに向かうことを勧奨する。山上憶良《やまのうえのおくら》は、「沈痾自哀文《ちんあじあいぶん》」以下漢文序・長歌・反歌の一群で（万・五・八九七—九〇三）、老・病・死を主題とした。ただしこの序文と歌は老・病の苦悩や死の怖れを見据えながら、なお捨てられぬ我が子への愛、愚かしく執《しゅう》に絆《ほだ》される我が身を歌う。仏教の四苦に照らすことで、逆に切り捨てえぬ情の葛藤を見据えた作品となったのである。

祟り　仏

病の原因を目に見えぬモノの祟りとする信仰も、根深く人々の心を覆っている。前掲の「沈痾自哀文」も医師の薬にも頼りつつ、仏を礼拝し神を祀って怒りを静め、「巫祝《ぶしゅく》」に祟りのもとを占わせる。平安時代には恨死した者が疫病神になると怖れられ、慰霊の「御霊会《ごりょうえ》」が定期的に行われ、現在の祇園祭に繋がっている。「麻疹絵《はしかえ》」「疱瘡絵《もがさえ》」など、流行病を防ぐ手立ての錦絵《にしきえ》が流布した江戸時代も、食生活の工夫に加え、まじないも重視されていた。

物語　北山　親

一方で「病は気から」の発想も古くからあり、「思ほすことのならぬをのみ思ひ焦られ、臥し沈み、病になり」（宇津保・菊の宴）は物語に頻出する展開である。物語では精神的危機と肉体的危機、懊悩と病はしばしば連動する。『源氏物語』若紫巻では、わらは病み（現在のマラリアに近いものか）に苦しみ、北山に出掛け回復するという展開に、継母藤壺宮《ふじつぼのみや》への罪深い恋に苦悩する光源氏が藤壺似の少女紫の上と出会い、救われるという過程が重なる。英雄譚には、瀕死の苦難に遭遇し回復するなかで力や幸福を獲得する物語は数多いが、光源氏の北山行きもその類といえようか。病という苦難を題材にし、苦悩と病の関わりに着目することで、死と再生を心に絡めて描いたのである。また「エ、呆れ果てた親御たちの病になるがいとしぼい」（浄瑠璃・女殺油地獄）のように、苦労の種という意味で「やまひ」という場合もあった。（今井久代）

山里　やまざと

山・里・出家　屏風・絵・障子

山中の里。物寂しい場所であり、おもに出家者や隠者が住むところであった。その一方、自然の豊かな静かなところでもあるので、一時的な滞在のために別荘が構えられた。都の日常生活から離れた非日常的な場として、屏風絵や障子絵にその風情は描かれた。

京

『万葉集』には、「山里」ということばは見られず、『古今集』以後現れる。中国的な山水思想の影響を伴いつつ、平安京への集住と三方を山に囲まれた風土を背景に、山里は生まれたものと思われる。山は、出家者の修行の空間であるが、山里は、出家をした者や、出家への志向はもちつつも世俗との関わりを完全には断たない者の場所であった。「山里は冬ぞさびしさまさりける人目も草もかれぬと思へば」（古今・冬・源宗于、百人一首）「誰住みて哀れ知るらん山里の雨降りすさむ夕暮の空」（新古今・雑中・西行）のように、冬には人の訪問も途絶えた。「山里はもののわびしきことこそあれ世のうきよりは住みよかりけり」（古今・雑下・読人知らず）は、寂寥感を認めつつも人間関係の煩わしさもなく住みやすい、と肯定する。

冬

　山里の別荘は平安時代初期から見られるが、平安京の都市社会が発展するにつれて増加する。「春来てぞ人も問ひける山里は花こそ宿のあるじなりけれ」（拾遺・雑春・公任）は、公任《きんとう》の北白川《きたしらかわ》の別荘での詠。東山《ひがしやま》、北山、宇治《うじ》などに多く別荘が構えられた。花見や紅葉見物と併せ、しばし閑居の味わいを得る場であった。

春
東山・北山・宇治・紅葉

　『和漢朗詠集《わかんろうえいしゅう》』「山家」には、山里で詠まれた漢詩や和歌を収める。男性貴族たちが詠んだ漢詩や漢詩序は、『本朝《ほんちょう》文粋《もんずい》』や『本朝麗藻《ほんちょうれいそう》』に見ることができる。屏風絵には、山里に寂しく暮らす者と訪問者という構図が好まれ、特に山里にひっそりと暮らす女性と男性の訪問者という図柄が多かった。

漢詩→詩・和歌
女・男

　和歌では、『後拾遺集』になると山里の歌が急増する。都市の爛熟、新たな風景への関心、末法《まっぽう》思想の浸透、『源氏物語』などの作品の影響といった要因が背景にあるようだ。山寺を「山里」とする例も多く、現実の土地に即した自然を詠もうとする動向が、山里詠の増加につながっている。『源氏物語』では、宇治、小野《おの》、大堰《おおい》などが舞台となり、とりわけ宇治十帖は、その風景と恋愛、仏教の関わり合いが後世に強い影響をもった。『宇津保《うつほ》物語』の坂本《さかもと》や水尾《みずのお》、『更級《さらしな》日記』の東山や西山《にしやま》、『夜の寝覚《ねざめ》』の広沢《ひろさわ》など、印象的な山里がこの時期数多く作品に現れ、『枕草子』も山里の情趣を称えている。ただし、宇治十帖は、その主たる舞台が都を出て山里に求められたという点で画期的であり、そこには空間の拡張という形で、都の生活には収まりきれない新たな人間精神の問題が託されている。新古今時代にも、山里の歌が増えるが、貴族社会を根幹から揺るがす動乱期にあって、都の外からの眼差しを求める人々が赴いたのであろう。西行《さいぎょう》や慈円《じえん》に印象的な歌が多い。（高田祐彦）

小野
仏教→仏
坂本
西山
都

山城　やましろ

京都府南部の旧国名。畿内の上国。「山代」「山背」とも表記されたが、延暦十三年（七九四）平安京遷都に際し「山城」とされ、以来明治維新まで約一〇七〇年以上、皇居が置かれた。地名の由来は、大和、あるいは奈良山の背後であったためとされる。仁徳《にんとく》天皇の八田若郎女《やたのわかいらつめ》に対する寵愛に対し、怒った磐之媛《いわのひめ》皇后が実家の大和・葛城へ帰る途上で「つぎねふや　山城川を　宮上り　我が上れば　青土よし　奈良を過ぎ　小楯大和を過ぎ……」（記・五八）と歌ったように、「山城」には「つぎねふ（や）」という枕詞が冠され、山城川＝木津《きづ》川は大和と山城の境界であった。この木津川をはじめ、山城には桂川《かつらがわ》・鴨川《かもがわ》・宇治川《うぢがわ》などが通り、琵琶湖と大坂・淀川をつなぐ水上交通によって栄えた。

大和
葛城
奈良
枕詞
木津川
桂川
琵琶湖・大坂・淀川

　また古来秦《はた》氏をはじめとする渡来人が居住した地で、その一つである「狛《こま》」は瓜の産地として「山城の狛のわたり

瓜

の瓜作り……我を欲しといふ……いかにせむ　なりやしなまし」（催馬楽・山城）と歌われた。『源氏物語』では、源典侍《げんのないしのすけ》が琵琶を「いとをかしう」弾きながらこの歌を歌うが、その姿を見た源氏は「声はいとをかしううたふぞ、すこし心づきなき」と感じるのであった（源・紅葉賀）。

心

（兼岡理恵）

大和　やまと

奈良

奈良県の旧国名。畿内の大国。「大倭」「倭」「大養徳」とも。本来、山辺の道にそった小地域をさしたが、郷名・令制国名へと拡大した。地名の由来は、倭建命《やまとたけるのみこと》が能煩野《のぼの》で歌った「思国歌《くにしのびうた》」に「大和は国の真秀《まほ》ろば畳《たた》なづく青垣　山籠れる大和しうるはし」（記・三十）とあるように「山処」

山背（山城）

（山のあるところ）、あるいは「山本（三輪山の本）」などの説がある。延暦三年（七八四）長岡京が山背国に置かれるまで、歴代王宮が営まれた地であった。「大和」には「……そらみつ　大和の国は　おしなべて　われこそ居れ……」

枕詞

（万・一・一・雄略天皇）と枕詞「そらみつ」が冠されるが、その由来は饒速日命《にぎはやひのみこと》が天磐船《あまのいはふね》に乗り、空からこの国を見て降り立ったことから「虚空《そら》見つ日本の国」（紀・神武）とされ、また「……うまし国そ蜻蛉《あきづ》島大和の国は」（万・一・二・舒

あきづ（秋津）
蜻蛉・野島

明天皇）と「あきづ島（秋津・蜻蛉）」と称すのは、雄略《ゆうりやく》天皇が阿岐豆野《あきずの》に遊猟した際、天皇の腕にとまった虻を蜻蛉が食べたことにちなむとされる（紀・雄略、記・九七）。

吉野

一方、大和国南部の吉野は、神仙境のイメージをもつ大和とは異なる聖地として位置づけられていた。

（兼岡理恵）

山吹　やまぶき

春・花・和歌

バラ科の落葉低木。晩春に黄金色の花が咲く。和歌においてはしばしば水辺に咲く姿が歌われる。「吉野川岸の山

吉野

吹吹く風に底の影さへ移ろひにけり」（古今・春下・紀貫之）は、

風・影

風が吹くにつれて吉野川の岸の山吹が散って、水に映る花影までも移ろってしまったと詠じる。水面にもう一つの花

蛙（かえる）・井出

の虚像を見いだす点に面白さがある。また「蛙《かはづ》鳴く井出《ゐで》の山吹散りにけり花のさかりにあはましものを」（古今・春下・読人知らず）によって、井出の山吹と蛙を組合せる類型も生まれた。井出は現在の京都府綴喜《つづき》市井手町。山吹の華やかな美しさは、匂いやかな女性の比喩ともなる。「山吹の

妹・夢

にほへる妹が朱華《はねづ》色の赤裳の姿夢に見えつつ」（万・十一・二七八六・作者未詳）は、山吹が照り映えるように美しいあの子のハネズ色の裳をつけた姿がいつも夢に見えて……という歌。ハネズ色は桃色がかった紅色。『源氏物語』野分《のわき》巻でも、玉鬘《たまかずら》の姿が「八重山吹の咲き乱れたる盛りに露の

夕

かかれる夕映え」にたとえられている。室町時代中期の武

江戸

将太田道灌《おおたどうかん》は江戸城を築いた人物であるが、山吹の逸話でも知られる。鷹狩りに出て雨に降られた道灌が、たまたま

鷹・雨

あった小屋に入り蓑を借りようとしたところ、若い女が出てきて黙って山吹の一枝を差し出した。道灌は腹を立てて帰ったが、のちに「七重八重花は咲けども山吹のみの一つだになきぞ悲しき」（後拾遺・雑五・兼明親王／第五句「なきぞあやしき」）という古歌を踏まえた返事であったことを知っ

て恥じたという（常山紀談など）。松尾芭蕉《まつおばしょう》「古池や蛙飛びこむ水の音」には、『古今集』以来の伝統に倣って、初句を「山吹や」とする案もあったという（葛の松原）。『三冊《さんぞう》子《し》』序に「草に荒れたる中より蛙の入る響きに俳諧を聞き付けたり」とあるとおり、俳諧としての斬新さや閑寂な境地を求めるなら現在の句形が優れているが、初句を「山吹や」とした場合の華やかな色彩感や晩春の風情にもまた、よさがあろう。

（鈴木宏子）

池　俳諧

闇　やみ

光の欠如した状態、ないしは乏しい状態を、おもに空間的に捉えることば。

闇は、本来的に恐怖や不安をもたらすものであり、そこから、鬼や幽霊などの存在を生み出す。それらの跋扈は、より古代において著しく、『今昔物語集』などの説話に多くの例を見るが、江戸時代にも怪談が盛んになるように、必ずしも時代の古さだけによるのではない。都市の肥大化がかえって闇の深さを増大させるのでもあった。特に「闇夜」といえば、月のない晩をさすことがあり、それは、「闇の夜は苦しきものをいつしかとわが待つ月も早も照らぬか」（万・七・一三七四）のように、恋人のやって来ない晩でもあった。「夕闇」という語も、恋の不安と結びつくことが多い。平安時代になると、夜の闇に梅の香りが取り合わされるようになり、「春の夜の闇はあやなし梅の花色こそ見えね香やは隠るる」（古今・春上・躬恒）などと詠まれる。五月雨のころの暗い夜を「五月闇《さつきやみ》」、夏の濃い木陰を「木《こ》の下闇」といった。

光　鬼・霊　説話　月　夕　梅　春　五月雨・夏

闇は、迷いや不安、恐怖を引き起こすことから、こうした心の比喩としても用いられる。「闇の夜の行く先知らず行くわれをいつ来まさむと問ひし子らはも」（万・二十・四四三六）は、防人《さきもり》の不安。「逢はむ日をその日としらず常闇にいづれの日まで我恋ひをらむ」（万・十五・三七四二・中臣宅守）は、恋する者の絶望的な思いを表す。「人の親の心は闇にあらねども子を思ふ道にまどひぬるかな」（後撰・雑一・兼輔）は、子を思う親心の迷妄を詠む。この歌は、『源氏物語』の中でも引歌として多く用いられ、桐壺《きりつぼ》更衣を喪った母北の方、女三宮《おんなさんのみや》を残して出家をする朱雀《すざく》院などの痛切な親心を鮮明に形づくる。

また、闇は、恋の思いそのものを表すことがある。『伊《い》勢《せ》物語』六九段の、斎宮《さいぐう》と逢った男は、「かきくらす心の闇にまどひにき夢うつつとは今宵さだめよ」と、恋の迷妄によって暗黒の闇に囚われる心を詠む。もとより斎宮との逢瀬という禁忌《きんき》を犯したことと無縁ではない。光源氏と藤《ふじ》壺《つぼ》も、この絶望的な恋の闇を引き継ぎ、若紫巻の密会で次のような歌を詠んだ。（源氏）「見てもまた逢ふ夜まれなる夢のうちにやがてまぎるるわが身ともがな」（藤壺）「世がたりに人や伝へんたぐひなくうき身をさめぬ夢になしても」。

仏教においては、煩悩に囚われて悟りを得ない者が生き続けるこの世は、「無明長夜」「長き世の闇」であった。和《い》泉《ずみ》式部は、「暗きより暗き道にぞ入りぬべきはるかに照らせ山の端の月」（拾遺・哀傷）と救いを求め、『源氏物語』も、「一念のうらめしきにも、もしはあはれと思ふにもまつは

心　親　道　出家　斎宮　煩悩　世

れてこそは、長き世の闇にもまどふわざなれ」（横笛）と、柏木《かしわぎ》の亡霊に接した夕霧《ゆうぎり》の感懐という形で、この世への執着が往生の妨げになり、長夜の闇に迷うことになる、という通念を語っていた。しかし、その夕霧も落葉《おちば》の宮との難渋な恋という闇に踏み込んでゆく。（高田祐彦）

遣水　やりみず（やりみづ）

寝殿造で、庭園の池に水を引き入れ、外へと流れ出させるための人工の流れ。川などから引き込む場合もあるが、『徒然草』十九段には「霜いと白う置ける朝《あした》、遣水より煙の立つこそをかしけれ」と見え、大気よりも水温の高い湧水を流していることを思わせる。『源氏物語』松風《まつかぜ》巻には、「東《ひむがし》の渡殿《わたどの》の下より流れ出づる水の心ばへ繕《つくろ》はせたまふ」とあり、渡殿の下などを通して、池へと導き入れることが多かったことがわかる。また少女巻に描かれる六条院の庭は「紅葉の色濃かるべき植木どもを植ゑ、泉の水遠くすまし、遣水の音まさるべき巌《いはほ》たて加へ、滝落として、秋の野を遥かに作りたる」とある。趣ある草木を植え、立石を据え、滝を落とすなどして、人造の庭園の中に自然の野辺の景色を映していこうとする当時の造園の理想的あり方の中で、遣水の醍醐味を「音」に限定して提示する点に注意したい。『紫式部日記』でも藤原道長邸の秋の風情が、遣水の「絶えせぬ水のおとなひ」で描かれている。しかし快いせせらぎを演出するには、松風巻の例からもうかがえるように、手入れも絶えず必要だったらしく、さしもの道長邸でも一条帝の行幸を迎えるために「日ごろうづもれつる遣水繕はせ」たと見える。（藤本宗利）

寝殿・池・水　川　霜・朝（あさ）　心　紅葉　秋・野　行幸

夕　ゆう（ゆふ）

日が暮れて暗くなる頃。「夕」「宵」「夜」と進む。古語では単独で用いる場合は「ゆふべ」を用い、複合語になるときは「ゆふ」を用いることが多い。これは「あした」と「あさ」との関係と同様である。「ゆふ」の作る複合語には、「ゆふされば」「ゆふかげ」「ゆふづき」などがある。だが、古代では、「あした」は「あさ」の、「ゆふ」は「ゆふべ」の、それぞれ前の時間帯として使い分けられていた。すなわち、夜を表す時間帯の順序としては、「ゆふ・ゆふべ・よひ・よなか・あかつき・あした・あさ」の順となる。また、「晩」は、より幅広い時間を表し、漢文脈で用いられた。

八代集で、「夕」単独の例は、「ほととぎすなほはつこゑをしのぶ山ゆふゐる雲のそこに鳴くなり」（千載・夏・守覚）と、「かざごしをゆふこえくればほととぎすふもとの雲のそこに鳴くなり」（千載・夏・藤原清輔）だけである。

恋愛生活においては、夕は女が恋人の訪れを待つ時間帯になる。「くやくやとまつゆふぐれと今はとてかへる朝といづれまされり」（後撰・恋一・元良親王）では、朝方、男が帰っていく時の嘆きと比較されている。そこから、夕は物思いの時間帯というイメージが生じる。「夕ぐれは雲のはたてに物ぞ思ふあまつそらなる人を恋ふとて」（古今・恋一）は恋の物思いであることが明瞭だが、「ゆふぐれはものぞかなしきかねのおとあすもきくべき身とししらねば」（詞花・雑下・和泉式部）になると、鐘の音が仏教的な無常観を

日　あさ（朝）　漢文　ほととぎす　雲　かざごし→風　越の峰　女　男　鐘・仏教→仏

かきたて、自己の生そのものへの不安が、物思いをかき立てている、という内容になる。

秋　野分

夕そのものが物思いに結びつくが、特に秋の夕は、さらなる物思いをかき立てた。「野分《のわき》だちて、にはかに肌寒き夕暮のほど、常よりも思し出づること多くて、靫負命婦《ゆげいのみょうぶ》といふを遣はす」（源・桐壺）は、光源氏の母桐壺《きりつぼ》更衣を喪って、悲しみに暮れる父帝が、秋の夕暮れ時に特に物思いにとらわれ、更衣の実家に使いを出す、という場面である。

夏　山・水無瀬河

『枕草子』にも「秋は夕暮れ」（春はあけぼの）とあるように秋の夕暮れ時は、夏の暑さを忘れる時であり、すがすがしい季節ともいえるが、夏の栄えに対して、秋は衰えを意識させられる季節でもある。それだけ風情のある時間帯でもあった。「見わたせば山もとかすむ水無瀬河《みなせがわ》夕べは秋となに思ひけむ」（新古今・春上・後鳥羽院）は、夕暮時といえば秋だと思い込んでいたが、春の夕の水無瀬川にも、また風情があったという歌で、平安時代に秋の夕をよしとする価値観があったことを前提として、新たな風情の発見を詠んだものである。

和歌

平安時代後期から、秋の夕暮れの閑寂さが好んで和歌の題材とされた。特に『新古今集』秋上所収の、寂蓮《じゃくれん》・西《さい》行《ぎょう》・藤原定家《ていか》の三首は、「三夕《さんせき》の歌」として知られる。「さびしさはその色としもなかりけり槙立つ山の秋の夕ぐれ」「こころなき身にもあはれはしられけりしぎたつ沢の秋の夕暮」「見わたせば花も紅葉もなかりけり浦のとま屋の秋の夕暮」の三首である。

（奥村英司）

夕顔　ゆうがお（ゆふがほ）

夏・秋・白・花　朝顔　朝・山里　夕・和歌

ウリ科の一年生のつる草で、夏・秋、夕方に白い花を咲かせる。平安時代の文学などでは、同じ時節の朝顔と対照的に比べられることが多い。朝顔が貴族の庭に植えられて早朝に開花するのに対して、この夕顔は山里住まいのような卑賤の者の垣根などに夕方になって咲く。また、前者が和歌に多く詠まれるのに対して、後者はほとんど詠まれない。

『枕草子』の「草の花は」の章段では、その実の巨大なまでの不格好さが難じられ、せめて「ぬかづき」（ほおずき）ぐらいでありたいもの、と評されている。その大きな実は、干瓢《かんぴょう》の材料になる。しかし「夕顔」という人間めいた名称には強い関心が寄せられている。夕暮れの男女の逢瀬を連想して当然である。

男・女　童　扇　露・光

『源氏物語』夕顔《ゆうがお》巻で、光源氏が夕方、五条の粗末な家に白い花の咲いているのを見出した。高貴な源氏には名も知らぬ花だが、従者の言う説明、「かの白く咲けるをなむ、夕顔と申しはべる。花の名は人めきて、かうあやしき（みすぼらしい）垣根になん咲きはべる」で、はじめてその実体を知った。すると、可憐な女童《めのわらわ》が出て来て手招きをして、従者に白い扇を差し出し、「これに置きてまゐらせよ。枝も情《なさけ》なげなめる花」と言う。それには女童の女主人の詠んだらしい歌「心あてにそれかとぞ見る白露の光そへたる夕顔の花」が添えられてあった。一首は、当て推量であのお方かしらと見当をつけたが、その白露の光に接して夕顔の花もいっそう美しくなる、ぐらいの意。その真意は、相手を噂に高い源氏と知った上で、男の好き心をくすぐろうとする挑発的な意図にある。源氏は案の定、相手の女が何者であるかに強い関心を抱く。手招きをして白い扇に白い夕顔の花を取らせるという白ずくめは、狐が白衣の美女になって男を恋に溺れさせるという、唐代小説『任氏伝《じんしでん》』の話にも通じている。この物語に多用される「あやし」の語は、身分卑しい、みすぼらしい、不思議だ、妖《あや》しい、などの多くの意を表すが、夕顔の花の卑しさ妖しさから、源氏とこの女の「あやし」い物語が展開されていく。この女が夕顔という人物である。

狐
物語

平安時代後期になると、この『源氏物語』の影響であろう、和歌にも詠まれるようになる。『新古今集』の「白露のなさけおきける言の葉やほのぼの見えし夕顔の花」(夏・藤原頼実)も、右の物語を念頭においていよう。後の連歌・俳諧でも、夏六月の季題としてあげられる。「夕顔や酔うて顔出す窓の穴」(芭蕉)。

連歌
俳諧

(鈴木日出男)

幽玄　ゆうげん(いうげん)

奥深く微妙で測りがたいものをいうのが原義。古代中国で老荘思想や仏教教義の深遠さや得も言われぬすばらしさを表現した語だが、日本では仏典以外に日常的に記録類に使用されたり、歌論・連歌論・能楽論において美的理念をさす語ととらえられたりと、時代、ジャンル、文脈によってさまざまなニュアンスで用いられる。たとえば記録でも『中右記《ちゆうゆうき》』永長元年(一〇九六)五月三日条「左少弁不レ期而来会、語渉二倭漢一、興入二幽玄一、已及二暁更一帰レ家」のように奥深い趣の意もあれば、『百練抄《ひやくれんしよう》』治承四年(一一八〇)九月二十二日条「承平天慶之例幽玄之間、今度就二嘉承例一所レ被レ行也」のように測りかねるくらい遠い昔、といった意にも用いられている。とはいえ、多く「幽玄に入る」という言い方で用いられるように、捉えがたいほど遥か遠くにある、到達すべきすばらしい世界や境地を「幽玄」の語が想起させる点では、基本的に共通している。

仏教→仏
歌論・連歌論・能
世界

歌論では『古今和歌集』真名《まな》序の「至レ如下難波津之什献二天皇一、富緒川之篇報中太子上、或事関二神異一、或興入二幽玄一」が初例。ここでは奥深く安易に測りがたいという原義に近い意だが、続く『和歌体十種』では「高情《こうじよう》体」の説明に「詞雖二凡流一、義入二幽玄一、諸歌之為二上科一也」と見え、歌の姿の優美さを評する語として機能している。この説明の中には鎌倉時代初期の歌論『無名抄《むみようしよう》』に見いだせるような、「幽玄」を余情《よせい》と深く結びつける解釈の萌芽も見える。

歌合判詞における「幽玄」は、藤原基俊《もととし》が天治元年(一一二四)『奈良花林院《かりんいん》歌合』祝二番左「君が代は天の岩戸をいづる日のいくめぐりてふ数もしられず」を「言凡流を隔てて幽玄にいれり」と評したのが初例で、長承三年(一一三四)『中宮亮顕輔《ちゆうぐうのすけあきすけ》家歌合』でも基俊は、紅葉二番左「見わたせば紅葉にけらし霜露に誰がすむ宿のつま梨の木ぞ」を「詞雖レ擬二古質之体一、義似レ通二幽玄之境一」と評している。前者は神話、後者は万葉歌をもとに、人知では測りがたい神代の幽遠な世界、あるいは見えがたい彼方を思いやる歌で、基俊は原義に近い、時間的・空間的に深遠な、神秘的な世界や、それに惹かれる心のはたらきを「幽玄」と

歌合
紅葉・霜・露
神
心

したのだった。
　しかし、基俊の弟子藤原俊成《しゆんぜい》は「幽玄」の評語を多用し、その意味を深化拡大してゆく。永万二年（一一六六）『中《ちゆう》宮亮重家朝臣家歌合《ぐうのすけしげいえ》』の万葉歌をふまえた花二番左「うち寄する五百重《いほへ》の波のしらゆふは花ちる里のとほめなりけり」を「風体は幽玄、詞義非㆓凡俗㆒」と評するように、初期の用例は基俊とほぼ同様だが、文治年間、西行の自歌合『御裳濯河歌合《みもすそがわ》』の判あたりから「幽玄」の意味するところが王朝世界の艶美へと傾くのである。たとえば同歌合二九番では、『伊勢物語』をふまえた「狩り暮れし天の川原と聞くからに昔の波の袖にかかれる」、『後拾遺集』の能因《のういん》詠をふまえた「津の国の難波の春は夢なれや蘆《あし》の枯葉に風わたるなり」の双方を「幽玄の体」という。神話や万葉の遥か昔ではなく、もはや失われた王朝の風情を湛えた世界やそれを想起させる歌、志向する歌を評していうのである。また、晩年の建仁二年（一二〇二）『千五百番歌合』では、後鳥羽院《ごとば》の詠「風ふけば花の白雲やや消えてよなよな晴るみ吉野の月」の下句を、「艶《えん》」「面影見るやう」と評すると同時に「幽玄」とも言い換えており、俊成の用法は明らかに艶（深みのある華やかな趣）や面影（一首の湛える余情や趣）に傾斜してゆく。ほぼ同時代の鴨長明《かものちようめい》『無名抄』は、新古今の新風歌人の歌を幽玄の体といい、「たゞ詞に現れぬ余情、姿に見えぬ景気」が眼目と認識、それは「心にも理《ことわり》深く詞にも艶」を極めて生じると考えていた。ただし、流布本系《るふぼん》『近代秀歌』に「幽玄に面影かすかにさびしきさま」とあるように、藤原定家《ていか》は「余情妖艶」とは趣を異にする、縹渺《ひようびよう》として奥深く閑寂な雰囲気を「幽玄」に認識していたようだ。この縹渺とした面影、閑寂さを主とする「幽玄」の捉え方は、時を経て、蕉風《しようふう》俳諧の基調をなす「さび」の理念へとつながってゆくものである。

波・里　袖　難波・春・蘆・風　花・雲　吉野・月　詞　秀歌　俳諧・さび

　俊成の歌論が醸成した、艶や余情に傾斜した「幽玄」の捉え方は、優美・上品、華やかさの度合いを深めながら、その後の定家系偽書や『正徹物語《しようてつ》』などの歌論をはじめ、連歌論、能楽論に引き継がれてゆく。南北朝時代に活躍した二条良基《にじようよしもと》は、その連歌論で心・詞・かかり・句がら・寄合などにおける「幽玄」の重要性を繰り返し述べており、なかでも理想の風体として、連歌師救済《きゆうせい》の、「かかりをむねとし、詞を花香あるやうに」用いた「幽玄に面白き」風体を挙げる（十問最秘抄）。はなやかな優美さが「幽玄」の基調なのである。世阿弥《ぜあみ》は能楽論『風姿花伝《ふうしかでん》』で「詞卑しからず姿幽玄ならんをうけたる達人」と述べ、『花鏡《かきよう》』「幽玄之入㆑堺事」では「ことさら当芸において、幽玄の風体、第一とせり」と、「幽玄」を理想的な境地とする。「たゞ美しく、柔和なる体」が「幽玄の本体」という世阿弥の「幽玄」も、やはり優美を基調に据えている。
　「幽玄」は、表現されたことに籠められた、あるいは表現する主体が内包する深い心、情趣、美、雰囲気を思いやる享受者の心のはたらきに意味を負うところの大きい理念なのである。

心

（吉野朋美）

夕立　ゆうだち（ゆふだち）

夏の午後から夕方にかけて、短時間に激しく降る局地性の雨。急速に発達した積乱雲によっておこり雷を伴うこと

夏・夕　雨

春日野　露　野　香具山　雲　大和・里　月　田　神

が多い。『万葉集』には「夕立の雨降るごとに春日野の尾花が上の白露思ほゆ」（万・十・二一六九・作者未詳）という歌があり「秋雑歌」に分類されているが、平安時代に入ると夏のものとする把握が見られるようになる。勅撰集において夕立が夏の景物として定着するのは『新古今集』からである。「よられつる野もせの草のかげろひてすずしくくもる夕立の空」（新古今・夏・西行）は、野一面に繁茂した夏草もかげって、にわかに涼しくなった空に夕立の気配が兆してきたことを歌う。「十市《とをち》には夕立すらしひさかたの天の香具山《かぐやま》くもがくれゆく」（新古今・夏・源俊頼）は、香具山がみるみる雲の中に隠れていくことから、香具山のある大和《やまと》国十市《とおち》の里では夕立が起きているらしいと推量する。「庭の面はまだかわかぬに夕立の空さりげなくすめる月かな」（新古今・夏・源頼政）は、庭と空とを対比的に捉えて、庭面はまだ濡れているのに、空には何事もなかったかのように澄み切った月が照っていると歌う。このように、夕立の歌は、天気の急激な変化と雨後の爽涼感とをテーマとする。近年では都市部の夕立は下水道をあふれさせ思いがけない水害をもたらしたりするが、夕立は干上がった夏の大地を蘇らせる慈雨でもある。宝井其角《たからいきかく》「夕立や田を見めぐりの神ならば」（五元集《ごげんしゅう》）は、江戸向島《むこうじま》の三囲《みめぐり》神社の社頭で詠まれた雨乞いの句である。句意は、田を「見めぐる」という名前をもつ三囲神社の神ならば日照りを見過ごさず必ず夕立を降らせてくれるだろう、というもの。この句を詠んだ翌日に雨が降ったと伝えられる。山東京伝《さんとうきょうでん》『近世奇跡《きんせいきせき》考《こう》』によれば元禄六年（一六九三）六月二八日のことであるという。

（鈴木宏子）

雪　ゆき

男　鬼　霜・霰・田　春　因幡　正月　冬・春　梅　雲　花

『梁塵秘抄《りょうじんひしょう》』所収の、男の不誠実をののしった歌の一節に、「我を頼めて来ぬ男（私に自分を頼みに思わせておきながら通って来ない男）　角《つの》三つ生ひたる鬼になれ　さて人に疎《うと》まれよ　霜雪霰《あられ》降る水田《みづた》の鳥となれ　さて足つめたかれ……」とある。仕返しに、水田の霜雪霰の痛いほどの冷たさで震えあがらせようというのだから、この「雪」は誰もが厭う寒冷さである。

しかし「雪」は、常に人から厭《いと》われるだけの対象ではなかった。古来、これは豊作の瑞祥《ずいしょう》として歓迎されてもきたからである。『万葉集』の「新《あら》しき年の始《はじ》めの初春の今日降る雪のいやしけ吉事《よごと》」（二十・四五一六）は、因幡《いなば》守となった大伴家持が国庁で正月の饗宴で詠んだ歌。初春の今日降り積もる雪のように、吉《よ》いこともどんどん積もってほしい、と予祝する歌である。

こうした発想の伝統は、平安時代になってからも雪の歌の表現を支えている。冬の歌や春のはじめの歌には、見立ての表現技法をも含めて、雪と花（白梅）をともに詠む歌が多い。「冬ながら空より花の散り来るは雲のあなたは春にやあるらむ」（古今・冬・清原深養父）は、雪を白梅と見立てて、あえて降雪と花吹雪を混同させるような表現を通して、冬の雪の底に春や花の新しい生命が生まれていることを歌いあげている。

『源氏物語』末摘花《すえつむはな》巻の「雪」にも、これと同じ発想が語りこめられている。これは、源氏が冬の寒冷きびしい夜、

邸・松　山里　橘

廃屋に貧しく暮らしている末摘花の君に逢い、はじめてその異様なまでの醜貌に気づいて驚く、しかし彼はけっして彼女を見捨てようとはしなかった、という話である。源氏の帰りぎわのこの邸の風景が「松の雪のみあたたかげに降りつめる、山里の心地してものあはれなる」とあり、荒廃の邸内の貧しさを底に沈めて、ふんわりと綿のように降り積もっている。また「橘の木の埋もれたる……松の木のおのれ起きかへりてさとこぼるる雪」という擬人法による洒脱な表現も、好もしい情緒を導いている。ここには、雪の寒冷さとは逆の、新しく甦《よみが》えろうとする生命のめでたさが語りこめられている。この雪の暖かさやおもしろさが、源氏と出逢って困窮の生活から救済されようとする末摘花の君をおのずと予祝していることになろう。

物語　小野　比叡山　夢　出家

物語ではしばしば、人と人の別れに雪の場面が設けられる。たとえば『伊勢《いせ》物語』八三段、小野の山里に出家した惟喬《これたか》親王を馬の頭（業平《なりひら》）が雪を冒して訪ねて帰るという話。「正月に（親王を）拝みたてまつらむとて、小野に詣でたるに、比叡の山の麓なれば、雪いと高し」とあり、帰りぎわ涙ながら「忘れては夢かとぞ思ふ思ひきや雪ふみわけて君を見むとは」と詠んだ。出家は現世からの別離でもあり、親王が別世界に遠のいたことを思う。

朝（あさ）

『源氏物語』薄雲《うすぐも》巻で、明石の君が三歳のわが娘を源氏と紫の上のもとに手渡さなければならぬ惜別の場も、雪の大堰《おおい》の山里を舞台としている。彼女が姫君の将来を考えて、紫の上の養女にと決意する条にも、「雪、霰がちに、心細さまさりて……雪かきくらし降りつもる朝《あした》、来し方行く末のこと残らず思ひつづけて」などとある。また朝顔《あさがお》巻では、十二月の雪の夜、源氏が亡き藤壺《ふじつぼ》の宮への切ない悲しみを胸に秘めながら、紫の上を相手に次のように語る。「冬の夜の澄める月に雪の光りあひたる空こそ、あやしう色なきものの身にしみて、この世のほかのことまで思ひ流され、おもしろさもあはれさも残らぬ折なれ。すさまじき例に言ひおきけむ人の心浅さよ」。世間では冬の夜の月光に雪が映えている情景を興ざめなものと見ているが、ここでの源氏は、この幻想的な風景にこそ亡き藤壺の面影を求めようとしている。

月　心　白　光　女房

他方、『枕草子』では、「雪」はおおむね白の高貴な美として対象化され、それを人々が楽しんでいる趣をとらえている。「雪のいと高うはあらで」の章段では、「うすらかに降りたるなどは、いとこそをかしけれ」として、親しい者同士が火鉢を中に置いて世間話にうち興じているさまを描いて見せる。「おほかたの雪の光いと白う見えたるに、火《ひ》箸《ばし》して灰など掻きすさみて、あはれなるもをかしきも言ひあはせたるこそをかしけれ」。戸外の雪景色を背景に談笑を楽しむ趣である。また、中宮定子《ていし》の御前の庭に「雪山」（雪だるま）を作り、それがいつまで溶けずにいられるか、女房たちが賭《かけ》をして、一番長く保つと言った清少納言がその賭に勝ったという、よく知られた逸話も記されている。

俳諧　季語　門

近世の俳諧にも「雪」がたくさん詠まれ、細分化された季語も多く生み出された。「わが雪と思へば軽《かろ》し笠の上」（其角）「応々と言へど敲《たた》く雪の門」（去来）「長々と川一筋や雪の原」（凡兆）「客去って寺しづかなり夜の雪」（召波）「これがまあつひの栖《すみか》か雪五尺」（一茶）などとある。

（鈴木日出男）

雪消の沢　ゆきげのさわ（ゆきげのさは）

大和・歌枕・春日　袖・若菜　春　水　芹　月・秋

大和《やまと》国の歌枕。現在の奈良県奈良市春日野町、春日大社付近にある沢。『和州旧跡幽考《わしゅうきゅうせきゆうこう》』には片岡のわずか東にある「若宮御旅所」から「猶東に行、南へ分入ほそ道に雪消の沢あり」とその位置が示されている。「春くれば雪げの沢に袖たれてまだうらわかき若菜をぞつむ」（風雅・春上・崇徳院）のように、「雪消」の名から「若菜」とともに詠まれることがほとんどである。この歌については、春になり、雪どけの水のあふれた沢、と「雪消の沢」を地名として解釈しない説もあるが、『歌枕名寄《うたまくらなよせ》』に大和国の歌枕としてその名が見える。また、「春日野の雪げの沢に袖たれて君がためにと小芹をぞ摘む」（堀川百首・仲実）は春日野にある歌枕としての「雪消の沢」を詠みつつ、芹を摘むという新春の景を取り添えたものである。『草根集《そうこんしゅう》』の「春は見し雪げの沢の忘水たえ行く秋もすすめる月かな」は秋の雪消の沢を詠んだ歌で、珍しい例である。（竹下　円）

湯漬け・水飯　ゆづけ・すいはん

僧→出家　冬・夏　水　酒・氷

飯に湯をかけた食物。「御土器まゐりたまふに、暗うなれば、御殿油まゐり、御湯漬くだものなど、誰も誰も聞こしめす」（源・少女）と、日常的に食するのみならず、公的な行事の折にも食した。「わざとの僧膳はせさせ給はで、湯漬ばかり給ふ」（大鏡・昔物語）。これは法性寺の五大堂供養の際のことである。熱い湯漬で僧たちが温まったという。『小右記《しょうゆうき》』などの古記録にもしばしば言及がある。とはいえ軽い食事であったらしいことが『枕草子』の「いみじう酔ひて、わりなく夜ふけてとまりたりとも、さらに湯漬をだに食はせじ」（宮仕人のもとに来などする男の）という記述からもわかる。

『今昔物語集』に「冬ハ湯漬、夏ハ水漬ニテ御飯ヲ可食《めすべ》キ也」（二八・二三）とあるように、一般に寒い時期には湯漬を食し、暑い時期には水漬《みずづけ》、あるいは水飯《すいはん》といって飯に水をかけたものを食したらしい。「水飯」の名は『源氏物語』にも「いと暑き日……大御酒まゐり、氷水召して、水飯などとりどりにさうどきつつ食ふ」（常夏）とみえる。（竹下　円）

夢　ゆめ

朝　月・日

昔から夢は五臓六腑の疲れから、虚夢と正夢など夢にまつわる格言は多い。人生のはかなさを語ったのは「邯鄲の夢（一炊の夢）」である。概して不思議な夢が多く、夢覚めて爽やかな朝など余り経験はない。逆に夢でよかったの方が多い。虚夢・正夢などもそれに何らかの救いを求める気持であろう。夢の心理的分析はいろいろあるであろうが、文学の中では多くの場面で夢が登場する。

夢により吉凶を区別し、救われる思いがあったに違いない。夢が将来を示すという思いは古代人にもあった。『蜻《かげ》蛉《ろう》日記』では法師が「（作者の）御二手に、月と日とを受け給ひて月をば脚の下に踏み、日をば胸に当てて抱き給ふ」という夢を見たという。早速に「夢解き」に解かせると「帝

朱雀
内裏
女房

をわがままにおぼしきさまの政せん」と解いた。結果はそのとおりになるのであって、夢への信仰といってよかろう。夢を見る、夢解き（夢合せ・夢判じ）に解かせる（合させる・判じさせる）、その過程が大事であって、それに失敗した話が『大鏡《おおかがみ》』にある。藤原師輔《もろすけ》が「朱雀門の前に、左右の脚を西東の大宮にさしやりて、北向きに内裏を抱きて立てり」という夢を見たと多くの人の前で得意然と語る。本人は自分が一の人となる夢と考えたのである。しかし、その時、そこにいた一人の女房が「いかに御股痛くおはしましつらん」と解いてしまい、結局、師輔は一の人にはなれず、それはこの夢を悪く解いた女房がいたからとなる。『曽我《そが》物語』でも、北条時政《ほうじようときまさ》の次女が「高き峯に登り、月日を左右の袂に納め、橘の三なりたる枝をかざす」夢を見た話がある。天下人を暗示する夢であることは間違いないが、次女はその夢の本意を知らず、姉政子《まさこ》に夢を語り、姉はその夢の魅力から妹を騙し、その夢を買い取ってしまった。後日源頼朝《よりとも》は次女を自分の妻にしようとの思いを抱き、彼女に宛てた手紙を書くが、政子を立派な女性と思う、間に立つ者が「二の君参る」の宛名を「一の君」と書き換えてしまう。次女の夢であったものが、売買の結果、政子に渡ったという話になる。所詮、虚構の話であって現実ではないが、それが語られたというのは、当時の人の夢が現実を呼ぶという考えが根底にあったからなのであろう。

　夢は恋の場面でもよく現れる。恋する人を夢に見るのは現代でもよくあることで、それは恋の思いが夢見る人の心にあるからである。古代人の考えは、現代人とは反対で、夢に異性の相手を見るというのは、相手が自分を強く思う余り自分の夢の中にまで現れた、つまり、夢を見るのは、自分が恋するからではなく、恋されるからと考えた。『万葉集』に菟原処女《うないおとめ》を争って血沼壮士《ちぬのおとこ》と菟原壮士《うないおとこ》とが激しい争いをし、男たちの激しさに耐えきれず処女は自死する。二人の壮士も負けじと処女の後を追って死ぬ長歌がある（九・一八〇九・高橋虫麻呂）。中で、処女が身を投げた夜、血沼壮士は処女の夢を見るが、それは処女の恋の相手は彼だったことを語っている。「墓の上の木の枝靡けり聞きし如血沼壮士にし寄りにけらしも」（一八一〇）の反歌を見ればさらに明らかになる。「相思はず君はあるらしぬばたまの夢にも見えず祈誓《うけ》ひて寝《ぬ》れど」（万・十一・二五八九・作者未詳）は、夢に出て欲しいという祈りも叶わず、相変わらず相手は夢に現れない片思いの悲しさである。「住之江の岸に寄る波夜さへや夢の通路人目よくらむ」（古・恋二・藤原敏行）も相手が夢にも現れず、自分は愛されている筈なのにの思いである。「思ひつつ寝ればや人の見えつらむ夢と知りせば覚めざらましを」（古・恋二・小野小町）は逆に自分の思いが相手に通じた喜びの歌である。「うたたねに恋しき人を見てしより夢てふ物は頼みそめてき」（古・恋二・小野小町）もまた、現実に逢えない相手ではあるが夢の中では逢うことができ、それ以来夢を頼りにして来たという内容である。しかし、第五句「頼みそめてき」と過去の助動詞「き」が使われるように、それ以来、まだ逢えないの思いが感じられ、夢の逢う瀬ははかないものであったに違いない。この感覚で夢は和歌をはじめ、文学の中にはしばしば現れる。

住之江→住吉

　『万葉集』の時代には「いめ」といわれた。「真野の浦の

妹
淀の継橋情ゆも思へや妹が伊目にし見ゆる」(万・四・四九〇・吹芡刀自)「現には逢ふよしも無しぬばたまの夜の伊味にを継ぎて見えこそ」(万・五・八〇八・大伴旅人)。「ゆめ」となるのは平安時代以降である。

都
　夢は自己の行動の指針となる霊夢でもある。法隆寺の夢殿は聖徳太子の夢に金人《きんじん》が現れ教示したという伝えがあるし、『源氏物語』(明石)では朱雀《すざく》院の夢に亡父桐壺《きりつぼ》帝が現れ、光源氏を都に呼び戻すように告げ、院はそれに従う。しか

出家
翁
し、夢は現実ではない。『伊勢《いせ》物語』では出家した惟喬《これたか》親王を訪ねた馬頭なる翁が別れがたい思いを抱きつつ帰る時

雪
に「忘れては夢かとぞ思ふ思ひきや雪踏み分けて君を見むとは」(八三)は現実も思いの彼方となれば現実から夢となるというもので、『源氏物語』(桐壺)で、更衣の死去を悲しんだ桐壺帝が「しばしは夢かとのみたどられしを、やうやう思ひしづまるにしも、さむべき方なく耐えがたきは……」と述べるが、この夢は目覚めれば終わる悲しみはせめて夢であって欲しいの思いである。

　なお、平安時代末期に明恵《みょうえ》上人という僧がいた(一一七三―一二三二)。栂尾に高山寺を営み、栄西《えいさい》が伝えた茶樹を栽培したなどがあるが、『明恵上人夢記』という自身の見た夢の膨大な記録を残している。　(山口明穂)

由良　ゆら

紀伊・歌枕
紀伊《きい》国の歌枕。現在の和歌山県日高郡由良町にあると考

妹
える説が有力である。「妹がため玉を拾ふと紀の国の由良のみ崎にこの日暮しつ」(万・七・一二二〇・藤原卿)など、「由良の岬」あるいは「由良の湊」「由良の門」という形で歌

淡路島
に詠まれた。淡路島にも「由良」の地名があり、「由良の門」は紀淡海峡の「由良瀬戸《ゆらせと》」のこととする説もある。さらに「ゆらのとをわたる舟人かぢを絶え行へもしらぬ恋のみちかも」(新古今・恋一・曽禰好忠)については、曽禰好忠《そねのよしただ》が丹後掾《たんごのじょう》であったことや、これを本歌とすると思われる「よ

丹後・与謝
さの浦に島がくれ行くつり舟のゆくへもしらぬ恋もするかな」(散木奇歌集・恋下)が丹後の「与謝の浦」を詠んでいることから、少なくとも俊頼は現在の京都府宮津市にある由良川の河口であると考えていたとされる。丹後の由良湊は説経節『山荘太夫《さんしょうだゆう》』、浄瑠璃『由良湊千軒長者《ゆらのみなとせんげんちょうじゃ》』の舞台となった。　(竹下　円)

世　よ

命
「世」の語は、一般に、①生涯、②寿命、③治世、時代、④(仏説にいう)過去・現在・未来の三世、特に現世、⑤

男・女
世間、世の中、俗世、⑥男女の仲、夫婦の関係、などと訳される。「世」「代」は語源論的には同根で、前者は空間的、後者は時間的な意である。竹や葦の節と節の間の空間を表

竹・葦
す「ヨ」は、「世(代)」と同じく上代乙類のヨ音であるため、「世」と竹の「ヨ」とはなぞらえられた。なるほど、一人の帝の治世が終われば次の帝の治世が始まり、一人の人の生涯が閉じればその人の「後の世」が始まる。「千代」「八千代」の表現も「世」の複数性を示している。節に区切られたいくつもの小部屋「ヨ」をもつ竹という植物は、「世」という抽象的な事象の把握に適していたのである。

「世」の訳語は多様だが、いずれも時間的・空間的にある境界によって区切られて継起的に続く時空を意味する点では一貫している。

「世」「世の中」の間には意味上の明確な差異は認めがたいが、「世」の場合は「あさなあさな立つ川霧のそらにのみうきて思ひのある世なりけり」(古今・恋一・読人知らず)と、「……世なりけり」「……世なり」「世にこそありけれ」の形で「世」のありようを詠嘆する例が多く、「世の中」の場合は、「世間《よのなか》を何に譬へむ朝びらき漕ぎ去《い》にし船の跡なきがごと」(万・三・三五一・沙弥満誓)などと、初句に置かれる例が目立つ。また、和歌では「世」の語はしばしば「経」「住む」「宿、宿り」の語とともに詠まれた。「世」は、時を「経」て「住む」べき「宿」ともいえる場でありながら、実際には住みづらく、理想の「世」が希求され、かつ容易に実現しないものであった。したがって、「世」は「厭ふ」「憂し」と形容されることが多く、「いづこにか世をばいとはむ心こそ野にも山にもまどふべらなれ」(古今・雑下・素性法師)などと歌われた。「竹のこのうきふししげき世」(古今・雑下・凡河内躬恒)といった、「憂し」と「(竹の)節《よ》」との連想も常套的である。そうした厭世の意識は、「世」に住む人々の間に流れる評判や人目を意識する窮屈さから発するもので、「こりずまに又も無き名はたちぬべし人にくからぬ世にし住まへば」(古今・恋三・読人知らず)などからも、「世」が他者との関係の総体を含む場であるとわかる。『平中《へいじゆう》物語』初段では、恋愛の果てに官職を召しあげられながらも両親の情愛にほだされ容易に出家できない男が、「憂き世には門させりとも見えなくになぞもわが身の出でがてにする」と歌う。ここでは「世」の閉塞的空間性が、門を閉ざす家にたとえられ、不可視な「世」の境界が容易に越えがたいことを表している。さらに、「世」は常住不変でなく無常であり、「常なし」「移ろふ」といった語とも関連深く、「世の中はなにか常なるあすかがはきのふのふちぞけふはせになる」(古今・雑下・読人知らず)などと歌われ、「ねても見ゆねでも見えけりおほかたは空蝉の世ぞ夢には有りける」(古今・哀傷・紀友則)などと「うつせみ」「夢」とともに詠まれては、「世」のはかなさが表された。

このように、「世」とは漠然と一般社会をさすよりは、自分が直接関係する小さな世界を意味することが多い。「男女の仲、夫婦の関係」といった訳語が生まれるゆえんである。しかし、平安和歌における「世」「世の中」はやみくもに「男女の仲」の意に限定はできない。たとえば『和泉《いずみ》式部《しきぶ》日記』の冒頭「夢よりもはかなき世のなかを、嘆きわびつ、明かし暮らすほどに……」は、亡き恋人の為尊《ためたか》親王との恋を反芻し、人の生のはかなさを思い、弟敦道《あつみち》親王と恋の始まりをも予感するという、「男女の仲」とも「人の生」とも限定的に訳しきれない多様な意を含んでいる。また、「世」とは、ある人間関係の場を閉鎖的に他界と隔てられたものと感受し、不可視的な境界を幻視する語でもある。『伊勢《いせ》物語』二一段では、情を交した男女がいったん別れ、再会して、また「おのが世々」になって別れる物語である。一つの「世」に生きることをやめても別の新たな「世」に生きる点では、男女の出会いと別れも竹の「ヨ」の形態と相似するが、この場合の「世」の境界はもとより竹の節ほど具象的ではない。自己のある「世」の境界は、男女それ

川・霧　船　和歌　心・山　出家　門　蝉　夢　物語

ぞれの心の揺らぎにしたがって変移する。末尾の「おのが世々」も、必ずしも各々が新たな伴侶を得たとは限らず、この男女が互いに絡みあわない別々の論理で生き始めたことを意味するに過ぎない。

　自己の人生をさす「世」という語が、同時に他者との関係をもさすことは、自己を取り巻く関係性がすなわち自己そのものだ、ということにもなる。ある帝の生命と、帝の支配する時空やその内部の種々の関係性が不可分であるように、個々の人にとっても、自己の生命と、自己を自己たらしめる関係性とは一体なのである。「世」の語の現代語訳が多様になるのは、時には男と女の二人だけの関係を自己の生そのものと捉える者もいれば、貴族社会における政治的関係に自己の生の根拠を見る者もいるからだといえよう。時には、その場の中心的人物への畏敬や愛着ゆえに「千代」「八千代」などと永続を願い、時には、場を同じくする人々との関係の煩わしさゆえに厭う、それが「世」なのである。　（高木和子）

愛

謡曲　ようきょく（えうきよく）

　「謡曲」は、能楽の詞章（脚本）をさすとともに、能楽の音曲としての謡いの意味にも用いられる語。ただし、この語が広く使われるようになるのは江戸時代末期以降であるらしく、明和九年（一七七二）刊行の『謡曲拾葉抄《ようきょくしゅうようしょう》』に用いられたのが早い例である。江戸時代までは「謡《うた》い」というのが一般的であった。世阿弥《ぜあみ》は「能の本」（風姿花伝・六・花修云）、あるいは「歌《うた》の本」（花鏡・音習道之事）といい、また詞章のある部分をさす場合には「言ひ事の文字」（風姿花伝・三・問答条々）などといっていた。『甲子夜話《かっしやわ》』巻六十に「月の色人と云ひしこと、仏経より出でて、謡曲の作者も拠る所あるなり」とある。これは、田安宗武《たやすむねたけ》の命を受けて明和二年（一七六五）に観世左近《かんぜさこん》（元章《もとあきら》）が謡曲の詞章を改めた際、「羽衣《はごろも》」に「その名も月の色人は、三五夜中の空にまた」とある「色」を誤写だとして「宮」に改めたが、その後「色人」は仏典に典拠のある表現だという説が出されたことを述べている。

　謡曲の詞章は、世阿弥《ぜあみ》・金原禅竹《こんぱるぜんちく》などの能役者自身が作ったほか、武家や公家の知識人が作る場合もあり、江戸時代以降も新作が作られていった。その多くは、『伊勢《いせ》物語』『源氏物語』『平家物語』といった日本の古典やその注釈書類、説話・伝承、あるいは漢籍などを「本説」（典拠）として作られた。本説に基づきつつ、その内容に新たな解釈を施し、種々の詩歌の言葉を織り交ぜ、また歌舞芸能としての能の魅力を際立たせるような詞章が目指されたのである。世阿弥の作劇法は『三道《さんどう》』に詳しい。

　謡曲は、演能の場だけでなく謡いのみ（素謡《すうたい》）でも謡われて広まった。江戸時代には、謡曲は古典教養の基礎となり、歌舞伎・浄瑠璃などの芸能、俳諧・川柳や小説類に大きな影響を与えた。　（松岡智之）

能　月　武家→武士・公家　歌舞伎・俳諧・川柳

与謝　よさ

　丹後《たんご》国の歌枕。現在の京都府宮津市の宮津湾《みやづわん》のことである。「与謝の海」のほか「与謝の浦」の形でもよく詠まれる。

丹後・歌枕

天橋立　海　まつ（松）・月　千鳥　海人・舟　尼　島

「おもふことなくてぞみましよさの海のあまのはしだて都なりせば」（千載・羇旅・赤染衛門）など、「天橋立」は古来名所でともに詠み込まれることもしばしばあった。また、多くの歌は海と関係のある語をともに詠む。「しほかぜによさのうらまつおとふけて月かげよするおきつしらなみ」（秋篠月清集）は「松」「月」を配する例。「よさのうら千鳥しばなくゆふされにをりあはれなる松の風かな」（拾玉集）は「千鳥」を詠んだものである。このほか「海人」「舟」などを取り合わせた叙景歌としての作が多い。さらに「あま舟にのりぞわづらふよさのうみにおひやはすらんきみをみるめは」（和泉式部集）のように「あま」に「尼」の意を掛けるなどの例もある。また、「よさの浦に島がくれ行くつり舟のゆくへもしらぬ恋もするかな」（散木奇歌集）のように恋歌としても詠まれた。

（竹下　円）

葦・葭　よし

葦（あし）　簾　伊勢　風　難波　あづま（東）

葦《あし》に同じ。イネ科の多年草で、水辺や湿地に群生する。茎は高さ二—三メートルに達し、中空で節がある。簾を作ったり屋根を葺いたりするのに用いられた。「あし」の音が「悪し」に通じるのを嫌って「良し」と同音に言い換えた名であると考えるのが一般的である。また、伊勢では「浜荻」と呼んだとされるが、それを記した「かの神風いせじまにははまをぎとなづくれど、難波たりにはあしとのみいひ、あづまのかたにはよしといふなる」（住吉社歌合嘉応二年・跋）によれば、地域差により呼び方が違うと理解していたようだ。「みぎはなるしほあしにまがふはまをぎはよしとぞみゆるよさのうら人」（住吉歌合大治三年・顕仲）は、与謝の浦の浜荻を詠んだ歌の判歌だが、浜荻とヨシは同じものと考えられていたという一例として注目できる。和歌には「アシ」の名で詠まれることが多かった。

与謝　荻　和歌

（竹下　円）

吉野　よしの

大和・歌枕　山　川　紀伊

大和《やまと》国の歌枕。現在の奈良県吉野郡の一帯。現在では、ふつう大峰《おおみね》山脈の北側をさすが、もともと金峰山《きんぷせん》・水分《みくまり》山《やま》・高城山《たかきやま》・青根が峰などを含んだ広域の山岳地帯を呼んでいた。吉野川は、大台《おおだい》ヶ原に発して、宮滝《みやたき》・上市《かみいち》・下《しも》市《いち》・五条市を経て、紀伊《きの》国（和歌山県）に入ってからは紀ノ川と呼ばれる。

行幸　節会

七世紀には吉野川域の宮滝あたりに離宮が設けられ、皇室との結びつきが深くなって聖地とされた。壬申《じんしん》の乱（六七二年）では大海人《おおあま》皇子（のちの天武《てんむ》天皇）が拠点としたこともあり、その後、天武治政を直接に受けついだ持統《じとう》朝以後しばしば行幸が行われた。そしてこの地の国栖《くず》の歌舞も宮廷の節会などに奏せられた。

平安時代初期、金峰山が、山岳信仰である修験道の本拠地となり、その御岳《みたけ》参籠が流行した。『源氏物語』夕顔《ゆうがお》巻に「御岳精進」とあり、その様子が光源氏の関心をひいた。これは、参籠前の人々が千日間の精進潔斎《しょうじんけつさい》をすることである。また後世の南北朝時代には、後醍醐《ごだいご》天皇がこの地に潜幸して以来、南朝の根拠地とされた。

万葉時代には、吉野行幸の歌が多く詠まれた。前記した持統朝の、柿本人麻呂の「見れど飽かぬ吉野の川の常滑《とこなめ》の

象山　漢詩→詩

絶ゆることなくまたかへり見む」（万・一・三七）がよく知られているが、聖地としてのイメージが、流れの絶えない神聖な川の清浄さで表現され、行幸における讃歌の一類型になっている。このように山よりも川が多く詠まれた。しかし、山部赤人《やまべのあかひと》の「み吉野の象山《きさやま》の際《ま》の木末《こぬれ》にはここだも騒《さわ》く鳥の声かも」（万・六・九二四）も行幸の際の歌だが、これは山の静けさを詠んだ典型的な叙景歌となっている。また『懐風藻《かいふうそう》』に集められた吉野を詠んだ漢詩には、中国詩文との接触を通して、神仙境のイメージがつくり出されている。

桜　世　朝・里・雪　秋　春

　平安時代には、川よりも山が特に歌に詠まれるようになる。歌枕の意識が発達し、吉野といえばやがて、人も通わぬ隠遁の山、雪深い山、さらに平安時代後期にいたると、桜の名所とされ、それぞれ共通の連想ができあがっていく。「み吉野の山のあなたに宿もがな世の憂き時の隠れ家《が》にせむ」（古今・雑下・読人知らず）は、山の深さが、前代の聖地・仙境のかわりに、山岳信仰とも結びついた隠棲のイメージをつくり出している。また、『百人一首』でも知られている「朝ぼらけ有明の月と見るまでに吉野の里に降れる白雪」（古今・冬・是則）のように、吉野と雪の結びつきが強くなる。里ではまだ晩秋なのに吉野の山は早くも雪、あるいは里ではもう春なのに吉野の山は雪のまま、などと詠む歌も多い。人も通いにくい雪深い山地だとされる。

　また吉野が桜の名所とされるのは、平安時代後期からである。『古今集』にも「み吉野の山辺に咲ける桜花雪かとのみぞあやまたれける」（春上・友則）とあるが、雪との組み合わせによっている点が注意される。また『金葉集』に「吉野山峰の桜や咲きぬらむふもとの里にほふ春風」（春・忠通）とあり、吉野の桜の美を叙景的に詠んでいる。こうした傾向が『千載集』『新古今集』の時代にいたって、吉野の桜が春の美の一典型とされるようになる。とりわけ西行が吉野の桜に執して、「吉野山去年《こぞ》のしをりの道かへてまだ見ぬ方の花を尋ねむ」（新古今・春上）などと詠んだことがよく知られている。また、山が桜の名所とされるのにしたがって、吉野川もまた桜と組み合わせられるようになる。「吉野川水《み》かさはさしもまさらじを青根を越すや花の白波」（千載・春上・顕昭）のように、水面を流れる桜の花びらを白波などになぞらえる表現もみられる。『閑吟集《かんぎんしゅう》』の歌謡に、「吉野川の花筏《いかだ》うかれてこがれ候《そろ》よの　浮かれてこがれ候よの」とあるのも、その延長にある。水面に花びらの浮く華麗な景が恋の思いへと転ずるところに、歌謡としてのおもしろさがあろう。

和歌

松尾芭蕉《まつおばしょう》の『笈《おい》の小文《こぶみ》』に、杜国《とこく》と二人で吉野に旅立った時の句として、「吉野にて桜せふぞ檜《ひ》の木笠」がある。檜木笠よ、吉野の山で桜の花を見せてやろう、というのだが、ここには、吉野の桜の歌を多く詠み残した西行への憧れもあるのだろう。芭蕉の門人、各務支考《かがみしこう》の句に、「歌書よりも軍書にかなし吉野山」（俳諧古今抄）がある。和歌の書には吉野の桜の花があふれているが、『太平記』など軍記の南朝の悲話はそれにもまさる、というのである。後世の人々には、吉野はこのように、南朝の哀史の地としても回想されてきたのである。

葛・紙

　また、この吉野の地は、吉野葛《くず》や吉野紙《がみ》の産地としても知られてきた。吉野葛は、料理や菓子に用いられる上等の葛粉。吉野紙は、きわめて薄く漉《す》いた紙で、江戸時代には貴重品を包装するためなどに用いられた。谷崎潤一郎の小説『吉野葛』も、こうした伝統的な土地柄を基盤に虚構された作品であった。（鈴木日出男）

淀川　よどがわ（よどがは）

山城《やましろ》国の歌枕。大阪平野を流れ、大阪湾に注ぐ川。琵琶湖に本流を発し、瀬田川《せたがわ》、宇治川《うじがわ》と名を変えたのちに宇治川・桂川《かつらがわ》・木津川《きづがわ》が合流する地点から下流の名称である。古くから水運が盛んであった。和歌には「よど河のよどむと人は見るらめど流れてふかき心あるものを」（古今・恋四・読人知らず）のように、流れが淀んでいるように見えながら深い流れを湛えていると詠まれ、それがしばしば思いの深さや秘められた思いにたとえられる。また「鯉」がともに詠みこまれることも多かった。「よど川のそこにすまねどこひといへばすべていをこそねられざりけれ」（古今六帖・三）は「こひ」に「鯉」と「恋」、「いを」に「魚」と「寝を」を掛けたものである。以後も「鯉」と「恋」の掛詞はしばしば詠まれた。江戸時代には「ハ、アこれがかの淀川の夜ぶねだな」（滑・東海道中膝栗毛）とあるように夜舟も名物であった。（竹下　円）

山城・歌枕・川・琵琶湖・瀬田・宇治・桂川・木津川　和歌　心　鯉　掛詞　舟（船）

黄泉　よみ

死後の世界。『古事記』では、死んだ伊邪那美《いざなみ》のことが忘れられない伊邪那岐《いざなき》が彼女に会おうと出かけていった先が「黄泉国」として描かれている。伊邪那岐はそこで変わり果てた伊邪那美の姿を見て恐れをなし逃げ帰るのだが、その際「黄泉ひら坂」に岩を置くことで黄泉国と葦原中《あしはらのなかつ》国《くに》とは隔たれることになった。『古事記』は「其の所謂黄泉ひら坂は、今、出雲国《いづものくに》の伊賦夜坂《いふやざか》と謂ふ」と記しており、また『出雲国風土記』（出雲郡）には「磯より西の方に窟戸あり。……夢に此の磯の窟の辺に至れば必ず死ぬ。故、俗人、古より今に至るまで、黄泉の坂・黄泉の穴と号く」との伝承が載ることから、古くは出雲国にその境界が存在すると考えられていたらしい。なお時代が下ると、漢語「黄泉」の影響（地下の泉の意）などから、黄泉は地下の国と考えられるようになっていった。（吉田幹生）

出雲　夢　漢語

嫁　よめ

新妻・妻の意。または、他家から迎え入れた、息子の妻。「婿」の対。『日本霊異記』には「汝《なれ》をぞ嫁に欲しと誰《たれ》、あむちのこむちの万《よろづ》の子」（中・三三）との歌が載るが、これは、結婚初夜に鬼が女を食ってしまう話の冒頭におかれた童謡《わざうた》で、夫である男の家族との関係は直接には話題にならない。『更級《さらしな》日記』に、作者の親しい人が「越前守の嫁にて下りしが、かきたえをともせぬに」とあるのも、「妻」の意に解せる例である。一方、「息子の妻」の意でも用いられたことは、「子之妻為婦、和名与女《よめ》、又夫婦之婦也」（和名抄）に明らかである。『枕草子』にも、「舅にほめらるる婿。また、姑に思はるる嫁の君」（ありがたきもの）とあり、嫁姑の関係の難しさが偲ばれる。『大和《やまと》物語』一五六段の姨捨

妻　婿　鬼　越前　姨捨

の物語では、若いころから男の面倒を見ていた男の親の姉妹にあたる老婆を、男の妻が邪魔者扱いして深い山に捨てるよう夫に勧めるくだりは、「この嫁ところせがりて」と語られ、老婆が男の実の母ではないにせよ、嫁姑の確執に類するものとして語る意識が感受される。また『栄花《えいが》物語』では、為平《ためひら》親王の元服の夜に源高明《たかあきら》女が嫁したことを、「いと珍かに様《さま》かはり今めかしうて」「帝・后の御よめ扱ひの程、いとおかしくなん」（月の宴）と、天皇や東宮と同様の嫁入婚を、舅姑が歓迎するかのように語っており、この時代、天皇をのぞいて嫁入り婚が稀で、ことに夫の両親と同居する例が稀少であったことをうかがわせる。（高木和子）

元服　東宮

蓬　よもぎ

キク科の多年草。山野に自生し、強い香気のため古来より邪気を払う力があると考えられ、食用や薬用に用いられた。端午の節句にも用いられ、「……霍公鳥《ほととぎす》来鳴く五月の菖蒲草《あやめぐさ》蓬蘰《かづら》き……」（万・十八・四一一六・大伴家持）はそれを詠んだものである。また「浅茅《あさじ》」「葎《むぐら》」同様荒れはてた住居や庭を形容する。「浅茅は庭の面も見えず、しげき蓬は軒をあらそひて生ひのぼる。葎は西東の御門を閉ぢ籠めたるぞ頼もしけれど」（源・蓬生）とは末摘花《すえつむはな》邸の様子である。和歌にもこのイメージで詠み込まれることが多い。「八重葎さしこもりにし蓬生《よもぎふ》にいかでか秋のわけてきつらん」（千載・秋上・藤原俊成）のようにほとんどが「蓬生」や「蓬が門」「蓬の宿」という形で歌に詠まれる。「なけやなけ蓬が杣のきりぎりすすぎゆく秋はげにぞかなしき」（後拾遺・秋上・曽禰好忠）は「蓬《よもぎ》が杣《そま》」の語が藤原長能《ながとう》によって「狂惑のやつ也、蓬が杣と云ふ事やはある」と批判されたと『袋草《ふくろぞう》紙《し》』にあるが、後には名歌とされた。（竹下　円）

ほととぎす　葎　門　和歌　秋　きりぎりす

ら

羅生門　らしょうもん（らしやうもん）

羅城門《らじょうもん》。「らせいもん」「らいせいもん」とも。「らしょうもん」と呼ばれ「羅生門」と書かれるようになったのは後世のことである。都城を囲む城壁である羅城にある門の意。我が国においては、平城京・平安京の双方に設置された。京城の南面中央に位置する正門で、朱雀大路と九条大路の交差する位置にあり、北門である朱雀門に対する。都の正面玄関として、外国からの使節や賓客などを迎え入れる場所であり、また仏事や祭事も行われた。

平安京の羅生門は重層の楼からなり平城京のそれより大規模な建造物であったらしいが、三度にわたって倒壊し、天元三年（九八〇）の倒壊以降は、再建の計画こそ持ち上がったものの、再び建てられることはなかった。都鄙の境をなし、常日頃は人影も少ない寂しい場所であったらしく、平安時代にはしばしば説話の舞台となる。門の上層で老婆が死んだ女の髪を抜こうとする『今昔物語集』巻二九・十八「羅城門登上層見死人盗人語」の話は、芥川龍之介の短編小説『羅生門』の典拠として有名である。また、『今昔物語集』巻二四・二四の琵琶の名器玄象《げんじょう》が門に住む鬼に取られた話や、都良香《みやこのよしか》が詩を誦しながら門を過ぎたところ鬼神の感嘆する声が聞こえた話（江談抄・四、十訓抄・十など）のように鬼の栖とされたことも、当時のこの門の荒廃ぶりを象徴しているといえよう。中世においても、こうした羅生門のイメージは文学作品の中に引き継がれた。謡曲「羅生門」（観世信光、五番目物）は、源頼光《よりみつ》（ワキツレ）宅の酒宴において羅生門に鬼神が棲むか否かで平井保昌《ひらいやすまさ》（ワキツレ）と論争になった渡辺綱《わたなべのつな》（ワキ）が、羅生門に実否を確かめに出向き、鬼神（シテ）に兜をつかまれるものの、その腕を斬ることに成功し、鬼神は空に逃げ去るという話であり、シテである鬼神が一言も発しないという点で異色の能である。

（杉田昌彦）

都・門　朱雀　鄙（ひな）　説話　女　詩・鬼　謡曲　能

蘭　らん

キク科のフジバカマをさすことがほとんどだが、広くランも含めた香りのよい草をいい、種類を特定しがたい。古く「らに」とも。『万葉集』の歌序に「梅は鏡前の粉を抜き、蘭は珮《はい》（腰に下げた袋）後の香を薫ず」（五・八一五）とあるのは春のことであり、この「蘭」は藤袴ではなく、梅に対する花の香る木であると考えられている。和歌には藤袴の名が多く登場するが、「らにもかれ菊もかれにし冬のよのもえにけるかなさほやまのつら」（順集）は「蘭」という語を詠んだ珍しい例で、多くは「藤袴」を歌に詠んだ。『古今六帖《こきんろくじょう》』には「らに」という題で「藤袴」を詠んだ歌が「やどりせし人のかたみかふぢばかまわすられがたきかはにほひつつ」（紀貫之）をはじめとしてある。「らに」の形では「秋ののに花てふ花を折りつればわびしらにこそ虫

フジバカマ（藤袴）　梅　春　和歌　菊・冬　秋

もなきけれ」（拾遺・物名・読人知らず）「あき風にかをのみそふるはななればにほふからにぞひとにつまるる」（躬恒集）のように、物名歌として詠まれた。（竹下　円）

陸前　りくぜん

東山道十三か国の一国。明治元年（一八六八）に陸奥国《みちのく》の分割により設けられた。現在の岩手県の一部と宮城県にあたる。近代府県制施行により、行政区域としての役割は果たさず名のみが残った。陸中《りくちゅう》・陸奥とともに三陸と呼ばれた。西側には奥羽《おうう》山脈、東側は阿武隈《あぶくま》高地・北上《きたかみ》高地が南北に延びている。主な河川には阿武隈川、北上川がある。北上高地の東はリアス式海岸になっている。大部分が砂浜海岸からなる仙台湾湾岸の中間に松島湾《まつしまわん》があり、日本三景の一つとされるが、ここは『後拾遺集』ほかに見られる歌枕であった。また松島湾に浮かぶ松が浦島《うらしま》、籬《まがき》の島、またその周辺にある末《すえ》の松山、塩竈《しおがま》の浦、十符《とふ》の浦なども古くから和歌に詠まれた名所である。そのほか内陸には、仙台平野の宮城野《みやぎの》、奥羽山脈の有耶無耶《うやむや》関などの歌枕があった。また、藤原実方《さねたか》の墓があり、そこを西行《さいぎょう》が訪れて和歌を詠んだということが『山家集』『源平盛衰記』にみえる。（竹下　円）

陸奥　陸中　阿武隈川　松島　歌枕　末の松山・塩竈・和歌　宮城野・有耶無耶

陸中　りくちゅう

東山道十三か国の一国。明治元年（一八六八）に陸奥国《みちのく》の分割により設けられた。現在の岩手県と秋田県の一部にあたる。近代府県制施行により、行政区域としての役割は果たさず名のみが残った。陸前・陸奥とともに三陸と呼ばれた。西に奥羽《おうう》山脈、東に北上《きたかみ》高地があり、その間には北上盆地がある。北上高地の東は三陸海岸である。平安時代末期、奥州藤原氏が平泉文化と呼ばれる独自の文化を築いたことは有名である。初代藤原清衡《きよひら》は中尊寺《ちゅうそんじ》、二代基衡《もとひら》は毛越寺《もうつじ》、三代秀衡《ひでひら》は無量光院《むりょうこういん》を建てたが、今は中尊寺金色堂と毛越寺の庭園のみが平泉に残っている。また、「夏草や兵どもが夢の跡」（奥の細道）の句で有名な高館《たかだち》からは、衣川《ころもがわ》・衣の関・北上川などが一望できる。衣川は『拾遺集』、衣の関は『後撰集』以下に見える古くからの歌枕である。（竹下　円）

陸奥　陸前　夏　夢　衣川

律　りつ

⇩律令《りつりょう》

律令　りつりょう（りつりやう）

古代、中国に倣って、作成・使用された基本法。律は刑法、令は行政法にあたる。七世紀、隋唐帝国の出現、朝鮮半島の新羅《しらぎ》による統一を受けて、中央集権化をはかるために導入された。天智朝《てんじ》（天智七年（六六八））に編纂されたという「近江令《おうみりょう》」は実在が疑われるが、次の天武朝《てんむ》には確実に「浄御原令《きよみはら》」が編纂され（天武十年（六八一））、施行された（持統《じとう》三年（六八九））。次の「大宝律令《たいほうりつりょう》」（大宝元年（七〇一））が、日本律令としてほぼ完成された姿を示し、さらにその次の「養老律令《ようろうりつりょう》」（養老二年（七一八）

唐（から）　新羅

完成、天平宝字元年（七五七）施行）で、改定が加えられた。現在は、養老律の一部が法典の形で残り、令は「養老令」の注釈書である『令義解《りょうのぎげ》』『令集解《りょうのしゅうげ》』によって復元されるのみである。それによれば、「養老律」は「名例律」「職制律」など十二篇（残存するのは五篇）、「養老令」は、「官位令」「職員令」など三十篇からなる。

　さて、中国において、皇帝は、律令に定めるところから自由な絶対者であり、それを継受した日本律令においても、天皇は専制的・絶対的な君主と位置づけられる。ところが、実際の天皇は、律令制以前の諸豪族の盟主たる大王の像を半ば引きずっていた。したがって律令の規定する天皇と臣下との関係は、実態とかけはなれたところがあり、それはしばしばトラブルの原因となった。しかしながら、一方では、日本律令は、天皇と臣下たちとの妥協の産物でもあって、中国律令に比べると、刑罰が緩く、また豪族が蔭位によって自分たちの地位を保持しやすくなっている。そのように、日本の習慣に合わせて改定された部分も多く、また唐令を継受しても、実際には施行されなかった令文もあった。そして平安時代に入ると、律令の実情に合わない部分を、格《きゃく》（臨時の法令、詔勅）、式《しき》（施行細目）などで補い、それを「弘仁格式《こうにんきゃくしき》」（弘仁十一年（八二〇））など三代格式《さんだいきゃくしき》のような形で編纂して、運用するようになる。文学に律令が直接関わる部分は少ないが、少なくとも平安時代末あたりまでは、その担い手たちの生活を、基本的に規定し続けたのである。

（鉄野昌弘）

龍　りゅう

想像上の霊獣。竜は龍の略字。タツ・リョウあるいは龍王・龍神ともいい、水中にあるものをみずちという。十二支獣の一つである辰《たつ》も同じ。四本足の巨大な蛇の姿で背中は八一枚のうろこにおおわれ、二本ずつの角とひげおよび五本の爪をもつ。古代中国では麟《りん》・鳳《ほう》・亀《き》とならんで天子（皇帝）を象徴する四瑞（四神）の一つとされ、雨をつかさどると考えられた。

　仏教では、『法華経』などの経典に八大龍王と呼ばれる仏法の守護神が登場するが、中でも娑竭羅龍王《しゃからりゅうおう》は水をつかさどる海龍王とされた。龍が、主として水をつかさどる神霊という属性を主軸に日本において受容されそのイメージを定着させていたことは、はやく七世紀後半の天武朝に詠まれた「我が岡の龗《おかみ》に言ひて降らしめし雪の摧《くだ》けしそこに散りけむ」（万・一〇四・藤原夫人）で、降雨・降雪をつかさどる水神をさすオカミという語に、龍神を意味する龗の字が当てられていることや、『日本書紀』（神代下）に海神《わたつみ》の娘豊玉姫《とよたまひめ》の本体が龍《たつ》であったと記されていることなどからもうかがえる。

　平安時代になると、水をつかさどる神霊としての龍のイメージとその霊威に対する信仰が様々な文学作品に具体的な表現として現れてくる。たとえば『竹取物語』の、大納《だいな》言大伴御行《ごんおおとものみゆき》が龍の頸にある五色の玉を採るため航海に出るという段に、「風吹き、浪激しけれども、雷《かみ》さへ頂《いただき》に落ちかかるやうなるは、龍《たつ》を殺さむと求めたまへばあるなり。」

蛇　麟→麒麟・亀　神・雨　法華経　水　雪　風・浪

疾風《はやて》も龍《りゅう》の吹かするなり」と記される船頭の言葉は、龍が海にすみ風雨や雷を自在に操る神霊として畏敬されたことを伝えている。また、『古事談《こじだん》』(三僧行・五神社仏寺)や『宇治拾遺物語』(二十)には僧侶による雨乞いの修法に龍神が応えた話が見え、「時により過ぐれば民の嘆きなり八大龍王雨やめたまへ」(金槐集・七一九・雑・源実朝)といった長雨の中止を龍王に祈願する歌も詠まれていることから、平安時代末から鎌倉時代にかけての頃までには、龍を海神・水神・雷神として畏敬する観念の一般化していたことがわかる。

他方、『法華経』に載る善女龍王《ぜんにょりゅうおう》が成仏しえたという話(提婆達多品第十二《だいばだったほん》)は、仏教の教理で罪障が深いとされる女性にも成仏の可能性があることを説くもので、「龍女《りゅうにょ》は仏に成りにけり　などかわれらも成らざらん」(梁塵秘抄・二〇八)など、龍女を女性にとっての仏教的救済の象徴として称揚する表現が、平安時代以降の作品に散見される。

龍王　仏　女

龍や龍宮が登場する昔話も民間に多く伝わっており、それらにおいては、海中にあるという龍宮が現世的な富の源泉として語られるのが特徴的である。　(石田千尋)

龍宮

龍王　りゅうおう（りゅうわう）

海を支配する王。仏教の守護神である八大龍王の姿が投影されている場合も多く、雨を降らせたなど水に関する伝承は古くから見られる。また『源氏物語』では明石一族の物語に関して、父入道の「もし我に後れて、その心ざし遂げず、この思ひおきつる宿世違はば、海に入りね」とする発言について人々が「海龍王の后になるべきいつきむすめなり」と発言したり(若紫)、須磨での暴風雨のさなか光源氏が「さは海の中の龍王の、いといたうものめでするものにて、見入れたるなりけり」と思うなど(須磨)、竜王がしばしば登場する。この背後には『古事記』や『日本書紀』に載る山幸彦《やまさちひこ》の海神訪問譚を中心としつつも、龍王や龍宮に関する伝承がそれと習合するようにして潜んでいると考えられている。このように、龍王に関するイメージは仏教や民間伝承などと混交しながら様々な広がりを見せていた。なお、近世には甲州産のタバコを竜王と称したこともある。　(吉田幹生)

海・仏教→仏　雨　心　須磨　甲州→甲斐

龍宮　りゅうぐう

龍王が支配しているとされる宮殿。浦島太郎《うらしまたろう》や俵藤太《たわらとうだ》を始め龍宮を訪れる話は多く、心がけのよい男が女に迎えられて龍宮に赴くパターンは昔話の一類型をなしている。その所在地について、現在では水中にあるとイメージされやすいが、古典文学の世界では必ずしも水中とは限らず、水上などにあるとされることも少なくない。また、『栄花《えいが》物語』(こまくらべの行幸)に藤原頼通《よりみち》の高陽院《かやのいん》について「この高陽院殿の有様、この世のことと見えず、海龍王の家などこそ、四季は四方に見ゆれ、この殿はそれに劣らぬさまなり」と記されているように、龍宮は四方四季の世界として観念されていた。御伽草子の『浦島太郎』でも四方四季の世界として龍宮城が描かれており、『源氏物語』に描かれる六条院もそのような龍宮のイメージになにがしか負うところが

龍王　男・女

宇治

あると考えられている。宇治《うじ》の平等院鳳凰堂《びょうどういんほうおうどう》や厳島《いつくしま》神社など、龍宮に比定された場所も各地に存在する。（吉田幹生）

令　りょう（りやう）

⇩律令《りつりょう》

龍胆　りんどう（りんだう）

葉・秋・紫
霜・野

リンドウ科の多年草。葉は先がとがっていて、秋、紫色の花が咲く。「枯れたる草の下より竜胆のわれ独りのみ心長う這ひ出でて露けく見ゆる」（源・夕霧）「龍胆は、枝ざしなどもむつかしけれど、こと花どものみな霜枯れたるに、いとはなやかなる色あひにてさし出でたる、いとをかし」（枕・草の花は）とあるように、霜枯れの野に咲く秋の花として知られる。「りんだうの花とも人を見てしかなかれやはつるしもがくれつつ」（和泉式部集）のように、歌にも枯れ果てた野にひとり咲く花のイメージが詠み込まれた。「龍胆」は物名歌に作られることが多い。「わがやどの花ふみしだくとりうたむのはなければやここにしもくる」（古今・物名・紀友則）は「龍胆の花」を隠したもの。また「河かみに今よりうたむあじろにはまづもみぢばやよらむとすらん」（拾遺・物名・読人知らず）には「龍胆」が隠されている。いずれも仮名では「りうたむ」と表記される。（竹下　円）

霊　れい

⇩霊《たま》

連歌　れんが

日本の詩文芸の一つで、長句（五七五）と短句（七七）を交互に付ける形式のもの。

連歌は共同詠作の詩である。この共同詠作の場を座《ざ》、あるいは会席と呼び、連歌を座の文芸、会席の文芸という。座に会する作者たちが連衆である。会席においては、発句、および一巡はあらかじめ作られていることも多いが、その後の句は出勝《でが》ちに詠まれていく。すなわち一つの前句に対して連衆全員がそれぞれ付句を案じ、優れた句を早く詠んだ者が採用される。したがって同じ百韻に一座していたとしても、初心者と上級者では付句の数に差が出ることになる。しかし、一座する中で身分を越えて詩的体験を共有し、ともに作品を作り上げていくことこそ連歌の醍醐味であり、これが乱世であった中世に連歌が流行した一因であるといえるだろう。

連歌の起源は、古来、『日本書紀』にみえる日本武尊《やまとたけるのみこと》と秉燭者《ひともせるもの》との問答、あるいは『万葉集』の尼と大伴家持《おおとものやかもち》との唱和に求める説がある。特に前者の「新治《にいばり》　筑波《つくば》を過ぎて……」の句から、連歌のことを「筑波の道」ともいう。連歌は平安時代までは問答、唱和が主で、二句一連の短連歌が行われた。平安時代末には三句以上を連ねる鎖《くさり》連歌が発生、鎌倉時代初期には百韻の形式が成立する。当初の連歌

尼
筑波（山）

和歌
付合・去嫌
幽玄・有心
長高し→ちょうこう・俳諧
武家→武士

は賦物《ふしもの》を重視し、和歌の余興として楽しまれる遊戯的な文芸であった。しかし、百韻形式の確立により、付句の連続に面白さをみるようになっていく。付句が付くことで、常に前句の作者の思いも寄らぬ方向に、句の世界が転じていくのである。やがて賦物という遊戯的な約束は退化し、連歌一巻の内容や付合の変化を求めるための去嫌《さりきらい》というルールが発達、新しい式目が制定され、それと同時に連歌は次第に優美化し、文芸性を高めていった。一方で、鎌倉時代中期からは民衆的な花下《はなのもと》連歌が起こり、多くの地下連歌師《じげれんがし》が誕生した。

室町時代の二条良基《にじょうよしもと》は、地下連歌師の救済《きゅうせい》の協力を得て、宮廷連歌と花下連歌を統一、准勅撰の『菟玖波《つくば》集』（文和《ぶんな》五年（一三五六）序）を編集した。これによって連歌は和歌に准ずる文芸としての地位を獲得した。良基・救済は式目の整備統一も図り、応安新式《おうあんしんしき》と呼ばれる連歌式目をまとめあげている。

明応《めいおう》四年（一四九五）には飯尾宗祇《そうぎ》によって、第二の准勅撰集『新撰菟玖波集』が編集される。宗祇は、幽玄・有《う》心《しん》・長高《たけ》しの美意識を主とする正風《しょうふう》連歌を理想とし、『菟玖波集』にみられた連歌の俳諧性を切り捨てた。以後、もともと連歌がもっていた機知的笑いを旨とする俳諧は、独立したジャンルとなり、『竹馬狂吟《ちくばきょうぎん》集』など俳諧のみの集が編まれることになった。

安土桃山時代には武家・町人層にも連歌が浸透、連歌師紹巴《じょうは》は豊臣秀吉《とよとみひでよし》らの愛顧を受け、連歌は最盛期の様相を呈する。しかし、作者人口の増加の一方で作品的には停滞し、文芸としての魅力は薄れていった。江戸時代に入ると、次第に柳営《りゅうえい》連歌や特定の社寺の法楽《ほうらく》連歌として行われるだけになり、俳諧にその地位を明け渡していくのである。

（深沢了子）

連歌論　れんがろん

連歌

中世の新しい詩歌の一つである連歌について、制作の方式を定めた連歌式目《しきもく》、あるいは連歌への論評が、室町時代にあいついで著された。その式目・論評を含めて、連歌論とみることができる。

和歌

連歌の隆盛の功労者、二条良基は最初の連歌論『筑波《つくば》問答』を著した。これは、問答形式による連歌概論であるが、連歌を和歌と対等の地位に高めようとする意図から、その理想の境地を幽玄の精神に求めた。同じ著者の良基には、『応永新式《おうえいしんしき》』もある。これは、共同の文芸としての連歌をどう制作するか、その作法を具体的に規定した式目である。句のつけ方、言葉の用い方など、詳細に説いてある。

幽玄・有心・長高し→ちょうこう

連歌師として著名な飯尾宗祇《いいおそうぎ》の『吾妻《あずま》問答』も問答形式によって、連歌の指針を示した連歌論である。代表作家の佳句を掲げ、重んずべきは幽玄・有心《うしん》・長高《たけ》しの体であるとした。

寂び

当時の代表的な歌人でもある心敬《しんけい》の『ささめごと』は、連歌を和歌と同格のものと考え、ともに、冷《ひ》え、寂《さ》びの境地をこそ理想とした論述である。

（鈴木日出男）

廊　ろう（らう）

建物と建物をつなぐ通路や、建物内部に設けられた通路をいう。寝殿造《しんでんづくり》において同様な機能をするものに「渡殿《わたどの》」があるが、廊との区別は明確ではない。「やをら人もなき廊にさしよせておりさせ給ぬ」（和泉式部日記）とあるように、中門《ちゅうもん》や釣殿《つりどの》に通じる中門廊《ちゅうもんろう》は邸の出入り口として機能した。廊は単なる通路ではなく様々な用途に用いられた。「男君たちは、ある限り、廊を御曹司にし給ひて」（宇津保・藤原の君）とあるのは廊を住居とした例である。また、「御前に渡れる廊を、楽屋のさまにして、仮に胡床どもを召したり」（源・胡蝶）のように行事の際に楽人たちの席が設けられることもあった。『源氏物語』の六条院においては「この町々の中の隔てには、塀ども廊などを、とかく行き通はして、け近くをかしき間にしなしたまへり」（源・少女）と、廊が四季の町を隔てる機能を果たしている。

（竹下　円）

寝殿
釣殿・邸
塀

禄　ろく

律令制において朝廷から支給される給与。「禄令」には、季禄・食禄・位禄・時服料などの規定が見られ、布や綿が主に支給された。時代が下ると、領主や藩主が家臣に給付する知行、扶持米《ふちまい》をいうようになった。

こうした給与とは別に、私的で臨時の褒美や祝儀を意味する用例も多くみられる。『竹取物語』の求婚譚で、「玉の木を造り仕うまつりし事、五穀を断ちて、千余日に力を尽くしたる事少なからず。しかるに禄いまだ賜らず」という工匠の訴えで、庫持皇子《くらもちのみこ》の企てが明らかになり、かぐや姫は難を逃れた。かぐや姫は「禄いと多く取らせ」て工匠をねぎらった。清少納言は、「産養《うぶやしなひ》、馬のはなむけなどの使ひに、禄とらせぬ」のが「すさまじきもの」であり、「はかなき薬玉《くすだま》、卯槌《うづち》など持てありく者などにも、なほ、必ず取らすべし」と主張する（枕・すさまじきもの）。

「さるべき上人ども、禄取り続きて、童べにたまふ。鳥には桜の細長、蝶には山吹襲たまはる……中将の君には、藤の細長添へて、女の装束被けたまふ」（源・胡蝶）とあるように、褒美としては新調した衣類が多く、またそれを肩にかけたことから「被《かず》け物」ともいう。

「正頼《まさより》が、らうたしと思ふ女の童侍り。今宵の御禄には、それを奉らむ」（宇津保・俊蔭）の「禄」とは、正頼の娘、あて宮のこと。仲忠《なかただ》が琴の妙技を披露したら、あて宮との結婚を許そうというのである。

（大井田晴彦）

律令
米（こめ）
馬
薬玉・卯槌
童
桜・蝶・山吹
襲（重ね）・藤
琴

六道　ろくどう（ろくだう）

仏教語。あらゆる種類の生きているものたち（衆生）が生死をくり返す六つの世界。「六趣」ともいう。具体的には、地獄・餓鬼・畜生・修羅（阿修羅）・人間・天上の六つであり、各々の世界に行った者の生存状態、境遇をも意味する。インド仏教では初め修羅道を除く五道が考えられていたが、部派仏教の一部や大乗仏教において六道説が行われ、中国や日本では六道説が優勢となった。

六道世界の中で生まれかわっていくことを「六道輪廻《りんね》」

仏教→仏
世界
地獄
道

といい、今生での業（言動や思念のあり方）によって来世において輪廻転生《てんしょう》する先が決まると考えられた。六道世界での四種の生まれ方を四生（卵生・胎生・湿生・化生）といい、「因果を信《うべな》ふべし。畜生を見るとも、我が過去の父母なり。六道四生《ろくだうししやう》は、我が生るる家なり。故に慈悲無かるべからず」（霊異記・上・二一）のように、「六道四生」で輪廻するすべての存在を表した。

観音

　地獄道や餓鬼道はもちろん、六道はすべて迷いや苦の世界であり、最上の天道に生まれた者も長い年月の後には衰えて死ぬとされた。そうした六道の世界それぞれにいる救済者として、藤原道長《みちなが》の薬師堂供養に関する『栄花《えいが》物語』の記述中に「六観音は、六道のためにと思しめしたり」（鳥の舞）とある六観音や、『今昔物語集』に「我等をば六地蔵といふ。六道の衆生のために六種の形を現ぜり」（十七・二三）と語られるような六地蔵が考えられた。また、死者が六道のいずれかに分かれていく所を「六道の辻」「六道の巷《ちまた》」というようになり、「所の名こそあれ、六道の辻といふ所に出る。まことに、ちまた六つにわかれて」（建部綾足・三野日記）などと、地名にも用いられた。

極楽

天台・

僧→出家

　浄土教は、六道輪廻から抜け出て極楽往生することを説いた。このことを、地獄をはじめとする六道の詳細な描写によって強調したのが、平安時代中期の天台僧源信《げんしん》の『往《おう》生要集《じょうようしゅう》』であった。

（松岡智之）

わ

和歌　わか

漢詩→詩

短歌を中心とする和歌は、わが国の最も伝統的な短詩形の文学である。漢詩に対する意識からも、和歌（倭歌《やまとうた》）と称される。このような和歌は、集団で謡《うた》われる歌謡とは異なって、個人の内面を表出しようとする抒情詩の一環といってよい。この和歌の成立は古く、おそらく七世紀ごろ大陸の文化を積極的に摂取していた宮廷周辺で、新しい時代の新しい歌として誕生したのではないかといわれる。『万葉集』は、そうした和歌の成立事情をも考えさせてくれる、古代の和歌の一大集成であった。

その『万葉集』は現存する最古の和歌集であり、ほぼ七世紀半ばから八世紀後半までの作品を収めている。全二十巻で、四千五百余首からなる膨大な歌集である。歌体としては、長歌《ちょうか》や旋頭歌《せどうか》もあるが、圧倒的に多いのが短歌である。また内容的には、雑歌《ぞうか》（次の二種以外）・相聞《そうもん》（恋歌）・挽歌《ばんか》（死を悼む歌）に大別されることもあるが、中心は自然の風物の美を詠む歌と、恋の感動を詠む歌にある。この自然と恋の二つが、和歌の主内容として後に伝統化されていく。成立は、通説では八世紀末ごろ、現在の二十巻の形になったとされるが、その編者は不明である。歌の作者が皇族・貴族だけでなく、広い諸階層に及ぶ点も、大きな特色となっている。

『万葉集』の時代は四期に画される。第一期は壬申《じんしん》の乱（六七二）ごろまでで、宮廷で和歌が作られはじめた時代。第二期は平城京開都（七一〇）までの、柿本人麻呂《かきのもとのひとまろ》に代表される時代。第三期は奈良時代前期で、山部赤人《やまべのあかひと》・大伴旅《おおとものたび》人《と》・山上憶良《やまのうえのおくら》・高橋虫麻呂《たかはしのむしまろ》など、個性的な歌風を発達させた時代。そして最後の第四期には大伴家持がいる。また、東歌《あずまうた》や防人《さきもり》歌など東国の歌々も収められている。宮廷周辺に発した和歌が、時代とともに、中下層の人々へと広がり、地域的にも都から地方へと広まったことになる。そして『万葉集』の時代の歌は、後の王朝和歌に比べると、人々の生活の場に密着していて、その場の感動が巧まぬ抒情として率直に表現されている。

東（あずま）

都

平安時代になると、それまで衰えたかにみえた和歌の制作が、貴族社会の間に復活するようになる。九世紀後半から宮廷周辺に国風文化がおこり、和歌が盛んに詠まれるようになるのも、その一つであった。天皇の命を受けて和歌集を編む事業も行われ、その最初の勅撰和歌集が、『古今集』であった。

『古今集』は、九〇五年醍醐《だいご》天皇の勅命で、紀貫之《きのつらゆき》らが編集にたずさわった。全二十巻に、次のような部立《ぶだて》（内容上の部類）を配し、千百余首を収める。春（二巻）・夏・秋（二巻）・冬・賀・離別・羇旅《きりょ》・物名《もののな》・恋（五巻）・哀傷・雑《ぞう》（二巻）などである。分量からみても、四季の自然の歌と恋の感動の歌が中心となっている。この『古今集』の歌々は、前代の『万葉集』とは趣が異なり、事柄をそのままに

春・夏

秋・冬・賀

わ

心

は言い表さず、この時代特有の優美な美意識の枠組のなかに再構成しながら表現しようとする。それが、理知的で優美繊細な歌風といわれるゆえんでもある。また、時間の流れへの意識が強く、自然をも人の心をも、推移していくものの様相としてとらえようとする。人の心の動きを、自然景物の変化に託して詠もうとする歌が、きわめて多い。

この『古今集』を最初として、以後、約五十年ごとの周期で勅撰和歌集が編まれるようになる。『後撰』『拾遺』『後拾遺』『金葉』『詞花』『千載』と続き、鎌倉時代はじめの『新古今』までを、王朝和歌の充実した時期の撰集として、八代集と呼んできた。これらの撰集は、『古今集』を勅撰集の規範として制作されている。勅撰集は、天皇の命によるという権威をもつとともに、それぞれの時期の表現趣向や歌風などを如実に反映している。

幽玄

絵・物語

題詠

八番目の勅撰集『新古今集』は、後鳥羽《ごとば》上皇の命を受けて一二〇五年、藤原定家らが撰歌した。これは、幽玄と呼ばれる歌風として和歌史を画した撰集だけに、いずれも気分情調を重んじた余情の深い歌々を撰んでいる。そのために、絵画的な、あるいは物語的な気分をかもし出す歌も多い。また、和歌が幽玄の歌風をねらうために、一面では抽象度の高い表現にもなる。自分自身の体験を離れて、きめられた題で詠む題詠が好まれたのも、そのためであろう。

勅撰集の編集はなおも引き続けられ、『新古今集』の次の『新勅撰』から室町時代末の『新続《しんしょく》古今集』まで合計十三の集が編まれた。これを十三代集と呼んでいる。そのなかでは特に、『玉葉集』と『風雅集』が清新な歌を多く含んでいるとして注目されている。

歌合

俳諧

溯って九世紀末ごろから、宮廷社会では、歌人たちを左右に分けて各自の詠歌を競う歌合《うたあわせ》が流行するようになる。同一の場での共同制作による詩歌という点では、後に興る俳諧と共通している。座の文学ともいうべき、きわめて日本的な特色を示していよう。この歌合では、参加する歌人たちは、あらかじめ与えられた題で詠む、いわゆる題詠が、一般的である。歌合の盛行は、そのような題詠を盛んにさせ、観念的な表現様式を発達させた。

季語

また、十世紀半ばごろから、個人の歌集である私家集《しかしゅう》の編集が盛んになった。これには、作者自身の撰んだ自撰、作者以外の者が撰んだ他撰、あるいは自撰に後人の手の加わった場合の三種がある。さらに歌集としては、私撰《しせん》集の形態もある。平安時代中期の『古今六帖《こきんろくじょう》』や鎌倉時代の『夫木抄《ふぼくしょう》』などのように、古来の歌を、細分化した題によって配列した類題別の私撰集もある。おそらく作歌の手引書とされたのであろう。これは、後世の俳諧の季語である歳時記にも強く影響したとみられる。また平安時代には多くの物語文学が現れたが、その物語には多くの和歌がとりこまれている。これも、和歌が日本文学の基底にあることの証拠の一つとなる。

江戸時代に入っても、最初は、堂上《どうしょう》派と呼ばれる近世貴族層に伝えられた歌道の流派が、主流を占めていた。しかし和歌制作がしだいに町人層に浸透するようになると、従来の伝統とは異なる新しい運動が起こってくる。とりわけ、『万葉集』などを重んずる古典復興を意図する国学の勃興によって、その動向がいっそう明確になる。賀茂真淵《かものまぶち》の万葉調、本居宣長《もとおりのりなが》の新古今調、香川景樹《かがわかげき》の古今調が、それぞれ近世和歌の三流派として提唱されていく。また、自己の生活を独自に詠んだ良寛《りょうかん》や橘曙覧《たちばなのあけみ》も、その精神には万葉調風の復古主義がみられる。そして明治に入り、文学の近代化をめざす風潮のなかで、伝統詩歌としての短歌の変革が叫ばれていく。与謝野鉄幹《よさのてっかん》の新詩社《しんししゃ》、正岡子規の根岸《ねぎし》短歌会が、その主導力となっていた。　（鈴木日出男）

若狭　わかさ

海　山　掛詞

旧国名。現在の福井県南西部。「若狭なる三方の海の浜清みい往き還らひ見れど飽かぬかも」（万・七・一一七七）や「かにかくに人は言ふとも若狭道の後瀬の山の後も逢はむ君」（万・四・七三七・坂上大嬢）など、若狭にある地名を導く形で歌に詠み込まれた。特に後者のように、小浜の南部にある「後瀬《のちせ》の山」がともに詠み込まれる例がほとんどである。また、「若狭なる後瀬の山ののちもあはむわがおもふ人にけふならずとも」（古今六帖・壬生忠岑）のように「のち」の同音から「後も逢はむ」「後瀬頼む」など、恋においての「後」に関連する語を導く用法も見られるようになる。さらに、「逢ふことをいつとかまたむわがさちの山のくろつみつみしらせても」（新撰六帖・為家）は「若狭」に関連して掛詞を用いた数少ない例で、「わかさち」に「若《わか》狭路《さじ》」と「我が幸」を掛けたものである。　（竹下　円）

若菜　わかな

春　命　餅・粥　菜　年中行事・正月・子の日　和歌・雪　松・鶯・野　春日　季語

春の初めに萌え出る食料となる草のこと。春の到来を告げるものであり、みずみずしい命の象徴でもある。古来人々は早春の野に出て若菜を摘み、羹《あつもの》や餅粥《もちがゆ》にして食べて、一年の邪気を払い五穀豊穣と長寿を祈った。『万葉集』冒頭の雄略《ゆうりゃく》天皇御製《ぎょせい》に「籠《こ》もよ　み籠持ち　ふくしもよ　みぶくし持ち　この岡に　菜摘ます児　家聞かな　告《の》らさね……」（万・一・一）とあるのは、若菜摘みの習俗を詠み込んだものである。平安時代になると、若菜摘みは宮廷の年中行事と結びつき、正月子の日や七日に若菜を摘んで食するようになった。『枕草子』「正月一日は」の段には「七日、雪間の若菜摘み、あをやかに、例はさしもさるもの目近からぬ所に、もてさわぎたるこそをかしけれ」と人々が若菜を珍重するさまが記される。和歌においては、若菜は春雪、子の日の松、鶯などとともに詠まれる。「君がため春の野にいでて若菜摘む我が衣手に雪はふりつつ」（百人一首、古今・春上・光孝天皇）は、若菜を摘む手もとに春雪が降る早春の景を詠じた名歌。「春日野に多くの年をつみつれど老いせぬものは若菜なりけり」（拾遺・春・円融院）は、春日野で多年若菜を摘み自分も年齢を積み重ねてきたが、年ごとに若々しく老いることのないものは若菜であったことよ、と生命の息吹を寿ぐ。若菜を「摘む」と年を「積む」（年月を重ねる意）とが掛詞となる。新春の訪れは年齢を重ねることでもある。『源氏物語』若菜上巻では、玉鬘《たまかずら》が正月子の日に若菜を進上するのにこと寄せて、光源氏の四十賀の祝いをすることが語られる。源氏は「小松原末のよはひに引かれてや野辺の若菜も年をつむべき」と長寿を祈願する歌を詠み、自らが老境に入りつつあることを否応なく自覚することになる。現代では「若菜摘み」が新年の季語とされる。土芳《どほう》の俳論書『三冊子』には「若菜の発句は初春七日のあとさき三日の内なり。平句には初春のうちには苦しからずと連歌にいひ来ることあり」とある。（鈴木宏子）

連歌

和歌の浦　わかのうら

歌枕　老い・波　かぜ（風）　月　葦　鶴（つる）

和歌山市南部、玉津島《たまつしま》神社のある旧和歌浦付近。「わか」に二つの側面が見出され、歌枕として有名になった。一つは「若」で、もう一つは「和歌」である。前者は「おいのなみよせじと人はいとへどもまつらんものをわかのうらには」（後拾遺・雑五・連敏）のように「老い（の波）」と対比されもした。後者は「わかの浦に家のかぜこそなけれども浪吹くいろは月にみえけり」（新古今・雑上・藤原範光）のように詠まれた。「家の風」が歌道の家としての風儀をさす。また玉津島神社は和歌の神として衣通姫《そとほり》を祭神としている。この両面とは関わらないが、『古今集』「仮名序」古注にも引かれた「若の浦に潮満ち来れば潟《かた》を無み葦辺《あしべ》をさして鶴《たづ》鳴き渡る」（万・六・九一九・山部赤人）の影響は、平安時代後期以降に見られ、「片男波《かたおなみ》」ということばも生み出された。

現在、和歌の浦は開発の波にさらされ、景観保全の運動も起きている。（中嶋真也）

和語　わご

うめ（梅）　漢字　菊・絵・蟬　橘　漢語

和語とは、その事物の名称を日本語で考え出した言葉をいう。落語『てれすこ』にある「てれすこ」も「すてれんきょう」も和語ということになる。このように、外国語に倣った語ではなく、日本語独自に発想された語をいう。しかし、区別の微妙な語もある。たとえば「うめ」は中国伝来の植物とされ、日本にはなかった植物であって、当然、それを表す日本語はなかった。日本に持ち込まれた時、何らかの名前を付ける必要があった訳で、その時、これをさし示す漢字「梅」の音の「めい」を取って「うめ」としたという。となると、漢字音に基づいた語であって、果たして和語と呼ぶべきか、疑問が残る。漢字音に基づき、和語化した語は他にもあり、「きく（菊）」「え（絵）」「せみ（蟬）」なども同様に漢字の音から作られた。このような語は、和語か漢語か明確な区別はない。一方、「橘」は『垂仁紀』によれば天皇が田道間守《たぢまもり》を常世国《とこよ》に遣し求めさせたという。であるから「橘」はもともとは日本にはなく、「香倶能未」「太知波奈」ともに伝来後に作られた名前ということになる。しかし、「かぐのみ」も「たちばな」も和語である。日本語に即して名前を付けたからである。最近は、「ナイター」「キャッシュカード」など、西欧語に倣った和製語も多い。もちろん、これは和語とすることはない。西欧語の雰囲気をもつ語であり外来語とするのが一般である。

「和語」は「大和言葉」「和言」とも呼ばれ、『運歩色葉《うんぽいろは》集《しゅう》』（天文一七年（一五四八）成。編者未詳。漢字表記の語を第一音によりイロハ順に分類した辞書）には「倭語」の表記もある。「倭」は、古く中国・朝鮮で日本を低く見て付けた名である。

我々の会話は和語・漢語を併用して行われる。漢語は同音異義語が多く、文脈・音から漢字を想起し、それによって始めて理解に結びつく場合が多い。それに対し、和語は同音異義語が少ないので、その必要がない。しかし、和語は一語が長く、その多用は特に書き言葉の場合は、冗漫な感じになり、引き締まった感じが失われるという欠点もある。

（山口明穂）

鷲の峰　わしのみね

古代インドのマガタ国の首府王舎城にある霊鷲山《れいしゆうざん》のこ
と。『法華経』などの大乗教典では釈迦説法の地とされて　法華経
いる。「霊山《りやうぜん》の釈迦の御前に契りてし真如朽ちせずあひ見
つるかな」（拾遺・哀傷・行基）と詠まれた「霊山」も同じく
霊鷲山をさすが、『俊頼髄脳《としよりずいのう》』に「歌は仮名のものなれば、　仮名
書かれざらむこと、詞のこはからむをば、詠むまじけれど、　詞
古き歌にはあまた聞ゆ」としてこの歌を引くためか、和歌
では「鷲の山」「鷲の峰」と和語化して詠まれることが多い。　和語
詠法としては「鷲の山隔つる雲や深からん常に澄むなる月　雲・月
を見ぬかな」（後拾遺・釈教・康資王母）のように澄む月や「さ
らにまた花ぞ降りしく鷲の山法《のり》のむしろの暮れがたの空」　暮れ
（千載・藤原俊成・釈教）のように降り注ぐ花と組み合わせる　花
のが一般的。ただし用例は僧侶や釈教歌に偏っており、と　僧→出家
りわけ天台座主でもあった慈円《じえん》が好んだ語であった。　天台・座主

（吉田幹生）

忘れ草　わすれぐさ

萱草《かんぞう》の和名。ユリ科の植物で、夏になるとユリに似た花　夏・花
をつける。萱草は中国においてすでに憂いを忘れる草と見
なされており、『万葉集』でも「忘れ草わが下紐に着けた　紐
れど醜《しこ》の醜草《しこくさ》言にしありけり」（四・七二七・大伴家持）のよ
うに、恋の苦しさから逃れさせてくれる草として詠まれて
いる。このような詠みぶりは平安時代にも受け継がれ、「恋
忘れ貝」との類似から住吉の岸に生えるという伝承も生じ　住吉
た。また、「忘れ草枯れもやするとつれもなき人の心に霜　心・霜
は置かなむ」（古今・恋五・八〇一・宗于朝臣）のように、人
に忘れられる草とする発想も平安時代になると増加した。
『伊勢《いせ》物語』百段には、忘れ草を忍ぶ草というのかと言
われたのに対して男が「忘れ草生ふる野べとは見るらめど　野
こは忍ぶなり後もたのまん」と詠んだという話を載せるが、
この享受の過程で忘れ草と忍ぶ草を混同する理解が生じ、
後世に影響を与えた。

（吉田幹生）

和田峠　わだとうげ（わだたうげ）

長野県小県《ちいさがた》郡長和町と諏訪《すわ》郡下諏訪《しもすわ》町の境の峠。標高
一五三一メートル。慶長七年（一六〇二）に制定された中
山道が通り、当時の峠は現在より西方一キロ、標高一六五
〇メートル。中山道で最も高所である上、峠を挟んで北東
の和田宿と下諏訪宿間が五里十八町（約二二キロ）あり、
急坂・冬は積雪と中山道で最大の難所とされた。そのため　冬・雪
享保九年（一七二四）、唐沢・東餅屋・西餅屋・樋橋・落
合に休み処が許可され、文政十一年（一八二八）、和田宿
より二里六町の峠への途上に永代人馬施行所が設置され、
十一月―三月の間、焚き火、旅人には粥、牛馬には飼葉が　粥・牛・馬

与えられた。現在「接待」という地名と接待茶屋跡が残る。

また元治元年（一八六四）の天狗党の乱の際には水戸浪士と松本・高島藩の戦地となり、現在下諏訪側の街道沿いに、水戸浪士塚がある。男女倉《めおぐら》口から古峠にいたる四・七キロは国史跡に指定され、男女倉口付近には、旅の無事を祈ったものであろう三十三体観音がある。さらに付近は日本最大の黒曜石の産地で、縄文時代より黒曜石を求めて遠方より人々が行き交う場であったことがうかがわれる。

（兼岡理恵）

侘び　わび

俳諧　すま（須磨）　心

主として茶道や俳諧で用いられた美的用語。動詞「わぶ」から出た言葉。「わぶ」は平安時代中期以前には「わくらばにとふ人あらばすまの浦にもしほたれつつわぶとこたへよ」（古今・雑下・在原行平）のように失意・落胆などの辛い心情、満たされない恋心などを表現する語として使われた。ところが、平安時代末から中世にかけて、隠者の間で侘びを積極的に評価する傾向が生じる。すなわち、不如意な生活の中で精神的余情美の深まりを見出そうとする意識が芽生えたのである。さらに、武野紹鷗《じょうおう》・千利休《りきゅう》らによって侘び茶が大成し、茶道の流行を通じて文芸上も侘びの重要度は増していく。侘び茶の世界の侘びは、清貧に甘んじ、おごらぬ生活態度を基調とし、物質的な乏しさの中にかえって精神的充足感を求め、そこにこそ風雅を発見しようという理念にまで高められた。

こうした中世の侘びの美意識を受け継ぎ、自らの文学の根本理念としたのが松尾芭蕉《まつおばしょう》である。芭蕉は深川《ふかがわ》の草庵に移って以降、名利を捨てて貧寒の生活に甘んじ、精神性を重視した新しい俳諧の確立を目指した。天和《てんな》元年（一六八一）の作「侘テすめ月侘斎《つきわびさい》がなら茶哥《ちゃうた》」（武蔵曲《むさしぶり》）は、貧寒の草庵に侘びに徹して住めという自己への呼びかけである。さらに貞享《じょうきょう》元年（一六八四）『野ざらし紀行』の旅では、名古屋の連中に対して「笠は長途の雨にほころび、紙衣《かみこ》はとまり〳〵のあらしにもめたり。侘つくしたるわび人、我さへあはれにおぼえける」（冬の日）と侘びの実践者として名乗りをあげ、『冬の日』五歌仙を巻収めた。無一物の状態で天然自然の中を行く旅は芭蕉にとってまさに侘びの実践であり、以後、数々の旅の中で芭蕉は自らの俳諧を鍛えていったのである。

俳諧　紙

（深沢了子）

蕨　わらび

春　葉　餅　和歌

シダ類ウラボシ科の多年草。山野に自生する。早春、先が拳状に巻かれた新葉を出す。これを早蕨《さわらび》といい食用にする。根茎からとれた澱粉《でんぷん》は餅や糊などの材料とされた。『和名抄』では「薇蕨」でワラビと訓まれ、新葉をゆでて食すことが記されている。

『万葉集』には「石《いは》ばしる垂水《たるみ》の上のさ蕨《わらび》の萌《も》え出づる春になりにけるかも」（万・八・一四一八・志貴皇子）が見られる。「懽《よろこび》の御歌」と題された一首には、早蕨《さわらび》が春の訪れとともに芽吹くめでたい植物として詠まれている。平安時代以降の和歌でも、『源氏物語』早蕨《さわらび》巻の名の由来となった「この春はたれにか見せむなき人のかたみにつめる峰の

縁語

早蕨《さわらび》」（源・早蕨）のように、早蕨が春を象徴する景物として多く詠み込まれた。また、『古今集』の「煙たちもゆとも見えぬ草のはをたれかわらびとなづけそめけむ」（物名・真静）を典型例として、蕨に藁《わら》を燃やす火の意の「藁火《わらび》」を掛けた上で、「萌ゆ」と掛けた「燃ゆ」や「煙」「焼《た》く」などの縁語とともに詠まれた。その他、中国の首陽山《しゆようざん》で蕨を食べて餓死したという伯夷《はくい》・叔斉《しゆくせい》（中国の周代初め、周の武王《ぶおう》をいさめ義を貫いて死んだ賢人の兄弟）の故事にちなんだ表現が、和歌や散文に散見される。（高桑枝実子）

童　わらわ（わらは）

ちご（児）

元服

公家・武家→武士

行幸

子供のこと。成長段階でいえば「ちご」よりも年長の、十歳前後の子供をさす。しかし社会的区分の子供、すなわち成人式前の者またはその形姿の者も含むので、実際には十代後半やそれ以上の「童」も多い。特に身分の低い者は元服が遅れたり元服しないのが普通のため、相当な年齢でも童姿で「童」と呼ばれる。室町時代ごろまでの童姿は束ねずに下げ垂らした放髪で、公家や武家では細長《ほそなが》（男女児）や汗衫《かざみ》（女児）、水干《すいかん》・半尻《はんじり》（男児）を着、幼名で呼ばれた。一方で童は成人社会に所属しない聖性を帯びるとされる。大礼・行幸で駕輿丁《かよちよう》を勤めた京都八瀬《やせ》の里人《さとびと》が童形を保ち「八瀬童子《やせどうじ》」と呼ばれたのはその例。

親

牛

童女姿の召使いには「女童《めの》」や「樋洗童《ひすまし》」（おまるを洗う）、童男姿では「小舎人童《こどねり》」や「牛飼童《うしかい》」などがいた。召使いの元服は遅くなりがちなため、恋愛し結婚する童が数多くいる。たとえば『落窪物語《おちくぼ》』で女主人公を助けて大活躍する阿漕《あこぎ》は、「親のおはしける時より使ひつけたる童《わらは》の、されたる女」（母親が生きていた時から使っていた童で、気の利いた女）であった。この阿漕に少将道頼《みちより》の家来の「小《こ》帯刀《たちわき》」が「いみじう思ひて住む」（愛し合って結婚する）関係となったことが契機で、落窪《おちくぼ》の姫君《ひめぎみ》と少将道頼は結ばれる。同様に童同士の恋愛が主人間の恋愛に発展するさまを描いたのが『堤中納言物語《つつみちゆうなごん》』「ほどほどの懸想」である。また身分卑しい牛飼童に至っては四十代ひげ面の「童」もいた。

京童・都

車

祭

「京童べ」（単に「童べ」とも）も、童子ではなく、都に住む若者たちの意である。元服して社会に組み込まれることを嫌い、わざと童姿のままでいる無頼の徒であり、『宇《う》津保《つほ》物語』藤原君巻では博打《ばくち》らとともに行動し、衆人環視のもと、あて宮の車に襲いかかる暴挙に出た。実際には正《まさ》頼《より》（あて宮の父）側が用意した替え玉をそれと知らずに強奪するのであるが、前の場面とあいまって、秩序や体制がかき回される「祭り」のエネルギー、そのなかで生き生きと活躍する無頼の「童べ」の姿が活写された場面となっている。「京童べ」にみられる無頼の徒のエネルギーは、「かぶき者」などの姿に引き継がれてゆく。

殿上

一方で十代前半で元服を迎える貴族の子弟は、短い童時代にまで大人の思惑がつきまとう。たとえば「童殿上《てんじよう》」という、元服前の貴族の子弟が宮中の作法見習いの名目で殿上の間に上がることを許される制度である。『源氏物語』では、光源氏に親しむ空蟬《うつせみ》弟の小君（帚木）、匂宮《におうのみや》を慕う紅《こう》梅大納言《ばいだいなごん》の若君（紅梅）などが登場する。「童殿上」は幼少期から有力貴族に親近する重要な機会であったことがうかがえる。また貴族の童子が祝宴で舞う「童舞《まい》」も、本来は童の担う宗教的意義もあったろうが、実際は天皇をはじめとする身内の権力者に、その成長ぶりをアピールする場となった。『大鏡』道隆《みちたか》伝には、祖父藤原兼家《かねいえ》の前で舞を拒否したやんちゃ坊主の逸話が載るが、そんな童らしさを許さないのが童舞の場なのであった。

（今井久代）

吾亦紅　われもこう（われもかう）

葉・夏・秋　花
薫物→香・前栽
萩・霜
青
女
和歌・葉・きりぎりす

バラ科の多年草。各地の山野に群生する。高さは約一メートル。葉は楕円形で、縁に鋸歯がある。夏から秋にかけて、暗紅紫色で花弁のない卵形の花穂をつける。若葉は食用。根は漢方で「地楡《ちゆ》」と呼ばれ、止血などの薬用となる。

『源氏物語』匂宮巻には、薫物《たきもの》を好む匂宮が、御殿の前《せん》栽《ざい》に咲く秋の花の中では、代表的な秋の花ではあるが香りのない萩よりも「ものげなきわれもかう」を霜枯れのころまで賞美したとあり、見栄えはしないが芳香をもつ花であったことがわかる。また、『狭衣《さごろも》物語』では織物の文様としても愛好されるが、狭衣は青いわれもこうの織物を着た妻の一品宮《いっぽんのみや》を「いとゞ匂《にほ》ひなく、すさまじき心地《ここち》したる」「あまり大人《おとな》しうありけり」（狭衣・三）と評しており、女性が身につけるには地味で老けた感じのする文様であったようだ。

和歌では、「なけやなけをばなかれ葉のきりぎりす我もかうこそ秋はをしけれ」（久安百首・待賢門院安芸）のように、「我も斯《か》う」、つまり「私もこのように」の意を掛けて詠まれることも多い。

（高桑枝実子）

索　　　引

一般事項索引

・本文と同様，現代仮名遣いで配列した．
・本文中の見出し語は該当頁を太字で示した．

▶ あ

▶ い

▶ う

▶え

▶お

▶ か

▶ き

▶く

▶け

▶ こ

▶ さ

▶す

▶せ

▶ち

▶つ

▶て

▶ と

▶ な

▶ に

▶ み

▶ む

▶ め

▶ も

▶ や

▶ わ

人名索引

・本文と同様，現代仮名遣いで配列した．
・原則として実在する人物のみとしたが，記紀神話などに登場する伝説上の人物，神仏もとりあげた．
・判明している限り生没年を示した．

▶ あ

赤染衛門（生没年未詳） 17, 19, 35, 52, 248, 255, 473, 532
秋山之下氷壮夫 420, 508
芥川龍之介（1892〜1927） 153, 251, 536
明智光秀（1528〜1582） 464
朝野鹿取（774〜843） 200
足利尊氏（1305〜1358） 6, 18, 142, 152, 205, 233
足利直義（1306〜1352） 18, 152, 233
足利義詮（1330〜1367） 296
足利義教（1394〜1441） 512
足利義政（1436〜1490） 422, 427
足利義満（1358〜1408） 6, 116, 176, 398
飛鳥井雅有（1241〜1301） 488
飛鳥井（明日香井）雅経（1170〜1220） 64, 75, 256, 326
飛鳥井雅康（1436〜1509） 307
阿遅志貴高日子根神 373
敦成親王 → 後一条天皇
敦道親王（981〜1007） 140, 259, 273, 326, 351, 385, 401, 463, 480, 505, 508, 530
敦康親王（999〜1018） 226
阿仏尼（？〜1283） 43, 267, 445
阿倍奥島（生没年未詳） 320
安倍貞任（1019〜1062） 49, 86, 224
安倍晴明（921〜1005） 62, 117, 177, 255, 405
安倍仲麻呂（698〜770） 344, 477
安倍蟲麻呂（生没年未詳） 477
安倍宗任（生没年未詳） 86
阿保親王（792〜842） 17
白水郎荒雄 248
天照大神 124, 126, 228, 343, 360, 389, 423, 436, 466
天鈿女命（天宇受売命） 479, 497
天児屋命 106
天富命 33, 135
天若日子 287
新井白石（1657〜1725） 185
荒木田長延 → 寂延
荒木田盛員（1635〜1687） 253
荒木田守武（1473〜1549） 364
有間皇子（640〜658） 48, 223, 356, 468
在原滋春（生没年未詳） 119, 152
在原業平（825〜880） 10, 26, 28, 45, 83, 91, 96, 102, 106, 118, 199, 206, 226, 230, 263, 289, 290, 327, 330, 340, 344, 371, 380, 391, 397, 483, 492, 515, 526
在原棟梁（？〜898） 123, 185
在原元方（888〜953） 60, 81, 82, 110, 132, 345
在原行平（818〜893） 25, 50, 72, 245, 289, 299, 469, 499, 549
安徳天皇（11778〜1185） 78, 336, 481
安法（生没年未詳） 160, 229, 438
安法法師女（生没年未詳） 101

▶ い

飯尾宗祇（1421〜1502） 37, 39, 249, 252, 271, 304, 364, 488, 541
伊香子淳行（生没年未詳） 214
伊賀少将（生没年未詳） 273
活玉依毘売 493
伊耶那岐（伊奘諾尊・伊射奈芸の命） 56, 89, 244, 336, 343, 360, 365, 450, 534
伊耶那美（伊奘冉尊） 56, 89, 244, 365, 450, 534
石川五右衛門（？〜1594） 362
石川郎女（生没年未詳） 254
石川足人（生没年未詳） 237
石川広成（生没年未詳） 247
石川命婦（生没年未詳） 48
石川雅望（1752〜1830） 130, 173, 253
石原正明（1760〜1821） 279
伊須気余理比売 75, 194, 493
伊豆志袁登売 420, 508
泉鏡花（1873〜1939） 165, 322
和泉式部（生没年未詳） 28, 30, 43, 47, 54, 73, 109, 113, 115, 137, 138, 140, 179, 183, 188, 202, 223, 251, 259, 273, 331, 352, 388, 401, 428, 459, 460, 463, 473, 479, 480, 482, 492, 505, 520, 521, 532, 540
出雲のお国（生没年未詳） 148
伊勢（？〜939） 10, 16, 59, 84, 89, 114, 124, 156, 229, 308, 427, 436, 463, 482
伊勢貞丈（1717〜1784） 422
伊勢大輔（生没年未詳） 170, 367, 380, 440, 491
石上乙麻呂（？〜750） 365
市川団十郎（1660〜1704） 148
一条兼良（1402〜1481） 279, 373
一条天皇（980〜1011） 52, 64, 202, 204, 226, 227, 241, 266, 292, 315, 333, 368, 388, 392, 470, 493, 501, 504, 521
一宮紀伊 → 紀伊
市原王（生没年未詳） 55
一遍（1239〜1289） 397, 431
田舎老人多田爺（生没年未詳） 262
犬王（道阿弥）（？〜1413） 398
井原西鶴（1642〜1693） 45, 97, 136, 169, 196, 291, 318, 337, 444
今川氏兼（生没年未詳） 253
今川了俊（1325〜1420） 116
岩倉具視（1825〜1883） 59
伊和大神 419
磐之姫皇后（磐姫・石之日売） 82, 144, 259, 366, 417, 518
允恭天皇 195
殷富門院大輔（生没年未詳） 106

▶ う

ヴァリニャーニ，アレクサンドロ（1539〜1606） 142
上杉謙信（1530〜1578） 119
上杉氏 86
上杉重能（？〜1349） 31
上田秋成（1734〜1809） 130, 193, 212, 421, 423, 440
宇佐美実政（？〜1190） 393
菟道稚郎子 68, 159
牛若丸 → 源義経
歌川国貞（1786〜1864） 209
歌川広重（1797〜1858） 42, 409
宇多天皇（867〜931） 96, 135, 160, 242, 317, 384, 391, 456, 492, 516
有智子内親王（807〜847） 225
宇都宮頼綱（1172〜1259） 250
菟原壮士 17, 528
菟原処女 17, 528
馬史国人（生没年未詳） 102
漆間時国（1098 ？〜1141） 489
雲鼓（1666 ？〜1728） 151

▶ え

永福門院（1271〜1342） 264, 427
恵慶（生没年未詳） 160, 244, 255, 436, 490, 494
恵心 → 源信
越前（生没年未詳） 381
江戸太郎重長（生没年未詳） 88
槐本 438

円澄 (771〜837) 233
延鎮 (生没年未詳) 182
円珍 (814〜891) 235, 359
円仁 (794〜864) 210, 233, 359, 396
役小角 (役行者) (生没年未詳) 43, 144, 181, 194, 206, 410, 430, 445
円融天皇 (959〜991) 59, 316, 449, 498, 546

▶ お

奥州藤原氏 537
王昭君 (生没年未詳) 124
応神天皇 221, 419, 448
淡海三船 (721〜785) 242
大穴牟遅神 50, 414
大海人皇子 → 天武天皇
大石蓑麻呂 (生没年未詳) 297
大江玉淵女 (生没年未詳) 338
大江朝綱 (886〜957) 101, 103, 170, 213
大江公資 (?〜1040 ?) 92, 287
大江定基 → 寂照
大江為基 (生没年未詳) 364
大江千里 (生没年未詳) 7, 344, 421
大江時棟 (生没年未詳) 175
大江匡衡 (952〜1012) 160, 175
大江匡房 (1041〜1111) 14, 112, 170, 173, 309, 339, 340, 422, 436
大江通国 (生没年未詳) 175
大江嘉言 (?〜1010) 30, 101, 126, 160
大国主命 (大国主神) 44, 89, 286, 332, 351, 393, 493, 497
大伯皇女 (656〜701) 298, 448
大倉主 100
大蔵善行 (832〜?) 213
大気都比売神 120
凡河内躬恒 (生没年未詳) 34, 76, 80, 96, 101, 110, 114, 224, 231, 259, 263, 275, 291, 356, 364, 448, 468, 520, 530, 537
大島蓼太 (1718〜1787) 156, 403, 509
意富多々泥古 493
太田道灌 (1432〜1486) 88, 519
大田南畝 (1749〜1823) 180
大帯姫命 → 神功皇后
大津皇子 (663〜686) 43, 62, 448
大舎人部千文 (生没年未詳) 133
大伴氏 237
大友宗麟 (1530〜1587) 453
大伴池主 (生没年未詳) 197
大友皇子 (648〜672) 76, 449
大伴弟麻呂 (731〜809) 85
大伴像見 (生没年未詳) 135, 452
大伴黒主 (生没年未詳) 126, 248
大伴坂上郎女 (生没年未詳) 32, 48, 194, 219, 228, 319, 335, 364, 382, 410, 482, 515
大伴坂上大嬢 (生没年未詳) 56, 377, 546
大伴狭手彦 (生没年未詳) 431, 471
大伴千室 (生没年未詳) 9
大伴旅人 (665〜731) 79, 183, 198, 230, 231, 257, 281, 323, 326, 346, 407, 431, 440, 472, 485, 490, 529, 544
大伴田村大嬢 (生没年未詳) 14, 56, 122, 381
大伴三中 (生没年未詳) 137
大伴村上 (生没年未詳) 29
大伴百代 (生没年未詳) 510
大伴家持 (718 ?〜785) 2, 3, 20, 32, 51, 68, 79, 85, 87, 112, 123, 131, 136, 145, 150, 159, 174, 190, 237, 247, 267, 294, 298, 312, 319, 320, 326, 350-352, 366, 367, 374, 377, 378, 394, 407, 410, 413, 448, 472, 484, 485, 490, 492, 507, 525, 535, 540, 544, 548
大伴安麻呂 (?〜714) 150
大中臣明親 (生没年未詳) 43
大中臣輔親 (954〜1038) 27
大中臣輔弘 (1028〜?) 448
大中臣能宣 (921〜991) 51, 73, 126, 143, 247, 375, 438, 449, 478
大物主大神 (大物主神) 454, 493
大宅世継 91
大山津見神 230
大山守皇子 68
大淀三千風 (1639〜1707) 469
岡西惟中 (1639〜1711) 337, 404
岡本天皇 (崗本天皇) → 舒明天皇
置始東人 (生没年未詳) 317, 416
隠岐広有 (生没年未詳) 391
忍壁皇子 (?〜705) 37
尾崎紅葉 (1867〜1903) 165, 344
忍熊王 439
小田宅子 (生没年未詳) 45
織田信長 (1534〜1582) 97, 116, 119, 124, 359, 425, 433
越智越人 (1656〜1730 ?) 509
弟橘比売 (姫・媛) 19, 229, 368
小野妹子 (生没年未詳) 270
小野老 (?〜737) 380, 490
小野小町 (生没年未詳) 81, 128, 182, 230, 251, 371, 374, 415, 512, 528
小野篁 (802〜852) 25, 91, 102, 241, 384, 397, 434, 490
小野道風 (894〜966) 146, 501
小野岑守 (778〜830) 242
小野好古 (884〜968) 36
小野好古女 93
麻績王 (生没年未詳) 25, 43, 57, 478
尾張連浜主 (733〜?) 91
音阿弥 (1398〜1467) 512

▶ か

快覚 (生没年未詳) 478
開化天皇 41
貝原益軒 (1630〜1714) 220
加賀千代 → 千代尼
各務支考 (1665〜1731) 336, 404, 471, 488, 533
鏡王女 (?〜683) 60, 514
香川景樹 (1768〜1843) 13, 158, 382, 545
柿本人麻呂 (生没年未詳) 4, 5, 7, 9, 11, 17, 20, 25, 37, 46, 48, 56, 61, 68, 75, 76, 79, 81, 94, 120, 128, 130, 139, 150, 154, 157, 193, 194, 201, 235, 239, 247, 257, 286, 309, 318, 339, 343, 366, 378, 399, 409, 412, 417, 430, 434, 440, 466, 479, 484, 485, 491, 532, 544
覚運 (?〜1007) 160
覚性 (1129〜1169) 390
覚盛 (1194〜1249) 365, 416
影媛 349
笠縫女王 (生没年未詳) 247
笠女郎 (生没年未詳) 147, 487, 498
笠金岡 (生没年未詳) 258
笠金村 (生没年未詳) 56, 168, 246, 412, 470, 503
花山天皇 (968〜1008) 375, 117, 266
梶原景季 (1162〜1200) 78
上総大輔 (生没年未詳) 223
葛城王 → 橘諸兄
葛城氏 144
葛城一言主神 194
加藤暁台 (1732〜1792) 403
加藤清正 (1562〜1611) 368, 422
門部王 (?〜745) 237
兼明親王 (914〜987) 228, 519
兼覧王 (?〜932) 114
上野岑雄 (生没年未詳) 230, 440
上古麻呂 (生没年未詳) 19
神人部子忍男 (生没年未詳) 472
亀山天皇 (1249〜1305) 30, 98, 152
賀茂建角身命 298
賀茂忠行 (生没年未詳) 117
鴨長明 (1155 ?〜1216) 121, 132, 215, 263, 279, 298, 497, 517, 524
賀茂成保 (?〜1162) 416
賀茂政平 (?〜1176) 139
賀茂真淵 (1697〜1769) 158, 545
賀茂光栄 (934〜1015) 117
賀茂保憲 (917〜977) 117
賀茂保憲女 (生没年未詳) 475
加舎白雄 (1738〜1791) 80, 156
高陽親王 (賀陽親王) (794〜871) 434
唐衣橘州 (1743〜1802) 180
烏丸光広 (1579〜1638) 186, 307
軽大郎女 48, 57
軽皇子 → 文武天皇
河合曽良 (1649〜1710) 77, 201, 407
河竹黙阿弥 (1816〜1893) 148
川端康成 (1899〜1972) 453
河辺宮人 (生没年未詳) 133
観阿弥 (1333〜1384) 398
観賢 (853〜925) 235
神崎与五郎 (1666〜1703) 409

観世左近（元章）（1722〜1774）　531
桓武天皇（737〜806）　140, 277, 317, 380, 397

▶ き

紀伊（一宮紀伊）（生没年未詳）　318, 416, 441, 470
紀伊式部（生没年未詳）　275
祇王　228
徽子女王　→　斎宮女御
規子内親王（949〜986）　400
義真（781〜833）　233
喜撰（生没年未詳）　68, 327
木曽義仲　→　源義仲
北村季吟（1624〜1705）　8
木梨軽皇子　124
衣笠内大臣　→　藤原家良
紀有朋（？〜880）　141
紀在昌（生没年未詳）　160, 213
紀貫之（？〜945）　2, 16, 35, 49, 51, 60, 84, 89, 93, 96, 101, 104, 114, 124, 131, 136, 137, 143, 146, 153, 158, 160, 190, 196, 215, 230, 234, 238, 245, 248, 250, 263, 291, 294, 295, 317, 321, 335, 361, 365, 379, 384, 385, 398, 405, 416, 418, 421, 442, 467, 469, 472, 481, 508, 510, 511, 515, 519, 536
紀時文（生没年未詳）　375
紀利貞（？〜881）　94, 123
紀友則（？〜907）　54, 79, 98, 110, 170, 237, 238, 326, 328, 415, 421, 427, 452, 482, 487, 530, 533, 540
紀長谷雄（845〜912）　119, 213
紀内親王（799〜886）　378
紀乳母（生没年未詳）　445
紀頼任（生没年未詳）　175
吉備真備（695？〜775）　146
救済（1283？〜1376？）　524
行基（668〜749）　212, 223, 319, 458, 548
行教（生没年未詳）　59
京極為兼（1254〜1332）　158, 235, 383
京極御息所（生没年未詳）　135, 160
行尊（1057〜1135）　109
曲山人（？〜1836）　390
曲亭馬琴　→　滝沢馬琴
許慎（58〜147）　164
清原夏野（782〜837）　200
清原深養父（生没年未詳）　195, 244, 439, 525
清原元輔（908〜990）　18, 99, 109, 144, 160, 188, 261, 280, 283, 375, 379, 438, 450, 473
勤子内親王（904〜938）　252

▶ く

空海（774〜835）　22, 93, 146, 169, 212, 235, 252, 277, 303, 332, 397
空也（903〜972）　47, 431
草壁皇子（662〜689）　7, 71, 258, 366
奇稲田姫（櫛名田比売）　189
九条兼実（1149〜1207）　253, 461
九条良経　→　藤原良経
楠木正成（1294〜1336）　18
虞世南（558〜638）　321
百済川成（782〜853）　98
国木田独歩（1871〜1908）　496
熊谷直実（1141〜1208）　266
久米禅師　254, 475
黒柳召波（1721〜1771）　121, 526

▶ け

景行天皇　48, 57, 207, 247, 337, 453
恵子女王　377
継体天皇（？〜531？）　22, 86
契沖（1640〜1701）　158, 246, 445, 493
郤詵（生没年未詳）　143
厳久（生没年未詳）　160
兼好（1283？〜1350？）　129, 192, 210, 279, 306, 344, 362, 501
源氏　205
顕昭（1130？〜1209？）　61, 298, 299, 319, 334, 533
元正天皇（680〜748）　86
源信（942〜1017）　83, 160, 213, 251, 283, 396, 543
元稹（779〜831）　170
玄宗皇帝（712〜756）　375, 473
玄賓（？〜818）　494
元明天皇（661〜721）　380
建礼門院右京大夫（1157〜？）　12, 24, 229, 460
建礼門院（1155〜1213）　112, 264, 283, 481

▶ こ

恋川春町（1744〜1789）　179, 189
小一条院（994〜1051）　266
後一条天皇（1008〜1036）　276, 350
皇嘉門院別当（生没年未詳）　378, 476
光孝天皇（830〜887）　299, 317, 395, 398, 546
皇后宮美作（生没年未詳）　446
後宇多天皇（1267〜1324）　9, 98, 312
公朝（生没年未詳）　29, 75, 107
勾当内侍（生没年未詳）　15
孝徳天皇（？〜654）　275
光仁天皇（708〜781）　367
高師直（？〜1351）　449
弘法大師　→　空海
孝霊天皇　92
小大君（生没年未詳）　13
後京極良経　→　藤原良経
後嵯峨天皇（1220〜1272）　152
小式部内侍（生没年未詳）　27, 40, 96, 115
小侍従（生没年未詳）　15
小侍従命婦（生没年未詳）　319
児島高徳（生没年未詳）　450
五条大納言邦綱　→　藤原邦綱
後白河天皇（1127〜1192）　6, 33, 63, 113, 425, 433, 457, 480
後朱雀天皇（1009〜1045）　264, 266
牛頭天王　169
巨勢金岡（生没年未詳）　98, 312, 368
巨勢野足（749〜816）　200
巨勢文雄（生没年未詳）　213
巨曽部對馬（生没年未詳）　372
後醍醐天皇（1288〜1339）　102, 152, 223, 450, 457, 496, 532
後鳥羽天皇（1180〜1239）　4, 14, 45, 54, 63, 64, 72, 102, 112, 118, 130, 138, 176, 193, 235, 258, 305, 341, 487, 489, 497, 516, 522, 524, 545
後奈良天皇（1496〜1557）　104
近衛信尹（1565〜1614）　355
近衛政家（1444〜1505）　94
木花知流比売　230
木花之佐久夜毘売　230
小林一茶（1763〜1827）　15, 23, 50, 136, 156, 231, 287, 353, 398, 428, 457, 461, 471, 475, 494, 509, 526
古筆了佐（1582〜1662）　186
後深草院二条（生没年未詳）　26, 255, 259, 295, 385
後深草天皇（1243〜1304）　152, 154
後水尾天皇（1596〜1680）　488
後陽成天皇（1571〜1617）　142
後冷泉天皇（1025〜1068）　111, 461
惟喬親王（844〜897）　26, 102, 111, 112, 132, 159, 229, 361, 397, 487, 526
惟仁親王　→　清和天皇
惟宗公方（生没年未詳）　405
惟宗直本（生没年未詳）　405
惟宗允亮（？〜1015）　405
金春禅竹（1405〜1470？）　398

▶ さ

西園寺公衡（1264〜1315）　268
西行（1118〜1190）　7, 8, 14, 23, 30, 54, 65, 85, 98, 113, 130, 193, 195, 199, 224, 238, 251, 266, 281, 286, 287, 299, 312, 320, 321, 340, 341, 356, 368, 375, 383, 412, 414, 415, 445, 450, 486, 490, 496, 515, 517, 518, 522, 525, 533, 537
斎宮女御（929〜985）　218, 226, 286, 321, 400, 408, 452, 469, 498
最澄（767〜822）　243, 309, 359, 424
斎藤実盛（？〜1183）　124
斎藤徳元（1559〜1647）　354
佐為王近習婢（生没年未詳）　5
斉明天皇（594〜661）　57, 247
蔡倫（50？〜121？）　149
境部石積（生没年未詳）　252
嵯峨源氏　205

坂田藤十郎（1647～1709） 148
坂田金時（公時） 17
嵯峨天皇（786～842） 98, 200, 205, 207, 213, 225, 228, 242, 277, 312, 317, 397
坂門人足（生没年未詳） 216
坂上是則（？～930） 53, 309, 533
坂上田村麻呂（758～811） 182
坂上望城（生没年未詳） 375
相模（生没年未詳） 238, 281, 480
前采女（生没年未詳） 13, 486
佐々木高綱（？～1214） 78
佐佐木信綱（1872～1963） 77
佐々成政（？～1588） 419
里村紹巴（？～1602） 252, 541
讃岐永直（783～862） 405
狭野弟上娘子（生没年未詳） 86
ザビエル，フランシスコ（1506～1552） 453
佐保姫 516
沙弥満誓（生没年未詳） 17, 530
早良親王（？～785） 277, 325, 507
三条天皇（976～1017） 383
三条西実隆（1455～1537） 185
山東京伝（1761～1816） 179, 185, 207, 209, 262, 525
三宮大進（生没年未詳） 365
三遊亭圓朝（1839～1900） 162

▶ し

志斐嫗 91
慈円（1155～1225） 6, 14, 35, 132, 170, 233, 253, 341, 359, 425, 439, 512, 518, 532, 548
慈覚大師 → 円仁
式亭三馬（1776～1822） 179, 209, 217, 257
志貴皇子（？～716） 60, 260, 481, 549
滋野貞主（785～852） 242
慈鎮 → 慈円
実因（946～1000） 392
十返舎一九（1765～1831） 179, 217, 292, 390
持統天皇（645～702） 9, 86, 91, 126, 127, 188, 194, 459
島崎藤村（1872～1943） 57
島田忠臣（829～891） 213, 320, 384
寂延（生没年未詳） 490
寂照（960？～1034） 160
寂心 → 慶滋保胤
寂超（生没年未詳） 113, 125
寂念（生没年未詳） 113
寂然（生没年未詳） 113
寂蓮（1139～1202） 52, 54, 199, 225, 235, 402, 466, 499, 522
守覚（1150～1202） 390, 521
叔斉 550
俊恵（1113～？） 263
俊寛（1142～1179） 169
順徳天皇（1197～1242） 13, 37, 112, 173, 235, 348, 399, 497
淳和皇后 → 正子内親王
淳和天皇（786～840） 83, 277, 498
紹鷗（1502～1555） 549
静観坊好阿（1698～1769） 88, 217
承香殿中納言（生没年未詳） 10
性空（910～1007） 430
小左近（生没年未詳） 199
昌子内親王（950～999） 59
章子内親王（1026～1105） 387
少将内侍（生没年未詳） 318
浄助法親王（1253～1280） 478
成尋（1011～1081） 59, 154
正徹（1381～1459） 133, 151, 158, 307, 337, 373, 426, 527
聖徳太子（574～622？） 48, 57, 78, 139
称徳天皇（718～770） 423
肖柏（1443～1527） 488
聖宝（832～909） 192
聖武天皇（701～756） 47, 51, 138, 159, 275, 318, 325, 360, 392
式子内親王（？～1201） 151, 370, 352, 412, 471, 481
舒明天皇（593～641） 9, 104, 126, 150, 247, 365, 519
白壁王 → 光仁天皇
白河天皇（1053～1129） 63, 111, 273, 288, 305, 366, 475, 500
真雅（801～879） 235
神功皇后 29, 39, 100, 217, 274, 311, 431, 439, 448, 466, 471, 479
心敬（1406～1475） 232, 236, 264, 481, 541
真興（934～1004） 160
真静（生没年未詳） 550
神武天皇 9, 61, 75, 100, 188, 193
心誉（？～1138） 206
親鸞（1173～1262） 10, 397

▶ す

推古天皇（554～628） 255
垂仁天皇 325, 466
周防内侍（生没年未詳） 467, 468
菅野真道（741～814） 301
菅野谷高政（生没年未詳） 337
菅原淳茂（生没年未詳） 213
菅原清公（770～842） 405
菅原是綱（1030～1107） 175
菅原是善（812～880） 405
菅原定義（生没年未詳） 175
菅原輔正（925～1009） 175
菅原孝標（972～？） 384
菅原孝標女（1008～？） 42, 62, 239, 248, 385, 444, 461
菅原時登（生没年未詳） 175
菅原文時（899～981） 213
菅原道真（845～903） 4, 28, 67, 80, 143, 170, 175, 213, 235, 242, 323, 333, 335, 344, 346, 379, 405, 441, 492, 507, 508
菅原道雅女（生没年未詳） 241
少名毘古那神 332
祐姫 507
素戔嗚尊（須佐之男命） 44, 116, 120, 189, 282, 414, 418, 435, 454, 482
崇峻天皇（？～592） 54
崇神天皇 431
鈴木朖（1764～1837） 220
須勢理毘売命（須勢理比売） 44, 351, 497
崇徳天皇（1119～1164） 140, 235, 527
角倉了以（1554～1614） 318
住吉明神 431

▶ せ

世阿弥（1363～1443） 160, 235, 282, 317, 341, 398, 497, 524, 531
清海（生没年未詳） 160
静昭（生没年未詳） 160
清少納言（生没年未詳） 60, 145, 163, 166, 211, 242, 251, 275, 279, 280, 287, 289, 292, 358, 388, 389, 407, 427, 526, 542
清慎公 → 藤原実頼
静仲（生没年未詳） 160
清範（？～999） 160
成務天皇 247
聖明王（？～554） 191
清和源氏 205
清和天皇（850～880） 59, 317, 361, 417
背奈行文（生没年未詳） 381
蟬丸（生没年未詳） 93, 294
仙慶（生没年未詳） 214
選子内親王（964～1035） 152, 225, 370
善信尼（566～？） 25
千利休（1521～1591） 355, 546
宣耀殿女御 → 藤原芳子
宣陽門院（1181～1252） 387

▶ そ

素意（？～1094） 62, 113
増賀（917～1003） 430
増基（生没年未詳） 248, 255, 295, 441
宗久（？～1380 以後） 245, 280
承均（生没年未詳） 83
蒼頡（生没年未詳） 163
宗長（1448～1532） 488
曾我五郎（生没年未詳） 340
蘇我赤兄（623～672） 356
蘇我馬子（？～626） 54, 287
蘇我蝦夷（？～645） 479
素性（良岑玄利）（生没年未詳） 8, 46, 66, 80, 112, 273, 307, 317, 329, 384, 490, 515
素暹（1194～1273） 100
衣通姫（衣通郎姫） 195, 428, 547

曽禰好忠（生没年未詳） 113, 126, 145, 173, 228, 275, 320, 366, 449, 475, 480, 485, 529, 535
蘇武（前 140 ？～前 60） 156
尊円法親王（1298～1356） 512

▶ た

待賢門院（1101～1145） 273
待賢門院安芸（生没年未詳） 62, 177, 281, 551
醍醐天皇（885～930） 2, 160, 170, 317, 492, 544
大斎院 → 選子内親王
泰澄（682～767） 181
大弐三位（生没年未詳） 33
当麻真人麻呂（生没年未詳） 36
当麻皇子（生没年未詳） 4
平敦盛（1169～1184） 266, 290
平兼盛（？～990） 3, 23, 56, 72, 160, 228, 237, 273, 417, 477, 479
平清宗（1170～1185） 64
平清盛（1118～1181） 6, 107, 116, 212, 228, 246, 268, 286, 379, 386, 454, 459
平維盛（1157～1184） 197, 412, 444
平貞文（？～923） 52, 82, 190, 273, 299, 323, 379, 464
平貞盛（生没年未詳） 260
平実重（生没年未詳） 174
平重衡（1156～1185） 201
平重盛（1137～1179） 379, 433
平祐挙（生没年未詳） 155
平忠度（1144～1184） 234
平忠盛（1095～1153） 4
平徳子 → 建礼門院徳子
平中興（？～930） 15
平将門（？～940） 60, 119, 260
平宗盛（1147～1185） 64, 295
平康頼（生没年未詳） 169, 281
平義宗（？～1185） 64
高倉天皇（1161～1181） 6, 283
高階業遠（965～1010） 384
高階積善（生没年未詳） 175
高階師尚（生没年未詳） 226
高橋虫麻呂（生没年未詳） 17, 33, 50, 119, 260, 347, 432, 444, 445, 481, 528, 544
高棟王（804～863） 454
宝井其角（1661～1707） 471, 525, 526
滝沢馬琴（1767～1848） 52, 97, 169, 179, 185, 209, 225, 334, 368
多芸志美美命 75
滝廉太郎（1879～1903） 453
田口益人（生没年未詳） 79, 182
栲幡皇女 383
建内宿禰 91
竹田出雲（？～1747） 255
武田信玄（1521～1573） 119
高市黒人（生没年未詳） 29, 50, 116, 244, 258
高市皇子（654～696） 126, 366
建部綾足（1719～1774） 543
丈部稲麿（生没年未詳） 220
武甕槌命 133
太宰春台（1680～1747） 271
丹比真人（生没年未詳） 71
但馬皇女（？～708） 159
田代松意（生没年未詳） 337
忠房親王（1285 ？～1347） 246
橘曙覧（1812～1868） 546
橘公平女（生没年未詳） 4
橘孝親（生没年未詳） 175
橘為義（？～1017） 101
橘俊綱（1028～1094） 409, 446
橘直幹（生没年未詳） 501
橘成元（生没年未詳） 248
橘道貞（？～1016） 43, 388
橘諸兄（？～757） 13, 22, 47, 464, 486
橘倚平（生没年未詳） 39
龍田姫 516
伊達政宗（1567～1636） 422
田辺秋庭 281, 382
田辺福麻呂（生没年未詳） 16, 17, 138, 177, 366, 477
谷崎潤一郎（1886～1965） 18
田能村竹田（1777～1835） 453
玉依日売 159
為尊親王（977～1002） 326, 463, 480, 530
為永春水（1790～1843） 39, 327, 390
為平親王（952～1010） 535
田安宗武（1715～1771） 531
俵藤太 → 藤原秀郷
俵屋宗達（生没年未詳） 314
湛増（1130～1198） 389
炭太祇（1709～1771） 66, 121
丹波康頼（912～995） 405

▶ ち

小子部栖軽（連蜾蠃） 37, 454
近松半二（？～1787） 23
近松門左衛門（1653～1724） 98, 148, 184, 368
智顗（538～597） 359
智光（生没年未詳） 251
千沼壮士（血沼壮士） 17, 528
仲哀天皇 48, 57, 217, 247
中将尼 408
忠命（986～1054） 319
千代尼（1703～1775） 12
珍誉（生没年未詳） 365

▶ つ

月読尊 343
土御門天皇（1195～1231） 51, 161, 358, 365, 426
筒井順慶（1549～1584） 464
菟夫羅媛 100
頭光（1753 ？～1796） 234, 463
鶴屋南北（1755～1829） 148

▶ て

禎子内親王（1013～1094） 387
貞信公 → 藤原忠平
寺島良安（生没年未詳） 510
伝教大師 → 最澄
恬子内親王（？～913） 370
天智天皇（614 ？～671） 14, 48, 54, 94, 150, 204, 242, 247, 311, 489, 493
天武天皇（？～686） 5, 6, 181, 194, 258, 380, 423, 449, 459, 492, 498, 532

▶ と

道阿弥 → 犬王
道鏡（？～772） 261, 380
道興（1430～1501） 280, 365
道照（629～700） 213
東常縁（？～1484 ？） 444
道命（974～1020） 14, 417
登蓮（生没年未詳） 282
富樫氏 124
蠣杵道作（生没年未詳） 43
徳川家康（1542～1616） 36, 88, 119, 205, 277, 292, 419, 422, 423, 425
徳川綱吉（1646～1709） 317
徳川吉宗（1684～1751） 5
徳富蘆花（1868～1927） 344, 463
智忠親王（1619～1662） 144
智仁親王（1579～1629） 144
捕鳥部万（生没年未詳） 52
舎人姫王（？～603） 4
鳥羽天皇（1103～1156） 63, 177, 273
杜甫（712～770） 344
伴善男（809～868） 94
伴世継（生没年未詳） 69
具平親王（964～1009） 59, 101
豊玉姫 538
豊臣秀次（1568～1595） 212
豊臣秀吉（1536 ？～1598） 18, 97, 131, 151, 176, 343, 419, 422, 423, 425, 433, 464, 541
頓阿（1289～1372） 192

▶ な

仲雄王（生没年未詳） 242
中島敦（1909～1942） 368
中務（生没年未詳） 101, 209, 229, 248, 475
中臣郎女（生没年未詳） 194
中臣鎌足（614～669） 204, 313
中臣宅守（生没年未詳） 5, 86, 520
長忌寸意吉麻呂（生没年未詳） 177, 311
中院通村（1588～1653） 186
中大兄皇子 → 天智天皇
長皇子（？～715） 31, 36, 157

長屋王 (684 ? ～729) 274, 380
中山忠親 (1132～1195) 125
夏目漱石 (1867～1916) 162, 338, 346, 464
夏山繁樹 91
並木五瓶 (三世) (1790～1855) 22
奈良帝 → 平城天皇
南坊宗啓 (生没年未詳) 355

▶ に

新田部親王 (? ～735) 142
二位尼 (? ～1185) 78, 481
丹生王 (生没年未詳) 283
饒速日命 519
西山宗因 (1605～1682) 311, 336, 403
二条院讃岐 (1141 ? ～1217 ?) 196
二条為重 (1325～1385) 216
二条后 (藤原高子) (842～910) 10, 80, 83, 106, 284, 324, 420, 483
二条良基 (1320～1388) 125, 187, 488, 524, 541
日蓮 (1222～1282) 235
新田義貞 (1301～1338) 87, 205, 442
邇邇芸命 124
如覚 (939～994) 498
仁康 (生没年未詳) 160
仁徳天皇 34, 43, 82, 366, 417, 518
仁明天皇 (810～850) 178, 214, 277, 299, 423

▶ ぬ

額田王 (生没年未詳) 5, 137, 244, 288, 307, 380, 420, 468, 493, 498

▶ の

能因 (988～1050) 15, 17, 23, 70, 73, 173, 231, 248, 273, 275, 280, 282, 294, 321, 327, 332, 524
能蓮 (1132 ? ～ ?) 60
野口雨情 (1882～1945) 344
野沢凡兆 (? ～1714) 526
野々口立圃 (1595～1669) 354

▶ は

裴璆 (生没年未詳) 213
禖子内親王 (1039～1096) 287, 370
梅亭金蛾 (1823～1893) 217
萩原広道 (1815～1863) 304
伯夷 550
白楽天 (772～846) 28, 161, 321, 344, 375, 418, 452
パジェス, レオン (1814～1886) 252
羽柴秀吉 → 豊臣秀吉
間人大浦 (生没年未詳) 196, 343
丈部鳥 (生没年未詳) 475
畠山重忠 (1164～1205) 78
畠山直宗 (? ～1349) 31
秦氏 518
秦伊侶具 (生没年未詳) 51
秦大津父 (生没年未詳) 97
八条院 (1137～1211) 387
服部土芳 (1627～1730) 547
服部嵐雪 (1654～1707) 80, 426
林鵞峰 (春斎) 27, 469
速総別王 71, 196
春道列樹 (? ～920) 481
春山之霞壮夫 420, 508
伴嵩蹊 (1733～1806) 279
班婕妤 (生没年未詳) 92
伴信友 (1773～1846) 331

▶ ひ

檜垣の御 (生没年未詳) 429
東三条院 (962～1011) 295, 368, 387
比企能員 (? ～1203) 393
樋口一葉 (1872～1896) 271
肥後 65, 511
彦火々出見尊 143
一言主神 144
檜隈女王 (生没年未詳) 55
日野資朝 (1290～1332) 235
日野俊基 (? ～1332) 231
日野名子 (資名女) (? ～1358) 259
比売神 448
平井保昌 → 藤原保昌
平賀源内 (1728～1779) 88, 217
水蛭子 450
広瀬淡窓 (1782～1856) 453
広幡御息所 (生没年未詳) 192

▶ ふ

風来山人 → 平賀源内
藤井高尚 (1764～1840) 270
富士谷成章 (1738～1779) 187, 306
藤原氏 135
藤原顕季 (1056～1123) 237, 259, 415, 460, 500
藤原顕輔 (1090～1155) 60, 182, 341, 399
藤原顕隆 (1072～1129) 145
藤原顕忠 (897～965) 513
藤原顕仲 (1059～1129) 173
藤原明衡 (? ～1066) 95, 175, 270
藤原顕光 (944～1021) 101
藤原朝忠 (910～966) 83
藤原朝光 (951～995) 499
藤原篤茂 (生没年未詳) 321
藤原敦忠 (906～943) 229, 357
藤原敦光 (1063～1144) 175
藤原敦宗 (1042～1111) 175
藤原敦基 (1046～1106) 170
藤原有家 (1155～1216) 414
藤原家隆 (1158～1237) 45, 48, 72, 182, 232, 247, 280, 309, 334, 350, 381, 402, 431, 440
藤原家経 (992～1058) 130
藤原家房 (1167～1196) 329
藤原家基 (生没年未詳) 85
藤原家良 (1192～1264) 238
藤原威子 (999～1036) 240, 383
藤原伊勢人 (生没年未詳) 197
藤原宇合 (694 ? ～737) 416
藤原興風 (生没年未詳) 280, 317, 379, 419, 469, 476
藤原温子 (872～907) 427
藤原兼家 (929～990) 82, 113, 127, 155, 266, 284, 315, 384, 401, 429, 461, 505, 513, 551
藤原兼実 → 九条兼実
藤原兼輔 (877～933) 115, 177, 275, 365, 448, 477, 520
藤原兼通 (925～977) 316
藤原鎌足 → 中臣鎌足
藤原寛子 (1036～1121) 70
藤原歓子 (1021～1102) 111
藤原清輔 (1104～1177) 126, 130, 143, 158, 196, 209, 245, 255, 260, 308, 335, 374, 521
藤原清正 (? ～958) 373, 453
藤原清衡 (1056～1128) 537
藤原公実 (1053～1107) 15, 105, 253, 480
藤原公重 (1119 ? ～1178) 64
藤原公澄 (生没年未詳) 130
藤原公経 (1171～1244) 176
藤原公任 (966～1041) 42, 96, 104, 127, 158, 167, 172, 176, 222, 242-244, 273, 287, 312, 315, 395, 439, 473, 499, 518
藤原公行 (1105～1148) 135
藤原薬子 (? ～810) 200
藤原邦綱 (1122～1181) 316
藤原国房 (生没年未詳) 308
藤原国行 (生没年未詳) 273
藤原妍子 (994～1027) 240, 264, 359
藤原言直 (生没年未詳) 415
藤原惟成 (953～989) 249
藤原伊尹 (924～972) 93, 125, 229, 294
藤原伊周 (973～1010) 203, 211, 285, 371
藤原定方 (873～932) 137
藤原定信 (1088～1154 ?) 103
藤原定頼 (995～1045) 68, 327, 439, 475
藤原実家 (1145～1193) 147
藤原実方 (? ～998) 15, 99, 196, 356, 374, 537
藤原実定 (1139～1191) 374
藤原実資 (957～1046) 385, 513
藤原真忠 (生没年未詳) 115
藤原実綱女 (生没年未詳) 399
藤原実範 (生没年未詳) 175
藤原実前 (生没年未詳) 51
藤原実泰 (生没年未詳) 268
藤原実行 (1080～1162) 175
藤原実頼 (900～970) 72, 114, 287,

395, 513
藤原怟子（969～985） 266
藤原滋幹（生没年未詳） 382
藤原俊成（1114～1204） 9, 53, 54, 65, 70, 98, 118, 136, 140, 153, 158, 196, 234, 236, 309, 321, 341, 351, 399, 427, 436, 441, 466, 490, 524, 535, 548
藤原俊成女（生没年未詳） 106, 115, 195, 365, 469
藤原彰子（988～1074） 42, 142, 204, 240, 387, 388, 457
藤原鐘子 → 永福門院
藤原璋子 → 待賢門院
藤原季経（1131～1221） 329
藤原季随（生没年未詳） 202
藤原季能（1153～1211） 216
藤原佐理（944～998） 59, 160
藤原輔相（生没年未詳） 460
藤原相如（？～995） 501
藤原佐世（？～898） 213
藤原純友（？～941） 36, 60
藤原娍子（？～1025） 359
藤原関雄（805～853） 384, 427
藤原詮子 → 東三条院
藤原隆家（979～1044） 512
藤原高子 → 二条后
藤原隆祐（生没年未詳） 224
藤原高遠（949～1013） 75, 178
藤原隆信（1142～1205） 224, 484
藤原忠隆（1102～1150） 510
藤原斉信（967～1035） 280, 315, 358, 406
藤原忠平（880～949） 69, 104, 385, 395, 461, 492
藤原忠房（？～928） 46, 122, 135, 185
藤原忠通（1097～1164） 79, 224, 259, 461, 477, 533
藤原忠行（？～906） 445
藤原為家（1198～1275） 104, 171, 176, 267, 424, 510, 546
藤原為氏（1222～1286） 267, 318
藤原為子（1251？～1316？） 52
藤原為相（1260～1328） 104, 267
藤原為忠（？～1136） 177
藤原為親（？～1172） 15
藤原為時（947？～1021？） 167, 175, 261, 292, 322, 388, 501
藤原為真（生没年未詳） 65
藤原為雅 59
藤原為世（1250～1338） 140
藤原為頼（？～998） 326
藤原大夫 → 藤原麻呂
藤原親隆（1099～1165） 85, 476
藤原超子（？～982） 429
藤原継縄（727～796） 301
藤原経家（1018～1068） 24, 125, 329
藤原定家（1162～1241） 6, 15, 51, 52, 70, 72, 75, 89, 102, 103, 105, 108, 115, 123, 144, 158, 171, 199, 220, 235, 236, 245, 249, 263, 305, 307, 309, 310, 314, 333, 354, 383, 391, 402, 410, 415, 425, 470, 503, 511, 522, 524, 545
藤原定子（976～1000） 203, 226, 241, 251, 289, 340, 368, 371, 388, 509, 526
藤原遠度（？～989） 288, 430
藤原時平（871～909） 114, 242, 333
藤原俊家（1019～1082） 382
藤原俊兼（生没年未詳） 383
藤原俊忠（1073～1123） 375
藤原俊憲（1122～1167） 339
藤原敏行（？～901） 8, 112, 137, 170, 272, 291, 317, 352, 372, 378, 446, 460, 508, 514, 528
藤原豊成（704？～765） 323
藤原長方（1139～1191） 19, 232, 381
藤原長実（1075～1133） 24, 124
藤原仲実（1057～1118） 321, 527
藤原長能（生没年未詳） 42, 140, 414, 460, 490, 535
藤原仲成（774～810） 200
藤原永範（？～1180） 175
藤原仲麻呂（706？～764） 380
藤原成親（1137～1179） 178
藤原成経（1156～1202） 169
藤原済時（941～995） 70
藤原成通（1097～？） 468
藤原後生女（生没年未詳） 448
藤原信実（1176～？） 144
藤原宣孝（？～1001） 379
藤原惟規（？～1011） 258
藤原範兼（1107～1165） 198, 216, 321, 335, 485
藤原範永（生没年未詳） 15, 143, 439
藤原教長（1109～1180？） 8, 177, 472
藤原教通（996～1075） 38, 329
藤原範光（1155～1213） 547
藤原秀郷（生没年未詳） 260, 478, 539
藤原秀衡（？～1187） 537
藤原秀能（1184～1240） 308
藤原広足（生没年未詳） 90
藤原広嗣（？～740） 78, 159, 323
藤原夫人（生没年未詳） 463, 538
藤原文範（909～996） 59, 357
藤原冬嗣（775～826） 200, 207, 242
藤原豊子（生没年未詳） 227
藤原芳子（？～967） 218
藤原褒子（時平女） → 京極御息所
藤原雅経 → 飛鳥井雅経
藤原麻呂（695～737） 189
藤原道家（1193～1252） 337
藤原道隆（953～995） 70, 370, 406
藤原道綱（955～1020） 241, 284, 313, 317, 401
藤原道綱母（936？～995？） 42, 59, 153, 337, 384, 385, 401, 430, 438, 461, 487, 505, 511
藤原道経（生没年未詳） 40
藤原道長（966～1027） 68, 104, 117, 127, 142, 144, 167, 187, 202, 204, 213, 228, 240, 243, 261, 264, 266, 273, 282, 285, 313, 316, 329, 359, 360, 385, 421, 458, 461, 501, 504
藤原道信（972～994） 260
藤原道憲（1106？～1159） 336
藤原道雅（992～1054） 370
藤原光経（生没年未詳） 321
藤原宗家（1139～1189） 58
藤原宗国（生没年未詳） 24
藤原宗業（1151～？） 175
藤原元方（888～953） 507
藤原基経（936～991） 118, 214, 221, 395, 440
藤原基俊（1060～1142） 23, 56, 104, 202, 215, 259, 295, 341, 523
藤原基平（1246～1268） 418
藤原基衡（生没年未詳） 537
藤原元善（生没年未詳） 321, 469
藤原盛方（1137～1178） 453
藤原師氏（913～970） 68
藤原師実（1042～1101） 264, 273
藤原師輔（908～960） 285, 385, 395, 528
藤原師信（？～1094） 50
藤原保昌（958～1036） 96
藤原八束（715～766） 134
藤原行家（1223～1275） 130
藤原行成（972～1027） 163, 226, 315, 333, 358, 389, 393
藤原行能（1179～1250） 13
藤原能輔（生没年未詳） 40
藤原義孝（954～974） 54, 467
藤原義懐（957～1008） 70
藤原良経（1169～1206） 9, 26, 115, 138, 185, 231, 239, 248, 294, 340, 453, 478, 490, 496, 532
藤原良房（804～872） 273
藤原良基 → 二条良基
藤原頼実（1155～1225） 523
藤原頼忠（924～989） 287
藤原頼通（992～1074） 206, 222, 264, 273, 446, 461, 539
吹芡刀自（生没年未詳） 529
布留今道（生没年未詳） 108, 114, 423, 427, 452
武烈天皇 86, 349, 412
文屋朝康（生没年未詳） 352, 398
文屋康秀（？～885？） 30, 91, 361, 379, 423

▶へ

平家 454
平城天皇（774～824） 200, 206, 277, 329, 380, 491
平群鮪（生没年未詳） 349
弁慶（？～1189） 22, 31, 124, 183, 224
遍昭（良岑宗貞）（816～890） 30, 46, 83, 110, 116, 136, 182, 234, 356, 452

▶ ほ

茅元儀 (1594〜1640) 342
北条時直 (生没年未詳) 281
北条時政 (1138〜1215) 442
北条時頼 (1227〜1263) 268
北条政子 (1157〜1225) 343, 528
朋誠堂喜三二 (1735〜1813) 179
法然 (1133〜1212) 22, 201, 397, 489
細川幽斎 (1534〜1610) 175, 249, 444
仏御前 228
品太天皇 → 応神天皇
堀河天皇 (1079〜1107) 319
本阿弥光悦 (1558〜1637) 314, 423
本田善光 255
誉田別尊 → 応神天皇

▶ ま

正岡子規 (1867〜1902) 312, 346, 404, 546
正子内親王 (809〜879) 98, 228
松江重頼 (1602〜1680) 354
松尾芭蕉 (1644〜1694) 13, 15, 32, 34, 35, 57, 66, 77, 79-81, 86, 106, 123, 130, 132, 137, 145, 156, 157, 171, 173, 175, 182, 184, 185, 187, 197, 199, 212, 231, 232, 235, 236, 238, 239, 245, 246, 251, 255, 273, 280, 290, 294, 321, 368, 373, 374, 382, 398, 402-404, 407, 424, 427, 452, 457, 463, 469, 482, 488, 502, 515, 520, 523, 533, 549
松下禅尼 (生没年未詳) 26, 268
松永貞徳 (1571〜1653) 180, 354, 364, 403, 404, 470
松浦佐用姫 431, 471
真間の手児奈 49

▶ み

三浦樗良 (1729〜1780) 231
皇子尊宮舎人 7
三島由紀夫 (1925〜1970) 242
水原秋桜子 (1892〜1981) 452
陸奥 (生没年未詳) 308, 333
源顕仲 (1064〜1138) 483, 532
源顕基 (1000〜1047) 344
源有賢 (1070〜1139) 367
源有忠 (1281〜1338) 98
源兼澄 (生没年未詳) 100, 160, 470
源兼昌 (？〜1112) 34, 60, 294, 365
源国基 (生没年未詳) 34
源国盛 (生没年未詳) 501
源計子 → 広幡御息所
源実朝 (1192〜1219) 29, 31, 79, 199, 251, 254, 379, 409, 539
源重之 (？〜1000 ？) 17, 23, 34, 106, 160, 223, 224, 280, 348, 378, 398, 408, 439, 446, 469
源順 (911〜983) 22, 64, 114, 160, 252, 375, 437, 469, 475, 536
源資賢 (1113〜1188) 470
源高明 (914〜982) 19, 395
源高明女 (明子) (？〜1049) 535
源隆国 (1004〜1077) 69
源孝道 (生没年未詳) 175
源為朝 (1139〜1170 ？) 97, 169
源為憲 (？〜1011) 45, 181, 222
源親行 (生没年未詳) 307, 354
源経長 (1005〜1071) 70
源経信 (1016〜1097) 16, 134, 144, 145, 147, 195, 259, 311, 384, 450, 490
源融 (822〜895) 40, 68, 159, 160, 205, 228, 245, 255, 272, 397, 513
源俊賢 (960〜1027) 315
源俊頼 (1055 ？〜1129) 6, 55, 70, 114, 133, 135, 147, 158, 195, 201, 202, 215, 260, 308, 332, 333, 375, 413, 468, 494, 525
源仲正 (生没年未詳) 65, 233
源宣方 (生没年未詳) 145
源昇 (848〜918) 160
源範頼 (？〜1193) 281
源英明 (911〜949) 160
源等 (880〜951) 14
源博雅 (918 ？〜980) 93
源信 (810〜868) 360
源雅光 (1089〜1127) 31
源通光 (1187〜1248) 65
源道済 (？〜1019) 317
源満仲 (912〜997) 205
源宗于 (？〜939) 58, 128, 469, 518, 548
源師忠 (1054〜1145) 247
源師時 (1077〜1136) 489
源師俊 (1080〜1141) 27
源師房 (1010〜1077) 264
源師光 (1131 ？〜1204 ？) 298
源師頼 (1068〜1139) 112, 175, 281
源能有 (845〜897) 160
源義家 (1039〜1106) 49, 85, 224, 475
源義経 (1159〜1189) 22, 31, 124, 125, 174, 182, 197, 203, 224, 281, 336, 362
源義仲 (1154〜1184) 87, 197, 442
源義光 (1045〜1127) 17
源頼実 (生没年未詳) 250, 263
源頼朝 (1147〜1199) 43, 174, 205, 254, 317, 343, 422, 444, 500, 528
源頼政 (1104〜1180) 20, 201, 358, 360, 382, 391, 425, 525
源頼光 (948〜1021) 17, 97, 111, 174, 195, 205, 362, 442, 536
源麗子 (1040〜1114) 264
三原王 (？〜752) 2
壬生忠見 (生没年未詳) 72, 436, 450
壬生忠岑 (生没年未詳) 96, 110, 119, 131, 132, 143, 144, 229, 237, 291, 329, 376, 377, 392, 546
三統理平 (853〜926) 9
都良香 (834〜879) 515, 516, 536
宮崎安貞 (1623〜1697) 5
宮道潔興 (生没年未詳) 361
宮簀姫 (美夜受比売) 116, 345, 468
明豪 (生没年未詳) 160
妙光寺内大臣家中納言 (生没年未詳) 4
明蓮 (生没年未詳) 457
三善為康 (1049 ？〜1139) 405
三好政康 (生没年未詳) 422

▶ む

向井去来 (1651〜1704) 171, 179, 184, 236, 246, 393, 404, 526
夢窓疎石 (1275〜1351) 152
宗尊親王 (1242〜1274) 20, 122, 238
村上源氏 205
村上天皇 (926〜967) 72, 123, 178, 192, 226, 286, 347
紫式部 (生没年未詳) 42, 59, 87, 123, 139, 154, 167, 187, 214, 235, 246, 275, 282, 322, 351, 388, 482

▶ め

女鳥王 (生没年未詳) 71, 196

▶ も

孟嘗君 (？〜前 279 ？) 163, 389
目連 (生没年未詳) 82
以仁王 (1151〜1180) 47, 480
本居宣長 (1730〜1801) 10, 29, 130, 154, 159, 196, 243, 306, 308, 367, 373, 423, 545
元良親王 (890〜943) 476, 521
物部龕鹿火 (生没年未詳) 349
物部古麻呂 (生没年未詳) 84
物部広泉 (785〜860) 405
森鷗外 (1862〜1922) 61, 318
森川許六 (1656〜1715) 246, 404, 460, 509
文覚 (生没年未詳) 335, 375
文慶 (966〜1046) 59
文徳天皇 (827〜858) 361
文武天皇 (683〜707) 7, 48, 57

▶ や

八代女王 (生没年未詳) 381
保明親王 (903〜923) 361
康資王母 (生没年未詳) 470, 548
保田光則 (1797〜1870) 253
八田若郎女 (生没年未詳) 82, 518
八束水臣津野命 44
柳田国男 (1875〜1902) 57
柳原資明 (1297〜1353) 15
山口素堂 (1642〜1716) 141
山口若麻呂 (生没年未詳) 281, 335

山前王　325
山幸彦　539
日本武尊（倭建命）　11, 19, 44, 54, 115, 189, 229, 276, 339, 345, 347, 368, 432, 468, 484, 486, 519, 540
倭迹迹日百襲姫命　454
倭大后（生没年未詳）　54
倭姫命　100, 489
山上憶良（660〜733）　1, 12, 25, 83, 107, 114, 169, 197, 223, 323, 324, 328, 337, 346, 391, 434, 446, 465, 484, 487, 497, 500, 517, 544
山部赤人（生没年未詳）　34, 51, 66, 81, 109, 173, 260, 292, 322, 424, 444, 533, 544, 547

▶ゆ

有慶（986〜1071）　52
祐盛（1117？〜？）　382
雄略天皇　37, 53, 94, 369, 412, 429, 454, 519, 546
弓削是雄（生没年不詳）　69
弓削皇子（？〜699）　13, 468
湯原王（生没年未詳）　143

▶よ

楊貴妃（719〜756）　375, 452, 473
陽成天皇（868〜949）　348, 361, 488
陽明門院　→　禎子内親王
揚雄（紀元前 53〜18）　220
与謝野鉄幹（1873〜1935）　546
与謝蕪村（1716〜1783）　12, 66, 79, 80, 238, 343, 398, 402-404, 424, 461, 463, 481, 493, 509
慶滋保胤（？〜1002）　160, 396
良岑宗貞　→　遍昭
良岑安世（785〜830）　242
四方赤良　→　大田南畝

▶ら

頼豪（1004〜1084）　394

▶り

理願（？〜735）　32, 48
履中天皇　61
劉禹錫（772〜842）　384
隆源（生没年未詳）　249
劉元叔　458
柳亭種彦（1783〜1842）　209
滝亭鯉丈（？〜1841）　217, 390
良寛（1758〜1831）　546
良暹（生没年未詳）　83, 113

▶れ

冷泉天皇（950〜1011）　507
蓮禅（生没年未詳）　336, 418
蓮如（1415〜1499）　87
連敏　547

▶ろ

六条有房（1251〜1319）　308

▶わ

若麻績東人　→　本田善光
和気氏　431
和気清麻呂（733〜799）　431, 447
渡辺綱（953〜1025）　53, 111, 410, 442, 512, 536
王仁（和邇）（生没年未詳）　146, 163, 167, 191

歌 索 引

・歴史的仮名遣いで配列した.
・短歌をはじめとする和歌のほか，俳句や連歌，歌謡なども可能な限り収録した.
・原則として初句を項目としているが,初句が同じ場合は二句以降を子項目として区別した.
・本文中で歌の一部のみが掲載されている場合は初句を括弧で示し，掲載している部分の冒頭部を子項目とした.

▶い

▶か

▶ さ

▶ し

▶ふ

▶ほ

▶ま

▶み

▶を

編集者略歴

山口明穂《やまぐちあきほ》

1935年　神奈川県に生まれる
1963年　東京大学大学院人文科学研究科博士課程退学
東京大学大学院教授・中央大学教授を経て
現　在　東京大学名誉教授
主　著　『中世国語における文語の研究』（明治書院，1976）
『日本語を考える』（東京大学出版会，2000）

鈴木日出男《すずきひでお》

1938年　青森県に生まれる
1971年　東京大学大学院人文科学研究科博士課程退学
東京大学大学院教授を経て
現　在　東京大学名誉教授
二松学舎大学特任教授
主　著　『古代和歌史論』（東京大学出版会，1990）
『源氏物語虚構論』（東京大学出版会，2003）

王朝文化辞典
—万葉から江戸まで—

2008年11月20日　初版第1刷
2011年9月25日　第3刷

編集者　山口明穂
鈴木日出男
発行者　朝倉邦造
発行所　株式会社　朝倉書店
東京都新宿区新小川町6-29
郵便番号　162-8707
電話　03(3260)0141
FAX　03(3260)0180
http://www.asakura.co.jp

〈検印省略〉

教文堂・牧製本

ISBN 978-4-254-51029-4 C3581　Printed in Japan

前宇都宮大 小池清治・早大 小林賢次・早大 細川英雄・
十文字女短大 山口佳也編

日本語表現・文型事典

51024-9 C3581　A 5 判 520頁 本体16000円

本事典は日本語における各種表現をとりあげ，それらの表現に多用される単語をキーワードとして提示し，かつ，それらの表現について記述する際に必要な術語を術語キーワードとして示した後，おもにその表現を特徴づける文型を中心に解説。日本語には文生成に役立つ有効な文法が存在しないと指摘されて久しい。本書は日本語の文法の枠組み，核心を提示しようとするものである。学部学生(留学生を含む)，院生，国語・日本語教育従事者および研究者のための必携書

学習院大 中島平三編

言語の事典

51026-3 C3581　B 5 判 760頁 本体28000円

言語の研究は，ここ半世紀の間に大きな発展を遂げてきた。言語学の中核的な領域である音や意味，文法の研究の深化ばかりでなく，周辺領域にも射程が拡張され，様々な領域で言語の学際的な研究が盛んになってきている。一方で研究は高度な専門化と多岐な細分化の方向に進んでおり，本事典ではこれらの状況をふまえ全領域を鳥瞰し理解が深められる内容とした。各章でこれまでの研究成果と関連領域の知見を紹介すると共に，その魅力を図表を用いて平明に興味深く解説した必読書

日本国語教育学会編

国語教育辞典

51023-2 C3581　A 5 判 496頁 本体16500円

国語教育に関係する主要な約400語を選択し，各項目をページ単位で解説した辞典。教育課程，話すこと・聞くこと，書くこと，読むこと，言語事項・書写，学力・指導と評価・教材，歴史・思潮，関連諸科学，諸外国の言語教育の9分野から項目を選択し，国語教育の現場に立ち，学生に日常的に接する立場の小中高校を中心とする国語教師が実践的に使用できるように解説を配慮。各項目には参考文献を必ず載せるとともに，付録として小中高校の学習指導要領，国語教育略年表を掲載

西尾　実・倉澤栄吉・滑川道夫・
飛田多喜雄・増淵恒吉編

国語教育辞典（復刻版）

51025-6 C3581　A 5 判 754頁 本体16000円

1956(昭和31)年に刊行された辞典の復刻版。近代教育の一環として西洋の言語教育の影響下に発達してきた国語教育が，第 2 次世界大戦後にアメリカの言語教育の圧倒的な影響を受けつつ再度脱皮をしようとした時期に日本最初に刊行された，国語教育に関する小項目主義の百科事書的な辞典。国語教育に限定されない幅広い項目選択と執筆陣による本書は，当時の教育思潮を窺ううえでの基礎資料であるとともに，現在の国語教育が立ち戻るべき基本的な指導書でもある

前宇都宮大 小池清治・早大 小林賢次・早大 細川英雄・
愛知県大 犬飼　隆編

日本語学キーワード事典（新装版）

51031-7 C3581　B 5 判 544頁 本体17000円

本書は日本語学のキーワード400項目を精選し，これらに対応する英語を付した。各項目について定義・概念，基礎的知識の提示・解説を主として，便利・正確・明解をモットーにページ単位で平易にまとめて，五十音順に配列。内容的には，総記，音声・音韻，文字，語彙，文法，文体，言語生活等の従来の観点に加えて，新しく表現・日本語教育についてもふれるようにした。学部学生(留学生を含む)，国語・日本語教育に携わる人々，日本語に関心のある人々のための必携書

海保博之・楠見　孝監修
佐藤達哉・岡市廣成・遠藤利彦・
大渕憲一・小川俊樹編

心理学総合事典

52015-6 C3511　B 5 判 792頁 本体28000円

心理学全般を体系的に構成した事典。心理学全体を参照枠とした各領域の位置づけを可能とする。基本事項を網羅し，最新の研究成果や隣接領域の展開も盛り込む。索引の充実により「辞典」としての役割も高めた。研究者，図書館必備の事典〔内容〕I 部：心の研究史と方法論／II 部：心の脳生理学的基礎と生物学的基礎／III 部：心の知的機能／IV 部：心の情意機能／V 部：心の社会的機能／VI 部：心の病態と臨床／VII 部：心理学の拡大／VIII 部：心の哲学